Weitere Titel der Autorin:

Das Lächeln der Fortuna
Das zweite Königreich
Der König der purpurnen Stadt
Die Siedler von Catan
Die Hüter der Rose
Das Spiel der Könige
Hiobs Brüder
Der dunkle Thron
Der Palast der Meere
Die fremde Königin

Von Ratlosen und Löwenherzen

Titel in der Regel auch als Hörbuch und E-Book erhältlich

REBECCA GABLÉ

DAS HAUPT
DER WELT

Historischer Roman

BASTEI LÜBBE TASCHENBUCH
Band 17200

Dieser Titel ist auch als Hörbuch und E-Book erschienen

Vollständige Taschenbuchausgabe
der bei Lübbe Ehrenwirth erschienenen Hardcoverausgabe

Copyright © 2013 by Rebecca Gablé

Dieses Werk wurde vermittelt durch die
Michael Meller Literary Agency GmbH, München

Copyright Deutsche Originalausgabe © 2013 by Bastei Lübbe AG, Köln
Lektorat: Karin Schmidt
Titelillustration: © shutterstock/Vitaly Korovin; © shutterstock/
shooarts; © akg-images
Umschlaggestaltung: Johannes Wiebel, punchdesign, München
Innenillustrationen: Jürgen Speh, Deckenpfronn
Satz: Dörlemann Satz, Lemförde
Gesetzt aus der Aldus
Druck und Verarbeitung: CPI books GmbH, Leck-Germany
Printed in Germany
ISBN 978-3-404-17200-9

10 9 8 7 6

Sie finden uns im Internet unter www.luebbe.de
Bitte beachten Sie auch: www.lesejury.de

Ein verlagsneues Buch kostet in Deutschland und Österreich jeweils überall dasselbe.
Damit die kulturelle Vielfalt erhalten und für die Leser bezahlbar bleibt, gibt es die gesetzliche Buchpreisbindung. Ob im Internet, in der Großbuchhandlung, beim lokalen Buchhändler, im Dorf oder in der Großstadt – überall bekommen Sie Ihre verlagsneuen Bücher zum selben Preis.

Für

MJM

»Wuton agifan ðæm esne his wif, for ðæm he hi hæfð
geearnad mid his hearpunga.«

Alfred der Große: *Boethius*

DRAMATIS PERSONAE

Es folgt eine Aufstellung der wichtigsten Figuren, wobei die historischen Personen mit einem * gekennzeichnet sind.

SLAWEN

Tugomir*, Prinz der Heveller
Bolilut, sein Bruder
Dragomira*, seine Schwester
Wilhelm*, Dragomiras Sohn, Erzbischof von Mainz
Vaclavic*, Tugomirs Vater, Fürst der Heveller
Dragomir*, Tugomirs Neffe
Semela, ein daleminzischer Sklavenjunge
Mirnia, Dragomiras daleminzische Sklavin
Wenzel*, Tugomirs Cousin, Fürst von Böhmen und Märtyrer
Boleslaw*, Wenzels Bruder, ebenfalls Fürst von Böhmen und absolut kein Märtyrer
Tuglo, Hohepriester des Triglav
Slawomir, Tugomirs Onkel und Priester des Jarovit
Godemir, Hohepriester des Jarovit
Falibor, ein alter Haudegen
Ratibor, Fürst der Obodriten
Draschko, Priester des Radegost

Deutsche

Heinrich I.*, König des deutschen, damals nach »ostfränkisch« genannten Reiches und Herzog von Sachsen

Mathildis*, seine Königin

Thankmar*, König Heinrichs ältester Sohn aus einer früheren Ehe

Otto I.*, König Heinrichs Lieblingssohn und Nachfolger

Heinrich*, genannt Henning, Ottos Bruder, Königin Mathildis' Lieblingssohn

Brun*, der jüngste Bruder, Kanzler und Erzbischof von Köln

Gerberga*, die ältere Prinzessin

Hadwig*, die jüngere Prinzessin

Editha* von Wessex, Ottos Frau

Liudolf*, ihr Sohn

Liudgard*, ihre Tochter

Judith* von Bayern, Prinz Hennings Frau

Egvina* von Wessex, Edithas Schwester

Thietmar*, Markgraf, König Heinrichs Freund und Ratgeber

Siegfried*, Thietmars älterer Sohn

Gero*, sein jüngerer Sohn, Bezwinger der Slawen, Graf der Ostmark

Alveradis, seine Tochter

Asik, Siegfrieds und Geros Cousin

Udo, ein treuer Soldat

Hermann Billung*, Graf der Billunger Mark

Wichmann*, sein Bruder

Eberhard*, Herzog von Franken

Arnulf*, Herzog von Bayern

Hermann*, Herzog von Schwaben

Giselbert*, Herzog von Lothringen

Friedrich*, Erzbischof von Mainz

Widukind von Herford, Königin Mathildis' Neffe, Bischof von Brandenburg

Bruder Waldered, ein aufgeschlossener Mönch

Hardwin, Sohn des Grafen im Liesgau, Kommandant der königlichen Panzerreiter

Graf Manfried von Minden, ein Haudegen
Konrad, sein Sohn
Poppo*, König Heinrichs sowie König Ottos Kanzler
Hadald*, König Ottos Kämmerer
Hildger, Sohn des Grafen Odefried im Nethegau, Prinz Hennings
    treuer Gefolgsmann, genau wie
Wiprecht, Graf im Balsamgau, und
Volkmar, Sohn des Grafen Friedrich im Harzgau

Brandenburg, Januar 929

»Gib deinen Sachsen heraus, Tugomir«, befahl Bolilut. »Heute ist er endlich fällig.«

»Ich habe keine Ahnung, wo er ist«, erwiderte Tugomir und fuhr fort, Haselwurzblätter in einen Mörser zu zählen. Bei dieser Aufgabe war äußerste Sorgfalt geboten, wenn er nicht die gesamte Priesterschaft vergiften wollte, und außerdem war es ihm lieber, seinen Bruder jetzt nicht anzuschauen.

Bolilut kam einen Schritt näher in den Lichtkreis der beiden Öllampen, die das Halbdunkel des Tempels zurückdrängten. »Jetzt hab dich nicht so. Was kann dir ein blinder Sklave schon bedeuten?«

»Gar nichts«, log Tugomir. Sorgsam verschloss er die tönerne Vorratsschale mit ihrem dicht sitzenden Holzdeckel und stellte sie neben seinem Schemel auf den Boden. Dann griff er nach dem Pistill und begann, die getrockneten Blätter im Mörser zu zerreiben. »Aber er darf diesen Tempel nicht betreten, wie du vermutlich weißt, darum wirst du ihn kaum hier finden.«

Sein älterer Bruder stieß die Luft durch die Nase aus; es war ein Laut voller Hohn. »Wo du ihn auch versteckt haben magst, es wird dir nichts nützen. Er wurde für Jarovit ausgewählt, und auf die Art kann er sich endlich mal nützlich machen.«

Tugomir arbeitete weiter. Die Blätter waren trocken, aber zäh und ledrig. Es war schwierig, sie zu dem feinen Pulver zu zerstoßen, das nötig war. »Lass mich das hier eben erledigen«, sagte er scheinbar gleichmütig. »Dann mache ich mich auf die Suche. Er kann uns schwerlich davonlaufen, nicht wahr? Keine Maus kommt aus dieser Burg heraus.«

»Oder hinein«, fügte Bolilut hinzu.

»Ich würde sagen, das bleibt abzuwarten«, entgegnete der Jüngere.

»Was soll das heißen? Du willst doch nicht im Ernst behaupten, du hättest Angst vor diesen halb erfrorenen Strohköpfen da draußen?«

Tugomir hob endlich den Kopf. »Geh hinaus auf den Wall und sieh sie dir an, Bolilut. Es sind Hunderte. Vor zwei Monaten sind sie hergekommen, und seit die Havel zugefroren ist, lagern sie auf dem verdammten Fluss. Sie schießen unsere Wachen vom Wehrgang und stecken unsere Palisaden in Brand. Seit sie da draußen liegen, ist kein Bote mehr durchgekommen, geschweige denn Proviant. Sie schlafen niemals, und sie scheinen immer noch genug zu essen zu haben, während wir hungern. Sie haben all ihre Nachbarn im Westen und Süden unterworfen, weil sie eben stärker sind und mehr Kriegsglück besitzen. Und jetzt haben sie ihren gierigen Blick nach Osten gerichtet und die Elbe überschritten, um uns ebenfalls zu unterwerfen. Trotzdem machen sie mir keine Angst, denn auch wir sind stark. Aber wie steht es mit *unserem* Kriegsglück?«

Bolilut betrachtete ihn voller Argwohn, beinah lauernd. »Ich verstehe nicht, was du meinst.«

»Nein?«

»Unser Kriegsglück wird zurückkehren, wenn wir Jarovit mit einem Opfer versöhnen. Das solltest du besser wissen als ich. Und das Los ist nun mal auf deinen Sachsen gefallen.«

Tugomir nickte langsam. »Das ist es, was mir Sorgen macht. Wir stehen dem mächtigsten Feind gegenüber, mit dem wir es je zu tun hatten, und alles, was wir Jarovit für seinen Beistand bieten, ist ein blinder Sklave?«

Bolilut zuckte unbekümmert die Achseln. »Du meinst, ein Fürstensohn und Tempelpriester würde den Göttern eher zusagen? Nur zu, Bruder, Freiwillige vor. Ich würde dir bestimmt keine Träne nachweinen. Und davon abgesehen …«

Ein kunstvoll geschnitzter Eschenstock landete unsanft auf Boliluts Schulter. »Was sind das für frevlerische Reden?«, schalt eine

14

altersraue Stimme. »Wann wirst du lernen, den Göttern Respekt zu erweisen, du junger Taugenichts?«

Tugomir erhob sich von seinem Schemel, und die ungleichen Brüder verneigten sich.

»Vergib mir noch dies eine Mal, Schedrag«, bat Bolilut augenzwinkernd und klopfte seinem Bruder jovial auf den Rücken, um zu vertuschen, dass das plötzliche Auftauchen des Hohepriesters ihn einschüchterte. Bolilut war sechsundzwanzig – acht Jahre älter als Tugomir –, hatte einen Sohn von seiner Frau, mindestens fünf von seinen Sklavinnen, und die Götter allein mochten wissen, wie viele Töchter. Er war ein wilder Geselle und großer Krieger und wartete mit unzureichend verhohlener Ungeduld darauf, dass ihr Vater endlich starb und den Fürstenthron für ihn räumte – aber vor dem Hohepriester fürchtete er sich.

Das amüsierte Tugomir ebenso, wie es ihn mit Befriedigung erfüllte. Seit jeher war es Tradition in ihrer Familie, dass der jüngere Sohn Priester im Tempel des mächtigen Jarovit wurde. Diese Rolle war Tugomir zugefallen, und manchmal bewahrte die Würde, die damit einherging, ihn vor Boliluts brüderlichen Heimsuchungen.

»Das Los bestimmen die Götter«, belehrte Schedrag sie streng. »Sie suchen sich ihr Opfer selber aus, und wir werden ihre Ratschlüsse nicht in Zweifel ziehen, ist das klar?«

»Gewiss, Schedrag«, antwortete Bolilut – es klang geradezu kleinlaut.

Tugomir nickte schweigend. Wie allen jungen Priestern war es ihm während des letzten Jahres seiner Ausbildung verboten, das Wort an den Hohepriester zu richten. Denn der Schüler musste das Gefäß werden, in welches der Meister alles Wissen, alle Zaubersprüche und Geschichten eingab, die auf diese Weise von einer Generation an die nächste überliefert wurden. Erst wenn der Schüler alle Fragen gestellt, all seine Zweifel und seine Unrast hinter sich gelassen hatte, durfte er sein Jahr des Schweigens beginnen, und nicht viele waren mit so jungen Jahren wie Tugomir dafür bereit. Sein Vater hatte einen Bullen geschlachtet und ein Fest zu Tugomirs Ehren gegeben, als Schedrag ihm mitgeteilt hatte, der junge Mann sei so weit. Und Bolilut hatte es sich nicht nehmen lassen, seinem Bruder einen Ledersack über den Kopf zu ziehen und ihn in die Kellergrube unter der Halle zu sperren, als alle zu betrunken waren, um es zu merken, denn Bolilut schätzte es nicht sonderlich, wenn nicht er derjenige war, der im Mittelpunkt der Aufmerksamkeit stand …

»Also dann.« Der Hohepriester vollführte eine ungeduldige Geste mit seinem Stock. Er war ein uralter, nahezu zahnloser Mann, auf dessen Haupt kein einziges Haar mehr wuchs, dafür aber üppige Büschel in den Ohren. Er wirkte runzelig und geschrumpft wie eine Dörrpflaume. Dieser offensichtliche körperliche Verfall tat seiner Würde aber seltsamerweise keinen Abbruch. Tugomir hatte lange darüber nachgedacht, warum das so war, und war zu dem Schluss gekommen, es müsse an den Augen liegen. Diese waren dunkel und wirkten so scharf wie eh und je; sie waren wie Spiegel der großen Weisheit und Willensstärke des Hohepriesters. Und wie üblich war ihr Blick auch jetzt unerbittlich, als Schedrag Tugomir aufforderte: »Geh, hol den blinden Sklaven und übergib ihn den Männern deines Bruders. Es gibt noch viel zu tun vor der Zeremonie. Also spute dich und komm schnell zurück, damit ich nicht glauben muss, du wolltest dich vor deinen Pflichten drücken.«

Tugomir ahnte, wo er das vermutlich noch ahnungslose Opfer finden würde. Er verließ den Tempel und überquerte den Innenhof der oberen Burg. Der Schnee lag fast eine Elle hoch, aber die vielen Menschen, die hier lebten, hatten Wege hindurchgebahnt. Wohnhütten und Speicherhäuser standen dicht an dicht, zogen sich in einem weiten Rund den Wall entlang, und ihre flachen Dächer bildeten den Wehrgang. Oben an der Brustwehr standen die Krieger seines Vaters aufgereiht, Pfeile und Bögen griffbereit. Schweigend blickten sie auf die Havel hinab und behielten die Belagerer im Auge, die sich heute indes ruhig zu verhalten schienen.

Die übrigen Bewohner hatten sich in die Halle oder die umliegenden Holzhäuschen verkrochen, nahm Tugomir an, denn seit es am Morgen aufgehört hatte zu schneien, war es merklich kälter geworden, und ein schneidender Wind fegte über den Burghügel. Aus dem Speicherhaus zur Linken kam eine alte Sklavin, einen Tonteller mit einem Stapel getrockneter Brotfladen in der Hand. Sie hatte sich in ein abgeschabtes Fell gewickelt, stemmte sich gegen den eisigen Ostwind und lief, so schnell sie konnte, denn vermutlich schmerzten ihr die bloßen Füße von der Kälte.

Tugomir folgte ihr wesentlich langsamer zur großen Halle, die dem Tempel genau gegenüber auf der Ostseite des Burghofs stand. Er ertappte sich dabei, dass seine Schritte immer schleppender wurden. So sehr graute ihm vor dem, was er tun musste, dass er ein unangenehmes Ziehen hinter dem Brustbein verspürte. *Was bei allen Göttern soll ich zu ihm sagen?*

Der große Hauptraum der Halle, der zwanzig Schritt lang und etwa halb so breit war, wurde von den beiden langen Tischen beherrscht, an denen die Bewohner die Mahlzeiten einnahmen. Auch hier war es still. Zwei dienstfreie Wachen hatten sich nahe der Wand in ihre Fellmäntel gewickelt auf den sandbedeckten Dielenboden gelegt und schliefen. Am prasselnden Feuer gleich hinter den Plätzen der Fürstenfamilie entdeckte Tugomir seine Schwester am Webstuhl, und zu ihren Füßen seinen blinden Freund.

»Dragomira? Weißt du, wo Vater ist?«

Sie sah von ihrer Arbeit auf. »Er ist in die Vorburg hinuntergegangen, um mit den Leuten dort zu reden. Sie fürchten sich. Der Schmied sagt, die Vorburg fällt immer zuerst.«

Da hat er recht, fuhr es Tugomir durch den Kopf. Er setzte sich neben sie auf die schmale Bank, mit dem Rücken zum Webstuhl. »Der Schmied sollte gut auf seine Zunge achtgeben«, bemerkte er. »Wenn er unseren Fall herbeiredet, könnte Vater sich entschließen, ihn von ihr zu befreien.«

»Zweifellos der klügste Weg, um unbequemen Wahrheiten zu begegnen«, murmelte Anno, der blinde Sklave vor sich hin, der mit angewinkelten Beinen am Boden saß, den linken Arm um die Knie gelegt.

Tugomir tauschte ein verstohlenes, schuldbewusstes Lächeln mit seiner Schwester. Dragomira mochte den unverschämten Sachsen genauso gern wie er, und seit Tugomir das Gefäß des Hohepriesters geworden war und nahezu all seine Zeit im Tempel zubrachte, sah man Anno ständig an Dragomiras Seite. Es machte nichts. Man konnte sie bedenkenlos mit ihm allein lassen, denn das Augenlicht war nicht das Einzige, was Bolilut Anno genommen hatte. Der Sachse war ein Krieger gewesen, und sein verdammter König Heinrich – derselbe König Heinrich, der jetzt seit zwei Monaten draußen vor der Burg kampierte und versuchte, sie einzunehmen – hatte Anno als Spion hergeschickt, um alles über Tugomirs Vater, seine Krieger und das Volk der Heveller auszukundschaften. Aber Bolilut hatte ihn erwischt. Und teuer bezahlen lassen, denn nichts anderes verstanden diese sächsischen Hunde.

All das war lange her – Tugomir war in seinem zehnten Sommer gewesen, Dragomira im sechsten, und ihre Mutter war kurz zuvor gestorben. Obwohl der Verlust ihrer Herzen bitter gemacht hatte und obwohl Tugomir und Dragomira natürlich alle Sachsen hassten, hatte ausgerechnet Anno, der wundersamerweise ihre Sprache verstand, ihnen Trost zu spenden vermocht.

Tugomir sah auf ihn hinab und zwang sich zu sagen: »Eigentlich war ich auf der Suche nach dir.«

Der Sklave wandte ihm das Gesicht zu. Er trug Dragomira zuliebe immer eine Stoffbinde über den grässlich vernarbten Augenhöhlen. »Tatsächlich? Und wieso habe ich das Gefühl, dass die Ehre deiner Aufmerksamkeit mir wenig Freude bereiten wird?«

Tugomir biss sich auf die Unterlippe. Anno *hörte* einfach alles, was er nicht sehen konnte. »Wie kommst du darauf?«, fragte der junge Priester, um Zeit zu gewinnen.

»Weil deine Stimme nicht mehr so gebebt hat seit dem Tag vor zwei Jahren, als dein Vater sich in den Kopf gesetzt hatte, deine Schwester mit einem Obodritenprinzen zu verheiraten.«

Dragomira schnaubte angewidert. Die Obodriten waren die Todfeinde der Heveller. Doch zum Glück war die versöhnliche Anwandlung ihres Vaters, der sie beinah geopfert worden wäre, die alle verstört und Bolilut an den Rand der Rebellion getrieben hatte, schnell vorübergegangen.

»Darum nehme ich an, es handelt sich um etwas Unerfreuliches«, schloss Anno.

Tugomir schluckte. Sein Mund war ganz trocken. »Ja.«

»Dann raus damit.«

»Ich glaube, ich würde lieber allein mir dir darüber sprechen.«

»Unter zwei Augen sozusagen«, murmelte der Sachse vor sich hin. Dann dachte er einen Moment nach und schüttelte schließlich den Kopf. »Tugomir, ich weiß, dass ihr eure Frauen nur unwesentlich besser behandelt als eure Sklaven und eure Gäule weitaus mehr liebt als sie, aber sogar du solltest einsehen, dass es deiner Schwester auffallen wird, wenn ich plötzlich verschwunden bin.«

»Was?«, fragte Dragomira entgeistert. »Wovon redest du?«

»Tugomir?«, hakte Anno nach, seine Stimme mit einem Mal scharf.

Der junge Priester nahm sich zusammen. Einen Augenblick zögerte er, dann legte er dem Blinden die Hand auf die Schulter. »Ja, es ist wahr, Anno. Jarovit verlangt ein Opfer. Und das Los ist auf dich gefallen. Es tut mir leid.«

Dragomira stieß einen kleinen Schreckenslaut aus und sah zu ihrem Bruder.

Ohne Hast hob Anno die Linke und fegte die Hand von seiner Schulter. Dann stand er auf. »Und deswegen bist du so niedergeschlagen? Glaubst du denn wirklich, es gäbe *irgendetwas* an diesem Dasein, das ich nicht gern zurückließe?«

»Ihr habt nach mir geschickt, Vater?«

König Heinrich wandte den Kopf. »Komm rein, mein Junge.«

Prinz Otto betrat das Zelt. Sobald das Bärenfell, welches als Tür diente, hinter ihm zurück vor die Öffnung glitt, war der mörderische Wind abgeschnitten, aber trotzdem herrschte auch hier im Innern eisige Kälte. Die Felle, die den Boden bedeckten, lagen direkt auf dem Eis der Havel, und nur eine einzige Kohlepfanne stand auf einem Schemel neben der Pritsche. Das Glimmen der Holzkohle erweckte den Anschein von Behaglichkeit, aber Otto spürte keinen Hauch von Wärme.

Er zog den bibergefütterten Mantel fester um sich. »Wo sind Thietmar und Gero?« Otto hatte angenommen, dass die beiden

Kommandanten, die das Reiterheer und die Fußsoldaten befehligten, bei der Lagebesprechung zugegen sein würden.

»Sie kommen gleich«, sagte der König und reichte seinem Sohn einen dampfenden Becher. »Wir werden heute Nacht stürmen, Otto. Das hier muss ein Ende nehmen. Wir verlieren zu viele Männer in dieser gottverfluchten Kälte.«

»Ich weiß.« Otto sog den Dampf ein, der seinem Becher entstieg, und trank vorsichtig einen Schluck. Es war heißer Würzwein, und er schmeckte himmlisch. »Aber vorgestern habt Ihr gesagt, die Verteidigung sei zu stark. Was hat sich geändert?«

Der König ging vor seiner Pritsche auf und ab. Das Zelt bot eigentlich nicht genug Platz dafür, aber Heinrich war ein rastloser Mann – immer gern in Bewegung. Otto schätzte die Jahre seines Vaters auf Anfang fünfzig, ein Alter also, da andere Männer sich allmählich einen Platz am Herd suchten und Jüngeren den Krieg überließen. Doch Heinrich war noch nicht müde – im Gegenteil. Von stämmiger, breitschultriger Statur, wirkte er so hart, als sei er aus Granit gemeißelt. Der kurze Bart war silbrig, das Haupthaar hingegen so rötlich blond wie eh und je.

Statt auf die Frage einzugehen, forderte er seinen Sohn auf: »Erinnere mich noch einmal, warum wir hier sind.«

Otto musste grinsen, antwortete aber: »Um diesen heidnischen Slawen hier den rechten Glauben zu bringen.«

Heinrich nickte. »Ein guter Grund, aber nicht der wahre.«

»Um unsere Ostgrenze zu sichern, die sie ständig mit ihren Raubzügen verletzen?«

»Noch ein guter Grund, aber auch nicht der wahre.«

»Dann um sie dafür zu bestrafen, dass sie die Ungarn gegen uns zu Hilfe geholt haben?«

Der König brummte wie ein Bär. Es klang gefährlich. »Ja, das werden sie noch bitter bereuen. Aber auch nicht der wahre Grund.«

Otto zuckte die Schultern. »Dann nennt Ihr ihn mir.«

»Es gibt drei: Erstens, um uns die slawischen Völker zu unterwerfen und tributpflichtig zu machen, denn wir müssen den Ungarn jedes Jahr Unsummen bezahlen, damit sie den vereinbarten neunjährigen Frieden halten. Zweitens, um ihre Pferde zu erbeuten, denn die Slawen züchten großartige Pferde, die wir für unsere neuen Panzerreiter brauchen. Und drittens, um eben diese Panzerreiter zu erproben. Damit wir wissen, wo wir stehen, *bevor* die Ungarn wiederkommen.«

Otto nickte und sagte nichts.

»Was?«, schnauzte der König.

»Gar nichts. Ich sehe ein, dass Ihr recht habt. Aber wohl ist mir nicht dabei.«

»Wieso nicht?«

»Ich glaube, wegen Eurer Prioritäten. Mir wäre lieber, Ihr hättet gesagt, die Bekehrung der Heiden sei der wichtigste Grund für diesen Feldzug.«

Heinrich hob einen seiner kurzen, breiten Finger und wedelte seinem Sohn damit vor der Nase herum. »Aber leider sind die noblen Gründe nur selten die wahren. Du musst die Welt so sehen, wie sie ist, Otto, sonst wirst du einen lausigen Herrscher abgeben. Du musst dich ihr stellen, auch wenn sie dir ihr hässliches Gesicht zeigt.«

»Aber muss ein Herrscher nicht das Ziel verfolgen, die Welt besser zu machen?«, wandte der Prinz ein.

Der König sah ihn an, stierte ihm regelrecht ins Gesicht, so lange, dass Otto unbehaglich wurde. Unvermittelt knackte das Eis unter ihren Füßen, und der Prinz wäre um ein Haar zusammengezuckt. Er wusste selbst, dass die Eisdecke mindestens zwei Spann dick war und jedes Gewicht aushalten würde; trotzdem war der Gedanke ihm unheimlich, dass sie mitten auf dem Fluss lagerten.

Schließlich schüttelte Heinrich den Kopf. »Vielleicht. Aber vorher muss er die Welt *sicher* machen. Du bist ein Träumer, Otto. Und das gefällt mir nicht. Du willst immer von jedem das Beste glauben und verschließt die Augen davor, wie die Dinge wirklich sind. Das kann dich teuer zu stehen kommen. Also hör auf damit.«

»Aber ich meine doch nur …«

»Großmut ist eine schöne Gabe«, fiel der König ihm ins Wort. »Aber wenn sie nicht mit Strenge gepaart ist, macht sie dich schwach. Und darum will ich, dass du heute Nacht den Sturm auf die Vorburg anführst.«

Otto stockte beinah der Atem. »*Ich?* Ihr denkt … Ihr traut mir das wirklich zu?«

»Warum denn nicht, zum Teufel«, knurrte Heinrich. »Du bist ein Mann von sechzehn Jahren und hast mindestens so viel Kampferfahrung wie ich in deinem Alter. Du kannst und du weißt alles, was du brauchst. Also geh und tu es.«

Der Prinz war so stolz, so *glücklich* über diesen Vertrauensbeweis, dass er sich nur mit Mühe davon abhielt, seinem Vater um den Hals zu fallen. Doch was er erwiderte, war: »Was ist mit Thankmar? Er wird enttäuscht sein.«

Der König nickte ungerührt. »Aber auch dein Bruder ist hier, um etwas zu lernen, und darum wird die Enttäuschung ihm letzten Endes zum Nutzen gereichen.«

Otto hatte Zweifel, dass diese Anschauung bei seinem Bruder großen Anklang finden würde. Thankmar war schon zweiundzwanzig und ein erfahrenerer Soldat als Otto. Und weil der König Thankmars Mutter ins Kloster abgeschoben hatte, um Ottos Mutter heiraten zu können, fühlte Thankmar sich immer schnell zurückgesetzt. Nicht selten zu Recht, wusste Otto. Und das machte ihm zu schaffen, denn er hatte seinen Bruder gern.

Doch er verbarg sein Unbehagen. »Was immer Ihr wünscht, Vater.«

Heinrich schenkte sich aus dem dampfenden Krug auf dem Tisch nach, als sich draußen Schritte näherten.

»Mein König?«, rief eine tiefe Stimme.

»Nur herein, Thietmar«, antwortete Heinrich.

Graf Thietmar von Merseburg und sein Sohn Gero – die beiden Kommandanten – betraten das Zelt, dicht gefolgt von zwei Wachen, die einen Gefangenen in der Mitte führten.

Thietmar, Heinrichs langjähriger Freund und Kampfgefährte, zeigte unfein mit dem Finger auf Otto. »Ah. Unser Prinzlein hat's schon gehört, wie dieses breite Grinsen mir verrät.«

Otto bemühte sich schleunigst um eine würdevollere Miene

und fragte grantig: »Wie viele Hevellerköpfe soll ich Euch bringen, damit Ihr aufhört, ›Prinzlein‹ zu mir zu sagen?«

»Ich überleg's mir und geb dir Bescheid«, stellte Thietmar in Aussicht.

Unterdessen hatte Gero den Gefangenen am Ellbogen gepackt und mit einem gut platzierten Tritt vor dem König auf die Knie befördert. »So, Freundchen. Jetzt wiederhol noch einmal, was du mir gesagt hast.«

Der Heveller war ein hagerer Mann in löchriger Lederkleidung. Als er den Kopf hob und der dunkle Schopf von seinem Gesicht zurückfiel, sah Otto, wie mager es war. Es wirkte krank. Für einen Lidschlag trafen sich ihre Blicke, dann schaute der Gefangene den König an, und seine Miene wurde ausdruckslos. »Weg hinein. Unter Wall. Tunnel. Ich kann dir zeigen«, sagte er.

König Heinrich hatte die Hände auf dem Rücken verschränkt und ließ den Mann nicht aus den Augen. »Woher kannst du unsere Sprache?«

»Na ja, so würd ich's nicht nennen«, schränkte Gero ein. »Man versteht ja kaum, was der Kerl sich zusammenstammelt, es ist …« Er verstummte auf einen Blick des Königs.

»Ich Kaufmann«, erklärte der Heveller. »Bringe Häute und Vliese bis Magdeburg.«

»Aber hier bist du zu Hause?«

»Ja.«

»Und warum willst du deine Freunde und Nachbarn und deinen Fürsten ans Messer liefern, he? Warum willst du uns hineinbringen?«

Der Kaufmann antwortete nicht sofort. Seine Wangenmuskeln schienen einen Augenblick wie versteinert, und der Hass in seinem Blick konnte einem den Atem verschlagen. Dann nahm er sich zusammen. »Nichts mehr essen«, erklärte er nüchtern. »Nichts mehr Feuer machen. Fürst in Burg hat genug Essen, aber Volk in Vorburg Hunger. Gestern mein Sohn tot. Volk soll nicht weiter sterben für Stolz von Fürst.«

Schuldbewusst erkannte Otto, dass der Heveller ihm leidtat. Er wusste, es war genau diese Art unangebrachter Gefühle, die sein

Vater ihm eben vorgeworfen hatte, und er setzte alles daran, sie abzuschütteln.

Der König hingegen betrachtete den Kaufmann mit unverhohlener Verachtung. »Und was verlangst du für deine Judasdienste?«

»He?«

»Was willst du haben? Silber? Vieh? Sklaven? Was?«

»Nur Leben. Und nicht verraten Heveller. Behalt dein Silber.« Er hielt sich anscheinend nur mit Mühe davon ab, auf den Boden zu spucken.

Der König verscheuchte ihn mit einem schroffen Wink. »Schafft ihn mir aus den Augen, eh mir übel wird. Thietmar, lass dir diesen Tunnel zeigen und schick einen Kundschafter hinein, aber er soll sich bloß nicht schnappen lassen. Dann geht und rüstet euch.« Er tippte seinem Sohn an die Brust. »Das gilt auch für dich. Wir greifen eine Stunde nach Einbruch der Dunkelheit an.«

Frauen war es verboten, den Tempel des Jarovit zu betreten. Aber Dragomira wusste sich zu helfen, denn wie alle Frauen der fürstlichen Familie kannte sie das Sehende Auge der Wolkengöttin.

Der Tempel stand am westlichen Rand der Burganlage, umgeben von einem Ring aus Eichen. Es war ein hohes Holzgebäude, mindestens so groß wie die Halle ihres Vaters und weitaus kunstvoller verziert. Die Balken und Bretter der Außenfassade waren geschnitzt, mit Linien- und Rankenmustern und Abbildern der Götter bemalt. Jedes Mal, wenn Dragomira sie sah, flößten ihre abweisenden Gesichter ihr Unbehagen ein. Und natürlich ein schlechtes Gewissen, denn sie hatte hier nichts zu suchen.

Trotzdem schlich sie weiter zum achten Baum links des Tempeleingangs und kletterte ohne Mühe hinauf. Zu Mittsommer, wenn das große Jarovitfest gefeiert wurde, bot das Eichenlaub einen guten Sichtschutz. Jetzt im Winter konnte sie nur auf die rasch zunehmende Dunkelheit hoffen. Sie wusste, was ihr blühte, wenn man sie erwischte. Das Gesetz sagte, eine Frau, die sich Jarovit verbotenerweise näherte, solle ihm noch am selben Tag geopfert werden, es sei denn, einer der Priester spreche dagegen. Da hier immer mindestens einer der Priester der Bruder, Vetter, Onkel oder Vater der Übeltäterin war, hatte seit Menschengedenken keine ihrer Ahninnen ihre übergroße Neugier mit dem Leben bezahlt, und Dragomira wusste genau, dass sie sich auf Tugomir verlassen konnte. Aber das Gesetz sagte auch, dass die Schuldige in dem Fall, da sie nicht geopfert wurde, zwischen der zwölften und dreizehnten Eiche anzubinden und so lange mit Ruten zu schlagen sei, bis das Blut einen See um ihre Füße bildete. Nichts und niemand würde sie davor bewahren können, denn der Hohepriester würde darauf bestehen, ihr Bruder Bolilut auch und vermutlich sogar ihr Vater.

Also war sie lieber vorsichtig.

Auf dem vierten Ast begann sie, nach außen zu rutschen, und als er gefährlich dünn wurde, richtete sie sich langsam auf und hielt sich an dem parallel wachsenden Ast darüber fest, um ihr Gewicht besser zu verteilen. Seitwärts bewegte sie sich weiter auf die Tempelwand zu, langsam und konzentriert, Hand über Hand, Fuß über Fuß. Sie blickte nicht nach unten, achtete nur darauf, immer mit einer Hand fest zuzupacken, ehe sie sich weiterwagte. Endlich ertastete sie die raue Holzwand vor sich, und im letzten Licht erahnte sie das pausbackige Antlitz Dodolas. Einen Moment musste Dragomira um Mut ringen. Dann packte sie die Wolkengöttin bei den Ohren, stellte einen Fuß in ihren geöffneten Mund, um den verdächtig knarrenden Eichenast von ihrem Gewicht zu entlasten, und spähte mit dem linken Auge durch das rechte der Göttin.

Pechfackeln in mannshohen Eisenständern und Öllichter am Boden tauchten die Tempelhalle in warmes Licht. Die Männer waren bereits alle versammelt, standen oder saßen in kleinen Gruppen um das Standbild des Gottes, der ein riesiges Füllhorn im Arm hielt. Die jüngsten Priesterschüler gingen umher und schenkten den Kriegern von dem Trank ein, den Tugomir bereitet hatte. Dragomira wusste nicht genau, was alles in den Met gemischt wurde, um dessen berauschende Wirkung zu verstärken und so die Pforte zur Welt der Götter zu öffnen. Bolilut und sein Freund Bogdan schienen jedenfalls schon heillos betrunken zu sein. Und sie waren nicht die Einzigen. Auch ihr Vater, Fürst Vaclavic, und die Priester tranken so schnell sie konnten, denn es war Frevel, bei der Tempelzeremonie länger als zwingend notwendig nüchtern zu bleiben. Sogar Boliluts achtjähriger Sohn Dragomir, der erst vor wenigen Wochen seinen ersten Haarschnitt und seinen endgültigen Namen erhalten hatte, hielt einen der Tonbecher in den kleinen Händen.

Der rückwärtige Teil des Tempels war für gewöhnlich mit Wandschirmen abgetrennt, denn dort wohnten die Priester und verwahrten die magischen Feldzeichen und die Truhen mit den Schätzen des Burgherrn. Vor allem stand dort jedoch die größte Kostbarkeit des Tempels: Jarovits goldener Schild. Sechs kräftige Männer waren vonnöten, um ihn vor den Kriegerscharen der Heveller einherzutragen – der einzige Zweck, zu welchem der Schild je den Tempel verließ. Jetzt waren die Wandschirme indes beiseitegeschoben, und der Schild stand dort auf seinem eisernen Gestell. Das fein ziselierte Gold funkelte satt im Fackelschein.

Die Männer im Tempel bildeten eine Gasse. Zwei Priester führten Anno in die Mitte und hielten vor dem Standbild des Gottes an, das gleichgültig über ihre Köpfe hinweg nach Osten starrte. Dragomira fand Annos Gesicht immer schwer zu deuten, weil er keine Augen hatte, und von hier oben konnte sie es auch nicht genau erkennen. Aber seine Miene schien ihr gefasst, seine Haltung entspannt. Seine Lippen bewegten sich – sie nahm an, er betete zu seinen Göttern –; ansonsten hielt er still und wartete.

Schedrag, die beiden anderen älteren Priester und Tugomir traten vor, bildeten einen Kreis um das Opfer, legten einander die Hände auf die Schultern und begannen sich zu wiegen und leise zu singen. Der Fürst und die Krieger lauschten ehrfurchtsvoll den gesungenen Gebeten, mit denen die Priester Jarovit anflehten, ihr Opfer gnädig anzunehmen. Als der getragene Gesang endete, war es mit einem Mal sehr still im Tempel. Selbst hier oben auf ihrem Lauerposten spürte Dragomira die gespannte Erwartung, die unter den Kriegern herrschte. Der Winter, die Entbehrungen und die ständige Bedrohung durch die Belagerung hatten die Männer grimmig gemacht, wusste sie, und das Gebräu in ihren Bechern stachelte sie weiter an. Sie wollten Blut sehen.

Schedrag löste sich von den anderen Priestern, trat zu Anno und legte ihm beide Hände auf den Kopf. Der Blinde fuhr fast unmerklich zusammen, sank dann aber unter dem sanften Druck der Hände bereitwillig auf die Knie. Die beiden anderen Priester nahmen seine Handgelenke, führten sie auf den Rücken und banden sie mit einem Lederriemen. Tugomir wandte sich ab, ging in den rückwärtigen Teil des Tempels, hob ein Messer mit einem kostbaren Bernsteingriff aus einer der Truhen und brachte es dem Hohepriester. Sein Gesicht war ernst und konzentriert – nichts sonst. Niemand hätte erraten können, dass das Opfer, das da duldsam wie ein ahnungsloses Kälbchen zu seinen Füßen kniete, sein Freund war.

Dragomira begann sich gerade zu fragen, ob Tugomir vielleicht so berauscht war, dass er ganz und gar in die Götterwelt entrückt war, als Schedrag ihm das feine Messer zurückgab und mit einer Geste bedeutete, das Opfer zu vollziehen.

Dragomira biss sich hart auf die Zunge, um einen Laut des Schreckens zu unterdrücken.

Tugomir sah auf das Messer in seinen Händen. Lange, so kam es ihr vor. Dann hob er den Blick und schaute Schedrag an.

Der uralte Priester nickte ihm ernst zu. »Ich weiß. Aber es muss sein. *Deswegen* haben die Götter ihn ausgewählt. Damit du es tun und dein Volk vor dem Untergang bewahren kannst. Der Einzige, für den es wirklich ein Opfer bedeutet.«

Dragomira spürte Tränen in den Augen brennen, hob für einen Moment den Kopf und fuhr sich mit dem linken Unterarm übers Gesicht. Es kam ihr vor, als laste ein Mühlstein auf ihrem Herzen, und endlich gestand sie sich ein, was sie schon lange geahnt hatte: Sie hasste Schedrag. Er war ein gerissener alter Wolf, der ihren Vater vollkommen beherrschte und ihren Bruder gestohlen hatte. Und jetzt zwang er ihn, etwas so Grauenvolles zu tun. Etwas, das Tugomir sich vermutlich niemals vergeben konnte. Natürlich war ihr klar, dass es in Wirklichkeit Jarovit war, der all diese Dinge tat. Aber einen Gott zu hassen war verboten. Also blieb ihr nur der Hohepriester.

Tugomir zögerte immer noch.

»Wird's bald? Nun schlachte den blinden Kapaun endlich, du Jammerlappen«, lallte Bolilut, was ihm einen so unsanften Rippenstoß von ihrem Vater eintrug, dass er zur Seite kippte.

Tugomir schien ihn nicht gehört zu haben. Immer noch sah er Schedrag unverwandt an. Dann hielt er ihm das Messer kopfschüttelnd hin und öffnete die Lippen, um irgendetwas zu sagen.

Der Priester kam ihm zuvor: »Es ist deine letzte Prüfung, Tugomir. Ich weiß, sie ist die schwerste. Aber wenn du jetzt dein Schweigen brichst, war alles umsonst, was du auf dich genommen und was du gelernt hast.«

»Er hat recht, Tugomir«, sagte Anno. Die versammelten Krieger murmelten aufgebracht. Dragomira schloss, dass es sich für ein Opfer nicht gehörte, die Priester anzusprechen. Doch wie sie Anno kannte, war ihm das völlig gleich.

Sie täuschte sich nicht: »Wirf nicht alles weg, was du sein wolltest, nur damit dieses Stück Dörrfleisch mir die Kehle durchschneidet«, fuhr er fort. »Mir ist es lieber, wenn du es tust, ehrlich. Komm schon. Und wenn du mir Respekt erweisen willst, dann lass mich nicht länger warten.«

Tugomir erwachte aus seiner Starre. Dragomira sah Tränen über seine Wangen laufen, als er hinter Anno trat, ihm die Linke auf die Stirn legte und den Hinterkopf gegen seinen Oberschenkel drückte. Dann setzte er ihm die scharfe Klinge an den Hals und schnitt ihm mit einer raschen, aber kontrollierten Bewegung die Kehle durch.

Ein Blutstrahl schoss aus der klaffenden Wunde und ertränkte zischend eine der Öllampen am Boden. Anno gab einen Laut von sich, der wie ein Seufzen klang, und sein Leib erschauderte, aber Tugomir hielt ihn weiter fest. Er hatte das kostbare Messer fallen lassen und dem Sterbenden die Rechte auf die Schulter gelegt. Und so verharrte er, bis Annos Körper erschlaffte und der Blutstrom ein Rinnsal wurde.

Dragomira konnte nicht länger hinschauen. Es war nicht der Anblick des toten Freundes, den sie unerträglich fand, sondern das Gesicht ihres Bruders. Sie richtete sich auf und wandte den Kopf. Als sie das Feuer entdeckte, durchzuckte sie ein solcher Schreck, dass sie um ein Haar den Halt verloren hätte.

Die ganze Vorburg brannte lichterloh.

Das Schwert in der Rechten, eine Fackel in der Linken trat Otto die Bretterwand auseinander, die das Tunnelende versperrte, und orientierte sich mit einem raschen Blick. Er befand sich in einer einräumigen Hütte, in der Wollvliese bis zur niedrigen Decke aufgestapelt lagen. An drei Stellen stieß er die Fackel hinein, bis die Wolle lustlos zu brennen begann. Mit einem Blick über die Schulter vergewisserte er sich, dass sein Stoßtrupp nachrückte, dann stürmte er ins Freie.

Der Schnee machte die Nacht hell. Otto entdeckte das Haupttor zu seiner Linken, klopfte Udo eindringlich auf die Schulter und wies mit der Klinge in die Richtung. Der Soldat nickte, winkte seinen Männern, und geduckt liefen sie im Schatten der Gebäude entlang, die sich an den Wall schmiegten.

Dann erklangen Flüche von oben. Offenbar bekamen die Männer, die auf dem Dach der Hütte Wache standen, warme Füße. Zwei sprangen vom Wehrgang herunter und landeten mit gezückten Schwertern vor dem Prinzen im Schnee.

Otto rammte dem Linken die Klinge in den Bauch, noch ehe der Mann sich ganz gefangen hatte, dann stellte er sich dem zweiten zum Kampf. Aus dem Augenwinkel sah er, wie sein Stoßtrupp ausschwärmte. Wahllos rissen die Männer die Türen der Wohn- und Lagerhäuser auf und warfen ihre Fackeln hinein. Die ersten Schreie gellten.

Otto blieb keine Zeit, sich zu fragen, ob die Frau, die er weinen hörte, jung und hübsch war. Sein Gegner war ein geübter Schwertkämpfer. Für ein paar Herzschläge brachte er den Kampf unter seine Kontrolle, drängte Otto zurück, bis der mit dem Rücken hart gegen die brennende Holzwand der Hütte stieß. Aber dann duckte der Prinz sich nach rechts weg, tauchte geschickt unter der zustoßenden Klinge hindurch und trieb die seine dem Gegner in die Seite.

Stöhnend ging der Mann zu Boden.

Otto blickte sich um, während er sein Schwert befreite. Die Vorburg glich einem großen Dorf. Wohnhäuser und Werkstätten säumten nicht nur den Schutzwall, sondern standen in unordentlichen Gruppen auch im Innern des umfriedeten Ovals. Auf einem kleinen Platz machte er einen Brunnen aus. Die Häuser lagen still

29

und dunkel, denn die Handwerker und Krämer, die sie bewohnten, hatten sich längst schlafen gelegt.

Hellwach waren hingegen die Krieger auf dem Wall. Dieser war eine gewaltige Befestigung: außen ein tiefer, jetzt überfrorener Graben, dann eine steile Lehmböschung – Berme genannt –, die bei Nässe oder Frost viel zu glitschig war, um sie zu erklimmen, gekrönt von angespitzten Palisaden. Hier auf der Innenseite war der Erdwall eine senkrechte, mit Brettern verschalte Wand, und die Dächer der umlaufenden Hütten bildeten den Wehrgang.

Die Stärke des Walls und die Baukunst, die er verriet, beeindruckten den jungen Prinzen. Ohne diesen Tunnel hätten wir noch einmal zwei Monate gebraucht, um hier hereinzukommen, dachte er.

Die Brände und der Kampfeslärm hatten die Leute geweckt, und aus allen Türen hasteten Männer in die Nacht hinaus – ungerüstet und mehrheitlich nur mit Keulen bewaffnet, schien es Otto. Aber es waren viele. Er folgte Udo und dessen Männern zum Haupttor. Er wusste, sie mussten sich beeilen und die Hauptstreitmacht seines Vaters einlassen, ehe die Verteidiger seinen Stoßtrupp einkesseln konnten. Angefacht vom kalten Ostwind hatten die Feuer sich ausgebreitet und erhellten die Nacht. Trotzdem sah der Prinz den Feind nicht kommen, der sich vom brennenden Dach eines Viehstalls auf ihn stürzte. Unter dem Gewicht seines Angreifers fiel Otto in den Schnee und begrub sein Schwert unter sich.

Der Heveller wälzte sich von ihm, packte ihn beim Ohr und schlug ihm die Faust ins Gesicht. Der Prinz spürte heißes Blut aus seiner Nase über Mund und Kinn laufen und versuchte vergeblich, sich loszureißen. Sein Gegner zückte ein Messer aus dem Gürtel, und Otto packte eine Handvoll Schnee und schleuderte ihn dem Mann in die Augen.

Fluchend fuhr der Heveller sich mit dem Ärmel übers Gesicht. Der Moment reichte dem Prinzen. Wendig wie ein Otter rollte er auf den Heveller zu, entging der zustoßenden Klinge, bekam sein Schwert zu fassen und führte einen unkontrollierten Streich. Schreiend schlug der Mann die Hände vor sein aufgeschlitztes Gesicht, ließ das Messer fallen und torkelte davon.

Otto sprang auf die Füße und sah erleichtert die hohen Flügel des Haupttors nach innen schwingen.

»Die Vorburg ist gefallen, mein Fürst«, berichtete der Wächter keuchend, der vom Wehrgang zum Tempel geeilt war, um die Männer zu warnen.

Fürst Vaclavic wurde schlagartig nüchtern. Das hatte Tugomir schon des Öfteren an seinem Vater bewundert. Scheinbar mühelos sprang der nun auf die Füße. »Bewaffnet euch, schnell«, befahl er den Männern im Tempel. »Sammelt euch am Tor, Bolilut.« Und den Hohepriester fragte er: »Bedeutet das, dass Jarovit unser Opfer ablehnt?«

Schedrag schüttelte den kahlen Kopf – offenbar seelenruhig. »Warum sollte er, hat er es sich doch selbst ausgesucht. Schneidet dem Opfer den Kopf ab und legt ihn dem Gott zu Füßen. So viel Zeit muss sein.«

Der Fürst und seine Männer hasteten aus dem Tempel, um zur Halle zurückzukehren und ihre Rüstungen anzulegen.

Bolilut nahm eine der Streitäxte von der Wand und hielt sie Tugomir einladend hin: »Willsu … Willst du vielleicht?«

Tugomir schüttelte den Kopf, wandte sich ab und ging in den unbeleuchteten hinteren Bereich des Tempels, wo er seine Schlafstatt hatte und seine persönlichen Habseligkeiten aufbewahrte, darunter auch die Rüstung. So musste er wenigstens nicht sehen, wie Bolilut Anno den Kopf abhackte. Was er hörte, reichte ihm vollkommen.

Einer der Knaben, die im Tempel Dienst taten, half ihm, den Kettenpanzer anzulegen, und reichte ihm das Gehenk mit dem kostbaren Schwert und schließlich den Rundschild.

»Wird die Burg fallen, Tugomir?«, fragte der Priesterschüler angstvoll.

Tugomir setzte den Spangenhelm auf. »Nicht solange wir sie verteidigen.«

»Aber alle Männer sind berauscht. Dein Bruder kann sich kaum auf den Beinen halten.«

Ja, es war ein verdammtes Pech, dass die Sachsen sich ausge-

31

rechnet diese Nacht ausgesucht hatten, um zu stürmen. Oder war es vielleicht gar kein Zufall? Tugomir warf einen argwöhnischen Blick auf das Standbild des Gottes, das doppelt so groß war wie er. Jarovit war ein Spieler, wusste der junge Priester. Und manchmal war sein Spiel grausam – wie von einem Kriegsgott kaum anders zu erwarten. Tugomir verehrte ihn wegen der großen Macht, die Jarovit besaß, aber getraut hatte er ihm noch nie.

»Verschwinde, Visan. Versteck dich mit den anderen Kindern im Keller der Burg.«

»Aber ich bin schon fast zwölf!«, protestierte der Junge.

Ungeduldig drehte Tugomir ihn um und versetzte ihm einen unsanften Stoß zwischen die Schultern. »Tu's trotzdem. Sicher ist sicher.«

Er wartete nicht ab, ob Visan ihm gehorchte, sondern eilte in die Winternacht hinaus, ohne den kopflosen Leichnam eines Blickes zu würdigen, der vergessen zwischen zwei der hohen Fackelständer lag.

Das Tor des Walls zwischen Vor- und Hauptburg war fest verschlossen, und die Männer hatten bereits die Hütten unmittelbar darunter abgerissen, sodass der Wehrgang unterbrochen war und das Tor mehr als mannshoch in der Luft zu hängen schien. Überall lagen Holzbretter und Trümmer verstreut. Ein Dutzend Kornsäcke – unter anderen Umständen ein sorgsam gehüteter Schatz – waren achtlos beiseitegeworfen worden und teilweise aufgeplatzt. Tugomir blickte sich um. Zwanzig oder dreißig Mann, die auf dem Wehrgang gewacht hatten, standen bereit. Sein Vater kam mit ebenso vielen von der Halle herüber – die eilig aufgeweckte Tagwache. Bolilut und sein Dutzend Raufbolde waren ebenfalls versammelt, aber sie stützten sich aufeinander und wankten, und noch während Tugomir zu ihnen hinüberschaute, wandte sein Bruder sich ab, stemmte die Hände auf die Oberschenkel und erbrach sich.

»Sehet den Helden der Heveller …«, murmelte Tugomir vor sich hin, und im selben Moment donnerten die ersten Axthiebe gegen das Tor.

Die Eichenbohlen waren hart und stark, aber die Äxte der Sachsen scharf und offenbar zahlreich. Es dauerte nicht lange, bis das Tor zu splittern begann.

Die Krieger der Heveller zogen die Schwerter oder legten beide Hände an ihre breitschneidigen Äxte, sahen mit unbewegten Mienen zum Tor hinauf und warteten auf das Unvermeidliche.

Schließlich krachte der Sperrbalken zu Boden, die mächtigen Torflügel schwangen auf, und das erste Dutzend Sachsen stürzte schreiend in die aufgerichteten Lanzen, die sie erwarteten. Die drei, die wie durch ein Wunder nicht aufgespießt wurden, erledigten die Äxte der Wache.

Die nachdrängenden Angreifer waren gewarnt, aber ehe sie begriffen hatten, wo das Problem lag, war nochmals ein ganzer Schwung abgestürzt und niedergemetzelt worden. Tugomir half, sie vom Tor wegzuschleifen, damit die Toten keinen Hügel bildeten, über den die Eindringlinge herabspazieren konnten.

Einer der Sachsen – anscheinend ihr Anführer, obwohl er nicht älter als Tugomir zu sein schien – brüllte ein paar Befehle, und es purzelten leider keine weiteren ins Verderben. Stattdessen hatten sie in Windeseile ein paar Bogenschützen nach vorn geholt, die mit erschreckender Treffsicherheit auf die Verteidiger schossen und sie zurückdrängten. Sofort rückten die Heveller wieder vor, doch als Nächstes wurden sie mit Büscheln aus nassem, brennendem Stroh beworfen, und im Schutz des Qualms seilten die ersten Sachsen sich ab. Es konnten nicht mehr als je drei oder vier gleichzeitig sein, und Tugomir rückte Schulter an Schulter mit seinem Vater vor, um sie niederzumachen, doch der Beschuss von oben ging weiter, und gerade als Tugomir in all dem Rauch endlich einen Feind fand, mit dem er die Klingen kreuzen konnte, sank sein Vater neben ihm getroffen zu Boden. Mit einem Schrei, der Zorn und Schmerz zugleich ausdrückte, schlug Tugomir seinem Gegner mit einem beidhändig geführten Hieb den Kopf vom Rumpf und dachte: Siehst du, Bolilut, anders als du kann ich sogar *lebende* Sachsen enthaupten. Dann traf ihn ein harter Schlag in den Nacken, und die helle Winternacht wurde dunkel.

Sein Kopf dröhnte, als er zu sich kam, und er wälzte sich stöhnend auf die Seite. Augenblicklich landete ein Tritt in seinem Magen. Tugomir hustete erstickt und blieb mit geschlossenen Augen still liegen. Seine Hände waren gefesselt.

Die Burg ist gefallen, erkannte er, und mit dem Gedanken kam die Erinnerung. Langsam, fast verstohlen schlug er die Lider auf. Das Erste, was er sah, war sein Bruder. Bolilut lag verräterisch reglos neben ihm auf dem sandigen Boden der Halle. Die hässliche Wunde auf der Wange blutete nicht. Das Gesicht war fahl. Die Hände ungebunden. Er war tot. Der große Bruder, der ihn sein Leben lang drangsaliert hatte, war tot, und Tugomir konnte das Ausmaß seines Schmerzes überhaupt nicht begreifen.

Er setzte sich auf, legte Bolilut die gefesselten Hände auf den Kopf und sagte: »Die Welt ist dunkler geworden, denn dein Licht am Firmament ist verloschen. Ich klage, denn dein Stern ist verglüht. Möge Veles dich auf sicheren Pfaden in die andere Welt geleiten.«

Wieder trat jemand nach ihm, und Tugomir drehte ihm im letzten Moment den Rücken zu, sodass der Stiefel ihn in der Nierengegend erwischte.

Neben Bolilut lag ihr Vater. Ein abgebrochener Pfeilschaft ragte aus seinem Hals, und der Fürst hatte viel Blut verloren, aber er lebte. Jedenfalls noch. Er war bewusstlos, doch seine Lider zuckten dann und wann.

Tugomir hörte ein Schluchzen und wandte den Blick zur anderen Seite. Dragomira saß mit dem Rücken an die reich verzierte Bretterwand gelehnt. Sie hielt den kleinen Dragomir auf dem Schoß, der das Gesicht an ihrer Schulter vergraben hatte und bitterlich weinte. Dragomiras Augen waren geweitet und voller Schmerz, aber trocken. Eine wahre Fürstentochter, dachte Tugomir stolz, und versuchte, ihr zuzulächeln. Er hatte nicht das Gefühl, dass es besonders gut gelang.

»Wer noch?«, fragte er leise.

Dragomira nickte auf ihren Neffen hinab. »Seine Mutter. Schedrag und der junge Visan. Diese Wilden haben sie im Tempel abgeschlachtet. Viele Krieger, aber ich weiß nicht …«

Sie verstummte, als der Mann, der sie bewachte, Tugomir gegen den schmerzenden Kopf trat und schnauzte: »Wollt ihr wohl endlich das Maul halten!«

Dann packte er Dragomira am Arm und zerrte sie so rüde hoch, dass ihr Neffe zu Boden fiel. Der Sachse schlug sie mit dem Handrücken ins Gesicht, zog sie mit einem Ruck näher zu sich heran und legte die Hand auf ihre Brust. »Ich weiß schon genau, was ich mit dir mache, wenn ich abgelöst werde, du kleine Schlampe …«

Dragomira spuckte ihm ins Gesicht. Der Sachse stieß einen unartikulierten Wutschrei aus und ging mit den Fäusten auf sie los. »Na warte, du …«

»Schluss damit, Udo«, donnerte eine raue, offenbar befehlsgewohnte Stimme.

Schleunigst ließ Udo von Dragomira ab.

Tugomir wandte den Kopf. Ein rothaariger Sachse mit Silberbart war hereingekommen und postierte sich breitbeinig vor dem Feuer, als sei dies seine Halle. Nun, in gewisser Weise war sie das ja jetzt auch, musste Tugomir erkennen. Der Mann war von untersetzter Statur und hatte die etwas krummen Beine, die einen lebenslangen Reiter auszeichneten. Ihm folgten zwei junge Männer, der eine groß und blond, der andere kompakter und dunkel, aber beide hatten die gleichen blauen Augen wie der Rotschopf.

»Thankmar«, sagte der Silberbart zu dem dunkelhaarigen Sohn. »Geh und sieh nach, wo sie ihre Schätze gehortet haben.«

Mit einem knappen Nicken wandte der Sohn sich ab und ging hinaus.

»Udo, du holst mir den Judas. Du weißt schon, diesen jämmerlichen Krämer. Er spricht unsere Sprache, also kann er sich hier nützlich machen. Aber zuerst bring mir den Jungen.«

Udo zerrte Tugomir an Haaren und Oberarm auf die Füße und führte ihn zu seinem Fürsten.

»Wie ist dein Name?«, fragte der.

Tugomir sah ihm in die Augen und antwortete nicht.

Sein Gegenüber tippte sich mit großer Geste an die fassrunde Brust und brüllte: »Ich: König Heinrich!« Dann wies er mit dem Finger auf seinen Gefangenen. »Du?«

Trotz seiner Verzweiflung und Furcht hatte Tugomir plötzlich Mühe, nicht zu grinsen. Gänzlich unbeabsichtigt tauschte er einen Blick mit Heinrichs jüngerem Sohn und erkannte, dass es dem nicht anders erging.

Er sah den König wieder an. »Tugomir.«

Heinrich schaute fragend zu seinem Sohn. »Otto?«

»Der zweite Sohn des Fürsten«, wusste der zu berichten. »Jünger, aber klüger als sein Bruder, heißt es. Sie haben ihn zum Priester ihrer Götzen gemacht. Vermutlich sollte er das Hirn werden, das dereinst die Faust des tumben Bruders lenkt.«

»Hm«, machte der König mit einem abschätzigen Blick auf Boliluts Leichnam. »Ich würde sagen, das hat sich erledigt.« Durchdringend und mürrisch zugleich sah er Tugomir ins Gesicht.

Udo kam in die Halle zurück und zerrte einen offenbar sehr unwilligen Begleiter mit sich, eine Gestalt in löchriger Lederkleidung, die weinend protestierte. »Ihr versprochen! Nicht verraten Heveller! Jetzt doch verraten! Aber ihr versprochen!« Seine Stimme überschlug sich.

»Liub!«, rief Tugomir erschrocken, als er den Kaufmann aus der Vorburg erkannte. »Was hat das zu bedeuten?«

Liub wand sich unter unwürdigem Schluchzen aus Udos Klauen und warf sich Tugomir zu Füßen. »Vergib mir … Vergib mir, Prinz. Wir hatten seit Tagen nichts mehr zu essen … Mein Sohn hat geweint und geweint, und gestern Morgen ist er einfach nicht mehr aufgewacht …«

Tugomir wusste mit einem Mal genau, was dieser jämmerliche Wicht getan hatte, und so sehr graute ihm davor, dass er unwillkürlich einen kleinen Schritt zurücktrat. Sie hatten Anno geopfert – mit seinen eigenen Händen hatte Tugomir ihn getötet –, und das Opfer war wirkungslos geblieben, weil Liub sein Volk seinen Feinden ausgeliefert hatte. Bolilut war tot. Ihr Vater würde vermutlich verbluten, ehe die Sonne aufging. Und der blonde Sachsenprinz würde Dragomira schänden – er konnte den Blick ja jetzt schon nicht mehr von ihr wenden. All das wegen des Verrats dieser erbärmlichen Kreatur. Doch gegen Verräter waren vermutlich selbst die Götter machtlos …

36

»Ich kann dir nicht vergeben, Liub«, antwortete Tugomir. »Du bist jenseits aller Vergebung. Geh heim, wenn sie dich lassen, und beende dein Leben selbst, bevor deine Nachbarn erfahren, was du getan hast. Hast du deinen Sohn schon verbrannt?«

Liub schüttelte den Kopf.

»Dann halte seine Hand, während du dich richtest. Wenn du Glück hast, kehrt sein Geist zurück, um dich in die andere Welt zu führen. Niemand sonst wird es tun wollen.«

Mitleidlos blickte er auf den weinenden Kaufmann hinab und wünschte, er hätte die Hände frei, um Rache an ihm zu nehmen, als der ältere Sohn des Königs zurückkam. Er war sehr bleich, und er trug keine Schatulle voller Silber, sondern einen kugelförmigen Gegenstand, der in eine Decke eingeschlagen war. Behutsam legte er ihn vor seinem Vater in den Sand. »Seht nur, was diese Barbaren getan haben, Vater.« Er schlug die Decke zurück und enthüllte Annos Kopf – einen wahrlich schauderhaften Anblick. Die leeren, vernarbten Augenhöhlen waren seltsamerweise schlimmer als alles andere.

Der König und seine Söhne taten etwas sehr Merkwürdiges: Sie hoben die Rechte, berührten damit ihre Stirn, die Mitte der Brust, führten die Hand dann erst zur einen, zum Schluss zur anderen Schulter und ließen sie wieder sinken. Tugomir war Priester und erkannte ein magisches Zeichen, wenn er es vor sich hatte, aber er rätselte, was es bedeuten mochte.

»Anno …«, murmelte König Heinrich – offenbar ehrlich erschüttert.

»Es ist ganz frisch«, sagte Otto. »Hätten wir doch nur einen Tag eher gestürmt.«

Sein Vater schien ihn gar nicht gehört zu haben. Zornesröte stieg ihm ins Gesicht. »Ich will wissen, wer das getan hat!« Er wirbelte zu Liub herum, der immer noch im Sand lag und heulte, packte ihn im Nacken und schüttelte ihn. »Wer hat das getan? Raus damit, du jämmerlicher slawischer Hund! Wer hat meinen Vetter geblendet und getötet?« Er schlug seinem jammernden Opfer mit der Faust auf den Kopf. »Sag es mir, du widerlicher Feigling!«

Liub versuchte, schützend die Hände vors Gesicht zu legen. »Priester!«, stieß er hervor. »Götter haben ausgesucht Sachsen als Opfer.«

König Heinrich ließ ihn los, richtete den Blick auf Tugomir, und er war furchteinflößend in seinem Zorn, stellte der junge Priester fest. »Ihr habt also meinen Vetter euren verfluchten Götzen geopfert.«

»Wenn er Euch so teuer war, hättet Ihr ihn nicht unter Eure Feinde schicken sollen, König Heinrich«, antwortete Tugomir.

Die drei blauäugigen Sachsen starrten ihn einen Moment an.

»Du … du sprichst unsere Sprache?«, fragte Thankmar schließlich.

Tugomir nickte.

»Wieso hast du das nicht eher gesagt?«

»Ihr habt nicht gefragt«, gab der Fürstensohn mit einem Achselzucken zurück. Das Hämmern in seinen Schläfen hatte sich verschlimmert. Er litt schrecklichen Durst. Und er fürchtete sich. Aber sein Zorn machte ihn stark und mutig. Sein Zorn war im Augenblick sein bester Freund.

Der vierschrötige Soldat, der Liub hergebracht hatte, packte Tugomir an der Schulter und schmetterte ihm die geballte Linke ins Gesicht. »Ich kann nicht sagen, dass deine Spielchen mir gefallen!«

Er hob die Hand wieder, aber Prinz Otto schritt ein. »Warte einen Moment, Udo.« Dann fragte er Tugomir: »Wieso beherrschst du unsere Sprache?«

Der Fürstensohn wies auf den abscheulichen abgetrennten Kopf hinab. »Anno hat sie mich gelehrt. So wie viele andere Dinge.«

»Und du hast es ihm gedankt, indem du ihm den Kopf abgehackt hast?«, entgegnete Heinrich bitter.

Tugomir sah ihm in die Augen. »Die Götter hatten ihn ausgewählt. Anno war ein guter Mann und mein Freund. Ich habe ihn dennoch geopfert, weil es eben sein musste. Genau wie Ihr, König Heinrich, nicht wahr?«

Der starrte ihn einen Moment an, lächelte dann frostig und

tätschelte ihm unsanft die Wange. »Ich merke, es stimmt, was sie über dich sagen. Du bist ein Fuchs, mein Slawenprinzlein. Vermutlich viel zu gefährlich, um dich leben zu lassen.«

Dragomira saß auf einem Schemel in ihrer Kammer und kämmte sich das hüftlange, dunkle Haar mit langsamen Strichen. Wie die übrigen Wohnräume der Fürstenfamilie war die Kammer ein Anbau an der Giebelwand der Halle, mit feinen Wandbehängen und Möbeln ausgestattet. Ein Kohlebecken vertrieb die schlimmste Kälte, und das breite Bett war großzügig mit Felldecken ausgestattet. Auf dem Tisch standen fein gemusterte Tongefäße mit Duftessenzen, Kräutern und Ölen.

Dragomira hatte ihre Sklavinnen fortgeschickt, denn deren Schreckensmienen hatten ihr zu schaffen gemacht. Sie war lieber allein bei ihren Vorbereitungen.

Sie war merkwürdig gefasst. Das kam ihr selbst verdächtig vor, aber ändern ließ es sich nicht. Natürlich war sie erschüttert über den Tod ihres Bruders, aber eher in pflichtschuldiger Weise. Der unsägliche Jammer ihres kleinen Neffen hatte sie mehr geschmerzt als Boliluts Tod an sich. Dennoch: Ihr Bruder war tot, genau wie die Mehrzahl der Krieger, der Hohepriester, und die Götter allein mochten wissen, wie viele Menschen in der Vorburg tot im Schnee lagen. Und auch wenn der Sachsenkönig Tugomir nach hitziger Debatte – von der sie nichts verstanden hatte bis auf die Schläge, die ihr Bruder einstecken musste – schließlich gestattet hatte, die Wunden ihres Vaters zu versorgen, glaubte Dragomira doch nicht, dass der Fürst den Sonnenaufgang noch erleben würde. Ihre Welt lag in Trümmern, und eigentlich hätte sie die Hände ringen und wehklagen müssen. Vor allem hätte sie sich *fürchten* müssen. Aber das tat sie nicht. Jedenfalls nicht mehr als sonst.

Weil du schlecht bist, sagte die altvertraute innere Stimme, *schlecht wie deine Mutter. Wenn nicht gar schlimmer.* Es war nicht die Stimme ihres Vaters, denn sie klang dünn und geschlechtslos, aber dennoch kam es Dragomira immer so vor, als hätte ihr Vater ihr diese Stimme geschickt. Denn sie sagte, was er glaubte.

Und womöglich hatte sie recht. Dragomira hatte sich vor dem sächsischen Soldaten gefürchtet, der sie begrapscht und geschlagen hatte. Sie hatte geglaubt, er werde ihr da und dort in der Halle die Kleider vom Leib reißen und es vor Tugomirs Augen tun, und das hatte sie in Panik versetzt. Doch als der blonde Prinz in die Halle gekommen war und sie angelächelt hatte, war alle Furcht von ihr abgeglitten.

In den Tagträumen ihrer Kindheit war so mancher Prinz erschienen. Sie hatte sich vorgestellt, ein edler Fremder werde kommen und sie stehlen und mit ihr davonreiten. Daraufhin gingen ihrem Vater endlich die Augen auf, und er entdeckte seine Liebe für die entführte Tochter, eilte ihr nach und befreite sie. In letzter Zeit hatte die Rolle des ungestümen Prinzen sich allerdings gewandelt: Er brachte sie auf seine Burg, heiratete sie und tat all die Dinge mit ihr, von denen Boliluts Frau ihr erzählt hatte, der die Aufgabe zugefallen war, ihre junge Schwägerin auf ihre baldige Heirat vorzubereiten.

Natürlich machte Dragomira sich nichts vor. Sie wusste, was der blonde Sachsenprinz wollte, und ganz gewiss wollte er keine slawische Gemahlin. Aber sie hatte keine Angst vor ihm. Sie hatte in seine Augen geschaut – so blau und hell wie die Flügel eines Bläulings – und gewusst, dass sie von ihm weniger zu befürchten hatte als von so manchem der Kandidaten, mit denen ihr Vater sie hatte verheiraten wollen.

Und so wartete sie auf ihn. Eine der alten Sklavinnen war Sächsin, und sie hatte Dragomira ausgerichtet, sie solle in ihr Gemach gehen und sich hübsch machen für den Prinzen. Er werde zu ihr kommen, sobald seine Zeit es erlaube, und er habe befohlen, eine Wache vor ihre Tür zu stellen, damit keiner seiner Männer auf die Idee kam, sich zu nehmen, was der Prinz für sich selber beanspruchte.

Dragomira legte den Kamm beiseite und öffnete das fein geschnitzte Holzkästchen, das ihren Schmuck enthielt. Das meiste davon hatte ihrer Mutter gehört, und Dragomira trug ihn so gut wie nie, weil sie immer fürchtete, der Anblick könne unwillkommene Erinnerungen in ihrem Vater wecken. Beinah ehrfürchtig nahm sie nun das silberbestickte Stirnband aus der Schatulle und legte es an. Am unteren Rand war es mit winzigen Ösen besetzt, und mit Hilfe ihres Bronzespiegels hängte Dragomira die S-förmigen, kleinen Schläfenringe ein – sechs Stück auf jeder Seite. Dann ein Reif aus geflochtenem Gold um den Hals, gefolgt von einer farbenfrohen Kette aus Bernstein und verschiedenen Halbedelsteinen, Fingerringe aus Glas und Silber, goldene Armreifen und Ohrringe. Schließlich betrachtete sie ihr Werk und fand, sie sah aus wie eine bunt geschmückte Opferkuh. Also nahm sie alles bis auf die Schläfenringe und den Halsreif wieder ab.

Viel besser.

Sie betrachtete ihre Sammlung aus Tontiegeln, griff hier und da nach einem und schnupperte und entschied sich für einen Duft, der an frisch gemähte Sommerwiesen erinnerte.

Es musste Mitternacht sein, schätzte Otto, aber er verspürte keine Müdigkeit. Sein Triumph wirkte belebend wie frisches Wasser aus einer eisigen Bergquelle und gleichzeitig so berauschend wie Wein aus dem Frankenland. Die Erstürmung der Brandenburg war *sein* Sieg, und sein Vater hatte gesagt, er hätte es selbst nicht besser gekonnt. Der König war für gewöhnlich sparsam mit seinem Lob, das deswegen natürlich umso süßer schmeckte.

In der Brandenburg war von Nachtruhe nichts zu spüren. Überall standen Posten mit Fackeln. Thankmar und Gero hatten den Silberschatz des Fürsten unter einer Falltür in dem großen Gebäude mit dem abscheulichen Götzenstandbild gefunden und obendrein einen mannshohen goldenen Schild, der einen sagenhaften Wert haben musste. Der König war hingegangen, um ihn in Augenschein zu nehmen. Die slawischen Krieger, die den Fall der Burg überlebt hatten, waren in einer der Hütten des Wehrgangs eingesperrt und wurden dort bewacht. Unten in der Vorburg vergnügte das Siegerheer sich mit den Metfässern und den Frauen der Heveller, aber König Heinrich und seine Kommandanten hatten dafür gesorgt, dass genügend Männer nüchtern und wachsam blieben, weil man bei diesen heidnischen Barbaren nie wissen konnte, ob nicht ein Nachbarvolk plötzlich zu Hilfe kam. Ihre Bündnisse und

Feindschaften waren so verworren und wechselvoll, dass sie für normale Menschen völlig unergründlich blieben.

Der meiste Betrieb herrschte in der Halle, wo die Verwundeten versorgt wurden. Als der König gesehen hatte, mit welchem Geschick dieser slawische Fürstensohn seinem Vater den Pfeil aus der Wunde zog und die Blutung stillte, hatte er ihm befohlen, auch die Verletzten auf sächsischer Seite zu versorgen. Dieser Sturkopf hatte sich unwillig gezeigt, bis Gero ihm drohte, seinen kleinen Neffen zu blenden, so wie diese verfluchten Heiden es mit Anno getan hatten. Da war der hochmütige Prinz Tugomir ganz zahm geworden …

Otto hoffte, dass dessen Schwester entgegenkommender war, denn es war nicht nach seinem Geschmack, sich eine Frau gefügig zu machen. Aber so oder so, er wollte sie haben, und er würde sie kriegen. Denn es stimmte, was man die alten Haudegen gelegentlich sagen hörte: Nichts konnte das Blut in Wallung bringen wie eine gewonnene Schlacht.

Otto betrat die kleine Kammer, die an die Halle gebaut war. Wärme und der Duft von Sommerwiesen schlugen ihm entgegen, und er atmete verstohlen tief durch. Das Mädchen saß halb aufgerichtet auf dem Bett, den Rücken an die fellbespannte Wand gelehnt, und Otto blieb fast die Luft weg, als er ihre nackten Brüste sah. Sie waren apfelrund und vielleicht eine Spur kleiner, als er sich gewünscht hätte, aber sie schimmerten verlockend im Licht des Öllämpchens, das auf dem Schemel neben der Schlafstatt stand. Viel mehr noch schimmerte das lange Haar. Wie Rabenflügel. Und sie trug irgendwelchen exotischen Schmuck an einem Stirnband.

Vor dem Bett blieb er stehen und betrachtete sie mit einem Lächeln. »Gott sei Dank ist es wahr, was man von euch Heidenfrauen sagt: Ihr seid vollkommen schamlos, nicht wahr?«

Sie erwiderte sein Lächeln und antwortete etwas, das er natürlich nicht verstehen konnte. Dann schlug sie einladend die Decke zurück.

Der Prinz löste die Fibel seines Mantels, ließ ihn achtlos zu Boden gleiten, schnallte den Gürtel ab und kniete sich auf die Bettkante. Ihr Duft, das schwarze Dreieck ihrer Schamhaare und die Schenkel, die ihm alabasterweiß erschienen, machten ihn kopflos. Auf der Stelle, *jetzt* musste er sie haben, und während er mit der Rechten seine Hosen aufschnürte, legte er die Linke auf ihr Knie, um ihr anzudeuten, sie solle die Beine spreizen.

Sie tat es bereitwillig, aber als er sich auf sie schob, legte sie eine kleine Hand auf seine Schulter. »Otto?«

Er hob den Kopf und musste trotz seines erbarmungswürdigen Zustands schon wieder lächeln. Es klang hinreißend, wie sie seinen Namen aussprach.

Er führte sein Glied zwischen ihre Schamlippen und rieb und suchte. »Was denn, mein Engel?«

Sie sagte etwas. Ihre Stirn war leicht gerunzelt, der Ausdruck ihres hinreißenden Gesichts ein wenig verlegen.

Er nickte. »Verstehe. Hab keine Angst. Ich werde so vorsichtig sein, wie ich kann.«

Und er hielt Wort. Sie zog scharf die Luft ein, als er eindrang, aber sie weinte nicht. Und bald röteten sich ihre Wangen, ihre kühle Haut wurde warm und noch samtiger. Ihre Lippen waren weich und glatt – nicht spröde wie die Lippen anderer Frauen im Winter immer wurden –, und als er mit der Zunge darüberfuhr, schmeckte er die würzige Süße von Anis. Das Mädchen legte die Arme um seinen Nacken und erwiderte seinen Kuss. Neugierig und ohne Scheu überließ sie sich ihm, rollte übermütig mit ihm durch ihr großzügiges Bett oder erspürte mit ernster Miene, was er wollte. Sie war unschuldig und schien doch Dinge zu wissen, die keine Jungfrau wissen konnte, und das faszinierte ihn. Es brachte ihn unweigerlich zu der Frage, ob die heidnischen Frauen über diese Dinge *sprachen*, ob die Erfahrenen die Jungen beiseitenahmen und ihnen zuflüsterten, was sie erwartete und was sie zu tun hatten, um einem Mann Wonne zu bereiten, und die Vorstellung brachte ihn aufs Neue in Wallung.

Trotzdem war er es schließlich, der als Erster erschöpft mit dem Kopf auf ihrer Brust einschlummerte, während sie ihm durch die blonden, schulterlangen Haare strich, an denen sie solche Freude zu haben schien.

Juhna, Februar 929

»Sie haben das Lager viel zu nah am Fluss aufgeschlagen, und dieses Wasser ist böse«, sagte Tugomir.
Dragomira beäugte argwöhnisch die dampfende Schüssel am Boden. »Denkst du, ich sollte es lieber wegschütten?«

Ihr Bruder schob den Ärmel über den Ellbogen und steckte die tätowierte Hand ins Wasser.

»Vorsicht, heiß!«, warnte sie.

Da hatte sie verdammt recht, musste Tugomir feststellen, aber seine Hände waren abgehärtet und hatten gelernt, dass sie nicht zurückzucken durften, wenn sie das Wesen der Elemente erfahren sollten. Konzentriert erkundete er, was er fühlte: ein Pochen in der Handfläche und Brennen auf der Haut von der Hitze, aber keine Reibung an den Fingerspitzen. Keinen Druck hinter der Stirn oder stolpernden Herzschlag, wie sie in der Nähe böser Wassergeister auftraten. Er zog die Hand aus der Schüssel, trocknete sie an seinem dunklen, wollenen Obergewand ab und schüttelte den Kopf. »Du kannst es benutzen. Aber halt dich vom Ufer fern.«

Sie nickte und vollführte eine auffordernde und doch verlegene Geste. »Wärst du so gut?«

Folgsam vollführte Tugomir im Sitzen eine halbe Drehung, sodass er Dragomira den Rücken zuwandte und sie sich unbeobachtet entkleiden und waschen konnte. Vermutlich wäre ihr lieber gewesen, er wäre fortgegangen und hätte sie allein gelassen, doch den Gefallen konnte er ihr nicht tun, denn er war an den Pfosten gekettet, der das Dach ihres Zeltes trug. Die Ketten klirrten leise, als er sich bewegte, und er blickte darauf hinab und fragte sich, ob man irgendwann aufhörte, Schmach zu empfinden, wenn sie einem nur lange genug angetan wurde.

Du hättest mich besser sterben lassen, hatte sein Vater zu ihm gesagt, kaum dass er aus der Bewusstlosigkeit erwacht war. *Deinen Neffen und dich selbst getötet. Wir wären besser alle mit Bolilut gegangen ...*

Das war ja so typisch. Was Bolilut tat, war *immer* richtig, selbst wenn er sich sternhagelvoll von irgendeinem sächsischen Wilden

44

hatte abschlachten lassen. Und wo Bolilut war, schien immer die Sonne, auch wenn es sich um die Welt jenseits des Großen Flusses handelte, den zu überqueren sich doch eigentlich niemand drängte. Aber in den vergangenen Wochen hatte Tugomir so manches Mal die Frage gequält, ob sein Vater nicht vielleicht recht gehabt hatte.

Sobald sicher war, dass Fürst Vaclavic am Leben bleiben würde, hatte König Heinrich zum Aufbruch gerüstet, denn er war noch lange nicht fertig mit den slawischen Völkern. Da er aber keine Soldaten erübrigen konnte, um sie als Besatzer in der Brandenburg zurückzulassen, hatte er beschlossen, Tugomir als Geisel zu nehmen, um das Wohlverhalten des hevellischen Fürsten zu erpressen. Sollte der sich je gegen sächsische Oberherrschaft erheben, Tributzahlungen verweigern, Krieger um sich scharen oder Ähnliches, werde man ihm den Kadaver seines letzten verbliebenen Sohnes schicken, und zwar in vielen kleinen Stücken, hatte Heinrich ausrichten lassen – durch den in Rede stehenden Sohn, natürlich, der als Einziger in der Lage war, zwischen Siegern und Besiegten zu übersetzen, nachdem Liub, dieser erbärmliche Feigling, nicht von eigener Hand, sondern von *sehr* vielen Händen äußerst erboster Heveller gerichtet worden war.

Und auch Dragomira werde als Geisel genommen, hatte der König noch hinzugefügt, als sei es ihm im letzten Moment eingefallen. Fürst Vaclavic hatte auf den Boden gespuckt, als der Name seiner Tochter fiel, denn natürlich wusste er genau wie Tugomir, warum und für wen Dragomira verschleppt wurde.

Die Aussicht auf ein Dasein als Gefangener hatte Tugomir mit Furcht und bösen Vorahnungen erfüllt. Er wusste zu genau, was die Menschen mit jenen taten, die ihnen wehrlos ausgeliefert waren. Er hatte es schließlich oft genug erlebt, wenn die Heveller von ihren Kriegszügen gegen feindliche Nachbarn – meist die verfluchten Obodriten – Gefangene mit heimbrachten. Aber fast noch schlimmer als die Angst vor seiner wenig rosigen Zukunft war der Schmerz darüber, seine Heimat verlassen zu müssen. Er versuchte sich klarzumachen, dass er die stolze Brandenburg nie wiedersehen würde, das Funkeln der Sonne auf dem Wasser der

Havel an einem klaren Frühlingsmorgen, die Seen und Wiesen des weiten Havellandes und die schier endlosen Wälder, deren Wildreichtum sein ganzes Volk vor Hunger bewahrte und deren Magie das Tor gewesen war, durch welches Tugomir Eingang in die Götterwelt gefunden hatte. Er scheiterte. Er sah sich außerstande, sich ein Dasein außerhalb dieser vertrauten Welt vorzustellen. Aber er machte sich nichts vor. Er wusste, es war ein Abschied für immer. Früher oder später *würde* sein Vater den erzwungenen Frieden mit dem Sachsenkönig brechen; kein Fürst konnte es sich auf Dauer erlauben, sich unterjochen zu lassen. Die Sorge um das Wohlergehen seines Sohnes würde ihn nicht abhalten. Fürst Vaclavic hatte die bittere Erfahrung machen müssen, dass persönliche Empfindungen ein Luxus waren, der einen Herrscher teuer zu stehen kommen konnte. Und außerdem gab es ja den kleinen Dragomir, der ihr Geschlecht fortführen konnte.

Sie waren in südlicher Richtung aufgebrochen und hatten sich durch verschneite Wälder geschlagen, bis sie die Elbe erreichten, deren Ufer sie bis zur Mündung der Jahna gefolgt waren. Dann waren sie den kleineren Fluss hinaufgezogen, hatten die ersten Dörfer der Daleminzer erreicht und niedergebrannt und mit der Belagerung ihrer Burg – die ebenfalls Jahna hieß – begonnen.

Zehn Tage hatten sie für den Marsch gebraucht, und Tugomir war erleichtert gewesen, dass man ihn wenigstens in einer Hinsicht wie den Sohn eines Fürsten behandelt und ihm ein Pferd zugestanden hatte. Auch so hatte der lange Weg durch Schnee und Kälte ihm viel abverlangt, denn er bekam nie genug zu essen, schon gar nichts Heißes.

Als die Sachsen ihr Lager vor den Toren von Jahna aufgeschlagen hatten, konnten sie niemanden mehr erübrigen, um ihre kostbare Geisel zu bewachen. Also hatten sie Tugomir Fußketten angelegt, die das Gehen beschwerlicher machten, als er sich je hätte vorstellen können. Das war indes nicht so schlimm, weil er kaum je irgendwohin ging. Er schlief mit einem runden Dutzend streng riechender sächsischer Krieger in einem Mannschaftszelt an einen Zeltbalken gekettet. Wenn sie es nicht vergaßen oder er nicht allzu aufsässig gewesen war, führte irgendwer ihn morgens zur Latrine, und meistens brachten sie ihn anschließend in sein Zelt zurück, überließen ihn Hunger, Kälte und seinen düsteren Gedanken und zogen gegen die bedauernswerten Daleminzer. Nur hin und wieder brachten sie ihn stattdessen zum Zelt seiner Schwester, das groß, sauber, komfortabel eingerichtet und obendrein beheizt war. Tugomir wusste genau, dass er auf Prinz Ottos Anordnung hierhergebracht wurde, der Dragomira eine Freude machen wollte. Und die Erkenntnis, dass er nicht einmal die Macht besaß, die unwillkommenen Freundlichkeiten dieses verfluchten Sachsenprinzen abzulehnen, der sich Nacht für Nacht zu seiner Schwester legte, stürzte Tugomir in Düsternis.

»Wie lange dauert diese Belagerung jetzt schon?«, fragte Dragomira in seinem Rücken.

»Zwanzig Tage.«

»Die armen Menschen. Ich hoffe, sie haben mehr Vorräte in der Burg angelegt als wir. Denkst du, die Milzener oder die Sorben werden ihnen zur Hilfe kommen?«

Das hatte Tugomir inständig gehofft, denn sie waren die östlichen und westlichen Nachbarn der Daleminzer, und die Anwesenheit einer feindlichen Armee vor ihrer Haustür war ihnen gewiss nicht entgangen. Doch er schüttelte den Kopf. »Ich schätze, dann wären sie längst hier. ›Die kleinlichen Streitereien zwischen den Stämmen unseres Volkes werden einmal unser Untergang sein‹, hat Schedrag immer gesagt. Wie es aussieht, hatte er recht.«

»Du sagst das so, als wäre es dir gleich«, stellte seine Schwester verblüfft fest.

Es war ihm nicht gleich, im Gegenteil. Aber Gleichmut vorzutäuschen schien der einzige Weg, um zu verhindern, sich gehen zu lassen. »Ich bin keineswegs sicher, ob die Milzener und die Sorben uns heimschicken oder nicht vielleicht doch lieber umbringen würden, weil sie irgendeine alte Rechnung mit Vater offen haben«, behauptete er. »Darum weiß ich nicht, ob ihr Beistand für uns so ein Segen wäre …«

Tugomir hörte Dragomiras schönes Lachen und ein leises Plätschern. Für einen Moment überwog seine Neugier die Scham, und er riskierte einen winzigen Blick über die Schulter. Sie kniete vor der Wasserschüssel auf dem mit Fellen ausgelegten Boden und wusch sich das Haar. Hastig schaute er wieder auf die graue Zeltwand. Sie macht sich hübsch für *ihn*, dachte er. »Im Übrigen habe ich nicht den Eindruck, dass du besonders darunter leidest, wie die Dinge sind.«

Das Plätschern verstummte abrupt, und für ein paar Herzschläge war es vollkommen still in seinem Rücken. Dann antwortete Dragomira: »Ich habe mich seit Wochen gefragt, wann du mir diesen Vorwurf machen würdest. Ich hab mich schon gewundert, dass er nicht kam.«

Ihr Spott machte ihn wütend. »Was erwartest du? Soll ich glücklich darüber sein, dass es dir so gar nichts ausmacht, dich von ihm bespringen zu lassen?«

»Wäre es dir lieber, ich wäre verzweifelt?«, konterte sie. »Glaubst du, es würde irgendeinen Unterschied machen?«

Für mich schon, dachte er. Doch er musste sich selbst eingestehen: Er wollte nicht, dass seine Schwester verzweifelt war. Im Gegenteil, er hatte sie gern. Wie mit so vielen Dingen stand er auch damit ganz allein in seiner Familie. Sein Vater, Bolilut, die Vettern und Onkel hatten Dragomira nie die geringste Beachtung geschenkt, weil Mädchen nun einmal nicht zählten. Das war völlig normal. Aber auch Boliluts Frau und die Tanten und Basen waren auf Distanz zu ihr gegangen. *Schlechtes Blut*, raunten sie hinter vorgehaltener Hand. *Schlechtes Blut vererbt die Mutter an die Tochter ...*

Dragomira nutzte sein Schweigen für einen Vermittlungsversuch. »Otto ist ein guter Mann, Tugomir.«

»Er ist ein Sachse und unser Feind. Er und die Seinen wollen uns auf jede erdenkliche Weise erniedrigen. So wie er dich eben erniedrigt.«

»Aber er ist immer großzügig und freundlich. Niemals grob. Er bringt mir kleine Geschenke und tut wenigstens so, als hätte er mich gern, damit ich mich besser fühle. Dabei bräuchte er das doch gar nicht. Aber er hat ... ein gütiges Herz.«

»Ich glaub, mir wird übel. Ein *gütiges Herz*? Sollte es möglich sein, dass du so leicht zu täuschen bist? Mit kleinen Geschenken und einem Lächeln?«

»Es ist mehr, als ich zu Hause je von irgendwem bekommen habe«, gab sie zurück. »Du darfst dich übrigens wieder umdrehen.«

Er wandte sich ihr unter vernehmlichem Klirren wieder zu. »Was glaubst du, was mit dir passiert, wenn er genug von dir hat?«

Sie hob die Schultern. »Wenn Otto darüber entscheidet, mache ich mir keine Sorgen.«

»Verflucht … du *kennst* diesen Kerl doch überhaupt nicht!«

Ihr Mund zuckte, als habe sie Mühe, ein Lächeln zu unterdrücken. »Oh doch, Bruder. Glaub mir.«

»Aber ihr könnt kein Wort miteinander reden.«

»Er lernt Slawisch. Und es gibt außerdem Dinge, die man auch ohne Worte weiß. Was glaubst du, warum sie dich zufriedenlassen und meistens sogar höflich zu dir sind? Weil *er* dafür sorgt.«

»Ich verzichte auf sächsische Höflichkeiten!«

»Aber was meinst du, würde passieren, wenn …« Sie brach ab, weil ein Schatten auf den Zelteingang fiel.

Im nächsten Moment wurde die Felldecke zurückgeschlagen und Udo trat ein. Dragomira war trotz ihrer Haarwäsche vollständig bekleidet und hatte sich ein Tuch um den Kopf geschlungen; dennoch ließ der sächsische Soldat den Blick über ihre Gestalt gleiten, als sei sie splitternackt. Dann nickte er Tugomir zu, und seine Miene wurde finster. »Komm mit. Du wirst gebraucht.«

Mit einem Mal spürte Tugomir sein Herz in der Kehle pochen. Es konnte nur einen Grund geben, warum die Sachsen einen Übersetzer brauchten. »Ist die Burg gefallen?«

Udo schenkte ihm ein abscheuliches Triumphlächeln. »Das kannst du laut sagen, Söhnchen. Was ist jetzt? Kommst du, oder muss ich dir erst Beine machen?«

Vor zwei Tagen hatte Tauwetter eingesetzt, und die gefallene Burg von Jahna war eine Wüstenei aus Schlamm. Davon abgesehen, sah sie genauso aus wie die gefallene Brandenburg: die Palisaden ge-

schwärzt, die Tore geborsten, die Häuser der Vorburg niedergebrannt. Totes Federvieh und ein paar Hundekadaver lagen auf der
zertrampelten Erde, aber bis auf plündernde, betrunkene Sachsen
sah Tugomir keinen Menschen in der Vorburg.

Das änderte sich, als sie durch das zersplitterte Tor in die
Hauptburg kamen. Gefallene daleminzische Krieger lagen vereinzelt im Schlamm, andere auf einem Haufen nahe dem Brunnen.

König Heinrich saß auf seinem stämmigen Pferd, flankiert von
seinen Söhnen, die Halle des Daleminzerfürsten im Rücken. Gut
drei Dutzend seiner gepanzerten Soldaten hatten die Bewohner
von Jahna zusammengetrieben: Die Zahl der Männer, die den Fall
der Burg überlebt hatten, schätzte Tugomir auf fünfzig. Sie waren
mehrheitlich verwundet und natürlich alle entwaffnet. Mit grimmigen Mienen standen sie da im eisigen Schlamm, enger bei-
einander als normalerweise üblich, eigentümlich reglos. Zwei von
ihnen hatten feine Punktlinien auf die Handrücken tätowiert, genau wie Tugomir. Unwillkürlich sah der sich nach dem Tempel
um, doch er konnte keinen entdecken. Vielleicht lag er hinter der
Halle. Vielleicht auch in einem magischen Hain außerhalb der
Einfriedung, so wie das Triglav-Heiligtum auf dem Harlungerberg
über der Brandenburg, wo Tugomir als Priesterschüler viele Monate verbracht hatte. Er klappte den Daumen der Rechten ein und
legte die vier verbliebenen Finger auf sein Herz, um den beiden
Priestern den Segen der Großen Götter zu wünschen. Sie erwiderten den Gruß.

Ein paar Schritte entfernt von dem Knäuel aus Gefangenen
stand eine wesentlich größere Gruppe: die Frauen mit ihren Kindern – ebenfalls bewacht. Die meisten weinten leise, und das war
kein Wunder. Keine der Frauen war verschont geblieben. Ihre zer-
rissenen Kleider wären gar nicht nötig gewesen, um ihm das zu
zeigen. Man sah es in ihren Augen.

Udo stieß Tugomir unsanft zwischen die Schultern und brachte
ihn zu seinem König.

Aus luftigen Höhen sah Heinrich auf seine Geisel hinab. »Ah,
da bist du ja endlich, Togimur.«

»Tugomir«, verbesserte dieser.

Udo schlug ihn auf den Hinterkopf. »Halt's Maul.«

»Von mir aus, Tugomir«, fuhr der König ungeduldig fort. »Kennst du den Fürsten der Daleminzer?«

»Ja.«

»Welcher ist es?«

Tugomir wies zum Brunnen hinüber. »Er liegt da vorn mit gespaltenem Schädel.«

»Bist du sicher? Woher kennst du ihn?«

»Er kam letzten Mittsommer auf die Brandenburg, um sich unter meinen Basen eine neue Frau auszusuchen. Ich *bin* sicher.«

Der König brummte. »Na schön. Jetzt hör mir gut zu, mein Hevellerprinzlein: Ich brauche dich heute nicht als Übersetzer, sondern als Zeugen. Ich will einen Zeugen, dem alle Slawen glauben werden, wenn er berichtet, was er gesehen hat. Verstehst du?«

»Ich fürchte, ja.«

Heinrich war ein bedrohlicher Anblick in seinem Kettenpanzer, mit dem Helm auf dem Kopf und dem blanken Schwert in der Hand. Und seine Miene war grimmig. Die Lachfalten in seinem wettergegerbten Gesicht erweckten sonst meist die Illusion von Gutmütigkeit, aber nicht so heute. Er hob langsam den Arm und wies mit der Klinge auf seine rund zweihundert Gefangenen. »Die Daleminzer haben mir vor zehn Jahren zum ersten Mal Treue geschworen. Statt ihren Schwur zu halten, haben sie die gottlosen Ungarn gegen mich zu Hilfe geholt. Also bin ich zurückgekommen und habe sie wieder unterworfen. Doch sie wurden erneut eidbrüchig. Und nun ein drittes Mal. Es wird sich als das letzte Mal erweisen. Verstehst du, was ich dir sage?«

Tugomir konnte nicht antworten. Er konnte nicht einmal richtig atmen. Die Luft stockte, als sei irgendetwas in seiner Brust blockiert. Dann ging es plötzlich wieder, und er fuhr auf dem Absatz herum, öffnete den Mund zu einem Warnruf oder einem Schrei lichterloher Panik – er wusste es nicht. Aber was immer es war, er brachte es nie heraus, denn Udo hatte ihn wieder von hinten gepackt und drückte ihm die Kehle zu.

König Heinrich nickte einem seiner Kommandanten zu. »Macht euch ans Werk, Gero.«

Der Grafensohn verneigte sich vor dem König, winkte seine Männer herbei und erteilte mit gedämpfter Stimme ein paar Befehle.

Rötliche Punkte pulsierten vor Tugomirs Augen, weil er jetzt überhaupt keine Luft mehr bekam. Trotzdem sah er, wie die Sachsen die Schwerter zogen, auf die Gruppe der Gefangenen zugingen und die ersten, die sie erreichten, mit exakt platzierten Stößen oder Streichen niedermachten. Die Wachen, die einen Ring um die Todgeweihten bildeten, verhinderten, dass diese auseinanderstoben.

Die Frauen und Kinder begannen zu weinen und zu schreien, als sie sahen, was mit ihren Vätern, Ehemännern und Brüdern geschah. Systematisch arbeiteten Geros Schlächter sich von vorne nach hinten durch die Gruppe. Manche der Daleminzer hoben in ihrer Todesangst die gefesselten Hände, um die niederfahrenden Schwerter abzuwehren, doch die meisten folgten dem Beispiel ihrer beiden Priester, standen reglos wie Findlinge, blickten ihren Mördern scheinbar gleichmütig entgegen und verfluchten sie mit ihrem letzten Atemzug.

Udo ließ von Tugomir ab und schloss sich den Schlächtern an. Der junge Hevellerprinz lag keuchend und hustend im Schlamm auf den Knien und hörte Gero befehlen: »Jetzt trennt die Frauen von den Kindern.«

Die blutigen Schwerter in Händen, marschierten seine Männer in geschlossener Linie zu der zweiten Gruppe Gefangener hinüber und begannen, den Müttern ihre Söhne und Töchter von der Hand oder aus den Armen zu reißen. Das Wehklagen schwoll zu einem Geschrei blanken Entsetzens, das Tugomir in den Ohren gellte. Er stand langsam auf, aber er war nicht sicher, ob er sich auf den Beinen halten konnte. Es kam ihm vor, als wären sie nicht aus Fleisch und Knochen, sondern aus Wasser gemacht. *Wer wird es sein?*, fragte er sich. *Die Frauen oder die Kinder?*

Die Soldaten warfen die Säuglinge den größeren Kindern zu, die die meisten auffingen, aber nicht alle, denn sie waren zu starr vor Schrecken, nicht wenige hysterisch, und sie bewegten sich langsam. Gero packte die erste der Frauen – die selbst noch nicht lange dem Kindesalter entwachsen war – bei den Haaren und schnitt ihr die Kehle durch. Sie fiel in sich zusammen und lag wie ein Haufen nasser Lumpen auf der Erde, während der Kommandant und seine Männer ihr blutiges Werk fortsetzten. Als die Frauen begriffen, dass sie ihren Männern folgen sollten, wurden manche von ihnen ganz ruhig, schlossen ihre Nachbarin in die Arme und versuchten, ihr Trost zu spenden. Andere keiften und bespuckten ihre Mörder, wieder andere versuchten sich loszureißen und streckten die Arme nach den Kindern aus, die man ihnen weggenommen hatte. Ihr Geschrei klang wie das Heulen der Windsbräute, aber es wurde leiser, je weiter die Schlächter vorankamen. Sie taten es bedächtig und mit verengten Augen, weder widerwillig noch beflissen, sondern mit Gleichgültigkeit. Ihre Stiefel waren bis zu den Knöcheln rot verfärbt vom blutigen Schlamm, ihre Schwerter bis zum Heft besudelt.

Schließlich hörte man bloß noch das Weinen der Kinder, das seltsam matt und gedämpft klang. Nur einige Säuglinge brüllten aus voller Kehle. Diejenigen, die verstanden, was sie gesehen hatten, standen unter Schock.

Gero trat zu seinem König und legte die Faust mit dem Heft seines Schwertes auf die linke Brust. Er verneigte sich wortlos, während Blut von der gesenkten Klinge auf die Erde tropfte.

»Das war eine scheußliche Pflicht, mein Freund«, sagte der König. »Hab Dank für deine Treue und Ergebenheit. Ich werde das nicht vergessen.«

Gero blickte auf, und ein eigentümlich entspanntes Lächeln umspielte seinen Mund, verlieh ihm einen grausamen Zug. »Es gibt nichts, was man mit einem Schwert vollbringen kann, das ich für Euch nicht täte, mein König. Und ich wünschte, Ihr würdet mir erlauben, die Bälger auch noch zum Teufel zu jagen. Aus niedlichen kleinen Slawenkindern werden im Handumdrehen große Eidbrecher und Verräter.«

»Nein«, sagte Prinz Otto kategorisch, ehe sein Vater antworten konnte. »Die Kinder bleiben am Leben.«

Tugomir sah ihn zum ersten Mal an. Der Prinz war so bleich, dass selbst der blonde Bartschatten dunkel auf seinen Wangen wirkte, aber seine Miene war unmöglich zu deuten.

»Ich verstehe deine Bedenken, Otto«, erwiderte Gero. »Aber …«

»Sie sind jung genug, um sie zu bekehren und im wahren Glauben zu erziehen«, fiel Otto ihm ins Wort. »Sie werden lernen, zu gehorchen, und wenn sie ein wenig größer sind, werden sie brauchbare Sklaven abgeben.«

Da hast du dein gütiges Herz, Schwester, dachte Tugomir.

»Ich bin nicht sicher, ob das eine gute Idee ist«, widersprach Gero. »Jedes Mitgefühl an dieses Geschmeiß ist verschwendet. In ihren Herzen ist nichts als Verrat und Feigheit.«

»*Feigheit?*«, fragte Tugomir scharf. »Willst du sagen, wir sind Menschen von der Sorte, die unbewaffnete Gefangene und ihre Frauen abschlachten würden?«

Gero wandte den Kopf und betrachtete ihn, sein Blick distanziert und eine Spur angewidert. Es war das erste Mal, dass sie Auge in Auge standen.

Gero war ein sächsischer Grafensohn, hatte Tugomir herausgefunden, und mit Mitte zwanzig bereits einer der vertrautesten Kommandanten des Königs. Schon vor dem heutigen Tag hatte Tugomir gewusst, dass Gero ein unbarmherziger Soldat war – so furchtlos und gleichgültig gegenüber seinen Feinden wie die Stahlklinge, die er führte. Nun, das waren die Sachsen letztlich alle, wusste der junge Hevellerprinz. Nichts anderes erwartete er oder wollte er auch nur von ihnen. Und auch die slawischen Krieger waren so, wenn die Lage es erforderte – er selbst war keine Ausnahme. Der Krieg war nun einmal ein grausames Geschäft. Was Tugomir indessen in diesem gut aussehenden Gesicht mit den bernsteinfarbenen Augen und dem scheinbar unbeschwerten Lächeln entdeckte, hätte er nicht einmal einem Sachsen zugetraut: ein unverhohlenes Frohlocken. Gero hatte in vollen Zügen genossen, was er eben getan hatte.

Er trat gemächlich einen Schritt auf Tugomir zu, packte ihn beim Schopf und hielt ihm sein bluttriefendes Schwert vor die Augen. »Hier, du Stück Scheiße. Siehst du das? Siehst du mein Schwert mit dem Blut all deiner slawischen Brüder und Schwestern? Das wirst du jetzt küssen, weil du unaufgefordert das Wort an mich gerichtet hast. Na los.«

Tugomir wandte das Gesicht ab, obwohl Geros Faust an seinen Haaren zerrte, als wolle er sie allesamt ausreißen. Halb verdeckt von den Wächtern entdeckte Tugomir in der vorderen Reihe der Waisenkinder einen vielleicht zehnjährigen Jungen mit zerzaustem Blondschopf, Schlamm auf der Wange und einem blutigen Kratzer auf der Stirn, der aufmerksam beobachtete, was hier geschah.

»Wird's bald?«, knurrte Gero.

Der Knabe dort drüben hielt ein wesentlich kleineres Mädchen an der Hand, zweifellos seine Schwester, aber er beachtete sie nicht, wenngleich sie bitterlich weinte, sondern hatte nur Augen für Tugomir. *Tu irgendwas*, sagte sein Blick. *Unsere Welt ist gerade in Stücke gegangen, und du bist der einzige Erwachsene, der noch übrig ist. Du bist Priester. Also tu irgendetwas und rette uns.*

Aber Tugomir wusste, dass er das nicht konnte. Welche Schrecken diesen Kindern auch immer bevorstehen mochten, er würde es nicht verhindern können, sondern tatenlos zuschauen müssen. So wie eben, als Gero ihre Eltern abgeschlachtet hatte. Er wolle einen Zeugen, hatte der König gesagt. Das war die Rolle, die die Götter Tugomir zugedacht hatten, um ihn dafür zu strafen, dass er Anno getötet hatte, statt auf sein Gewissen zu hören und sich zu verweigern. Er sollte der Zeuge der Schändung seines Volkes sein. Und als ihm das aufging, verlor er den letzten Rest Mut, an den er sich in den vergangenen Wochen geklammert hatte.

Er sah Gero wieder ins Gesicht und bündelte seine Kräfte, um irgendetwas zu sagen, das den Grafensohn so unbeschreiblich beleidigen würde, dass er den Übeltäter einfach töten *musste*, wie etwa: *Ich küsse dein Schwert, wenn du mir den Schwanz lutschst.*

Doch Prinz Thankmar kam ihm zuvor: »Gero, sei so gut und lass unsere Geisel heil. Ich denke, für heute ist hier genug Blut geflossen.«

Sein jüngerer Bruder Otto wandte den Kopf und sah ihn an, offenbar überrascht.

Der König wendete sein Pferd und kehrte der grausigen Stätte den Rücken, als gingen die zwei-, dreihundert Leichen ihn überhaupt nichts an. »Tu, was der Prinz sagt, Gero«, befahl er fast zerstreut über die Schulter. »Lass unsere kleinen Sklaven zusammentreiben und ins Lager bringen. Und du …« Im Vorbeireiten nickte er Tugomir zu. »Du hütest fortan deine Zunge, sonst befreien wir dich davon und schicken sie deinem Vater als erste Rate. Ich nehme an, du hast jetzt begriffen, was aufsässige Slawen von mir zu erwarten haben, nicht wahr?«

Magdeburg, Juni 929

»Man kann es schon richtig sehen«, stellte Otto fest. Er legte die Hand auf Dragomiras gewölbten Bauch und runzelte konzentriert die Stirn. »Da! Ich hab etwas gespürt!« Er sah sie an, und seine blauen Augen leuchteten.

Dragomira nahm seine freie Hand und zog ihn neben sich auf die Bank hinab. Sie war froh, als er die Linke dabei auf ihrem Bauch ruhen ließ. Seine Hände waren rau vom Reiten und Fechten, aber meistens sanft, wenn sie sie berührten. Dragomira deutete es als Ausdruck seiner Wertschätzung, dass er sie immerzu anfassen musste. Ihre Kindheit war nicht gerade reich an Liebkosungen gewesen. Umso mehr wusste sie Ottos zu schätzen.

»Es tritt«, erklärte sie ihm. »Nachts ist es am schlimmsten. Aber die Hebamme sagt, das sei … ist ganz normal. Ein gutes Zeichen, denn es beweist, dass das Kind gesund und lebhaft ist.«

»Wie schnell du unsere Sprache gelernt hast, meine slawische Prinzessin …« Otto zog sie ein wenig näher, drückte die Lippen seitlich auf ihren Hals und nahm dann behutsam ihr Ohrläppchen zischen die Lippen.

»Auf jeden Fall besser als du die unsere, mein sächsischer Prinz«, gab sie zurück und sah sich verstohlen um.

Sie saßen auf der Flussseite der großen Pfalz im Garten, einer kleinen blumenbetupften Grünfläche mit zwei Apfelbäumen. Wenn man hier auf den Wehrgang der Palisade stieg, konnte man auf die Elbe hinabblicken, die gleich am Fuß des steilen Burgfelsens gemächlich dahinfloss, und auf die Furt durch den Fluss, zu deren Schutz diese Burg einst angelegt worden war. Der Garten lag ein Stück abseits der königlichen Halle und war von hölzernen Gebäuden begrenzt, aber Dragomira hatte gelernt, dass man in dieser Königspfalz zu keiner Zeit wirklich unbeobachtet war, und es war nie ratsam, wenn Ottos Mutter oder einer ihrer zahllosen Spione den Prinzen so mit seiner slawischen Gespielin sah.

»Du hast recht«, räumte er ein. »Ich habe noch keine großen Fortschritte gemacht. Dabei wäre es sicher dienlich gewesen, wenn wenigstens einer von uns mit dem böhmischen Fürsten direkt hätte verhandeln können. Zumal wir deinen Bruder ja nicht mit in Prag hatten.«

»Nun, nach allem, was ich höre, sind die Verhandlungen ja auch so recht gut für deinen Vater verlaufen«, gab sie achselzuckend zurück.

Er nickte. »Das kannst du laut sagen. Wir kamen uns schon ein bisschen albern vor, mit einem Heer von Panzerreitern vor die Tore Prags zu ziehen, nur um dann von Fürst Wenzel auf das Herzlichste willkommen geheißen zu werden …«

»War er euch freundlich gesinnt, weil er euren Gott angenommen hat?«, wollte sie wissen.

»Das war es jedenfalls, was wir glauben sollten. In Wirklichkeit hat er wohl einfach eingesehen, dass er besser damit fährt, uns nicht zum Feind zu haben, denn er hat schon genug im eigenen Land. Er hat jedenfalls auf die Bibel geschworen, seine Tributzahlungen in Zukunft nicht wieder zu ›vergessen‹.«

Dragomira dachte einen Moment nach, ehe sie erwiderte: »Ich schätze, er ist ein Mann, der in der Lage ist, auch unangenehme Wahrheiten zu erkennen – zum Beispiel, dass er deinem Vater auf Dauer nicht die Stirn bieten kann. Seltsam. Ich kann nicht gerade behaupten, dass diese Fähigkeit in unserer Familie liegt.«

»Was hat deine Familie damit zu tun?«, fragte Otto verwirrt.

Dragomira betrachtete ihn mit einem nachsichtigen Kopfschütteln. »Das weißt du nicht? Wenzel von Böhmen ist mein Vetter. Seine Mutter ist eine Schwester meines Vaters. Sie heißt Dragomira, nebenbei bemerkt.«

»Warum in aller Welt hast du mir das nicht eher erzählt? Es wäre ein Grund mehr gewesen, deinen Bruder mitzunehmen.«

Sie hob kurz die Schultern und antwortete nicht gleich. Derzeit dachte Dragomira nicht besonders gern an Tugomir. Er zürnte ihr wegen des Kindes, das sie trug, obwohl er ganz genau wusste, dass es nicht ihre Schuld war. Von allen Männern ihrer Familie war Tugomir immer der einzige gewesen, der sie nie beargwöhnt und auf Anzeichen ihres »schlechten Blutes« gelauert hatte. Im Gegenteil, er hatte sie immer gern gehabt, und manchmal, wenn Bolilut sich wieder zum Narren machte oder etwas besonders Dummes sagte, dann hatten Tugomir und Dragomira einen Blick getauscht, die Augen verdreht, die Hand vor den Mund gelegt, um ihr Lächeln zu verbergen, und in solchen Momenten waren sie sich nahe gewesen. Aber jetzt begegnete Tugomir ihr mit eisiger Distanz.

»Für ihn war es auf jeden Fall besser, dass dein Vater ihn mit mir zusammen hierhergeschickt hat«, sagte sie. »Er ... wie sagt man bei euch? Sein Gemüt ist verdüstert, seit ihr die Daleminzer abgeschlachtet habt.«

Ottos Blick ergriff vor ihrem die Flucht. »Du meine Güte ... Sprichst du die Dinge immer so unumwunden aus?«

»Nein. Nur bei Menschen, die mir keine Angst machen. So wie du, mein flachshaariger Prinz. Und es ehrt dich, dass du dich für das Massaker an den Daleminzern schämst.«

Er sah sie wieder an, schaute ihr direkt in die Augen, und mit einem Mal war sein Blick unerbittlich. »Du täuschst dich, Dragomira. Es war abscheulich. Aber es musste sein. Darum schäme ich mich nicht.«

Sie war nicht sicher, ob sie ihm glaubte. Vielleicht wollte sie es auch einfach nicht glauben, denn die Daleminzer gehörten zu *ihrem* Volk, und wie sollte sie annehmen, dass er sie auch nur ein klein wenig gern hatte, wenn er ihrem Volk gegenüber so kalt und gleichgültig war?

Ehe sie entschieden hatte, was sie erwidern sollte, winkte Otto eine Magd herbei, die mit einem Melkeimer auf dem Weg zum Stall zu sein schien. »Bring mir einen Krug Met und irgendetwas Gutes, Mädchen. Ein paar Erdbeeren wären nicht schlecht.«

Dragomira wiederholte die Bitte auf Slawisch, und das Mädchen nickte, wandte sich ab und rannte davon, als sei es auf der Flucht.

»Eine von ihnen?«, fragte der Prinz.

»Ja. Sie muss zwölf oder dreizehn sein. Sie kann von Glück sagen, dass sie noch lebt. Gero hätte sie ebenso gut zu den Frauen stellen können.«

»Tja …«, machte er ausweichend, drückte die Hände ins Kreuz und reckte sich dabei. »Herrje, wir sind seit drei Tagen zurück, aber die zwei Monate im Sattel spür ich immer noch.«

Sie schnalzte mitfühlend und spöttisch zugleich mit der Zunge. »Lass das lieber nicht deinen großen Bruder hören.«

Er hob abwehrend beide Hände. »Oh Gott, Thankmar … Er ist grässlicher Laune. Vater und er haben auf dem ganzen Weg nach Prag und zurück immer nur gestritten.«

»Worüber?«

»Gute Frage. Über Politik. Über … die Verteilung von Verantwortung und Aufgaben. Nach der Niederwerfung der Daleminzer hat Vater befohlen, unweit ihrer Dörfer an der Elbe eine starke Burg zu bauen, um in Zukunft ein Auge auf die Slawen im Elbtal zu haben. Thankmar hat sich offenbar vorgestellt, er werde diese Burg bauen und die Garnison befehligen. Aber Vater war dagegen. Er wollte erfahrenere Männer dafür. Thankmar war wütend.«

Das konnte Dragomira sich gut vorstellen. Sie beobachtete die königliche Familie nur aus der Distanz, denn niemand außer Otto kam im Traum darauf, sie zu beachten, doch sie hatte schon so manches Mal gedacht, dass es unklug von König Heinrich war, seinen Zweitgeborenen so unübersehbar zu bevorzugen und den Ältesten ständig zurückzusetzen. Sie äußerte sich indessen nicht dazu. Ihr konnte es schließlich nur recht sein, wenn die Sachsen sich gegenseitig an die Kehle gingen. Trotzdem kam sie nicht umhin zu sagen: »Hüte dich vor Thankmar, Otto.«

Der Prinz legte einen Arm um ihre Schulter. »Oh, er ist kein übler Kerl, weißt du. Er kann sehr großzügig sein. Als ich ein Bengel war, hat er mich reiten und fechten gelehrt, immer geduldig, immer darauf bedacht, mir zu helfen, meine Technik zu verbessern. Wenn du es genau wissen willst, war er mir ein langmütigerer großer Bruder, als ich es je für Henning und Brun bin. Thankmar ist manchmal scharfzüngig und aufbrausend, aber ich glaube nicht, dass er etwas Boshaftes in sich trägt.«

Dragomira seufzte. »Du würdest Bosheit nicht einmal erkennen, wenn sie dir ins Gesicht spuckt, mein Prinz.«

Otto lächelte. »Es ist jedenfalls rührend, dass du um mich besorgt bist.«

Ich bekomme ein Kind von dir, dachte sie, *und du bist alles, was zwischen mir und dem Abgrund steht.* Sie war eine Geisel am Hof ihrer Feinde. Das war schlimm genug. Aber viel schlimmer war, dass sie niemals nach Hause zurückkehren konnte, selbst wenn Otto ihrer überdrüssig wurde und sie fortschickte. Nicht mit einem Sachsenbalg. Die Heveller hätten sie und ihr Kind getötet oder ausgestoßen, auf dass sie allein in den Wäldern zugrunde gingen. Für Tugomir mochte es eines Tages einen Weg zurück geben. Für sie nicht. Ihr Schicksal war viel schlimmer als das seine, und doch zeigte ihr Bruder ihr die kalte Schulter, so als trage sie selber die Schuld an ihrer Lage oder als habe sie ihm Schande gemacht. Sie wandte den Blick ab und blinzelte ein paarmal, schärfte sich ein, nicht an Tugomir zu denken, solange Otto bei ihr blieb, denn sie wollte ihm nichts vorheulen. Sie wusste, sie musste lebenslustig und verführerisch sein, um sein Interesse wachzuhalten. »Lass uns in deine Kammer gehen, und ich zeige dir, wie besorgt ich um dich bin«, schlug sie vor.

Der Prinz biss sich auf die Unterlippe und setzte zu einer Erwiderung an, als das Daleminzermädchen zurückkam und ihm seinen Met und eine Schale kleiner, leuchtend roter Walderdbeeren brachte.

Otto schlug die Beine übereinander, wählte eine Frucht aus und steckte sie Dragomira zwischen die Lippen. »Hier, mein Täubchen. Lass uns eine Freude nach der anderen genießen, was meinst du?«

Sie ließ sich die Erdbeere auf der Zunge zergehen und lehnte den Kopf an die breite Schulter des Prinzen. »Wenn das Kind ein Junge wird, Otto, wirst du ihn anerkennen?«

Er strich mit den Händen über ihre Oberarme. »Gewiss. Ein Mädchen ebenso.«

»Aber eure Priester werden dir zürnen, oder? Deine Mutter erst recht.«

»Das lass nur meine Sorge sein. Der Bischof wird klug genug sein, ein Auge zuzudrücken. Und meine Mutter … runzelt über alles, was ich tue, die Stirn. Es ist also egal, ob ich einen Bastard anerkenne oder nicht.«

Sie fuhr mit den Lippen über seine stoppelige Wange und erging sich für einen Moment in dem köstlichen Gefühl der Erleichterung. Sie hatte ihren ganzen Mut zusammennehmen müssen, um ihm diese Frage zu stellen, und die Götter hatten ihren Mut belohnt. Sie wusste noch nicht sehr viel über die Sitten der Sachsen, aber eins war wohl sicher: Wenn ein Prinz ein Kind anerkannte, dann würde man der Mutter dieses Kindes Ehre erweisen. Während Otto abwechselnd sich selbst und ihr Erdbeeren in den Mund steckte, malte sie sich aus, wie es wohl sein würde: eine kleine Kammer irgendwo in einem entlegenen Winkel der weitläufigen Königspfalz, wo sie umsorgt von Dienern allein mit ihrem Kind leben würde. Sie würde es aufwachsen sehen und die Sitten der Heveller lehren, und wenn der Prinz in der Pfalz weilte, würde er kommen und ihnen dann und wann Gesellschaft leisten, auch wenn er vielleicht längst mit irgendeiner fränkischen Königstochter vermählt war. Denn die Frau, die einem Mann sein erstes Kind schenkte, nahm immer einen besonderen Platz in seinem Herzen ein. Jedenfalls hatte sie das gehört. Damit konnte sie sich begnügen, da war sie zuversichtlich. Dragomira hatte früh gelernt, keine hohen Ansprüche an das Leben zu stellen. Aber wenn Otto die Absicht hatte, ihr Kind anzuerkennen, dann würde er auch für sie sorgen. Mit einem kleinen Seufzer des Wohlbehagens schmiegte sie sich an ihn, als er sich plötzlich aufrichtete und sie ein wenig von sich schob. »Da kommt Thankmar«, murmelte er.

Der ältere Prinz mit dem dunklen Schopf kam geradewegs auf sie zu, und Dragomira kam in den Sinn, dass er trotz seiner untersetzten Statur athletisch wirkte. Sein Schritt hatte die katzenhafte Grazie eines lebenslangen Fechters. Vor ihnen hielt Thankmar an, musterte Dragomira einen Augenblick und sagte dann zu seinem Bruder: »Vater will dich sprechen. Reiß dich aus den Armen deiner schönen Fürstentochter. Am besten dauerhaft, denn wie es aussieht, hat er eine Braut für dich gefunden. Oder eigentlich zwei, um genau zu sein.«

Tugomir betrat den Tempel der Sachsen von Norden. Zuerst sah er überhaupt nichts, denn nach dem hellen Sonnenschein draußen kam ihm der Innenraum stockfinster vor. Er blieb stehen, als habe ein Fluch ihn plötzlich in Stein verwandelt.

Der Junge, der einen Schritt hinter ihm gefolgt war, rannte ihn beinah über den Haufen. »Was ist?«, fragte er verwirrt. Die helle Kinderstimme hallte in dem höhlenartigen Raum, und fast kam es Tugomir vor, als erahne er Schatten, die davonhuschten.

»Schsch«, machte er gedämpft. »Hat dir niemand beigebracht, dass man einen Tempel, dessen Götter man nicht kennt, mit Vorsicht betritt?«

»Doch«, räumte Semela ein. Er sprach jetzt leiser, klang indessen immer noch unbekümmert. »Aber was kann uns ein fremder Gott schon anhaben?«

»Wenn ich dir das sagte, würde dir das Blut in den Adern gefrieren«, gab Tugomir zurück. Seine Augen hatten sich auf das Dämmerlicht eingestellt, und er setzte sich wieder in Bewegung.

»Wieso? Was denn?«, wollte der Junge wissen und sah gespannt zu ihm hoch, während er neben ihm einherlief. »Erzähl schon!«

Tugomir musste grinsen. »Deine Verwegenheit wird nur noch von deiner Neugier übertroffen, scheint mir. Jetzt sei still. Ich muss herausfinden, was es mit diesem Gott auf sich hat.«

Semela verstummte folgsam. Tugomir hatte allerdings wenig Hoffnung, dass das Schweigen von Dauer sein würde.

Die Nacht, nachdem die Sachsen die Daleminzer abgeschlachtet hatten, hatte Tugomir auf Geros Befehl hin an einen Baum gekettet im Freien verbracht. Eine eisige, aber sternklare Winternacht war es gewesen, und Tugomir hatte im gefrorenen Schlamm gekniet und zum Firmament hinaufgestarrt, weil er wissen wollte, ob der Tod so vieler Menschen, das Verlöschen so vieler Sterne den

Himmel irgendwie verändert hatte. Doch der sah aus wie immer. Das hatte Tugomir wütend gemacht. Wie konnte es sein, dass solch eine Gräueltat ohne sichtbare Spuren blieb? Und er war nicht umhingekommen, sich zu fragen, ob den Göttern nicht in Wahrheit vollkommen gleichgültig war, was mit den Menschen geschah. Eine bittere, finstere und eiskalte Nacht war es gewesen, bis ein kleiner, schmaler Schatten vor ihm auftauchte. »Hier, Prinz Tugomir. Ich hab eine Decke für dich geklaut ...«

Es war Semela, der blonde Daleminzerjunge, der mit seiner kleinen Schwester an der Hand den Tod seiner Eltern mitangesehen hatte. Oder zumindest seines Vaters, wie Tugomir inzwischen wusste, denn die Mutter war schon vor Jahren im Kindbett gestorben. Die Schwester hatten sie ihm auch weggenommen, denn die Daleminzerkinder waren als Sklaven an alle möglichen Sachsen verteilt worden. Semela hatte alles verloren, genau wie Tugomir selbst: seine Familie, seine Freiheit, sein Zuhause, seine ganze Welt. Aber anders als Tugomir verfügte der Junge über die Gabe, seinen Verlust hinter sich zu lassen und sich mit den Dingen, wie sie jetzt waren, zu arrangieren. Er war ein Lausebengel und tat meistens das Gegenteil von dem, was man ihm sagte. Er gab vor, die Sprache der Sachsen nicht zu verstehen, wenn man ihm etwas befahl, er stahl – meistens Brot, weil er ewig hungrig war –, und er lief von der Arbeit davon, um Tugomir auf Schritt und Tritt zu folgen und ihn mit unerschütterlicher Hingabe als seinen Fürsten, seinen Priester, seinen großen Bruder oder eine Mischung aus alledem anzuhimmeln. Der Koch, dem Semela eigentlich zur Hand gehen sollte, prügelte ihn regelmäßig windelweich, wenn er ihn beim Stibitzen oder beim Müßiggang erwischte, und Semela wehrte sich und trat und biss und brüllte vor Wut – niemals vor Schmerz –, wenn es passierte. Aber er schien nie gedemütigt. Und er wäre im Traum nicht darauf gekommen, gehorsam und fleißig zu werden, um den Prügeln zu entgehen.

Tugomir empfand die Gesellschaft des redseligen Knaben manchmal als Bürde, aber er schätzte Semelas Unbeugsamkeit und unerschütterliche Zuversicht. Er argwöhnte gar, dass er sich ohne Semela längst in den Fluss gestürzt hätte ...

»Diese Tür scheint eine Seitenpforte zu sein«, murmelte er, trat ein paar Schritte vor und sah sich gründlich um. »Siehst du? Der Haupteingang ist dort am Westende.«

»Vielleicht ein Weg in die Freiheit?«, wisperte Semela.

Aber Tugomir schüttelte den Kopf. Den ersten der zwei Monate, die er hier verbracht hatte, war er unaufhörlich auf der Suche nach einem Fluchtweg gewesen. Inzwischen wusste er: Es gab keinen. Die Pfalz war gut befestigt, die beiden Eingänge Tag und Nacht bewacht. »Dieser Tempel liegt innerhalb der Palisade, die die ganze Pfalz umgibt.«

»Was ist eine Pfalz?«

»Die Halle des Königs, du kleiner Dummkopf, mit all ihren Nebengebäuden und Soldatenquartieren.«

»Und warum …«

Aber Tugomir legte einen Finger an die Lippen, und Semela verstummte.

Genau wie die Pfalz erschien Tugomir auch der Tempel schäbig, klein und lieblos zusammengezimmert. Eines Königs ganz und gar unwürdig. Aber er hatte inzwischen herausgefunden, dass König Heinrich hier gar nicht seinen Hauptsitz hatte. Genau genommen wohnten der König und die Seinen nirgends, sondern zogen kreuz und quer durch sein riesiges Königreich: bis über den Strom Maas im Westen, bis ans Meer im Norden, bis in die Berge im Süden und bis an die Elbe im Osten – oder neuerdings auch gern darüber hinaus. Und der König regierte gewissermaßen vom Sattel aus. Überall in diesem unüberschaubaren Machtgebiet verteilt lagen seine Pfalzen, und er weilte mal in dieser, mal in jener oder beglückte einen seiner Herzöge oder Grafen mit einem ausgedehnten Besuch. Kein Wunder, dass sie sich gelegentlich gegen ihn erhoben …

Die Wände des aus Holz erbauten Tempels waren mit Lehm oder irgendetwas in der Art geglättet, auf den bunte Bilder gemalt waren: Immer wieder war darauf derselbe Mann zu sehen, der meist mit ausgebreiteten Armen in der Gegend herumzustehen schien.

»Wo sind ihre Götterstandbilder?«, fragte Semela flüsternd.

Tugomir schüttelte ratlos den Kopf und trat an den langen

Tisch am Ostende, wo, so sagte ihm sein Priesterinstinkt, das spirituelle Zentrum des Tempels lag. Ein Opferaltar, vermutete er. Aber wenn sie hier opferten, warum legten sie dann ein kostbar besticktes Tuch auf ihren Altar?

»Das wird immer merkwürdiger, Semela«, raunte er. »Diese Sachsen sind noch viel verrückter, als ich dachte. Man könnte meinen ...«

»He! Was habt ihr hier verloren, ihr verlausten heidnischen Schweine?«, rief eine Stimme hinter ihnen, und die beiden jungen Slawen fuhren herum.

Tugomirs Gehör hatte ihn nicht getrogen: Es war Gero. Auch Semela erkannte den Schlächter wieder, der seinen Vater und alle übrigen Daleminzer ermordet hatte, und seine Augen wurden riesig und starr. Er gab ein leises Stöhnen von sich, das Furcht ebenso wie Jammer ausdrückte.

Tugomir trat einen halben Schritt vor und stellte sich damit unauffällig vor den Jungen. »Wir wollten einen Blick auf euren Tempel werfen«, erwiderte er. »Ich hörte, euer Gott empfange jeden mit offenen Armen.«

Sein Hohn schien Gero zu entgehen. »Nur jene, die reinen Herzens und in Demut zu ihm kommen. Alle anderen, vor allem heidnische Götzenpriester wie dich, fürchte ich, erwartet die ewige Verdammnis, wenn sie diese Welt verlassen, der feurige Schlund und die Martern der Hölle auf immerdar.«

Tugomir nickte versonnen. »Wenn du das wirklich glaubst, fragt man sich, warum du selbst so wenig Demut und Reinheit des Herzens besitzt. Denn selbst ein sächsischer Grafensohn lebt nicht ewig.«

Der junge Kommandant packte ihn beim Oberarm. »Pass lieber auf, was du sagst.«

»Wieso?«, konterte Tugomir, das spöttische Lächeln plötzlich wie weggewischt. »Was, denkst du, könnte mich noch schrecken?« Und mit einem Mal hörte er Annos Worte, so deutlich, als stünde sein blinder Freund hier an seiner Seite: *Glaubst du denn wirklich, es gäbe irgendetwas an diesem Dasein, das ich nicht gern zurückließe?*

»Oh, da würde mir allerhand einfallen«, entgegnete Gero, und seine Stimme klang seltsam gepresst. Er zog den slawischen Gefangenen mit einem Ruck näher. »Ich kann praktisch alles mit dir tun, was mir Spaß macht, weißt du. Oder mit dem Bengel hier ...«

Tugomir tastete hinter sich und versetzte Semela einen kleinen Schubs. »Verschwinde«, raunte er über die Schulter, und so viel Autorität lag in diesem einen Wort, dass der sonst so verwegene und stets ungehorsame Junge zwei Schritte zur Seite wich, ohne Gero aus den Augen zu lassen, dann kehrtmachte und davonstob.

Gero schnaubte belustigt. »Wenn ich ihn haben will, brauch ich nur nach ihm zu schicken.«

»Aber warum solltest du das wollen?«, fragte Tugomir. »Es sei denn, du hättest eine Vorliebe für Knaben ...«

Er sah überhaupt nicht, dass Gero sich bewegte, aber die Faust, die in seinem Magen landete, war mit Kraft geführt. Tugomir krümmte sich keuchend, wankte zur Seite, soweit Geros Klammergriff es zuließ, und stützte sich auf den Altar mit dem feinen, goldbestickten Tuch. Dann wandte er blitzschnell den Kopf, denn er wusste, dass Gero noch nicht fertig mit ihm war, doch ehe der wieder zuschlagen konnte, sagte eine Stimme von rechts: »Dies ist das Haus Gottes, Gero, das solltet Ihr nicht vergessen.«

Es war eine angenehme, junge Stimme, die nicht drohte, sondern nur eine Tatsache feststellte. Dennoch ließ Gero so plötzlich von seinem Opfer ab, als habe er sich die Finger an Tugomirs Gewand verbrannt.

Der slawische Fürstensohn richtete sich langsam auf. Er sah einen Tempeldiener von der Sorte vor sich, die man hier »Mönch« nannte. Tugomir hatte noch nicht genau durchschaut, was das bedeutete, aber die meisten lebten offenbar in Bruderschaften zusammen, sie schoren sich eine kleine runde Glatze auf die Köpfe und trugen schlichte, schwarze Gewänder, keine kostbaren und farbenprächtigen wie der Hohepriester, der hier Bischof hieß. In der Königspfalz zu Magdeburg gab es ein solches Mönchshaus indessen nicht, also musste dieser hier ein Versprengter sein.

»Ich bin Bruder Waldered«, stellte der Geschorene sich vor. »Ihr müsst Prinz Tugomir sein. Seid willkommen.«

Gero stieß angewidert die Luft durch die Nase aus. »Also ehrlich, Bruder. Ich finde, man kann es mit der christlichen Barmherzigkeit auch übertreiben«, knurrte er.

»Ich wüsste nicht, wie. Aber mir ist nicht entgangen, dass Ihr diese Auffassung vertretet«, erwiderte der Mönch mit einem unverbindlichen Lächeln. »Seid Ihr gekommen, um zu beten?«

Gero schüttelte den Kopf. »Der König bat mich, Bischof Bernhard zu ihm zu bringen, und ich dachte, den finde ich möglicherweise hier. Aber wie es aussieht, habe ich mich getäuscht.«

»Der ehrwürdige Bischof hat den Kanzler aufgesucht, wenn ich mich nicht täusche.«

Gero wandte sich ohne Dank ab und schlenderte zur nahen Tür in der Nordwand des kleinen Gotteshauses. Über die Schulter raunte er Tugomir zu: »Wir seh'n uns später.«

Tugomir nickte. Er schaute ihm nach, bis Gero hinausgetreten war. Dann musterte er den Mönch, der nicht älter zu sein schien als Gero und der den erzürnten Grafensohn doch mit nichts als ein paar höflichen Worten zur Räson gebracht hatte. »Auch hier haben die Menschen offenbar Hochachtung vor ihren Priestern«, bemerkte er.

Waldered schüttelte den Kopf. »Das bin ich nicht. Nur ein einfacher Mönch.«

»Das ist ein Unterschied?«

»Allerdings«, antwortete der Sachse und musterte ihn mit unverhohlener Neugier. Gero hatte die Tür offen gelassen, und Licht strömte herein, darum erkannte Tugomir, dass die hellblauen Augen seines Gegenübers entzündet waren. Das linke hatte gar geblutet.

Waldered wies auf Tugomirs Hände. »Stimmt es, dass diese blauen Punktlinien Zeichen des Priesterstandes bei euch sind?«

Tugomir nickte.

»Was bedeuten sie?«

Er antwortete nicht sofort.

Waldered kam einen Schritt näher, ein etwas unsicheres Lächeln auf den Lippen. »Dürft Ihr es mir nicht sagen? Ist es ein Geheimnis, das nur Priester teilen?«

Tugomir schüttelte den Kopf. »Wer kundig ist, kann an den Linien erkennen, welchen Weg der Erkenntnis ein Priester gewählt hat, welchen Göttern er dient und Ähnliches mehr.«

Der Mönch nickte emsig. »Wie werden sie gemacht? Die Linien, meine ich.«

»Aus dem Saft bestimmter Beeren, der nach einem genauen Rezept zubereitet werden muss.«

»Was denn, sie sind einfach aufgemalt? Aber ich habe gehört, sie gehen niemals wieder ab.«

Tugomir klärte ihn auf: »Man tunkt eine feine Beinnadel in den Beerensaft und sticht die Haut damit ein.«

Bruder Waldered schnitt eine Grimasse. »Das muss grässlich wehtun.«

Tugomir überraschte sich selbst, als er den Mönch anlächelte. »Ein Leben im Dienst der Götter ist nichts für Feiglinge, Bruder Waldered.«

»Ja, das könnt Ihr laut sagen«, gab der Mönch zurück, und fast schien es, als unterdrückte er ein Seufzen.

Diese Sache wurde Tugomir zu heikel. Er wollte nicht, dass ein Sachse freundlich zu ihm war. Den Hass und die Grausamkeiten von Männern wie Gero oder Udo oder all den anderen hier konnte er aushalten und verstehen und in sich aufsaugen, so wie ein getrockneter Brotfladen sich mit Suppe vollsog, um sie ihnen eines Tages heimzuzahlen, falls er dazu je Gelegenheit bekam. Aber dieser Bruder Waldered brachte sein Bild von der Ordnung der Dinge durcheinander, und das gefiel ihm nicht. Mit einem Nicken wandte er sich ab und dankte dem Mönch auf die einzige Weise, die ihm einfiel: »Ihr braucht Totenkraut.«

»Was?«, fragte Waldered verdattert.

»Kocht einen Sud von den Blättern, trinkt drei Becher am Tag davon, und in einer Woche sind Eure Augen klar und schmerzen nicht mehr.«

»Aber Totenkraut ist giftig«, protestierte Waldered.

Tugomir nickte. »Drei Becher«, wiederholte er. »Keinesfalls vier. Vertraut mir und werdet gesund, Bruder Waldered, oder seid wie Gero und erblindet. Mir ist es gleich.«

»Wessex«, widerholte Otto. Er sagte es langsam, so als wolle er den Namen auf seiner Zunge erproben. Dann fragte er seinen Vater: »Warum Wessex?«

»Warum nicht?«, konterte die Königin. Es klang sonderbar, schneidend und nervös zugleich. »Du wirst heiraten, wen auch immer dein Vater aussucht, und seinen Entschluss nicht infrage stellen. Und wer es ganz gewiss nicht sein wird, ist deine durchtriebene slawische *Hure*.«

Otto nickte bereitwillig. »Natürlich werde ich eine der beiden Prinzessinnen aus Wessex heiraten, wenn es uns nützt, und es war nie meine Absicht, Dragomira zur Frau zu nehmen. Trotzdem wäre ich dankbar, wenn Ihr sie nicht meine Hure nennen würdet, Mutter, denn das ist sie nicht.« Er sagte es mit einem Lächeln – um den Worten die Schärfe zu nehmen, mutmaßte Thankmar. Otto vermied es nach Möglichkeit, seine Mutter gegen sich aufzubringen. Oder *irgend*wen gegen sich aufzubringen. Otto war so friedfertig, dass einem manchmal ganz schlecht davon werden konnte.

Aber die Miene der Königin verfinsterte sich trotzdem. Mathildis war eine gutaussehende Frau Mitte dreißig, der man ihre fünf Schwangerschaften nicht ansah. Das blonde Haar war fast vollständig von dem Schleier bedeckt, den ein schmaler Goldreif hielt. Das weit fallende grüne Überkleid war schlicht, aber elegant geschnitten und aus edelstem Tuch, Halsausschnitt und die Säume der halblangen Ärmel mit einer bestickten dunkelbraunen Bordüre abgesetzt, die hervorragend zu ihren Augen passte. Mathildis war eine kluge Königin aus altem sächsischen Adel, nach beinah zwanzig Jahren an Heinrichs Seite gewandt im Umgang mit den Großen der Welt und der Kirche, und das Volk liebte sie ob ihrer Freigiebigkeit. Ottos beiden Brüdern und Schwestern – allesamt jünger als er – war sie eine fürsorgliche, manchmal sogar warmherzige Mutter. Sogar zu Thankmar war sie meistens nett gewesen, nachdem seine Mutter zurück ins Kloster gesteckt worden war, um Platz für Mathildis zu machen. Kaum vier Jahre alt war er damals gewesen, und er erinnerte sich nicht, ob das Verschwinden seiner Mutter ihn bekümmert hatte. Auf jeden Fall war die Königin ihm eine brauchbare Stiefmutter gewesen. Nur ihren eigenen

Erstgeborenen konnte sie nicht ausstehen. Seit Otto erwachsen war, erweckte er glaubhaft den Anschein, das sei ihm gleich, aber Thankmar wusste es besser. Und er hätte zu gerne gewusst, was genau es war, das die Königin ihrem Ältesten so sehr verübelte, aber er kam einfach nicht dahinter.

»Können wir vielleicht zurück zur Sache kommen?«, brummte König Heinrich. Er stand an dem hölzernen Vogelkäfig, der rechts der Tafel an einer Kette von der Decke hing, und fütterte seine Lieblinge mit kleinen Brotstückchen. Derzeit nannte er ein Rotkehlchen, zwei Singdrosseln, eine Goldammer und einen Buchfink sein Eigen. Für Thankmars Geschmack machten sie bei Weitem zu viel Radau – von Dreck ganz zu schweigen –, aber der König war ganz vernarrt in seine Vögel. Er fing sie immer selbst. Dabei könne er am besten nachdenken, behauptete er gern.

»Was ist denn dieses komische Wessex überhaupt?«, wollte Hadwig wissen. Sie war sieben und ihrer Mutter wie aus dem Gesicht geschnitten. Seit ihre große Schwester Gerberga im vergangenen Jahr den Herzog von Lothringen geheiratet hatte, wartete Hadwig ungeduldig darauf, dass sie endlich alt genug wurde und ihr Vater auch für sie einen geeigneten Mann fand, damit sie gleichziehen konnte. Aber Thankmar war froh, dass es noch ein wenig dauern würde, denn von seinen Halbgeschwistern liebte er Hadwig am meisten. Oder möglicherweise auch als Einzige, er war nicht ganz sicher.

»Ein Königreich in England!«, antwortete der zehnjährige Heinrich, den alle Henning nannten, um ihn von seinem Vater zu unterscheiden – unverkennbar stolz auf sein Wissen.

»England?«, wiederholte das kleine Mädchen verständnislos.

»Es ist ein Inselreich im nördlichen Meer«, erklärte Thankmar ihr. »Wessex ist das mächtigste Königreich dort, und das Königshaus ist sächsischen Ursprungs, steht uns also nahe.« Und an den König gewandt, fügte er hinzu: »Aber ich verstehe trotzdem nicht, warum Ihr keine Bindung mit einem Eurer Herzöge oder dem König der Westfranken bevorzugt. Die sind schließlich unsere Nachbarn und immer potenzielle Unruhestifter.«

»Du musst ja auch nicht alles verstehen, mein Junge«, konterte der König. Er schloss die kleine Gittertür des Käfigs und kehrte an den Tisch zurück.

Thankmar hob die Brauen und verschränkte die Arme vor der Brust. »Wenn Ihr glaubt, diese Sache gehe mich nichts an, warum führt Ihr dieses Gespräch mit Otto dann nicht unter vier Augen? Der Ärmste windet sich ja schon vor Verlegenheit.«

»Weil ich es vorziehe, Familienangelegenheiten auch vor der Familie zu erörtern«, gab sein Vater zurück. »Ich habe selten genug Gelegenheit, Zeit mit meinen Kindern zu verbringen.«

»Ich winde mich überhaupt nicht«, warf Otto mit Nachdruck ein. »Aber Thankmar hat recht, Vater. Warum ausgerechnet Wessex?«

»Das Wichtigste an dieser Heirat ist, unsere Stellung zu sichern«, erklärte ihr Vater. »Sie nennen mich den König des Ostfrankenreiches, aber was bedeutet das schon? Noch vor zehn Jahren war Konrad König, der wiederum nur König werden konnte, weil der letzte Karolinger im Ostfrankenreich ein kränkliches Kind war. Aber Konrad versagte. Er konnte die Ungarn nicht zurückschlagen, ebenso wenig konnte er sich gegen die Herzöge behaupten. Als er sein Ende kommen spürte, sorgte er dafür, dass ich die Königswürde bekam, weil er glaubte, ich könne es besser als sein Bruder. Alle naselang liegt die Krone im Dreck, und der Stärkste fischt sie heraus und setzt sie sich aufs Haupt.«

»Ihr nicht«, warf Thankmar ein. »Ihr habt eine Krönung abgelehnt.«

»Aus gutem Grund.« Heinrich tippte ihm mit dem Finger an die Brust. »Hätte ich mich krönen lassen, hätten die Herzöge keine Ruhe gegeben, bis sie mich wieder losgeworden wären. Im Grunde wollen sie sich keinem König unterwerfen, sondern allein über ihre Territorien herrschen. ›Also gut‹, habe ich gesagt, ›dann lasst mich der Erste unter Gleichen sein. Ich will mich nicht mit einer Krönung über euch erheben, aber ich will euch vereinen und anführen, weil wir nur gemeinsam gegen die verfluchten Ungarn eine Chance haben.‹ Das hat einigermaßen funktioniert, wie ihr wisst. Aber was wird in Zukunft sein? Das Reich *muss* geeint bleiben, um nicht von seinen Feinden aufgefressen zu werden. Aber wenn es *unser* Geschlecht sein soll, unter dessen Führung das Reich geeint bleibt, dann müssen wir einen Anspruch auf die Königswürde geltend machen, und zwar mit Krönung und Salbung und diesem ganzen Firlefanz, damit der Anspruch nicht von jedem angezweifelt werden kann, dem es gerade passt.«

»Und dazu müssen wir königlich werden …«, warf Thankmar versonnen ein.

»Genau!« Sein Vater drosch ihm auf die Schulter, setzte sich neben ihn und schenkte sich einen Becher Met ein. »Deswegen muss Otto eine Prinzessin heiraten, und zwar eine Prinzessin reinsten Wassers, im Purpur geboren. Die Karolingerprinzessinnen des Westfrankenreiches böten sich an, aber im Moment lässt sich nicht absehen, welcher Karolinger im Streit um die Krone obsiegt. Rudolf, der derzeit die Nase vorn hat, hat keine Töchter. Karl, sein Gegenspieler, hat dafür ein halbes Dutzend, aber deren Mutter ist dummerweise Mathildis' Schwester. Die Bischöfe würden nicht zustimmen, weil sie Ottos Cousinen sind.«

»Aber meine nicht«, erinnerte Thankmar ihn. »Also wie wäre es, wenn Ihr eine Gesandtschaft nach Westfranken schicktet, um mir dort eine Prinzessin auszusuchen?«

»Immer eine Braut nach der anderen«, entgegnete der König, aber Thankmar spürte genau, dass sein Vater ihm auswich.

»Wessex ist die nächstliegende Wahl«, fuhr Heinrich fort. »Die Mädchen haben einen waschechten Märtyrer unter ihren Vorfahren, das ist doch sicher nach deinem Geschmack, Otto, he? Außerdem sprechen sie unsere Sprache. Ich will nicht behaupten, dass es immer ein Segen ist, zu verstehen, was deine Frau zu dir sagt …«, er zwinkerte Mathildis zu, »aber es hat seine Vorzüge, du wirst sehen. Also: Schau dir die beiden Mädchen an, wenn sie hier ankommen, such dir eine aus, und dann wird geheiratet.«

»Natürlich, Vater.« Otto trank einen Schluck, ehe er seinen jüngsten Bruder auf sein Knie hob, der seit einiger Zeit an seinem Ärmel zupfte. »Was willst du denn, Brun?«

»Stimmt es, dass ich bald Onkel werde, Otto?«

Otto bekam rote Ohren. »Wer hat dir das erzählt, hm?«

»Thankmar.«

Otto bedachte seinen älteren Bruder mit einem vorwurfsvollen Blick. »Heißen Dank.«

Thankmar winkte träge ab. »Stets zu Diensten, Bruder, das weißt du doch. Außerdem habe ich nur die Wahrheit gesagt. Das ist keine Sünde, oder?«

»Nein.« Otto strich dem Kleinen über den flachsblonden Schopf. »Es stimmt.«

Der Fünfjährige strahlte. »Wenn ich Onkel werde, heißt das, dass ich eigentlich schon richtig groß bin. Einen Onkel schickt bestimmt niemand zu Bett oder zum Unterricht.« Brun sollte die kirchliche Laufbahn einschlagen, das war beschlossene Sache, und darum musste der bedauernswerte Knabe als einziger der Prinzen lesen lernen.

»Ich an deiner Stelle würde mich nicht darauf verlassen«, warnte Otto.

»Und vielleicht besser, du erwähnst deine Onkelwürde gegenüber deinen frommen Lehrern nicht«, fügte Thankmar verschwörerisch hinzu. »Das könnte unerfreuliche Folgen haben.«

»Warum das denn?«, fragte Brun, ebenso verständnislos wie enttäuscht.

»Weil unser sonst so untadeliger Otto einen Bastard gezeugt hat, und das ist verboten. Die Gottesmänner sehen es gar nicht gern, wenn ihr Lieblingsprinz über die Stränge schlägt, und …«

»Das reicht, Thankmar«, unterbrach der König, aber wie meistens mit einem amüsierten Funkeln in den Augen.

Brun rutschte von Ottos Knie, blieb vor ihm stehen und sah ihn unsicher an. Natürlich war er noch viel zu klein, um zu verstehen, was Thankmar ihm offenbart hatte, aber dennoch spürte der Knirps die unausgesprochene Missbilligung, die Otto zumindest bei ihrer Mutter hervorgerufen hatte, und nun war sein Heldenbild erschüttert. *Gut so*, dachte Thankmar.

Hadwig erbarmte sich. Sie stand auf, nahm den Kleinen bei der Hand und führte ihn zur Tür. »Komm, Brun. Wir wollten doch noch nach dem Fohlen sehen …«

Stille blieb in der Halle zurück, nachdem Bruder und Schwester hinausgegangen waren. Schritte, Hufschlag und ein gelegentliches Bellen drangen zusammen mit dem hellen Sonnenschein durch die geöffneten Holzläden, aber die königliche Familie war allein in der geräumigen Halle mit der Feuerstelle in der Mitte. Als die Goldammer plötzlich zu trällern begann, zuckte Mathildis leicht zusammen.

»Die Bischöfe werden sich gut überlegen, ob sie sich wegen deines Bastards erregen sollten«, sagte der König zu Otto. »Die Hälfte von ihnen liegt mir ständig damit in den Ohren, dass sie ihre Ländereien ihren Söhnen vererben wollen. Trotzdem, deine kleine Slawin muss verschwinden, ehe deine Braut von der Sache Wind bekommt. Sie soll keinen schlechten Eindruck gewinnen. Wir müssen ihr ja nicht unbedingt unter die Nase reiben, was ohnehin alle wissen.«

»Was meint Ihr?«, fragte Otto verständnislos.

»Dass die Prinzessinnen von Wessex vornehmer sind als wir und von höherem Adel.«

Otto starrte einen Moment in seinen Becher. »Aber … wo soll sie denn hin? Dragomira, meine ich?«

»Ich finde eine Lösung«, versprach die Königin. »Das soll deine Sorge nicht sein.«

Otto fand offenbar wenig Trost in ihren Worten, womit er wieder einmal bewies, dass er wirklich nicht auf den Kopf gefallen war. Er hob den Blick und sah seiner Mutter in die Augen. »Aber vorher will ich mit ihr reden. Sie hat zumindest ein Anrecht darauf, dass ich ihr die Dinge erkläre.«

Mathildis erwiderte seinen Blick und nickte dann. »Natürlich. Wir wollen auf keinen Fall die Gefühle deiner kleinen Slawin verletzen. Aber dann tu es bald, mein Sohn. Die Zeit drängt.«

»So, so. Die Zeit drängt also, Otto eine Braut ins Bett zu legen«, spöttelte Thankmar. »Auf die Gefahr hin, mich zu wiederholen, Vater, was ist mit mir?«

»Ich hätte nicht gedacht, dass du es so eilig hast, zu heiraten«, entgegnete der König vielsagend.

Thankmar hob kurz die Linke. »Da Ihr mir die Garnison der neuen Burg im Slawenland nicht anvertrauen wollt, suche ich nach neuen Herausforderungen.«

»Fang nicht wieder davon an«, brummte der König. »Du bist zu jung für die Aufgabe.«

»Aber keinesfalls zu jung für eine prestigeträchtige Heirat, wie es den Anschein hat, denn ich bin sechs Jahre älter als Otto. Also? Wie steht es mit einer westfränkischen Prinzessin für mich? Nach Möglichkeit eine mit einer großen Mitgift.«

Der König nickte unverbindlich. »Wir werden sehen.«

Thankmar stieß die Luft durch die Nase aus. »Wirklich? Und wann darf ich mit einer etwas präziseren Auskunft rechnen? Oder glaubt Ihr vielleicht insgeheim, ich sei nicht gut genug für eine Prinzessin?«

König Heinrich seufzte verstohlen. »Du weißt genau, dass ich nichts dergleichen glaube. Was der westfränkische König indes denkt, wissen wir nicht. Momentan können wir uns die öffentliche Blöße einer möglichen Abfuhr aus Westfranken nicht erlauben, Thankmar. Zu viel steht auf dem Spiel.«

Thankmar nickte versonnen. Dann stand er auf, wandte sich zur Tür und klopfte Otto im Vorbeigehen die Schulter. »Kein Wunder, dass er dir wegen deines Bastards nicht die Hölle heiß macht. Er scheint zu glauben, dass er selber einen hat.«

Magdeburg, August 929

Die Vila nahm sein Handgelenk und zog seine Linke aus dem Wasser. »Schau in den Spiegel und du wirst sehen.« Er richtete den Blick auf die Wasseroberfläche. Kleine ringförmige Wellen strebten von der Stelle, wo seine Hand gewesen war, nach außen, aber nach und nach wurde die Oberfläche still, und er sah ihr Spiegelbild. Sie war schön, wie alle Vily, schön und vollkommen unnahbar, auf eine gleichgültige Weise. Ein mattes Leuchten ging von ihr aus, das ihre Haut durchsichtig wirken ließ.

»Zeig mir die Brandenburg«, verlangte er. »Zeig mir, ob die Heveller den Winter überlebt haben. Und mein Vater. Und Dragomir.«

Zuerst blieb das Bild im Spiegel unverändert; er sah nur

die flirrenden Blätter der Silberbirke, unter der er saß, ein Stück blauen Himmel und die geisterhafte Reflexion der Vila. Aber dann nahm das Flirren zu, der Spiegel verdunkelte sich, und Tugomir sah die Halle des Fürsten der Heveller. Sein Vater stand mit zweien seiner Krieger und Tuglo, dem Hohepriester des Triglav, zusammen. Das Feuer überzog ihre Gesichter mit rötlichem Lichtschein, und ihre Mienen waren angespannt. Der Fürst hielt einen Becher in der Linken und nahm einen tiefen Zug, während er dem Priester lauschte. Zu seinen Füßen hockte Dragomir, Boliluts kleiner Sohn, im Sand und spielte mit einem hölzernen Pferd. Unbemerkt von den Männern schaute der Knabe plötzlich auf, und es war, als blicke er Tugomir direkt an.

»Wie konntest du das zulassen?«, fragte er, die dunklen Augen so voller Schrecken und Schmerz wie in der Nacht, als sein Vater gefallen war. »Wie konntest du tatenlos zusehen, während sie das ganze Volk der Daleminzer abgeschlachtet haben?«

»Ich konnte nichts tun, Dragomir«, versuchte Tugomir zu erklären. »Die Flussgeister waren über sie gekommen. Sie hatten zu nah am Wasser gelagert, und das Wasser war böse.«

»Die Flussgeister waren über sie gekommen?« Jetzt war es die Stimme der Vila, die er hörte, und sie klang auf schauderhafte Weise amüsiert. »Ist das wirklich wahr? Oder waren die Flussgeister über dich gekommen, und du hast deswegen geschwiegen und keinen Finger gerührt?«

»Wie niederträchtig du bist«, bemerkte er – angewidert, aber ohne Überraschung. Er kannte seine Vila schon seit vielen Jahren. Trotzdem war er nicht sicher, ob er immer in der Lage war, ihre Weisheit von ihrer Tücke zu unterscheiden. »Ich konnte nichts tun. Außer zuschauen, genau wie König Heinrich gesagt hat. Ich war der Zeuge.«

»Und bedauerst dich dafür.«

Er dachte einen Augenblick darüber nach. »Auf jeden Fall bin ich zornig darüber. Ich habe Anno getötet, weil die Götter es wollten, und trotzdem bin ich verflucht und muss Zeuge der Gräueltaten meiner Feinde sein und ein Gefangener bleiben und darf nie wieder heimkehren. Wieso? Ich … kann es nicht verstehen.«

»Oh, du wirst heimkehren, Prinz Tugomir«, ein boshaftes Vergnügen schwang jetzt in ihrer Stimme. »Schau in den Spiegel und sieh.«

Er schüttelte den Kopf. Er wollte nichts mehr sehen. Aber die Vila hielt immer noch sein Handgelenk und ließ ihm keine Wahl. Und es war wieder die Halle der Brandenburg, die er sah, nur er selbst saß jetzt auf dem prachtvoll geschnitzten Sessel des Fürsten. Seine Rechte hielt ein blutverschmiertes Messer mit einer matten, grauen Klinge, und ein junger, aber erwachsener Dragomir lag tot zu seinen Füßen.

Tugomir schrie entsetzt auf, kniff die Augen zu und riss seine Hand aus dem Klammergriff der Vila. Als er die Lider wieder aufschlug, lag er im hohen Gras am Ufer des Fischteichs, weit und breit keine Vila in Sicht. Stattdessen kniete Semela vor ihm und sah ihn mit furchtsam aufgerissenen Augen an, beinah genauso wie Dragomir eben im Spiegel.

»Mann, dieser Traum muss es aber *wirklich* in sich gehabt haben …«, stieß der Junge hervor.

»Das war kein Traum.« Tugomir richtete sich auf, unterdrückte ein Stöhnen und presste die Handballen gegen die hämmernden Schläfen.

»Nein? Wie würdest du es nennen, wenn ein Kerl schlafend im Gras liegt und flennt?«

Hastig fuhr Tugomir sich mit der Linken über beide Wangen und war erschrocken, dort Nässe zu spüren. »Verschwinde, Semela«, knurrte er. »Lass mich ausnahmsweise einmal zufrieden.«

Er blickte sich um, immer noch erschüttert und desorientiert. Es war gelegentlich schon vorgekommen, dass die Vila zu ihm kam, um ihm Bilder im Spiegel zu zeigen, und man konnte nie sagen, wie viel Zeit vergangen war, wenn man zurückkehrte. Aber es war immer noch Nachmittag, stellte er fest. Er hoffte, es war noch derselbe, aber er nahm es an, denn die Schatten waren deutlich länger als vorher.

Semela streckte ihm ein großes Stück Brot entgegen. »Hier. Ich dachte mir, du musst hungrig sein. Du hast den ganzen Tag noch nichts gegessen.«

»Danke.« Tugomir nahm die großzügige Gabe. Das Brot war unbestreitbar das Beste an den Sachsen: Es waren keine dünnen Fladen, wie sie bei den Hevellern üblich waren, sondern längliche Laibe, die länger frisch blieben und einen beinah würzigen Geschmack hatten. Aber Tugomir verspürte keinen Appetit.

»Komm schon, Tugomir, iss«, drängte der Junge, und es war drollig, diesen kleinen Kerl so ernst und besorgt zu sehen. »Was ist denn nur mit dir? Bist du krank?«

Der Hevellerprinz schüttelte den Kopf. »Es war eine Vila.«

»Oh …« Semela klang beeindruckt und beklommen zugleich. Er wusste natürlich, dass die schönen Wasserelfen sich nur wenigen Auserwählten zeigten – vorzugsweise jungen Helden von ansehnlicher Gestalt –, aber ebenso wusste er, dass ihre Gunst ein zweifelhafter Segen war. Manchmal boten sie Schutz oder halfen mit ihren Zauberkünsten, aber genauso konnte es passieren, dass sie ihrem Erwählten den Kopf verdrehten und den Verstand raubten, sodass er in ihrem Fluss oder See oder wo immer sie lauerten, ertrank. Manche Vily, hatte Semela gehört, verwandelten ihre Opfer auch in Bäume. »Und was hat sie zu dir gesagt?«

»Lauter abscheuliche Dinge.«

»Dann reiß ihr das nächste Mal eins ihrer goldenen Haare aus, wenn sie dich beehrt«, schlug der pfiffige Knabe vor.

Tugomir musste grinsen. Die Kraft der Vily steckte in ihren Haaren. Verloren sie auch nur ein einziges, starben sie. »Ich wette, sie kennt Mittel und Wege, mich zu hindern. Außerdem ist es nützlich, sie zu haben. Nicht gerade angenehm, aber nützlich.«

Semela zuckte die Achseln. »Wie du willst. Hast du gehört, dass der Hof nächsten Monat nach Quedlinburg geht?«

»Nein.« Tugomir war immer noch in seiner Vision gefangen. Er schöpfte mit beiden Händen Wasser aus dem Teich und benetzte sich das Gesicht damit. »Wo ist das?«

Semela wies vage nach Südwesten. »Zwei stramme Tagesmärsche von hier.«

Weg von der Elbe, fuhr es Tugomir durch den Sinn. Tiefer ins Herz des Sachsenlandes und immer weiter fort von zu Hause. »Du kennst dich aus, hm?«

»Mein Vater war Händler. Er hat den Sachsen alles mögliche Zeug gebracht. Vor allem Fisch. Du glaubst einfach nicht, wie viel Fisch die brauchen, denn ihr komischer Gott verbietet ihnen andauernd, Fleisch zu essen. Meist ist er nur bis hier gezogen. Mein Vater, meine ich, nicht der Gott der Sachsen. In Magdeburg hat er oft schon alles verkaufen können, aber letzten Sommer ging hier ein schlimmes Fieber um, und da ist er lieber nach Halberstadt, wo der Hohepriester … der Bischof wohnt, und weiter nach Quedlinburg. Das liegt in der Nähe. Auf einem Berg. Na ja, Hügel.«

»Du hast es gesehen?«

Semela nickte, brach sich ein Stückchen von dem Brot ab, das Tugomir vergessen in Händen hielt, und steckte es in den Mund. »Vater hat mich mitgenommen letzten Sommer, weil ich alt genug war, um mich nützlich zu machen. Es war … großartig«, schloss er mit einem Lächeln, aber gleich darauf legte sich ein Schatten auf seine Züge. Semela hatte seinen Vater sehr geliebt, wusste Tugomir.

»Und was tut der Hof also nächsten Monat in Quedlinburg?«, fragte er, obwohl es ihn eigentlich nicht kümmerte.

»Sie machen einen Hoftag.«

»Was ist das?«

»Keine Ahnung«, gestand der Junge. »Das heißt, ich hab gehört, wie Ekkard zu einer der Küchenmägde gesagt hat, es werde den König ein Vermögen kosten, all seine Herzöge und Grafen und Bischöfe und Äbte zu bewirten.« Ekkard war der Koch, der regelmäßig im Zorn über Semela kam. »Wenn ich das richtig verstanden hab, müssen die alle kommen, um ihren Treueschwur an den König zu erneuern, und zur Belohnung kriegen sie einen Festschmaus. Und dann will König Heinrich …« Er brach abrupt ab, und von einem Lidschlag zum nächsten war sein ganzer Körper angespannt.

Tugomir wandte den Kopf und war nicht überrascht, Udo auf sich zustapfen zu sehen. Der vierschrötige Soldat war Geros Mann fürs Grobe, hatte Tugomir inzwischen gelernt – falls es denn irgendetwas gab, das Gero zu »grob« erschien, um es selbst zu erledigen. Auf jeden Fall war man gut beraten, sich vor Udo zu hüten.

»Komm mit mir, Prinz«, sagte er und starrte auf einen Punkt irgendwo hinter Tugomirs Schulter. Sein Gebaren war eigenartig: der Ton ruppig wie üblich, die Anrede ungewohnt höflich, die Miene geradezu unsicher. Statt seines Helms trug er einen dieser sonderbaren Strohhüte, die sich bei den Sachsen so großer Beliebtheit erfreuten und die der Grund dafür waren, warum die Slawen ihre ungeliebten Nachbarn westlich der Elbe gern »Strohköpfe« nannten. Tugomir erinnerten diese sonderbaren Kopfbedeckungen immer vage an Brotkörbe, und selbst einem Wüterich wie Udo verliehen sie beinah etwas Putziges.

Tugomir drückte Semela das Brot in die Finger und stand aus dem langen Gras auf. »Wohin?«

Udo legte ihm wortlos die Hand auf den Arm und drehte ihn um. Tugomir wechselte einen raschen Blick mit Semela, der ratlos die Achseln zuckte, dann schritt er neben Udo zwischen den strohgedeckten Grubenhäuschen einher, die um die Wiese mit dem Fischteich standen und die Palisade säumten. Immer noch schweigend umrundeten sie die Schmiede und das Backhaus, ließen die Kapelle und die Halle des Königs rechterhand liegen und gelangten zum Haupttor der Pfalz – zwei Flügeln aus dicken Eichenstämmen, die jetzt vor Sonnenuntergang noch weit offen standen, aber von zwei Mann bewacht wurden.

»Augenblick.« Tugomir blieb stehen und befreite sich mit einem beiläufigen Ruck von Udos Klammergriff. »Wohin gehen wir? Gero hat gedroht, für jeden Schritt, den ich aus diesem Tor gehe, werde er einem der Daleminzerkinder den Kopf abschlagen. *Du* hast es mir ausgerichtet.«

Udo wischte den Einwand mit einer ungeduldigen Geste beiseite. »Das regle ich mit ihm. Jetzt komm endlich. Es ist gleich da vorn.« Und den Wachen bedeutete er mit einem Nicken, dass alles seine Richtigkeit habe.

Tugomir hatte kein gutes Gefühl dabei, aber ihm blieb nicht viel anderes übrig. Er folgte Udo ein kurzes Stück die staubige, von Holzhäusern gesäumte Straße hinab. Die Tür des vierten oder fünften auf der linken Seite stand offen, und noch ehe er eintrat, hörte Tugomir das bellende, krampfhafte Husten eines Kindes.

Selbst der untersetzte Udo musste den Kopf einziehen, um nicht an den Türsturz zu stoßen, und er brachte seinen Begleiter in eine dämmrige Hütte, die mit einer Frau und zwei Kindern schon gut gefüllt war. Das jüngere der Kinder, ein vielleicht fünfjähriger Junge, lag auf einem fellbedeckten Lager, das ungefähr ein Viertel des Raumes einnahm und vermutlich der ganzen Familie als Schlafstatt diente. Die Mutter hatte den Kleinen halb aufgerichtet und wiegte ihn, aber der Husten wurde schlimmer. Die großen nussbraunen Augen glänzten fiebrig. Der Blondschopf war verschwitzt und zerzaust, und das Kind war sehr mager. Während es hustete und hustete und verzweifelt um Atem rang, fing seine Schwester, die kaum älter als sechs sein konnte, an zu heulen.

»Seit gestern geht das so«, sagte Udo heiser. »Letzte Nacht hab ich ein paarmal gedacht, er erstickt uns.«

»Dein Sohn?«, fragte Tugomir verblüfft. Bis zu diesem Augenblick hätte er sich den vierschrötigen Soldaten, der so gern die Fäuste schwang, niemals als treusorgenden Familienvater vorstellen können.

Udo nickte. »Du hast Bruder Waldereds Augenleiden geheilt. In der ganzen Pfalz reden sie darüber. Also hilf meinem Kind. Und mir ist scheißegal, wenn du Zauberformeln aufsagst, von denen die Pfaffen nichts halten. Mein Vater hat immer gesagt, alles wäre besser, wenn wir die alten Götter noch hätten und ...«

»Udo!«, jammerte sein Weib. »Hör mit dem gottlosen Gerede auf, sonst nimmt der Herr ihn uns erst recht ...« Sie schluchzte und wiegte ihren Sohn heftiger als zuvor. Das Kind fing an zu röcheln und lief purpurrot an.

Udo presste die linke Hand vor den Mund und murmelte undeutlich. »Tu irgendetwas, Prinz Tugomir. Bitte ...«

Sieh an, auf einmal so zahm, dachte Tugomir bitter. Aber was er sagte, war: »Dein Sohn braucht keine Zauberformeln, sondern Efeu.«

»Efeu?«, wiederholte die junge Mutter misstrauisch, mit bebender Stimme. Dann lachte sie auf, und es klang hysterisch. »Was sollen wir mit Efeu, du heidnischer Teufel?«

»Halt's Maul«, fuhr Udo sie an.

»Er wächst hier überall, zum Beispiel am Tempel eures Gottes. Nimm einen Beutel oder eine Schale, wir brauchen reichlich. Pflück die Blätter, möglichst die jungen.« Und weil Udo sich nicht gleich rührte, schaute Tugomir sich kurz um, entdeckte neben einem ungeschickt gezimmerten Schemel einen Ledereimer, hob ihn auf und drückte ihn dem verängstigten Vater in die Finger. »Beeil dich.«

Während Udo hinausging, ließ der Hustenkrampf nach. Der kleine Junge entspannte sich, sank in die Arme der Mutter und weinte matt.

Tugomir trat an die Bettstatt und befahl der Frau: »Mach Wasser heiß. Es muss kochen.«

Zögernd ließ die junge Frau ihr krankes Kind los. Dann stand sie auf, sprach leise zu ihrer Tochter und schickte sie mit einem Holzgefäß zum Brunnen, während sie selbst behutsam in die Asche der Feuerstelle in der Raummitte blies, bis ein paar Funken aufglommen. Sie legte Reisig auf, schließlich ein bisschen Holz, stellte einen kleinen Dreifuß über das Feuer, hängte einen Kessel daran und wartete auf das Wasser. Der Rauch des Feuers stieg zum rußgeschwärzten Strohdach auf und verschwand dort durch ein kleines Loch.

Udo und seine Tochter kamen gleichzeitig zurück, und die ganze Familie sah schweigend zu, während Tugomir eine Handvoll Blätter in eine Tonschale warf und schließlich mit kochendem Wasser übergoss. »Und jetzt warten wir.«

»Wie lange?«, fragte Udo – geradezu lächerlich schüchtern.

Solange es dauert, die obere Brandenburg einmal auf dem Wehrgang zu umrunden, hörte Tugomir die Stimme des alten Dobromir sagen, der ihm alles über Heilkräuter beigebracht hatte, was er wusste. *Vorausgesetzt, du trödelst nicht und starrst nicht wieder stundenlang auf die Havel hinab, mein Prinz ...* Beinah musste Tugomir bei der Erinnerung lächeln. Dobromir war ein ebenso alter Priester gewesen wie Schedrag, aber anders als der Hohepriester hatte er es nie erstrebenswert gefunden, die Geschicke seines Volkes oder die Gedanken seines Fürsten zu lenken, sondern hatte Erkenntnis im Wesen aller wachsenden Dinge gesucht, genau wie Tugomir. Im vergangenen Sommer war er gestorben, und sie hatten ihn in einer würdevollen Zeremonie verbrannt, das Feuer so gewaltig, dass man glauben konnte, die aufstiebenden Funken wollten sich zu den Sternen am nacht-blauen Himmel gesellen.

Tugomir rührte im Efeusud und ließ ihn prüfend vom Löffel tropfen, um die heftige Anwandlung von Heimweh zu vertreiben. »Noch ein Weilchen«, antwortete er. »Habt ihr Honig im Haus?«

Die Frau nickte.

»Gib einen Löffel voll in einen Becher. Der Junge wird den Sud bereitwilliger trinken, wenn er süß ist, und Honig gibt ihm neue Kräfte.«

»Wird … wird dein Sud Hatto wieder gesund machen?«, fragte das Mädchen ehrfürchtig.

Tugomir schärfte sich ein, sie nicht anzulächeln, ihr erst recht nicht über den Schopf zu streichen. Die Sachsen hatten alle Dale-minzerkinder zu Waisen gemacht. Genau wie Dragomir. Er hatte keinen Herzschlag lang gezögert, dem Kleinen zu helfen, weil sein Heilerinstinkt offenbar schneller zur Stelle gewesen war als sein Hass. Aber er sah keine Veranlassung, diesem Mädchen Trost zu spenden. »Das wissen wir morgen.«

Er stand von der Bettkante auf, um den bangen Blick nicht län-ger sehen zu müssen, seihte den Sud durch ein mäßig sauberes Tuch ab und füllte ihn in den Becher mit dem Honig. Den reichte er Udo. »Hier. Zwei Becher am Tag. Die kommende Nacht wird vermutlich noch einmal schlimm. Gebt ihm in sechs Stunden noch einen Becher. Und ihr müsst den Sud jeden Tag frisch zubereiten. Hast du gesehen, wie er gemacht wird?«

Udo nickte. »Hab Dank, Prinz Tugomir.«

»Spar dir deinen Dank. Du schuldest mir einen Gefallen.«

»Ich weiß.«

»Jetzt bring mich zurück.« Tugomir verließ die Hütte ohne Gruß und ohne das kranke Kind noch einmal anzusehen.

Schweigend wie auf dem Hinweg geleitete Udo ihn zurück in die Pfalz, und Tugomir ging zu dem armseligen Grubenhaus unweit des Fischteichs, das man ihm am Tag ihrer Ankunft hier zugewiesen hatte. Es war eines Prinzen ganz und gar unwürdig: Von der niedrigen Tür führten drei Stufen hinab auf den lehmigen, ewig feuchten Boden. Die fensterlosen Wände bestanden aus nachlässig gezimmerten Brettern, durch die es fürchterlich zog. Ein Strohsack, eine Decke und ein Holzklotz, der als Sitzgelegenheit diente, bildeten das gesamte Mobiliar. Aber immerhin war das Strohdach halbwegs neu und dicht, wie er während der häufigen Regengüsse der vergangenen Wochen gelernt hatte, und nach dem schier unerträglichen Lagerleben wusste er es zu schätzen, allein sein zu können.

Er setzte sich vor der Tür ins hohe Gras, lehnte den Rücken an die Bretterwand und entdeckte in der ungemähten Wiese ein Kamillefeld. Und dort drüben war noch eines. Vermutlich wussten sogar sächsische Hausfrauen, dass Kamille Zahnweh und Bauchgrimmen linderte, aber er zweifelte, dass sie auch wussten, wie man Nierenkoliken damit kurierte. Und da hinten, war das etwa Kümmel? Tugomir stand auf, nahm die Wiese zum ersten Mal systematisch in Augenschein und entdeckte Quecke und Erdrauch und am Ufer des Teichs Brunnenkresse, ohne sich auch nur einen Schritt bewegt zu haben. Seltsam, dass sie ihm bisher noch nie aufgefallen waren. Er überlegte, ob er sie sammeln und trocknen sollte. Nicht, dass es ihn sonderlich dazu drängte, die verfluchten Sachsen von ihren Leiden zu befreien, aber es wäre eine Beschäftigung. Etwas, um der quälenden Untätigkeit ein Ende zu machen und ihn von seinen sinnlosen Grübeleien abzulenken. Immer noch unschlüssig schlenderte er zum Fischteich hinüber. Erst als er das Stück Brot entdeckte, das Semela dort für ihn zurückgelassen hatte, merkte er, wie hungrig er war.

»Tugomir? Was in aller Welt tust du da?«, fragte Dragomira verwundert.

»Wonach sieht es aus?«, konterte er, ohne aufzuschauen.

Er saß vor seiner Hütte, so wie meistens, wenn sie sich im

Laufe der vergangenen Wochen zu ihm gewagt hatte. Doch heute starrte er nicht mit finsterer Miene vor sich hin, sondern hatte einen kleinen Hügel Kamillestängel im Gras aufgetürmt und war dabei, die Blüten abzuernten, die er auf ein ausgebreitetes Tuch legte.

Dragomira ließ sich von dem kühlen Empfang nicht abschrecken. Ein wenig schwerfällig setzte sie sich ihm gegenüber ins Gras, lauschte einen Moment dem tröstlichen Gesang der Grillen und wies dann auf die Blüten. »Die helfen nicht zufällig auch gegen geschwollene Glieder? Schau dir meine Füße an, Bruder. Abscheulich.«

Er schüttelte den Kopf. »Bereite einen Tee aus Brennnesseln und Birkenblättern. Oder *lass* ihn dir bereiten. Ich wette, die Geliebte des Prinzen hat ein Dutzend Mägde, die ihr das Leben angenehm machen.«

Dragomira lehnte den Rücken an die Bretterwand und streckte die Beine aus. »Was mir das Leben erleichtern würde, wäre, wenn du *endlich* aufhörtest, mir Dinge vorzuwerfen, über die ich keine Macht habe.«

Tugomir arbeitete noch einen Moment schweigend weiter. Sie hielt den Blick auf seine schmalen Hände gerichtet und beobachtete die Punktlinien, die sich immer zu schlängeln schienen wie kleine Wellen, wenn seine Finger sich bewegten. Es war eine Illusion, die niemals aufhörte, sie zu faszinieren. Doch nun hielten seine Hände unvermittelt inne, und er sah ihr endlich ins Gesicht. »Du hast recht.«

Dragomira fiel aus allen Wolken. Niemals hätte sie erwartet, dieses Eingeständnis zu hören. Nicht so leicht jedenfalls. »Tatsächlich?«, fragte sie mit einem kleinen Lächeln.

»Ich musste in den letzten Tagen oft an Dobromir denken.«

»Den alten Kräutermeister?«

»Er war ein bisschen mehr als das. Auf jeden Fall war er mein Lehrmeister, und es hat mich erschreckt, als mir aufging, wie lange ich nicht an ihn gedacht habe.«

»Er ist schon seit über einem Jahr tot«, gab sie achselzuckend zurück. »Und so vieles ist geschehen.«

»Mag sein. Aber viele Dinge, die er mich gelehrt hat, hätten mir in den vergangenen Monaten nützlich sein können. Nur war ich … Ach, ich weiß nicht.« Er winkte verdrossen ab.

»Was?«, hakte Dragomira nach. »So damit beschäftigt, düstere Dinge zu denken, dass in deinem Herzen kein Platz für Dobromirs Weisheit war? Das ist kein Wunder. Du hattest gute Gründe. Und hast sie noch.«

»Genau wie du. Aber *ich* war derjenige, der sich hat gehenlassen. Du hast dich dem Unvermeidlichen gestellt. Furchtloser als ich, so beschämend es auch sein mag, das einzugestehen.«

»Oh, Tugomir.« Dragomira musste lachen. »Ich mag viele Dinge sein, aber ›furchtlos‹ gehört nicht dazu. Und ich frage mich, ob du außer Kamille auf dieser Wiese auch noch einen deiner berauschenden Pilze gefunden und davon genascht hast. Oder was mag es sonst sein, das dich so untypisch milde und einsichtig stimmt?«

Tugomir grinste, und für einen Herzschlag erhaschte sie einen Blick auf den Bruder, der er früher gewesen war: ihr Freund, ihr Beschützer gegen ihren Vater oder Bolilut und dessen scharfzüngige Frau, manchmal ihr Komplize. Es war vor allem der plötzliche warme Glanz in den Augen, der ihr den Tugomir von einst in Erinnerung brachte, und ihre Brust zog sich schmerzhaft zusammen, so sehr vermisste sie ihn.

»Leider ist jetzt nicht die Zeit für solche Pilze«, antwortete er. »Aber du bringst mich auf eine gute Idee. Im Herbst könnte ich sie sammeln und ihr Pulver König Heinrich und den Seinen in die Becher schmuggeln, und dann können du und ich vielleicht unbemerkt zum Tor hinausspazieren und nach Hause gehen.«

Er sagte es im Scherz, aber Dragomira hörte die Sehnsucht in seiner Stimme. »Ob es ihnen gut geht?«, fragte sie. »Vater und Dragomir und den anderen?«

Tugomir nickte. »Zumindest leben sie noch. Die Vila hat es mir gezeigt.«

»Es wäre nicht das erste Mal, dass sie dir Lügenbilder gezeigt hat.«

»Aber nicht in diesem Fall.« Und ehe sie genauer nachfragen

konnte, wechselte er das Thema. »Wie lange noch bis zu deiner Niederkunft?«

»Ich weiß nicht«, musste sie bekennen. »Vier Wochen etwa, glaubt die Hebamme.«

»Dann fang bald an, Tee aus Himbeerblättern zu trinken.«

»Ja, das hat sie auch gesagt.«

»Ah. Sächsische Hebammen sind soeben enorm in meiner Achtung gestiegen.«

Dragomira musste schon wieder lachen. So groß war ihre Erleichterung, dass Tugomir ihr nicht länger gram war, dass sie in diesem Moment die ganze Welt hätte umarmen können. »Weißt du, vielleicht wird alles besser, wenn dieses Kind erst geboren ist. Falls es ein Knabe wird, natürlich nur. Er wäre Ottos Erstgeborener, ich seine Mutter und du sein Onkel. Sie müssten dich … respektvoller behandeln.«

»Ich will keinen Respekt«, antwortete er, beinah so schroff wie in den letzten Wochen. »Das Einzige, was ich von den Sachsen will, ist meine Freiheit.«

»Ja. Ich weiß.«

»Und was du nicht sagst, ist: ›Aber die wirst du nicht bekommen‹.«

»Wer kann das wissen? Alles mag sich ändern, wenn Otto König wird«, gab Dragomira zu bedenken.

»Ich würde mich an deiner Stelle nicht darauf verlassen. Außerdem hat Otto einen älteren Bruder. So sehr König Heinrich deinen Prinzen auch vorziehen mag, kann er Thankmars Ansprüche nicht übergehen, oder?«

Sie hob die Schultern. »Mir kommt es manchmal so vor, als wäre König Heinrich so mächtig, dass er alles tun kann, was ihm beliebt. Einfach alles.«

»Kein schöner Gedanke«, murmelte Tugomir, nahm einen blütenlosen Kamillestängel und wickelte ihn versonnen um seinen Zeigefinger. »Bald dunkel. Du solltest lieber gehen, bevor dich jemand vermisst.«

»Du hast recht. Meine Daleminzermädchen werden sich ängstigen, wenn ich nicht bald zurück bin.«

»Ja, ich habe gehört, dass du dich ihrer angenommen hast.«

»Von wem?«, fragte sie erstaunt.

»Semela.«

Dragomira nickte. »Den wiederum du unter deine Fittiche genommen hast, nicht wahr?«

»Womöglich ist es auch umgekehrt. Ich bin nicht sicher. Auf jeden Fall …« Er brach ab.

»Was ist?«

Tugomir wies nach links, und als Dragomira in die Dämmerung spähte, sah sie mehrere schattenhafte Gestalten und einen Lichtpunkt näher kommen.

Sie wechselten einen Blick. Tugomir stand auf, streckte seiner Schwester die Linke entgegen und half ihr auf die Füße. Das Kind in ihrem Leib war aufgewacht und trat oder boxte vielleicht mit seinen klitzekleinen Fäusten. Dragomira legte beide Hände auf ihren Bauch, als könne sie es damit beruhigen.

Fünf sächsische Krieger kamen auf sie zu, und das Licht der Fackel ließ ihre Helme matt schimmern. Ein sechster Mann – unbehelmt – ging an der Seite des Fackelträgers, und es war Gero.

Dragomira zog erschrocken die Luft ein. »Tugomir, was hast du getan?«

»Nichts«, antwortete er leise. »Versucht, dem Sohn seines ergebensten Schlächters das Leben zu retten.«

Die kleine Gruppe hielt vor ihnen an, und für ein paar Herzschläge war nichts zu hören bis auf das Konzert der Grillen und das leise Zischen der Fackel. Dann befahl Gero: »Bindet ihm die Hände.«

Zwei seiner Männer traten vor, packten Tugomirs Arme, zwangen sie auf seinen Rücken und banden sie mit einer Lederschnur. Tugomir stand still wie ein Baum, sah Gero unverwandt an, und sein Gesicht gab überhaupt nichts preis.

Dragomira versuchte, sich ein Beispiel an ihm zu nehmen. »Was hat das zu bedeuten, Gero?«, fragte sie streng.

Der Angesprochene gab vor, sie nicht gehört zu haben, legte ihrem Bruder mit einem kleinen Lächeln die Hand auf die Schulter und stieß ihm das Knie in den Unterleib. Tugomir stöhnte und sackte in sich zusammen, aber er fiel nicht hin, weil sie ihn immer noch an den Armen gepackt hielten.

»Kleiner Vorgeschmack, edler Prinz«, knurrte Gero. Er packte Tugomir bei den Haaren, riss seinen Kopf hoch und schlug ihm die Faust ins Gesicht. »Eure nördlichen Nachbarn, die Redarier, haben sich gegen den König erhoben, unsere Festung in Walsleben genommen und die gesamte Besatzung niedergemetzelt, auch Frauen und Kinder.«

»Das sollte dich nicht wundern nach dem, was ihr den Daleminzern angetan habt«, zischte Tugomir mit zusammengebissenen Zähnen.

Gero schlug ihn noch einmal. »Jetzt rate, wer sich dem Aufstand der Redarier angeschlossen hat.« Er machte eine Pause und wartete offenbar darauf, dass Tugomirs Gesicht Furcht oder Entsetzen widerspiegelte, aber er wartete vergebens. Gero zückte sein Messer und setzte es ihm an die Kehle, die andere Hand immer noch in den dunklen Schopf gekrallt. »Dein Vater kann wohl besser auf dich verzichten, als du gehofft hast. Oder vielleicht seid ihr Slawen auch einfach wie die Köter, und euren Vätern ist gleich, was mit ihren Welpen passiert. Jedenfalls ist es an der Zeit, das Versprechen einzulösen, das der König deinem Vater gegeben hat …«

»Halt«, befahl Dragomira, und sie war verblüfft, wie fest ihre Stimme klang. Dabei zitterten ihr in Wahrheit die Knie, und sie spürte einen beinah übermächtigen Druck auf der Blase. »Das könnt Ihr nicht tun. Ich verlange …«

Weiter kam sie nicht, denn Gero hatte ihren Bruder losgelassen, fuhr zu ihr herum, und seine große Faust traf sie halb am Jochbein, halb an der Schläfe. Dragomira verlor das Gleichgewicht und fiel. Sie schaffte es noch, den Sturz mit den Händen abzufangen, um ihr Kind zu schützen, aber sie war benommen.

»Du hast hier überhaupt nichts mehr zu verlangen, du kleine Schlampe.« Geros Stimme über ihr hallte eigenartig. Dann wurde auch Dragomira links und rechts an den Armen gepackt und auf die Füße gestellt.

Gero legte die Linke in ihren Nacken, packte sie bei den Haaren, presste plötzlich die Lippen auf ihre und versuchte, ihr die Zunge in den Mund zu rammen. Dragomira schlug die Zähne in seine Unterlippe, sodass Gero mit einem unterdrückten Laut zurücksprang. Er strich sich mit der Linken über die Lippen, starrte einen Moment ungläubig auf das Blut an seinen Fingern und murmelte dann: »Na warte, du Luder …«

Er packte sie am Arm und hob die Faust, als ausgerechnet der stiernackige Udo, der sie nach dem Fall der Brandenburg um ein Haar vergewaltigt hätte, einschritt: »Ich glaube nicht, dass Ihr das wirklich tun wollt, Herr«, mahnte er – respektvoll, aber nicht unterwürfig. »Was immer sie ist, sie trägt Prinz Ottos Kind.«

Dragomira sah ihn gehetzt an und war verwundert, dass er einen verstohlenen Blick mit ihrem Bruder tauschte, seine Miene beschämt.

Gero stieß hörbar die Luft aus. »Weiser Udo«, sagte er dann. »Du hast vermutlich recht. Und weil du anscheinend so erpicht darauf bist, sie zu beschützen, darfst du sie begleiten.« Er nahm Dragomiras Kinn zwischen Daumen und Zeigefinger und schenkte ihr ein schauderhaftes, hasserfülltes Lächeln. »Sag Lebwohl zu deinem Bruder, schönes Kind.«

»Die Prinzessinnen von Wessex«, verkündete der junge Bischof Cenwald von Worcester, und es klang ebenso feierlich wie angriffslustig. »Töchter des ruhmreichen Königs Edward, Schwestern des ebenso ruhmreichen Königs Athelstan, Nachkommen des heiligen Märtyrers Oswald: Editha und Egvina von Wessex!«

»Ach du Schreck. Das klingt ja fast gleich«, raunte Thankmar seinem Bruder zu. »Hoffentlich sehen sie nicht auch noch gleich aus, sonst wirst du alt und grau, eh du deine Wahl getroffen hast.«

»Still!«, zischte Königin Mathildis. Dann antwortete sie dem Gast: »Es ist uns eine Ehre, Bischof Cenwald.«

Otto beneidete seine Mutter um ihre würdevolle Gelassenheit. Er selbst spürte das Herz in der Kehle pochen.

Der angelsächsische Bischof in den eleganten Gewändern nickte dem Mönch zu, der ihn begleitete. Dieser trat an die Tür der Halle und vollführte einen Wink.

Arm in Arm traten die beiden Schwestern ein, und Ottos erster Eindruck war der von Einheit. Fast schienen die beiden Mädchen eine geheimnisvolle Front zu bilden – wie Verschwörerinnen. Und dennoch traf er seine Wahl innerhalb eines Lidschlags.

Dabei war Thankmars Sorge nicht einmal so unbegründet. Die Prinzessinnen sahen sich ähnlich: beide weizenblond, jung, von schlanker Statur und mit ebenmäßigen Zügen gesegnet. Die eine, die vielleicht fünfzehn Jahre zählte, hatte hellblaue Augen. Die Ältere, von der er den Blick einfach nicht abwenden konnte, so als sei er unter einen Bann gefallen, hatte Augen von der Farbe des Himmels vor einem Sommergewitter – irgendwo zwischen blau und schwarz.

Vor der hohen Tafel an der Stirnseite des Saals blieben die Schwestern stehen und lösten sich voneinander. Der Bischof wandte sich ihnen zu. »Prinzessin Egvina«, sagte er.

Die Jüngere knickste.

»Prinzessin …«

»Editha«, fiel Otto ihm ins Wort, weil er einfach nicht anders konnte, als ihren Namen auszusprechen.

Die ältere der Schwestern knickste ebenfalls, und ihr Blick ruhte dabei auf ihm. Dann lächelte sie, und Otto stockte beinah der Atem. Er nahm an, so ähnlich müsse ein Mann sich fühlen, wenn ihm ein Dolch ins Herz gestoßen wurde. »Seid … seid willkommen in Magdeburg«, brachte er zustande.

»Habt Dank, Prinz …?« Editha sah ihn fragend an, eine Spur spöttisch, argwöhnte er.

»Otto. Vergebt mir. Mein Name ist Otto. Wir sind so viel Schönheit und Adel in unserer bescheidenen Halle nicht gewöhnt, da kann ein Mann schon mal seine Manieren vergessen. Dies ist meine hochverehrte Mutter, Königin Mathildis. Und Bernhard, unser weiser Bischof von Halberstadt.« Weil sein Gefühl ihm sagte, dass es unfein wäre, mit dem Finger auf seine Mutter oder den ehrwürdigen Bischof zu zeigen, nickte er in ihre Richtung. »Und dies ist mein Bruder Thankmar.« Er lächelte, um seinem Willkommensgruß Wärme zu verleihen, aber auch, um darüber hinwegzutäuschen, dass er sich für diese schäbige hölzerne Halle schämte, deren einziger Luxus ihre Größe und deren einziger Schmuck ein paar schlichte Wandbehänge und der verdammte Vogelkäfig waren. Sicher war die Prinzessin Feineres gewöhnt in ihrem heimischen Winchester.

Aber falls Editha enttäuscht über das war, was sie sah, ließ sie es sich zumindest nicht anmerken.

Mit einem Blick, von dem selbst der Rotwein im Becher blass werden konnte, bedeutete die Königin ihrem Sohn, dass sie es nicht schätzte, aus der Gastgeberrolle gedrängt zu werden. »Auch das Gefolge der Prinzessinnen ist uns willkommen«, sagte sie eine Spur steif zu dem angelsächsischen Bischof, und auf sein Zeichen kamen zwei Nonnen und vier Mönche herein, ein halbes Dutzend junger Edelleute, und einige Wachen trugen unterschiedlich große Kisten und Kästchen herein und stellten sie auf den strohbedeckten Fußboden.

Prinzessin Editha erklärte: »Geschenke unseres Bruders als kleines Zeichen seiner Wertschätzung für König Heinrich und seine Königin.« Doch es war allein Otto, den sie anschaute, während sie sprach. Die Wachen öffneten zwei der größeren Kisten, und im dämmrigen Fackelschein sah Otto Silber funkeln, hier und da sogar Gold, schien es ihm. *Die Mitgift*, ging ihm auf. »Ich freue mich besonders, Euch im Namen meines Bruders einige kostbare Reliquien des heiligen Mauritius zum Geschenk machen zu dürfen«, fügte Editha noch hinzu.

»Wie überaus großzügig«, antwortete die Königin. »Das wird den König sehr glücklich machen, denn er verehrt den heiligen Mauritius ganz besonders.« Das war Otto völlig neu, aber seine Mutter sprach unbeirrt weiter: »Seid versichert, dass wir sie in hohen Ehren halten werden. Doch nun nehmt Platz und speist und trinkt mit uns. Ihr hattet gewiss eine strapaziöse Reise.« Sie vollführte eine Geste, die auch das angelsächsische Gefolge einschloss, und die Reisenden sanken dankbar auf die Bänke an der unteren Tafel.

Editha hingegen reagierte nicht sofort, sondern fuhr fort, auf einen Punkt etwa auf Ottos Brust zu schauen. Ihre Schwester – kühl und kapriziös wie ein Abend im April – glitt auf die Bank an der hohen Tafel, verschränkte die Hände, sah zu Thankmar und bemerkte: »Wir haben den Kanal in einem Sturm biblischen Ausmaßes überquert. Dann sind wir mit einem Schiff den Rhein bis nach Köln hinaufgefahren, und es hat unablässig geregnet. Sobald wir von dort über Land reisten, wurde es heiß, und ich habe jeden Tag mindestens ein Pfund Staub geschluckt. Und wozu? Schaut Euch das an, Prinz Thankmar. Ich hätte mir die Mühe sparen und zu Hause bleiben können.« Doch sie klang eher amüsiert als verbittert.

»Das wäre ein großer Verlust für uns gewesen«, erwiderte Thankmar.

Otto hatte schon gelegentlich beobachtet, dass sein Bruder eine Art hatte, eine Frau so anzuschauen, als stünde sie splitternackt vor ihm, aber dieser Blick schien den Damen nie etwas auszumachen. Vielleicht weil er immer echte Bewunderung ausdrückte. Oder weil er so entwaffnend aufrichtig in seiner Lüsternheit war.

Während Editha sich zu ihrer Schwester setzte, machte Mathildis die Prinzessinnen mit den übrigen an der Tafel Versammelten bekannt: Poppo, dem alten Kanzler, ihren jüngeren Kindern Hadwig und Henning – Brun, ihr Jüngster, sei noch zu klein, um an der Tafel zu speisen, erklärte sie –, des Königs Unterkämmerer und schließlich Schwester Bertha, einer adligen Nonne, die Mathildis' Verwandte und Hadwigs Lehrerin war.

»Wir sind bedauerlicherweise nur ein kleiner Kreis, um euch zu empfangen«, entschuldigte sich die Königin. »Ausgerechnet heute erreichten uns beunruhigende Nachrichten aus dem Osten, und der König hat sich mit seinen Ratgebern und Kommandanten zurückgezogen. Er wird zu uns stoßen, sobald er kann.«

»Die Belange des Reiches gehen vor«, sagten die Schwestern im Chor – offenbar unbeabsichtigt, denn sie tauschten einen verblüfften Blick und hatten sichtlich Mühe, ein Kichern zu unterdrücken.

Diener kamen herein, trugen Spanferkel, weißes Brot und Schalen mit Beeren auf, die so reif und süß waren, dass sie auf der Zunge zergingen. Ottos Nervosität ließ ein wenig nach. Es war eine üppig gedeckte Tafel, derer man sich wahrhaftig nicht zu schämen brauchte, fand er. Die Platten und Trinkpokale aus Gold und Silber waren auf Hochglanz poliert worden und funkelten im Kerzenlicht. Der Becher der Königin war mit Edelsteinen verziert, genau wie der, den die Prinzessinnen teilten.

Bischof Bernhard sprach den Segen, und dann langten alle zu. Editha hatte vornehme Tischmanieren, beobachtete der Prinz. Sie schnitt kleine Fleischstücke mit dem Messer ab und führte sie mit Daumen und Zeigefinger zum Mund. Sie schien den Becher seltener zu heben als Egvina, die vermutlich mehr trank, als sie selbst merkte, weil sie so angeregt mit Thankmar plauderte.

»Aus den Worten Eurer Schwester schließe ich, dass Eure Reise abscheulich war?«, fragte Otto Editha.

»Überhaupt nicht«, entgegnete sie. »Eure Straßen sind nicht schlechter als die unseren daheim, und vermutlich sicherer. Wir hatten natürlich eine starke Eskorte, die Wegelagerer abgeschreckt haben mag, aber wir haben keinen einzigen finsteren Gesellen gesehen.«

»Aber es gibt sie hier zur Genüge, seid versichert«, warf er trocken ein.

»Die Klöster, in denen wir Halt machten, haben uns immer großzügig bewirtet. Überhaupt wurde uns viel Freundlichkeit erwiesen. Und überall waren die Bauern bei der Ernte. Das ist meine liebste Jahreszeit«, gestand sie. »Wenn das Ergebnis harter Arbeit und göttlichen Segens offenbar wird.«

Meine auch, dachte Otto. »Und findet Ihr unser Land sehr verschieden von Eurer Heimat?«

Prinzessin Editha überlegte einen Moment. »Nein«, sagte sie schließlich zögernd. »Das Licht zu Hause ist anders, und die Luft schmeckt ein wenig anders. Aber auch bei uns gibt es Hügel und Heide und Moore und Wälder und Wälder und Wälder.«

Er lachte. Dann wirst du zumindest in der Hinsicht nichts vermissen, wenn wir heiraten, fuhr es ihm durch den Kopf.

»Um Euch die Wahrheit zu sagen, Prinz Otto, ich war ein wenig neidisch, als ich durch Euer Heimatland geritten bin. Mein armes Wessex – eigentlich das ganze angelsächsische Land – ist vom langen Krieg gegen die Nordmänner gezeichnet, und es gibt überall viel Not und Elend. Mein Großvater Alfred, den sie den Großen nennen, hat immer gesagt, die wichtigste Aufgabe eines Königs sei, das Leben seines Volkes besser und sicherer zu machen. Und er hat alles für dieses Ziel getan. Aber irgendwie …« Sie brach plötzlich ab und sah ihn unsicher an. »Vergebt mir. Es gehört sich nicht für eine Frau, über solche Dinge zu reden.«

»Doch, bitte«, widersprach er impulsiv. »Erzählt mir mehr von Eurem Land. Und von Eurem Großvater.«

Bald hatten sie ihre Teller wie auch die restliche Tafel vergessen, saßen einander zugeneigt und redeten. Manchmal hatte Otto Mühe, sich auf das zu konzentrieren, was Editha sagte, denn er versank gelegentlich in der Betrachtung ihrer Lippen, ihrer Mimik, ihrer herrlichen großen Augen. Aber das machte nichts. Er ahnte, dass es ihr nicht anders erging, denn gelegentlich wurde ihr Blick vage, wenn sie ihm lauschte. Ihr ist das Gleiche passiert wie mir, erkannte er voller Seligkeit. Vermutlich kann so etwas nur geschehen, wenn es auf Gegenseitigkeit beruht. Er hatte schon davon gehört, dass die Liebe einen Mann treffen und fällen konnte wie der Hieb einer Streitaxt. Aber er hatte nie so recht gewusst, ob er es glauben sollte, und vor allem hätte er nie damit gerechnet, dass etwas so Magisches und Unvernünftiges ausgerechnet ihm passieren würde. Wann konnte er sie fragen? Und was würde geschehen, wenn …

»Vergebt mir, Prinz Otto.«

Ein wenig unwillig riss der Prinz sich aus seinen Träumereien und sah auf. »Nanu, Bruder Waldered.«

Der Mönch war nur ein Schreiber in der königlichen Kanzlei und hatte hier in der Halle bei offiziellen Anlässen nichts verloren. Vermutlich war er deswegen so nervös. Er versteckte die Hände in den Ärmeln seiner Kutte. »Verzeiht mein Eindringen«, bat er die vornehmen Herrschaften, den Blick unverwandt auf Otto gerichtet. »Aber wenn Ihr auch morgen noch einen Hevellerprinzen als Geisel haben wollt – lebend, meine ich –, dann sollte irgendwer Gero Einhalt gebieten. Und zwar … so schnell wie möglich.«

Otto musste sich zusammennehmen, um den Schreiber nicht anzufahren, denn das Letzte, was er wollte, war, die Tafel jetzt zu verlassen. Aber ihm lag daran, dass Editha einen guten Eindruck von ihm gewann und sah, dass er seine Pflichten ernst nahm. Und außerdem wusste er, dass Gero seinem Hass auf die Slawen manchmal gar zu freien Lauf ließ. Obendrein erkannte er unter leisen Gewissensbissen, dass ihm Dragomira und sein ungeborenes Kind völlig entfallen waren, seit Editha die Halle betreten hatte. Also entschloss er sich schweren Herzens, nach dem Rechten zu sehen.

Aber unerwartet kam sein Bruder ihm zuvor. »Schon gut, Otto«, sagte Thankmar und stand auf. »Ich kümmere mich darum.« Er verneigte sich vor der Königin und den beiden ehrwürdigen Bischöfen, und im Hinausgehen zwinkerte er Egvina zu.

Tugomir brannte. Er hörte das ölgetränkte Holz seines Scheiterhaufens knistern – oder war es das Bersten seiner Haut? –, und er sah die Flammen, die an seiner Brust leckten. Sein Gesicht hatten sie noch nicht erreicht, aber das war nur eine Frage der Zeit. Der Schmerz war monströs, fraß wie ein Geschwür an ihm. Tugomir hatte schon reichlich Bekanntschaft mit Schmerz gemacht. Aber nichts, was er bislang erfahren hatte, hatte ihn hierauf vorbereitet, und er hatte diesem Schmerz nichts entgegenzusetzen. Er wollte schreien, aber er bekam keine Luft. Vielleicht würde er ersticken, eh er verbrannt war. So hatte es sich also angefühlt, als seine Mutter gestorben war. Er war nicht sicher, ob irgendein Mensch verdiente, so zu sterben, nicht einmal sie.

Die Flammen züngelten jetzt höher, arbeiteten sich zu seiner linken Schulter hoch, und wieder zerrte er an seinen Fesseln, wieder vergeblich, als ihn ein kalter Wasserschwall ins Gesicht und auf die Brust traf.

Keuchend riss Tugomir die Augen auf und sah an sich hinab. Keine Flammen. Natürlich nicht. Doch der grelle, allzu lebhafte Traum, den seine Bewusstlosigkeit ihm beschert hatte, kam nicht von ungefähr: Drei längliche Brandwunden zogen sich über seine Brust und den Bauch oberhalb des Nabels, wo Gero ihm mit dem weißglühenden Eisen zu Leibe gerückt war.

Er hatte den slawischen Prinzen zur Schmiede führen und an

einen unbeladenen Karren fesseln lassen, der davor abgestellt war. Der Schmied hatte längst Feierabend gemacht, aber in der Esse war noch Glut. Gero hatte das Feuer aufgeschürt und das erstbeste halbfertige Werkstück hineingelegt, das er auf der Werkbank fand. Während er darauf wartete, dass es heiß wurde, hatte sich eine Zuschauerschar eingefunden, mehrheitlich Soldaten, aber auch einige Frauen – Mägde und Huren –, die das Geschehen mit Spannung verfolgten.

Ein paar hatten Fackeln dabei. Im unruhigen Lichtschein sah Tugomir Wasser aus seinem Haar tropfen. Oder vielleicht war es auch Blut. Er hatte eine Platzwunde oberhalb der Schläfe, die wie ein sprudelnder Quell blutete.

Er war in sich zusammengesackt, als er das Bewusstsein verloren hatte, und fast berührten seine Knie den Boden. Jetzt stellte er die Füße ins Gras und richtete sich wieder auf. Augenblicklich spürte er tausende kleine Nadelstiche in Armen und Schultern, die sein ganzes Gewicht getragen hatten. Er hob langsam den Kopf und war erstaunt, wie viel Mühe ihn das kostete.

Gero stand einen Schritt von ihm entfernt und reichte einem seiner Männer den leeren Eimer. Zu Tugomir sagte er: »Da bist du ja wieder, alter Freund«, und schlug ihm im selben Moment mit dem Handrücken ins Gesicht, sodass Tugomirs Kopf krachend gegen die Sprossen des Leiterwagens flog.

Sein Mund füllte sich mit Blut. Tugomir würgte es herunter. *Ja, da bin ich wieder.*

»Wie steht es, edler Prinz?«, fragte Gero. »Soll ich weitermachen? Ich kann genauso gut aufhören, weißt du. Du musst mich nur darum bitten.«

Tugomir schloss einen Moment die Augen, und sofort verschlimmerte sich der Schwindel. Er fühlte sich erschöpfter als je zuvor in seinem Leben, und seine Erschöpfung verschwor sich mit dem Schmerz und machte ihn schwach. Er wusste, er war bald so weit. Früher oder später *würde* er ihn bitten. Aber vielleicht noch nicht jetzt gleich …

»Gib Antwort. Das Eisen ist gleich wieder heiß.«

Tugomir kannte dieses Spiel, denn auch Bolilut hatte sich gele-

97

gentlich darin geübt. Nicht auf so drastische Weise, aber das Prinzip war das gleiche: Ich tu dir weh und demütige dich. Bis du dich selbst weiter erniedrigst, als ich es je könnte, indem du mich anflehst. Lass uns sehen, wie lange du durchhältst, Brüderchen ... Bolilut hatte nie gewonnen, weil er letztlich dann doch nicht bereit gewesen war, so weit zu gehen, wie nötig gewesen wäre. Aber Gero würde gewinnen.

»Wo ist meine Schwester?«, fragte Tugomir. Er war erschrocken, wie brüchig seine Stimme klang.

»Im Augenblick geht es nicht um deine liebreizende Schwester, sondern um dich«, entgegnete Gero und strich fast zärtlich mit den Fingerspitzen über die obere Brandwunde.

Tugomir biss die Zähne zusammen, aber er stöhnte trotzdem.

»Also? Willst du mich jetzt bitten oder nicht?«

Tugomir hätte gerne gewusst, warum Gero ihn so hasste. Nicht, dass es besonders wichtig war, aber er rätselte, weshalb es eine so persönliche Sache war. Ihn zu fragen, hätte Gero indessen mehr Macht in die Hände gegeben, als er ohnehin schon hatte, also blieb Tugomir stumm.

»Scheint, er hat noch nicht genug«, bemerkte ein Soldat in der vorderen Reihe, der einen Helm mit einer geborstenen Spange trug. »Vielleicht überlegt er's sich anders, wenn Ihr ihm die Eier röstet, Herr.«

Es gab Gelächter. Vor allem die dürre Küchenmagd weiter links schien die Vorstellung zu erheitern.

Gero nahm ein dickes Stück Leder in die Linke, um die Hand vor der Hitze zu schützen, und holte damit das Eisen aus dem Feuer. Gemächlich trat er damit auf Tugomir zu und hob die glühende Spitze, als wolle er sie prüfend in Augenschein nehmen. »Die Idee klingt nicht übel. Was denkst du? Soll ich deinen Sackratten Feuer unterm Hintern machen?«

Dieses Mal wollte das grölende Gelächter gar nicht mehr versiegen.

Tugomir wich die zwei Zoll zurück, die seine Fesseln zuließen, und das hölzerne Gefährt knarrte müde, als er mit dem Rücken dagegenstieß. Der Schwindel war schlimmer geworden, und er wusste, er war im Begriff, wieder die Besinnung zu verlieren – dieses Mal vor Entsetzen. Er starrte auf das unförmige, längliche Eisen, das in der Mitte rötlich und an den Rändern weiß glühte, und erkannte, dass Gero gewonnen hatte. Noch einmal schluckte er Blut herunter, doch ehe er auch nur ein Wort herausgebracht hatte, legte sich eine Hand auf Geros Unterarm.

»Sei so gut und warte einen Augenblick, Vetter.«

Gero fuhr herum und verneigte sich dann. »Prinz Thankmar ...«

Der Prinz ließ den Blick geruhsam über die bizarre Szene schweifen und befahl den Schaulustigen dann: »Lasst mir eine der Fackeln hier und verschwindet. Zwei Wachen bleiben in der Nähe. Wartet dort drüben am Brunnen.«

Niemand zögerte.

Der mit dem geborstenen Helm drückte seine Fackel Thankmars Begleiter in die Hand, und erst jetzt erkannte Tugomir Bruder Waldered.

Thankmar wartete, bis die kleine Wiese vor der Schmiede sich geleert hatte. Dann wies er auf Tugomir und fragte Gero: »Hat der König befohlen, ihn zu töten?«

Der junge Kommandant schüttelte unbekümmert den Kopf. »Dazu ist er noch nicht gekommen, schätze ich. Aber dem König bleibt nichts anderes übrig, jetzt da Fürst Vaclavic sein Wort gebrochen hat. Du und ich wissen, dass der Befehl kommt, nicht wahr? Spätestens morgen früh.«

Ein kleines, nachsichtiges Lächeln huschte über das Gesicht des Prinzen. Falls Geros vorauseilender Gehorsam sein Missfallen oder gar seinen Abscheu erregt hatte, machte er ein besseres Geheimnis daraus als Bruder Waldered. »Ich will dir nicht den Spaß verderben, Gero, aber ich denke, es wäre weiser, du wartest, bis du die Wünsche des Königs tatsächlich kennst. Und für solche Geschichten hat er nicht viel übrig.« Er wies auf das Eisen in Geros Hand.

»Ach komm, Thankmar, jetzt werd nicht zimperlich. Weißt du, was diese slawischen Hurensöhne mit meinem Vetter gemacht haben?«

Na bitte, da haben wir die Antwort, dachte Tugomir. Er war nicht sonderlich überrascht. Doch sein Mitgefühl für Geros Vetter hielt sich in Grenzen, was immer ihm geschehen sein mochte.

»Nicht die Heveller«, entgegnete Thankmar.

Gero winkte ab. »Diese Drecksäcke sind doch alle gleich.«

»Interessanterweise sagen sie das von uns auch. Wie dem auch sei, tu dir selbst den Gefallen und denk einen Moment nach. Du hattest deinen Spaß. Wofür willst du riskieren, den König wütend zu machen? Warte lieber ab, was er wirklich mit unserer kostbaren Geisel vorhat.«

Gero zögerte. Dann warf er das Eisen mit einem ungeduldigen Laut ins Gras. Es zischte, kleine Rauchwolken stiegen auf, und die Grashalme begannen zu glimmen. Ein Geruch nach brennendem Heu breitete sich aus. Besser als röstendes Fleisch, fuhr es Tugomir durch den Kopf, und nicht zum ersten Mal musste er gegen Übelkeit ankämpfen.

»Na schön, meinetwegen«, brummte Gero. Er klang wie ein Bengel, dem man sein Holzschwert wegnahm.

Lachend warf Thankmar ihm den Arm um die Schultern. »Komm mit, Vetter. Du musst unbedingt einen Becher von diesem Wein probieren, den die Königin hat anstechen lassen, um die englischen Prinzessinnen zu beeindrucken.«

Entschieden, aber freundschaftlich lotste er ihn von der Schmiede weg und sagte über die Schulter zu Bruder Waldered: »Hol die beiden Wachen, eh du ihn losschneidest, Mönchlein. Er sieht im Moment vielleicht nicht so aus, aber solche wie dich verspeist er zum Frühstück. Wenn du ihn entwischen lässt, macht der König einen Märtyrer aus dir.«

Bruder Waldered lächelte duldsam und wartete, bis er allein mit Tugomir war. Dann zückte er sein Speisemesser und säbelte damit mühevoll die Stricke durch, die Tugomir an den Karren banden.

Langsam ließ der Hevellerprinz sich im Gras auf die Knie sinken. »Danke.«

Der Mönch hockte sich vor ihn. »Jesus Christus, erbarme dich … Ihr blutet am Kopf, Prinz Tugomir.«

»Das ist die kleinste meiner Sorgen …«

»Aber das muss verbunden werden, und Ihr braucht Arznei für diese …« Er verstummte und wies auf Tugomirs Brust. Der arme Bruder war sichtlich erschüttert, und Tugomir verspürte eine gänzlich unwillkommene Anwandlung von Zuneigung und Dankbarkeit.

»Ihr habt recht«, räumte er ein. »Aber was ich brauche, findet Ihr erst, wenn es hell wird. Bis dahin muss es so gehen. Wenn Ihr wirklich noch mehr für mich tun wollt, Bruder Waldered, dann geht und findet heraus, was aus meiner Schwester geworden ist. Ich … bitte Euch.«

Der Mönch stand auf und streckte ihm eine Hand entgegen. »Wenn Eure Wunden nicht versorgt werden, seid Ihr morgen früh verblutet.«

Tugomir versuchte, sich hochzuziehen, aber es glückte erst, als zwei schmale, kräftige Hände seinen linken Arm packten und ihm halfen.

Tugomir riss sich erschrocken los. »Wie kommst du hierher?«

»Ich war die ganze Zeit hier«, antwortete Semela. »Im Schatten neben der Schmiede.« Seine Stimme klang gepresst, so als kämpfe er gegen Tränen an. »Ich hab Triglav angefleht, er soll Gero mit einem Blitz niederstrecken oder so was. Als das nichts nützte, bin ich gelaufen und hab Bruder Waldered gesucht.«

Tugomir legte ihm die Hand auf die knochige Schulter, um ihm seinen Dank auszudrücken, vor allem aber, um sich ein wenig aufzustützen.

Der Mönch zögerte noch einen Moment, dann sagte er: »Also schön. Ich merke, Ihr seid in guten Händen. Ich sehe nach Eurer Schwester.«

»Und ich bring dich zu deiner Hütte«, beschied der Junge.

Tugomir konnte nur nicken. Ihm graute vor dem kurzen Fußweg. Langsam setzten sie sich in Bewegung, und die beiden Wachen folgten ihnen.

Prinzessin Egvina war schamloser als jede Hure, mit der Thankmar es je getrieben hatte.

Sie hatte in seinem Bett auf ihn gewartet, als er in seine Kammer gekommen war, nachdem er Gero endlich so weit abgefüllt hatte, dass er ihn gefahrlos sich selbst überlassen konnte. Als er das nackte Mädchen mit gekreuzten Knöcheln so daliegen sah, vergaß Thankmar die grauenvolle Szene vor der Schmiede keineswegs, denn er gehörte zu den unglücklichen Menschen, die selten etwas vergaßen. Aber er schob die Schreckensbilder beiseite. Das wiederum konnte er gut. Er hatte viel Übung darin.

Ohne Hast war Egvina aufgestanden. Sie trug das hüftlange Haar offen, schob es aber über die Schultern zurück, während sie auf ihn zukam, als wolle sie ihm zeigen, was sie zu bieten hatte. Mit einer Hand hatte sie den Riegel vor die Tür geschoben, mit der anderen Thankmars Gürtel gelöst. Als sie sein pralles Glied umfasste, lachte sie leise. »Fast, als hättest du auf mich gewartet.«

Und er wusste, in gewisser Weise hatte er das. Er streifte Obergewand und Hemd ab, legte beide Hände auf ihr hinreißendes Gesäß und presste sie an sich. Ihr Haar duftete nach Rosenwasser, die samtige Haut nach Mandeln. Noch nie hatte er eine Frau im Arm gehalten, die so gut roch, und als er ihre Zähne und die Zunge spielerisch an der Schulter spürte, umfasste er ihre Taille, führte sie zum Tisch, hob sie auf die Kante und spreizte ihre anbetungswürdigen, milchweißen Schenkel. Sie ließ sich auf die Ellbogen zurücksinken und wölbte sich ihm entgegen, und als er in sie hineinstieß, kam sie sofort.

Jetzt lagen sie auf dem Bett, beide noch außer Atem, Egvinas angewinkeltes Bein auf seinen lang ausgestreckten, ihr Kopf auf seiner Schulter, ihr kreisender Zeigefinger auf seiner Brust.

»Was wird deine keusche Schwester dazu sagen, dass du mitten in der Nacht verschwunden bist?«, fragte Thankmar. »Ich nehme an, sie wird es bemerken?«

»Das nehme ich auch an. Wir teilen ein Bett. Eure Pfalz ist … soldatisch schlicht, Prinz Thankmar.«

»Danke, dass du nicht schäbig gesagt hast, Prinzessin Egvina.«

Sie gluckste, steckte ihm eine Himbeere zwischen die Lippen, beugte sich über ihn und holte sie sich mit der Zunge zurück. Sein Glied vermeldete, dass die Nacht noch nicht vorüber war.

»Aber Editha wird kein Wort sagen. Zum einen, weil niemand die Waffe des missfälligen Schweigens so trefflich beherrscht wie sie, zum anderen, weil sie meine beste Freundin ist.«

»Ja, das habe ich gesehen«, bekannte der Prinz. »Eigenartig. Ihr seid sehr unterschiedliche Schwestern, würde ich sagen.«

»Hm. So unterschiedlich wie du und dein Bruder Otto.«

Thankmar atmete tief durch. »Der heilige Otto und der sündige Thankmar …«

»Oh, ich wusste, ich hab mir den Richtigen ausgesucht«, frohlockte sie leise, und ihr kreisender Zeigefinger wanderte abwärts. »Ist er das? Heilig? Oder gar scheinheilig?«

Thankmar legte die Hand auf ihre. »Wenn du mich im Auftrag deines königlichen Bruders aushorchen willst, solltest du aufhören, mich scharf zu machen. Das fördert nie meine Mitteilungsfreude.«

»Ich horche dich nicht für meinen Bruder aus, sondern für mich selbst«, stellte sie klar. »Also? Wie ist er, dein Bruder Otto?«

Thankmar seufzte, führte ihre Hand an die Lippen und saugte an ihrem kleinen Finger. »Ein wirklich anständiger Kerl. Vielleicht der anständigste, den ich kenne. Eigentlich ein Lamm, aber er kann hinlangen, wenn es sein muss. Er kann sogar richtig hart sein, obwohl das seiner Natur widerspricht. Er versucht immer, das Richtige zu tun. Trotzdem zweifelt er ständig an sich, darum kann man ihn für seine Unfehlbarkeit noch nicht einmal hassen.«

»Warum solltest du deinen Bruder hassen wollen?«

Thankmar hob den Kopf vom Kissen und sah sie an. »Das weißt du nicht? Ich bin enttäuscht, Egvina. Ich dachte, ich hätte eine Prinzessin in meinem Bett, die nicht nur ebenso unersättlich ist wie ich, sondern auch mindestens ebenso schlau.«

»Du glaubst, dein Vater will Otto zu seinem Nachfolger machen, obwohl du der Ältere bist?«, fragte sie langsam, so als eilten ihre Gedanken schon weiter, während sie es aussprach. »Natürlich. Eine eheliche Verbindung zum angelsächsischen Königshaus für den Sohn, der die Krone tragen soll. Aber wieso sollte er dich übergehen? Du bist ganz passabel, oder?«

»Wärmsten Dank«, knurrte Thankmar. Er hob die Hand und ließ sie scheinbar zufällig auf ihre linke Brust gleiten. »Aber nicht so perfekt wie Otto.«

»Kann dein Vater das denn überhaupt tun? Wie funktioniert die Thronfolge bei euch? Ist nicht der Älteste als Erster an der Reihe?«

»Nein. Du darfst nicht vergessen: Wir sind Emporkömmlinge, mein Vater der erste König seines Hauses. Bei den alten Frankenkönigen war es üblich, das Reich unter allen Söhnen aufzuteilen, aber ich glaube nicht, dass er vorhat, den Machtbereich zu zersplittern, für den er so lange und hart gekämpft hat. Mein alter Herr ist ein ziemlich wilder Geselle, weißt du. Er macht, was er will, vor allem dann, wenn ihm jemand sagt, das dürfe er nicht. Er hat meine Mutter damals aus dem Kloster geholt, weil er sie um jeden Preis wollte. Dann hat der Bischof die Ehe für ungültig erklärt – als ich dummerweise schon auf der Welt war –, und da hat Vater sie kurzerhand zurück ins Kloster gesteckt, um die liebreizende Mathildis heiraten zu können, die nebenbei bemerkt vornehmer und eine bessere Partie war. Aber Mutters Ländereien hat er behalten, dieser gerissene Schuft.« Er hob lächelnd die Schultern. »Nun, das werfe ich ihm nicht vor, denn nun werde ich diese Ländereien erben, wenn er das Zeitliche segnet, und nicht die Heilige Mutter Kirche. Aber je nach Sichtweise könnte man sagen, ich sei nichts als ein königlicher Bastard. Meine Feinde behaupten das ständig, wie du dir denken kannst. Der strahlende, blauäugige, blonde Prinz Otto hingegen …«

Egvina schob sich auf ihn und bohrte ihr Kinn – ihr ziemlich *spitzes* Kinn – in seine Brust. »Ich merke, meine Schwester hat einen wirklich guten Fang gemacht. Er wird sie doch heiraten, oder?«

»Darauf kannst du deinen niedlichen Hintern verwetten.«

»Hm«, machte sie. »Dann nehme ich Ludwig von Burgund.« Sie sann noch einen Moment darüber nach und nickte dann, als gefalle der Kandidat ihr besser, je länger sie darüber nachdachte. »Es war so ausgemacht, verstehst du. Diejenige von uns, die hier übrig bleibt, heiratet Ludwig. Aber er ist ein wahres Lämmchen, kein Löwe im Schafspelz wie dein Bruder. Leicht zu handhaben. Ich reise hin, erledige das mit der Heirat, und dann erzähle ich ihm, meine arme Schwester könne nicht auf mich verzichten, und komme zurück. Das heißt, wenn es dir genehm ist, Prinz Thankmar.«

Er legte die Hände um ihre Taille und schob sie behutsam abwärts. »Ausgesprochen genehm.«

Egvina beugte sich vor und strich mit den Lippen über seine – fast zärtlich. »Das trifft sich gut«, flüsterte sie. »Denn ich will dich. Ich glaube, ich habe noch nie jemanden so gewollt wie dich.«

»Das hat noch keine Frau zu mir gesagt, die nicht auf irgendetwas aus war. Geld, Einfluss, was auch immer. Was mag es sein, worauf *du* aus bist?«

Sie ließ ihn langsam in sich hineingleiten, legte die Hände auf seine Brust und blickte einen Moment auf ihn hinab. »Vermutlich hast du noch nie mit einer Frau geschlafen, die vornehmer war als du, mein schöner Prinz. Du könntest mir nichts geben, was ich nicht schon besitze. Darum kannst du getrost davon ausgehen, dass ich ausnahmsweise die Wahrheit sage: Ich will nur dich.«

»Was hat das zu bedeuten? Wo bringt ihr mich hin?«

Das letzte Mal hatte Dragomira solche Furcht verspürt, als die Brandenburg gefallen war. Aber so grauenvoll jene Nacht auch gewesen war, hatte sie doch wenigstens ihren Bruder, ihren Neffen und andere vertraute Menschen um sich gehabt, die ihren Schrecken teilten. Jetzt war sie allein. Allein mit fremden Männern in der Nacht auf einer Reise mit unbekanntem Ziel. »Udo, sag mir auf der Stelle, wo ihr mich hinbringt!«, verlangte sie und bemühte sich, Autorität in ihre Stimme zu legen.

»Halt die Klappe, Herzchen«, knurrte Udo über die Schulter. »Mir gefällt die Sache so wenig wie dir.«

Er ritt vor ihr auf einem struppigen Braunen. Zwei weitere Männer ritten voraus, zwei folgten ihnen, und Mirnia, Dragomiras daleminzische Magd, saß zwischen den Proviantbeuteln auf einem Esel, der die Nachhut bildete.

»Was, denkst du, wird Prinz Otto sagen, wenn er hiervon er-

105

fährt?«, fragte Dragomira – mehr verständnislos als drohend. »Weißt du denn nicht, dass du dich in Schwierigkeiten bringst?«

Udo lachte brummelig. »Ich glaube nicht. Unsere Befehle kommen direkt von der Königin. Darum ist es egal, was Prinz Otto sagt, verstehst du.«

»Von der Königin …« Dragomira verstummte. Mit einem Mal war ihre Kehle so eng, dass sie das Gefühl hatte, keine Luft mehr zu bekommen. Ihr Herz raste, und ihr war ein wenig schwindelig vor Furcht. Das war nicht gut für ihr Kind, nahm sie an, aber sie konnte nichts dagegen tun. Und sie begann sich zu fragen, ob sie überhaupt lange genug leben würde, um dieses Kind zu gebären. Hatte Mathildis den Männern befohlen, sie in ein abgelegenes Waldstück zu schaffen und ihr dort die Kehle durchzuschneiden? Nein, entschied sie. Dazu hätte es keiner fünf Männer bedurft. Und dazu hätten sie Mirnia nicht mitgenommen. Also was dann?

»Wohin reiten wir, Udo?«, fragte sie noch einmal. »Was spricht dagegen, es mir zu sagen?«

Er rang noch einen Moment mit sich. Dann antwortete er: »Das hier ist der Hellweg. Er führt ein Stück nach Süden, dann nach Westen. Wir folgen ihm vier oder fünf Tage.«

»So *weit*? Und wo sind wir nach vier oder fünf Tagen?«

»Noch nicht am Ziel. Aber mehr darf ich dir nicht sagen, Mädchen. Also hör auf, mich mit deinen Fragen zu bedrängen, es sei denn, du willst ein paar Ohrfeigen.«

Noch nicht am Ziel. Nach einer Reise von vier oder fünf Tagen noch nicht am Ziel. Plötzlich hatte sie das Gefühl, statt eines Kindes ein Stück glühender Holzkohle unter dem Herzen zu tragen. »Ich werde den Prinzen nie wiedersehen«, murmelte sie. »Und meinen Bruder auch nicht.«

Udo antwortete nicht.

Sie ritten zwei oder drei Stunden durch die mondhelle Nacht, bis Udo schließlich befahl, das Lager aufzuschlagen. Der Hellweg war eine viel benutzte Handelsstraße, die unter dem Schutz des Königs stand. In Abständen von einer Tagesreise säumten Burgen, Dörfer oder gar Städte diesen Weg, um Reisenden Schutz zu gewähren, aber da fünf gerüstete finstere Gesellen mit Schwertern, die obendrein nur zwei Frauen und keine kostbare Fracht begleiteten, keine Wegelagerer fürchten mussten, banden sie die Pferde und den Esel einfach an einen Apfelbaum am Wegrand und legten sich in ihre Decken gerollt ins Gras. Zwei Mann hielten Wache, die drei übrigen schliefen rasch ein und schnarchten, dass die Erde davon zu erbeben schien.

Mirnia hatte sich neben Dragomira gelegt. »Wo bringen sie uns hin?« Es klang nicht ängstlich. Mirnia, eine zwölfjährige Töpfertochter, begegnete dem Leben mit Gleichgültigkeit, seit sie zugesehen hatte, wie Gero, Udo und die anderen ihre Eltern und ihre große Schwester umgebracht hatten.

»Ich weiß es nicht«, antwortete Dragomira.

»Warum verstößt dein Prinz dich? Wo du doch vielleicht seinen Sohn trägst?«

»Ich weiß es nicht, Mirnia«, musste Dragomira wiederum eingestehen. Sie legte einen Arm über die Augen, um das Mondlicht auszusperren. »Ich kann diese Sachsen einfach nicht verstehen.«

Die Schwüle hielt an, und für Dragomira waren die vier Tage im Sattel und vier Nächte auf der harten Erde so beschwerlich, dass sie sich vor Müdigkeit wie betäubt fühlte. Trotzdem fand sie nachts kaum Schlaf, weil ihr Rücken so schmerzte, das Kind unruhig war und vor allem, weil die Angst um ihren Bruder und ihre eigene Zukunft sie quälte. Mit jeder Meile, die sie sich von Magdeburg entfernten, nahm ihre Düsternis zu, und sie hatte keinen Blick für die atemberaubende Schönheit des Harzes, dessen nördliche Ausläufer sie durchquerten.

Udo war unwirsch, aber auf seine ungehobelte Art seltsam höflich zu ihr und nahm sogar Rücksicht auf ihre fortgeschrittene Schwangerschaft. Doch sobald sie ihn bat, ihr zu sagen, wohin er sie bringe und was Gero mit Tugomir vorhabe, wurde er ausweichend; wenn sie hartnäckig blieb, schroff. Also musste sie in ihrer Ungewissheit verharren. Sie wusste, sie durfte nicht riskieren, Udo gegen sich aufzubringen, um ihretwillen, vor allem aber um Mirnias willen. Dragomira war nicht entgangen, mit welchen Blicken Udos Männer das Daleminzermädchen verfolgten. Und allein Udos Verbot war es geschuldet, dass die Halunken sie zufriedenließen.

Bis sie am fünften Tag die Weser erreichten und einen Flusskahn bestiegen, der sie stromabwärts brachte.

Es war heiß unter der brennenden Sonne. Kein Windhauch war zu spüren, die Luft selbst auf dem Fluss drückend und schwül. Mit fünf Passagieren und Reittieren und den Wollvliesen, die der Kahn transportierte, war es unangenehm eng an Bord. Der Flussschiffer war ein einfältiger junger Bursche mit einer ebenso einfältigen, hübschen Frau. Vor einer Woche habe er sie geheiratet, berichtete er Udo stolz, und er konnte einfach nicht die Finger von ihr lassen, zwickte sie ins Hinterteil und tätschelte ihre Brust, wann immer sie in Reichweite war. Sie kicherten und schnäbelten und waren offenbar zu beschränkt, um zu bemerken, dass Udos Männer ihr Treiben mit hungrigen und zunehmend finsteren Blicken verfolgten.

Dragomira wandte alldem den Rücken zu und versuchte, sich an der hinreißenden Schönheit der Landschaft, an den Flussauen, den Obstwiesen, Wäldern und Feldern voll reifen Korns zu erfreuen, aber das glimmende Stück Holzkohle in ihrem Bauch war wieder da.

Als es dämmerte, machte der Kahn für die Nacht am Ufer fest, und die junge Frau brachte ihr eine Schale Suppe, ein Stück Brot und einen Becher Bier. Aber Dragomira brachte keinen Bissen herunter. Udos vier Rabauken hingegen griffen munter zu und ließen sich wieder und wieder die Krüge füllen. Bier schien reichlich vorhanden zu sein, und das junge Schifferpaar schenkte es bereitwillig aus, denn Udo hatte sie gut bezahlt. Die Stimmen wurden lauter, das Gelächter dröhnender.

Dragomira nahm Mirnias Hand. »Komm, wir wollen uns schlafen legen«, sagte sie leise. Sie führte das Mädchen weg vom dämmrigen Schein des Binsenlichts, um das die Zecher herumsaßen, und hinter den Hügel aus Wollvliesen. Sie verspürte Erleichterung, als sie den Blicken der Männer entzogen waren.

Trotz der lauten Stimmen schlief sie sofort ein. Vermutlich

hatte ihre Erschöpfung sich endlich zu ihrem Recht verholfen, oder womöglich lag es auch am sachten Schaukeln des vertäuten Kahns. Sie träumte von einem Festmahl in der Halle der Brandenburg. *Ihr Vater saß mit Bolilut, Tugomir, den Priestern und seinen Kriegern an der Tafel und lachte und schmauste. Es war ein schönes Fest: Dicke Scheite loderten in der mit Steinen ausgelegten Feuerstelle, und die Flammen ließen einzelne Körner im frischen Sand am Boden wie Edelsteine funkeln. Herrlich verzierte Tonbecher und -krüge schmückten die Tische, ein am Spieß gebratener Ochse wurde hereingetragen. Die Frauen, die an einem eigenen Tisch saßen, trugen ihre schönsten Kleider und Schläfenringe. Doch dann schwang die Stimmung an der Tafel des Fürsten um. Ihre Brüder gerieten in Streit, sprangen auf, und plötzlich hatte Bolilut ein Messer in der Hand. Dragomira wollte Tugomir warnen,* als eine große Hand sich auf ihren Mund legte und Udo ihr ins Ohr zischte. »Kein Laut, Mädchen.«

Dragomira schreckte hoch und erstarrte sogleich wieder. Im Mondlicht erkannte sie Waldo und Lothar, zwei ihrer Wachen, die sich über Mirnia beugten, die keine drei Schritte entfernt von ihr auf ihrer Decke lag und schlief. Die Männer verständigten sich mit einem Nicken. Dann packte Waldo sie an den Armen, Lothar nahm ihre Füße. Mirnia fuhr mit einem halb erstickten Schrei aus dem Schlaf, und als die Männer sie wegtrugen, wimmerte sie.

Dragomira umfasste Udos Handgelenk und befreite ihren Mund. »Bitte, Udo …«, flehte sie.

»Ich kann nichts machen«, erwiderte er gedämpft. »Dein und mein Leben retten, wenn wir Glück haben, das ist alles.«

Erst jetzt sah Dragomira, dass er die blanke Klinge in der Linken hielt.

Stoff riss, und Mirnia fing an zu schreien. Dragomira brach der Schweiß aus allen Poren, und sie versuchte, sich von Udos Klammergriff zu befreien, um irgendetwas zu tun, aber der Soldat ließ sie nicht los.

»Verhalt dich still, hab ich gesagt, oder du bist die Nächste«, knurrte er. »Begreifst du denn nicht, was hier los ist?«

Dragomira kniff die Augen zu. Ein Rauschen war in ihren Ohren, und sie spürte ihren eigenen Herzschlag in den Schläfen, rasend und stolpernd. »Sie sollen aufhören«, flüsterte sie. »Sie ist noch ein Kind, Udo. Mach, dass sie aufhören …«

»Sie hören nicht auf«, unterbrach er sie rau. »Jetzt hält sie nichts mehr. Dieser verfluchte Tölpel von Schiffer ist schuld. Erst hat er sie abgefüllt und dann vor ihren Augen seinem Weib die Hand unter den Rock geschoben und sie befummelt. Wie kann man so dämlich sein? Jetzt liegt er zur Belohnung tot in seinem eigenen Blut, während Burchard und Cobbo es gleich daneben seiner Witwe besorgen.« Er spuckte aus, lehnte sich mit dem Rücken an die Bordwand und legte sein Schwert quer über seine ausgestreckten Beine. »Na ja. So muss deine kleine Freundin es wenigstens nicht mit allen vier Kerlen aufnehmen.«

Mirnia weinte bitterlich und flehte ihre Peiniger an, aber vergeblich. In ihrer Verstörtheit stammelte sie slawische Worte, doch selbst wenn sie deutsch gesprochen hätte, es hätte ihr nichts genützt, wusste Dragomira. Udo hatte recht. In jedem Mann schlummerte eine Bestie, und wehe dem, der sie entfesselte. Das war ganz und gar keine neue Erkenntnis für Dragomira. Sie hatte mit eigenen Augen gesehen, was die Heveller mit den Frauen taten, die sie von ihren Kriegszügen mit heimbrachten. Aber begreifen konnte sie es nicht. Mirnias Weinen und Betteln waren so entsetzlich anzuhören, dass Dragomira schließlich den Kopf in den Armen vergrub und versuchte, die Laute auszusperren.

»Wie können sie nur?«, murmelte sie. »Kennen sie denn kein Erbarmen?«

»Heute Nacht nicht«, antwortete Udo scheinbar gleichmütig.

Dragomira hätte nachher nicht zu sagen vermocht, wie lange es dauerte. Ihr kam es vor wie Stunden, aber der Mond hatte nur ein kurzes Stück seiner nächtlichen Reise zurückgelegt, als die Jammerlaute abebbten und es mittschiffs schließlich still wurde.

Sie verspürte Übelkeit, gepaart mit einer dumpfen Erleichterung, und ließ sich gegen die Bordwand sinken. Udo kam auf die Füße und stellte sich vor sie, mit dem Rücken zu ihr, die Klinge trügerisch locker in der Linken, noch angespannter als zuvor. Dragomira wusste, er rechnete damit, dass seine Männer versuchen könnten, ihn zu überwältigen, um auch sie zu vergewaltigen. Er verharrte eine geraume Zeit und lauschte konzentriert, aber nichts war zu hören, und niemand zeigte sich. Schließlich schlich Udo um die Ladung herum und verschwand aus Dragomiras Blickfeld. Augenblicklich wünschte sie, er käme zurück. Wenn die Kerle irgendwo auf ihn lauerten und er in einen Hinterhalt geriet, dann würde nichts sie und ihr Kind retten, so viel war sicher. Doch er kehrte rasch zurück, Mirnia über der Schulter wie ein Reisigbündel. Wenigstens war er einigermaßen behutsam, als er sie auf ihre Decke legte. »Besinnungslos, aber lebendig.«

»Und deine Männer?«

»Schlafen ihren Rausch aus.«

Dragomira rutschte zu dem zierlichen Daleminzermädchen hinüber und strich ihr die wirren, schweißnassen Haare aus der Stirn. Mirnias formloser Sklavenkittel war verschwunden. Es war zu dunkel, um viel zu erkennen, aber Dragomira wusste, dass Gesicht und Leib morgen früh mit Blutergüssen übersät sein würden. Sie breitete ihre eigene Decke über Mirnia aus. Das Mädchen wimmerte, wachte aber nicht auf.

Udo stand an Dragomiras Seite und blickte mit undurchschaubarer Miene auf das geschändete Mädchen hinab. »Ich schätze, sie wird wieder. Aber wenn du sie nicht mehr willst, schneid ich ihr die Kehle durch. Mir ist es gleich.«

Man konnte hören, dass er die Wahrheit sagte, und mit einem Mal graute Dragomira auch vor ihm. »Erklär es mir, Udo«, verlangte sie. »Was hat dich so untypisch rücksichtsvoll gestimmt, dass du mich beschützt hast, statt selbst deinen Spaß zu haben?«

»Ich war deinem Bruder was schuldig.« Er betrachtete sie einen Moment und fügte dann hinzu: »Du hast dir doch hoffentlich nicht eingebildet, dein Prinz habe mir befohlen, gut auf dich achtzugeben, he? Falls doch, wird es Zeit, dass du die Augen aufmachst. Prinz Otto hat dich längst vergessen, Kindchen.«

Als es hell wurde, machten sie die Leinen los, lenkten den Kahn in die Flussmitte und warfen die Leiche des Schiffers über Bord.

Dessen Witwe ertrug ihr furchtbares Los mit verdächtigem Gleichmut. Als sie ihnen das Frühstück brachte, heulte sie noch. Eine Stunde später machte sie Cobbo und Burchard bereits schöne Augen, ging mit keck wiegenden Hüften zu ihnen hinüber und tuschelte.

»Lieber würde ich sterben, als zu tun, was sie tut«, murmelte Dragomira angewidert, während sie Mirnia mit einem feuchten Tuch die Stirn kühlte. Das Mädchen war immer noch nicht richtig zu sich gekommen. Gelegentlich flackerten ihre Lider, aber ihre Seele klammerte sich an den Schlaf, mutmaßte Dragomira, um dem Grauen der Wirklichkeit noch ein Weilchen länger entrinnen zu können.

»Das muss daran liegen, dass du eine stolze Fürstentochter bist«, höhnte Udo, der nicht von ihrer Seite gewichen war. »Wir einfachen Leute wollen leben. Sie hat offenbar mehr Verstand als ihr toter Gemahl und tut das einzig Richtige. Ich wette mit dir, heute Abend werden Burchard und Cobbo mir sagen, dass sie nicht mit zurückkommen, sondern das Geschäft des Schiffers und seinen Kahn übernehmen wollen.«

»Und seine Witwe gleich mit? Als ihre Hure?«

»Ich an deiner Stelle wäre vorsichtig, andere Weiber so zu nennen«, konterte er mit einem vielsagenden Blick auf ihren runden Bauch. »Sie macht einen guten Tausch, wenn du mich fragst. Die beiden werden besser auf sie achtgeben als der tumbe Bengel, den sie vorher hatte. Und ob sie nun für einen oder für zwei Kerle die Beine breit macht, ist doch irgendwie egal, oder?«

Es ist bestimmt nicht das Leben, das ich will, lag Dragomira auf der Zunge, aber sie sprach es nicht aus. Frauen bekamen nie das Leben, das sie wollten, das war bei Hevellern und Sachsen gleich. »Sag mir, wo du uns hinbringst, Udo«, bat sie ihn zum wohl hundertsten Mal. »Ist es das, was mich erwartet? Ein Leben in den Händen irgendeines Wildfremden, der mich zufällig gebrauchen kann? Oder mehrerer?«

Er schnaubte, dann ruckte er das Kinn nach rechts. »Da. Wir sind fast am Ziel. Und besonders viele Kerle wirst du in Zukunft nicht mehr zu sehen kriegen, glaub mir.«

Ein hölzerner Anlegesteg lag parallel zum Ufer. Lothar sprang behände von Bord und vertäute den Kahn.

Udo steckte sein Schwert ein, setzte den Helm auf und machte sich sogar die Mühe, seinen Umhang glattzustreichen. »Bring die Kleine auf die Füße und dann komm, Prinzessin.«

Mirnia wirkte ängstlich und verwirrt, als Dragomira sie weckte. Mit fahrigen Bewegungen zog sie sich das schmuddelige Kleid über, das Udo der Witwe des Schiffers abgekauft hatte, nahm die Hand, die Dragomira ihr reichte, und ließ sich an Land führen. Sie sah keinen der Soldaten an, sondern hielt den Kopf gesenkt, als hoffe sie, so könne der Bluterguss unbemerkt bleiben, der ihren Mund umgab.

Ein gut erkennbarer Weg – zwei Radspuren mit einer Gras-narbe in der Mitte – führte zwischen gemähten Wiesen entlang, und sie folgten ihm, bis sie zu einem mächtigen Tor in einer hohen Steinmauer gelangten, das ehern und abweisend wirkte. Udo don-nerte mit dem Schwertknauf an einen der Torflügel, und nach we-nigen Augenblicken öffnete sich ein Kläppchen in Augenhöhe.

Ein runzliges, von einem hellen Schleier umrahmtes Gesicht erschien. »Ihr wünscht?«, fragte die alte Dame streng.

»Wir kommen aus Magdeburg, Schwester, und möchten zu Eurer Mutter Oberin«, antwortete Udo so zahm und unterwürfig, dass Dragomira seine Stimme kaum erkannte. Er zog ein Schrift-stück unter dem Gewand hervor und hielt das Siegel vor das Kläppchen.

Ohne ein weiteres Wort wurde ihnen aufgetan.

Im Innern der Einfriedung erhob sich einer dieser Tempel, die die Sachsen Kirchen nannten. In seinem Schatten stand ein halbes Dutzend strohgedeckter Holzhäuser.

Die strenge Pförtnerin führte sie zu dem größten Gebäude ne-ben dem Tempel, klopfte und trat dann respektvoll einen Schritt zurück.

Nach wenigen Augenblicken öffnete sich quietschend die Tür und eine äußerst gepflegte Dame in einem dunklen Kleid, deren Gesicht ebenfalls von einem weißen Schleier umrahmt war, trat zu ihnen in den Sonnenschein. »Sei willkommen im Kanonissenstift

Möllenbeck, mein Kind. Wir haben dich bereits erwartet.« Ihr geruhsamer Blick glitt von Dragomiras Gesicht abwärts zu ihrem Bauch, dann weiter zu Mirnia, und Dragomira hatte das eigenartige Gefühl, dass diese Frau augenblicklich alles wusste und alles verstand. »Mein Name ist Hilda von Kreuztal, und ich bin die Oberin dieses Hauses«, fuhr sie fort. Ihre Miene änderte sich nicht, als sie den Blick auf Udo richtete, doch sie sagte deutlich kühler: »Ich denke, es ist besser, du kommst nicht mit hinein.« Sie nahm das versiegelte Schriftstück, das er ihr mit einer Verbeugung reichte, und drückte ihm ihrerseits eines in die Finger, das ganz genauso aussah. »Für die Königin. Mit meinen besten Empfehlungen. Und nun geh mit Gott.« Besitzergreifend zog sie ihre Besucherinnen über die Schwelle, und Dragomira hatte gerade noch Zeit, Udo ein »Hab Dank« zuzuraunen, ehe die Tür sich schloss.

Im dämmrigen Halbdunkel des leeren Refektoriums legte Hilda von Kreuztal ihren beiden Neuzugängen segnend die Hände auf den Kopf und sagte: »Jetzt hat der Schrecken ein Ende. Ihr seid in Sicherheit.«

Magdeburg, September 929

»Sieh mal, Tugomir. Ist es so richtig?« Semela hielt ihm den Mörser zur Begutachtung hin.

Tugomir nahm ein wenig von dem Pflanzenbrei zwischen Daumen und Mittelfinger und zerrieb ihn prüfend. »Gut gemacht«, befand er. Er wusste, dass es harte Arbeit war, frische Blätter zu zerstoßen. Für einen ungeduldigen Bengel wie Semela keine leichte Aufgabe, aber der Junge hatte sie mit Bravour gemeistert.

»Und jetzt?«, fragte er eifrig.

»Streiche ich die zerstoßenen Holunderblätter auf die Brandwunden und binde ein Tuch darum, genau wie in den vergangenen Tagen. Es wirkt Wunder, siehst du?«

Tugomir wies auf seine nackte Brust. Die Wunden waren immer noch ein schauderhafter Anblick – rot und glänzend –, aber sie heilten bereits ab und hatten sich nicht entzündet.

»Also los. Worauf wartest du?«, drängte Semela.

»Gleich«, wehrte er ab. Das Aufbringen des Holunderbreis war eine schmerzhafte Prozedur, darum war er dabei lieber allein. Es wäre einfacher und auch wirksamer gewesen, wenn er eine Salbe aus den Blättern hätte herstellen können, aber dazu fehlten ihm die Zutaten. Er war schon dankbar für den Mörser, den Semela in der Küche hatte mitgehen lassen. »Was gibt es für Neuigkeiten?«

Der Junge zuckte die Achseln. »Keine. Nicht ein Sterbenswort. Ich werd noch verrückt, wenn wir nicht bald etwas erfahren.«

Tugomir gab keinen Kommentar ab. Auf König Heinrichs Befehl hatten die Markgrafen Bernhard und Thietmar das sächsische Reiterheer nach Norden geführt, um den »Aufstand« der Slawen, wie sie es nannten, niederzuschlagen. Das Heer hatte die Elbe überquert, um die slawische Burg Lenzen am Ostufer zu belagern, wussten sie, aber seither hatten sie nichts mehr gehört.

»Wie kannst du so ruhig sein?«, fragte Semela. »König Heinrich hetzt seine Schlächter auf deinen Vater, und man könnte meinen, es ist dir völlig gleich!«

»Es ist mir nicht gleich«, widersprach Tugomir. Im Gegenteil. Seit einer Woche hungerte er, weil er, seit er wieder laufen konnte, sein kärgliches Abendmahl heimlich in die Elbe warf, um den Flussgeistern zu opfern, auf dass sie das so nahe der Elbe gelegene Lenzen beschützten. Und das Heer der Redarier, Heveller und aller anderen Stämme, die sich ihnen angeschlossen hatten. »Aber wir können nichts anderes tun, als abzuwarten. Und ganz gleich, was geschieht, Semela, ich warte nur auf schlechte Neuigkeiten. Man ist gut beraten, das mit Gleichmut zu tun, wenn man kann. Das musst du noch lernen, scheint mir.«

»Was heißt, du wartest nur auf schlechte Neuigkeiten? Warum? Unsere Krieger sind viel tapferer als ihre.«

»Das ist wahr. Aber König Heinrichs Reiterheer ist groß. Gut möglich, dass es sich als zu groß erweist und die unseren besiegt. Das hieße, dass mein Vater vermutlich fallen würde. Dann ist kein erwachsener Mann aus meinem Geschlecht mehr übrig, um die

Heveller zu führen, nur noch mein Neffe, und er ist noch zu jung. Mein Volk würde untergehen, fürchte ich. Wenn sich aber wirklich ausnahmsweise einmal all unsere nördlichen Stämme zusammengeschlossen haben, statt sich gegenseitig zu bekriegen, ist unser Heer vielleicht stark genug, um den Sachsen zu trotzen. Das ist mein sehnlichster Wunsch. Aber wenn es geschieht, werde ich sterben. Wenn unsere Krieger die Sachsen zurück über die Elbe jagen, wird König Heinrich meinem Vater meinen Kopf schicken. Also ganz gleich, wie die Sache ausgeht, ich werde der Verlierer sein.«

Semela starrte ihn an, die großen Kinderaugen voller Furcht. *Was wird dann aus mir?*, fragte dieser Blick.

Aber Tugomir wusste es nicht.

»Hast du keine Angst?«, fragte der Junge.

Tugomir hob langsam die Schultern. Doch, er hatte Angst. Um seine Schwester vor allem. Oder davor, dass König Heinrich aus seiner Hinrichtung irgendein grausiges Spektakel machen würde. Oder dass er es Gero überlassen würde, die slawische Geisel zu töten und für die Heimreise möglichst schauderhaft herzurichten. Aber nicht vor dem Tod selbst. *Es gibt Schlimmeres als den Tod*, hatte Schedrag ihn gelehrt. *Mag sein, dass er eines Tages als Freund zu dir kommt und dir willkommen ist.* Damals hatte Tugomir nicht so recht gewusst, was der Hohepriester meinte. Heute verstand er es nur zu gut. Offenbar war er wenigstens ein bisschen weiser geworden …

»Ein Priester fürchtet sich niemals, Semela«, spöttelte er. »Das darf er nicht. Genau wie ein Fürst. Denn wenn Priester oder Fürst sich fürchten, wird ihr Volk es auch tun. Und dann wird es schwach.« Er nahm dem Jungen den Mörser aus der Hand. »Jetzt sei so gut und verschwinde. Geh in die Küche und kümmere dich um deine Arbeit, ehe Ekkard dich wieder beim Müßiggang erwischt, wie wär's?«

Semela schnitt eine freche Grimasse und wollte protestieren, als ein Schatten über die Schwelle fiel.

Tugomir sah auf. »Bruder Waldered.«

Der Mönch beugte sich ein wenig vor, um durch die niedrige

Türöffnung zu passen, und auf Tugomirs einladende Geste kam er die drei Holzstufen hinab. Er verharrte einen Moment, bis seine Augen sich auf das dämmrige Licht im Innern des Grubenhäuschens eingestellt hatten, dann sah er sich kurz um. »Ein gut gefülltes Kräuterlager«, bemerkte er und wies auf die Bündel, die kopfüber zum Trocknen unter dem niedrigen Strohdach hingen. »Sie duften gut.«

»Nicht alle«, schränkte Tugomir ein und stellte den Mörser auf den festgestampften Boden. Wie es aussah, sollte er noch ein wenig länger warten müssen, bis er seine Wunden versorgen konnte.

Bruder Waldered setzte sich neben Semela auf die Erde, streckte die Beine vor sich aus und kreuzte die Füße in den staubigen Sandalen. »Eure Schwester ist wohlauf«, eröffnete er Tugomir unvermittelt. »Sie ist sehr weit fort von hier, aber in Sicherheit.«

»Wo?«

»In einem Kanonissenstift an der Weser.«

»Einem was?«

Waldered vollführte eine unbestimmte Geste. »Eine Lebensgemeinschaft frommer, adliger Frauen. Sie leben so ähnlich wie die Mönche in ihren Klöstern, aber sie legen keine Gelübde ab. Die vornehmen Damen, die Vermögen mit ins Stift bringen, können selbst darüber verfügen. Und Dienerschaft unterhalten.« Er überlegte kurz und schloss dann: »Es ist ein Ort, wohin man Witwen oder überzählige Töchter oder andere Damen schickt, mit denen man sonst nichts anzufangen weiß.«

Tugomir nickte wortlos. Er nahm an, er würde Dragomira nie wiedersehen, und der Gedanke machte ihm zu schaffen. Aber er war auch erleichtert. »Ich hätte nicht gedacht, dass die Königin sich die Mühe macht, sie in diesen Frauentempel schaffen zu lassen, statt einfach den Befehl zu geben, sie zu töten und nachts in den Fluss zu werfen«, bemerkte er.

Bruder Waldered war schockiert. »Das würde Königin Mathildis niemals tun!«

Nach allem, was Tugomir gehört hatte, war Königin Mathildis noch ganz anderer Dinge fähig, aber er ließ das Thema fallen, denn er sah, dass Bruder Waldered noch mehr auf dem Herzen hatte.

»Das war die gute Nachricht, nehme ich an. Lasst uns die schlechte auch hören, Bruder.«

Waldered nickte bedrückt. »Die Schlacht ist geschlagen. Graf Bernhard und Graf Thietmar und die Panzerreiter haben einen großen Sieg über die Barba… slawischen Stämme errungen.«

Semela zog scharf die Luft ein und schlug die Hände vor Mund und Nase.

Tugomir ließ den Mönch nicht aus den Augen und forderte ihn mit einer Geste auf fortzufahren.

»Fünf Tage hatten sie die slawische Burg Lenzen belagert, als die Späher die Nachricht brachten, dass ein großes slawisches Heer anrückte. Graf Bernhard befahl seinen Reitersoldaten, sich die ganze Nacht hindurch bereitzuhalten. Es regnete unablässig, die Wachfeuer erloschen, aber nichts geschah in dieser Nacht. Am nächsten Morgen kehrte die Sonne zurück, doch die Späher berichteten, dass die slawischen Fußsoldaten in der aufgeweichten Erde kaum vorwärtskamen. Da führte Graf Bernhard seine Reiterscharen zum Angriff, und sie stießen wie Schwerter in die Flanken der Feinde. Euer Heer hat mit großer Tapferkeit gekämpft, Prinz Tugomir. Aber Gott war mit Bernhard und seinen Panzerreitern. Als die Slawen sahen, dass ihre Sache verloren war und sie aufgerieben wurden, wollten sie sich in die Burg zurückziehen. Aber Thietmar schnitt ihnen den Weg ab.«

Graf Thietmar. Geros Vater. König Heinrichs treuester Freund und Kampfgefährte. Tugomir hatte mit einem Mal Mühe zu atmen. »Keiner hat die Burg lebend erreicht, nehme ich an.«

Waldered schüttelte den Kopf. »Diejenigen, die Thietmar nicht in die Klinge liefen, stürzten in den See und ertranken.« Er sah Tugomir kurz ins Gesicht und entschied offenbar, dass er ihm den Rest auch noch sagen konnte: »Die Burg ergab sich am nächsten Morgen. Frauen, Kinder, Unfreie, Vieh und so weiter wurden als Beute genommen, die Männer zu den Gefangenen gebracht.« Er hob kurz beide Hände. »Der Aufstand der Redarier und ihrer Verbündeten ist niedergeschlagen. Euer Volk *muss* lernen, sich dem König zu unterwerfen, Tugomir, oder untergehen.«

»Tja«, machte Tugomir scheinbar gelassen und fuhr sich mit

dem Handrücken über die klamme Stirn. »Ich schätze, dann wird es untergehen.«

Es war einen Moment still. Schließlich sagte der Mönch zaghaft: »Zumindest heißt es, dass Ihr weiterleben werdet.«

Der Hevellerprinz nickte. »Fürs Erste.«

»Vielleicht hat Gott es so gefügt, damit Ihr Gelegenheit bekommt, zu erkennen, dass er der einzig wahre Gott ist.«

»Wenn es so ist, kann ich nicht gerade behaupten, dass seine Fügung mich sonderlich für ihn einnimmt«, entgegnete Tugomir scharf. »Euer Hochmut gehört zu den Dingen, die ich an euch Sachsen ganz und gar widerwärtig finde, Bruder Waldered. Wenn ich eines über die Götter gelernt habe, dann dies: Sie sind alle gleich gut oder gleich schlecht. Wie könnten wir Sterbliche uns anmaßen, ein Urteil über sie zu fällen? Und es ist einfach lächerlich, sich einem anderen Mann überlegen zu fühlen, nur weil man glaubt, den besseren Gott zu haben.«

»Wenn Ihr mir erlauben würdet, es Euch zu erklären, würdet Ihr die Wahrheit erkennen.«

»Sächsische Wahrheiten«, gab Tugomir bitter zurück. Seine Wunden machten ihm zu schaffen. Er vermisste seine Schwester und konnte den Gedanken kaum aushalten, dass sie hunderte Meilen weit verschleppt worden war. Die Niederlage der slawischen Krieger und die Ungewissheit um seinen Vater drohten ihm den Rest zu geben, und mit einem Mal kam die Hoffnungslosigkeit ihm vor wie ein Malstrom, der ihn in die Tiefe zerren wollte.

»Nicht sächsische Wahrheiten«, widersprach der Mönch. »Der Unterschied zwischen Euren Göttern und meinem ist, dass mein Gott *allen* Menschen seine Gnade und Barmherzigkeit angedeihen lässt. Allen, die ihn annehmen und ihren alten Göttern abschwören, meine ich.«

Tugomir lächelte müde. »Ein Gott für Priester und Fürsten, das ist er, sonst nichts. Seine Priester sind mächtig, also beten Euer König und die Seinen zu Eurem Gott, um sich dieser Macht zu bedienen.«

»Das ist keineswegs so«, fiel Waldered ihm ins Wort, so aufgebracht, dass Tugomir wusste, er hatte an einen wunden Punkt gerührt.

»Die meisten Leute hier halten jedenfalls keine großen Stücke auf Euren Gott«, warf Semela abschätzig ein. »Sie kommen zu Prinz Tugomir, weil er sich mit den alten Göttern auskennt und mit Geistern und Feen und Dämonen.«

Der unüberhörbare Stolz, der aus diesen Worten sprach, amüsierte Tugomir beinah. Der Junge sagte indes die Wahrheit. Die alten Götter der Sachsen waren andere als die der Heveller, aber sie hatten viele Dinge gemeinsam. Bruder Waldereds Gott hingegen, der sich nicht in Sonne und Mond, Wasser und Erde, Feuer und Luft zeigte, sondern in einem eigenartigen Ding zu leben schien, das die Sachsen *Buch* nannten und dessen Geheimnisse nur seine Priester kannten – dieser war kein Gott der einfachen Menschen. Die Mägde und Knechte ebenso wie die Soldaten der Pfalz in Magdeburg wussten mit diesem Gott nichts Rechtes anzufangen, und da man ihnen ihre alten Götter gestohlen hatte, wandten sie sich immer häufiger an Tugomir, wenn sie Rat suchten oder krank oder verwundet waren. Er verwehrte ihnen seine Hilfe nicht, denn er hatte nichts Besseres zu tun. Und sie entlohnten ihn mit Brot oder Met, einer neuen Felldecke oder Kleidung, vor allem jedoch mit ihrer Dankbarkeit, und sie war es, die im Leben einer machtlosen Geisel den entscheidenden Unterschied machen konnte. Eine der jungen Wäscherinnen erwies ihm ihre Dankbarkeit in ganz spezieller Weise, und das wusste Tugomir außerordentlich zu schätzen. Jedenfalls dann, wenn Gero nicht gerade versucht hatte, ihn Stück für Stück zu rösten, wovon einem jegliche Triebe vergingen …

Bruder Waldered zog die Knie an und verschränkte die Hände darum. »Nun, es sind die Armen im Geiste, die einfache Antworten von einfachen Göttern suchen, und ich bin zuversichtlich, dass der Allmächtige ihnen vergibt und sie auf den rechten Pfad zurückführt. Ihr hingegen seid ein kluger Mann, Prinz Tugomir. Darum fürchte ich, ich kann Euch nicht einfach als hoffnungslosen Fall abtun. Nur ist jetzt vielleicht nicht der richtige Augenblick, um über die Götter zu streiten, denn es gibt noch etwas, das ich Euch zu sagen habe.«

Tugomir ließ ihn nicht aus den Augen. »Ihr wisst etwas über das Schicksal meines Vaters.«

Der Mönch schüttelte den Kopf. »Aber möglicherweise ist er hier. Das Heer hat zweihundertvierundfünfzig Gefangene mit zurückgebracht. Und sie alle werden morgen bei Sonnenaufgang hingerichtet.«

Otto überreichte seiner Braut galant seinen Falken. »Hier, Editha. Ihr seid … Du bist an der Reihe.«

Zwei Wochen lag ihre Ankunft jetzt zurück, und kein Tag war vergangen, ohne dass sie sich nicht wenigstens für eine kurze Stunde gesehen hatten. Inzwischen kannten sie einander gut genug, um auf Förmlichkeiten zu verzichten, aber manchmal fiel der vertraute Umgang Otto noch schwer. Er war hingerissen von Editha. Wenn er sie betrachtete, kamen ihm höchst sündige Gedanken, sodass ein Teil von ihm – ein ganz *bestimmter* Teil von ihm – wünschte, Dragomira wäre nicht fort und er könnte seine sündigen Gedanken mit ihr in die Tat umsetzen. Er begehrte Editha und sehnte den Tag ihrer Hochzeit ungeduldig herbei. Aber er empfand auch ein klein wenig Ehrfurcht vor ihr. Sie war drei Jahre älter als er und viel klüger, fürchtete Otto. Sie wusste die erstaunlichsten Dinge. Mit Bischof Bernhard hatte sie über die Schrift eines gewissen Boethius gesprochen – während Otto dabeisaß und kaum ein Wort verstand –, und der Bischof hatte sich von ihrer Verständigkeit und Frömmigkeit beeindruckt gezeigt. Aber sie schnitt niemals auf, im Gegenteil, sie schien lieber anderen zu lauschen als selber zu reden, was sogar seine Mutter für Editha eingenommen hatte.

Die Augen seiner Braut strahlten. »Ich bin an der Reihe? Ist das auch wirklich wahr? Oder flunkerst du, damit ich eher zu meinem Vergnügen komme, als mir zusteht?«

»Nein, er hat recht«, warf Thankmar ein. »Ehrenwort.«

»Trödel nicht, da, der Hund steht vor«, drängte Egvina ihre Schwester, und auch ihre Augen leuchteten vor Erregung.

Sie waren nur eine kleine Jagdgesellschaft: die beiden Prinzen und Prinzessinnen, Gero und sein junger Cousin Asik, der erst

diesen Sommer aus dem heimatlichen Merseburg an den Hof gekommen war. Mit Falknern, Hundeführern und Dienern tum-
melte sich ein gutes Dutzend Menschen am Saum des Waldes, der
allmählich begann, sich in herbstliche Rot- und Goldtöne zu kleiden. Vor ihnen erstreckte sich eine satte Wiese mit hohem Gras,
hier und da von ein paar Büschen betupft, und etwa in ihrer Mitte
lag ein stiller, schilfgesäumter Weiher. Dort war der Hund stehen
geblieben.

Editha nahm dem hübschen Falken die Haube ab, gab ihm
einen Moment, sich zu orientieren, und ließ ihn dann steigen. Sie
verfolgte seinen Flug mit konzentrierter Miene, und als er in aus-
reichender Höhe über ihr stand, nickte sie dem Hundeführer zu.

Auf dessen knappen Befehl, der fast wie ein Bellen klang,
sprang der Hund ein, schien ins Schilf zu tauchen, und im nächsten Moment brach der aufgescheuchte Fasan unter vernehmlichem Protest und unbeholfenem Geflatter aus der Deckung hervor.

Der Falke legte die Schwingen an den Körper und ging in den
Sturzflug – schneller als ein Pfeil, so schien es. Schon fast auf einer
Höhe mit der Beute breitete er die Flügel wieder aus und schlug
den chancenlosen Fasan.

Prinzessin Editha atmete tief durch. »Ein wunderbar abgerich-
teter Vogel, Otto.«

Er lächelte, die Hände auf dem Sattelknauf verschränkt, und
sagte nichts.

Editha war schon im Begriff, sich wieder Vogel und Beute zu-
zuwenden, als sie ihren Bräutigam noch einmal genau anschaute.
»Bist du nicht wohl?«

Otto war erschrocken und richtete sich auf. Er tat verwundert.
»Wie kommst du denn darauf?«

Der Falke kehrte auf Edithas Unterarm zurück, und statt sein
Gefieder zu streicheln – was so viele Damen taten, obwohl die wenigsten Vögel es schätzten –, gab sie ihm die Belohnung, die er
wollte: seine *Atzung*, ein Stückchen rohes Fleisch.

Otto hätte sich an ihr ergötzen können – an der unaufdring-
lichen Vornehmheit, die sich in jeder Geste ebenso zeigte wie in der

122

Mühelosigkeit, mit der sie diesen edlen Zeitvertreib beherrschte – wenn ihm nur nicht so elend gewesen wäre. Er hatte es schon gespürt, als er aufgewacht war: dieses brennende Jucken an Armen und Beinen. Damit fing es immer an. Während der Frühmesse waren Hals- und Kopfschmerzen dazugekommen. Auch die waren nichts Neues. Beim Frühstück in der Halle hatte er keinen Bissen heruntergebracht, aber zum Glück hatte es niemand bemerkt, denn alle waren voller Vorfreude auf die Falkenjagd gewesen. Inzwischen bereitete ihm das Atmen Mühe, und das erschreckte ihn, denn das kannte er noch nicht.

»Wollen wir …« Er musste sich räuspern. »Wollen wir ein Stück um den Weiher herumreiten? Auf der anderen Seite gibt es immer viele Rebhühner.«

»Oh ja«, stimmte Edithas Schwester zu. »Ich liebe Rebhuhnbraten. Komm, Thankmar. Wer zuerst an dem Schlehenbusch dort drüben ist!«

Egvina riss ihr Pferd herum und preschte davon. Thankmar nahm die Verfolgung auf und rief empört: »Was war mit dem Startzeichen, edle Königstochter?«

Editha lachte leise und schaute ihnen nach. »Sie verstehen sich gut«, bemerkte sie.

»Ja«, stimmte Otto zu. »Vielleicht ist es sogar ein bisschen mehr als das, hm? Ich habe meinen Bruder selten so gelöster Stimmung gesehen wie in den … vergangenen Wochen.« Seine Kehle schien sich noch ein bisschen weiter zuzuziehen.

Sie wendeten die Pferde und folgten den übrigen Jägern im Trab. Ihre Füße in den Steigbügeln strichen durchs hohe, duftende Gras.

»Hm«, machte Editha. »Es ist ein Jammer, dass Egvina uns nach unserer Hochzeit verlassen muss. Sie wird mir furchtbar fehlen.«

»Wirklich? Warum ersuchen wir dann nicht deinen Bruder um Zustimmung, sie noch ein paar Wochen länger hierzubehalten?«

»Das würdest du tun, Otto?«

»Wieso denn nicht, in aller Welt?«

Die Wünsche, die sie bislang an ihn gerichtet hatte, waren alle so lächerlich klein. Irgendwie hatte er geglaubt, eine Prinzessin von so altem Geblüt wäre anspruchsvoller, aber diese Befürchtung hatte sich als völlig unbegründet erwiesen, und darüber war Otto erleichtert. Mehr Sorgen bereitete ihm im Augenblick sein Kopf. Er dröhnte und hämmerte, und zu dem Dröhnen gesellte sich ein flaues Gefühl im Magen. Und Schwindel.

Thankmar hatte Egvina eingeholt und vor ihr das Ziel erreicht. Lachend zog er sie auf: »Erinnere mich vor unserem nächsten Wettrennen daran, dass ich meinem Gaul die Hinterhufe zusammenbinde, edle Prinzessin.«

»Na warte, du Schuft«, gab die Besiegte zurück, und sie tauschten einen Blick, der Otto so rätselhaft vorkam wie ein Satz auf Lateinisch: eine geheime Botschaft, die er nicht verstehen konnte.

Der Vorsteherhund jaulte einmal kurz und leckte dem Hundeführer die Hand, der ihm den Kopf tätschelte und ihn von der Leine ließ.

»Wer ist an der Reihe?«, fragte Editha.

»Gero«, antwortete Thankmar. »Der Meisterjäger unter uns. Ich zähle fünf Vögel an seinem Sattel. Damit kann sich keiner messen.«

»Weil Gero tatsächlich zur Jagd hergekommen ist«, bemerkte Egvina. »Wir nehmen sie zum Vorwand, einen sorglosen Tag im Müßiggang bei Sonnenschein zu verbringen. Gero ist hier, um Wild zu töten.«

Der Grafensohn neigte den Kopf vor ihr und zwinkerte ihr dabei zu. »Wie gut Ihr mich kennt, Prinzessin.« Er winkte seinem Falkner.

Otto fuhr sich verstohlen mit dem Unterarm über die Stirn. Sein Blickfeld hatte sich eigentümlich verkleinert. Er schaute zum Weiher hinüber, und fast kam es ihm vor, als blicke er einen dunklen Korridor entlang, an dessen Ende eine offene Tür auf den Weiher zeigte. Er blinzelte mehrfach, aber die schwarzen Wände links und rechts verschwanden davon nicht.

»Kennt oder durchschaut?«, konterte Egvina herausfordernd.

Sie tändelt mit Gero, fuhr es Otto durch den Kopf, aber das scheint Thankmar nicht zu stören …

Der wies zum Ufer. »Da. Der Hund steht vor. Mach deinen Vogel bereit, Gero, oder du kannst der Prinzessin heute kein Rebhuhn zu Füßen legen.«

Gero streifte seinem Falken die Haube ab, der übellaunig nach den Fingern seines Herrn hackte. Doch Gero trug einen ledernen Schutzhandschuh.

Der Vogel war noch nicht gestiegen, aber der Hund sprang zu früh ein. Gero fluchte, und eine schwarze, geflügelte Kreatur brach unter unmelodischem Gekrächz aus dem Schilf hervor.

»Unglücksrabe …«, murmelte Otto undeutlich – und fiel besinnungslos vom Pferd.

Thankmar hatte seinen Bruder vor sich im Sattel zurück in die Pfalz gebracht und sich dabei ertappt, dass er Gott anflehte: *Lass ihn nicht sterben.*

Warum denn nicht?, hatte die spöttelnde innere Stimme ihn sogleich gefragt, die ihn auf Schritt und Tritt begleitete. Otto steht zwischen dir und der Krone. Zwischen dir und der Anerkennung deines Vaters. Von dem Moment an, da er seinen ersten verfluchten Atemzug getan hat, hast du nur noch ein kümmerliches Schattendasein geführt. Aber Thankmar wollte trotzdem nicht, dass sein Bruder starb. Die Erkenntnis, dass Otto ihm teurer war als die Krone, die immer verlockend und knapp außerhalb seiner Reichweite gefunkelt hatte, verwirrte und bestürzte ihn.

Der Rückweg war zum Glück nicht weit gewesen. Gero hatte sein Pferd bei den Torwachen gelassen und war davongeeilt, um Bruder Matthias, den Leibarzt des Königs, ausfindig zu machen. Thankmar hatte Otto zu dessen Kammer getragen, und dort standen sie nun um das breite Bett herum: ihr Vater, seine Königin, Thankmar selbst, Henning und sogar die kleine Hadwig. Alle folgten mit bangen Blicken jedem von Bruder Matthias' Handgriffen. Otto regte sich dann und wann und stöhnte, aber richtig aufgewacht war er noch nicht. Sein Atem ging rasselnd und unverkennbar mühsam, und sein Gesicht – das sonst einen Ausdruck natürlicher Heiterkeit trug, den selbst die wüstesten brüderlichen

Heimsuchungen nicht vertreiben konnten, Thankmar hatte es oft genug versucht –, dieses Gesicht wirkte jetzt krank und gramgefurcht und alt.

»Ist es eine Vergiftung?«, fragte Mathildis. Es klang verdächtig gelassen.

Der Leibarzt fühlte Otto die Stirn und schnupperte seinen Atem. Dann richtete er sich auf. »Ich fürchte, meine Königin. Wir müssen ihm Essig einflößen, damit er erbricht. Vielleicht kann er so wenigstens einen Teil des Giftes wieder ausscheiden. Und ich werde ihn zur Ader lassen, damit das vergiftete Blut seinen Körper verlassen kann.«

Mathildis sah zu Thankmar. »Geh, nimm dir den Koch vor und hol aus ihm heraus, was er weiß.«

»Aber es könnte ebenso gut einer der Diener …«, begann Bruder Matthias.

»Bei einer Vergiftung haben die Köche immer die Hand im Spiel«, fiel Mathildis ihm ins Wort.

Der König nickte seinem Ältesten zu. »Thankmar.« Es war irgendwo zwischen Befehl und Flehen.

»Also schön.« Thankmar verließ das geräumige, dämmrige Quartier seines Bruders, das wie alle Wohngemächer der königlichen Familie an die Südwand der großen Halle gebaut war, und überquerte den Innenhof auf dem Weg zur Küche. Dann hatte er einen Einfall, machte auf dem Absatz kehrt und eilte zu der Wiese am Fischteich, wo die schäbigsten Grubenhäuser der ganzen Pfalz zu finden waren.

Vor einem blieb er stehen. »Prinz Tugomir?« Ein wenig unschlüssig tauchte er durch die niedrige Tür. Gott, was tu ich hier eigentlich? Die Königin wird mir den Kopf abreißen …

»Prinz Thankmar.« Der slawische Fürstensohn saß auf einem Schemel vor einem wackligen Tischchen und verbrannte irgendwelche Kräuter in einer tönernen Schale.

»Hier ist Feuer verboten«, bemerkte Thankmar abwesend.

»Was du nicht sagst. Bist du eigens hergekommen, um die Einhaltung der Feuerschutzmaßnahmen zu überwachen?«

Thankmar schüttelte den Kopf. »Ich bin hier, um deine Hilfe zu erbitten. Otto ist krank. Vergiftet vermutlich. Es sieht … nicht gut aus. Das Gesinde sagt, du bist heilkundig.«

Tugomir wandte langsam den Kopf ins Licht, und erst jetzt erkannte Thankmar, dass der Hevellerprinz kaum besser aussah als Otto. »Tut mir leid. Gerade heute bin ich nicht geneigt, einem Sachsenprinzen zu helfen. Wenn dein Bruder stirbt, werde ich wissen, dass einer meiner Götter meine Gebete erhört hat.«

Natürlich, ging Thankmar auf, die verdammte Schlacht. Tausende slawischer Krieger gefallen und ertrunken, zwanzig Dutzend Gefangene, die auf ihre Hinrichtung warteten …

Er ballte verstohlen die Linke zur Faust und mahnte sich zur Ruhe. Er hatte das Gefühl, dass Ottos Zeit so schnell dahinrann wie Wasser durch ein Sieb, aber er wusste, es würde nichts nützen, diesen stolzen slawischen Sturkopf mit gezückter Klinge zwingen zu wollen. Thankmar trat einen Schritt in die armselige Hütte hinein. »Solltest du ihn wirklich retten können, wird es kaum einen Wunsch geben, den der König dir abschlagen würde.«

Tugomirs Augen verengten sich. »Willst du behaupten, er würde mir zweihundertvierundfünfzig Slawenleben schenken für das seines Sohnes?«

»Nein«, musste Thankmar zugeben.

»Warum nicht? Denkt ihr etwa nicht, zweihundertvierundfünfzig Slawen seien zusammen so viel wert wie ein Sachse?«

»Falls es so ist, denkt ihr umgekehrt das Gleiche, nicht wahr?«, entgegnete Thankmar scharf. »Jetzt komm schon, Mann, du kannst Otto deine Hilfe nicht einfach so versagen …«

»Oh doch«, gab Tugomir unbeeindruckt zurück. »Als ich *meinen* Bruder das letzte Mal sah, war er mausetot, von einer sächsischen Klinge erschlagen. Kannst du ihn mir zurückgeben?«

»Das war im Krieg.«

»Er ist noch nicht vorbei.«

»Aber Otto ist der Vater deines Neffen oder deiner Nichte.«

»Lass dir etwas Besseres einfallen, Prinz«, knurrte Tugomir.

Da hat er wirklich recht, es war ein erbärmlicher Einwand, musste Thankmar gestehen. Er dachte einen Moment nach und sagte schließlich leise: »Vermutlich gibt es nichts, womit ich dich überzeugen könnte. Ich glaube auch nicht, dass es helfen würde, wenn ich dich auf Knien anflehte, denn du bist kein Mann, der dergleichen sonderlich schätzt.«

»Anders als Gero.«

»Anders als Gero«, räumte Thankmar freimütig ein. »Also bleibt mir nur die Hoffnung, dass dein Stolz als Heiler dir keine Ruhe lässt. Denn wenn du es nicht versuchst, wirst du nie wissen, ob du meinen Bruder hättest retten können oder nicht.«

Tugomir runzelte die Stirn und verzog den Mund, als sei er mäßig amüsiert. Aber nur mäßig.

Thankmar stand mit baumelnden Armen vor ihm und wartete. Er konnte nichts anderes mehr sagen oder tun. All seine Pfeile waren verschossen.

»Denkst du, es ist etwas, das er gegessen oder getrunken hat?«, fragte Tugomir schließlich.

Der sächsische Prinz zuckte die Achseln. »Ich nehme es an. Ich war eigentlich auf dem Weg in die Küche, um das herauszufinden. Die Königin wünscht, dass ich die Füße des Kochs ins Feuer halte, bis er es uns sagt.«

Tugomir erhob sich ohne Eile. »Dann lass dich nicht aufhalten. Der Koch hat nichts Besseres verdient. Ich seh mir derweil deinen Bruder an.«

Doch wie er geahnt hatte, folgte Prinz Thankmar ihm zurück zum Zentrum der Pfalz. Wortlos umrundeten sie die große Halle und gelangten auf der Rückseite zu dem überdachten Gang, an welchem die Wohngemächer sich aufreihten.

Vor einer der Türen stand eine junge Frau mit wundervollen dunkelgrauen Augen. Sie war bleich, aber gefasst. Sie blickte von Tugomir zu Thankmar. »Wer ist das?«

»Unsere slawische Geisel. Prinz Tugomir. Er ist heilkundig, hat mir der Falkner erzählt, und da der Leibarzt des Königs ratlos zu sein scheint, dachte ich, es kann nicht schaden, wenn …«

Die junge Frau neigte höflich den Kopf. »Der Herr segne Euch, Prinz Tugomir«, sagte sie, und eine Träne lief über ihre Wange. »Möge er Eure Hand führen.«

Tugomir wandte sich ab. Die angelsächsische Prinzessin, nahm er an. Aber Mitgefühl für Ottos Braut war wirklich das Letzte, was er jetzt gebrauchen konnte.

Er betrat das Gemach des Prinzen und blieb einen Moment an der Tür stehen, bis seine Augen sich auf das Dämmerlicht eingestellt hatten. Der Laden war geschlossen, und nur zwei Öllämpchen erhellten den Raum, eines auf dem Tisch, das andere hielt der dicke Mann in der Linken, der sich über das Bett beugte. Er trug ein dunkles, mit einer Kordel gegürtetes Gewand wie Bruder Waldered und hatte ein kreisrundes Loch in den Schopf geschoren – ein Mönch, schloss Tugomir.

Königin Mathildis war die Erste, die den Schatten an der Tür entdeckte. »Was hat er hier verloren, Thankmar?«, fragte sie voller Argwohn.

Doch ehe ihr Stiefsohn zu einer Erklärung ansetzen konnte, legte der König ihr eine seiner großen Pranken auf den Arm und sagte: »Schon gut, Mathildis. Thankmar hat recht getan. Der slawische Prinz ist ein Heiler, hat mir der Stallmeister erzählt.« Einladend winkte er Tugomir näher. »Komm, mein Junge, schnell. Sag uns, ob du irgendetwas tun kannst.«

Tugomir rührte sich nicht und ließ ihn nicht aus den Augen. »Ich sehe keine Veranlassung, auch nur einen Finger für Euren kostbaren Sohn zu rühren, König Heinrich. Darum denke ich, wir sollten zuerst über Eure Gegenleistung reden.«

Die Königin zog hörbar die Luft ein – ein Ausdruck der Entrüstung, mutmaßte Tugomir. Ihre jüngeren Kinder sahen ängstlich zu ihr hoch. Aber König Heinrich schien weder empört noch überrascht. »Sag mir, was du willst.«

»Das Leben und die Freiheit von zwei Dutzend slawischen Gefangenen.« Er hatte sich genau überlegt, wie viele er fordern sollte, denn die Vorstellung war einfach unerträglich, mit dem König um Menschenleben zu feilschen. Er hatte versucht, sich in Heinrichs Lage zu versetzen, und sich gefragt, wie viele gefangene feindliche Krieger er selbst verschont hätte, um das Leben seiner Schwester oder seines Vaters zu retten. Ein Zehntel, lautete die Antwort.

Der König zögerte nicht. »Einverstanden.«

»Darunter mein Vater, sollte er hier sein, und …«

»Ist er nicht«, fiel Heinrich ihm kopfschüttelnd ins Wort. »Alle Gefangenen sind Redarier und Obodriten.«

Die Heveller sind alle gefallen, dachte Tugomir. *Weil sie die Tapfersten waren* … »Da ich Euch nicht traue, will ich sie sehen.«

»Meinetwegen.«

»Ihr Leben und ihre Freiheit«, wiederholte Tugomir. »Ohne Bedingungen. Dafür, dass ich versuche, Euren Sohn zu retten.«

»Ja, ja«, gab der König ungeduldig zurück. »Jetzt tu endlich irgendetwas! Bruder Matthias, seid so gut und tretet beiseite.«

Der Mönch, der dem Austausch stumm gefolgt war, machte Tugomir Platz – ohne Protest, aber unverkennbar eingeschnappt.

Tugomir trat an Ottos Bett und sah auf den Kranken hinab.

Bis zu diesem Moment hatte er in Prinz Otto immer nur den Krieger gesehen. Einen mächtigen obendrein, mit dem man rechnen musste: den Bezwinger der Brandenburg, der die Vorburg im Handstreich genommen und an der Spitze seiner Männer den Wall erstürmt hatte. Jetzt sah er zum ersten Mal, wie jung dieser große Krieger noch war, die blonden Stoppeln auf Kinn und Wangen beinah noch Flaum, die Wimpern der geschlossenen Augen unmöglich dicht und lang für einen Kerl. Diese Erkenntnis machte seinen Hass auf Otto für einen Augenblick so übermächtig, dass Tugomir überzeugt war, er werde nur tatenlos hier stehenbleiben und ihn anstarren, weil er einfach nichts anderes tun konnte. Dann entdeckte er den roten Ausschlag an der Innenseite des linken Ellbogens und auf dem Unterarm, und mit einem Mal wurde es seltsam bedeutungslos, wem dieser Arm gehörte.

Er legte dem Kranken den Handrücken auf die Stirn. Sehr hohes Fieber. Fühlte seinen Puls. Rasend und ungleichmäßig. Behutsam strich er mit dem Daumen über den Ausschlag, um festzustellen, ob er Pocken bildete, und plötzlich legte Ottos fiebrige Linke sich auf seine Hand und drückte sie schwach, ohne dass er aufwachte.

Tugomir befreite seine Hand mit einem unwilligen Ruck und richtete sich auf. »Was habt Ihr ihm gegeben, Bruder?«

»Noch gar nichts«, antwortete dieser unwirsch. »Ich habe ihn zur Ader gelassen.« Er wies auf die kleine Wunde an der Innenseite des anderen Arms. »Und ich warte auf den Essig, um ihn ihm einzuflößen, damit ...«

Tugomir winkte ab. Er hatte genug gehört. »Verschwindet.«

»*Was?*«

Tugomir sah zu König Heinrich. »Schickt ihn weg. Schickt alle hinaus.«

»Denkst du, du kannst ihn retten?«, fragte der König mit belegter Stimme.

»Vermutlich nicht«, gab Tugomir zurück. »Aber ich werde es versuchen, wenn Ihr mich lasst.«

Der König nickte dem Leibarzt zu und vollführte eine scheuchende Geste. »Bruder, seid so gut. Du auch, Mathildis. Nimm die Kinder mit.«

Tugomir beachtete sie nicht weiter, sondern wandte sich an Thankmar. »In der Küche arbeitet ein Daleminzerjunge. Semela. Ich brauche ihn hier. Sag ihm, er soll die Minze aus meiner Hütte holen und so viele Brennnesseln sammeln, wie in einen Ledereimer passen. Schnell. Und ich brauche heißes und kaltes Wasser, jede Menge reines Leinen, ein Kohlebecken, einen Tonbecher.«

Thankmar nickte. »Sonst noch etwas?«

»Stutenmilch.«

Der Prinz starrte ihn verdutzt an. »*Stutenmilch?*«

Tugomir wandte ihm den Rücken zu und schnürte Ottos Wams auf. »Beeil dich. Er hat nicht mehr viel Zeit.«

In Windeseile bekam er alles, was er verlangt hatte, und machte sich an die Arbeit. Mit Thankmars Hilfe zog er dem Kranken die Kleider aus. Wie er vermutet hatte, fand der Ausschlag sich auch an den Beinen, in der Leistengegend und auf der Brust. Auch die Haut, die nicht befallen war, war gerötet, vor allem das Gesicht.

Nach Tugomirs Anweisung bereitete Semela Umschläge aus überbrühten Brennnesselblättern. Er lauschte aufmerksam und befolgte die Anweisungen präzise und schnell. Tugomir kochte derweil einen starken Sud aus Minze, hob Ottos Kopf an und ließ ihn die Dämpfe inhalieren. Das mühsame Rasseln des Atems ließ ein wenig nach, und schließlich schlug der junge Prinz die Augen auf und sah sich desorientiert um. »Vater ...«

König Heinrich, der am Fußende gestanden hatte und in quälender Ungeduld von einem Fuß auf den anderen getreten war, kniff erleichtert die Augen zu. »Ganz ruhig, mein Junge. Du wirst wieder gesund, du wirst sehen. Ganz ruhig. Schlaf.«

»Was redet Ihr da?«, knurrte Tugomir. »Er darf nicht wieder einschlafen.« Ziemlich unsanft setzte er Otto einen Becher an die Lippe. »Hier, trink das. Es schmeckt nicht sonderlich, aber wenn du es ausspuckst, krepierst du.«

Otto starrte ihn über den Becherrand aus großen, fiebrigen Augen an und nahm den ersten Schluck. Er verzog das Gesicht, trank aber folgsam weiter.

Tugomir stellte den leeren Becher beiseite. »Gut so. Und weil du so artig getrunken hast, bekommst du gleich noch mehr ...« Er füllte neue Stutenmilch in das Tongefäß.

Doch als er es dieses Mal ansetzen wollte, drehte Otto den Kopf weg und legte ihm abwehrend die Hand auf den Arm. »Einen Augenblick. Ich glaub nicht, dass es unten bleibt ...«

»Das muss es«, erwiderte Tugomir streng. »Lenk deine Gedanken ab, dann wird es gehen. Denk an deine schöne Prinzessin, die draußen vor der Tür steht und um dich bangt.«

Ein sehr mattes Lächeln huschte über Ottos Gesicht. »Was ... was fehlt mir denn?«

»Wir glauben, es ist eine Vergiftung«, antwortete der König.

Aber Tugomir schüttelte den Kopf. »So würde ich es nicht nennen.«

Vater und Bruder des Kranken sahen ihn verwundert an, während Otto in die Kissen zurücksank und die Augen schloss.

»Er hat irgendetwas gegessen oder getrunken, das für andere Menschen völlig harmlos ist. Aber nicht für ihn.« Unbarmherzig knuffte er Otto auf die Schulter. »Augen auf! Hast du so etwas schon früher gehabt?«

Der junge Prinz nickte. »Nie so schlimm. Aber Ausschlag ... Kopfweh ...«

Tugomir hatte nichts anderes erwartet. »Es wird jedes Mal

schlimmer, wenn er es zu sich nimmt«, erklärte er dem König. »Ihr solltet herausfinden, was es ist. Denn das nächste Mal bringt es ihn mit Sicherheit um.«

»Aber wie?«, fragte König Heinrich ratlos. »Wie kann so etwas überhaupt sein? Er isst Brot, das allen anderen gut bekommt, und ihn vergiftet es?«

»Brot vermutlich nicht«, entgegnete Tugomir. »Das isst er jeden Tag. Irgendetwas Selteneres.«

»Was immer es ist, wie kann es ihm schaden und anderen nicht?«, fragte Thankmar, und er schien eher fasziniert als furchtsam.

Tugomir hob die Schultern. »Es ist ein Geisterfluch. Nicht immer der gleiche. Es kommt darauf an: Ist es ein Fisch, der ihn krank macht, hat er einen Wassergeist erzürnt. Ist es ein Getreide, war es ein Erdgeist. Und so weiter.«

König und Prinz, die nicht an Geister glaubten – jedenfalls nicht offiziell –, tauschten einen unbehaglichen Blick. »Und woher willst du das so genau wissen?«, fragte Thankmar skeptisch. »Hast du solche Fälle schon früher erlebt?«

Tugomir schüttelte den Kopf. »Dieser Fluch ist sehr selten.« Aber der alte Dobromir, der sein Lehrer in den Heilkünsten gewesen war, hatte ihm so genau und unvergesslich beschrieben, wie dieser Fluch wirkte, dass Tugomir auf einen Blick gewusst hatte, was Prinz Ottos Leben bedrohte.

»Woher willst du dann wissen, dass es so ist?«, hakte Thankmar angriffslustig nach.

Tugomir verzog für einen Lidschlag die Mundwinkel nach oben. »Warum warten wir nicht einfach bis morgen früh? Wenn dein Bruder dann noch lebt, weißt du, dass ich recht hatte.« Er überlegte einen Moment, dann wies er Semela an: »Wechsel die Nesselumschläge und die kalten Kompressen. Dann brauche ich dich eine halbe Stunde nicht. Lauf hinüber in die Küche und lass dir alles aufzählen, was gestern Abend in der Halle aufgetragen wurde. Jede Zutat, hörst du.«

Der Junge nickte, wandte aber düster ein: »Ekkard reißt mir das Herz raus …«

»Prinz Thankmar wird dich begleiten.«

»Tatsächlich?«, fragte dieser, offenbar wider Willen belustigt.

»Erkläre dem Koch, worum es geht«, trug Tugomir ihm auf. »Er soll sich anstrengen, es ist wichtig.«

Thankmar führte Semela zur Tür. »Man kann merken, dass du es früher gewohnt warst, Befehle zu erteilen, Tugomir.«

Der wandte sich um und sah ihm ins Gesicht. »Es gab eine Zeit, da besaß ich mehr Ansehen als du. Und mehr Ehre.«

Thankmar lächelte. »Oh, das ist nicht weiter schwer …«

Es dauerte die halbe Nacht, bis die Krise gebannt war.

Tugomir wusste, dass es letztlich nicht die Atemnot war, die die in dieser Weise von den Geistern Verfluchten umbrachte, auch nicht das Fieber und erst recht nicht der Hautausschlag. Ihr Herz versagte früher oder später beim Kampf gegen das geheimnisvolle Gift. Entweder es zerbarst oder es verkohlte, hatte Dobromir gesagt, aber genau wisse er es nicht. Prinz Ottos Herz flatterte und stolperte durch die Nacht. Er verbrachte die dunklen Stunden irgendwo zwischen Schlaf und Ohnmacht, so unruhig, dass Tugomir schließlich nichts anderes übrigblieb, als seine Hände festzuhalten, damit er sich nicht die Umschläge herunterriss und blutig kratzte. Als der Hevellerprinz es nicht mehr aushielt, ihn zu berühren, fand er ein Stück Kordel und fesselte ihm die Hände. Thankmar, der mit übereinandergeschlagenen Beinen auf einem Schemel saß, den Rücken an die Bretterwand gelehnt und hin und wieder herzhaft gähnte, hinderte ihn nicht. Er war vermutlich hier, um dafür zu sorgen, dass Tugomir dem Kranken nicht den Rest gab, sobald er mit ihm allein war, doch er schien ebenso unwillig, seinen Bruder bei den Händen zu halten, wie Tugomir es war.

Kurz nach Mitternacht setzte die heilsame Wirkung der Stutenmilch – auf die Dobromir Stein und Bein geschworen hatte – endlich ein. Der Herzschlag wurde gleichmäßiger und kräftiger, und auch die Atmung beruhigte sich.

Als der Prinz die Augen aufschlug, lächelte er erleichtert. »Es wird besser«, flüsterte er. »Gott segne dich, Prinz Tugomir. Hab Dank …«

»Keine Ursache«, knurrte Tugomir und zwang einen weiteren Becher Stutenmilch seine Kehle hinab.

Er war kaum geleert, als die Königin auf leisen Sohlen hereinkam.

Mathildis schenkte dem slawischen Heiler nicht die geringste Beachtung, sondern beugte sich über ihren Sohn. »Wie geht es dir?« Ihre Sorge war unübersehbar, doch auch sie berührte ihn nicht, strich ihm nicht etwa das feuchte Haar aus der Stirn, und sie hielt einen Schritt Abstand zum Bett.

»Besser. Hab Dank, Mutter.« Höflich, doch ebenso reserviert wie sie.

Thankmar nickte Tugomir zu. »Komm mit mir. Die Königin wird bei Otto wachen. Es wird Zeit, dass wir unseren Teil des Handels erfüllen, denn der Tag ist nicht mehr fern.«

Die Nacht war lau und mondhell. Vor der Tür stand immer noch die angelsächsische Prinzessin. Man hätte meinen können, sie habe sich in all den Stunden überhaupt nicht gerührt, doch Tugomir entdeckte dunkle Staubflecken auf ihrem Rock, etwa in Kniehöhe. Vermutlich hatte sie die Nacht im Gebet verbracht.

»Wie geht es ihm, Thankmar?«, fragte sie. »Und keine schönen Lügen, bitte.«

»Viel besser, glaube ich. Was sagst du, Tugomir?«

Der hob kurz die Linke. »Für den Moment, ja. Aber der Fluch mag zurückkehren. Heute Abend wissen wir mehr.«

Editha nahm seine Rechte in beide Hände, führte sie an die Lippen und küsste seinen Handrücken. Es war keine impulsive Geste, sondern wirkte wohlüberlegt und würdevoll. »Ich stehe in Eurer Schuld, Prinz Tugomir.«

Er befreite seine Hand – aber nicht so schroff, wie er eigentlich wollte.

»Ich denke, du kannst hineingehen und nach ihm sehen«, sagte Thankmar zu ihr. »Die Königin ist bei ihm; es ist also nicht unschicklich.« Der Spott in seiner Stimme war nachsichtig, aber unüberhörbar.

Editha nickte und wandte sich zur Tür.

135

Thankmar führte Tugomir zum Pferdestall hinüber, weckte mit einem gut platzierten Tritt einen Stallknecht, der in der Sattelkammer schlief, und befahl ihm, zwei Pferde zu satteln.

»Einen Schimmel für mich«, verlangte Tugomir.

»Wozu?«, fragte Thankmar verdutzt.

»Das verstehst du nicht«, entgegnete Tugomir kurz angebunden. Schimmel waren die Pferde der Götter, ohne deren Hilfe er seine schwere Aufgabe nicht erfüllen konnte.

Thankmar hob gleichmütig die Schultern. »Also bitte. Du hast es gehört, Wido. Einen Schimmel für unseren wunderlichen Slawenprinzen.«

Der Stallknecht wandte sich gähnend ab.

Während sie draußen warteten, sagte Thankmar: »Die Panzerreiter lagern eine Meile außerhalb der Stadt am Fluss. Dort sind auch die Gefangenen. Wirst du mir schwören, dass du auf dem Weg dorthin nicht zu fliehen versuchst? Oder auf dem Weg zurück?«

Tugomir warf ihm einen ungläubigen Blick zu. »Ehe ich euch Sachsen irgendeinen Schwur leiste, werden den Fischen in der Elbe Flügel wachsen.«

Thankmar seufzte leise. »Du bist ein wirklich harter Brocken, Prinz Tugomir. Jetzt muss ich mitten in der Nacht Ketten besorgen.«

»Tu, was du willst. Aber ich werde euch schon nicht davonlaufen. Nicht heute Nacht jedenfalls. Nicht ehe die zwei Dutzend Männer, die der König mir geschenkt hat, sicher über den Fluss sind.«

Der Bursche brachte die Pferde. Mürrisch und verschlafen drückte er ihnen die Zügel in die Hand und machte kehrt, ohne auf Thankmars Erlaubnis zur warten.

Thankmar sah ihm ungläubig hinterher, schnalzte mit der Zunge und saß auf. »Also meinetwegen. Dann komm. Ich hoffe, du hast dir gut überlegt, was du tust. Wie willst du die Männer auswählen, die weiterleben sollen? Hast du keine Angst, dass die Gesichter der anderen dich bis ins Grab verfolgen werden?«

Tugomir schüttelte den Kopf und schwang sich in den Sattel. »Die Götter werden entscheiden, nicht ich.«

Sie ritten durch das bewachte Tor und im Mondschein hügelab. Die Pfalz – am südlichen Rand des Städtchens gelegen – war von einem hohen Palisadenzaun umgeben, aber der Ort selbst, kaum mehr als ein Marktflecken mit windschiefen Holzhäuschen und staubigen Straßen, die sich um einen zentralen Platz gruppierten, hatte keinerlei Befestigung. Wie einfach es wäre, ihn zu nehmen, dachte Tugomir. Wenn ein Heer von hundert unerschrockenen Kriegern die Elbe weiter nördlich überquerte und sich Magdeburg bei Nacht näherte, konnte es dieses traurige Nest in Brand stecken und einen Belagerungsring um die Pfalz ziehen, ehe die Wachen oben auf dem Wehrgang sich auch nur die Helme übergestülpt hatten …

Hinter dem Marktplatz führte die Straße nach rechts, und die beiden Reiter gelangten zurück zum Ufer des Flusses. Ein langgezogener Werder zerteilte die Elbe hier in zwei schmalere Ströme.

Tugomir wies zu der Insel hinüber. »Warum habt ihr eure Pfalz nicht dort gebaut? Ihr wäret von allen Seiten vom Wasser geschützt.«

»Hm«, machte Thankmar trocken. »Uneinnehmbar wie die Brandenburg, meinst du, ja?«

Tugomir hob die Schultern. »Wäre die Havel nicht zugefroren, hättet ihr die Brandenburg niemals eingenommen.«

»Aber es kommt eben vor, dass Flüsse im Winter zufrieren, und dann sitzt man auf seiner Burg in der Falle. Wobei ich zugebe, dass die Pfalz hier überhaupt keinen Schutz bietet. Dein kleiner Neffe könnte sie mit einem Spielzeugbogen einnehmen. Ich habe schon oft versucht, mit dem König darüber zu reden, aber …«

»Aber was?«

»Mir fiel gerade ein, dass es unklug sein könnte, ausgerechnet dir zu erzählen, wo unsere Schwächen liegen und welche Pläne der König hat oder nicht hat.«

Tugomir schnaubte. »Du scheinst in Bezug auf meine Zukunft weitaus zuversichtlicher zu sein als ich.«

»Zuversicht gehört zu meinen schöneren Eigenschaften«, räumte Thankmar ein. »Sie sind nicht sonderlich zahlreich, weißt du, und mir deswegen besonders teuer.«

Tugomir dachte, dass er sich wirklich vorsehen musste. Wenn er nicht aufpasste, lief er Gefahr, seinen Hass auf diesen sächsischen Prinzen zu verlieren. Um sich von der freundschaftlichen Anwandlung zu kurieren, fragte er: »Wie werden sie sterben? Die Redarier und Obodriten?«

»Sie werden enthauptet«, antwortete Thankmar. »Graf Thietmar … kennst du ihn? Er ist Geros Vater.«

»Ich weiß.«

»Er hatte sich etwas viel Originelleres für sie ausgedacht, aber der König hat anders entschieden. Er habe keine Zeit für solchen Firlefanz, hat er gesagt. Das sagt er gern. Alles, was ihm nicht passt, nennt er ›Firlefanz‹.«

»Nun, in diesem Fall sollte ich ihm wohl dankbar sein«, gab Tugomir zurück. Es war der ehrenvollste Tod, den ein Gefangener erhoffen konnte.

»Komm schon, in Wahrheit denkst du doch, dass die Obodriten es alle verdient hätten, in einem Weidenkorb über einem Feuer zu rösten. Ihr Heveller verabscheut die Obodriten, richtig?«

»Du kennst dich gut aus bei uns … wie sagt ihr? Bei uns Barbaren.«

»Ich halte es für klug, meine Feinde zu studieren, Prinz Tugomir. Genau wie du. Also?«

»Man hat mich gelehrt, dass alle Obodriten hinterhältige Feiglinge sind, ja. Sie haben die Götter verraten und sich eurem Buchgott zugewandt. Aber jetzt sind sie auf einmal unsere Verbündeten. Haben wir uns geirrt? Ich weiß es nicht. Mein Vater muss jedenfalls einen guten Grund gehabt haben, sich mit ihnen zusammenzutun. Kein Heveller hat die Obodriten mehr gehasst als mein Vater.«

»Warum?«

Wegen seiner Mutter, natürlich. Ausgerechnet von einem obodritischen Fürstensohn hatte sie es sich besorgen lassen. Fast noch ein Knabe, den die Heveller bei einem Kriegszug gegen die verhassten Nachbarn gefangen genommen hatten und gegen ein Vermögen an Silber wieder hergeben wollten. Aber dazu war es nie gekommen. Der Obodritenprinz hatte erst sein Gemächt verloren,

138

dann die Augen und zuletzt das Leben. Tugomir rätselte oft, was seine Mutter zu solch einer ungeheuerlichen Tat veranlasst haben mochte. Sie hatte ja nicht nur ihren Mann betrogen – was Grund genug gewesen wäre, sie brennen zu lassen –, sondern sie hatte obendrein ihren Fürsten und ihr ganzes Volk verraten. Manchmal fragte er sich, ob sie ihren Vater vielleicht aus tiefster Seele gehasst hatte. Und falls ja, warum. Sie waren ausgesprochen beunruhigend, diese Fragen. Aber gerade deswegen gaben sie niemals Ruhe.

»Ihr habt doch hoffentlich nicht Eure Zunge verschluckt, edler Prinz Tugomir?«, erkundigte Thankmar sich besorgt.

»Nein«, knurrte er. »Aber genau wie du frage ich mich, wie klug es ist, gerade dir von unseren Plänen, unseren Bündnissen und Feindschaften zu berichten.«

»Hm. Zu schade. Ich hätte es gerne gewusst. Und da sind wir schon.« Er wies auf die ersten Wachfeuer, die vielleicht noch hundert Pferdelängen entfernt vor ihnen flackerten.

Tugomir nickte. Er hatte sie längst gesehen, und er spürte sein Herz in der Kehle flattern. Er fürchtete sich vor dem, was er hier zu tun hatte.

»Wer reitet da?«, rief eine barsche Stimme, und ein Wächter nahm ein brennendes Scheit aus dem Feuer und trat den beiden Reitern entgegen.

Sie hielten an, und Thankmar antwortete: »Prinz Tugomir vom Volk der Heveller und ich.«

»Prinz Thankmar …«

»Genau.«

Der Wachmann wurde ganz fahrig vor Ehrfurcht. Er verbeugte sich, wobei ihm die provisorische Fackel aus der Hand fiel und auf seinem Fuß landete. Er zog zischend die Luft durch die Zähne.

Thankmar bedachte ihn mit einem Kopfschütteln. »Wer hat hier heute Nacht das Kommando?«

»Euer Vetter, Graf Siegfried, mein Prinz.«

»Das trifft sich gut«, erwiderte Thankmar und raunte Tugomir zu: »Geros älterer Bruder, und von etwas maßvollerem Temperament.« Er überlegte einen Moment, ehe er dem Wachmann befahl: »Führe diesen Mann hier zu den slawischen Gefangenen. Behalt ihn im Auge, aber sei höflich zu ihm. Gib ihm Licht und alles, was er sonst noch braucht, verstanden?«

Der Soldat nickte eifrig.

»Also gut. Dann wollen wir Vetter Siegfried mal aus dem Schlaf reißen.« Thankmar hob die Hand, als wolle er sie Tugomir auf die Schulter legen, und ließ sie dann hastig wieder sinken. »Viel Glück, mein Barbarenprinz. Gott, ich beneide dich wirklich nicht.«

König Heinrichs Panzerreiter lagerten auf einem Stoppelfeld, und es waren mehr, als Tugomir sich in seinen schlimmsten Albträumen vorgestellt hätte. Zelte standen in unordentlichen Haufen beieinander, aber viele der Soldaten lagen auch einfach in Decken gewickelt an ihren verloschenen Kochfeuern. Und Tugomir entdeckte weit und breit niemanden, der sie bewachte. »Wieso laufen sie nicht scharenweise davon?«, fragte er. »Wollt ihr denn nicht alle nach Hause, um eure Ernte einzubringen?«

Sein Bewacher schüttelte den Kopf. »Keiner von uns muss säen und ernten.«

»König Heinrich *bezahlt* euch?« Bei allen Göttern, er muss viel reicher sein, als ich dachte.

Aber der Soldat belehrte ihn eines Besseren: »Nein, nein. Es funktioniert so: Jeder neunte Mann aus jedem Dorf wird Soldat. Jedes Dorf entscheidet selbst, wen es schickt. Die anderen acht Männer bestellen für den neunten die Felder, versorgen sein Vieh, haben ein Auge auf sein Weib und seine Bälger und so weiter. Das hat der König sich ausgedacht, damit wir uns gegen die Ungarn wehren können, wenn sie wiederkommen. Schlau, was?«

Und gegen uns hat er sie erprobt, seine Berufssoldaten, dachte Tugomir. Er nickte wortlos.

»Und das ist noch nicht alles«, fuhr der Mann stolz fort. »Er hat auch überall im Land Fluchtburgen bauen lassen, wo die Bauern nach einem bestimmten Plan Vorräte einlagern müssen. Da können dann alle hin und haben genug zu essen. Wenn die Ungarn kommen, mein ich.«

»Die Slawen sollten es auch so handhaben«, gab der Heveller-prinz zurück. »Wenn die Sachsen kommen, meine ich.«

Wie er gehofft hatte, verschlug das dem Wachmann vorüber-gehend die Sprache.

Überall im Lager wimmelte es von Pferden. Sie standen zu-sammengebunden auf provisorischen Koppeln oder vor den Zelten angepflockt und erfüllten die warme Nachtluft mit ihrem Geruch. Dagegen war nichts einzuwenden – Pferde rochen wesentlich bes-ser als so mancher Sachse, hatte Tugomir festgestellt.

Der Wachmann brachte ihn zu einem Platz in der Mitte des Lagers, der von einem engen Ring aus Wachfeuern erhellt war, jedes flankiert von zwei Bewaffneten. Tugomir führte sein Pferd am Zügel.

»Dieser hier darf zu den Gefangenen, sagt Prinz Thankmar«, erklärte Tugomirs Begleiter seinen Kameraden, die sie bereitwillig passieren ließen.

Als sie die Wachfeuer hinter sich ließen, erkannte Tugomir zwei Gruppen von Männern, die ein gutes Stück voneinander ge-trennt im Gras saßen oder lagen, an Händen und Füßen gefesselt.

Tugomir drückte dem Wachmann die Zügel in die Hand. »Warte hier.«

Er nahm ihm die Fackel ab und ging zuerst zu den Obodriten. Sorgsam achtete er darauf, dass sein Schritt sich nicht verlang-samte. Niemand durfte merken, wie sehr ihm graute.

Einige der Krieger kamen ungeschickt auf die Füße, als er sich näherte.

»Wer bist du?«, fragte einer ihn angriffslustig, ein langer Kerl um die dreißig, dessen verfilztes blondes Haar bis auf die breiten Schultern reichte. »Ein Heveller«, fügte er hinzu, als er ihn er-kannte.

»Mein Name ist Tugomir. Fürst Vaclavic ist mein Vater. Oder war, ich bin nicht sicher.«

»Da kann ich dir auch nicht weiterhelfen. Als ich ihn das letzte Mal sah, war er noch munter genug, um mit den Seinen vom Schlachtfeld zu fliehen.« Er spuckte ins Gras.

Tugomir biss einen Moment die Zähne zusammen und rang

mit Mühe den Drang nieder, ihm die Fackel ins Gesicht zu drücken. »Da die Sonne bald aufgeht, hoffe ich, das war die letzte Verleumdung, die du gegen mein Volk und meinen Vater ausgesprochen hast. Bist du der Anführer dieses armseligen Häufleins?«

»Nein, das bin ich.« Ein älterer Mann trat zu ihm, seine Schritte wegen der Fußfesseln klein und schlurfend. »Mein Name ist Draschko.«

Tugomir sah die Tätowierungen, noch ehe der Priester die Hand zum Göttergruß hob. Offenbar waren doch nicht alle Obodriten zum Gott der Sachsen übergelaufen, schloss Tugomir erleichtert. Er erwiderte den Gruß.

»Wieso lebst du noch, Prinz Tugomir? Hat der Sachsenkönig dich und deine Schwester nicht als Geiseln genommen, um Fürst Vaclavic zum Frieden zu zwingen?«

»Doch.« Er wusste nicht so recht, wie er erklären sollte, dass Gero unterbrochen worden war, als er ihn zu Tode quälen wollte, und in dem anschließenden Durcheinander durch den Aufbruch der Panzerreiter und die Ankunft der angelsächsischen Prinzessinnen die Vollendung seiner Hinrichtung irgendwie vergessen worden war. »Ich … Die Götter haben es gefügt, dass König Heinrich glaubt, in meiner Schuld zu stehen. Darum hat er mein Leben und das meiner Schwester geschont, zumindest fürs Erste. Und das ist nicht alles.« Er brach ab.

»Ja?«, fragte Draschko mit unverkennbarer Ungeduld. »Was weiter?«

Tugomir zwang sich, ihm in die Augen zu sehen. »War irgendwer so höflich, euch zu sagen, dass ihr morgen alle hingerichtet werdet?«

»Allerdings. Geröstet, hat einer die Wachen sagen hören.«

»Enthauptet«, entgegnete Tugomir kopfschüttelnd.

»Pah«, machte der alte Priester angewidert. »Und jetzt sollen wir dir dankbar sein, ja?«

»Ich hatte nichts damit zu tun«, stellte Tugomir klar. »Und deine Dankbarkeit ist das Letzte, woran mir gelegen ist. Hör zu: König Heinrich will zwölf von euch schonen und frei lassen. Und zwölf Redarier.«

»*Was?* Ist er auf seine alten Tage weichlich geworden?«, höhnte der mit dem verfilzten Haar.

Tugomir beachtete ihn nicht, sondern sprach weiter zu dem Priester. »Ihr könnt selbst entscheiden, wen ihr heimschicken wollt, oder die Wahl den Göttern überlassen.«

»Das muss eine Falle sein«, argwöhnte Draschko.

Tugomir erstaunte sich selbst, als er sagte: »Nein. König Heinrich ist grausam und gierig nach Macht und Silber. Aber hinterhältig ist er nicht.« Im Gegensatz zu euch, fügte er in Gedanken hinzu. »Beratet euch, während ich mit den Redariern spreche. Aber lasst euch nicht zu viel Zeit. Die Männer müssen ausgewählt sein, ehe es hell wird.«

Er machte auf dem Absatz kehrt, ohne eine Antwort abzuwarten.

Bei den Redariern wurde er freundlicher empfangen, aber auch von ihnen wusste keiner, was aus seinem Vater und den Hevellerkriegern geworden war. Pribislav, ihr Anführer, war ein schwarzhaariger Krieger und kaum älter als Tugomir. Sein Obergewand war blutbesudelt und so zerfetzt, dass man freien Blick auf seine unglaublichen Brust- und Armmuskeln hatte.

»Wir lassen die Götter entscheiden«, sagte er ohne das geringste Zögern.

Tugomir nickte. »Dann sag deinen Männern, sie sollen sich in zwölf gleich große Gruppen aufteilen. Einer aus jeder Gruppe behält sein Leben.«

Er hatte von dem Wachsoldaten, der ihn hergeführt hatte, einen Korb voll Äpfel verlangt und unter einigem Stirnrunzeln und Kopfschütteln auch bekommen. Mit dem Speisemesser, das er am Gürtel trug, schnitt er die Früchte in kleine Stücke und legte sie zurück in den Weidenkorb. Dann nahm er dem Pferd Sattel und Zaumzeug ab. Es war ein langmütiger Wallach, der seine besten Jahre hinter sich hatte, und machte keinerlei Anstalten, die Gelegenheit zur Flucht zu ergreifen. Tugomir fuhr ihm in langen, gleichmäßigen Strichen über den Hals. Er sprach nicht, und er betete auch nicht. Tugomir hatte gelernt, dass Worte die Götter nicht erweichen konnten. Und selbst wenn – er hätte nicht gewusst, was er erbitten sollte. Er war froh, dass es ihm gelungen war, König Heinrich diese zwei Dutzend Menschenleben abzutrotzen, denn es linderte dieses grauenhafte Gefühl von Hilflosigkeit, das ihn begleitete, seit er in der gefallenen Brandenburg neben seinem toten Bruder aufgewacht war. Aber er hätte nicht gewusst, wie er die Männer aussuchen sollte, die weiterleben durften, und er war erleichtert, diese Wahl den Göttern zu überlassen.

Unterdessen hatte Pribislav den Redarierkriegern erklärt, warum Tugomir hier war. Sie hatten seine Anweisung befolgt, ruhig und größtenteils schweigend, so als ginge es hier um die Verteilung der Abendrationen. In zwölf Gruppen von rund zehn Männern standen sie beisammen und sahen dem fremden jungen Priester entgegen, der die Hand um die Mähne seines weißen Götterpferdes gelegt hatte, das ihm bereitwillig folgte.

Tugomir blieb bei der ersten Gruppe stehen und hielt ihnen den Weidenkorb hin, den er in der Linken trug. »Jeder nimmt ein Apfelstück in die rechte Hand. Geht zwei Dutzend Schritte in diese Richtung.« Er wies nach Osten, wo der Himmel sich nebelgrau zu verfärben begann. »Stellt euch Schulter an Schulter und streckt die Hand mit dem Apfel vor euch aus.«

Sie nickten. Ein jeder verstand, wie das Losorakel vonstattengehen sollte, denn es kam häufig vor, dass die Priester den Willen der Götter mit Hilfe eines Pferdes erkundeten. Die Männer schlurften in die gewiesene Richtung, und als sie sich ein gutes Stück entfernt hatten, drehten sie sich um, stellten sich in einer Reihe auf und streckten die gebundenen Hände vor sich aus.

Tugomir führte den Schimmel auf sie zu, ließ die Mähne aber nach wenigen Schritten los. Das Pferd hatte die verführerischen Apfelstücke längst gewittert und hielt zielstrebig auf die Reihe der Krieger zu. Erst schien es die Mitte anzusteuern, wandte sich dann aber ein wenig nach Süden, blieb bei dem vorletzten Mann am rechten Ende der Reihe stehen und nahm das dargebotene Apfelstück zwischen die weichen Lippen. In der vollkommenen Stille schien das Mahlen der Pferdezähne ohrenbetäubend.

Der Ausgewählte ließ erst die Hände, dann den Kopf sinken und fiel auf die Knie, während seine Kameraden sich einige Schritte von ihm entfernten. Sie standen dicht beieinander und betrachteten den Außenseiter schweigend. Es war zu dunkel, um ihre Gesichter zu erkennen, aber Tugomir konnte sich vorstellen, was sie empfanden. Er nahm sein Pferd wieder bei der Mähne, das Anstalten machte, den Todgeweihten auf die Pelle zu rücken, um auch deren Apfelstücke zu bekommen. Mit der anderen Hand zog Tugomir den Knienden auf die Füße und sagte zu den anderen: »Ihr solltet nicht ihn hassen. Ich war es, der euch einen Funken Hoffnung gebracht und jetzt wieder genommen hat. Aber entschieden haben die Götter. Vergesst das nicht.«

Sie nickten. Keiner schaute ihm in die Augen, und dafür war er dankbar.

Tugomir führte den Schimmel wieder ein Stück weg und befahl: »Die Nächsten.«

Bei der vierten Gruppe gab es ein wütendes Gerangel, nachdem die Götter ihre Wahl getroffen hatten, das eine Prügelei geworden wäre, wären die Kontrahenten nicht gefesselt gewesen. Ansonsten verlief das Auslosen ruhig und geordnet, und als die letzte Gruppe sich aufstellte, fragte Tugomir den Anführer der Redarier: »Was ist mit dir?«

Doch Pribislav schüttelte den Kopf. »Wir sind ein besiegtes Volk, Prinz Tugomir. Ich will nicht heimkehren, um ein Sklavendasein unter der Knute der verfluchten Strohköpfe zu führen. Die Götter haben mir den Tod in der Schlacht verwehrt, darum bleibt mir nur der Tod, den die Sachsen mir schenken.«

Tugomir nickte. »Ich könnte in Versuchung geraten, dich zu beneiden.«

»Aber das solltest du nicht«, entgegnete Pribislav. »Ich bin ein Krieger. Das war immer das Einzige, was ich sein wollte. Das Einzige, was ich sein *kann*. Und mein Krieg ist verloren. Du bist ein Fürst.«

»Du irrst dich«, widersprach Tugomir. »Ich bin eine Geisel, machtlos wie ein Schatten.«

»Du bist ein Fürst«, beharrte Pribislav stur. Er machte eine vage Geste zu den Männern hinüber, die sich in zwei ungleiche La-

145

ger aufgeteilt hatten: die Geretteten und die Verlorenen. »Das war keine leichte Aufgabe. Aber sie haben getan, was du sagtest, obwohl die meisten alt genug sind, um dein Vater zu sein. Du bist ein Mann, dem andere bereitwillig folgen. Und in den Zeiten, die jetzt kommen werden, braucht unser Volk solche Männer mehr denn je. Darum würde ich sagen, *dein* Krieg fängt gerade erst an.«

Es blieb Tugomir erspart, das Losorakel auch bei den Obodriten durchzuführen, denn sie hatten sich selbst darauf verständigt, wer die zwölf sein sollten, die weiterleben durften. Die Einigung war nicht ohne hitzige Wortgefechte und Rangeleien vonstattengegangen, aber dennoch schnell. Als Tugomir mit den zwölf Redariern auf die andere Seite des Gefangenenlagers zurückkam, stand Draschko mit seinem Dutzend bereit. Er selbst zählte dazu.

Tugomir gab keinen Kommentar ab. Er brachte die Männer zu Prinz Thankmar, der mit einem großgewachsenen, flachshaarigen Sachsen vor einem Zelt stand und einen Becher Wein teilte.

»Die Wahl ist getroffen«, sagte Tugomir. »Dies sind die Männer.«

Thankmar nickte und wies die Wachen an: »Nehmt ihnen die Fesseln ab. Wenn die Sonne aufgeht, gebt ihr ihnen ein wenig Proviant und setzt sie über den Fluss.«

Im Licht der Fackeln betrachtete sein Begleiter die slawischen Gefangenen. »Und *das* waren die besten, die du finden konntest?«, fragte er Tugomir ungläubig.

Der Hevellerprinz ging nicht darauf ein, sondern übersetzte den Auserwählten, was Thankmar befohlen hatte. »Sie werden tun, was er sagt«, fügte er hinzu. »Ich glaube nicht, dass sie euch auf der anderen Flussseite einfach abschlachten und für die Krähen liegen lassen. Seid guten Mutes, und blickt nicht zurück. Geht nach Hause und lebt. Mögen die Götter euch begleiten.«

Der sächsische Hüne packte ihn am Ellbogen und knurrte: »Was redest du da in deiner gottlosen Sprache? Lass dir ja nicht einfallen, diese Jammergestalten zu einem neuen Aufstand aufzuwiegeln.«

»Siegfried«, mahnte Thankmar mit einem ungeduldigen Seufzer. »Vergiss nicht, es sind die Befehle des Königs.«

Der junge Graf stieß angewidert die Luft aus. »Das soll verstehen, wer will.« Und in Tugomirs Richtung fügte er hinzu: »Dann kriegen wir sie eben beim nächsten Mal. Und dann werden sie brennen, ich schwör's.«

Tugomir sah zu Thankmar. »Sagtest du ›maßvoll‹?«

Der Prinz lachte in sich hinein und gab Siegfried den geleerten Becher zurück. »Hab Dank, Vetter.« An Tugomir gewandt, fügte er hinzu: »Lass uns zurückreiten, mein barbarischer Freund. Zeit, nach meinem armen Brüderchen zu sehen, denkst du nicht?«

Tugomir schüttelte den Kopf. »Ich muss hierbleiben, bis die Gefangenen hingerichtet sind.«

»Warum in aller Welt willst du dir das antun?«

»Weil ich es ihnen schuldig bin.« Und weil das eben die Aufgabe war, die die Götter ihm zugewiesen hatten: Er musste der Zeuge ihres Untergangs sein.

Doch Prinz Thankmar hatte keinen Respekt vor Tugomirs Göttern. Er führte den Hevellerprinz ein paar Schritte weg von Siegfried und den Wachen. »Du hast mein Wort, dass die zwei Dutzend sicher über den Fluss kommen und die übrigen mit Anstand aus der Welt geschafft werden.«

Tugomir warf einen vielsagenden Blick auf Graf Siegfried. »Ich habe Zweifel.«

»Sie sind unbegründet. Im Gegensatz zu seinem hitzköpfigen Bruder tut Siegfried immer nur, was seinen eigenen Interessen dienlich ist. Er weiß, dass ich unter den Panzerreitern viele Freunde habe und darum erfahren würde, wenn er die Befehle des Königs missachtet. Und er weiß, dass das seinen Interessen ganz und gar nicht dienlich wäre.«

»Aber ich will …«

»Schluss jetzt«, unterbrach Thankmar ihn unwirsch. »Du scheinst zu vergessen, dass auch du nur ein Gefangener bist. Was du willst, ist nicht von Belang. Wir reiten zurück. Jetzt.«

Tugomir verschränkte die Arme. »Was bist du für ein Waschweib, dass es dir so davor graut, ein paar Dutzend Männer sterben zu sehen, edler Prinz.«

Thankmars Miene wurde erwartungsgemäß finster, und er

ballte die Rechte. Doch dann zögerte er, schien einen Moment zu überlegen und grinste schließlich. »Nicht übel. Aber wenn du mich mit Worten schlagen willst, musst du noch ein wenig schlauer werden, scheint mir. Also was ist jetzt? Wollen wir? Oder muss ich dich für den Rückweg nun doch noch in Ketten legen lassen?«

Tugomir bedachte ihn mit einem vernichtenden Blick und saß auf. Thankmar folgte seinem Beispiel, und schweigend ritten sie aus dem Lager. Über den Wäldern jenseits der Elbe brach der Tag mit einem Morgenrot an, dessen Farbe so tief und kräftig war, dass sie an frisch vergossenes Blut erinnerte.

»Wie angemessen«, bemerkte Thankmar. Doch der Spott schien ihm zur Abwechslung einmal abhanden gekommen zu sein.

Tugomir wandte ihm das Gesicht zu und brach sein eisiges Schweigen. »Warum? Wieso verwehrst du mir, diesen Männern meinen Respekt zu erweisen? Was hätte es dich gekostet?«

»*Mich?* Überhaupt nichts«, räumte Thankmar achselzuckend ein. »Aber dich. Ich kann ehrlich keinen Sinn darin erkennen, sich selbst so völlig nutzlos zu quälen.«

»Oh, das glaub ich aufs Wort«, entgegnete Tugomir. »Du hast es lieber bequem, nicht wahr?«

»So ist es. Und was ist mit dir? Du kommst mir vor wie ein Mann, der ständig nach dem nächsten Feuer sucht, in das er seine Füße halten kann. Du sammelst abscheuliche Erinnerungen wie andere Männer Pferde oder Silberplatten sammeln.«

»Ich sammle Gründe, euch zu hassen«, entgegnete Tugomir. »Und sie sind nie schwer zu finden, glaub mir.«

»Aber was willst du denn damit? Was findest du so unwiderstehlich daran, dir selbst das Leben bitter zu machen?«

»Moment. Ich mache mir selbst das Leben bitter, sagst du, ja? Wer war es doch gleich wieder, der grundlos die Brandenburg überfallen und meinen Bruder getötet hat? Meine Schwester geschändet und mich hierher verschleppt? Das Volk der Daleminzer *ausgelöscht* ...«

»Ja, ich weiß, ich weiß«, ging Thankmar ungeduldig dazwischen. »All das ist geschehen und ziemlich grässlich für dich, das will ich dir gern zubilligen. Aber ganz gleich, was du tust oder sonst irgendwer tut, nichts wird diese Dinge ungeschehen machen. Und sind wir mal ehrlich: Deine Schwester ist in Sicherheit an einem Ort, wo sie niemals wird hungern oder frieren oder hart arbeiten müssen. Du bist nicht eingekerkert, und du bist unversehrt, wenn du nicht gerade Gero in die Hände fällst. Hätte auch schlimmer kommen können. *Viel* schlimmer.«

»Du hast wirklich recht«, höhnte Tugomir. »Ich sollte mich ein wenig dankbarer zeigen.«

Thankmar ließ die Zügel los, um hilflos die Arme hochzuwerfen. »Ich kann dich einfach nicht verstehen. Sollte sich wirklich herausstellen, dass du meinem Bruder das Leben gerettet hast, dann bist du ein großer Heiler, Tugomir. Nur was hast du davon, wenn du alle verabscheust, die du heilst?«

»Macht.«

»Wie bitte?«

»Macht. Du fragst, was ich davon habe, die zu heilen, die ich verabscheue, und die Antwort lautet: Macht über sie. Wenigstens ein klein wenig. Nur deswegen konnte ich diese Männer retten. Und wo wir gerade davon sprechen, Prinz Thankmar: Ich will Semela. Als persönlichen Diener oder irgendetwas in der Art.«

»Semela? Diesen Daleminzerjungen?«, fragte Thankmar entgeistert. »Aber er arbeitet in der Küche, oder nicht? Ich nehme an, er wird dort gebraucht. Wir finden einen anderen Diener für dich und …«

»Semela«, unterbrach Tugomir entschieden. »Er ist mir ein brauchbarer Gehilfe. Und der Koch verprügelt ihn ständig. Damit wird jetzt Schluss sein. Besser, ihr gebt mir den Jungen, sonst wird der Koch in absehbarer Zeit ein rätselhaftes und qualvolles Ende erleiden.« Er sah dem Prinzen in die Augen und lächelte. »Nicht alle Kräuter, die die Götter uns schenken, sind der Gesundheit zuträglich, verstehst du?«

149

Möllenbeck, September 929

»Du hast es verdient zu leiden«, beschied Schwester Irmgardis. »Du hättest noch viel Schlimmeres verdient, liederliche, heidnische Hure, die du bist!«

Dragomira drehte den Kopf zur Wand und schloss die Augen. Wenn du wüsstest, *wie* schlimm es ist, wärst du zufrieden, dachte sie.

»Wieso schreist du nicht, he? Alle Wöchnerinnen schreien. Das ist natürlich, das ist richtig, das hat Gott so gefügt. Aber du nicht! Was seid ihr Slawen für widernatürliche Wilde? Sieh sie dir an, Gertrudis, sie gebiert ohne einen Laut, wie eine *Kuh!*«

»Aber Schwester Irmgardis, wieso bist du so hartherzig?«, fragte Gertrudis beklommen. »Sieh doch nur, wie ihr Gesicht sich verzerrt. Hör, wie sie keucht. Sie leidet wie jede andere Wöchnerin auch. Außerdem ist sie jetzt unsere Schwester, und wir sollten ihr beistehen.«

Dragomira hätte sie gern mit einem Lächeln belohnt, denn Gertrudis war ein schüchternes und ängstliches Geschöpf, nicht älter als sie selbst, und für gewöhnlich gab sie niemals Widerworte. Umso dankbarer war Dragomira ihr. Doch ihr Lächeln geriet zu einer Grimasse, weil die nächste Wehe sie packte. Sie biss die Zähne zusammen und ballte die Hände zu Fäusten, um still zu bleiben. Das hatte sie sich geschworen. Eine wahre Fürstentochter gebar ihre Kinder klaglos, hatte man sie gelehrt. Und das wollte sie sein, eine wahre Fürstentochter, auch wenn ihr Vater niemals von ihrer Tapferkeit erfahren würde. Aber es wurde immer schlimmer. Sie fing an, sich zu sorgen, dass sie ihren guten Vorsätzen nicht würde treu bleiben können …

Eine warme, trockene Hand schloss sich um ihre Faust. »Du darfst dich nicht so verkrampfen«, sagte die Hebamme. »Davon wird der Weg für dein armes Kind nur noch enger.«

Dragomira nickte. Sie sah der Frau aus dem Dorf in die Augen und versuchte, ihren Leib zu entspannen. Damit ihr Kind den Weg hinaus in die Welt finden konnte. Damit das hier ein Ende nahm …

»Wie lange noch?«

»Nicht mehr lange«, sagte die Hebamme tröstend und zeigte ein beinah zahnloses Lächeln.

»Das hat sie heute Mittag auch schon gesagt, und jetzt geht die Sonne bald unter«, brummte Irmgardis ungehalten.

Dragomira atmete zweimal tief durch und schaute zu ihr auf. »Wenn du etwas Dringendes zu erledigen hast, dann … lass dich nicht aufhalten, Schwester.« Sie musste wieder keuchen, und es kam ihr vor, als liefe der Schweiß in Strömen über ihr Gesicht, über Hals und Brust. Und dann überrollte sie eine solche Woge von Schmerz, wie sie es nie für möglich gehalten hätte. Ihr Blick trübte sich. Ihr Mund öffnete sich zum Schrei, ihre Lungen füllten sich mit Luft. Doch sie presste die Lippen wieder zusammen und ließ den Schrei, wo er war.

»Es ist besser, du lässt es raus«, riet die Hebamme und massierte ihr mit sanften Fingern den Bauch.

Dragomira schüttelte den Kopf. »Nicht für mich. Ich muss …« Die nächste Welle kündigte sich an, schlimmer als zuvor, und beinah hätte Dragomira vergessen, dass sie eine Fürstentochter war.

Die Hebamme kniete sich zwischen ihren Beinen auf das dick aufgeschüttete Strohlager. »Es ist gleich so weit.«

Dragomira weinte. Immer noch stumm, aber bitterlich.

Die Tür zu ihrer Kammer öffnete sich mit dem vertrauten Quietschen. »Wie steht es?«, fragte die Mutter Oberin gedämpft.

Niemand antwortete. Dragomira öffnete die Augen und ertappte die Hebamme bei einem Kopfschütteln mit sorgenvoller Miene. »Was ist denn?«, fragte sie, und mit einem Mal war die Angst schlimmer als die Schmerzen. »Was stimmt denn nicht?«

»Steißgeburt, nehme ich an«, brummte Irmgardis mit unverhohlener Befriedigung.

»Da spricht die Expertin«, bemerkte Hilda von Kreuztal, die Äbtissin, trocken, und Dragomira spürte trotz allen Elends ein Kichern in ihrer Brust zittern, denn alle wussten, dass Schwester Irmgardis eine vertrocknete alte Jungfer war. »Antworte der Prinzessin, Jutta«, bat Äbtissin Hilda die Hebamme, und wie immer sprach sie ruhig, aber mit Autorität. »Sie hat ein Recht zu wissen, was mit ihr geschieht.«

151

»Das Kind liegt richtig, ehrwürdige Mutter«, versicherte die Hebamme. »Aber es will einfach nicht heraus. Das Becken ist zu schmal, das hab ich ja gleich gesagt.«

Dragomira legte einen Arm über die Augen. »Ich habe mir weder mein Becken noch diese Schwangerschaft ausgesucht.«

Eine kühle, schmale Hand legte sich auf ihre Stirn, eine zweite schob den Arm von ihrem Gesicht. »Du wirst dich einfach noch ein wenig länger in Geduld fassen müssen«, sagte die Äbtissin. »Als ich meinen Agilbert bekam, war es genauso, und ich dachte, es werde mich umbringen. Aber das hat es nicht. Und ich war nicht so tapfer wie du, glaub mir.« Sie lächelte.

Das gab Dragomira den Rest. Sie klammerte sich an die Hand und gestand: »Ich bin nicht tapfer. Ich hab Angst.«

Hilda bedeutete Irmgardis mit einem Blick, den Schemel neben dem Strohlager zu räumen, und nahm ihren Platz ein. »Ich weiß, dass es schrecklich ist. Aber du brauchst dich nicht zu fürchten, mein Kind. Jesus Christus steht dir bei, glaub mir. Er hält deine Hand genauso, wie ich es tue, auch wenn deine Finger es nicht spüren können. Deine Seele spürt es. Er ist bei dir und beschützt dich. Er teilt dein Leid und macht es wieder gut, du wirst sehen.«

Dragomira war erst seit zwei Wochen hier und war sich nicht sicher, wer genau dieser Jesus Christus sein sollte, aber die Anwesenheit der Mutter Oberin tröstete sie und gab ihr ein wenig Zuversicht. Bleib bei mir, dachte sie, geh nicht weg wie meine richtige Mutter, bleib bei mir und lass mich nicht allein. Aber natürlich durfte eine Fürstentochter dergleichen nicht laut aussprechen.

Dennoch schien irgendwer ihr Flehen gehört zu haben, denn Äbtissin Hilda wich nicht mehr von ihrer Seite, schickte die junge Schwester Gertrudis nach Wein und Irmgardis zur Komplet, sodass die kleine Kammer nicht mehr so überfüllt war.

»Wo ist Mirnia?«, fragte Dragomira zwischen zwei Wehen.

»Ich habe sie fortgeschickt«, antwortete die Äbtissin. »Für den Fall, dass sie selber schwanger ist, schien es mir klüger, sie hier heute nicht zuschauen zu lassen. Sie ist drüben im Obstgarten und hilft bei der Birnenernte.«

»Ich hoffe, sie … ist nicht schwanger. Mein Kind ist … wenigstens in Liebe gezeugt.«

»Dann solltest du dich glücklich schätzen. Die wenigsten Kinder sind das, scheint mir. Möge der Herr deines segnen.«

»Egal, ob er es segnet, sie werden mein Kind trotzdem einen Bastard nennen.«

»Darüber darfst du dich jetzt nicht bekümmern, Dragomira. Erst einmal musst du es zur Welt bringen, dein Kind der Liebe.«

Das tat sie eine Stunde nach Einbruch der Dunkelheit und etliche Stunden nachdem sie geglaubt hatte, sie sei am Ende.

»Es ist ein Junge«, verkündete die Hebamme stolz. »Ein kräftiger, gesunder Junge.«

Dragomira stützte sich auf die Ellbogen. »Gebt ihn mir.«

Die Hebamme hielt das schreiende Neugeborene in den Händen und sah unsicher zur Mutter Oberin.

»Gebt ihn mir!«, verlangte Dragomira mit mehr Nachdruck. »Ich weiß, dass ich ihn nicht behalten kann, aber er ist mein Sohn, und ich will ihn halten.«

Die Äbtissin nickte der Hebamme zu, die das Kind der Mutter auf den Bauch legte. Es war verschmiert, das Gesicht beängstigend feuerrot, der feuchte Flaum dunkel. Dragomira war zu erschöpft, um den Kopf länger hochzuhalten. Sie ließ sich zurücksinken, ertastete ihren Sohn mit beiden Händen, fühlte seine Winzigkeit und seine Wärme. Allmählich beruhigte er sich, ruderte ein wenig mit den Armen und wurde still. Ein kleines Stück Otto, dachte Dragomira. Ein Abschiedsgeschenk von meinem blonden Prinzen. Sie strich mit dem Finger über den Flaum und fragte sich, wie sie es ertragen sollte, dass man ihr auch dieses Geschenk wegnehmen würde.

»Königin Mathildis hat mir geschrieben, falls es ein Knabe von guter Gesundheit und Gestalt werde, solle er auf den Namen Wilhelm getauft werden. Das wird noch heute geschehen, Vater Alcuin wartet in der Kirche«, sagte die Äbtissin.

»Aber ein Junge darf keinen richtigen Namen bekommen, ehe sein Vater ihm zum ersten Mal das Haar schneidet«, protestierte

Dragomira erschrocken. »Sonst weckt er die Aufmerksamkeit böser Geister!«

Hilda von Kreuztal lächelte nachsichtig: »Das ist nur heidnischer Aberglaube. Wie du deinen Sohn in deinem Herzen nennst, ist allerdings allein deine Angelegenheit.«

Dragomira fuhr mit den Fingern abwärts über die kleinen Schultern und Arme des Kindes. »Und was hat Königin Mathildis sonst noch geschrieben? Was soll mit ihm geschehen?«

»Er soll von einer Amme gesäugt werden. Ich denke, wir haben eine gute gefunden. Auch sie wartet schon auf ihren Schützling.«

»Und sie bringt ihn fort, nicht wahr?«

Äbtissin Hilda strich ihr kurz das feuchte Haar aus der Stirn und verschränkte die Hände dann wieder im Schoß ihres makellos sauberen, schlichten Habits. »Ja, mein Kind. Heute ist das letzte Mal, dass du deinen Sohn siehst. Ich weiß, wie schwer das für dich ist, aber es ist nicht zu ändern. Andere Mütter müssen tote Kinder zur Welt bringen. Das hat Gott dir in seiner Güte erspart. Dein Sohn lebt und ist gesund. Und wo immer er aufwächst, wird er es gut haben, denn er ist ein Enkel des Königs. Damit wirst du dich begnügen müssen.«

Wie von selbst schlossen Dragomiras Hände sich fester um den kleinen Körper. »Ich glaube nicht, dass ich das kann«, bekannte sie. Tränen rannen aus ihren Augenwinkeln, liefen über die Schläfen und versickerten in ihrem Haar. »Wenn Euer Gott gütig ist, ehrwürdige Mutter, wieso schenkt er mir dann ein gesundes Kind, einen kleinen Menschen, der meine Liebe nicht zurückstoßen würde, so wie alle anderen es getan haben, nur um ihn mir dann gleich wieder wegzunehmen?«

»Ich weiß es nicht«, bekannte die Mutter Oberin. »Seine Wege sind unergründlich und für uns oft schwer zu verstehen. Aber er wird dir helfen, deinen Schmerz zu überwinden, mein Kind, das weiß ich genau. Nicht heute und auch nicht morgen, aber irgendwann wirst du bereit sein, zu begreifen, welche Gnade er dir erwiesen hat, indem er dich zu uns führte.«

Dragomira glaubte ihr kein Wort. Die Äbtissin und auch die meisten der Stiftsdamen waren ihr mit Freundlichkeit begegnet, manche sogar mit Güte. Solche wie Schwester Irmgardis waren eher die Ausnahme. Aber die Vorstellung, ein Leben hinter hohen Mauern und nur unter Frauen zu verbringen, flößte ihr Entsetzen ein. Sie verstand nicht, was diese Frauen hier taten, was es mit ihrem seltsamen Gott auf sich hatte, und sie war voller Misstrauen.

»Du musst schlafen, Dragomira. Du bist erschöpft.«

Die Stimme schien aus weiter Ferne zu kommen, und erschrocken riss Dragomira die Augen wieder auf. Sie wusste genau, sobald sie schlief, würden sie ihr das Kind wegnehmen. »Ich fürchte mich davor, aufzuwachen und zu wissen, dass ich allein und lebendig begraben bin.«

Die Äbtissin nickte. »Vielleicht wird es dir so vorkommen. Aber in Wahrheit wirst du freier sein als je zuvor in deinem Leben.«

Magdeburg, September 929

»Nimm die Nuss in die linke Hand, Prinz Otto«, sagte Tugomir und reichte ihm eine geschälte Haselnuss.
Otto nahm sie bereitwillig und schloss die Faust darum, fragte aber neugierig: »Wozu?«

»Es ist der beste Weg, um herauszufinden, was dich krank gemacht hat.«

»Wir haben überhaupt keine Zeit für diesen Firlefanz«, grollte der König. »Heute früh hätten wir aufbrechen sollen. Die Fürsten versammeln sich in Quedlinburg, weil *ich* sie hinbestellt habe, und nun lassen wir sie warten. Das wird sie nicht gerade langmütiger stimmen, wisst ihr.« Er lief so rastlos hinter der Tafel auf und ab, dass Thankmar sich um die Holzdielen zu sorgen begann. Sie ächzten schon.

»Ich nehme an, sie werden Verständnis haben, dass ein König sich verspäten kann, wenn sein Reiterheer gerade eine Schlacht geschlagen hat«, warf er ein und füllte einen Becher mit Wein. »Außerdem ist noch kein einziger der wirklich wichtigen Männer in Quedlinburg eingetroffen. Das sagt jedenfalls der Bote des Bischofs von Halberstadt.«

»Bischof Bernhard und ich sind nur leider höchst unterschiedlicher Ansicht darüber, wer wichtig ist und wer nicht«, erwiderte der König grantig. In letzter Zeit war er oft grantig, war Thankmar aufgefallen. Irgendetwas machte ihm zu schaffen, aber er rückte nicht damit heraus, was es war.

Goldenes Abendlicht drang durch die geöffneten Fensterläden. Die Höflinge und die Dienerschaft hatten die Halle bereits verlassen. Nur die königliche Familie und die beiden angelsächsischen Prinzessinnen waren noch zugegen. Und Tugomir. Otto selbst hatte nach ihm geschickt.

Der Hevellerprinz wandte sich an Thankmars und Ottos jüngeren Bruder. »Prinz Henning, bist du bereit?«

»So bereit, wie ich je sein werde«, brummte der Zehnjährige, rutschte Otto gegenüber auf die Bank am linken Ende der Tafel, schob den rechten Ärmel nach oben und stützte den Ellbogen auf. Otto tat es ihm gleich, und sie verschränkten die Hände. Hennings rosige Kinderhand verschwand regelrecht in Ottos Kriegerpranke, und Thankmar verspürte beinah so etwas wie Mitgefühl für seinen kleinen Bruder, obwohl er ihn nicht ausstehen konnte. Im Armdrücken gegen Otto konnte Henning nur jämmerlich scheitern.

»Jetzt«, sagte Tugomir.

Die beiden Brüder begannen ihr Kräftemessen, und erwartungsgemäß krachte Hennings Handrücken binnen eines Lidschlags auf die Tischplatte.

»Autsch!«, rief der Junge erbost. »Du musst mir nicht gleich die Knochen brechen, Otto!«

Im Vorbeigehen verpasste der König ihm eine unsanfte Kopfnuss. »Sei keine Memme.«

Tugomir nahm Otto die Haselnuss aus der Linken und legte sie zurück in die große Tonschale, welche Semela aus der Küche herbeigeschleppt hatte. Sie enthielt ein seltsames Sammelsurium an Lebensmitteln: Bohnen, Erbsen, kleine Beutel mit Getreide oder Gewürzen, Früchte, Kräuter … Thankmar entdeckte sogar zwei tote Fische.

Tugomir wählte ein Säckchen und schnupperte daran. »Pfeffer. Esst ihr ihn oft?«

Otto schüttelte den Kopf, sagte aber nichts. Vermutlich wollte er vor seiner angebeteten Prinzessin nicht zugeben, dass seine knausrige Mutter den Pfeffer weitgehend vom Speiseplan verbannt hatte, weil er so teuer war.

Tugomir legte das Säckchen in Ottos Linke, und wieder verschränkten die Brüder die Hände zum Armdrücken. Henning erlitt seine zweite Niederlage.

»Nein, der Pfeffer war es auch nicht«, erklärte Tugomir und nahm Otto den Beutel aus der Hand.

»So ein *Mist*«, zischte Henning wütend. Hilfesuchend wandte er sich an seine Mutter. »Warum ich? Wieso kann Thankmar das nicht machen ...«

Der älteste Bruder verzog amüsiert den Mund. »Weil ich im Gegensatz zu dir stärker bin als Otto ...«

»Ah ja?«, warf Otto stirnrunzelnd ein.

»... aber wenn du lieber kneifst, finden wir sicher eine Küchenmagd, die für dich einspringt, Brüderchen«, schloss Thankmar.

Königin Mathildis streifte ihn mit einem Blick, von dem Thankmar nicht gerade warm ums Herz wurde. Sie hielt die Lider halb gesenkt, ein boshaftes Lächeln um die Lippen. So als wisse sie von irgendeinem Tiefschlag, der ihm bevorstand und von dem er noch nichts ahnte. Zu ihrem kleinen Liebling sagte sie tröstend: »Sei nachsichtig mit deinen Brüdern und tu Otto den Gefallen, Henning. Auch wenn du und ich wissen, dass es nichts als Scharlatanerie ist und wir hier nur unsere Zeit verschwenden.«

»Ich glaube nicht, dass es Zeitverschwendung ist, herauszufinden, was Otto krank gemacht hat«, widersprach Editha. »Besser jetzt, als ein erneuter Anfall auf dem Hoftag vor den Augen der Fürsten.« Sie sah ihrer zukünftigen Schwiegermutter in die Augen. »Oder seid Ihr anderer Ansicht?«

Tugomir schenkte diesen kleinen familiären Scharmützeln keinerlei Beachtung, sondern legte Otto nacheinander die Zutaten aller Speisen in die Hand, die am Tag seiner Erkrankung und tags zuvor in der Halle serviert worden waren, und bei jeder neuen Zutat ließ er ihn seine Kräfte gegen die seines kleinen Bruders messen. Das Ergebnis blieb immer das gleiche, beim Fenchel ebenso wie bei Eiern und Käse, Weizen- und Roggenbrot, Bärlauch und Blutwurst.

Thankmar seufzte verstohlen. Er hätte nie gedacht, dass es ihn langweilen könnte, Henning gedemütigt zu sehen, aber allmählich hatte er genug von dessen weinerlicher Miene. Er trank einen Schluck und tauschte einen Blick mit Egvina, die ihm direkt gegenübersaß, irgendeine Stickarbeit in Händen. Sie lächelte, scheinbar abwesend, aber im nächsten Moment spürte er ihren Fuß sein Bein hinaufwandern.

Tugomir stellte einen winzigen Krug Honig in Ottos Hand. »Und noch einmal.« Er war weder besonders schroff noch besonders höflich. Nur konzentriert.

Otto und Henning wandten sich einander zu und verschränkten die Hände wie zuvor. Ein wenig verlegen hob Otto die Schultern und sagte: »Tut mir leid, Henning, wirklich. In ein paar Jahren kannst du's mir heimzahlen, he?« Er zwinkerte seinem kleinen Bruder verschwörerisch zu.

»Jetzt«, befahl Tugomir, und im nächsten Moment landeten Ottos Hand und Unterarm auf der Tischplatte.

»Was?«, stieß der Unterlegene ungläubig hervor.

Henning reckte die Faust in die Luft und johlte.

Fassungslos wandte Otto sich an Tugomir. »Was ist das für ein Zauber, den du hier wirkst?«, fragte er argwöhnisch.

Tugomirs Mundwinkel verzogen sich für einen kurzen Moment nach oben. »Es hat nichts mit Zauberei zu tun.« Er nahm ihm den Honigtopf ab. »Noch einmal.«

Ohne den Honig in der Hand besiegte Otto seinen Bruder mühelos im Armdrücken. Tugomir gab ihm das Töpfchen zurück. Otto verlor.

»Es ist der Honig, der dich krankgemacht hat«, erklärte Tugomir. »Du siehst, wie er dich schon schwächt, wenn du ihn nur in der Hand hältst.«

»Aber das kann nicht sein«, protestierte Otto. »Ich esse jeden Tag Honig. Ich trinke jeden Tag Met. Ich …« Er zuckte die Achseln. »Ich bin versessen auf Honig.« Er warf einen verstohlenen Blick zu seiner Braut, offenbar um festzustellen, ob sie ihn auch weiterhin vergötterte, nachdem er diese kindische Schwäche eingestanden hatte. Das war natürlich der Fall. Thankmar verdrehte die Augen, und Egvina lächelte mokant auf ihre Stickerei hinab.

»Was habe ich gesagt?«, schnauzte der König. »Firlefanz!«

»Hm«, machte Tugomir abwesend, den es nicht im Mindesten zu erschüttern schien, dass seine Diagnose offenkundig falsch war. Mit dem Daumennagel löste er den Wachsverschluss des Honigkrugs und schnupperte daran. Dann nahm er ein hölzernes Schälchen voll frischer Blätter aus seiner wunderlichen Schale und reichte sie Otto. »Noch einmal.«

Langmütig wie immer, nahm Otto die Schale in die Linke, und Henning errang seinen dritten Triumph. Glücklicherweise war es auch der letzte.

Tugomir nahm Otto das Gefäß ab und hielt es ihm zur Begutachtung hin. »Das ist Pimpernell. Der Honig ist damit gewürzt«, erklärte er.

»Ja, das würde ich an deiner Stelle jetzt auch behaupten«, bemerkte Thankmar amüsiert, was ihm den zweiten mörderischen Blick dieses Abends einbrachte, dieses Mal von Tugomir. Der trat zu ihm und hielt ihm den Honigkrug unter die Nase.

Thankmar zuckte beinah zurück, als er den frischen, prickelnden Duft wahrnahm. Dann hob er die Schultern und bekannte: »Er hat recht. Eindeutig Pimpernell.« Er stand auf und drosch Tugomir auf die Schulter, ehe dieser sich in Sicherheit bringen konnte. »Gut gemacht.«

Der König brummte zustimmend, vollführte aber gleichzeitig eine ungeduldige Geste. »Wir sind dir dankbar für deine Dienste, Prinz Tugomir. Aber jetzt sei so gut und verschwinde. Und mach dich bereit. Morgen früh bei Sonnenaufgang reiten wir nach Quedlinburg.«

Tugomir hatte die schwere Schale bereits angehoben. Jetzt stützte er sie auf die Hüfte und wandte sich zum König um. »Wozu wollt Ihr mich mitnehmen? Um mir einen Strick um den

159

Hals zu legen und mich Euren Grafen und Herzögen vorzuführen wie einen gefangenen Bären?«

»Ja, so ähnlich«, räumte der König unverblümt ein. »Berichte von gewonnenen Schlachten sind nie so eindrucksvoll wie Gefangene, die man vorführen kann.«

Tugomir wandte sich ab. »Schade, dass Euch das nicht eingefallen ist, ehe Ihr all die Redarier und Obodriten hinrichten ließet.« Er ging hinaus, ohne eine Erlaubnis abzuwarten.

Otto lehnte den Rücken an die Wand und sah kopfschüttelnd zu seinem Vater hoch. »War das wirklich nötig? Ist das die Art, wie wir unsere Dankbarkeit zeigen?«

Endlich setzte der König sich zu ihnen an die Tafel, nahm den Becher, den Mathildis ihm reichte, und trank dankbar. Dann antwortete er: »Wir werden uns dem Slawenbengel schon erkenntlich zeigen, keine Bange. Er bekommt ein paar Münzen – Silber haben sie alle gern –, und die kann er in der Stadt verprassen. Dann ist er zufrieden.«

»Er kann ja nicht mal die Pfalz verlassen«, widersprach Otto. »Und außerdem …«

»Herrgott noch mal, Otto, wir haben Wichtigeres zu besprechen«, fiel der König ihm unwirsch ins Wort. »Und zwar wir alle.« Er sah sie der Reihe nach an. Mathildis nickte ihm verstohlen zu. Thankmar schloss, dass sie bereits wusste, was der König ihnen zu sagen hatte. *Hier kommt der Tiefschlag*, fuhr es ihm durch den Kopf. Unauffällig schob er Egvinas Fuß von seinem Bein.

»Ich habe den Hoftag in Quedlinburg einberufen, um mit den Fürsten unser weiteres Vorgehen gegen die Slawen und auch die Ungarn zu beraten«, begann der König und legte die Hände um seinen Becher. »Aber der eigentliche Grund ist ein anderer. Ich werde alt. Jeden Tag kann es passieren, dass Gott mich abberuft. Und darum ist es wichtig, dass meine Nachfolge geregelt wird, und zwar im Einvernehmen mit den Herzögen, den Grafen und den Pfaffen. Ich will … mein Haus ordnen.« Er sah seine drei Söhne der Reihe nach an. »Ich weiß, dass es im fränkischen Reich üblich war und ist, den Besitz des Vaters auf alle Söhne aufzuteilen. Aber ich gedenke nicht, das zu tun, denn unser Reich würde

160

auseinanderbrechen. Ich weiß ebenso, dass andere es für richtig erachten, den erstgeborenen Sohn als Erben einzusetzen. Aber auch das werde ich nicht tun.«

Er legte wieder eine kleine Pause ein, und das gab Thankmar Gelegenheit zu spötteln: »Hm, lasst uns nachdenken, Vater. Wen könntet Ihr zu Eurem Nachfolger bestimmen. Doch nicht etwa Otto?«

»Ganz recht.« Der König nickte ernst. »Die Königin ist anderer Ansicht. Sie glaubt, Henning sollte es werden.«

»Und noch eine Überraschung«, sagte Thankmar zu den Deckenbalken. »War uns doch bis heute nie klar, dass die Königin ihren Erstgeborenen verabscheut. Warum auch immer ...«

»Du täuschst dich, mein Lieber«, konterte Mathildis, ohne seinen Köder zu schlucken. »Aber Henning ist im Purpur geboren: Sein Vater war bei seiner Geburt bereits König. Bei Ottos nicht. Deswegen werden die Fürsten Henning einhelliger als Nachfolger akzeptieren als Otto.«

»Aber wieso darf ich dann nicht König werden?«, quengelte Henning. »Bedeutet das nicht, dass ich besser bin?«

»Das bedeutet es nicht«, stellte der König klar, und es war seine Gemahlin, die er dabei anschaute. Dann fuhr er Henning ein wenig ruppig über den Blondschopf. »Mach dir keine Sorgen, mein Junge. Wir finden ein schönes Herzogtum für dich, wenn die Zeit kommt.«

»Und wer genau soll es sein, der sein Herzogtum für Henning räumt?«, erkundigte sich Mathildis. »Arnulf von Bayern vielleicht, der so gerne an deiner statt König geworden wäre, mein Gemahl? Oder Eberhard von Franken, dieser Ränkeschmied? Oder ...«

»Henning ist erst zehn; ich würde sagen, die Frage drängt noch nicht«, fiel der König ihr ins Wort, und irgendetwas an seinem Ausdruck bewog alle an der Tafel Versammelten, den Mund zu halten.

Ein paar Herzschläge lang war nichts zu hören bis auf das Zischen der Fackeln in den mannshohen schmiedeeisernen Ständern und das unvermeidliche Geträller der königlichen Vögel. Schließlich fragte Otto: »Und was ist, wenn ich nicht will?«

Thankmar stieß einen langen Atemzug aus, und alle sahen seinen Bruder mit unterschiedlichen Abstufungen des Erstaunens an. Nur Editha schien nicht überrascht. Sie lächelte Otto zu, verstohlen und aufmunternd zugleich. Kein Zweifel, das junge Glück hatte ausführlich über die Zukunft gesprochen …

»Sei nicht albern«, brummte der König. »Wenn ich sage, du wirst König, wirst du König. Ist das klar? Was in aller Welt könnte dagegen sprechen?«

Otto warf ihm einen unbehaglichen Blick zu. »Ich weiß nicht, ob ich so sein kann wie Ihr. So … herrschaftlich. Ihr braucht nur finster dreinzuschauen, und schon tun alle, was Ihr wollt, egal ob Herzog, Bischof oder Bauer. Aber …«

»Mit finsteren Blicken ist es nicht getan«, entgegnete der König. »Du musst dir ihren Respekt verdienen und sie von dir abhängig machen. Das geht mit Schwertern, mit Lehen, mit klugen Heiraten, manchmal sogar mit Worten. So erringt man Macht und behält sie. Du weißt all das. Du bist noch jung, Otto. Mit Gottes Hilfe wird es noch ein paar Jahre dauern, bis du mir nachfolgen musst. Aber ich weiß, dass du der Richtige bist.«

»Ich habe Zweifel«, bekannte Otto.

Und genau deswegen stimmt es, fuhr es Thankmar durch den Kopf.

Obwohl er der Älteste war, hatte er nie ernsthaft damit gerechnet, dass ihr Vater ihm sein Reich vererben würde. Und das lag nicht einmal daran, dass die Gültigkeit der Ehe seiner Eltern nicht gänzlich unzweifelhaft war. Solche Bedenken ließen sich ausräumen – notfalls mit einem Heer aus Panzerreitern. Doch Thankmar wusste, dass ihm etwas fehlte, um ein guter Herrscher zu sein. Vielleicht war er einfach zu bequem. Im Grunde war er durchaus zufrieden mit der Aussicht, beim Tod des Königs die weitreichenden und einträglichen Ländereien seiner Mutter zu erben. Und auch Henning fehlte etwas. Der Bengel mochte erst zehn Jahre alt sein, aber man konnte heute schon erkennen, dass er ein schwacher Charakter war. Henning brauchte immer jemanden, der ihm sagte, was er tun sollte. Er war verzagt und leicht kränkbar, ständig bemüht, sich bei denen einzuschmeicheln, die er fürchtete – allen voran Graf Siegfried, Geros Bruder, der sein Erzieher war –, und weil er sich seiner Furcht schämte, drangsalierte er die Sklaven, um sich stark und mächtig zu fühlen. Kurzum, Henning war ein kleiner Drecksack und würde es immer bleiben. Brun war der Kirche versprochen.

Blieb nur Otto.

»Schlag dir deine Zweifel aus dem Kopf«, befahl der König. »Es ist beschlossene Sache.«

»Nein, halte fest an deinen Zweifeln«, sagte Editha. Es war der König, dem zu widersprechen sie die Stirn hatte, aber Otto, den sie anschaute. Was ihr über die Lippen kam, klang immer sanft, aber Thankmar wusste bereits, dass sich zwischen all den Rosenblättern ihrer Worte oft Dornen versteckten. »Es ist völlig normal zu zweifeln. Sogar unser Herr Jesus Christus hat gezweifelt, als seine Aufgabe ihm zu schwer schien. *Verbirg deine Zweifel vor deinen Feinden, aber nicht vor dir selbst oder vor Gott, denn sie machen einen klügeren Mann aus dir*, hat mein Großvater immer gesagt.«

»Was für ein Firlefanz«, knurrte der König.

»Sagt das nicht«, widersprach Thankmar. Er leerte seinen Becher und erhob sich. »Ich meine, seine Zweifel haben Edithas Großvater weit gebracht. Immerhin nennen sie ihn Alfred ›den Großen‹, nicht wahr? Ihr hingegen, mein König, habt in Eurem ganzen Leben keinmal innegehalten, um auch nur für einen Lidschlag an eurem Weg zu zweifeln, und seid einfach nur König Heinrich. Ein guter König, ganz gewiss, aber dennoch.« Er verneigte sich lächelnd vor seinem Vater, nickte seiner Stiefmutter zu und lud Egvina mit einem Zwinkern in sein Bett ein – alles in einer einzigen, fließenden Bewegung –, ehe er sich zur Tür wandte. Über die Schulter sagte er: »Falls es die Zweifel sind, die den Unterschied zwischen einem guten und einem großen König ausmachen, hat unser Otto jedenfalls beste Aussichten auf einen hübschen Beinamen.«

Quedlinburg, September 929

»Messer! Fibeln! Gürtelschnallen! Alles aus eigener Schmiede! Kommt und schaut … Wie wär's mit einer hübschen Fibel für diesen eleganten Mantel, edler Herr?«

Der Händler hatte sich Otto in den Weg gestellt, sodass der ihn beiseitestoßen oder stehenbleiben musste. Er entschied sich für Letzteres, weil ihm die Schnalle ins Auge gefallen war, die der Mann in der Linken hielt.

»Was soll sie denn kosten?«, fragte der Prinz und zeigte mit dem Finger darauf.

»Nur zehn Pfennige, edler Herr. Acht, weil Ihr es seid.«

»Das klingt nicht übel.« Die Schnalle war groß und wirkte ein wenig klobig, aber sie war aus Bronze gefertigt und mit einem hübschen Punktmuster ziseliert. Er wandte sich um. »Thankmar, hast du Geld dabei?«

Sein Bruder nickte, öffnete den Beutel am Gürtel aber nicht, sondern sah den Händler finster an. »Was bist du für ein Halsabschneider? Drei Pfennig, allerhöchstens.«

»Fünf«, bekam er prompt zur Antwort.

Thankmar verschränkte die Arme. »Drei, wie ich sagte.«

Der dicke Mann in dem schmuddeligen Kittel betrachtete ihn mit verengten Augen und schob sich nervös den Strohhut in den Nacken, während sein Blick über das furchteinflößende Schwert an Thankmars Seite streifte. »Vier?«

»Drei und ein halber«, antwortete Thankmar, und der Händler hörte, dass es sein letztes Wort war.

»Also gut, also gut!« Er rang die Hände. »Ihr bringt einen ehrlichen Mann an den Bettelstab, edler Herr!«

Thankmar öffnete seine Börse, fischte vier Pfennige heraus, brach einen in der Mitte durch und zahlte den vereinbarten Preis. »Nein, nur unverschämte Halunken wie dich.«

Der Händler überreichte Otto die Gürtelschnalle mit einer Leidensmiene, als habe er sie sich aus dem Fleisch geschnitten.

Otto schloss die Faust darum. »Hab Dank.« Er wusste, dass der Kerl ihn betrogen hätte, wäre Thankmar nicht zur Stelle gewesen, aber er lächelte ihm trotzdem zu. Er konnte nicht anders. Alles war so herrlich hier. Die Pfalz oben auf dem steilen Hügel hatte eine viel schönere Kirche als die in Magdeburg, und der Blick auf den Harz war so wundervoll, dass er einem den Atem verschlagen konnte. Allmählich füllte die Pfalz sich mit den Großen des Reiches, und mit jeder Ankunft steigerte sich diese knisternde Erwartung, die ihn berauschte. Und hier unten in dem Städtchen herrschte ein buntes Treiben, wie Otto es selten erlebt hatte: Fahrende Händler verkauften alles von Butterkuchen bis zu heiligen Reliquien, Bader und Huren boten ihre Dienste an, es gab Gaukler, Feuerschlucker und Geschichtenerzähler – alle waren sie nach Quedlinburg geströmt, um während der Zusammenkunft der Großen und Mächtigen gute Geschäfte zu machen.

»Ich sollte wissen, welchen Wert ein Silberpfennig hat«, murmelte Otto vor sich hin, während sie weiter durch das Menschengewühl schlenderten, und fragte seinen Bruder: »Wieso weißt du so viele Dinge, von denen ich keine Ahnung habe?«

Thankmar hob die Schultern. »Du treibst dich weniger herum als ich. Du mischst dich nie unters Volk. Du gehst kaum je auf einen Markt, oder falls doch, führst du kein Geld mit dir, sondern lässt irgendeinen Diener bezahlen, der dich begleitet. Wenn wir im Feld stehen, meidest du die Huren genauso wie die Marketender.«

»Ich wahre meine Stellung«, verteidigte sich Otto.

»Hm«, machte Thankmar. »Und wirst hoffnungslos weltfremd dabei. Die acht Pfennig, die du zahlen wolltest, ernähren einen Tagelöhner und seine Familie eine ganze Woche lang.«

»Ist das wahr?«, fragte Otto erschrocken.

Thankmar nickte, erstand von einer alten Frau mit einem Fass auf einem Handkarren einen Krug Apfelwein für den halben Pfennig, den er noch in der Hand hielt, und reichte ihn seinem Bruder. »Hier, trink. Und nun mach kein solches Gesicht, als hättest du dem Tagelöhner seinen Wochenlohn gestohlen.«

Otto nahm einen ordentlichen Zug, gab Thankmar den Krug zurück und schaute sich kurz um. »Wo ist Henning?«

»Weiß der Kuckuck. Vielleicht haben wir Glück, und irgendein missgelaunter bayrischer Graf hat ihn entführt.«

»Thankmar …«, schalt Otto ohne viel Überzeugung.

Sie gingen weiter. Das Gedränge wurde immer dichter, und bald hielten sie wieder an und bestaunten ein junges Gauklerpaar, deren Glieder keine Knochen zu haben schienen, die sich jedenfalls vollkommen verbiegen und ineinander verschlingen konnten.

»Und? Wann wird geheiratet?«, fragte der Ältere.

»Sobald wir nach Magdeburg zurückkehren. Gleich nach dem Ende des Hoftags.«

»Ich wette, du kannst es kaum erwarten. Sie ist ja auch wirklich hinreißend.«

Otto wandte den Kopf und studierte das Profil seines Bruders. »Ich hatte den Eindruck, du findest ihre Schwester viel anziehender.«

»Schon möglich.«

»Und?«

»Und was?« Thankmar hob die breiten Schultern. »Nach eurer Hochzeit wird Egvina verschwinden, um irgendeinen obskuren burgundischen Prinzen zu heiraten. Ich bring mich deswegen nicht um den Schlaf. Noch etwas, das du gelegentlich lernen solltest: Du musst nicht jeder Frau, die dir gefällt, gleich dein Herz zu Füßen legen.«

Otto verdrehte die Augen. »Das tue ich überhaupt nicht«, protestierte er.

»Ach, komm schon.« Thankmar nahm einen Schluck Apfelwein. »Erst Tugomirs Schwester … wie hieß sie gleich wieder?«

»Dragomira.«

»Und kaum hattest du sie geschwängert, kommt Prinzessin Editha daher, und du verfällst ihr auf den ersten Blick. Das nenne ich nicht gerade ›deine prinzliche Stellung wahren‹.«

Otto zuckte ungehalten die Achseln. Er hatte Dragomira gemocht, keine Frage. Sie war eine … wonnige Bettgenossin gewesen, und obwohl sie als Jungfrau zu ihm gekommen war, hatte sie ihn viele Dinge gelehrt, die er vorher nicht gewusst hatte. Dafür war er ihr dankbar, denn das hatte ihm Selbstvertrauen gegeben – etwas, woran es ihm oft mangelte. Er bedauerte vage, dass er es nicht mehr geschafft hatte, sich zu verabschieden, ehe Dragomira ins Kloster gebracht wurde, und er dachte gern an sie zurück. Aber die Sache mit Editha war etwas völlig anderes. Thankmar hatte gewiss recht, dass es albern war, sich auf den ersten Blick so rettungslos zu verlieben, doch je besser Otto seine Braut kennenlernte, desto überzeugter war er, dass Gott dieses Wunder gewirkt hatte, um ihm den rechten Weg zu weisen. Nie hätte er sich träumen lassen, dass eine Frau so sein konnte wie Editha, so anmutig und schön und doch gleichzeitig klug und … kühn. Sie dachte wie ein Mann, hatte er zu seinem größten Erstaunen festgestellt. Man hatte ihn gelehrt, dass der Verstand einer Frau dem eines Mannes unterlegen sei, aber Editha bewies das Gegenteil. Mit ihr an seiner Seite fühlte er sich stärker als ohne sie. Und er wusste, wenn es wirklich so kam, dass er den Thron seines Vaters erbte, dann würde Editha ihm eine unschätzbare Hilfe bei seiner schwierigen Aufgabe sein.

»Können wir uns darauf einigen, dass ich für heute genug deiner brüderlichen Belehrungen genossen habe?«, fragte er ein wenig verdrossen.

Thankmar enthüllte zwei Reihen bemerkenswert weißer Zähne, als er lächelte. »Abgemacht.«

»Otto! Thankmar!« Plötzlich stand Henning vor ihnen, ein wenig außer Atem, das Haar zerzaust. »Da drüben hacken sie einem Dieb die Hand ab! Kommt, beeilt euch!«

»Nein, wärmsten Dank«, bekundete Otto.

Thankmar packte Hennings Handgelenk und hielt dem Jungen die nicht ganz saubere eigene Rechte vor die Nase. »Schau sie dir noch mal gut an, und denk an den armen Langfinger von Quedlinburg, wenn du Hadwig das nächste Mal ihren Mandelkuchen klaust …«

Henning riss sich los. »Hab ich gar nicht!«, empörte er sich.

Thankmar verzog den Mund. »Nicht nur ein Dieb, sondern obendrein ein Lügner. Ich habe es mit eigenen Augen gesehen, Brüderchen …«

»Komm schon, lass ihn zufrieden«, ging Otto dazwischen. »Wie wäre es, wenn wir …« Er brach ab, als oben auf dem Hügel die Glocke der Pfalzkirche zum Angelus zu läuten begann. »Herrje, schon Mittag.«

»Wir sollten zurück sein, ehe Giselbert von Lothringen eintrifft«, riet Thankmar. »Der König will uns an seiner Seite haben, wenn er ihn empfängt, hat er gesagt.«

»Ach, das ist so langweilig«, nörgelte Henning. »All die Adligen zu begrüßen und immer wieder das Gleiche zu sagen. ›Seid willkommen auf dem Hoftag meines Vaters, edler Graf oder Bischof oder was auch immer‹«, säuselte er. »Wie oft muss ich das noch sagen?«

»Bis alle angekommen sind«, antwortete Otto. »Wir sind nicht zum Spaß hier, Bruder. Jedenfalls nicht nur. Außerdem bringt Giselbert ganz bestimmt Gerberga mit. Du freust dich doch, sie wiederzusehen, oder?« Für ihn selbst gehörte das erhoffte Wiedersehen mit seiner Schwester jedenfalls zu den Höhepunkten dieses Hoftags. Er brannte darauf zu hören, wie es ihr in dem Jahr seit ihrer Heirat ergangen war. Und er war neugierig, ob sie schon guter Hoffnung war.

»Na gut, meinetwegen«, willigte Henning missmutig ein.

Thankmar knuffte ihn unsanft zwischen die Schultern. »Gehen wir. Wir haben gerade noch Zeit, für Ottos Braut ein paar bunte Haarbänder oder ähnlichen Tand zu kaufen.«

Otto zog scharf die Luft durch die Zähne ein. »Sei gepriesen, Thankmar. Nur gut, dass du daran gedacht hast.«

»Da siehst du mal wieder, wie selbstlos ich bin«, murmelte der Ältere vor sich hin. »Viel besser als mein Ruf …«

Sie hielten am Stand eines jungen Händlerpaares, wo es Bänder aus Wolle und Leder in den erstaunlichsten Farben zu kaufen gab, polierte Steine oder Amulette aus Holz und Ton an Lederschnüren, Tiegel mit duftenden Essenzen und kleine Leinenbeutel mit getrockneten Kräutern. Die Prinzen trafen ihre Wahl rasch: Otto kaufte Bänder in einem tiefen Blaugrau, die, da war er sicher, großartig zu Edithas Augen passen würden. Thankmar führte eine leise Unterhaltung mit der Händlerin. Sie nickte schließlich, öffnete eine verschlossene kleine Truhe, die zwischen ihr und ihrem Gemahl auf der Erde stand, und förderte einen tiefroten, würfelförmigen Stein zutage, fädelte einen hellen Lederriemen durch das kleine Loch und reichte das Amulett über den Ladentisch.

Otto pfiff durch die Zähne. »Du greifst ziemlich tief in deine Börse«, bemerkte er.

»Was ist das?«, wollte Henning wissen.

»Ein Karfunkel«, antwortete Thankmar, bezahlte ihre Einkäufe und ließ den Stein in dem Beutel an seinem Gürtel verschwinden.

»Was tut man damit?«, fragte der Junge weiter.

Weil Thankmar sich wortlos abwandte, antwortete Otto: »Es ist ein Schmuckstein, Henning.« Und in Gedanken fügte er hinzu: ein Schmuckstein mit magischen Kräften. Es heißt, die Frau, die ihn trägt, kehrt immer wieder zu dem Mann zurück, der ihn ihr umgehängt hat. Otto begann sich zu fragen, ob Thankmars Gleichgültigkeit über Egvinas bevorstehende Abreise vielleicht nur vorgetäuscht war, und er empfand ein vages Bedauern für seinen älteren Bruder.

Trotz des allgemeinen Getöses auf dem Markt hörte man unverkennbar von der anderen Seite des Platzes das Auftreffen der Axt, den gellenden Schrei des armen Sünders und den Beifall der Zuschauer.

»So ein *Mist* ...«, jammerte Henning.

»Mandelkuchen«, raunte Thankmar ihm zu.

Mit Tränen der Wut in den Augen schrie Henning ihn an: »Halt endlich den Mund, du *Bastard*!«

Die Ohrfeige kam so schnell, dass das Auge kaum zu folgen vermochte. »Du solltest besser auf deine Zunge achtgeben, Brüderchen«, riet Thankmar. »Sonst schneide ich sie dir eines Tages ab.« Wenn man seine versteinerte Miene anschaute, konnte man ihm fast glauben.

Henning lag im Staub und heulte.

»Also wirklich, Thankmar«, schalt Otto seufzend. Dann packte er den jüngeren Bruder nicht gerade behutsam am Oberarm, zerrte ihn auf die Füße und befahl: »Hör auf zu flennen.« Und er ertappte sich bei der Frage, was für Ratgeber diese beiden Brüder wohl abgeben würden, wenn er eines Tages König war. Er kam zu dem Schluss, dass es vielleicht ratsam wäre, sich nach ein paar an-

169

deren umzuschauen. Und nichts war dazu wohl besser geeignet als ein Hoftag …

Die Pfalz in Quedlinburg war größer als die Magdeburger, drohte aber dennoch aus allen Nähten zu platzen. Ein wahres Heer von Köchen und Bäckern, Mägden und Gehilfen·kochte, briet und buk im Küchenhaus, im Innenhof drehten kräftige junge Burschen ganze Ochsen und Hammel am Spieß über großen Feuern. Die angereisten Fürsten der Welt und der Kirche residierten in Stadthäusern, die sie gemietet hatten, in nahen Klöstern oder in Zeltlagern außerhalb der Stadt, doch sie kamen ausnahmslos mit Gefolge hinauf zur Pfalz, und es musste Platz und Nahrung sowohl für ihre Pferde als auch ihre Begleiter gefunden werden.

»Was für ein herrliches Durcheinander. Und nicht der Hauch einer Chance auf eine Flucht.« Semela seufzte tief.

»Wir werden sehen«, entgegnete Tugomir.

Semela verdrehte die Augen. »Was werden wir sehen? Dass die Götter ein Wunder wirken und den Riegel von der Tür rosten lassen?«

»Sie können uns nicht die ganze Zeit hier einsperren. Spätestens wenn sie ihre Götterzeremonie halten, brauchen sie diesen Raum.«

»Sakristei.«

»Was?«

»So nennt man diesen Raum. Hier bewahren sie irgendwas auf, was ihrem Gott kostbar ist, und darum hat Bischof Bernhard fürchterlich geschimpft, als er gehört hat, dass wir hier … verwahrt werden.«

Tugomir fragte sich, woher der Junge solche Dinge immer erfuhr. »Nun, ich bin sicher, wir werden dieses erbärmliche Kämmerchen seines Gottes nicht mehr lange mit unserer Gegenwart besudeln. Schließlich hat König Heinrich uns mit hergebracht, um mich seinen Fürsten zu präsentieren. Mit stolzgeschwellter Brust.«

»Hm«, machte Semela abschätzig. »Jedenfalls wirst du in der Halle beim Festmahl sitzen, und ich muss weiter hungern.«

»Wir können gern tauschen«, entfuhr es Tugomir. Bei der Vorstellung, König Heinrichs Vasallen wie eine Jagdtrophäe vorgeführt zu werden, wurde ihm speiübel.

In dem fensterlosen Kämmerchen war es fast unmöglich, das Verrinnen der Zeit zu messen, aber es konnte nicht viel mehr als eine Stunde vergangen sein, als die Tür sich öffnete und eine vierschrötige Gestalt über die Schwelle trat.

Tugomir erkannte ihn auch im Halbdunkel. Er stand ohne erkennbare Hast von dem Schemel auf, der bis auf eine verschlossene Truhe das einzige Möbelstück dieser Sakristei war. »Udo.«

»Prinz.« Seit Tugomir seinem Söhnchen das Leben gerettet hatte, erwies Udo ihm immer ein gewisses Maß an Höflichkeit, wenn auch meist mit verdrossener Miene, so als bereite es ihm Bauchgrimmen, höflich zu einem Slawen zu sein. »Komm mit mir.«

»Wohin?«

»Ich soll dich in die Halle führen, hat der König gesagt.«

»Und? Hast du meine Ketten etwa in der Wachkammer vergessen?«

Udo schüttelte den Kopf. »Keine Ketten. Keine Fesseln, gar nichts. Im Gegenteil. Du kriegst einen Ehrenplatz bei den Prinzen und wirst behandelt wie jeder andere Gast.«

Tugomir hatte keine Mühe, das zu durchschauen. »Damit eure Fürsten denken, ihr hättet mich auf eure Seite gebracht und handzahm gemacht, ja?«, fragte er schneidend.

Udo brummte unwillig. »Dir kann man es aber wirklich niemals recht machen, Prinz Tugomir. Ich weiß nicht, was der König sich dabei denkt, dich wie einen Gast zu ehren, und mir ist es ehrlich gesagt scheißegal, ob sie dich in Brokat hüllen oder mit den Kötern vom Boden fressen lassen. Ich weiß nur eins: Ich hab Befehl, dich bis zum Ende dieses Hoftags für keinen Lidschlag aus den Augen zu lassen, damit du uns nicht davonläufst. Solltest du es trotzdem versuchen, verlierst du einen Fuß, wenn wir dich erwischen, wenn nicht, verlieren ein Dutzend Daleminzer das Leben, der Bengel hier als Erster. Du solltest mir lieber glauben.

Wenn du abhaust, werde ich in solchen Schwierigkeiten stecken, dass ich sie mit Vergnügen selber einen nach dem anderen abschlachten werde, und zwar langsam. Klar?«

Tugomir hatte solche Drohungen inzwischen schon oft gehört, aber sie verfehlten ihre Wirkung nie. Er trat wortlos vor Udo hinaus ins Freie.

Auf dem Weg zur Halle hinüber sah er kurz an sich hinab. Er trug die Kleider, die seine kleine Wäscherin in Magdeburg und ihre beiden Schwestern ihm aus Dankbarkeit für die Genesung ihres alten Vaters genäht hatten: Hosen und das knielange Obergewand aus festem dunkelbraunen Wolltuch, schlicht, aber ordentlich, und dazu seinen Gürtel und die Schuhe mit den bis unters Knie gekreuzten Bändern, die er schon im letzten Winter beim Abmarsch aus der Brandenburg getragen hatte. Keine Waffen und kein Schmuck. Wie ein Prinz sah er nicht gerade aus, aber auch nicht wie ein Gefangener.

Während sie den Innenhof überquerten, ritt ein offenbar vornehmer Edelmann durchs Tor, gefolgt von zwei Damen und einer acht Mann starken Eskorte. Sie hatten noch nicht angehalten, als plötzlich aus allen Richtungen Kinder und Greise herbeieilten, manche lahm oder blind, und den Ankömmlingen flehend die Hände entgegenstreckten.

»Was sind das für Menschen?«, fragte Tugomir. Eigentlich richtete er nie das Wort an Udo, wenn er es vermeiden konnte, aber der Anblick dieser erbarmungswürdigen Schar hatte ihn erschreckt.

»Bettler«, antwortete der Soldat, und sein Tonfall drückte Verachtung aus.

»Bettler? Was bedeutet das? Ich kenne dieses Wort nicht.«

»Dann guck sie dir doch an. Arbeitscheues Gesindel oder arme Schweine, je nachdem. Sie wollen oder können ihr Brot nicht selbst verdienen, darum betteln sie um Almosen.«

Tugomir beobachtete, dass die Bettler in diesem Fall nur zwei oder drei Münzen, dafür reichlich Hiebe von der Reitgerte einer der Damen ernteten. Verängstigt duckten sie sich weg und verschwanden. Ungläubig wandte er sich an Udo. »Du willst mir im

Ernst weismachen, dass ihr die Blinden und Gebrechlichen und Waisenkinder einfach ihrem Schicksal überlasst?«, fragte er.

Udo breitete kurz die Arme aus. »Was zum Henker sollen wir denn sonst mit ihnen machen?«

»Sie versorgen.«

»Das tut der König ja«, entgegnete Udo gereizt, als finde er sich unerwartet in der misslichen Lage, die Ordnung der Welt verteidigen zu müssen. »Es gibt eine feste Zahl an Bettlern, die ständig von der königlichen Kammer beköstigt werden. Und die edlen Herren machen es genauso. Die Bischöfe und Klöster erst recht.«

Tugomir nickte zu den Bettlern hinüber, die sich im Schatten der Palisade herumdrückten, um auf den nächsten Ankömmling zu warten. »Aber?«

»Na ja, es reicht halt nicht für alle.«

Tugomir stieß verächtlich die Luft durch die Nase aus. »Ihr seid doch wahrhaftig Wilde …«

»Was fällt dir ein?«, brauste Udo auf. »*Ihr* seid die Wilden!«

»Ah ja?«

»Willst du etwa behaupten, bei euch gibt es keine Bettler?«

»Das will ich behaupten, ganz recht. Bei uns kümmert sich jede Familie um die Ihren. Und wer keine Sippe mehr hat und sich nicht selbst ernähren kann, bekommt Nahrung und Kleidung im Tempel. Alle Gesunden geben etwas von ihrer Ernte oder Jagdbeute dafür ab. Und zwar so lange, bis es für alle Bedürftigen reicht. Was könnte näher liegen? Schon morgen können die Götter beschließen, dir dein Augenlicht oder die Kraft deiner Hände zu nehmen. Wenn du für deine Gemeinschaft sorgst, sorgst du für dich selbst, oder?«

»Ich versteh nicht, was du da faselst«, brummte Udo.

»Nein.« Tugomir seufzte und setzte sich wieder in Bewegung. »Ihr Strohköpfe seid vermutlich einfach zu beschränkt.«

In der großen Halle herrschte Hochbetrieb. Wegen des anhaltenden Spätsommerwetters waren die Fenster noch nicht mit Läden verschlossen worden, sodass helles Sonnenlicht hereinströmte, in welchem Staubteilchen tanzten wie winzige Goldflocken. Schwere

Eichenplatten auf Holzböcken waren zu drei langen Tischen zusammengefügt worden. Der an der Stirnwand stand auf einem leicht erhöhten Podest, und dort saß König Heinrich in kostbareren Gewändern, als man sonst an ihm sah, darüber einen blauen Umhang, in welchem Goldfäden schimmerten. Mathildis an seiner Seite erstrahlte ihrerseits in smaragdgrünem Brokat, und ein schmaler, mit Edelsteinen besetzter Goldreif hielt ihren Schleier. Beide trugen perlenbesetzte Schuhe mit goldenen Bändern, wie Tugomir zu seinem Erstaunen feststellte. Bis heute hatte er nicht gewusst, dass es dergleichen gab. Während er hinüberschaute, kniete ein Mann vor Heinrich nieder und sagte feierlich: »Ich bin Eurem Ruf gefolgt und nach Quedlinburg geeilt, um Euch meiner unverbrüchlichen Treue zu versichern, mein König.«

»Habt Dank, Arnulf.« Heinrich gestattete ihm mit einer Geste, sich zu erheben. »Eure Treue wissen wir ganz besonders zu schätzen.«

Tugomir argwöhnte, er höre einen Hauch von Spott in den Worten des Königs.

Udo trat ihm unauffällig gegen den Fußknöchel. »Beweg dich.«

Der Hevellerprinz ging weiter und fragte gedämpft: »Wer ist dieser Arnulf?«

»Der Herzog von Bayern, Gott verfluche seine verkommene Seele.«

Tugomir verstand schlagartig König Heinrichs höhnischen Tonfall: Arnulf von Bayern hatte sich nur ein gutes Jahr nach Heinrichs Königswahl zum Gegenkönig erheben lassen, und auch wenn Heinrich ihn schließlich unterworfen hatte, hieß das vermutlich noch lange nicht, dass Arnulf von Bayern seine Träume begraben hatte.

Während der Herzog auf Mathildis' Einladung an der hohen Tafel Platz nahm, führte Udo Tugomir zur oberen rechten Seitentafel, wo die drei Prinzen mit den beiden angelsächsischen Prinzessinnen saßen. Thankmar sah ihn kommen und knuffte Henning in die Rippen. »Mach Platz für Prinz Tugomir.«

»Wieso?«, fragte der kleine Kerl entrüstet. »Er ist nur ein Barbarenprinz, ich bin der Sohn des Königs, obendrein im … wie heißt das noch mal?« Er überlegte einen Moment. »Im Purpur geboren! Er soll also gefälligst unterhalb von mir sitzen.«

»Vielleicht gehst du an die hohe Tafel und besprichst das mit Vater?«, schlug der ältere Bruder vor. »Der Kämmerer hat die Sitzordnung nach Anweisungen des Königs festgelegt.«

Henning kapitulierte, bedachte Tugomir mit einem mürrischen Blick und rückte stumm beiseite. Tugomir nickte ihm wortlos zu und glitt neben ihn auf die Bank.

Thankmar schob ihm einen Becher zu. »Hier, trink. Diese Empfangszeremonie kann noch Stunden dauern. Kennst du Prinzessin Egvina von Wessex?«

Die Prinzessin saß an Thankmars anderer Seite, lehnte sich ein wenig zurück, um an seinem Rücken vorbeischauen zu können, und lächelte Tugomir zu. »Endlich. Ich war schon so neugierig auf Euch, Prinz Tugomir.«

»Wirklich?«, fragte er unbehaglich.

»Man hört die interessantesten Dinge über Euch. Und so Widersprüchliches. Wunderheiler und Teufelsdiener, zum Beispiel. Was stimmt denn nun?«

Ihr herausfordernder Blick gefiel ihm, genau wie der völlige Mangel an damenhafter Zurückhaltung. »Ich bin mir nie ganz sicher, was ihr Sachsen meint, wenn ihr vom Teufel oder seinen Dienern sprecht«, bekannte er. »Aber selbst den Frömmsten unter euch scheint es gleich zu sein, wer ihnen Linderung oder Genesung bringt, wenn sie nur krank genug sind.«

»So wie Otto, meinst du wohl«, murmelte Thankmar.

»Oder seine Verlobte.« Egvina wies diskret zu ihrer Schwester, die nur zwei Plätze entfernt von ihr an Ottos Seite saß.

Editha beugte sich vor. »Wieso habe ich das Gefühl, ihr sprecht von mir?«

Otto war wie üblich damit beschäftigt gewesen, seine Braut zu bewundern, und wandte erst jetzt den Kopf. »Oh, Tugomir, da bist du ja.« Er lächelte. »Ich weiß nicht, wie es dir ergeht, aber ich hoffe, das Essen beginnt bald.«

Auch Prinz Otto war wesentlich eleganter gekleidet als üblich, fiel Tugomir auf. Für gewöhnlich trug er schlichte Gewänder nach sächsischer Tracht, manchmal wirkten sie gar ein wenig schäbig, als sei es ihm gleich, wie er ausschaute. Heute hingegen war er von Kopf bis Fuß in neue Kleider gehüllt: Hosen aus dunkelblauem Tuch, makellose Wildlederstiefel, ein hellblaues Obergewand, das an Ärmelsäumen und am geschlitzten Halsausschnitt reich mit Goldgarn bestickt war, einen breiten silberbeschlagenen Gürtel mit seinen Waffen, die auf Hochglanz poliert waren. Kein Zweifel, irgendwer hatte dafür gesorgt, dass Otto heute eine prinzliche Erscheinung bot. Vermutlich nicht er selbst. Ganz sicher nicht seine Mutter. Tugomir sah versonnen zu Editha, und sie erwiderte seinen Blick mit einem winzigen triumphalen Lächeln.

»Seht nur, da kommt Giselbert von Lothringen mit unserer Schwester«, sagte Otto, und alle schauten zur zweiflügeligen Tür der Halle.

Ein vielleicht vierzigjähriger Mann mit einem auffälligen schulterlangen Silberschopf war eingetreten. Offenbar war er stolz auf seine Haarpracht, denn sie war auf Hochglanz gebürstet wie das Fell eines geliebten Pferdes. Tugomir sah Thankmar angewidert das Gesicht verziehen. Vielleicht fand der Prinz den gestriegelten Herzog genauso weibisch, wie Tugomir es tat. Doch als er Giselbert ins Gesicht sah, hob er sein vorschnelles Urteil auf. Der Herzog von Lothringen mochte eitel sein, aber er war gewiss ein harter Mann und ein kluger Herrscher. Das konnte man seinen graublauen Augen förmlich ablesen.

An seiner Seite führte er eine junge Frau, die Prinz Ottos Ebenbild war.

»Sie ist schwanger«, bemerkte Thankmar.

»Wusst ich's doch«, sagte Otto stolz.

Vor Heinrich und Mathildis beugte auch der Herzog von Lothringen das Knie: »Mit Freuden bin ich Eurem Ruf zum Hoftag nach Quedlinburg gefolgt, mein König, um meinen Treueschwur zu erneuern.«

Heinrich begrüßte ihn herzlicher als Arnulf von Bayern. Er stand auf, hob Giselbert an den Schultern auf und schloss erst ihn, dann seine Gemahlin in die Arme. »Gerberga! Wie geht es dir, mein Kind?«

»Es könnte kaum besser sein, Vater«, versicherte sie, eine Spur zu förmlich.

Auch die Königin hatte sich erhoben, um Tochter und Schwiegersohn willkommen zu heißen, und ihr gegenüber zeigte Gerberga mehr Wärme.

Und so kamen sie, einer nach dem anderen: die Herzöge Eberhard von Franken und Herrmann von Schwaben hatten die prächtigsten Gewänder und das größte Gefolge, übertroffen vielleicht nur noch von den drei Erzbischöfen des Reiches, die genau wie die Herzöge an die hohe Tafel gebeten wurden. Grafen kamen und Bischöfe und Äbte, und als einer der Letzten betrat ein junger Mann ohne Gefolge die königliche Halle zu Quedlinburg. Er war schlicht gekleidet und trug keinen Schmuck bis auf ein großes Silberkreuz auf der Brust, und doch wurde es merklich leiser an den Tischen, und alle Augen waren auf ihn gerichtet.

Thankmar wandte sich verwundert an Tugomir. »Er sieht dir ähnlich wie ein Bruder. Als ich ihm im Sommer begegnet bin, ist mir das gar nicht aufgefallen.«

»Fürst Wenzel von Böhmen?«, fragte Tugomir ungläubig. »Was tut er hier? Noch gehört Böhmen nicht zu eurem gefräßigen Reich, oder?«

»Nein«, musste Thankmar zugeben. »Aber er ist Vater tributpflichtig. Genau wie ihr Heveller übrigens, nur ist Wenzel nicht ganz so störrisch wie ihr. Außerdem ist er mit Arnulf von Bayern befreundet. Ich schätze, sie sind zusammen angereist. Sag schon, wieso sieht er aus wie du?«

»Er ist mein Vetter«, gab Tugomir ein wenig benommen zurück. Ein slawischer Fürst, der mit einem von König Heinrichs Herzögen befreundet war, war Tugomir bis zu diesem Moment ebenso unvorstellbar gewesen wie ein slawischer Fürst mit einem Kreuz des Buchgottes um den Hals. Aber es fühlte sich eigenartig an, Abscheu vor einem Mann zu empfinden, der aussah wie das eigene Spiegelbild.

Wenzel entbot König Heinrich einen ehrerbietigen und höflichen Gruß, kniete aber nicht nieder. Das musste er auch nicht –

177

schließlich war er keiner von Heinrichs Vasallen –, und der König nahm es auch nicht übel. »Wenzel! Dass Ihr die weite und gewiss beschwerliche Reise auf Euch genommen habt, ist eine unerwartete Freude.«

Der böhmische Fürst verneigte sich. »Ich war nicht fern von hier, und mein guter Freund, Arnulf von Bayern, machte den Vorschlag, ihn nach Quedlinburg zu begleiten.«

»Großartig, großartig«, rief der König jovial, aber seine Miene verriet, dass er nicht so recht klug aus Wenzels Besuch wurde.

Dessen ungeachtet erhob er sich, drehte Wenzel an der Schulter zur Halle um und rief: »Seht, edle Herren, Freunde und Vettern, Wenzel von Böhmen ist zu uns gekommen. Und das scheint mir genau die richtige Gelegenheit, Euch einen weiteren Slawenfürsten vorzustellen, der derzeit unser … Gast ist: Prinz Tugomir von Brandenburg!« Mit einer seiner typischen ausladenden Bewegungen winkte er Tugomir zu sich.

Der rührte sich nicht. So sehr graute ihm vor diesem Moment, dass seine Glieder ihm schwer wie Blei vorkamen.

»Geh schon«, zischte Thankmar. »Dir bleibt nichts anderes übrig.«

Er hatte recht.

Tugomir erhob sich langsamer als gewöhnlich, trat zu Heinrich und Wenzel und starrte auf einen der mächtigen schmiedeeisernen Fackelständer hinter der hohen Tafel.

Heinrich drehte auch ihn zu seinen Gästen um, die Hand auf Tugomirs Schulter unerbittlich wie eine Schraubzwinge. Er ließ sie dort, als er verkündete: »Bei der Einnahme der Brandenburg im letzten Winter wurde Prinz Tugomir unser Gefangener, doch inzwischen ist er der Freund meiner Söhne.« Der Druck auf Tugomirs Schulter verstärkte sich, und der Prinz verstand die Botschaft ohne Mühe: *Wenn du mir widersprichst, bist du tot.* »Ich will Euch nicht verhehlen, dass er vor wenigen Tagen sogar zu Prinz Ottos Lebensretter geworden ist. Und auch Wenzel von Böhmen hat erkannt, dass die Freundschaft des ostfränkischen Reiches ein Gut von hohem Wert ist und hat sich darüber hinaus zu unserem Herrn Jesus Christus bekannt. Wir sind weit mehr als nur der Fuß im Nacken der slawischen Völker! Wir haben feste Wurzeln jenseits der Elbe geschlagen und treue Gefolgsleute gefunden.«

Die Adligen und Kirchenfürsten an den langen Tafeln trommelten mit den Bechern auf die Tische, um ihren Beifall zu bekunden. Der »Aufstand« der Redarier und die grauenvolle Schlacht von Lenzen, die noch keine zwei Wochen zurücklagen, schienen vergessen. Sie feierten ihren König, der nicht nur stark genug war, die slawischen Völker zu besiegen, sondern weise genug, sie zu befrieden, und Arnulf von Bayern rief: »Wenn die Ungarn das nächste Mal kommen, werden sie schon vor Prag geschlagen!«

Das kam besonders gut an. Die Ungarn waren der größte Schrecken aller Völker westlich der Elbe, wusste Tugomir, jedes Bollwerk gegen sie willkommen. Jubelrufe mischten sich in den Beifall.

»Lass sie doch glauben, unsere Unterwerfung zu feiern, Vetter«, raunte Fürst Wenzel Tugomir im Schutz des allgemeinen Getöses zu. »Mir scheint, du nimmst es zu schwer.«

»Und mir scheint, *du* nimmst es zu leicht.«

Ehe Wenzel antworten konnte, bedeutete König Heinrich ihnen mit einem diskreten Wink, dass sie sich von dem exponierten Platz vor der hohen Tafel entfernen sollten, und Tugomir kehrte zu den Prinzen zurück, ohne seinen Cousin noch einmal anzuschauen.

Er setzte sich auf seinen Platz und starrte auf die Tischkante hinab. Thankmar schob einen Weinbecher in sein Blickfeld und sagte kein Wort.

Tugomir war ihm dankbar und zu zermürbt, um dagegen anzukämpfen. Er nahm einen ordentlichen Zug.

Thankmar bedauerte Tugomirs Demütigung, aber er dachte, es sei vermutlich besser, sparsam mit seinem Mitgefühl umzugehen, denn seine eigene Demütigung stand ja noch bevor. Der König hatte diesen Hoftag ganz genau geplant und durchdacht, wusste er. Mit den Herzögen, den Erzbischöfen, den wichtigen Grafen, Bischöfen und Äbten hatte er längst unter vier Augen gesprochen. Dieses prunkvolle Spektakel, zu welchem auch das Vorführen der slawischen Fürsten gehörte, war nur ein Mummenschanz.

Das Festmahl begann in gelöster, euphorischer Stimmung. Dampfende Platten mit Ochsen- und Hammelfleisch wurden aufgetragen, an der hohen Tafel gab es Hirschbraten und allerlei Kleinwild, weiche Weißbrotlaibe wanderten die Tische entlang. Cremige Kräutersaucen und saftige Käse, Birnen, Äpfel und die letzten Brombeeren, Weine aus Thüringen, vom Rhein und aus Burgund, Met und Bier – alles gab es im Überfluss. Nur kein Pimpernell, verstand sich …

Tugomir, sah Thankmar aus dem Augenwinkel, aß keinen Bissen, und auch er selbst hatte keinen rechten Appetit. Die Fürsten und ihre mitgereisten Damen hingegen schlemmten und tranken nach Herzenslust und plauderten, und als die Spielleute kamen, wurde das Stimmengewirr nur noch lauter, um sie zu übertönen. Das war kein großer Verlust, musste Thankmar einräumen, denn sie spielten lausig. Als es dämmerte, wurden Fackeln und Öllichter entzündet, und die Edelsteine in den goldenen Pokalen an der hohen Tafel begannen zu funkeln.

Bevor der Abend zu dunkel und die Gäste zu betrunken wurden, erhob der König sich abermals von seinem Sessel an der hohen Tafel. Augenblicklich verstummten die Spielleute, und nach und nach versiegten auch Geplauder und Gelächter, bis es still in der Halle war.

»Edle Herren. Weggefährten, Freunde und Vasallen.« Ein wenig rührselig blickte König Heinrich sich um, wohl nicht mehr ganz so nüchtern, wie der Anlass eigentlich gebot. »Es gibt noch etwas Erfreuliches, das ich Euch mitzuteilen habe. Otto?«

Der Prinz nickte Editha zu. Beide standen auf und traten vor. Heinrich stellte sich zwischen das junge Paar und nahm es bei den Händen. »Wie manche von Euch bereits wissen, habe ich mit dem König von Wessex eine Heirat für seine Schwester und meinen Sohn Otto ausgehandelt. Dies ist Editha von Wessex, und Ihr alle sollt bezeugen, wie ich ihre Hand in die meines Sohnes lege.«

Er führte ihre Hände zusammen, und wieder brach der Saal in Jubel aus.

»In die Hand meines Sohnes und Nachfolgers«, fuhr der König

fort. »Ich habe mich dazu entschlossen, mein Haus zu ordnen und meine Nachfolge zu regeln. Wisset, dass ich entschieden habe, mein Reich Prinz Otto zu vermachen, und zwar ungeteilt. Und wenn Ihr morgen vor mich tretet, um Eure Treuegelöbnisse zu erneuern, wünsche ich, dass Ihr auch Otto huldigt, Eurem zukünftigen König.«

Thankmar schaute in die Gesichter der Fürsten, die sich ausnahmslos erhoben hatten. Er hätte gerne gewusst, was sie sahen, wenn sie Otto betrachteten: den jungen Mann, dessen Bart noch flaumweich war, oder den Bezwinger der Brandenburg? Arnulf von Bayern tauschte stumme, rätselhafte Botschaften mit Eberhard von Franken. Der Erzbischof von Mainz schenkte seinem Amtsbruder von Trier ein hasserfülltes Lächeln, weil Otto sein Wunschkandidat war. Der Abt von Fulda gestikulierte aufgeregt, während er auf den Bischof von Augsburg einredete. Manche Mienen zeigten Befriedigung, manche Erstaunen, manche Zweifel. Doch niemand – nicht eine Menschenseele – erhob den Einwand: *Aber was ist mit Thankmar?* Nicht einmal Graf Thietmar und seine Söhne Siegfried und Gero, die mit Thankmar verwandt waren, nicht jedoch mit Otto. Sie alle akzeptierten die Wahl ihres Königs ohne jede Gegenwehr. Vermutlich war es keineswegs so, dass sie Otto höher schätzten als Thankmar, denn die meisten der Fürsten kannten den einen Prinzen so wenig wie den anderen. Sie taten es, weil ihr König es wollte. Ihr König, der so manchen von ihnen unterworfen hatte, als er vor zehn Jahren seinen Thron bestieg, aber mittlerweile hatten sie sich alle an seine lenkende Hand gewöhnt. Wie ein Gaul, den man zuritt, waren sie erst widerspenstig gewesen und dann zahm geworden. Schafe waren sie, nichts sonst. Auch Thietmar, Siegfried und Gero.

»Ich glaub, mir wird schlecht«, murmelte Thankmar und fuhr sich mit dem Ärmel über die klamme Stirn.

Tugomir schob ihm den Weinbecher wieder zu. »Dann sind wir schon zwei.«

Niemand hatte Tugomir einen Schlafplatz zugewiesen. Er nahm an, das bedeutete, dass er sich zwischen den Wachen und dem Gesinde in der Halle ins Bodenstroh legen musste. Die Mehrzahl der Fackeln war erloschen, und in der Halle war es ruhiger geworden. Das große Festmahl war längst vorüber, Diener bauten die Tische ab, lehnten die großen Platten gegen die Wände und stapelten die Bänke auf. Wenigstens eine Decke hätte ich gern, dachte Tugomir verdrossen, aber er hatte sein Bündel nicht mehr gesehen, seit Udo ihn aus der Sakristei geholt hatte.

Unschlüssig wandte er sich zum Ausgang und trat in die Nacht hinaus. Er schlenderte an der Halle entlang und über den Innenhof der Pfalz – unbelauert, denn Udo war nirgends zu entdecken. Das Haupttor der Pfalz war jetzt verschlossen, darum hatte er vermutlich befunden, dass er die kostbare Geisel bis morgen früh nicht bewachen müsse, und sich schlafen gelegt.

Tugomir war dankbar, seinen Schatten wenigstens für ein paar Stunden abgeschüttelt zu haben. Er fragte sich, was wohl aus Semela geworden sei, als er jemanden in seinem Rücken gedämpft rufen hörte: »Tugomir, warte auf mich.«

Er wandte sich um. »Wenzel.«

Sein Cousin stand an der Tür der Kirche, schloss sie sorgsam und kam dann zu Tugomir herüber. »Ich hatte gehofft, dich heute Abend noch allein anzutreffen. Ich muss mit dir reden.«

»Ich wüsste nicht, worüber«, entgegnete Tugomir.

Der böhmische Fürst betrachtete ihn einen Moment, dann wies er zum Ostende der Kirche. »Komm. Dort sind wir ungestört.«

Hinter der Kirche lag eine kleine Wiese, von deren Existenz Tugomir nichts geahnt hatte, nur begrenzt von einer niedrigen Bruchsteinmauer. Der Felsen, auf dem die Pfalz stand, war an dieser Stelle so steil, dass man auf eine Palisade verzichtet hatte, und darum bot sich dem Betrachter ein weiter Blick über die Dächer des Städtchens, die umliegenden Felder und den Harz. Selbst im Mondschein war die Aussicht atemberaubend.

Doch Tugomir hatte keinen Sinn für ihre Schönheit. »Was willst du, Wenzel? Mir raten, mich dem Wind aus dem Westen zu beugen und dem König zu unterwerfen, wie du es getan hast?«

»Das würde ich vielleicht, doch dein Tonfall verrät mir, dass mein Rat auf taube Ohren fallen würde.«

»Dann kann ich jetzt schlafen gehen?«

»Tugomir …« Wenzel schlang den feinen Mantel enger um sich, denn die Septembernacht war frisch, und setzte sich auf die Bruchsteinmauer. »Mein Bruder denkt genau wie du. Meine Mutter ebenso. Sie nennen mich einen Verräter, und es würde mich nicht überraschen, wenn sie meine Abwesenheit nutzen, um eine Revolte gegen mich zu planen.«

»Und?«, fragte Tugomir. »Was ist der Unterschied zwischen deinem Bruder und dir?«

»Mein Glaube, natürlich«, erwiderte Wenzel achselzuckend. »Mein Blick auf die Welt. Man hat mich viele Dinge gelehrt, die mein armer Bruder nicht weiß, und noch mehr habe ich gelesen …«

»Du kannst lesen?« Tugomir stieß verächtlich die Luft aus. »Sticken vielleicht auch?«

Aber Wenzel ließ sich nicht provozieren. »Mein Vater war bereits Christ, und er wollte, dass ich von christlichen Priestern erzogen werde. Ich glaube nicht, dass es mir geschadet hat. Du bist selbst ein gebildeter Mann, habe ich mir sagen lassen, wenn auch in anderer Weise. Also muss ich dir gewiss nicht erklären, dass alles, was man lernt, einem auf diese oder jene Weise nützt.«

Tugomir ließ sich ein gutes Stück von ihm entfernt ebenfalls auf dem Mäuerchen nieder. »In deinem Fall bin ich nicht sicher. Du erinnerst mich an einen Christenmönch, den ich kenne, so duldsam und friedfertig wie du bist. Schlechte Eigenschaften für einen Fürsten.«

»Ich würde sagen, das kommt darauf an, was man als die wichtigste Aufgabe eines Fürsten betrachtet. Ich glaube, meine Aufgabe besteht darin, meinem Volk ein Leben in Frieden und Wohlstand zu ermöglichen. Also nicht Krieg zu führen um jeden Preis, wie unsere Vorfahren es getan haben. Darum entehrt es mich nicht, mich König Heinrich zu unterwerfen. Im Grunde wollen wir nämlich beide das Gleiche: Frieden, ein Bündnis gegen die Ungarn und dem wahren Glauben den Boden bereiten.«

Tugomir verschränkte die Arme und schaute zum Himmel

auf, der mit unzähligen Sternen überzogen war wie mit Perlenstaub. »Ich wünsche deinem Bruder viel Glück mit seiner Revolte …«

Wenzel lachte in sich hinein. »Das wird er nicht haben, fürchte ich. Mein Bruder ist ein Narr, der immer nur mit dem Schwert denkt.«

»So wie meiner«, entfuhr es Tugomir, und weil er nicht wollte, dass auch nur ein Ansatz von Vertrautheit zwischen ihnen aufkam, fügte er hinzu: »Aber mein Bruder ist tot. Er fiel, als dein geliebter König Heinrich die Brandenburg stürmte.«

»Ich weiß«, antwortete Wenzel. »Ich verstehe auch, dass du voller Zorn bist, Tugomir, aber du kannst es dir nicht leisten, ihm nachzugeben. Du hast Verantwortung für deine Familie und für dein Volk.«

»Inwiefern? Was ich tue oder nicht tue ist ohne Belang für meine Familie oder mein Volk. Die Götter haben mich zum Zeugen unseres Niedergangs bestimmt, das ist alles.«

»Ja, das sähe deinen grausamen Göttern ähnlich.« Zum ersten Mal klang Wenzel nicht mehr gänzlich gelassen, sondern beinah wütend, doch er beherrschte sich sogleich wieder. »Ich bin überzeugt, *mein* Gott hat dir eine völlig andere Aufgabe zugewiesen. Ich kann nur beten, dass du sie eines Tages annimmst und die Wahrheit erkennst.«

»*Wahrheit*«, murmelte Tugomir angewidert. »Ein Wort, das ihr Christen ganz besonders gern ins Feld führt, dabei kennt ihr die Wahrheit ebenso wenig wie alle anderen.«

»Nun, ich weiß zumindest dies.« Wenzel sah seinem Cousin direkt ins Gesicht. »Dein Vater ist tot, Tugomir.«

Tugomir fuhr zusammen, und die Hände auf seinen Knien ballten sich zu Fäusten. »Und woher glaubst du das zu wissen?« Seine Stimme klang seltsam.

»Von meiner Mutter«, antwortete der böhmische Fürst. »Ich habe sie letzten Frühling in die Verbannung geschickt, weil sie mich ermorden lassen wollte. Sie kehrte heim auf die Burg ihres Bruders. Deines Vaters. Letzten Monat hat sie mir einen Boten geschickt. Auf dem Weg hierher habe ich einen Umweg gemacht und bin zur Brandenburg geritten. Meine Mutter hatte ausnahmsweise nicht gelogen. Es tut mir leid, Cousin.«

»Ist er gefallen?«, wollte Tugomir wissen. »In dieser Schlacht bei Lenzen, gegen König Heinrichs verfluchte Panzerreiter?«

»Nein. Er kehrte verwundet aus der Schlacht zurück. Die meisten seiner Männer hatte er verloren. Dann kam ein Priester namens Tuglo …?«

»Der Hohepriester des Triglav-Heiligtums auf dem Harlungerberg.« Tugomir erinnerte sich nur zu gut an ihn. Einen Sommer lang war er Tempelschüler auf dem Harlungerberg gewesen, und er hatte heute noch Narben von den Prügeln, die er von Tuglo bezogen hatte: ein grausamer Mann, ein miserabler Lehrer, aber ein hervorragender Priester. Tuglo wusste alles über die Götter. Sogar wie man sie gnädig stimmte.

»Er hat die Schwäche deines Vaters zum Anlass genommen, ihn zu entmachten. Tuglo hat die Heveller davon überzeugt, Fürst Vaclavic sei von den Göttern verlassen und habe sein Kriegsglück verloren. Schließlich glaubte dein Vater es offenbar selbst. Er nahm seinen Dolch und …«

»Na los, raus damit«, verlangte Tugomir rau. »Er nahm seinen Dolch und durchtrennte sich die Kehle. Was ist so schwer daran, es zu sagen, du *Jammerlappen*.« Mit einem Mal war er so wütend auf Wenzel, dass es ihn drängte, die Fäuste in dieses Gesicht zu schmettern, das dem seinen so erschreckend ähnlich war. Dabei war die Nachricht vom Tod seines Vaters keine Überraschung. Irgendwie, erkannte Tugomir, hatte er es längst gewusst. Vermutlich war seine Vila im Schlaf zu ihm gekommen und hatte es ihm zugeflüstert. Aber es tat trotzdem weh. Tugomir hatte seinen Vater verehrt. Fürst Vaclavic war nicht leicht zu lieben gewesen, war zu unnahbar und streng, nach dem Verrat und dem Tod seiner Frau erst recht. Aber auf seine Art hatte er sich bemüht, ein guter Vater zu sein, und er war ein kluger und furchtloser Fürst gewesen, der immer das getan hatte, was er für das Beste für die Heveller hielt. Wie unerträglich es gewesen sein musste, am Ende dennoch verraten zu werden. Wieder einmal. Und keiner seiner Söhne war mehr dort, um ihm zur Seite zu stehen.

185

»Was ist mit Dragomir, meinem Neffen?«, fragte Tugomir. »Haben sie ihn verbannt und im Wald ausgesetzt?«

Doch Wenzel schüttelte den Kopf. »Im Gegenteil. Dragomir ist jetzt der Fürst der Heveller. Und Tuglo ist stets an seiner Seite und flüstert ihm zu, was er sagen oder tun soll.«

Tugomir nickte wortlos und stand auf. Er beugte sich vor und sah an dem schroffen Felsen jenseits des Mäuerchens hinab. Ziemlich tief. Und ziemlich steil. Aber der helle Kalkstein schimmerte im Mondlicht, und Tugomir entdeckte kleine Spalten und Vorsprünge, wo er mit Händen oder Füßen Halt finden könnte. Es war zu schaffen, nahm er an. Auf jeden Fall einen Versuch wert.

»Was hast du vor?«, fragte Wenzel. Es klang nervös.

»Ich geh nach Hause«, erwiderte Tugomir kurz angebunden.

»Aber wie …«

»Keine Ahnung.« Er dachte einen Moment nach. Fieberhaft. »Zu Fuß bis zur Elbe. Wenn ich mich beeile, bin ich vor Sonnenaufgang dort. Beim ersten Tageslicht durchschwimme ich den Fluss, und auf der anderen Seite besorge ich mir ein Pferd. Es wird schon gehen.«

»Tugomir, das kannst du nicht schaffen. Sie werden dich einfangen, ehe du den Fluss erreicht hast.«

Tugomir wandte sich ihm zu. »Das werden wir ja sehen. Hab Dank, Cousin. Ich kann dich zwar nicht verstehen, und ich glaube wie dein Bruder, dass du dein Volk verraten hast. Aber ich bin dir trotzdem dankbar, dass du mir gesagt hast, wie es auf der Brandenburg steht. Jetzt weiß ich endlich, was ich tun muss. Leb wohl.«

Er schwang ein Bein über die Mauer und hörte im selben Moment eine Klinge aus einer Scheide fahren. »Denk nicht mal dran«, knurrte eine vertraute Stimme, und eine Pranke umklammerte Tugomirs Ellbogen und zerrte ihn zurück.

»Udo …«

»Was hast du dir vorgestellt, he?«, fragte der vierschrötige Soldat. »Dass ich das Beste hoffe und mich aufs Ohr haue?«

»Wie lange liegst du hier schon auf der Lauer, he?«, fragte Tugomir wütend.

»Die ganze Zeit. Nicht, dass ich ein Sterbenswort von eurer

Barbarensprache verstanden hätte. Aber ich hab auch so gemerkt, dass es dich plötzlich in die Ferne zog.«

Tugomir befreite seinen Arm mit einem kleinen Ruck. »Udo, mein Vater ist tot und …«

»Ehrlich?« Udo schnalzte mit der Zunge. »Das tut mir jetzt aber leid, ehrlich. Meinen Vater haben die Ungarn abgeschlachtet, als ich noch in den Windeln lag, stell dir das vor. Willst du wissen, was sie mit meiner Mutter gemacht haben?«

»Hör zu«, bat Tugomir eindringlich. »Ein machtgieriger Priester hat meinen Neffen auf den Fürstenthron gesetzt und regiert in seinem Namen. Das kann nicht gut gehen.«

»Du glaubst nicht, wie scheißegal mir das ist.«

Tugomir stieß hörbar die Luft aus. »Ich habe deinen Sohn gerettet. Drück ein Auge zu und lass mich verschwinden, damit ich versuchen kann, meinen Neffen zu retten. Verflucht, er ist jünger als Henning!« Gehetzt sah er nach Osten, wo irgendwo versteckt unter dem Dach der mondbeschienenen Wälder die Elbe floss, vielleicht dreißig Meilen entfernt.

Udo packte ihn sicherheitshalber wieder am Arm. »Ein Auge zudrücken? Hast du eigentlich eine Ahnung, was mir blüht, wenn ich dich entwischen lasse?« Er nickte Wenzel knapp zu und zerrte Tugomir zurück Richtung Kirche. »Ich bring dich jetzt zurück in die Sakristei, mein Prinz. Da kannst du dein bitteres Los beweinen oder dir von deinem Daleminzerbübchen den Schwanz lutschen lassen, mir ist es gleich.« Er stieß Tugomir vor sich her und verpasste ihm einen gut platzierten Tritt, um ihn zu ermuntern, ein wenig schneller zu gehen.

Tugomir wäre beinah ins Straucheln geraten. Er stützte sich an der hölzernen Kirchenwand ab und verfluchte Udo.

»Was faselst du da?«, fragte der Soldat argwöhnisch und schob ihn durch die geöffnete Kirchentür.

»Wer weiß«, raunte Tugomir über die Schulter. »Womöglich erbitte ich den Segen meiner Götter für dich und die Deinen. Oder vielleicht beschwöre ich das Lungenfieber auf deinen Sohn herab? Und ich verrate dir, wen du nicht um Hilfe zu bitten brauchst, wenn der Bengel wieder anfängt zu röcheln.«

Udos Faust erwischte ihn im Nacken. Es fühlte sich an, als habe ihn ein Schmiedehammer getroffen, und Tugomir schlug der Länge nach hin.

Die beiden Männer, die im schwachen Licht zweier Öllämpchen am Altar standen, wandten erschrocken die Köpfe. »Wer da?«, fragte einer von beiden streng.

Prinz Otto, erkannte Tugomir.

»Nur ich und unser slawischer Freund, mein Prinz«, knurrte Udo.

»Oh, das trifft sich gut. Komm her, Tugomir. Ich will dir etwas zeigen.« Ein erwartungsvolles Lächeln lag in Ottos Stimme.

Tugomir schloss einen Moment die Lider und fragte sich, wie lange diese grässliche Nacht wohl noch dauern wollte, während Udo ihn mit zwei, drei kräftigen Stößen zwischen die Schultern zum Altar geleitete.

Dort stand Otto gegenüber Bruder Waldered und lächelte wie ein Narr auf das Paket hinab, das er im linken Arm hielt.

Behutsam nahm Prinz Otto es ihm ab und streckte es Tugomir entgegen. »Hier. Dragomiras Sohn. Und meiner, natürlich.«

Tugomir wollte einen Schritt zurücktreten, aber sein Körper gehorchte nicht. Stattdessen streckte er die Hände aus, und Otto legte das Kind hinein. Es war noch winzig, ganz und gar in ein warmes Wolltuch gewickelt, aber das Gesicht lugte hervor, umrahmt von dunklem Flaum. Es hatte die Augen geschlossen, doch als die feuchten roten Lippen sich bewegten, erkannte Tugomir, dass es Dragomiras Mund geerbt hatte.

Otto trat neben ihn, kam ihm näher, als Tugomir eigentlich aushalten konnte, und zupfte an dem wollenen Tuch, um das Kind besser zuzudecken. »Wir haben ihn Wilhelm genannt. Das war der Wunsch der Königin. Und sie wollte auch, dass er in ein Kloster gebracht wird, ohne dass irgendwer weiß, wer er ist. Aber dies ist *mein* Sohn. Ich möchte ihn in meiner Nähe haben, und er soll bei Hofe aufwachsen. Also, was sagst du, Prinz Tugomir? Wirst du diese Aufgabe übernehmen und gemeinsam mit Bruder Waldered der Erzieher meines Sohnes sein? Denn er soll auch von seinem slawischen Erbe erfahren und es niemals verleugnen. Das wäre nicht recht, meine ich.«

Tugomir gab ihm das Kind zurück. Er brachte keinen Ton heraus, darum forderte er Udo mit einem matten Wink auf, ihn endlich in die Sakristei zu sperren. Denn er hatte den Verdacht, dass er heute Nacht vielleicht tatsächlich einen Ort brauchte, wo er unbeobachtet ein paar Tränen vergießen konnte.

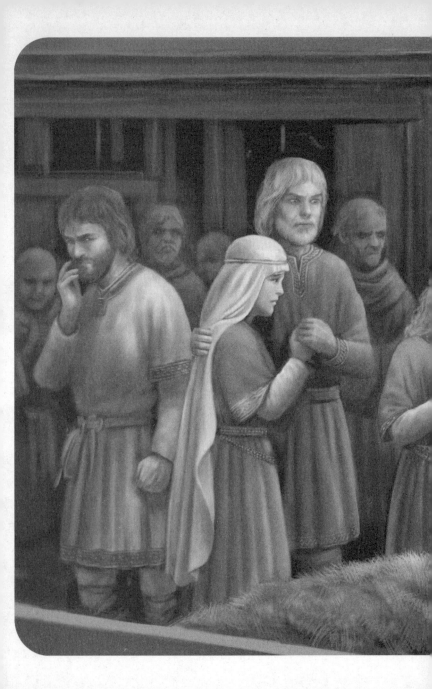

Möllenbeck, Oktober 935

»*Qui convertit mare in aridam, in flumine pertransibunt pede*«, murmelte Dragomira vor sich hin und strich sich versonnen mit dem stumpfen Ende des Kohlestifts über den Handballen. Sie merkte nicht, dass sie dort dunkle Striche hinterließ.

»Was?«, fragte Schwester Jutta zerstreut, die dabei war, die Binsenlichter auf den Stehpulten des Scriptoriums zu löschen.

»*Er wandelt das Meer in trockenes Land, sie schreiten zu Fuß durch den Strom*«, wiederholte Dragomira auf Deutsch.

Jutta nickte. »Psalm sechsundsechzig.«

»Er meint die Teilung des Roten Meeres, oder? Beim Auszug aus Ägypten?«, vergewisserte Dragomira sich, denn die Psalmen waren und blieben ihr rätselhaft.

Die ältere Stiftsdame trat zu ihr. »Ja, ich würde sagen, das ist ausnahmsweise einmal ziemlich eindeutig. Und jetzt komm, Schwester. Es wird Zeit.«

»Ja, gleich.« Dragomira betrachtete die Pergamentseite mit den ersten sechs Versen des Psalms. Darunter hatte die Schreiberin viel Platz gelassen. Für sie. Damit sie diesen Platz mit einem Bild ausfüllte, dessen Pracht und Schönheit den Betrachter in ebensolches Entzücken versetzen sollten wie die frommen Worte. Denn das konnte sie besser als jede andere der Schwestern hier. Und das war nur eine Seite an sich, die Dragomira erst hier entdeckt hatte.

Bedächtig, aber ohne Zaudern setzte sie den Kohlestift an, und mit wenigen feinen Strichen fertigte sie ihren Vorentwurf: Moses mit ausgebreiteten Armen, das aufgewühlte Meer, das sich links und rechts zu einer Mauer türmte und eine Gasse öffnete, das staunende Volk Israel, welches den Weg in die Freiheit erblickte.

Schwester Jutta zog scharf die Luft ein. »Wie machst du das nur immer?«, fragte sie. »Das wird wunderbar. Oh, Königin Mathildis wird so begeistert sein von ihrem neuen Psalter!«

Solange ihr niemand erzählt, wer ihn bebildert hat, dachte Dragomira.

»Vielleicht kommt sie uns eines Tages sogar besuchen, um sich zu bedanken«, fuhr Jutta träumerisch fort.

Dragomira sah stirnrunzelnd von ihrer Zeichnung auf. »Darauf lege ich offen gestanden keinen großen Wert.« Sie richtete sich auf, ließ die Schultern kreisen und unterdrückte ein Stöhnen. »Ich glaube, du hast recht. Für heute ist es genug.«

»Wir sind wieder einmal die Letzten.«

Dragomira nickte. »Geh nur vor. Ich wasche nur noch eben die Pinsel aus.«

Jutta legte ihr freundschaftlich die Hand auf den Arm und wandte sich dann ab. Dragomira blieb allein im Scriptorium zurück, einem länglichen Raum innerhalb der Bibliothek, die aus Stein erbaut war, damit die kostbare und stetig wachsende Büchersammlung des Kanonissenstifts zu Möllenbeck nicht Gefahr lief, ein Raub der Flammen zu werden. Kaum eine der Schwestern hatte je zuvor ein Steinhaus gesehen, aber die Mutter Oberin hatte dennoch eines bauen lassen. Hilda von Kreuztal hatte keine Furcht vor neuen Ideen, der Herr sei gepriesen …

Die kleinen Rundbogenfenster waren mit Holzläden verschlossen, um die neblige Herbstkälte auszusperren, und das Scriptorium war dämmrig. Dragomira trug ihre Pinsel in der linken, das Licht in der rechten Hand zu dem Wassereimer an der Wand. Sie stellte das Öllämpchen auf einen Schemel, und als sie sich über den Eimer beugte, erhaschte sie einen Blick auf ihr Spiegelbild: ein junges Frauengesicht mit großen, dunklen Augen. Gar kein übles Gesicht, fand sie, auch wenn der weiße Schleier, der es umrahmte und das Haar bedeckte, ihm eine Strenge und Würde verlieh, die Dragomira kaum mit ihrer Persönlichkeit in Einklang bringen konnte.

Sie dachte an die Nacht, als die Brandenburg gefallen war und ihr jüngeres Selbst sich für Prinz Otto geschmückt und im Spiegel betrachtet hatte. Über sechs Jahre lag diese Nacht zurück, aber ihr kam es länger vor. Sie konnte sich an die slawische Fürstentochter, die sie damals gewesen war, kaum noch erinnern. Jedes Mal, wenn sie an sie dachte, kam es ihr vor, als betrachte sie die Vergangenheit einer Fremden. Einsam war sie damals gewesen, ungeliebt von ihrem Vater und ihrer ganzen Sippe, wenn man einmal von Tugomir absah. Und sie hatte sich gefürchtet, immer nur gefürchtet. Vor der Zukunft, vor den Göttern, vor der Blöße, die es bedeuten würde, sollte irgendwer ihre Furcht je bemerken. Dann vor den Sachsen, dann davor, dass sie ihren Prinzen und ihr Kind verlieren würde.

All das war heute so weit weg, dass es ihr unwirklich vorkam. Sie hatte zu Christus gefunden und ihn mit Hingabe angenommen, denn vor Christus musste man sich nicht fürchten. Sie lebte in einer Gemeinschaft, in der sie sich willkommen und geschätzt fühlte, mehr noch, in die sie gehörte. Die Trennung von ihrem Sohn war ein Kummer, der sie ständig begleitete, aber viel mehr als ein melancholisches Sehnen war es nicht mehr. Sie wusste, dass es dem kleinen Wilhelm dort, wo er war, an nichts mangelte. Sie hatte hier eine Aufgabe gefunden, die sie ausfüllte, und führte ein Leben in Komfort und Bequemlichkeit. Also wie bei allen Heiligen war es möglich, dass das Gesicht, welches sie auf der dunklen Wasserfläche sah, keinen Ausdruck heiterer Gelassenheit zeigte?

Dragomira schüttelte den Kopf – ungeduldig mit sich selbst –, steckte die Pinsel ins Wasser und bewegte sie emsig hin und her, damit das Gesicht dieser undankbaren und unbelehrbaren dummen Gans verschwand. »Du solltest dich wirklich schämen«, murmelte sie vor sich hin.

Sie schlug ihre Malwerkzeuge am Eimerrand aus, brachte sie zurück an ihren Platz und vergewisserte sich noch einmal, dass alle Lichter bis auf ihres gelöscht waren.

Dann trat sie ins Freie und versperrte die Tür mit dem Schlüssel, den sie am Gürtel trug.

Der Nachmittag war grau und ungemütlich, die Feuchtigkeit in der Luft konnte sich nicht entscheiden, ob sie nun Nebel oder Niesel sein wollte.

Dragomira umrundete mit raschen Schritten den Klostergarten, wo einige Mägde die Beete umgruben. Knechte brachten hoch beladene Schubkarren voller Mist vom Viehstall herüber, kippten den übelriechenden Dünger zum Einarbeiten auf die frisch gewendete Erde, ließen die Muskeln spielen und plusterten sich vor den mehrheitlich jungen Frauen auf. Die Mägde quittierten ihr Gehabe mit viel Gekicher und Getuschel. Nur Mirnia arbeitete unbeirrt weiter und trieb das hölzerne Spatenblatt mit verbissener Heftigkeit in die schwere, lehmige Erde.

Eigentlich war Männern der Zutritt zum Stift verboten, und nur in Ausnahmefällen wurde ihnen Einlass zum Verrichten schwerer Arbeiten gewährt. In Möllenbeck war die Ausnahme allerdings die Regel geworden, denn nach Vollendung der Bibliothek hatten die Schwestern entschieden, den Baumeister und seine Leute nicht wieder ziehen zu lassen, sondern sich einen lang gehegten Traum zu erfüllen: Möllenbeck bekam ein steinernes Gotteshaus. Sie hätten gut gewirtschaftet und die nötigen Mittel, hatte die Mutter Oberin zufrieden verkündet. Vor zwei Jahren begonnen, waren Chor- und Altarraum der neuen Kirche fertig, und die Arbeiten am Langhaus kamen gut voran. Das ehrgeizige Projekt erfüllte die Stiftsdamen mit Euphorie, aber einfach war es nicht, um die Baustelle herum das vorgeschriebene Leben der Abgeschiedenheit und Klausur zu führen. Denn was eine Baustelle vor allem mit sich brachte, waren nun einmal Männer. Und darum war für Mirnia jeder Tag eine Prüfung.

Dragomira blieb bei ihr stehen. »Genug für heute. Komm mit hinein, sei so gut, und bring ein Kohlebecken in meine Kammer, während ich zur Vesper gehe. Mach ein bisschen Ordnung.«

Die junge Frau nickte mit einem scheuen, dankbaren Lächeln. Sie war Dragomiras persönliche Magd – es war üblich bei den vornehmen Stiftsdamen, eigene Dienerschaft zu haben –, doch die Aufgaben, die sie für ihre Herrin zu verrichten hatte, füllten ihre Tage nicht aus, und so wurde erwartet, dass Mirnia wie die anderen Dienstmägde bei der Arbeit in Haus und Garten half. Sie tat es bereitwillig und fleißig und meistens stumm, so wie alles, was man ihr auftrug. Aber Mirnia hatte nie überwunden, was ihr auf dem Flusskahn auf der Reise hierher passiert war. Die meisten hier hielten sie für ein wenig zurückgeblieben, denn sie war scheu und schreckhaft, sprach fast nie, nahm keinen Anteil am gemeinschaftlichen Leben und schloss mit niemandem Freundschaft. Dragomira wusste es besser. Aber es gab nicht viel, das sie tun konnte, um Mirnia zu helfen. Sie hatte die Schwester *Celleraria*, die für die Verwaltung der Lebensmittel und die Organisation der Hauswirtschaft zuständig war, beiseitegenommen, sie gebeten, Mirnia nur in Haus und Küche einzusetzen, und ihr die Gründe erklärt. Doch sie war auf wenig Verständnis gestoßen. Die Kellermeisterin war eine vornehme Dame aus thüringischem Adel, die erst ins Stift eingetreten war, nachdem ihr Sohn erwachsen und ihr Gemahl gestorben war. Sie kannte die Welt.

»Na und?«, hatte sie verwundert gefragt. »Wenn wir alle Frauen bedauern wollten, denen das geschehen ist, hätten wir für nichts anderes mehr Zeit, Schwester. Sie soll sich gefälligst zusammenreißen.«

»Aber sie war noch so jung«, hatte Dragomira zu erklären versucht. »Und hatte kurz zuvor ihre ganze Familie verloren. Sie ist in die Fremde verschleppt worden und fühlt sich entwurzelt und ausgeliefert.«

»Hm«, machte die Kellermeisterin und nickte, dass ihr Doppelkinn bebte. »Und was davon ist nicht auch dir zugestoßen? Ich sehe nicht, dass du dir deswegen die Haare ausraufst.«

»Das war anders …«

»Ich erkenne keinen Unterschied«, war die Schwester ihr ungeduldig ins Wort gefallen. »Aber es ist gut, dass du gerade hier bist, fällt mir ein. Ich muss wissen, wie viel Wein du kommenden Monat zum Anmischen deiner Farben brauchst …«

Und dabei war es geblieben.

Während Mirnia davoneilte, um Dragomiras Gemach herzurichten, begab Dragomira selbst sich in die Kirche zur Vesper, die nach getaner Tagesarbeit gehalten wurde. Die Stiftsdamen versammelten sich im Chorgestühl, und auf das Zeichen der Schwester *Cantrix* stimmten sie den ersten der Gesänge an. Gut drei Dutzend geschulte Frauenstimmen erhoben sich in perfekter Harmonie, um

Gott zu preisen, und wie immer überlief Dragomira ein kleiner Schauer von diesem herrlichen Wohlklang. Sie war stolz, ein Teil davon zu sein. So wie sie stolz darauf war, zu einer Gemeinschaft von Frauen zu gehören, die ihr Leben so ganz ohne Männer meisterten. Und es war keineswegs ein schlichtes Leben. Möllenbeck besaß vierzehn Dörfer mit rund zweitausend Hörigen, ein Dutzend Eigenkirchen und zusätzlich fast zweihundert Hufen Land mit Wäldern, Fischteichen, Weinbergen, Weide- und Ackerflächen. All dieser Besitz musste bewirtschaftet und verwaltet werden. Gewiss, für die Ausübung der Gerichtsgewalt, Überwachung der Frondienste und Ähnliches mehr hatte das Stift einen Vogt, doch die eigentliche Verwaltung ihres Besitzes übernahmen die Kanonissen selbst, und sie trafen die wichtigen Entscheidungen gemeinsam in ihrer täglichen Versammlung. Kein Wunder also, dass die Stimmen, die sich hier achtmal täglich zum Gotteslob erhoben, so kraftvoll und selbstbewusst klangen.

Nach dem Ende des Gottesdienstes verließen die Stiftsdamen in ordentlichen Zweierreihen die alte, aus Holz erbaute Kirche, die Köpfe über die gefalteten Hände gebeugt, um sich zum Nachtmahl ins Refektorium zu begeben.

»Dragomira?«

Sie wandte sich um. »Schwester *Decana*«, grüßte Dragomira die neue Priorin.

Schwester Gertrudis errötete wieder einmal. »Mir wird immer noch ganz schwindelig, wenn mich jemand so nennt.« Einst das schüchterne Mädchen, das Dragomira bei Wilhelms Geburt beigestanden hatte, war sie inzwischen die rechte Hand der Äbtissin, und so war es nur folgerichtig, dass Gertrudis nach dem Tod der alten Priorin deren Nachfolge angetreten hatte. Was indes nicht hieß, dass sie sich in der neuen Sonderstellung wohl fühlte.

»Du wirst dich daran gewöhnen«, mutmaßte Dragomira.

»Vielleicht.« Die junge Priorin nahm sie beim Ärmel und führte sie ein Stück beiseite. »Hast du gehört, dass in Süderdorf die Pocken ausgebrochen sind?«

»Ja, die Schwestern im Scriptorium sprachen vorhin davon. Es ist furchtbar.« Süderdorf war eine der größeren Ortschaften, die dem Stift gehörten, und lag nicht weit entfernt.

»Der Pfarrer hat uns geschrieben und bittet um Beistand. Über ein Dutzend Menschen sind schon gestorben, mindestens doppelt so viele erkrankt.«

Dragomira schwante nichts Gutes. Weil ihr Bruder ein berühmter Heiler war, schien alle Welt zu glauben, auch sie müsse diese Gabe besitzen. Dabei war Malen eigentlich das Einzige, was sie konnte. Sie nahm ihren Mut zusammen. »Du willst, dass ich hinreite?«

»Wie kommst du darauf?«, entgegnete Gertrudis verwundert. »Das kommt überhaupt nicht infrage. Nein, ich will dem Pfarrer antworten, dass sie die Kleider der Toten verbrennen müssen, weil die giftigen Dämpfe der Krankheit daran haften und die Gesunden befallen können. Aber er wird es nicht tun, wenn ich nicht aus irgendeiner gelehrten Schrift belege, dass es ein wirksames Mittel gegen die Ausbreitung ist. Ich weiß genau, dass ich in einem unserer Bücher etwas darüber gelesen habe. Aber leider nicht mehr, in welchem. Es war groß.« Gertrudis deutete die Ausmaße des Folianten mit den Händen an. »In gelbliches Leder gebunden mit einem bronzenen Verschluss.«

»St. Gallener Heilerschrift«, antwortete Dragomira prompt. »Der ehrwürdige Abt von Corvey hat es in St. Gallen zweimal kopieren lassen und uns eine Abschrift geschenkt. So ungefähr … vor drei Jahren.«

Gertrudis atmete auf. »Weißt du, wo es steht?«

»Sicher. Ich hole es dir.«

Dragomira umrundete die Kirche und gelangte zurück in den großzügigen Garten. Die fleißigen Mägde und Knechte waren verschwunden. Es dunkelte bereits, aber sie konnte den Pfad, der um die Beete herumführte, gerade noch erkennen. Außerdem hätte sie den Weg zur Bibliothek auch im Stockfinsteren gefunden, denn sie ging ihn täglich viele Male, wenn sie zwischen ihrer Arbeit und den Stundengebeten in der Kirche pendelte. Sie tastete nach dem Schlüssel an ihrem Gürtel, als plötzlich ein Schatten vor ihr aufragte.

»Vergebt mir, Schwester.«

Dragomira biss sich im letzten Moment auf die Zunge, ehe ihr ein Schreckenslaut entfahren konnte. »Wer seid Ihr, und was habt Ihr hier verloren?«, fragte sie stattdessen, und sie war zufrieden mit sich: Es klang angemessen barsch.

»Mein Name ist Widukind von Herford. Ich bedaure, sollte ich Euch erschreckt haben. Offenbar hat niemand mein Klopfen gehört, aber Eure Pforte war unverschlossen. Darum habe ich mir die Freiheit genommen …« Er brach ab.

»Die Schwester *Portaria* muss wieder einmal eingeschlafen sein«, brummte Dragomira. »Eine ganze Horde Ungarn könnte hier einfallen, und sie würde es nicht merken.«

»Dafür müssten die Ungarn Euer Stift erst einmal finden, Schwester. Es ist sehr abgelegen.«

Sie nickte. »So soll es sein. Und Ihr wünscht?«

»Nun … Ich fürchte, ich habe mich verlaufen. Ich hatte die Absicht, die Vesper mit euch zu beten, und dachte, dies hier sei die Kirche«, sagte er.

»Die Kirche ist das Gebäude mit dem Glockentürmchen«, erklärte sie hilfsbereit.

»Ja, ja, nur weil dieses hier aus Stein ist, nahm ich an …« Er brach schon wieder ab.

»Die steinerne Kirche befindet sich im Bau«, antwortete sie. »Sie liegt hinter der alten. Das hier ist die Bibliothek.«

»Verstehe. Ich wäre sehr dankbar, wenn Ihr mich zu Eurer Mutter Oberin geleiten könntet, Schwester …«

»Dragomira.«

»Wie bitte?«

»Dra-go-mi-ra.«

»Oh. Ungewöhnlich.«

»Das müsst Ihr gerade sagen.«

Er lachte, und mit einem Mal wurde es Dragomira eigentümlich eng um die Brust. Sein Lachen klang genau wie Ottos: warm und voll arglosen Frohsinns.

»Mein Name ist slawisch«, erklärte sie, steckte den Schlüssel ins Schloss und sperrte die Tür zur Bibliothek auf.

»Meiner ist sächsisch«, erwiderte er. »Sehr alt. Vor über hundert Jahren gab es einen Sachsenherzog dieses Namens, der gegen Karl den Großen kämpfte, weil der die heidnischen Sachsen mit dem Schwert bekehren wollte.«

Dragomira hatte von diesem Widukind gelesen. »Und die Sachsen haben aus ihrem eigenen Schicksal nichts gelernt und versuchen nun ihrerseits, die Slawen mit dem Schwert zu bekehren«, gab sie zurück.

»Tja. Schon eigenartig«, räumte er ein. »Und ich bewundere Eure Bildung, Schwester Dragomira.«

Sie zuckte die Achseln. »Sie kommt ganz von selbst, wenn man in einer Bibliothek arbeitet. Tretet ein, Widukind von Herford. Ich muss nur rasch ein Buch holen. Wenn Ihr Euch solange gedulden wollt, führe ich Euch zur Mutter Oberin.«

Er folgte ihr ins Innere der Bibliothek, blieb aber an der Tür stehen, denn drinnen war es dunkler als draußen. Dragomira bewegte sich sicher durch den vertrauten Raum, trat ans abgedeckte Feuer, hielt einen Kienspan in die Glut und zündete eines der Binsenlichter an. Damit ging sie an eines der deckenhohen Regale und fand die kostbare St. Gallener Handschrift auf Anhieb. Sie stellte ihr Licht ab und hob den Folianten behutsam vom Bord.

»Hier, lasst mich das tragen«, erbot sich Widukind, und wieder wäre Dragomira um ein Haar zusammengezuckt, denn sie hatte ihn nicht näher kommen hören.

Sie wandte sich zu ihm um. Was sie im Licht der Öllampe sah, überraschte sie nicht. Sein Lachen hatte sie vorgewarnt. Seine Ähnlichkeit mit Otto war vielleicht nicht besonders augenfällig, aber unbestreitbar vorhanden. Das gleiche weizenblonde Haar. Die gleichen geschwungenen Lippen, die schmalen Brauen. Nur die Augen waren braun, fast so dunkel wie ihre eigenen. Sie legte das schwere Buch in seine ausgestreckten Hände. »Ihr seid ein Verwandter der Königin?«

»Ihr Neffe.« Er sah sie unverwandt an. »Woher wisst Ihr das?«

»Geraten. Wegen des Namens. Es heißt, Königin Mathildis stamme von jenem berühmten Sachsenherzog Widukind aus heidnischen Zeiten ab.«

201

Er nickte. »Der sich zu guter Letzt doch noch besonnen hat und Christ wurde. Wir sind ziemlich stolz auf ihn. Darum ist der Name in unserer Familie sehr beliebt. Mein älterer Bruder hieß auch so, aber er starb an Wundbrand, kurz bevor ich zur Welt kam. Darum bekam ich seinen Namen, aber ich fürchte, ich habe ansonsten nicht sehr viel mit ihm gemeinsam. Das hat mein Vater jedenfalls immer gesagt, wenn er mir die Leviten las.« Er lächelte, und von der Traurigkeit in diesem Lächeln wurde Dragomira schon wieder eng ums Herz.

»Redet Ihr immer so viel?«, hörte sie sich sagen.

Widukind nickte mit Inbrunst. »Immer, fürchte ich. Ich habe auch noch einen kleinen Vetter, der Widukind heißt und der dem Kloster in Corvey versprochen ist. Das ist übrigens eine sehr beeindruckende Bibliothek, die Ihr hier habt, Schwester Dragomira.«

Sie folgte seinem Blick. »Ja«, stimmte sie zu und machte aus ihrer Befriedigung keinen Hehl. »Das ist etwas, worauf *wir* hier stolz sind.«

»Zu Recht.« Er folgte ihr zurück zur Tür. »Es tut mir leid, dass ich so spät komme. Der Weg war viel weiter, als ich dachte. Glaubt Ihr, jetzt ist ein guter Zeitpunkt, um Äbtissin Hilda meine Aufwartung zu machen?«

Dragomira drückte ihm das Licht in die freie Linke, bemerkte dabei, wie groß und feingliedrig seine Hände waren, und sperrte zu. »Ich würde sagen, das kommt darauf an, was Ihr von ihr wünscht.« Sie nahm ihm die Öllampe wieder ab.

»Oh, ich will mich nur vorstellen. Sie erwartet mich. Die Königin hat mich ihr vorgeschlagen, versteht Ihr, doch auch wenn sie die großzügige Förderin dieses Stifts ist, könnte es ja trotzdem sein, dass die Mutter Oberin nicht besonders versessen auf ihre Empfehlungen ist.«

Dragomira verstand nicht so recht, was er meinte, bis er den warmen Mantel über die Schulter zurückschlug, um sich das Buch unter den Arm klemmen zu können. Erst da sah sie die Stola und das dunkle Priestergewand.

Magdeburg, Oktober 935

»Ja, recht so, Wilhelm, lass dir nichts gefallen!«, rief Thankmar.

Der sechsjährige Wilhelm verpasste seinem Halbbruder einen ordentlichen Faustschlag vor die Brust. Liudolf taumelte zurück, landete auf dem Hintern und fing an zu heulen.

Tugomir seufzte. »Gut gemacht, Thankmar«, raunte er dem Prinzen zu, erhob sich von der Bank und trat zu den beiden kleinen Streithähnen. Nicht besonders sanft packte er seinen Neffen am Arm und rüttelte ihn ein bisschen. »Was hab ich dir gesagt?«, fragte er streng.

Wilhelm zog die Schultern hoch, erwiderte seinen Blick aber herausfordernd. »Was weiß ich? Du sagst mir jeden Tag so viele Dinge.«

Tugomir packte fester zu. »Denk noch mal nach«, riet er.

Wilhelm blinzelte. Der eiserne Klammergriff um seinen Arm schmerzte ihn zweifellos, aber er schwieg lange genug, um zu bekunden, dass ihn das nicht einschüchterte. Erst dann zeigte er Einsicht. »Du hast gesagt, ich darf mich nicht mit ihm prügeln, weil er ein Jahr jünger ist als ich.«

Tugomir ließ ihn los.

»Er ist aber genauso groß wie ich«, fuhr der Junge fort. »Darum bin ich nicht sicher, ob es gerecht ist.«

»Das braucht dich nicht zu bekümmern«, gab sein Onkel zurück. »Es reicht, wenn du mir gehorchst.« Er wandte sich ab, zog Liudolf auf die Füße und klopfte Stroh von seinen Kleidern. »Hör auf zu flennen. Was soll dein Vater denken, wenn er dich so sieht?«

Das wirkte immer, bei allen beiden. Für die Anerkennung ihres Vaters waren sie gewillt, sich mustergültig zu benehmen – jedenfalls vorübergehend. Der kleine Prinz Liudolf fuhr sich schleunigst mit dem Ärmel über die Augen. Dann hob er den Ball aus den Binsen auf, lief ein paar Schritte Richtung Fenster und warf ihn über die Schulter Wilhelm zu, der ihn geschickt auffing. Einträchtig und einigermaßen wild tobten die beiden Jungen zwischen den langen Tischen entlang, ihre Rauferei vergessen.

Es herrschte ein ziemlicher Betrieb in der Halle. Das war zu dieser Tageszeit meistens der Fall, und heute hatte das abscheuliche Wetter alle hierhergetrieben, die nichts Dringendes zu erledigen hatten: Ein paar dienstfreie Wachen saßen an einem der unteren Tische und würfelten, drei Priester und zwei Mönche aus der Kanzlei standen in der Mitte des hohen Saals am Feuer und erregten sich über irgendein Schriftstück, das einer von ihnen in der Hand hielt. Eine Gruppe junger Edelleute beiderlei Geschlechts aus Ottos und Edithas Gefolge saß über bronzenen Weinbechern und brach allenthalben in Gelächter aus, und wie immer hockten die alten Weiber zusammen, spannen oder nähten und tauschten Neuigkeiten aus. Drei junge Daleminzer hatten neues Holz gebracht, stapelten es an der Stirnwand auf und tändelten mit den Mägden, die die hohe Tafel eindeckten. Wilhelm und Liudolf waren nicht die einzigen Kinder, die umhertollten.

»In Wahrheit sind sie ein Herz und eine Seele«, bemerkte Thankmar, den Blick auf seine beiden Neffen gerichtet.

Tugomir nickte. Es stimmte. Wilhelm und Liudolf waren die dicksten Freunde und steckten zusammen, wann immer man sie ließ. Da Wilhelm für die kirchliche Laufbahn bestimmt war, musste er lesen und schreiben lernen, während Liudolf allmählich seine Waffenausbildung begann. Darum mussten sie vormittags getrennte Wege gehen, worüber sie sich beide gern und wortreich beklagten.

»Ich finde das regelrecht unheimlich«, fuhr Thankmar fort. »Du solltest es fördern, wenn sie sich prügeln, statt Wilhelm zuzusetzen. Diese Eintracht unter Brüdern ist nicht natürlich. Denk an Kain und Abel. Ach nein, entschuldige, du bist ja ein armes Heidenkind. Dann denk an Otto und mich. Oder an deinen toten Bruder mit dem unmöglichen Namen und dich selbst. Brüder *müssen* miteinander balgen und wetteifern, wie sollen sonst Männer aus ihnen werden?«

»Vielleicht erklärst du das Editha bei Gelegenheit einmal«, schlug Tugomir vor. »Sie kommt immer im Zorn über mich, wenn Wilhelm ihrem kostbaren Söhnchen angeblich ein Haar gekrümmt hat.«

Thankmar hob vielsagend die Schultern. »Liudolf ist ihr Augapfel, was erwartest du? Und natürlich kann sie Wilhelm nicht ausstehen. Wobei sie sich große Mühe gibt, das nicht zu zeigen, das muss man ihr wirklich lassen. So ähnlich wie Mathildis mit mir damals.«

»Wobei du kein Bastard bist«, schränkte Tugomir ein.

»Darüber kann man unterschiedlicher Auffassung sein, wie du weißt«, konterte Thankmar. »Und außerdem würde niemand wagen, Wilhelm spüren zu lassen, dass er ein Bastard ist.«

Tugomir nickte. Er wusste, Thankmar hatte nicht unrecht: Ottos Gemahlin gab sich Mühe, dem Jungen eine gute Stiefmutter zu sein. Aber sie missbilligte seine schiere Existenz. Sie missbilligte Ottos Verbindung mit Dragomira – nicht weil sie bigott war, sondern weil es ihren Vorstellungen von einem angemessenen prinzlichen Betragen widersprach. Und sie missbilligte Tugomirs Anwesenheit und Stellung an ihrem Hof, weil er sich weigerte, ihren Buchgott anzubeten.

Der Ball kam in ihre Richtung geflogen, und Thankmar bog den Kopf zur Seite, um nicht getroffen zu werden. »Es wäre gesünder für uns, wenn sie das draußen machen würden«, bemerkte er, nahm sicherheitshalber den Weinbecher in die Hand und leerte ihn in einem ordentlichen Zug.

Tugomir sah unwillkürlich zum Fenster, doch es war mit einem Holzladen verrammelt, der mit einem von Edithas unzähligen Wandbehängen verdeckt war. Man hörte indes das Prasseln des Regens auf dem strohgedeckten Dach – ein Blick ins Wetter war überflüssig. »Kommt nicht infrage«, beschied er. »Liudolf war gerade erst krank, er muss sich noch vorsehen.«

»Tja, wenn der kronprinzliche Leibarzt es sagt …«, spöttelte Thankmar. Er schenkte nach und reichte Tugomir den Becher.

Tugomir nahm ihn und trank, damit Thankmar es nicht tat. Er wusste, das war absurd. Wenn er Thankmar auf diese Weise vor seinem übermäßigen Weingenuss hätte bewahren wollen, wäre Tugomir von früh bis spät sternhagelvoll gewesen. Aber manchmal besorgte ihn, wie viel der ältere der Prinzen trank, vor allem in der dunklen Jahreszeit. Und natürlich besorgte ihn, dass ihn das besorgte. Er hatte sich längst damit abgefunden, dass sie Freunde geworden waren, trotz allem. Aber er wollte verdammt sein, wenn er die undankbare Rolle übernahm, Thankmar vor sich selbst zu schützen …

Atemlos kamen die beiden Jungen angerannt und hielten vor ihnen an, Liudolf mit dem Ball unter dem Arm. »Da kommen Reiter!«, rief er aufgeregt.

Tugomir hatte es auch gehört. Mindestens drei Pferde hatten vor der Halle Halt gemacht. Nur Augenblicke später wurde die zweiflügelige Tür aufgestoßen, und ein triefender Graf Siegfried trat über die Schwelle, gefolgt von seinem ebenso feuchten Bruder Gero.

Tugomir war es, als habe sein Blut sich schlagartig in Eis verwandelt. So fühlte er sich immer, wenn er Gero unverhofft begegnete.

Siegfried trat zu Thankmar. »Vetter.«

Der stand auf, und zur Begrüßung umfassten sie einen Moment die Unterarme des anderen. »Siegfried. Gero.« Thankmar winkte einen Diener herbei und bedeutete ihm, Becher für die Ankömmlinge und einen neuen Krug Wein zu bringen. »Was führt euch bei so abscheulichem Wetter nach Magdeburg? Kein neuer Ungarneinfall, will ich hoffen?«

Siegfried winkte ab. »Nichts dergleichen. Aber wir bringen Neuigkeiten. Wo ist Otto?«

»Was weiß ich. Auf einer seiner Baustellen, nehme ich an.«

Nach Ottos und Edithas Hochzeit vor sechs Jahren hatte König Heinrich ihnen Magdeburg geschenkt. Genauer gesagt, hatte er es seiner Schwiegertochter geschenkt – als Morgengabe. Das hieß, die Stadt gehörte Editha mit Mann und Maus und sollte ihr als Witwenteil dienen, falls sie ihren Gemahl überlebte. Bis dahin war Otto aber derjenige, der die Verfügungsgewalt über Magdeburg besaß, und er hatte sich in den Kopf gesetzt, es auszubauen und zu verschönern. Editha unterstützte seine ehrgeizigen Pläne mit großem Eifer. Das ganze Kaufmannsviertel sollte vom Fluss weg auf ein höher gelegenes, hochwassersicheres Areal verlegt werden, und sie sprachen davon, Kirchen zu bauen und ein Kloster zu gründen, wenn sie irgendwann die Mittel dafür hätten.

Gero nickte Tugomir frostig zu. »Geh ihn holen.«

»Geh selbst«, erwiderte Tugomir rüde. Betont gemächlich erhob er sich von der Bank und wandte sich ab. »Wilhelm, Liudolf, kommt.« Er hatte keine Ahnung, wohin er sie bringen sollte, denn es war noch zu früh, um sie bei der Amme abzuliefern. Doch Tugomir hielt es nie lange im selben Raum mit Gero aus, selbst wenn der fragliche Raum so groß war wie die Halle der Pfalz zu Magdeburg.

»Nein, bleib, Prinz Tugomir«, bat Siegfried – unerwartet höflich. Seit dem Tod ihres Vaters vor drei Jahren war er das Oberhaupt der Familie, hatte nicht nur den Titel und die Ländereien des alten Thietmar geerbt, sondern auch dessen hohes Ansehen, und die Verantwortung hatte ihn langmütiger gemacht. »Unsere Neuigkeiten gehen auch dich an.«

Tugomirs Herz sank. Hatte sich wieder einmal eines der unbeugsamen slawischen Völker erhoben, um das sächsische Joch abzuschütteln?

Thankmar pfiff zu den Männern beim Würfelspiel hinüber: »Walo! Macht euch auf die Suche nach Prinz Otto und bringt ihn her!«

Sie zogen lange Gesichter, weil es draußen schüttete und sie ihren Dienst für heute eigentlich getan hatten, aber sie wussten es besser, als zu protestieren. Zwei standen von der Bank auf und gingen hinaus.

»Also?«, fragte Thankmar seine beiden Cousins.

»Es geht um Wenzel von Böhmen«, begann Siegfried gedämpft. »Er ist tot. Ermordet von seinem eigenen Bruder Boleslaw, nach allem, was man hört. Boleslaw lud ihn zu einem Festmahl und erschlug ihn am nächsten Morgen, als Wenzels Männer noch schliefen und der Fürst allein auf dem Weg zur Kirche war.«

»Wen wundert's?«, brummte Gero. »Diese slawischen Barbaren sind eben zu allem fähig …«

Thankmar schnalzte mit der Zunge. »Gero, muss das sein?«

»Ich werde wohl noch sagen dürfen, wie es ist«, entgegnete Gero und strich sich aufgebracht das triefende, kinnlange Blondhaar hinters Ohr. »Und ich finde es einfach widerlich, wie du dich

207

mit diesem Heiden verbrüderst, das wollte ich dir schon lange mal sagen, und ...«

»Dem Leibarzt meines Bruders und Erzieher seines Sohnes, meinst du, ja?«, fiel Thankmar ihm schneidend ins Wort.

Tugomir hob abwehrend die Hand. »Schon gut, Thankmar.«

Er war bestürzt über die Ermordung seines Vetters. Er konnte nicht so recht sagen, warum eigentlich, denn er hatte Wenzel nach dem Hoftag in Quedlinburg nie wiedergesehen, und bei dieser einen Begegnung damals hatte er ihn verabscheut wegen seines christlichen Glaubens, seiner Kompromissbereitschaft gegenüber König Heinrich und seinen Friedensabsichten. Er verspürte einen Stich in der Magengegend, als ihm die Frage in den Sinn kam, ob er Wenzel vielleicht ähnlicher geworden war, als er je sein wollte. Gewiss, er hatte nicht viel übrig für den Buchgott, der ihn mit Argwohn erfüllte. Er hatte auch nichts von dem vergessen, was geschehen war, weder die Nacht auf der Brandenburg noch das Blutbad bei den Daleminzern oder die Schlacht von Lenzen. Und trotzdem. Trotz alledem war ihm viel von seinem Hass auf die Sachsen abhandengekommen.

Jedenfalls auf die meisten Sachsen. Als er indes in Geros farblose Augen sah, wurde ihm beinah flau vor Abscheu. »Wenzel war nicht das, was du einen Heiden nennst«, sagte er scheinbar gleichmütig. »Und ich nehme an, dafür hat er jetzt mit dem Leben bezahlt. Wie wär's, wenn du ihm ein wenig Respekt entgegenbringen würdest?«

Gero machte einen drohenden Schritt auf ihn zu. »Was fällt dir ein, du ...«

Sein Bruder hielt ihn am Arm zurück. »Er sagt die Wahrheit, Gero. Ich fürchte, wenn dieser Boleslaw die Macht in Prag übernimmt, werden wir Anlass haben, uns Wenzel zurückzuwünschen.«

Viel Glück, Vetter Boleslaw, dachte Tugomir.

»Woher habt ihr die Nachricht?«, fragte Thankmar. »Ich meine, ist es wirklich sicher?«

Siegfried nahm den Becher, den der Diener ihm reichte, setzte sich mit dem Rücken zur Tafel auf die Bank und nickte. »Ein Sklavenhändler brachte die Neuigkeiten nach Merseburg, er kam direkt aus Prag. Ich kenne ihn seit Jahren, er ist vertrauenswürdig.«

»Was sonst hat er mitgebracht?«, fragte Thankmar, und es funkelte in seinen blauen Augen. Böhmen war berühmt für seinen Sklavenhandel, der dem kleinen Fürstentum zu Reichtum verholfen hatte, denn die furchtlosen und reiselustigen böhmischen Händler holten ihre Waren aus weit entlegenen Regionen östlich oder südlich ihres Landes und brachten exotische Sklaven in die Handelsstädte des Reiches. Und Sklavinnen.

»Ich wüsste nicht, was dich das kümmern sollte«, sagte Egvina spitz, die plötzlich wie aus dem Boden gestampft hinter Thankmar stand und ihm die Hand auf die Schulter legte – ob freundschaftlich oder besitzergreifend war schwer auszumachen.

Siegfried und Gero grüßten sie höflich, wandten aber verlegen den Blick ab.

Egvina war kurz nach Ottos und Edithas Hochzeit nach Hoch-Burgund gereist, um dort vereinbarungsgemäß König Rudolfs Bruder Ludwig zu heiraten. Doch der arme Bräutigam war wenige Wochen nach ihrer Vermählung gestorben. An der Schwindsucht, hatte Egvina beteuert, als sie plötzlich mit beachtlichem Gefolge und um ihre Morgengabe – einträgliche Ländereien im Thurgau – reicher wieder in Magdeburg erschienen war. Tugomir war sich nie ganz schlüssig, ob er ihr glaubte, und auch jetzt glitt sein Blick zu dem Karfunkel, den sie an einer Silberkette um den Hals trug. Diese ungebildeten Christen hier verstanden vielleicht nichts von solchen Dingen, aber er kannte die Macht der Steingeister. Er glaubte nicht, dass Egvina ihren Gemahl auf dem Gewissen hatte. Doch er vermutete, dass Ludwig nicht gestorben wäre, hätte Thankmar ihr nicht vor ihrer Abreise diesen Karfunkel umgehängt.

Egvina jedenfalls schien keine Eile zu haben, zwecks einer Wiederverheiratung an den Hof ihres Bruders nach Wessex zurückzukehren, sondern hatte es sich als Schwester der zukünftigen Königin in Edithas Haushalt bequem gemacht. Da sie eine Bereicherung jeder Gesellschaft war, hatte niemand Einwände, schon gar nicht König Heinrich, der ohnehin ein Auge zudrückte bei allem, was seine Söhne hier in Magdeburg trieben. Es hätte auch niemand mit Gewissheit sagen können, dass Egvina Thankmars Bett teilte – niemand außer Tugomir –, doch alle vermuteten es, und das war es eben, was die Ankömmlinge verlegen machte.

»Siegfried, Gero, welch eine Freude«, sie neigte huldvoll den Kopf und nutzte die Gelegenheit, Tugomir ein mutwilliges Koboldlächeln zuzuschmuggeln, wusste sie doch genau, wie es zwischen ihm und Gero stand. »Hat man euch anständig versorgt? Wollt ihr nicht die nassen Mäntel abnehmen?« Sie klatschte in die Hände, und zwei Mägde kamen eilig von der hohen Tafel herüber. »Heißen Würzwein, Brot, kaltes Fleisch und trockenes Leinen«, trug sie ihnen auf, und wieder an die Gäste gewandt: »Wo habt ihr euer Gefolge gelassen? Im großen Gästehaus?«

Die Brüder bejahten.

»Geh und kümmere dich um sie, Ludmilla«, bat sie eine der daleminzischen Sklavinnen. Genau wie ihre Schwester kannte Egvina die meisten Wachen und Diener mit Namen.

»Da fällt mir ein, ich habe meinen Jüngsten mit hergebracht«, sagte Siegfried. »Dietmar. Er soll Priester werden, und Otto schlug mir neulich vor, ich solle ihn herbringen. Er könne zusammen mit Wilhelm unterrichtet werden.«

»Mein weitsichtiger Bruder«, bemerkte Thankmar. »Die Kirchenfürsten von morgen sollen frühe Bande knüpfen.«

»Nun, die Idee ist nicht dumm«, befand Egvina.

Tugomir stand auf und bot ihr seinen Platz an.

»Unsinn«, wehrte sie ab. »Bleib, die Bank ist schließlich lang genug.«

Doch er schüttelte den Kopf. »Ich habe noch ein paar Kranke zu besuchen.« Er nickte Siegfried knapp zu und würdigte Gero keines Blickes.

Doch die Krankenbesuche waren eine Ausrede. Er wollte dieser Situation entkommen, nicht länger Geros Gehässigkeiten über die Slawen anhören oder sein Gesicht sehen müssen. Er nahm seine beiden Schützlinge mit hinaus und führte sie zu ihrer Kammer, wo die Amme sie erwartete. Ihr trug er auf, die Jungen rechtzeitig zur

Vesper in die Pfalzkapelle zu bringen, und dann überquerte Tugomir mit langen Schritten den von Pfützen übersäten Innenhof, umrundete das Backhaus und die Schmiede und gelangte schließlich zu der Wiese mit dem Fischteich. Er betrat sein Refugium, schloss die Tür und nahm den triefenden Umhang ab.

»Du meine Güte, bist du in den Fluss gefallen?«, fragte Rada. Sie stand am Feuer über einen kleinen Kessel gebeugt, in dem sie emsig rührte.

»Nicht so wild«, mahnte er, trat zu ihr und nahm ihr den Holzlöffel aus der Hand. »Du jagst ja alle guten Geister aus den Kräutern …« Er ließ die blubbernde Flüssigkeit zur Ruhe kommen, schöpfte einen Löffel heraus und schnupperte. »Es ist fertig. Nimm es vom Feuer und lass es abkühlen.«

Rada griff nach einem gefalteten Leinentuch, um ihre Hände vor der Hitze zu schützen, und hob den Kessel vom Haken. Dann nahm sie Tugomir den nassen Mantel aus den Händen. »Setz dich ans Feuer und trockne.« Sie hing seinen Umhang an einen Haken hinter der Tür.

Tugomir ließ sich auf dem Schemel nieder, der dem Herd am nächsten stand, lehnte den Rücken an die Wand und streckte die Beine Richtung Feuer aus. Die Wärme war himmlisch.

Es war nicht mehr das jämmerliche Grubenhaus von einst, das Tugomir bewohnte. *Erkläre den Zimmerleuten, was du brauchst, und sie sollen es dir bauen,* hatte Otto gesagt, und so hatte Tugomir ein Haus bekommen, das genau auf seine Bedürfnisse zugeschnitten war: Der große Hauptraum mit dem Herd war sein Wohngemach, sein Arbeits- und Behandlungsraum. Auf Holzborden entlang zweier der Wände reihten sich die Tongefäße mit seinen Salben und Arzneien. Ein solide gezimmertes Bett mit Strohmatratze, Woll- und Felldecken stand in der hinteren linken Ecke, ein großer, massiver Tisch mit ein paar Schemeln rechts der Feuerstelle. Gewebte Wandbehänge schützten vor der Zugluft, und der Sandbelag, der nach slawischer Sitte die Holzdielen bedeckte, war frisch. Es war ein ebenso behaglicher wie zweckdienlicher Raum, und Tugomir verspürte immer Erleichterung, wenn er ihn betrat. Innerhalb dieser vier Bretterwände war die Welt wenigstens halbwegs so, wie sie sein sollte und wie er sie begreifen konnte.

Rada ging in den angrenzenden Lagerraum, wo sie ihre Schlafstatt hatte und wo die Kräutervorräte ebenso verwahrt wurden wie die Lebensmittel. Draußen war der Stall angebaut, in dem sie ein bisschen eigenes Vieh hielten, und in dem rechten Winkel zwischen Haus und Stall lag eine kleine, abgeschiedene Wiese, wo Tugomir im Sommer sitzen und unbehelligt die Sterne betrachten konnte.

Rada kam mit einem handtellergroßen Brotfladen zurück. »Hier, mein Prinz. Ganz frisch.«

»Danke.« Tugomir nahm den duftenden, noch warmen Fladen und biss genüsslich ab. »Hm. Wunderbar.«

»Ich hab sie so gebacken, wie meine Mutter es mir beigebracht hat«, sagte sie.

Seit Radas Ankunft in seinem Haus nahm Tugomir nur noch selten an den Mahlzeiten in der Halle teil, denn das Mädchen war eine hervorragende Köchin und bereitete typisch slawische Speisen, die ihm besser schmeckten als alle Köstlichkeiten, die an Ottos Tafel aufgetischt wurden.

»Schmeckt wie ein Stück Zuhause«, versicherte Tugomir und lächelte ihr zu. Rada schoss das Blut in die Wangen, und sie wandte den Kopf ab.

Sie war genau wie Semela eines der Daleminzerkinder gewesen, die nach der Ermordung ihrer Eltern als Sklaven hierher verschleppt worden waren. Otto hatte sie Tugomir vor drei Jahren zum Einzug ins neue Haus geschenkt. Damals war Rada zwölf gewesen und beinah schon so eine Schönheit wie heute. Tugomir hatte sie genommen, obwohl er eigentlich keine Magd brauchte. Er hatte sie genommen, um sie vor dem Schicksal zu bewahren, das seine Schwester erlitten hatte und beinah alle Daleminzermädchen erleiden mussten, wenn sie heranwuchsen. Und so stand er nun da mit diesem bezaubernden Geschöpf mit den großen Rehaugen, dem hüftlangen Blondhaar und den wunderbaren Rundungen und wusste manchmal nicht, wie er es fertigbringen sollte, die Finger von ihr zu lassen. Doch er war eisern entschlossen, wenigstens sie zu retten. Er wusste, es war albern, aber auf irgendeine verworrene Weise schien es, als gebe er Dragomira irgendetwas zurück, wenn er Rada ihre Ehre ließ. Also hielt er sich an sächsische Frauen – das schien ihm ein Mindestmaß an Gerechtigkeit zu sein. Bertha, seine kleine Wäscherin, zum Beispiel. Und es gab andere. Einem Mann der Heilkunst boten sich die erstaunlichsten Gelegenheiten, hatte er gelernt.

Die Tür wurde mit einigem Schwung geöffnet, und Semela trat über die Schwelle. Er schüttelte sich wie ein Hund, sodass Wassertropfen aus seinem Schopf spritzten, schloss die Tür mit einem gekonnten Tritt und ließ den Sack, den er auf der Schulter trug, vorsichtig zu Boden gleiten. »Ein verdammtes Sauwetter ist das.«

»Was bringst du da?«, fragte Rada.

»Neue Tonkrüge, ganz frisch aus Meister Eilhardts Töpferwerkstatt.« Er schnürte den Sack auf, hob die ersten beiden Gefäße heraus und stellte sie auf den Tisch. »Hier.«

Tugomir nahm einen der kleinen Krüge, wog ihn prüfend in der Hand und strich mit den Fingern der Rechten über die raue Oberfläche. »Na ja. Die Sachsen können es wohl einfach nicht besser …«

»Warte, bis du die Holzdeckel siehst«, bemerkte Semela. »Kein einziger sitzt wirklich fest.«

Tugomir zuckte die Schultern. »Egal. Wir machen neue.«

Semela beugte sich über den dampfenden Kessel, der auf der Bank neben dem Herd stand. »Das riecht köstlich, Rada. Kann ich einen Becher haben?«

»Nur zu, bedien dich«, lud Tugomir ihn ein. »Es ist Eisenhut. Sehr brauchbar zum Einreiben schmerzender Gelenke – vor allem zu dieser Jahreszeit –, aber nicht einmal du würdest es vertragen, wenn du es trinkst.«

Semela befingerte grinsend den langen Holzlöffel. »Tödlich?«, fragte er.

Tugomir nickte. »In dieser Form ganz gewiss.« Er betrachtete seinen jungen Schützling mit zur Seite geneigtem Kopf. »Wer ist es denn heute, den du gern vergiften würdest?«

Semela ließ den Löffel los. »Wer schon? Unser alter Freund Gero, natürlich. Er ist hier.«

»Ja, ich hab ihn gesehen«, erwiderte Tugomir knapp und steckte sich den letzten Bissen seines Brotfladens in den Mund.

Semela setzte sich zu ihm an den Tisch. »Weißt du, was er hier will?«

»Braucht er einen Grund? Er ist in letzter Zeit ständig hier gewesen, oder?«

Rada gesellte sich zu ihnen. »Er hat seine Frau und seine Kinder mitgebracht. Sein Bruder ebenfalls. Vesna hat gehört, wie Geros Frau zu ihrer Tochter sagte, sie solle sich die blauen Bänder ins Haar flechten, damit sie recht hübsch für den Prinzen sei.«

»Sieh an«, murmelte Tugomir. Dank der Daleminzersklaven verfügte er über ein hervorragendes Spionagenetz an Ottos Prinzenhof. Die sächsischen Edelleute neigten dazu, vor den slawischen Sklaven ihre intimsten Geheimnisse zu erörtern. Offenbar war ihnen nicht klar, dass nach sechs Jahren auch der dümmste Daleminzer ihre Sprache gelernt hatte. »Gero und Siegfried fischen nach einer ehelichen Verbindung zum Königshaus.«

»Und?«, fragte Semela. »Werden sie Glück haben?«

Tugomir dachte einen Moment nach. »Schwer zu sagen. Es kommt vermutlich darauf an, welchen Prinzen Gero für sein Töchterchen ins Auge gefasst hat.«

»Wer könnte es sein außer Liudolf? Etwa Wilhelm?«

»Du vergisst Thankmar und Henning.« Tugomir strich sich über den kurzen schwarzen Bart. »Nein, ich glaube, Thankmar kann es nicht sein. Er ist Geros Vetter, also zu nah verwandt.«

Semela gluckste. »Egvina wird froh sein, das zu hören. Also Henning und nicht Liudolf?«

»Ich kann mir nicht vorstellen, dass Otto für seinen kostbaren Liudolf mit einer sächsischen Grafentochter zufrieden wäre, so sehr er Siegfried und Gero auch schätzt«, antwortete Tugomir.

»Aber wenn es um Henning geht, müsste Siegfried mit dem König verhandeln, oder nicht?«

»Vielleicht hofft er, dass Otto ein gutes Wort einlegt?« mutmaßte Rada.

»Gut möglich«, räumte Tugomir ein. »Und all das kann uns im Grunde gleich sein, nicht wahr? Es gibt wichtigere Neuigkeiten, die uns betreffen.« Und er erzählte ihnen von Wenzels Ermordung.

Rada schlug entsetzt die Hand vor den Mund. »Sein eigener Bruder? Oh, bei allen Göttern, das ist schrecklich.«

Semela spielte versonnen mit einem der neuen Tonkrüge. »Auf jeden Fall ist dieser Boleslaw ein Mann, der weiß, was er will, und der den Mut hat, es sich zu nehmen. Vielleicht kein besonders netter Kerl. Aber womöglich die letzte Hoffnung der slawischen Völker.«

»Und was für eine Hoffnung soll das sein, die ein Brudermörder verheißt?«, entgegnete Tugomir. Es klang schärfer, als seine Absicht gewesen war, gerade weil Semela nur aussprach, was ihm selbst durch den Kopf gegangen war.

Der junge Daleminzer schaute ihm einen Moment ins Gesicht und antwortete achselzuckend: »Wir können es uns nicht leisten, wählerisch zu sein, oder?«

Otto wies nach rechts, wo sich ein Erdwall Richtung Flussufer erstreckte, gekrönt von einem Zaun aus angespitzten Baumstämmen. »Allein die Palisade ist zwölf Fuß hoch«, erklärte er stolz. »Das sollte wohl reichen. Und wir werden mit der Verlegung des Kaufmannsviertels erst weitermachen, wenn die Wallanlage fertig ist.«

»Du meinst, um die ganze Stadt herum?«, fragte Hermann Billung erstaunt.

Otto nickte. »Eine Stadtbefestigung mit drei Torhäusern wie diesem hier.« Das hölzerne Stadttor war eine Fachwerkkonstruktion mit einer Wachkammer über der eigentlichen Toranlage. Die beiden jungen Männer standen unter dem halbfertigen Obergeschoss, das ihnen Schutz vor dem unablässigen Regen bot. »Ich denke, in Zeiten wie diesen ist man gut beraten, eine Stadt erst zu schützen, bevor man sie ausbaut«, fuhr Otto fort. »Die Menschen von Magdeburg sollen sich sicher fühlen. Genauer gesagt, sie sollen sicher *sein*. Nur dann können Handwerk und Handel gedeihen.«

Sein Freund nickte, offenbar beeindruckt, aber auch ein wenig verwirrt.

»Was?«, fragte Otto grinsend. »Denkst du, ich habe mir zu viel vorgenommen?«

»Oh nein, mein Prinz«, antwortete Hermann Billung mit Nachdruck. »Ich weiß, dass du die erstaunlichsten Dinge vollbringen kannst, wenn du dir eine Sache einmal in den Kopf gesetzt hast. Aber offen gestanden … Was hast du davon, wenn Handwerk und Handel gedeihen? Kann dir doch gleich sein, oder? Wenn eine Stadt oder Burg einen Hof nicht mehr ernähren kann, zieht man eben weiter.«

Otto schüttelte den Kopf. »Aber mit welchem Recht können wir von einer Stadt oder Burg fordern, uns zu ernähren, wenn wir keine Gegenleistung erbringen?«

»Recht?«, wiederholte Hermann verständnislos.

»Gott hat die Menschen in drei Gruppen eingeteilt, Hermann: die Priester, die das Bindeglied zwischen Gott und den Menschen sind und uns sein Wort erklären. Die Bauern, Handwerker und so weiter, die uns ernähren und kleiden. Und die Krieger, die die anderen beiden Gruppen beschützen. Das sind wir.«

»Lass mich raten. Das hast du von deiner Frau.«

Das leugnete Otto nicht. »Editha hat es sich nicht ausgedacht, aber sie hat es mir vorgelesen. Aus dem Buch eines sehr gelehrten Mannes. Und es ist wahr, oder nicht? Wir können nicht sagen: ›Priester, bete für mein Seelenheil, und du, Bauer, gib mir die Feldfrüchte, die du dem Boden im Schweiße deines Angesichts abgerungen hast‹, ohne irgendetwas zurückzugeben.«

Hermann Billung bedachte ihn mit einem mitleidigen Kopfschütteln. »Es ist nicht gut für einen Mann, sich von seinem Weib und ihren Büchern Flausen in den Kopf setzen zu lassen, glaub mir. Die Starken nehmen, und die Schwachen geben. *Das* ist die Ordnung der Welt, Otto.«

»Dann werde ich sie ändern!«, brauste der Prinz auf.

Sein fünf Jahre älterer Freund schwieg einen Moment verblüfft. Er war ein Bär von einem Kerl mit braunem Zottelhaar und -bart und immer zu einer Rauferei aufgelegt, aber jetzt wirkte er ein wenig erschreckt. »Diese Sache scheint dir wirklich am Herzen zu liegen«, sagte er schließlich langsam.

Otto packte ihn ungeduldig am Ärmel und zog ihn aus dem halbfertigen Torhaus. Mit einer weit ausholenden Geste wies er auf die strohgedeckten Katen entlang des Flussufers, die sich unter dem bleigrauen Himmel zu ducken schienen. »Du hast recht, sie liegt mir am Herzen. Die Menschen, die hier leben, sind uns anvertraut, verstehst du das nicht? Und wir wollen uns nicht vormachen, wir hätten in der Vergangenheit immer unser Bestes für sie gegeben, nicht wahr?«

»Nun, auf jeden Fall hat der König ihnen vorletztes Jahr die Ungarn vom Hals geschafft. Die werden sich hier so bald nicht wieder blicken lassen.«

»Oh Gott, die Ungarn …« murmelte Otto und schaute unwillkürlich an der begonnenen Wallanlage hoch. Er konnte nur beten, dass sie den Ungarn standhalten würde, denn anders als Hermann glaubte er nicht, dass dieser Fluch für immer gebannt war.

Gewiss, der König hatte die Ungarn vor zwei Jahren bei Riade vernichtend geschlagen. Das größte Wunder von allen war vielleicht gewesen, dass es Heinrich überhaupt gelungen war, sie zur offenen Schlacht zu zwingen, und dort hatten seine Panzerreiter ihnen den Garaus gemacht. Die tödliche Waffe der Ungarn, ihre unvergleichlichen Bögen, die sie im vollen Galopp vom Rücken ihrer wendigen Pferde abschossen, konnte den Panzerreitern nicht viel anhaben. Und so waren es dann ausnahmsweise einmal die Ungarn gewesen, die scharenweise den Tod fanden. Otto und Hermann waren dabei gewesen, hatten Seite an Seite mit Thankmar und Hermanns Bruder Wichmann, Gero und Siegfried und nahezu dem gesamten sächsischen Adel gekämpft und waren Zeuge geworden, wie die feindlichen Reiterverbände ins Stocken gerieten, auseinandergetrieben und niedergemacht wurden und sich schließlich in Panik auflösten.

Der König hatte seine kostbarste Reliquie, die Heilige Lanze, die er mit ins Feld geführt hatte, gen Himmel gereckt und den letzten versprengten Ungarn hinterhergebrüllt: »Tragt die Kunde von eurer Niederlage in die ferne Heimat und kehrt nie zurück!«

Groß, wahrhaft königlich und schrecklich war er Otto in diesem Moment seines Triumphs erschienen, und zusammen mit den siegreichen Panzerreitern hatte der Prinz seinen Vater bejubelt.

Doch der Sieg bei Riade hatte ihn nicht vergessen lassen, was vorher geschehen war: Wie todbringende Heuschrecken waren die Ungarn im Land ausgeschwärmt, hatten geraubt, gebrandschatzt und geschändet. Otto hatte die Überreste der Dörfer gesehen, die sie heimgesucht hatten: rauchende Trümmer, verstümmelte Leichen, verzweifelte Menschen, die vor dem Nichts standen. Und er hatte die stummen Fragen in ihren Augen gelesen: *Wo wart ihr? Und was sollen wir jetzt machen? Was wird aus uns?* Vor allem die Kinderaugen verfolgten ihn bis in seine Träume. Stumpf waren sie gewesen, wie tot. Er hatte sich geschämt, als er heimgekehrt war und die strahlenden Augen seiner beiden Söhne und der kleinen Liudgard gesehen hatte. Kein Mensch blieb von Leid verschont, wusste er, auch kein Prinz und keine Prinzessin. Gott würde auch seine Kinder prüfen. Und trotzdem. Es blieb das abscheuliche Gefühl, dass der König und sie alle sich nicht genug Mühe gegeben hatten, um ihr Volk besser zu beschützen.

»Sollte die Stadtbefestigung sich als überflüssig erweisen, umso besser«, sagte er schließlich. »Aber das wird sie nicht, glaub mir. Wenn es nicht die Ungarn sind, dann eben die Slawen. Es mangelt uns nun wirklich nicht an Feinden.«

»Nein, das ist wahr«, räumte Hermann ein und strich sich zufrieden den Zottelbart, denn er wusste eine gute Schlacht zu schätzen. »Aber die Slawen haben sich schon lange nicht mehr über die Elbe getraut. Man könnte meinen, sie sind alle so zahm geworden wie der Onkel deines Sohnes.«

»Tugomir? *Zahm?*« Otto musste lächeln. »Wenn du das wirklich glaubst, muss ich annehmen, dass deine Kräfte nicht das Einzige sind, was du mit einem Ochsen gemein hast, Hermann.«

»Wieso? Hat er je versucht zu fliehen oder dir oder einem deiner Brüder die Kehle durchzuschneiden? *Irgendetwas* zu tun, was du und ich täten, wenn wir bei ihnen gefangen gehalten würden?«

»Er kann nicht fliehen und er kann mir nicht die Kehle durchschneiden, weil er weiß, dass die Daleminzer dafür büßen müssten.«

»Das Leben von ein paar Sklaven würde mich bestimmt nicht abhalten«, wandte sein Freund abschätzig ein.

»Sklaven in deinen und meinen Augen«, gab Otto zu bedenken. »Schutzbefohlene in den seinen. Sie schauen zu ihm auf, weil er ein Fürst ihres Volkes ist. Und er besitzt Anstand – obwohl er nur ein Heide ist – und fühlt sich verantwortlich für ihr Wohlergehen.«

»So wie du dich verantwortlich fühlst für die Menschen hier in Magdeburg und überall in Sachsen.«

»Nicht nur in Sachsen. Wenn wir das Königtum ernst nehmen wollen, müssen wir uns für alle Menschen verantwortlich fühlen, die die deutsche Sprache eint.«

»Na dann, viel Glück«, brummte Hermann. »Ich fürchte, die Schwaben und Franken und Bayern und so weiter haben kein großes Interesse an deiner Fürsorge.«

»Dann werden wir sie eines Besseren belehren.«

Hermann zog sich den tröpfelnden Strohhut ein wenig tiefer in die Stirn. »Wenn du so lächelst, kann man richtig Angst vor dir kriegen, Otto.«

»Wirklich?«

»Allerdings. Und ich verstehe ehrlich gesagt nicht, weshalb du …«

»Prinz Otto?«, fragte eine Stimme, und Schritte näherten sich. Es war fast dunkel geworden, und der strömende Regen erschwerte es zusätzlich, die Ankömmlinge zu erkennen. »Mein Prinz, seid Ihr das?«

Otto nahm die Hand vom Schwert. »Walo. Was gibt es denn?«

»Prinz Thankmar schickt uns. Wir sollen Euch holen. Graf Siegfried und Graf Gero sind mit wichtigen Neuigkeiten gekommen.«

»Dann möge Gott sie segnen«, brummte Hermann und stampfte mit den Füßen auf den schlammigen Boden, um die Kälte zu vertreiben. »Ich fürchtete schon, ich müsste die neue Stadtbefestigung bis Mitternacht im Dauerregen bewundern.«

Otto klopfte ihm die massige Schulter. »Wenn du darauf bestehst, können wir ja später noch einmal wiederkommen …«

Insgeheim war er selbst dankbar, dem grässlichen Wetter zu entkommen. Auf der schlammigen Ufergasse begegnete ihnen so gut wie niemand, denn die Nacht war hereingebrochen, und anständige Leute waren längst daheim bei Weib und Kindern, saßen beim Nachtmahl, deckten das Feuer ab und legten sich schlafen.

Nur eine Schar Handwerksburschen mit Fackeln trotzte Regen und Dunkelheit. Lauthals singend zogen sie dem nächsten Wirtshaus entgegen. Als sie den Prinzen erkannten, verstummten sie, nahmen die tröpfelnden Kappen und Strohhüte ab und verbeugten sich. »Lang lebe der König!«, rief ein hoch aufgeschossener Jüngling im Stimmbruch. »Und lang lebe Prinz Otto!«

Otto nickte ihnen zu und eilte weiter. Thankmar, wusste er, wäre stehengeblieben und hätte ein paar Worte mit ihnen gewechselt. Wäre vielleicht gar auf einen Krug mit ihnen eingekehrt. Im Handumdrehen hätte er ihnen ein Gefühl von Kameradschaft gegeben und doch immer seine prinzliche Würde gewahrt. Otto beneidete seinen Bruder um diese Gabe. Er zweifelte nicht daran, dass die Menschen in Sachsen und ganz besonders hier in Magdeburg ihn schätzten, vielleicht sogar verehrten, aber er wusste auch dies: Er war zu menschenscheu und zu ungeschickt, um ihre Liebe zu gewinnen. Sie hatten im Grunde keine Ahnung, wer er eigentlich war. Genau wie umgekehrt. Manchmal beunruhigte ihn das.

Den Kopf gegen den Regen gesenkt, folgte er mit Hermann den Wachen zurück zur Pfalz. Fackelschein und ein prasselndes Langfeuer in der Mitte der Halle empfingen sie. Otto nahm den schweren, nassen Mantel ab und drückte ihn einer Magd in die Finger.

Dann entdeckte er Editha, die mit einem dampfenden Becher in der Hand auf ihn zukam. »Hier, mein Prinz. Wärme dich.«

Er nickte dankbar, nahm behutsam einen kleinen Schluck des heißen Würzweins und betrachtete seine Frau über den Rand des Bechers hinweg. Editha trug ein moosgrünes, weit fallendes Kleid aus feinster Wolle, Halsausschnitt und Ärmel mit einer goldbestickten Bordüre geschmückt. Unter dem Saum und den halblangen, weiten Ärmeln schaute der matt glänzende Stoff der helleren Kotte hervor. Ein duftiger Schleier bedeckte ihr herrliches blondes

Haar, die Enden lose unter dem Kinn gekreuzt und über die Schultern drapiert. »Eine hinreißende Erscheinung, wie immer«, murmelte er, beugte sich ein wenig vor und küsste sie auf die Wange.

Die stahlblauen Augen lächelten. Dann hieß Editha Hermann in ihrer Halle willkommen, ehe sie den Arm nahm, den Otto ihr reichte, und sich zur hohen Tafel führen ließ.

Otto begrüßte Siegfried, Gero und ihre Gemahlinnen, legte Thankmar und Henning im Vorbeigehen kurz die Hände auf die Schultern und betrachtete seine schöne Schwägerin mit hochgezogenen Augenbrauen. »Ein neues Kleid, Egvina?«

Sie nickte. »Und soeben hast du deine Frau um einen Pfennig ärmer gemacht. Sie hat gewettet, du würdest es nicht bemerken.«

»Ein so auffälliger Schnitt fällt sogar einem Trottel wie mir auf«, erklärte er. Ihr Überkleid war eng geschnitten – *skandalös* eng, hätte seine Mutter wahrscheinlich gesagt – und in der Taille mit einer golddurchwirkten Kordel gegürtet. »Dergleichen habe ich noch nie gesehen.«

Egvina blickte zufrieden an sich hinab. »Deine Schwester Gerberga hat uns in ihrem letzten Brief beschrieben, was die Damen am westfränkischen Hof jetzt tragen, und ich habe es mir anfertigen lassen.«

»Was macht Gerberga in Westfranken?«, fragte Otto seine Gemahlin, während sie ihre Plätze an der Mitte der Tafel einnahmen. »Oder genauer gesagt: Was macht Giselbert von Lothringen in Westfranken?«

Editha legte ihm die Hand auf den Unterarm. »Wenn ihr Gemahl finstere Absichten hätte und zum westfränkischen König überlaufen wollte, würde Gerberga uns sicher keine so arglosen Briefe über Mode schicken.«

»Es sei denn, es war der einzige Weg, der ihr blieb, uns zu warnen.«

Editha dachte einen Moment nach. »Vielleicht hast du recht«, räumte sie ein. »Ich schreibe deiner Schwester Hadwig und berichte ihr von diesem unerhörten neuen Schnittmuster. Sie wird es der Königin erzählen. Mathildis deinem Vater. Dann weiß er, was wir wissen, ohne dass du Verdächtigungen gegen Giselbert von Lothringen ausgesprochen hast, die möglicherweise unbegründet sind. Der König hat ganz andere Mittel und Wege als wir, die Wahrheit über Giselberts Absichten in Erfahrung zu bringen.«

Jesus Christus, was täte ich ohne diese Frau?, dachte Otto nicht zum ersten Mal, doch er nickte lediglich. Nicht nur Hermann unterstellte ihm, dass Editha einen zu großen Einfluss auf ihn habe. Auch Thankmar glaubte das. Darum war Otto lieber diskret, wenn er die Ratschläge seiner Frau befolgte. Es raubte ihm nicht den Schlaf, wenn Thankmar ihn aufzog. Er war sich indes bewusst, dass es für einen jüngeren Bruder nie einfach war, den Respekt des Älteren zu erlangen, dass Thankmars Respekt für ihrer beider Zukunft aber von größter Wichtigkeit war.

Er sah zu Siegfried und Gero hinüber. »Ihr bringt Neuigkeiten, sagte mir die Wache?«

Die Brüder berichteten von der Ermordung des böhmischen Fürsten, während die Diener das Nachtmahl auftrugen: Bohneneintopf mit Speck, deftiges, dunkles Brot und Schmalz, geschmorte Birnen.

Otto aß bedächtig, während er sich durch den Kopf gehen ließ, was er gehört hatte. Schließlich fragte er: »Ich nehme an, ihr habt den König zuerst unterrichtet?«

Siegfried schüttelte den Kopf. »Ich wusste nicht, wo er ist.«

»In Memleben.«

Gero protestierte mit einem Schnauben. »Das sind fast hundert Meilen.«

»Aber er muss es umgehend erfahren«, beharrte Otto. »Wir können nur raten, was passiert, wenn dieser Boleslaw die slawischen Völker zu einem neuen Aufstand anstachelt.« Und er wünschte sich, dass der Befestigungswall um Magdeburg bereits fertig wäre. »Der König muss vorbereitet sein.«

»Ich reite hin«, erbot Henning sich unerwartet.

»Das ist gut von dir, Bruder, aber wir können einen Boten schicken. Ein Ritt von hundert Meilen ist kein Vergnügen zu dieser Jahreszeit, und zum Glück mangelt es uns ja nicht an zuverlässigen Männern. Udo, zum Beispiel.«

Zornesröte stieg Henning in die beinah noch bartlosen Wangen. »Du vertraust die Nachricht also lieber Udo an als mir, ist es das?«

Ich fürchte, ja, dachte Otto.

Henning war sechzehn, so alt wie er selbst gewesen war, als er die Brandenburg erstürmt hatte. Aber Henning war anders. Vielleicht lag es daran, dass er der Jüngste war, mal abgesehen von Brun natürlich, der aber nicht wirklich als Prinz zählte, weil er ja Bischof werden sollte. Jedenfalls kam Henning ihm nie sonderlich erwachsen vor, und man musste damit rechnen, dass er nach einem Tagesritt durch ungemütliches Wetter auf der Burg irgendeines Grafen Zuflucht suchte und wochenlang dort blieb. Oder dass er Siegfrieds Nachrichten irgendetwas hinzudichtete, um sich wichtig zu machen. Doch Otto wusste, dass er eines Tages auch diesen Bruder brauchen würde, also sagte er: »Unsinn, Henning. Natürlich kannst du nach Memleben reiten, wenn es dein Wunsch ist. Ich hoffe, du wirst es nicht als Kränkung auffassen, wenn ich dir eine starke Eskorte mitgebe?«

Henning war versöhnt. »Nein, natürlich nicht, Otto. Die Straßen sind unsicher, ich weiß.«

»Allerdings.« Und vor den Männern der Wache würde Henning sich schämen, wenn er unterwegs trödelte. »Falls du es aushältst, mir noch einen Gefallen zu tun, könntest du Edithas Brief an Hadwig mitnehmen.« Er würde Editha bitten, Hadwig auch die Nachrichten aus Böhmen zu berichten. Seine Schwester würde wissen, was zu tun war, wenn Henning anfing, Märchen zu erzählen.

»Meinetwegen«, antwortete der Jüngere achselzuckend, beugte sich über seine Schale und schaufelte Eintopf in sich hinein. Er war ein auffallend gutaussehender junger Mann, mit dem rötlich blonden Haar ihres Vaters und den ebenmäßigen Zügen ihrer Mutter gesegnet, doch die zusammengesunkene Haltung, die er beim Essen einnahm, ließ ihn gedrungen wirken, fast wie einen buckligen Zwerg. Geros Gemahlin Judith beobachtete ihn unter halb gesenkten Lidern hervor, und ihre zusammengepressten Lippen verrieten, dass ihr nicht sonderlich gefiel, was sie sah.

Otto musste sich auf die Zunge beißen, um seinen Bruder nicht zurechtzuweisen.

Eine Faust hämmerte gegen die Tür.

Tugomir war sofort hellwach, denn er war an unterbrochene Nächte gewöhnt.

»Prinz Tugomir?«, rief eine Stimme auf Slawisch. »Bist du wach?«

Jetzt schon. Er stand auf und zog das wollene Obergewand an, das über dem Fußende gehangen hatte. Dann ging er zur Tür und öffnete. »Was gibt es denn?«

Ein Daleminzerjunge mit einer Fackel in der Hand stand draußen und trat nervös von einem Fuß auf den anderen. »Oh, den Göttern sei Dank«, keuchte er. Er war außer Atem – offenbar war er gerannt. »Komm mit mir. Schnell, ich bitte dich.«

»Milegost.« Tugomir zog ihn über die Schwelle, streifte die Schuhe über und schnürte eilig die gekreuzten Bänder. »Sag mir, wer es ist und was ihm fehlt.«

»Ich weiß nicht.« Milegost rang immer noch um Atem. »Graf Gero hat gesagt, ich soll dich holen.«

Tugomirs Hände verharrten. »Graf Gero?«

»Ja. Und er hat gesagt, wenn ich nicht schnell genug mit dir zurück bin, röstet er mir die Eier.«

Tugomir verzog den Mund. »Eine seiner liebsten Drohungen. Nur die Ruhe, Junge.« Er beugte sich über Semela, der in eine Decke eingerollt auf einem Schaffell neben dem Herd schlief, und rüttelte ihn leicht an der Schulter.

Semela brummte und richtete sich schlaftrunken auf einen Ellbogen auf. »Was …?«

»Du schläfst wie ein Säugling«, schalt Tugomir leise. »Werd wach und mach dich bereit.«

»Wofür?«

»Keine Ahnung. Ich schicke dir Nachricht, wenn ich dich brauche. Schlaf ja nicht wieder ein.«

»Woher denn …« Semela gähnte herzhaft und fuhr sich mit beiden Händen durch den wilden Blondschopf.

Tugomir führte Milegost aus dem Haus, zog die Tür hinter sich zu und folgte dem verängstigten jungen Mann zum Gästehaus, das gleich neben dem großen Pferdestall gegenüber der Halle lag.

Es hatte aufgehört zu regnen. Im Gehen schaute Tugomir zum Himmel auf. Die Wolken waren aufgerissen, und im Westen entdeckte er die hell strahlende Zora, die die Sachsen den Abendstern nannten. Aber natürlich wussten die Sachsen nichts über die Sterne. So wie der Mond der kleine Bruder der Sonne war, war Zora ihre kleine Schwester, und ihr Licht ein Schutz gegen die bösen Geister, welche bei Nacht umgingen. Darum war Zora für jeden Heiler ein willkommener Anblick.

Die Tür zum Gästehaus wurde aufgerissen, noch ehe sie sie ganz erreicht hatten. »Komm schon, beeil dich«, schnauzte Gero. Die Hand, die das Öllicht hielt, schien nicht ganz ruhig; die kleine Flamme zitterte.

Wortlos trat Tugomir in die schmucklose Vorhalle des strohgedeckten Fachwerkhauses. Gegenüber der Tür öffnete sich ein Korridor, von dem auf beiden Seiten je drei Türen abgingen – die Gästequartiere. Gero öffnete die erste auf der rechten Seite.

»Warte hier, Milegost«, bat Tugomir, ehe er Gero in die Kammer folgte. Sie war größer, als er angenommen hatte, und behaglich. Wollene Behänge bedeckten die Wände, das Bett an der Wand gegenüber der Tür war reichlich mit Federkissen ausgestattet und breit genug für eine ganze Familie. Mitten im Raum stand eine geöffnete Reisetruhe, über deren Rand unordentlich ein paar Kleidungsstücke hingen. Einige Schemel umstanden einen schmiedeeisernen Ständer mit einem Kohlebecken, und auf einem davon hockte Geros Frau mit zwei kleinen Jungen auf dem Schoß. Alle drei wirkten verängstigt.

Gero führte Tugomir zu dem ausladenden Bett. »Hier.«

Im ersten Moment glaubte Tugomir, es sei seine Vila, und um ein Haar wäre er zurückgeschreckt. Aber das war natürlich Unsinn. Vily waren Wasserelfen und pflegten daher nicht in sächsischen Häusern zu erscheinen, schon gar nicht in sächsischen Betten. Sein Irrtum war indes nicht verwunderlich: Das Geschöpf, das da bleich und fiebernd mit geschlossenen Augen zwischen zerwühlten Kissen lag, war schön genug, um es für eine Elfe zu halten. Und es wirkte unirdisch in seiner Zartheit und Blässe. Als sei es schon nicht mehr ganz Teil dieser Welt. Das lange Haar war zerzaust, der Zopf aufgelöst, aber im Licht der Öllampe schimmerte es wie Harz im Sonnenschein. Die Züge waren fein gezeichnet, die blonden Brauen wie Striche, die ein schmaler Pinsel gezogen hatte.

Tugomir sah zu Gero. »Deine Tochter?«

Der Graf nickte, ohne den Blick von ihr abzuwenden. Seine Miene war angespannt, und über der Nasenwurzel hatte sich die altbekannte Zornesfalte gebildet.

»Du hast wirklich Nerven, Mann«, sagte Tugomir leise. *Wie viele slawische Frauen hast du ermordet, Gero? Wie viele geschändet? Mit welchem Recht forderst du meine Hilfe?*

Doch das Schlimmste war, wusste Tugomir, dass er es trotz allem versuchen musste. Das war etwas, was die vergangenen Jahre ihn gelehrt hatten: Er hatte sein Schwert verloren, als Otto die Brandenburg nahm, also war er kein Krieger mehr. Er hatte das Vertrauen zu seinen Göttern verloren, als sie Annos Leben forderten, während die Vorburg schon brannte, also war er kein Priester mehr. Er hatte seine Heimat verloren, also war er kein Fürst mehr. Aber er war immer noch Heiler. Und das bedeutete, dass er niemandem seine Hilfe versagen durfte. Es geschah oft genug, dass er nichts tun konnte. Doch er musste es wenigstens versuchen, ganz gleich ob Sachse oder Slawe, Mann oder Frau, Fürst oder Sklave, denn wenn er seine Hilfe verwehrte, war er auch kein Heiler mehr. Und was blieb ihm dann noch?

Er legte dem Mädchen die linke Hand auf die Stirn. Sehr heiß, aber trocken. Mit der Rechten ergriff er ihr Handgelenk und fühlte den Puls. Schnell und holpernd.

»Ich will nicht, dass du sie anrührst«, knurrte Gero.

Ohne Hast ließ Tugomir sie los. »Nein? Na schön. Dann werde ich gehen und meine unterbrochene Nachtruhe fortsetzen.«

Gero packte ihn beim Arm. »Du wirst bleiben und ihr helfen!«

Tugomir sah ihm in die Augen und sagte nichts.

Gero nahm schleunigst die Hand von seinem Arm. »Hilf ihr! Tu irgendwas, sie verbrennt vor Fieber. Hilf ihr, und ich gebe dir mehr Silber, als du tragen kannst.«

Tugomir schnaubte verächtlich und verschränkte die Arme vor der Brust. »Es gibt nichts auf der Welt, das ich von dir haben will«, stellte er klar. »Verschwinde. Schaff deine Söhne hinaus, am besten bringst du deinen Bruder und seine Familie ebenfalls aus dem Haus, bis ich weiß, ob es etwas Ansteckendes ist. Deine Frau kann bleiben, wenn sie den Mut hat, ich brauche ein paar Antworten. Schick Milegost zu Semela, er soll mir den Feuerkorb bringen. Und vielleicht könntest du zur Abwechslung einmal darauf verzichten, dem Jungen zu drohen.«

»Feuerkorb?«, wiederholte der Graf, als sei er nicht sicher, ob er das Wort richtig verstanden hatte.

Tugomir nickte nur und wandte ihm den Rücken zu. Während Gero seiner Frau befahl, dem Heiler zur Hand zu gehen, und seinen kleinen Söhnen, mit ihm hinauszukommen, schlug Tugomir die wollenen Decken und das Laken zurück, und der scharfe Geruch von Essig drang ihm entgegen. Das kranke Mädchen war züchtig mit einem wadenlangen Leinenhemd bekleidet, aber zumindest die Arme waren unbedeckt, und er entdeckte weder Pusteln noch Ausschlag. Sie wimmerte leise, schmale, lilienweiße Hände tasteten vergeblich nach der Decke. Dann rollte sie sich auf die Seite und krümmte sich zusammen.

»Ich habe ihr Essigfußwickel gemacht«, sagte Geros Gemahlin und trat zu ihm. »Aber sie scheinen nichts gegen das Fieber auszurichten.« Man sah ihr an, dass sie sehr besorgt war. Ihr Name war Judith, wusste Tugomir, und sie war eine Grafentochter aus Thüringen, die dem guten alten Gero jede Menge Land eingebracht hatte. Sie musste Ende zwanzig sein, und wenn man sie ansah, wusste man, woher ihre Tochter die elfenhafte Schönheit hatte.

Tugomir wandte den Blick ab und legte den Handrücken nochmals an die Stirn der Kranken. »Das Fieber ist sehr hoch«, befand er. »Wir müssen sofort etwas dagegen tun. Wir brauchen kaltes Brunnenwasser und Tücher.«

Sie nickte. »Ich schicke eine Magd.«

Sie verschwand, und Tugomir deckte die Kranke mit dem Laken zu, das sie sich sofort bis über die Schulter zog. Doch die Felle und Wolldecken warf er auf den Boden. Er wusste, das Fieber war kritisch, und es würde weiter steigen, wenn die Hitze ihres Kör-

227

pers sich unter den Decken staute. Er trat ans Fenster und stieß den Laden auf. Die Luft, die hereinströmte, war feucht und kalt, aber er wollte, dass der Rauch des Kohlebeckens abzog.

Als Judith mit einer Schüssel auf der Hüfte und Tüchern über dem Arm zurückkehrte, schloss er den Laden wieder.

»Versucht, Ihr von dem kalten Wasser einzuflößen, Gräfin. So viel wie möglich«, trug er ihr auf.

Die Mutter stützte den Kopf des Mädchen mit der Hand und setzte einen Holzbecher an die bleichen Lippen. Aber die Kranke war kaum bei Bewusstsein und öffnete die Lippen nicht. Mit einem unverständlichen Murmeln drehte sie den Kopf weg. Tugomir trat hinzu und benetzte ihr die Lippen mit einem nassen Tuch, bis sie mit der Zunge darüberfuhr. Dann versuchte er sein Glück mit dem Becher. Auf einmal trank sie gierig.

»Sie braucht Wadenwickel«, sagte er.

Judith schlug das Laken am Fußende zurück und tauchte ein weiteres Tuch in die Schüssel. Tugomir vergewisserte sich, dass sie es nicht zu stark auswrang, denn die Wickel mussten nass sein, nicht nur feucht.

»Habt Ihr an ihrem Leib Ausschlag oder Rötungen gefunden?«, fragte er.

Die Mutter schüttelte den Kopf. »Das war das Erste, wonach ich geschaut habe.«

»Auch in den Kniekehlen, den Leisten und den Innenseiten der Ellbogen?«

Sie fand es offenbar anstößig, dass er so schamlos nach solch intimen Körperregionen ihrer Tochter fragte, aber sie nickte tapfer. »Nichts. Ich habe noch einmal nachgesehen, kurz bevor Ihr kamt.«

»Wie alt ist Eure Tochter?«

»Zwölf.«

»Und wie heißt sie?«

»Wozu wollt Ihr das wissen?«, fragte sie streng.

»Denkt Ihr nicht, es wäre ein Mindestmaß an Höflichkeit, mir ihren Namen zu nennen?«

Die Gräfin wirkte einen Moment verwirrt. Vielleicht hatte sie bis heute nicht geahnt, dass auch Slawen so etwas wie Höflichkeit kannten. Oder vielleicht war sie sich nicht schlüssig darüber, wie sie diesen Mann behandeln sollte, der doch nur ein Gefangener war – ein Heide obendrein –, aber vielleicht das Leben ihrer Tochter in der Hand hielt. »Ihr Name ist Alveradis«, antwortete sie steif.

»Wann und wie hat es angefangen?«, fragte er betont geschäftsmäßig weiter.

»Heute Nachmittag«, antwortete die Mutter. »Sie sollte uns zum Essen in die Halle begleiten, denn ihr Vater wollte sie Prinz Henning vorstellen, aber als es Zeit fürs Nachtmahl war, klagte sie über Schwindel und Kopfschmerzen, und sie bekam Schüttelfrost.«

Tugomir kam die Frage in den Sinn, ob die hinreißende Alveradis sich vielleicht absichtlich mit irgendetwas vergiftet hatte, um Hennings Charme zu entrinnen. Man hätte ihr kaum einen Vorwurf machen können, fand er. Aber so etwas taten anständige sächsische Mädchen vermutlich nicht. »Hat sie etwas Ähnliches schon einmal gehabt?«

Die Gräfin nickte. »Vor drei Tagen.«

Er horchte auf. »Und war es genau gleich?«

»Ganz ähnlich, ja. Aber vorgestern schien der Spuk vorbei zu sein, also dachte ich, wir könnten sie bedenkenlos mit herbringen.«

Tugomir fühlte noch einmal die fiebrige Stirn. Immer noch trocken. »Hat sie geschwitzt, bevor das Fieber zurückging?«

»Woher wisst Ihr das?« Es klang argwöhnisch.

»Das heißt ja?«

Die Gräfin nickte. »Sie schien noch heißer zu werden. Aber dann hat sie ausgeschwitzt, was immer es war. Nach ein paar Stunden war alles vorüber. Doch es war nicht so schlimm wie heute. Wenn Ihr wisst, woran meine Tochter leidet, dann sagt es mir, Prinz Tugomir.«

Ehe er entschieden hatte, ob jetzt der richtige Zeitpunkt war, wurde die Tür geöffnet und Semela trat ein, einen Gurt der Weidenkiepe lässig über eine Schulter geschlungen und die Kappe in einem verwegenen Winkel auf dem Kopf. »Hier kommt der Feuerkorb, mein Prinz.«

Tugomir schüttelte ungeduldig den Kopf. »Das wurde auch Zeit, du Taugenichts. Her damit«, schalt er in ihrer Muttersprache.

Der junge Mann nahm seine Last von der Schulter, stellte sie zu Tugomirs Füßen ins Bodenstroh, verbeugte sich ebenso höflich wie charmant vor der Gräfin und richtete seine volle Aufmerksamkeit dann auf die Kranke. »Soll ich Wasser kochen? Ich nehme an, wir brauen einen Sud?«

Tugomir nickte. »Die Kunst wird sein, ihn in sie hineinzubekommen.« Er holte verschiedene Beutel mit getrockneten Blättern, Blüten oder Samen aus seinem Korb, reichte sie seinem Gehilfen und nannte ihre Namen, damit Semelas Wissen sich verfestigte – so wie Dobromir es mit ihm selbst auch getan hatte. »Holunder, Nachtbeere, Buche, Bilsenkraut und …«

»… Minze«, schloss Semela, der an jedem der Säckchen schnupperte.

»Richtig. Und sei vorsichtig mit der Nachtbeere und dem Bilsenkraut, hörst du.«

Der junge Daleminzer nickte, während er einen kleinen Kessel mit Wasser füllte. »Giftig, ich weiß.« Er stellte den Kessel in die Glut des Kohlebeckens.

Alveradis war unruhiger geworden. Stöhnend warf sie sich auf die Seite, weg vom Licht und den Stimmen. Tugomir suchte einen Moment in seinem Korb, bis er einen Bernstein an einer Lederschnur fand. Er reichte ihn Judith. »Hier. Legt ihn ihr um.«

»Wozu soll das dienen?«, fragte sie. »Mein Gemahl duldet keinen heidnischen Zauber.«

»Das ist bedauerlich für Eure Tochter, Gräfin«, gab Tugomir zurück.

Sie wandte das Gesicht ab und senkte den Kopf.

Tugomir schämte sich seiner Schroffheit. Er hätte sich zwar dafür ohrfeigen können, dass er sich schämte, denn sie war *Geros* Weib, verflucht noch mal, aber er musste feststellen, dass er nicht viel dagegen machen konnte. »Jede Krankheit steht in Verbindung mit einem oder mehreren der vier Elemente«, erklärte er leise.

Das war der Grund, warum er seine Heilpflanzen und -steine in vier Weidenkörben aufbewahrte. »Oder genauer gesagt, mit ihren Geistern. Es gibt Erdgeister, Luftgeister, Wassergeister und Feuergeister – jeweils gute und böse. Der Bernstein ist ein mächtiger Schutz gegen böse Feuergeister, die Fieber bringen. Euer Volk hat das einmal gewusst, Gräfin, darum ist der Bernstein als Schmuck so beliebt bei euch. Die Priester des Buchgottes haben Euch Euer einstiges Wissen nur gestohlen, so wie Eure alten Götter. Ihr habt es vergessen. Aber das macht es nicht weniger wahr. Lasst sie den Bernstein tragen. Glaubt mir, Eure Tochter braucht jeden Schutz, den sie bekommen kann.« Er unterbrach sich kurz. Nicht um sie auf die Folter zu spannen, sondern weil er gelernt hatte, dass schlechte Nachrichten leichter zu ertragen waren, wenn man sie langsam verabreicht bekam.

Als Judith ihn wieder anschaute, liefen Tränen über ihre Wangen. »Was ist es?«

»Wechselfieber.«

Sie stieß einen kleinen, hoffnungslosen Schrei aus und legte die Hand vor den Mund. »Aber ... aber das kommt im Hochsommer«, versuchte sie abzuwehren.

Tugomir schüttelte den Kopf. »Es kommt, wann immer es will.«

Die Gräfin verbarg das Gesicht in den Händen und bemühte sich ohne großen Erfolg, ihr Schluchzen zu unterdrücken.

»Wechselfieber?«, wiederholte Semela. »Was soll das denn sein?«

»Der Feuergeist kommt für einen Tag, zieht sich einen oder zwei Tage lang zurück, dann kommt er für einen Tag wieder«, antwortete sein Lehrmeister auf Slawisch.

»Das klingt jetzt nicht *so* schrecklich.«

»Hm. Er verschwindet für ein paar Wochen. Oder Monate. Und dann kommt er zurück.«

»Oh.« Semela klang unbehaglich. »Und ... wie lange?«

»Manche sind ihn nach ein, zwei Jahren wieder los. Andere begleitet er ein Leben lang, und viele sterben jung an einem dieser Fieberanfälle. Dobromir sagte, sie sterben, wenn der Feuergeist irgendwann einen seiner Brüder mitbringt. Darum ist der Bernstein so wichtig: Gegen den Feuergeist, der bereits von dir Besitz ergriffen hat, kann der Stein nichts mehr ausrichten, aber gegen den zweiten schon. Also lass uns hoffen, dass Gero ihn ihr lässt.«

Semela seufzte und begann kopfschüttelnd, die Zutaten ins kochende Wasser zu geben. »Armes Elfchen …«

Als der Sud abgeseiht und ein wenig abgekühlt war, probierte Tugomir einen kleinen Schluck, um sicherzugehen, dass die Mischung stimmte. Er nickte Semela zu. »Gut gemacht. Du kannst wieder verschwinden.«

Der junge Mann packte die Säckchen und Tiegel zurück in den Korb, wünschte der Gräfin eine gute Nacht und ging hinaus.

Tugomir setzte sich auf die Bettkante, den Becher in der rechten Hand, und drehte das Mädchen mit der Linken behutsam zu sich um. »Ihr müsst trinken, Alveradis.«

Sie schlug langsam die Lider auf. Ihre Augen waren groß und glänzten fiebrig. Es war zu dämmrig in der Kammer, um die Farbe zu erkennen, aber er sah ihre Furcht. »Sira …«, murmelte sie undeutlich. »Wo ist sie?«

Er legte den Arm um ihre Schultern und richtete sie auf. »Wer ist Sira?«, fragte er die Gräfin.

Judith schüttelte müde den Kopf. »Sie fantasiert. Sira war ihre Hündin. Aber sie ist schon seit Monaten tot.«

Tugomir führte den Becher an die Lippen und entdeckte Schweißperlen auf der Stirn des Mädchens. Nach wenigen Augenblicken war der Leinenstoff ihres Hemdes unter seinem Arm feucht. »Trinkt. Bald ist es vorüber, Ihr habt mein Wort.«

Sie sah ihn einen Moment an, doch ihr Blick blieb unscharf. Dann senkten sich die Lider mit den langen, dichten Wimpern, und sie trank.

Es dauerte über eine Stunde, bis der Becher endlich geleert war. Judith war inzwischen auf ihrem Schemel eingeschlafen, ihr Kopf gegen den Wandbehang gesunken. Tugomir hielt das kranke Mädchen im Arm und versuchte, nicht daran zu denken, dass es Geros Tochter war.

Als er angefangen hatte, die Sachsen zu behandeln, hatte er es auf Distanz getan und sie niemals berührt. Er hatte sie aus sicherer Entfernung angeschaut, seine Diagnose gestellt und ihnen einen Trank oder eine Salbe gemischt, aber er überließ es den Müttern oder Frauen oder Töchtern, sie zu verabreichen. Es war ihm einfach unerträglich gewesen, sie anzufassen, auch ihre Frauen und Kinder und Alten, die keine Klingen gegen die Heveller und die Daleminzer geführt hatten. So als würde er durch die Berührung unrein, besudelt mit etwas, das sich nie wieder abwaschen ließ.

Aber es hatte sich einfach als unmöglich erwiesen. Die Hände gehörten zu den wichtigsten Instrumenten eines Heilers; das, was sie erfühlten und ertasteten, verriet mindestens so viel über die Krankheit wie das, was die Augen sahen. *Mein Gott oder deine Götter haben alle Menschen gleich geschaffen, Tugomir,* hatte Bruder Waldered bei einer ihrer hitzigen Debatten zu ihm gesagt. *Dass mein und dein Volk Feinde sind, ist allein unser Werk, aber es ändert nichts daran, dass wir alle Kinder Gottes sind.*

Tugomir hatte erkannt, dass Waldered recht hatte, als er zum ersten Mal seinen winzigen Neffen Wilhelm im Arm gehalten hatte und sich von eigentümlichen und beängstigend heftigen Gefühlen überwältigt fand. Er wollte dieses Kind behüten und vor der reißenden Bestie beschützen, die die Welt war, obwohl es Ottos Sohn und zur Hälfte Sachse war.

Inzwischen erschien es ihm völlig ohne Belang, wo die Menschen, die seine Hilfe suchten, geboren waren oder welche ihre Muttersprache war. Auf *diesem* Schlachtfeld waren Gebrechen und Krankheiten die Feinde, die es zu besiegen galt, nicht Menschen. Sollte sein Schicksal sich je wenden und er sich mit einem Schwert in der Hand wiederfinden, würden die Dinge anders aussehen, das wusste er. Aber damit wollte er sich befassen, wenn es so weit war. Es waren schließlich die Sachsen, nicht die Slawen, die ständig nur an die Zukunft dachten und dabei vergaßen zu leben, die horteten und rafften, weil sie irgendwie immer fürchteten, übernächstes Jahr vielleicht zu verhungern. *Sein* Volk war klüger und wusste, dass es wenig Sinn hatte, sich um eine Zukunft zu sorgen, die vielleicht niemals stattfinden würde. Besser, man nahm das an, was die Götter einem zugedachten, denn man konnte nie wissen, ob man je etwas anderes bekam. Und so hatte Tugomir gelernt, sich ganz seiner Heilkunst und der Erziehung seines Neffen zu widmen, denn es waren gute Dinge. Trotzdem. *Geros Tochter.* Es war geradezu obszön …

Er bettete sie zurück in die Kissen, tauchte eines der Leintücher in die Schale und kühlte ihr Stirn, Wangen und Hals. Wie ihre Mutter es beschrieben hatte, schien das Fieber auch heute mit dem Schweißausbruch noch einmal anzusteigen. Tugomir wusste, der Feuergeist zeigte nur noch einmal die Zähne, ehe er den Rückzug antreten musste, aber beängstigend war es trotzdem. Die Wangen des Mädchens glühten jetzt, ihr Haar klebte feucht an Stirn und Wangen. Sie keuchte, und manchmal murmelte sie ein paar Worte, doch »Sira« war das einzige, was er verstehen konnte.

Tugomir schob behutsam das Laken herab, um ihre Arme mit dem kühlen Tuch abzureiben, und sah bei der Gelegenheit, das Judith ihr den Bernstein zwar umgehängt hatte, aber über dem Hemd. Er fluchte leise, nahm den Stein einen Moment in die linke Faust und spürte seine Kraft. Dann hob er den Ausschnitt des Leinenhemdes an und ließ den ungeschliffenen Bernstein daruntergleiten.

Die Hand des Mädchens tastete fahrig nach der eigenen Brust und verharrte über dem ungewohnten Gegenstand.

Kurz vor Morgengrauen begann das Fieber endlich zu fallen. Alveradis wurde ruhiger, die fiebrige Röte verließ ihr Gesicht, und ihr Puls verlangsamte sich. Tugomir beobachtete sie eine Weile, dann stand er auf, um ihr einen Becher Wasser zu holen.

Als er sich wieder über sie beugte, waren die Augen geöffnet, und nun erkannte er, dass sie nicht blass waren wie die ihres Vaters, sondern braun, und auch wenn das fiebrige Glimmen verschwunden war, lag jetzt ein natürlicher Glanz darin.

»Wer … seid Ihr?«, fragte sie.

»Tugomir, Vaclavics Sohn.«

»Der Hevellerprinz.«

Er nickte und rechnete damit, dass sie angewidert den Kopf abwenden würde – schließlich war sie die Tochter ihres Vaters. Stattdessen lächelte sie. »Und wenn ich Euch etwas frage, werdet Ihr mir die Wahrheit sagen, Prinz Tugomir?«

Er kannte ihre Frage. Er hörte sie oft, und er antwortete immer mit der Wahrheit. »Ihr werdet an diesem Fieber nicht sterben, auch wenn es sich vermutlich so anfühlt. Nicht heute und nicht nächstes Jahr, und wenn Ihr den Bernstein immer tragt, Tag und Nacht, vielleicht niemals.«

Sie sah blinzelnd zu den Deckenbalken hinauf, tastete, fand und ergriff Tugomirs Hand. Es war eine Geste kindlicher Unbefangenheit, und dennoch hoffte er inständig, dass Gero nicht ausgerechnet diesen Moment wählen würde, um zurückzukommen. Denn sie war kein Kind mehr. Sie war auch noch keine Frau. Sie stand an der Schwelle.

»Ihr solltet versuchen zu schlafen«, riet er. »Das Fieber zehrt an den Kräften.«

»Aber ich hab doch die ganze Zeit geschlafen«, widersprach sie matt. »Ich habe … von meinem Hund geträumt.«

Tugomir nickte. »Sira. Ihr habt von ihr gesprochen. Es tut mir leid, dass sie gestorben ist.«

Ihr Blick war immer noch nach oben gerichtet, aber er sah eine Träne aus dem Augenwinkel rinnen und über dem Ohr in ihrem Haar verschwinden. »Sie ist nicht einfach gestorben«, sagte sie. »Mein Vater hat sie aufgehängt.«

Otto half seiner Gemahlin aus dem Sattel. »Und? Was sagst du?«

»Oh, sie ist herrlich!« Editha schlang lachend die Arme um seinen Hals – was ziemlich untypisch war, denn für gewöhnlich übte sie in der Öffentlichkeit immer Zurückhaltung. Doch die Begeisterung über die feurige kleine Schimmelstute, die Otto ihr geschenkt hatte, war wohl selbst für sie zu viel. »Hast du gesehen, wie *schnell* sie ist? Und so gut zu handhaben. Ich meine, sie hat schon einen eigenen Kopf, aber wenn man sie wissen lässt, was man will, ist sie ganz leicht zu führen.«

Thankmar legte die Hände um Egvinas Taille, hob sie aus dem Sattel, und während er sie auf die Füße stellte, flüsterte er ihr zu: »Genau wie Otto.«

Egvina nahm die Unterlippe zwischen die Zähne und gluckste.

Das Wetter hatte sich gebessert, und sie hatten nach dem Frühstück einen Ausritt gemacht, um den trockenen Herbsttag zu genießen und bei der Gelegenheit Edithas neues Pferd zu erproben. Bis auf die Wachen waren sie allein gewesen, denn Henning war bei Tagesanbruch nach Memleben aufgebrochen. *Und wenn wir Glück haben, hält seine Mutter ihn bis Weihnachten dort*, dachte Thankmar. *Von mir aus auch bis* nächstes *Jahr Weihnachten …*

Sie übergaben die Pferde den Stallknechten und schlenderten zur Halle hinüber. Editha hatte sich bei Otto eingehängt und redete immer noch voller Enthusiasmus von ihrem neuen Gaul, als sich plötzlich eine Gestalt aus dem Schatten des Backhauses löste und auf sie zu stürzte.

Thankmar zog das Schwert, schob Egvina hinter sich und sah aus dem Augenwinkel, dass Otto genauso reagierte. Mit gezückten Klingen standen die Brüder Schulter an Schulter, als sie erkannten, dass der vermeintliche Meuchelmörder eine dicke junge Frau war. Sie wechselten einen verwunderten Blick. Verblüffend behände schlug die Frau einen Haken um die beiden Prinzen, fiel vor Editha auf die Knie und umklammerte den Saum ihres Mantels. »Bitte, edle Herrin … bitte helft mir.«

Udo und Walo, die sie begleitet hatten, eilten herbei, und Udo packte sie an der Schulter. »Was fällt dir ein, Weib …«, knurrte er und riss sie zurück.

»Moment«, sagte Editha in diesem ruhigen, abgeklärten Tonfall, von dem einem wirklich mulmig werden konnte.

Thankmar bedeutete dem stiernackigen Haudegen, die Bittstellerin loszulassen. »Ich nehme an, die Prinzessin meint, ›Danke für deine wackere, wenn auch reichlich verspätete Hilfe, aber mit diesem Problem werden wir ausnahmsweise alleine fertig‹.«

Udo – von dem jeder Hohn abperlte – nickte und trat einen Schritt zurück.

Otto folgte Thankmars Beispiel und steckte sein Schwert ein. »Was ist dir geschehen?«, fragte er die Frau. »Lass die Prinzessin los, steh auf und sprich.«

Er sagte es nicht unfreundlich, aber sie warf einen nervösen

Blick in seine Richtung und duckte sich dann von ihm weg, als hätte er sie bedroht. Zögernd ließ sie den feinen, mit Fuchspelz besetzten Mantel aus der Hand gleiten, blieb aber auf den Knien und sah zu Editha hoch. »Es geht um meinen Vater, edle Herrin. Er … er soll ausgepeitscht werden, hat der Schultheiß gesagt, aber er ist alt und krank.« Sie fing an zu weinen. »Das überlebt er nicht, das weiß ich genau. Und er hat … er hat nichts Unrechtes getan.«

Editha nahm sie beim Arm und zog sie auf die Füße. Mit gesenktem Kopf, die Hände vor dem Rock verschränkt, blieb die Frau vor ihr stehen.

»Was wird ihm denn vorgeworfen?«, fragte die Prinzessin.

»Er soll … zu leichte Brote verkauft haben, aber …«

»Dein Vater ist Bäcker?«, unterbrach Otto.

Sie nickte, wagte aber immer noch nicht, ihn anzuschauen, sondern sprach weiter zu seiner Gemahlin: »Euer neuer Schultheiß hat gesagt, er will alle Brote nachwiegen und überprüfen, ob die Menschen von Magdeburg nicht betrogen werden. Er kam … er kam mit seinen Gehilfen und Bütteln und seiner Waage in die Backstube, und jetzt sagt er, unsere Brote sind zu leicht. Nicht nur unsere. Mein Schwager auch und der rote Manfred auch. Von den vier Bäckern in Magdeburg sollen drei … sie sollen alle drei ausgepeitscht werden, weil sie Betrüger sind, sagt der Schultheiß, aber ich schwöre bei Donars Hammer und beim Blut Jesu Christi, dass wir dieselben Gewichte benutzt haben wie immer. Mein Vater ist kein Betrüger. Aber Euer Pfund … wiegt mehr als ein Pfund«, schloss sie hilflos.

»Das ist allerdings eigenartig«, murmelte Otto.

»Meine Schwester … ihr Mann ist auch einer von denen, die bestraft werden sollen, und sie hat zu mir gesagt: Lauf zur Pfalz, hat sie gesagt, und bitte Prinzessin Editha um Hilfe, denn sie ist gütig und barmherzig und klug. Und hier bin ich nun, edle Herrin.« Sie fing wieder an zu schluchzen. »Helft uns, ich bitte Euch …«

Editha war die Szene sichtlich peinlich. Womöglich war ihr vor allem peinlich, als ›gütig, barmherzig und klug‹ bezeichnet zu werden. Thankmar hatte schon gelegentlich beobachtet, dass sie verlegen wurde, wenn man sie lobte. Aber natürlich nahm sie sich zusammen, ließ sich ihr Unbehagen nicht anmerken, legte eine ihrer Lilienhände auf den Ärmel der drallen Bäckerstochter und fragte: »Wie ist dein Name?«

»Gundula, edle Herrin.«

»Alsdann, Gundula: Ich werde sehen, was ich für euch tun kann. Jetzt geh heim. Und sei guten Mutes. Prinz Otto duldet keine Ungerechtigkeit in seiner Stadt.«

Zum ersten Mal wagte die junge Frau, Otto ins Gesicht zu schauen, auch wenn es nur für einen Lidschlag war. Dann knickste sie und eilte davon.

Während Editha und ihre Schwester ihr noch nachschauten, pfiff Otto durch die Zähne und winkte Udo heran, der wie ein dräuendes Unwetter in der Nähe gelauert hatte. »Geh zu Asik, Udo, und richte ihm aus, die Bestrafung der Bäcker fürs Erste auszusetzen.«

»Wie Ihr befehlt, mein Prinz«, sagte Udo und verneigte sich, aber seiner Stimme war anzuhören, dass er Ottos Anweisung missbilligte. Natürlich tat er trotzdem wie geheißen, auch wenn sein Laufschritt von der eher gemächlichen Sorte war.

»Lasst uns einen Happen essen«, schlug Otto vor.

Sie betraten die Halle. Gero, Siegfried und ihre Frauen saßen mit Hermann Billung zusammen und lauschten einem Priester in einem staubigen Reisemantel, der mehrere Holzschachteln vor sich auf dem Tisch ausgebreitet hatte. »Und hier ist die Urkunde des Erzbischofs von Köln, edle Herren, die die Echtheit meiner Reliquien bestätigt«, sagte er und entrollte ein Dokument mit einem beeindruckend großen Siegel.

Otto blieb bei der kleinen Gruppe stehen. »Geht es deiner Tochter besser, Gero?«, fragte er.

Der nickte, aber seine Miene war finster. »Es war nur ein bisschen Fieber, weiter nichts. Sie ist gesund und munter.«

»Aber Gero …«, begann Judith zu widersprechen. Sie hatte dunkle Schatten unter den Augen. Man konnte ihr ansehen, dass sie die ganze Nacht bei ihrer Tochter gewacht und um sie gebangt hatte.

»Schluss«, herrschte Gero sie an. »Ich will nicht, dass du noch einmal wiederholst, was dieser heidnische Scharlatan gesagt hat. Ich muss wirklich von Sinnen gewesen sein, ausgerechnet nach *ihm* zu schicken ...«

Otto und Thankmar wechselten einen Blick.

Egvina hatte unterdessen das Beglaubigungsschreiben des Priesters überflogen. »Hier steht kein Wort von heiligen Reliquien«, bemerkte sie. »Es ist eine Lehensurkunde des Erzbischofs von Köln an ein Kloster im Mülgau.« Sie zeigte unfein mit dem Finger auf den Reliquienhändler. »Ich nehme an, er hat sie gestohlen.«

Der Beschuldigte sprang erschrocken von der Bank auf. »Aber edle Herrin, wie könnt Ihr nur denken ...«

Thankmar hatte eine der Holzschachteln geöffnet und spähte hinein. Was sie enthielt, war eindeutig ein Tierknochen. »Was soll das sein?«, erkundigte er sich. »Die Rippe eines heiligen Schafs vielleicht? Aus der Herde der Hirten von Bethlehem?«

Der Priester starrte ihn an, öffnete den Mund und brachte keinen Ton heraus.

Otto seufzte. »Was ist heute nur los mit der Welt? Wache!«

Die beiden Soldaten, die den Eingang flankierten, eilten herbei.

»Nehmt ihn mit und sperrt ihn ein.« Und zu dem betrügerischen Priester sagte er: »Ich schätze, der Bischof von Halberstadt wird wissen, wie mit Euch zu verfahren ist, Vater. Falls Ihr das überhaupt seid.«

»Aber ... Aber mein Prinz, ich versichere Euch ...« Seine gestammelten Beteuerungen wurden leiser, als die Wachen ihn nach draußen brachten.

»Da hol mich doch der Teufel«, brummte Hermann. »Ich hätte beinah eine gekauft.« Angewidert zeigte er mit einer seiner Pranken auf die ›Reliquien‹. »Gero erzählt, er will sich ein Haus hier in Magdeburg bauen mit einer eigenen Kapelle, für die er schon eine Reliquie hat.«

Thankmar rief nach Wein und Brot und kaltem Wildbret, und sie setzten sich zu den anderen an die Tafel.

»Großartig, Gero!« Otto strahlte. Er war jedem dankbar, der seine hochfliegenden Pläne für Magdeburg unterstützte.

»Ich sag's doch«, murmelte Thankmar. »Sie werden aus diesem Misthaufen mit Königspfalz noch ein Rom des Nordens machen.«

Das erntete Gelächter, aber Ottos Miene nahm einen beinah verklärten Ausdruck an. »Ein Rom des Nordens …«, murmelte er.

»Das war ein Scherz, Bruder«, erklärte Thankmar mit einem Seufzer überstrapazierter Geduld.

»Ich weiß«, gab Otto zurück und hob grinsend die Schultern. »Aber es klingt nicht übel.«

»Nun, bevor du Magdeburg mit steinernen Klosterkirchen und heiligen Reliquien schmückst, solltest du vielleicht erst einmal dafür sorgen, dass es genügend Brot hat.«

»Ach, richtig«, Otto wurde schlagartig ernst und erklärte Gero und Siegfried: »Ich schätze, ihr wisst, dass ich euren Vetter Asik zum Schultheiß ernannt habe? Ich hatte ihn gebeten, die Bäcker zu überprüfen und ihre Brote nachzuwiegen, aber es sieht so aus, als wäre ein Pfund in Magdeburg nicht das gleiche wie dort, wo Asik seine Gewichte beschafft hat. Bei euch daheim in Merseburg, nehm ich an.«

»Aber ein Pfund ist ein Pfund«, widersprach Siegfried verdattert.

»Ja, das dachte ich auch. Doch wie es aussieht, haben wir uns getäuscht.« Otto berichtete von den seltsamen Vorfällen in der Stadt. »Der König sollte dafür sorgen, dass in allen Städten einheitliche Gewichte verwendet werden«, schloss er. »Das gilt natürlich besonders für Silber. Es kann nicht angehen, dass die Münzen, die in Magdeburg geprägt werden, mehr oder weniger Silber enthalten als die aus Köln oder Mainz.« Er verstummte, stützte das Kinn auf die Faust und dachte nach.

Der Wein und die Speisen wurden aufgetragen, und Thankmar neigte sich zu Egvina und flüsterte: »Tu mir einen Gefallen: Finde heraus, was Tugomir zu Judith gesagt hat.«

»Warum fragst du ihn nicht einfach?«

»Weil er so verdammt diskret ist. Wer wüsste das besser als du und ich?«

Sie nickte, wandte sich an Geros Gemahlin, die an ihrer anderen Seite saß, und verwickelte sie in ein Gespräch. Thankmar wusste, Judith war nicht auf den Kopf gefallen. Und sie hatte todsicher nicht vergessen, dass Gero ihr verboten hatte, Tugomirs Diagnose auszuplaudern. Aber Egvina würde es trotzdem herausbekommen. Sie bekam alles heraus. Das war eines ihrer vielen Talente …

»Wechselfieber«, sagte er zu Otto, als sie zwei Stunden später Seite an Seite die Ufergasse entlangritten. Uferschlammsuhle traf es besser, befand Thankmar.

Otto schüttelte den Kopf. »Also keine geeignete Braut für Henning.«

»Nein.«

»Das gefällt dir nicht?«

»Von mir aus könnt ihr Henning mit einer aussätzigen Ungarin verheiraten, das ist mir völlig gleich«, gab Thankmar unwirsch zurück. »Aber mir gefällt nicht, dass Alveradis das Wechselfieber hat.«

»Natürlich. Sie ist deine Cousine.«

»Nicht nur das. Sie ist ein bezauberndes Mädchen.«

»Wenn du dergleichen ohne Hohn sagst, muss es stimmen«, bemerkte Otto lächelnd.

Thankmar antwortete nicht. Es stimmte, er hatte eine Schwäche für Alveradis. Aber Schwäche war das Letzte auf der Welt, was er Otto gegenüber eingestehen wollte.

Der unverhofft goldene Oktobertag hatte die Menschen scharenweise aus den Häusern gelockt. In den Gärten, die die Katen der Flussfischer umgaben, waren die Frauen bei der Arbeit, gruben die abgeernteten Beete um, brachten Mist aus oder breiteten ihre Wäsche zum Bleichen auf den Uferwiesen aus. Kinder und Hunde tollten zwischen ihnen umher oder kletterten in die Obstbäume auf der Suche nach den letzten vergessenen Früchten. Wenn die Prinzen vorbeikamen, hielten die Menschen inne, die Frauen knicksten, die Männer nahmen die Strohhüte vom Kopf und machten einen Diener.

Thankmar und Otto bogen halb links in eine Gasse ab, die zur Johanniskirche führte, und hier ging es noch geschäftiger zu, denn die Häuschen beherbergten Handwerker und ihre Gewerbe: Links hörte man einen Schmiedehammer singen. Gegenüber spannten ein Gerber und sein Weib frische Häute in Holzgestelle, die neben ihrem Haus aufgestellt waren, lachten und tändelten bei der Arbeit und schienen den fauligen Gestank, den die Häute verströmten, überhaupt nicht wahrzunehmen. In der Töpferei eine Tür weiter hing hingegen der Haussegen schief: Der Töpfer stand inmitten eines Scherbenhaufens und hatte einen Fuß auf den Hackklotz gestellt, um seinen Sohn übers Knie zu legen, der das Malheur vermutlich angerichtet hatte. Die Schreie des Kindes lockten die Töpferin herbei, und als sie einschreiten wollte, verlor der Mann jedes Interesse an dem Übeltäter, ließ ihn fallen und legte stattdessen sein Weib übers Knie. Sie keifte und drohte, ihm im Schlaf dies oder jenes abzuschneiden, und bald hatte sich vor der Töpferei eine muntere Zuschauerschar gebildet.

Otto wandte kopfschüttelnd den Blick ab.

»Das ist das wahre, pralle Leben, Bruder«, bemerkte Thankmar.

»Ich weiß«, gab der Jüngere ein wenig unwirsch zurück und ritt weiter.

»Apropos wahres Leben. Ich hoffe, du wirst nicht allzu bitter enttäuscht sein, wenn sich herausstellen sollte, dass die drei Bäcker doch tatsächlich einfach nur Betrüger sind.«

»Vermutlich wäre ich enttäuscht«, räumte Otto ein. »Ich möchte gern glauben, dass die Menschen in der Regel anständig sind und Betrüger die Ausnahme. Aber wir werden sehen. Ich finde die Sache jedenfalls seltsam genug, um ihr auf den Grund zu gehen.«

Der Markt auf dem Platz vor der Johanniskirche war gut besucht. Bauern und Händler aus der Umgebung boten Korn, Eier und Käse, Hühner und Schweine in geschlachteter oder lebender Form, Wein und Bier, Tuche und Wolle, Leder und Messer – kurzum alles, was der Mensch zum Leben brauchte. Thankmar entdeckte auch einige slawische Händler von jenseits des Flusses, die vor allem Töpferwaren und Pelze verkauften.

Vor dem Stand eines Getreidehändlers hielt Otto an und saß

ab. Anders als alle anderen Menschen, die Thankmar kannte, schwang er dazu das rechte Bein nach vorn über den Widerrist seines Gauls und rutschte dann aus dem Sattel, was aber keineswegs lächerlich wirkte, sondern seltsam elegant. Otto warf Thankmar die Zügel zu und trat an den Stand. »Gott zum Gruße.«

Der Kornhändler sah an seinen Kleidern, dass er einen zahlungskräftigen Kunden vor sich hatte, und machte einen Bückling, doch er erkannte Otto nicht. »Was kann ich für Euch tun, junger Herr?«

»Du bist nicht aus Magdeburg?«, vergewisserte sich Otto.

»Aus Wanzleben, junger Herr. Ich fahre die Dörfer der Gegend ab, kaufe das überschüssige Korn der Bauern und bring es her.«

»Verstehe. Und ich nehme an, du hast ein Pfund-Gewicht?«

Der Händler sah ihn ein wenig unsicher an, als frage er sich, ob der junge Edelmann sich über ihn lustig machen wollte. Dann wurde seine Miene eine Maske ausdrucksloser Höflichkeit, und Thankmar wusste ganz genau, was der Kerl dachte: Ihr Edelleute seid alle ein bisschen wunderlich, aber wenn man euch das spüren lässt, endet man mit einer Klinge zwischen den Rippen. »Gewiss, edler Herr.«

»Kann ich es borgen? Nur für eine Stunde.«

Die Kiefermuskeln des Mannes verkrampften sich, aber er wandte sich ohne das geringste Zögern zu seiner Waage um und reichte Otto das Bleigewicht von der Größe einer Kinderfaust.

Otto studierte seine versteinerte Miene und fragte: »Kannst du nichts verdienen, während ich mit deinem Gewicht unterwegs bin?«

»Doch, Herr, keine Bange. Ich hab ein Halbpfund.«

»Dann fürchtest du, ich verschwinde auf Nimmerwiedersehen? Was soll ich dir als Pfand dalassen?« Er überlegte einen Moment. »Zwei Pfennige?«

Das feiste Gesicht des Kornhändlers erstrahlte vor Erleichterung. »Zu gütig, edler Herr.«

Das Geschäft kam schnell zum Abschluss, und Otto borgte ein weiteres Pfundgewicht, dieses Mal von einem Magdeburger Händler, der es ihm auch ohne Pfand freudestrahlend überließ, weil er wusste, wer Otto war. Der Prinz sprach noch einen Moment mit ihm, und der Mann nahm ihm das Bleigewicht wieder aus der Hand, wies darauf und erklärte irgendetwas, aber Thankmar konnte nicht verstehen, was er sagte.

»Du hast dazugelernt«, bemerkte er, als sie zum Haus des Schultheiß neben der Johanniskirche hinüberritten. »Du führst Geld mit dir und weißt, was es wert ist. Wenigstens ungefähr.«

»Wenn du so gönnerhaft bist, liebe ich dich am allermeisten, Bruder«, gab Otto zurück.

»Ja, darauf wette ich.« Thankmar grinste zerknirscht. »Sag, Otto, ist dir schon mal der Gedanke gekommen, dass Vater dir Magdeburg geschenkt hat und dich hier seit Jahren praktisch unbehelligt schalten und walten lässt, damit du schon mal ein bisschen üben und König spielen kannst?«

»Ja, stell dir vor, der Gedanke *ist* mir gekommen.« Otto saß ab und band sein Pferd an die Holzreling vor dem Haus des Schultheiß'.

Thankmar folgte seinem Beispiel. »Mir scheint, die Idee war nicht dumm.«

Asik, Geros und Siegfrieds junger Cousin, saß am Tisch in der kleinen Halle und zählte zusammen mit seinem Schreiber die Münzen, die sie heute von den Markthändlern eingenommen hatten. Als er die Schritte hörte, sah er auf und lächelte: »Ah, das trifft sich gut, mein Prinz. Ich wollte Euch gleich die Wocheneinnahmen bringen. Ein Schluck Wein?«

Otto schüttelte den Kopf. »Nein, danke.«

»Immer her damit«, antwortete Thankmar, und der Schreiber, ein hagerer Mönch mit einer Hasenscharte, brachte ihm lächelnd einen gut gefüllten Becher. Das Lächeln war schauderhaft und der Wein ebenso. Aber Thankmar beklagte sich nicht.

»Ich bin hier wegen der seltsamen Sache mit den Bäckern, Asik«, sagte Otto.

Der Schultheiß stand auf und nickte. »Tja. Das war eine böse Überraschung. Und ein lohnender Gedanke, die Halunken zu überprüfen, mein Prinz.«

»Es gibt vier Bäckermeister in Magdeburg, ist das richtig?«, fragte Otto.

»Ganz recht.«

»Und der vierte, der unschuldig ist, ist zugewandert?«, tippte Otto.

»Woher wisst Ihr das?«, fragte der Schultheiß überrascht. »Es stimmt, er kommt aus Herford. Offenbar ist er einer Magd im Gefolge der Königin … Eurer verehrten Mutter, sollte ich wohl sagen, gefolgt, als sie damals den König heiratete. Die Königin, meine ich, nicht die Magd.« Asik bekam rote Ohren und schüttelte über sich selbst den Kopf. Er war noch ein junger Mann – ungefähr in Ottos Alter, schätzte Thankmar –, aber er war ein heller Kopf, und er brannte vor Eifer, seine Sache hier gut zu machen.

Otto schmunzelte, wurde aber gleich wieder ernst. »Wir haben uns gefragt, ob die drei Männer wirklich Halunken sind, oder ob es etwas mit dem hier üblichen Pfundgewicht zu tun hat. Du hast sie hinter Schloss und Riegel?«

Asik nickte. Das Haus des Schultheiß', das Otto vor vier Jahren hatte errichten lassen, hatte einen niedrigen Keller mit einem Kerker, denn er hatte gewusst, dass eine wachsende Stadt einen Ort brauchte, wo man Missetäter verwahren konnte.

»Lass sie herbringen.«

Als die Büttel die drei verängstigten Männer hereinführten, saß Otto flankiert von seinem Bruder und Asik an der Tafel, das blanke Schwert vor sich auf dem Tisch, damit jeder auf einen Blick sah, dass er als Richter hier war.

Die Büttel versetzten den drei Beschuldigten einen Stoß in die Nierengegend, aber das wäre gar nicht nötig gewesen. Ganz von selbst fielen sie vor dem Prinzen auf die Knie. Vermutlich machte ihre Furcht besagte Knie wacklig. Thankmar konnte ihnen keinen Vorwurf machen. Er beobachtete seinen Bruder aus dem Augenwinkel und fand, dass man wirklich Angst vor ihm bekommen konnte, wenn er so streng und erhaben dreinschaute.

»Wie ist dein Name?«, fragte Otto den älteren der drei Männer.

»Eilhard, mein Prinz.« Er hielt den Blick gesenkt, aber seine Stimme bebte nicht.

»Du bist Gundulas Vater?«

Eilhard nickte. Sein Haar war bereits grau und stand in unordentlichen Zotteln vom Kopf ab, der Bart weiß, und für einen Bäcker war er auffallend mager. *Er ist alt und krank,* hatte Gundula beteuert. Womöglich stimmte beides.

»Und sag mir, Eilhard, hast du deine Kunden beschwindelt und ihnen zu leichte Brote verkauft?«

»Nein, mein Prinz. Meine Gewichte hab ich mir hier als junger Mann von einem Bleigießer machen lassen, und ich schwöre bei Gott, ich hab nie dran gedacht, dass mein Pfund zu leicht sein könnte.«

Otto sah zu dem jüngeren Mann, der an Eilhards linker Seite kniete. »Und was ist mit dir?«

»Ich bin Wilhelm, Eilhards Schwiegersohn, mein Prinz. Mein Vater war Freibauer, und die Ungarn haben ihn erschlagen. Ich kam in die Stadt und erlernte mein Handwerk von Eilhard. Als der alte Bäcker Tamma vor vier Jahren starb, haben meine Birga und ich sein Geschäft übernommen. Auch seine Gewichte. Aber ich hab sie natürlich nachwiegen lassen. Mein Pfund ist ein Pfund. Jedenfalls hab ich das immer geglaubt.« Er hob den Blick und sah Otto einen Moment ins Gesicht. »Und ich bin bereit, meine Unschuld in einem Gottesurteil zu beweisen.«

Otto gab keinen Kommentar ab und forderte den dritten Beschuldigten auf: »Und nun du.«

»Manfred, edler Prinz.« Es war nicht schwer zu erraten, warum sie ihn den »roten Manfred« nannten, denn seine Wangen waren so rund und leuchtend rot wie reife Äpfel. »Meine Vorväter haben hier Brot gebacken, solange irgendwer zurückdenken kann, und ich hab meine Gewichte vom Vater übernommen. Ich …« Er schluckte, bewahrte aber Haltung. »Ich hab nichts Unrechtes getan, mein Prinz, ich schwör's bei allen Heiligen. Aber bitte … bitte kein Gottesurteil.«

»Bring mir eine Waage«, befahl Otto einem der Büttel.

Der Ordnungshüter schaute hilfesuchend zu Asiks Schreiber

hinüber, der in die Kammer hinter der Halle eilte und im Handumdrehen mit einer Schalenwaage zurückkehrte, die er zwischen Otto und Asik auf den Tisch stellte.

»Tritt vor, Manfred, und lege dein Pfund auf die Waage.«

Die leuchtenden Wangen schienen noch ein wenig feuriger zu werden, als der Bäcker sein Bleigewicht aus dem Beutel am Gürtel holte und es in die linke Waagschale stellte.

Otto legte das Gewicht des Kornhändlers aus Wanzleben in die andere, die sich sofort senkte. Die drei Bäcker zogen scharf die Luft ein und tauschten nervöse Blicke. Otto nahm das Gewicht heraus und ersetzte es durch das des Magdeburger Markthändlers. Die Waage pendelte eine quälend lange Zeit, dann blieb sie aber mit beiden Schalen auf einer Höhe stehen. Die Gewichte waren gleich schwer.

»Manfred ist unschuldig«, erklärte Otto und gab sich keine Mühe, ein erleichtertes Lächeln zu verbergen. »Wilhelm, du bist der Nächste.«

Der tapfere Bäcker legte sein Gewicht mit größtem Selbstvertrauen in die Waagschale, und das Ergebnis war das gleiche wie bei seinem Konkurrenten.

»Es ist, wie Gundula gesagt hat«, raunte Otto seinem Bruder zu. »Das Magdeburger Pfund wiegt kein Pfund.« Er schaute den älteren Bäckermeister an. »Eilhard, wenn du so gut sein willst ...«

Auch Eilhards Gewicht erwies sich im ersten Vergleich als zu leicht. Als Otto das Wanzlebener Pfund durch das Magdeburger ersetzte, pendelten die Schalen wieder, aber nur kurz, und dann senkte sich die Seite mit dem Gewicht, das Otto auf dem Markt geborgt hatte.

Asik starrte verdutzt auf die Waage, und Thankmar nahm an, seine eigene Miene war nicht weniger verblüfft. Dann blickten sie beide zu Eilhard.

Otto nahm dessen Gewicht in die Linke, stand auf und ergriff sein Schwert.

Der alte Bäcker kauerte sich mit einem erbärmlichen Jammerlaut zusammen, aber nicht sein Kopf war es, auf den die Klinge niedersauste, sondern sein Pfund. Das weiche Blei brach unter dem Hieb der Stahlklinge in drei Brocken, die ein Holzstück in seinem Innern offenbarten. Otto nahm es in die Hand und hielt es erst seinem Bruder, dann dem Schultheiß zur Begutachtung hin. »Wilhelm und Manfred sind frei zu gehen«, sagte er. »Eilhard ist ein Betrüger. Vollstreckt Euer Urteil, Asik.«

Der Schultheiß nickte grimmig und befahl den Bütteln: »Bindet den Schurken und bringt ihn hinaus. Trödelt nicht, der Tag vergeht. Wir müssen es tun, solange noch viel Betrieb auf dem Markt ist und alle es sehen. Damit es wirkt.«

Er ist ein guter Schultheiß, erkannte Thankmar. Otto hat klug gewählt, das muss man ihm lassen, ob es einem nun passt oder nicht …

Eilhard war vor dem Richtertisch wieder auf die Knie gesunken und hatte demütig den Kopf gesenkt. Er sprach kein Wort, aber seine Haltung allein war ein Flehen.

Während die Büttel ihm die Hände fesselten, stellte Otto sich vor ihn. »Möge Gott dir vergeben. Bei seinem Namen hast du deine Unschuld beschworen, Eilhard. Sei versichert, er hat es gehört.«

Der Alte schrumpfte noch weiter in sich zusammen und fing an zu flennen, aber er brachte kein Wort zu seiner Verteidigung vor. Er wusste vermutlich, dass es nichts nützen würde.

Auf dem Marktplatz waren die Schatten länger geworden, aber noch herrschte reges Treiben. Vor dem Haus des Schultheiß' hatte sich eine kleine Menschentraube gebildet. Die beiden freigesprochenen Bäcker standen dort mit ihren Nachbarn und ihren Lehrlingen, und als die Büttel den Verurteilten ins Freie brachten, erhob sich ein wütendes Zischen, denn in den Augen der anständigen Bäcker hatte Eilhard Schande über sie und ihren ganzen Stand gebracht.

Nur Gundula löste sich aus der Schar und warf sich schon wieder in den Staub – dieses Mal vor Otto. »Bitte, edler Prinz«, bettelte sie weinend. »Lasst Gnade walten.«

»Dein Vater ist ein Betrüger, Gundula.«

Sie schüttelte verständnislos den Kopf. »Wenn Ihr es sagt, muss es wohl so sein. Trotzdem … bitte …«

Thankmar fand es so unerträglich, wie sie sich erniedrigte, dass er wütend auf sie wurde. Otto hingegen blickte ohne Abscheu auf sie hinab – beinah gütig. Aber Thankmar sah in seinen Augen, dass Gundula vergeblich bettelte.

»Er ist krank, Herr«, beteuerte sie noch einmal. »Ich weiß, er wird das nicht überleben.«

Otto hob die Schultern. »Das liegt in Gottes Hand. Dein Vater hat den Leuten von Magdeburg für ihr schwer verdientes Geld zu wenig Brot verkauft. Genau genommen, hat er sie bestohlen. Und ein Dieb hat sein Leben verwirkt. Das weißt du doch, oder?«

»Ich weiß, ich weiß. Ihr habt ja recht. Aber ich hab keinen Mann. Ich weiß nicht, was aus mir werden soll, wenn mein Vater stirbt. Ihr könnt … Ihr könntet Gnade walten lassen, oder? Ihr seid doch … unser Prinz!« Sie schluchzte.

Thankmar sah genau, wie schwer es Otto fiel, hart zu bleiben. Er beobachtete fasziniert, wie sein Bruder den Drang niederkämpfte, sich erweichen zu lassen. Schließlich hob Otto die Hand und legte sie Gundula auf den Kopf. »Und gerade deswegen kann ich es nicht«, erklärte er. »Weil ich euer Prinz bin, muss ich für Gerechtigkeit sorgen.«

Magdeburg, November 935

»Onkel Tugomir?«
»Ja?«

»Wieso bist du mein Onkel, wenn du nicht der Bruder meines Vaters bist, so wie Onkel Thankmar und Onkel Henning und Onkel Brun?«

»Weil ich der Bruder deiner Mutter bin, Vilema.« Wenn sie allein waren, benutzte Tugomir die slawische Form von Wilhelms Namen, die ihm leichter von der Zunge ging. Und sie waren praktisch allein auf ihrem Ausritt an diesem windigen, sonnigen Herbstmorgen, nur Udo und Lothar folgten ihnen auf dem schmalen Waldweg, doch sie hielten ein gutes Stück Abstand.

249

»Und wo ist meine Mutter?«, wollte der Junge wissen. Es war eine Frage, die er seit einigen Monaten regelmäßig stellte.

Tugomir verstand, warum. Als seine Mutter verbannt wurde, war er schon Tempelschüler und vier Jahre älter gewesen als Wilhelm heute, und trotzdem hatte er sie furchtbar vermisst. *Deine Mutter ist eine der frommen Damen in einem Kanonissenstift weit fort von hier und führt ein Leben für Gott, so wie du es auch einmal tun wirst*, sagte Otto immer, wenn der Junge die Frage an ihn richtete. *Du kannst stolz auf sie sein.* Tugomirs Antwort ging ein wenig anders: »Sie ist in einem Kloster eingesperrt. Darum kann sie nicht bei dir sein.«

»Ich dachte, es ist ein Stift«, entgegnete Wilhelm.

»Ist das nicht dasselbe?«

Der Junge schüttelte ernst den Kopf. Tag für Tag unterwies Bruder Waldered ihn in den sonderbaren Mysterien seines Glaubens, und Wilhelm hatte schon weit mehr darüber gelernt, als Tugomir je wissen wollte.

»Und wieso ist sie eingesperrt? Hat sie etwas Böses getan?«

»Im Gegenteil. Sie hat dich zur Welt gebracht. Du kannst dir nicht vorstellen, wie glücklich dein Vater war. Aber er durfte sie nicht heiraten. Weil die Königin Angst hatte, er würde es trotzdem tun, ließ sie deine Mutter in dieses … Dingsda verschleppen.«

»Gib acht, was du redest, Prinz«, knurrte Udo hinter ihnen, der anscheinend weitaus besser hören konnte, als Tugomir geglaubt hatte.

Er warf einen kurzen Blick zurück über die Schulter. »Ich sage nur die Wahrheit, und *du* wirst mich ganz sicher nicht daran hindern.«

Der Waffenstillstand zwischen ihnen war ein kümmerliches Pflänzchen, weil er selten gepflegt wurde. Udo drangsalierte Tugomir nicht mehr, seit der so hoch in Prinz Ottos Achtung gestiegen war, und er bespitzelte ihn auch nicht mehr, weil der Prinz es verboten hatte. So waren er und Lothar auch nicht mit auf diesen Ausritt gekommen, um Tugomir an einer möglichen Flucht zu hindern, sondern um Wilhelms Leben zu beschützen. Wäre plötzlich eine Horde Banditen aus dem Dickicht hervorgebrochen und hätte sich auf Tugomir gestürzt, hätte Udo vermutlich sogar *sein* Leben beschützt. Das änderte indes nichts daran, dass sie einander nach wie vor zutiefst misstrauten.

»Großmutter hat meine Mutter einsperren lassen?«, fragte Wilhelm weiter, und Tugomir stellte mit einem Hauch von Befriedigung fest, dass der Junge ins Slawische gewechselt hatte. Normalerweise sträubte er sich gegen die Sprache seiner Mutter, die nur unterstrich, dass er irgendwie anders war als sein Bruder, seine Schwester oder sein neuer Freund Dietmar, der seit einigen Wochen an seinem Unterricht teilnahm. Aber auch wenn Wilhelm erst sechs Jahre alt war, schätzte er es nicht, von den Wachen belauscht zu werden, und so kam ihm die fremde Sprache gerade recht. Er beherrschte sie hervorragend.

»So ist es«, bestätigte Tugomir. »Die Königin glaubte, deine Mutter sei nicht gut genug für deinen Vater. Aber das sollte dich nicht bekümmern, weißt du. Denn sie hatte unrecht. Deine Mutter ist eine großartige Frau. Eine Fürstentochter von edelstem Geblüt. Und ich weiß, dass sie sich nichts mehr wünscht, als bei dir zu sein, aber wir haben nicht immer die Macht, das zu tun, was wir uns wünschen, Vilema. Das weißt du doch schon, oder?«

»Natürlich.« Es klang abgeklärt. Aber der kleine Junge, der in seinem dicken Biberpelzmantel fast verschwand, wirkte verloren und verwirrt.

Tugomir spürte sein Herz schwer werden und musste die Zähne zusammenbeißen, um seinen Zorn zu beherrschen. Er hatte gelernt, damit zu leben, was die Sachsen ihm und seiner Schwester angetan hatten. Aber die Traurigkeit seines Neffen konnte ihn immer wieder aufs Neue in Düsternis stürzen.

Er rang sich ein Lächeln ab und hielt sein Pferd an. »Wir sind eigentlich hier, um nach heilenden Pilzen zu suchen, richtig? Schau dir die Gruppe dort auf dem toten Baumstamm an. Kannst du mir sagen, wie sie heißen?«

Bruder Waldered hatte verkündet, dass ein angehender Priester einfach nie genug wissen könne und es nicht schade, wenn der Junge auch Tugomirs Kräuterkunde erlerne. Tugomir hatte bereitwillig zugestimmt und nutzte jede Gelegenheit, Wilhelm etwas

über die Welt von Geistern und Feen beizubringen, deren Existenz
Bruder Waldered leugnete.

Wilhelm gönnte den Pilzen nur einen flüchtigen Blick. »Stockschwämmchen.«

Tugomir schüttelte den Kopf. »Versuch's noch mal.«

Unwillig, aber gehorsam schaute der Junge genauer hin. »Häublinge?«, tippte er unsicher.

»Richtig. Und weißt du, was der Unterschied zwischen beiden
ist?«

»Ich fürchte, ich hab's vergessen.«

»Stockschwämmchen reinigen das Blut und schmecken obendrein hervorragend. Sie sind gut. Häublinge taugen zu nichts
anderem, als einen umzubringen. Sie sind sehr giftig. Also böse.
Sie sehen einander so ähnlich, weil sie von denselben Erdgeistern
kommen, die einen an ihren guten, die anderen an ihren schlechten Tagen. Darum wachsen sie auch oft gleich nebeneinander.«

»Was ist ein Bastard, Onkel?«, fragte Wilhelm scheinbar unvermittelt.

Diese Frage war neu. Tugomir hatte natürlich gewusst, dass sie
eines Tages kommen würde, aber die richtige Antwort war ihm
immer noch nicht eingefallen. »Wer hat das zu dir gesagt?«

»Dietmars Onkel Gero.«

Natürlich. Wer sonst?

»»Geh mir aus den Augen, eh ich dir Beine mache, du verfluchter Bastard‹, hat er gesagt.«

*Schade, dass dein Vater nicht gehört hat, wie Gero dich ver-
flucht*, dachte Tugomir. *Dann wären ihm vielleicht endlich die Augen aufgegangen.* »Ein Bastard ist ein Kind, dessen Eltern nicht
verheiratet sind«, erklärte er.

»Und das ist etwas Schlechtes, oder? Es ist schlimm, wenn man
ein Bastard ist, stimmt's? Es ist wie mit den Pilzen: Liudolf ist wie
das Stockschwämmchen, und ich bin wie der Häubling.«

»Reiten wir heute noch weiter, oder wollt ihr hier Wurzeln
schlagen?«, fragte Udo.

Tugomir ritt wieder an. Wilhelm auf seinem stämmigen Pony
tat es ihm gleich, ließ seinen Onkel jedoch nicht aus den Augen.

»Nein, Vilema. So einfach ist es nicht. Der Gott der Sachsen runzelt die Stirn darüber, wenn ein Mann und eine Frau ein Kind bekommen, ohne verheiratet zu sein. Nach seinen Regeln ist es Sünde.« Er fügte nicht hinzu, dass nach Auffassung der Sachsen nicht nur die Eltern sündig waren, sondern ihr Bastard ebenso, weil er in Fleischeslust und ohne Gottes Segen gezeugt war. »Doch ob du ein Stockschwämmchen oder ein Häubling bist, hat nichts damit zu tun, ob deine Eltern Mann und Frau sind, sondern allein mit deinen Taten. Mit den Entscheidungen, die du triffst, wenn du ein Mann bist.«

Wilhelm war auf dem ganzen Rückweg schweigsam. Das war er oft – genau wie Tugomir in seinem Alter und ganz anders als Dragomira, deren Geplapper ein ewig plätschernder Quell gewesen war, als sie klein war.

Sie ließen die Pferde in der Obhut der Stallknechte, und Tugomir lieferte Wilhelm bei Bruder Waldered in der kleinen, dämmrigen Kammer neben der Kanzlei ab, wo Dietmar bereits über seine Schreibaufgaben gebeugt saß.

»Reichlich spät«, bemerkte der Lehrer spitz.

Tugomir grinste. »Wenn ich sage, es war meine Schuld, wirst du mit diesem grässlichen Ding auf mich losgehen?« Er wies auf die Rute – unverzichtbares Utensil eines jeden Lehrers –, die auf einem Wandbord über dem Kohlebecken lag.

Waldered sah vielsagend an Tugomir auf und ab, der ihn um mindestens einen Kopf überragte. »Ich glaube, lieber nicht«, erwiderte er. »Komm her, Wilhelm. Wärm dir die Finger, eh du anfängst, sonst klappt es nicht. Dein nichtsnutziger Onkel hat dich ja lange genug durch die Kälte geschleift, um sie in Eiszapfen zu verwandeln.«

Der Junge trat kichernd ans Kohlebecken und rieb sich die Hände, und Waldered strich ihm verstohlen über den Schopf. Tugomir wusste, er war ein ausgesprochen nachsichtiger und sanftmütiger Lehrer, dessen Rute dazu neigte, auf ihrem angestammten Platz Spinnweben anzusetzen.

»Kann ich dich heute noch sprechen, Tugomir?«

253

»Sicher. Bist du krank?«

Der Mönch schüttelte den Kopf. »Ich komme später zu dir herüber.«

»In Ordnung.« Tugomir wandte sich zur Tür. Im Hinausgehen zwinkerte er den Jungen zu. »Viel Vergnügen mit euren Buchstaben, Männer. Ich bin wirklich froh, dass ihr hier hocken müsst, nicht ich.«

Er machte sich auf den Weg zu seinem Haus, doch wie so oft wurde er unterwegs aufgehalten: Einer der Stallburschen bat ihn um Rat und Hilfe, weil Prinzessin Edithas kostbare neue Stute auf der rechten Hinterhand lahmte. Tugomir sah sich den Gaul an und verordnete Arnikasalbe und zukünftig mehr Sorgfalt beim Pferdekauf. Als er am Brunnen vorbeikam, wo mehrere Mägde zusammenstanden und schwatzten, konsultierte eine der älteren ihn wegen der schmerzenden Glieder ihres Mannes, eine der jüngeren wegen des Hustens ihrer Tochter. Tugomir hieß sie, später bei ihm vorbeizuschauen und sich Arznei abzuholen, und als er endlich auf die Wiese mit dem Fischteich einbog, fragte er sich wohl zum tausendsten Mal, warum die verdammten Sachsen eigentlich nicht lange ausgestorben waren, bevor er ihnen in die Hände gefallen war.

Ein kniehoher Zaun aus geflochtenen Haselzweigen umfriedete seinen großzügigen Kräutergarten. Jetzt im November waren die meisten der Beete braun und öd, aber vom Frühjahr bis in den Herbst hinein war dieser Garten ein wahres Blütenmeer, das die betörendsten Düfte verströmte, und ganz gewiss der schönste Ort der Welt – zumindest diesseits der Elbe.

Tugomir strich mit der Linken über den Rosmarin neben dem Eingang, wie es seine Gewohnheit war, und schnupperte genießerisch an seinen Fingern, während er mit der Rechten die Tür aufstieß.

Rada stand mit einer Bürste in der Hand gleich neben dem großen Tisch, von dem Wasser in den Sand tropfte. Offenbar war sie dabei gewesen, ihn zu schrubben, aber sie war in ihrer Arbeit unterbrochen worden: Semela hatte sie von hinten gepackt, die Arme um ihre Taille geschlungen, das Gesicht an ihrem Hals vergraben und murmelte: »Nun komm schon, Rada, sei keine Gans …«

Mit drei Schritten hatte Tugomir sie erreicht. Er packte Semela bei der Schulter, schleuderte ihn herum und schlug ihm die Faust ins Gesicht. Semela taumelte rückwärts und fiel krachend zwischen zwei Schemel, von denen einer zu Bruch ging. Tugomir folgte ihm, las ihn vom Boden auf, drehte ihm den Arm auf den Rücken und stieß ihn zur Tür – alles ohne einen Ton zu sagen.

Rada stand wie erstarrt am Tisch und schaute ihn an, die Augen groß und voller Angst. Die Arme hingen an ihren Seiten herab, und Wasser tropfte von der Bürste auf ihren Rock.

Draußen stieß Tugomir den jungen Daleminzer vor sich her bis zur Giebelwand, wo das Feuerholz aufgestapelt war.

Semela hob beschwörend eine Hand. »Warte, Tugomir …«

Doch der rammte seinen Kopf gegen die Scheite, drehte ihn um, warf ihn gegen den Holzstapel und presste ihm den Unterarm auf die Kehle.

Semela keuchte und krallte die Hände um Tugomirs Arm, aber es nützte nichts.

»Du … du bringst mich um.«

»Meinst du wirklich?« Er drückte fester zu.

Semela kniff die Augen zu und riss sie wieder auf. »Ich … krieg … keine …« Er rang röchelnd um Atem.

Tugomir starrte ihm ins Gesicht und ließ seinen Arm, wo er war. Lange. Erst als er echte Todesangst in den Augen las, ließ er von ihm ab und trat einen Schritt zurück.

Semela rutschte zu Boden, krümmte sich auf der kalten Erde, hustete und atmete rasselnd.

Tugomir sah auf ihn hinab und wusste kaum, wie er sich davon abhalten sollte, ihn zu treten, ihm die Knochen zu brechen, seinen Kopf gegen den Holzstapel zu schmettern, bis die Scheite sich rot färbten. Aber er tat nichts von alldem. Stattdessen studierte er die Tätowierungen auf seinen Händen und besann sich darauf, was Schedrag ihn über Selbstbeherrschung gelehrt hatte.

Es war sehr still im Garten. Die Geräusche der Pfalz drangen nur gedämpft hierher, und nichts sonst war zu hören bis auf das Stampfen der beiden Kühe im Stall.

Schließlich stemmte Semela die Hände ins Gras und richtete sich auf. »Bei allen Göttern, Prinz …«, murmelte er kopfschüttelnd. »Ich hätt mich um ein Haar bepinkelt. Findest du nicht, du hast ein bisschen übertrieben?«

»Sei lieber froh, dass du so billig davongekommen bist.«

»*Billig?*« Semela kam auf die Füße und fuhr sich mit dem Handrücken über die blutige Nase. »Verflucht, du tust gerade so, als hätte ich sie geschändet!«

»Wo genau hättest du denn haltgemacht, wenn ich nicht zufällig dazugekommen wäre?«

»Wofür hältst du mich eigentlich, he?«

»Beantworte meine Frage, dann sag ich es dir.«

Semela lehnte sich an den Holzstapel und fuhr sich mit der Linken über die malträtierte Kehle. »Du hast es gerade nötig, mir Vorhaltungen zu machen«, stieß er wütend hervor. »Du lässt doch selber keine Gelegenheit aus. Für dich ist es wunderbar einfach, nicht wahr? Die Frauen kommen zu dir, weil sie Hilfe suchen, und statt ihr Silber oder ihre Hühner anzunehmen, legst du sie flach. Oder du nimmst ihr Silber und trägst es ins Hurenhaus an der Ufergasse. Ich habe kein Silber, und ich bin auch kein Heiler, erst recht kein Prinz.« Er breitete kurz die Arme aus. »Was soll ich machen?«

Tugomir zog die Brauen hoch und verschränkte die Arme. »Ein gutaussehender Kerl wie du? Ich bin sicher, es gibt genug Frauen unter dem sächsischen Gesinde hier, die du schwach machen könntest. Halte dich an sie.«

»Es ist nur leider Rada, die ich will«, gab Semela trotzig zurück.

Tugomir machte einen drohenden Schritt auf ihn zu. »Hast du nicht verstanden, was ich gesagt habe?«

»Aber er hat mich doch gefragt, ob ich ihn heiraten will, Prinz«, sagte das Mädchen in seinem Rücken.

Tugomir fuhr herum. »*Heiraten?*«

Sie nickte. Die Finger der rechten Hand spielten nervös an den Borsten der Bürste, die sie immer noch in der Linken hielt. Sie war sehr blass, und ihre Hände zitterten. Tugomir ging auf, dass sie erst jetzt aus dem Haus gekommen war, weil sie so lange gebraucht hatte, um ihre Angst vor ihm zu überwinden. Dabei hätte sie eigentlich wissen müssen, dass sie keinen Grund hatte, ihn zu fürchten.

»Rada …«, murmelte er zerknirscht und legte ihr einen Arm um die Schultern.

»Tu ihm nicht weh«, bat sie leise.

»Nein«, versprach er. »Willst du ihn denn haben?«

Sie nickte. Als sie einen verstohlenen Blick mit Semela tauschte, huschte ein Lächeln über ihr Gesicht.

Tugomir spürte einen Stich, der ihm vor Augen führte, was er lieber nicht gewusst hätte: Radas scheinbar bedrohte Tugend war nicht der einzige Grund für seinen Ausbruch gewesen.

Er ließ sie los. »Geh schon vor. Wir kommen gleich.« Er wartete, bis sie um die Hausecke verschwunden war und er die Tür hörte. Dann wandte er sich an Semela. »Du hättest es mir sagen können.«

»Ich bekam irgendwie so schlecht Luft …«, gab der junge Mann verdrossen zurück.

»Ich meine vorher. Um … Missverständnissen vorzubeugen.«

»Ah, verstehe. Es ist natürlich alles meine Schuld. Ich unwürdiger Sklave habe es versäumt, meinen Prinzen um Erlaubnis anzuflehen, ob ich seiner Magd den Hof machen darf. Vielleicht weil ich fürchtete, dass du der Versuchung nachgeben würdest, die dich seit Monaten plagt, und sie doch lieber selbst bespringst, eh ich sie bekomme? Also hab ich es lieber heimlich getan und …«

»Ja, nur raus damit, Semela. Ich kann verstehen, dass du wütend bist. Aber du hattest sie von hinten gepackt, und sie hat sich gesträubt. Was sollte ich glauben?«

»Du hättest *fragen* können, bevor du mir die Nase einschlägst, oder?«, konterte Semela. »Ein Kuss war alles, was ich wollte. Weil sie meinen Antrag angenommen hatte. Aber sie hat sich gesträubt, weil sie Angst hatte, was du sagen würdest. Bevor du dein Einverständnis zu unserer Hochzeit gegeben hast, wollte sie mich nicht mal küssen.«

»Dann weiß sie im Gegensatz zu dir, was sich gehört, nicht wahr?«

»Sie …« Wieder stieß Semela hörbar die Luft aus. »Sie vergöttert dich.«

Wer ist hier nun eigentlich eifersüchtig?, fragte Tugomir sich verwirrt. Schließlich erwiderte er: »Ich glaube, du täuschst dich. Sie ist treu und gut erzogen. Und vielleicht empfindet sie ein bisschen Ehrfurcht vor dem Priester und dem Fürsten. Aber *du* bist derjenige, den sie heiraten will.«

Semela grinste matt. »Na ja, das ist wahr.«

»Wann soll es denn so weit sein?«

»Wie wär's nach dem Abendessen?«, schlug der junge Bräutigam vor.

Tugomir lächelte. »Bald«, versprach er. »Ich denke, wir bekommen eine klare Nacht. Ich seh mir die Sterne an, und morgen früh sage ich euch, welchen Tag die Götter für euch bestimmt haben.«

Semelas Ungeduld war nicht zu übersehen, aber er nickte ergeben. »Sag ihnen, es eilt.«

Tugomir machte seine tägliche Runde bei den Kranken. Dieses Jahr war es ruhiger als letzten Herbst, weil die übliche Fieberepidemie auszubleiben schien, und die meisten klagten über nichts Ernsteres als fiebrige Erkältungen oder steife Gelenke. Die Frau des Küfers war derzeit sein einziger schwerer Fall. Ein Dämon hatte sie befallen und zerfraß ihren Leib von innen. Er war so mächtig, dass Tugomir nicht das Geringste gegen ihn ausrichten konnte, außer der Kranken Bilsenkraut zu verabreichen. Es linderte die Schmerzen und brachte ihr Träume, die ihr Trost spendeten.

Als er zurückkam, warteten die beiden Weiber vom Brunnen auf ihn. Weil Semelas Vorwürfe ihn beschämt hatten, rief er sie zusammen herein und schickte sie auch zusammen wieder weg, statt die junge Hübsche unter irgendeinem Vorwand zurückzuhalten und zu sehen, wie weit er bei ihr kam.

Am frühen Nachmittag ging er für gewöhnlich zur Kanzlei hinüber, um die Jungen aus Bruder Waldereds Klauen zu befreien, doch heute war es Waldered, der seine beiden kleinen Schüler zu ihm brachte. »Wir wollten Liudolf mitbringen, aber er ist in einen erbitterten Holzschwertkampf mit seinem Onkel Thankmar verwickelt«, berichtete der Mönch. »Das könnte noch ein Weilchen dauern, denn keiner der Kontrahenten scheint zur Aufgabe bereit.«

Tugomir nickte. »Ein Kampf auf Leben und Tod also.«

»Ich fürchte.«

Dietmar kicherte, aber Wilhelms Miene war finster. »Ich will auch ein Holzschwert«, brummte er. »Warum kriegt Liudolf eins und ich nicht?« Vorwurfsvoll sah er seinen Onkel an, als wolle er sagen: *Du hast gelogen, als du gesagt hast, ich sei genauso viel wert wie mein Bruder.*

»Weil du Priester wirst, Wilhelm, dein Bruder ein Krieger«, erklärte Bruder Waldered. »Darüber haben wir doch schon gesprochen, nicht wahr? Du wirst einmal ein großer Kirchenfürst am Hof deines Vater oder deines Bruders sein, das Bindeglied zwischen ihnen und Gott selbst. Du wirst mächtiger sein als jeder Krieger, glaub mir.«

»Ich auch?«, fragte Dietmar eifrig.

»Ja, du auch«, versicherte der Lehrer.

Dietmar strahlte. Er war ein großartiger Junge, auch wenn Tugomir sich lange gesträubt hatte, das einzugestehen, weil der Knabe doch Graf Siegfrieds Sohn und – schlimmer noch – Geros Neffe war. Dennoch hatte er ein großzügiges Naturell, und er und Wilhelm waren in wenigen Wochen Freunde geworden. Jetzt zupfte er seinen Kameraden am Ärmel. »Los, komm, Wilhelm, lass uns fischen!«

»Kommt nicht infrage«, widersprach Tugomir, denn keiner der beiden konnte schwimmen, und er fand es zu frisch, um sie ständig aus dem Teich zu retten. »Ihr könnt in den Garten gehen und Semela helfen, das Laub zu verbrennen.« Semela würde entzückt sein …

Voller Enthusiasmus stürmten die beiden kleinen Jungen nach draußen.

Waldered setzte sich an den Tisch, und Tugomir stellte einen

Becher Met vor ihn. Der Mönch trank dankbar. »Hm! Es gibt einfach keinen Met, der sich mit deinem vergleichen könnte, Prinz.«

Tugomir schenkte sich ebenfalls ein und setzte sich ihm gegenüber. »Die Herstellung von Met gehört zu den vielen Dingen, von denen ihr Sachsen einfach nichts versteht«, erwiderte er.

»Oh, ich weiß, ich weiß«, sagte Waldered nachsichtig. Dergleichen hörte er oft.

»So wenig wie von Priestererziehung«, fuhr Tugomir fort. »Würde Wilhelm bei meinem Volk aufwachsen, wo er hingehört, müsste er nicht zwischen Schwert und Götterdienst wählen.«

Waldered wurde schlagartig ernst. »Ich hoffe, so etwas sagst du nicht zu ihm. Nur wenn er sich hier heimisch fühlt und glaubt, dass sein Vater den richtigen Weg für ihn bestimmt hat, kann er ein gottgefälliges Leben in innerem Frieden führen.«

»Das ist mir sehr wohl bewusst, Bruder. Und sei unbesorgt. Es ist nicht meine Absicht, Zweifel und Unfrieden in seinem Herzen zu säen.« *Es reicht schließlich, wenn ich in Zweifel und Unfrieden lebe*, dachte er. »Er hat auch so genug zu tragen. Er fragt jetzt oft nach seiner Mutter.«

Waldered nickte. Dann nahm er noch einen Schluck. »Ich nehme an, du weißt, dass Prinz Otto und die Seinen das Weihnachtsfest am Hof seines Vaters verbringen werden?«

»So wie jedes Jahr«, erwiderte Tugomir.

»Wirst du mitkommen?«

»Wenn es Ottos Wunsch ist. Ich bin ein Gefangener, Waldered, und habe keine Macht darüber, zu entscheiden, wann ich wohin gehe.« Auch bei den Hevellern war das Fest der Wintersonnenwende, das die Sachsen sonderbarerweise *Weihnacht* nannten, eines der wichtigsten des Jahres, und nie war Tugomirs Heimweh schlimmer als zur Wintersonnenwende und zu Mittsommer. »Ich schätze, er wird es mich in den nächsten Tagen wissen lassen. Otto ist ein höflicher Kerkermeister, das muss man ihm wirklich lassen.«

»Sprich nicht so höhnisch von ihm«, bat der Mönch. »Er ist dir in echter Freundschaft zugetan. Das musst du doch wissen.«

»Ah ja? Dann soll er mich gehen lassen.«

Waldered seufzte. »Hör zu, Tugomir. Ich weiß, das wird dir nicht gefallen, aber Prinz Otto hat mich gestern aufgesucht, um etwas mit mir zu besprechen. Er beabsichtigt, Wilhelm mit an den Hof zu nehmen und Dietmar ebenso. Viele Bischöfe des Reiches werden dort sein, um das Christfest mit dem König und der Königin zu begehen. Otto will einen von ihnen als Lehrer für die Knaben auswählen und …« Er brach ab, als habe ihn der Mut verlassen.

»Und was?«, fragte Tugomir scharf. »Sie dem Bischof mitgeben, ja? Du willst sagen, dass Otto meinen Neffen irgendeinem Wildfremden anvertrauen wird, der ihn nach Köln oder Mainz oder Trier verschleppt, wo der Junge keine Menschenseele kennt, und seinen Kopf mit dem Unsinn eures Buchgotts vollstopft? Wilhelm ist *sechs* Jahre alt, Waldered!«

»Ich weiß, dass es schwer für dich ist, aber das ist genau das richtige Alter, glaub mir. Jetzt ist er noch so leicht formbar. Und er wird sich einfacher in ein Leben für Gott fügen, wenn er nicht ständig seinen Bruder vor Augen hat, dessen Holzschwert Wilhelm heute natürlich viel erstrebenswerter erscheint als die Heilige Schrift.«

Tugomir stand auf und wandte dem Mönch den Rücken zu. *Sie tun es schon wieder*, dachte er fassungslos. *Erst Bolilut, dann Dragomira. Jetzt Vilema.* Einen nach dem anderen nahmen die Sachsen ihm weg.

»Aber *du* bist sein Lehrer«, sagte er und wandte sich wieder um. »Warum soll er also fort von hier? Was hat sich plötzlich geändert?«

»Ich bin nur ein einfacher Mönch, Tugomir. Ein Kanzleischreiber, kein *Magister*. Wenn du willst, dass Wilhelm ein einflussreicher und geachteter Mann wird, dann *muss* ein Gelehrter aus ihm werden, sonst kann er in der Kirche keine Macht erlangen. So sind die Regeln nun mal bei uns. Und ich bin nicht derjenige, der ihn dazu machen kann. Er muss eine der berühmten Domschulen besuchen, wo sich die größten Geister der Christenheit versammeln. Es … es tut mir leid«, sagte er hilflos, als er in das Gesicht seines Freundes sah. »Aber es ist der einzige Weg.«

»Nein.«

»Tugomir ...«

»Nein«, wiederholte er stur. »Ich verstehe, was du mir erklärt hast, Waldered, und es klingt vernünftig. Ich bin keine Glucke, die nicht von ihrem Küken lassen kann. Aber jetzt ist nicht der richtige Zeitpunkt. Ich weiß, du wirst mir nicht glauben, wenn ich dir sage, dass ein böser Geist dem Jungen auf Schritt und Tritt folgt und nur darauf wartet, dass er schwach genug wird, um sich seiner zu bemächtigen. Trotzdem ist es so. Ich kann es spüren. Wenn Otto ihn jetzt von allem fortreißt, was ihm vertraut ist und was ihm Kraft gibt, dann wird er diesen Sohn verlieren.«

Waldereds Miene war bekümmert, und er hob seufzend die Schultern. »Nun, das wirst du mit Prinz Otto ausmachen müssen. Aber mach dir keine allzu großen Hoffnungen. Er schien mir ziemlich fest entschlossen.«

»Dann werde ich einen Weg finden müssen, seinen Entschluss zu ändern oder den bösen Geist zu bannen, nicht wahr?«

Pöhlde, Dezember 935

»Es ist so schön, Euch zu sehen, mein König!« Otto schloss seinen Vater stürmisch in die Arme.
Der erwiderte die Umarmung für einen Moment, klopfte ihm dann mit beiden Pranken auf den Rücken, trat einen Schritt zurück und betrachtete ihn. »Du siehst prächtig aus, mein Junge.«

»Gleichfalls.«

König Heinrich hob abwehrend die Linke. »Hat keiner deiner vielen Lehrer dir beigebracht, dass man auch aus Höflichkeit nicht lügen darf?« Er lächelte, doch der linke Mundwinkel wollte sich nicht so recht heben.

Otto beobachtete seinen Vater, während dieser Editha begrüßte. Galant wie eh und je hob er seine Schwiegertochter auf und legte ihre Hand einen Moment an seine Brust, während er mit ihr sprach. Dann wandte er sich seinen drei Enkeln zu. Wilhelm,

Liudolf und Liudgard umringten ihn und bestürmten ihn mit ihren Reiseerlebnissen, wobei sie alle durcheinanderredeten. Sie liebten ihren Großvater. Der König stützte die Hände auf die Oberschenkel und beugte sich zu ihnen hinab, seine Bewegungen langsamer als früher, beinah ein wenig unsicher.

Otto tauschte einen Blick mit seiner Frau. Er sah, dass sie das Gleiche dachte wie er: Der König war mit einem Mal alt geworden.

»Wundere dich nicht«, sagte seine Mutter plötzlich hinter seiner linken Schulter. »Der Schlag hat ihn getroffen.«

Otto wirbelte erschrocken herum und verneigte sich dann vor ihr. »Mutter. Aber Ihr seid wohlauf, hoffe ich?« Sie sah zumindest aus wie immer.

Sie streckte ihm die Hand entgegen. Otto ließ sich auf ein Knie sinken und küsste die Hand. Das machte ihm überhaupt nichts aus. Er wusste, sie hielt große Stücke auf solche Ehrerbietungen, vor allem von ihm.

»Ist es schlimm?«, fragte er gedämpft, während er wieder aufstand.

Sie sah zu ihrem Gemahl hinüber, der die Kinder zu dem großen hölzernen Vogelbauer geführt hatte, den es natürlich auch hier gab, und ihnen seine Neuerwerbungen vorführte.

»Schwer zu sagen«, antwortete Mathildis. »Ich fand ihn besinnungslos auf dem Boden. Im ersten Moment dachte ich, er sei tot.« Sie sprach vollkommen ruhig und ließ ihn nicht erkennen, was sie in dem Augenblick des Schreckens empfunden hatte. »Wir legten ihn aufs Bett, und kurz darauf kam er zu sich. Anfangs war die Gesichtslähmung schlimmer als jetzt. Bruder Matthias hat ihn zur Ader gelassen und ihm einen Stärkungstrank gebraut, und zwei Tage später war er wieder auf den Beinen.«

»Gott sei gepriesen.« Otto ließ ein paar Atemzüge verstreichen, ehe er fragte: »Warum habt Ihr uns nicht benachrichtigt?«

Sie schüttelte den Kopf. »Der Bote hätte Tage gebraucht, und ich wusste offen gestanden nicht, was ich dir berichten sollte, da anfangs unklar war, ob dein Vater sich erholen würde oder nicht.«

»Wann ist es passiert?«

»Ende Oktober.«

Otto nickte. Henning war bei ihnen gewesen. Er war, wie alle vermutet hatten, von seinem Botenritt nicht nach Magdeburg zurückgekehrt, sondern am Hof des Königs geblieben. Also hatte Mathildis den Sohn, auf den sie baute, an ihrer Seite gehabt.

Editha gesellte sich zu ihnen und begrüßte die Königin. Mathildis' Gesicht hellte sich auf. »Wie schön, dich zu sehen, mein Kind. Kommt, wir wollen uns setzen. Heinrich, ich denke, deine Enkel haben deine neue Dohle jetzt ausreichend bewundert. Komm her, mein Lieber, ruhe dich einen Moment aus.«

Er legte Liudolf und Wilhelm die Hände auf die Schultern und brachte sie herüber, Liudgard bildete die Nachhut. Die Kinder begrüßten ihre Großmutter wesentlich verhaltener als den König, denn sie hatten alle drei ein wenig Angst vor ihr. Doch zumindest heute schien die Königin geneigt, die liebevolle Großmutter zu spielen, und überreichte jedem ihrer Enkel ein kleines Säckchen mit Nüssen – auch Wilhelm. Sie bedankten sich einigermaßen artig und erhoben keine Einwände, als Editha die Amme anwies, sie hinauszuführen. »Aber achte darauf, dass sie im Haus bleiben«, trug sie der jungen Daleminzerin auf. »Sie kennen sich hier nicht aus, und der Schnee mag unbekannte Gefahren verdecken.«

Pöhlde war eine Königspfalz am westlichen Rand des Harzes. Heinrich hatte es Mathildis geschenkt, als es nichts weiter als ein großes Landgut war, und auch wenn inzwischen eine Halle, Wohngebäude und eine hübsche Pfalzkapelle hinzugekommen waren, wurde die Anlage immer noch vom Gutsbetrieb beherrscht.

»Oh, nun verdirb ihnen nicht den Spaß, Editha«, schalt der König. »Es wird sie nicht umbringen, wenn sie in einen Kuhfladen treten.«

»Nein, ich weiß, Vater«, gab sie mit ihrem unerbittlichen Lächeln zurück. »Aber es wird bald dunkel.«

»Du hast natürlich recht.« Editha konnte sagen, was sie wollte – der König schmolz immer dahin, wenn sie ihn ›Vater‹ nannte, wusste Otto.

Thankmar und Henning betraten die Halle, gefolgt von Hadwig und Brun, und selig begrüßte Otto die beiden jüngeren Geschwister, die er lange nicht gesehen hatte. »Brun! Du bist schon hier?«

»Bischof Balderich war so gut, zwei Tage eher aufzubrechen als geplant«, antwortete Brun. Er war jetzt knapp elf und schon seit vielen Jahren Schüler des Bischofs von Utrecht. »Damit ich hier sein konnte, ehe der große Rummel losbricht, wie er es ausdrückt.«

»Und geht es dir gut? Bist du gesund?«

»Könnte nicht besser sein, Bruder«, versicherte der Junge und faltete die Hände in den Ärmeln seines schlichten Gewandes, das an eine Novizenkutte erinnerte. Obwohl noch so jung an Jahren, strahlte Brun bereits etwas von der ruhigen Würde aus, die, wie Otto gelernt hatte, vielen guten Priestern zu eigen war. »Wie ist es dir ergangen?«, fragte der Jüngere.

»Prächtig. Du musst uns unbedingt bald in Magdeburg besuchen. Es hat sich so verändert, du würdest es nicht wiedererkennen. Das gilt auch für dich, Hadwig.« Er nahm ihre Hände und küsste sie auf die Stirn.

»Ich habe mich so verändert, dass Brun mich nicht wiedererkennt?«, erkundigte sie sich stirnrunzelnd.

Otto legte ihr lachend einen Arm um die Schultern und führte sie zur Tafel. »Das ist beinah wahr. Du siehst auf einmal gar nicht mehr aus wie meine kleine Schwester.«

Sie nickte und setzte sich neben ihn auf die Bank. »Ich habe mich beeilt«, vertraute sie ihm an. »Ich will jetzt *endlich* mal heiraten, weißt du. Aber Vater lässt sich Zeit …«

»Nicht mehr lange, bis du fünfzehn bist«, sagte der große Bruder beschwichtigend. »Das ist das richtige Alter. Jetzt ist es noch ein bisschen zu früh, finde ich.«

Hadwig verdrehte ungeduldig die Augen. »Ich habe gesehen, dass du den Hevellerprinzen mitgebracht hast?«

Otto hob warnend einen Zeigefinger. »Den schlag dir nur gleich wieder aus dem Kopf.«

»Oh, keine Bange. Aber ich werde ihn wohl anschauen dürfen, oder?«

»Ja, er ist weiß Gott was fürs Auge«, stimmte Egvina zu, was ihr einen irritierten Blick von Thankmar eintrug.

»Wieso hast du Prinz Tugomir mitgebracht, Otto?«, fragte die Königin. »Er hat bei Hofe nichts verloren, und ich kann mir nicht vorstellen, dass er Weihnachten mit uns feiern will, oder?«

»Wenn Ihr wünscht, schicke ich Euch das nächste Mal eine Liste meines mitreisenden Gefolges zur Begutachtung und Genehmigung, Mutter«, gab er zurück.

»Er ist kein Gefolge, er ist eine Geisel«, konterte sie.

»Und sein aufsässiger Neffe hat schon wieder seine Tributzahlungen versäumt«, fügte Heinrich seufzend hinzu. »Ich hoffe, er besinnt sich bald, sonst sehe ich schwarz für die Zukunft deines Leibarztes.«

»Ich habe dich immer gewarnt, ihm deine Freundschaft zu schenken, Otto«, erinnerte Mathildis ihren Ältesten. »Das Gleiche gilt für dich, Thankmar. Eine politische Geisel ist nur dann von Nutzen, wenn man auch gewillt ist, ihr Leben zu opfern.«

»Völlig richtig«, stimmte Henning ihr zu.

Otto war alles andere als überrascht.

»Aber das ist vollkommen barbarisch«, protestierte Brun.

»Oh, du hast doch keine Ahnung, Brüderchen«, kanzelte Henning ihn ab. »Das ist Politik. Davon verstehst du nichts.«

Brun, dessen Augen von dem gleichen Hellblau waren wie Ottos, musterte Henning mit kühler Gelassenheit. »Politische Geiseln zu töten oder zu verstümmeln verstößt gegen alles, was Jesus Christus uns lehrt. Genau wie Sklaverei übrigens. Das ist nicht *meine* Meinung, sondern die vieler angesehener Kirchenlehrer, Henning. Wenn wir die slawischen Heiden bekehren wollen, sollten wir damit anfangen, ihnen zu beweisen, dass unsere Regeln des Umgangs miteinander den ihren überlegen sind.«

Alle an der Tafel starrten ihn einen Moment verblüfft an. Nur Henning blieb unbeeindruckt. »Blödsinn«, versetzte er. »Unnachgiebige Härte ist das Einzige, was diese Wilden je verstehen werden, in dem Punkt bin ich ganz einer Meinung mit Gero. Und offen gestanden ist es mir völlig gleich, ob sie sich bekehren lassen oder nicht.«

»Aber mir nicht«, stellte Otto klar.

»Oh, natürlich nicht«, warf Mathildis ein. »Ich glaube, niemand hier zweifelt an deiner noblen Gesinnung, mein Sohn. Du beliebst uns so häufig daran zu erinnern, dass wir sie schwerlich vergessen könnten.«

Thankmar hob eilig den Becher an die Lippen. Otto traktierte ihn mit einem »Vielen Dank auch, Bruder«-Blick. Er wusste genau, wie sehr Thankmar sich an Mathildis' scharfer Zunge ergötzen konnte.

»Mein Beichtvater würde Euch gewiss versichern, dass meine Gesinnung keineswegs immer besonders nobel ist, Mutter. Genau wie meine Gemahlin hier«, entgegnete er. »Ich weiß sehr wohl, dass wir die Slawen unterworfen haben, weil wir ihre Tributzahlungen brauchen. Aber wenn wir ihnen im Gegenzug nichts anzubieten haben, das ihr Leben besser macht oder ihr Seelenheil rettet, inwiefern unterscheiden wir uns dann von den Ungarn, die bei uns einfallen, um uns auszuplündern?«

Henning stieß angewidert die Luft aus, und Mathildis setzte zum Gegenschlag an, doch der König kam ihr zuvor: »Deine Überzeugungen von Herrschaftsrecht und Herrschaftspflicht in allen Ehren, mein Sohn, aber wenn die Heveller bis Ostern nicht gezahlt haben, verliert dein Prinz seinen Kopf.«

»Er ist nicht *mein* Prinz«, stellte Otto klar. »Und was dann, Vater? Was schickt Ihr ihnen, wenn sie bis Pfingsten immer noch nicht gezahlt haben?«

»Wir haben noch eine Geisel«, erinnerte seine Mutter ihn.

Otto spürte einen Stich, aber er achtete darauf, dass nichts in seiner Miene ihn verriet. Seine Mutter hatte ihren Giftpfeil wieder einmal mit großer Treffsicherheit abgeschossen. Vermutlich ahnte sie, dass er manchmal noch an Dragomira dachte, mit einer Mischung aus Nostalgie und Zuneigung. Aber das Letzte, was ihm jetzt gerade fehlte, war, dass Editha das merkte. »Wenn sie für ihren Prinzen nicht zahlen, dann ganz sicher nicht für dessen Schwester«, antwortete er seiner Mutter. »Die Slawen halten keine großen Stücke auf Frauen.«

Thankmar hob die Linke zu einer trägen Geste des Desinteresses. »Ich an eurer Stelle würde mir mehr Sorgen um die Böhmen machen als um die Heveller. Fürst Boleslaw wird bestimmt nicht so leicht zu lenken sein wie sein Bruder Wenzel, dieses Opfer-lämmchen.«

»Hm«, brummte König Heinrich. »Da hat er recht. Womöglich ist es sein Werk, dass die Heveller auf einmal rebellisch werden. Boleslaw stellt eine Truppe auf, berichten unsere Späher.« Er wies mit dem Zeigefinger auf Otto. »Wenn er sich erhebt, wirst du gegen ihn ins Feld ziehen.«

Otto nickte bereitwillig. »Mit den Panzerreitern?«, fragte er hoffnungsvoll.

Doch Heinrich schüttelte den Kopf. »Mit den Merseburgern. Die scheinen mir am besten geeignet, um mit diesen Wilden fertig zu werden.«

»Oh, wunderbar …«, murmelte der Prinz in seinen Becher.

»Wer sind die Merseburger?«, erkundigte sich Editha, als sie nach dem Essen allein in ihrer Kammer waren.

Otto saß auf der Bettkante und zog sich die knöchelhohen Winterstiefel aus. »Ein Haufen Strolche. Verurteilte Räuber und Mörder, die der König handverlesen und begnadigt hat, um sie zu einer Kampftruppe auszubilden. Ihr Quartier ist in Merseburg, daher der Name. Sie sind meinem Vater ganz und gar ergeben, heißt es. Ich würde mich allerdings nicht darauf verlassen, dass sie ihrem Kommandanten nicht bei erster Gelegenheit die Kehle durchschneiden und verschwinden.«

Editha nahm Stirnreif und Schleier ab und setzte sich zu ihm. »Seltsam, dass ich in all den Jahren noch nie von ihnen gehört habe.«

»Ich habe sie dir verheimlicht«, bekannte er.

»Also wirklich, Otto …« Sie seufzte. »Wann wirst du endlich begreifen, dass ich kein zartes, weltfremdes Pflänzchen bin, das man vor allen unschönen Dingen des Lebens beschützen muss?«

Er sah sie an. »Ich weiß, dass du das nicht bist. Aber ich … schäme mich für diese Truppe. Für die Kompromisse, die mein Vater mit seinem Gewissen eingeht. Immer wieder.«

»Das ist der Grund, warum er sich seit über fünfzehn Jahren an der Macht hält, mein Prinz.«

»Ja, vielleicht«, räumte er unwillig ein. »Ich will ja nur …«

Er brach ab, weil es an der Tür klopfte. Gundula trat über die Schwelle, eine Schüssel auf die ausladende Hüfte gestützt. »Ich bringe Euch warmes Wasser, Herrin.«

Editha wies auf die Kommode neben der Tür. »Danke. Stell es dort ab.«

»Habt Ihr sonst noch einen Wunsch?«

»Nein, du kannst schlafen gehen.«

Die junge Frau knickste. »Gute Nacht. Gott behüte Euch.« Und damit verschwand sie.

Otto zog sich das Obergewand über den Kopf und streckte sich auf der flauschigen Felldecke aus. »Es ist ein Wunder, dass sie nicht bei jedem deiner Schritte Rosenblätter vor dir ausstreut …«

Seine Gemahlin lächelte unverbindlich – immer ein Anzeichen, dass Vorsicht geboten war, wusste er. »Du hast getan, was du tun musstest, Otto. Und ich habe getan, was ich tun musste.«

»Eine Anstellung als Küchenmagd hätte sie auch davor bewahrt, hungers zu sterben«, brummte er. »Du musstest sie nicht gleich zu deiner persönlichen Zofe machen, oder?«

»Ich brauchte aber gerade zufällig eine«, gab sie zurück. Dann legte auch sie ihre eleganten Obergewänder ab, trat im Hemd an die Truhe, tauchte ein weiches Tuch ins dampfende Wasser und rieb sich Gesicht und Hals damit ab. »Ich verstehe nicht, was dich daran stört. Wüsste ich es nicht besser, könnte ich glauben, dein Gewissen regt sich jedes Mal, wenn du sie siehst.«

»Nein, das ist es nicht.«

Die Bestrafung des alten Bäckers war ein grausiges Spektakel gewesen, keine Frage. Mit nacktem Oberkörper hatte er noch magerer und jämmerlicher gewirkt als vorher, und als der Büttel ihn an den Pfahl auf dem Marktplatz gebunden hatte, hatte Eilhard sich bepinkelt. Der Büttel führte die Peitsche konzentriert, ohne jeden persönlichen Groll und offenbar mit einiger Erfahrung. Seine Hiebe hatten es in sich, wie die Schreie des Bäckers bewiesen, der tot umgefallen war, sobald sie ihn losbanden – genau wie seine Tochter prophezeit hatte. Zu viel für sein Herz, war die einhellige Meinung auf dem Markt.

Nichts von alldem hatte Otto indes erschüttert. Es war abscheulich gewesen, und er hatte vielleicht sogar ein vages, unpersönliches Mitgefühl empfunden. Aber die Bestrafung der Daleminzer war das letzte Mal gewesen, dass der Anblick von Grausamkeit und Blut ihm wirklich zu schaffen gemacht hatte. Und er war seinem Vater in gewisser Weise dankbar, dass er ihn damals hatte zuschauen lassen, denn Otto wusste, es hatte ihn härter gemacht. Möglicherweise sogar hart genug, um die Aufgabe zu schultern, die der König ihm mit seiner Nachfolge aufbürden wollte. Dennoch war es Unrecht gewesen. Das hatte er damals gewusst und wusste es heute. Im Gegensatz zu der Leibesstrafe des alten Bäckers, im Gegensatz zu jeder Hinrichtung und jedem Schwertkampf, die er seither erlebt hatte, war das Blutbad an den Daleminzern ein furchtbares Unrecht gewesen. Und jedes verdammte Mal, wenn er Gundula sah, wurde er daran erinnert, auch wenn er nicht so recht verstand, wieso.

Editha war bei den Armen angelangt. Sie wusch sich jeden Abend, und auch wenn diese übertriebene Reinlichkeit ihn amüsierte, hörte das Schauspiel doch nie auf, ihn zu fesseln.

Er legte sich auf die Seite, stützte das Kinn in die Hand und sah ihr zu.

»Wenn sie dich wirklich stört, schicke ich sie weg«, bot sie an.

»Ich denk noch mal drüber nach. Jetzt komm ins Bett, Editha.«

Sie legte ihr Tuch beiseite und wandte sich zu ihm um. »So ungeduldig, mein Gemahl?«

Ihr Lächeln war so verheißungsvoll, dass ihm ein herrlicher Schauer über den Rücken rieselte. Mit einer plötzlichen Bewegung packte er sie am Handgelenk und zog sie zu sich herab. »Ihr habt ja keine Ahnung, Prinzessin …«

Er schob mit der rechten Hand ihr Hemd hoch und ertastete die unglaubliche Weichheit ihrer Haut, während die Linke den Träger über die Schulter herabzog, als es vernehmlich an der Tür klopfte.

Editha zog scharf die Luft ein, presste eine Hand auf den Mund, um ein Lachen zu ersticken, und schlängelte sich eilig unter die Decke.

»Was?«, knurrte Otto unwirsch.

»Tut mir leid, Bruder. Aber das willst du hören, glaub mir.«

Otto stand auf und kämpfte sich ungeduldig in sein Obergewand. »Komm rein, Thankmar.«

Sein Bruder öffnete die Tür, sagte etwas über die Schulter, das Otto nicht verstand, und trat dann ein. »Ich glaube nicht, dass Grund zur Beunruhigung besteht«, begann er untypisch zaudernd. »Aber Tugomir ist verschwunden. Und wie es aussieht … hat er Wilhelm mitgenommen.«

Otto war sprachlos.

»Ich sage euch, er kennt jedes Wort, das heute Abend über ihn gesprochen worden ist«, murmelte Editha, und irgendwie brachte sie es fertig, sich unter der Felldecke ein Laken um die Schultern zu legen, ehe sie sich aufsetzte. »Dieser Mann ist ganz und gar unheimlich. Er hört durch Wände.«

»Unsinn«, widersprachen Otto und Thankmar im Chor.

»Welche Erklärung habt ihr dann?«, fragte sie.

Otto sah seinen Bruder an. »Haben wir eine?«

»Ist das so schwer zu erraten?«, gab Thankmar zurück. »Was schätzt du, wie weit es von hier nach Corvey ist, hm?«

»Ungefähr … fünfzig Meilen?«, tippte Otto.

Thankmar nickte. »Höchstens zwei Tage für einen guten Reiter.«

»Mit welchem Pferd?«, fragte Otto.

»Mit deinem, Bruder«, eröffnete Thankmar ihm und hatte offenbar Mühe, ein Grinsen zu unterdrücken.

»Das wird ja immer besser …«

»Er hat Ottos Pferd gestohlen?«, wiederholte Editha entrüstet. »Hat er den Verstand verloren?«

»Geborgt«, verbesserte Thankmar sie hastig. »Er bringt es zurück, du wirst sehen.«

Sie schnaubte. »Ich dachte, der Träumer in dieser Familie wäre mein Gemahl. Und was bitte will ein unverbesserlicher Heide wie euer Prinz Tugomir im Kloster zu Corvey?«

Thankmar antwortete nicht und sah seinen Bruder fragend an, als wolle er ergründen, wie viel von der Wahrheit Otto seiner Frau zumuten wollte.

Alles, lautete die Antwort. »Er besteigt ein Boot und fährt die Weser hinab. Nach Möllenbeck. Offenbar hat er sich in den Kopf gesetzt, den Jungen zu seiner Mutter zu bringen.«

Thankmar nickte, ging zur Tür zurück, öffnete sie und vollführte einen etwas schroffen Wink.

Ein junger Daleminzer trat ein. Otto brauchte einen Moment, dann erkannte er Tugomirs pfiffigen Gehilfen, der sich höflich vor ihm verneigte. Er war unverkennbar nervös, aber er bemühte sich um einen äußerlichen Anschein von Gelassenheit. Das gefiel Otto. »Wie war doch gleich wieder dein Name?«

»Semela, Herr. Ich … Er hat mir aufgetragen, Euch etwas auszurichten.«

»Ich bin gespannt.«

Semela senkte höflich den Blick. »Er sagt, es bestehe kein Anlass, um den Jungen besorgt zu sein, und er bringe ihn spätestens zu Neujahr zurück. Aber …« Der Mut verließ ihn.

»Komm schon, Bursche, sprich weiter«, forderte Thankmar ihn ungeduldig auf.

Semela räusperte sich. »Aber solltet Ihr mir oder meiner Frau oder irgendeinem anderen Daleminzer ein Haar krümmen, sagt er, dann … dann seht Ihr den Jungen niemals wieder.«

Es war einen Moment still, nur das leise Zischen der Öllampe, die die Kammer in dämmriges, warmes Licht tauchte, war zu hören.

»War das alles?«, fragte Otto den jungen Mann schließlich. Der nickte.

»Na schön. Du kannst gehen. Nein, halt, warte noch. Wie hat er das angestellt? Warum hat zum Beispiel die Amme nicht Alarm geschlagen, als er den Jungen aus dem Bett geholt hat?«

Semela hob kurz die Schultern. »Sie ist Daleminzerin, Herr.«

»Verstehe …«, knurrte Otto.

»Sie ist außer sich vor Angst, aber natürlich hat sie getan, was der Prinz wollte. *Unser* Prinz, meine ich. Sie hat Wilhelm aufgeweckt und warm angezogen. Die daleminzischen Küchenmägde haben den Proviant gepackt, und die daleminzischen Stallburschen haben Euer Pferd gesattelt. Keiner hat gezögert. Sie … na ja, sie wissen ganz genau, was Prinz Tugomir all die Jahre für sie getan hat.«

»Und das war was?«, fragte Thankmar neugierig.

»Er hat ihnen Mut gemacht und dafür gesorgt, dass sie ihre ... Selbstachtung nicht verlieren. Wenn er konnte, hat er sie auch beschützt, ganz gleich, was es ihn kostete. Er ...« Er sah zu Otto. »Er hat das getan, was ein guter Fürst eben für sein Volk tut.«

Otto nickte. Nach einem Moment sagte er: »Gute Nacht, Semela.«

Sichtlich erleichtert schlüpfte der junge Daleminzer hinaus.

»Und was machen wir nun?«, fragte Thankmar, nachdem die Tür sich geschlossen hatte. »Schicken wir einen Suchtrupp aus? Udo vielleicht?«

Otto schüttelte den Kopf. »Sie würden ihn ohnehin nicht einholen. Tugomir ist ein zu guter Reiter. Und ich wette, er versteht es, sich im Wald unsichtbar zu machen.«

»Bestimmt. Aber wir wissen doch, wohin er will. Wir bräuchten ihn nur ... aufzulesen.«

Otto dachte nach. Der Gedanke, dass sein sechsjähriger Sohn nur von seinem Onkel begleitet nachts allein im Wald war, beunruhigte ihn nicht wenig. Von seinem *unbewaffneten* Onkel, nahm er an, denn ganz gleich, was die daleminzischen Sklaven für Tugomir zu tun bereit waren, keiner von ihnen hatte Zugang zur Waffenkammer. Im Wald gab es Bären. Wilde Eber. *Wölfe.* Obendrein war Winter. Aber die Heveller waren ein Jägervolk, wusste er. Und ebenso wusste er dies: Tugomir hätte dieses scheinbar so unsinnige Unterfangen nie begonnen, wenn er nicht wüsste, dass er den Jungen vor allen Gefahren beschützen konnte.

»Wir lassen ihn ziehen«, entschied er. »Wenn er sagt, er bringt Wilhelm bis Neujahr zurück, wird er auch genau das tun. Und wir werden diese Sache geheim halten, hört ihr? Es ist mein Sohn, den er entführt hat, und das mache ich allein mit ihm aus.«

»Es ist noch über eine Woche bis Neujahr, Otto«, wandte Editha ein. »Du glaubst nicht im Ernst, dass Liudolf und Liudgard so lange für sich behalten werden, dass ihr Bruder verschwunden ist, oder?«

Er überlegte einen Moment. »Wir sagen der Amme, sie soll ihnen morgen früh beim Aufwachen erzählen, Wilhelm habe ein Fieber und sei deswegen in eine andere Kammer gebracht worden, und sie dürfen ihn nicht besuchen, um sich nicht anzustecken.«

Thankmar zog die Brauen hoch. »Du *belügst* deine Kinder? Wirklich, Otto, du raubst mir meine letzten Illusionen ...«

Otto warf ihm einen finsteren Blick zu. »Achte du lieber darauf, dass du deine lose Zunge im Zaum hältst, wenn du dem Wein zusprichst. Niemand sollte von dieser Sache erfahren.«

»Du hast mein Wort«, erwiderte sein Bruder. »Trotzdem, das kann niemals gutgehen. Und wenn der König herausfindet, dass du unsere kostbare Geisel so einfach hast ziehen lassen, dann kommen wir in Teufels Küche.«

»Keine Bange«, gab Otto zurück. »Das nehme ich auf meine Kappe.«

Thankmar nickte und öffnete die Tür. »Darum möchte ich auch gebeten haben. Da du die Krone bekommst, solltest du auch derjenige sein, der die unpopulären Entscheidungen vertritt.«

Möllenbeck, Dezember 935

»Hier ist das Buch, das Ihr wolltet, Vater Widukind«, sagte Dragomira.

Er sah auf. »Gut von Euch, Schwester. Ich warte schon sehnsüchtig darauf.«

Sie trat über die Schwelle, gefolgt von Mirnia, und legte das Buch vor ihm auf den Tisch. Es war einer ihrer Schätze: eine Schriftensammlung des berühmten Gelehrten Rabanus Maurus. Sie schlug es auf, wo sie einen Wollfaden als Markierung hineingelegt hatte. »An dieser Stelle beginnt *De Laudibus Sanctae Crucis*.«

Er nickte, und über die Schulter sagte er: »Reinhildis, sei so gut und leg noch ein bisschen Holz nach. Dann kannst du gehen. Ich brauche dich heute nicht mehr.«

»Ja, Vater.« Das junge Mädchen aus dem Dorf, das ihm das Haus führte, holte einen Arm voll Scheite aus der Holzkiste an der Stirnwand und schichtete sie auf die Feuerstelle in der Mitte des Raums. Dann knickste sie und huschte hinaus.

Dragomira nahm den feuchten Umhang ab. Die Schneeflocken, die ihn eben noch geziert hatten, waren in der Wärme des Hauses bereits geschmolzen. Sie legte ihn zum Trocknen über die kleine Holzbank neben dem Feuer, griff nach dem Schürhaken und stocherte in den Flammen herum, wenngleich das Feuer munter brannte. Dann füllte sie Wein aus einem Krug in einen kleinen Topf. Sie fing Mirnias Blick auf und nickte. Die Magd öffnete die Tür einen Spaltbreit und spähte nach draußen, ehe sie in den dämmrigen Winternachmittag hinaustrat.

Dragomira hängte den Topf an den Haken über dem Feuer und wartete. Als Widukinds Arme sie unvermittelt von hinten umschlossen, drehte sie sich um, sah in die dunklen Augen und schmiegte sich an ihn, ohne die Arme um seinen Nacken zu legen. Sie liebte das Gefühl, so ganz und gar von ihm umschlungen zu sein. An keinem anderen Platz auf der Welt fühlte sie sich so geborgen. Widukind küsste sie, erst auf die Stirn, dann auf die Nasenspitze, schließlich auf die Lippen. Dragomira schloss die Augen. Sacht umspielte er ihre Zunge mit der seinen, geradezu schüchtern. Nichts an diesem Kuss war gierig oder fordernd. Als sie sich dabei ertappte, dass sie das bedauerte, legte sie die Hände auf seine Brust und schob ihn von sich. Augenblicklich ließ er sie los.

Und dann standen sie da, nur einen halben Schritt voneinander entfernt und sahen sich an, ratlos und unglücklich wie immer.

»Früher oder später wird irgendwer uns auf die Schliche kommen«, prophezeite sie.

»Ich weiß. Reinhildis hat schon Argwohn geschöpft, fürchte ich. Sie hat so ein seltsames Gesicht gemacht eben.«

»Dann wird es nicht mehr lange dauern, bis es im Dorf Gerede gibt.«

Widukind nickte. »Wir müssen damit aufhören. Es wird zu gefährlich.«

»Du hast recht.«

Aber statt den Mantel zu nehmen und zu gehen, verschränkte sie die Finger mit seinen und lehnte die Stirn an seine Brust.

Vater Widukind war als Seelsorger der Stiftsdamen nach Möllenbeck gekommen und las ihnen einmal täglich die Messe. Doch auch für ihn galt die Regel, dass der Kontakt zu den Schwestern auf das Notwendige beschränkt bleiben musste. Während der Gottesdienste trennte sie ein Vorhang zwischen dem Altarraum und dem Querschiff, wo die Schwestern sich versammelten. In der neuen Steinkirche würde es gar eine eigene Empore für die Kanonissen geben, von wo aus sie die Messe verfolgen konnten, ohne von unten gesehen zu werden. Nahm der Geistliche einer von ihnen die Beichte ab, musste es so geschehen, dass sein Diakon und eine der Schwestern Priester und Büßerin die ganze Zeit im Auge behalten konnten. Widukind und Adalbert, der junge Diakon, bewohnten jeder ein komfortables Haus, aber außerhalb der Stiftsmauern. Ein gelegentlicher Besuch in der Bibliothek war der einzige Vorwand, unter welchem Widukind das Gelände betreten konnte, um Dragomira zu sehen. Und nur wenn sie in Mirnias Begleitung zu seinem Haus ging, um ihm Bücher zu bringen – was streng genommen schon einen Regelverstoß bedeutete –, hatten sie die Chance auf ein paar Momente ungestörter Zweisamkeit. Auf Mirnia war Verlass, und sie ließ sie immer so rasch wie möglich allein.

Dragomira lauschte einen Moment seinem Herzschlag: stetig und kräftig. Sie schloss die Lider. *Wieso musste das passieren? Was hast du dir dabei gedacht, Gott?*

Der Wein über dem Feuer begann zu brodeln. Widukind ließ Dragomiras Hände los, nahm den Kessel vom Haken und füllte zwei Becher. »Komm, wir wollen uns setzen«, schlug er vor.

Sie folgte ihm zum Tisch und schob den kostbaren Rabanus Maurus beiseite, ehe Widukind die Becher abstellte, damit er nur ja keine Spritzer abbekam.

Sie setzten sich nebeneinander. Nahe genug, dass ihre Beine sich berührten. Der sanfte Druck seines Oberschenkels reichte aus, um dieses Ziehen in ihrem Unterleib zu verursachen, das sie so liebte und fürchtete.

»Es wird Zeit, dass wir eine Entscheidung treffen«, sagte Widukind. »Nicht nur, weil von Tag zu Tag die Gefahr zunimmt, dass uns jemand erwischt. Aber ich weiß ehrlich nicht, wie lange ich noch … standhaft bleiben kann.«

Sie nickte. Ihr ging es nicht besser. Und sie argwöhnte, dass sie längst schwach geworden wäre, hätte Widukind der Versuchung nicht so eisern widerstanden. Schließlich war sie keine Nonne. Sie hatte keine Gelübde abgelegt. Gewiss, das Leben im Kanonissenstift unterlag strengen Regeln, an die jede sich zu halten hatte, die der Gemeinschaft beitrat. Nur war sie ja nie gefragt worden …

»Ich sehe nur zwei Möglichkeiten«, fuhr er fort, und sie spürte, wie er mit sich rang, ehe er weitersprechen konnte: »Entweder ich bitte um meine Versetzung, und wir sehen uns nie wieder. Oder wir heiraten.«

»Heiraten?« Sie schnaubte. »Das wäre das Ende deiner Laufbahn, denkst du nicht?«

Sie wusste, der Abt von Fulda, der sein Förderer war, hatte Widukind in Absprache mit der Königin nach Möllenbeck geschickt, denn es war eine gute Gelegenheit für einen jungen Priester, um Verbindungen zu einigen der einflussreichsten Familien des sächsischen Adels zu knüpfen. Aber Dragomira wusste ebenso, dass dies nur eine Station auf seinem Weg war. Ein Gottesmann aus so vornehmer Familie war natürlich für ein Bischofsamt bestimmt.

»Ich glaube nicht«, entgegnete er. »Es gibt genügend verheiratete Priester. Auch Bischöfe und Äbte. Es wird nicht gerade gern gesehen, aber es erregt meistens nicht mehr als ein Kopfschütteln. Außerdem war ich nie versessen darauf, zu höheren Weihen aufzusteigen, wie du weißt. Meine Familie besteht darauf, aber ich nicht.« Er legte vorsichtig die Hände um den Becher mit dem heißen Wein und schaute hinein. »Aber ich merke, mein Antrag stößt auf wenig Gegenliebe.«

»War das ein Antrag?«

Er wandte den Kopf, sah sie mit diesem traurigen Lächeln an, von dem sich ihr immer die Kehle zuschnürte, und nickte. »Doch bin nicht ich derjenige, den du willst, sondern nur das Abbild. Und ich verstehe, dass du dich damit nicht zufriedengeben kannst.«

Dragomira hob die Linke und legte einen Finger an seine Lippen. »Du täuschst dich. Wenn ich überhaupt jemanden will, dann dich, niemanden sonst.«

»Dragomira, du …«

Sie drückte den Finger fester auf seine Lippen, und er verstummte.

»Vielleicht findest du das schwer zu glauben«, sagte sie und ließ die Hand sinken. »Wer wüsste besser als ich, wie es ist, wenn man sein Leben lang hört, dass man zu nichts taugt und nicht wert ist, geliebt zu werden. Aber ganz gleich, wie oft dein Vater das zu dir gesagt hat, *ich* will dich. Ich habe mir Otto nicht ausgesucht, vergiss das nicht. Ich war seine … Kriegsbeute. Er war immer gut zu mir, und ich habe ihm nichts vorzuwerfen, aber *du* bist der Mann, den ich will. Nicht, weil du ihm ähnlich siehst, sondern trotzdem. Weil du du bist.«

Widukind senkte einen Moment verlegen den Blick. Als er wieder aufschaute, leuchteten seine dunklen Augen. »War das nun ein Ja?«

Sie hob den Becher, blies über den Wein und trank einen Schluck. Das heiße Gebräu rann ihre Kehle hinab, und die Wärme breitete sich in ihrem Innern aus. Sie sah Widukind wieder an, und noch ehe sie entschieden hatte, was sie sagen würde, klopfte es an der Tür.

Sie tauschten einen entsetzten Blick. Dann stand Dragomira auf, trat an den Herd und ergriff schon wieder den Schürhaken, als sei das Hüten des Feuers eine brauchbare Entschuldigung für ihre Anwesenheit in diesem Haus. Widukind zog das aufgeschlagene Buch zu sich heran und rief streng: »Ja, bitte?«

Mirnia trat zögernd ein, den Kopf gesenkt wie üblich.

Dragomira atmete langsam aus.

»Was gibt es denn, mein Kind?«, fragte Widukind.

Er war immer freundlich zu ihr, wie Dragomira ihn gebeten hatte, aber es nützte nichts. Mirnia empfand genauso großen Schrecken vor ihm wie vor jedem anderen Mann, und wie so oft machte ihre Furcht sie sprachlos. Sie warf Dragomira einen flackernden Blick zu, dann hielt sie die Tür des Häuschens weit auf, und Dragomira sah ihren Bruder mit einem kleinen schwarzhaarigen Jungen an der Hand über die Schwelle treten.

Der Schürhaken rutschte ihr aus den Fingern. »Tugomir ...«

Wie immer, wenn er in eine fremde Umgebung kam, schaute er sich kurz um. Das ging blitzschnell, aber es gab nicht viel, das ihm je dabei entging. Das war etwas, das man als Priesterschüler lernte, wusste sie. So wie seine Vila immer zu ihm sagte: *Schau, und du wirst sehen.*

Tugomirs Blick verharrte einen Moment auf Widukind, dann sah er seine Schwester an und sagte: »Dragomira, das ist dein Sohn. Vilema, das ist deine Mutter. Ich glaube, es wird Zeit, dass ihr euch kennenlernt.«

Unterwegs waren Tugomir Zweifel an der Weisheit seines Entschlusses gekommen, denn der Weg war schwieriger, als er vorhergesehen hatte. Es war bitterkalt, und auch wenn der Schnee nur knöchelhoch lag, machte er dem ohnehin schon müden Gaul zu schaffen. Wilhelm gab sich große Mühe, tapfer zu sein, aber er war erst sechs. Manchmal taten ihm die kalten Hände und Füße so weh, dass er weinte, und Tugomir musste öfter als geplant anhalten und ein Feuer machen. Die Straße führte über weite Strecken durch dicht bewaldetes Gelände, und weil er unbewaffnet war, hatte er sich zum ersten Mal in seinem Leben im Wald gefürchtet.

Doch als er jetzt in Dragomiras und Wilhelms Gesichter schaute, waren alle Zweifel vergessen. Selbst wenn er und Wilhelm auf dem Rückweg einem Rudel hungriger Wölfe zum Opfer fielen: Das hier war richtig. Und lange überfällig.

Mutter und Sohn begutachteten einander mit einer Mischung aus Neugier und Staunen. Als Dragomira schließlich auf die Knie sank und die Arme ausbreitete, riss Wilhelm sich von Tugomirs Hand los, rannte zu ihr und fiel ihr um den Hals. Dragomira hielt ihn und wiegte ihn, die Augen zugekniffen, aber sie gestattete sich keine einzige Träne. Tugomir war ihr dankbar. Auf Dragomiras Haltung war immer Verlass gewesen.

279

Der Kerl am Tisch stand auf und kam auf ihn zu. »Prinz Tugomir. Welch eine Freude. Ich bin Vater Widukind. Widukind von Herford.«

Tugomir nickte knapp. »Hat Euch schon mal jemand gesagt, dass Ihr ausseht wie Prinz Otto?«

Der Priester lächelte ein wenig gequält. »Gelegentlich. Er ist mein Vetter.« Er wies einladend zum Tisch. »Woher kommt Ihr? Wart Ihr lange unterwegs? Ihr müsst hungrig sein.«

Tugomir ließ sich dankbar auf einen der Schemel sinken und antwortete nicht gleich. Er war ausgehungert. Weil sie einen Tag länger gebraucht hatten als gedacht, war der Proviant knapp geworden, und heute hatte nur noch der Junge etwas zu essen bekommen. »Wir kommen aus Pöhlde und waren drei Tage unterwegs.«

Widukind öffnete einen Steinguttopf auf dem Tisch, holte einen halben Brotlaib heraus und legte sein Messer dazu. »Ich habe meine Magd schon heimgeschickt, aber wir besorgen Euch etwas Heißes aus der Stiftsküche. Das Essen hier dürft Ihr Euch nicht entgehen lassen.«

»Habt Dank.« Tugomir schnitt ein Stück Brot ab, steckte es zwischen die Zähne, schnitt ein zweites ab und brachte es Wilhelm. »Hier. Wenn du damit fertig bist, deine Mutter zu erdrosseln, iss etwas, mein Junge.«

Wilhelm löste seine Umklammerung lange genug, um ihm das Brot aus der Hand zu reißen und sich in den Mund zu stopfen, ehe er beide Arme wieder um Dragomiras Hals schlang.

Tugomir zerzauste ihm den dunklen Schopf. »Immer mit der Ruhe. Heute nimmt sie dir niemand wieder weg.«

Dragomira stand auf, trug Wilhelm zum Feuer hinüber und setzte sich auf die kleine Bank. Denn steckten Mutter und Sohn die Köpfe zusammen und flüsterten miteinander. Tugomir war froh, dass keine Befangenheit aufgekommen war. Er hatte keine Vorstellung davon gehabt, wie diese Begegnung verlaufen würde. So sicher er gewusst hatte, dass er dies hier irgendwie möglich machen musste, ehe der Junge allein zu irgendwelchen Fremden geschickt wurde, so nervös war er doch gewesen. All seine Bedenken erwiesen sich indes als unbegründet. Wilhelm war zu klein, um zu wissen, was Befangenheit war. Und Dragomira war einfach nur selig. Über den Kopf ihres Sohnes hinweg sah sie zu Tugomir und formte mit den Lippen ein »Danke«.

»Und was denkt Ihr?«, fragte Widukind mit gesenkter Stimme. »Wann wird hier eine Horde Soldaten einfallen, um Euch zurückzubringen?«

»Nicht vor morgen früh, hoffe ich.« Tugomir betrachtete ihn noch einmal eingehend. »Ihr könnt Euch sparen, zu Eurem Vogt zu schleichen und ihn von unserer Ankunft zu unterrichten. Otto ist kein Dummkopf, er wird sofort wissen, wohin ich den Jungen gebracht habe. Aber wir haben gute zwölf Stunden Vorsprung, schätze ich.«

»Und fürchtet Ihr nicht, dass er Euch dafür den Kopf abschlagen wird?«

»Nein.«

»Wieso seid Ihr so sicher?«, fragte der Priester neugierig.

»Warum sollte ich das ausgerechnet Euch erzählen? Nur weil meine Schwester Euch in ihr Bett lässt, ist das noch lange kein Grund, Euch zu trauen. Eher im Gegenteil.«

Widukind fuhr leicht zusammen. »Ihr ... zieht die falschen Schlüsse, Prinz.« Es klang geradezu entrüstet. Entweder der Kerl war verdammt kaltblütig, oder Tugomir hatte sich tatsächlich getäuscht.

Widukind holte einen Becher vom Wandbord und füllte ihn aus einem dampfenden Topf. »Ihr könntet hier ins Kirchenasyl gehen«, schlug er vor. »Nicht einmal König Heinrich wagt das Asylrecht zu missachten.«

Tugomir trank einen Schluck. Es war ein kräftiger, thüringischer Rotwein, nicht mehr zu heiß – genau richtig. Dann schüttelte er den Kopf. »Ich brauche kein Asyl. Ich habe Otto ausrichten lassen, dass ich Wilhelm bis Neujahr zurückbringe. Womöglich traut er mir genug, um so lange zu warten. In dem Fall werden wir in vier Tagen wieder aufbrechen.«

Widukind dachte eine Weile nach und schien dann einen Entschluss zu fassen. »Also gut, wie Ihr wollt. Heute ist der Heilige

Abend, Dragomira und ich müssen um Mitternacht zur Mette. Vorher bringen wir Euch und den Jungen in ein sicheres Versteck. Es wäre gewiss nicht gut, wenn Ihr hier gesehen werdet.«

Dragomira kam zu ihnen herüber, das schlafende Kind an der Schulter. »Die Bibliothek?«, schlug sie vor, leise, um den Jungen nicht zu wecken.

»Was ist mit der Pförtnerin?«, wandte Widukind ein.

»Du weißt doch, dass sie immerzu schläft. Und es ist beinah dunkel. Wenn wir Tugomir und Wilhelm heute Abend in die Bibliothek bringen, wird niemand sie auf dem Stiftsgelände sehen. Dort ist es warm und trocken, und an den Feiertagen wird sie nicht benutzt. Außer mir hat ohnehin nur die Mutter Oberin einen Schlüssel. Und keiner wundert sich, wenn ich in die Bibliothek gehe.«

»Ja«, stimmte Widukind zu. »Das ist die beste Lösung.«

Sie setzte sich neben ihren Bruder. »Du kannst nicht ermessen, wie glücklich du mich gemacht hast, Tugomir. Das ist eine Freude, auf die ich kaum noch zu hoffen gewagt habe.«

Er nickte zufrieden. »Gut.«

Widukind sah von Schwester zu Bruder und wieder zurück. Dann stand er auf. »Ich gehe hinüber in die Kirche und seh nach, ob alles für die Christmette bereit ist.«

»Ich komme später nach«, antwortete sie.

»Lass dir Zeit.« Er nahm den Mantel vom Haken hinter der Tür und ging hinaus. Sie lauschten seinen Schritten, die sich knirschend im Schnee entfernten.

Dann schauten Bruder und Schwester sich an, und jetzt machte sich in der Tat Befangenheit breit. Sechs Jahre, dachte Tugomir. *Sechs verdammte Jahre …*

»Du siehst gut aus«, sagte er eine Spur verlegen. »Seltsam in diesem Nonnengewand, aber gut. Zufrieden, könnte man meinen.«

Dragomira fuhr behutsam mit den Lippen über Wilhelms dunklen Lockenschopf. »Ich habe jeden Grund, zufrieden zu sein«, räumte sie ein. »Die Königin hat mir einen echten Gefallen getan, indem sie mich hergeschickt hat, auch wenn das vermutlich nicht ihre Absicht war. Es ist … ein guter Ort für mich.«

»Aber?«

Ein Lächeln huschte über ihr Gesicht, das Schalk und Verlegenheit zu gleichen Teilen zu enthalten schien. »Ich … wir haben uns verliebt.«

»Das ist kaum zu übersehen«, erwiderte Tugomir reserviert. »Und das ist hier verboten, nehme ich an?«

»Ja. Ich müsste das Stift verlassen. Und ich weiß nicht … ob ich das will. Ich habe hier so ein gutes Leben, verstehst du. Nicht nur bequem, das meine ich nicht. Es ist ein … ausgefülltes Leben. Meine Mitschwestern achten mich. Manche haben mich sogar gern, obwohl ich eine Fremde bin. Ich lerne jeden Tag neue Dinge. Ich bin Teil einer Gemeinschaft, die ich sehr schätze. Aber trotzdem …« Sie sah auf ihr schlafendes Kind hinab. »Trotzdem sehne ich mich nach anderen Dingen. Ich habe Angst, dass Gott mir alles wegnimmt, was er mir geschenkt hat, weil ich so undankbar bin, aber jetzt hat Widukind mich gefragt, ob ich ihn heiraten will, und ich weiß nicht … ob ich widerstehen kann. Oder will.«

Tugomir spürte einen grässlichen Stich der Angst im Bauch. Aber er fragte lediglich: »Bist du schwanger?«

Sie schüttelte den Kopf. »Er hat mich nicht angerührt.«

Dann seien die Götter gepriesen, dachte er erleichtert. Denn wenn die Königin von diesen Heiratsplänen erführe, würde seine Schwester spurlos verschwinden oder auf irgendeiner trostlosen Festung eingesperrt, bis sie die Schwindsucht bekam. Doch das sagte er nicht. Sie sah so glücklich aus mit Wilhelm auf dem Schoß. So heil und zuversichtlich. Als könne nichts und niemand auf der Welt ihr wehtun. Er wusste, dass er ihr die Augen öffnen musste, aber in diesem Moment sah er sich außerstande, das zu tun. Diese Begegnung nach all den Jahren berührte ihn tiefer, als er erwartet hatte, brachte eine Flut von Erinnerungen an die Jahre ihrer Kindheit auf der Brandenburg mit sich, die ihn schwach machte und aufwühlte. Tugomir ging auf, dass er seine Schwester mehr vermisst hatte, als er sich eingestanden hatte. Er griff nach dem Becher und nahm einen untypisch langen Zug. Auf einen Schlag war er vollkommen erledigt.

Dragomira nahm seine freie Linke und drückte sie kurz. »Es

tut so gut, dich zu sehen, Bruder. Wie geht es dir? Vor zwei, drei Jahren habe ich gehört, Otto habe dich zu seinem Leibarzt gemacht?«

Er stellte den Becher ab und sah sie an. »Otto hat ein Talent dafür, die Menschen seiner Umgebung möglichst nutzbringend für sich einzusetzen.«

»Das klingt sehr hässlich.«

Er hob die Schultern. »Und dennoch ist es wahr. Aber es ist eine Gabe, die jeder Herrscher besitzen sollte, daraus mache ich ihm keinen Vorwurf.« Er unterbrach sich kurz. Dann beantwortete er ihre Frage: »Es geht mir gut, sei unbesorgt. Otto behandelt mich mit Höflichkeit. Die meisten tun das. Ich habe … gute Tage und schlechte, wie jeder andere auch. Wir alle tun so, als sei ich Gast an Ottos Hof. Aber das bin ich nicht, Dragomira. So wenig wie du hier.«

Sie schüttelte den Kopf. »Ich bin überzeugt, der König und die Königin haben mich längst vergessen.«

»Ah ja?« Mit einem kurzen Blick vergewisserte er sich, dass Wilhelm auf ihrem Schoß fest schlief. Dann sagte er gedämpft: »Dragomir hat seinen fälligen Tribut an König Heinrich nicht gezahlt. Vielleicht konnte er nicht, weil die Obodriten auf der Brandenburg eingefallen sind und ihm alles geraubt haben, was weiß ich. Aber womöglich wollte er auch nicht. Vielleicht glaubt er, es sei an der Zeit, die sächsische Oberherrschaft abzuschütteln. Der neue Fürst von Böhmen, unser Vetter Boleslaw, wäre genau der richtige Mann, um die slawischen Völker zu einer Revolte gegen König Heinrich anzuführen. Und der König weiß das. Er hat ein wachsames Auge auf Boleslaw und ebenso auf Dragomir, da kannst du sicher sein. Und er hat gesagt, wenn unser Neffe bis Ostern nicht gezahlt hat, schickt er ihm meinen Kopf. Und zu Pfingsten …«

»Meinen«, murmelte Dragomira und sah unwillkürlich auf ihr Kind hinab.

Tugomir nickte.

»Woher weißt du das?«, fragte sie. »Hat der König dir gedroht?«

»Nein. Er hat es zu Otto gesagt. Eine der Mägde, die dem Mundschenk die Krüge in die Halle brachte, war eine Daleminzerin. Sie hat es gehört.«

Es war eine Weile still. »Wir müssen mit Widukind sprechen«, sagte sie schließlich.

Tugomir stieß hörbar die Luft aus. »Der Mathildis' Neffe ist.«

»Was soll das heißen? Willst du sagen, ihm sei nicht zu trauen, weil er Sachse ist?«

»Ja. Genau das will ich sagen. Hast du denn gar nichts daraus gelernt, wie Otto dich behandelt hat? Wie kann es sein, dass du dein Herz schon wieder an einen Sachsen verschenkt hast? Sie sind unsere Feinde, Schwester, sie wollen uns in den Staub treten. Glaub mir, dein Widukind ist keine Ausnahme.« Er sah in ihren Augen, wie sehr seine Worte sie kränkten, und das machte ihn wütend. Es kostete ihn Mühe, die Stimme nicht zu erheben, als er fortfuhr: »Wenn du ein anderes Leben willst als dieses hier, dann warte, bis wir nach Hause zurückkehren.«

»Nach Hause?«, fragte sie höhnisch. »Eben hast du noch gesagt, der König wolle dir den Kopf abschlagen.«

Er nickte. »Aber meine Vila hat mir etwas anderes gezeigt. Ich kann nicht beschwören, dass es die Wahrheit war, du weißt ja, wie trügerisch die Bilder sind, die die Vily uns Sterblichen vorgaukeln. Doch in diesem Fall bin ich geneigt, ihr zu glauben. Also fass dich in Geduld und warte, bis du einen Mann unseres Volkes heiraten kannst.«

Sie schnaubte. »Vielen Dank, ich verzichte. Du magst von Heimkehr träumen, Tugomir, aber ich nicht. Ich habe zu Hause nie etwas anderes als Ablehnung und Geringschätzung erfahren. Vater und Bolilut und die Onkel und Vettern, sie alle haben mich gehasst, weil ich aussehe wie Mutter. Für *ihre* Sünden, nicht für meine eigenen. Zuhause war immer ein dunkler, kalter Ort für mich. Wer, glaubst du, würde mich wohl heiraten wollen, wo doch mein Blut schlecht ist und ich dem sächsischen Prinzen einen Bastard geboren habe?« Sie sah auf Wilhelm in ihren Armen hinab, und für einen Augenblick verschwand die Bitterkeit aus ihrer Miene. Doch sie kehrte zurück, als sie ihren Bruder wieder an-

285

schaute. »Ich sage dir: Mein Leben als slawische Fürstentochter war viel unerträglicher als mein Geiseldasein.«

Tugomir sah seine Schwester an, fassungslos. »Du … du willst nicht nach Hause?«

»Nein.«

»Träumst du nie von der Brandenburg? Von der Sonne auf dem Morgennebel über der Havel, von den Wandbehängen in der Halle oder den Götterbildnissen draußen an den Tempelwänden? Oder vom Mittsommerfest? Davon, wie der Wald nach einem Regenschauer duftet?«

Sie nickte. »Ich träume von alledem. Und wenn ich aufwache und merke, wo ich bin, überkommt mich eine Welle der Erleichterung.«

Tugomir schüttelte verwundert den Kopf. Wenn er aus solchen Träumen erwachte und merkte, wo er war, wurde sein Herz so bleischwer vor Heimweh, dass er manchmal seine liebe Mühe hatte, aufzustehen und den nächsten Tag seiner Gefangenschaft irgendwie hinter sich zu bringen.

Dragomira schmiegte die Wange an Wilhelms Kopf und sah ihren Bruder mit einem traurigen Lächeln an. »Lass uns die kostbaren Stunden nicht damit verschwenden zu streiten. Komm. Es wird Zeit, ich muss zum Abendgebet. Aber vorher bringe ich euch in die Bibliothek und besorge euch Decken und etwas Vernünftiges zu essen.«

Udo und seine Finstermänner kamen nicht nach Möllenbeck, um dem Weihnachtsfrieden dort ein jähes Ende zu bereiten. Wie Tugomir insgeheim gehofft hatte, schien Otto gewillt, Mutter und Sohn ihre vier Tage zu gönnen, und dafür war er ihm ehrlich dankbar, auch wenn es nur eine kurze Frist war. Die Bibliothek – ein ganzes *Haus* voller Bücher, wie er fassungslos festgestellt hatte – war ein äußerst behagliches Versteck. Mirnia hatte ihnen einen Stapel guter Decken gebracht und kam nicht weniger als dreimal am Tag, um sie mit Köstlichkeiten wie Brathühnchen und frischem Brot zu verwöhnen. Ein Kohlebecken verbreitete wohlige Wärme, und weil zu allem Überfluss auch noch der Himmel aufklarte, konnten sie die Fensterläden öffnen, sodass die etwas grelle Wintersonne hereinschien.

Mit einigem Erstaunen beobachtete Tugomir seine Schwester und verstand allmählich, welch ein Leben sie hier führte, wie viel Geborgenheit und Anerkennung sie in Möllenbeck gefunden hatte. Und obwohl sie andauernd zu irgendwelchen Gebetsstunden in die Kirche musste, fand sie reichlich Gelegenheit, Zeit mit ihrem Sohn zu verbringen.

»Niemand bewacht dich? Niemand belauert deine Schritte?«, fragte er. »Ein Klosterleben hatte ich mir anders vorgestellt.«

»Das hier ist kein Kloster«, sagte sie, beinah ein wenig hastig.

»Ach, richtig …«

»Trotzdem sind die Regeln streng. Wir sollen ein Leben in Einkehr und Abgeschiedenheit führen, die Heilige Schrift studieren und der Toten gedenken. Wir dürfen nicht allein mit Männern sprechen, nicht einmal mit Verwandten. Wir haben eigene Gemächer, aber schlafen sollen wir eigentlich alle zusammen im Dormitorium. Doch die Mutter Oberin drückt ein Auge zu, wenn Schwestern lieber allein sein wollen. Sie weiß genau, wem sie vertrauen kann.«

»Dragomira gehört zu den angesehensten der Schwestern«, erklärte Widukind mit Stolz. »Sie ist die beste Illustratorin, die sie hier je hatten. Möllenbeck hat begonnen, sich einen Namen zu machen, und zwar wegen der Bücher, die hier entstehen. Das ist allein Dragomiras Verdienst. Und du kannst versichert sein, die Äbtissin weiß das zu schätzen. Sie ist eine gute Geschäftsfrau, und Bücher sind kostbare Güter.«

»Dann wäre die ehrwürdige Äbtissin sicher schwer enttäuscht, wenn Dragomira mit dir durchbrennt«, gab Tugomir bissig zurück.

Seine Schwester warf einen raschen Blick zu ihrem Sohn hinüber, aber Wilhelm war ganz und gar in sein Spiel vertieft. Dragomira hatte ein Katzenjunges aus dem Viehstall geholt und in die Bibliothek geschmuggelt. Es war ein vorwitziger kleiner Kater aus einem Septemberwurf, also schon groß genug, um ein guter Spielgefährte zu sein, und ein Stück Schnur reichte aus, um Wilhelm und seinen neuen Freund stundenlang zu entzücken. Bis auf den Tonbecher, in dem Dragomira ihre Pinsel aufbewahrt hatte, war bislang noch nicht einmal irgendetwas zu Bruch gegangen.

»Nun, diese Entscheidung liegt noch vor uns«, gab Widukind eine Spur kühl zurück. »Aber wer weiß, womöglich wäre es tatsächlich besser, wir heiraten erst und reden anschließend mit Äbtissin Hilda. Ein Donnerwetter gäbe es so oder so, aber sie könnten uns nicht mehr auseinanderreißen.«

Tugomir runzelte die Stirn. »Wem versuchst du etwas vorzumachen? Die Königin braucht nur mit den Fingern zu schnipsen, und im Handumdrehen geschehen die fürchterlichsten Dinge.«

Widukind hob scheinbar gelassen die Schultern. »Sie ist meine Tante. Ich kann mir nicht vorstellen, dass ich Grund habe, mich vor ihr zu fürchten.«

Tugomir teilte seine Zuversicht nicht. Er stützte das Kinn auf die Faust und betrachtete seine Schwester. »Du hast also den Buchgott angenommen.«

»Allerdings.«

Er nickte nur.

Dragomira ließ ihn nicht aus den Augen. »Was denn, keine Predigt? Keine Vorwürfe, dass ich meine Wurzeln, meine Väter und meine Götter verleugne und all das?«

Er lächelte. »Enttäuscht?«

Sie öffnete den Mund, schloss ihn wieder, sah hilfesuchend zu Widukind und dann wieder zu ihrem Bruder. »Ich ... nein. Nein, im Gegenteil. Mir hat ein bisschen davor gegraut, was du sagen würdest. Schließlich bist du Priester. Und früher warst du immer so streng in Fragen des Glaubens.«

»Was blieb mir schon anderes übrig?«, entgegnete er. Da die Götter ebenso grausam wie mächtig waren, war es die Pflicht der Priester, das Volk zu ermahnen und zu Götterdienst, Opfern und Frömmigkeit anzuhalten – in seinem eigenen Interesse. Aber manchmal, wenn er die gewaltige Jarovit-Statue betrachtet hatte oder den dreiköpfigen Triglav in seinem Heiligtum auf dem Harlungerberg, hatte ihn ein eisiges Grauen gepackt, weil er das Gefühl nicht abschütteln konnte, dass die Menschen und ihre Belange diesen Göttern vollkommen gleichgültig waren. Nichts von alldem gestand er indessen seiner Schwester und erst recht nicht Widukind, denn auf dessen Bekehrungspredigt konnte er wunderbar verzichten. Die bekam er schließlich regelmäßig von Bruder Waldered zu hören. Aber die Wahrheit war: Der Buchgott der Sachsen erfüllte ihn mit dem gleichen Misstrauen wie die Götter seines Volkes.

»Wenn wir alle lernen würden, die Götter der anderen zumindest zu dulden, hätte wenigstens die Bekehrung mit dem Schwert ein Ende«, sagte er schließlich. »Aber ihr Sachsen seid ja nicht von der Überzeugung abzubringen, dass ihr die alleinige Wahrheit besitzt.«

Widukind war nicht entrüstet. »Das ist ein wirklich ungewöhnlicher Gedanke«, sagte er langsam.

Tugomir nahm sich ein Stück Brot von dem Zinnteller, der zwischen ihnen auf dem Tisch stand. »Vermutlich ist es ein törichter Gedanke, den man ausbrütet, wenn man sechs Jahre unter seinen Feinden und ihrem Gott leben musste.«

Mirnia kam herein, einen Kohleeimer in der Hand. Sie schichtete eine Schaufel voll Holzkohle auf die Glut, wandte sich ab und schrie entsetzt auf, als ihr der kleine Kater zwischen die Füße geriet und fauchend zurückfuhr.

»He!«, rief Wilhelm entrüstet, kam herübergelaufen, hob das Tier hoch und drückte es behutsam an sich. »Pass doch auf!«

Mirnia war auf die Knie gesunken, hatte den Kopf in den Armen vergraben und rührte sich nicht.

Dragomira eilte zu ihr, hockte sich vor sie ins Stroh und schloss sie in die Arme. »Schsch. Es ist nichts passiert. Alles ist gut. Schsch.«

Tugomir sah ungläubig zu, wie seine Schwester die junge Daleminzerin wiegte und beruhigend auf sie einredete, als sei sie das kleine Kind im Raum, nicht Wilhelm, ihr schließlich auf die Füße half und sie zur Tür geleitete. Mirnia lief hinaus ins Freie – unverkennbar auf der Flucht.

Wilhelm brachte seinen malträtierten Spielgefährten zu seinem Onkel. »Denkst du, er ist verletzt?«, fragte er ängstlich.

Tugomir nahm das drollige Fellknäuel auf den Schoß und untersuchte es mit völlig unnötiger Gründlichkeit. Dann gab er es dem Jungen zurück. »Kerngesund.«

»Sicher?«

»Sicher. Katzen sind zäh, weißt du. Und hart im Nehmen. Im Gegensatz zu gewissen kleinen Jungen, die ich kenne, fangen sie nicht jedes Mal an zu heulen, wenn sie einen Kratzer abbekommen.«

Mit einem vernichtenden Blick auf seinen Onkel trug Wilhelm seinen Kater zurück auf die andere Seite des Scriptoriums, wo sie gespielt hatten.

Tugomir ertappte seine Schwester bei einem eifersüchtigen Blick, den sie schleunigst in ein Lächeln ummünzte. »Wie nah ihr euch steht.«

»Sei lieber froh.«

Sie nickte. »Das bin ich.«

»Was in aller Welt ist los mit ihr? Mit Mirnia, meine ich?«

Weil Dragomira zögerte, war es Widukind, der antwortete: »Damals auf der Reise hierher haben die Wachen sich an ihr vergangen. Sie hat … na ja, man kann es kaum anders nennen: Sie hat den Verstand verloren.«

»Das stimmt nicht«, widersprach Dragomira energisch. »Sie versteht alles, was man ihr sagt, und tut alles, was man ihr aufträgt. Aber die Welt erfüllt sie mit solchem Schrecken, dass sie sich innerlich zurückzieht. An einen anderen Ort vielleicht, der ihr keine Angst macht. Ich weiß es nicht.«

Tugomir musste die Zähne zusammenbeißen, um seinen Zorn zu beherrschen. »War es Udo?«

Dragomira schüttelte den Kopf. »Zwei seiner Halunken. Udo hat mich vor ihnen beschützt, ob du's glaubst oder nicht.«

»Wie hießen sie?«

»Wozu willst du das wissen?«

»Wie hießen sie, Dragomira?«

»Walo und Lothar.«

Er nickte vage, um vorzugeben, die Namen sagten ihm nichts. Seine Schwester dachte einen Augenblick nach und ergriff dann Widukinds Hand. »Was immer wir entscheiden, wir dürfen Mirnia nicht vergessen. Wenn die ehrwürdige Mutter uns fortschickt oder wenn Tugomir recht hat und die Königin … was auch immer tut, müssen wir dafür sorgen, dass Mirnia in Sicherheit ist.«

Und wo soll das sein, wenn du nicht dort bist?, dachte Tugomir.

Pöhlde, Januar 936

»Es ist schön, dass du wieder bei uns bist, mein Sohn.« Otto stellte Wilhelm auf die Füße, hockte sich vor ihn und legte ihm die Hände auf die Schultern. »Wir haben dich vermisst, weißt du.« Das war offenbar die Wahrheit, denn die blauen Augen leuchteten, als er seinen Ältesten betrachtete.

Der senkte verlegen den Blick. »Ich hab Euch auch vermisst, Vater.«

»Dein Haar ist kürzer.«

»Onkel hat es mir abgeschnitten«, erklärte Wilhelm nicht ohne Stolz. »Zum Zeichen, dass ich jetzt groß genug bin, um auf … wie heißt das? Auf mütterliche Fürsorge zu verzichten und ein Mann zu werden.«

»Verstehe.« Ottos Blick glitt für einen Lidschlag zu Tugomir. »Und deine Mutter? Sie ist wohlauf?«

Der Junge nickte.

Otto setzte sich auf die Bettkante und klopfte einladend neben sich. »Komm her. Erzähl mir von ihr.«

Wilhelm berichtete, stockend, wusste zuerst nicht so recht, was er sagen sollte. Dann fielen ihm die Bücher ein, die seine Mutter verwahrte, und die wunderbaren Bilder, die sie gemalt und ihm gezeigt hatte, und er geriet ins Schwärmen. Tugomir sah verstohlen zu Editha, die auf einem Schemel am Tisch saß. Ihr Blick war auf Vater und Sohn gerichtet, aufmerksam, ernst, aber nicht feindselig.

»Und seht nur, Vater, ich durfte das Kätzchen behalten!«, schloss Wilhelm, zog seinen neuen Freund unter dem Mantel hervor und präsentierte ihn voller Stolz.

»Das ist großartig«, befand sein Vater. »Wir haben so viele Mäuse und Ratten in der Pfalz in Magdeburg, dass wir einen Jäger gut gebrauchen können. Wie heißt es denn?« Ein wenig unbeholfen fuhr er mit dem Zeigefinger über die putzigen, zu großen Dreiecksohren, und der kleine Kater fauchte missgelaunt.

»Otto«, antwortete Wilhelm und strahlte.

Der Namensgeber schien im ersten Augenblick pikiert, bewahrte aber mannhaft Haltung. Er fragte nach ihren Erlebnissen auf der langen Reise – die glücklicherweise ereignisarm verlaufen war –, und schließlich küsste er Wilhelm auf die Stirn. »Es wird spät. Sag gute Nacht zu deiner Stiefmutter und deinem Onkel, und dann geh schlafen. Die Amme wartet draußen auf dich.«

Wilhelm verneigte sich vor Editha. »Gute Nacht, Prinzessin.«

»Gute Nacht, mein Junge. Gott beschütze dich.« Sie strich ihm über den Kopf und lächelte.

Er kam zu Tugomir, der mit verschränkten Armen an der Tür lehnte. »Gute Nacht, Onkel.«

»Wie lautet die Regel?«

Wilhelm musste nicht überlegen. Er hatte es auf dem Rückweg oft genug gehört. »Kein Sterbenswort zu irgendwem.«

»Was geschieht, wenn du es vergisst?«

»Du nimmst mir das Kätzchen weg und ertränkst es.«

Editha schnalzte missbilligend mit der Zunge.

Tugomir wusste, es war eine schreckliche Drohung für einen so kleinen Kerl, aber er wusste auch, dass sein Druckmittel wirksam sein musste, damit Wilhelm seine guten Vorsätze nicht vergaß. Er öffnete ihm die Tür. »Gute Nacht, Vilema.«

Tugomir schloss die Tür wieder, wappnete sich und wandte sich um. Um ein Haar wäre er zusammengefahren. Otto stand nur einen Schritt vor ihm, und keine Spur war mehr von seinem milden Lächeln zu entdecken.

Er stemmte die Hände in die Seiten. »Hast du eigentlich eine *Ahnung*, in was für eine Situation du mich gebracht hast?«

Tugomir nickte.

»Ich musste den König und die Königin *und* Wilhelms Geschwister belügen!«

»Ich weiß.«

»Ich musste nicht nur das Verschwinden des Jungen erklären, sondern deines ebenso! Du hast mich ... du hast mich zum Komplizen deines Vergehens gemacht!«

»Wenn du weiter so brüllst, waren all deine Lügen vergebens«, gab Tugomir zurück.

Otto senkte die Stimme, aber er war noch lange nicht fertig. »Was soll ich mit dir machen, Tugomir? Du hast die Freiheit, die ich dir gewährt habe, in schändlichster Weise missbraucht. So wie mein Vertrauen. Herrgott, weißt du eigentlich, was ich mir hätte anhören müssen, wenn die Königin davon erfahren hätte? In was für Schwierigkeiten du mich und dich selbst gebracht hättest?«

»Was hast du dir denn vorgestellt?«, entgegnete Tugomir, kaum weniger aufgebracht. »Dass ich mich an die lange Leine gewöhne, an der du mich hältst? So wie ein Schoßhündchen? *Du* hast mir die Gelegenheit gegeben, es zu tun, indem du mich mit hergebracht hast. Wenn du nicht auf den Gedanken gekommen bist, dass ich diese Gelegenheit nutzen würde, liegt das Versäumnis bei dir.«

»Das ist ... ungeheuerlich! Ich bin nicht auf den Gedanken gekommen, weil ich dir vertraut habe, unverbesserlicher Tor, der ich bin!«

»Und ich bin zurückgekommen.« Tugomir hob die Schultern. »Worüber regst du dich eigentlich auf? Ich habe dir den Jungen zurückgebracht, statt mit ihm zu Boleslaw von Böhmen zu fliehen, obwohl dein Vater in Aussicht gestellt hat, dass ich zu Ostern den Kopf verliere. Also wer ist hier der Tor?«

Otto geriet aus dem Konzept. »Woher weißt du das?«

Tugomir antwortete nicht.

»Ich habe dir doch gesagt, er kann durch Wände hören«, warf Editha ein.

Tugomir lächelte humorlos. Ihm war keineswegs neu, dass Editha ihm mit Argwohn begegnete, weil er das war, was sie einen Heiden nannte. Ihre kühle Reserviertheit hatte ihn indessen nie bekümmert, im Gegenteil, er schätzte sie dafür, dass sie Höflichkeit wahrte, obwohl sie ihm misstraute. Was ihn hingegen nervös machte, war ihre Klugheit. So war ihr offenbar nicht entgangen, dass er manchmal Dinge erfuhr, die er eigentlich nicht wissen konnte. Und mochte sie auch die falschen Schlüsse ziehen, fand er sie dennoch beunruhigend.

»Es ist doch ganz gleich, woher ich es weiß«, sagte er jetzt ruhiger. »Was ich getan habe, habe ich für den Jungen getan. Und wenn du ehrlich bist, wirst du zugeben, dass du genauso gehandelt hättest, Otto, denn deine Familie geht dir doch über alles. Jetzt ist dein Sohn wieder da, deine Geisel ist wieder da, und wenn Wilhelm den Mund hält – woran ich nicht zweifle –, wird noch nicht einmal deine Mutter von unserem kleinen Ausflug erfahren und zu dir sagen können: ›Das wäre Henning nie passiert.‹ Also, was erzürnt dich so?«

Otto ließ sich die Frage durch den Kopf gehen. Schließlich antwortete er: »Dass du mich nicht gefragt hast. Ja, ich glaube, das ist es im Grunde, was mich so enttäuscht.«

»*Gefragt?* Du hättest niemals eingewilligt.«

»Vielleicht doch. Mit einer Eskorte …«

»Komm schon, mach mir nichts vor. Du hättest Nein gesagt, ich hätte es trotzdem getan, und alles wäre noch ein bisschen vertrackter.« Tugomir unterbrach sich kurz, und dann sah er den Prinzen kopfschüttelnd an. »Du hast überhaupt kein Recht, enttäuscht zu sein. Ich bin *nicht* dein Freund, Otto. Ich bin dein Gefangener. Beides geht nicht, ganz gleich, was du dir einzureden versuchst. Möglicherweise kommt irgendwann der Tag, da du dich für eines von beiden entscheiden musst.«

»Es ist bedauerlich, dass du mich vor diese Wahl stellst«, erwiderte Otto. Sein Blick war mit einem Mal so frostig, dass er an das helle Blau von Eisschollen in der Sonne erinnerte, und Tugomir wappnete sich. Er wusste, wie erbarmungslos Otto sein konnte, wenn er es für nötig hielt. »In zwei Tagen wird mein Bruder Brun mit Bischof Balderich nach Lüttich zurückkehren«, fuhr er fort. »Wilhelm wird sie begleiten. Und da ich befürchten müsste, dass du ihn wieder entführst, weil du diese Entscheidung missbilligst, wirst du ihn vorher nicht wiedersehen.«

Tugomir hatte mit Kerkerhaft gerechnet, vielleicht sogar mit

Ketten, aber das hier war ein unerwarteter Schlag. »Du … bestrafst den Jungen mehr als mich«, wandte er ein.

Otto schüttelte den Kopf. »Ich bin anderer Ansicht. Du hast einen schlechten Einfluss auf ihn, weil du ein Ungläubiger bist. Du hast ihn dazu angestiftet, gegen Gottes Gebot zu verstoßen und sich gegen seinen Vater aufzulehnen, auch wenn er noch zu klein ist, um das zu begreifen. Brun ist sein Onkel so wie du. Darum gebe ich ihn fortan in Bruns Obhut. Du bist von dieser Pflicht entbunden. Gute Nacht, Prinz Tugomir.«

Wieder war es eine sternklare und kalte Nacht. Seit Tagen war kein Schnee mehr gefallen, und der Innenhof war lediglich von einer dünnen weißen Schicht bedeckt, die unter den Schuhen knirschte, weil der Schnee gefroren war, sodass er im Mondschein glitzerte, als sei er mit Tausenden von Edelsteinen bestreut.

Inzwischen war es in der Pfalz zu Pöhlde ziemlich voll geworden. Adlige, Bischöfe und Äbte aus dem ganzen Reich hatten sich eingefunden, um mit dem König das Weihnachtsfest zu feiern, und alle Quartiere waren zum Bersten gefüllt. Doch Tugomir wusste, dass er und die Seinen das kleine Grubenhaus hinter dem Pferdestall immer noch für sich hatten, denn dorthin war er nach ihrer Rückkehr als Erstes gegangen, um sicherzugehen, dass Semela, Rada und die übrigen Daleminzer unversehrt waren, ehe er Wilhelm zu seinem Vater zurückbrachte.

Aus der großen Halle klangen Stimmengewirr, Gelächter und Musik auf den Hof hinaus, und einige Nachzügler kamen Tugomir entgegen, um sich der munteren Gesellschaft anzuschließen. Er hielt den Kopf gesenkt in der Hoffnung, dass ihn niemand erkennen und ansprechen würde. Doch er hoffte vergebens.

»Prinz Tugomir?«

Er schaute auf, und im ersten Moment glaubte er, seine Vila stehe vor ihm. Dann erkannte er sie. »Alveradis …«

»Ihr wisst meinen Namen noch?« Sie schien erstaunt.

»Natürlich.« *Unsere gemeinsame Nacht könnte ich schwerlich vergessen*, hätte er hinzufügen können, aber er ließ es sein. »Wie geht es Euch? Ist das Fieber noch einmal zurückgekommen?«

Sie schüttelte den Kopf. »Noch nicht. Ich weiß, dass es irgendwann wiederkommt, aber ich habe keine Angst mehr. Weil Ihr gesagt habt, ich werde nicht daran sterben. Ihr wart … so gut zu mir.« Sie brach ab, als hätte sie der Mut verlassen, fuhr dann aber entschlossen fort: »Und dafür wollte ich Euch danken, Prinz. Ich weiß, wie abscheulich mein Vater immer zu Euch ist, und trotzdem habt Ihr mir Eure Hilfe nicht versagt und wart obendrein freundlich zu mir. Das hätten nicht viele getan.«

»Es war gar nicht schwierig«, hörte Tugomir sich sagen.

»Warum nicht?«, wollte sie wissen.

Er lächelte auf sie hinab. »Besser, Ihr geht in die Halle«, riet er. »Es wäre gewiss nicht gut für Euch, wenn man uns zusammen sieht.«

»Ihr habt sicher recht. Zumal meine Eltern doch so hochfliegende Heiratspläne für mich geschmiedet haben.«

Zum zweiten Mal innerhalb kürzester Zeit schockierte sie ihn mit ihrer Freimütigkeit. »Aus denen ja nun nichts wird, wie man hört.«

Alveradis nickte. »Ich bin geneigt zu sagen, das Wechselfieber ist kein zu hoher Preis dafür, aber ich fürchte, das wäre eine schreckliche Sünde.«

»Zu mir könnt Ihr es bedenkenlos sagen«, gab er zurück. »Ich bin ein Heide und verstehe nichts von Sünden.«

Sie lachte. »Wollt Ihr mir weismachen, bei Euch sei gar nichts verboten?«

»Doch. Vieles ist verboten, oft sogar dieselben Dinge wie bei Euch.«

»Ihr meint also, Slawen und Sachsen seien gar nicht so verschieden?«

Er schüttelte den Kopf. »So verschieden wie Feuer und Eis, wie Licht und Schatten, wie Stein und Gras.«

Sie seufzte. »Das klingt nicht so, als würden wir je lernen, einander zu verstehen.«

»Nein.« Ehe er fragen konnte, wieso sie das bekümmerte, fiel eine schwere Hand auf seine Schulter. Tugomir wandte den Kopf. »Sieh an, Udo.«

Der vierschrötige Haudegen brummte: »Komm mit mir, Prinz. Und Ihr geht besser hinein, eh man Euch vermisst«, riet er Alveradis vielsagend.

Sie nickte, rührte sich aber nicht, sondern sah mit bangem Blick von Tugomir zu Udo und wieder zurück.

Tugomir zwinkerte ihr zu. »Tragt Ihr den Bernstein?«

Sie legte unwillkürlich die Hand auf ihren Mantel, auf halbem Weg zwischen Brust und Hals. »Tag und Nacht«, versicherte sie.

»Gut so.«

Sie knickste anmutig, wünschte ihm höflich eine gute Nacht und wandte sich ab.

Udo und Tugomir warteten, bis sie die Halle betreten hatte. Dann schüttelte Tugomir die Pranke ab und fragte: »Also?«

»Hausarrest bis zu unserer Abreise. Und ich darf wieder mal meine Zeit damit vertun, dich zu bewachen, statt die kleine Milchmagd zu beackern, die hier immer sehnsüchtig auf mich wartet.«

»Sie muss untröstlich sein …«

Udo packte ihn wieder bei der Schulter, krallte die andere Hand um seinen Arm und schob ihn vor sich her. Als sie auf der Rückseite des Pferdestalls allen Blicken entzogen waren, ließ er ihn los und rammte ihm die Faust in den Magen. »Denk bloß nicht, ich wüsste nicht, wo du und der Junge gesteckt habt«, zischte er.

Tugomir lehnte an der Stallwand, hielt sich mit Mühe auf den Beinen und rang um Atem. »Und was genau geht dich das an?«, brachte er schließlich hervor.

»Es geht mich was an, wenn jemand die Prinzen in Schwierigkeiten bringt«, konterte Udo im Brustton der Entrüstung.

Tugomir schnaubte. »Hast du sonst noch etwas auf dem Herzen, oder kann ich jetzt schlafen gehen?«

Udo stierte ihn an, immer noch wütend, aber er konnte sich nicht entschließen, noch einmal die Hand gegen ihn zu erheben. Den meisten Menschen an Ottos Hof war der slawische Prinz mit den tätowierten Händen und den wundersamen Heilkünsten ein wenig unheimlich, und sie fürchteten sich vor den Geistern, die er rufen konnte. Udo war keine Ausnahme. Er grübelte noch einen Moment, und dann drohte er leise: »Fühl dich nur nicht zu sicher.

Wenn ich Graf Gero erzähle, dass du seinem Töchterchen im Dunkeln nachgestellt hast, wird auch Prinz Otto dich nicht retten können.«

Tugomir ließ ihn stehen und ging zu seinem Grubenhaus hinüber. Über die Schulter antwortete er: »Wenn du sie in Schwierigkeiten mit ihrem Vater bringst, wird nichts und niemand *dich* retten können.«

Magdeburg, März 936

Es donnerte, und Hagel trommelte aufs strohgedeckte Dach.

»Du meine Güte, hör dir das an«, murmelte Egvina kopfschüttelnd.

Thankmar zog sie an sich. »Erzähl mir nicht, du fürchtest dich vor Blitz und Donner. Ich dachte immer, dir macht gar nichts Angst.«

»Eigentlich nicht«, bekannte sie mit einem verschämten kleinen Lächeln. »Aber gerade heute Nacht gruselt mich ein wenig.«

»Was für ein Unfug …« In Wahrheit erging es ihm ganz genauso. Es war die Nacht, die die Gelehrten *Aequinox* nannten – die Tagundnachtgleiche –, und die alten Weiber behaupteten, es trieben Unholde und Wiedergänger ihr Unwesen in solchen Nächten und suchten die Lebenden heim.

»Es trifft sich jedenfalls gut, dass du gekommen bist. Sei so gut und lenk mich ab«, bat sie und nahm sein Ohrläppchen zwischen die Zähne.

»Hhm …« machte er halb genießerisch, halb versonnen, während er die Hand zwischen ihre Schenkel schob und die feuchte Wärme ertastete. »Lass mich überlegen, wie ich dich unterhalten könnte.« Langsam arbeitete die Hand sich vor, rieb und spielte, dann glitt ein Finger in sie hinein. »Wieso bist du immer schon feucht, bevor ich dich auch nur angerührt habe?«

Sie legte den Kopf in den Nacken und löste ihre Flechten. »Es reicht völlig, wenn du mich ansiehst«, gestand sie unverblümt. »Einer von deinen lüsternen Blicken, und auf der Stelle muss ich dich in mir haben.«

Doch Thankmar nahm sich Zeit. Er dirigierte sie aufs Bett, streifte mit beinah quälender Geruhsamkeit das Hemd über ihre Schultern herab, und als er ihre Brüste entblößt hatte, widmete er sich ihnen ausgiebig, küsste die Spitzen und umkreiste sie mit der Zunge, während seine Hände das Hemd in aller Seelenruhe in Fetzen rissen. Egvina lachte und zerrte an seinem Obergewand, aber er schüttelte den Kopf, strich ihre Arme entlang, umschloss ihre Handgelenke und streckte sie über ihrem Kopf aus. Sie ließ sie dort und schloss die Lider, und Thankmar weidete seine Augen an den langen Wimpern, der blonden, aufgelösten Haarflut, dem geschwungenen, unwiderstehlichen Mund, dem Schwanenhals und diesen göttlichen Brüsten.

Mit wenigen Handgriffen entledigte er sich seiner Kleider, kniete sich zwischen ihre geöffneten Schenkel, und seine Hand machte sich wieder ans Werk. Aber das war ihr nicht genug. Sie richtete sich auf und bemächtigte sich seiner. Das pralle Glied zuckte in ihren Händen, genauso ungeduldig wie sie. Doch er packte wieder ihre Handgelenke, fester dieses Mal, nahm sie dann beide in die Rechte und angelte mit der Linken seinen Gürtel vom Boden. Damit band er ihr die Hände zusammen und knotete das Ende an den Bettpfosten. »So, Prinzessin. Heute habe *ich* hier mal das Sagen …«

Sie nickte unterwürfig. »Vielleicht reichst du mir ein Buch, bis du so weit bist?«

Er legte die Hände auf ihre Knie, schob sie auseinander, brachte sich in Stellung und drang in sie ein – aber nur ein winziges Stück weit, ehe er sich wieder zurückzog. Egvina stöhnte und zerrte erfolglos an ihren Fesseln. Er lächelte auf sie hinab, dann beugte er sich über sie und begann wieder, ihre Brüste zu küssen, die Spitze seines Glieds immer fast in ihr, aber nur fast. Sie wölbte sich ihm entgegen, aber vergebens. Er lachte, drückte die Lippen auf ihre und küsste sie. Wieder drang er ein, entzog sich. Egvina verfluchte und beschimpfte ihn und wand sich. Dann stieß er endlich tief in sie hinein. Noch entschlossener kämpfte sie gegen ihre Fesseln, und schließlich löste sich der lockere Knoten. Sie packte Thankmar bei den Schultern und zog ihn tiefer zu sich herab. Seine Stöße wurden schneller und kraftvoller. Jetzt war er derjenige, der die Augen zukniff und stöhnte. Sie nahm seinen Rhythmus auf und ließ sich willig mitreißen. Dem Höhepunkt nah, wollte er sich zurückziehen, aber sie schüttelte den Kopf, umschlang ihn mit den Beinen, und er schauderte, als er sich in sie ergoss.

»Das war ... nicht besonders vernünftig«, sagte er nach einer Weile, immer noch ein wenig außer Atem.

»Ach, *vernünftig* ...« brummte Egvina abschätzig. Sie hatte beide Arme um seinen Rücken gelegt, und er erging sich in dem herrlichen Gefühl, sie von Kopf bis Fuß zu spüren. Mit der Kinnspitze fuhr er über die langen blonden Haare, die auf dem Kissen lagen wie hingegossen und sich in seinen Bartstoppeln verfingen. Die Öllampe auf dem Tisch zischelte, und in der Ferne war ein leises Grummeln zu hören.

»Das Unwetter ist abgezogen«, sagte Thankmar.

»Hm.« Es klang schläfrig. »Vermutlich hat es gemerkt, dass es mit dem Sturm in diesem Bett nicht konkurrieren kann.«

Er lachte leise, löste sich von ihr und streckte sich auf dem Rücken aus. Nach einer Weile bettete sie den Kopf auf seine Schulter, fuhr mit der Hand über seine Brusthaare und ließ sie langsam durch die Finger gleiten. Das machte sie immer, bevor sie einschlief, wusste er und sagte bedauernd: »Besser, ich verschwinde.«

»Nein, bleib.« Halb Befehl, halb Bitte.

Er war verwundert. »Aber wenn wir einschlafen, werde ich morgen früh wieder meine liebe Mühe haben, unbemerkt aus deiner Kammer zu kommen. Es *ist* schon fast morgen früh, nebenbei bemerkt.«

Mit einem tiefen Seufzer gab sie seine Brust frei. »Dann fahr doch zur Hölle.«

Er küsste sie auf die Schläfe und setzte sich auf. »Wirst du mir verraten, was mit dir los ist?«

»Was soll denn sein? Gar nichts.«

Er nickte, stand auf und streifte seine Hosen über. Das war eine von diesen Frauen-Antworten, die ihn schier wahnsinnig machen konnten: Der Inhalt und der Tonfall der Worte waren vollkommen widersprüchlich. Schweigend kleidete er sich an, löste den Gürtel vom Bettpfosten und legte ihn um. Dann setzte er sich auf die Bettkante, um die knöchelhohen Schuhe anzuziehen, und zu guter Letzt streifte er die schwere Goldkette über. Dann gab er sich einen Ruck. »Hör zu, Egvina …«, begann er, als von draußen plötzlich eilige Schritte erklangen. Eine Männerstimme rief irgendetwas. Es klang erregt, aber er konnte es nicht verstehen.

Egvina setzte sich auf. »Was ist denn los?«

Thankmar zuckte die Schultern, trat an die Tür und lauschte einen Moment. Noch mehr rennende Schritte. »Schnell, weckt die Prinzen«, befahl jemand gedämpft, möglicherweise war es Udo.

»Was immer es ist, es klingt nicht gut«, befand Thankmar.

Sie nickte. »Geh lieber. Ich zieh mich an und warte hier.«

Als die Geräusche sich von der Tür entfernt hatten, öffnete er sie einen Spaltbreit und spähte nach links und rechts. Niemand zu sehen. Lautlos schlüpfte er auf den überdachten Gang hinaus und zog eilig die Tür hinter sich zu.

Hier draußen erkannte er, dass er sich nicht getäuscht hatte: Das erste perlgraue Tageslicht ließ Konturen aus der Dunkelheit entstehen. Ein Stück zur Rechten öffnete sich eine Tür, eine Gestalt mit einer Fackel kam heraus, gefolgt von Otto, der sich im Gehen den Gürtel zuschnallte.

Mit langen Schritten schloss Thankmar zu ihnen auf und erkannte, dass es tatsächlich Udo war, der seinen Bruder geweckt hatte. »Otto? Was ist geschehen?«, fragte er.

Ehe sein Bruder antworten konnte, schoss Henning aus seiner Tür wie ein Pfeil von der Bogensehne, einen Schuh in der Linken. »Was ist los? Ist es ein Feuer?«

Otto schüttelte den Kopf. »Kommt«, war alles, was er sagte. Es klang grimmig.

Sie folgten Udo auf die ewig zertrampelte Wiese auf der Vorderseite der Halle und sahen, dass sich am Haupttor der Pfalz eine kleine Menschentraube gebildet hatte. Wachen und Knechte mit

Fackeln standen dort, eigentümlich still, so kam es Thankmar vor, und starrten aufs Tor. Als sie die Prinzen kommen sahen, machten sie Platz. Seite an Seite mit seinen Brüdern trat Thankmar weiter vor und verstand auf einen Schlag, warum die Männer so reglos gewesen waren – starr vor Entsetzen.

Links und rechts an den geschlossenen Torflügeln saßen zwei nackte Männer: die Beine lang vor sich ausgestreckt, Rücken ans Tor gelehnt, die Hände neben sich im Gras, so als hielten sie ein Nickerchen. Aber das war nicht der Fall. Sie waren tot – erstickt oder verblutet. Es war unmöglich zu sagen, was von beiden es war, denn irgendwer hatte sie kastriert und ihnen das, was er ihnen abgeschnitten hatte, in den Rachen gestopft.

Als Hennings Verstand begriff, was seine Augen sahen, gab er einen erstickten Schrei von sich, schlug die Linke vor den Mund und wandte sich ab, doch er schaffte es nicht aus dem Lichtkreis der Fackeln. Seine Knie gaben nach, er fiel ins Gras und kotzte, was das Zeug hielt. Thankmar konnte es ihm kaum verübeln. Während er sich zwang, die grausige Szene noch einmal eingehend zu betrachten, drohte sein eigener Magen mit einer Revolte.

Der linke der armen Teufel hatte den Mund so weit aufgerissen, dass die Lippen zu einem irren Grinsen verzerrt schienen. Auch seine Augen waren weit geöffnet, und obwohl sie tot und glasig ins Leere stierten, war das Entsetzen darin unverkennbar. Im Licht der Fackeln schimmerte der strähnige, kinnlange Schopf wie Kupfer.

Dem anderen war der Kopf zur Seite auf die Schulter gesunken, was ihm etwas unerträglich Schelmisches verlieh. Sein Haar war dunkel und verdeckte einen Teil seines Gesichts, doch Thankmar erkannte ihn an der schlaksigen, lang aufgeschossenen Statur.

»Lothar und Walo«, murmelte er, und er verspürte ein dringendes Bedürfnis nach einem Becher Wein. Einem *großen* Becher Wein.

»Sie hatten die Nachtwache«, sagte Udo.

Otto bekreuzigte sich. Dann befahl er einer der Wachen: »Hatto, besorg ein paar Decken.« Er wies zum Pferdestall hinüber.

Ausnahmsweise war Thankmar einmal dankbar dafür, dass Otto

in jeder Lebenslage zu wissen schien, was zu tun war. Decken, fand er, waren eine hervorragende Idee. »Kaum Blut«, bemerkte er.

»Es hat geschüttet«, erwiderte Otto, dessen Stimme genauso matt und tonlos klang wie Thankmars eigene.

Er nickte. Trotzdem seltsam. Und das Fehlen von Blut ebenso wie die scheinbar so lässige Haltung der Toten standen in einem krassen Widerspruch zu diesen bestialischen Verstümmelungen, der den Anblick auf seltsame Weise noch unerträglicher machte.

Otto schien das ähnlich zu empfinden. »Wie ein Bild aus der Hölle.«

Henning war inzwischen fertig. *Gott sei Dank für diese kleine Gnade*, dachte Thankmar, und der jüngere Bruder fuhr sich beschämt mit dem Handrücken über die Lippen, versuchte tapfer, die verstümmelten Leichen noch einmal in Augenschein zu nehmen, drehte aber fast sofort den Kopf weg. »Wie ... Wer in Gottes Namen *tut* so etwas?« Die Stimme überschlug sich beinah.

Hatto kam mit ein paar Pferdedecken zurück, die er unordentlich über den linken Arm geschlungen trug. Den streckte er ihnen einladend entgegen. Alle zögerten. Niemand schien erpicht darauf, den Toten so nahe zu kommen, wie nötig war, um sie zu bedecken.

»Das war kein Mensch«, murmelte einer der Stallknechte. »Das müssen böse Wassermänner gewesen sein. Meine alte Mutter hat immer gesagt, zur Tagundnachtgleiche kommen die bösen Wassermänner aus der Elbe ...«

Otto rührte sich im selben Moment wie Thankmar. Er nahm Hatto eine der Decken ab, gab Thankmar wortlos das eine Ende, dann falteten sie sie auseinander und breiteten sie über Lothars Kopf und Rumpf aus. Sie reichte bis zu den Knien. Unterschenkel und Füße schauten noch heraus und wirkten so grotesk, dass Thankmar hastig eine zweite Decke darüberlegte.

»*Blödsinn*«, versetzte Udo, während die Prinzen auch Walo zudeckten. »Von wegen Wassermänner. Das war der Heveller, sag ich euch.«

»Tugomir?« Thankmar wandte stirnrunzelnd den Kopf. »Wie in aller Welt kommst du darauf?«

Udo verschränkte die Keulenarme vor der Brust und schniefte. »Er war's, glaubt mir.«

»Das würde mich weiß Gott nicht wundern«, brummte Henning vor sich hin, aber er sprach mit weniger Nachdruck als sonst, weil er sich schämte, vor den Wachsoldaten und den Knechten seine kostbare Würde mitsamt den Überresten des gestrigen Nachtmahls verloren zu haben.

Niemand beachtete ihn.

Otto sagte: »Du kannst nicht einfach so eine ungeheuerliche Verdächtigung äußern, Udo.« Es klang ärgerlich.

»Ich weiß, was ich weiß«, beharrte Udo stur.

»Dann lass uns teilhaben an deinem Wissen«, verlangte Thankmar.

Udo schwieg.

Otto stieß die Luft durch die Nase aus. »Das grauenvolle Ende deiner Kameraden verbittert dich, das ist nicht verwunderlich. Aber ich dulde keine grundlosen Anschuldigungen gegen Prinz Tugomir, nur weil er ein Fremder ist.« Er rieb sich kurz die Stirn und fuhr dann zögernd fort: »Trotzdem wäre es vermutlich das Beste, wir holen ihn her. Er ist ein Heiler und kann uns vielleicht mehr über den Hergang dieser furchtbaren Tat sagen, als wir selbst erkennen können.«

Udo knurrte wie ein wütender Jagdhund, um seinen Protest zu bekunden, aber Otto gab vor, es nicht zu hören.

»Ich geh ihn holen«, erbot sich Thankmar, dankbar für den guten Grund, dem Ort des Schreckens zu entkommen – wenigstens vorübergehend.

Sein Bruder nickte. »Und du schaffst einen Priester her, Henning. Hatto, ihr besorgt Tragen. Ich will, dass die Leichen hier weggeschafft werden, ehe die ganze Pfalz erwacht.«

Thankmar nahm einer der Wachen die Fackel ab und machte sich auf den Weg um die Schmiede herum zu Tugomirs Haus. Vor der Tür verharrte er einen Moment und lauschte. Nichts zu hören. Als keine zehn Schritte entfernt irgendwo in Tugomirs Garten der Hahn krähte, schreckte er zusammen. Er stieß ein leises Lachen aus, aber es klang zittrig.

Er klopfte an, öffnete die Tür und trat über die Schwelle. »Entschuldige, Tugomir …«

Am anderen Ende des großzügigen Raums knarrte das Bett. Thankmar trat näher, und im Licht der Fackel erkannte er Tugomir, der sich auf einen Ellbogen aufgerichtet hatte, eine Hand hob, um den Fackelschein abzuwehren, und blinzelte wie eine Eule im Sonnenlicht. »Wer ist es?«, fragte er schlaftrunken.

An seiner Seite entdeckte Thankmar eine Frauengestalt mit einem halb aufgelösten, üppigen dunkelblonden Zopf. Als sie sich regte und den Kopf auf dem Kissen in seine Richtung drehte, erkannte er sie: Es war eine der Wäscherinnen. Ein hübsches junges Ding mit einem kecken Lächeln und wunderbar wiegenden Hüften, der Thankmar selbst schon gelegentlich hinterhergeschaut hatte, wenn er sie mit einem tröpfelnden Weidenkorb vom Fluss zurückkommen sah. Bertha hieß sie, fiel ihm jetzt ein. Als sie hinreichend wach war, um ihn zur Kenntnis zu nehmen, zog sie das Laken über ihre ebenfalls üppigen Brüste, aber ohne große Hast.

Thankmar lächelte ihr flüchtig zu und antwortete Tugomir: »Komm mit mir, sei so gut.«

Tugomir rieb sich mit beiden Händen übers Gesicht und stand auf. »Sag mir, worum es geht, damit ich weiß, was ich mitnehmen muss«, sagte er, während er in seine Hosen stieg.

Thankmars Blick fiel auf die schauderhaften Brandnarben zwischen Brust und Bauchnabel, und wie aus heiterem Himmel schoss ihm durch den Kopf: *Er hat es getan. Udo hat recht.* Er hatte keine Ahnung, wie er ausgerechnet jetzt darauf kam, aber er war sicher, dass es stimmte.

»Zwei Männer sind tot. Otto will, dass du sie dir anschaust.«

Tugomir zog sich das erdbraune Obergewand über den Kopf. »Ottos Vertrauen in meine Heilkunst wärmt mein Herz, aber ich schätze, wenn sie tot sind, kann ich nicht mehr viel für sie tun.«

Thankmar verzog einen Mundwinkel. »Sei trotzdem so gut.«

Tugomir musterte ihn einen Moment, nickte dann und zog sich fertig an, zügig, aber ohne Eile. Während er sich in der Schüssel auf der Truhe neben dem Bett Gesicht und Hände wusch, fragte Thankmar das Mädchen: »Warst du die ganze Nacht hier?«

305

Sie nickte mit besagtem kecken Lächeln.

»Wärst du bereit, das auf die Bibel zu schwören?«

»Natürlich, Herr.«

»Was hat das zu bedeuten, Thankmar?«, fragte Tugomir.

Thankmar sah ihn forschend an, aber das Gesicht seines Freundes gab nichts preis bis auf eine Mischung aus Argwohn und Verwirrung.

»Komm«, sagte er.

Nichts hatte sich vor dem Haupttor gebessert. Otto hatte alle fortgeschickt, für die er nichts Sinnvolles zu tun gefunden hatte, aber Udo und Henning waren noch da, und ein paar Schritte entfernt warteten Hatto und drei seiner Kameraden mit Tragen. Vater Hildebrand, der die prinzliche Kapelle leitete, kniete neben Lothar, hatte segnend die Hand auf den bedeckten Kopf gelegt und betete, ein Kruzifix in der Linken. Er war ein erfahrener, hartgesottener Kerl um die vierzig, der auch mit Otto ins Feld zog, und nicht leicht zu erschüttern. Doch als er aufstand und sich umwandte, war er kreidebleich. Offenbar hatte er einen Blick auf das geworfen, was sich unter den Pferdedecken verbarg. »Wir sollten sie möglichst schnell von hier fortschaffen, mein Prinz. Es wird hell. Bald wird es hier von Mägden wimmeln, und sie werden Schauergeschichten erzählen und sagen, dieses Verbrechen sei nicht von dieser Welt.«

Otto nickte. »So sieht es ja auch aus.«

Doch der Geistliche war anderer Ansicht. »Es gibt keine Abscheulichkeit, zu der die menschliche Natur nicht fähig wäre.«

»Oh, da bist du ja, Tugomir.« Otto winkte ihn näher. »Schau dir das an, sei so gut, und sag uns, was hier deiner Ansicht nach vorgefallen ist. Aber sei gewarnt. Es ist … grässlich.«

»Er weiß ganz genau, wie sie aussehen«, knurrte Udo – wieder einmal störrisch wie ein Maultier.

»Sieh dich vor, Udo«, sagte Thankmar, und auch Otto warf dem vierschrötigen Soldaten einen warnenden Blick zu.

Tugomir sah sie der Reihe nach an. Bislang hatte er noch keinen Ton gesagt. Bei Udo verharrte sein Blick am längsten. Dann kniete er sich neben Walo ins nasse Gras und schlug die Decke zurück. Thankmar ließ ihn nicht aus den Augen. Tugomir zuckte nicht zurück, keine Grimasse des Abscheus zeigte sich auf seinem Gesicht, aber er war schließlich vorgewarnt gewesen. Er ließ sich auf die Fersen zurücksinken und betrachtete systematisch von oben nach unten, was er freigelegt hatte. Lange, so kam es Thankmar vor. *Unerträglich* lange, um genau zu sein.

Schließlich richtete Tugomir sich wieder auf die Knie auf und tat etwas Unglaubliches: Er legte die Linke unter Walos Kinn und versuchte, den Mund zu öffnen, offenbar um herauszunehmen, was dort nichts verloren hatte. Das war gar nicht so einfach, denn der Tote war kalt und steif. Doch schließlich war es vollbracht. Selbst Tugomirs Miene drückte jetzt zumindest so etwas wie Anspannung aus, und er beeilte sich, ins Gras zu legen, was er für einen Augenblick in der Hand gehalten hatte. Dieses Mal war Udos jüngerer Vetter Hatto derjenige, der die Linke vor den Mund schlug und flüchtete. So blieb ihm erspart zu sehen, wie Tugomir die Prozedur bei Lothar wiederholte.

Dann sah er zu Otto auf. »Sie sind schon eine ganze Weile tot. Vielleicht seit Mitternacht. Was meint Ihr, Vater?«

Hildebrand nickte. »Die Starre hat eingesetzt. Wir sollten uns sputen, sonst müssen wir diese beiden sitzend begraben.«

Tugomir untersuchte die Handgelenke. »Keine Fesselspuren. Wieso haben sie sich nicht gewehrt?«

Udo konnte einfach nicht an sich halten. »Sag du es uns.«

Tugomir stand auf und stellte sich vor ihn. »Du denkst, ich hätte das getan?«

Udo nickte, den Kopf zwischen die Schultern gezogen, was ihm das Aussehen eines wütenden Bären verlieh.

Tugomir fragte nicht, *warum?*, sondern: »Womit, Udo? Wer immer diesen beiden ihr Gemächt abgeschnitten hat, hatte eine scharfe Klinge, wie du sehen würdest, wenn du es fertig brächtest, einmal hinzuschauen. Die einzige Klinge, die ich besitze, ist ein Speisemesser. So stumpf, dass es nicht einmal durch zähes gekochtes Fleisch geht.«

Da hat er recht, dachte Thankmar, unendlich erleichtert.

»Du hast einem von ihnen das Messer abgenommen«, behauptete Udo.

»Und sie haben tatenlos zugeschaut?«, konterte Tugomir.

Vater Hildebrand beugte sich vor und untersuchte die langen Messer, die die beiden Toten in ledernen Hüllen am Gürtel trugen. »Keine Spur von Blut«, berichtete er. »Aber das muss natürlich nichts heißen. Er könnte die Klingen abgewaschen haben.«

»Das reicht mir jetzt«, grollte Otto, stellte sich vor Udo und stemmte die großen Hände in die Seiten. »Wieso? Welchen Grund sollte Prinz Tugomir haben, nach sechs Jahren plötzlich zwei unserer Wachen abzuschlachten? Auf solche Weise?«

Udo gab seine Diskretion auf. »Weil Walo und Lothar sich mit der kleinen Daleminzersklavin seiner Schwester vergnügt haben. Damals, als wir sie nach Möllenbeck gebracht haben. Sie waren besoffen. Es war … na ja. Das Mädchen war eigentlich noch zu jung, und die Männer waren nicht gerade behutsam. Jede Wette, dass seine Schwester ihm das erzählt hat, als er Weihnachten bei ihr war.«

»Und wo warst du, wackerer Udo, während all das passierte?«, fragte Otto.

»Ich hab die Prinzessin beschützt, die Euren Sohn trug«, antwortete Udo im Brustton der Rechtschaffenheit. »Es war … Die Jungs waren ein bisschen außer Rand und Band, wenn Ihr versteht, was ich meine.«

Otto verzog angewidert das Gesicht und wandte sich an Tugomir. »Wusstest du das?«

Tugomir nickte. »Seit ich Dragomira gesehen habe, wie er sagt.« Er verschränkte die Arme vor der Brust. »Doch ganz gleich, wie fest du die Augen manchmal vor den Dingen verschließt, die du lieber nicht sehen möchtest, Otto: Selbst du musst wissen, dass Mirnia keine Ausnahme ist. Wenn ich für jede Daleminzerin, der das passiert ist, Rache nehmen wollte, hätte ich alle Hände voll zu tun.«

»Dann war es eben dieser junge Flegel, dein Diener«, schlug Udo vor. »Vielleicht ist das Mädchen seine Schwester oder so was …«

Tugomir fuhr zu ihm herum. »Was willst du, Mann?«, fragte er leise. »Ein weiteres Blutbad an den Daleminzern? Sie ist nicht seine Schwester, auch nicht seine Cousine, und er weiß nicht, was ihr passiert ist. Niemand außer mir weiß es.«

»Ich denke auch, du hast genug haltlose Verdächtigungen ausgesprochen, Udo«, sagte Thankmar. »Im Übrigen hatte Tugomir letzte Nacht Besuch und war anderweitig beschäftigt.«

»Also, wer kann es getan haben?«, überlegte Otto. »Und weshalb? Und *wie*? Herrgott noch mal, wieso haben sie sich einfach ins Gras gesetzt und das mit sich geschehen lassen?«

Tugomir hob die Schultern. »Ich weiß, du willst davon nichts hören, aber ich nehme an, sie wurden verhext.«

»Was?«, fragte Thankmar verdattert.

»Unsinn …«, schimpfte Vater Hildebrand im selben Moment.

»Es ist ein böser Zauber«, erklärte Tugomir. »Er lähmt die Glieder, sodass man sich nicht rühren kann. Anfangs *nur* die Glieder. Man ist wehrlos, aber begreift und spürt alles, was mit einem geschieht. Dann lähmt er die Sinne und schließlich das Herz, aber ich schätze, diese beiden sind gestorben, bevor das passieren konnte.«

»Ihr sprecht … sehr gleichgültig, Prinz«, bemerkte Vater Hildebrand, jetzt anscheinend auch argwöhnisch geworden.

Tugomir sah ihn an und zuckte die Schultern. »Ich *bin* gleichgültig. Sie haben bekommen, was sie verdienten, das ist alles.«

Aus den Gesindequartieren kamen die Mägde und gingen zum Stall hinüber, um das Vieh zu melken.

»Wir sollten sie jetzt wirklich von hier fortbringen«, drängte der Priester. »Was es zu entdecken gab, haben wir gesehen, schätze ich, und …« Er brach ab und beugte sich ein wenig vor. Dann hockte er sich vor Lothar, sodass er auf einer Höhe mit ihm war. »Da ist noch etwas in seinem Mund.«

»Was?«, fragte Otto.

»Ich weiß nicht. Etwas … Schmales.«

Da niemand sonst Anstalten machte, diesem neuen Rätsel auf den Grund zu gehen, verdrehte Tugomir die Augen, hockte sich neben ihn und steckte dem armen Lothar zwei Finger in den Mund. Als er sie wieder herauszog, klemmte eine kleine, blutbesudelte Feder dazwischen.

Udo stieß einen Schreckenslaut aus, den Thankmar einen Schrei genannt hätte, wäre dergleichen bei dem unerschütterlichen Soldaten denkbar gewesen. Der sank auf die Knie, bekreuzigte sich dreimal in schneller Folge und murmelte: »Jesus, beschütze uns. Drudenzauber.«

Alle außer Tugomir wichen einen Schritt zurück, sogar der Priester, wie Thankmar mit grimmiger Belustigung bemerkte.

»Was für ein Zauber?«, fragte der Hevellerprinz verständnislos.

»Druden«, wiederholte Udo ungeduldig, kam auf die Füße, bekreuzigte sich noch einmal und ballte die Rechte zur Faust, den kleinen und den Zeigefinger ausgestreckt: das bewährte Zeichen gegen alles Böse.

»Du kannst es noch ein dutzendmal wiederholen, ohne dass ich verstehe, wovon du sprichst«, entgegnete Tugomir und legte die Drudenfeder unbeeindruckt auf Lothars Pferdedecke.

Da niemand sonst gewillt schien, ihn aufzuklären, seufzte Vater Hildebrand und sagte: »Nach dem alten Volksglauben sind Druden böse Wesen, die die Menschen des Nachts zur Geisterstunde heimsuchen. Sie können jede Gestalt annehmen, die ihren üblen Absichten dient, aber meistens, behaupten die alten Weiber, verwandeln sie sich in eine Feder. So können sie zum Beispiel durch den kleinsten Türspalt in die Häuser der Menschen eindringen, versteht Ihr. Dort wirken sie dann ihr Unheil und verschwinden wieder, aber die Federn … lassen sie immer zurück. Was natürlich von vorne bis hinten abergläubischer Unsinn ist«, schloss er mit Nachdruck.

»Oder auch nicht«, gab Tugomir zurück, untersuchte Walos Mundhöhle und wurde auch dort fündig. Die zweite Feder war ein wenig größer. Tugomir legte sie beiseite. »Was immer diese Druden für Wesen sein mögen, Vater, und ganz gleich, wie vehement ihr ihre Existenz leugnet, auf diese beiden hier waren sie anscheinend nicht gut zu sprechen.« Er wandte sich an Otto. »War das alles? Dann würde ich mir gern die Hände waschen gehen.«

»Natürlich.« Otto bedeutete Hatto und den anderen Wachen, die Leichen auf die Tragen zu legen. »Bringt sie in die Kapelle. Und ich will kein Gerede über Drudenzauber oder ähnlichen Unsinn in der Pfalz, ist das klar? Wenn diese abscheuliche Geschichte sich herumspricht, werde ich herausfinden, wer geplaudert hat, und derjenige kann für den Rest der Woche alle Nachtwachen übernehmen.«

Hatto schauderte, und auch er machte das Zeichen gegen den bösen Blick. »Aber es wird sich so oder so rumsprechen«, wandte er ein. »Zu viele haben es gesehen. Die Knechte, zum Beispiel, und die reden immer, Prinz. Wenn Ihr uns die Nachtwache aufbrummt, woher sollen wir wissen, dass es uns nicht genauso ergeht wie Lothar und Walo?«

»Hör auf zu jammern«, herrschte Udo ihn an. »Wir verdoppeln die Wachen, und damit Schluss.«

Hatto war wenig getröstet. Er fragte Tugomir: »Auch wenn Ihr nicht wisst, was Druden sind, könnt Ihr uns trotzdem sagen, wie wir uns schützen können?«

»Vielleicht.«

»Und vielleicht solltet ihr euch erst bei ihm entschuldigen, dass ihr ihn verdächtigt habt, bevor ihr ihn um Hilfe bittet«, warf Thankmar schneidend ein. »Allen voran Udo.«

Udo schien nicht mehr so recht zu wissen, was er denken sollte. Aber ehe er entschieden hatte, was er sagen wollte, winkte Tugomir ab. »Vielen Dank, ich verzichte.«

»Warum?«, fragte Thankmar verständnislos.

Tugomir sah ihn an. »Es sind noch zwei Wochen bis Ostern, Thankmar, und mein Neffe Dragomir hat seine Tributzahlungen an den König immer noch nicht geleistet. Udo hat es in sechs Jahren kein einziges Mal fertiggebracht, mir Höflichkeit zu erweisen. Jetzt lohnt es sich nicht mehr, damit noch anzufangen.«

»Schau in den Spiegel, und du wirst sehen.«

»Ich will aber nichts sehen.«

»So störrisch, mein schöner Prinz?« Ihre Stimme war voller Hohn, aber ihr Lächeln scheinbar arglos. Und bezaubernd. Sie ergriff seine Hand und legte sie einen Augenblick an ihre Wange. Ihre Haut war glatt und kühl. »Schau in den Spiegel, Tugomir.« Sanft, aber unerbittlich.

Er blickte in den wassergefüllten Kessel, den er übers Feuer hatte hängen wollen, als sie gekommen war. Jetzt stand der Kessel auf dem sandigen Boden, und Tugomir kniete davor. »Zeig mir die Brandenburg«, verlangte er, wie er es immer tat.

Die Wasseroberfläche in dem gusseisernen Kessel war schwarz und glatt, und er sah die Balken und Strohschindeln seines Daches darin gespiegelt. Doch dann kräuselte sie sich, als sei die Frühlingsbrise mit einem Mal hereingeweht, und als sie sich wieder beruhigte, sah er die wunderschöne Burg in den Wassern der Havel. Der Fluss hatte Hochwasser nach der Schneeschmelze und leckte gierig an der Wallanlage. Dragomir muss achtgeben, dass ihm die Berme nicht unterspült wird, fuhr es Tugomir durch den Kopf. Wieder verschwamm das Bild, und als Nächstes sah er die Vorburg, wo reger Betrieb herrschte: Ein Schmied beschlug einen nervösen Gaul, den ein junger Krieger am Halfter hielt. Frauen kochten über Feuerstellen unter den überhängenden Dächern ihrer Hütten. Ein Töpfer hatte seine Waren vor seinem Haus auf einem langen Tisch aufgereiht und wartete auf Kundschaft. Und in der Mitte des Platzes, gleich am Brunnen, standen zwei Karren, hoch beladen mit Fellen und Fässern und kleinen Beuteln, die vermutlich Silber enthielten. Je zwei Ochsen waren eingespannt, und dem vorderen linken war eins seiner langen, geschwungenen Hörner abhandengekommen. Berittene Krieger sammelten sich um die Karren und rüsteten zum Aufbruch. Ein junger dunkelhaariger Mann in feinen Kleidern sprach ein paar Worte mit dem Anführer. »Dragomir«, murmelte Tugomir. »Wie groß du geworden bist.«

»Bald groß genug, um sich nicht länger zu wünschen, du kämest endlich nach Hause«, bemerkte seine Vila. »Noch ein paar Jahre, und er wird den Göttern opfern, damit sie dich bloß nicht heimfinden lassen.«

Tugomir nickte. »Aber für dieses Mal hat er sich anscheinend entschlossen, König Heinrich den geforderten Tribut doch noch zu zahlen. Deswegen zeigst du mir die Ochsenkarren, oder?«

»Und? Bist du erleichtert, dass du deinen Kopf behältst?«, fragte sie neugierig.

Er dachte darüber nach. »Ich habe nie ernsthaft daran gezwei-felt«, erwiderte er dann.

»Warum nicht? Bildest du dir etwa ein, Otto würde es nicht übers Herz bringen?«

»Ich bin ehrlich nicht sicher«, gestand er. »Aber du hast mir gesagt, ich werde nach Hause zurückkehren. Ich weiß, du bist ver-schlagen und eine Lügnerin, aber ich war immer geneigt, dir das zu glauben.«

Seine Vila lachte schelmisch, wischte rasch mit der flachen Hand über die Wasseroberfläche und befahl wiederum: »Schau in den Spiegel.«

»Zeig mir Vilema«, verlangte er.

»Er fehlt dir, ja?«

»Als hätte jemand ein Stück aus meinem Herzen gerissen.« Er hasste es, ihr seine Schwäche zu gestehen, aber er wusste, sie kannte sie ohnehin.

Doch anstelle seines Neffen sah er zuerst nur rastlose Bilder ohne Sinn: Thankmar im dämmrigen Innenraum einer Kirche, wo er mit gesenktem Kopf etwas auf dem Altar ablegte. Otto, eine Lanze gen Himmel gereckt, am Ufer eines mächtigen Stroms. Dann beruhigte sich der Bilderfluss, und Tugomir erblickte eine grasbewachsene Ebene im Sonnenschein. Zelte standen eng bei-einander um Kochfeuer gruppiert, und davor hatte sich eine große Schar berittener Krieger zu einer ordentlichen Reihe formiert. Der Kommandant ritt die Phalanx ab, hielt in der Mitte, richtete sich in den Steigbügeln auf und sprach zu seiner Truppe. Tugomir erkannte keinerlei Ähnlichkeit mit sich selbst, mit Bolilut oder ih-rem Vater, aber er wusste dennoch, dass es sein Vetter Boleslaw war, den er sah. »Der Fürst von Böhmen hat ein Heer aufgestellt, um gegen König Heinrich ins Feld zu ziehen«, murmelte er.

»Ich zeige dir die Bilder im Spiegel«, gab die Vila zurück. »Deu-ten musst du sie selbst. Und für heute hast du genug gesehen.«

»Nein, warte noch …«

Doch sie wischte wieder mit der flachen Hand übers Wasser, das sich auf der Stelle kräuselte. Dann beugte sie sich über ihn und küsste ihn mit ihrem schelmischen Lächeln auf die Stirn. Ihre Lip-

pen verharrten auf seiner Haut, und augenblicklich begann das vertraute Hämmern in den Schläfen. Seine Augen klappten zu, und als er sie wieder öffnete, lag er zwischen Tisch und Herd auf dem Boden. Der feine Sand haftete an Wange, Bart und Haar, und zu allem Überfluss lag der Kessel umgestürzt neben ihm, und das Wasser bildete eine flache Pfütze, die rasch versickerte.

»Fabelhaft …«, murmelte Tugomir verdrossen, und als er sich aufrichtete, fühlte er zwei kräftige Hände unter den Achseln, die ihm auf die Füße halfen.

»Die Vila?«, fragte Semela.

»Ja.«

Der junge Daleminzer führte ihn zum Tisch und holte ihm einen Becher Met.

Tugomir ließ sich auf einen der Schemel sinken. »Danke.«

Semela nickte mit einem flüchtigen Lächeln, ließ ihn zufrieden und machte sich nützlich. Er hob den Kessel auf und füllte ihn aus einem der beiden Eimer, in denen Rada morgens das frische Wasser vom Brunnen holte. Genauer gesagt, holte neuerdings Semela das Wasser, denn die vollen Eimer waren schwer, und Rada war schwanger. Inzwischen konnte man es gut sehen. Semela erfüllte die bevorstehende Vaterschaft mit Unbehagen, aber Tugomir hatte ganz und gar nichts gegen ein Kind im Haus. *Käme es doch nur in Freiheit zur Welt*, dachte er und rief sich die Bilder in Erinnerung, die die Vila ihm gezeigt hatte. Sie ergaben weder Sinn noch Zusammenhang – jedenfalls keinen, den er erkennen konnte. Aber er wusste, dass sie immer eine Absicht verfolgte mit dem, was sie ihn sehen ließ. Vermutlich war er einfach zu dumm, um diese Absicht zu durchschauen. Und gerade jetzt vielleicht auch zu müde. Wie nach jedem Besuch seiner Vila fühlte er sich, als hätte er einen ganzen Tag Holz gehackt.

Er hob den Becher und nahm einen ordentlichen Zug. Süß und würzig rann der Met seine Kehle hinab.

»Bekomme ich auch einen Schluck?«, fragte eine Stimme von der Tür.

Tugomir wandte den Kopf. »Komm rein, Thankmar.«

Der sächsische Prinz trat über die Schwelle, gefolgt von Egvina.

War Thankmar häufig bei ihm zu Gast, so war ihr Besuch doch höchst ungewöhnlich. Tugomir schwante nichts Gutes. Doch er wies einladend auf die andere Seite des Tisches, wo zwei weitere Schemel standen. Dann bat er: »Semela, wärst du so gut?«

Der junge Mann stellte zwei Tonbecher vor die Gäste, brachte einen Krug mit Met, schenkte ein und stellte den Krug auf den Tisch. »Ich mach mich draußen an die Arbeit, Prinz. Wird Zeit, dass die Zwiebeln in die Erde kommen. Ruft, wenn ihr mich braucht.«

Tugomir nickte.

Als er mit seinen Gästen allein war, fragte Egvina: »Bist du krank, Tugomir? Du siehst … mitgenommen aus.«

Er zog spöttisch die Brauen hoch. »Tatsächlich? Nun, es kommt nicht alle Tage vor, dass man zwei tote Kastraten präsentiert bekommt und obendrein bezichtigt wird, sie in ihren beklagenswerten Zustand versetzt zu haben. Womöglich ist es das.« Zu keiner anderen Frau auf der Welt hätte er so etwas je gesagt, aber Egvina, wusste er, war anders. Sie nahm es übel, wenn man zu große Rücksicht auf ihre weibliche Empfindsamkeit nahm.

Thankmar brummte angewidert in seinen Becher. »Gott, das war wirklich … *grauenhaft*.« Dann stellte er den Met ab und verschränkte die Hände auf der Tischplatte. »Hör zu, Tugomir. Ich weiß, dass du allmählich nervös wirst, weil Ostern näherrückt und dein störrischer Neffe sich nicht rührt. Aber du sorgst dich umsonst. Wie kannst du nur glauben, Otto würde dich für ein paar Pfund Silber opfern? Auch wenn es derzeit vielleicht nicht gerade zum Besten steht zwischen euch, solltest du ihn doch besser kennen.«

Tugomir hätte ihm sagen können, dass Dragomirs Tributzahlung unterwegs war, antwortete aber stattdessen: »Du täuschst dich. Ich bin nicht besorgt. Aber was bleibt Otto übrig, wenn euer Vater befiehlt, die Drohung an die Heveller in die Tat umzusetzen?«

»Er wird dem König die Stirn bieten.«

Tugomir schnaubte. »Ein offenes Zerwürfnis mit dem übermächtigen Heinrich? *Meinet*wegen? Nie und nimmer, Thankmar.«

315

Der hob die Schultern. »Otto hat es gesagt. Und ganz unter uns: Der König ist nicht mehr so übermächtig und furchteinflößend wie einst. Er wird mit jedem Tag älter und kränker, darum wird es mit jedem Tag vorstellbarer, sich gegen ihn aufzulehnen.«

»Sieh an. Verrätergetuschel«, murmelte Tugomir vor sich hin.

»Blödsinn«, widersprach sein Freund aufgebracht. »Ich will nur, dass du weißt, wie die Dinge aussehen, und aufhörst … mit dem Leben abzuschließen und deine Angelegenheiten zu regeln. Das ist mir unheimlich.«

Tugomir zuckte unverbindlich die Achseln. »Wie gesagt. Ich bin nicht besorgt.«

»Aber ich!«

Sie sahen sich einen Moment in die Augen, und dann beschloss Thankmar offenbar, die grausigen Vorkommnisse der letzten Nacht nicht noch einmal zur Sprache zu bringen. »Na schön«, sagte er nach einer Weile mit einem kleinen Seufzer. »Es gibt noch einen zweiten Grund für unseren Besuch. Wir … haben ein Anliegen.«

Tugomir nickte. »Die Antwort ist nein.«

Thankmar und Egvina tauschten einen Blick. Dann bat die Prinzessin: »Hör zu, Tugomir …«

»Nein«, wiederholte er mit mehr Nachdruck. Und weil ihr Blick ihn unter Druck setzte, stand er auf, ging ans Feuer und legte ein bisschen Holz nach. »Ich habe euch beim letzten Mal gesagt, es ist eine Ausnahme.«

Und er verfluchte sich dafür, dass er sich damals hatte erweichen lassen. Er hatte es getan, weil sie so verzweifelt gewesen waren, alle beide. Und weil er wusste, wie es ging, und neugierig war, ob es wirklich funktionierte. Aber auch, hatte er sich inzwischen eingestanden, weil es ein Sachsenkind war, das er tötete. Sein Hass war so übermächtig gewesen, zu groß, um ihn zu beherrschen. Er hatte es in einer Art blinder Wut getan. Und heute schämte er sich dafür.

Er kehrte an den Tisch zurück und setzte sich dem kleinlauten Paar wieder gegenüber. »Es tut mir leid, dass ihr in Schwierigkeiten seid. Aber ihr werdet mich nicht umstimmen.«

»Dann zwingst du mich, zu einer Hebamme zu gehen«, erwiderte Egvina, und zum ersten Mal, seit er sie kannte, sah er echte Angst in ihren Augen. Damals, als er ihr gesagt hatte, sie werde drei Tage lang so krank sein, dass sie den Tod herbeisehnen werde, hatte sie seinen Blick erwidert wie ein erfahrener Krieger, der weiß, dass er in eine aussichtslose Schlacht zieht: abgeklärt, schicksalsergeben und tapfer. Aber heute nicht.

Tugomir schüttelte den Kopf. »Das solltest du auf keinen Fall tun.«

»Sondern was?«, fauchte sie. Thankmar legte ihr beschwichtigend die Hand auf den Arm, aber sie befreite sich mit einem unwilligen Ruck. »In Sack und Asche zu Otto und Editha kriechen und meine Sünden bekennen? Oder zu meinem Bruder nach Wessex? Lieber begebe ich mich in die Hände einer Engelmacherin, als mir anzuhören, was sie alle zu sagen hätten.«

»Aber das ist doch nicht der einzige Ausweg«, widersprach Tugomir. »Damals warst du nur die kleine Prinzessin von Wessex kurz vor ihrer Hochzeit und konntest nirgendwohin. Aber heute bist du die Witwe eines mächtigen Grafen, und dir gehört der halbe Thurgau, richtig? Wer würde Argwohn schöpfen, wenn du verkündest, du wollest deine Besitzungen inspizieren, und ein paar Monate auf Reisen gehst? Irgendwann kommst du wieder und hast zufällig eine neue Magd in deinem Gefolge, die ein Kind säugt. Und das ist alles.«

»Aber Tugomir«, wandte Thankmar beschwörend ein. »Es ist undenkbar, sie allein eine so weite Reise antreten zu lassen. Nur kann ich jetzt unmöglich von hier weg. Mein Vater ist krank, wie gesagt, und wer weiß …«

»Nun, ich bedaure, wenn Egvinas Schwangerschaft euch gerade nicht passt, aber das ist ein erbärmlicher Grund, ein Kind zu töten, oder nicht? Ihr Christen pocht doch so gern auf eure moralische Überlegenheit. Wenn es bei uns heidnischen Barbaren schon ein Frevel ist, was soll dann erst euer Gott dazu sagen?«

»Ja, spotte nur«, gab Thankmar wütend zurück. »Damals hattest du jedenfalls noch keine moralischen Bedenken.«

Doch, hätte Tugomir erwidern können. Er hatte gewusst, dass unrecht war, was er tat. Und als Egvinas Kind abgegangen war und sie blutend in seinem erbärmlichen Grubenhaus lag, ein Holzstück zwischen den Zähnen, damit ihre Schreie keine unwillkommenen Zeugen anlockten, Thankmar bleich und verzweifelt an ihrer Seite – da war Tugomir zur Kinderstube neben der Halle geschlichen und hatte seinen winzigen Neffen betrachtet, der kerngesund und friedlich schlummernd in seiner Wiege lag und zufrieden schmatzend am Daumen lutschte. Und er war so zerrissen gewesen zwischen der Liebe zu diesem Kind und dem Hass auf alle Sachsen und vor allem auf sich selbst, dass ihm ganz schwindelig davon geworden war …

»Wie ich sagte: Damals lagen die Dinge anders«, erwiderte er. »Dieses Mal gibt es einen besseren Ausweg.« Er sah Egvina an, und plötzlich spürte er eine Gänsehaut auf den Armen. Er wusste nicht, warum, aber es hatte etwas mit den Dingen zu tun, die seine Vila ihm gezeigt hatte. »Das Einzige, was ich dir dieses Mal bieten kann, ist ein Rat«, sagte er. »Bring dieses Kind zur Welt.«

Thankmar seufzte tief und hob ergeben die Hände. »Ich hab's ja geahnt«, sagte er zu Egvina.

Warum bist du dann gekommen?, dachte Tugomir verdrossen. Wortlos schenkte er Thankmar nach, der den Becher in einem Zug gleich wieder halb leerte. »Du bist ein sturer, selbstgerechter Bastard, Tugomir«, grollte er. »Solltest du in nächster Zeit meine Hilfe brauchen, kannst du dir die Mühe sparen, darum zu bitten.«

»Ich werd's mir merken …« Tugomir trank ebenfalls einen ordentlichen Schluck. Er wusste, dass Thankmars Zorn nie lange anhielt. Trotzdem hätte er auf diese Szene gern verzichtet. Es war ein langer, *sehr* langer und abscheulicher Tag gewesen. Sein Schädel hämmerte, als hätte ein Schmied Einzug in seinem Kopf gehalten, und er war zum Umfallen müde. Er rieb sich die Stirn. »Warum heiratet ihr eigentlich nicht?«

»Weil ihr Bruder mich nicht haben will«, antwortete Thankmar bitter. »Wegen meiner nicht ganz untadeligen Geburt bin ich nicht gut genug für die Enkelin von Alfred dem Großen, hat er in seiner Antwort auf meinen Brief durchblicken lassen. Ich bin nicht versessen darauf, mir noch eine solche Abfuhr einzufangen.«

»Athelstan schmiedet allenthalben neue Heiratspläne für mich«, fügte Egvina düster hinzu. »Bislang habe ich mich immer damit herausgeredet, dass die Trauer um meinen Gemahl noch zu schmerzlich sei. Aber ewig wird er sich damit nicht mehr hinhalten lassen.«

Tugomir dachte an seine Schwester und ihren Pfaffen. »Und was, wenn ihr heimlich heiratet und alle vor vollendete Tatsachen stellt? Dergleichen kommt vor, richtig?«

Die beiden nickten und tauschten einen verstohlenen Blick. Schließlich brummte Thankmar unbehaglich: »Ich wäre ein für alle Mal erledigt.«

Tugomir musste ein Grinsen unterdrücken. »Immer noch Angst vor deinem alten Herrn, Thankmar?«

Der schüttelte den Kopf. »Aber vielleicht ein bisschen vor meinem kleinen Bruder. Du weißt doch, wie er sein kann. Wenn ich seinen kostbaren angelsächsischen Schwager brüskiere, schickt er mich in Festungshaft, bis ich alt und grau bin oder Gott weiß was.«

Diese untypische Verzagtheit fand Tugomir höchst verdächtig. »Du willst ihn nur nicht kränken«, ging ihm auf. »So wenig wie du deine Schwester«, fügte er an Egvina gewandt hinzu. »Ihr wollt eine bequeme Lösung, die es euch ermöglicht, einfach immer so weiterzumachen wie bisher.«

»Ich würde es nicht gerade ›bequem‹ nennen, wenn ich an das letzte Mal denke«, konterte Egvina.

»Und wenn es so wäre?«, fragte Thankmar Tugomir herausfordernd. »Fändest du es so verachtenswert?«

Tugomir legte die Hand um den Becher und schüttelte den Kopf. »Im Gegenteil. Wir Slawen hegen große Bewunderung für die Kunst, sich des Lebens zu erfreuen. *Ihr* seid normalerweise die schwerblütigen Ochsen, die immer alles kompliziert und mühsam haben wollen.«

Thankmar verzog spöttisch einen Mundwinkel. »Dann musst du ein wahrhaft ungewöhnlicher Slawe sein, Prinz Tugomir, denn ich kenne niemanden, der sich so schwer damit tut, sich des Lebens zu erfreuen, wie du.«

»Oh, das würd ich gern, Thankmar, glaub mir. Wenn ihr mich nur ließet …«

Möllenbeck, April 936

Die Mutter Oberin legte ihre Pergamente beiseite, um anzuzeigen, dass die Versammlung sich dem Ende zuneigte. »Ihr seht also, Schwestern, wir haben wieder einmal hervorragend gewirtschaftet. Ich bin guten Mutes, dass wir die nötigen Mittel haben, um das Langschiff unserer Kirche diesen Sommer fertigzustellen.«

Dragomira spürte einen unerwarteten Stich. Sie würde die fertige Kirche niemals sehen, ging ihr auf. Der Gedanke war schmerzlich. Dieser ganze Abschied war schmerzlich, verbesserte sie sich. Sie würde die Bibliothek und vor allem ihre Farben und Pinsel vermissen. Die Gemeinschaft der Kanonissen, ganz besonders die Mutter Oberin und die junge Priorin und die Mitschwestern im Scriptorium. Aber sie hatte ihre Wahl getroffen.

»… eine Angelegenheit, die dich betrifft, Schwester Dragomira«, hörte sie die Äbtissin sagen, und kehrte mit einem Ruck in die Wirklichkeit der Kapitelversammlung zurück.

»Was für eine Angelegenheit, ehrwürdige Mutter?«

»Ich erhielt einen Brief des Abtes von Corvey, der mich wissen ließ, es sei Gott nicht gefällig, wenn Kanonissen ihre Einkehr und Gebete vernachlässigen, um sich der Herstellung von Büchern zu widmen. Eine Aufgabe, so betont er, die fähigeren Köpfen vorbehalten bleiben sollte – Männern, meint er natürlich –, die die zuverlässigeren Kopisten seien und die weitaus begabteren Illustratoren.«

Dragomira spürte Ärger aufsteigen, aber sie fragte lediglich: »Tatsächlich, ehrwürdige Mutter?«

Hilda von Kreuztal nickte ernst, aber das mutwillige Funkeln in den Augen verriet sie. »Er schreibt weiter, er fürchte um die seelische Unversehrtheit der Damen in unserem Scriptorium, wenn sie den manchmal doch sehr weltlichen oder sogar anstößigen Inhalten gelehrter Schriften ausgesetzt würden. Mit anderen Worten, liebe Schwestern, unsere frommen Brüder drüben in Corvey fürchten unsere Konkurrenz. Darum solltest du kein so finsteres Gesicht machen, Schwester Dragomira. Wir haben allen Grund, uns geehrt zu fühlen.«

Verhaltenes Lachen hallte durch den kahlen Saal.

Dragomira sah auf die sauber gefegten Holzdielen hinab und nickte. »Ihr habt recht, ehrwürdige Mutter.«

Die helle Frühlingssonne schien durchs Fenster, und in der großen Linde draußen zwitscherten und lärmten die Vögel beim Nestbau. Sie fragte sich, ob das herrliche Wetter bis zum Abend anhielt. Und wie es sich anfühlen würde, allem hier den Rücken zu kehren, ein Boot zu besteigen und mit der Strömung weserabwärts zu fahren. Einem neuen Leben und einer ungewissen Zukunft entgegen …

»Nun denn.« Die Äbtissin stützte einen Augenblick entschlossen die Hände auf die Oberschenkel, wie sie es immer tat. »Das wäre meines Erachtens alles, es sei denn, eine von euch hat uns noch etwas vorzutragen.«

Irmgardis schnellte von der Bank hoch, und ein leises Stöhnen war von den jüngeren Schwestern zu vernehmen. Es verging kaum ein Tag, an dem die alte, griesgrämige Dame nicht am Ende der Versammlung das Wort ergriff, um sich über irgendetwas oder irgendwen zu beschweren. Hier und da wurde gar gekichert. Aber Dragomira hatte mit einem Mal feuchte Hände.

»Ich fürchte, ich kann nicht umhin, Euch und den Schwestern einen Regelverstoß zur Kenntnis zu bringen, ehrwürdige Mutter«, begann Irmgardis mit grimmiger Miene.

»Wirklich?«, erwiderte die Mutter Oberin. »Welche Überraschung, Schwester.«

Irmgardis ließ sich nicht beirren. »Eine der Unseren ist vom rechten Pfad abgekommen und droht nun, in Dunkelheit zu wandeln.«

Die Äbtissin sah sie abwartend an.

Irmgardis hob einen anklagenden Finger und ließ ihn die Reihe der Schwestern entlangwandern. Der Finger näherte sich Dragomira, schien geradewegs auf sie zuzuhalten, glitt dann über sie hinweg und verharrte bei Schwester Ursula zwei Plätze weiter. Dragomira konnte sich nur mit Mühe davon abhalten, erleichtert die Augen zu schließen.

»Schwester Ursula ist bei der Laudes schon wieder eingeschlafen!«, verkündete Irmgardis mit unverkennbarer Befriedigung. »Das war jetzt das dritte Mal in dieser Woche.«

»Ist das wahr, Schwester?«, fragte die Äbtissin.

Ursula, ein fünfzehnjähriges Mädchen, das erst im Winter zu ihnen gestoßen war und ganz offensichtlich kein Interesse an einem Leben in Einkehr und Enthaltsamkeit hatte, schüttelte emsig den Kopf. »Ich habe mit geschlossenen Augen gebetet, ehrwürdige Mutter.«

»Ich verstehe.«

»Du wärst um ein Haar von deinem Schemel gefallen«, hielt Irmgardis der jüngeren Schwester vor. »Du bist liederlich und gottlos und …«

»Hab Dank, Schwester Irmgardis, für deine Sorge um das Seelenheil unserer Schwester«, fiel Äbtissin Hilda ihr ins Wort und wandte sich dann an die wenig bußfertige Sünderin: »Schwester Ursula, wir haben schon darüber gesprochen, aber du bist leider immer noch nachlässig und unpünktlich bei der Verrichtung der Gebete.«

Das Mädchen senkte den Kopf. »Vergebt mir, ehrwürdige Mutter. Und vergebt auch ihr mir, Schwestern.«

»Von Herzen«, antwortete die Oberin. »Da wir dich aber schon zweimal ermahnen mussten, wirst du den Rest der Woche in Schweigen und Fasten verbringen, um über den rechten Weg zu Gott nachzudenken. Wasser und Brot und absolutes *Silencium*.«

Ursula hatte Tränen in den Augen, aber sie nickte.

»Ehrwürdige Mutter«, protestierte Irmgardis. »Ich glaube, Ihr irrt Euch. Dies war bereits der vierte Tadel. Nach der Regel muss unsere Schwester gezüchtigt werden, fürchte ich.«

Die Äbtissin sah sie einen Moment an, ihr Blick scheinbar geruhsam und dennoch eine Warnung. »Ich kenne die *Institutio Sanctimonialium*, Schwester, hab Dank. Womöglich sogar besser als du, denn du scheinst nicht zu wissen, dass wir angehalten sind, auch Missgunst gegenüber Mitschwestern zu bestrafen.«

Irmgardis zog erschrocken die Luft ein. Sie war eine der ältesten unter den Stiftsdamen, kaum eine war länger hier als sie, und sie hatte sich Chancen ausgerechnet, als die Position der Priorin vakant geworden war. Dass eine Jüngere vorgezogen worden war, hatte sie erbittert. Diese öffentliche Zurechtweisung hier war indes eine noch größere Schmach, und die feisten Wangen wurden fahl. Aber sie steckte die Hände in die Ärmel ihres schlichten dunklen Kleides und murmelte: »Vergebt mir, ehrwürdige Mutter. Und vergebt auch ihr mir, Schwestern.«

Dragomira fand, dass sie Mühe hatte, der alten Vettel zu vergeben, und auf dem ein oder anderen Gesicht der Mitschwestern entdeckte sie ein schadenfrohes Lächeln, welches ihr verriet, dass sie nicht die einzige war.

Kurz darauf löste die Versammlung sich auf. Mit gefalteten Händen und in einer ordentlichen Reihe, wie es sich gehörte, verließen die Stiftsdamen den Kapitelsaal und begaben sich an ihre unterschiedlichen Aufgaben.

Dragomira wollte sich auf den Weg zur Bibliothek machen – *zum letzten Mal*, dachte sie ungläubig –, als die Äbtissin sie bat: »Kann ich dich noch einen Moment sprechen, Schwester?«

»Natürlich, ehrwürdige Mutter.«

»Dann lass uns in deine Gemächer gehen, dort sind wir ungestört.«

Fieberhaft überlegte Dragomira, ob in den beiden Räumen, die sie mit Mirnia bewohnte, irgendetwas auf ihre bevorstehende Flucht hindeuten könnte. Vermutlich nicht. Sie hatte nichts gepackt. Es gab nicht viel, das sie mitnehmen wollte.

Schweigend führte sie Hilda von Kreuztal um die Baustelle der neuen Kirche herum. Hier ging es heute geschäftig zu: Auf hölzernen Gerüsten entlang der wachsenden Mauern standen Männer mit Mörtelkellen. Am Boden waren Zimmerleute dabei, lange Balken zu hobeln. Der Baumeister, ein bärtiger Mann in Lederschürze, besprach sich mit einem der Steinmetze und gestikulierte wild mit dem gefährlich aussehenden Winkeleisen, das er in der Hand hielt. Vom Haupttor rumpelte ein Ochsenkarren mit Steinquadern heran, die über den Fluss hergeschafft wurden.

Die beiden Kanonissen gelangten zu dem langgestreckten Wohngebäude, an dessen Außenseite eine überdachte Galerie zu einer Reihe von Türen führte. Dragomira öffnete die vierte und ließ der Äbtissin höflich den Vortritt. Mirnia war nicht hier, stellte Dragomira fest, sondern wie jeden Tag zur Arbeit in die Küche gegangen. Dragomira hatte ihr klarzumachen versucht, dass es gerade heute wichtig war, sich vollkommen normal zu verhalten. Aber die bevorstehende Flucht ängstigte das Mädchen, und darum war Dragomira nicht sicher gewesen, ob Mirnia sich nicht vielleicht hier verkrochen hatte.

Hilda von Kreuztal sah sich in dem spärlich möblierten, aber dennoch behaglichen Raum um, trat an den Tisch und befingerte die großen Lederstücke, die dort lagen. »Was in aller Welt hast du damit vor?«

»Ich wollte … Ich will lernen, wie man Bücher bindet, ehrwürdige Mutter. Es kann so schwierig nicht sein, denke ich mir, und in Anbetracht des Briefes, den der Abt von Corvey Euch geschickt hat, scheint es mir dringender denn je angezeigt, unsere fertiggestellten Abschriften nicht mehr zum Binden dorthin zu schicken.«

Die Äbtissin nickte versonnen. »Das ist ein guter Gedanke.« Sie wandte sich zu ihr um. »Wie überhaupt viele deiner Gedanken klug sind, Schwester. Umso glücklicher bin ich, dass du uns erhalten bleibst.«

Mit einem Mal begann Dragomiras Herz zu rasen, und ihre Knie wurden butterweich. Etwas abrupt sank sie auf die Bank am Tisch, wenngleich es sich nicht gehörte. »Was … bedeutet das?«

»Vater Widukind hat uns letzte Nacht verlassen.«

»Verlassen?«

Hilda von Kreuztal nickte, setzte sich neben sie, stemmte wiederum die Hände auf die Oberschenkel und ließ sie nicht aus den Augen. »Du … *dummes* Kind«, schalt sie, die Stimme nicht erhoben, aber schneidend. »Was hast du dir nur dabei gedacht? Wie konntest du glauben …«

»Wo ist er?«, fiel Dragomira ihr ins Wort. »Was heißt, er hat uns verlassen? Er wäre niemals gegangen, ohne sich zu verabschieden.«

»Gestern Abend traf der ehrwürdige Prior von Fulda hier ein. Der Abt hatte ihn geschickt, um Vater Widukind abzuholen. In weiser Voraussicht kam er in Begleitung einer Eskorte von kräftigen jungen Brüdern, denn Widukind zeigte sich unwillig, sie zu begleiten. Sie mussten ihn niederschlagen und fesseln, Dragomira. In dieser Weise, jeder Würde beraubt, verfrachteten sie ihn auf ihr Boot und fuhren die Weser hinauf nach Fulda. Ich denke, unser sanftmütiger Vater Widukind wird nicht zu beneiden sein, wenn der Abt ihn sich vornimmt, der ihn in seiner Schule erzogen und gefördert hat und große Pläne mit ihm hatte.«

»Was werden sie mit ihm tun?« Dragomira nahm beiläufig wahr, dass sich ein seltsames Rauschen in ihren Ohren erhoben hatte.

Die Äbtissin hob kurz die Schultern. »Ich nehme an, der ehrwürdige Abt wird ihn einsperren, bis der Junge Vernunft annimmt und die Mönchsgelübde ablegt.«

Dragomira war für einen Moment sprachlos. Ihr war schwindelig, und sie krallte sich unauffällig mit einer Hand an der Bank fest, denn um keinen Preis wollte sie sich vor der Äbtissin eine Blöße geben. Sie konnte sich nicht erinnern, dass es ihr je im Leben schwerer gefallen war, die Fassung zu wahren. Als Udo sie von Magdeburg hierherbrachte, hatte sie sich vielleicht schlimmer gefürchtet als jetzt, denn damals war sie ein vierzehnjähriges, hochschwangeres Mädchen auf einer Reise mit unbekanntem Ziel gewesen, und ihr Verlust war ihr unerträglich erschienen. Wobei sie nicht mehr genau wusste, was schlimmer gewesen war, die Trennung von Otto oder von ihrem Bruder. Auf jeden Fall hatte sie sich getäuscht, denn sie *hatte* ihren Verlust ertragen. Aber dieser hier war schlimmer. Sie wusste, sie würde wieder irgendwie aushalten, was mit ihr geschah. Sie war jedoch keineswegs sicher, dass Widukind das ebenfalls konnte.

»Habt …« Sie musste sich räuspern. »Habt Ihr dem Abt Nachricht geschickt?«

Die Äbtissin nickte.

»Woher wusstet Ihr es? Wer hat uns verraten? Widukinds Magd, nehme ich an. Reinhildis.«

»Du täuschst dich, mein Kind. Es war Mirnia, die zu mir gekommen ist und sich mir anvertraut hat.«

Dragomira legte eine Hand vor den Mund. Mirnia. Das war ein ganz und gar unerwarteter Schlag. Aber dann verstand sie. »Sie … sie konnte den Gedanken nicht ertragen, von hier fort zu müssen. Hinaus in die Welt voller Ungewissheiten. Und voller Männer. Arme Mirnia. Gott steh dir bei, denn ich weiß, das wirst du dir nie verzeihen …«

»Wenn es so ist, trägst du die Verantwortung für den Verlust ihres Seelenfriedens.«

Dragomira stieß die Luft aus. »Seelenfrieden ist etwas, das sie nicht mehr gekannt hat, seit euer sächsisches Heer ihre Eltern und Brüder abgeschlachtet hat. Vor ihren Augen.«

»Ein Grund mehr, warum du ihr niemals hättest zumuten dürfen, diese sicheren Mauern zu verlassen.«

Auf einmal fand Dragomira ihre Kräfte wieder, und sie stand auf, weil die Nähe dieser Frau ihr plötzlich unerträglich war, die sie bis heute Morgen so glühend verehrt, in gewisser Weise sogar geliebt hatte. »Und was nun, ehrwürdige Mutter? Werdet Ihr der Königin auch einen Brief schicken und ihr von meinem unbotmäßigen Betragen berichten? Vielleicht wird es dann mein Kopf sein, der als erster fällt, nicht der meines armen Bruders. Womöglich wäre das für alle das Beste.«

»Du brauchst nicht darauf zu hoffen, als Märtyrerin in die Annalen der slawischen Völker einzugehen, denn die Heveller haben ihren Tribut entrichtet.«

»Woher wisst Ihr das?«

»Ich glaube nicht, dass dein Ton mir gefällt. Ich weiß es. Das sollte dir reichen.«

Dragomira nickte knapp. »Die Slawen haben übrigens keine Annalen. Sie sehen keinen Nutzen darin, aufzuschreiben, was gestern war.«

»Und doch hast du hier Freude am geschriebenen Wort gefunden. Vor allem am Wort des Herrn.«

»Ich dachte, er wäre gnädiger als die Götter meines Volkes.«

»Das ist er.«

»Nicht zu mir.«

»Doch, Schwester. Glaub mir.« Mit einem Mal war die Stimme

326

wieder voller Güte. »Ich sehe, dass du aufgewühlt und verbittert bist. Vermutlich bist du heute nicht in der Lage, zu begreifen, dass ich das getan habe, was das Beste für dich war. Ich habe dich vor einer schrecklichen Sünde bewahrt und vor einem jammervollen Schicksal. Glaub mir, ein Mann wie Widukind hätte es nicht lange ertragen, ausgestoßen zu sein und von allen verachtet zu werden, die ihm einmal teuer waren. Und früher oder später hätte er dir die Schuld gegeben, weil ...«

»Ihr habt ja keine Ahnung«, unterbrach Dragomira sie leise. »Sie sind ihm nicht teuer und waren es nie. Er wollte *mich*. Es gibt einen Menschen in dieser Welt, dem ich mehr bedeute als alle anderen. Und Ihr habt ihn mir gestohlen. Dazu hattet Ihr kein Recht.«

»Doch, mein Kind. Ich hatte das Recht und die Pflicht, denn die Königin hat dich in meine Obhut gegeben. Und wenn du dich beruhigt und darüber nachgedacht hast, wirst du mir dankbar sein, dass ich die Angelegenheit in aller Diskretion bereinigt habe. Ich hätte dein Vergehen ebenso der Versammlung der Schwestern vortragen können.«

»Welch ein Freudentag für Irmgardis ...«, murmelte Dragomira.

»Ganz gewiss.«

»Nun, sie wird vermutlich auch so auf ihre Kosten kommen, ehrwürdige Mutter.«

»Wie darf ich das verstehen?«

Aber Dragomira antwortete nicht.

Memleben, Juli 936

»Wie steht es?«, fragte Thankmar leise, küsste der Königin die Hand und stand auf.

Mathildis schüttelte den Kopf, und es war Otto, den sie anschaute, als sie antwortete: »Er stirbt.«

Hadwig lief zu Otto, schlang die Arme um seinen Hals und weinte.

327

Über ihren Kopf hinweg betrachtete er seine Mutter. Die Sorgen und der Kummer der vergangenen Wochen hatten sichtbare Spuren in ihr Gesicht gegraben, Furchen, an die er keine Erinnerung hatte, und die Abwärtsneigung der Mundwinkel hatte sich verstärkt. Aber sie war gefasst. Königlich wie üblich. Er kam nicht umhin, sie zu bewundern.

»Letzten Monat in Erfurt schien es ihm besser zu gehen«, fuhr sie fort. »Er war guten Mutes und … wacher als den Frühling über. Er hat sogar hin und wieder einen kleinen Ausritt gemacht. Aber dann kam die Abgeschlagenheit zurück, und er äußerte den Wunsch, hierherzukommen. Die Reise … hat ihn angestrengt, und am zweiten Abend beim Essen war ihm sehr unwohl. Bruder Matthias wollte ihm zu Bett helfen, aber auf dem Weg stürzte er und … seither dämmert er dahin.«

»Habt Ihr Brun benachrichtigt?«, fragte Thankmar.

»Ja. Aber ich glaube nicht, dass er rechtzeitig kommen wird. Es sind dreihundert Meilen, und der König wird von Stunde zu Stunde schwächer.«

»Dann lasst uns zu ihm gehen«, sagte Otto, befreite sich aus Hadwigs Umklammerung und trat an die breite hölzerne Tür, die zum Privatgemach hinter der Halle dieser unscheinbaren, kleinen Pfalz führte. Mathildis, Thankmar, Hadwig und Henning folgten ihm.

Das breite Bett beherrschte den Raum. Der Fensterladen war halb geschlossen, um die schwüle Sommerhitze auszusperren. Halbdunkel herrschte in der Kammer, und die abgestandene, heiße Luft stank nach Urin und Krankheit. Otto trat näher. Der König lag auf dem Rücken und atmete schwer. Das rechte Auge war offen, schien Otto direkt anzuschauen, das linke halb vom Lid bedeckt, welches genauso gelähmt zu sein schien wie der linke Mundwinkel. An einer Seite des Bettes knieten Bruder Matthias, des Königs Leibarzt, und ein weiterer Mönch und beteten leise.

Otto kniete an der anderen Seite nieder und nahm die Rechte seines Vaters in beide Hände. »Hier sind wir, mein König.«

Heinrichs Kopf bewegte sich ein winziges Stück. Das weiße Haar war spärlich geworden und stand unordentlich ab, die Haut auf Stirn und Wangen war fahl und schien pergamentdünn. Das sichtbare rechte Auge war glanzlos, das einstmals strahlende Blau verblasst. »Otto?« Es war ein undeutliches Wispern, verwaschen, so als sei der König betrunken.

»Ja, Vater.«

Der halbe Mund lächelte. Die Lippen waren bleich und aufgesprungen.

»Ich habe Thankmar und Henning mitgebracht. Sie sind hier. Editha und die Kinder warten draußen.«

Heinrich schloss das rechte Auge einen Moment und holte mit einem röchelnden Laut tief Luft. Dann sagte er etwas, das Otto nicht verstand.

Der Prinz sah hilfesuchend zu seiner Mutter.

Hadwig fuhr sich energisch mit beiden Händen über die Wangen. »Er sagt, deine Frau soll sich unterstehen, seine Vögel in den Suppentopf zu werfen. Die Kinder sollen sie bekommen.«

»Ich sorge dafür«, versprach Otto.

»Man versteht ihn besser, wenn man sich daran gewöhnt hat«, erklärte sie.

Thankmar und Henning traten ans Bett und knieten links und rechts von Otto nieder.

Heinrich sah sie der Reihe nach an, und sie merkten, dass er ihnen noch etwas sagen wollte, aber er schaffte es nicht. Es war einfach zu anstrengend.

»Nimm dir Zeit, mein Lieber«, sagte die Königin, und Otto hatte nie zuvor so viel Zärtlichkeit in ihrer Stimme gehört. Er hatte ehrlich nicht gewusst, dass dergleichen in seiner Mutter steckte.

Der König schlief ein.

»Geht und ruht Euch ein Weilchen aus, Brüder«, schlug die Königin den Mönchen vor. »Ich schicke nach Euch, wenn wir Euch brauchen.«

Die beiden Benediktiner erhoben sich, und der Leibarzt, der von Jahr zu Jahr fetter wurde und nicht jünger war als der König, stützte sich schwer auf seinen Mitbruder.

Stille senkte sich auf den Raum herab, und wenngleich das murmelnde, monotone Beten Otto Trost gespendet hatte, war er

329

froh, dass sie jetzt unter sich waren. Er stand auf. Seine Knie schmerzten. »Ich geh und hole Editha. Vielleicht besser, die Kinder verabschieden sich, solange er schläft.«

»Schon Fluchtgedanken?«, fragte die Königin. »Mein armer Sohn. Das hier kann noch Tage dauern.«

Wie meistens ignorierte er ihre Spitze, aber auf dem kurzen Weg zum Gästehaus rätselte er wohl zum tausendsten Mal, was die Ursache für diese tiefe Abneigung sein mochte, die so übermächtig war, dass die Königin nicht einmal jetzt darauf verzichten konnte, ihn zu demütigen. Was mochte er getan haben, das sie ihm nicht verzeihen konnte? Er fand nie eine Antwort. Doch er hätte sich lieber die Zunge herausgerissen, als sie zu fragen …

Er überquerte den sonnenbeschienenen Hof und betrat das größere der beiden Gästehäuser. »Kommt, Kinder. Der König schläft. Aber ihr dürft einen Augenblick zu ihm und beten.«

Die fünfjährige Liudgard kam zu ihm herüber, aber ihr ein Jahr älterer Bruder zögerte. »Wird Großvater sterben, wenn wir bei ihm sind?«

»Ich glaube nicht, Liudolf. Aber selbst wenn. Es ist nichts, wovor du dich fürchten musst. Großvater geht zu Jesus ins Paradies, wo es viel schöner ist als hier auf Erden.«

»Erzählt mir davon«, bat der Junge.

Otto nahm ihn auf den Arm und trug ihn über den Hof, während Editha mit ihrer Tochter an der Hand neben ihm einherging und lauschte, was er seinem Sohn erzählte: »Im Paradies regnet es niemals. Es ist auch nie kalt. Alle haben jeden Tag genug zu essen. Wenn Jungs wie du im Paradies beim Reiten oder Spielen hinfallen, schlagen sie sich nicht einmal die Knie auf. Die Männer kämpfen zum Zeitvertreib, aber niemand wird verwundet oder fällt. Es gibt keine Traurigkeit im Paradies, überhaupt nichts Schlechtes oder Böses.«

»Keine Ungarn?«, vergewisserte Liudolf sich.

»Keine Ungarn«, bestätigte Otto grimmig. »Sie dürfen nicht hinein.«

»Sie müssen in die Hölle«, wusste Liudgard zu berichten. »Da brennen sie im ewigen Feuer für immer und immer und immer.«

Editha sah zu ihr hinab. »Wer hat dir das erzählt?«

»Bruder Waldered.« Sie strahlte. Liudgard hatte eine besondere Schwäche für Bruder Waldered.

Otto wechselte einen Blick mit seiner Frau und hob die Schultern. Er fand, Liudgard war noch zu klein für die Schreckensvisionen der Hölle, aber der Gedanke an die brennenden Seelen der Ungarn schien sie nicht im Mindesten zu beunruhigen, im Gegenteil. Kinder waren und blieben ein ewiges Rätsel.

Vor der Tür zur Halle hielt er einen Augenblick inne. »Hört zu. Großvater ist sehr krank und sieht … vielleicht ein wenig seltsam aus. Aber ihr braucht euch nicht zu fürchten, und ich möchte nicht, dass ihr anfangt zu heulen, wenn ihr bei ihm seid. Das gilt insbesondere für dich, mein Sohn. Ist das klar?«

Beide nickten feierlich.

»Also dann.«

Er brachte sie in die Kammer, und es war Editha, die die Kinder zum Bett führte, jedem eine Hand auf die Schulter gelegt. »Lasst uns ein Paternoster beten«, sagte sie leise.

Die Kinder senkten die Köpfe und falteten die Hände, doch als sie bei *adveniat regnum tuum* angelangt waren, verlor Liudolf die Nerven. Mit einem unterdrückten Schluchzen ergriff er die Flucht. Henning streckte einen Arm aus, um ihn aufzuhalten, aber Liudolf schlug einen geschickten Haken um ihn und entkam aus dem Sterbezimmer.

»Ganz der Vater«, sagte die Königin erwartungsgemäß.

Otto wandte den Kopf und sah ihr in die Augen. Er erkannte, wie erschöpft und wie unglücklich sie war, wie sehr sie sich vor einem Leben ohne den Mann fürchtete, mit dem sie das letzte Vierteljahrhundert geteilt hatte, den sie den Thron hatte besteigen sehen, dessen Siege und Niederlagen auch die ihren gewesen waren. Aber er konnte jetzt keine Rücksicht mehr darauf nehmen. Er hielt ihren Blick fest, bis sie sah, dass die Dinge sich ändern würden, wenn er König war. Sie schlug die Augen nieder.

Otto empfand keinen Triumph. Eigentlich fühlte er gar nichts. Allenfalls Resignation.

Drei Tage und Nächte wachten sie am Sterbebett des Königs, der immer seltener aufwachte, immer tiefer in die Dämmerung zu sinken schien. Nach und nach trafen all jene ein, die die Königin nach Memleben gerufen hatte: die Bischöfe von Halberstadt und Hildesheim und Abt Volkmar von Corvey, denen Heinrich besonders nahegestanden hatte. Die wenigen Kampfgefährten seiner eigenen Generation, die noch übrig waren, vor allem aber deren Söhne, wie Siegfried und Gero, die Billunger-Brüder Wichmann und Hermann und ein halbes Dutzend weitere. Otto und seine Brüder empfingen sie gemeinsam und geleiteten sie in die Kammer, damit sie Abschied von ihrem König nehmen konnten. Es wurde voll in der kleinen Pfalz, aber weder laut noch betriebsam.

»Ich glaube, es ist bald so weit«, sagte Thankmar.

Die Atemzüge des Königs waren mühsamer geworden, die Abstände länger, und das sichtbare Auge schien tiefer in die Höhle zurückgesunken zu sein als noch gestern Abend.

Otto sah aus dem Fenster. Vielleicht noch eine Stunde bis Tagesanbruch. Dies war die vierte Nacht, die er hier mit Thankmar durchwacht hatte. Ihre Geschwister und die Königin, Bruder Matthias oder einer der Bischöfe hatten ihnen jeweils für ein paar Stunden Gesellschaft geleistet, aber sie beide waren immer von Sonnenuntergang bis Sonnenaufgang hier gewesen, legten sich ein paar Stunden hin und kamen dann zurück. Es war keine Absprache darüber getroffen worden. Es hatte sich einfach ergeben.

»Wir sollten die Bischöfe wecken. Und deine Mutter.«

Otto nickte.

Thankmar sah ihn scharf an. »Jetzt nimm dich zusammen, Bruder.«

»Du hast recht.« Otto stand auf. Er hatte am Boden gesessen, den Rücken gegen die Wand gelehnt, und jetzt merkte er, wie steif seine Schultern waren. Er trat ans Bett und ergriff die Hand seines Vaters. »Ich hatte gehofft … er würde noch einmal aufwachen. Irgendetwas sagen.«

»Dir ein, zwei gute Ratschläge für dein Königtum mit auf den Weg geben?«, spöttelte Thankmar.

»Zum Beispiel.« Otto zuckte die Achseln. »Oder was auch immer. Ich hatte die ganze Zeit das Gefühl, wir warten hier auf irgendetwas.«

Sein Bruder nickte. »Das tun wir ja auch. Komm schon, Otto, einer von uns muss jetzt gehen. Du oder ich?«

»Geh du«, bat Otto. Er wusste, es war albern, aber selbst jetzt wollte er die Hoffnung nicht aufgeben.

Kommentarlos trat Thankmar vor die Tür, murmelte ein paar Anweisungen an Wachen und Diener, die sich draußen in der Halle bereithielten, und ging dann, vermutlich um die Königin persönlich zu beachrichtigen. Otto setzte sich auf die Bettkante, strich dem König das brüchig gewordene Haar glatt und küsste ihm die Stirn.

Die Familie versammelte sich rasch. Hadwig kam als Letzte, das Kleid, in dem sie offenbar geschlafen hatte, zerknittert und nachlässig geschnürt.

Otto überließ den Platz an der rechten Seite des Königs seiner Mutter, die sich wie er zuvor auf die Bettkante setzte und die abgemagerte, alte Hand ergriff. Er spürte Editha an seiner Seite und legte ihr den Arm um die Schultern. Und dann atmete der König ein, aber nicht wieder aus.

Vielleicht zwanzig oder dreißig Herzschläge lang herrschte vollkommene Stille. Schließlich sagte Bischof Bernhard von Halberstadt mit seiner tiefen, tragenden Stimme: »So starb König Heinrich, Sohn Ottos des Erlauchten, Vater des Vaterlandes und Bezwinger der Ungarn, am Tage der Heiligen Processus und Martinianus, dem zweiten Juli im Jahre unseres Herrn neunhundertundsechsunddreißig. Möge er in Frieden ruhen.«

»Amen«, sagten sie und bekreuzigten sich und weinten.

Seine Mutter weinte still und würdevoll, seine Schwester schluchzte wie das kleine Mädchen, das sie ja eigentlich noch war, und Henning schien in den Stimmbruch zurückverfallen zu sein. Edithas Schultern bebten, er spürte es unter seinem Arm, mit dem er sie hielt. Und Thankmar, den er noch nie im Leben eine Träne hatte vergießen sehen, tat sich auch heute schwer damit, legte eine Hand über die Augen und wandte ihnen den Rücken zu. Nur Ottos Augen waren trocken. Er sah auf die stille Gestalt in dem breiten Bett hinab und dachte: *Sie werden wie die Wölfe über mich herfallen. Ich soll der Löwe sein, der die Wölfe bändigt, aber du hast mir nicht gesagt, wie man das macht.*

»Gott schütze den König«, sagte Bischof Bernhard.

Und dann knieten sie vor Otto nieder. Editha zuerst, was kein Zufall war, denn sie misstraute Thankmar genauso wie der Königin und wollte mit dieser Geste unwiderruflich klarstellen, wen der Bischof gemeint hatte. Hadwig als Nächste, die immer noch schluchzte, dann die beiden Bischöfe und Abt Volkmar. Thankmar wandte sich wieder um und zögerte nicht einmal für die Dauer eines Lidschlags, als er sie sah, sondern kniete sich neben Hadwig, nahm unauffällig ihre Hand und starrte vor sich ins staubige Bodenstroh. Und schließlich Königin Mathildis, die ihren Lieblingssohn beim Ellbogen nahm und an ihrer Seite auf die Knie zog.

Reglos sah der König auf sie alle hinab und dachte: *Gott steh mir bei.*

Aachen, August 936

»Puh, was für eine mörderische Hitze«, raunte Brun und nickte zu Otto hinüber: »Der Ärmste wird gesotten.«
Der König trug ein wadenlanges, festliches Gewand aus dunkelgrünem Tuch, das verschwenderisch mit Goldfaden und Edelsteinen bestickt und nach fränkischer Sitte eng geschnitten war. Auch seine Schuhe waren mit Juwelen besetzt, und die Bänder, die die rehbraunen Beinlinge bis zum Knie umschnürten, waren aus Gold.

»Falls es so ist, lässt er es sich jedenfalls nicht anmerken«, antwortete Tugomir ebenso gedämpft und sah sich unauffällig im Säulenhof der Pfalz um.

Die Reise hierher war ebenfalls mörderisch gewesen. Dreihundert Meilen von Quedlinburg – wo sie König Heinrich zur letzten Ruhe gebettet hatten – bis nach Aachen im Herzen Lothringens.

Die Reisegesellschaft samt Tross hatte an die hundert Reiter umfasst, sodass ihr Fortkommen auf der staubigen Straße unter der sengenden Sonne quälend langsam gewesen war. Karren waren umgestürzt, Pferde hatten gelahmt oder waren durchgegangen, das Bier war aufgrund der Schwüle verdorben, sodass die Männer der Wache krank wurden – keine der Unwägbarkeiten, die eine weite Reise mit sich bringen konnte, hatte sie verschont. Und wofür das alles?, fragte Tugomir sich.

»Zugegeben, es ist eine prächtige Pfalz«, räumte er ein. »Aber eigentlich macht er sich nicht viel aus Prunk, oder? Also warum hier im entlegenen Lothringen? Warum nicht in Fulda oder Frankfurt oder wo immer die Mitte eures Reiches sein mag?«

»Weil Aachen die Kaiserpfalz Karls des Großen war«, erklärte Brun bereitwillig. »Karl ist Ottos großes Vorbild.«

Tugomir nickte. Von diesem Karl hatte sogar er schon gehört. Ein wahrhaft mächtiger Fürst war er gewesen, dessen Reich wohl doppelt so groß gewesen war wie das, welches Otto jetzt von seinem Vater geerbt hatte. Und Karl hatte es mit Blut und Stahl zusammengehalten. Vielleicht war es *das*, woran Otto die versammelten Herzöge und Grafen hier erinnern wollte …

Einer nach dem anderen beugten sie vor dem jungen König das Knie und gelobten ihm Treue: Arnulf, der alte Herzog von Bayern, der so aussah, als wolle er König Heinrich bald über den großen Fluss in die andere Welt folgen. Eberhard, der Herzog von Franken, hatte die Mitte der Fünfzig ebenfalls überschritten, aber er wirkte nicht greisenhaft, sondern kampfgestählt, erfahren, womöglich gar weise. Sein Bart war silbern, aber der dunkle, schulterlange Schopf nur von ein paar grauen Fäden durchzogen, und die scharfen grauen Augen ruhten auf Otto. Sein Vetter Hermann, der Herzog von Schwaben, der als Nächster an der Reihe war, dem jungen König zu huldigen, war ungefähr in Thankmars Alter, aber seine blonden Locken und die großen, unschuldig wirkenden blauen Augen verliehen ihm etwas Jungenhaftes. Er als Einziger machte nicht den Eindruck, als habe man ihm diesen Kniefall mit vorgehaltener Waffe abgerungen. Und dann folgte Ottos Schwager, Giselbert von Lothringen, den Silberschopf wieder einmal auf

Hochglanz gestriegelt, und erfüllte seine Pflichtübung mit einem aalglatten Lächeln, das absolut nichts preisgab.

»Wie lange dauert das denn noch?«, quengelte Wilhelm. »Ich werd ja gebraten …«

»Still, Bengel«, schalt Tugomir auf Slawisch. »Dein Vater wird heute König. So etwas geschieht nicht alle Tage, also fass dich in Geduld.«

»Ich seh aber nichts.«

Tugomir packte ihn unter den Achseln und setzte ihn auf seine Schultern.

Während der ganzen zweiwöchigen Reise hierher hatte er gerätselt, warum Otto ihn mit zu seiner Königswahl schleifte. Bis auf Brun, der in Begleitung des Bischofs von Utrecht gekommen war, war keiner seiner Brüder nach Aachen gereist. Thankmar war unmittelbar nach König Heinrichs Beisetzung aufgebrochen; angeblich, um die Ländereien in Besitz zu nehmen, die sein Vater ihm vererbt hatte, in Wahrheit aber, wusste Tugomir, um Egvina nach Süden zu folgen und sie und ihr Kind, das inzwischen vermutlich zur Welt gekommen war, zurückzuholen. Henning war mit seiner Mutter in Quedlinburg geblieben, wo er Graf Siegfried, seinem einstigen Erzieher, zur Hand gehen sollte, der Sachsen in Ottos Abwesenheit hütete. Von seiner Familie hatte Otto nur Editha und die Kinder mit zu seiner Krönung genommen. Also warum dann ihn?, hatte Tugomir gerätselt. Er hatte geargwöhnt, Otto wolle den gefangenen slawischen Fürsten seinen Vasallen vorführen wie einen Bären an der Kette, so wie König Heinrich es damals beim Hoftag in Quedlinburg getan hatte. Doch als sie in Aachen eingetroffen waren, hatte der Herzog von Lothringen, der diese Königserhebung quasi als Gastgeber zu organisieren hatte, ihm ausrichten lassen, sein Platz beim Bankett sei an einem der unteren Tische, für ihn sei während der Feierlichkeiten keine zeremonielle Verrichtung vorgesehen, und er möge sich nach Möglichkeit so unauffällig verhalten, als sei er gar nicht da.

Nichts lieber als das, hatte Tugomir gedacht, aber was soll ich dann hier?

Erst als er gestern beim Nachtmahl plötzlich seinen Neffen

entdeckt hatte, der sich von Bruns Hand losriss, um zu Tugomir zu stürmen und sich an ihn zu klammern, als wolle er ihn nie wieder hergeben, war ihm der Gedanke gekommen, dass Otto ihm ein Friedensangebot unterbreitete. Ihm womöglich sogar einfach nur eine Freude machen wollte. Und dieser Erkenntnis folgte gleich die nächste Frage: Warum? Und warum jetzt?

Gero, Hermann Billung, dessen Bruder Wichmann und eine schier endlose Reihe weiterer Grafen, die Tugomir mehrheitlich nicht kannte, folgten dem Beispiel der Herzöge, und Otto nahm ihre Huldigungen mit Feierlichkeit entgegen, antwortete jedem mit so aufrichtiger Dankbarkeit, als sei er der Erste.

Dann endlich erhob er sich von dem thronartigen Sessel, den man im Säulenhof für ihn aufgestellt hatte, und führte die Prozession in die Kirche. Tugomir folgte als einer der Letzten. Gleich an der Tür blieb er stehen, den Jungen immer noch auf den Schultern. Es war eine Wohltat, der brennenden Sonne entkommen zu sein.

In der vergleichsweise dämmrigen Kirche warteten sämtliche Bischöfe und Äbte des Reiches, jede Menge sonstige Priester und haufenweise Volk: In dem umlaufenden Säulengang dieses merkwürdigen, achteckigen Tempels drängten sich Adlige mit ihren Damen, kleine Landedelleute und Würdenträger in gespannter Stille.

Der Priester mit dem edel geschnitzten Krummstab und den Gewändern mit dem meisten Gold – ohne Zweifel der Erzbischof von Mainz, wie die Christen ihren höchsten Priester nannten – nahm den jungen König bei der Hand, führte ihn in die Mitte der Kirche und rief: »Sehet, ich bringe euch Otto, den König Heinrich zu seinem Nachfolger erkoren, den alle Fürsten des Reiches gewählt und den Gott ausersehen hat! Wenn diese Wahl Eure Zustimmung findet, so hebt die Rechte gen Himmel!«

Ein Wald aus Händen reckte sich in die Höhe, Jubel brandete auf und hallte von der hohen Decke wider, bis Wilhelm sich die Ohren zuhielt. Tugomir beobachtete Otto, der die frenetische Begeisterung seiner Untertanen mit einem eher verhaltenen Lächeln aufnahm, und fragte sich, was ihm wohl durch den Kopf ging.

Der Erzbischof geleitete den König hinter den Altar, auf dem mehrere Gegenstände bereitlagen, von denen die meisten verheißungsvoll im Kerzenschein funkelten. Als Erstes ergriff der Kirchenfürst ein prunkvolles Schwertgehenk, gürtete Otto damit und sagte: »Nimm dieses Schwert, auf dass du aus dem dir anvertrauten Reich alle Feinde Christi verjagen mögest, die Heiden und die schlechten Christen.«

Großartig, dachte Tugomir, *wie wär's, wenn du gleich mit mir anfängst …*

Dann kam der lange Krönungsmantel mit den reich verzierten Spangen, und der Erzbischof sprach: »So wie dieser Mantel mögen dich bis an dein Ende der Eifer des Glaubens und das Streben nach Frieden umhüllen.« Wieder wandte er sich zum Altar, nahm zwei schmale goldene Stangen – eine lang, eine kurz – und reichte sie ihm mit den Worten: »Zepter und Stab gemahnen dich, mit väterlicher Zucht deine Untertanen zu leiten, den Dienern Gottes, den Witwen und Waisen stets die Hand des Erbarmens zu reichen. Und niemals möge dein Haupt ohne das Öl der Barmherzigkeit sein, auf dass du jetzt und in Zukunft mit ewigem Lohn gekrönet werdest.«

Nun endlich bekamen auch die Erzbischöfe von Köln und Trier etwas zu tun: Mit dem Öl, das sie für heilig hielten, salbten sie den König und setzten ihm zusammen und mit feierlicher Langsamkeit die Krone aufs Haupt: ein breites, goldenes Diadem, das vier große Zinken trug, die wie Blätter geformt waren, und über der Stirn in einer Spitze zulief. Das Gold und die vielen Edelsteine schimmerten satt, und Tugomir kam in den Sinn, dass diese Krone mindestens so schwer sein musste wie das Amt, das sie mit sich brachte.

Doch Otto schien ihr Gewicht nicht zu spüren. Seine Miene drückte nichts als feierlichen Ernst aus, als die Bischöfe ihn die Treppe hinauf in den oberen Säulengang führten und zum marmornen Thron Karls des Großen geleiteten. Dort nahm er Platz und hatte einen freien Blick auf das Volk, die Edelleute und Kirchenfürsten in der Kirche, die ihrerseits von hier unten zu ihrem frisch gekrönten König aufschauen und seine strahlende Erscheinung bewundern konnten. Es war eine geschickte Inszenierung, wusste Tugomir, aber selbst ihn, den Außenseiter, der immer so bemüht war, unbeteiligt zu bleiben, ließ der Anblick des ernsten jungen Königs nicht unberührt.

Die Krönungsmesse hatte länger gedauert, als er sich in seinen schlimmsten Albträumen je hätte vorstellen können, aber irgendwann nahm sie doch ein Ende.

»Haben die Brüder nicht wunderschön gesungen?«, schwärmte Wilhelm, während sie Otto und seinen Fürsten zur Halle hinüber folgten. Der König ging jetzt Seite an Seite mit Editha, beobachtete Tugomir, aber Liudolf und Liudgard konnte er nicht entdecken. »Doch, das haben sie«, antwortete er dem Jungen und sah auf ihn hinab. »Heißt das, du findest allmählich Geschmack am christlichen Götterdienst?«

Wilhelm überlegte einen Moment. Zwei Monate trennten ihn von seinem siebten Geburtstag. Er war immer noch ein kleiner Kerl. Aber Tugomir hatte festgestellt, dass er jetzt häufiger als früher nachdachte, bevor er eine Frage beantwortete. Das konnte keinesfalls schaden, fand der Onkel.

»Ja, ich glaub schon«, sagte der Junge schließlich. »Vor allem die Stundengebete, wenn die Mönche die Psalmen singen. Die Brüder in Utrecht machen das achtmal am Tag. Aber wir müssen nur zur Prim, zur Terz, zur Sext, zur Non und zur Vesper.«

Ich hoffe, dir ist es nicht bestimmt, Mönch zu werden, dachte Tugomir, der diese Existenz in Abgeschiedenheit und Ehelosigkeit albern und sinnlos fand. Er wusste, dass Einkehr manchmal nötig war, um sich dem Willen der Götter zu öffnen, aber Einkehr um ihrer selbst willen und ein ganzes Leben lang? Das war Unfug und führte zu nichts.

Er zerzauste dem Jungen den dunklen Schopf. »Wie geht es dir dort in Utrecht auf der Domschule, Vilema?«

»Gut.« Es klang pflichtschuldig.

»Hast du Freunde gefunden?«

Er nickte mit einem Lächeln, das schon ehrlicher wirkte. »Burkhard von Geldern und Dudo von Breda sind meine Freunde, und natürlich Dietmar. Und mein Onkel Brun. Ich seh ihn nicht oft, weil er viel größer ist als wir und andere Lehrer hat, aber … Er ist eben da.«

»Und die Lehrer? Wie sind sie?«

»Verschieden«, gab Wilhelm zurück und hob die schmalen Schultern. »Bruder Anselm gibt uns Reitstunden und lässt uns mit Holzschwertern üben, denn er sagt, wenn wir Bischöfe werden, sind wir Vasallen des Königs und müssen für ihn Soldaten in den Krieg führen können. Bruder Gregorius sagt, das sei alles nicht wahr und Frevel, und er verprügelt uns, wenn er uns mit den Holzschwertern erwischt.«

»Hm«, machte Tugomir. »Es wird dir noch oft im Leben passieren, dass Menschen dir Dinge erzählen, die sich völlig widersprechen, und dabei so tun, als könne es an der Richtigkeit ihrer Auffassung keine Zweifel geben.«

»Und? Wie soll man entscheiden?«

»Das ist von Fall zu Fall unterschiedlich. Manchmal ist es klug, den Weg zu wählen, der einem die wenigsten Prügel einbringt. Aber wenn es um etwas Wichtiges geht, muss man sich erforschen und herausfinden, was man selber glaubt und dann auch zu dieser Überzeugung stehen.«

»Es klingt so einfach, wie du es sagst.«

»Nein, Vilema. Es ist nicht einfach. Das Schwierigste ist und bleibt, der eigenen Furcht zu trotzen. Selbst die Tapfersten schaffen das nicht immer.«

»Ich wette, mein Vater schon.«

»Vielleicht.« Er glaubte es zwar nicht, aber er fand es wichtig, dass ein Knabe in Wilhelms Alter seinen Vater uneingeschränkt bewundern durfte. Die Zweifel würden noch früh genug kommen. Und ganz von selbst.

Anlässlich der Königskrönung hatten die vier Herzöge des Reiches zeremoniell die vier wichtigsten Hofämter übernommen: Ottos Schwager, Giselbert von Lothringen, führte als Kämmerer die Oberaufsicht über die Feierlichkeiten. Der greise Arnulf von Bayern hatte als Marschall für die Pferde Sorge zu tragen. Eberhard von Franken war als Truchsess für die Tafel verantwortlich, Hermann von Schwaben füllte beim Festmahl an der marmornen Königstafel Ottos Becher. Er tat es mit der gebotenen Würde, aber ebenso gut gelaunt, und es dauerte nicht lange, bis man Editha an der Seite des Königs in ihr schönes, warmes Lachen ausbrechen hörte. Otto selbst zeigte zumindest ein Lächeln. Seine Schultern entspannten sich sichtlich, und er langte herzhaft zu. Sein und Edithas Weinpokale waren kostbare, mit Edelsteinen besetzte Goldgefäße, und auch die dampfenden Platten voller Wildbret, die als Erstes aufgetragen wurden, waren aus Gold und Silber gefertigt.

Ottos Bruder Brun und die Erzbischöfe und mächtigsten Äbte saßen mit dem Königspaar an der hohen Tafel, aber Liudolf und Liudgard entdeckte Tugomir mit ihren Erziehern an einem Tisch weiter unten. »Sieh mal, da sind deine Geschwister.« Er zeigte diskret mit dem Finger. »Du kannst ruhig zu ihnen gehen, wenn du willst. Ich habe so ein Gefühl, als werde dieses Festmahl Stunden dauern.«

Sechs kräftige, schwitzende Kerle trugen einen ganzen, am Spieß gebratenen Ochsen in die Halle, der mit allgemeinem Staunen begrüßt wurde.

Aber Wilhelm schüttelte den Kopf. »Es gehört sich nicht, während des Festmahls von der Tafel aufzustehen«, belehrte er seinen Onkel.

»Das ist wahr.«

»Und außerdem sind wir noch ein paar Tage hier, hat Onkel Brun gesagt. Ich werde also noch mehr von Liudolf sehen, als mir lieb ist. Und überhaupt …«

Weiter kam er nicht, weil Arnulf von Bayern seinen Pokal erhob und einen ziemlich umständlichen und weitschweifigen Trinkspruch auf den König ausbrachte. Kaum hatte er wieder Platz genommen, folgte der Herzog von Franken seinem Beispiel, dann der Erzbischof von Mainz. Und so weiter.

Tugomir und Wilhelm aßen von dem saftigen Ochsenfleisch, das auf einer Platte in ihrer Reichweite aufgetürmt lag, tunkten es in eine der cremigen, mit sündhaft teuren Gewürzen veredelten Saucen und lauschten den immer gleichen Segenswünschen.

»Die meisten Leute hier hab ich noch nie im Leben gesehen«, bemerkte der Junge irgendwann.

»Ich wette, dein Vater kennt auch längst nicht alle«, gab Tugomir zurück und bedeutete einem Diener, seinen Weinbecher aufzufüllen. »Die Herzöge und Bischöfe und einige der Grafen kommen natürlich zu den Hoftagen, aber nie so viele, wie heute hier sind.«

Wilhelm sah sich noch einmal gründlich in der großen Halle um. »Und du meinst, all diese Männer hier werden dem König gehorchen, auch wenn sie ihn noch nie gesehen haben und viele, viele Meilen weit fort von Sachsen wohnen?«

»Vielleicht nicht alle besonders willig. Aber der König wird Mittel und Wege finden, sie zu überreden, Vilema. Ich denke nicht, dass du dir Sorgen um ihn machen musst.«

Das schmale Gesicht hellte sich auf. »Nein, du hast sicher recht. Zumal der König ja der Stellvertreter Christi auf Erden ist, so wie der Heilige Vater in Rom, also müssen die Grafen und Herzöge tun, was er befiehlt, schätze ich, weil sie sonst in die Hölle kommen.«

Tugomir grinste in seinen Becher. »Ein Argument, dem man kaum etwas entgegensetzen kann.«

Wilhelm sah ihn unsicher von der Seite an. »Du glaubst das nicht?«

»Wie kommst du darauf?«

»Weil du ein Heide bist.«

»Bekümmert dich das?«

Sein Neffe nickte langsam.

»Du fürchtest, dass auch ich in die Hölle komme, wenn ich sterbe, so wie die Grafen, die dem König nicht gehorchen?«

»Bischof Balderich sagt das. Und all meine Lehrer. Die Heiden und die Sünder werden der ewigen Verdammnis anheimfallen. Ich bete oft, dass Gott bei dir eine Ausnahme macht, aber er ist so … streng. Ich glaub nicht, dass meine Gebete viel nützen werden.«

Tugomir musste feststellen, dass die Sorge des Jungen ihn rührte. Und er wusste noch genau, wie es war, so jung und Priesterschüler zu sein und Tag für Tag vom Zorn und der furchteinflößenden Macht der Götter zu hören. Er hielt seinem Neffen die Linke hin und wies mit der rechten Hand auf die Tätowierungen. »Weißt du, was das bedeutet?«

»Es sind die Zeichen der heidnischen Götzen«, antwortete Wilhelm – unverkennbar unbehaglich.

Das Wort gefiel Tugomir nicht, aber er wies ihn nicht zurecht. »Man hat mich gelehrt, dass sie die wahren Götter sind. Aber womöglich haben sie ihre Macht verloren. Womöglich ist die eures Buchgottes größer, und das ist der Grund, warum dein Großvater die slawischen Völker niederwerfen konnte. Ich weiß es nicht. Aber wenn dein Gott wirklich so mächtig ist, wie Bruder Waldered und dein Vater und all deine Lehrer glauben, dann sollte es nicht so schwierig für ihn sein, mir das zu beweisen, oder?«

»So funktioniert es aber nicht«, versuchte der Junge zu erklären. »Wir müssen glauben. Dann schenkt Gott uns seine Gnade. *Wir* müssen den ersten Schritt machen, nicht er.«

Tugomir hob lächelnd die Schultern. »Ich fürchte, dann wirst du weiter beten müssen, dass dein Gott auch in dem Punkt bei mir eine Ausnahme macht.«

Möllenbeck, August 936

»Uns ist eine hohe Ehre zuteil geworden, Schwestern«, verkündete die Äbtissin in der Kapitelversammlung. »Die Königin, oder genauer gesagt, die Königin*mutter*, hat uns geschrieben. Sie wünscht, in Quedlinburg ein neues Kanonissenstift zu gründen, um der Seele ihres verstorbenen Gemahls zu gedenken, der dort begraben liegt. Und weiter wünscht sie, dass wir ihr zehn Schwestern senden, um den Kern dieser Gemeinschaft zu bilden.«

Ein leises Raunen ging durch die Reihen der Schwestern.

»Kanonissen des Stifts in Herford, wo Königin Mathildis als junges Mädchen einst selbst erzogen wurde, sollen dazustoßen«, fuhr die Mutter Oberin fort, »aber eine aus unserer Mitte soll das Amt der Priorin übernehmen. Das ist, wie gesagt, eine große

343

Ehre. Aber es stellt uns auch vor große Probleme, denn eigentlich können wir hier auf keine von euch verzichten. Was schlagt ihr vor?«

»Welche Wahl haben wir denn?«, fragte die dicke Schwester *Celleraria* mit dem unglaublichen Doppelkinn. »Ohne Mathildis' Großzügigkeit und fromme Güte gäbe es dieses Haus nicht. Wir verdanken ihr alles. Wir müssen ihrem Wunsch entsprechen.«

»Sie hat recht«, stimmte Irmgardis zu. »Alles andere wäre undankbar.«

»Ich würde gerne nach Quedlinburg gehen«, meldete die junge Schwester Ursula sich zu Wort, und es gab verhaltenes Gelächter, das aber eher nachsichtig als höhnisch klang. Alle wussten, dass Ursula die Abgeschiedenheit des Stifts nicht sonderlich schätzte. Vermutlich hoffte sie, dass es in einer Stadt wie Quedlinburg, wo es sogar eine Königspfalz gab, selbst hinter Stiftsmauern ein wenig lebhafter zuging.

Die Äbtissin schüttelte den Kopf. »In ein paar Jahren vielleicht, Schwester. Jetzt noch nicht.«

Das junge Mädchen ließ enttäuscht die Schultern hängen.

Hilda von Kreuztal wandte sich an ihre Priorin. »So schwer es mir fällt, aber du musst gehen, Gertrudis. Wir sind es der Königin schuldig, ihr unsere Besten zu schicken.«

Schwester Gertrudis errötete, weil Lob sie immer noch verlegen machte, aber sie nickte. »Wie Ihr wünscht, ehrwürdige Mutter. Ich kann mir nicht vorstellen, wie ich ohne Euren Rat und Eure Güte zurechtkommen soll, aber Gott wird mir den Weg weisen.«

»Amen«, murmelten die Schwestern hier und da.

»Dann lasst uns nun beraten, welche von euch die Schwester *Decana* begleiten sollen.«

Es wurde eine langwierige Debatte. Die Schwestern, die am besten geeignet schienen, wollten nicht; diejenigen, die wie die junge Ursula gehen wollten, schienen eher nach weltlicher Zerstreuung zu trachten als danach, eine neue Stätte des Gebets und der Frömmigkeit zu gründen.

Schließlich hob die Äbtissin die Hand. »So kommen wir nicht weiter, und der Morgen vergeht in eitlem Müßiggang. Schwester

Decana, nenne uns die Namen der Schwestern, die du gerne mitnehmen würdest.«

Ohne das geringste Zögern erwiderte die junge Priorin: »Die Schwestern Bertha, Hiltigardis, Ida, Judith, die Schwester *Portaria …*«

»*Mich?*«, unterbrach die Pförtnerin entsetzt. »Aber ich bin steinalt, Kind. Lass mich hier in Ruhe abwarten, bis der Herr mich zu sich ruft.«

»Kaum eine hat so viel Erfahrung wie du, Schwester«, widersprach Gertrudis. »Ich werde deinen Rat brauchen.« In Wahrheit, ahnten vermutlich die meisten, wollte sie das hiesige Stift von der völlig unfähigen Pförtnerin erlösen, deren Versäumnisse in einem abgelegenen Haus wie diesem gefährlich waren. Ganze Horden von Banditen und Meuchelmördern konnten sich einschleichen, während sie ihr Nickerchen hielt.

»Weiter, Gertrudis«, bat die Äbtissin.

»Die Schwestern Frieda, Ruthildis, Gerberga und Dragomira.«

Auf einen Schlag war es so still im Kapitelsaal, dass man das Summen der Bienen draußen vor dem Fenster hören konnte.

Dragomira, die bislang auf einen Punkt genau zwischen ihren Sandalen gestarrt hatte, hob langsam den Kopf.

»Ich stimme deiner Wahl zu bis auf Schwester Dragomira«, sagte die Mutter Oberin erwartungsgemäß. »Das ist völlig ausgeschlossen, wie du sehr wohl weißt.«

Die junge Priorin nickte scheinbar einsichtig, erwiderte jedoch: »Ich muss darauf bestehen, ehrwürdige Mutter.«

Schon wieder machte sich Schweigen breit, dieses Mal eher von der betretenen als der schockierten Sorte. Eine Kanonisse, auch eine Priorin hatte gegenüber der Mutter Oberin keine Forderungen zu stellen. Es war anmaßend, ungehorsam, hochmütig, halsstarrig – es war praktisch alles, was eine Stiftsdame niemals sein durfte. Alles, was Dragomira neuerdings war. Und nun, so schien es, hatte sie die arme Priorin angesteckt mit ihren vielen Sünden …

»Ich muss darauf bestehen, ehrwürdige Mutter«, wiederholte diese zu allem Überfluss, »weil ich fürchte, dass Schwester Dragomira bald sterben wird, wenn sie hier bleibt.«

»Das liegt allein in Gottes Hand«, entgegnete die Äbtissin. Es klang kurz angebunden, als wolle sie das Thema beschließen.

»Wie alle Dinge liegt das Leben unserer Schwester in Gottes Hand«, stimmte die Priorin zu. »Aber das bedeutet nicht, dass wir die Seelenqualen einer Mitschwester tatenlos mit ansehen dürfen.«

»Ihre Seelenqualen hat sie sich nur selbst zu verdanken«, warf Irmgardis empört ein. »Genau wie alles andere.«

Dragomira stellte die Fersen auf die Bank, stützte die Ellbogen auf die angewinkelten Knie und hielt sich die Ohren zu. Sie wollte das nicht hören. Doch ihre Hände boten nur unzureichenden Schutz gegen die hallenden und erhobenen Stimmen, die im Kapitelsaal über ihr Schicksal stritten, als sei sie eine kranke Kuh.

»Mal von allem anderen abgesehen, Schwester *Decana*, die Königinmutter hat Dragomira doch hergeschickt«, wandte Schwester Uta ein. »Weil sie … weil sie ein Kind ohne Vater … Ich meine, ihr wisst schon.« So beschämend fand sie es offenbar, dass sie es nicht über sich brachte, es in Worte zu kleiden. »Königin Mathildis wollte sie deswegen nicht mehr am Hof haben und wäre bestimmt furchtbar wütend, wenn wir sie mit zurückbrächten. Und du brauchst mich gar nicht so vernichtend anzustarren, Dragomira. Alle hier wissen, dass du einen *Bastard* hast! Du bist eine Gefallene und solltest Gott auf Knien danken, dass du hier die Gelegenheit bekommen hast, deine Sünden zu tilgen. Stattdessen …«

»Das ist genug, Schwester Uta«, fiel die Äbtissin ihr ins Wort.

Dragomira war noch nie so nahe daran gewesen, ihr Schweigen zu brechen, wie in diesem Moment, und darum war sie der Oberin dankbar für ihr Machtwort. Es wäre bitter gewesen, sich ausgerechnet Schwester Uta geschlagen geben zu müssen, die ein einfältiges und meist lammfrommes Geschöpf war – keine ebenbürtige Gegnerin eigentlich.

Seit vier Monaten hatte Dragomira kein Wort gesprochen. Auch nicht mit Mirnia, obwohl es ihr nicht leichtfiel, die Daleminzerin, die so schwer an ihrem Schicksal trug, auf diese Weise zu bestrafen. Aber es ging nicht anders. Im Übrigen *war* sie wütend auf Mirnia. Bei allem Verständnis für deren Lage blieb doch die

Tatsache, dass Mirnia Widukind und sie verraten hatte und zur Äbtissin gelaufen war, statt ihre Ängste Dragomira anzuvertrauen. Das Ergebnis war, dass Widukind jetzt vermutlich in irgendeinem finsteren Loch eingesperrt und obendrein von seiner Familie verstoßen war. Und auch ihre – Dragomiras – Chance auf ein klein wenig Glück im Leben war dahin. Äbtissin Hilda, der Abt von Fulda, die Königinmutter, sie alle schienen sich verschworen zu haben, ihr vorzuschreiben, wie sie zu leben hatte. Aber sie konnte sich dem nicht länger unterwerfen. Ihr Zorn war einfach zu groß, auch ihr Zorn auf Gott. Und weil ihr sonst nichts mehr blieb, hatte sie sich darauf besonnen, dass sie eine slawische Fürstentochter war, und hatte dem Leben, das man ihr in gönnerhafter Herablassung bot, eine Absage erteilt. Sie sprach nicht, sie betrat die Bibliothek nicht mehr, sie ernährte sich nur noch von Wasser und Brot, und selbst davon nahm sie nie genug zu sich. Daraus allein hätte ihr niemand einen Vorwurf machen können, denn es stand jeder Schwester frei, sich selbst ein Schweigegelöbnis oder eine Fastenbuße aufzuerlegen. Doch sie verweigerte die Sakramente, nahm weder die Kommunion noch ging sie zur Beichte. Sie versäumte keine Messe und auch keines der vielen Stundengebete, die den Tagesablauf im Stift bestimmten, denn sie hatte Gott nicht den Rücken gekehrt. Er ihr hingegen schon, glaubte sie, und darum wollte sie den Leib des Herrn nicht zu sich nehmen, bis sie herausfand, wo sie und Gott standen.

Die Mutter Oberin war der Regel gefolgt. Sie hatte sie ermahnt, aus dem Refektorium ausgeschlossen, und als all das nichts nützte, hatte sie zwei der Schwestern befohlen, Dragomira an den Stützbalken des Kapitelsaals zu binden und sie mit Weidenruten zu schlagen. Dragomira hatte gewusst, dass das passieren würde, und es war nicht einmal so schlimm gewesen. Womöglich waren die Schwestern sanfter zu ihr, als die Regel der *Institutio Sanctimonialium* es vorsah, weil sie insgeheim auf ihrer Seite standen. Nicht alle dachten so wie Schwester Irmgardis und Schwester Uta. Aber so oder so – ihr war es gleich gewesen. Genau genommen war ihr alles gleich.

Äbtissin Hilda wandte sich wieder an ihre Priorin. »Schwester

Uta hat in einem Punkt recht: Königin Mathildis wird Schwester Dragomira in ihrem neuen Stift in Quedlinburg nicht dulden. Du solltest nicht den Fehler machen, sie gleich zu Beginn zu brüskieren, Gertrudis. Sie ist eine äußerst fromme, edle und freigiebige Dame, aber einfach ist sie nicht. Auch nicht besonders nachsichtig.«

»Aber klug«, konterte die Priorin. »Und ehrgeizig. Wenn sie erfährt, dass es Dragomira war, die ihren neuen Psalter illuminiert hat, wird ihr Zorn sich legen.«

Die Mutter Oberin dachte darüber nach. Schließlich antwortete sie zögernd: »Ich bin nicht sicher, aber möglicherweise hast du recht.« Ihr Blick richtete sich auf Dragomira. »Ich glaube nicht, dass es weise ist, dich von hier fortzuschicken, solange du nicht Demut gelernt und deine Auflehnung gegen Gott aufgegeben hast. Nur dann kann deine Seele Frieden finden, und nur dann kannst du einer Gemeinschaft von Kanonissen von Nutzen sein. Aber auch ich sehe, dass du dabei bist, dich zugrunde zu richten. Das will ich nicht, und ich bin sicher, Gott will es auch nicht. Also sag mir, mein Kind, ist es dein Wunsch, mit der Schwester *Decana* nach Quedlinburg zu gehen?«

Dragomira nickte. Sie hatte keine Ahnung, was sie in Quedlinburg anfangen sollte, aber alles war besser, als hierzubleiben an diesem Ort voller Erinnerungen. Erinnerungen an die Jahre der Zufriedenheit im Scriptorium, aber vor allem Erinnerungen an Widukind. Und Quedlinburg war nicht weit von der Elbe entfernt. Dragomira war zu antriebslos, um sich mit Fluchtgedanken zu tragen, doch seit sie hier ihre Heimat verloren hatte, wurde sie manchmal von einer großen Sehnsucht nach dem Havelland und der Brandenburg gepackt, und vielleicht wäre es ein tröstliches Gefühl, ihnen ein wenig näher zu sein.

»Dann sag es«, forderte Äbtissin Hilda sie auf. »Brich dein Schweigen und zeig mir, dass du guten Willens bist. Dann lasse ich dich gehen.«

Dragomira zögerte nicht. »Ja.« Ihre Stimme klang spröde, und sie musste sich räuspern. »Ja, ehrwürdige Mutter. Es ist mein Wunsch, mit der Priorin und den übrigen Schwestern nach Quedlinburg zu gehen.«

Die Äbtissin nickte, ihre Miene bekümmert. Dragomira kam die Frage in den Sinn, ob es der Verlust eines Schützlings oder der begabten Buchmalerin war, der die Mutter Oberin bekümmerte, doch alles, was diese sagte, war: »Dann geh mit Gott, Schwester.«

Magdeburg, August 936

»Die Redarier haben ihren Tribut nicht geleistet«, berichtete Graf Siegfried.

Otto verdrehte die Augen. »Das hätte ich mir denken können.«

»Ja, damit war wohl zu rechnen«, stimmte Thankmar zu. »Alle probieren aus, was sie sich bei dem unbekannten, jungen neuen König leisten können.«

Otto nickte grimmig. »Und zwar alle gleichzeitig. Erst Boleslaw von Böhmen, jetzt die Redarier. Wer wird der Nächste sein?«

Wenn ich wetten sollte, würde ich mein Geld auf Arnulf von Bayern setzen, dachte Thankmar. Oder die Ungarn, natürlich.

Sie saßen mit Ottos Vertrauten und Ratgebern zusammen in der Halle. Draußen herrschte Nieselwetter, und trübes Licht sickerte durch die Fenster. Dumpfer Hammerklang und rufende Männerstimmen drangen von der Baustelle herüber, die kaum hundert Schritte von der Halle entfernt lag. Beinah Ottos erste Amtshandlung, nachdem er die Verfügungsgewalt über die königlichen Schatullen erlangt hatte, war der Baubeginn des Klosters gewesen, das er Editha schon vor ihrer Hochzeit versprochen hatte. Ein würdiger Schrein für die Reliquien des heiligen Mauritius, die sie damals bei ihrer Ankunft in Magdeburg als Geschenk mitgebracht hatte. Thankmar wusste, eine Klostergründung war immer segensreich für eine aufstrebende Stadt, denn ein Kloster zog Pilger an, und Pilger brachten Geld. Aber er haderte mit den Prioritäten seines königlichen Bruders. Es wäre klüger gewesen, sein Silber zusammenzuhalten, denn die Königsmacht zu sichern konnte mitunter ein teures Unterfangen sein. Man brauchte Sol-

349

daten dafür. Und Mittel für großzügige »Geschenke« an potenzielle Verbündete. Außerdem ging Thankmar der Baulärm auf die Nerven, der morgens mit dem ersten Hahnenschrei begann.

Er schlug die Beine übereinander und griff nach seinem Becher. »Was ist mit den Hevellern?«

Siegfried schüttelte den Kopf. »Alles ruhig. Der junge Fürst Dragomir scheint wohl doch an seinem Onkel zu hängen.«

»Zur Abwechslung mal«, brummte Hermann Billung in seinen struppigen Rauschebart, den Thankmar unmöglich fand.

Hermanns Bruder Wichmann biss in eine Pflaume und sagte kauend: »Die Redarier haben die Schlacht von Lenzen bestimmt nicht vergessen. Ich fürchte, Euer Bruder hat recht, mein König: Sie denken, jetzt, da Euer Vater nicht mehr ist, sei der richtige Zeitpunkt, um wieder aufzubegehren. Vielleicht sogar Rache zu nehmen.«

Otto nickte knapp. »Dann sollten wir sie schnell eines Besseren belehren. Ich denke, es wird das Beste sein, wir …«

Er brach ab, weil mit unnötigem Schwung die Tür aufgestoßen wurde und polternd gegen die Wand schlug.

»Graf Gero!« Otto lächelte. »Welch stürmischer Auftritt.«

Gero kam mit langen Schritten an die Tafel und verneigte sich. »Vergebt mir, mein König. Ich bringe Neuigkeiten.«

»Keine guten, nehme ich an«, sagte Otto.

Gero schüttelte den Kopf. »Boleslaw von Böhmen hat unsere Truppen übertölpelt und vernichtet. Mein Vetter Asik ist tot.«

Die Männer am Tisch bekreuzigten sich. Bleierne Stille folgte der Schreckensnachricht. Dann wies Thankmar auf den freien Platz neben sich: »Setz dich, Gero. Hier, trink einen Schluck.« Er schob ihm seinen Becher hin.

Sein Cousin glitt neben ihn auf die Bank und nahm einen ordentlichen Zug.

»Gott, Asik …«, murmelte Otto, sichtlich erschüttert. Man musste sich wohl erst daran gewöhnen, andere Männer in den Tod zu schicken, nahm Thankmar an. Und der junge Asik würde ihnen fehlen, der sich als Schultheiß von Magdeburg so hervorragend bewährt und den Otto deswegen mit einem Kommando belohnt hatte, damit er sich auch im Feld Ruhm und Ehre verdienen konnte. Aber Gott hatte offenbar anders entschieden.

»Was ist passiert?«, fragte der König schließlich.

Gero atmete tief durch und schob den Becher wieder in Thankmars Richtung. »Asik hatte seine Truppen aufgeteilt, und das war auch richtig. Ich hätte jedenfalls dasselbe getan. Ihr wisst ja, wie diese Merseburger Halunken sind: hervorragende Kämpfer, aber wilde Gesellen und schwer im Zaum zu halten. Asik wollte vermeiden, dass sie sich mit dem Aufgebot der Thüringer anlegten. Also schickte er die Thüringer auf der westlichen Route Richtung Prag und führte die Merseburger selbst auf der östlichen. Aber Boleslaw hatte gute Kundschafter. Er erfuhr, dass die Unseren sich aufgeteilt hatten, und tat das Gleiche. Mit der Hälfte seiner Armee stellte er die Thüringer, und sie … ergriffen die Flucht.«

»Großartig«, knurrte der König.

»Asik und die Merseburger trafen auf die andere Hälfte der Böhmen, und es kam zur Schlacht. Viele der Heiden fielen, der Rest wurde in die Flucht geschlagen. Asik kehrte ins Lager zurück, und die Merseburger begossen ihren leichten Sieg. Derweil rückte Boleslaw an, sammelte diejenigen seiner Männer ein, die Asik entkommen waren, wartete, bis in unserem Lager alle sternhagelvoll waren oder im See badeten oder weiß Gott was taten, und dann fiel er über sie her. Diese verfluchten Wilden haben sie alle abgeschlachtet. Asik fiel im Zweikampf gegen Boleslaw.«

»Wer hat die Nachricht gebracht, wenn alle Merseburger abgeschlachtet wurden?«, fragte Thankmar.

»Vater Ansgar. Der Feldgeistliche. Boleslaw hat ihn geschont und ihm aufgetragen, nach Hause zurückzukehren und uns auszurichten, wir mögen ihn in Zukunft nicht mehr behelligen. Dann zog er weiter zu Vitislaw von Kourim, tötete ihn und alle Einwohner seiner Burg und machte sie dem Erdboden gleich.«

Otto ballte einen Moment die Fäuste. Vitislaw von Kourim – ein christlicher Böhmenfürst, der sich König Heinrich unterworfen hatte – war es gewesen, der sie um Beistand gegen Boleslaw ersucht hatte. Um ihm zu Hilfe zu eilen, hatte Otto Asik mit den Merseburgern und Thüringern nach Böhmen geschickt.

»Wir haben ihn im Stich gelassen«, murmelte der König. »Er und die Seinen waren zum wahren Glauben bekehrt und haben uns willig Tribut gezahlt, aber wir haben ihnen nicht geholfen, sich gegen Boleslaw zu verteidigen. Jetzt werden die slawischen Völker sagen: ›Wieso sollen wir dem deutschen König Tribut zahlen und seinen Gott annehmen, wenn er uns nicht beschützt?‹ Und sie haben recht.«

»Mein König, wir haben getan, was wir konnten …«, begann Thankmar – untypisch behutsam.

»Das haben wir nicht«, fiel Otto ihm ins Wort. »Wir haben Boleslaw unterschätzt, sind wir doch mal ehrlich. Weil die Böhmen ein kleines Volk sind und er kein stehendes Heer unterhält, haben wir zu wenige Männer geschickt. Asik war zu unerfahren. Ich habe gedacht, ich tue ihm einen Gefallen, und ein paar slawische Barbaren erledigt er mit verbundenen Augen. Aber das war falsch. Unser Hochmut hat uns diese Niederlage eingetragen, zweitausend Männer *und* die Menschen von Kourim das Leben gekostet. *Mein* Hochmut.«

»Ich reiche Euch gern ein Töpfchen mit Asche, die Ihr auf Euer Haupt streuen könnt«, erbot sich Thankmar. »Und wenn Ihr dann fertig damit seid, Eure Sünden zu bekennen, können wir vielleicht überlegen, was nun zu tun ist.«

Der König grinste wider Willen, erinnerte ihn dann aber ungehalten: »Du sollst nicht ›Ihr‹ zu mir sagen, Bruder.«

Thankmar lächelte unverbindlich und deutete eine Verbeugung an. »Aber Ihr seid der König. Glaubt mir, es ist besser so. Ich kenne Euch, und ich kenne mich selbst, darum weiß ich, der Tag mag kommen, da wir beide froh sein werden, die Gebote der Höflichkeit beachtet zu haben.« Und ich will nicht derjenige sein, der deine Einsamkeit lindert, fügte er in Gedanken hinzu. *Du* hast die Krone bekommen. Also trag sie auch. Und zwar allein.

Es war einen Moment still. Schließlich erwiderte Otto: »Du sagst, wir müssen überlegen, was nun zu tun ist. Ich verrate es dir: Wir werden die slawischen Gebiete östlich der Elbe sichern. Bislang haben wir uns darauf beschränkt, hinzuziehen, sie zu unterwerfen und wieder nach Hause zu gehen. Und kaum haben wir ihnen den Rücken gekehrt, erheben sie sich wieder. Das ist der falsche Weg.«

»Und was sollen wir stattdessen tun?«, fragte Wichmann. »Was ist der richtige Weg?«

Thankmar argwöhnte, er höre einen arroganten Unterton in dieser Frage. Wichmann Billung war Mitte dreißig, ein paar Jahre älter als sein Bruder Hermann und genau wie der ein Bär von einem Kerl, auch wenn er Hermanns Vorliebe für zu langes Haar und einen Zottelbart glücklicherweise nicht teilte. Wichmann war die gezähmte Variante, der braune Bart sorgfältig gestutzt und von ein paar grauen Fäden durchzogen. Er war kein Raufbold wie Hermann und legte Wert auf vornehme Manieren. Vielleicht, weil er mit Königin Mathildis' Schwester Bia verheiratet war. Das machte ihn zu Ottos Onkel, was möglicherweise der Grund für die unterschwellige Gönnerhaftigkeit war.

»Der richtige Weg ist, die Gebiete östlich der Elbe zu besetzen und zu … zähmen«, antwortete Otto. »Und den Menschen dort den wahren Glauben zu bringen. Das ist ein Punkt, den mein Vater immer vernachlässigt hat, aber ich werde das nicht tun. Wenn wir die Slawen bekehren, tun wir Gottes Werk. Und machen aus Feinden Freunde, so wie Wenzel von Böhmen unser Freund war.«

»Aber wie wollt Ihr die slawischen Gebiete dauerhaft unter unsere Kontrolle bringen?«, fragte Siegfried skeptisch. »Dazu brauchen wir mehr Truppen, als wir haben. Und mehr Geld.«

»Wir tun es nach und nach«, antwortete der König. »So, wie unsere Kräfte es erlauben. Wir heben neue Truppen aus, aber ich will keine Verbrecherarmee mehr. Das Versagen der Merseburger gegen Boleslaw beweist, dass auf solche Männer kein Verlass ist.«

Die königlichen Ratgeber am Tisch stimmten zu. Thankmar stellte ohne große Überraschung fest, dass er der Einzige war, der den ungehobelten und raubeinigen Kerlen nachtrauern würde, die sein Vater als wirksame Geheimwaffe gegen die Slawen betrachtet hatte, weil sie sich an keine der Regeln des ehrenvollen Kampfes hielten, die auch den Slawen heilig waren.

»Wenn wir sofort aufbrechen, wie viele Männer können wir gegen die Redarier führen, Gero?«

»Ungefähr fünftausend.«

Der König nickte. »Das sollte reichen. Also dann, Freunde: In drei Tagen überschreiten wir die Elbe mit allem, was wir haben. Wir werden hart und entschlossen zuschlagen, vor allem schneller, als die Redarier mit uns rechnen. Hermann, du wirst den Oberbefehl über die Truppe führen.«

Alle am Tisch Versammelten fuhren leicht zusammen.

»Warum ich?«, fragte Hermann verdattert.

»Du willst nicht?«, erkundigte sich der König, und mit einem Mal klang er kühl.

»Doch, natürlich. Aber …«

»Dann ist es abgemacht.«

»Und dennoch, mein König«, hakte Wichmann nach. »Wenn Ihr die Frage gütigst beantworten wolltet?« Er machte keinen Hehl daraus, dass er mühsam um Höflichkeit rang.

Tu es nicht, drängte Thankmar seinen Bruder in Gedanken. *Zeig ihm, wer hier der König ist. Du schuldest ihm keine Rechenschaft.*

Aber Otto schien geneigt, Rücksicht auf Wichmanns verletzte Eitelkeit zu nehmen. »Weil Hermann im Fall unseres Sieges jenseits der Elbe bleiben und die Besatzungstruppen befehligen wird. *Ihr* werdet hier gebraucht, Onkel.« *Für wichtigere Aufgaben* sagte er nicht, aber man erahnte es zwischen den Zeilen. Der König erhob sich. »Macht euch bereit. Wir haben keine Zeit zu verlieren.«

»Und damit gab Wichmann Billung, dieser aufgeblasene Gockel, sich zufrieden«, schloss Thankmar seinen Bericht. »Oder zumindest sollen wir das glauben.«

»Ich könnte mir vorstellen, ihm liegt mehr daran, das Gesicht zu wahren, als bei ungemütlichem Herbstwetter den Sturm auf die Burg der Redarier zu führen«, sagte Egvina, den Blick auf den kleinen Handstickrahmen gerichtet.

»Vielleicht.«

Er hatte sie in den Gemächern der Königin aufgesucht, die in einem großzügigen und komfortablen Gebäude hinter der Halle lagen. Otto hatte es errichten lassen, als Editha mit Liudolf schwan-

ger war. Hier verbrachten die Königin und ihre Damen den Großteil ihrer Zeit, und hier befanden sich auch die Kinderstuben des
Prinzen und der Prinzessin, ihrer adligen Gefährten, die mit ihnen
erzogen wurden, ihrer Milchbrüder und -schwestern – kurzum,
hier wimmelte es immer von Kindern, sodass es auf eines mehr
oder weniger nicht ankam. Margild, die Tochter eines Freibauern
aus dem Thurgau, die Egvina als Amme genommen hatte, saß ein
wenig abseits mit einigen anderen Kinderfrauen um ein Kohlebecken, hielt die winzige Hatheburg auf dem Schoß und erfreute sie
mit einer hölzernen Rassel. Thankmar beobachtete seine Tochter,
die ihrerseits die Rassel nicht aus den Augen ließ. Blau waren sie,
diese Augen, so wie seine eigenen. Und der Flaum, der sich in der
Stirn immer zu einer verwegenen Locke drehte, war so dunkel wie
sein Haar. Es war egal. Da sie die Kleine nach seiner Mutter be-
nannt hatten, ahnte sowieso alle Welt, dass er der Vater war. Solange sie glaubten, Margild sei die Mutter, war alles in Ordnung.
Man konnte hören, dass das junge Mädchen aus dem tiefsten Süden kam – vom Bodensee, um genau zu sein –, aber es war allgemein bekannt, dass Thankmar gelegentlich die Reiselust packte.
Und ebenso allgemein bekannt war, dass er nichts anbrennen ließ,
egal, wohin es ihn verschlug. Also wunderte sich niemand über
Margilds Anwesenheit.

»Und was ist mit dir?«, fragte Egvina. »*Du* bist derjenige, dem
Otto das Kommando hätte geben müssen. Du bist sein Bruder, du
hast jede Menge Erfahrung im Krieg gegen die Slawen, und es waren *deine* Gesandten, die die Redarier in Einzelteile zerlegt zu-
rückgeschickt haben.«

Thankmar nickte. »Trotzdem bin ich alles in allem froh, dass
Otto mir das Kommando nicht angeboten hat. Ich bin sein Bruder,
darum kann er sich meiner Loyalität einigermaßen sicher sein. Es
war richtig, sich Hermanns zu versichern, indem er ihn für alle
Welt sichtbar mit seinem Vertrauen auszeichnet.«

Egvina ließ den Stickrahmen in den Schoß sinken und sah ihn
an. »Hör schon auf.« Sie hielt die Stimme gesenkt. »Hermann Billung ist dem König so ergeben, dass er ihm bis an den Schlund der
Hölle folgen würde. Du hättest das Kommando verdient, und es

wäre nur recht und billig gewesen, dich damit auszuzeichnen, nachdem er schon die Krone bekommen hat, auf die du Anspruch hättest erheben können. Der Grund, warum du dieses Kommando nicht willst, ist Tugomir. Du überlässt das Abschlachten der Redarier lieber Hermann Billung, denn Tugomir würde dir die kalte Schulter zeigen, wenn du es tätest.«

Thankmar hob die Hände zu einer Geste der Resignation und nickte.

»Und was ist mit Gero und Siegfried?«, fragte Egvina weiter. »Ich könnte mir vorstellen, sie hätten auch gern die Truppen angeführt. Vor allem Gero. Er hält sich doch für den größten aller Soldaten.«

»Womöglich stimmt es sogar«, gab Thankmar achselzuckend zurück. »Er war nicht glücklich über Ottos Wahl, das war unschwer zu sehen. Siegfried auch nicht. Aber sie fressen Otto aus der Hand.«

»Noch.«

Er runzelte die Stirn. »Was soll das heißen?«

»Der König hat nicht gerade großes Geschick bewiesen«, erklärte sie. »Asik hat diesen Feldzug gegen Boleslaw von Böhmen in eine Blamage verwandelt. Er war *ihr* Vetter. Ich schätze, Siegfried und Gero hätten sich die Chance gewünscht, die Scharte auszuwetzen.«

Thankmar lehnte den Rücken an den dicken wollenen Wandbehang und streckte die Füße vor sich aus. »Die werden sie bekommen. Es sind genug Feinde für uns alle da, weiß Gott.«

»Du hast wahrscheinlich recht. Aber Editha ist nervös, und ihr politisches Gespür sollte man nicht unterschätzen. Sie sagt, Siegfried sei ein Fels an Zuverlässigkeit, aber Gero nur ein Schilfrohr.«

Thankmar brummte. »Sie kann ihn nicht ausstehen, weil manchmal die Gäule mit ihm durchgehen. Aber ich bin sicher, dass Otto auf ihn zählen kann. Im Grunde ist Gero kein übler Kerl.«

»Sehr loyal von dir, das zu sagen«, spöttelte sie. »Schließlich ist er ja dein Cousin. Aber du weißt genau, dass es nicht stimmt. Er ist ein Ungeheuer, und Otto ist nicht in der Lage, das zu erkennen. Das ist gefährlich.«

»Mein königlicher Bruder kann viel besser auf sich achtgeben, als ihr ahnt, deine Schwester und du«, konterte er ungehalten. »Im Übrigen hab ich für heute genug von Politik. Lass uns in die Stadt gehen und auf dem Markt ein bisschen Geld verprassen.«

Egvina schüttelte den Kopf. »Geh allein. Mir ist es zu ungemütlich da draußen.«

»Komm schon. Wir besuchen den Goldschmied, und ich kaufe dir den blauen Saphir, den du letzte Woche angeschmachtet hast.«

Achtlos warf sie den Stickrahmen auf den Tisch und stand auf. »Das ist natürlich etwas anderes. Dafür lass ich mich gern nassregnen.« Sie eilte zur Tür und rief nach ihrem Mantel.

Thankmar lachte in sich hinein und folgte ihr. Das war so typisch für Egvina: Sie war eine reiche Witwe und hätte sich das kostbare Schmuckstück gut selbst kaufen können. Aber das hätte ihr kein Vergnügen bereitet. Sie wollte, dass er es ihr umlegte, und dann würde sie ihm erlauben, ihr alles andere auszuziehen, bis sie nur noch in diesem sündhaft kostbaren Halsgeschmeide aus getriebenem Gold und Perlen mit dem Saphir in der Mitte vor ihm stand. Schon bei der Vorstellung spürte er eine unmissverständliche Regung in den Lenden. Manchmal plagte ihn der Verdacht, dass er dieser Frau in erbärmlichem Maße verfallen war. Aber er konnte einfach nichts dagegen tun. Und ihm graute vor dem Tag, an dem sein Bruder ihm diese oder jene Herzogstochter als Braut vorschlagen würde, um irgendein wichtiges Bündnis zu schmieden. Er nahm an, das würde der Tag sein, da seine Loyalität zu seinem Bruder und König auf die Probe gestellt würde, und er machte sich über den Ausgang dieser Probe keine Illusionen.

Im Vorbeigehen strich er Hatheburg mit dem kleinen Finger über die Nasenspitze und flüsterte ihr zu: »Gott sei Dank, dass du kein Junge geworden bist.«

Magdeburg, September 936

»Wir hätten dich früher rufen sollen, Prinz«, sagte Milena erstickt. »Aber ich hatte solche Angst.«
Tugomir hob den Blick, sah ihr in die Augen und schüttelte den Kopf. »Es hätte keinen Unterschied gemacht. Also mach dir keine Vorwürfe. Das hier ist nicht deine Schuld.«

Er kniete auf dem lehmigen Boden neben dem dünnen Strohlager und spürte, wie der gute Wollstoff seiner Beinlinge die Feuchtigkeit aufsog. Eine klamme Kälte herrschte, und das Binsenlicht, das Milena auf die Erde gestellt hatte, gab mehr Ruß als Licht ab. Dieses erbärmliche Grubenhaus allein war eigentlich schon genug, um die geschundenen und unterernährten Sklaven dieses Haushalts umzubringen. Doch das hatte dem Herrn des Hauses nicht gereicht. Der schmächtige Junge, der da zusammengekrümmt und wimmernd auf dem flohverseuchten Strohbett lag, starb, weil Gero ihn mit einem Eschenstock verprügelt hatte. Dabei hatte er ihm nicht nur jede Menge Knochen gebrochen, sondern auch irgendetwas in seinem Innern zerschmettert. Der Junge starb seit einer Woche. Und das, fand Tugomir, war lange genug. Er hatte ihm mit Bilsenkraut versetzten Honig eingeflößt und erst aufgehört, als er wusste, dass es zu viel war.

Allmählich wurde der Kleine ruhiger. Tugomir legte ihm die Hand auf die glühende Stirn und strich ihm das Haar zurück. »Nicht mehr lange, Stani. Gleich wird es besser, glaub mir.«

Milena fing an zu weinen. Sie wandte sich halb ab und presste eine Hand vor den Mund, damit der Junge nichts davon merkte, aber sie weinte bitterlich.

Es dauerte tatsächlich nicht lange. In einem so kleinen und geschwächten Körper wirkte das Gift schnell. Als Stani in tiefe Bewusstlosigkeit gesunken war, drehte Tugomir ihn auf die Seite, um zu verhindern, dass der Junge erstickte, falls er erbrach, bevor das Ende kam. Er sollte in Frieden sterben. Und in Würde.

Milena schaute ihm zu, und als sie sah, wie die Züge des Kleinen sich entspannten, fing sie an zu schluchzen. »Entschuldige,

Prinz Tugomir«, brachte sie mühsam hervor. »Ich weiß, es ist dumm von mir. Und selbstsüchtig.«

Er schüttelte den Kopf. »Dein Bruder?«, fragte er.

»Nein. Er war ... vielleicht ein Jahr alt. Sie haben ihn zu uns rübergeworfen, eh sie seiner Mutter die Kehle durchschnitten. Ich hab ihn aufgefangen. Und irgendwie ... ist er bei mir geblieben.«

Ein Jahr alt. Dann war er jetzt acht. Ganze acht Lebensjahre hatten die Götter ihm zugestanden, sieben davon hier. Kein Vater oder Onkel hatte ihm je das Haar geschnitten und einen richtigen Namen gegeben. Er starb, ehe sein Leben wirklich begonnen hatte.

Tugomir nahm das Handgelenk des Kindes. Der Pulsschlag war ungleichmäßig und langsam. »Ich werde ihn mitnehmen und anständig verbrennen. Wenn du ihm irgendetwas mit auf die Reise geben willst, bring es mir. Und jetzt musst du versuchen, dich zu beruhigen, Milena.«

»Du meinst, es ist nicht gut für mein Kind, wenn ich mich so aufrege?«, fragte sie bitter. »Du kannst dir nicht vorstellen, wie froh ich wäre, das Balg loszuwerden.«

Tugomir nickte. Er nahm Stanis Hand in die Linke, legte ihm die Rechte auf den Kopf und wartete.

»Weil er ihm heißen Wein über die Hand geschüttet hat«, berichtete Milena, den Blick auf das zarte, jetzt entspannte Gesicht des Jungen gerichtet. »Natürlich nicht mit Absicht. Aber der Herr war betrunken, und dann ist er besonders schlimm. Stani hatte so schreckliche Angst vor ihm, dass seine Hände zitterten, als er ihm nachgießen sollte. Da ist es passiert.«

Tugomir wusste kaum, wie er es aushalten sollte, das zu hören. Aber wenn Milena es ausgehalten hatte, alles mitanzusehen, dann würde er es doch wohl zumindest schaffen, sie anzuhören.

»Der Stock lehnte noch an der Wand in der Halle, denn der Herr hatte nachmittags mit seinem Bruder zusammen im Hof trainiert. Schwertkampf und solche Sachen. Es war der Tag, bevor sie alle ausgerückt sind. Er war so wütend. Schon bevor es passiert ist, meine ich. Und als er betrunken war, hat er auf den jungen König geschimpft und gesagt, er werde ja sehen, was passiert, wenn man einen ... einen Emporkömmling vorzieht. Ganz allein saß er

an seiner Tafel und schimpfte vor sich hin. Unheimlich, sag ich
dir.«

»Allein? Was war mit seiner Familie und seinem Bruder?«

»Graf Siegfried war bei Prinz Thankmar. Die Herrin und die
junge Herrin und ihre kleinen Brüder waren in ihren Kammern.
Sie ... flüchten, wenn er düsterer Stimmung ist.«

»Wohl dem, der flüchten kann«, grollte er leise. Das Kind war
tot. Aber Tugomir sagte nichts. Er wollte, dass Milena weitersprach
und sich den Schrecken von der Seele redete. Manchmal half das.

Sie fuhr sich mit dem Handrücken über die Oberlippe. »Als
Stani den Wein verschüttete, ist der Herr aufgesprungen und hat
geflucht und ihn gepackt und seinen Kopf gegen die Wand ge-
schmettert. Und als Stani weinend auf der Erde lag, hat er auf ihn
runtergestarrt und gesagt: ›Jetzt zahlst du die Zeche für Thido.‹
Er ... er war nicht bei Sinnen, Prinz. Dann hat er den Stock geholt.
Und ich hab nichts getan. Dagestanden wie festgefroren und zugesehen.«

»Er hätte dich genauso zugerichtet wie ihn«, wandte Tugomir
ein.

Sie nickte. »Warum ... hasst er uns nur so? Das frag ich mich
oft. Immer wenn er betrunken und düsterer Stimmung ist, fängt
er irgendwann an, von diesem Thido zu faseln, und dann gibt es
ein Unglück.«

»Thido war sein Cousin«, erklärte Tugomir. »Die Milzener
hatten ihn gefangen genommen, damals bei König Heinrichs ers-
tem Raubzug gegen unser Volk. Dieser Thido war noch ein Bübchen. Dreizehn, also eigentlich alt genug, um mit ins Feld zu ziehen, aber eben ein Bübchen. Die Milzener hatten schwere Verluste
an Mensch und Vieh erlitten und waren zornig, verstehst du. Die
Sachsen hatten sie aus heiterem Himmel und ohne jeden Grund
überfallen. Wie sie das eben immer machen.«

Milena konnte sich den Rest zusammenreimen. »Sie haben
den Jungen geschändet.«

Tugomir nickte. »Und dann haben sie ihn getötet und nackt
über den Burgwall geworfen und den Sachsen zugerufen, sie sollten ihre Weiber demnächst zuhause lassen.«

Milena lachte. Es war ein abscheuliches Lachen, harsch und bitter. »Schade, dass es nicht Gero war. Woher weißt du davon?«

»Prinz Thankmar hat es mir erzählt.« Er ließ Stanis Hand los und blickte auf ihn hinab. Jetzt, da Angst und Schmerz ausgestanden waren, wirkte das Gesicht noch zarter als zuvor. Die nackten Arme und Beine waren dürr. Kein Zweifel, Stani hatte nicht nur ständige Misshandlungen erdulden müssen, sondern auch Hunger. Tugomir beugte sich über ihn und küsste ihm die Stirn. »Die Welt ist dunkler geworden, denn dein Licht am Firmament ist verloschen. Ich klage, denn dein Stern ist verglüht. Möge Veles dich auf sicheren Pfaden in die andere Welt geleiten.«

Auch Milena sah auf das tote Kind hinab, und wieder rannen Tränen über ihr Gesicht, aber das verzweifelte Schluchzen war vorüber. Sie war erleichtert, dass ihr kleiner Schützling jetzt alles Leid und alle Furcht überstanden hatte. Und diese Erkenntnis erschütterte Tugomir so sehr, dass er einen Plan fasste, der eigentlich vollkommen irrsinnig war.

»Milena, wie viele slawische Sklaven sind in diesem Haus?«

»Jetzt noch fünf. Die beiden Stallknechte sind Daleminzer. Eine der Küchenmägde und die Zofe der Herrin sind Redarierinnen. Und ich.«

Er nickte. »Hol sie her.«

»Wozu? Sie schlafen sicher schon. Es ist spät geworden und ...«

»Ich bringe euch fort von hier. Heute Nacht. Wir setzen über die Elbe. Es ist nicht weit bis zum ersten Dorf der Marzanen auf der anderen Seite, sie werden euch weiterhelfen.«

Milenas Augen waren mit einem Mal riesig und voller Furcht. »Weglaufen?«, murmelte sie.

»Eine so günstige Gelegenheit kommt nicht wieder. Alle sind ausgezogen, um die armen Redarier heimzusuchen. Die Pfalz und die Stadt sind praktisch entblößt. Kaum Wachen auf dem Stadtwall, und die wenigen, die noch hier sind, sind Graubärte. Alles, was sie bewachen, ist die Furt. Und alte Männer haben schwache Augen. Sie werden ein Boot auf dem Fluss in einer dunklen Nacht wie heute nicht sehen. Gero und all seine Männer sind fort und ...«

»Nicht alle«, widersprach sie. »Er hat vier Mann hiergelassen, um die Herrin und die Kinder zu beschützen, und es sind vier der schlimmsten. Und Bardo ist natürlich auch noch hier.«

»Wer ist das?«

»Sein Seneschall.«

Tugomir kannte Geros Seneschall, der die Oberaufsicht über den Haushalt und das gesamte Gesinde führte: ein kahlköpfiger, hochnäsiger, aber nicht übermäßig gescheiter Fettwanst, der Tugomir einmal heimlich aufgesucht hatte, weil er an fürchterlichen Zahnschmerzen litt. Das war kein Wunder, denn seine Zähne waren nur mehr verfaulte, schwarz-braune Stummel. Zu viel Met, hatte Tugomir geschlossen, und Bardo geraten, auf den Markt zum Bader zu gehen und sich die Stummel samt und sonders herausreißen zu lassen. Bardo war bleich geworden und hatte entrüstet abgelehnt. Weil er Geros Seneschall und ein berüchtigter Schinder war, hatte Tugomir es unterlassen, ihm Weinwurzeltinktur gegen seine Zahnschmerzen mitzugeben.

»Mit Bardo werden wir schon fertig, keine Bange.«

Doch Milena hatte Zweifel. »Man unterschätzt ihn leicht. Aber täusch dich nicht. Er sieht alles und hört alles und weiß alles.«

Tugomir hob kurz die Schultern. »Die Entscheidung liegt bei euch.«

»Wenn sie uns erwischen, töten sie uns, Prinz. Und dich werden sie einkerkern und irgendetwas Furchtbares mit dir tun, wenn der Herr und der junge König zurück sind.«

»Schluss jetzt.« Er dachte einen Augenblick nach. »Die beiden Daleminzer schlafen im Stall, nehme ich an?«

Sie nickte.

»Gut. Ich gehe sie holen. Du weckst die beiden Mägde. Bring sie her, und zwar so, dass niemand euch hört und sieht.«

Der Regen hatte bei Einbruch der Dämmerung aufgehört, aber der Himmel war immer noch bedeckt, und nur ab und zu fiel ein wenig fahles Licht in den Innenhof, wenn die rasch dahinziehenden Wolken dünn genug waren, um den Mondschein durchzulassen.

»Bleibt hinter mir und seid leise«, wisperte Tugomir über die

Schulter und glitt vom Grubenhaus hinüber in den Schatten des Stalls. Fünf geduckte Gestalten folgten ihm lautlos.

Die verbliebenen slawischen Sklaven, die das Unglück hatten, zu Geros Haushalt zu gehören, hatten nicht lange beraten, ehe sie sich entschlossen hatten, auf Tugomirs scheinbar verrücktes Angebot einzugehen. Sie fürchteten sich. Vor allem Dervan, der jüngere der beiden Stallburschen, der nicht älter als zwölf sein konnte, hatte solche Angst, dass sein Atem stoßweise ging. Aber der Tod des kleinen Stani hatte ihnen die Entscheidung dann letztlich doch leicht gemacht. Mehr noch als vor den möglichen Folgen ihrer Flucht fürchteten sie sich davor zu bleiben.

Tugomir sah angestrengt zum Tor hinüber. In der Regel wurde es nachts versperrt und nicht bewacht, hatten sie ihm erzählt, aber er wollte sichergehen. »Lasst uns einen Augenblick auf Licht warten. Und du musst versuchen, leiser zu atmen, Dervan.«

Der Junge legte eine Hand vor Mund und Nase.

Tugomir hatte sich bei seiner Ankunft vor ein paar Stunden die Lage der einzelnen Gebäude eingeprägt: Rechterhand lagen die Kapelle und die Halle mit den Wohngemächern. Zu ihrer Linken die Wirtschaftsgebäude und das Küchenhaus mit dem Brunnen davor. Und genau gegenüber ihrem Lauerposten lag das Tor des Palisadenzauns, der Geros Magdeburger Stadthaus umgab.

Milchig trüb kam der Mond zum Vorschein. Der Hof lag wie ausgestorben vor ihnen, und niemand bewachte das Tor.

»Kommt.«

Dicht an die hölzernen Wirtschaftsgebäude gedrängt, führte er die Flüchtlinge Richtung Tor. Das Küchenhaus hatte ein Vordach, in dessen Schatten sie nochmals innehielten. Das matte Licht verschwand wieder. Gut so. Tugomir hatte genug gesehen, um zu wissen, wo der Sperrbalken das Tor verriegelte. Er trat aus dem Schatten des Vordachs, als sich keine drei Schritte von ihm entfernt die Küchentür öffnete und eine Gestalt mit einer Fackel in der Hand heraustrat.

Tugomir zuckte zurück, aber nicht schnell genug.

»Wer da?«, fragte eine barsche Stimme, und eine Klinge leuchtete im unruhigen Fackelschein auf.

Mit einer unauffälligen Handbewegung bedeutete Tugomir den anderen, sich nicht zu rühren, und trat selbst in den Lichtkreis der Fackel, den toten Jungen in den Armen. »Ich bin es, Bardo. Tugomir. Vergebt mir, wenn ich Euch erschreckt habe.«

Der Seneschall ließ den Dolch sinken, kam aber einen gefährlichen Schritt näher. »Was zum Teufel hast du hier verloren?«

Noch eine Elle, und er würde die Flüchtlinge entdecken, wusste Tugomir. »Eine der Mägde hat nach mir geschickt, um nach dem Jungen hier zu sehen. Aber ich konnte nichts mehr tun. Er ist tot. Wenn Ihr erlaubt, nehme ich ihn mit, um ihn nach unserem Brauch zu bestatten.«

»Was fällt dir ein, du heidnischer Barbar?«, entgegnete Bardo entrüstet. »Du meinst, du kannst dich hier so ohne Erlaubnis einschleichen und einfach so unsere Sklaven mitnehmen? Zeig mir den Jungen.«

Tugomir trat näher zu ihm und streckte ihm den Leichnam entgegen. »Hier. Aber ich kann mir nicht vorstellen, dass Ihr noch Verwendung für ihn habt. Es sei denn, Ihr wollt ihn für schlechte Zeiten einpökeln.«

Bardo steckte ohne Eile seinen Dolch weg, zückte stattdessen die kurze Lederpeitsche, die er am Gürtel trug, und zog ihm damit eins über. Tugomir drehte sich im letzten Moment weg, sodass der Hieb Schulter und Oberarm traf, nicht sein Gesicht.

»Du verfluchtes, gottloses Schandmaul«, knurrte der Seneschall.

Tugomir machte einen Schritt nach links, um den Abstand zwischen der Fackel und den Flüchtlingen, die sich immer noch im Schatten verbargen, zu vergrößern. »Also?«, fragte er. »Kann ich gehen, oder habt Ihr noch mehr auf dem Herzen?«

Bardo hob die Peitsche wieder. »Glaub lieber nicht, deine angeblich vornehme Herkunft werde dich vor mir retten.« Er schlug wieder zu. Tugomir fragte sich, ob er jetzt und hier die Zeche für die unterlassene Hilfe bei den Zahnschmerzen bezahlen würde. Es sah verdammt danach aus, denn die Miene des Seneschalls im gelblichen, flackernden Fackelschein war finster, und mit erhobenem Arm kam er näher. Doch ehe er zuschlagen konnte, landete irgendetwas mit einem dumpfen Laut auf seinem Hinterkopf, und im nächsten Moment lag Bardo mit dem Gesicht nach unten zu Tugomirs Füßen im Schlamm.

Tugomir bückte sich ein wenig ungeschickt mit Stani in den Armen und bekam die Fackel mit der Linken zu fassen, ehe sie auf der feuchten Erde verlosch. Als er sich wieder aufrichtete, stand Alveradis vor ihm, einen Kerzenleuchter ohne Kerze in der herabbaumelnden Rechten, die Linke vor den Mund gelegt, die Augen weit aufgerissen. »Oh mein Gott … Was hab ich getan?«

»Mich aus einer ziemlich misslichen Lage befreit, würde ich sagen«, erwiderte Tugomir. »Habt Dank.«

Sie nahm die Hand vom Mund und sah auf den Leuchter in ihrer Rechten hinab, mit dem sie den Seneschall niedergeschlagen hatte. Marmor, erkannte Tugomir. Kein Wunder, dass Bardo bewusstlos war. Womöglich tot.

Tugomir wandte den Kopf. »Milena, komm her.«

Es dauerte einen Moment, ehe die junge Daleminzerin den Mut fand, um aus dem Schatten zu kommen, aber dann trat sie zu ihm. Er legte ihr den toten Jungen in die Arme, hockte sich auf die Erde, untersuchte Bardos Kopf und fühlte seinen Puls. Dann richtete er sich wieder auf und sagte zu Alveradis: »Seid unbesorgt. Ihr habt ihn nicht ernstlich verletzt.«

Erst jetzt schien sie das leblose Kind in den Armen der Sklavin wahrzunehmen. »Stani …«

Tugomir nickte. »Er ist tot.«

Sie bekreuzigte sich und wandte dann den Kopf ab. »Heilige Jungfrau, steh uns bei. Es wird alles immer schlimmer und schlimmer …« Es klang erstickt.

Tugomir zögerte einen Augenblick, dann ergriff er ihre Linke. Sie war eiskalt. »Es ist besser, Ihr geht jetzt, Alveradis. Sagt zu niemandem, was Ihr gesehen und getan habt, dann kann Euch nichts geschehen.«

Sie kam ihm vor wie betäubt, und er war nicht sicher, ob sie ihn gehört hatte. Sie hatte nur Augen für den toten Daleminzerjungen. Grauen las er in ihrem Blick und Hoffnungslosigkeit, aber keine Überraschung. Er fragte sich, ob die Sklaven in Geros Haus-

365

halt vielleicht nicht die einzigen waren, deren Leben die Hölle auf Erden war. Und obwohl er einen schmerzhaften Knoten im Magen verspürte, weil jeden Moment eine der Wachen im Hof auftauchen konnte, obwohl er genau wusste, dass er sich beeilen musste, wenn er die Flüchtlinge vor Tagesanbruch über den Fluss schaffen wollte, musste er sich eingestehen, dass er das Mädchen so nicht hier zurücklassen konnte.

Er betrachtete sie noch einen Moment. Dann ließ er ihre Hand los, wandte sich zum Küchenhaus um und winkte die restlichen vier Sklaven herbei. Zögernd, die Köpfe gesenkt, traten sie in den Lichtkreis.

Tugomir sah sich aufmerksam im Hof um, ehe er sie zum Tor führte. »Fass mit an, Dervan. Leise.«

Zusammen hoben sie den Sperrbalken aus seinen rostigen Halterungen und legten ihn beiseite. Tugomir öffnete den rechten Torflügel einen Spaltbreit und spähte in die Nacht hinaus. Dann nickte er den Flüchtlingen zu. »Geht nach links und bleibt im Schatten der Häuser. Nach vielleicht hundert Schritten biegt die Gasse zum Fluss ab. Geht wieder links, wenn ihr das Ufer erreicht, nicht Richtung Pfalz. Am Ende der Gasse steht ein Haus mit einem Apfelbaum vor der Tür und einem Öllicht im Fenster. Dort wartet ihr auf mich.«

»Was ist das für ein Haus?«, fragte der andere Stallknecht. »Wer wohnt dort?«

Es war eines der beiden Hurenhäuser von Magdeburg und Tugomir ein gern gesehener Gast. Der Hurenwirt hatte ihn großmütig eingeladen, sich jederzeit sein Boot zu borgen. Vermutlich hatte er nicht gemeint, dass Tugomir damit entflohene Sklaven über die Elbe schaffen solle, aber er musste es gar nicht erfahren. Nichts von alldem wollte Tugomir jedoch in Alveradis' Hörweite erklären. »Tut einfach, was ich sage«, befahl er leise. »Ich komme gleich nach. Nehm Stani mit.«

Mit bangen Blicken schlichen sie durchs Tor, einer nach dem anderen. Nach wenigen Schritten hatte die Nacht sie verschluckt, und Tugomir atmete auf.

Alveradis stand nach wie vor neben dem bewusstlosen Seneschall. Fast beiläufig stupste Tugomir ihn mit der Fußspitze an. Nichts.

»Er ... er hat Euch gesehen«, sagte sie. »Er wird wissen, dass Ihr Vaters Sklaven befreit habt. Und was dann, Prinz Tugomir?«

Er drückte die Fackel in die schlammige Erde, und sie verlosch mit einem wütenden Zischen. In der zurückgekehrten Dunkelheit tastete er nach Alveradis' Hand und bekam stattdessen ihren Ellbogen zu fassen. Und im nächsten Moment hatte er sie an sich gezogen, die Linke in ihrem Haar vergraben und die Lippen auf ihre gedrückt. Alveradis schlang die Arme um seinen Nacken und presste sich an ihn. Durch den Stoff ihres weit fallenden Kleides spürte er, was er bei ihrem Wiedersehen an Neujahr schon geahnt hatte: Sie war nicht mehr das Kind, dem er das Bernsteinamulett umgelegt hatte. Dies hier war der Körper einer jungen Frau, und der sanfte, nachgiebige Druck ihrer Brüste erregte ihn so sehr, dass er um ein Haar vergessen hätte, dass fünf verängstigte Flüchtlinge am Fluss auf ihn warteten und ein kleines Problem in Gestalt eines bewusstlosen Fettwanstes keine zwei Schritte entfernt von ihnen im Morast lag.

Er schloss die Augen, drückte das Mädchen noch ein wenig fester an sich und schob die Zunge zwischen ihre Lippen, die sich bereitwillig öffneten. Er machte das Beste aus dem Kuss, aber er zog es nicht in die Länge.

Als ihre Lippen sich voneinander lösten, lehnte Alveradis einen Moment die Stirn an seine Brust. Er strich mit der Linken über ihre Haare, die sich fein und seidig anfühlten und wie Wasser durch seine Finger flossen.

»Ich muss gehen«, flüsterte er bedauernd.

»Ich weiß.«

»Ich warte nur noch, bis du im Haus bist.«

Er spürte ihr Kopfschütteln an der Brust. »Ich verriegle das Tor hinter dir.«

Darauf hatte er kaum zu hoffen gewagt. »Der Sperrbalken ist schwer«, wandte er zweifelnd ein.

»Ich schaff das schon.«

367

Er nickte und strich mit den Lippen über ihren Scheitel. »Ich muss euren Seneschall mitnehmen.«

»Ich weiß.« Sie hob den Kopf und sah ihm in die Augen. »Sag mir nicht, was du mit ihm tust.«

»Nein.«

»Beeil dich. Und sei vorsichtig.«

Er nickte, aber er rührte sich nicht. »Warum? Warum tust du das für mich? Warum hasst du mich nicht wie dein Vater?«

»Warum hasst du mich nicht wie meinen Vater?«, konterte sie.

»Ich habe ehrlich keine Ahnung.«

»Siehst du, dann sind wir schon zwei. Jetzt geh endlich, Tugomir. Gott beschütze dich.«

Er legte beide Hände auf ihre Wangen und streifte noch einmal ihre Lippen mit seinen. Dann ließ er sie los, beugte sich über den Seneschall und lud ihn sich auf die Schultern. Bardo war fett, aber nicht groß – es ging besser, als Tugomir befürchtet hatte. Lautlos glitt er hinaus auf die dunkle Straße.

Als er am Hurenhaus ankam, fing es wieder an zu regnen, und jetzt war die Nacht in der Tat finster. Eine der Redarierinnen schrie auf, als Tugomir zu ihnen in den unzureichenden Schutz des Apfelbaumes glitt.

»Schsch, willst du wohl still sein«, zischte er.

»Vergib mir, Prinz«, bat sie atemlos.

»Was trägst du da?«, fragte Jaxa, der ältere der daleminzischen Stallburschen.

»Bardos Kadaver.«

Die fünf Flüchtlinge nahmen die Nachricht reglos auf, vielleicht starr vor Schreck, vielleicht auch mit Befriedigung. Er konnte ihre Gesichter nicht gut genug erkennen, um zu entscheiden, was es war, und es war ihm auch gleich. In der Gasse zwischen Marktplatz und Uferstraße, die jetzt zu nachtschlafender Zeit still und verlassen dalag, hatte er Bardo das Genick gebrochen, ehe der wieder zu sich gekommen war. Ein leichtes Ende. Leichter als Stanis, so viel war sicher. Tugomir hätte ihn lieber abgeschlachtet. Bardos Dolch genommen und sein Blut damit vergossen. Das wäre angemessener gewesen. Aber er wollte kein Blut auf den Kleidern, das er morgen früh hätte erklären müssen.

»Wenn wir die Flussmitte erreicht haben, geht er von Bord«, erklärte Tugomir und reichte Jaxa die Scheide mit dem Dolch, die er von Bardos Gürtel gelöst hatte. »Hier.«

»Ein Messer? Für *mich*?«, fragte der junge Mann ungläubig.

Tugomir hätte es lieber selbst behalten, aber er wusste, auch das war zu gefährlich. Wenn alles gut ging, würde es keinerlei Hinweise geben, die ihn mit dem Verschwinden des Seneschalls und der fünf Sklaven in Verbindung brachten. Er durfte nicht riskieren, dass irgendwer irgendwann einen Dolch unter seiner Strohmatratze versteckt fand und als Bardos Waffe erkannte. »Ihr werdet es gut gebrauchen können. Genau wie das hier.« Er löste den Knoten seiner Börse am Gürtel, schüttete die Münzen in die Hand und gab sie Milena.

»Aber das geht doch nicht, Prinz …«, wollte sie abwehren.

»Nimm es«, befahl er. Es war egal. Er hatte immer mehr Geld, als er brauchte, und mehr als zehn oder zwölf Pfennige hatte er nicht bei sich getragen. »Wenn ihr zu den Marzanen kommt, müsst ihr euch vorsehen. Früher waren sie mit den Hevellern und den Daleminzern verbündet, aber wir können nicht wissen, wie die Dinge heute stehen.«

»Warum kommst du nicht mit uns?«, fragte Milena.

Tugomir schüttelte den Kopf und wandte sich ab. »Kommt.«

Er führte sie um das Hurenhaus herum. Das Öllicht im Fenster brannte noch, aber selbst hier herrschte jetzt Nachtruhe. Sie tasteten sich durch den Gemüsegarten der Huren – trampelten vermutlich die letzten Kohlköpfe nieder, fürchtete Tugomir – und kamen zur Uferböschung. Das Boot lag an einem stabilen Poller, und Tugomir fand ihn, als er sich schmerzhaft das Knie daran stieß. An der Leine zog er das Boot näher und beförderte mit Jaxas Hilfe Bardos Leiche hinein. »Lass Stani hier liegen«, sagte er zu Milena. »Ich hole ihn morgen.«

»Ich nehme ihn mit«, entgegnete sie leise. »Die Marzanen werden uns eher helfen, wenn sie ihn sehen. Und seine Asche wird in slawischer Erde ruhen.«

»Einverstanden.«

Tugomir und Jaxa nahmen die Ruder. Als sie die nördliche Spitze des Werders umrundet hatten, ließen sie Bardo möglichst lautlos ins Wasser gleiten. Eine Weile sahen sie sein helles Obergewand noch auf dem Wasser schimmern, während er gemächlich von der Strömung davongetrieben wurde. Tugomir war zuversichtlich, dass Geros Seneschall auf Nimmerwiedersehen verschwinden würde.

Bald darauf stießen sie ans bewaldete Ostufer des breiten Stroms. Dervan sprang als Erster von Bord und hielt die Leine, sodass die anderen aussteigen konnten. Nur Tugomir blieb auf der Ruderbank sitzen.

Und dann standen die fünf Flüchtlinge vor ihm aufgereiht am Ufer, die Köpfe verlegen gesenkt, Milena das tote Kind im Arm.

Tugomir streckte die Hand aus. »Her mit der Leine, Dervan. Ihr dürft keine Zeit verlieren, und ich auch nicht. Geht eine halbe Stunde in den Wald hinein. Wartet dort, bis es hell wird, und wendet euch nach Südosten. Dann solltet ihr vor Mittag das Marzanendorf erreichen.«

Dervan warf ihm die Leine zu. »Hab Dank, Prinz Tugomir.«

»Mögen die Götter dich segnen für das, was du für uns getan hast, heute und in den vergangenen Jahren«, sagte Milena, und die anderen murmelten Zustimmung.

Er fegte ihren Dank verlegen beiseite, stieß sich mit dem Ruder vom Ufer ab und wendete das Boot.

Er hatte geglaubt, ans sächsische Ufer der Elbe zurückzukehren werde das Schwerste sein, was er je in seinem Leben getan hatte. Aber es machte ihm erschreckend wenig aus, die schemenhaften Wälder der Heimat in der dunklen Regennacht verschwinden zu sehen. Sein Gleichmut kam ihm höchst verdächtig vor, gab es doch Tage, an denen er regelrecht krank vor Heimweh war. Also warum zum Henker war er nicht verzweifelt? Weil er im Grunde seines Herzens wusste, dass der Tag der Heimkehr irgendwann kommen würde? Oder weil *sie* am anderen Ufer wartete?

Quedlinburg, September 936

 Otto setzte den Becher ab. »Die Redarier dürften fürs Erste Ruhe geben.«

»Das kannst du laut sagen«, stimmte Thankmar mit Inbrunst zu. An seine Schwägerin gewandt, fuhr er fort: »Du hättest ihn sehen sollen, Editha. Sein Schwert ging durch die Reihen der Redarier wie die Sense durchs Korn und ...«

»Schluss damit, Thankmar«, wehrte der König ab.

Thankmar zwinkerte Editha zu. »Du kannst stolz auf ihn sein.«

»Oh, das bin ich«, versicherte sie und schenkte dem König ein Lächeln, von dem man wahrhaftig weiche Knie bekommen konnte. Otto hätte nicht übel Lust gehabt, sie bei der Hand zu nehmen und hinter die nächste verriegelbare Tür zu führen. Jetzt galt es indessen erst einmal, sich feiern zu lassen. Dabei war er eigentlich überhaupt nicht in Feierlaune, musste er feststellen, aber er wusste, was er seinen Männern schuldig war. Hart und schnell und erfolgreich war dieser Feldzug gewesen. Vor allem hart. Sie waren erschöpft, manche waren verwundet, fast alle hatten Freunde sterben sehen. Jetzt wollten sie feiern.

Die Halle der Pfalz zu Quedlinburg war zum Bersten gefüllt mit seinen Kommandanten, den Grafen und Anführern der Panzerreiter und tapferen Fußsoldaten, die ihm so treffliche Dienste geleistet hatten. Die Musikanten machten mehr Radau als die Gefechte der vergangenen Wochen, ein Gaukler lief auf den Händen zwischen den langen Tischen entlang und balancierte auf jedem Fuß einen Bierkrug, und die siegreichen Heimkehrer auf den Bänken lachten und sangen und begrapschten die Mägde, die ihnen große Platten mit Fleisch und Brot vorsetzten.

Auf der Estrade saßen die königliche Familie und Ottos engste Vertraute an der hohen Tafel und betrachteten das Spektakel mit Nachsicht. Alle bis auf die Königinmutter, die das wilde Treiben mit etwas säuerlicher Miene verfolgte.

»Seid ihnen nicht gram, Mutter«, bat Otto gedämpft. »So sind sie eben, wenn sie siegreich heimkehren. Sie haben ein bisschen Frohsinn verdient, glaubt mir.«

Mathildis erwiderte seinen Blick und zog die Brauen in die Höhe. »Du denkst, es schockiert mich, dass sie sich volllaufen lassen und ihre Huren mit in deine Halle bringen? Du irrst dich, mein Sohn. Ich habe schon ganz andere Sachen gesehen.«

Das war zweifellos die Wahrheit, und dennoch war es eigenartig, eine Dame mit einem Nonnenschleier solche Dinge sagen zu hören. In den Monaten seit dem Tod seines Vaters hatte sie sich ganz der Gründung des neuen Kanonissenstifts hier gewidmet und sich mit großem Eifer daran begeben, es persönlich zu leiten. Dagegen hatte Otto nichts einzuwenden, im Gegenteil. Ihm war lieber, seine Mutter kommandierte eine Schar frommer Damen herum, als wenn sie versucht hätte, ihre Herrschsucht an ihm auszulassen. Aber es war immer noch seltsam, sie – die einst für ihre kostbare und elegante Garderobe gerühmt worden war – im schlichten Gewand einer Äbtissin zu sehen.

»Und habt Ihr viele Heiden erschlagen und zum Teufel geschickt, Vater?«, fragte Liudolf, der vor Aufregung ganz rote Wangen hatte, weil er bei den Erwachsenen sitzen durfte.

Sein Vater zerzauste ihm lächelnd den blonden Schopf und blieb die Antwort schuldig.

»Jede Menge, Liudolf«, raunte Gero ihm zu. »Wir anderen fingen schon an zu befürchten, für uns blieben nicht genug übrig.«

»Aber ihr werdet die Redarier doch nicht gänzlich vom Angesicht der Erde gefegt haben?«, fragte Henning. Er saß zurückgelehnt in seinem Sessel und spielte mit dem Ring, den er am linken Mittelfinger trug. »Über wen sollte der arme Hermann denn dann noch herrschen dort drüben?«

»Sei unbesorgt, Bruder«, beruhigte Otto ihn. »Es sind noch reichlich Heiden übrig. Auch genug für dich, solltest du dich beim nächsten Mal entschließen, uns zu begleiten.«

»Ich werd's mir überlegen, mein König«, gab Henning zurück – anscheinend kein bisschen verlegen. Dabei musste er doch wissen, dass die Männer in den Zelten ihn einen Drückeberger und »Henning Hasenfuß« nannten. Henning wusste immer, was über ihn geredet wurde, und früher hatte er sich viel zu leicht davon beeinflussen lassen. Offenbar hatte er sich ein dickeres Fell zugelegt.

»Hermann Billung wird auf jeden Fall alle Hände voll zu tun haben, so viel ist gewiss«, bemerkte Gero und schnitt sich eine Keule von dem Schwan, der vor ihm stand. Er legte die Keule auf seinen Teller, pflückte mit zwei Fingern ein Stück Fleisch ab, führte es dann aber doch nicht zum Mund. Stattdessen sah er Otto an und sagte gedämpft: »Es war die richtige Entscheidung, mein König. Ich gebe zu, ich hatte Zweifel. Aber Hermann ist eine gute Wahl.«

Du erzählst mir nichts Neues, dachte Otto, sagte aber lediglich: »Gut zu hören, Gero.«

»Du hast Hermann dort drüben gelassen?«, fragte Editha verwundert.

Otto grinste. »Das klingt, als hätte ich eine Reisetruhe am andern Elbufer vergessen. Ja, er bleibt vorerst dort. Hermann Billung ist Markgraf an der Niederelbe, Editha.«

»Er ist was?«, fragte Liudolf verständnislos.

»Markgraf«, wiederholte sein Vater und erklärte: »Die Grenzregion eines Reiches nennt man eine Mark.«

»Aber ... die slawischen Gebiete jenseits der Elbe gehören nicht zu unserem Reich«, wandte der Junge ein, hoffnungslos verwirrt.

»Jetzt schon.« Otto trank noch einen Schluck.

Liudolf sah hilfesuchend zu seinem Onkel Thankmar. »Nimmt er mich auf den Arm?«

Thankmar schüttelte den Kopf. »Es ist genau, wie er sagt, Liudolf. Dein Großvater hat wieder und wieder versucht, die Slawen zu unterwerfen und tributpflichtig zu machen. Aber es hat nicht funktioniert. Sobald unsere Truppen abzogen, brachen sie alle Vereinbarungen. Darum hat dein Vater beschlossen, sie ...« Er zögerte.

»Zu nehmen und zu behalten, sag es nur«, fuhr Otto für ihn fort. »Jetzt hält Hermann Billung mit zweitausend Mann die Gebiete der Obodriten, Redarier und ein paar weiterer Stämme für uns, Liudolf, das ganze Land zwischen dem Fluss Elde und der Ostsee. Und er baut Burgen, um es zu sichern. Noch vor dem Winter schicken wir ihm ein, zwei Dutzend Missionare, die den Heiden das Wort des Herrn predigen sollen. Wenn sie zu Christus gefunden haben, werden sie aufhören, uns als Feinde und Besatzer zu betrachten.«

Thankmar und Gero tauschten einen vielsagenden Blick, aber Otto tat so, als hätte er es nicht bemerkt. Er wusste selbst, dass es nicht so leicht sein würde, wie es sich anhörte. Aber ebenso wusste er dies: Um sein Reich zu einen und zu sichern, brauchte er den Osten. Und die einzige Legitimation, ihn sich zu nehmen, bestand darin, den Menschen im Gegenzug das Licht des wahren Glaubens zu bringen.

Er nahm ein Stück Brot vom Teller, brach es in zwei Hälften und pflückte das weiche Innere heraus.

»Das hast du als kleiner Junge auch immer getan«, bemerkte seine Mutter. Gerührt, hätte man meinen können, aber er hatte ein gutes Ohr für die verächtlichen Zwischentöne. Lebenslange Übung …

Er ging nicht darauf ein, gab das weiche Brot seinem Sohn und biss von der dunklen Kruste ab, die er heutzutage bevorzugte. Auf einen Schlag war er wie ausgehungert und schnitt sich ein unbescheidenes Stück Schwan ab. »Was macht Euer Stift?«

»Es gedeiht«, antwortete sie. »Die Äbtissinnen aus Möllenbeck und Detmold haben mir einige ihrer besten Schwestern geschickt. Ich gedenke übrigens, ein Scriptorium zu eröffnen.«

»Großartig.« Otto aß ein Stück Fleisch. Der Schwan war zäh, und die Sauce hatte einen modrigen Beigeschmack. Es wird Zeit, dass der König mit eigenem Koch reist, erkannte er. »Wie geht es Eurem Schwager, Mutter?«

»Welchen magst du meinen? Ich habe drei davon, wenn ich mich recht entsinne.«

»Wichmann. Hermanns Bruder. Er ist nicht mit uns über die Elbe gezogen. Er sei krank, ließ er mir ausrichten. Habt Ihr zufällig Nachricht von Eurer Schwester erhalten? Geht es ihm besser?«

Sie hob beide Hände. »Nein, ich habe seit Monaten nichts von Bia gehört. Aber mach dir keine Sorgen, mein Sohn. Verletzte Eitelkeit ist eine Krankheit, die Männern oft schwer zu schaffen macht, aber sie ist selten lebensbedrohlich. Alle sind sich darüber einig, dass Hermann Billung die richtige Wahl als Kommandant und Markgraf war, nicht wahr?«

Er nickte. Trotzdem hatte es während des Feldzugs Spannungen deswegen gegeben. Sogar böses Blut. Ekkard, ein junger Edelmann aus Siegfrieds und Geros Gefolge, war so wütend über Hermanns Bevorzugung und vor allem über dessen unverschämtes Kriegsglück gegen die Redarier gewesen, dass er gegen den ausdrücklichen Befehl des Königs eine Schar von knapp zwei Dutzend junger Männer um sich gesammelt hatte, um sie gegen eine der Redarierburgen zu führen und dort unsterblichen Ruhm oder aber den Tod zu finden. Sie waren nie ans Ziel gelangt. Unterwegs waren sie in einen Sumpf geraten, wo die Redarier sie fanden und abschlachteten. Ein Haufen hitzköpfiger Narren waren sie gewesen und hatten ein unrühmliches und unbesungenes Ende gefunden. Verdientermaßen, hatte Thankmar betont. Otto hatte zugestimmt, war indessen nicht umhingekommen, sich zu fragen, ob ihre fatale Rebellion nicht nur ein Spiegel von Siegfrieds und Geros schweigendem Protest gewesen war. Und ob sie noch leben würden, wenn er es verstanden hätte, seine Entscheidung für Hermann diplomatischer zu vermitteln. Er hatte gewusst, dass sie richtig war. Doch der sinnlose Tod des jungen Ekkard und der übrigen Hitzköpfe bewies wohl, dass dieses Wissen allein nicht unbedingt ausreichte …

»Otto? Träumst du?«, fragte seine Mutter scharf.

»Hm? Entschuldigt.«

Sie musterte ihn prüfend. »Ich sagte, ich ziehe mich zurück. Die Lieder der Musikanten werden mir allmählich doch zu zotig.«

Sie sagte es, als hätte er die Reime gedichtet. Er erhob sich höflich, als sie aufstand, und bat: »Henning, sei so gut und geleite Mutter zu ihren Gemächern. Nimm ein paar Wachen mit, ich glaube, dort hinten am Eingang fängt gerade eine Prügelei an.«

Henning warf einen Blick auf die betrunkenen Streithähne, der halb träge, halb angewidert wirkte. »Man muss die Disziplin Eurer Männer bewundern, mein König.«

»Sie haben Disziplin gehalten, als die Redarier uns von ihren Burgwällen mit brennendem Pech begossen haben«, entgegnete Otto.

375

Henning lächelte. »Ah, jetzt kommen die Heldengeschichten. Ich glaube, in dem Falle ziehe auch ich mich lieber zurück, wenn Ihr erlaubt.«

»Ja, geh, bevor ich dir mit einem Tritt in den Hintern auf die Sprünge helfe«, knurrte Thankmar. Er trug den linken Arm in einer Schlinge, um eine Pfeilwunde in der Schulter auszukurieren. Aber sie heilte nur langsam und machte ihn nicht gerade langmütiger.

Otto setzte sich zu seiner Frau, nahm seinen Sohn auf den Schoß und drehte seinen Brüdern demonstrativ den Rücken zu. Wenn sie einander an die Gurgel gehen wollten, war das schließlich allein ihre Sache.

Wie so oft verloren sie beide die Lust an ihren Wortgefechten, sobald Otto ihnen nicht mehr zuhörte. Mit einer impertinenten Verbeugung in Thankmars Richtung nahm Henning den Arm seiner Mutter und verließ die Estrade.

»Ja, verpiss dich, Henning Hasenfuß«, grollte Thankmar ihm hinterher. »Aber ewig kannst du dich nicht hinter den Röcken deiner Mutter verstecken.« Er war heillos betrunken.

Otto seufzte.

Auch Editha hatte sich bald darauf entschuldigt und Liudolf aus der Halle geführt, denn es war längst Schlafenszeit für ihn. Otto war noch eine Weile geblieben und hatte mit Gero und Siegfried gesprochen, bis ein Bote kam und sie in helle Aufregung versetzte, weil Geros Seneschall und ein paar Sklaven aus seinem Haus in Magdeburg spurlos verschwunden waren. Otto hatte sie ihrem Boten, ihren Spekulationen und ihrer Entrüstung überlassen, aber kein Bedürfnis verspürt, diese zu teilen. Eine Weile war er mit dem Becher in der Hand durch die Halle gegangen und hatte mit seinen Männern geredet, und zu guter Letzt hatte er sich aus der Halle hierher in die Kirche ans Grab seines Vaters gestohlen.

Das neue steinerne Gotteshaus, das als Pfalzkapelle ebenso wie als Stiftskirche diente, war ein wahres Wunder der Baukunst, eine hohe, dreischiffige Basilika, deren Seitenschiffe mit wundervoll behauenen Säulen vom Hauptschiff abgetrennt waren, jeweils eine dicke viereckige und eine filigranere runde im Wechsel. Ein Rundbogen, dessen Höhe einem den Atem verschlagen konnte, führte zur Vierung und zum Altar, vor welchem König Heinrichs steinerner Sarkophag stand. Zwei kostbare dicke Wachskerzen brannten links und rechts davon. Gewiss hatten die frommen Stiftsdamen sie angezündet, die vornehmlich hier versammelt worden waren, um der Seele des Königs zu gedenken.

Otto kniete vor dem Sarg seines Vaters auf dem harten Steinfußboden nieder, faltete die Hände und senkte den Kopf. Es fühlte sich gut an, hier zu sein. Er wusste nicht, ob es die Nähe seines Vaters oder die Schönheit der Kirche oder am Ende gar Gottes Gnade war, jedenfalls überkam ihn zum ersten Mal seit vielen Wochen ein Gefühl von Frieden. Erleichtert schloss er die Lider und betete.

Es dauerte eine geraume Zeit, bis er gewahr wurde, dass er nicht mehr allein war. Langsam und ziemlich unwillig hob er den Kopf und sah zur Seite. Zwei Schritte von ihm entfernt kniete eine Nonne an der Längsseite des steinernen Sargs. Stiftsdame, verbesserte er sich, keine Nonne. Er nickte ihr zu, nicht ganz sicher, ob er sie ansprechen sollte, denn eigentlich durften diese Frauen ja nicht mit Männern reden.

Darum war er erstaunt, dass sie zuerst das Wort an ihn richtete. Und sie sagte nicht: »Vergebt mir, mein König«, was heutzutage die meisten Leute sagten, die ihn ansprachen, ganz gleich, ob sie ihm Wein nachschenken oder ein grässliches Verbrechen bekennen wollten. Sie sagte: »Die Wege des Herrn sind manchmal mehr ironisch als unergründlich. Ausgerechnet am Geburtstag unseres Sohnes führt er dich her.«

»Dragomira ...«

»Mein König.«

Länger als sieben Jahre hatte er sie nicht gesehen, aber trotzdem fragte er sich, wieso er sie nicht sofort erkannt hatte. Ihr Gesicht schien ihm unverändert, trotz des ungewohnten, züchtigen Nonnenschleiers. Nur magerer und blasser als früher kam sie ihm vor, so als übertreibe sie mit dem Fasten und der Askese. Und der Blick der großen dunklen Augen war nicht mehr ganz so zutraulich und arglos wie einst. Ihm fiel ein, was seine Mutter ihm be-

377

richtet hatte. »Du bist mit den anderen Schwestern aus Möllenbeck hierhergekommen, um das neue Stift zu gründen?«

Dragomira nickte. »Die Äbtissin fürchtete, deine Mutter könne zornig sein deswegen. Aber das ist sie nicht. Oder falls doch, zeigt sie es nicht.«

Dann dürfen wir wohl getrost davon ausgehen, dass du irgendeinen Zweck erfüllen sollst, fuhr es Otto durch den Kopf, aber das sagte er nicht. Stattdessen berichtete er ihr, was sie gewiss hören wollte: »Wilhelm besucht die Domschule in Utrecht. Ich habe ihn bei meiner Krönung in Aachen gesehen und lange mit ihm gesprochen. Ich glaube, er ist glücklich dort. Und kerngesund. Du würdest staunen, wie er gewachsen ist, seit du ihn zu Weihnachten gesehen hast.«

Ein Lächeln huschte über ihr Gesicht und ließ es noch eine Spur ausgemergelter wirken.

»Bist du krank?«, fragte er.

Sie schüttelte den Kopf. »Ich muss mit dir reden.«

»Worüber?«

»Über deine Zukunft und über meine. Aber nicht hier. Kennst du die kleine Wiese hinter der Kirche?«

»Natürlich.«

»Komm dorthin, wenn du deine Gebete gesprochen hast. Gib acht, dass dich niemand sieht.« Und damit stand sie auf und verschwand.

Otto blieb vielleicht noch eine Viertelstunde in der balsamweichen Stille der Kirche, hüllte sich in den schwachen Weihrauchduft und das stille Halbdunkel wie in eine wärmende Felldecke, und dann folgte er ihr. Es war eine mondhelle Nacht, und er entdeckte Dragomira mühelos: Sie saß auf der kleinen Bruchsteinmauer und schaute ins weite Land hinaus. Otto setzte sich zu ihr. Von hier oben hatte man einen wundervollen Blick auf den Harz, an dem er sich einfach nie sattsehen konnte. »Also?«

Dragomira schwieg noch einen Moment, als suche sie nach den richtigen Worten oder ringe um Mut.

»Was immer es ist, du kannst es mir sagen«, versicherte er ihr.

Sie sah ihm ins Gesicht. »Die Frage ist, wirst du mir auch glauben?«

»Es ist auf jeden Fall einen Versuch wert. Mein Vater pflegte zu sagen, ich sei leichtgläubig.«

»Ich weiß, dass du das früher warst. Heute gewiss nicht mehr. Was ich dir zu sagen habe, ist ungeheuerlich, Otto, und wird dein Vertrauen zu mir auf eine harte Probe stellen. Aber ich schwöre beim Leben unseres Sohnes, dass es die Wahrheit ist.«

»Dann heraus damit.«

»Deine Mutter plant deinen Sturz, um deinen Bruder Henning an deiner statt auf den Thron zu setzen.«

Das traf ihn unvorbereitet. Es war kein Geheimnis, dass seine Mutter lieber Henning auf dem Thron gesehen hätte. Aber ein Umsturz? Eine Revolte gegen einen gesalbten König, Gottes Walter auf Erden? Seine Mutter war eine zu fromme Frau für solch eine unaussprechliche Sünde, glaubte er.

Doch er fragte lediglich: »Wie?«

»Henning soll die Tochter des alten Herzogs von Bayern heiraten, richtig?«

Er nickte. »Ich habe es während der Feierlichkeiten in Aachen mit Herzog Arnulf ausgehandelt.«

»Und weißt du, dass meine Mitschwester Ruthildis eine uneheliche Schwester dieser Judith ist?«

»Wirklich? Nein, ich hatte keine Ahnung.«

»Seit wir hierher nach Quedlinburg gekommen sind, habe ich sie häufig in vertraulichen Gesprächen mit deiner Mutter gesehen. Zuerst habe ich mir nichts dabei gedacht, schließlich ist die Königinmutter unsere Äbtissin und Schwester Ruthildis die Kellermeisterin. Es gibt sicher viel zu besprechen. Aber vor einer Woche war ich zufällig in der Sakristei, als die beiden sich in der Kirche trafen, und konnte nicht anders, als mit anzuhören, was sie sagten. Seither habe ich sie belauscht, wann immer ich konnte. Gott vergebe mir, aber ich wusste nicht, was ich sonst tun sollte. Hier ist ihr Plan, Otto: Du hast die Absicht, dem Herzog von Bayern die Kontrolle über die bayrische Kirche zu entziehen, richtig?«

»Ja. Es geht einfach nicht anders. Bischöfe und Äbte zu bestimmen muss das Vorrecht des Königs sein, andernfalls wird es nie gelingen, das Reich zu einen.«

»Aber Herzog Arnulf ist nicht erbaut darüber, dass du seine Machtbefugnisse beschneiden willst. Darum hat deine Mutter ihm einen Vorschlag unterbreitet, und Schwester Ruthildis hat als ... Mittelsfrau zwischen ihr und den Boten des Herzogs fungiert: Sobald Henning Judith von Bayern geheiratet hat, schickt Herzog Arnulf drei junge Grafen an deinen Hof, die dir ihr Schwert anbieten sollen. Gleichzeitig sammelt er heimlich Truppen und führt sie an die sächsische Grenze. Bei der ersten sich bietenden Gelegenheit sollen die drei Grafen dich gefangen nehmen und an einen geheimen Ort schaffen. Henning wird König, wie deine Mutter es wollte, Arnulf behält zur Belohnung die Kontrolle über die bayrische Kirche, wie er es wollte, und mit etwas Glück werden es seine Enkel sein, die in Zukunft die Königskrone tragen, die er ja eigentlich auch immer wollte. Alle gewinnen. Alle außer dir.«

»Und meiner Königin und meinen Söhnen und meiner Tochter.«

Dragomira deutete ein Schulterzucken an und nickte.

Otto dachte eine Weile nach. Schließlich murmelte er: »Das kann nur funktionieren, wenn sie mich töten.«

Sie sah ihn an und sagte nichts.

»Weiß Henning von diesem wunderbaren Plan?«

»Das heißt also, du glaubst mir?«

»Jedes Wort.«

»Ob dein Bruder eingeweiht ist oder nicht, kann ich nicht sagen, Otto. Aber schon als kleiner Junge wollte er König werden. Seit er zum ersten Mal gehört hat, dass er im Purpur geboren ist und du nicht, hat er immer geglaubt, die Krone stehe ihm zu, nicht dir.«

Dragomira hatte recht, und er hatte es so wenig vergessen wie sie. Er rieb sich die Stirn und sah für einen Moment zum nachtblauen Himmel empor. »Wie ... unendlich dumm man sich vorkommt, wenn man verraten wird. Albern und wertlos.«

»Ja, ich weiß. Und ich habe geahnt, dass du es schwernehmen

würdest.« Sie streckte die Hand aus, als wolle sie ihm Trost spenden, besann sich dann und zog sie zurück. »Aber du bist weder dumm noch albern oder wertlos. Dein Vater hat den richtigen seiner Söhne als Nachfolger bestimmt, und wenn du ehrlich bist, wirst du zugeben, dass du das genau weißt.«

Er lächelte sie an. »Kann ich dich für meinen Rat gewinnen, was meinst du? Ich könnte mich daran gewöhnen, solche Dinge zu hören.«

Sie erwiderte das Lächeln, und für einen Moment sah sie aus wie die slawische Prinzessin, die ihn in der Nacht nach dem Fall der Brandenburg so bezaubert hatte mit ihren Schläfenringen und ihrer Unschuld.

»In Wahrheit bin ich weit weniger getroffen, als ich gedacht hätte«, gestand er ihr. »Es ist ja nicht so, als seien die Abneigung meiner Mutter oder Hennings Verführbarkeit mir neu. Deswegen ist es auch keine neue Kränkung, ihnen jetzt und hier zu begegnen. Also mach dir meinetwegen keine Sorgen, Dragomira.«

»Hennings Verführbarkeit …«, wiederholte sie versonnen. »Ich bin nicht sicher, ob das alles ist.«

»Was meinst du?«, fragte Otto.

»Hast du dich je gefragt, warum deine Mutter Henning immer vorgezogen hat? Warum sie immer argwöhnte, dein Vater wolle ihn übergehen oder zu kurz halten?«

»Ja, das habe ich mich oft gefragt.«

»Dann sage ich es dir: Ein Fluch lastet auf deinem Bruder Henning.«

»*Was?*«

Sie nickte. »Er wurde an einem Gründonnerstag gezeugt, Otto.«

Der König zog erschrocken die Luft ein und bekreuzigte sich.

Der Gründonnerstag war ein Tag der Buße. Es war eine geradezu unaussprechliche Sünde, wenn Mann und Frau in jener Nacht beieinanderlagen, da der Erlöser Jesus Christus mit seinen Jüngern das letzte Abendmahl geteilt hatte, verraten und gefangen genommen worden war.

»Und es war nicht dein Vater, der sich deiner Mutter in dieser

Nacht aufgedrängt hat, wie in solchen Fällen immer so leicht unterstellt wird, sondern sie hat ihn verführt. Natürlich trugen sie beide Schuld an dieser schrecklichen Freveltat, aber dem König hat es immer gefallen, sich in diesem Punkt als Opfer zu sehen. Wie dem auch sei, die Seele deines Bruders drohte, dem Satan anheimzufallen. Eine sehr fromme Dame, die das Geheimnis kannte, hat deiner Mutter während seiner Geburt beigestanden und unablässig gebetet und ihn zur Taufe getragen, sobald er das Licht der Welt erblickt hatte, sodass Hennings Seele reingewaschen wurde. Aber der Teufel war zornig, dass er um seine Beute betrogen wurde, und er erschien der Dame, als sie mit dem Säugling auf dem Arm die Kapelle verließ, und verfluchte Henning zu ewiger Zwietracht. Deswegen verteidigt deine Mutter ihn mit Klauen und Zähnen. Weil sie in ständiger Furcht um ihn lebt, und weil sie ein schlechtes Gewissen hat.«

Otto hatte ihr fassungslos gelauscht. »Woher weißt du das?«, fragte er schließlich.

»Die fromme Dame war meine Mitschwester, Roswitha von Hildesheim. Sie hat es uns auf dem Sterbebett erzählt, einer anderen Schwester und mir, als wir bei ihr wachten.«

»Und du hast es geglaubt? Es war keine Fieberfantasie oder die Umnachtung des nahen Todes?«

»Ich bin sicher, es war die Wahrheit. Sie war bis zum Schluss bei klarem Verstand, und sie war keine Frau, die sich so etwas je ausgedacht hätte, glaub mir. Es ist auch nicht das einzige brisante Geheimnis, das wir in Möllenbeck hüteten. Ein Kanonissenstift ist immer ein Hort gefährlicher Wahrheiten, Otto, denn Kanonissen entstammen fast immer mächtigen Familien, und manchmal ist es ein vertuschter Skandal oder sogar ein unentdecktes Verbrechen, das sie ins Stift führt. Kanonissen haben mächtige Brüder oder Väter und fungieren oft als deren Boten oder Geheimnisträger. Du solltest nicht den Fehler machen, sie zu unterschätzen, weil sie in Einkehr leben und weil sie Frauen sind. Die Dinge, die wir Kanonissen erfahren und bewahren, könnten jedes Reich zum Einsturz bringen.«

»Ich bin geneigt, dir zu glauben«, erwiderte er matt, immer

noch ein wenig benommen von ihrer Enthüllung über seinen Bruder. Er bedauerte Henning, der doch vollkommen unschuldig an den Umständen seiner Zeugung war und trotzdem die Folgen als lebenslange Bürde tragen musste. Otto ahnte, dass dieses Mitgefühl ein Luxus war, der ihn eines Tages teuer zu stehen kommen könnte. Aber er musste feststellen, dass er nichts dagegen tun konnte.

Es war eine Weile still. Schließlich ergriff er Dragomiras Hand und sah ihr ins Gesicht. »Ich bin dir sehr zu Dank verpflichtet. Ich weiß, dass ich dich im Stich gelassen habe, damals, als meine Mutter dich bei Nacht und Nebel fortschaffen ließ. Umso großzügiger ist es, dass du mir trotzdem all diese Dinge offenbart hast. Du sagtest vorhin in der Kirche, es gehe um meine Zukunft und um deine. Also? Was kann ich tun, um mich erkenntlich zu zeigen?«

Sie sagte es ihm.

»Ich schätze es überhaupt nicht, während meiner Kapitelversammlung gestört und zum König zitiert zu werden wie eine diebische Dienstmagd vor ihren Herrn«, eröffnete Mathildis ihrem Sohn.

Thankmar wünschte, ihre Stimme wäre nicht so schrill, denn er hatte einen fürchterlichen Brummschädel.

»Wirklich nicht?«, erwiderte Otto. »Nun, Ihr könnt Euch glücklich schätzen, wenn es sich nicht als Eure letzte Kapitelversammlung erweist.«

Seine Mutter blinzelte verwirrt. Thankmar konnte es ihr kaum verübeln. Da er der Einzige in der Halle war, der je mit Otto im Feld gestanden hatte, war er vermutlich auch der Einzige, der wusste, wie sein Bruder sein konnte, wenn er *wirklich* wütend war. Der Rest der Familie hatte es vielleicht noch nicht begriffen, aber der Zweck, zu dem sie hier zusammengerufen worden waren, war ein Strafgericht.

»Was soll das heißen?«, verlangte die Königinmutter zu wissen.

»Es heißt, dass ich Euch die Kontrolle über die Vermögenswerte des Kanonissenstifts zu Quedlinburg entziehe«, eröffnete Otto ihr. »Da Ihr die Königinmutter seid, gestatte ich Euch, dem

Stift offiziell weiterhin als Äbtissin vorzustehen, aber nur in spirituellen Belangen. Alle übrigen Befugnisse gehen auf die Priorin, Schwester Gertrudis, über.«

Der kleine Ausschnitt ihres Gesichts, den der strenge Schleier sichtbar ließ, nahm eine beängstigende Purpurtönung an. »Was fällt dir ein? Es ist mein Witwenteil! Du hast kein Recht, es mir wegzunehmen!«

»Ich glaube, Ihr täuscht Euch.«

Es war einen Moment still. Otto hatte alle aus der Halle geschickt und die Wache angewiesen, niemanden einzulassen. So hatten sie den Saal für sich allein. Der Anblick der leeren Tische und Bänke hatte etwas Deprimierendes nach dem ausgelassenen, teilweise *sehr* ausgelassenen Fest der letzten Nacht, fand Thankmar, und die Stille war bedrückend. Nicht einmal die Vögel waren mehr da, um das betretene Schweigen mit ihrem Gezwitscher und Gekrächz zu durchbrechen, denn Ottos Kinder hatten ihr gefiedertes Erbe nach langen und hitzigen Debatten in die Freiheit entlassen; der große, kunstvoll gebaute Vogelbauer war leer.

»Ich kann mir nicht vorstellen, was in dich gefahren ist, Otto, aber ich verlange, dass du diese Entscheidung rückgängig machst«, sagte Mathildis – streng, aber maßvoll. Sie hatte sich wieder unter Kontrolle. »Andernfalls werde ich mich an den Bischof wenden und …«

»Dann solltet Ihr nicht vergessen, zu erwähnen, dass Ihr eine Verräterin seid und mit dem Herzog von Bayern meinen Sturz geplant habt. Sonst muss ich es tun, und dann würde der ehrwürdige Bischof vielleicht beschließen, Euch in Festungshaft zu nehmen, wie Ihr es eigentlich verdient hättet.«

»Jetzt habe ich langsam genug gehört …«, brauste Henning auf, verstummte aber wieder, als der eisige und so entnervend geruhsame Blick der hellblauen Augen auf ihn fiel.

»Überlege gut, was du sagen willst«, riet der König. »Am klügsten wäre es wohl, du hältst einfach den Mund. Solange ich glauben kann, dass du von diesen Plänen nichts wusstest, muss ich mich nicht fragen, welche Festung wohl einsam und düster genug wäre, um dich dort zu verwahren.«

»Verstehe ich das recht?«, fragte die Königin. »Du unterstellst mir, ich hätte mit Arnulf von Bayern geplant, Henning auf den Thron zu bringen?«

Otto schüttelte den Kopf. »Eine Unterstellung wäre es dann, wenn ich es nicht beweisen könnte. Aber ich habe bereits vergangene Nacht Eure vertraute Botin Schwester Ruthildis in Haft nehmen lassen.«

»Und ihr angedroht, sie deinen Panzerreitern zu überlassen, damit sie diese irrsinnigen Behauptungen bestätigt?«

Otto sah zu seiner Frau, und sie war es, die Mathildis antwortete: »Das war gar nicht nötig. Hadwig und ich sind zu ihr gegangen und haben mit ihr gesprochen.«

Die Königinmutter blickte zu ihrer jüngsten Tochter, und mit einem Mal stand Furcht in ihren Augen. »Du? Du ... stellst dich gegen mich, Hadwig?«

Hadwig war sehr blass, und man konnte sehen, wie schwer diese Konfrontation für sie war. Sie war erst fünfzehn Jahre alt und hatte ihrer Mutter immer in ähnlicher Weise nahegestanden wie Henning. Aber sie zeigte eine gute Portion mehr Rückgrat als der, als sie antwortete: »Ich glaube, es ist anders herum, Mutter. Du hast dich gegen mich gestellt, als du dich gegen Otto gestellt hast. Wie konntest du das nur tun? Seit gestern Nacht versuche ich, das zu begreifen. Er ist dein Sohn genau wie Henning. Er ist der von Gott gewollte König. Wie kannst du nur ...«

Otto legte seine Hand auf ihre und schüttelte den Kopf. »Schon gut, Hadwig. All diese Fragen führen zu nichts, und du solltest versuchen, dich nicht damit zu quälen. Nichts von alldem ist deine Schuld. Schwester Ruthildis hat ja nur die Wahrheit gesagt.«

Thankmar massierte sich die hämmernden Schläfen und ergriff zum ersten Mal das Wort: »Und wie habt ihr die Wahrheit aus der frommen Schwester herausgeholt, wenn nicht mit Drohungen?«

»Wir haben ihr gesagt, dass es eine Zeugin gibt, die eines der Verschwörertreffen mit angehört hat«, antwortete Editha. »Da wurde Schwester Ruthildis mit einem Mal sehr mitteilsam. Sie redet wie ein sprudelnder Quell, um genau zu sein.«

»Und gibt es diese Zeugin tatsächlich?«, fragte er weiter.

»Allerdings. Schwester Dragomira.« Editha klang grimmig und wandte sich wieder an ihre Schwiegermutter. »Ihr habt keine Einwände erhoben, als sie mit den übrigen Schwestern aus Möllenbeck herkam, weil Ihr die Absicht hattet, einen Keil zwischen Otto und mich zu treiben, indem Ihr meine Eifersucht weckt, nicht wahr?« Daran, wie wütend sie war, konnte man unschwer erkennen, dass Mathildis um ein Haar Erfolg gehabt hätte. Vermutlich war es nicht einmal so schwierig gewesen. Während Otto gegen die Redarier gezogen war, hatte Mathildis Editha vermutlich beiseitegenommen und gesagt: *Sieh mal, die Schwester dort hinten ist die Heveller-Prinzessin, die Otto damals auf der Brandenburg erbeutet hat. Die Mutter seines Erstgeborenen. Wie fromm sie tut. Dabei sind all diese Slawenfrauen läufige Luder, glaub mir. Otto konnte sich damals kaum so schnell die Hosen aufschnüren, wie sie die Beine für ihn breitgemacht hat …* Und natürlich hatte Editha sich gefragt, was dort drüben jenseits der Elbe wohl auf diesem neuen Feldzug zwischen Otto und all den heißblütigen Slawinnen vorging. Editha war eine vernünftige Frau – oft *zu* vernünftig für Thankmars Geschmack –, und sie verstand vermutlich, dass das, was Männer im Krieg taten, nichts mit ihrem normalen Leben zu tun hatte. Aber von Egvina wusste Thankmar, dass Eifersucht Edithas größte Schwäche war. Und bestimmt wusste das auch die Königinmutter und hatte es sich für ihren liebsten Zeitvertreib, Otto das Leben zu verbittern, zunutze gemacht.

»Aber Dragomira ist in Wahrheit ganz anders, als Ihr sie beschrieben habt«, fuhr die junge Königin fort. »Eine wahre Fürstentochter. Und eine Frau von Ehre.«

»Genau wie ihr Bruder«, warf Thankmar ein. »Nur dass der natürlich ein *Mann* von Ehre ist.«

Editha traktierte ihn mit einem strengen Blick, denn sie hatte für Tugomir nichts übrig, weil er ein unverbesserlicher Heide war. »Schwester Dragomira hat jedenfalls genug gehört, um den Bischof oder die Fürsten oder wen immer Ihr anrufen wollt, von Eurer Schuld zu überzeugen. Und Schwester Ruthildis weiß noch viel mehr. Ihr seid … überführt, könnte man wohl sagen.«

Mathildis' Gesicht zeigte keinerlei Regung. Ohne Scham, ohne Reue sah sie zu ihrem Ältesten. »Und was nun, mein König?«

»Ich will keinen Krieg gegen Arnulf von Bayern führen, wenn es nicht sein muss«, antwortete er. »Darum bin ich bereit, so zu tun, als hätte diese Verschwörung niemals stattgefunden. Unter gewissen Bedingungen, versteht sich. Ihr verliert, wie gesagt, die Kontrolle über Quedlinburg. Ihr könnt dem Anschein nach Äbtissin bleiben, um Euer Gesicht zu wahren, aber betrachtet es als Bewährungsprobe. Solltet Ihr Eure Position und die politischen Verbindungen, die ein Stift wie dieses mit sich bringt, jemals wieder missbrauchen, um Ränke gegen mich oder die Meinen zu schmieden, könnt Ihr Eure Tage auf einem Eurer beschaulichen Güter in Thüringen beschließen, Mutter. Und zwar gut bewacht.« Er richtete den Blick auf Henning. »Du wirst nächstes Frühjahr wie vereinbart Judith von Bayern heiraten. Bis es so weit ist, kommst du an meinen Hof und begleitest mich, wohin es mich auch verschlägt, damit ich dich im Auge behalten kann.« Schließlich sah er zu Hadwig, und der sturmumwölkte Ausdruck verschwand von seinem Gesicht. Er lächelte. »Du liegst mir seit ungefähr zehn Jahren damit in den Ohren, dass du endlich heiraten willst. Gestern Nacht hast du mir bewiesen, dass du erwachsen genug dafür bist, und endlich kann ich dem Mann, der mich seit Monaten mit Heiratsofferten überschüttet, eine gute Nachricht schicken.«

Hadwig sah ihn gespannt an. »Wer ist es?«

»Hugo von Franzien.«

Das junge Mädchen schnappte nach Luft. »Der Herzog von Franzien?«, fragte sie, und ein solches Strahlen war in ihren Augen, dass Thankmar seine helle Freude daran hatte, auch wenn er fürchtete, dass die Wirklichkeit Hadwigs Vorstellungen von einer Ehe mit dem mächtigsten Mann des Westfrankenreichs kaum gerecht werden konnte.

Auch Otto erfreute sich an Hadwigs leuchtenden Augen. Er beugte sich zu ihr hinüber und küsste sie auf die Stirn. »Er schien mir so gerade eben gut genug für dich, Schwester.«

»Wenn wir großzügig darüber hinwegsehen, dass er bereits zwei Gemahlinnen verschlissen hat«, warf die Königinmutter ein und fragte Otto: »Hattest du die Absicht, mich in dieser Frage irgendwann noch zu konsultieren? Schließlich geht es um die Ehe *meiner* Tochter.«

Otto stand unvermittelt auf und wandte sich zum Ausgang. Über die Schulter antwortete er: »Ich habe nicht die Absicht, Euch je wieder zu konsultieren, ganz gleich in welcher Angelegenheit. Mir wäre es am liebsten, Ihr legtet ein Schweigegelübde ab, Mutter. Am besten lebenslang.«

Editha und Hadwig folgten ihm.

Thankmar lachte in sich hinein und schenkte sich einen Becher aus dem Krug ein, der auf dem Tisch stand, um den lausigen Kater zu vertreiben.

»Dir wird das Lachen auch noch vergehen«, fauchte Mathildis.

Thankmar hob ihr den Becher entgegen und erwiderte achselzuckend: »Warum so giftig, liebste Stiefmutter? Ihr habt gespielt und verloren. Das passiert uns allen gelegentlich.«

»Ich hoffe, ich erlebe noch, dass es *ihm* passiert«, gab sie zurück.

»Mutter«, warnte Henning, sah nervös zur Tür und dann wieder zu ihr. »Sei vorsichtig. Thankmar wird ihm brühwarm erzählen, was du gesagt hast, und dann …«

»Oh, sei unbesorgt, mein Liebling«, entgegnete Mathildis und schenkte sich ebenfalls einen Becher voll. »Thankmars Diskretion gehört zu seinen schönsten Tugenden.«

»Wieso glaubt Ihr das?«, fragte Thankmar neugierig, obwohl er wusste, dass es unklug war.

Die Königinmutter hob ihm ihren Pokal entgegen. »Weil du dir selbst so wenig traust wie mir oder Henning oder irgendeinem anderen Menschen auf der Welt. Du glaubst an nichts und niemanden, und du schenkst niemandem deine Loyalität, weil du denkst, dass niemand sie verdient.«

»Was für ein armseliger Schuft ich wäre, wenn das der Wahrheit entspräche«, gab er zurück.

»Entweder das – oder aber der Klügste von uns allen.«

»Eins ist jedenfalls sicher«, antwortete Thankmar. »Ich könnte es niemals ertragen, wenn er mich je so demütigte wie euch heute.«

»Ich bin nicht gedemütigt«, widersprach Henning entrüstet.

»Doch, das bist du«, entgegnete Thankmar schroff. »Du bist nur zu dämlich, um es zu merken.«

Mathildis tätschelte ihrem Lieblingssohn beschwichtigend den Arm. Zu Thankmar sagte sie: »Das werden wir ja sehen.«

Thankmar nickte. »Ich weiß. Dieses Spiel ist noch nicht vorbei, und abgerechnet wird zum Schluss.«

Magdeburg, Oktober 936

»Der Junge mit dem zertrümmerten Bein und der Graubart mit der Axtwunde an der Schulter werden noch sterben«, berichtete Tugomir. »Der Rest wird wieder, schätze ich.«

»Kannst du das Bein nicht abnehmen?«, fragte Udo.

Doch der Hevellerprinz schüttelte den Kopf. »Er stirbt so oder so, glaub mir.«

Sie standen am Eingang des großen Zeltes, wo die letzten Verwundeten des Redarierfeldzugs lagen. Seit zwei Wochen war das Heer zurück und lagerte auf jener Weide außerhalb der Stadt, wo Tugomir einst mit Hilfe eines Gottesurteils zwei Dutzend slawischen Kriegern das Leben gerettet hatte. Das schien so lange her zu sein, dass es ihm manchmal vorkam, als sei es die Tat eines anderen gewesen, eines seiner Vorväter vielleicht – eine Geschichte, die abends in der Halle am Feuer erzählt wurde.

»Unsere Verluste halten sich in Grenzen«, bemerkte Udo. »Nicht zuletzt dank deiner Hilfe.«

»Wie beglückend.«

Der stiernackige Soldat bedachte ihn mit einem wissenden Grinsen. »Wenn du nicht aufpasst, nimmt der König dich beim nächsten Mal mit in den Krieg. Als Feldscher.«

Tugomir zuckte die Achseln. »Solange es nicht gegen die Slawen geht. Aber der König hat ja Feinde genug. Die Auswahl ist groß.«

»Allerdings«, brummte Udo. »Es geht ein Gerücht, die verdammten Ungarn rüsten sich zu einem neuen Beutezug.« Die Ungarn vermochten selbst Udo in Angst und Schrecken zu versetzen. Eine Spur nervös winkte er ab. »Was denkst du? Machen wir uns auf den Rückweg?«

»Gleich«, antwortete Tugomir. »Ich will versuchen, dem Jungen noch etwas Tollkraut einzuflößen.«

»Wieso verschwendest du deine Medizin an ihn, wenn er so oder so draufgeht? Lindert es die Schmerzen?«

Tugomir sah ihn an. »Die Angst. Er ist erst vierzehn, Udo. Er hat Angst zu sterben.«

Udo schnaubte. »Wer alt genug ist, eine Klinge oder einen Bogen zu führen, ist auch alt genug zu sterben.«

Das ist zweifellos richtig, aber fraglich bleibt, ob du das auch noch sagst, wenn dein Sohn zum ersten Mal ins Feld zieht, dachte Tugomir. Er ließ Udo stehen und ging zurück zu dem fiebernden Soldaten, dessen linker Unterschenkel eine formlose, breiige Masse war. Nie zuvor hatte Tugomir dergleichen gesehen, und er rätselte, was dem Jungen passiert sein mochte. Der Verwundete selbst hatte es ihm nicht sagen können. Außer zusammenhanglosem Gestammel waren gellende Schreie das Einzige, was ihm zu entlocken war, und zwar sobald man ihn bewegte oder sein zertrümmertes Bein berührte.

Tugomir hob seinen Kopf an und setzte den Becher an seine Lippen. »Hier. Du musst versuchen zu schlucken.«

Die Augen des Sterbenden waren fiebrig und trüb. Kinderaugen, krank und voller Furcht. »Wird es mich gesund machen?«, fragte der Junge tonlos.

Tugomir antwortete nicht. Manchmal war seine eiserne Regel, seinen Patienten immer die Wahrheit zu sagen, schwer durchzuhalten. Und es machte ihn wütend, dass er hier am Sterbebett dieses Sachsen hockte und versuchte, ihm Linderung zu verschaffen, und nicht bei den verwundeten und sterbenden Redariern, die dieser neuerliche Überfall der Sachsen gefordert hatte und die seiner Hilfe ebenso bedurft hätten.

»Trink«, wiederholte er – schroffer, als er beabsichtigt hatte.

»Kann ich mich vielleicht nützlich machen?«, fragte eine Stimme hinter ihm.

Tugomir wandte den Kopf. Zuerst dachte er, der König sei zurückgekehrt. Dann erkannte er seinen Irrtum. »Vater Widukind?«

»Prinz Tugomir.«

»Was in aller Welt tust du hier?«

»Das ist eine längere und ... unerfreuliche Geschichte.« Der Priester hockte sich neben ihn, betrachtete den jungen Soldaten einen Moment und legte ihm dann die Hand auf die Stirn. Weder der Gestank des unreinen Strohlagers und der schwärenden Wunde noch der Anblick von Leid und Elend schienen ihn zu erschüttern, und er verschwendete offenbar keinen Gedanken daran, dass er seine feinen Gewänder besudeln könnte. »Ganz ruhig, mein Sohn«, sagte er. »Fürchte dich nicht. Jesus Christus ist bei dir.«

Die Augen des Jungen fielen zu. »Ich glaub ... ich glaub, ich kann ihn sehen. Er hat ... ein weißes Gewand an, wie auf dem Wandbild in der Kirche bei uns zu Hause ...« Er sagte noch mehr, aber man konnte ihn nicht verstehen.

Widukind nahm Tugomir den Becher aus der Hand. »Ich mache das«, erbot er sich.

Sie blieben bei ihm, bis der Junge seine Reise über den Großen Fluss angetreten hatte. Tugomir war die Zuschauerrolle zugefallen. Einen Schritt neben Widukind saß er auf seinem Mantel, die Arme um die angewinkelten Knie gelegt, und lauschte den Gebeten, die der Christenpriester sprach. Natürlich verstand er kein Wort, aber er hatte schon in der Vergangenheit festgestellt, dass der Klang der lateinischen Worte ihm gefiel.

Als der Priester zum Ende kam, sagte Tugomir schließlich: »Gut gemacht, Widukind. Ich gebe zu, ich bin verwundert. Ich dachte bislang, adlige Priester taugen nur zu Hochämtern in golddurchwirkten Gewändern. Oder zu Politik.«

Widukind sah auf und lächelte – genauso scheu, wie der König es manchmal tat, so als könne er einfach nicht glauben, dass jemand seine Taten guthieß. »Und mich wundert, dass du dich um unsere Verwundeten kümmerst«, entgegnete er.

»Ja, ich tue viele wunderliche Dinge, glaub mir«, gab Tugomir zurück und stand auf. Mit einer Geste bedeutete er den weitge-

391

hend genesenen Soldaten, die an einem nahen Tisch saßen und würfelten, dass sie den Jungen fortschaffen und begraben sollten. Dann fragte er Widukind: »Du willst zum König, nehme ich an? Er ist noch nicht zurück.«

»Ich bin auf dem Weg zu seinem Kanzler, wer immer das sein mag.«

»Ein greiser Ränkeschmied namens Poppo. Alle zittern vor ihm. Ich glaube, er war schon Kanzler, als die Götter die Welt erschufen, und kennt alle Geheimnisse über jeden bei Hofe.«

»Und ich dachte, du bist derjenige, der durch Wände hören kann und alle Geheimnisse kennt.«

Tugomir führte ihn aus dem Zelt. »Wer hat dir das erzählt?«

Widukind zuckte die Achseln. »Es ist allgemein bekannt.«

Ihre beiden Pferde waren die letzten, die draußen angebunden standen. Udo war längst in die Stadt zurückgekehrt. Sie saßen auf und schlugen den Pfad am Fluss entlang ein. Als sie sich ein gutes Stück vom Lager entfernt hatten, fragte Tugomir: »Wie geht es meiner Schwester?«

»Ich hatte gehofft, du könntest es mir sagen«, erwiderte Widukind.

»Was heißt das? Kommst du nicht aus Möllenbeck?«

Widukind schüttelte den Kopf. »Und sie ist auch nicht mehr dort, wie ich vor einigen Tagen erfahren habe. Wir …« Er zögerte, errötete und erzählte dann von seiner und Dragomiras vereitelter Flucht.

Tugomir stieß die Luft aus. »Respekt, Widukind. Du hast wirklich gut auf sie achtgegeben …«

»Ja, ich weiß«, gab der andere Mann zerknirscht zurück und hob die Linke zu einer hilflosen Geste. »Es war vermutlich dumm und verantwortungslos, von ungeschickt in der Planung ganz zu schweigen. Aber wir wussten uns keinen anderen Rat mehr, Tugomir. Wir haben es einfach nicht mehr ausgehalten, nicht zusammen zu sein. Ich weiß nicht, ob du das verstehen kannst.«

Tugomir dachte an Alveradis. Das tat er in letzter Zeit sehr oft. In den sonderbarsten und unpassendsten Momenten stahl sie sich in seine Gedanken, und inzwischen versuchte er auch nicht mehr, sich dagegen zu wehren. Er hatte eingesehen, dass er vollkommen machtlos war gegen das, was mit ihm passiert war – so wie er gegen die meisten Dinge machtlos war, die in seinem Leben passierten. Und weil er genau wusste, wie zermürbend sich diese Sehnsucht anfühlte, die sich niemals erfüllen konnte, hatte er ein gewisses Maß an Verständnis für Widukinds und Dragomiras verrückte Fluchtpläne. Nichts von alldem gedachte er indessen Widukind zu verraten.

»Und was geschah weiter?«, fragte er stattdessen.

»Es sah ziemlich finster für mich aus«, bekannte der Priester. »Mein Mentor, der ehrwürdige Abt Hadamar von Fulda, war schwer enttäuscht von mir. Er hat mich eingesperrt. In einem richtig finsteren Loch, verstehst du. Wochenlang.« Er sagte es leichthin, aber Tugomir ahnte, wie es Widukind zugesetzt hatte. Es waren die versteinerten Wangenmuskeln, die seinen Schrecken verrieten. Und er war so abgemagert, dass Tugomir zuerst geglaubt hatte, er sei krank. »Mein Vater hat keinen Finger gerührt, um mir zu helfen. Im Gegenteil, er hat sich endgültig von mir losgesagt und mich verstoßen. Über Nacht war ich ein Niemand, und ich kann dir sagen, es war ein ziemlicher Schock, zu erfahren, wie erbarmungslos die Welt zu einem Niemand ist. Aber das wäre alles nicht so schlimm gewesen, wäre die Ungewissheit und die Sorge um Dragomira nicht gewesen. Also kannst du dir vielleicht vorstellen, wie verwundert ich war, als sich vor ein paar Tagen meine Kerkertür öffnete und ein sehr missgelaunter Prior mir mitteilte, ich solle mich auf Wunsch des Königs nach Magdeburg begeben und dort in der Hofkapelle eine Anstellung antreten, die eine gewisse Schwester Dragomira mir verschafft habe.«

»Was?«

Widukind nickte. »Viel mehr hat er sich nicht entlocken lassen, aber offenbar ist Dragomira nicht mehr in Möllenbeck. Sie lebt jetzt in dem neugegründeten Stift in Quedlinburg, dem die Königinmutter vorsteht …«

»Das wird immer verrückter.«

»… und dort hat sie anscheinend den König getroffen. Wie sie ihn dazu bewogen hat, mir zu helfen, weiß Gott allein.«

Tugomir las Verwirrung in seiner Miene, aber keine Spur von Argwohn oder Eifersucht. »Morgen oder übermorgen werden der König und seine Brüder hier zurückerwartet«, sagte er. »Du kannst sicher sein, dass Prinz Thankmar uns alles erzählen wird, was wir wissen wollen, denn er hat eine Schwäche für Skandalgeschichten.«

Widukind seufzte leise. »Ich hätte mir nie träumen lassen, einmal Gegenstand einer Skandalgeschichte zu sein.«

»Ja, die Götter beweisen oft einen sonderbaren Sinn für Humor, wenn sie sich daran begeben, unsere Pläne zu durchkreuzen. Aber du solltest dich nicht grämen. Du bist aus deinem Kerker befreit und stehst unter dem Schutz des Königs, wie es scheint. Es sieht nicht so finster für dich aus, wie du vor ein paar Tagen noch gedacht hast.«

»Nein, das ist wahr, Tugomir. Und ich bin dankbar. Aber solange ich Dragomira nicht sehen kann ...« Er brach ab und hob die Schultern.

»Kopf hoch. Früher oder später wird der Hof nach Quedlinburg reisen, mitsamt der Hofkapelle.«

»Wieso glaubst du das?«

»Es ist die Grablege des alten Königs, ein Ort voller Symbolkraft. Wäre ich an Ottos Stelle, würde ich meinen nächsten Hoftag dort abhalten. Oder den übernächsten. Eins ist jedenfalls sicher: Rastlose Zeiten kommen auf den König und seinen Hof zu. Ottos beschauliche Prinzenjahre in Magdeburg sind ein für alle Mal vorüber.«

Mainz, Mai 937

»Sie ist eine wirklich schöne Braut«, raunte Otto Thankmar zu.

Der betrachtete seine Schwester: Hadwigs Brautkleid war aus edlem Leinen. Die sattgrüne Farbe betonte das warme Braun ihrer Augen, und die eingestickten Goldranken an Halsausschnitt und Ärmeln schienen das Schimmern ihrer blonden Haarpracht widerzuspiegeln. »Das ist ein Glück«, antwortete er ebenso gedämpft. »Ihre Schönheit muss für zwei reichen.«

Otto grinste in seinen vergoldeten Pokal.

Hugo von Franzien, der mächtigste Herzog des Westfrankenreiches, dem Otto ihre Schwester zur Frau gegeben hatte, war um die vierzig, schätzte Thankmar, und seine vielen Schlachten – die großteils siegreich verlaufen waren – hatten Spuren in seinem Gesicht hinterlassen. »Narben« wurde der Sache nicht gerecht. »Scharten« traf es eher. Hugo war groß und hager, von athletischer Statur, das gelockte dunkle Haar angegraut, und wenngleich es bis auf die Schultern fiel, war nicht zu übersehen, dass ein Stück des linken Ohrs fehlte. Ein grimmiger Recke, dieser Hugo von Franzien. Aber Hadwig schien er keinen Schrecken einzuflößen. Sie strahlte ihn an, wann immer ihre Blicke sich trafen, und so warm war der Glanz ihrer Augen, dass selbst der hartgesottene Hugo nicht umhinkam, ihr Lächeln zu erwidern.

»Ich hoffe, der Kerl hat sie auch verdient«, knurrte Thankmar. Es fiel ihm schwer, seine kleine Schwester aus seiner brüderlichen Obhut in eine ungewisse Zukunft zu entlassen. Er wusste, Otto hatte sorgfältig und klug gewählt. Aber Tatsache blieb: Jede politische Ehe war ein Glücksspiel, und der Spieler mit dem höchsten Risiko war immer die Braut.

»Hier auf Erden bekommen die Wenigsten von uns das, was sie verdienen, mein Sohn«, erinnerte Erzbischof Friedrich ihn, der die Trauung vollzogen hatte.

»Was hoffentlich nicht für Euch gilt«, gab Thankmar zurück. »Ihr habt doch gewiss keine Veranlassung, Euch über mangelnden irdischen Lohn zu beklagen, oder?«

Er hatte für den frisch gekürten Mainzer Metropoliten nicht viel übrig. Dessen Vorgänger, Erzbischof Hildebert, der Ottos Krönungszeremonie geleitet hatte, war Thankmar immer als ein bescheidener und demütiger Gottesmann erschienen. Gerissen und machtbewusst, wie alle großen Kirchenfürsten es sein mussten, aber in seinem Herzen zuallererst Priester. Thankmar hatte ihn gemocht. Gerade weil er so arm an Illusionen war, wusste er die wahrhaft gütigen Menschen, die einem dann und wann begegneten, besonders zu schätzen. Aber Hildebert war im Winter gestorben, und Friedrich, sein Nachfolger, war nur ein gewöhnlicher Sünder mit einer Mitra auf den zu üppigen goldenen Locken. Eitel, selbstsüchtig, vielleicht machtgieriger als der Durchschnitt.

»So wenig wie Ihr, mein Prinz«, gab der junge Erzbischof zurück.

»Sagt das nicht«, widersprach Thankmar. »Mir fallen eine Menge Dinge ein, die mir zu meinem Glück auf Erden fehlen.«

»Ein schönes, tugendhaftes Weib etwa?«, neckte Friedrich.

»Nein, danke.« Thankmar schnitt sich ein Stück vom Wildschweinbraten ab. »Ich finde, es hat große Vorzüge, unverheiratet zu sein. Ihr werdet mir da sicher zustimmen. Ich dachte eher an die Ländereien und Titel, die mir aus dem Erbe meiner Mutter zustehen, die aber irgendwie nie bei mir ankommen.«

Der König seufzte vernehmlich. »Ist das dein Ernst, Thankmar? *Heute?*«

Thankmar zwinkerte ihm zu. »Ich dachte nur, es sei vielleicht an der Zeit, einmal wieder daran zu erinnern. Hier, mein König, nehmt von dieser Sauce, sie ist köstlich. Mit Honig verfeinert. Aber hoffentlich ohne Pimpernell.«

Otto lachte und langte furchtlos zu. Dann schob er die Schale weiter. »Nimm die Hände von deiner Frau und iss, Henning.«

Der jüngere Bruder – seit einem Monat mit Judith von Bayern verheiratet – hatte die Linke auf dem Oberschenkel seiner jungen Frau und offenbar geglaubt, niemand habe es bemerkt. Ohne jede Verlegenheit ließ er von ihr ab und tunkte ein Stück Fleisch in die Sauce. Er biss ab und kaute konzentriert. »Nicht übel. Aber ein Hauch von Pimpernell hätte nicht geschadet.«

Nur Judith kicherte pflichtschuldig. Henning hatte die unschöne Neigung, einen Scherz, den jemand anderes gemacht hatte, aufzugreifen und darauf herumzureiten wie auf einem müden Gaul.

Der Bräutigam riss sich mit den Fingern ein Stück Braten ab und tunkte es ebenfalls ein. Kauend sagte er zu Henning: »Macht Euch keine Hoffnungen, Söhnchen. Wenn der König heute tot von der Bank kippt, wird Liudolf die Krone erben, nicht Ihr.«

In das etwas pikierte Schweigen hinein bemerkte Thankmar: »Mir scheint, eines habt Ihr mit Eurer Braut gemein, Schwager: Auch Hadwig spricht gern unumwunden die Wahrheit aus.«

»Er will damit sagen, ich sei gelegentlich taktlos«, raunte diese ihrem Gemahl verschwörerisch zu.

»Wirklich?« Hugo musterte sie mit Wohlwollen. »Das ist mir allemal lieber als eine Frau, die das eine sagt und das andere meint.«

Dann sei dankbar, dass du nicht mit Editha verheiratet bist, fuhr es Thankmar durch den Kopf.

Hadwig schlug die Augen nieder, lächelte aber zufrieden. »Ich glaube, wir werden uns gut verstehen.«

Hugo von Franzien lachte brummelnd vor sich hin, beugte sich dann plötzlich zu ihr hinüber und drückte die Lippen auf ihre. Hadwig riss verwundert die Augen auf, sträubte sich aber nicht, sondern legte nach einem Moment die Hand auf seinen Arm. Ihre Bewegung wirkte ein wenig unsicher und linkisch; man konnte merken, dass Hadwig noch keine Erfahrung im Austausch ehelicher Zärtlichkeiten hatte – falls man das hier denn so nennen konnte. Vermutlich war heute das erste Mal, dass ein Mann sie anfasste, der nicht ihr Vater oder Bruder war, ging Thankmar auf.

Der Bräutigam beendete den Kuss geräuschvoll, stand dann auf und streckte ihr eine seiner Soldatenpranken hin. »Es wird Zeit. Komm, Herzchen.«

Der Erzbischof sprang schneller auf als Hadwig. »Ich muss das Brautbett noch einsegnen.«

»Dann eilt Euch, ehrwürdiger Bischof«, riet Hugo.

Die Gästeschar, die vornehmlich aus Hugos Gefolge und den Höflingen des Erzbischofs – der ja der Gastgeber war – bestand, stimmte zotige Gesänge an. Viele erhoben sich von der Tafel, um das Paar ins Brautgemach zu begleiten und mit unflätigen Ratschlägen für die Hochzeitsnacht in Verlegenheit zu bringen.

Otto und Thankmar verständigten sich mit einem Blick, standen von der hohen Tafel auf und folgten ihnen. An der Tür zur Halle nahmen sie Schulter an Schulter Aufstellung und versperrten der übermütigen Schar den Weg.

»Nur die Ruhe, Freunde!«, rief Otto über das Gejohle hinweg und hob beschwichtigend die Hände. Augenblicklich kehrte Stille ein. Sein Lächeln wirkte milde, aber niemand kam im Traum darauf, sich an ihm vorbeizudrängeln. Otto hatte eine beneidenswert mühelose Art, Autorität auszustrahlen, stellte Thankmar bei dieser Gelegenheit nicht zum ersten Mal fest. »Die zwölf Damen, die für diese Ehre ausgewählt wurden, gehen mit der Königin und helfen ihr, die Braut bettfein zu machen«, ordnete der König an. »Editha, wenn du so gut sein willst?«

Sie nickte und führte das handverlesene Dutzend hinaus. Die Damen folgten ihr gesittet, die Mienen so gerührt und feierlich, als hätten sie eben nicht wiehernd über die derben Verse gelacht.

»Und nun die edlen Herren, die der Herzog ausgewählt hat.«

Sie traten vor, manche torkelten ein wenig, andere knufften ihren Nachbarn mit einem anzüglichen Grinsen in die Seite, aber auch sie benahmen sich. Otto ließ kurz den Blick über sie gleiten und nickte dann knapp. »Folgt mir.«

Thankmar verspürte Erleichterung. Dieser Teil der Hochzeitszeremonie konnte mitunter ein wenig ausarten. Seit alters her war es üblich, dass die Frauen der Braut und die Männer dem Bräutigam beim Entkleiden halfen und sie zum blumengeschmückten und eingesegneten Bett geleiteten, ehe sie sich unter mehr oder weniger zweideutigen Segenswünschen verabschiedeten. Aber je nach Trunkenheit der Gäste war es schon vorgekommen, dass sich ein Kerl unter die Damen schmuggelte und die Braut befummelte. Es war auch schon Schlimmeres vorgekommen, und gelegentlich endete eine Hochzeitsfeier mit einem Blutbad. Dergleichen befürchtete er nicht, aber er wünschte seiner Schwester, dass dieses Ritual, das doch gewiss jeder Jungfrau peinlich und qualvoll erscheinen musste, möglichst kurz und gesittet vonstatting.

»Warum so finster, Bruder?«, fragte Henning, als Thankmar an die Tafel zurückkehrte. »Ich nehme an, diesen Teil hättest du lieber selbst erledigt?«

Thankmar verzog den Mund. »Du bist widerlich. Und betrunken.«

»Na und? Du doch auch.«

»Betrunken, ja«, räumte er ein. »Ich wette, bei Eurer Hochzeit warst du selber froh, dass Otto für ein bisschen Ordnung gesorgt hat.«

Henning nahm die Rechte seiner jungen Frau und legte sie auf seine Brust. Judith rückte ein Stück näher heran und hob den Becher, den sie teilten. »Auf jeden Fall hat eure Schwester eine gute Partie gemacht«, bemerkte sie, als sie wieder absetzte. »König Ludwig ist ein Schwächling. Er hat Franzien nichts entgegenzusetzen. Wenn es zu einem Machtkampf im Westfrankenreich kommt, wird Hugo der Sieger sein.«

Sieh an, du bist doch mehr als ein hübsches Hohlköpfchen, dachte Thankmar verblüfft. Bislang hatte Judith sich nie anmerken lassen, dass es außer Nadelarbeit und Schwangerschaft irgendetwas gab, das sie interessierte. »Gut möglich, dass du recht hast.«

»Ja, ein wahrhaft furchteinflößender Geselle, unser Schwager Hugo«, bemerkte Henning und gluckste. »Die arme Hadwig kann einem leidtun. Hoffentlich kann sie morgen früh überhaupt laufen.«

Thankmar schenkte sich nach. »Zumindest können wir getrost davon ausgehen, dass Hugo von Franzien seinen Pflichten im Brautbett nachkommen kann«, bemerkte er liebenswürdig.

Wie er gehofft hatte, stopfte das Henning das Maul. Mit einem Mal war der jüngere Bruder vollauf damit beschäftigt, seine Judith mit Mandelkuchen zu füttern. Es hatte Gemunkel gegeben nach der Hochzeitnacht des jungen Paares. Und wenn man bedachte, dass Henning sich auf dem Weg zum Brautbett kaum auf den Beinen hatte halten können, war vermutlich etwas Wahres daran. Thankmar liebäugelte damit, noch eine kleine Spitze nachzuschieben, als jemand in sein Ohr raunte: »Auf ein Wort, mein Prinz.«

Er schaute auf. »Herzog Eberhard.« Er rang sich ein Lächeln ab. »Natürlich. Nehmt Platz und teilt einen Becher mit mir.«

»Immerhin tröstlich, dass der Herzog von Franken wenigstens nach dem Ende des offiziellen Banketts an die hohe Tafel gebeten wird«, bemerkte Eberhard und glitt neben ihn.

»Oh, kommt schon …« Thankmar winkte ungeduldig ab.

»Auch die längste hohe Tafel hat nur eine begrenzte Anzahl an Plätzen. Ich kann nicht glauben, dass ein Mann von Eurem Format wegen solch einer Lappalie verstimmt ist.« Er schob ihm den prunkvollen Becher zu.

Eberhard nahm einen anständigen Zug. »Da habt Ihr eigentlich recht.« Wobei die Sitzordnung bei einem königlichen Gastmahl niemals eine Lappalie war, das wussten sie beide. »Es ist nur …«

»Ja?«

Eberhard stützte einen Ellbogen auf die Tafel und sah Thankmar direkt ins Gesicht. »In Anbetracht der Ereignisse der letzten Wochen frage ich mich, ob meine Platzierung an der unteren Tafel mehr war als nur ein Problem der Banklänge.«

»Und um welche Ereignisse handelt es sich dabei genau?«, fragte Thankmar.

»Kennt Ihr Bruning von Helmern?«

Thankmar überlegte kurz. »Ein Rotschopf mit passend feurigem Temperament? Hält eine Burg und ein bisschen Land in der Nähe von Warburg?«

Der Herzog nickte. »Und zwar von *mir*. Das Land liegt in Sachsen, aber *ich* bin Brunings Lehnsherr.«

»Ja, ich weiß. Helmern gehört zum Hessengau.«

»Hm. Aber neuerdings verweigert Bruning mir die geschuldeten Vasallendienste.«

Oha, dachte Thankmar. Hier gelangen wir an einen *sehr* wunden Punkt. Er stützte beide Hände auf die Tafel, richtete sich auf und atmete unauffällig tief durch. Ein Krug kaltes Wasser über den Kopf wäre eine bessere Methode gewesen, sich schlagartig nüchtern zu machen, aber er hatte gerade keinen zur Hand. Doch er wusste: Für diese Unterhaltung brauchte er einen klaren Kopf. »Und hat dieser Bruning Euch eine Begründung für die Verweigerung seiner Vasallenpflichten gegeben?«, erkundigte er sich.

Der Herzog nickte grimmig. »Er sei Sachse und nur dem König gegenüber verpflichtet, hat er mir ausrichten lassen.«

»Da sein Land in Sachsen liegt, hat er nicht unrecht«, mischte Henning sich ein.

Die Miene des Herzogs verfinsterte sich erwartungsgemäß.

Thankmar schlug seinem Bruder lächelnd vor: »Es ist spät geworden, Henning, das Fest fast vorüber. Wie wäre es, wenn du deine Frau in euer Gemach führst?«

»Was soll das denn heißen?«, empörte sich Henning, und die fast noch bartlosen Wangen röteten sich.

Thankmar gab den ohnehin halbherzigen Versuch von Höflichkeit auf. »Es heißt, überlass die Politik den Männern und verzieh dich, Brüderchen.«

Henning stand auf, stieß dabei mit dem Arm an seinen und Judiths Pokal und kippte ihn um. »So allmählich hab ich genug von deiner verfluchten Arroganz, du armseliger …«

»Oh, Henning, schau dir mein Kleid an«, fiel Judith ihm ins Wort und hielt ihm anklagend den rotweinbesudelten Rock zur Begutachtung hin. »Was hast du nur angestellt? Du weißt wohl wieder einmal nicht, wohin mit deinen Kräften …«

Man konnte sehen, dass Henning sich bemühte, an seinem Zorn festzuhalten. Aber es klappte nicht. Fast widerwillig, so schien es, fing er an zu lächeln, als er auf den ramponierten Rock und die komische Trauermiene seiner Gemahlin hinabsah, und dann lachte er. »Oh, vergib mir noch dies eine Mal …«

»Unter einer Bedingung.«

»Und zwar?«

Sie winkte mit einem Finger. »Komm her.«

Er beugte sich zu ihr herüber, und sie flüsterte ihm etwas ins Ohr.

Henning schnappte nach Luft – der Streit mit seinem Bruder war auf einen Schlag vergessen. Er nahm Judith bei der Hand und zog sie auf die Füße. Fast stolperte er, als er sie von der Estrade führte, so eilig hatte er es mit einem Mal.

Thankmar und Eberhard schauten ihnen nach, bis sie die Halle verlassen hatten.

»Ein kluges Mädchen«, bemerkte der Herzog. »Das hat sie sehr geschickt gemacht.«

Thankmar nickte. »Sie ist drei oder vier Jahre älter als er. Vielleicht tut sie ihm gut. Womöglich kann sie das Wunder vollbringen, einen anständigen Kerl aus Henning zu machen …« Er biss sich zu spät auf die Zunge und dachte: Du bist noch nicht nüchtern genug.

Eberhard spürte genau, dass er Thankmar zu einem unfreiwilligen Eingeständnis verleitet hatte, und lächelte zufrieden. »Was immer er sein mag, es ist auf jeden Fall mit ihm zu rechnen, solange er die Unterstützung seiner Mutter hat.«

»Mag sein«, erwiderte Thankmar unverbindlich.

»Also, mein Prinz.« Eberhard pochte mit dem leeren Pokal auf den Tisch. »Zurück zu Bruning von Helmern.«

»Warum sprecht Ihr mit mir darüber? Warum nicht mit dem König?«

»Ich hatte gehofft, Ihr könntet mir weissagen, ob ich mit meinem Anliegen beim König auf offene oder auf taube Ohren stoße.«

Das hängt davon ob, ob du mir die ganze Wahrheit gesagt hast, dachte Thankmar und antwortete vorsichtig: »Wenn Bruning Euch geschuldete Dienste verweigert, wird der König selbstverständlich auf Eurer Seite stehen. Er sagt gern, dass wir nur dann in Frieden und gottgefällig miteinander leben können, wenn wir alle unsere Pflicht erfüllen und das Recht achten.«

»Wie hübsch.«

Thankmar lächelte flüchtig. »Das Verrückte ist, dass er es völlig ernst meint, wenn er solche Dinge sagt.«

»Nun, ich schätze, ich werde bald herausfinden, was seine hehren Grundsätze wert sind, nicht wahr?«

Schon am übernächsten Tag machten sie sich auf die Rückreise nach Sachsen, während Hugo seine Braut heim nach Franzien führte. Otto und sein Gefolge reisten gemächlich. Sie legten einen mehrtägigen Zwischenhalt in Fulda ein, wo der König sich zu langen Beratungen mit dem Abt zurückzog, und ganz gleich, wohin es sie verschlug, nahm der König die Gelegenheit wahr, Gericht zu halten, Dispute zu schlichten und Recht zu sprechen. Staunend und ehrfürchtig strömten die Menschen in den Dörfern zusammen, wenn der König und sein prächtiges Gefolge einritten – die meisten von ihnen hatten nie zuvor einen König gesehen. Sie lauschten gebannt, wenn er sprach, trugen ihm mit kindlichem Urvertrauen ihre Anliegen und Streitigkeiten vor und wären im Traum nicht darauf gekommen, sein Urteil anzuzweifeln. Eine schwangere junge Frau, die selbst fast noch ein Kind war, warf sich vor Otto in den Staub und erflehte seine Hilfe: Ihr Grundherr hatte einen seiner Hörigen von seinem Land gejagt, weil der sie vergewaltigt hatte. Inzwischen hatte sie dem Übeltäter aber verziehen und ihn geheiratet, und nun wollten sie ihre Scholle zurück. Otto sprach ihr das Land zu und ließ ihren Mann aufhängen, denn das war die übliche Strafe für Vergewaltigung. Die junge Frau weinte bitterlich, als sie ihm den Strick umlegten, aber sie protestierte nicht. Sie nahm es als unabänderlich hin. So als hätte Gott – oder Donar – ihren Mann mit einem Blitz erschlagen.

Ende Juni kam die Reisegesellschaft bei herrlichstem Sommerwetter nach Quedlinburg. Hier gedachte Otto einige Wochen zu verbringen, darum war der Hof bereits dort.

»Und niemand hat sich so über die Ankunft der Hofkapelle gefreut wie Tugomirs Schwester«, wusste Egvina zu berichten. »Ehrlich, ich habe noch nie erlebt, wie jemand angesichts einer Karrenladung voll langweiliger Urkunden und Pergamentrollen in solche Verzückung verfällt.«

Thankmar grinste träge. »Das lag vielleicht doch eher am neuen Kaplan.«

»Dacht ich's mir. Man kann Schwester Dragomira jedenfalls nicht vorwerfen, sie sei unstet. Dieser Kaplan sieht aus wie Otto.«

»Ich weiß.«

»Ein Bastardbruder?«

»Vetter.«

»Er ist sein Vetter und sieht ihm ähnlicher als du?«

»Wo ich doch der Bastardbruder bin, meinst du, ja?«

Sie knuffte ihn auf den Oberarm. »Sei nicht so grantig. Davon bekommt man Falten.«

»Das kann ich mir nicht vorstellen. Du bist so oft grantig und hast keine einzige …« Thankmar schloss die Augen und konzentrierte sich einen Moment auf das Licht- und Schattenspiel vor seinen geschlossenen Lidern. Das milchige Flimmern, das er sah, war grünlich, und er fragte sich, ob es wohl daran lag, dass sie unter einem Baum saßen, das Sonnenlicht also durch die grünen Blätter schien. Welch ein Wunder der göttlichen Schöpfung das Augenlicht doch war …

»Mathildis wird jedenfalls nicht entzückt sein, wenn sie herausfindet, was zwischen Schwester Dragomira und Vater Widukind vorgeht«, bemerkte Egvina.

Er schlug die Augen wieder auf. »Ich bin keineswegs sicher, ob überhaupt etwas vorgeht. Und wie dem auch sei, die Königinmutter ist auffallend nachsichtig und friedliebend in letzter Zeit.«

»Ganz besonders dem König gegenüber.« Dieses mutwillige Funkeln, das er so liebte, trat in ihre Augen und machte deren Blau noch eine Nuance strahlender. »Als hätte Otto irgendetwas gegen sie in der Hand. Ich habe versucht, Editha auf den Zahn zu fühlen, aber sie gibt vor, nichts zu wissen.«

»Oh, sie weiß es. Otto vertraut ihr doch all seine Geheimnisse an.«

Egvina legte den Kopf an seine Schulter und strich mit den Fingernägeln über sein Hosenbein. »Das kann man dir nun wirklich nicht nachsagen.«

»Nein«, stimmte er zu. Dabei hatte er ihr im Laufe der Jahre mehr brisante Geheimnisse offenbart als eigentlich vertretbar war. Doch von Mathildis' Intrige gegen Otto hatte er Egvina nichts erzählt. Er verstand nicht so recht, wieso nicht. Er verspürte nicht das leiseste Bedürfnis, das Ansehen der Königinmutter zu schützen. Oder gar Hennings. War es etwa sein königlicher Bruder, dessen Gesicht er wahren wollte? Ein beunruhigender Gedanke …

Er machte sich behutsam los. »Wir sollten zurückreiten, ehe uns jemand vermisst.«

Sie hatten sich unauffällig von der großen Gesellschaft entfernt, die an diesem Morgen zur Falkenjagd aufgebrochen war, waren ein Stück am Ufer der Bode entlang durch den Wald geritten und hatten hier haltgemacht, um eine Stunde allein zu sein. Das war nie leicht für sie und immer mit Risiken verbunden.

Thankmar half Egvina in den Sattel und legte einen Moment

die Hand auf ihr Bein. »Es ist ein Jammer, dass dein Bruder so unnachgiebig ist. Ich würde dich gern heiraten, weißt du.«

»Um eine anständige Frau aus mir zu machen?«

Er lachte leise. »Nichts und niemand wird je eine anständige Frau aus dir machen, Gott sei Dank. Aber ich bin dieses ewigen Versteckspiels überdrüssig. Und manchmal frage ich mich, was einmal aus unserer Hatheburg werden soll ...«

»Ja, ich auch«, gestand Egvina. »Aber sie ist noch nicht einmal ein Jahr alt, Thankmar.«

Er schwang sich aufs Pferd. »Mir scheint, es ist nie zu früh, sich Gedanken um die Zukunft seiner Tochter zu machen.«

»So verantwortungsvoll kenne ich dich ja gar nicht. Du wirst mir unheimlich.«

Thankmar ritt an. »Das kann nur an Ottos Einfluss liegen. Ich habe vermutlich zu viel mit ihm zusammengesteckt.«

»Aber jetzt hat er dich hiergelassen.«

Otto hatte in aller Hast eine Truppe aufgestellt und war an die Südgrenze Sachsens gezogen, weil dort tatsächlich ungarische Reiterscharen gesichtet worden waren.

»Wofür ich ihm ausgesprochen dankbar bin«, erwiderte Thankmar mit Nachdruck. »Mag ja sein, dass ein König sein Reich aus dem Sattel regieren muss, aber schließlich ist *er* ja der König. Also soll er sich auch die Schwielen holen.«

Egvina lachte. »Ich könnte mir vorstellen, meine Schwester denkt ...« Sie brach ab.

Vor ihnen zwischen den Bäumen war irgendein Durcheinander ausgebrochen. Zweige knackten, Hufe stampften, und Pferde wieherten. Jemand stieß in ein Horn.

Thankmar und Egvina wechselten einen Blick. »Das klingt nicht nach einer Falkenjagd«, sagte sie.

»Bleib hinter mir.« Er lockerte das Schwert in der Scheide, galoppierte an und preschte aus dem Schutz der Bäume auf eine große Lichtung.

Keine mordgierigen Ungarn waren indes bis an die Bode vorgestoßen. Die Jagdgesellschaft hatte diesen Platz, wo die Bäume jung und licht waren, für ihre Mittagsrast ausgewählt. Decken la-

405

gen im langen Gras ausgebreitet, Körbe und Krüge standen herum, die Pferde waren in Gruppen angepflockt. Doch niemand saß mehr im Gras und ließ sich kaltes Huhn und Honigwein schmecken. Die Damen und Herren der Jagdgesellschaft standen in einem losen Knäuel um einen Punkt am westlichen Rand der Lichtung, und als Thankmar sich ins Zentrum dieses Knäuels drängte, fand er seine beiden Cousins: Siegfried lag auf der Erde, offenbar besinnungslos, und blutete aus einer Kopfwunde. Gero hockte neben ihm, hatte ihm eine Hand auf die Schulter gelegt und sagte unwillig zu den Umstehenden: »Nun macht kein solches Gewese. Er ist mit dem Kopf aufgeschlagen. Er kommt gleich zu sich, ihr werdet sehen.«

»Was ist passiert?«, fragte Thankmar.

Gero schaute zu ihm hoch. »Sein Gaul hat ihn abgeworfen. Es ist nichts weiter.«

Thankmar kniete sich neben ihn. Den gemurmelten Kommentaren der Umstehenden entnahm er, dass Siegfrieds Pferd gescheut hatte, als der Graf gerade aufgesessen war. Irgendetwas war aus dem Wald hervorgebrochen – womöglich nur eine Krähe, niemand hatte es gesehen – und hatte das Tier und die beiden, die gleich neben ihm angepflockt waren, erschreckt. Alle drei waren gestiegen, und Siegfried war ihnen zwischen die Hufe geraten. Einer hatte ihn offenbar am Kopf getroffen.

Gero kam auf die Füße. »Na los, bringen wir ihn zurück. Mach kein Gesicht, als sei das Ende der Welt gekommen, Judith«, schnauzte er seine Frau an. »Sorg lieber dafür, dass die Diener eine Trage herrichten. Na los, zerstreut euch, Freunde, wir wollen uns auf den Rückweg machen.«

Thankmar blieb noch einen Moment im Gras knien und blickte auf den älteren seiner Vettern hinab. Die Wunde an der Schläfe sprudelte munter – wie Kopfwunden es eben immer taten –, aber was ihm überhaupt nicht gefiel, war Siegfrieds Blässe. Das Gesicht wirkte beinah gräulich. »Wir sollten die Wunde verbinden.«

Judith sah sich hilfesuchend um, und als niemand ihr vorausschauend mitgeführtes Verbandszeug entgegenstreckte, wandte sie sich ab, kniete sich ihrerseits ins Gras, nestelte diskret unter ihrem Rocksaum und riss ein Stück aus ihrem Hemd. Das schaffte sie, ohne auch nur einen Zoll Wade zu zeigen, wie Thankmar mit leisem Bedauern beobachtete, denn er hätte zu gerne gewusst, ob ihre Beine so hinreißend waren wie ihr Gesicht.

»Hier, mein Prinz.«

Er nickte, hob den Kopf des Verwundeten ein wenig an und wickelte ihm ungeschickt den eigentlich zu kurzen Verband um. Siegfried stöhnte leise, wachte aber nicht auf.

Anfang Juli kehrte Otto von der Grenze zurück – müde und staubig, aber mit guten Nachrichten: »Die Ungarn sind weitergezogen, als sie von unserem Anrücken Wind bekamen«, berichtete er seiner Frau.

Editha bekreuzigte sich. »Der Herr sei gepriesen.«

Der Kammerdiener half dem König aus dem schweren Kettenpanzer und reichte ihm einen Krug Bier.

Otto trank. »Hm. Herrlich kühl. Danke, Arno. Du kannst gehen.« Er wartete, bis der Diener das Gemach verlassen hatte, ehe er Editha antwortete: »Ja, wir hier in Sachsen können den Herrn preisen. Aber in Franken und Schwaben haben die Ungarn furchtbar gewütet. Und jetzt ziehen sie nach Lothringen, heißt es. Ich kann nicht so tun, als ginge mich das nichts an.«

»Nein, ich weiß«, räumte sie vorbehaltlos ein, nahm seine Hand und führte ihn zu einem der Schemel unter dem geöffneten Fenster. Sie setzten sich, und Otto lehnte den Rücken an die Wand. Sein Kreuz, schien ihm, war müder als der Rest von ihm. Die Glocke der Stiftskirche läutete zum Angelus, aber lauter und näher waren aufgebrachte Kinderstimmen zu hören. Liudolf und Liudgard zankten offenbar um irgendein Spielzeug. »Immer im Streit und doch unzertrennlich«, bemerkte der König. »Sind sie gesund?«

»Kerngesund«, versicherte Editha mit einem Lächeln, und doch merkte er, dass sie etwas bedrückte.

Er wusste, ihr machte zu schaffen, dass sie nach Liudgard zwei Kinder verloren und danach überhaupt nicht mehr empfangen hatte. Editha glaubte, sie habe ihren Gemahl im Stich gelassen, weil sie ihm keinen zweiten Prinzen schenken konnte. Otto schnalzte mit der Zunge. »Du machst dir zu viele Sorgen um Liudolf. Du sagst doch selbst, er ist kerngesund, und …«

»Nein, das ist es nicht.«

Er betrachtete sie eingehend. »Was ist passiert?«

Editha ergriff wieder seine Hand. »Es ist Siegfried. Er hatte einen Reitunfall. Ich weiß nicht genau, welcher Art seine Verletzungen sind, aber er stirbt, Otto. Niemand spricht es aus, doch man muss ihn nur ansehen, um es zu wissen.«

»*Siegfried?*«, wiederholte er fassungslos. »Aber …« Er sprach es nicht aus. Siegfried war ihm immer so verlässlich und so unverwüstlich wie eine hundertjährige Eiche vorgekommen, aber er wusste natürlich, wie töricht das war. Jeder, egal wie stark er wirkte, war auf Schritt und Tritt vom Tod umgeben, denn die menschliche Hülle war schwach und sterblich. Unverwüstlich war allein Gott, und nur auf ihn durfte man vorbehaltlos vertrauen. Und doch erkannte Otto, wie fest er auf Siegfried gebaut hatte, der Sachsen für ihn gehütet und verteidigt hatte, wann immer der König es verlassen musste. »Jesus, erbarme dich …«

Editha sprach aus, was er selbst dachte – wie so oft. »Es wird nicht einfach sein, ihn zu ersetzen.«

»Es wird unmöglich sein. Gero ist ein guter Mann, aber er ist ein Hitzkopf. Er ist Soldat. Kein Fels. Und Thankmar …« Er seufzte.

Sie nickte. »Darum ist jetzt ein denkbar schlechter Zeitpunkt, um nach Lothringen gegen die Ungarn zu ziehen, mein König.«

Otto setzte den Becher an und trank einen Schluck. »Mein Schwager Giselbert wird wenig Verständnis dafür zeigen, dass ich Wichtigeres zu tun habe, während sein Land in Schutt und Asche gelegt wird …«

»Dessen Verteidigung aber dennoch zuallererst *ihm* obliegt«, erinnerte sie ihn. »Und Giselbert ist ein Ränkeschmied, dem so wenig zu trauen ist wie Eberhard von Franken oder Arnulf von Bayern.«

»Ja, ich weiß«, räumte der König ein. »Ich muss mein eigenes Haus hier in Sachsen sichern, sonst zünden Eberhard und Arnulf mir das Dach an, während ich Giselbert beim Löschen helfe.« Er empfand nicht einmal besondere Bitterkeit, als er das sagte. So waren die Dinge nun einmal. »Wäre damals nicht mein Vater, sondern Eberhard von Franken König geworden, ich jetzt einer der Herzöge, die sich ihm unterordnen sollen, täte ich vielleicht genau das Gleiche«, bekannte er. »Ich will das Reich unter meiner Führung einen, um es sicherer zu machen – auch für die Herzöge und Grafen. Aber noch habe ich keine Gelegenheit gefunden, ihnen zu beweisen, dass sie besser damit fahren, sich unter den Schutz eines starken Königs zu stellen. Weil ich kein starker König bin. Jedenfalls noch nicht.«

»Aber das wirst du sein.«

Editha hatte eine unglaubliche Art, solche Dinge zu sagen: nicht tröstend, nicht pflichtschuldig, sondern nüchtern, so als stelle sie lediglich eine Tatsache fest. Mit einem bekümmerten Lächeln führte er ihre Hand an die Lippen. »Wir werden sehen. Und ich schätze, jetzt sollte ich als Erstes nach Siegfried schauen, nicht wahr?«

Sie nickte, hob seine Hand und drückte einen Kuss auf die Innenfläche. Dann ließ sie ihn los und riet: »Wappne dich.«

Siegfried schrie. So gellend, dass es einem trotz der geschlossenen Tür durch Mark und Bein ging.

Unbemerkt verharrte Otto einen Moment am Eingang des Gästehauses. Thankmar stand mit verschränkten Armen an die Wand des Vorraums gelehnt, seine Miene angespannt und grimmig. »Oh, bei allen Erzengeln und Heiligen, Gero. Du musst mir erlauben, Tugomir zu holen.«

»Auf keinen Fall. Dieser verfluchte slawische Hurensohn kommt nicht mal in die Nähe meines Bruders, hast du verstanden?« Gero ging rastlos in der kleinen Kammer auf und ab und zuckte sichtlich zusammen, als der Verwundete wieder schrie.

»Was spielt es für eine Rolle, dass du ihm nicht traust?«, fragte Thankmar verständnislos. »Dein Bruder stirbt so oder so. Aber Tugomir könnte ihm gewiss Linderung verschaffen.«

Gero blieb vor ihm stehen und hob einen Zeigefinger, der leicht zu beben schien. »Er ist mit teuflischen Mächten im Bunde und ein Scharlatan!«

»Blödsinn. Er ist ein hervorragender Heiler, das ist alles. Nur weil du keinen passenden Bräutigam für deine Tochter findest, seit er gesagt hat, dass sie das Wechselfieber hat …«

»Das ist eine Lüge!«

Thankmar ließ ein paar Atemzüge verstreichen, ehe er nüchtern sagte: »Es ist die Wahrheit, Vetter. Alle außer dir haben das längst erkannt und geben es hinter deinem Rücken auch offen zu. Und wenn du ehrlich zu dir selber bist, wirst du …«

»Ich sage dir, er hat sie *verhext*. Ich werde mir nie verzeihen, dass ich ihn in ihre Nähe gelassen habe. Das Fieber wäre nicht zurückgekommen, hätte er ihr nicht seine verfluchten Zaubertränke eingeflößt. Ich begreife einfach nicht, dass ein Mann wie du solch einem verschlagenen Teufelsjünger seine Freundschaft schenkt. Er gehört aufgehängt und … *Oh, mein Gott …*«

Wieder einer dieser gequälten, langgezogenen Schreie.

Otto trat ein und legte Gero für einen Moment die Hand auf den Arm. »Es tut mir leid, alter Freund.«

Gero fuhr sich mit beiden Händen durch den ohnehin schon zerzausten Schopf. Dann nahm er sich zusammen und nickte. »Habt Dank, mein König.«

»Ist ein Priester bei ihm?«

»Vater Heribert und Euer Cousin aus der Hofkapelle, Vater Widukind«, antwortete Thankmar. »Der übrigens auch sagt, wir sollten Tugomir holen.«

Aber Otto schüttelte den Kopf. »Wir werden Geros Wünsche respektieren, Thankmar.«

»Schön. Aber sollte ich je solche Laute von mir geben, ist es mir gleich, wer mir den Weg ins Jenseits erleichtert. Es darf auch ein Ungar sein. Seid so gut und merkt Euch das, mein König. Nur für alle Fälle.«

Otto nickte und trat an die Tür. Er musste feststellen, dass es ihm schwerer fiel, hindurchzutreten, als das Schwert gegen eine feindliche Übermacht zu ziehen. Er tat es trotzdem, und Gero und Thankmar folgten ihm.

Siegfried sah zehn Jahre älter aus als bei ihrem Abschied vor zwei Wochen. Das Haar war schweißnass und strähnig, Erbrochenes klebte in seinem Bart. Das zerfurchte Gesicht war nicht grau und wächsern, wie Otto erwartet hatte, sondern gelb. Der Sterbende war nur halb bei Bewusstsein, aber er regte sich unruhig, und sein Atem ging keuchend.

Otto trat hinter die beiden Priester, die neben dem Bett im Bodenstroh knieten. »Wie steht es?«

Sie schauten auf. Der alte Vater Heribert schüttelte wortlos den Kopf und bekreuzigte sich. Der Jüngere, der aussah wie Brun und bei dem es sich um Vater Widukind handeln musste, kam auf die Füße und verneigte sich vor ihm. »Ich fürchte, nicht gut, mein König. Alles in seinem Innern scheint zerrissen zu sein, und sein ganzer Leib ist voller Eiter.«

»Woher wisst Ihr das?«

Widukind verzog schmerzlich das Gesicht. »Ich glaube nicht, dass Ihr das hören wollt.«

Otto war zu erschüttert über Siegfrieds Anblick, um den Priester ob seiner Respektlosigkeit zurechtzuweisen. Darüber hinaus hatte Widukind vermutlich recht.

Der König trat an das Bett und ergriff die Hand des Sterbenden. Sie glühte. »Mein treuer Siegfried … Du wirst mir furchtbar fehlen, doch wenn du uns verlassen musst, dann geh in Frieden.«

Siegfried wandte den Kopf ein wenig, als hätte er ihn gehört. Einen Moment sah es aus, als wolle er etwas erwidern, doch dann verzerrte sich sein Gesicht und er schrie.

Otto spürte Schweiß auf Brust und Rücken, und er fragte sich, wie ein Mensch, der so offensichtlich an der Schwelle des Todes stand, noch Kraft für solche Schreie haben konnte. Eins war gewiss: Kein anständiger, frommer Mann verdiente, solche Qualen zu leiden. Manchmal fand Otto es so schwer, Gott zu begreifen. Trotzdem kniete er sich neben den alten Priester, und nach einem Moment sah er aus dem Augenwinkel Widukind an seiner anderen Seite. Der König faltete die Hände, senkte den Kopf wie die beiden Gottesmänner und dachte: *Ich frage mich oft, ob es wirklich stimmt, dass ich dein Auserwählter bin, Herr. Selbst wenn es* zutrifft, weiß ich, dass es vermutlich ungehörig wäre, dich um einen persönlichen Gefallen zu bitten. Aber ganz gleich ob auserwählt oder nicht, du hast mir die Macht gegeben, zu befehlen. Also werde ich jetzt beten, bis der Sonnenfleck des Fensters das Tischbein da vorn erreicht hat. Und wenn er dann immer noch lebt, schicke ich nach Tugomir.

Der König und die beiden Priester beteten.

Gero und Thankmar warteten.

Siegfried wimmerte. Und als der Sonnenfleck noch einen Zoll vom Tischbein entfernt war, starb er.

Zwei Tagesreisen trennten Quedlinburg von Merseburg, wo der mächtige Legat und Graf im Beisein der gesamten Königsfamilie zur letzten Ruhe gebettet wurde. Selbst Mathildis hatte bekundet, ihr sei der Weg nicht zu weit, um solch einem großen Mann die letzte Ehre zu erweisen, und hin- und hergerissen zwischen Erstaunen und Heiterkeit hatte Thankmar bei sich gedacht, wie selten jemand seinen Vetter Siegfried einen »großen« Mann genannt hatte, solange er lebte. *Zuverlässig* war das Wort, das man wohl am häufigsten gehört hatte. *Treu.* Und *bedingungslos ergeben.* Attribute, die ein Pferdenarr seinem bevorzugten Gaul zuschreiben mochte. Und vielleicht war Siegfried genau das gewesen: Ottos Arbeitspferd und manchmal sein Schlachtross. Und jetzt also auf einmal *groß.*

Nun, warum nicht. Vielleicht erforderte die Kunst, Otto bedingungslos ergeben zu sein, tatsächlich eine Art von Größe, die er – Thankmar – nie begreifen, geschweige denn besitzen konnte.

Der Tag ihrer Rückkehr nach Quedlinburg war ein perfekter Sommertag: heiß, wie es sich für Juli gehörte, aber nicht schwül, der Himmel so blau wie Egvinas Augen, am Wegrand blühten die Malven, und Brombeerdüfte schwangen in der wohltuenden Brise.

»Lasst uns in die Halle gehen«, sagte Otto, als sie im Innenhof der Pfalz absaßen und die Pferde den Stallknechten überließen. »Wir müssen überlegen, was jetzt zu tun ist.«

Sie hatten den Weg zum Hauptgebäude jedoch erst halb zurückgelegt, als des Königs Kämmerer zu ihnen trat und sich vor Otto verneigte. Er hatte eine ganz eigene Art, sich zu verbeugen. Thankmar fürchtete jedes Mal, er werde mit der kahlen Stirn an den Fußboden stoßen. »Vergebt mir, mein König ...«

»Hadald«, grüßte Otto mit einem Lächeln. »Was gibt es denn?«

»Eine Dame traf gestern hier ein und wünschte Euch zu sprechen. Ihr Name ist Raginhildis von Helmern.«

Otto zog die Brauen hoch und sah ihn abwartend an, was Hadald als Aufforderung verstand, fortzufahren.

»Ihr seid ihr nie begegnet, und sie ist nur die Witwe eines kleinen Landedelmannes, aber ich denke ...« Auch das war eine von Hadalds Eigenarten, die Thankmar amüsierten: Wenn der Kämmerer dem König einen Rat gab, tat er es in Halbsätzen.

Otto nickte. »Ich empfange sie in der Halle. Gero, Thankmar, Henning, seid so gut und begleitet mich. Oder eigentlich könnt ihr gleich alle mitkommen. Wer weiß, vielleicht erfordert die Lage weibliches Feingefühl ...«

Er führte die Reisegesellschaft in die Halle mit den wundervollen Wandbildern, die Geschichten aus dem Leben König Salomons zeigten. Der große Raum lag still und verlassen da, denn bei dem herrlichen Wetter hielten sich die Bewohner der Pfalz lieber im Freien auf. Ein Sonnenstrahl fiel durch eines der Fenster genau auf die hohe Tafel, wo man goldene Staubteilchen in der Luft tanzen sah.

Otto und die Seinen nahmen Platz. In Windeseile brachten Diener Schalen mit Rosenwasser, damit die Ankömmlinge sich den Staub der Straßen von Gesicht und Händen waschen konnten, Brot, kaltes Fleisch und Wein wurden aufgetragen, und wenig später führte Hadald die geheimnisvolle Besucherin herein.

Hier kommt Verdruss, schoss es Thankmar durch den Kopf.

Es lag nicht nur an den Blutschlieren auf ihrem Kleid und ihrer versteinerten Miene, sondern mehr noch an der trotzigen, geradezu tragischen Art, wie sie ihren schwangeren Bauch vor sich herschob und dem kleinen Mädchen, das sie mitbrachte, die Hand auf den Kopf legte.

413

Vor der hohen Tafel blieb sie stehen und knickste.

»Ihr seid Raginhildis von Helmern?«, fragte Otto.

»Ja, mein König.«

»Was führt Euch her?«

Sie ließ den Blick über die Menschen an der hohen Tafel schweifen: Mathildis und Editha, die den König kerzengerade flankierten wie zwei Statuen, die Hände lose auf der Tischplatte gefaltet. Henning an der Seite seiner Mutter, der sich wie üblich in unmöglicher Haltung auf die Bank geflegelt hatte und scheinbar nur mit Mühe ein Gähnen unterdrückte. Egvina neben ihrer Schwester, aufrecht wie diese, aber weniger angespannt, mit dem typischen Koboldlächeln in den Mundwinkeln. Schließlich Thankmar selbst und an seiner Seite Gero und dessen Gemahlin Judith, die höfliches Desinteresse ausstrahlten.

»Sprecht nur ganz offen«, ermunterte Otto die Besucherin.

Sie entschied sich, Editha anzusehen, als sie sagte: »Wir wurden überfallen. Ohne Vorwarnung fielen sie bei Anbruch der Nacht auf unserer Burg in Helmern ein und …« Sie unterbrach sich kurz und schluckte. »Und töteten alle. Jeden Mann, jede Frau, jedes Kind.«

Ottos Hände umklammerten die Armlehnen seines Sessels so fest, dass die Knöchel weiß hervortraten. »Die Ungarn?«

Sie richtete den Blick auf ihn. »Herzog Eberhard von Franken und seine Männer, mein König.«

Henning setzte sich so ruckartig auf, als habe er einen Schlag auf den Hinterkopf bekommen. »*Was?*«

Es war einen Moment still. Dann fragte Editha: »Was ist mit Eurem Gemahl?«

»Tot. Sie haben ihn an einen Baum gehängt. Meinen Jungen auch. Er war neun.«

Alle an der Tafel bekreuzigten sich, und das kleine Mädchen an Raginhildis' Seite tat es ihnen gleich. Thankmar sah sie einen Moment an. Sie war vielleicht fünf, ihr Blick verstört und voller Furcht. Er fragte sich, ob sie ihren Vater und Bruder hatte baumeln sehen.

Otto stieß hörbar die Luft aus und lockerte seinen Klammergriff an den Sessellehnen. »Euer Gemahl war Bruning von Helmern, nicht wahr?«

»Ich hätte nicht gedacht, dass Ihr ihn kennt«, gab sie erstaunt zurück. »Wir sind geehrt.«

»Ich kenne seinen Namen, weil ich auch die Vorgeschichte dieser Bluttat kenne.« Er tauschte einen kurzen Blick mit Thankmar. »Der Herzog von Franken war der Lehnsherr Eures Gemahls, aber Bruning hat ihm die Vasallendienste verweigert, war es nicht so?«

Raginhildis fand es offenbar schwierig, seinem Blick länger standzuhalten. Doch Thankmar misstraute der plötzlichen Demut, mit der sie den Kopf senkte und antwortete: »Ihr habt ganz recht, mein Herr und König. Bruning glaubte, dass er niemandem Vasallentreue schulde als Euch allein, aber er hätte Euch sein Anliegen vortragen müssen, statt eigenmächtig zu handeln. Ich habe ihm gesagt, er setzt sich ins Unrecht. Doch er wollte nicht auf mich hören.«

»Wie dem auch sei, Herzog Eberhard hat auf jeden Fall seinerseits gegen das Recht verstoßen, als er Euch überfiel und Euren Gemahl und alle anderen tötete. Auch er hätte sich an mich wenden müssen.«

»Was er getan hat«, bemerkte Thankmar.

Otto nickte. »Auf Umwegen. Über dich. Aber wenn er Gerechtigkeit wollte, hätte er zu mir kommen und Klage erheben müssen. Statt das Gesetz in die eigene Hand zu nehmen.«

»Aber Helmern liegt im Hessengau, also ist Eberhard von Franken …«

»Ja, hab Dank, Thankmar, das ist mir bewusst«, unterbrach Otto ihn schneidend.

Thankmar verstummte verdutzt. Er konnte sich nicht erinnern, dass Otto ihm je zuvor über den Mund gefahren war, denn – König oder nicht – er war und blieb sein jüngerer Bruder. *Nun, ich werde vermutlich auch das überleben …*

Otto wandte sich wieder an die junge Witwe. »Ihr habt recht daran getan, herzukommen, Raginhildis. Ich kann Euch den Gemahl und den Sohn nicht zurückgeben, aber ich schwöre, dass Euch Gerechtigkeit widerfahren soll. Der Kämmerer wird Euch zurück ins Gästehaus geleiten. Wartet dort. Ich lasse nach Euch schicken, wenn ich entschieden habe, wie es weitergehen soll.«

»Habt Dank. Gott segne Euch, mein König.« Ihr Knicks fiel deutlich tiefer aus als vorhin. Thankmar schloss, dass sie unsicher gewesen war, wie sie und ihr Anliegen hier aufgenommen würden. Und das durchaus zu Recht. Denn ob Otto es nun hören wollte oder nicht, diese Sache hatte zwei Seiten.

Er wartete, bis Mutter und Tochter die Halle verlassen und die Wache die Tür wieder geschlossen hatte. Dann sah er den König an und fragte: »Darf ich jetzt vielleicht?«

Otto grinste matt. »Ich weiß ohnehin, was du sagen willst.«

»Tatsächlich? Da sieht man mal wieder, wie viel klüger als ich Ihr seid, denn oft weiß ich selbst nicht, was ich sagen werde, wenn ich den Mund aufmache.«

Egvina und Judith kicherten und legten im selben Moment schuldbewusst die Hand vor den Mund. Die Anspannung an der Tafel ließ spürbar nach.

Aber Thankmar wollte nicht vorgeben, dies sei keine ernste Angelegenheit. »Eberhard von Franken ist Graf im Hessengau, ob es uns nun passt oder nicht.«

»Ein vergessenes Überbleibsel aus der Zeit, als Eberhards Bruder König war«, konterte Otto.

»Mag sein, aber die Tatsache bleibt. Und es bedeutet, dass die Grafengewalt bei ihm liegt.«

»Das gibt ihm nicht das Recht, Helmern zu überfallen und alle zu töten.«

»Nein. Aber Bruning hat mit dem Feuer gespielt, wie hitzige Rotschöpfe es eben gern tun. Er hat eine große Dummheit begangen und den Preis dafür bezahlt.«

»Man könnte auch sagen, Bruning hat bewundernswerten Mut bewiesen«, widersprach Henning. »Denn der Hessengau liegt nun mal in Sachsen, und Sachsen gehört dem König. Ich finde, Bruning hatte völlig recht: Kein Herzog von Franken darf seine gierigen Finger nach Königsgütern ausstrecken. Für mich schmeckt das verdächtig nach Verrat.«

Thankmar hob an, ihn zurechtzustutzen, aber Otto kam ihm

zuvor. Er bedachte den jüngeren Bruder mit einem eindringlichen Blick, der schwer zu deuten war, und sagte kühl: »Das ist ein Wort, das man niemals leichtfertig in den Mund nehmen sollte, Henning. Du schon gar nicht.«

Hennings Miene wurde trotzig, seine Ohren feuerrot.

»Ich werde Herzog Eberhard zur Rechenschaft ziehen«, entschied Otto. »Auch wenn er die Grafengewalt im Hessengau hat, hätte er sich dem königlichen Urteilsspruch unterwerfen müssen. Das hat er nicht getan, weil er die Königsgewalt nicht anerkennt und mich für schwach hält. Du weißt, dass es so ist, Thankmar.«

Thankmar nickte unwillig. »Aber es ist unklug, ihn zu demütigen. Er ist alt genug, um Euer Vater zu sein, und sind wir mal ehrlich, es ist ein hartes Los, die Krone praktisch schon in Sichtweite zu haben und dann zusehen zu müssen, wie ein anderer sie einem vor der Nase wegschnappt.«

»Wer wüsste das besser als du«, warf Henning ein.

»Oh, ich war nie besonders versessen auf das grässliche Ding, Brüderchen. Im Gegensatz zu dir.«

»Ich sehe nicht, was Eberhards Alter oder seine möglichen Absichten auf die Krone beim Tod seines Bruders damals in dieser Angelegenheit für eine Rolle spielen sollten«, erwiderte der König. »Er hat sich gegen mich aufgelehnt, und er hat Frauen und Kinder ermordet. Für beides muss er bezahlen. Und zwar so, dass es wehtut.«

Gero raunte Thankmar zu: »Er hat recht. Das ist die einzige Sprache, die diese aufsässigen Herzöge verstehen. Rebellion ist wie Feuer: Du musst sie im Keim ersticken, sonst gerät sie im Handumdrehen außer Kontrolle.«

»Oder du bewahrst einen kühlen Kopf und lässt dich von einem aufgeplusterten Fasan wie Eberhard von Franken nicht provozieren. Das ungefährlichste Feuer ist das, welches gar nicht erst ausbricht«, gab Thankmar ebenso gedämpft zurück.

Otto sah ihn an, dann weiter zu Gero, dann zurück zu Thankmar. »Gero hat recht. Du sprachst vorhin von Tatsachen, Thankmar, aber du bist derjenige, der nicht in der Lage ist, sie nüchtern zu betrachten und danach zu handeln. Und das ist der Grund für die Entscheidung, die ich getroffen habe und die der eigentliche Grund war, warum ich euch hergebeten habe.« Er stand auf, kam zwei Schritte näher und blickte auf seinen Bruder hinab. »Graf Siegfried hinterlässt keinen männlichen Nachkommen bis auf Dietmar, der der Kirche versprochen ist. Die Grafschaft Merseburg und Siegfrieds übrige Ämter, Ländereien und Titel müssen also neu vergeben werden. Ich weiß, dass die meisten davon zum Erbe deiner Mutter gehörten, Thankmar, aber ich kann sie dir nicht geben.«

Thankmar hatte mit einem Mal Mühe, normal und gleichmäßig weiterzuatmen. Vage spürte er Egvinas Hand auf seinem Arm, aber er schüttelte sie ab. Langsam drehte er den Kopf – es schien Ewigkeiten zu dauern, bis er Gero endlich im Blickfeld hatte. Er lächelte ihn an. »Glückwunsch.«

Dann stand er auf.

»Du bleibst hier, Thankmar«, sagte der König ruhig.

»Ah ja? Warum genau?«

»Weil ich es dir erklären möchte.«

»Unterwürfigsten Dank. Aber denkst du nicht, es reicht, dass du mich bestiehlst? Muss ich mir auch noch dein salbungsvolles Geschwafel anhören?«

»Nimm dich in Acht, Bruder …«

»Weil sonst was passiert?«

»Ich bestehle dich nicht.«

»Du enthältst mir vor, was von Rechts wegen meins ist. Wie würdest du das nennen?«

»Es gibt keinen zwingenden Erbanspruch auf Ländereien und Titel.«

»Aber Vater wollte, dass ich Merseburg bekomme. Das weißt du genau.«

»Ich weiß nichts dergleichen. Er hat es mit keinem Wort in seinem Testament erwähnt, sondern dich großzügig mit anderen Grafschaften abgefunden. Thankmar, nimm doch Vernunft an, du hast mehr Land, als du …«

»Ich will kein Land, ich will Merseburg, Otto. Es gehörte meiner Mutter, und ich bin ihr einziger Erbe.«

»Ich weiß. Wie ich sagte, ich habe mir diese Entscheidung nicht leicht gemacht, denn mir ist bewusst, dass dein Anspruch begründet ist. Aber es bleibt dabei. Gero wird Legat und Graf von Merseburg, denn er braucht es, um das zu tun, was seine eigentliche Aufgabe sein wird.«

Gero stand ebenfalls von der Bank auf. Mit sichtlichem Unbehagen schaute er von einem Bruder zum anderen. Dann verneigte er sich vor Otto. »Was immer Ihr mir auferlegt, ich werde tun, was in meiner Macht steht.«

Otto lächelte matt und nickte. »Oh ja. Ich weiß, mein Freund. Ich ernenne Euch zum Grafen der Ostmark.«

»Ostmark?«, wiederholte Gero verwirrt.

»Und wo soll das sein?«, erkundigte sich Henning.

Otto sprach weiterhin zu Gero: »Zwischen Saale, Elbe und Oder. Ihr müsst sie nur noch erobern und befrieden.«

Thankmar lachte. »Ich wette, Gero kann es kaum erwarten, die Heveller und Daleminzer und all die anderen armen Schweine in seiner neuen Mark zu *befrieden*. Eine Grabesruhe wird zwischen Elbe und Oder herrschen, wenn er mit ihnen fertig ist …«

Gero tat, als hätte er ihn nicht gehört. Er sah ihn auch nicht an. Womöglich war er beschämt, weil er bekam, was Thankmar zustand.

So war es Henning, der antwortete: »Ja, die Heveller und Daleminzer hätten bestimmt viel lieber dich als Markgrafen bekommen. Wo du doch so eine Schwäche für dieses gottlose Slawenpack hast.«

»Still, mein Sohn«, murmelte die Königinmutter.

Aber Henning schlug den Rat in den Wind. Auch ihn hielt es jetzt nicht länger auf der Bank, und er trat mit erhobenem Zeigefinger vor Thankmar. »Ich kann dir gar nicht sagen, wie gut es tut zu erleben, dass zur Abwechslung *du* mal derjenige bist, der wie ein Narr mit leeren Händen dasteht.«

Thankmar nickte. »Der Unterschied zwischen dir und mir ist, dass ich nur vorübergehend wie ein Narr dastehe. Bei dir ist es angeboren.«

»Ich weiß beim besten Willen nicht, worüber du dich eigentlich beklagst«, gab Henning zurück. »Ich habe nie zuvor gehört, dass ein königlicher Bastard so reichlich ausgestattet wurde wie du.«

»Schluss damit, Henning«, ging Otto ungeduldig dazwischen. »Thankmars Mutter war Vaters rechtmäßige Gemahlin ebenso wie unsere Mutter. Wie oft musst du es hören, bis du es begreifst?«

Henning hob die Linke zu einer gelangweilten Geste. »Falls es so war, hat Vater dennoch nicht seinen Erstgeborenen zu seinem Nachfolger bestimmt. Weil er es eben besser wusste, als sein Königreich einem leichtsinnigen Trunkenbold zu hinterlassen.«

Thankmar war so angeschlagen, dass ihm auf die Schnelle keine passende Erwiderung einfiel.

So bekam Henning Gelegenheit, fortzufahren: »Und aus demselben Grund wäre es töricht, dir Merseburg und die Ostmark zu geben. Du meinst vielleicht, du hättest einen Anspruch, sie zu bekommen. Aber du hättest nie im Leben das Zeug, sie auch zu halten. Das ist der Unterschied zwischen Gero und dir«, schloss er.

»Ich glaube, du hast mehr als genug gesagt, Prinz Henning«, befand Gero verächtlich.

Thankmar wartete darauf, dass Otto ihrem jüngeren Bruder widersprach. Aber er wartete vergebens.

Magdeburg, September 937

»Hundetragen?«, fragte Tugomir. »Was soll das sein?«

»Eine Strafe«, erklärte Bruder Waldered. »Jeder von Eberhards Männern, der an dem Überfall auf Bruning von Helmern beteiligt war, muss einen Hund von der Johanniskirche bis zur Pfalz tragen. Zu Fuß, natürlich. Einen fetten, alten oder sogar toten Hund.«

Semela zog die Schultern hoch. »Das ist ja eklig …«

Der Mönch nickte. »Der Brauch ist uralt und geht auf Zeiten zurück, als es üblich war, treulose und bissige Hunde zusammen mit menschlichen Übeltätern aufzuhängen. Es soll den Franken vor Augen führen, dass sie nur so gerade eben der Todesstrafe entgangen sind. Diese Hunde sind nicht zur Jagd geeignet. Das soll symbolisieren, dass die Träger ihren Adelsstand verwirkt haben. Es ist eine Ehrenstrafe, versteht ihr, und deswegen besonders bitter für Eberhards Männer, die allesamt Edelleute sind. Oh, vielen Dank, mein Kind«, schloss er lächelnd, als Rada ihnen einen Krug Met brachte.

Sie saßen hinter Tugomirs Haus auf der gemähten Wiese im Schatten, aber selbst hier war es heiß. Der Met kam gerade richtig.

Tugomir schenkte sich einen Schluck ein und fragte: »Und was ist mit Herzog Eberhard?«

»Er muss einhundert Pfund bezahlen. In Pferden.«

»Ich hätte gedacht, Brunings Witwe wäre Silber lieber.«

Bruder Waldered hob kurz die Hände. »Aber der König braucht die Pferde für den Krieg.«

Für Geros neuen Krieg gegen die slawischen Völker, dachte Tugomir bitter. »Verstehe. Nicht die Witwe wird entschädigt, sondern der König. Ihr Sachsen habt wirklich drollige Gesetze.«

»Nun, in gewisser Weise war der König die geschädigte Partei, weil Herzog Eberhard sich über ihn hinweggesetzt hat, als er eigenmächtig gegen den armen Bruning vorging.«

»Aber jetzt klemmt Eberhard den Schwanz ein, zahlt eine Buße und lässt zu, dass seine Männer gedemütigt werden?«, verwunderte sich Semela.

»Ganz recht.« Waldereds Befriedigung war nicht zu überhören. »Offenbar waren die Konsequenzen, die der König ihm andernfalls angedroht hat, noch weniger erbaulich für Herzog Eberhard und die Seinen. Eberhard hat sich verrechnet, als er den König herausgefordert hat.«

Tugomir musste ihm recht geben: Wenn Otto angedroht hatte, sein allseits gefürchtetes Reiterheer nach Franken zu führen, war Eberhard nicht viel anderes übrig geblieben, als klein beizugeben, denn er konnte nicht hoffen, es zu besiegen. Vermutlich hatte er darauf gebaut, dass der König nach zwei Slawenfeldzügen und mit den Ungarn unweit der sächsischen Grenze nicht genügend Männer gehabt hätte, um sie gegen Eberhard zu führen. Aber die Sachsen waren ein kriegswütiges Volk, und wenn es Otto an einem niemals mangelte, dann waren es Soldaten.

»Kommt, lasst uns gehen«, sagte er. »Der König wünscht, dass ich diesem albernen Spektakel beiwohne. Und wir wollen ihn ja auf keinen Fall enttäuschen, nicht wahr.«

Der Blick, den Waldered und Semela tauschten, entging ihm nicht. Er wusste, seine Verbitterung über Geros Ernennung zum Markgrafen im Slawenland und sein Zorn auf den König machten ihnen Sorgen. Sie fürchteten, er werde sich davon zu irgendwelchen Dummheiten verleiten lassen. Tugomir konnte ihnen nicht helfen. Denn möglicherweise hatten sie recht.

In der Pfalz herrschte Hochbetrieb, vor der Halle sogar Gedränge: Otto hatte zu einem Hoftag nach Magdeburg geladen. Gefolgt von Bruder Waldered, Semela und Rada, die ihren kleinen Holc in einem Tuch auf dem Rücken trug, bahnte Tugomir sich einen Weg durch das bunte Treiben zum Haupttor der Pfalz – das er nie passieren konnte, ohne an Lothar und Walo zu denken – und ein Stück die Straße hinunter bis zu Udos Haus. Dort stellten sie sich an den Wegrand und warteten, eingezwängt zwischen den schaulustigen Magdeburgern, Soldaten, Dienern der angereisten Edelleute und allem möglichen Volk. Auf der anderen Straßenseite drängten die Menschen sie ebenso. Geschäftstüchtige Bäckerburschen und Bierverkäufer schritten die Menge ab und boten ihre Waren feil, bis schließlich drei berittene Soldaten der Wache hoch zu Ross daherkamen und riefen: »Macht Platz! Zurück, Leute! Lasst die Gasse frei für die Hundeträger!« Der vordere, der lauter brüllte als seine Kameraden, war Udo.

Der Staub, den die Hufe ihrer Pferde aufwirbelten, hatte sich noch nicht gelegt, als die armen Teufel in einer unordentlichen Traube in Sicht kamen. Vielleicht fünfundzwanzig oder dreißig Männer stolperten barhäuptig und schuhlos die Straße entlang. Der erste trug einen mittelgroßen, offenbar toten Hund wie ein Kind in den Armen, das Gesicht vor Ekel verzerrt. Die nächsten beiden hatten schwerere Lasten, einen fetten und einen uralten Jagdhund, die sie sich wie ein Joch über die Schultern gelegt hatten. Alle Hunde unterschieden sich nach Größe, Alter und Gewicht, nur eins hatten sie gemeinsam: Ein jeder war auf seine eigene Art abstoßend. So war es kein Wunder, dass Abscheu und Scham in den Gesichtern der Träger zu lesen waren, und sie waren schweißüberströmt, denn ihre Last war schwer und der Tag heiß. Am schlimmsten hatte es einen Kerl getroffen, der am Ende der traurigen Prozession allein ging: Er hielt einen fetten, unglaublich hässlichen Köter mit dem Rücken an seine Brust gepresst und hatte beide Arme um den unförmigen Leib des Tieres geschlungen. Der Hund, vielleicht verängstigt von dem Klammergriff und der johlenden Menge, hatte seinem Träger auf die Hosen und die bloßen Füße geschissen. Der Mann hielt den Kopf so tief gesenkt, wie die Last in seinen Armen es erlaubte, aber alle sahen die Tränen, die ihm über die stoppligen Wangen liefen.

Das steigerte das Vergnügen der Zuschauer.

»Geschieht euch recht, ihr fränkischen Schweine!«, rief einer der Bäckerburschen.

»Heul uns doch was vor, du Jammerlappen«, höhnte eine Frau ein Stück links von Tugomir. »Hat Brunings kleiner Sohn auch geheult, als ihr ihn aufgeknüpft habt?«

Dreckklumpen und Pferdeäpfel flogen, dann auch Steine. Einer erwischte einen hageren Graubart mit einem toten Hund in den Armen am Hinterkopf, und der Getroffene geriet ins Straucheln und verlor seinen Hund.

»Heb ihn nur schön wieder auf!«, ermunterten ihn die Magdeburger. »Wir wollen keine ekligen toten Köter auf unseren Straßen!«

Die Stimmung war aufgeladen und hässlich. Die Gaffer stachelten sich gegenseitig an, und ihr Johlen wurde lauter. Nur Bruder Waldered schien seine Meinung geändert zu haben. »Sei nicht verzweifelt«, sagte er zu dem flennenden Kerl mit der fetten Töle. »Du hast es gleich geschafft. Und Jesus Christus geht jeden Schritt mit dir.«

Ruckartig wandte der Mann das Gesicht in seine Richtung, sah den Mönch einen Moment ungläubig an und murmelte dann: »Gott segne Euch, Bruder.«

»Du hast ein gar zu weiches Herz, Bruder Waldered«, schalt Tugomir, als sie der jammervollen Schar zurück durchs Haupttor folgten.

Der Mönch zog beklommen die Schultern hoch. »Oh, aber das war wirklich furchtbar, Prinz. Sie waren so … erniedrigt.«

»Ich schätze, genau das war der Sinn der Sache. Sie haben auch nichts Besseres verdient. War dein Jesus Christus auch bei den Frauen und Kindern in Helmern, als diese Strolche sie abgeschlachtet haben?«

»Jesus Christus ist bei jedem seiner Gläubigen, der in Not ist oder dem ein Unrecht geschieht.«

Tugomir schnaubte. »Aber wenn dein Gott allmächtig ist, wie du behauptest, warum lässt er Not und Unrecht dann überhaupt zu?«

»Es waren Eberhard von Franken und seine Männer, die dieses Unrecht begangen haben«, erinnerte Waldered ihn. »Denen Gott einen freien Willen gegeben hat. Wie jedem von uns.«

»Na schön. Aber warum lässt dein Gott zu, dass die Ernte verdirbt und die Menschen verhungern?«

»Auf diese Frage habe ich noch keine Antwort gefunden«, musste der Mönch einräumen. »Doch wir alle sind Kinder Gottes und können uns seiner Liebe gewiss sein. So steht es in seinem Buch.«

Tugomir schüttelte den Kopf. »Ich glaube, euer Gott ist den Menschen gegenüber so gleichgültig wie die unseren.«

»Nein, Prinz. Er ist mächtiger und gnädiger und wahrhaftiger als deine Götter.«

»Das müsste er mir erst einmal beweisen, eh ich es glauben kann.«

»Gott muss dir überhaupt nichts beweisen. Du musst *glauben*. Ohne Beweise. So ist die Regel. Und wenn du dich nicht besinnst und zu Gott bekennst, wirst du mit allen anderen Heiden der ewigen Verdammnis anheimfallen, mein Freund.«

»Ich weiß. Ihr habt mir das schon hundertmal erklärt – du, der König, sogar mein kleiner Neffe Wilhelm. Und ich kann nicht sagen, dass es mich sonderlich für euren Gott einnimmt.«

424

Die Wache hatte den Platz vor der Halle geräumt, und dort erwartete der König die Hundeträger. Reglos stand er in der sengenden Sonne, die Linke auf den Schwertknauf gestützt. Eberhard von Franken stand einen Schritt von ihm entfernt. Der Herzog war höchstens ein, zwei Zoll kleiner als Otto, aber dennoch wirkte es, als stünde der König auf einem Podest über ihm. Vielleicht lag es an Eberhards Haltung. Er bemühte sich, seine Demütigung nicht zu zeigen, und doch lag sie wie ein Joch auf seinen Schultern. Oder wie ein toter Hund.

Seine Männer entledigten sich ihrer Lasten, und während ein paar Sklaven herbeieilten, um die Kadaver einzusammeln und die lebendigen Hunde mit ein paar Tritten aus der Pfalz zu jagen, sanken die fränkischen Edlen vor dem König auf die Knie.

Otto sah mit undurchschaubarer Miene auf sie hinab. Was immer er zu sagen gedachte, er ließ sich Zeit damit. Nachdem das Jaulen der verjagten Hunde verklungen war, wurde es so still in der Pfalz, dass man das Stampfen der Hufe und das Klirren der Trensen aus dem Pferdestall bis hier draußen hören konnte. Die Königin stand mit ihrer Schwester einen Schritt hinter Otto, genauso statuengleich wie er, und hatte dem kleinen Liudolf vor sich die Hand auf die Schulter gelegt, der verwirrt in die Sonne blinzelte. Hinter ihr reihten sich Ottos Hofstaat und die zum Hoftag geladenen Adligen und Bischöfe. So mancher Widersacher Eberhards war darunter, und Tugomir sah hier und da ein verträumtes, schadenfrohes Lächeln.

Schließlich sagte Otto: »Ihr alle habt den Frieden gebrochen und schweres Unrecht begangen.« Für einen Moment richtete sich der Blick der strahlend blauen Augen auf Eberhard, aber dann gab Otto wieder vor, nur zu dessen Gefolgsleuten zu sprechen: »Eure Strafe mag Euch hart erscheinen, doch ich kann Euch nur raten: Lasst sie Euch eine Lehre sein. Ein jeder von Euch hat sich gegen mich aufgelehnt. Aber zum Wohle seiner Untertanen darf der König keine Auflehnung dulden, und darum war heute das letzte Mal, dass Aufrührer mit dem Leben davongekommen sind.«

Er legte eine Pause ein, um seiner Drohung Gewicht zu verleihen, und die Hundeträger regten sich und tauschten nervöse Blicke.

»Doch nun habt Ihr Eure Strafe verbüßt«, setzte Otto wieder an, »und Ihr sollt wissen, dass ich jeden von Euch in Gnaden wieder aufnehme.« Plötzlich lächelte er. »Wir wollen Vergangenes vergangen sein lassen und uns gottgefälligeren Dingen zuwenden. Am Tag unserer Hochzeit habe ich der Königin versprochen, dem heiligen Mauritius hier ein Kloster zu stiften. Jetzt ist es endlich fertig. Also lasst uns den ehrwürdigen Bischöfen in die wundervolle neue Klosterkirche folgen, damit sie sie weihen und wir das Lob des Herrn singen können.« Er trat zu Eberhard und schloss ihn in die Arme. »Kommt. Gott soll Zeuge unserer neu geknüpften Freundschaft sein.«

Ein wenig verdattert, aber vor allem erleichtert willigte Eberhard ein, und gemeinsam führten sie die Versammelten hinüber ins neue Kloster.

Tugomir folgte ihnen langsam und mit einigem Abstand. Er hatte kein Bedürfnis, der Weihe des neuen Christentempels beizuwohnen. Er wusste genau, wozu Otto dieses Mönchshaus gegründet und mit so großen Ländereien ausgestattet hatte, dass es reich und mächtig sein würde: Von hier aus sollten die Priester des Buchgottes ausschwärmen, um die slawischen Völker zu bekehren. Otto war es nicht genug, seine östlichen Nachbarn zu unterjochen und auszuplündern. Gründlich, wie er nun einmal war, wollte er ihnen auch ihre Götter stehlen. Und nur für den Fall, dass die Slawen sich unwillig zeigten, ihre Traditionen und ihre Lebensart aufzugeben, um die der Sachsen anzunehmen, schickte Otto ihnen Gero.

Mit geballten Fäusten stand Tugomir vor dem Westportal und sah an der Fassade der steinernen Kirche empor. Es war ein heller Sandsteinbau von schlichter Schönheit. Die dicken Mauern, kleinen Rundbogenfenster und das hohe Portal wirkten fast trutzig. Dieses Gotteshaus war stärker als jedes, welches die Heveller je gebaut hatten, wusste er. Es sah aus, als wolle es die Zeitalter überdauern …

Er wandte sich ab und schlenderte durch die weitläufige Klosteranlage, zu der Kirche, Wirtschafts- und Wohngebäude sich zu-

sammenfügten. Auf der Südseite der Kirche fand er einen vierecki-
gen Säulengang, dessen Zweck ihm Rätsel aufgab, und jenseits
davon gelangte er zu einem kleineren Bauwerk, das noch nicht fer-
tiggestellt war. Aufgebockte Holzbalken warteten darauf, in den
begonnenen Dachstuhl eingefügt zu werden, doch heute war weit
und breit kein Handwerker zu sehen. Vermutlich sollten Mörtel-
staub und der Klang von Axt und Hammer das Ritual im Tempel
nicht entweihen. So war es wunderbar friedvoll hier, und Tugomir
ließ sich auf den Steinquadern nieder, die an der Nordmauer aufgestapelt lagen, lehnte sich an die Wand und schloss die Augen. Er
war müde. Es kam ihm vor, als sei er müde, seit Thankmar ihn vor
ein paar Wochen mitten in der Nacht mit den Neuigkeiten von Geros Ernennung überfallen hatte, betrunkener, als Tugomir ihn je
erlebt hatte. Thankmar war vollkommen außer sich gewesen, und
in seiner Trunkenheit hatte sich eine gute Portion Selbstmitleid in
seinen Zorn gemischt. Schweigend wie so oft hatte Tugomir ihm
gelauscht, und ehe der Morgen graute, hasste er seinen Freund dafür, dass dieser von nichts als der eigenen Kränkung sprechen
konnte und nicht einen einzigen Gedanken daran verschwendete,
was Geros Ernennung für die Slawen jenseits der Elbe bedeutete.

Noch am selben Tag war Thankmar mit unbekanntem Ziel aus
Magdeburg verschwunden, und niemand hatte ihn seither gesehen. Thankmars Ländereien lagen in ganz Sachsen und darüber
hinaus verstreut – er konnte überall sein. *Wohl dem, der einfach
davonreiten und sich in Luft auflösen kann …*

»Tugomir.«

Er schlug die Augen auf und wandte den Kopf. »Alveradis …«

Sie kam näher, und als er das erwartungsvolle Leuchten in ihren Augen sah, senkte er den Blick. So wie er vorgab, die Hand zu
übersehen, die sie ihm entgegenstreckte.

»Du solltest lieber wieder gehen«, riet er, und es ärgerte ihn,
wie heiser seine Stimme klang.

Alveradis ließ die Hand unsicher sinken. »Sei unbesorgt. Alle
sind in der Kirche. Zwei Erzbischöfe und acht Bischöfe sind zur
Klosterweihe angereist, und sie alle wollen ihren Anteil am Hochamt. Das kann noch Stunden dauern. Ich habe Mutter gesagt, mir

sei schwindelig vom Weihrauch und ich wolle einen Moment an die frische Luft. So bald wird mich niemand vermissen.«

Er nickte.

»Ich habe dich gesehen, als wir in die Kirche einzogen«, fügte sie hinzu.

Er hatte sie auch gesehen. Sie, ihre Mutter, ihre beiden kleinen Brüder Siegfried und Gero. Und ihren Vater.

»Tugomir, was hast du denn? Bist du krank?«

»Nein.« Er fuhr sich nervös mit der Linken über den kurzen Bart, und als sie noch einen Schritt näher zu kommen drohte, stand er auf. »Wenn du nicht gehen willst, sollte ich es wohl tun. Auch wenn du glaubst, alle seien in der Kirche, wird irgendwer sich finden, der uns hier zusammen erwischt. Udo, zum Beispiel.«

»Er hat die Torwache«, entgegnete sie mit einem Hauch von Ungeduld in der Stimme.

»Trotzdem.«

Er wollte sich abwenden, aber sie ergriff sein Handgelenk. »Nein, geh nicht. Warum bist du so abweisend? Ich dachte, du …«

Eher versehentlich sah er in ihre großen braunen Augen und erkannte, wie verwirrt und gekränkt sie war. Und wie jung. Sein Widerstand begann zu bröckeln. Statt sie mit einer Lüge abzufertigen, Gleichgültigkeit zu heucheln und zu verschwinden, was das einzig Vernünftige gewesen wäre, blieb er, wo er war, und fragte: »Wie kann deine Mutter dich allein gehen lassen, wenn du behauptest, dir sei schwindelig? Es könnte ein Fieberanfall sein.«

»Mein Vater hat beschlossen und verkündet, dass ich nicht das Wechselfieber habe. Sie war so unklug, ihm zu widersprechen. Daraufhin hat er sie in ihre Kammer geführt, und wir haben sie schreien und weinen und betteln gehört. Ich weiß nicht, was er mit ihr getan hat, aber es war schlimm. Seither gibt auch sie vor, noch nie im Leben vom Wechselfieber gehört zu haben.«

Tugomir verzog angewidert den Mund. »Was in aller Welt tust du, wenn du einen Fieberanfall bekommst?«

»Was denkst du, das ich tue?«, gab sie zurück, und mit einem Mal war sie wütend. »Ich verstecke mich in meiner Kammer und bete, dass er es nicht merkt. Früher hat Milena mir Wadenwickel gemacht und deinen Fiebertee gekocht. Aber Milena hat uns verlassen, wie du dich vielleicht erinnerst. Was ich beim nächsten Mal tue, weiß ich noch nicht. Vielleicht habe ich ja Glück und mein Vater ist nicht da, wenn es passiert.«

Tugomir nickte, schloss die Lücke zwischen ihnen und legte die Hände auf ihr Gesicht. »Es tut mir leid.«

Ihre Wangen, die doch aussahen wie aus Marmor gemeißelt, waren in Wahrheit warm und zart. Er strich mit den Daumen darüber. Es fühlte sich so wunderbar an, dass er das ohne Weiteres für den Rest seines Lebens hätte tun können. Er ließ die Finger in die gelockte Haarpracht gleiten, die selbst hier im Schatten leuchtete wie Harz in der Sonne.

Alveradis sah ihn unverwandt an. »Was genau ist es, das dir leidtut?«

Er hatte versucht zu leugnen, was er für sie empfand, weil die Vorstellung, Geros Tochter zu lieben, einfach zu monströs war. Das tat ihm leid. Er hatte zugelassen, dass sein Hass auf Gero zwischen sie kam, und zu vergessen beschlossen, dass sie ebenso zu den Opfern ihres Vaters zählte wie er und alle anderen Heveller und was von den Daleminzern noch übrig war, und auch das tat ihm leid. Aber nichts von alldem wollte er eingestehen.

Er drückte für einen Moment die Lippen auf ihre Stirn, und dann ließ er sie los. »Ich bin so voller Hass und Zorn, dass ich mir selbst nicht mehr trauen kann. Darum ist es wirklich besser, du gehst, Alveradis. Ich bin kein Umgang für dich.«

Sie nahm seine Hände. »Warum? Weil du eben, als du mich gesehen hast, für einen Lidschlag erwogen hast, mich zu verführen und mir womöglich einen Bastard zu machen, um dich an meinem Vater zu rächen?«

Er befreite seine Hände und wandte ihr den Rücken zu – sprachlos.

»War es so?«, fragte sie.

»Was weiß ein unschuldiges Mädchen wie du von solchen Dingen?«

»Du weichst mir aus. Niemand, der unter dem Dach meines Vaters lebt, kann unschuldig sein, Tugomir.«

»Oh, bei allen Göttern …« Er fuhr wieder zu ihr herum. »Sag nicht, er hat dich angerührt.«

Sie schüttelte den Kopf. »So habe ich es nicht gemeint. Aber ich sehe jeden Tag, was er tut und wozu er Menschen bringt. Er hat eine Gabe, das Schlechteste in jedem zutage zu fördern. Das wissen sogar meine kleinen Brüder schon. Vielleicht kann er gar nichts dafür, vielleicht hat Gott ihn einfach so erschaffen. Wenn es so ist, ist mir unbegreiflich, wieso. Was will Gott mit einer Kreatur, die sich an ihrer eigenen Grausamkeit berauscht? Die in der Lage ist, einen achtjährigen Sklavenjungen totzuprügeln? Oder einen drei Monate alten Welpen aufzuhängen, weil der ihm zwischen die Füße geraten ist?«

»Dein Hund? Sira?«

Sie nickte, und es war, als saugten die Erinnerungen ihr die Lebenskraft aus, so wie die Feuergeister es taten, wenn sie Fieber bekam. Vor seinen Augen schien sie kleiner zu werden, zu schwinden, bis sie ein verängstigtes Kind war, das mit den Tränen kämpfte.

Tugomir legte die Arme um sie und das Kinn auf ihren Scheitel. »Ich würde alles dafür geben, wenn ich dich von ihm erlösen könnte. Aber das steht nicht in meiner Macht. Ich habe über gar nichts Macht, denn ich bin eine Geisel. Es wäre besser für dich …« Er geriet ins Stocken, aber er zwang sich, es auszusprechen: »Heirate einen sächsischen Grafen. Sprich mit der Königin. Sie wird dafür sorgen, dass dein Vater dir keinen Mann aussucht, der so ist wie er. Tu es, bevor er nach Osten geht und dich und deine Mutter und Brüder womöglich mitnimmt. Es ist der einzige Ausweg.«

»Ich will aber nicht.«

»Nein, ich weiß.«

»Ich will dich!«

Sie schlang die Arme um seinen Hals und küsste ihn mit einer gierigen Verzweiflung, die ihn dazu verleiten wollte, alle Vernunft in den Wind zu schlagen, weil ohnehin alles ohne Hoffnung und darum gleichgültig war. Er legte die Rechte auf ihren unteren Rücken und zog sie fester an sich. Die Augen zugekniffen, schob er die Zunge in ihren Mund, strich mit der linken Hand über ihre

Hüfte, ließ sie langsam aufwärts wandern und umfasste ihre Brust. Nicht roh, aber fest. Alveradis stöhnte leise, und das gab ihm den Rest.

Ohne alle Mühe hob er sie hoch – sie sah nicht nur aus wie eine Elfe, sondern war auch genauso schwerelos –, trug sie zu der Ecke des unvollendeten Bauwerks, wo die Steinmetze ihr Material aufbewahrten, und setzte sie auf den unordentlich ausgebreiteten Laken ab, mit denen die halbfertigen Säulenkapitelle vor Staub geschützt wurden.

Neben ihr sank er auf die Knie. »Alveradis …«

»Nein, sag nichts«, flüsterte sie.

Er legte die Hände auf ihre Schultern und drückte sie zu Boden. Ihre Wangen hatten sich ein wenig gerötet, und die Kringellocken, die ein Eigenleben zu führen schienen, hatten sich wie gekräuselter Goldbrokat um ihren Kopf drapiert. Den Blick unverwandt auf ihn gerichtet, die roten Lippen leicht geöffnet, raffte sie langsam die Röcke und spreizte die Schenkel.

Ich tu es nicht, um Rache an deinem Vater zu nehmen, fuhr es Tugomir durch den Sinn, *aber was ist mit dir?*

Doch das spielte keine Rolle mehr, zur Umkehr war es jetzt ohnehin zu spät. Sein Glied war so prall, dass es schmerzte, und er schnürte die Hosen auf, ehe es sie sprengen konnte. Er legte die Hand auf das honigfarbene Dreieck ihrer Schamhaare. Sie war feucht und bereit und drängte sich ihm mit einem Laut entgegen, der so lustvoll und so ungeduldig war, dass Tugomir lachen musste.

Er kniete sich zwischen ihre Beine, beugte sich über sie und legte die Hände auf ihre Knie, um sie noch ein klein wenig weiter zu öffnen, als er an den Haaren zurückgerissen wurde und eine kalte Klinge an der Kehle spürte.

»Auf ein Wort, edler Herzog.«

Eberhard wandte sich stirnrunzelnd um. Verächtlich musterte er den Mann vor sich von Kopf bis Fuß: ein löchriger Strohhut über einer tief ins Gesicht gezogenen Kapuze, schlichte Gewänder, staubige Schuhe. »Was willst du? Untersteh dich, mich anzubet-

431

teln. Wenn du Almosen brauchst, wende dich an die Mönche. Und jetzt scher dich zum Teufel.«

»Habt Dank für den großherzigen Rat, aber es war nicht meine Absicht, Euch anzubetteln. Im Gegenteil. Ich habe ein Angebot, das ich Euch gern unterbreiten würde.«

»Prinz Thankmar …«

»Schsch.«

Eberhard von Franken sah sich verstohlen um, aber seine Sorge war unbegründet. Niemand beachtete sie. Alle Blicke waren auf den Altar gerichtet, wo die Erzbischöfe und Bischöfe und der frisch gekürte Abt von Magdeburg die Wandlung vollzogen. Otto, Editha und der Hof schwiegen andächtig, aber in einer vollen Kirche gab es immer Getuschel und Geraschel. Genug, um ihre geflüsterte Unterhaltung zu überdecken.

»Was hat es mit dieser sonderbaren Verkleidung auf sich?«, fragte der Herzog verständnislos.

»Später«, raunte Thankmar. »Kehrt in die Pfalz zurück. Geht um das Backhaus und die Schmiede herum. Auf der Wiese mit dem Fischteich steht das Haus des slawischen Heilers. Dort erwarte ich Euch.«

»In Ordnung.«

»Kommt bald. Ehe die Messe vorüber ist und alle Welt sieht, wohin Ihr geht.«

Eberhard sah ihn mit einer Mischung aus Neugier und Argwohn an, nickte aber. »Meinetwegen.«

Thankmar schlüpfte unerkannt aus der Kirche und gelangte in die Pfalz, ohne dass irgendwer ihm auch nur einen zweiten Blick schenkte. Heute war so viel Betrieb in Magdeburg – und zwar in Stadt, Pfalz und Kloster gleichermaßen –, dass man mühelos in der Menge untertauchen konnte.

Tugomirs Haus lag verlassen, wie er gehofft hatte. Er hatte Semela und Rada mit ihrem Söhnchen unten in der Stadt auf dem Markt gesehen. Wo Tugomir stecken mochte, wusste Gott allein, aber vermutlich nutzte auch er die Festtagsstimmung, um sich zu vergnügen – höchstwahrscheinlich im Hurenhaus am Fluss. Wehmütig dachte Thankmar an die wilden Nächte zurück, die sie dort

432

zusammen verbracht hatten. Die Huren waren immer ganz verrückt nach Tugomir gewesen, weil er sie wie Fürstinnen behandelte. Mochte er auch ein stilles Wasser sein, konnte er doch huren, saufen und feiern, als gäbe es kein Morgen, und selbst sturzbetrunken war er immer gute Gesellschaft …

Vorbei, rief Thankmar sich zur Ordnung. *Ein für alle Mal.*

Er war dreißig Jahre alt und hatte sein ganzes Leben vertrödelt, erst am Hof seines Vaters, dann seines Bruders. Ehe er ins Greisenalter kam, wollte er noch herausfinden, aus welchem Holz er denn nun wirklich geschnitzt war. Er hatte keine klare Vorstellung, wohin die Zukunft und seine Rebellion ihn führen würden, aber vermutlich nicht in die Magdeburger Hurenhäuser. Er stand am Beginn von etwas Neuem, etwas Unbekanntem, und das gefiel ihm.

Er nahm sich einen Becher von Tugomirs wundervollem Met – auch den würde er vermissen –, lehnte sich hinter der Feuerstelle an die Wand, kreuzte die Füße und wartete. Als er Schritte hörte, verschwand er in der Vorratskammer.

Die Haustür wurde geöffnet. »Prinz Tugomir? Meine alte Mutter liegt am Boden und japst.«

Hatto, erkannte Thankmar. Einer von Udos Männern.

»Prinz, bist du da? Ich glaub, sie krepiert, das ist diese verfluchte Hitze …« Schritte knirschten im Sand und kamen näher. Die Tür zur Vorratskammer wurde schwungvoll geöffnet. »Prinz?«

Thankmar stand an die Wand hinter der Tür gepresst und hatte das Atmen vorübergehend eingestellt.

»Ach, Scheiße …«, brummte Hatto – nicht übermäßig erschüttert, dass er seiner armen Mutter keine Hilfe holen konnte, argwöhnte Thankmar –, zog die Tür zu, und nach wenigen Augenblicken war er fort.

Thankmar blieb in der hinteren Kammer, spähte ohne alle Gewissensbisse in Tugomirs Vorratsfässer und -töpfe, und als er seinen Metbecher geleert hatte, hörte er wieder jemanden ins Haus kommen.

Der Besucher schloss die leise knarrende Tür, und dann herrschte Stille.

Thankmar nahm den Strohhut ab – er hasste diese Dinger –,

433

schob die Kapuze in den Nacken und kehrte in den Hauptraum zurück. »Wie nett, dass Ihr es einrichten konntet. Willkommen zu unserem kleinen Verschwörertreffen.«

Eberhard von Franken verschränkte die massigen Arme und legte dann den rechten Daumen unters Kinn. »Ich kann nicht sagen, dass das Wort mir gefällt.«

»Vergebt mir. Wie würdet Ihr es nennen, wenn ein gedemütigter Herzog und ein gleichfalls gedemütigter Prinz sich heimlich an einem abgeschiedenen Ort zusammenfinden?«

Die grauen Augen waren unverwandt auf ihn gerichtet. »Gedemütigt? *Ihr?* Ich glaube, das müsst Ihr mir erklären, mein Prinz.«

»Der König enthält mir das Erbe meiner Mutter vor, unter anderem die Grafschaft Merseburg. Er hat es vorgezogen, meinen Vetter Gero damit zu belehnen, so wie mit der Ostmark.«

»Und nichts als Verdruss wird der Ärmste mit den verfluchten Slawen haben. Aufstände, Rebellionen, Überfälle aus dem Hinterhalt, keinen Tag Ruhe. Ich hätte Euch für klüger gehalten, als ihn darum zu beneiden.«

»Ihr versteht mich falsch. Ich bin keineswegs versessen darauf, Ottos scharfes Schwert gegen die Slawen zu sein. Aber ich will mein Erbe. So wie Ihr die Unabhängigkeit Eures Herzogtums wollt und freie Ausübung Eurer Grafengewalt im Hessengau. Die der König wiederum Euch vorenthält. Und da wir dieses traurige Schicksal nun einmal teilen, dachte ich, es wäre vielleicht sinnvoll, wenn wir uns darüber unterhalten.«

»Das hört sich verdammt nach Rebellion an. Woher soll ich wissen, dass Ihr mir nicht im Auftrag des Königs eine Falle stellt? Bislang wart Ihr immer ein Herz und eine Seele.«

Thankmar musste lachen. »Das ist vielleicht eine Spur übertrieben.« Er stellte den Becher auf den Tisch und schenkte sich nach. »Wollt Ihr?«

»Nein.«

Der Prinz hob die Schultern. »Ihr lasst Euch den besten Met diesseits der Elbe entgehen.« Aber er ließ den eigenen Becher erst einmal stehen. Er wusste, hierfür brauchte er einen klaren Kopf.

»Ich stelle Euch keine Falle. Ebenso wenig will ich Euch zur Rebellion anstiften.«

»Sondern?«

Thankmar ließ sich mit seiner Antwort Zeit. Der stechende Blick seines Gegenübers fing an, ihm auf die Nerven zu gehen, aber er erwiderte ihn unverwandt. Eberhard war ein Edelmann der alten Schule, wusste er, vermutlich hielt er stechende Blicke für einen Ausdruck innerer Überlegenheit. »Also schön, sagen wir uns die ungeschminkte Wahrheit, edler Herzog. Ihr misstraut mir. Ich misstraue Euch. Ihr könnt mich nicht ausstehen. Ich habe auch nicht sonderlich viel für Euch übrig. Aber ich weiß, dass Ihr ein kluger Mann seid. Nicht griesgrämig und verbittert wie Arnulf von Bayern, nicht dumm und eitel wie Giselbert von Lothringen und erst recht kein sanftes Lämmchen wie Hermann von Schwaben. Ihr seid ein Realist. Und die Realität sieht doch gewiss so aus: Otto will die Macht des Adels zugunsten der Krone schwächen. Das hätte er kaum eindrucksvoller beweisen können, als er es heute getan hat, nicht wahr? Keiner Eurer Männer, die er hat Hunde tragen lassen, wird noch genau derselbe sein wie vorher, das wissen wir beide. Der König mag in bester Absicht handeln – das wäre ihm jedenfalls zuzutrauen –, aber dennoch will er Euch und mich und Männer wie uns … zurechtstutzen. Wir hingegen haben ein Interesse daran, unsere Adelsrechte zu wahren und zu verteidigen. Gebt Ihr mir so weit recht?«

»Voll und ganz.«

»Also müssen wir auf Wege sinnen, dem König unsere Sicht der Dinge zu veranschaulichen.«

Eberhard ließ die Arme sinken und kam einen Schritt näher. »Aber mit ihm ist nicht zu reden. Dieser junge Heißsporn … vergebt mir, Prinz.«

Thankmar winkte ab. »Nein, sprecht offen, ich bitte Euch. Anders kommen wir hier nie zu einem Ergebnis.«

»Er ist so … *überzeugt* davon, das Richtige zu tun, dass er auf niemanden mehr hört. Höchstens auf dieses verfluchte angelsächsische Weib, und sie stachelt ihn nur noch immer weiter gegen den Adel auf.« Eberhard war rot angelaufen. Er hatte die Linke zur

Faust geballt und hielt sich anscheinend nur mit Mühe davon ab, sie auf Tugomirs Tisch niedersausen zu lassen. Er ist noch viel wütender, als ich glaubte, erkannte Thankmar erstaunt. Und er hat Angst.

»Ich bin völlig Eurer Ansicht. Mit Reden werden wir nichts ausrichten.«

»Aber womit dann?«

Thankmar sah auf seinen Becher hinab und fuhr mit dem Zeigefinger über den Rand. »Wenn wir ihn dazu bringen wollen, unsere Interessen zu achten, werden wir ihn zwingen müssen.«

Eberhard schnaubte. »Leichter gesagt als getan.«

»Oh, aber es *ist* leicht, mein Freund. Wir brauchen ein Druckmittel.«

»Und was soll das sein?« Eberhards Skepsis war nicht zu überhören.

Thankmar nahm den Becher in die Hand und hielt ihn auf Augenhöhe, um die Farbe des Mets zu bewundern. »Das verrate ich Euch, wenn Ihr mit Euren Truppen in Sachsen eingefallen seid. In Westfalen, um genau zu sein.«

»Wieso sollte ich Truppen nach Sachsen führen und alle Brücken hinter mir damit endgültig niederbrennen, während Ihr abwartet und keinerlei Risiko eingeht?«

»Ich gehe das gleiche Risiko ein wie Ihr. Der Kastellan auf meiner Burg in Teistungen stellt eine Truppe auf. Etwa tausend Mann. Mit ihnen werde ich Euch in Westfalen erwarten.«

»Warum ausgerechnet Westfalen? Was ist dort?«

Thankmar setzte an und leerte den Metbecher in einem Zug. »Unser Druckmittel.«

Mit einem gedämpften Schreckenslaut richtete Alveradis sich auf und zog ihre Röcke herab.

»Oh, keine Bange, Herzchen. Es ist nichts, was ich nicht schon anderswo gesehen hätte«, versicherte eine junge Stimme.

Henning, erkannte Tugomir. Die Hand riss immer noch an seinem Schopf, und er kam auf die Füße.

Henning verstärkte den Druck seiner Klinge ein wenig. »Schön langsam. Und lass mich deine Hände sehen.«

»Ich bin unbewaffnet«, erinnerte Tugomir ihn und schnürte seine Hosen zu, ohne um Erlaubnis zu fragen.

Henning zerrte ihn zwei Schritte nach rechts und schmetterte seinen Kopf gegen die Mauer. »Lass mich deine Hände sehen, hab ich gesagt! Leg sie auf den Rücken.«

Tugomirs Schädel dröhnte, und Blut rann aus einer Platzwunde an der Stirn. Er verschränkte die Hände hinter dem Rücken.

»Rühr dich ja nicht vom Fleck«, sagte der junge Sachsenprinz in Alveradis' Richtung.

Sie saß immer noch auf den staubigen Laken, die Hände hinter sich aufgestützt, und starrte mit riesigen Augen zu ihm auf.

Henning ließ Tugomirs Haare los und nahm auch den Dolch von seiner Kehle, riss mit einem Ruck die Börse von seinem Gürtel, um ihm mit der Lederschnur die Hände zu fesseln. Er stellte sich nicht gerade geschickt dabei an und brauchte viel zu lange. Das wäre der Moment gewesen, ihn zu überwältigen und zu fliehen, wusste Tugomir. Aber seine Lage war so hoffnungslos wie eh und je. Nein, sie war schlimmer geworden: Wenn er floh, ließ er nicht nur die Daleminzer im Stich, sondern jetzt auch Alveradis.

Als Henning endlich fertig war, packte er ihn am Ellbogen und drehte ihn zu sich um. Sie sahen sich einen Moment in die Augen. In Hennings Blick lag etwas Schelmisches, beinah ein diebisches Frohlocken. »Mein armer Bruder, der König, wird ja so enttäuscht von dir sein, Prinz Tugomir. Und der alte Gero … du meine Güte, ich will mir gar nicht vorstellen, was er mit dir macht.«

Nein, dachte Tugomir, ich auch nicht. »Was immer du tust, Henning, sag ihnen, sie hätte sich gewehrt.«

»Das kommt überhaupt nicht infrage«, protestierte Alveradis und kam auf die Füße. Ihre Stimme klang dünn. Sie hatte Angst.

Die beiden Männer beachteten sie nicht. »Warum sollte ich?«, erkundigte sich Henning.

Weil du zur Abwechslung mal eine Spur Anstand beweisen könntest, indem du ein junges Mädchen vor dem Zorn ihres Vater bewahrst, dachte Tugomir. Aber er nahm sich zusammen. Er wusste genau, welchen Preis er zu zahlen hatte, wenn er hoffen wollte, Henning dieses Zugeständnis abzuringen. »Weil ich dich darum bitte.«

»Schau an. Der stolze Hevellerprinz ist mit einem Mal ganz zahm und kleinlaut. Ich glaube, dir liegt tatsächlich etwas an der kleinen Schlampe. Es wäre ein harter Brocken für dich, wenn ihr alter Herr sie totprügelt, he?«

Tugomir musste einen Augenblick die Zähne zusammenbeißen. Dann sagte er zu Alveradis: »Lauf ins Kloster. Erbitte den Schutz des Abtes und unterwirf dich seinem Urteilsspruch. Das ist allemal besser als …«

»Sie geht nirgendwohin«, fiel Henning ihm barsch ins Wort. Er zerrte ihn zu Alveradis zurück und fuchtelte ihr mit der Dolchspitze vor der Nase herum. »Wenn du zu fliehen versuchst, schneide ich ihm jetzt und hier die Eier ab, ich schwör's.«

Das wird so oder so passieren, dachte Tugomir und unterdrückte mit Mühe ein Schaudern. Zu Alveradis sagte er: »Das wird er nicht tun. Der König wäre verstimmt, und das will Henning bestimmt nicht.«

Der gluckste. »Verlass dich lieber nicht darauf.«

Alveradis sah Tugomir einen Moment in die Augen und schüttelte langsam den Kopf. Sie war kreidebleich, selbst ihre Lippen hatten kaum noch Farbe. Eine Träne rann über ihre Wange, und sie flehte leise: »Henning … Binde ihn los und vergiss, dass du uns gesehen hast. Ich weiß, dass du kein übler Kerl bist und durchaus in der Lage, mit anderen Menschen zu fühlen, auch wenn du nie willst, dass man dir das anmerkt. Um der Freundschaft willen, die uns als Kinder verbunden hat, bitte ich dich, hüte unser Geheimnis und liefere Tugomir nicht dem Zorn meines Vaters aus.«

Tugomir hatte keine Ahnung gehabt, dass eine Kinderfreundschaft Henning und Alveradis verband, aber dann fiel es ihm ein: Henning war im Haushalt ihres Onkels Siegfried erzogen worden. Siegfried und Gero hatten ewig zusammengesteckt, und nur wenige Jahre Altersunterschied trennten Alveradis und Henning. Gewiss hatten sie zu jener Zeit viel voneinander gesehen.

Doch Henning gedachte offenbar nicht, sich erweichen zu lassen. Er schüttelte mit einem beinah nachsichtigen Lächeln den Kopf. »Lasst uns gehen. Die Messe ist vorüber, der Hof versammelt sich in der Halle.« Er verpasste Tugomir einen unsanften Stoß zwischen die Schulterblätter. »Heute wirst du für die Unterhaltung der Gesellschaft sorgen.«

Er trieb ihn mit gelegentlichen Stößen und Schlägen vor sich her zurück zur Pfalz. Alveradis folgte ihnen, und am Tor wies Henning Udo an: »Geleite sie ins Gästehaus und sorg dafür, dass sie dort bleibt.«

Udo sah von Henning zu Tugomir und weiter zu Alveradis und bedurfte keiner weiteren Erklärungen. »Drecksack ...«, knurrte er und spuckte dem Übeltäter vor die Füße. Immerhin nicht ins Gesicht, dachte Tugomir.

Eine Hand um seinen Ellbogen geklammert, die andere auf seiner Schulter, führte der junge Prinz ihn in die Halle. Es war genau, wie er gesagt hatte: Die Bänke waren bis auf den letzten Platz gefüllt, dampfende Schüsseln und Brotlaibe wurden herumgereicht, Sklaven füllten Becher aus großen Tonkrügen. An der hohen Tafel saßen Otto, Editha und deren Schwester, Hennings Gemahlin, die hohen kirchlichen Würdenträger, die die Weihe des Klosters vollzogen hatten, und Gero mit seiner Frau. Herzog Eberhard war hingegen nirgends zu entdecken. Vermutlich hatte es ihm den Appetit verschlagen. Und auch Thankmar blieb verschwunden. *Zu dumm. Heute hätte ich dich hier* wirklich *gebrauchen können ...*

»Ah, Henning, da bist du ja endlich«, rief der König. Als sein Blick auf Tugomir fiel und er begriff, wieso der die Hände auf dem Rücken hatte, wich sein Lächeln diesem halb fragenden, halb reservierten Blick, der jedem verriet, dass er es nicht länger mit Otto, dem umgänglichen jungen Mann, zu tun hatte, sondern mit dem König.

»Ich nehme an, du wirst uns erklären, was das zu bedeuten hat, Bruder?«

Henning nickte, trat zu ihm und begann zu flüstern.

Otto lauschte unbewegt, aber Editha legte eine Hand vor den Mund und schaute Tugomir fassungslos an. Sie war ihm immer äußerst kühl begegnet, misstrauisch gar, weil er ihren Glauben nicht teilte. Aber es sah so aus, als habe sie ihm dennoch ein Mindestmaß an Ehre zugetraut. Jedenfalls bis heute …

Otto stand langsam auf, und in der Halle wurde es merklich leiser.

»Ist das wahr?«, fragte der König.

Tugomir war es unerträglich, dass dies hier vor dem versammelten Hof stattfand. Außerdem fürchtete er sich, schlimm genug, dass seine Beine sich anfühlten, als seien die Knochen zu zähem Brei geworden. Doch er setzte alles daran, sich nichts anmerken zu lassen, und entgegnete scheinbar gelassen: »Das kommt darauf an, was er gesagt hat.«

Otto nickte. »Bitte. Ganz wie du willst, Tugomir. Er sagt, er habe dich allein mit Geros Tochter ertappt. In einer Situation, die unmissverständlich war.«

Gero fuhr von der Bank auf, als habe die sich plötzlich in ein glühendes Kohlebecken verwandelt. »Was?«

Für einen Herzschlag erwog Tugomir, es abzustreiten. Womöglich wäre eine Lüge weniger ehrlos, als Alveradis dem Zorn ihres Vaters auszuliefern. Doch er wusste, es wäre sinnlos. Das Wort einer Geisel galt nichts gegen das eines Prinzen.

Er antwortete Otto: »Ja, es ist wahr.«

Gero kam um die hohe Tafel herum auf ihn zu und rammte ihm die Faust in den Magen. »Du verfluchter Hurensohn. Ich hab's doch immer gewusst. Es ist ein Jammer, dass der König dir damals nicht den Kopf abgeschlagen hat, als dein Vater sich gegen ihn erhob.«

Tugomir war auf die Knie gesunken. Er rang um Atem und hielt den Kopf gesenkt, darum sah er Geros Stiefel nicht kommen, der ihn an der Schläfe traf.

»Aber dieses Versäumnis lässt sich ja nachholen«, knurrte Gero.

»Graf Gero, Ihr habt jedes Recht auf Euren Zorn«, sagte der König förmlich. »Aber seid so gut und haltet ihn noch ein wenig im Zaum.« Er wandte sich wieder an seinen Bruder. »Was genau ist passiert? Ich nehme an, das Mädchen hat sich gewehrt?«

Henning grinste träge. »Geschrien und gestöhnt hat sie auf jeden Fall …«

Ein hörbares Raunen ging durch die Halle.

»Was redest du da …« Tugomir kam ein wenig schwankend wieder auf die Füße und wandte sich an Otto. »So war es nicht. Natürlich hat sie sich gewehrt. Und darum war noch nichts passiert, als Henning hinzukam und …«

»Nein, bestimmt nicht«, pflichtete Henning ihm bei. »Das ist auch der Grund, warum ich einen ungehinderten Blick auf ihre Spalte und dein Gemächt hatte, als ich nichtsahnend in den halb fertigen Kapitelsaal kam.«

Dieses Mal hatte das Raunen mehr Ähnlichkeit mit einem Aufschrei.

»Henning, ich glaube, das reicht«, beschied der König leise. Mit einem knappen Nicken befahl er zwei der Wachen herbei. Ehe sie Tugomir packen und abführen konnten, machte der einen Schritt auf den König zu. »Ich sage die Wahrheit. Das Mädchen ist unschuldig.«

Otto tauschte einen Blick mit seiner Gemahlin, seine Miene eher bekümmert als zornig. Dann antwortete er: »Womöglich ist es so. Und dass du ihre Unschuld so beharrlich beteuerst und dich damit in immer größere Schwierigkeiten bringst, verrät mir, wie die Dinge in Wahrheit stehen.« Er betrachtete ihn einen Augenblick und sagte dann genau das, was Henning prophezeit hatte: »Ich kann dir nicht sagen, wie enttäuscht ich von dir bin, Tugomir. Ich habe geglaubt, du seist ein Ehrenmann. Wie konntest du nur? Ein unerfahrenes, unschuldiges Mädchen aus vornehmster Familie?«

Tugomirs Kopf ruckte hoch. »So wie meine Schwester?«

Der König besaß zumindest genug Anstand, dass dieser Vorwurf, der gleichsam gegen ihn zurückgeprallt war, ihn verlegen machte. Er schlug einen Moment den Blick nieder, verwirrt, vielleicht sogar beschämt.

Zögernd nahmen die Wachen Tugomir bei den Armen.

Er beachtete sie nicht, sondern fuhr fort: »Der Unterschied ist, dass ich Alveradis heiraten würde, wenn ihr mich ließet.«

Das gab Gero den Rest. Mit einem Wutschrei, der gellend von der hohen Decke widerhallte, stürzte er sich auf ihn, und er war ein beängstigender Anblick: das Gesicht eine purpurne Fratze, und die Augen waren hervorgequollen. Mit zwei Faustschlägen beförderte er Tugomir zurück ins Bodenstroh, dann fing er an, ihn zu treten. Tugomir konnte weder seinen Kopf noch seinen Unterleib mit den Armen schützen, und weil er wusste, was unweigerlich kommen musste, krümmte er sich zusammen. Geros Stiefelspitze landete trotzdem treffsicher in seinen Hoden, und der Schmerz war so mörderisch, dass Tugomir übel davon wurde. Dann zückte Gero seinen Dolch, wechselte ihn in die Linke und machte sich mit der Rechten an der Kordel zu schaffen, die Tugomirs Hosen verschnürte.

Die Gäste und Höflinge an den langen Tafeln waren aufgestanden und machten lange Hälse, um nur ja nichts zu versäumen. Die beiden Wachen waren hingegen furchtsam vor dem Wüterich zurückgewichen. Aber Otto kam von der Estrade herab und befahl: »Graf Gero, Ihr vergesst Euch. Seid so gut und mäßigt Euch.«

Gero kam halbwegs wieder zu Verstand. Keuchend stand er über Tugomir gebeugt und stierte einen Moment reglos auf ihn hinab. »Ich verlange, dass er verliert, womit er meine Tochter entehrt hat.«

»Ich bin zuversichtlich, dass die Ehre Eurer Tochter unversehrt ist, mein Freund. Und auch wenn dieser Mann hier sich an ihr und damit ebenso an Euch schwer versündigen wollte, ist er trotzdem ein Prinz und ein Edelmann und wird deswegen nicht verstümmelt. Ist das klar?« Er bekam nicht gleich eine Antwort. »Gero?«, hakte er scharf nach.

Der Markgraf trat zögernd einen Schritt zurück, steckte seinen Dolch ein und nickte knapp.

Der König sah auf Tugomir hinab, der immer noch am Boden lag, die Augen zu schmalen Schlitzen verengt, und ohne großen Erfolg versuchte, nicht vor Schmerz zu keuchen. »Sperrt ihn ein«, befahl Otto den Wachen. »Und legt ihn in Ketten.«

An der Nordseite des mächtigen Palisadenzauns stand unweit des Haupttors ein großes Grubenhaus, wo die Männer der Wache ihre dienstfreie Zeit verbringen konnten und auch wohnten, so sie keine Familien in der Stadt hatten. Der hintere Teil war mit einer soliden Wand abgetrennt und diente als Verlies. Dorthin führten die Wachen Tugomir.

»Stell dich mit dem Rücken an die Wand, Prinz«, sagte Tamma, der zu den eher Harmlosen unter den Männern der Wache zählte. »Mach uns keine Schwierigkeiten. Ich hab nicht vergessen, dass du meine Schulter wieder zusammengeflickt hast, also würd ich dir nur ungern eins überziehen.«

Tugomir nickte und tat, wie ihm geheißen. Tamma stand mit der Fackel in der Raummitte. Während sein Kamerad Druthmar Tugomir rostige Hand- und Fußketten anlegte, sah der Hevellerprinz sich um. Das Verlies selbst bot wenig Überraschungen: fensterlos, feuchtes, schmuddeliges Stroh am Boden, Eisenringe in Wänden und der niedrigen Decke, um störrische oder gefährliche Gefangene zu bändigen. Überrascht war Tugomir indes, als er entdeckte, dass er dieses trostlose Quartier mit einem Leidensgenossen teilte: In der hinteren rechten Ecke hockte eine zusammengekauerte Gestalt mit langem, verfilztem Haar und Bart, einem löchrigen und verdreckten Priestergewand und blinzelte im Fackelschein, als sei es gleißendes Sonnenlicht. Eigentümlich reglos starrte der Mann zu Tugomir auf, dann hob er mit einer seltsam fahrigen Bewegung die Hände und legte sie vor die Augen. »Wann lässt der Bischof mich holen?«, fragte er. Die Stimme war dünn und brüchig, als spreche er zum ersten Mal seit langer Zeit.

Druthmar rüttelte an Tugomirs Ketten, um sich zu vergewissern, dass sie fest saßen. Dann schlenderte er zu dem erbärmlichen Tropf hinüber und trat ihn in die Seite. »Am St. Nimmerleinstag, schätze ich.« Er lachte.

Der Gefangene schrie auf und wiegte dann schluchzend den Oberkörper vor und zurück.

Ich hoffe, die Götter lassen mich den Großen Fluss überqueren, eh es mit mir so weit kommt, dachte Tugomir.

Tamma und Druthmar gingen hinaus und nahmen die Fackel mit. Der schwere Riegel wurde vorgeschoben. Zuerst glaubte Tugomir, er befinde sich in völliger Dunkelheit, aber das stimmte nicht. Nach einer Weile sah er einen dünnen Lichtstreif unter der Tür. Ein etwas breiterer drang durch einen Spalt zwischen Wand und Decke. Es war nicht viel. Nicht genug, um Konturen zu erkennen oder die Ratten, die raschelnd durchs Stroh zu huschen begannen, sobald der Fackelschein verschwunden war. Dennoch war Tugomir dankbar für die beiden Lichtstreifen, denn sie würden ihm verraten, wann Tag und wann Nacht war.

»Wer bist du?«, fragte der Tropf.

Tugomir ließ sich an der Wand entlang zu Boden gleiten und legte die zusammengeketteten Hände in den Schoß. »Tugomir, Vaclavics Sohn, vom Volk der Heveller. Und du?«

»Vater Gerwald von Zons. Du sprichst eigenartig.«

»Du auch.«

»Zons ist in Lothringen. Am linken Rheinufer.«

Das erklärte den Akzent. Otto sagte gerne, er herrsche über alle Menschen, die die deutsche Sprache eine, aber wann immer Tugomir einen von Ottos Untertanen sprechen hörte, der nicht aus Sachsen stammte, hatte er Mühe, ihn zu verstehen. Und den Sachsen erging es mit ihren Nachbarn kaum besser. Aber beherrschen wollten sie sie trotzdem …

»Dann bist du weit fort von zu Hause«, bemerkte Tugomir.

Es war einen Moment still. Dann flüsterte Vater Gerwald: »Weit, weit weg. Von zu Hause ebenso wie von Gott.«

Tugomir war nicht erpicht darauf, seine Geschichte zu hören, denn er hatte genug eigene Sorgen. Aber er ahnte, dass sie ihm nicht erspart bleiben würde. Wer konnte wissen, wie lange der Tropf hier schon schmorte, ganz allein mit seiner Verzweiflung und Furcht?

»Ich hatte ein Weib, und sie bekam jedes Jahr ein Kind«, erzählte Gerwald. »Ich wusste nicht mehr, wie ich sie alle durchbringen sollte. Verstehst du, wir waren so schrecklich arm …«

»Was hast du angestellt?«, fragte Tugomir mit einem Hauch von Ungeduld. Er hatte nicht viel für Jämmerlinge übrig, die mit Tränen in der Stimme ihre Missetaten zu rechtfertigen versuchten.

»Falsche Reliquien verkauft. Tierknochen als die Gebeine der Heiligen. Es war so … einfach. Die Menschen sind so *versessen* auf Reliquien, sie haben mir jeden Unfug geglaubt, den ich ihnen erzählte. Es war ein gutes Geschäft.«

»Bis du hierherkamst?«

»Der König selbst ist mir auf die Schliche gekommen.« Er sagte es nicht ohne Stolz. »Damals war er allerdings noch Prinz.«

»Seit wann bist du hier?«

»Ich weiß es nicht.« Vater Gerwald begann zu schluchzen. »Ich weiß es nicht … Schon so schrecklich lange. Sie sagen, der Erzbischof von Köln ist für mein Vergehen zuständig, und sie wollten ihm einen Boten schicken und fragen, was sie mit mir machen sollen. Und nun warte ich und warte und warte. Ich glaube, inzwischen haben mich alle vergessen. Und Gott … hat mich verlassen …« Er heulte wie ein kleiner Bengel.

Tugomir lehnte den Kopf zurück an die Wand. Er hätte sich bessere Gesellschaft in diesem finsteren Loch vorstellen können. »Komm schon, Vater Gerwald, reiß dich zusammen. Du bist ein Strolch und musst für deine Taten büßen.« Er sprach in diesem halb tröstenden, halb strengen Tonfall, der bei Wilhelm und Liudolf immer gewirkt hatte.

Er versagte auch bei Gerwald nicht. Tatsächlich fand der Priester die Fassung wieder und fragte schließlich: »Und woher kommst du? Wer sind die Heveller?«

»Ein slawisches Volk.«

»Du bist ein *Heide*?« Die Stimme wurde wieder schriller.

»Ja.«

»Oh mein Gott … mein Gott, du hast mich tatsächlich verlassen …«

Tugomir seufzte und sann auf eine diplomatische Erwiderung, als der Riegel mit unnötigem Schwung zurückgezogen wurde.

Tugomir wusste schon, wer ihn hier besuchte, bevor die Tür aufschwang. Er kam auf die Füße. »Ich hatte nicht vor Einbruch der Nacht mit dir gerechnet.«

»Ich konnte meine Sehnsucht nach dir nicht länger im Zaum halten«, räumte Gero mit einem Lächeln ein, von dem einem das Blut in den Adern gefrieren konnte. Die Fackel in seiner Linken warf zuckende Schatten über sein Gesicht und verwandelte es in die Fratze eines Unholds. »Außerdem breche ich morgen in aller Frühe nach Osten auf, um meine neue Mark in Besitz zu nehmen.

Was glaubst du wohl, wohin ich zuerst reiten werde?« Er nahm die grobgliedrige Kette, die die Eisenschellen an Tugomirs Handgelenken verband, zerrte ihn einige Schritte in die Mitte des Raums und riss dann seine Arme nach oben, um die Kette über den Haken in der Decke zu legen.

Und hier hängst du nun, Tugomir, Vaclavics Sohn, dachte er kalt. *Wieder einmal wehrlos deinem Feind ausgeliefert, weil du es nicht besser verstanden hast, dich zu schützen. Dich und die Deinen …*

»Ich bin zuversichtlich, dass die Heveller sich zu wehren wissen«, gab er scheinbar gelassen zurück.

»So wie beim letzten Mal, ja?« Gero lachte in sich hinein. Es war ein vergnügter, beinah frohlockender Laut.

»Das Lachen wird dir vergehen, wenn du beim Sturm auf die Brandenburg in der Havel ersäufst.«

»Damit rechne lieber nicht.« Gero schlug ihm die Faust ins Gesicht.

Gerwald, der immer noch in seiner Ecke kauerte, stieß einen kurzen, schrillen Schrei aus.

Gero sah stirnrunzelnd in seine Richtung und schien ihn erst jetzt wahrzunehmen. »Udo«, knurrte er über die Schulter. »Schaff die zottelige Jammergestalt hier raus.«

Der vierschrötige Soldat trat mit eingezogenem Kopf durch die Tür, ging zu Gerwald hinüber und zog ihn am Arm auf die Füße. Er würdigte Tugomir keines Blickes, murmelte Gero jedoch zu: »Ihr solltet nicht vergessen, was der König gesagt hat, Herr.«

»Sei unbesorgt«, entgegnete Gero. »Ich will mich nur gebührend von ihm verabschieden, damit er mich nicht vergisst. Jetzt verschwinde.« Er legte die Rechte um Tugomirs Halsausschnitt und zerrte. Während Udo Gerwald hinausführte, der mit weit aufgerissenen Augen verstörte Blicke über die Schulter zurückwarf, landeten die Fetzen von Tugomirs Gewand am Boden.

Der Hevellerprinz sah darauf hinab. Bertha hatte es ihm genäht, und es war aus gutem Leinen und noch fast neu gewesen. »Ein Jammer …«

Gero krallte die Hand in seine Haare und riss seinen Kopf hoch.

»Auch wenn ich dir deine Eier lassen muss, wärst du gut beraten, dich vor mir zu fürchten, du verfluchter Bastard«, zischte er.

Tugomir fürchtete sich bis ins Mark. Er wusste, dass Gero ihn noch nie so leidenschaftlich gehasst hatte wie heute. Und er wusste ebenso, dass Thankmar dieses Mal nicht kommen würde, um ihn zu retten. Thankmar war fort. Jetzt endlich gestand Tugomir sich ein, was er im Grunde schon seit Tagen wusste: Thankmar war nicht für ein paar Wochen auf eines seiner Güter verschwunden, um sich in Ruhe zu betrinken und seine Wunden zu lecken. Er war auch nicht in irgendeine ferne Stadt, nach Hamburg etwa oder nach Frankfurt, geritten, um unerkannt in finsteren Spelunken und Hurenhäusern seinen Zorn zu vergessen. Thankmar hatte den gleichen verhängnisvollen Weg eingeschlagen wie er selbst: die offene Rebellion. Tugomir wusste, er war ganz allein. Also fürchtete er sich. Aber es konnte die Dinge nur schlimmer machen, Gero das sehen zu lassen. Darum erwiderte er: »Und was hätte ich davon?«

»Vielleicht ein schnelles, einigermaßen leichtes Ende? Wie wär's, he?« Sein Gesicht war so nah, dass ihre Nasen sich beinah berührten. »Du musst mich nur darum bitten.«

Oh, nicht wieder das alte Bolilut-Spiel, dachte Tugomir müde. »Du wirst mich nicht töten, Gero. Jedenfalls nicht heute.«

»Woher willst du das wissen?«

»Ich weiß es.«

»Und du hast recht«, räumte Gero mit einem beinah schelmischen Ausdruck ein. »Denn hier als lebendige Geisel wirst du mir in nächster Zeit mehr nützen als tot. Aber du hast das Ansehen meiner Tochter in den Schmutz getreten. Und das dumme kleine Miststück ist dir natürlich in die Falle gegangen. Dafür müsst ihr bezahlen, alle beide.«

Tugomirs Hände ballten sich wie aus eigenem Antrieb. Es kostete ihn alle Selbstbeherrschung, die er aufbieten konnte, Gero nicht zu fragen, was er mit Alveradis getan hatte. Ihn nicht anzuflehen, sie zu schonen. Er wusste ganz genau, dass es nicht das Geringste nützen würde. Trotzdem war der Drang beinah übermächtig.

»Denkst du nicht, du hast allmählich genug geschwafelt?«

Gero nickte und trat einen Schritt zurück. Konzentriert betrachtete er Tugomirs entblößten Oberkörper, legte die rechte Hand oberhalb der Linken um die Fackel, holte aus und schlug zu.

Quedlinburg, Oktober 937

»Kann ich dich einen Augenblick sprechen, Schwester?«, fragte die Königinmutter.

Dragomiras Herz sank. Erfahrungsgemäß hatte es nichts Gutes zu bedeuten, wenn Mathildis sie mit ihrer Aufmerksamkeit beehrte. Aber natürlich blieb ihr nichts anderes übrig, als zu antworten: »Gewiss, ehrwürdige Mutter.«

Die Schwestern waren im Begriff, sich zur Komplet und anschließend zur Nachtruhe zu begeben. Schwester Gertrudis, die Priorin, ließ den Blick einen Moment auf Mathildis und Dragomira ruhen, die an der Tür des Refektoriums verharrten, und führte die schweigende Prozession dann zur Kirche hinüber.

Mathildis wartete, bis die leisen Schritte verklungen waren, ehe sie sagte: »Ich erhielt einen Brief des Bischofs von Utrecht.«

Dragomiras Puls beschleunigte sich. »Wirklich? Was schreibt uns der ehrwürdige Bischof?«

Die Äbtissin zögerte einen Moment, weil sie nach den richtigen Worten suchte oder weil sie sie auf die Folter spannen wollte – Dragomira wusste es nicht.

»Sein Brief war wortreich und weitschweifig wie immer«, sagte Mathildis schließlich mit einem boshaften kleinen Lächeln. »Offenbar hat es eine Masernepidemie in Utrecht gegeben.« Sie legte wieder eine kleine Pause ein.

Nicht Wilhelm, Gott, betete Dragomira stumm. *Was immer es ist, bitte nicht mein Sohn …*

»Die Masern haben auch die Domschule nicht verschont, aber weder dein Sohn noch meiner ist erkrankt, der Herr sei gepriesen.«

Dragomira schloss einen Moment die Augen und bekreuzigte sich.

»Weiter ließ Bischof Balderich uns wissen, dass seine jüngste Schwester sich unserem Stift gern anschließen würde, und er will ihr eine Abschrift der *Vita* des heiligen Vitus mitgeben, die die Domschule besitzt, um unsere Bibliothek zu erweitern. Ich dachte, es würde dich gewiss freuen, das zu erfahren.«

Du verfluchtes Miststück, dachte Dragomira, neigte aber höflich den Kopf und erwiderte: »Wie gütig von Euch, ehrwürdige Mutter.«

Sie hatte natürlich gewusst, dass Mathildis keine Gelegenheit auslassen würde, um sie dafür büßen zu lassen, dass sie Otto vom Komplott seiner Mutter und des Herzogs von Bayern erzählt hatte. Weil sie das gewusst hatte und weil sie sich vor Mathildis' Tücke fürchtete, hatte sie sogar gezögert, zu Otto zu gehen und ihm zu offenbaren, was sie erfahren hatte. Aber letztlich hatte sie gar keine Wahl gehabt, und der Preis, den sie zu zahlen hatte, war auch nicht so hoch wie befürchtet. Da Otto seine Mutter entmachtet und die eigentliche Leitung des Stifts der Priorin übertragen hatte, war Mathildis in ihren Möglichkeiten, Dragomira die Hölle auf Erden zu bereiten, eingeschränkt. Aber die Äbtissin war seit jeher eine Frau gewesen, die es verstand, aus ihren Möglichkeiten das Beste zu machen.

»Wollen wir?«, schlug sie mit einer einladenden Geste vor und gab vor, überhaupt nicht zu bemerken, welch einen Schrecken sie ihrer Mitschwester eingejagt hatte.

Dragomira ließ ihr den Vortritt und dachte: Nach der Komplet beginnt das nächtliche Stillschweigen. Bis morgen früh habe ich Ruhe vor dir …

Sie überquerten die gepflegte kleine Wiese vor dem Refektorium. Ein ungemütlicher Wind hatte sich erhoben, die unheilvollen grauen Wolken schienen das letzte Tageslicht zu verschlucken, und als die beiden Kanonissen die Kirche betraten, fielen die ersten Regentropfen.

Dragomira wartete heute vergeblich auf den inneren Frieden, den die gesungenen Psalmen des Nachtgebets ihr sonst immer bescherten. Die Masern in Utrecht wollten ihr einfach nicht aus dem

Kopf gehen. Sie wusste, das war albern. Bischof Balderich war ein kluger und besonnener Mann, er hätte die Königinmutter niemals unnötig in Angst um ihren Jüngsten versetzt und ihr von der Epidemie berichtet, ehe diese vorüber war. Doch sein Brief hatte Dragomira wieder aufs Neue daran erinnert, wie unendlich weit fort Utrecht war. Wilhelm war gerade acht Jahre alt geworden. Noch viel zu klein, um so viele Hundert Meilen von seiner Mutter entfernt zu sein. Wenn es ihr gelegentlich gelang, sich selbst zur Vernunft zu bringen, gab sie zu, dass Otto seinem erstgeborenen, aber unehelichen Sohn größere Fürsorge bewiesen hatte, als die meisten anderen Väter es mit ihren Bastarden taten. Die Kirche würde Wilhelm Chancen eröffnen, die die Welt ihm versagt hätte. Seite an Seite mit seinem Onkel Brun konnte der Junge an der Domschule zu Utrecht Dinge lernen und Verbindungen knüpfen, die ihn eines Tages mächtig machen würden. Unantastbar, trotz seiner slawischen Mutter. Es war ein beruhigender Gedanke, der ihr Trost gab, sogar Genugtuung. Trotzdem …

Sie schreckte aus ihren Gedanken, als sie ihre Schwestern aufstehen sah. Dragomira hatte nichts davon bemerkt, dass das Nachtgebet schon vorüber war, aber da ihr niemand vorwurfsvolle oder argwöhnische Blicke zuwarf, durfte sie wohl annehmen, dass sie mitgesungen hatte – oder wenigstens die Lippen bewegt –, wie die Regel es forderte. Erstaunlich, wozu der Körper ohne Führung des Geistes fähig war, wenn nur die Macht der Gewohnheit groß genug war.

Seite an Seite mit Schwester Hiltigardis verließ sie die Kirche. Inzwischen war es fast völlig finster, und es goss wie aus Kübeln. Die Stiftsdamen trödelten nicht, aber sie gingen mit der ihrem Stand angemessenen Würde. Die meisten begaben sich ins Dormitorium, den gemeinsamen Schlafsaal, den nachts eigentlich alle Schwestern teilen mussten. Aber einige gingen auch wie Dragomira zu ihren eigenen Kammern. In diesem Punkt waren sowohl die Äbtissin wie auch die Priorin bereit, ein Auge zuzudrücken, die es ebenfalls beide vorzogen, die Nacht allein zu verbringen. Zumindest nahm Dragomira an, dass sie die Nächte allein verbrachten. So wie sie selbst …

Beinah blind in Dunkelheit und Regen tastete sie nach der Tür zu ihrem Privatgemach, trat über die Schwelle und blieb gleich wieder wie angewurzelt stehen. »Vater Widukind. Welch sonderbare Stunde für einen Besuch.«

Er war nicht allein, aber dennoch trat er zu ihr, ergriff ungeniert ihre Hände und sah mit leuchtenden Augen auf sie hinab. Sie hatte doch tatsächlich vergessen, welche Wärme in seinem Lächeln lag. Oder nein, sie hatte es eigentlich nicht vergessen, verbesserte sie sich, nur wie heftig und anfallsartig ihre eigene Sehnsucht war, die dieses Lächeln auslöste.

Sie drückte seine Hände kurz, um ihm zu bedeuten, dass nichts sich geändert hatte. Dann ließ sie ihn los. »Wen bringst du mir da?« Und zu Mirnia, die ihr ein Handtuch reichte, sagte sie: »Danke. Ich fürchte, du wirst trotz des Wetters noch einmal in die Küche laufen müssen. Hol Brot und Käse für unsere Gäste, sei so gut. Ich mache heißen Wein.«

Mirnia nickte. »Ich werde versuchen, der Schwester *Celleraria* nicht zu begegnen«, sagte sie, legte sich ein wollenes Tuch um Kopf und Schultern und schlüpfte hinaus.

»Sie spricht?«, fragte Widukind erstaunt.

Dragomira nickte. Bei einer der Gelegenheiten, da es Tugomir mit dem Hof nach Quedlinburg verschlagen hatte, war er zu Mirnia gegangen und hatte mit ihr gesprochen. Aus dem Schatten des Kreuzgangs hatte Dragomira sie beobachtet: Tugomir hatte Mirnias Hände gehalten – was nun wirklich nicht seine Art war –, und während er sprach, war ein Lodern in die Augen des Mädchens getreten, von dem man ein wenig Angst bekommen konnte. Sie hatte ihrer Herrin nie erzählt, was der Gegenstand dieser Unterhaltung gewesen war, und Dragomira hatte nicht gefragt. Aber eins war sicher: Mirnias Rückkehr ins Leben verdankten sie Tugomir.

»Es wird von Tag zu Tag besser mit ihr«, berichtete sie Widukind. Dann trat sie zu den drei Frauengestalten, die außerhalb des Lichtkreises der einzelnen Öllampe auf ihrer Bettkante saßen, und erst jetzt sah sie, dass die rechte ein schlafendes kleines Kind im Arm hielt und die linke, ein sehr junges und hinreißend schönes

Mädchen, offenbar schwer krank war. Sie zitterte am ganzen Leib, und ihre Zähne klapperten.

»Jesus, erbarme dich«, murmelte Dragomira erschrocken. »Komm, mein Kind. Leg dich hin.« Sie sah zu der Frau in der Mitte, die die Kranke stützte, und nach einem Moment erkannte sie sie. »Prinzessin Egvina?«

»Ja, Schwester«, antwortete diese, stand von der Bettkante auf und half ihr, die Kranke zuzudecken.

»Das wird ja immer verrückter«, murmelte Dragomira. »Wer ist dieses Mädchen, und warum bringt ihr sie mir bei Nacht und Nebel?«

»Sie ist Graf Geros Tochter …«, begann Widukind ein wenig zaghaft.

»Oh, wunderbar«, knurrte Dragomira.

»Und Tugomirs Geliebte«, schloss er.

»*Was?*«

»Das ist sie nicht«, widersprach die Schwester der Königin energisch. Sie zupfte nervös an der Wolldecke, die sie über die Kranke gebreitet hatten. Zu dünn für so schlimmen Schüttelfrost, fuhr es Dragomira durch den Kopf. Sie ging an ihre Truhe und holte den bibergefütterten Winterumhang heraus. Ein Ende reichte sie Egvina, und sie deckten das Mädchen damit zu.

»Also?«, drängte Dragomira.

Abwechselnd erzählten Widukind und Egvina ihr eine hanebüchene Geschichte.

»Mein Bruder? Verliebt in Geros Tochter?«, fragte sie fassungslos.

»Es sieht danach aus«, antwortete die angelsächsische Prinzessin und hob die Hände zu einer etwas hilflosen Geste. »Natürlich hat er zu keiner Menschenseele etwas davon gesagt, Ihr kennt ihn ja.«

»Allerdings, ich kenne meinen Bruder. Und ich kenne Gero. Darum habe ich Mühe, zu glauben, was ihr sagt.« Doch als sie auf das fiebernde, elfenhafte Geschöpf hinabsah, glaubte sie mit einem Mal jedes Wort.

Egvina strich der Elfe die Kringellocken aus der Stirn. »Sie … Es ist das Wechselfieber. Als es sie zum ersten Mal überkam, holte man Tugomir. So muss es wohl angefangen haben mit den beiden. Das vermute ich jedenfalls, aber wie gesagt, nicht einmal Prinz Thankmar wusste davon. Euer Bruder ist äußerst diskret, Schwester.«

»So kann man es auch nennen«, gab Dragomira trocken zurück. »Aber ›maulfaul‹ trifft es besser.«

Das Lächeln der Prinzessin verriet, dass sie Tugomir wohlgesinnt war, aber Dragomira blieb vorsichtig. »Und dann?«

»Am Tag der Klosterweihe in Magdeburg hat Prinz Henning sie zusammen erwischt …«, setzte Widukind den Bericht fort.

»Und weil er ein unerträglicher kleiner Wichtigtuer und Ränkeschmied ist, musste er es natürlich in die Welt hinausposaunen«, fiel Egvina ihm ins Wort. »Da brach die Hölle los, wie Ihr Euch denken könnt.«

Dragomira verspürte einen Stich der Angst im Bauch. »Tugomir …«

Egvinas Hand lag plötzlich auf ihrer. »Gero hat ihn übel zugerichtet, aber er lebt. Mehr kann ich Euch nicht sagen. Niemand darf zu ihm, auch Vater Widukind nicht. Am selben Abend kam Prinz Thankmar zu mir, um mir zu sagen, dass er … für eine Weile fortmüsse, und um sich von uns zu verabschieden.«

»Uns?«, widerholte Dragomira verständnislos.

Prinzessin Egvina nahm der Amme das schlafende Kind aus den Armen. »Von seiner Tochter und mir«, erklärte sie – eine Spur herausfordernd.

Dragomira nickte. »Ich verstehe.« War das vielleicht der Grund, warum es sie so dazu drängte, dieser fremden Königstochter von jenseits des Meeres ihr Vertrauen zu schenken? Weil sie das gleiche Schicksal teilten?

»Prinz Thankmar hatte noch nicht gehört, was geschehen war«, nahm Widukind den Faden wieder auf. »Er … er hat sich mit dem König überworfen und wollte sich eigentlich ungesehen aus Magdeburg davonstehlen. Doch als die Prinzessin ihm erzählte, was vorgefallen war, ist er geradewegs zum Haus seines Vetters geritten und hat es irgendwie fertiggebracht zu verhindern, dass Gero Hand an seine Tochter legte.«

453

Dragomira konnte sich den Rest denken. »Aber der erzürnte Vater verbannte seine unkeusche Tochter ins Kanonissenstift nach Quedlinburg.«

Egvina nickte. »So ähnlich. ›Verkauf sie an die Dänen oder steck sie in irgendein Kloster, mir ist es gleich‹, hat er zu Thankmar gesagt«, berichtete sie im Flüsterton, offenbar besorgt, die Kranke könnte sie hören. Aber das arme Kind schien voll und ganz in seiner Fieberwelt gefangen zu sein. Mit erschreckender Plötzlichkeit verging der Schüttelfrost, und nur wenige Herzschläge später glühte sie. Dragomira hatte keine Ahnung von den Heilkünsten ihres Bruders, aber sie nahm ihr den Bibermantel ab und holte eine Schüssel mit Wasser vom Tisch, um ihr kalte Wickel anzulegen.

Unterdessen hörte sie den Rest: Auf Prinz Thankmars Drängen hatte Egvina sich entschlossen, die junge Alveradis hierher zu begleiten. Ihr Aufbruch hatte sich verzögert, weil Alveradis am Tag nach der Klosterweihe einen ersten heftigen Fieberanfall erlitten hatte. Egvina und Widukind hatten sie in der Pfalz versteckt, und dann war Gero nach Osten aufgebrochen, um die slawischen Völker heimzusuchen. Sie hatten aufgeatmet, aber nach drei Tagen war das Fieber zurückgekehrt.

»Es hat sie furchtbar geschwächt. Das alles war vor zwei Wochen, aber erst gestern haben wir gewagt, mit ihr aufzubrechen«, berichtete Widukind. »Und heute früh, gerade als wir zu weit fort von Magdeburg waren, um wieder umzukehren, kam der nächste Fieberanfall.«

Dragomira stellte ein Dreibein über das Kohlebecken, füllte Wein in einen kleinen Kessel und hängte ihn über die Glut. »Was sagt denn eigentlich der König zu dieser ganzen Geschichte?«

»Nichts«, antworteten Widukind und Egvina im Chor, und er fügte hinzu: »Er hat Gero verboten, deinen Bruder zu kastrieren oder zu töten. Alles Weitere, fand er offenbar, ging ihn nichts an. Er hat auch ganz andere Sorgen im Moment. Arnulf von Bayern ist gestorben, Dragomira.«

»Ja, ich weiß.« Sie stellte Becher auf den Tisch.

»Seine Söhne wollen wie alle anderen Herzöge auch ausprobieren, was sie sich bei Otto leisten können. Graf Siegfried, seine wichtigste Stütze, ist tot. Hermann Billung und Gero im Osten. Blieb noch Thankmar ...«

Dragomira ertappte sich dabei, dass sie Mitgefühl für Otto empfand. Kopfschüttelnd erwiderte sie: »Sein Bruder darf ihm nicht den Rücken kehren. Was immer der König tut, geschieht in bester Absicht, das muss Thankmar doch wissen.«

»Aber auch ein König darf die Männer, von denen er Gefolgschaft erwartet, nicht demütigen, Schwester«, entgegnete Egvina. »Denn das kann unerfreuliche Folgen haben.«

»Was heißt das? Was hat Thankmar vor?«

Egvina schüttelte langsam den Kopf. »Er wollte es mir nicht verraten. Um mich nicht in Schwierigkeiten zu bringen oder in einen Gewissenskonflikt, nehme ich an. Aber ...« Sie brach ab, rang einen Moment mit sich, dann schaute sie Dragomira wieder an. »Ich habe Angst um ihn.«

»Und Tugomir?«, fragte Dragomira, nahm mit einem Tuch den Wein vom Feuer und verteilte ihn auf die Becher. »Hat irgendjemand Angst um meinen Bruder? Irgendjemand außer mir, meine ich?«

Widukind trat zu ihr an den Tisch und legte die Arme um sie. »Ich kehre morgen zurück und werde tun, was ich kann.«

Sie erlaubte sich für einen Augenblick, das Gesicht an seiner Brust zu vergraben. Morgen schon. Morgen musste sie ihn wieder hergeben, und Gott allein wusste, wann sie ihn das nächste Mal sehen würde ...

»Tugomir«, murmelte Alveradis undeutlich. »Tugomir ... wo bist du?«

Dragomira löste sich von Widukind, trat an das Bett und ergriff die Hand des Mädchens. Schmale, lange, lilienweiße Finger. Die Hand weich, als kenne sie keine andere Arbeit als höchstens jene mit Sticknadel und -faden. Aber trotz des hohen Fiebers war ihr Druck erstaunlich fest.

»Schlaf und werd gesund, Alveradis«, sagte Dragomira. »Wenn es dir besser geht, werden wir zusammen für Tugomir beten.«

Fahrig und ohne Erfolg tastete Alveradis mit der Linken nach

455

dem Amulett, das sie an einer Lederschnur um den Hals trug und das aus ihrem Ausschnitt gerutscht war. Bernstein, erkannte Dragomira. Sie wusste, die heidnischen Priester ihres Volkes glaubten, Bernstein schütze vor bösen Feuergeistern, die Fieber brachten. Dragomira hatte Zweifel. Trotzdem steckte sie den Stein unter Alveradis' Kleid – schaden konnte er schließlich nicht. Augenblicklich schien die Kranke etwas ruhiger zu werden, und als sie einschlief, lächelte sie.

Magdeburg, November 937

»Natürlich war Josef zornig, als er herausfand, dass seine Verlobte schwanger war«, erzählte Vater Gerwald. »Denn er hatte sie ja nicht erkannt.«

»Er hatte was?«, fragte Tugomir.

»Du weißt schon. Er hatte ihr nicht beigelegen. In Schimpf und Schande wollte er sie fortschicken, aber sie erklärte ihm, sie trage Gottes Sohn, den der Heilige Geist ihr gebracht habe.«

»Jetzt sag nicht, das hat dieser Josef geglaubt.«

»Oh doch. Denn nachts im Traum erschien ihm der Engel des Herrn und sagte das Gleiche.«

Tugomir fing an zu lachen und verzerrte gleichzeitig das Gesicht, weil das Lachen fürchterlich schmerzte. Gero hatte ihm ein paar Rippen gebrochen – unter anderem –, und weil sein Körper geschwächt war und obendrein Ketten trug, heilten die Knochen nur langsam. Unter leisem Klirren hob er die Hand und presste sie auf die linke Seite, wo es am schlimmsten war. »Ich denke eher, diese Maria hat dem armen Josef abends Tollkraut ins Essen gemischt und ihm ihre Geschichte eingeflüstert, als er im Rausch lag. Sie war ziemlich gerissen, würde ich sagen.«

»Nein, Prinz Tugomir, so war es nicht«, hielt Gerwald entschieden dagegen und hob einen belehrenden Zeigefinger. »Sie war von Gott auserwählt und gesegnet. Darum konnte sie ein Kind empfangen, obwohl sie Jungfrau war.«

»Euer Glaube ist wirklich der drolligste, von dem ich je gehört habe. Eine schwangere Jungfrau …« Tugomir musste schon wieder lachen.

»Du wirst deine Meinung ändern, wenn du erfährst, welche Wunder ihr Sohn gewirkt und welches Opfer er für die Menschen gebracht hat, du wirst sehen«, konterte Gerwald siegesgewiss.

Sein Zustand hatte sich beträchtlich gebessert. Gerwald von Zons war seit zwei Jahren hier eingesperrt, hatte Tugomir inzwischen herausgefunden, und natürlich hatte diese lange Zeit Spuren hinterlassen. Der Priester war immer noch ängstlich und schreckhaft und neigte dazu, in Tränen auszubrechen, wenn die Wachen ein wenig ruppig wurden. Aber seine Verwirrung und Benommenheit waren von Tag zu Tag besser geworden, seit er einen Mitgefangenen hatte, der nicht nur die Einsamkeit linderte, sondern der in den ersten Tagen nach Geros Heimsuchung für jeden Schluck Wasser auf ihn angewiesen gewesen war. Und als es Tugomir ein wenig besser ging und er Gerwald um eine Geschichte bat, hatte dieser gestrauchelte Diener des Buchgottes eine ganz neue Seite an sich selbst entdeckt: missionarischen Eifer. Tugomir ertrug ihn mit untypischer Geduld, denn im Gegensatz zu Bruder Waldered war Vater Gerwald ein begabter Geschichtenerzähler. Und Tugomir war dankbar für alles, was ihn von seiner Furcht und seinen ewig kreisenden Gedanken ablenkte. Er wusste nicht, was aus Alveradis geworden war. Er bekam niemanden zu Gesicht außer den Wachen, und sie konnten oder wollten es ihm nicht sagen. Gero und dessen Familie waren aus Magdeburg verschwunden, das war das Einzige, was er erfahren hatte. Und so rätselte er, was ihr Vater ihr angetan hatte, und in seinen Träumen sah er Schreckensbilder, die so entsetzlich waren, dass sie ihn nach und nach zermürbten. Seine Vila hatte sich natürlich nicht blicken lassen. Sie erschien nie, wenn man sie brauchte. So kam es, dass Tugomir den wunderlichen Geschichten von Abraham und Jakob und Moses und wie sie alle heißen mochten mit größerem Interesse lauschte, als sie verdienten.

»Also?«, ermunterte er Vater Gerwald. »Was für Wunder?«

»Ja, wir kommen gleich zu den Wundern, aber erst muss ich dir von der Geburt Jesu und von den drei Weisen erzählen. Sie waren edle Fürsten und kamen aus dem Osten – so ähnlich wie du, Prinz –, und sie wollten nichts weiter als unserem Erlöser huldigen, aber was sie unwissentlich über das arme Volk brachten, als sie König Herodes von diesem neugeborenen Kind erzählten, das war so entsetzlich, dass dir das Blut in den Adern gefrieren wird, du wirst sehen.«

Tugomir bettete den Kopf auf den angewinkelten Arm und schloss die Augen. »Ich bin gespannt.«

»Nun gut.« Vater Gerwald räusperte sich feierlich. »Josef brachte sein schwangeres Weib in die Stadt Bethlehem, wo mehr Betrieb war als zum Hoftag in Magdeburg. Was er auch versuchte, er konnte keinen Platz in einem Gasthaus finden. Da war guter Rat teuer, denn bei Maria setzten die Wehen ein. Was sollten sie nur machen? Die arme Frau konnte ihr Kind ja schlecht auf dem Marktplatz gebären. Verzweifelt ging Josef zur ersten Herberge zurück, und stell dir vor …« Mit einem kleinen Schreckenslaut brach er ab, weil der Riegel rasselte.

Unwillig öffnete Tugomir die Lider und wäre um ein Haar zurückgeschreckt, denn Udo stand über ihm, die Fäuste in die Hüften gestemmt. Udo war kein groß gewachsener Mann, eher gedrungen, aber Tugomir kam es vor, als rage er turmhoch vor ihm auf. »Sieh an.« Vorsichtig stemmte der Hevellerprinz sich in eine sitzende Position. »Welch seltene Freude.«

Bislang hatte Udo sich nicht blicken lassen. Manchmal hatte Tugomir seine raue Stimme draußen in der Wachkammer Befehle brüllen hören, aber aus irgendeinem Grund hatte der alte Haudegen immer seine Männer geschickt, um den Gefangenen das dürftige Essen zu bringen, hatte nicht einmal den Kopf durch die Tür gesteckt, um sich an Tugomirs jämmerlichem Zustand zu erfreuen.

»Komm mit«, knurrte er unwirsch.

Tugomir sah zu ihm hoch und schüttelte langsam den Kopf. »Ich kann nicht laufen.«

»Wieso nicht?«

»Weil ich mir irgendwie das Bein gebrochen habe.«

Mit einem präzise platzierten Tritt hatte Gero das bewerkstelligt, Tugomir erinnerte sich nur zu genau daran. Sogar an das Knacken, mit dem das Schienbein entzweigebrochen war. Das Wadenbein war heil geblieben, glaubte er, und er hatte den Bruch gerichtet, ehe das Fieber kam, das die Brandwunden ihm beschert hatten, und er eine Weile gar nichts tun konnte, außer möglichst still zu liegen und zu warten. Darauf, dass es besser wurde oder dass er starb. *Ganz gleich, was von beiden, nur mach schnell,* hatte er die Götter angefleht. Wie üblich hatten sie nicht auf ihn gehört.

»Aber Prinz Liudolf ist krank«, wandte Udo ein.

Das ist meinem Bein egal, wollte Tugomir entgegnen, aber sein Heilerinstinkt war schneller. »Was fehlt ihm denn?«

»Ich weiß nicht. Er hat Fieber und kann nichts bei sich behalten. Was die Königin ihm einflößt, kommt gleich wieder raus, an beiden Enden.«

»Seit wann?«

»Eine Woche.«

Tugomir war beunruhigt, aber das ließ er sich nicht anmerken. Udo sah jetzt schon aus, als könnte er jeden Moment in Tränen ausbrechen, und das wollte Tugomir lieber nicht sehen. Doch die Sorge um den Prinzen war nicht unbegründet. Kinder bekamen solche Geschichten ständig, aber eine Woche war viel zu lange. »Und weil der König nur den einen Erben hat und vermutlich keinen weiteren bekommt, hat er beschlossen, es sei an der Zeit, mich aus diesem Loch zu holen, ja?«

»Der König ist überhaupt nicht hier, Prinz. Er ist nach Bayern gezogen, um den jungen Herzog dort zur Räson zu bringen. Prinz Henning hat er mitgenommen. Prinzessin Egvina ist auch nicht mehr hier und Prinz Thankmar auch nicht.«

Also war Editha ganz allein mit der Sorge um ihren kranken Sohn. Wie groß ihr Argwohn gegen Tugomir war, zeigte sich daran, dass sie eine ganze Woche gezögert hatte, nach ihm zu schicken. »Habt ihr Semela geholt?«, fragte er.

Udo schüttelte den Kopf.

»Dann tu es jetzt, Udo. Sag ihm, er soll den Erde-Korb mitnehmen und …«

»Den was?«

Tugomir verdrehte ungeduldig die Augen. »Erde-Korb. Er soll einen Sud aus Kamille, Dill und Heidelbeeren kochen und mit Kompressen anfangen, verstanden?«

»Aber du …«

»Ja, ja. Ich komme. Aber erst will ich eine Schüssel mit heißem Wasser und saubere Kleider.« Er war ein Fürstensohn, und er wollte verdammt sein, wenn er der Königin so flohverseucht und schmutzig unter die Augen trat, wie er war. »Dann bring mir etwas, womit ich mein Bein schienen kann. Eine Krücke brauch ich auch. Und wie wär's, wenn du mir die Ketten abnimmst?«

»Ich war nicht sicher, ob Ihr kommen würdet, Prinz Tugomir«, sagte die Königin. »Ich bin Euch dankbar.«

Er humpelte zum Bett hinüber und streifte sie nur mit einem kurzen Blick. Falls Editha außer sich war – und er nahm an, das war sie –, gab sie sich alle Mühe, es zu verbergen. Eine Königin durch und durch. Er kam nicht umhin, ihre Haltung zu bewundern, aber er schenkte ihr keinerlei Beachtung, sondern beugte sich über das kranke Kind.

Liudolf war bleich und hatte violette Ringe unter den geschlossenen Augen. Das ohnehin zarte Gesicht wirkte ausgemergelt. Der Junge sah aus, als verdurste er, und genau das war auch der Fall, wusste Tugomir.

»Bei allen Göttern, Tugomir …«, murmelte Semela und musterte ihn kopfschüttelnd.

Tugomir winkte ab. »Ich habe schon schlimmer ausgesehen, glaub mir. Wie steht es?«

Semela schlug die Decke zurück. »Ich habe ihm Kompressen angelegt, wie du gesagt hast.«

Tugomir kontrollierte Sitz und Feuchtigkeit der Umschläge und nickte seinem Gehilfen zu. »Gut gemacht. Jetzt geh frisches Wasser holen und erhitze einen Becher, bis das Wasser lauwarm ist. Der Junge *muss* trinken, egal, wie viel wieder hochkommt. Habt Ihr einen Amethyst?«, fragte er die Königin.

Editha nickte und schickte ihre fette Zofe, die mit ihr gewacht hatte, in ihre Gemächer. »Ein violetter Stein in einer Silberfassung, Gundula. Er ist in der Schatulle mit der Elfenbeinrose auf dem Deckel.«

Gundula knickste und eilte hinaus.

»Ihr müsst großes Vertrauen zu ihr haben, dass ihr sie an Eure Schmuckschatullen lasst«, bemerkte Tugomir beiläufig, während er Liudolf die Stirn kühlte.

»Ich würde Gundula mein Leben anvertrauen«, gab Editha zurück. »Wozu wollt Ihr einen Edelstein?«

Er warf ihr einen kurzen Blick zu. »Er gehört zu meinen heidnischen Heilmethoden.«

Sie lächelte matt. »Es stimmt, was Ihr einmal gesagt habt, Prinz Tugomir: Wenn die Not groß genug ist, verliert die Frage nach dem Ursprung der Heilmethoden jede Bedeutung. Ich hoffe, Gott wird mir vergeben.«

»Mein Kerkergenosse erzählt mir, Euer Gott vergebe alles.«

»Nur wenn man seine Sünden bereut. Aber wenn Ihr meinen Sohn retten könnt, werde ich nicht bereuen, Eure Hilfe erbeten zu haben.«

»Ich schätze, das müsst Ihr allein mit Eurem Gott ausmachen«, erwiderte er desinteressiert.

»Wie so viele Dinge. Ich kann nur darauf hoffen, dass Gott gnädig ist, weil Ihr ihm trotz Eures Unglaubens wohlgefällig seid.«

Darauf legte er keinerlei Wert. »Wie kommt Ihr darauf?«

»Ihr versucht meinen Sohn zu retten, obwohl sein Vater eine Bestie ausgeschickt hat, um Euer Volk heimzusuchen.«

Tugomir fiel aus allen Wolken. Bis zu diesem Moment hatte er geglaubt, dass Editha in blinder Loyalität alles, einfach *alles* guthieß, was Otto tat. Offenbar hatte er sich getäuscht. Aber er dachte nicht daran, sich versöhnlich stimmen zu lassen. Er hatte auch nicht die Absicht, Editha zu erklären, dass er es aufgegeben hatte, zu entscheiden, wer seine Hilfe verdiente und wer nicht, und so antwortete er: »Ihr scheint zu vergessen, dass Liudolf der Bruder meines Neffen ist. Und ich würde Wilhelm gern ersparen, seinen Bruder zu verlieren. Dank Eures Gemahls weiß ich, wie bitter das ist.«

461

Bei Einbruch der Nacht schmerzte sein Bein so mörderisch, dass ihm der Schweiß auf die Stirn trat. Editha sah es, brachte ihm einen Schemel und befahl ihm, sich auszuruhen und ihr Anweisungen zu geben, die sie umsichtig befolgte. Es wurde eine lange und schwere Nacht. Der kleine Liudolf war furchtbar geschwächt, und wenn er aufwachte, weinte er, weil ihm so elend war. Wann immer sie ihm etwas einzuflößen versuchten, presste er die Lippen zusammen und drehte den Kopf weg, denn das meiste kam gleich wieder hoch, und das Erbrechen schmerzte und quälte ihn. Bis Mitternacht stieg das Fieber immer weiter, und Tugomir hieß Gundula, ein Bad mit kaltem Wasser zu bereiten. Keinen Herzschlag zu früh, denn kaum war der kleine Zuber gefüllt, fiel Liudolf in einen Fieberkrampf. Das erwies sich selbst für die scheinbar so unerschütterliche Königin als zu viel. Sie wandte sich ab und verbarg das Gesicht in den Händen.

Mit Semelas Hilfe und begleitet von Gundulas Zetern und Wehklagen tauchte Tugomir den armen kleinen Prinzen in das eisige Bad. Es schien grausam, aber es rettete ihm vermutlich das Leben. Danach lag Liudolf vollkommen erschöpft in seinem Bett und dämmerte vor sich hin. Tugomir legte ihm den Amethyst – ein herrliches, durchschimmerndes Exemplar in einer kunstvollen Silberfassung – auf den Bauch und wickelte eine frische Kompresse darum. Dann ergriff er den Tonbecher mit dem Kräutersud, tunkte den Finger ein und benetzte dem Jungen die Lippen. Nach einem Moment kam eine kleine rosa Zungenspitze zum Vorschein und leckte die Lippen ab.

»Schande«, murmelte Semela. »So wird es *Stunden* dauern.«

Tugomir nickte. »Aber wir haben den ganzen Rest der Nacht Zeit.«

Editha setzte sich ihm gegenüber auf die andere Seite des Bettes und streichelte ihrem Sohn übers Haar, ließ die Hand leicht auf seinem Kopf ruhen, damit er spürte, dass sie da war.

Tugomir wartete ein paar Augenblicke und benetzte ihm dann wieder die Lippen. Geduldig, mit langen Pausen setzte er dieses tröpfchenweise Einträufeln fort. Als das Fieber ein wenig gesunken war, wies er Semela an, frischen Sud zu kochen, ein wenig abkühlen zu lassen und dann Arme, Beine, Leib und Gesicht des Kindes damit einzureiben, denn auch die Haut vermochte die reinigenden und heilsamen Bestandteile der Kräuter aufzunehmen, hatte Dobromir immer behauptet.

»Wird er's schaffen?«, fragte Semela ein paar Stunden später flüsternd. Prinz und Königin waren beide fest eingeschlafen. Gundula lag in eine Decke gerollt am Boden.

Tugomir nickte. »Vermutlich. Wenn keine neue Krise eintritt. Mach noch einmal einen neuen Aufguss, und dieses Mal lässt du den Dill weg und fügst stattdessen Minze hinzu.«

Semela machte sich ans Werk. Sorgfältig, aber nicht ängstlich maß er die Zutaten ab und verschloss jedes Gefäß, ehe er das nächste öffnete. Seine Bewegungen waren geübt und sparsam. Es war eine Freude, ihm zuzusehen, und erfüllte Tugomir mit Befriedigung. »Du bist ein guter Heiler, Semela, hab ich dir das schon mal gesagt? Bald wird es nichts mehr geben, das ich dir noch beibringen könnte.«

Der jüngere Mann warf ihm einen kurzen, skeptischen Blick zu, während er das heiße Wasser auf die Kräutermischung goss, aber er errötete vor Freude über das Lob.

Tugomir ließ ein paar Atemzüge Stille verstreichen, ehe er fragte: »Ist er zu euch gekommen? Hat er Rada oder dem Kind etwas angetan?«

»Nein.« Semela rührte behutsam mit einem hölzernen Löffel in seinem Sud, dann schaute er auf. »Ich hatte Rada und Holc bei Bruder Waldered versteckt, für den Fall, dass Gero auf die Idee kommt, uns einen Besuch abzustatten. Aber das hat er nicht. Und am nächsten Tag waren er und die Seinen verschwunden.«

Der Hevellerprinz brauchte einen Moment, ehe er den Mut aufbrachte, dann fragte er: »Hast du gehört, was aus seiner Tochter geworden ist?«

Semela schüttelte den Kopf. »Niemand hat sie gesehen. Sie ist wie vom Erdboden verschluckt. Es … es tut mir leid, Prinz.«

Tugomir nickte.

»Gero hat zweihundert Männer mitgenommen, heißt es. Zusammen mit der Garnison dieser Burg, die sie damals nach dem

Fall der Brandenburg und der Jahnaburg gebaut haben, wie nennen sie den Ort doch gleich …«

»Meißen.«

»Genau. Zusammen mit der Burgbesatzung von Meißen hat er vielleicht fünfhundert Mann, Tugomir. Sagen wir, ungefähr die Hälfte beritten und gepanzert. Das kann doch niemals reichen, um …« Er unterbrach sich und warf einen unsicheren Blick auf die schlafende Königin.

Tugomir hob die Schultern. »Wenn unsere Völker sich zusammenschlössen, hätte er keine Chance«, erwiderte er leise, legte beide Hände um sein geschientes Bein und streckte es vorsichtig aus. »Die Frage ist, werden sie das?«

»Wenn er genug Schrecken verbreitet, raufen sie sich womöglich zusammen.«

Tugomir musste an Tuglo denken, den Priester des Triglav-Heiligtums, der den kleinen Dragomir auf den Fürstenthron der Heveller gesetzt hatte. Solange Tugomir zurückdenken konnte, hatte Tuglo keine Gelegenheit ausgelassen, um den Hass der Heveller auf die Obodriten lebendig zu halten und zu schüren. »Ich bin nicht sehr zuversichtlich«, musste er gestehen. »Aber vielleicht haben die Dinge sich geändert. Wir sind seit so vielen Jahren von zu Hause fort, was wissen wir schon?«

»Manchmal frage ich mich, wie es wäre, heimzukommen. Ob ich mich vielleicht ganz fremd fühlen würde. Es gibt so vieles, woran ich mich nicht erinnern kann. Mein Vater, meine Schwester … Ich weiß nicht einmal mehr, wie sie aussahen.«

»Das ist ganz natürlich. Du warst noch so jung.«

»Ich war zehn. So jung nun auch wieder nicht.«

Tugomirs eigene Erinnerungen waren auch verschwommen. Wenn er an seinen Vater oder an Bolilut dachte, waren es Einzelheiten, die ihm in den Sinn kamen. Der Klang von Boliluts Lachen, die Farbe seiner Haare, die Sommersprossen auf seinen Armen. Die starken, knochigen Hände seines Vaters, seine Augen, die Narbe an seinem Kinn. Aber das Gesamtbild hatte auch er verloren und sah es nur, wenn seine Vila ihm die Vergangenheit zeigte.

»Es ist jedenfalls nicht deine Schuld, dass du ihre Gesichter

vergessen hast, Semela, sondern die der Sachsen, die dich ver-
schleppt haben. Und vielleicht ist das Vergessen ein Segen der
Götter, wie Dobromir zu sagen pflegte, denn nicht was war, ist von
Bedeutung, sondern nur, was ist.«

Semela goss den Sud durch ein sauberes Leintuch in eine leere
Schale, beugte sich einen Moment darüber und sog den aromati-
schen Dampf ein. »Dann lass uns beten, dass das, was ist, nicht
schlimmer wird als das, was war.«

Als das erste graue Novemberlicht durch die Ritzen des Fensterla-
dens sickerte, schreckte Editha aus dem Schlaf und beugte sich
furchtsam über das reglose Kind.

»Er schläft«, beruhigte Tugomir sie.

Sie legte die Hand auf die Stirn des Prinzen. »Das Fieber ist gefallen.«

»Ja. Und vorhin hat er zwei, drei Schlucke getrunken, ohne zu
würgen.«

Die Königin sah ihn an. »Denkt Ihr … wir können aufatmen?«

Immer eine heikle Frage. »Ich schätze, die letzte Nacht war die
gefährlichste.« Tugomir angelte den dicken Eschenstock vom Boden, der ihm als Krücke diente, stand vorsichtig auf und klemmte
ihn sich unter die Achsel. »Aber vor morgen früh können wir
nicht sicher sein.«

Editha kam zu ihm und blieb unschlüssig vor ihm stehen.
»Habt Dank, Prinz Tugomir. Gott segne Euch. Ich …« Sie straffte
die Schultern und sah ihm ins Gesicht. »Es steht nicht in meiner
Macht, die Befehle des Königs aufzuheben und Euch aus dem Kerker zu entlassen, so gern ich es täte.«

»Nein, ich weiß.«

»Aber ich werde anordnen, dass man Euch die Ketten erspart
und anständig versorgt.«

»Das könnt Ihr halten, wie Ihr wollt, mir ist es gleich«, gab er
frostig zurück. »Aber wenn Ihr Euch wirklich erkenntlich zeigen
wollt, dann findet heraus, ob Gero seine Tochter erschlagen oder in
die Sklaverei verkauft hat oder was sonst aus ihr geworden ist.«

Edithas Miene wurde verschlossen, zeigte wieder diese verhaltene königliche Missbilligung, die er von ihr kannte. »Was immer aus ihr geworden sein mag, habt allein Ihr zu verantworten.«

Tugomir sah ihr noch einen Moment ins Gesicht, dann wandte er sich ab. »Semela kommt heute Mittag und sieht nach dem Jungen. Gebt Liudolf jede Stunde einen Becher von dem Sud zu trinken und so viel Wasser, wie er schlucken kann. Wenn bis morgen früh alles gut geht, gebt ihm in Wasser eingeweichtes Brot.«

Sie folgte ihm zur Tür. »Prinz Tugomir …«

»Bemüht Euch nicht, edle Königin. Ich finde allein zurück in mein Verlies.«

Er humpelte den überdachten Gang entlang und hatte dessen Ende schon fast erreicht, als Editha in seinem Rücken sagte: »Alveradis befindet sich in der Obhut Eurer Schwester in Quedlinburg.«

Tugomir kam vielleicht noch fünf Schritte weiter, ehe seine Knie nachgaben. Aber die Königin war glücklicherweise schon zu ihrem Sohn zurückgekehrt, und so sah sie nicht, wie er unter höllischen Schmerzen auf den Holzbohlen landete.

Belecke, Mai 938

»Na los, nicht so zaghaft!«, ermunterte Thankmar die Männer am Rammbock, sprang aus dem Sattel und legte selbst mit Hand an. »Alle auf mein Kommando, achtet auf den Rhythmus! Zu-*gleich*!«

Mit größerem Schwung donnerte der Rammbock jetzt gegen das Haupttor der Festung von Belecke, und bei jedem Aufprall tropften kleine Schauer aus den Ketten, die den angespitzten und gehärteten Baumstamm mit seinem fahrbaren Gerüst verbanden. Es schüttete. Wieder einmal. Es hatte geregnet, als er seine Truppen vor zwei Monaten am Ufer der Ruhr mit Eberhards fränkischen Raufbolden vereinigt hatte, und es kam Thankmar vor, als habe es seitdem nicht mehr aufgehört.

»Achtung, Prinz!«, kam der warnende Ruf von links, und

Thankmar duckte sich rechtzeitig und hob den Schild über den Kopf, als ein Schwarm brennender Pfeile über die Palisade kam. Einer fand ein Ziel, und der Glatzkopf vorne links am Rammbock sackte in sich zusammen. Ein junger Kerl in einem Lederwams sprang furchtlos herbei, schob den Getroffenen achtlos mit dem Fuß beiseite und nahm seinen Platz ein. Ein blutiges Rinnsal hatte sich im Schlamm gebildet.

»Weiter. Wir haben es gleich geschafft, Männer«, rief Thankmar.

Er hatte nicht zu viel versprochen. Beim neuerlichen Aufprall des Rammbocks erzitterte das mächtige Tor. Beim nächsten begann es zu splittern.

Thankmars Männer jubelten.

Der Prinz überließ seinen Platz wieder einem der Soldaten, ging zu seinem Pferd zurück und saß auf.

»Was, denkt Ihr, erwartet uns hinter dem Tor, Prinz?«, fragte Agilbert, der Kastellan von Teistungen, der Thankmars kleine, aber handverlesene Schar von Panzerreitern befehligte.

Thankmar machte ihm nichts vor. »Ein blutiges Tagewerk. Aber auf jeden Fall die Mühe wert.«

»Also seid Ihr sicher, dass Euer Bruder hier ist?«, vergewisserte sich Wichmann Billung.

Thankmar nickte. Der Meldereiter aus Belecke, den sie abgefangen hatten, hatte es geschworen. Und als der Prinz ihm in Aussicht stellte, er werde ihm höchstpersönlich mit einer glühenden Zange die Zunge herausreißen, falls er die Unwahrheit sagte, hatte der Kerl es immer noch geschworen. »Falls man sich in diesen Zeiten irgendeiner Sache sicher sein kann, *bin* ich sicher«, antwortete er.

Herzog Eberhard wies aufs Tor. »Wir werden es bald genug erfahren.«

Beim nächsten Schlag brach der Rammbock endgültig durch. Die Verteidiger hatten versucht, das Tor von innen mit Holzpfählen zu verstärken, aber solche Maßnahmen konnten allenfalls einen Aufschub bringen. Als mit dem nächsten Aufprall der Sperrbalken der Toranlage brach, begannen die beiden Flügel un-

467

weigerlich, unter dem Ansturm der Belagerer nach innen zu schwingen.

Thankmar zog sein Schwert. Er wartete nicht, bis Eberhards schlecht gepanzerte Fußsoldaten die Verteidiger am Tor in Zweikämpfe verwickeln konnten, sondern preschte vor, drängte durch das sich gerade öffnende Tor und hieb dem ersten der feindlichen Soldaten seitlich die Klinge in den Hals. Der Kopf fiel nicht, aber eine Blutfontäne schoss aus der Wunde, und der Mann ging mit einem gurgelnden Schrei zu Boden. Dem Nächsten stieß der Prinz die Klinge ins Herz, befreite den linken Fuß aus dem Steigbügel, um einen Graubart beiseitezutreten, der seinem Pferd an die Kehle wollte, und ritt den Nächsten nieder. Da fingen sie an, vor ihm zurückzuweichen, und im selben Moment drängte das erste halbe Dutzend ihrer eigenen Männer unter Wichmanns Führung herein und öffnete beide Torflügel weit.

Wie ein aufgestauter Flusslauf ergossen die Belagerer sich in den schlammigen Burghof und hieben mit Schwertern, Messern, Äxten und Flügellanzen auf die Verteidiger ein. Eberhard verwickelte den Kommandanten der Garnison in einen Zweikampf, während Wichmann den Kessel mit dem brennenden Pech, an dem die Verteidiger ihre Pfeile entzündet hatten, in das nächstbeste Gebäude schleuderte. Angstvolles Wiehern und menschliche Schreie drangen heraus, und trotz des Regens stand das Strohdach in Windeseile in Flammen. Wichmann postierte sich mit zweien seiner Männer am Eingang und metzelte jeden nieder, der herauskam.

Thankmar kam es vor, als höre er das Blut durch seine Adern rauschen. Er spürte das Gewicht des Helms, vor allem das des Kettenpanzers auf den Schultern und fühlte sich doch leicht. Das Heft der guten Klinge lag vertraut in seiner Rechten, sodass es ihm vorkam, als sei das Schwert Teil seines Arms. Die Luft roch nach Rauch und Regen und jetzt auch nach Blut, war angefüllt vom hellen Klirren der Waffen und den Schreien der Verwundeten. Er galoppierte ein paar Längen nach links und kam einem seiner Männer zur Hilfe, der seine Lanze in beiden Händen hielt und wie einen Schlagstock benutzte, um gleichzeitig drei Feinde abzuwehren. Thankmar erledigte den mittleren der Verteidiger, trat dem rechten ins Gesicht, und als der linke sich abwandte und zu fliehen versuchte, folgte die Lanze ihm mit einem sirrenden Laut und streckte ihn nieder. Mit weit über dem Kopf ausgestreckten Armen landete er bäuchlings im Schlamm und blieb liegen. Thankmar ritt zu ihm, befreite die Lanze und brachte sie ihrem Eigentümer zurück.

»Danke, mein Prinz!« Er war noch ein Junge mit einem engelsgleichen Blondschopf und ein paar Pickeln auf der Stirn. »Die haben wir im Handumdrehen erledigt, Ihr werdet sehen!«

Thankmar nickte ihm zu. »Werd nicht übermütig und achte auf deine Deckung, Bübchen.« Dann wendete er sein Pferd und stürzte sich in die Schlacht, wo das Getümmel am dichtesten war.

Die Verteidiger von Belecke kämpften tapfer, aber chancenlos. Sie waren in der Unterzahl und – schlimmer noch – schienen keinen Anführer mehr zu haben. Es dauerte keine Stunde, bis mehr als die Hälfte von ihnen tot oder sterbend im Schlamm lag.

Der Prinz richtete sich in den Steigbügeln auf und rief über den Kampfeslärm hinweg: »Ergebt euch! Belecke ist gefallen! Wenn ihr die Waffen jetzt niederlegt, behaltet ihr euer Leben!« Die Zweikämpfe gerieten ins Stocken, und allmählich ebbte das Getümmel ab.

»Hört nicht auf ihn!«, widersprach eine jüngere Stimme. »Wir sind noch lange nicht geschlagen.«

Alle wandten die Köpfe. Am Eingang der etwas schäbigen Halle stand ein junger Mann in glänzender Rüstung. Weder Blut- noch Schlammspritzer verunzierten seinen blank polierten Ringelpanzer oder die Beinschienen. Langsam zog er das Schwert, stellte die Spitze vor sich auf die Erde und verschränkte die Hände auf dem Knauf. Die Klinge war ebenfalls unbefleckt.

Thankmar betrachtete ihn von Kopf bis Fuß und wartete, bis es noch ein wenig ruhiger geworden war, bis auch der letzte der Verteidiger verwirrt oder erschöpft oder lustlos die Waffen gestreckt hatte. Dann bemerkte er: »Henning Hasenfuß zieht wieder einmal in die Schlacht, wenn sie vorbei ist.«

Seine Männer lachten. Die der Burgbesatzung stierten zu Boden oder wechselten verstohlene Blicke. In manchen der Gesichter sah Thankmar Furcht, und das wunderte ihn nicht.

Henning tat, als hätte er ihn nicht gehört. »Na los, worauf wartet ihr?«, herrschte er seine Männer an. »Vergesst nicht, wem ihr euren Eid geschworen habt. Nehmt die Waffen auf und kämpft, ihr Jammerlappen!«

Ein stämmiger Kerl mit schütterem, mausbraunem Haar, der Thankmar aufgefallen war, weil er beim Fall des Tores einen kühlen Kopf bewahrt hatte, bückte sich, um seine Axt wieder aufzuheben. Aber Wichmann stellte einen Fuß auf den Schaft der Waffe und schüttelte den Kopf. »Denk nicht mal dran.«

Niemand sonst schien geneigt, Hennings Befehl Folge zu leisten. Ein rothaariger Hüne, der eine stark blutende Wunde am linken Arm hatte, trat zu Wichmann, senkte so unterwürfig den Kopf vor ihm, wie seine Größe erlaubte, und warf ihm das schartige Schwert vor die Füße. Noch zögerten die übrigen Männer von Belecke, aber dann folgte ein zweiter Rotschopf, zweifellos sein Bruder, seinem Beispiel.

»Untersteht euch, ihr Verräter!« Ein erster Anflug von Furcht schlich sich in Hennings Stimme.

Niemand bis auf Thankmar sah auch nur in seine Richtung. Ein weiterer Mann trat vor und legte seine Waffen ab, und dann bildete sich eine Schlange vor Wichmann, so als teile er Freibier aus. Das einzige Klirren, das jetzt noch zu hören war, ertönte, wenn Klinge auf Klinge landete, und es klang dumpf, verstohlen beinah, feige.

»Agilbert, bringt mir meinen Bruder«, befahl Thankmar.

Der Kastellan nickte zweien seiner Panzerreiter zu, und sie bahnten sich einen Weg zur Halle hinüber.

Henning starrte ihnen erst entgegen, dann warf er gehetzte Blicke zu beiden Seiten. Aber wohin er auch blickte, er war umgeben von feindlichen Soldaten, die respektvoll Abstand hielten, ihn aber nicht aus den Augen ließen, die Gesichter grimmig und teilweise blutverschmiert. Der einzige Fluchtweg, der Henning blieb, war zurück in die Halle. Doch es wäre nicht nur eine jämmerliche Schmach gewesen, ihn zu nehmen, sondern obendrein eine Sackgasse. Henning mochte ein Feigling sein, aber ein Narr war er nicht. Er erkannte die Ausweglosigkeit seiner Lage, straffte die Schultern und wartete.

Agilbert saß vor ihm ab und deutete eine knappe Verbeugung an. »Prinz Henning.« Er nahm ihm das Schwert ab und reichte es an einen seiner Begleiter, dann packte er den Prinzen plötzlich am Arm, drehte ihn mit einem Ruck um und fesselte ihm die Hände auf dem Rücken.

»Was fällt dir ein!«, schnauzte Henning erschrocken.

Die Männer beider Truppen raunten.

Ohne ihn einer Antwort zu würdigen, saß Agilbert wieder auf und ruckte an dem langen Ende des Stricks, der Hennings Handgelenke band. »Bewegt Euch, wenn Ihr kein Schlammbad nehmen wollt, mein Junge.«

Notgedrungen trottete Henning vor ihm her zu seinem Bruder und dessen beiden Verbündeten.

Thankmar fand, Henning hatte nie einen erbaulicheren Anblick geboten, aber er weidete sich nur aus dem Augenwinkel daran und gab vor, seinen Bruder völlig zu ignorieren. »Lasst die Männer meines Bruders fesseln und irgendwo einsperren, Agilbert.«

»Sofort, mein Prinz.«

»Wenn sie sich ordentlich benehmen, können sie von mir aus am Leben bleiben. Sobald die Lage sich geklärt hat, lassen wir sie laufen. Wir können sie ohnehin nicht alle füttern.«

Ein hörbares Aufatmen ging durch die Reihen der Besiegten.

»Kümmert euch um die Verwundeten. Um unsere zuerst, versteht sich. Bringt sie in die Halle und sorgt für ein anständiges Feuer. Stellt Wachen auf und bemannt das Tor.«

Agilbert nickte, verbeugte sich hastig und eilte davon.

Thankmar steckte die Klinge ein, nahm den Spangenhelm vom Kopf und warf ihn einem seiner Männer zu. Erst dann schenkte er seinem Bruder seine ungeteilte Aufmerksamkeit, zusammen mit einem hasserfüllten Lächeln. »Welch glückliche Fügung, dass wir uns hier treffen.«

»Ich wette, das ist kein Zufall«, gab Henning wütend zurück, geradezu vorwurfsvoll. »Ich wette, du hast meine Meldereiter abgefangen!«

»Richtig. Das nennt man Krieg, Brüderchen. Aber davon verstehst du ja nichts.«

»Was willst du von mir?« Es sollte herausfordernd klingen, aber ein leichtes Beben in der Stimme verdarb den gewünschten Effekt.

Thankmar verschränkte die Hände auf dem Sattelknauf und schaute auf ihn hinab. *Ich will dich bluten sehen*, lautete die ehrliche Antwort. *Ich will dich töten.* Er wollte Rache für jedes verdammte Mal, da dieser großmäulige Rotzbengel ihn einen Bastard genannt hatte. Rache dafür, dass Henning ihn vor Otto und der Königin und der Königinmutter verspottet und gedemütigt hatte. Dafür, dass Henning im Purpur geboren war und seine königliche Herkunft damit außer Zweifel stand. Aber das Dumme war, er brauchte den Rotzbengel noch. Denn Henning war sein Druckmittel gegen Otto. Henning, wusste Thankmar, war des Königs wunder Punkt.

Das bedeutete indessen nicht, dass er gänzlich auf seine Rache verzichten musste, entschied Thankmar. »Nehmt ihm die Rüstung ab und legt ihn in Ketten«, ordnete er an.

Die Männer zögerten nicht. Während Eckard, Agilberts Ältester, Richtung Wachkammer lief, nahmen der picklige Jüngling mit den Engelslocken und ein weiterer Mann Henning Helm und Dolch ab, lösten den Strick, der seine Hände fesselte, und zogen ihm ohne viel Feingefühl den Kettenpanzer über den Kopf. Er sah ein wenig gerupft aus, als sie fertig waren. Schon kam Eckard zurück, zwei rostige Ketten über der Schulter und ein zufriedenes Grinsen im Gesicht.

Henning sah zu Thankmar. »Du musst den Verstand verloren haben.«

»Wenn du schön artig bist, darfst du die Hände vor den Bauch legen«, erwiderte sein Bruder. »Falls nicht, kettet Eckard sie hinter deinem Rücken zusammen, und du musst jedes Mal die Wache um Hilfe bitten, wenn du pinkeln willst.«

Henning streckte Eckard die Hände hin, der die Schellen um

472

seine Gelenke schloss, ehe er sich vor ihn hockte und ihm auch Fußketten anlegte.

Henning sah fassungslos an sich hinab, schaute wieder auf und richtete den Blick auf Wichmann. »Wie kannst du das zulassen, Onkel?«

»Mühelos, Söhnchen«, gab Wichmann zurück und fuhr sich über den sorgfältig gestutzten, silbermelierten Bart. »Du magst der Sohn der Schwester meiner Frau sein, aber du hast nicht mehr Rückgrat als eine Schnecke.« Er spuckte aus.

Wichmann Billung war ein arroganter Hurensohn, wie Thankmar immer geargwöhnt hatte, doch er war unbestreitbar nützlich. Und in einer Hinsicht hatte Thankmar ihm Unrecht getan, wusste er inzwischen: Wichmann hielt sich keineswegs für unverwundbar, weil er mit Königin Mathildis' Schwester verheiratet war. Er wäre im Traum nicht darauf gekommen, sich hinter ihrem Rock zu verstecken. Seine Arroganz war vielmehr Folge seiner Überzeugung, jedem anderen Mann überlegen zu sein. Das machte ihn nicht gerade zu einem angenehmen Zeitgenossen. Aber es hatte dazu geführt, dass Ottos Entscheidung, Wichmanns jüngeren Bruder Hermann beim Kommando über den Slawenfeldzug und der Vergabe der Markgrafschaft vorzuziehen, Wichmann viel tiefer gekränkt hatte, als Thankmar für möglich gehalten hätte. Und so hatte sich der mächtige Billunger mit all seinen Gütern und seinen Männern den Rebellen angeschlossen. Der Gedanke, wie gekränkt Otto darüber sein musste, war Balsam für Thankmars Seele.

Henning gab seinen Onkel als hoffnungslosen Fall auf und wandte sich stattdessen an Eberhard von Franken: »Ihr solltet Euch besinnen, ehe es zu spät ist. Ihr könnt Euch nicht vorstellen, wie zornig der König war, als er hörte, dass Ihr in Westfalen eingefallen seid. Aber wenn er erfährt, dass Ihr mich gefangen genommen habt …« Er ließ den Satz unvollendet und schüttelte den Kopf, als fürchte er um den fränkischen Herzog.

Thankmar hatte Westfalen als erstes Angriffsziel ausgewählt, weil Henning hier viel Land und einige Burgen besaß. Er hatte darauf gebaut, dass es seinen jüngeren Bruder herlocken würde, wenn ihm zu Ohren kam, dass seine Burgen in Flammen standen. Aber gleichzeitig hatte Thankmar befürchtet, Otto würde Henning nicht ziehen lassen. Darum fragte er neugierig: »Hat er dich geschickt?«

Henning schüttelte trotzig den Kopf. »Aber hier geht es um meine Besitzungen.«

Thankmar lachte in sich hinein. »Du bist ohne seine Erlaubnis gegangen?« Er tätschelte Henning unsanft die flaumige Wange. »Dann stellt sich die Frage, auf wen von uns beiden er wütender ist: auf mich, der dich gefangen genommen hat, oder auf dich, der hergeeilt ist, um mir in die Falle zu gehen.«

»Falle?«, wiederholte Henning. Unsicher sah er zu Eberhard, zu Wichmann, dann zurück zu Thankmar. »Was heißt das?«

Thankmar verschränkte die Arme. »Wichmann, Eberhard und ich sind in einer Lage, die du überhaupt nicht kennst, Brüderchen: Der König hat jedem von uns die kalte Schulter gezeigt, uns übergangen oder anderweitig …«

»Oh, du hast ja keine Ahnung, Thankmar«, fiel Henning ihm ins Wort. »Wenn du wüsstest, wie er mich behandelt! Er lässt mich nie aus seinen Klauen, aber an allem, was ich tue, findet er etwas auszusetzen. Er hat sogar …«

»Halt bloß die Klappe«, fuhr Wichmann ihm über den Mund. »Du bist ein verhätscheltes Knäblein ohne Ehrgefühl, weil dein Vater dir nicht die nötige Zucht und Strenge hat angedeihen lassen. Wenn der König das nachholt, sage ich: höchste Zeit!«

Hennings Wangen brannten vor Zorn, und er schwieg bockig.

»Was dein wohlmeinender Onkel meint, ist dies«, fuhr Thankmar fort. »Uns hat der König seine Gunst und seine Gnade entzogen. Ohne Rechtfertigung. Aber dir nicht, trotz allem, was zwischen euch vorgefallen ist. Der König liebt dich, Henning.« Er lächelte, aber sogar Henning verstand, dass es kein mildes Lächeln war. »Und darum wird er uns geben, was er uns widerrechtlich vorenthalten hat, solange wir dich in unserer Gewalt haben.«

Henning schluckte sichtlich, aber er brachte ein verächtliches Schnauben zustande. »Du glaubst nicht im Ernst, er ließe sich erpressen, oder?«

»Doch, da bin ich zuversichtlich. Spätestens, wenn wir ihm den ersten deiner Finger schicken, wird er begreifen, wie ernst es uns ist.« Mit einem plötzlichen Stoß vor die Brust beförderte er ihn in Eberhards Richtung. »Darum wird der Herzog von Franken dich mitnehmen, wenn er morgen früh von hier abzieht. Er ist der Einzige von uns, der nicht mit dir verwandt ist und folglich nicht in die Hölle kommt, wenn er dich in Stücke schneidet, verstehst du?«

Thankmar bekam seine Rache: Henning bepinkelte sich, sank auf die Knie und verbarg schluchzend den Kopf in den Armen.

Magdeburg, Juli 938

»Komm mit mir, Prinz.« Udos Tonfall verriet, dass er selber nicht genau wusste, ob es sich um einen Befehl oder eine Bitte handelte.

Tugomir stand vom Boden auf. »Wohin?«

»Der König wünscht dich zu sehen.«

Dieses Mal musste Tugomir nicht fürchten, keine angemessene Erscheinung für solch eine Begegnung zu bieten. Seit jener Nacht im Herbst, als er um Prinz Liudolfs Leben gerungen hatte, war seine Gefangenschaft sehr viel leichter geworden, dafür hatte die Königin gesorgt. Das Bodenstroh des Grubenhauses wurde regelmäßig gewechselt, und er bekam so viel Wasser, wie er wollte. Ein Kohlebecken, solange es kalt war. Vernünftiges Essen. Mehr Besuch, als ihm lieb war, vor allem von Bruder Waldered, Vater Widukind, Semela und Rada. Das Eingesperrtsein und die mangelnde Bewegung blieben eine Bürde, ganz zu schweigen von Vater Gerwalds ständiger Gegenwart, der von den Verbesserungen natürlich genauso profitierte wie sein Mitgefangener und sich inzwischen in ihrem Verlies so wohl und umhegt fühlte, dass er völlig vergaß, seine Unfreiheit zu beklagen. Vermutlich würde er protestieren, wenn sie ihn eines Tages laufen ließen …

Udo ruckte das Kinn zu dem inzwischen wieder wohlbeleibten Priester hinüber und sagte zu Tugomir: »Vermutlich siehst du ihn so bald nicht wieder. Ich hab so ein Gefühl, der König will dich freilassen.«

»Freilassen?«, wiederholte Tugomir. »Willst du sagen, ich kann nach Hause gehen? Oder meintest du, vom kleinen Käfig zurück in den großen?«

Udo verdrehte die Augen. »Du bist aber auch nie zufrieden.«

Tugomir wandte sich an den wunderlichen Priester, mit dem er dieses Loch fast ein Jahr lang geteilt, der ihn manchmal an den Rand des Wahnsinns getrieben und ihm doch mit seinen Geschichten und seinem sanftmütigen Naturell manch finstere Stunde erhellt hatte. »Viel Glück, Vater Gerwald. Und sei guten Mutes, Vater Widukind wird dafür sorgen, dass der Bischof sich deiner Angelegenheit bald annimmt.«

»Nur ist fraglich, ob sich die Dinge dann für mich zum Besseren wenden«, erwiderte Gerwald mit einem nervösen kleinen Lächeln. »Leb wohl, Prinz Tugomir. Geh mit Gott.«

Udo öffnete die Tür und ließ Tugomir höflich den Vortritt.

Als sie ins Freie hinaustraten, schloss Tugomir die Augen und blieb stehen. »Augenblick.«

Udo hielt an und gab keinen Kommentar ab. Er wusste vermutlich, dass der helle Sommersonnenschein Tugomir nach den langen Monaten blendete und in den Augen schmerzte.

»Was will er von mir?«, fragte der Hevellerprinz, die Lider immer noch geschlossen, aber das Gesicht der Sonne zugewandt.

»Woher zum Henker soll ich das wissen?«

»Du weißt immer alles.«

»Ich dachte, das bist du.«

»Komm schon.«

Udo zierte sich noch ein paar Herzschläge lang, dann sagte er: »Ich weiß nur, dass der König zu einem Hoftag nach Steele geladen hatte. Aber Herzog Eberhard ist nicht erschienen.«

»Das kann ich mir vorstellen. Eberhard wird sich gedacht haben, einmal Hundetragen ist genug.«

»Ja, mach dich nur lustig. Aber es ist gefährlich für einen König, wenn die Herzöge ihm den Gehorsam verweigern. Das darf er nicht dulden, sonst verliert der ganze Adel den Respekt vor ihm.«

Tugomir drehte sich um, sodass sein Gesicht im Schatten lag, und blinzelte versuchsweise. Schon besser. »Ich bin zuversichtlich, der König wird Mittel und Wege finden, sich wieder Respekt zu verschaffen.«

»Sei nicht so sicher. Seine Brüder sind immer noch verschwunden, alle beide. Ich wette, das hat nichts Gutes zu bedeuten. Dein Freund Thankmar könnte gefährlich werden, denn er hat viel Rückhalt und viele mächtige Freunde in Sachsen. Und Prinz Henning traue ich sowieso jede Niedertracht zu.«

Tugomir schnalzte missbilligend. »Ich bin nicht sicher, ob es sich für einen treuen Wachhund wie dich gehört, so abfällig von den Brüdern seines Herrn zu sprechen.«

Udos Pranke landete unsanft auf seiner Schulter. »Komm endlich. Er wartet.«

Tugomir fand den König nicht mit seinen Ratgebern und Kommandanten in der Halle, wie er erwartet hatte. Udo brachte ihn stattdessen zu der Wiese, die zwischen dem großen Hauptgebäude und den neueren Gemächern der Königin lag. Im Schatten einer herrlichen Esche hatten die Diener einen Tisch aufgebockt und Bänke auf beide Seiten gestellt, und dort saß Otto mit seiner Gemahlin, Vater Widukind und Hennings junger Gemahlin Judith, die diskret in ihren Ärmel schluchzte. Einen Steinwurf entfernt übte sich Liudolf mit Hermann Billungs Sohn Thietmar im Holzschwertkampf, und Tugomir lächelte unwillkürlich, als er den kleinen Prinzen sah. Der Junge bewegte sich behände und zeigte schon Geschick und Schnelligkeit im Umgang mit der Waffe. Er schien die Welt um sich herum völlig vergessen zu haben. Bei jedem Treffer stieß er einen Triumphschrei aus, doch als Thietmar ihn mit einer geschickten Finte ins Straucheln brachte, ließ er sich ins Gras fallen und lachte. Es tat gut zu sehen, wie viel Vitalität und Lebensfreude er ausstrahlte.

»Das haben wir dir zu verdanken, nicht wahr?«, sagte Otto leise.

Tugomir schüttelte den Kopf. »Es liegt immer in der Hand der Götter.« Gerade ein Heiler tat gut daran, das niemals zu vergessen.

»Prinz Tugomir!« Die kleine Liudgard, die mit ihrer Puppe auf dem Schoß auf einer Decke im Schatten gesessen hatte, sprang auf, ehe ihre Amme sie am Rockzipfel erwischen konnte, und stürmte auf ihn zu. »Wo warst du denn nur so lange?«

Tugomir hob sie auf und setzte sie auf seinen Arm. »Ich musste für eine Weile fort, Prinzessin.«

»Aber jetzt hat Vater dich zurückgeholt?«

»Stimmt.«

»Soll ich dir meine neue Puppe zeigen? Sie hat echte Haare. Von einem Pferd. Willst du sie sehen?«

»Unbedingt.«

»Liudgard«, mahnte die Königin. »Dein Vater hat Wichtiges mit Prinz Tugomir zu erörtern. Ich bin sicher, für deine Puppe ist später noch Zeit. Geh zurück zur Amme. Und versuch, daran zu denken, was ich dir über das Betragen einer Dame gesagt habe.«

Liudgard verzog das Gesicht. »Besser, du lässt mich runter, glaub ich.«

Tugomir stellte sie auf die Füße. »Es ist nicht vergessen«, versprach er.

Artig ging die Kleine zu ihrer Amme zurück, hob die Puppe hoch und zeigte mit dem Finger darauf. Tugomir nickte ihr verschwörerisch zu.

Otto lud ihn mit einer Geste ein, Platz zu nehmen. »Ich wusste nicht, dass nicht nur meine Söhne, sondern auch meine Tochter solch innige Freundschaft für dich hegt«, bemerkte er.

Tugomir glitt auf die Bank ihm gegenüber. »Es hat den Anschein, als kämen kleine Sachsen besser mit mir zurecht als große.«

»Womöglich ist es umgekehrt.«

»Wer weiß.«

»Du hinkst«, bemerkte der König.

»Was habt Ihr erwartet?«, gab Tugomir zurück – schärfer, als er beabsichtigt hatte.

Otto betrachtete ihn einen Moment. Dann sagte er: »Ein unschuldiges Mädchen zu verführen ist ein Verbrechen, Tugomir, das ist bei Sachsen und bei Slawen gleich. Und Verbrecher müssen bestraft werden, damit andere ihrem Beispiel nicht folgen. Du wurdest selbst erzogen, um über dein Volk zu herrschen, also muss ich dir das gewiss nicht erklären.«

»Es ist auch ein Verbrechen, seine Nachbarn zu überfallen, sie zu unterjochen und ihnen einen Schlächter auf den Hals zu hetzen«, konterte Tugomir frostig. »Wer bestraft Euch?«

Es war einen Moment still. Dann antwortete Otto: »Gott.« Es klang beinah tonlos, und er rieb sich kurz mit beiden Händen übers Gesicht. Dann fuhr er mit festerer Stimme fort: »Thankmar hat sich mit Eberhard von Franken und Wichmann Billung verbündet und führt Krieg gegen mich. Er hat Henning gefangen genommen, um mir Zugeständnisse abzupressen.«

Gut gemacht, Thankmar, dachte Tugomir, der genau wusste, welche Befreiung diese Rebellion für seinen Freund bedeutete. Und welche Genugtuung. Doch er hielt jede Parteinahme aus seiner Stimme heraus, als er dem König antwortete: »Ja, das muss bitter für Euch sein.«

»Kannst du reiten?«, fragte Otto und wies auf das Bein, das Tugomir vor sich ausgestreckt hatte, die Ferse im Gras.

Der Hevellerprinz antwortete nicht sofort. Er trank einen Schluck aus dem Becher, den Widukind vor ihn gestellt hatte. Es war ein leichter Weißwein, süffig und kühl, genau richtig für einen Sommertag. Dergleichen hatte er lange nicht gekostet. Er stellte den Becher zurück, stützte die Ellbogen auf die Tischplatte und das Kinn auf die Fäuste. »Wenn ich ›nein‹ antwortete, würdet Ihr sagen, dass ich mir das nur selbst zuzuschreiben habe, nicht wahr?«

»Vermutlich ja.«

»Ich bin nicht erpicht darauf, es zu hören, denn es würde mir nur aufs Neue vergegenwärtigen, wie skrupellos Ihr die Augen vor den Tatsachen verschließt, wenn es Euren Absichten dient.«

»Tugomir!«, rief Widukind erschrocken aus.

Aber der ignorierte ihn. »Ihr glaubt, Ihr habt das Recht, die slawischen Völker zu unterwerfen. Ihr glaubt, Ihr braucht Gero, um dieses Ziel zu erreichen. Und weil Ihr diese beiden Dinge glaubt, weigert Ihr Euch, zur Kenntnis zu nehmen, was für ein Mensch er ist. Ich weiß, dass Ihr ein Gewissen habt, aber Ihr seid davon überzeugt, dass Eure Zwecke jedes Mittel heiligen, weil Euer Gott Euch auserwählt hat.«

»Bist du bald fertig?«, knurrte Otto.

»Noch nicht ganz. Diese Eigenart, diese Neigung, rücksichtslos Euer Ziel zu verfolgen, egal, was es andere kostet, hat Thankmar in die Rebellion getrieben. Und das bringt mich zu meiner zweiten Antwortmöglichkeit. Was, wenn ich sage, ja, ich kann reiten? Dann werdet Ihr mich mit in Euren Krieg gegen Euren Bruder schleifen, nicht wahr? Um mich in irgendeiner Form für Eure Zwecke zu benutzen, obwohl das das Letzte ist, was ich will, denn Thankmar hat recht daran getan, sich gegen Euch zu erheben.« Er richtete sich auf und breitete kurz die Hände aus. »Sagt mir, König Otto, was soll ich Euch antworten?«

Judith nahm lange genug den Ärmel vom Gesicht, um ihn anzufauchen: »Du warst anscheinend noch viel zu kurz eingekerkert, du unverschämter …«

»Schsch«, unterbrach die Königin und legte ihr die Hand auf den Arm.

Aber Judith wollte sich nicht beruhigen. »Mein armer Gemahl wird von seinen Feinden *gefangen* gehalten, und ich soll hier sittsam schweigen und den ungeheuerlichen Lügen dieses heidnischen Teufels lauschen?«

»Es waren keine Lügen, fürchte ich«, widersprach der König. »Er sagt die Wahrheit.«

»*Was?*«, rief Judith.

Aber Tugomir hob abwehrend die Linke. »Damit werdet Ihr mich nicht kriegen«, warnte er Otto. »Auch Eure Fehler einzugestehen, wenn man am wenigsten damit rechnet, gehört zu Euren Taktiken. Doch es nützt nie etwas, weil Ihr anschließend genauso weitermacht wie vorher und sagt, ›Es ist zum Wohle des Reiches‹.«

Otto seufzte leise. »Ich habe immer noch die Hoffnung, dich eines Tages davon zu überzeugen, dass es so ist. Und nun frage ich dich noch einmal, Tugomir: Kannst du reiten?«

Natürlich konnte er reiten. Der Knochenbruch war längst verheilt, und bis auf eine leichte Steifheit im Knöchelgelenk hatte er keine Beschwerden mehr. Er nickte knapp. »Aber ich will nicht in Euren Krieg gegen Euren Bruder reiten.«

»Das verlange ich ja auch gar nicht. Du wirst als Wundarzt für meine Truppen mit uns nach Westfalen ziehen.«

Wem willst du das weismachen, dachte Tugomir unbehaglich, aber er sträubte sich nicht länger. »Meinetwegen.«

Otto atmete tief durch.

»Wann?«, fragte Tugomir.

»In einer Stunde. Wenn du zu deinem Haus gehst, wirst du feststellen, dass dort alles an Ausrüstung bereitliegt, was du brauchst. Auch dein Schwert.«

Tugomir war schon im Begriff, sich zu erheben, aber bei dem Wort erstarrte er. »*Mein* Schwert?«

Otto sah ihm in die Augen, und plötzlich lächelte er. »Ich habe es neun Jahre für dich aufgehoben, um es dir eines Tages zurückgeben zu können.«

Tugomir stand auf. »Wie ich sagte: Ich ziehe nicht für Euch in den Krieg.«

»Trag es trotzdem. Es wäre bedauerlich, wenn einer von Eberhards fränkischen Halunken dich erschlägt, eh du ihm erklären kannst, dass du eine unbewaffnete Geisel bist.«

»Auch wieder wahr«, musste Tugomir einräumen. »Eine Stunde ist kaum genug Zeit, um alles an Verbandsmaterial und Kräutern und so weiter zusammenzutragen, was ich mitnehmen will.«

»Dann schlage ich vor, du beeilst dich.«

Eresburg, Juli 938

Thankmar erwachte mit einem unangenehm pelzigen Gefühl auf der Zunge, aber ausnahmsweise ohne Brummschädel. Er schlug die Lider auf und wandte den Kopf nach links. Die Blonde mit den unglaublichen Titten. Ihr Name war Erentrudis, erinnerte er sich. Er drehte den Kopf zur anderen Seite. Hilda.

Die Dunkelhaarige mit dem feurigen Temperament. Beide schlummerten selig, und Hildas Hand lag auf seiner Brust, ihr Knie auf seinem Oberschenkel.

Er befreite sich behutsam und stand auf, trat ans Fenster und pinkelte hinaus. Das zweigeschossige Hauptgebäude der Burg, das er für sich beanspruchte, lag am östlichen Rand der Anlage, und er hatte freien Blick auf das bewaldete Umland und auf die Diemel, die sich am Fuße des steilen Burgbergs entlangschlängelte. Nebelfetzen hingen zwischen den Bäumen und schimmerten zartrosa im Licht der aufgehenden Sonne. Ohne den Blick abzuwenden, griff er nach dem Weinkrug, der gleich neben ihm auf dem Tisch stand. Mit dem ersten Schluck spülte er sich den Mund aus und spuckte ihn aus dem Fenster. Den zweiten trank er, und der würzige Rotwein rann mit einem angenehmen Brennen seine Kehle hinab. Thankmar schaute weiter hinaus. Er konnte sich nie sattsehen an diesem Anblick.

Zwei schlanke Arme legten sich von hinten um seine Brust. »Schon auf, mein schöner Prinz?«

Für die Dauer eines Lidschlags dachte Thankmar an Egvina. Aber er scheuchte den Gedanken gleich wieder fort. Derzeit konnte er nichts in seinem Leben gebrauchen, das ihn schwach zu machen drohte. Wenn dies hier ausgestanden war, durfte er vielleicht auf eine Zukunft mit Egvina und ihrer kleinen Hatheburg hoffen. Bis es so weit war, musste er sein wie der Fels, auf dem die Eresburg stand.

»Ich glaubte, wir hätten Euch erschöpft …«, gurrte das Mädchen und schmiegte sich an seinen Rücken. Erentrudis, erkannte er, als er ihre Brüste spürte. Er fragte sich, ob man den Huren beibrachte zu gurren, so wie man sie lehrte, was Männern gefiel, denn sie gurrten alle.

Er umfasste ihre Handgelenke und zog sie ein bisschen näher, den Blick auf den Fluss gerichtet. »Ob die Irminsul hier gestanden hat, wo du und ich jetzt stehen, was meinst du?«

Sie hob den Kopf von seiner Schulter. »Die was?«

Er schnalzte missbilligend. »Armes, ahnungsloses Kind. Die Irminsul. Die Säule, die den Himmel trug. Das größte Heiligtum unserer heidnischen Vorfahren, das Kaiser Karl der Große zerstörte, als er Sachsen eroberte und uns den wahren Glauben brachte.« Ottos großes Vorbild, dachte er flüchtig.

»Nie gehört«, gestand das Mädchen. »Aber sie kann den Himmel nicht getragen haben, sonst wär er ja eingestürzt, oder?«

»Stimmt.«

»Wie sah sie aus?«

»Ich weiß es nicht«, musste er bekennen. »Ein gewaltiger Baum, schätze ich, kerzengerade und hoch aufragend.«

Erentrudis befreite ihre Hände und ließ sie abwärts gleiten. »Ungefähr so wie der hier?«

Thankmar schloss die Augen und konzentrierte sich einen Moment auf das, was ihre erfahrenen Hände taten. Dann bekam er ihren Arm zu fassen, zog sie vor sich und legte die Hände auf ihre Schultern. »Sieh aus dem Fenster«, schlug er vor.

Lachend beugte sie sich vor, und Thankmar umfasste ihre üppigen Hüften und stieß in sie hinein. Das Mädchen warf stöhnend den Kopf zurück und stützte sich mit den Händen am Fensterrahmen ab. Er traute ihrem Stöhnen nicht mehr als den Beteuerungen eines Reliquienhändlers, denn sie war eine Hure, aber er *war* gut in Form heute Morgen, stellte er fest, als die Dunkelhaarige sich ihnen anschloss. »Ihr dachtet wohl, ihr könnt den ganzen Spaß allein haben ...«

Sie presste sich an ihn, pflückte seine Hand von Erentrudis' Hüfte und führte sie zwischen ihre Beine.

Thankmar kniff genießerisch die Augen zu, als eine Faust gegen die Tür hämmerte.

»Moment!«, rief Thankmar unwirsch.

»Mein Prinz ...« Die Stimme, die durch die Tür drang, klang dumpf, aber Thankmar erkannte sie trotzdem.

»Gleich, Agilbert!«

Der treue Kastellan hatte ein Einsehen und verstummte. Vermutlich hörte er, was sich hier drinnen abspielte – die beiden Mädchen machten genug Radau, um alle toten Priester der Irminsul aufzuwecken –, und wollte seinem Prinzen nicht den Spaß verderben. Trotzdem. Agilbert kam gewiss nicht bei Tagesanbruch her,

483

um ihm die Wachablösung zu melden. Plötzlich fühlte Thankmar sich zur Eile gedrängt, aber je mehr er sich abrackerte, desto weiter schien die ersehnte Erleichterung in die Ferne zu rücken. Er schob die blonde Hure von sich, wandte sich zu Hilda um, setzte sie auf die Tischkante und glitt in sie hinein. Sie nahm ihn scheinbar gierig in sich auf und machte alles richtig, und doch konnte er nicht zum Ende kommen. Das lag an der verdammten Sauferei, wusste Thankmar, nicht an dem Kastellan vor der Tür.

Er kniff die Augen zu, wild entschlossen, nicht aufzugeben. Erentrudis presste ihre drallen Brüste an seinen Rücken und tat unglaubliche Dinge mit ihren Händen, aber erst als sie sie um seine Kehle legte und zudrückte, ihm allmählich die Luft ausging und er einen Hauch von Todesangst verspürte, sein Blickfeld zerfloss und sich verdunkelte, entlud er sich schaudernd.

Ganz langsam löste sie die Hände von seinem Hals, und dann verharrten sie alle drei, keuchend und reglos. Schließlich richtete Thankmar sich auf. Seine Knie waren weich, stellte er ohne Überraschung fest. Er zog Hilda zu sich heran und küsste sie auf die Stirn. Dann fuhr er mit den Daumen über Erentrudis' Brustspitzen und küsste auch ihr die Stirn, länger, beinah zärtlich.

»Das machen wir heute Abend wieder«, sagte sie. Gurrend, natürlich.

Er lächelte unverbindlich. »Zieht Euch an. Ich fürchte, die Pflicht ruft.«

Während er in seine Hosen stieg, streiften die Mädchen sich kichernd ihre Kleider über, die nichts anderes als Bauernkittel waren, nur bunter gefärbt und an strategischen Stellen eingerissen. Jede warf ihm noch eine Kusshand zu, und dann waren sie fort.

Agilbert hatte offenbar beschlossen, den Anschein von Diskretion zu wahren, und kam nicht sofort hereingestürmt. So blieb Thankmar Zeit, in Frieden einen Becher zu leeren und sich ein wenig zu sammeln. Er verspürte einen eigentümlich heftigen Unwillen, sich diesem neuen Tag zu stellen. Lieber sah er ins Land hinaus und erinnerte sich an die Wonnen, die die beiden Mädchen ihm bereitet hatten.

Bis Agilbert klopfte.

»Komm rein.«

Der Kastellan war selbst kein Kind von Traurigkeit, und normalerweise hätte er die Kleidungsstücke, Laken und Decken, die in der Kammer verstreut lagen, mit einer zotigen Bemerkung kommentiert. Aber er schenkte ihnen nicht einmal einen Blick. »Unser Späher ist zurückgekehrt, mein Prinz. Der König lagert drei Meilen von hier am Ufer der Diemel.«

Thankmar nickte, schüttete Wasser aus einem bereitstehenden Ledereimer in eine Tonschale auf dem Tisch und wusch sich Gesicht und Hände. »Wie stark ist seine Truppe?«

»Tausend Mann, schätzt der Späher.«

Thankmar schnaubte in das Leintuch, mit dem er sich abtrocknete. »Da siehst du, wie gering mein königlicher Bruder mich schätzt. Wenn er glaubt, dass tausend Mann ausreichen, um uns hier zu belagern, steht ihm eine böse Überraschung bevor.«

Die Hänge des Tafelbergs, auf dem die Eresburg sich erhob, waren steil, die Palisade stark. Soweit Thankmar wusste, war Karl der Große der Einzige, dem es je gelungen war, sie zu nehmen. Nun würde sich ja zeigen, ob Otto seinem Vorbild das Wasser reichen konnte …

»Ich hoffe, der Herzog von Franken lässt uns nicht im Stich«, brummte Agilbert. »Der Meldereiter, den Ihr ihm gestern geschickt habt, ist nicht zurückgekommen.«

»Das sollte er auch gar nicht. Ich habe ihm befohlen, bei Eberhard zu bleiben, damit er nicht Gefahr läuft, dem König in die Hände zu fallen. Wir wollen Otto ja nicht die Überraschung verderben, nicht wahr?«

Der Kastellan lächelte grimmig. »Ich trau diesem Frankenherzog nicht, mein Prinz, das ist alles.«

»Und recht hast du.« Thankmar zog den ersten Stiefel an. »Eberhard von Franken ist hinterhältig und nur auf seinen eigenen Vorteil bedacht, kein Zweifel. Aber er weiß genau, dass er zu tief mit in dieser Sache steckt, um jetzt noch zurückzukönnen.«

Die Eresburg lag an der fränkisch-sächsischen Grenze. Thankmar und Wichmann hatten hier Stellung bezogen und unter größtmöglichem Aufsehen das Umland verwüstet, um Otto herzulocken. Und Eberhard von Franken lag keine drei Meilen entfernt auf seiner Seite der Grenze auf der Lauer, um Otto in den Rücken zu fallen, wenn er kam.

Thankmar streifte auch den zweiten Stiefel über. Er wählte das bessere der beiden Obergewänder, die er dabei hatte, denn er hatte so ein Gefühl, als könne dieser Tag einer der wichtigsten in seinem Leben werden, und dafür wollte der Prinz angemessen gekleidet sein. Er legte die schwere Goldkette um, und gerade, als er das Schwertgehenk umschnallte, erklangen Hörner in der Ferne.

Thankmar verdrehte die Augen. »Otto war schon immer ein Frühaufsteher.«

»Jesus, erbarme dich.« Otto bekreuzigte sich. »Als wären die Ungarn hier gewesen.«

Er blickte sich um und machte aus seiner Erschütterung keinen Hehl. Das Dorf an der Diemel, das die Hörigen eines nahe gelegenen Benediktinerklosters bewohnt hatten, lag in Schutt und Asche. Von den einstmals strohgedeckten, einräumigen Katen waren nur noch verkohlte Trümmerhäuflein übrig, und – schlimmer noch – die Felder, auf denen gestern oder vorgestern noch das reife Korn geleuchtet hatte, waren in schwarzbraunes Ödland verwandelt, über dem bitterer Brandgeruch lag.

»Der Brunnen ist auch verseucht, Herr«, berichtete ein zahnloses altes Weib. »Sie haben unser Vieh abgeschlachtet und die Kadaver hineingeworfen. Wer von dem Wasser trinkt, wird krank und stirbt.«

Otto nickte wortlos. Nicht alle Kadaver waren im Brunnen gelandet, eine magere Ziege lag mit durchtrennter Kehle vor den Hufen seines Pferdes, das nervös den Kopf zur Seite riss, als hoffe es, dem Geruch nach Blut und Verwesung so zu entgehen.

Otto nahm die Zügel kürzer. »Und was ist mit den übrigen Leuten?«, fragte er die Gevatterin. Nur ein halbes Dutzend Greise mit einigen sehr kleinen Kindern hatten sich am Brunnen eingefunden.

Die Alte schüttelte den Kopf. »Die Männer haben sie zusammengepfercht, und über die Frauen haben sie sich hergemacht.

Dann haben sie alle, die laufen konnten, in den Wald getrieben. Keiner ist bisher zurückgekommen. Ob sie sie getötet oder in die Sklaverei verkauft haben oder ob unseren Söhnen und Töchtern die Flucht zum Kloster geglückt ist, weiß ich nicht, Herr.«

»Er ist der König, Weib«, schnauzte Udo.

Die Alte wollte sich in den Staub knien, aber man konnte sehen, wie steif ihre Glieder waren, wie müde die Knochen am Ende eines Lebens schwerer Arbeit. Otto winkte ab. »Schon gut, Mütterchen.«

Sie ließ es sich indes nicht nehmen, vor ihm zu knicksen. »Gott schütze Euch.«

»Und sag mir, *das* hat Prinz Thankmar getan?«, fragte er mit einer Geste, die die ganze Verwüstung umschloss. *Bitte nicht, Gott. Bitte, lass sie nein sagen.*

Gott erhörte ihn. »Graf Wichmann, mein König«, antwortete der hagere Mann an ihrer Seite, dessen Gesicht so runzelig war wie ein Winterapfel, und der noch einen Zahn sein Eigen nannte. »Oder jedenfalls nannten seine Männer ihn so.«

Otto löste den kleinen Lederbeutel von seinem Gürtel und warf ihn der alten Frau zu. »Kauft neues Vieh und Mehl und Saatgut davon.« Aber er wusste, wenn die jungen Leute nicht zurückkamen, um die Hütten wieder aufzubauen, einen neuen Brunnen zu graben und die Felder zu bestellen, würde hier niemand den nächsten Winter überleben.

Sie verneigten sich ehrfürchtig und dankten ihm, und noch ehe Otto sein Pferd wendete, umringten sie die Alte, die sein Geld in die Hand geschüttet hatte und zählte.

»Hardwin«, sagte der König über die Schulter.

Der junge Kommandant der Panzerreiter war der Sohn des Grafen vom Liesgau und hatte sich auf dem Redarierfeldzug vor eineinhalb Jahren mit großer Tapferkeit hervorgetan. »Mein König?«

»Formiert Eure Männer zum Angriff. Wir reiten auf die Eresburg, und wenn ich das Tor mit meinen Händen einreißen muss.«

»Wie Ihr befehlt«, antwortete Hardwin und ließ sich zurückfallen, um die Order weiterzugeben.

Die Männer fürchten sich vor ihrem König, wenn er in Wut geriet, behauptete Thankmar gern. Otto hatte keine Ahnung, ob das stimmte. Falls ja, verstand er den Grund nicht, denn er hatte noch nie die Hand oder gar die Klinge im Zorn gegen einen seiner Männer erhoben. Doch heute war sein Zorn so übermächtig, dass er Mühe hatte, ihn zu beherrschen. Dass Wichmann Billung so etwas anrichten konnte. Dass ein *sächsischer* Graf *sächsische* Bauern abschlachtete, nur um seinem König seinen Unmut kundzutun. Und dass Thankmar das zuließ. Vielleicht in den Dörfern, die er überfallen hatte, ebenso gewütet hatte … All das machte den König so zornig, dass er auf der Stelle jemanden wollte, den er es büßen lassen konnte. Er schlug den Pfad nach Südwesten ein und galoppierte an.

Seine Panzerreiter hatten ihre liebe Mühe, ihn einzuholen. Doch ehe sie in Sichtweite der Eresburg kamen, hatten sie aufgeschlossen. Hörner erschollen, die Banner flatterten in der Morgensonne, und die Erde erbebte unter den Hufen, als sie einen sachten Hang hinab durch hohes Gras ins Tal vor dem Burghügel preschten. Doch hier fand ihr Sturm ein jähes Ende: Höher, vor allem schroffer, als Otto geahnt hatte, ragte der Tafelberg der Eresburg aus dem Diemeltal auf. Nur ein schmaler, sehr steiler Pfad schraubte sich zwischen Gesträuch und Schösslingen den Hügel hinauf. Kaum breit genug für einen Rammbock und die zwei Reihen Männer, die nötig gewesen wären, um ihn zu schwingen. Ganz abgesehen davon, dass es unmöglich schien, solch schweres Gerät einen so steilen Hügel hinaufzuschaffen.

»Da, seht«, murmelte Hardwin an Ottos Seite und wies nach links.

Vier Männer in Lederwämsen waren aus dem Dickicht gekommen. Sie trugen Bündel von Fischen, die sie an den Mäulern zusammengeschnürt hatten, und Angelruten. Kein Zweifel, sie waren beim Morgengrauen zum Fischen ans Ufer der Diemel gegangen und jetzt auf dem Rückweg zur Burg.

»Udo, bring sie mir«, sagte Otto.

Eine Abteilung von einem halben Dutzend Reitern setzte sich in Bewegung. Die Angler ließen ihren Fang fallen, machten kehrt und ergriffen die Flucht, aber zu Fuß hatten sie keine Chance. Udo und seine Männer kreisten sie mühelos ein und trieben sie zusammen. Zwei saßen ab, um ihnen die Hände zu binden, und kurz darauf standen sie vor ihrem König. Sie hielten die Köpfe gesenkt und wagten nicht einmal, verstohlene Blicke zu tauschen.

»Eure Namen«, sagte Otto.

»Chlodwig«, murmelte der Erste.

»Mich nennen sie Wolf, Herr.«

»Fridurich.«

Der Vierte zögerte am längsten. Dann sagte er: »Konrad von Minden, mein König.«

Otto sah ihn scharf an und entdeckte eine vage Ähnlichkeit. »Dein Vater ist Graf Manfried.«

Der Junge nickte.

»Und ist er auch dort drin?«, erkundigte sich Otto und wies zur Burg hinauf.

Konrad schüttelte den Kopf. »Ich bin ohne seine Erlaubnis gegangen, um mich Prinz Thankmar anzuschließen.«

»Bitter für deinen Vater. Ein ungehorsamer Sohn, der seine Torheit mit dem Leben bezahlt.«

Konrad von Minden und die drei anderen fielen vor ihm auf die Knie.

»Das könnt ihr euch sparen«, knurrte Otto. Angewidert wandte er ihnen den Rücken zu und dachte einen Moment nach. Dann sagte er zu den Nächststehenden: »Ich brauche ein halbes Dutzend Freiwillige, die mit mir vor das Tor der Eresburg ziehen.«

»Bei allem Respekt, mein König«, protestierte Hardwin entsetzt. »Ihr könnt nicht vors Tor ziehen. Sie werden euch einfach erschießen.«

Otto sah ihn an. »Ich kann. Und ich werde. Also?«

Udo und sein Vetter Hatto waren die Ersten, Hardwin der Nächste. Nach einer kleinen Pause traten gleichzeitig drei der älteren Panzerreiter vor.

Otto lächelte matt. »Dann kommt. Bringt die Gefangenen mit.«

Er saß wieder auf und schlug den schmalen Pfad ein, der sich schneckenhausartig um den steilen Hügel nach oben wand. Seine sechs Freiwilligen folgten ihm. Udo bildete die Nachhut und zerrte die gefesselten Gefangenen an einem Strick hinter sich her.

Im Schritt ritt Otto hügelan, warf gelegentlich einen Blick zu der Palisade hinauf und betete. Er trug Beinschienen, Kettenpanzer und Spangenhelm, genau wie seine Soldaten. Aber an der Kehle waren sie verwundbar – keine gar zu schwierige Aufgabe für einen Schützen, der so hoch über seinen Opfern stand. Die Frage war allein, ob Thankmar den Schussbefehl geben würde oder nicht. Und Otto wusste die Antwort nicht. Also betete er.

Doch alles blieb ruhig – geradezu gespenstisch still. Kein Pfeil kam sirrend über die Brustwehr geflogen, nichts rührte sich, und kein Laut war zu hören.

Unmittelbar vor dem Tor verbreiterte sich der Pfad zu einem staubigen, fast kreisrunden Platz. Der König saß ab, stellte sich in die Mitte, zog das Schwert und richtete den Blick auf die geschlossenen Torflügel. »Thankmar! Komm her und rede mit mir, *Bruder*!«

Nichts.

»Ich hoffe, du baust nicht darauf, dass Eberhard von Franken noch kommt«, fuhr Otto fort. »Denn das wird er nicht. Ich habe deinen Meldereiter erwischt.«

»Er war nicht der einzige«, kam Thankmars Stimme von oben. Genau über ihm, so schien es.

Langsam hob Otto den Kopf. Und da stand sein Bruder: Die Hände lässig auf zwei der angespitzten Pfähle gestützt, die Miene ausdruckslos. Eine schwache Bö wehte das dunkle Haar zurück von den massigen Schultern. Er hatte es nicht einmal für nötig befunden, Rüstung anzulegen.

»Rechne trotzdem nicht mit ihm«, riet Otto.

Thankmar nickte gleichgültig. »War es das, was du auf dem Herzen hattest?«

»Komm heraus. Lass es uns ein für alle Mal austragen. Du und ich. Die Wahl der Waffen überlasse ich dir.«

Sein Bruder lachte leise. »Ich wähle eine Lanze, mein König. Und ich werfe sie von hier oben. Das wäre doch mal ein erfrischend anderes Gottesurteil.«

Otto wartete ein paar Atemzüge, aber die Lanze kam nicht. Also drehte er sich kurz um, packte den ersten der Angler am Arm und schleuderte ihn vor dem Tor in den Staub. Lange bevor der Mann wieder auf die Füße kommen konnte, hatte der König die Klinge gehoben und ihm mit einem beidhändigen Hieb den Kopf abgeschlagen.

»Ich glaube, sein Name war Chlodwig. So wie ihm wird es jedem ergehen, der sich mit dir dort drinnen verkrochen hat, wenn ihr mir nicht auf der Stelle das Tor öffnet«, drohte er. Er wartete vielleicht ein Dutzend Herzschläge ab, dann befahl er Udo und Hatto: »Der Nächste.«

Trotz des wilden Namens hob Wolf zu einem jämmerlichen Gewinsel an, als sie ihn neben dem kopflosen Leichnam auf die Knie zwangen. »Nein, Herr, bitte nicht … Lasst mich leben, mein König, bitte … Ich schwöre, ich werde nie wieder …«

Otto hob das Schwert und machte dem Gewinsel ein jähes Ende.

»Der Nächste.«

»Oh, komm schon, Otto, nicht der Junge«, protestierte Thankmar ärgerlich.

Der König sah auf Fridurich hinab, der reglos und mit zugekniffenen Augen vor ihm in der Blutlache kniete. Er war in der Tat jung, mit blonden Engelslocken und ein paar Pickeln auf der Stirn. »Da fällt mir ein, Thankmar, was habt ihr mit den Jungen in dem Dorf gemacht, durch das ich vorhin kam?«

Sein Bruder hob langsam die Schultern. »Spar dir die Mühe, mir Gewissensbisse verursachen zu wollen. Wenn sie tot sind, ist es ebenso deine Schuld wie meine. Wir haben getan, was nötig war, um dich herzubringen.«

Otto nickte, hob die Klinge, und der Kopf mit den Engelslocken verließ seinen angestammten Platz, flog ein paar Ellen und rollte dann durch den Staub.

»Und ich bin gekommen, so wie du wolltest, Thankmar. Aber wo bleibt deine Lanze? Und wo bleibt Eberhard von Franken? Mein letzter Gefangener ist ein Edelmann, Konrad von Minden.«

Thankmar hob die Schultern. »Und? Er hat seine Wahl getroffen wie jeder Mann hier, und genauso wie wir muss er die Folgen tragen. Wieso glaubst du, er wäre mir teurer als Fridurich?«

»Ich glaube, dass jeder, der dir folgt, dir teuer ist, denn du hast Loyalität immer höher geschätzt als Adel. Das ist eine deiner bestechendsten Eigenschaften. Und dennoch lässt du zu, dass ich diese Männer hier töte. Ich frage dich noch einmal: Wo bleibt deine Lanze? Ich stehe hier und biete ein Ziel, das kaum zu verfehlen ist. Aber wenn wirklich keiner von euch dort oben den Mut hat, das Blut seines Königs zu vergießen, ist eure Rebellion am Ende. Also wozu soll Konrad von Minden dann noch sterben?«

Er bekam keine Antwort.

»Konrad«, sagte Otto über die Schulter.

Hatto und Udo folgten dem jungen Edelmann mit einem respektvollen Schritt Abstand, als der vor den König trat und niederkniete. »Tut es, mein König. Aber vorher vergebt mir. Damit ich Erlösung erlangen kann, obwohl ich mich gegen Gottes auserwählten König erhoben habe.«

Otto zögerte nicht. Er legte ihm die Hand auf den Kopf und sagte leise. »Ich vergebe dir. Sei ohne Furcht.«

Er trat einen Schritt zurück und hob die Klinge, als auf der anderen Seite des Tores der Sperrbalken polterte.

»Nein!«, rief Thankmar, das Entsetzen in seiner Stimme unüberhörbar.

Otto schaute nicht zu ihm hoch, sondern hielt den Blick unverwandt auf das Tor gerichtet. Langsam schwangen die hohen Flügel nach innen. Der Erste, der heraustrat, war Wichmann Billung. Er war sehr bleich, und er bewegte sich langsam. Man konnte ahnen, wie schwer es ihm fiel, einen Fuß vor den anderen zu setzen und die wenigen Schritte bis zum König zurückzulegen. Doch als er vor ihm stand, zögerte er nicht. Er sank neben Konrad auf die Knie. »Auch ich erflehe Eure Vergebung, mein König.«

Otto hielt sich nur mit Mühe davon ab, ihn wegzustoßen und ihm den Kopf abzuschlagen. Er hasste Wichmann dafür, dass er Thankmar verriet. Aber er hatte keine Wahl. Er brauchte diesen

Mann auf seiner Seite. »Euch ist vergeben, Wichmann«, antwortete er förmlich, um dem reuigen Sünder klarzumachen, dass er noch viel tun musste, bevor aus der Floskel Wahrheit wurde.

Der stolze Wichmann Billung wischte sich eine Träne vom Gesicht, beugte sich vor und küsste seinem König den staubigen Stiefel.

Tugomir war es persönlich ja völlig gleich, wenn Sachsen Sachsen abschlachteten oder Sachsen Franken oder umgekehrt. Doch als er das Kampfgetümmel im Innenhof der Eresburg sah, zog er lieber sein Schwert. Er wusste auf einen Blick, in diesem Durcheinander würde niemand innehalten, um festzustellen, dass er ein Slawe und somit unbeteiligt war. Und er hatte sich nicht getäuscht: Ein fränkischer Krieger mit einem rostigen Helm auf dem Kopf griff ihn von rechts an. Tugomir parierte seinen Schwerthieb, lenkte die Klinge seines Gegners nach unten und führte einen frontalen Stoß auf dessen Brust. *Ich kann es noch*, fuhr es ihm durch den Kopf, aber sein Franke war auch kein Anfänger und wich dem Stoß geschickt aus. Er wandte Tugomir die vom Schild geschützte linke Körperhälfte zu, hob die Waffe und griff wieder an. Tugomir entdeckte eine Lücke unten in seiner Deckung und ließ das Schwert niederfahren. Kaum hatte er dem Franken die klaffende Wunde am Oberschenkel beigebracht, begann er zu überlegen, ob und wie er sie nähen könnte. *Schluss damit*, rief er sich zur Ordnung. *Heute bist du Krieger, kein Heiler. Wenn du das nicht auseinanderhalten kannst, stirbst du.*

Sein Franke verlor das Schwert und sackte zu Boden, während sein Blut die staubige Erde tränkte. Verwirrt blickte er zu Tugomir auf, als könne er nicht begreifen, wie schnell und wie beiläufig das Schicksal ihn ereilt hatte. Er wusste, dass er verblutete. Tugomir hob das Schwert wieder und ersparte ihm das Warten.

Aus dem Augenwinkel erhaschte er eine Bewegung und fuhr herum, aber es war nur Hardwin. »Sie ergeben sich!«, brüllte er über das Getöse hinweg.

Er hat recht, erkannte Tugomir, als er sich umschaute. Der Kampf um die Eresburg war vorüber, noch ehe er richtig begonnen hatte. Überall ergaben sich die Rebellen den königlichen Truppen, warfen ihre Waffen weg und ließen sich anstandslos festnehmen. Nur nahe der Kapelle am nördlichen Rand der Anlage hatte sich eine kleine, entschlossene Schar zusammengerottet und leistete heftigen Widerstand, obwohl sie zahlenmäßig hoffnungslos unterlegen war. Tugomir war nicht überrascht, Thankmar an ihrer Spitze zu entdecken. Das Schwert in der Rechten, setzte Tugomir sich in Bewegung, auch wenn er keine klare Vorstellung hatte, was er tun wollte.

Thankmar führte das Schwert mit ungeheurer Kraft und unerbittlicher Härte, und für einen Moment wichen die Männer des Königs vor ihm zurück. Dann fällte Udo den Mann an Thankmars linker Seite mit der Axt, und fast im selben Moment traf ein Pfeil den Krieger zur Rechten des Prinzen in die Kehle. Thankmar sah auf ihn hinab und bekreuzigte sich mit der Hand, die die blutverschmierte Klinge hielt.

Plötzlich stand er allein.

Die wenigen, die noch bei ihm waren, ließen unsicher Schilde und Schwerter sinken. Ein halbes Dutzend der Königstreuen drängte auf Thankmar ein, und er stellte sich den beiden vorderen zum Kampf, kreuzte die Klingen mit dem einen, wehrte den anderen mit dem Schild ab und wurde rückwärts über die Schwelle ins dunkle Innere der kleinen Kirche gedrängt.

»Kein Blut wird auf geweihtem Boden vergossen!«, befahl der König, der mit eiligen Schritten näher kam.

Unvermindert war Waffenklirren aus der Kapelle zu hören.

»Thiadbold, du hast gehört, was ich gesagt habe!«, rief der König scharf.

Die Schwerter verstummten. Einen Moment geschah überhaupt nichts. Dann kamen fünf von Ottos Männern rückwärts ins Freie, zögernd, die Waffen einsatzbereit erhoben. Tugomir hatte sechs gezählt, die Thankmar in die Kapelle verfolgt hatten, aber einer kehrte nicht zurück.

Im Burghof war es still geworden. Man hörte das Stöhnen der Verwundeten und ein gelegentliches Wiehern oder Schnauben der Pferde, aber das war alles.

Der König trat an die Türöffnung der Kapelle, hinter der nur Schwärze zu liegen schien. »Thankmar.«

»Verschwinde.«

»Komm heraus. Deine Rebellion ist tot.« Der König machte keine Versprechungen, und seine Stimme klang nicht so, als wäre er zu Milde aufgelegt.

»Tritt zurück von der Tür, Otto«, warnte Thankmar. »Ich habe dich im Blick, und ich stehe hier mit einer Klinge in jeder Hand. Tu lieber, was ich sage, denn ich glaube, heute gibt es nichts, wovor ich zurückschrecken würde. *Bruder.*«

Otto starrte noch einen Moment ins Dunkle, dann nickte er knapp, wandte sich ab und sah sich suchend um. Als er Tugomir keine zehn Schritte entfernt entdeckte, trat er zu ihm. »Er ist erledigt, und das weiß er auch«, sagte er leise.

Tugomir nickte und steckte das Schwert in die Scheide. »Lasst ihm einen Moment. Er wird kommen, aber er wird die Waffen nicht niederlegen. Er wolle ein Ende, über das die Sänger Lieder dichten, hat er einmal gesagt. Vermutlich braucht er ein bisschen Zeit, um sich zu sammeln.«

Der König schüttelte den Kopf. »Ich will nicht, dass er stirbt. Geh zu ihm, Prinz Tugomir. Sprich mit ihm. Überzeuge ihn davon, sich zu ergeben.«

Tugomir warf ihm einen verwunderten Blick zu und entgegnete dann: »Ich kann ihn nicht von etwas überzeugen, woran ich selbst nicht glaube.«

»Aber auf dich würde er hören.«

Der Hevellerprinz schüttelte den Kopf. »Er wird auf niemanden mehr hören.«

»Versuch es, Tugomir. Ich bitte dich.«

Tugomir kämpfte dagegen an, sich erweichen zu lassen, aber es nützte nichts. Denn in Wahrheit hatte er von Anfang an gewusst, dass dies der Grund war, warum Otto ihn mitgenommen hatte. Der König hatte genügend Feldscher, um seine Verwundeten zusammenzuflicken, und ein paar von ihnen waren sogar brauchbar. Doch Otto hatte vorhergesehen, dass es zu einer Lage wie dieser kommen könnte. Und Tugomir war mit ihm geritten. Nicht klaglos, aber aus freien Stücken. Also wem wollte er eigentlich etwas vormachen, indem er sich jetzt auf einmal sträubte?

Er schnallte den Schwertgürtel ab und hielt ihn dem König hin. Otto nahm ihn mit einem Nicken, ein kleines, angespanntes Lächeln auf den Lippen. »Hab Dank.«

Ich tu es nicht für dich, dachte Tugomir, aber all das spielte jetzt keine Rolle mehr.

Entschlossener, als ihm zumute war, hinkte er zur Tür der Kapelle hinüber. »Thankmar. Ich bin es.«

Er musste lange auf eine Antwort warten, aber schließlich hörte er: »Komm rein.«

Tugomir trat über die Schwelle in das dämmrige Gotteshaus und wäre um ein Haar über die Füße des Soldaten gestolpert, der reglos mit dem Gesicht nach unten am Boden lag und dessen Blut in großen Mengen im festgestampften Lehmboden versickert war. Achtlos stieg Tugomir über ihn hinweg, und mit einem Mal fröstelte ihn. Nicht weil es hier im schattigen Halbdunkel deutlich kühler war als draußen in der Sommerhitze, sondern weil er genau das sah, was die Vila ihm gezeigt hatte: Ein Klecks Sonnenlicht fiel durch ein kleines Fenster in der Ostwand auf den Altar, und dort stand Thankmar, den Kopf gesenkt, und legte langsam sein Schwert ab. Das reich bestickte Tuch, das den Tisch seines Gottes bedeckte, war sogleich blutverschmiert, aber der Prinz schien es nicht zu bemerken. Dem Schwert folgte das lange Jagdmesser, das er in der Linken gehalten hatte. Dann hob er beide Hände – die Bewegungen immer noch bedächtig, schleppend gar – und nahm die Goldkette ab. Er ließ die schweren, satt glänzenden Glieder durch die Finger gleiten und legte die Kette, das Zeichen seiner prinzlichen Würde, auf dem Altar ab.

Schließlich wandte er sich um. »Ich bin froh, dass er dich geschickt hat.« Er hatte eine lange, klaffende Wunde am linken Unterarm, aus der ein stetiges Blutrinnsal lief. Achtlos zog der Prinz den Stoff des aufgeschlitzten Ärmels darüber. »Es hätte auch ganz anders ausgehen können, Tugomir«, sagte er trotzig. »Ich hätte nie im Leben geglaubt, dass Wichmann einknickt. Er war mindestens so wütend auf Otto wie ich.«

»Es war ja auch nicht Otto, vor dem er eingeknickt ist, sondern euer Gott«, erwiderte Tugomir.

»Der wieder einmal mit dem König war«, fügte Thankmar mit einem bitteren kleinen Lachen hinzu. Er verschränkte die Arme und sah Tugomir an. »Also? Was ist es, das mein Bruder mir in königlicher Güte anzubieten hat?«

»Dein Leben.«

Thankmar nickte. »Und nun sollst du mich davon überzeugen, sein Angebot anzunehmen?«

Tugomir kam noch einen Schritt näher und schüttelte den Kopf. »Ich bin nicht Ottos Laufbursche.«

»Nein. Ich weiß.«

»Ich kann dir nicht raten. Du musst selbst entscheiden.«

»Zu dumm. Ich könnte einen Rat von einem klugen Kopf wie dir gerade gut gebrauchen.« Er schwieg einen Moment und dachte nach. Dann sagte er: »Es würde bedeuten, dass ich mich vor ihm erniedrigen muss. Wahrscheinlich erwartet er, dass ich ihm den Fuß küsse, so wie Wichmann.« Er zog die Schultern hoch, als habe er Mühe, ein Schaudern zu unterdrücken. »Er würde mich zwingen, jeden Anspruch auf das Erbe meiner Mutter aufzugeben. Das hier war meine einzige Chance, mir zu erkämpfen, was mir zusteht. Eine zweite werde ich nicht bekommen, Tugomir. Wenn ich weiterlebe, dann von Ottos Gnaden und zu seinen Bedingungen.«

»Ja«, stimmte Tugomir vorbehaltlos zu. »Und ich werde dir nicht weismachen, dass es immer besonders rosig ist, von Ottos Gnaden und zu seinen Bedingungen zu leben, denn ich weiß es besser. Andererseits: Wenn du weiterlebst, wirst du deine Tochter aufwachsen sehen.«

Thankmars Gesicht war gezeichnet von Niederlage und Erschöpfung, aber jetzt hellte ein Lächeln es auf. »Das ist wahr. Und ich gebe zu, die Vorstellung ist ziemlich verlockend …« Er ließ die verschränkten Arme sinken und lehnte sich an den Altar. Mit einem Mal war ein Gutteil der Anspannung aus seinem Körper gewichen. »Und die Mutter meiner Tochter wiederzusehen ist ebenso verlockend. Sogar im Abendlicht hinter deinem Haus zu sitzen und zu viel von deinem Met zu trinken ist verlockend. Das Vertrackte ist nämlich: Ich lebe so gerne, Tugomir.«

»Das ist mir nicht neu«, erwiderte sein Freund mit einem Lächeln. Thankmars Lebensfreude hatte manches Mal Licht in seine Düsternis gebracht. »Also, dann lebe. Beiß die Zähne zusammen und zahl den Preis, den dein Bruder verlangt. Vielleicht erfordert das mehr Mut, als dein Schwert wieder aufzunehmen und dich seiner ganzen Armee zum Kampf zu stellen, aber zum Glück bist du ja kein Feigling.«

»Nein«, stimmte Thankmar zu. »Man kann mir mit Fug und Recht viele Abscheulichkeiten nachsagen. Und ich wette, das wird man. Aber Feigheit zählt wohl nicht dazu.«

Er sah von Tugomir zur Kirchentür und rieb sich nervös mit der flachen Hand über die unrasierte Wange. Ein Schatten flirrte am Fenster vorbei und sperrte für einen Lidschlag die Sonne aus. Thankmar wandte den Kopf, doch der Schatten war wieder verschwunden.

»Verdammt, Tugomir, ich bin genauso klug wie zu Anfang. Was zum Henker soll ich tun?«

Wieder sperrte irgendetwas die Sonne aus, und das Innere der kleinen Kapelle verdunkelte sich.

»Gib acht!«, rief Tugomir und machte einen Satz auf seinen Freund zu, um ihn zu Boden zu reißen, aber er war zu weit entfernt.

Thankmar taumelte einen Schritt nach vorne, als hätte ihn ein unerwarteter Schlag von hinten getroffen. Dann brach er in die Knie und sah ungläubig an sich hinab. Eine blutverschmierte Lanzenspitze und ein guter Fuß Schaft ragten eine Handbreit unter dem Herzen aus seiner linken Brust.

Tugomir war bei ihm, als er zur Seite sackte, fing ihn auf und schlang einen stützenden Arm um seine Schultern. Er warf einen Blick auf Thankmars Rücken. Es war eine kurze Wurflanze, die hinten etwa genauso weit herausragte wie vorne.

Thankmar hob die Linke und umschloss unsicher den blutigen Schaft, als müsse er sich mittels seines Tastsinns vergewissern, dass seine Augen ihn nicht trogen. Er stieß ein leises Zischen aus, halb Stöhnen, halb Lachen. »Ich glaube … Ich glaube, jetzt kann ich aufhören … mit mir zu ringen.«

Tugomir, der halb hinter ihm kniete und ihn aufrecht hielt, damit Thankmar nicht auf die Lanze fiel und sich zusätzliche Schmerzen zufügte, legte ihm die freie Hand auf die unverletzte Brust, sprachlos.

Thankmar ließ den Kopf gegen Tugomirs Schulter sinken. »So eine verfluchte Scheiße, Tugomir …« Sein Atem fing an zu brodeln. Die verletzte Lunge füllte sich mit Blut. »Wird es wenigstens schnell gehen?«

»Ja«, sagte sein Freund, obwohl man bei dieser Art Verletzung eigentlich keine Prognose abgeben konnte.

»Ich wünschte, du hättest mir was zu trinken mitgebracht.«

Tugomir nickte.

Es war einen Moment still. Thankmars Brust hob und senkte sich sichtbar, und sein Atmen wurde mühsamer. »Verrat mir was, Tugomir. Jetzt, da ich das Geheimnis mit ins Grab nehmen werde, sag mir: Hast du Lothar und Walo kastriert und getötet?«

Tugomir sah ungläubig auf ihn hinab. »Wie kommst du jetzt ausgerechnet auf diese alte Geschichte?«

Thankmar kniff die Augen zu. »Weich mir nicht aus. Das ist unfair.« Blutbläschen bildeten sich in seinen Mundwinkeln. »Hast du's getan?«

»Ja.«

»Aber das Mädchen in deinem Bett. Sie hat geschworen …«

»Bertha war meine Komplizin. Nicht nur slawische Frauen haben Lothar und Walo gehasst, verstehst du.« Es war auch Bertha, die seinen Opfern die Metbecher mit dem Schierling gebracht hatte, um sie außer Gefecht zu setzen. Und es war ihre Idee gewesen, einen Drudenzauber vorzutäuschen und dann vorzugeben, er habe noch nie im Leben davon gehört. »Sie hatte bei der Sache einen kühleren Kopf als ich, ob du's glaubst oder nicht.«

»Aber die Kronjuwelen hast *du* ihnen abgeschnitten und in den Rachen gestopft.«

»Hm. Aber sie waren schon tot.« Er hatte gewartet, bis der Schierling sie umgebracht hatte, ehe er sie so zurichtete. Eigentlich hatte er es vorher tun wollen. Sie sollten Entsetzen und Schmerz und Demütigung durchleben genau wie Mirnia und all die anderen. Doch als es so weit war, sah Tugomir sich außerstande.

»Oh. Gut. All die Jahre hab ich gerätselt und mich manchmal ein wenig … vor dir gegruselt. Ich hab mir immer vorgenommen, die Wahrheit rauszukriegen, eh ich … eh ich sterbe.« Plötzlich musste er husten, und ein Blutschwall schoss aus seinem Mund. »Oh, verflucht …«

»Schsch«, machte Tugomir. Er ertappte sich dabei, dass er seinen sterbenden Freund sacht wiegte, aber auch nachdem er es gemerkt hatte, hörte er nicht auf.

»Der Mann vor der Kirchentür mit dem Pfeil in der Kehle …« Thankmars Stimme wurde leiser und brüchig. »Er war … mein Kastellan. Würdest du …« Er brach ab und kämpfte um genügend Luft, damit er fortfahren konnte.

»Ich kümmere mich darum. Ein anständiges Begräbnis, ein bisschen Land für seine Witwe und ein Platz bei den Panzerreitern für seine Söhne?«, schlug er vor.

Thankmar nickte. Die Atemnot wurde schlimmer. »Tugomir …«

»Ja?«

»Ich glaub nicht, dass ich es geschafft hätte … Frieden mit Otto zu halten. Aber … ich hätte es versucht.«

»Ich sag es ihm.«

»Und sag Egvina …« Er krümmte sich plötzlich, als sei sein ganzer Oberkörper von einem Krampf befallen. Tugomir legte beide Arme um ihn, damit er ihn besser halten konnte. Thankmar krallte die Hand um seinen Unterarm und keuchte. »Mir fällt nicht ein … was du ihr sagen sollst.«

»Schon gut, Thankmar. Sie weiß es doch ohnehin.«

Thankmar nickte mit geschlossenen Augen. Sein Körper entspannte sich, und die Hand rutschte von Tugomirs Arm. Das Brodeln in der Lunge hatte sich verschlimmert, aber er schien keinen Schmerz mehr zu empfinden. Sein Gesicht wirkte eingefallen und hatte den Grauton angenommen, der Verblutenden zu eigen war. »Abgerechnet … wird zum Schluss«, sagte er und verlor das Bewusstsein.

Tugomir legte zwei Finger an Thankmars Kehle, fand den Puls und wartete, bis er aufhörte zu schlagen. Dann wischte er Thankmar mit dem Ärmel das Blut von Lippen und Kinn und küsste ihm die Stirn. »Die Welt ist dunkler geworden, denn dein Licht am Firmament ist verloschen. Ich klage, denn dein Stern ist verglüht. Möge Veles oder dein Gott dich auf sicheren Pfaden in die andere Welt geleiten.«

Er schob den freien Arm unter die Knie des Toten, kam auf die Füße und trug ihn aus der Kapelle. Erst als er ins Freie trat und sah, wie das Sonnenlicht vor seinen Augen zu Strahlenkränzen zerlief, merkte er, dass er weinte.

Quedlinburg, August 938

»Und was geschah dann?«, fragte Egvina. Ihre Augen waren gerötet und sie war bleich, aber ruhig. Gefasst schien Tugomir nicht das richtige Wort zu sein. Eher kam sie ihm vor wie betäubt.

»Der König war ziemlich erschüttert über den Tod seines Bruders.«

»Erschüttert …«, wiederholte sie. Ihr Blick richtete sich auf einen Punkt irgendwo hinter seiner linken Schulter und wurde vage, als müsse sie über dieses Wort nachsinnen.

Tugomir nickte. »Er schickte Udo, um Maincia festzunehmen, den Kerl, der die Lanze durchs Fenster geschleudert hatte. Aber Maincia hatte sich verdrückt und war nicht aufzufinden.« Ehe er sich in Luft auflöste, war er offenbar durch das Fenster in die verlassene Kapelle eingestiegen und hatte Thankmars goldene Kette vom Altar gestohlen. Aber dieses hässliche kleine Detail ersparte er Egvina. »Der Besatzung der Eresburg und Thankmars übrigen Männern, die sich ergeben hatten, schenkte Otto das Leben, aber die Franken, die Widerstand geleistet hatten, ließ er da und dort aufhängen.«

»Umgekehrt wäre es gerechter gewesen«, befand Egvina. »Wenigstens sind die Franken ihrem Herrn bis zum Ende treu geblieben.«

»Vielleicht«, gab Tugomir zurück. »Aber ein Dutzend von ihnen gehörte zu denjenigen, die Otto letztes Jahr in Magdeburg zum Hundetragen verurteilt hat. Und ein Fürst oder ein König muss seinen Untertanen klarmachen, dass er genau einmal Milde zeigt und nicht öfter.«

Sie nickte desinteressiert.

»Nachdem die Franken aufgeknüpft waren, ordnete er an, Thankmar in der Kapelle zu beerdigen. Und am Grab rühmte der König Thankmars Tapferkeit und … und beklagte sein Schicksal.«

Egvina schoss von ihrem Sessel hoch und ohrfeigte ihn. »Er beklagte sein *Schicksal*?« Tugomir trat sicherheitshalber einen Schritt zurück, aber Egvina folgte ihm und ging mit den Fäusten auf ihn los. »Wie anständig, dass der König das Schicksal des Bruder beklagt, den er erst um sein Erbe betrogen und dann zu Freiwild erklärt hat! Das ist ja so typisch für ihn!« Sie hatte erstaunliche Kräfte, und die Fäuste, die auf Tugomirs Brust und Oberarme niederfuhren, waren knochig.

»Egvina …«

»Und ich wette, du hast dabeigestanden und warst *gerührt*! Denn *du* hast ja Verständnis dafür, dass ein König nur *einmal* Milde zeigen darf, richtig?«

Tugomir fing die Fäuste ab, legte sie an seine Brust und hielt sie dort fest. Er wartete, bis Egvina aufhörte zu kämpfen und sich ein wenig beruhigt hatte, dann sagte er: »Ich weiß nicht, welche Wahl Thankmar letztlich getroffen hätte. Aber wenn er entschieden hätte, sich zu ergeben und weiterzuleben, dann für dich und für Hatheburg.«

Sie erstarrte einen Moment, und dann befreite sie sich von ihm, wandte ihm den Rücken zu und machte zwei unsichere Schritte zum Fenster. »Ich will ihn zurück, Tugomir«, sagte sie erstickt. »Ich weiß überhaupt nicht, was ich in einer Welt ohne Thankmar soll.«

Das vergeht, hätte er vermutlich sagen sollen. Oder: *Du musst an deine Tochter denken.* Beides war zweifellos richtig. Aber er brachte es trotzdem nicht über die Lippen. Seine eigene Trauer um den toten Freund war noch so frisch und schmerzhaft, dass er sich ganz kraftlos davon fühlte. Am liebsten hätte er sich in irgendeinem dunklen Winkel zusammengerollt und nichts mehr gehört und gesehen und gespürt, bis es aufhörte. Also wie musste es ihr erst ergehen?

»Ich lasse dich allein, Prinzessin«, sagte er und wandte sich zur Tür.

»Tugomir …«

Er drehte sich noch einmal um.

»Damals, als wir zu dir gekommen sind, um dich zu bitten, mein Kind wegzumachen, hast du mir einen Rat gegeben, weißt du noch?«

Er nickte.

»›Bring dieses Kind zur Welt‹, hast du gesagt. Und dabei hast du mich angesehen, dass ich eine Gänsehaut davon bekam.«

»Wirklich?«

»Hast du's gewusst? Ich meine, wusstest du, dass dieser Tag kommen würde, da meine Tochter alles ist, was mir bleibt?«

Er schüttelte den Kopf. Es war niemals Wissen, was seine Vila ihm gab, niemals Gewissheit. Lediglich Ahnungen und Zweifel und wirre Bilder. »Nur so ein seltsames Gefühl.«

Ein winziges, müdes Lächeln schlich sich in ihre Mundwinkel. »Vater Widukind würde vermutlich sagen: Gott hatte seinen Finger auf dein Herz gelegt.«

»Wenn er dafür ausgerechnet einen Heiden wie mich auswählte, hätte euer Gott einen sonderbaren Sinn für Humor.«

»Oh ja. Den hat er, sei versichert.«

Am selben Tag traf Henning in Quedlinburg ein.

Kurz nach dem Fall der Eresburg hatten sie die Nachricht erhalten, dass Eberhard von Franken es im Lichte der jüngsten Ereignisse wieder einmal für ratsam befunden hatte, sich dem König zu unterwerfen. Und da der König gerade nicht zur Hand war, hatte er sich stattdessen seinem Gefangenen zu Füßen geworfen und ihn angefleht, bei Otto ein gutes Wort für ihn einzulegen.

Zu Ottos Erstaunen schien Henning gewillt, genau das zu tun. »Er ist bereit, jede Bedingung zu erfüllen, die Ihr ihm stellen mögt, mein König«, berichtete er und fügte grinsend hinzu: »Es bleibt ihm ja auch nicht viel anderes übrig.«

Otto betrachtete seinen Bruder und antwortete nicht.

Die Königinmutter nutzte sein Schweigen, um zu fragen: »Und du verheimlichst uns auch nichts, mein Sohn? Du wurdest anständig behandelt?«

Sie sprach mit ruhiger Stimme. Sie war auch nicht aufgesprungen und Henning um den Hals gefallen wie dessen Gemahlin Judith, als er die Halle betreten hatte. Aber die Besorgnis in ihren Augen war kaum zu übersehen, und wie so oft in letzter Zeit erregte ihre Fürsorge Hennings Unwillen. »Ich sagte doch, Mutter. Daunenkissen und Brathühnchen und … durchaus angenehme Gesellschaft«, schloss er mit einem reumütigen Blick in Judiths Richtung.

Sie lächelte tapfer, aber jeder konnte sehen, wie gekränkt sie war.

»Trotzdem«, grollte Mathildis. »Eberhard von Franken hat sich einmal zu oft als Verräter erwiesen. Häng ihn auf, Otto.«

Der König zog die Brauen in die Höhe und sah ihr einen Moment ins Gesicht. *Ja, ich bin sicher, das käme dir sehr gelegen*, dachte er und sagte immer noch nichts.

»Oh, aber das wäre furchtbar unklug, edle Königin«, protestierte Friedrich, der junge Erzbischof von Mainz, den Henning mitgebracht hatte. Er wirkte verschreckt wie ein Rehkitz. »Eberhard ist und bleibt der Herzog von Franken.«

»Der Hals eines Herzogs wird ebenso lang wie der eines Bauern, wenn man einen Strick darum legt und ihn aufknüpft«, gab Mathildis abschätzig zurück. »Eberhard hat sich jetzt zweimal gegen den König gestellt. Wir müssen ein Exempel statuieren.«

Sieh an, ›wir‹, dachte Otto. Er fragte sich, was seine Mutter damit bezweckte, plötzlich Einigkeit zu demonstrieren. In Wahrheit gab es kein Wir. Sie war schließlich nicht dort gewesen, als Tugomir den toten Thankmar mit der Lanze in der Brust aus der Kirche getragen hatte. Und selbst wenn, ihr wäre es völlig gleich gewesen.

»Aber Ihr dürft nicht vergessen, Eberhards Bruder war König, bevor Euer Gemahl es wurde«, erinnerte Friedrich sie. »Er besitzt immer noch mächtige Freunde und …«

»Drohungen, ehrwürdiger Bischof?«, fragte der König. Sein Tonfall war so schneidend, dass alle leicht zusammenfuhren.

»Wie käme ich dazu, mein König«, wehrte Friedrich ab und strich sich nervös über den üppigen, gelockten Goldschopf, den Otto zu extravagant für einen Mann der Kirche fand. »Ich will Euch lediglich in dieser schwierigen Situation raten. Das ist schließlich meine Aufgabe.«

Otto nickte unverbindlich. Er misstraute Friedrich, und er fragte sich, woran das liegen mochte. Er musterte die vornehmen Gewänder des Metropoliten, seine gepflegten Nägel und die kostbaren Ringe. Solche Eitelkeit gefiel ihm nicht, doch war sie bei hohen Kirchenfürsten keine Seltenheit. Auch Friedrichs Vorgänger Hildebert hatte ein beinah kindliches Vergnügen an Prunk gehabt, vor allem eine Schwäche für edelsteinbesetzte Schuhe mit goldenen Schnürbändern. Doch Hildebert war ein Fels gewesen, ein scharfsinniger Politiker und wertvoller Verbündeter – der lebende Beweis, dass Ottos Plan, die weltlichen Fürsten zu schwächen und seine Macht stattdessen auf die Bischöfe zu stützen, richtig war. Bischöfe waren gebildete und weitsichtige Männer, die keine Söhne hatten – jedenfalls keine ehelichen –, deren Erbansprüche ihren Herzen näher liegen konnten als die Belange des Reiches. Doch Friedrich strahlte eine gewisse Verschlagenheit aus, die ihn zu Hennings natürlichem Verbündeten zu machen schien. Also war der König auf der Hut. »Was denkst du?«, fragte er seinen Bruder.

Henning, der bis jetzt an Friedrichs Seite gestanden hatte, kam zur Tafel herübergeschlendert, schenkte sich einen Becher aus dem Weinkrug voll und setzte sich. »Ich denke, der ehrwürdige Erzbischof hat recht. Eberhard aufzuhängen würde die fränkischen Grafen auf einen Schlag gegen uns aufbringen, und das sollten wir nicht riskieren. Zumal auch Bayern am Rande der Rebellion steht, stimmt's nicht? Wenn Ihr Euch entschließen könntet, Judiths Bruder aus Bayern zu verjagen und die Herzogswürde stattdessen mir zu geben, sähe die Lage natürlich anders aus.«

Der König lächelte, als glaubte er, Henning hätte einen Scherz gemacht. Dann sagte er zu Erzbischof Friedrich: »Ich erwarte den Herzog von Franken hier binnen drei Tagen, um seine Unterwerfung und die Erneuerung seines Treueschwurs entgegenzunehmen.«

»Und kann ich ihm sagen, dass er mit einem milden Urteil rechnen darf, wenn er sich Euch in aufrichtiger Reue unterwirft?«, fragte der Erzbischof hoffnungsvoll.

Otto stand auf. »Ihr dürft ihm genau das sagen, was ich Euch aufgetragen habe«, antwortete er und ging hinaus.

Er wollte zur Hofkapelle, um sich von seinem Kanzler die Urkunden vorlesen zu lassen, die das königliche Siegel erwarteten. Er fühlte sich niedergedrückt vom Tod seines Bruders und wusste nicht, was er mit seiner Trauer anfangen sollte. Thankmar war ein Verräter gewesen. Er hatte die Waffen gegen seinen König erhoben, und der allmächtige und gerechte Gott hatte ihn seiner verdienten Strafe zugeführt. Mehr gab es eigentlich nicht zu sagen. Doch jedes Mal, wenn Otto sich bei dem Gedanken ertappte, »Das muss ich Thankmar zeigen« oder »Was wird Thankmar nur hierzu sagen?« und ihm dann einfiel, dass sein Bruder tot war, wurde ihm hundeelend.

Arbeit schien das beste Gegenmittel, also beeilte er sich auf dem Weg zu Poppo. Er hielt inne, als er im Kreuzgang des Kanonissenstifts seine Frau im Gespräch mit einem Mann entdeckte, den er zumindest von hinten nicht erkannte. Drei Kinder tollten um sie herum durchs Gras, denen offenbar niemand erklärt hatte, dass ein Kreuzgang ein Ort der geheiligten Stille und Kontemplation sein sollte …

Neugierig trat Otto näher, und als Editha ihn entdeckte, streckte sie ihm lächelnd die Linke entgegen: »Ah, da bist du ja. Das trifft sich gut.«

Ihr Begleiter wandte sich um und sank auf ein Knie nieder. »Mein König.«

»Hermann von Schwaben! Erhebt Euch, mein Freund.« *Falls du das denn bist*, fuhr es Otto durch den Kopf, doch er verbarg seine Verwunderung ebenso wie seinen Argwohn ob dieses unerwarteten Besuchs hinter einem Lächeln. »Seid willkommen.«

Der Herzog von Schwaben kam auf die Füße. »Ich weiß nicht so recht, wie ich es sagen soll, mein König«, bekannte er. »Aber es ist bitter, einen Bruder zu verlieren, ganz gleich, ob er Freund oder Feind war. Ich hoffe, Ihr versteht es nicht als Provokation, wenn ich Euch mein Mitgefühl ausspreche.«

Das kam unerwartet. Niemand außer Editha war bislang auf den Gedanken gekommen – oder hatte gewagt –, ihm seine Anteilnahme auszudrücken. »Ich bin Euch dankbar, Hermann. Ihr habt recht. Es *ist* bitter.«

»Hermann hat seine Tochter mitgebracht, die kleine Ida.« Editha wies auf das rothaarige, sommersprossige Kind, das trotz des feinen blauen Kleides mit Liudolf um einen Lederball rangelte.

»Liudolf, nicht so wild!«, mahnte die Königin. »Vergiss nicht, Ida ist unser Gast und eine Dame.«

Ihr Sohn schenkte ihr keinerlei Beachtung, sondern stieß die kleine Dame rüde mit der Schulter beiseite und eroberte den Ball, den er genau so lange behielt, bis seine Schwester ihm ein Bein stellte und er bäuchlings im Gras landete.

»Oh, keine Bange, Ida liebt raue Spiele«, beruhigte Hermann die Königin.

»Dann ist sie bei Liudolf und Liudgard genau richtig«, bemerkte Otto trocken.

Der Herzog von Schwaben betrachtete seine Tochter mit einem Blick, den man kaum anders als hingerissen nennen konnte. Dann zuckte er die Schultern und sagte: »Sie ist erst sieben Jahre alt, aber sie weiß, was es bedeutet, dass ich keinen Sohn habe. Ich fürchte, sie hält es für ihren persönlichen Makel. Und darum versucht sie, mir ein Sohn zu sein.«

»Heiratet wieder«, riet Otto. »Zeit genug für ein Dutzend Söhne.«

Hermann wiegte den Kopf hin und her. »Wir werden sehen.« Man konnte hören, dass es ›nein‹ hieß. »Mir wäre schon mit einem Schwiegersohn gedient.«

Otto und Editha tauschten einen Blick. Dann schlug die Königin vor: »Warum setzt ihr euch nicht dort drüben auf die Bank? Da seid ihr ungestört. Ich schicke euch einen Krug Wein und habe ein Auge auf die Kinder.«

Otto führte seinen Besucher zu der steinernen Bank, die auf der kleinen Rasenfläche im Innern des Kreuzgangs stand, nahm Platz und lud den Herzog mit einer Geste ein, seinem Beispiel zu folgen. »Erlaubt mir ein offenes Wort, Hermann.«

»Ihr seid der König und könnt sagen, was immer Ihr wollt«, gab der grinsend zurück.

Otto nickte. »Ihr kommt in diesen schwierigen Zeiten zu mir und schlagt eine Verlobung zwischen meinem Sohn und Eurer Tochter vor, um ein Bündnis für die Zukunft zu schmieden und der Welt zu zeigen, dass Ihr unverrückbar an der Seite Eures Königs steht. Das weiß ich zu schätzen. Aber Eberhard von Franken ist Euer Vetter. Eure Väter waren Brüder. Also wieso seid Ihr hier und nicht bei ihm?«

Hermann wandte sich ihm zu, sodass sie einander ins Gesicht sehen konnten. »Ihr habt nichts vom Tod meines Neffen gehört?«

»Euer Neffe?«

Der Herzog nickte bekümmert. »Gebhard, der Sohn meines Bruders Udo. Gebhard war Prinz Hennings Waffenmeister in Belecke. Er fiel, als Eberhard und Thankmar die Festung stürmten. Er war ein großartiger Junge … Womöglich war er der Grund, warum es mich nie sonderlich bekümmert hat, keinen Sohn zu haben. Aber nun ist Gebhard tot, mein König. Und die Schuld trägt nicht zuletzt mein Vetter Eberhard von Franken.«

Nur hätte Thankmar Belecke nicht angegriffen, hätte Henning ihm nicht wieder und wieder Anlass gegeben, ihm zu grollen, dachte der König. Wenn man genau hinschaute, trug Henning die Schuld an Gebhards Tod. *Weil er zu ewiger Zwietracht verflucht ist …* »Es tut mir leid, Hermann.«

Der Herzog nickte.

»Wie es scheint, ist meine Familie nicht die einzige, die von einem tiefen Graben gespalten ist«, fügte der König hinzu.

»Es ist nicht mein erstes Zerwürfnis mit Eberhard«, sagte Hermann. »Nur dieses Mal … Ich bin nicht sicher, ob ich ihm den Tod des Jungen je vergeben kann. Aber im Grunde sollte all das in unserer Unterhaltung gar keine Rolle spielen, oder? Ihr seid mein König. Ich bin Euer Reichsherzog und Gefolgsmann. Eigentlich bin ich hier, um Euch zu versichern, dass sich daran nichts geändert hat.«

Otto sah ihm in die Augen, die so groß und blau und unschuldig wirkten, dass man vielleicht dazu neigte, die Entschlossenheit dieses Mannes zu unterschätzen. »Und was, wenn ich Eberhard aufhängen ließe, wie die Königinmutter mir rät?«

Hermann verzog schmerzlich das Gesicht. »Es würde nichts ändern. Vermutlich hätte er's verdient. Aber ich würde Euch dennoch bitten, es nicht zu tun.«

»Warum?«

»Nun, weil er mein Vetter ist, natürlich. Dagegen ist man machtlos, oder?«

Der König nickte. Vetter, Bruder … Dagegen war man machtlos.

Die Komplet war Alveradis das liebste der Stundengebete. Immer wenn die Schwestern sich am Ende des Tages auf der Empore der Stiftskirche einfanden und zu singen begannen, überkam sie so etwas Ähnliches wie Frieden. Vielleicht waren es die Worte des Psalms, die sie so beruhigend fand. *Seine Wahrheit ist Schirm und Schild, dass du nicht erschrecken müssest vor dem Grauen der Nacht, vor der Pestilenz, die im Finstern schleicht.*

Es erinnerte sie immer daran, wie es gewesen war, nachts mit Fieber aufzuwachen: die Schwäche, die Einsamkeit, die Furcht vor ihrem Vater. All das war jetzt vorüber, und sie wusste, sie hätte Gott dankbarer sein müssen, dass er sie hierhergeführt hatte, denn hier war sie sicher. Aber ebenso war sie eine Fremde.

Was natürlich nur an ihr selbst lag, wusste sie, und sie schloss die Augen, hüllte sich in die wohltuende Kühle und den Geruch des steinernen Gotteshauses und versuchte, sich ganz dem Gebet hinzugeben, wie die gütige Priorin es ihr ans Herz gelegt hatte. Die getragenen Gesänge der Schwestern hallten vom hohen Deckengewölbe zurück, und ihre schlichte Schönheit hatte etwas Tröstliches.

Als Alveradis die Lider wieder öffnete, wäre ihr um ein Haar ein Schreckenslaut entschlüpft, denn dort unten im Schatten einer der dicken Säulen stand Tugomir. Er hatte die Kapuze tief ins Gesicht gezogen, und eigentlich konnte sie ihn in seiner dunklen Kleidung im dämmrigen Licht gar nicht erkennen, aber sie wusste trotzdem, dass er es war. Oder hatte Gott ihr nur ein Trugbild geschickt, um sie zu prüfen? Sie schloss die Augen wieder. *Prüfe mich nicht, Gott*, bat sie. *Ich könnte niemals bestehen ...*

Als sie das nächste Mal hinschaute, war die Erscheinung verschwunden.

Seite an Seite mit Dragomira verließ sie schließlich die Kirche und achtete darauf, dass sie die Letzten in der kleinen Prozession waren. Als sie die nordwestliche Ecke des Gotteshauses erreichten, schlangen sich unversehens zwei starke Arme von hinten um ihren Leib und zogen sie in die Schatten.

»Sag mir, dass du keinen Schwur abgelegt hast, der dich für immer an deinen Gott bindet«, murmelte er, die Lippen irgendwo über ihrem Ohr in ihr offenes Haar gedrückt.

Sie drehte sich in seinen Armen um. »Kanonissen legen keine Gelübde ab.«

Sie sahen sich in die Augen, und als Alveradis erkannte, wie groß sein Kummer war, fühlte es sich an, als habe sich eine Faust um ihr Herz geschlossen, die es ganz allmählich zusammenpresste. »Es tut mir so leid, Tugomir. Ich weiß, wie teuer Prinz Thankmar dir war.« Sie legte die Hände auf seine Wangen. Der kurze Bart fühlte sich stoppelig an, aber gleichzeitig seidig, und er kitzelte sie ein wenig in den Handflächen. Es war ein schönes Gefühl.

Ohne zu antworten, umschloss er ihre Hände mit seinen und befreite sein Gesicht. Er warf einen kurzen Blick über die Schulter, dann führte er Alveradis zu der Wiese hinter der Kirche, von wo aus man einen so herrlichen Blick über das Städtchen und weit hinaus auf den Harz hatte. Es war ihr Lieblingsplatz in Quedlinburg, und wann immer man sie ließ und das Wetter es erlaubte, zog sie sich hierhin zurück.

Tugomir würdigte die Aussicht keines Blickes. Er schien nur

Augen für Alveradis zu haben und blickte sie so unverwandt an, dass ihr fast ein wenig unbehaglich davon wurde. Dann endlich legte er die Arme um sie und küsste sie, während seine Linke sich in ihr Haar grub, die Rechte allmählich ihren Rücken hinabwanderte. Alveradis hatte noch nicht viel Erfahrung mit Küssen. Niemand außer Tugomir hatte je ihre Lippen mit den seinen berührt. Aber dieser Kuss erschien ihr nicht fiebrig vor Gier wie damals im Kloster in Magdeburg, wo Henning sie ertappt hatte. Er war sehnsüchtiger und gleichzeitig beschaulich und zog sich in die Länge. Sie konzentrierte sich auf dieses noch so neue Gefühl, den schwachen Minzegeschmack auf Tugomirs Zunge, die samtige Weichheit seiner Lippen, die sie beim ersten Mal so überrascht hatte, und sie legte die Arme um seinen Hals, damit er nur ja nicht aufhörte.

Doch schließlich löste er sich von ihr, setzte sich vor sie ins hohe Gras, nahm wieder ihre Hand und zog sie neben sich. »Wir haben nicht viel Zeit, Alveradis«, warnte er.

Ein wohliges Gefühl durchrieselte sie jedes Mal, wenn er ihren Namen aussprach. Sein Akzent war schwach geworden nach all den Jahren, lag mehr im melodiösen Klang seiner Stimme als der eigentlichen Aussprache seiner Worte, und trotzdem sagte niemand ›Alveradis‹ so wie er. Sie lehnte den Kopf an seine Schulter. »Ich weiß.«

»Geht es dir gut? Ist die Königinmutter anständig zu dir?«

»Ja.« Das entsprach streng genommen nicht ganz der Wahrheit, denn Mathildis behandelte sie äußerst kühl, manchmal schroff und sah sie an, als bereite Alveradis' Anblick ihr eine leichte Übelkeit. So ähnlich, wie sie die Huren ansah, die die Wachen in die Pfalz kommen ließen. In Mathildis' Augen war sie eine Gefallene, wusste Alveradis. Aber es gab andere unter den Kanonissen, die ihr mit Wärme und Freundlichkeit begegneten. »Vor allem die Priorin ist gut zu mir, und deine Schwester ist mir eine wahre Freundin.«

»Gut.« Es klang nicht wirklich zufrieden.

Sie schwiegen einen Moment, und Alveradis lauschte seinem Herzschlag. »Du warst bei ihm, als er starb?«, fragte sie schließlich.

»Woher weißt du das?«

»Mirnia hat gehört, wie Hardwin es dem Kämmerer erzählte. Du hast ihn aus der Kirche getragen, sagen sie.«

Seine Hand lag auf ihrem Kopf, und er strich behutsam, beinah schüchtern mit einem Finger über ihr Ohr. »Lass uns nicht heute davon sprechen«, bat er.

Alveradis nickte. Sie war selber traurig über Prinz Thankmars Tod. Natürlich wusste sie, dass er ein Verräter gewesen war, und eigentlich durfte man um Verräter nicht trauern. Aber er war der einzige der Vettern ihres Vaters, der jemals nett zu ihr gewesen war. Mehr als das, er hatte ihr immer mehr Beachtung geschenkt als ihren Brüdern, was höchst ungewöhnlich und ihr nie so ganz begreiflich gewesen war. Und in der Nacht nach der Klosterweihe in Magdeburg, als ihr Vater sie mit der Faust niedergeschlagen und dann die Peitsche geholt hatte, um sie für die Schande bezahlen zu lassen, die sie über ihn gebracht hatte, war Prinz Thankmar plötzlich erschienen und hatte es irgendwie fertiggebracht, ihren Vater von seinem Vorhaben abzubringen und sie ins Kanonissenstift zu schicken. Sie hielt es durchaus für möglich, dass sie Thankmar ihr Leben verdankte.

Sie hob den Kopf von Tugomirs Schulter und schaute ihn an. »Sagt ihr nicht, ›Die Welt ist dunkler geworden‹, wenn ein Mensch stirbt?«, fragte sie.

»Ja.«

»Mir kommt es vor, als gelte das für Thankmar ganz besonders. Die Welt schien immer ein bisschen heller, wenn er da war.«

»Ich wusste nicht, dass du ihn so gut kanntest«, erwiderte er, und ehe sie antworten konnte, hatte er sie wieder in die Arme geschlossen, küsste ihre Stirn und ihre Augenlider und dann wieder ihren Mund, genauso innig und doch so wenig drängend wie vorhin. Ihr wurde klar, dass es Trost war, den er bei ihr suchte, und das machte sie eigentümlich stolz.

Eng umschlungen saßen sie im duftenden Spätsommergras, während die Dämmerung einen immer tieferen Kupferton annahm, und lauschten schweigend dem Abendlied der Vögel.

»Was werden wir tun, Tugomir?«, fragte Alveradis schließlich.

Er strich wieder mit den Lippen über ihr Haar. »Was können wir tun?«

»Durchbrennen und über die Elbe fliehen?«

»Nein.« Er legte einen Finger unter ihr Kinn und hob ihr Gesicht, bis sie sich in die Augen sahen. »Es ist lange her, dass der König mir zum letzten Mal damit gedroht hat, die daleminzischen Sklaven aufzuhängen, wenn ich fliehe. Aber ich bin sicher, er hat dieses Versprechen nicht vergessen.«

»Das würde König Otto niemals tun«, widersprach sie erschrocken.

»Sei nicht so sicher.«

»Oh, Tugomir. Du solltest ihn wirklich besser kennen«, schalt sie mit einem nachsichtigen Lächeln.

Doch er sagte kopfschüttelnd: »Wenn Otto glaubt, etwas zum Wohle seines verfluchten Reiches tun zu müssen, kann er ganz und gar erbarmungslos sein.«

Die Bitterkeit in seiner Stimme machte ihr zu schaffen. Sie erinnerte sie daran, dass es eine Kluft gab, die sie trennte: Seit Menschengedenken waren Slawen und Sachsen Feinde, die sich wieder und wieder gegenseitig überfallen hatten und beide immer behaupteten, die andere Seite sei schuld. Alveradis bemühte sich, kein Urteil über die Slawen zu fällen, aber im Grunde ihres Herzens glaubte sie, dass der Vater des Königs recht daran getan hatte, einen slawischen Fürstensohn als Geisel zu nehmen. Sie wünschte nur, es wäre nicht ausgerechnet der Mann, den sie liebte …

»Er ist nicht erbarmungslos«, versuchte sie zu erklären. »Aber du musst verstehen, dass er versucht, die Ostgrenze zu sichern.«

»Oh, ich würde sagen, er tut weit mehr als das«, gab Tugomir zurück und ließ sie los. »Er will eine *neue* Ostgrenze für sein Reich, und die Götter allein wissen, wie weit nach Osten seine ehrgeizigen Pläne ihn führen. Ihn – und deinen Vater.«

»Lass uns nicht streiten«, bat sie beklommen. Sie nahm seine Hand, um ihn zu versöhnen, aber er befreite sich von ihrem Griff, stand auf und trat an die kleine Bruchsteinmauer.

Sie musste ihren Mut zusammennehmen, aber schließlich erhob sie sich aus dem langen Gras, folgte ihm und blieb zwei Schritte hinter ihm stehen.

»Wir haben keine Zukunft, Alveradis«, sagte er, so leise, dass sie Mühe hatte, die Worte zu erhaschen.

Sie trat neben ihn. »Warum sagst du das?«

»Weil es so ist.« Er weigerte sich, sie anzusehen. »Selbst wenn eines Tages das Wunder geschähe, dass ich dich über die Elbe nach Hause führen könnte – und dieses Wunder wird niemals geschehen –, es hieße, dass ich dir genau das antäte, was die Sachsen meiner Schwester und den Daleminzern und mir angetan haben: Ich würde dich entwurzeln, dich aus der Welt reißen, die du kennst und verstehst, und dich dorthin verschleppen, wo du unter Feinden leben musst. Wie könnte ich das tun? Wo ich doch *weiß*, was es bedeutet?«

»Die Heveller wären nicht meine Feinde.«

Plötzlich wandte er den Kopf und sah ihr ins Gesicht. »Sei versichert, das wären sie. Dein Vater wird so viel Hass unter den slawischen Völkern schüren, dass sie dir niemals vergeben könnten.«

»Und was bedeutet all das?«, fragte sie und wischte sich wütend eine Träne vom Gesicht. »Wenn wir keine Zukunft haben, heißt das, dass es auch kein Jetzt für uns gibt? Dabei bist du es doch, der gern sagt, dass wir Sachsen uns viel zu sehr von der Sorge um die Zukunft leiten lassen.«

»Aber was für ein Jetzt sollte das sein?«, konterte er. »Ein heimliches Stelldichein dann und wann, bis uns wieder jemand erwischt oder bis du schwanger wirst und die Zuflucht verlierst, die du hier gefunden hast?«

»Es müsste nicht so sein«, widersprach sie. »Der König traut dir, das weißt du ganz genau. Wenn du dich nur entschließen könntest, dich in seinen Dienst zu stellen und ihm einen Lehnseid zu leisten …«

»Weißt du eigentlich, was du da redest?«, entgegnete er schneidend. »Ich soll ihm einen Eid leisten, der mein Volk seiner sächsischen Tyrannei unterwirft?«

»Er ist kein Tyrann«, widersprach sie, jetzt ebenso aufgebracht wie er. »Er ist ein gottesfürchtiger und gerechter König, der nur das Beste für sein Volk will! Und vielleicht würdest du deine Pflicht deinem Volk gegenüber erfüllen, wenn du den Tatsachen endlich ins Auge siehst und anerkennst, dass die Slawen gegen die Macht des Königs nicht bestehen können und sich viel Leid ersparen würden, wenn sie sich freiwillig unterwerfen.«

»Ich verstehe. Aber ich fürchte, ich bin trotz all der Jahre hier noch nicht so sächsisch geworden, dass ich in der Lage wäre, mein Volk zu verraten und es Pflichterfüllung zu nennen.«

Von einem Herzschlag zum nächsten war Alveradis' Zorn verraucht, und alles, was sie empfand, war Mutlosigkeit. »Deine Schwester verleugnet ihre slawischen Wurzeln nicht, aber sie hadert nicht damit, unter Sachsen zu leben, unsere Sitten anzunehmen, sogar unseren Gott«, führte sie ihm vor Augen, obwohl sie spürte, dass sie auf verlorenem Posten kämpfte.

»Vielleicht ist es für eine Frau leichter«, gab er zurück.

Oder vielleicht liebt sie ihren Widukind einfach mehr als du mich, wollte sie ihm entgegenschleudern, doch sie schluckte es im letzten Moment herunter, weil sie sich zu sehr vor Tugomirs Antwort fürchtete. Schuldbewusst kam sie zu der Erkenntnis, dass sie wieder einmal zu viel wollte, wieder zu hohe Ansprüche stellte. Das gehörte sich nicht, wusste sie, denn in der Heiligen Schrift stand, dass die Frau dem Manne untertan war. Gott hatte es so eingerichtet, und darum stand es einer Tochter nur an, ihrem Vater zu gehorchen, bis der sie verheiratete, auf dass sie fortan ihrem Gemahl gehorchen, das Haus führen und möglichst viele möglichst gesunde Kinder gebären konnte. Das Wechselfieber hatte es so gefügt, dass Alveradis diesen vorgeschriebenen Weg nicht einschlagen konnte, und sie hatte sich schon so manches Mal gefragt, ob Gott ihr das Fieber geschickt hatte, um sie für ihren Hochmut zu bestrafen, weil sie diesen Weg nie gewollt hatte.

»Vergib mir, Tugomir«, bat sie. »Heute ist gewiss ein schlechter Tag, um über solche Dinge zu sprechen. Du bist niedergedrückt von deiner Trauer, und weil du einen Freund verloren hast, fühlt dein Exil sich einsamer an als je zuvor.« Zaghaft ergriff sie seine Hand und war erleichtert, dass er sie nicht gleich wegzog. Sie betrachtete die feinen Punktlinien auf seinem Handrücken, die immer ein Eigenleben zu führen schienen, wenn er gestikulierte. Sie waren das Erste gewesen, was ihr an ihm aufgefallen war in der Nacht damals, als ihr Vater ihn an ihr Krankenbett geholt hatte. Die Fremdartigkeit dieser Tätowierungen faszinierte sie; sie schienen alles zu symbolisieren, was Tugomir ausmachte.

Er führte ihre Hand für einen Augenblick an die Lippen und ließ sie dann los. »Wer weiß. Vielleicht ist heute genau der richtige Tag, um über diese Dinge zu sprechen. Womöglich wollen die Götter, dass wir Thankmars Schicksal als Warnung verstehen.«

»Wovor?«

»Was es einbringt, sich etwas vorzumachen. Er hätte wissen müssen, dass er Eberhard und Wichmann nicht trauen konnte, und dass seine Rebellion somit zum Scheitern verurteilt war. Er hat es trotzdem getan. Und dafür bezahlt.«

Mit einem Mal fröstelte Alveradis, und es hatte nichts mit den länger werdenden Schatten zu tun. »Ich würde trotzdem mit dir gehen, wenn du nach Hause zurückkehrst«, erwiderte sie. »Vielleicht hast du recht, und die Heveller würden mich hassen für die Taten meines Vaters. Aber wer könnte versuchen, eine Versöhnung zwischen deinem und meinem Volk zu beginnen, wenn nicht du und ich?«

Er lächelte schwach, und sie argwöhnte, dass er sie für einfältig hielt. Dann drückte er noch ein letztes Mal die Lippen auf ihre Schläfe, und obwohl es eine zärtliche Geste war, spürte sie doch ganz genau, wie er sich distanzierte. Das hier war ein Abschied, erkannte sie mit aufsteigender Panik.

»Wie kommst du auf den Gedanken, es könnte Versöhnung sein, die ich will?«, fragte er und wandte sich ab.

Magdeburg, August 938

Eberhards Lippen verweilten nur für einen Lidschlag auf Ottos Fuß, dann richtete der Herzog sich wieder auf die Knie auf, und der König sah genau, dass es ihn Mühe kostete, sich nicht mit dem Ärmel seines kostbaren dunkelgrünen Gewandes über die Lippen zu fahren.

»Ich höre«, sagte Otto.

»Ich erflehe Eure Vergebung für mein Aufbegehren gegen Euch und Euren Thron, mein König, und gelobe, Euch fortan die geschuldete Treue zu halten.«

»Und wie lange dieses Mal? Das Gleiche habt Ihr vor einem Jahr schon einmal geschworen.«

Eberhard war bleich, und feine Schweißperlen standen auf seiner Stirn. Fast hätte man meinen können, diese neuerliche Unterwerfung bereite ihm körperliche Qualen. »Ich weiß sehr wohl, dass ich hohe Ansprüche an Eure Milde stelle. Aber wessen Milde könnte größer sein als die des Königs?«, brachte er hervor und verlagerte das Gewicht seines Körpers ein wenig zur Seite, weil ihn vermutlich die Knie schmerzten.

Otto dachte nicht daran, ihn aufstehen zu lassen. Er legte die Hände auf die Armlehnen seines Sessels und beugte sich vor. »Und was würdet Ihr an meiner Stelle tun, Eberhard?«, fragte er stattdessen.

Der Herzog verengte die Augen und sah ihm einen Moment direkt ins Gesicht, ehe er demütig wieder den Blick senkte. »Ich bin hier, um ein Urteil zu empfangen, nicht, um eines zu fällen«, gab er zurück.

»Da Ihr indes glaubt, dass eigentlich Euch die Krone zusteht, die ich trage, hätte ich doch zu gerne gewusst, wie Ihr an meiner Stelle entscheiden würdet.«

Es wurde noch stiller in der Halle, falls das möglich war. Otto hatte seinen gesamten Hof versammelt, um möglichst viele Zeugen für Eberhards neuerlichen Treueschwur zu haben, aber auch, gestand er sich ein, um dies hier für den abtrünnigen Frankenherzog so schlimm wie möglich zu machen. Editha, Henning und seine Frau, Erzbischof Friedrich, der Kanzler und der Kämmerer saßen mit ihm an der hohen Tafel. Die adligen Priester und Mönche der Hofkapelle, Wichmann Billung und weitere sächsische Edelleute, Prinz Tugomir, die jungen Grafensöhne, die zu den Panzerreitern zählten und mit Otto zur Eresburg gezogen waren, füll-

517

ten die Seitentafeln, einfache Soldaten und Wachen, sogar Mägde und Knechte drängten sich schaulustig draußen vor den weit geöffneten Torflügeln der Halle zusammen.

Und sie alle waren mit einem Mal verstummt.

»Das ist nicht, was ich glaube«, widersprach Eberhard. Er sagte es langsam und bedächtig. »Ich will aufrichtig sein, mein König.« Er ignorierte das spöttische Hüsteln, das hier und da zu vernehmen war. »Ich gebe zu, ich wäre meinem Bruder gern auf den Thron gefolgt, aber er wollte, dass Euer Vater die Krone bekam. Dem Wunsch meines toten Bruders hätte ich vielleicht getrotzt, doch war es offenbar auch das, was Gott wollte, sonst hätte König Heinrich sich nicht gegen so viele Widerstände durchsetzen können. Nur ein Narr lehnt sich gegen Gottes Willen auf, und ich bin überzeugt davon, dass Gott auch König Heinrichs Sohn als dessen Nachfolger ausersehen hat.«

»Wenn Ihr so überzeugt davon seid, dann erklärt dem Hof, warum Ihr Euch gegen mich erhoben habt.«

»Weil ich nicht glaube, dass die Krone das Recht hat, die Macht des Adels zu beschränken. Ich wollte mir das zurückerkämpfen, was Ihr mir genommen habt. Aber ich habe meinen Kampf verloren, darum bleibt mir nichts anderes übrig, als mich Eurem Urteil zu unterwerfen.«

Otto spürte Edithas verstohlenen Blick und deutete ein Nicken an. Er wusste selbst, er hatte den stolzen Herzog jetzt lange genug schmoren lassen. »Also hört meinen Richterspruch, Eberhard von Franken. Ich schone Euer Leben noch ein letztes Mal. Das verdankt Ihr allein der Fürsprache des ehrwürdigen Erzbischofs von Mainz, Eures Vetters Hermann von Schwaben und meines Bruders Henning, die alle drei um Milde für Euch gebeten haben.« Und du verdankst es der Tatsache, dass meine Mutter so auf deine Hinrichtung gedrängt hat, fuhr es ihm durch den Sinn. »Doch mein Vertrauen in Euch und Eure Treueschwüre ist erschüttert, und ich verbanne Euch aus dem Herzogtum Franken und schicke Euch bis auf Weiteres nach Hildesheim in Festungshaft. Ihr dürft Euch erheben.«

Eberhard kam nicht ganz ohne Mühe auf die Füße. Sein Urteil

nahm er wortlos auf, mit einer tiefen Verbeugung. Er schwitzte noch ein bisschen mehr als zuvor. Vermutlich war es die Erleichterung, mit dem Leben davongekommen zu sein.

Otto gab den Wachen ein Zeichen, und sie führten den Herzog hinaus. Der Hof verfolgte seinen Abgang stumm, und das Volk draußen bildete bereitwillig eine Gasse, um ihn hindurchzulassen.

Als er verschwunden war, setzten die Unterhaltungen an den langen Tafeln wieder ein. Wortreich debattierten die Versammelten untereinander über Eberhards Treuebruch und Verbannung und die brennende Frage, ob ihm denn überhaupt je wieder zu trauen sei, und der Geräuschpegel schwoll zu dem üblichen Radau an, untermalt vom Scheppern der Platten und Krüge, die aufgetragen wurden.

»So viel also zu Eberhard von Franken«, bemerkte Henning. Es klang befriedigt.

Otto sah seinen Bruder an und rätselte nicht zum ersten Mal, wie es Henning in Wirklichkeit als Eberhards Gefangenem ergangen war. »Und was hast du jetzt für Pläne?«, fragte er ihn.

Henning hob kurz die Schultern, die über das letzte Jahr merklich breiter geworden waren. »Ich kehre nach Westfalen zurück und versuche, ein bisschen Ordnung zu schaffen. Natürlich nur, wenn Ihr erlaubt, mein König«, fügte er halb unterwürfig, halb spöttisch hinzu.

»Ich habe keine Einwände«, antwortete Otto. Im Gegenteil, er war froh, dass sein Bruder sich für die Menschen verantwortlich fühlte, die unter der Rebellion gelitten hatten. »Lass mich wissen, wenn du Geld brauchst, um den Bauern mit ein bisschen Saatgut oder Vieh wieder auf die Beine zu helfen. Wichmann kann seine Einsicht beweisen und es bezahlen, er ist schließlich reich genug.«

»Gute Idee«, befand Henning. »Was habt Ihr mit ihm vor?«

Otto war noch nicht sicher. Wichmann, der ältere der beiden Billunger, war ein einflussreicher Mann und konnte ein mächtiger Verbündeter sein. Der König gedachte, ihn eine Weile in seiner Nähe zu halten und dann zu entscheiden.

»Vielleicht das Klügste, Ihr schickt ihn zu seinem Bruder nach

519

Osten«, schlug Henning vor. »Wenn wir Glück haben, wird er von den wilden Slawen erschlagen, und wir sind ihn los.«

»Das wäre ein schwerer Verlust für Sachsen und das ganze Reich«, widersprach Erzbischof Friedrich. »Wichmann ist ein gottesfürchtiger Mann von Ehre. Er hat einen schweren Fehler begangen, kein Zweifel, aber er hat seine Taten bereut und gebeichtet. Wenn Gott ihm vergeben hat, sollten wir es nicht auch tun?«

»Das fällt mir nicht leicht«, gestand Otto und sah einen Moment zu dem vornehmen Edelmann mit dem gepflegten, graumelierten Bart hinüber, der mit verschlossener Miene und schweigsam an seinem Platz saß und den jungen Hardwin an seiner Seite kaum eines Blickes würdigte, der sich mit welpenhafter Freundlichkeit bemühte, ein Gespräch in Gang zu halten, an welchem Wichmann offenkundig keinerlei Interesse hatte. So anders als sein Bruder Hermann, der so redselig und dabei so kompromisslos aufrichtig war, dass viele ihn taktlos nannten. Otto hingegen fand ihn unkompliziert und wusste es zu schätzen, dass man immer glauben konnte, was Hermann sagte. Doch Hermann war fort. Er kämpfte jenseits der Elbe in seiner neuen Mark gegen die Slawen. Genau wie Gero. Siegfried war tot. Der junge Asik war tot. Und Thankmar. Die Vertrauten seiner Prinzenjahre waren entschwunden, und es beunruhigte den König, wie schwer es ihm fiel, sie zu ersetzen. Er argwöhnte, dass der Fehler bei ihm selbst lag. »Wir sollen ihm vergeben, sagt Ihr, ehrwürdiger Bischof. Aber sollten wir ihm auch trauen? Dem Verräter, der die Verräter verraten hat, als ihre Sache auf Messers Schneide stand?«

»Hätte er es nicht getan, wäret Ihr jetzt vermutlich tot«, gab Friedrich zurück, als beantworte das die Frage.

Aber das tat es natürlich nicht. Und allein die Tatsache, dass der Erzbischof nicht in der Lage schien, das zu begreifen, führte Otto vor Augen, dass auch Friedrich zu den Männern zählte, denen er kein Vertrauen schenken konnte.

»Wie lange gedenkt Ihr Herzog Eberhard in Festungshaft zu halten, mein König?«, fragte Poppo.

Otto hatte so ein Gefühl, als habe der altgediente Kanzler das Thema gewechselt, um seinem König einen Weg zu eröffnen, die heikle Wichmann-Frage erst einmal zu vertagen, und er war ihm dankbar. »Das kommt darauf an, wie die Dinge in Bayern sich entwickeln. Eberhard bleibt in sicherer Verwahrung, bis ich dort für Ordnung gesorgt habe, damit ich mich nicht mit zwei aufständischen Herzögen gleichzeitig herumplagen muss. Danach sehen wir weiter.«

»Bayern?«, fragte Hennings Gemahlin erschrocken.

Otto nickte mit einem leisen Seufzen. »Bayern. Es tut mir leid, Judith, aber ich kann das Verhalten deines Bruders nicht länger dulden. Er *muss* mir die Herrschaftsgewalt über die bayrische Kirche abtreten. Und je länger er zögert, desto kleiner wird das Bayern sein, das er am Ende noch übrig behält.«

»Ich sage es noch einmal, mein König«, meldete Henning sich zu Wort. »Jagt Judiths Bruder zum Teufel und gebt Bayern mir. Es wäre nur naheliegend!«

Er hatte nicht einmal unrecht, es *war* naheliegend. Doch wenn Otto in den zwei Jahren seit seiner Krönung eines gelernt hatte, dann war es Zuhören. Darum war ihm nicht entgangen, was Eberhard von Franken gesagt hatte: *Ich bin überzeugt, dass Gott König Heinrichs Sohn als dessen Nachfolger ausersehen hat.* Der Name Otto war indessen nicht gefallen. Und so kam es, dass der König ahnte, zu welchen Bedingungen Henning dem Herzog von Franken seine Fürsprache versprochen hatte, als der sich ihm zu Füßen warf.

»Wir werden sehen, Bruder«, antwortete er.

DRITTER TEIL
939 – 941

Laon, Januar 939

»Seid willkommen, edler Prinz!« Der Wachmann machte einen tiefen Diener. »Ich werde sofort nach dem Kämmerer schicken.«

Es dämmerte bereits, und Henning atmete verstohlen auf. Die Reise von Lüttich hierher war beschwerlich gewesen. Er hatte eigentlich vorgehabt, über die Maas und die Samber zu fahren, aber beide waren zugefroren. Also hatten sie sich mehr als hundert Meilen weit bei eisiger Kälte übers Eis gequält, und heute Mittag war Wiprechts verfluchter Gaul eingebrochen und hatte sich die linke Vorderhand zertrümmert. Wiprecht hatte geheult wie eine geschändete Milchmagd, als er dem Pferd die Kehle durchschnitt, und Judith hatte natürlich auch geheult, und Henning hatte sich beinah die Zunge blutig gebissen, um nicht die Beherrschung zu verlieren. Es war bei Weitem nicht die einzige Gelegenheit gewesen, da er in Versuchung geraten war, sie allesamt zum Teufel zu jagen und die Reise allein fortzusetzen.

Aber weder die Strapazen der Winterreise noch seine finstere Laune waren ihm anzumerken, als er der Wache die Zügel zuwarf und aus dem Sattel glitt. »Sorg dafür, dass die Pferde ordentlich untergestellt und gefüttert werden. Sie sind völlig erledigt.« Er schnipste dem Mann eine Münze zu.

Der verneigte sich schon wieder – wenn möglich noch tiefer.

Hennings Begleiter saßen ebenfalls ab. Seit dem Unfall heute Mittag war Wiprecht hinter Volkmar geritten. Er rutschte ohne viel Eleganz über das runde Pferdehinterteil zu Boden und streckte Judith die Hände entgegen, um ihr behilflich zu sein.

»Hab Dank.« Sie lächelte – huldvoll und ausdruckslos, ohne

dem jungen Grafen in die Augen zu sehen, so wie sie es immer tat. Ihr wahres Lächeln reservierte sie allein für Henning.

Volkmar und Hildger bedeuteten den Männern ihrer Eskorte, die Pferde zum Stall hinüberzuführen, und dann gingen sie zur Halle.

Laon war eine ansehnliche, gut befestigte Burg. Unweit des mächtigen Bischofssitzes zu Reims gelegen, war sie der Lieblingssitz des jungen westfränkischen Königs Ludwig, der hier regelmäßig seinen Weihnachtshof hielt. Er erhob sich von der hohen Tafel und trat den unerwarteten Gästen mit ausgebreiteten Armen entgegen. »Prinz Henning? Welch unverhoffte Freude! Seid willkommen bei meinem kleinen Hoffest.«

Zu Hennings Schrecken schloss der König ihn in die Arme, drückte ihn einen Moment an seine Brust wie einen im Krieg verschollenen und tot geglaubten Bruder, trat dann einen Schritt zurück und strahlte ihn an.

Henning erwiderte das Lächeln. Das kostete ihn keine große Mühe, denn er hatte viel Übung darin. Seine Mutter hatte ihn gelehrt, dass es gerade für ihn überlebenswichtig war, seine wahren Gedanken hinter einer höflichen und unbekümmerten Fassade zu verbergen.

»Habt Dank, König Ludwig.« Er neigte den Kopf, aber nicht zu tief. Ludwig war neunzehn – ein Jahr jünger als er – und verdankte seine Krone allein Hennings mächtigem Schwager, dem Herzog von Franzien. Darum sah Henning keinen Anlass für Unterwürfigkeit. »›Klein‹ würde ich Euren Hof indes nicht nennen. Mir will scheinen, er ist doppelt so groß und dreimal so prächtig wie der meines Bruders.«

Ludwig winkte ab und offerierte ein verschwörerisches Grinsen. »Wenn Ihr die Wahrheit wissen wollt: Ich kenne höchstens die Hälfte meiner mächtigen Gäste. Ich trage meine Krone noch nicht sehr lange, versteht Ihr.«

So lange wie Otto, fuhr es Henning durch den Kopf. Aber sein Bruder hatte schon Jahre vor seiner Krönung niemanden mehr gebraucht, der ihm zuflüsterte, wer wer bei einem Hoftag war. Hennings Blick glitt zu Hugo von Franzien, der einen Ehrenplatz an der hohen Tafel hatte. Wie unerträglich es für einen jungen König sein musste, von der Macht eines väterlichen Vasallen abhängig zu sein und seine Ratschläge befolgen zu müssen. An Hugos Seite saß Hadwig, die Henning mit einem fragenden Blick traktierte, die Brauen in die Höhe gezogen.

Henning ignorierte seine Schwester und ergriff stattdessen Judiths Linke. »Erlaubt mir, Euch meine Gemahlin vorzustellen: Judith von Bayern.«

Ludwig betrachtete sie mit ein wenig mehr als höflichem Wohlwollen. »Welche Zierde für meinen Hof. Seid auch Ihr willkommen, Prinzessin.«

Sie knickste und begutachtete den König unter halb geschlossenen Lidern hervor.

»Wiprecht, Graf im Balsamgau. Hildger, Sohn des Grafen Odefried im Nethegau. Und Volkmar, Sohn des Grafen Friedrich im Harzgau«, stellte Henning seine drei Getreuen vor.

Ludwig speiste sie mit einem Nicken ab und bedeutete einem Diener, sie zu einer der unteren Tafeln zu führen. Das ärgerte Henning, denn Wiprecht und die Väter von Hildger und Volkmar gehörten zu den mächtigsten Adligen in Sachsen.

Ludwig warf ihm einen Arm um die Schultern. »Kommt und speist mit uns, Prinz Henning. Und erzählt mir, wie geht es meiner Tante?«

Tante?, dachte Henning – vollkommen verdattert. Aber auf Judith war wie üblich Verlass. »Editha«, wisperte sie ihm zu. Und da fiel es Henning wieder ein. Natürlich: Ludwigs Mutter war Edithas Schwester, und sie war mit ihrem Sohn nach dem Sturz seines Vaters in ihre englische Heimat geflohen. Dort war Ludwig aufgewachsen, weswegen die Westfranken ihm den Beinamen *Outre-Mer* gegeben hatten – der König von jenseits des Meeres. Nur das war vermutlich der Grund, warum Ludwig deutsch sprach, wenn auch mit demselben grässlichen Akzent wie Editha und Egvina.

»Der Königin geht es hervorragend«, antwortete er, während er auf einem der eilig herbeigeschafften Sessel an der hohen Tafel Platz nahm. »Sie erfreut sich bester Gesundheit, und die Menschen in Sachsen verehren sie ob ihrer Mildtätigkeit und Frömmigkeit.« Es war das, was man üblicherweise über Königinnen sagte, aber Henning bemühte sich, es nicht gar zu gelangweilt herunterzuleiern. »Ach, was sage ich, im ganzen *Reich* liegen sie ihr zu Füßen«, fügte er hinzu.

Ludwig seufzte wehmütig. »Ich war erst acht oder neun, als sie uns verließ, um Euren Bruder zu heiraten, aber ich erinnere mich, dass ich sie furchtbar vermisst habe. Sie war immer so gut zu mir. Wie … wie ein Engel.«

Du meine Güte, dachte Henning, was für ein Schwachkopf du bist. Doch da der Schwachkopf Bestandteil seiner Pläne war, machte er gute Miene zum bösen Spiel und erwiderte: »Ich hätte es treffender nicht ausdrücken können.«

Allein Judith hörte den höhnischen Unterton und versteckte ihr Lächeln in ihrem Weinpokal.

Da es sich nicht länger aufschieben ließ, nickte Henning seiner Schwester zu. »Hadwig.«

»Henning«, grüßte sie ebenso frostig.

Ein junger Edelmann nahm von einer hübschen jungen Magd mit rotem Lockenkopf eine Platte mit gebratenen Wachteln in Empfang und stellte sie vor Henning auf die Tafel. Der Prinz stützte die Ellbogen auf den Tisch und begann geräuschvoll zu essen. »Wie ich sehe, brütest du endlich«, sagte er zu seiner Schwester. »Wurde Zeit, oder?«

»Wohl wahr.« Sie machte aus ihrer Erleichterung keinen Hehl, und das ärgerte ihn ein wenig, denn er wollte sie in Verlegenheit bringen.

Hugo, ihr kriegerischer Gemahl mit den furchteinflößenden Narben und dem halben Ohr, legte ihr ungeniert eine seiner Pranken auf den gewölbten Bauch, sah dann vielsagend zu Judith und fragte liebenswürdig: »Und wann darf man Euch gratulieren?«

Henning zwinkerte ihm zu. »Ihr rührt an einen wunden Punkt, Schwager. Es liegt jedenfalls nicht daran, dass wir uns nicht genug Mühe geben würden, so viel ist sicher.«

König Ludwig betrachtete Judith wieder mit unverhohlener Lüsternheit. »Das glaub ich aufs Wort.«

Judith gab vor, ihn nicht gehört zu haben, aber ihre Körperhaltung verriet Henning, dass sie mehr amüsiert als verärgert war. Das war er nicht gewöhnt. Die Weiber in Sachsen – und nicht nur die, die ihn fürchteten – behaupteten gern, Henning sei das schönste Mannsbild, das auf Gottes Erde wandele. Auch Judith sagte das, und inzwischen hatte er es so oft gehört, dass er es glaubte. Es gefiel ihm auch durchaus, denn selbst wenn ihm im Grunde gleich war, wie er aussah, wusste er doch, dass Schönheit Macht bedeutete. Und wenigstens in diesem Punkt hatte er seinen Brüdern etwas voraus. Doch der westfränkische König sah auch nicht übel aus mit seinen dunklen Locken und tiefblauen Augen, fiel ihm jetzt auf, und schien zu glauben, seine königliche Stellung gebe ihm das Recht, sich bei Judith Freiheiten herauszunehmen. Die unbezähmbare Wut, Hennings älteste Freundin, wollte ihm einen Besuch abstatten; er spürte, wie sie sich anschlich. Aber er schickte sie fort, vertröstete sie auf später. Dies hier war zu wichtig. Er vergnügte sich einen Moment damit, sich vorzustellen, wie er Ludwig von jenseits des Meeres das Speisemesser erst ins linke, dann ins rechte Auge rammte. Henning war mit einer blühenden Fantasie gesegnet, und so sah er jedes Detail, das Blut und die glibberigen Überreste der Augen, die über die Wangen tröpfelten, den zum Schrei weit aufgerissenen Mund. Von dem Bild wurde ihm ganz warm ums Herz, und seine fest zusammengebissenen Zähne lösten sich voneinander.

Er blickte zur anderen Seite der Tafel, hielt mit der Wachtel auf halbem Weg zum Mund inne und rief dann: »Gerberga!«, so als hätte er die Tischdame des Königs erst jetzt entdeckt. »Wie unverzeihlich von mir. Und Giselbert!« *Du bist ein Tattergreis geworden, Schwager,* hätte er hinzufügen können, aber er ließ es sein. Die Erkenntnis gefiel ihm nicht sonderlich, war doch Giselbert von Lothringen der eigentliche Grund, weshalb Henning sich herbemüht hatte.

»Es ist schön, dich zu sehen, Bruder«, sagte Gerberga, und ihr Blick schien voller Wärme. Aber Henning dachte nicht daran, diesem Blick zu trauen. Es lag nicht nur daran, dass ihre Augen eine geradezu gruselige Ähnlichkeit mit Ottos hatten. Er wusste genau, dass Gerberga für ihren königlichen Bruder durchs Feuer gegangen wäre und deswegen niemals seine Verbündete werden konnte. Auf ihre schwesterlichen Gefühle hätte er liebend gern verzichtet.

»Wir sind über Lüttich gereist, um euch einen Besuch abzustatten«, antwortete er. »Aber ihr wart nicht dort.«

Er sagte nicht: *Wieso weilt ihr am westfränkischen Weihnachtshof und nicht an Ottos, der doch euer Lehnsherr ist?* Doch er war zuversichtlich, dass Gerberga und Giselbert genau wussten, was ihm durch den Sinn ging.

Der Verdacht bestätigte sich, als Giselbert den Spieß umdrehte und sich scheinbar beiläufig erkundigte: »Sind die Feierlichkeiten in Quedlinburg schon vorüber?«

Henning hob vielsagend die Schultern, steckte sich ein Stück Brot in den Mund und erwiderte kauend: »Ich musste sie dieses Jahr leider versäumen.«

»Du hast dich nicht mit Otto überworfen, hoffe ich?«, fragte Gerberga besorgt.

Henning schüttelte den Kopf. »Mit Otto kann man sich nicht überwerfen. Er ist einfach zu gütig dafür.«

Judith legte die Hand vor den Mund, als läge ihr daran, ihr Kichern zu verbergen.

»Ich habe es dennoch vorgezogen, Weihnachten mit *meinen* Freunden zu begehen, nicht mit seinen«, fügte Henning hinzu. »Ich war in Saalfeld.«

Giselbert sah zu den drei jungen sächsischen Edelleuten hinüber, die Henning hierher begleitet hatten. Er blinzelte, als habe er Mühe, sie auszumachen. Das war kein Wunder, denn für das Dreikönigsfest war die Halle spärlich, geradezu geizig beleuchtet. Doch auch wenn Giselberts gestriegelter Schopf weiß und sein Rücken krumm geworden sein mochten, waren seine Augen offenbar ungetrübt, denn er murmelte: »Harzgau, Balsamgau und Nethegau. Ich merke, du wählst deine Freunde mit Klugheit aus, mein Junge.«

»Klugheit ist eine von Hennings schönsten Tugenden«, warf Judith ein, ehe ihr Gemahl seinem Schwager ob der respektlosen Anrede an die Gurgel gehen konnte.

»Daraus hat er letzten Sommer aber ein gut gehütetes Geheimnis zu machen verstanden«, konterte Giselbert mit nachsichtigem Spott.

Henning biss in die Wachtel, ließ die kleinen Vogelknochen zwischen den Zähnen krachen und wünschte, es wären Giselberts.

»Denkt Ihr wirklich?«, fragte Judith kühl. »Ich würde sagen, Henning ist auf jeden Fall besser aus dieser unseligen Geschichte herausgekommen als Thankmar.«

Henning beäugte seine beiden Schwestern aus den Augenwinkeln. Hadwig hatte den Kopf gesenkt und bekreuzigte sich. Gerberga saß so aufrecht, als habe sie eine Lanze verschluckt, und starrte auf eine der rußenden Fackeln, während eine Träne über ihre Wange perlte.

»Oder Euer Bruder, der vertriebene Herzog von Bayern?«, stichelte Giselbert weiter.

Otto war im Herbst mit einer Streitmacht nach Bayern gezogen und hatte Judiths dämlichen Bruder kurzerhand davongejagt. Es war nicht einmal besonders viel Blut geflossen. Bayern war dem König in die Hand gefallen wie ein reifer Apfel vom Baum. Und Otto hatte ein gutes Stück von diesem Apfel abgebissen und den Reichsgütern zugeschlagen, ehe er den angenagten Rest an den neuen Herzog verlieh. Nicht an Henning – obwohl dem die Herzogswürde schon allein aufgrund der Ehe mit Judith zugestanden hätte –, sondern an Judiths zahmen Onkel Berthold, der willig das Knie vor Otto gebeugt hatte …

Giselberts Gehässigkeit schien Judith nicht anzufechten. »Ein jeder Reichsherzog ist gut beraten, seine Lehren daraus zu ziehen, glaubt Ihr nicht, Schwager?«

Giselbert wandte den Kopf und studierte ihr Gesicht, als versuche er zu ergründen, wie genau sie das gemeint hatte. Dann lachte er brummelnd in sich hinein, hob ihr den Silberpokal entgegen und sagte: »Darauf trinke ich, Herzchen.«

Henning fand sie in einer Vorratskammer. Irgendwie fand er sie immer, so als hätte er einen sechsten Sinn dafür. Und fast schien es, als hätte diese hier ihn erwartet, denn sie stand mit dem Rücken zur Tür über einen breiten Tisch gebeugt und versuchte, mit der ausgestreckten Hand einen Tontopf zu erreichen.

Henning verharrte einen Moment und betrachtete sie mit Wonne. Unter dem dünnen Rock malte sich ein wohlgeformtes Hinterteil ab, und weil sie sich so weit vorreckte, war der Kleidersaum nach oben gerutscht, was ihm freien Blick auf ihre hinreißenden Waden bescherte. Trotz der Eiseskälte und ellenhohen Schneedecke draußen waren ihre Füße nackt. Ein Sklavenmädchen, schloss er. Umso besser. Nicht dass es ihn abgehalten hätte, wäre sie eine Freie gewesen. Henning machte keine Unterschiede. Er war der Bruder des ostfränkischen Königs und konnte sich leisten, zu nehmen, was immer er wollte.

Er machte einen lautlosen Schritt auf sie zu und schlang die Arme um sie.

Das Mädchen schrie erschrocken auf, und die roten Locken flogen, als sie versuchte, über die Schulter zu sehen. Als sie ihn erkannte, weiteten sich ihre herrlichen blauen Augen vor Furcht.

Henning lächelte. »Ich will dich nackt. Zieh dich aus, wenn du dein Kleid behalten willst. Ich nehme an, du hast nur dieses eine, oder?« Er presste sie ein wenig fester an sich und rieb sich an ihr.

Sie verstand anscheinend kein Wort. Statt zu gehorchen, wimmerte sie.

Henning zuckte die Achseln. »Auch gut.« Mit einem geübten Ruck riss er hinten an ihrem Halsausschnitt. Der dünne, morsche Stoff gab sofort nach. Sie schluchzte und versuchte, mit den Armen Brust und Scham zu bedecken. Henning ließ die Fetzen zu Boden fallen, während er mit der Rechten seinen Gürtel aufschnallte. Mit der flachen Hand auf ihrem Rücken drückte er sie auf die Tischplatte hinab und brachte sich in Position. Von einem Herzschlag zum nächsten hörte das Mädchen auf zu zappeln und hielt still. Er stieß schwungvoll zu und hatte doch Mühe einzudringen. Eine Jungfrau, ging ihm auf, und er atmete genießerisch tief durch. Die Hände um ihre Hüften gekrallt, zog er sie mit einem Ruck näher, und sie jammerte vor Schmerz, aber sie blieb gefügig.

Das gefiel ihm nicht. Henning bevorzugte solche Schlachten, bei denen er von vornherein als Sieger feststand, aber dennoch wusste er ein wenig Kampfgeist zu schätzen. Deswegen waren ihm die Daleminzermädchen am Hof seines Bruders auch die liebsten, denn die meisten von ihnen waren widerspenstige kleine Biester. Diese hier hingegen gab ihm das Gefühl, einen Sack nasser Lumpen zu nageln. Also zog er sich zurück, packte sie am Arm, drehte sie zu sich um und schlug sie ins Gesicht. Sie keuchte und wollte die Arme um den Kopf schlingen, aber er setzte sie auf die Tischkante, hielt ihre Hände mit einer von seinen auf ihrem Rücken zusammen, schlug sie weiter und drang wieder in sie ein. Jetzt ging es ganz leicht, weil sie blutete.

»Hör auf zu flennen, du Schlampe«, knurrte er.

Sie hatte vermutlich auch das nicht verstanden, aber er bekam trotzdem, was er wollte. Ohne Vorwarnung schwang ihre Stimmung um, und sie fing wieder an, sich zu wehren.

»So ist's recht. Na los, zeig's mir.«

Er ließ ihre Hände los. Doch das erwies sich als Fehler. Mit katzenhafter Schnelligkeit schlug sie ihm die Nägel in die Wange, zischte einen Fluch und hob ihm die freie Linke mit ausgestrecktem Zeige- und kleinem Finger vors Gesicht – das Zeichen gegen den bösen Blick und gegen jene, die den Teufel im Leib hatten.

Henning erstarrte. Nichts auf der Welt konnte ihn in so blinde Wut versetzen wie die Behauptung, er habe den Teufel im Leib. Sein Blick trübte sich und nahm eine schleierartige, rötliche Färbung an, sodass nichts mehr klare Konturen hatte. Er keuchte, stieß noch unbarmherziger in sie hinein und sah ihr in die Augen, während er langsam die Faust um die Hand mit dem magischen Zeichen schloss. Als ihre Finger brachen, klang es genau wie die berstenden Knochen einer Wachtel.

Magdeburg, Februar 939

»Es war auf jeden Fall klug von Otto, sich der Unterstützung der bayrischen Bischöfe und Äbte zu versichern, bevor er den Herzog davongejagt hat«, befand Vater Widukind. »Die

Zeiten, da ein Herrscher gegen die Kirche regieren konnte, sind nämlich vorbei.«

Tugomir gab keinen Kommentar ab, sondern fuhr fort, den Hustensirup zu rühren, der im Kessel blubberte. Diesen Winter schienen *alle* Kinder von Magdeburg an Husten zu leiden, und er konnte seine Arznei kaum so schnell zusammenbrauen, wie ihm die kleinen Krüge aus den Händen gerissen wurden.

»Du missbilligst den Einfluss der Kirche auf weltliche Belange?«, argwöhnte Widukind.

Tugomir vollführte eine wegwerfende Geste mit dem hölzernen Rührlöffel, und ein kleiner Sirupschauer ging auf den sandbedeckten Boden nieder. »Alle Priester fühlen sich berufen, hinter dem Thron ihres Fürsten zu stehen und ihm einzuflüstern, was er tun soll. Du wurdest dazu genauso erzogen wie ich. Wenn es ein guter Priester ist, der in der Lage ist, den Willen der Götter zu erkennen oder sie milde zu stimmen, kann es für den Fürsten von Vorteil sein, auf ihn zu hören. Aber nur zu oft haben die Priester nichts anderes im Sinn, als selbst die Macht auszuüben. Wie du sehr wohl weißt. Ein Fürst ist immer gut beraten, sich zuallererst auf sich selbst und sein eigenes Urteilsvermögen zu verlassen.«

Widukind nickte unwillig. »Danke, Semela«, sagte er mit einem zerstreuten Lächeln, als der junge Mann einen dampfenden Becher vor ihn stellte.

»Trinkt ihn, solange er heiß ist«, riet Semela. »Der beste Schutz gegen das Winterfieber bei dieser Eiseskälte.«

Der Schnee lag eine Elle hoch, und seit er aufgehört hatte zu fallen, war es bitterkalt geworden.

Widukind legte vorsichtig die Hände um den Tonbecher und sog genießerisch das Aroma des heißen Mets ein. Dann antwortete er Tugomir: »Natürlich gibt es auch unter den christlichen Priestern solche, die nach weltlicher Macht streben. Aber wir sehen es nicht als unsere Aufgabe an, hinter dem Thron des Königs zu stehen und ihm irgendetwas einzuflüstern. Wir sind die Mittler zwischen ihm und Gott. Und Gottes Gesetze sind es, die uns bei den Ratschlägen leiten, die wir den weltlichen Herrschern erteilen.«

»Wirklich?« Tugomir verzog die Mundwinkel zu einem Hohnlächeln. »*Du sollst nicht töten? Du sollst nicht stehlen? Du sollst nicht begehren deines Nächsten Hab und Gut?* Sag mir, Widukind, verlieren die Gesetze eures Gottes am anderen Ufer der Elbe ihre Gültigkeit?«

Der Priester sah ihn verdutzt an. »Du … kennst dich erstaunlich gut aus mit unseren Geboten.«

»Mein Kerkergenosse, Vater Gerwald, hat mir mehr oder weniger alles erzählt, was im Buch eures Gottes steht. Ich hatte die Wahl, ihm zuzuhören oder das Genick zu brechen. Kurz bevor ich so weit war, Letzteres zu tun, holte Otto mich raus.«

»Und du hast alles behalten?«

Tugomir zuckte die Schultern. Seit frühester Jugend war er daran gewöhnt, sich zu merken, was er hörte, denn die slawischen Völker hatten keine Schrift, ihre Götter keine Bücher. Alles, was es über sie zu wissen gab, gaben die Priester in Sprüchen und Liedern an ihre Schüler weiter, manche davon so lang, dass es von Sonnenaufgang bis Sonnenuntergang dauerte, sie zu singen. »Ich hatte nicht viel anderes zu tun«, antwortete er und begann, mit dem Löffel die ausgekochten Salbeiblätter aus dem Sirup zu fischen.

Widukind nickte. »Das machst du sehr geschickt«, lobte er.

»Und du hast meine Frage nicht beantwortet.«

Der Cousin des Königs seufzte verstohlen. »Natürlich haben die göttlichen Gebote überall Gültigkeit.«

»Also ist es nach euren eigenen Regeln unrecht, was ihr tut.«

»Das ist es nicht, Tugomir«, widersprach Widukind. »Du weißt genau, was der König will: dein Volk vor der ewigen Verdammnis bewahren, indem er ihm den wahren Glauben bringt.«

Tugomir stieß angewidert die Luft aus. »Das ist der Vorwand.«

»Es ist mehr als das …«

»Jeder Fürst trachtet danach, seine Macht zu erweitern, auch Otto. Seine Nachbarn zu unterwerfen, damit er nicht eines Tages aufwacht und feststellt, dass er selbst von ihnen unterworfen wurde.«

»Wenn das wirklich wahr ist, heißt es im Umkehrschluss, dass die Slawen die Sachsen unterwerfen würden, wenn sie könnten. Demnach wäre es nur weise, den ersten Schlag zu führen.«

»Hm«, brummte Tugomir zustimmend. »Aber euer sonderbarer Gott sagt: *Liebet eure Feinde. Tut wohl denen, die euch hassen. Segnet, die euch fluchen.* Also, wie ich sagte: Otto verstößt gegen die Regeln eures Gottes, aber keiner der Bischöfe, auf die du so große Stücke hältst, protestiert.«

Widukind schob seinen Becher beiseite, verschränkte die Arme auf dem Tisch und lehnte sich vor. »Aber genau das ist es doch, Tugomir: Indem er die slawischen Völker zum wahren Glauben bekehrt, tut er denen wohl, die ihn hassen, nur bist du nicht in der Lage, das zu begreifen. Es ist nicht viel mehr als hundert Jahre her, dass wir Sachsen genauso ungläubig und verstockt waren wie ihr Slawen heute, und Karl der Große musste unsere Vorväter mit dem Schwert bekehren. Viele sind gestorben, und viel Unrecht ist geschehen, genau wie jetzt. So wie Gero der falsche Mann für seine Aufgabe ist, hat auch Karl falsche Männer ausgewählt. Aber das *Ziel* war das richtige. Ich wünschte, ich könnte irgendetwas sagen oder tun, um dich von der Barmherzigkeit und Allmacht unseres Gottes zu überzeugen, damit du begreifst, was der König tut und warum. Aber ich weiß, das kann ich nicht. Das kann nur Gott.«

»Barmherzigkeit?«, wiederholte Tugomir bitter. »Thankmar war im Tempel … in einer Kirche, als er die Waffen niederlegte, aber euer Gott hat nicht verhindert, dass ein Mörder ihn feige von hinten mit einer Lanze durchbohrte.«

»Vielleicht weil Thankmar zuvor Blut auf geweihtem Boden vergossen hatte? Das ist ein schwerer Frevel.«

»Mag sein. Aber dein Gott hat auch nichts getan, um ihm wenigstens Trost zu spenden oder seine Schmerzen zu lindern.«

»Bist du sicher? Er hat *dich* geschickt, oder nicht?«

Tugomir stand abrupt auf, um den Hustensirup in Krüge zu füllen – und Widukind bei der Gelegenheit den Rücken zuzukehren. Der blieb an seinem Platz sitzen, hielt ausnahmsweise einmal die Klappe und trank seinen Met. Womöglich hätte die wohltuende Stille sogar angehalten, bis sein Becher geleert war und er sich verabschiedete, doch Semela fragte: »Und welcher der aufsässigen Herzöge wird den König als Nächstes herausfordern, Vater?

Stimmt es, dass er Eberhard von Franken schon wieder hat laufen lassen?«

»Was kümmert es dich?«, fragte Tugomir verwundert.

Semela verschloss die ersten Krüglein mit den bereitliegenden Holzdeckeln und gab achselzuckend zurück: »Ich bin nur neugierig.«

»Ja, das ist mir nicht neu«, bemerkte Tugomir verdrossen.

»Es stimmt«, antwortete Widukind dem jungen Mann. »Nach seiner siegreichen Rückkehr aus Bayern hat der König Herzog Eberhard auf freien Fuß gesetzt, denn es wäre unklug gewesen, Eberhard weiter zu demütigen, verstehst du. Er hat immer noch viele mächtige Freunde, auch in Sachsen. Außerdem kann der König es sich leisten, großmütig zu sein, schätze ich. Er hat seine Herrschaft gefestigt. Der Herzog von Schwaben ist loyal, der neue Herzog von Bayern wird es auch sein. Giselbert von Lothringen ist König Ottos Schwager und zu bequem, um ein Aufrührer zu sein. Und selbst wenn du es nicht gerne hörst, Tugomir: Auch Prinz Thankmars Tod bedeutet, dass Ottos Thron sicherer geworden ist.«

»Sag das dem König, und du wirst feststellen, dass er es erst recht nicht gern hört.«

»Ich weiß«, gab Widukind zurück. »Und dennoch ist es so. Thankmar mag ihm teuer und dein Freund gewesen sein, aber seine Rebellion war ein abscheulicher Akt wider die Natur und Gottes Gebot.«

Tugomir räumte die fertigen Krüge auf das Wandbord. »Wer weiß«, gab er scheinbar gleichgültig zurück. »Aber der abscheulichste von Ottos Brüdern lebt noch.«

»Ich fürchte, das ist wahr«, musste der Priester bekennen, stellte seinen Becher ab und stand auf. »Für mich wird es Zeit. Nicht auszudenken, was mir bevorstünde, wenn Kanzler Poppo auf den Gedanken käme, ich drücke mich vor der Arbeit ... Habt Dank für den Met.«

»Jederzeit, Widukind«, gab Tugomir zurück, und er meinte, was er sagte. Widukind war einer der wenigen Sachsen, deren Gegenwart er gut ertragen konnte. Beide Priester von fürstlichem

Geblüt, hatte Tugomir erstaunliche Gemeinsamkeiten entdeckt, und inzwischen verstand er, warum seine Schwester ihr Herz ausgerechnet an diesen Mann verschenkt hatte. »Wann immer Poppo dich aus seinen Klauen lässt.«

Mit einem leisen Lachen öffnete der Priester die Tür und wäre um ein Haar mit Rada zusammengestoßen, die mit Holc auf dem Arm nach Hause kam, beide zum Schutz gegen die Kälte in den dicken Wollmantel gehüllt, den Tugomir für Rada hatte schneidern lassen. Widukind ließ ihr den Vortritt.

Sie lächelte scheu. »Habt Dank, Vater.«

Er nickte und verschwand in der Dämmerung. Nicht ganz ohne Mühe schloss Rada die Tür gegen den heulenden Wind, und als er ausgesperrt war, nahm sie das wollene Tuch vom Kopf. »Eben ist ein Bote gekommen, und kaum war er in die Pfalz geritten, ist sein Pferd tot umgefallen«, berichtete sie. »Kein Wunder bei so einem Wetter. Ich sage euch, es sind Geisterstimmen in diesem Wind.«

Tugomir nickte. Er hörte sie auch. »Ein Bote woher?«, fragte er mit mäßigem Interesse. Wenn sein Gaul unter ihm verreckt war, hieß das möglicherweise, dass Tugomirs Götter dem Boten oder seinem Herrn nicht wohlgesinnt waren.

»Keine Ahnung«, erwiderte sie. »Von weit her, glaub ich. Er trug ganz seltsame Stiefel, und er sprach ein Deutsch, das ich kaum verstehen konnte.«

Semela nahm seiner Frau das schlafende Kind ab. »Soll ich gehen und es herausfinden?«, erbot er sich. Das Spionagenetz der daleminzischen Sklaven funktionierte immer noch zuverlässig.

Doch Tugomir winkte ab. Es fiel ihm in letzter Zeit schwer, für irgendetwas Interesse aufzubringen. Die einzigen Nachrichten, für die er sich aus seiner Lethargie riss, waren solche, die aus dem Osten kamen. Der Reiter, den Rada beschrieben hatte, schien eher aus dem Süden oder Westen zu kommen. »Was kümmert uns Ottos Verdruss mit seinen aufsässigen Herzögen?«

»Falls es Verdruss ist, den der Bote bringt, dann nicht für Otto«, bemerkte Rada und hängte den feuchten Mantel über einen Schemel am Feuer. »Seine Nachricht sei für die Königin bestimmt, hörte ich ihn sagen.«

Otto hatte sich zwei Stunden Zeit genommen, um seinem Sohn und dessen neuen Freunden bei ihren Waffenübungen zuzuschauen, die wegen des abscheulichen Wetters in der Halle stattfanden.

»Gut gemacht, Wichmann«, befand der König, als der Neunjährige den gleichaltrigen Prinzen zum zweiten Mal in kurzer Folge entwaffnete. »Liudolf, ich schätze, du musst dich ein wenig schneller bewegen.«

Sein Sohn brummte missgelaunt, aber der König hatte beobachtet, dass Liudolf sich von Niederlagen nicht so leicht entmutigen ließ wie andere Jungen in seinem Alter. Er hatte großen Ehrgeiz beim Kampf, aber er fürchtete sich nicht vor überlegenen Gegnern, sondern nutzte sie als Chance, seine eigene Technik zu verbessern. Otto fand, das war eine gute Veranlagung für einen Prinzen.

»Senk den Schild ein wenig, Wichmann«, sagte Gerold, der Waffenmeister, der die Jungen unterrichtete und genauso konzentriert beobachtete wie der König. »Sonst nimmst du dir selbst die Sicht und machst unten deine Deckung zu weit auf.«

Der junge Wichmann lauschte aufmerksam, aber sein Nicken war eine Spur grimmig. Sein Stolz war ebenso ausgeprägt und leicht verletzbar wie der seines Vaters. Otto hatte Erzbischof Friedrichs Vorschlag bereitwillig zugestimmt, dem älteren Wichmann anzubieten, seine Söhne an den Hof zu nehmen und mit Liudolf zusammen erziehen zu lassen. Es war ein Friedensangebot und eine so hohe Ehre, dass nicht einmal Wichmann Billung unbeeindruckt davon bleiben konnte. Doch die Söhne waren nicht liebenswerter als der Vater, dachte der König insgeheim. Vielleicht tat Liudolfs Frohsinn ihnen indessen gut und taute sie ein wenig auf. Jedenfalls war es wichtig, dass die Jungen Bande für die Zukunft knüpften, da hatte der Erzbischof völlig recht. Und sollte Liudolf seinem Vater eines Tages auf den Königsthron folgen, wollte Otto, dass er über eine ausreichende Zahl zuverlässiger Freunde verfügte, zumal der Prinz keine Brüder hatte. *Nicht, dass Brüder sich immer als besonders treu und zuverlässig erwiesen …*

»Jetzt, Prinz«, rief Udo aufmunternd, der mit ein paar anderen dienstfreien Wachen auf der Bank saß und den beiden Knaben ebenfalls mit Interesse zuschaute. »Das wär der Moment gewesen. Wenn er das Gewicht auf dem falschen Fuß hat, kannst du seine Deckung durchbrechen und ihn abstechen.«

Otto warf ihm einen Blick zu.

»'tschuldigung«, knurrte der altgediente Haudegen, hob beschwichtigend die Hände und murmelte vor sich hin: »Wahr ist es trotzdem. Von diesen Streicheleinheiten mit dem Schwert lernen die Jungen gar nichts. Es muss wehtun, wenn sie einen Fehler machen.«

Jetzt hatte Liudolf die Oberhand. Schon mit einiger Kraft ließ er die Klinge auf Wichmanns Schild niederfahren, drängte seinen Widersacher zurück und gab ihm keine Möglichkeit zum Gegenschlag, und als Wichmann versuchte, seitlich auszuweichen, trat der Prinz ihm die Füße weg. Wichmann landete polternd auf dem eigenen Schild und blieb einen Moment liegen.

»Ich wette, das *hat* wehgetan«, bemerkte Hatto.

Liudolf senkte sein Holzschwert und reichte Wichmann die Hand.

Otto ließ den Bengel am Boden nicht aus den Augen. Für die Dauer eines Herzschlags verfinsterte sich der Blick der dunklen Augen, aber dann nahm Wichmann sich zusammen. Er richtete sich auf und ergriff die dargebotene Hand. »Nicht übel, mein Prinz«, gratulierte er eine Spur unwillig, zögerte noch einen Moment und klopfte Liudolf dann die Schulter.

»Egbert, du bist an der Reihe«, beschied der Waffenmeister und winkte Wichmanns ein Jahr jüngeren Bruder heran. Hätte Otto je vergessen können, dass diese beiden Knaben seine Vettern waren, Egberts Anblick hätte ihn sogleich daran erinnert. Mit seinem weizenblonden Schopf und den großen braunen Augen schlug Egbert seiner Mutter nach, Königin Mathildis' Schwester.

Während er die hölzerne Klinge mit Liudolfs kreuzte, winkte Otto den älteren der Brüder zu sich.

Wichmann verneigte sich ehrerbietig. »Mein König?«

»Du bist stark und schon ziemlich findig, Junge«, sagte Otto. »Wer hat dich bisher unterrichtet?«

»Meines Vaters Waffenmeister.«

»Wie ist sein Name?«

»Arnulf. Ich meine, das *war* sein Name. Er …«

»Ja?«

Wichmann senkte den Blick. »Er fiel … auf der Eresburg.«

»Verstehe.« Was er in diesem Moment vor allem verstand, war, dass der Junge ihm nicht einsilbig und mürrisch begegnete, weil das seiner Natur entsprach, sondern weil er Angst hatte. »Es ist völlig in Ordnung, um einen guten Mann zu trauern, Wichmann«, erklärte der König. »Dein Vater und ich haben eine Fehde ausgetragen und nun beigelegt. Es liegt an uns allen, neu zu beginnen und es in Zukunft besser zu machen. Das ist der Grund, warum dein Bruder und du hergekommen seid.«

Für einen Lidschlag offenbarte das Gesicht des Jungen Erleichterung und Erstaunen, aber die starre Maske kehrte sofort zurück. »Ich dachte …« Er verstummte wieder.

»Was dachtest du?«, fragte Otto. »Sag es mir.«

»Der slawische Prinz, mein König. Eure Geisel. Stimmt es, dass er im Verlies eingesperrt ist und niemals die Sonne sieht?«

Otto konnte dem scheinbar unvermittelten Themenwechsel im ersten Moment nicht ganz folgen, aber dann begriff er, was den Jungen plagte. »Nein. Er war eine Weile eingesperrt, weil er etwas ausgefressen hatte, aber er ist längst wieder frei. Er ist ein sehr angesehener Mann hier, weißt du, ein großer Heiler. Und mein Leibarzt. Er hat mir einmal das Leben gerettet, als ich krank war, und ich für meinen Teil bin ihm freundschaftlich gesinnt. Aber wie dem auch sei. Du und dein Bruder seid nicht als Geiseln hier, Wichmann, sondern um mit Liudolf gemeinsam erzogen zu werden und Freundschaft zu schließen. Verstehst du den Unterschied?«

»Aber Vater hat gesagt, wenn wir nicht folgsam sind und immer tun, was man uns hier sagt, werdet Ihr uns ohne Essen einkerkern und jeden Tag verprügeln lassen wie Eure slawische Geisel«, brach es aus dem Jungen hervor.

Gut gemacht, Wichmann, dachte Otto grimmig. *Welch ein vielversprechender Neuanfang.* »Er hat sich getäuscht«, versicherte er dem Jungen lächelnd. »Heute Abend bitten wir Prinz Tugomir an die Tafel in der Halle, und du kannst dich selbst davon überzeugen. Wer weiß, vielleicht kannst du auch mit ihm Freundschaft schließen. Alle Kinder an meinem Hof sind ihm sehr zugetan.«

Das schien überhaupt nicht mit den Vorstellungen zusammenzupassen, die der Junge sich gemacht hatte, aber ein Teil der Anspannung war aus seiner Haltung gewichen. Er zeigte den Anflug eines Lächelns, senkte dann eilig wieder den Kopf und murmelte: »Ich hoffe, Ihr denkt nicht, ich zweifle an Eurem Wort, mein König.«

»Nein, Wichmann«, versicherte Otto. »Ich denke nur Gutes von dir.« *Weil du ein Narr bist,* hörte er Thankmar in seinem Kopf spötteln, *der von jedem nur Gutes denkt, bis er eines Besseren belehrt wird …*

Als er eine Stunde später in die Gemächer seiner Frau kam, fand er den Kämmerer bei ihr, der ihr wieder einmal vorrechnete, dass sie und der König dem Kloster in Magdeburg zu viel Geld spendeten.

Editha gab vor, ihm höflich zu lauschen, aber Otto sah auf einen Blick, dass sie in Gedanken meilenweit fort war.

»Hadald«, grüßte er den Kämmerer. »Seid so gut, schickt nach Prinz Tugomir.«

»Ihr seid nicht krank, mein König?«, fragte Hadald.

Otto schüttelte den Kopf. »Richtet ihm aus, es ist mein Wunsch, dass er heute Abend an die Tafel in der Halle kommt. Das tut er viel zu selten in letzter Zeit, und ich weiß genau, warum. Aber das richtet ihm besser nicht aus.«

»Gewiss, mein König.« Hadald war kein unterwürfiger Höfling, aber er hielt große Stücke auf Etikette und Höflichkeit. Seine Verbeugung vor Otto war immer so tief, dass das schüttere Haar, das er sorgsam von links nach rechts über die Glatze gekämmt trug, jedes Mal abzustürzen und den Fußboden zu fegen drohte. Anders als den greisen Kanzler hatte Otto den Kämmerer nicht von seinem Vater geerbt, obwohl er aus dessen Generation stammte. Hadald war der jüngere Bruder eines thüringischen Grafen, und Otto hatte ihn auf Edithas Rat hin ausgewählt. Schon in seinen Magdeburger Prinzenjahren hatte Hadald Ottos Haushalt geführt und seine Einkünfte und Ausgaben mit Umsicht verwaltet. Er war ein kluger und findiger Ratgeber nicht nur in finanziellen Belangen, aber er wäre im Traum nicht darauf gekommen, Ottos ehrgeiziges politisches Ziel eines geeinten Reiches aller deutschsprachigen Völker mit väterlicher Gönnerhaftigkeit infrage zu stellen, wie der alte Poppo es gelegentlich tat.

Hadald wandte sich zur Tür.

»Lass uns allein, Gundula«, befahl Otto.

Die dicke Zofe knickste und folgte dem Kämmerer hinaus – unverkennbar eingeschnappt.

»Sie scheint zu glauben, sie habe ein Anrecht darauf, an jedem unserer Geheimnisse Anteil zu haben«, bemerkte er, setzte sich auf den Schemel Editha gegenüber und nahm eine Handvoll Nüsse aus der Schale auf dem Tisch.

»Gundula ist eine treue Seele«, entgegnete Editha. »Ich werde nie verstehen, was du gegen sie hast.« Aber es klang abwesend.

Otto aß lieber eine Nuss, statt sich auf eine Debatte einzulassen, ließ ein paar Atemzüge verstreichen und fragte dann: »Also?«

Editha ergriff den Pergamentbogen, der vor ihr auf dem Tisch lag. Otto sah, dass der Absender nicht mit Wachs gegeizt hatte, aber er konnte den Siegelabdruck nicht erkennen.

»Deine Schwester hat mir geschrieben«, begann die Königin ernst.

»Hadwig?«

Sie schüttelte den Kopf. »Gerberga.«

Otto verspürte im ersten Moment Erleichterung, denn Giselbert von Lothringen, Gerbergas Gemahl, war ein harmloser, in die Jahre gekommener Geselle – derjenige unter den Herzögen, der am einfachsten zu handhaben war. Doch Edithas Miene warnte ihn, dass Erleichterung nicht angebracht war.

»Lies es mir vor«, bat er.

Sie faltete den Bogen auseinander, legte ihn in den Schoß und blickte ihren Gemahl an. »Es ist schlimm, Otto.«

»Das sehe ich. Also spann mich nicht weiter auf die Folter, sei so gut.«

Sie nickte und begann zu lesen: »*Gerberga, Herzogin von*

Lothringen, an meine geliebte Schwägerin Editha, Königin des ostfränkischen Reiches, Grüße. Seltsames und Beunruhigendes habe ich Dir zu berichten, doch soll mich das nicht hindern, Dir, meinem geliebten Bruder und Euren Kindern Gesundheit und Gottes Segen zu wünschen. Ich sende diesen Brief an Dich, weil ich nicht wage, meine Nachrichten einem Boten anzuvertrauen.« Die Königin sah kurz auf und bemerkte: »Es wird wirklich Zeit, dass du das Lesen erlernst, mein König. Was hätte Gerberga getan, wenn ich nicht zur Stelle wäre, um dir ihren Brief vorzulesen?«

Otto winkte ab. »Diese Predigt kenne ich auswendig. Erspar sie mir für heute, was meinst du?«

Mit einem bekümmerten kleinen Lächeln las sie weiter: *»Ich bin nicht sicher, ob ihr darüber im Bilde seid, dass Henning am Dreikönigstag am Hof in Laon eintraf, auf der Suche nach meinem Gemahl, wie mir inzwischen klar geworden ist.«*

»Was?«, fuhr Otto auf. »Henning ist auf seiner Festung in Dortmund …« Er unterbrach sich und dachte kurz nach. »Oder zumindest glaubte ich das, weil Aginas Bote es gesagt hat«, murmelte er dann. Agina war ein Grafensohn aus dem Westfälischen, dem Otto die Aufgabe übertragen hatte, Henning auf Schritt und Tritt zu begleiten und ihm – dem König – umgehend Nachricht zu senden, sollte Henning auf Abwege geraten. Otto hatte Agina vertraut, weil er ein mutiger Soldat war, der sich im Kampf gegen Ungarn, Slawen und Bayern viele Male bewährt hatte. Aber es blieb die Tatsache, dass die Königinmutter ebenfalls aus Westfalen stammte und dort viel Rückhalt hatte. »Nicht ausgeschlossen, dass Agina sich von Henning hat umdrehen oder kaufen lassen«, schloss er. Er hätte sich ohrfeigen können, dass er die Gefahr nicht hatte kommen sehen.

Editha hob ratlos die Schultern und fuhr fort: *»Anfangs war ich natürlich glücklich, endlich einen meiner Brüder wiederzusehen, doch wurde ich argwöhnisch, als mein Gemahl und mein Bruder sich nach unserer Rückkehr nach Lüttich wieder und wieder zu geheimen Beratungen zurückzogen. Schließlich habe ich meine Erziehung, meine Ehre und die Loyalität, die ich meinem Gemahl schulde, über Bord geworfen und Giselbert mit zu viel* unverdünntem Wein und anderen weiblichen Schlichen, über die ich Dir gewiss nichts erzählen muss, entlockt, was er so Vertrauliches mit Henning zu erörtern hatte. Und wie sich herausstellte, ist es um Giselberts und Hennings Ehre weitaus schlechter bestellt als um die meine. Sag Otto dies, Editha: Giselbert stellt eine Truppe auf, um sie gemeinsam mit Henning nach Sachsen zu führen, Otto vom Thron zu stoßen und Henning zu krönen. Ich habe in Erfahrung gebracht, dass Henning vor einigen Wochen mit der heimlichen Unterstützung unserer Mutter in Saalfeld ein Gastmahl gegeben und dort viele sächsische Grafen trefflich bewirtet und mit Geschenken überhäuft hat, um sie auf seine Seite zu bringen. Namen habe ich leider nicht gehört, aber Henning hat drei Männer in seinem Gefolge, die nicht von seiner Seite weichen und sein Vertrauen genießen: Wiprecht von Stendal, der junge Graf im Balsamgau. Hildger von Iburg. Und Volkmar von Halberstadt. Also rechnet lieber damit, dass auch der Nethegau und Harzgau an der Rebellion beteiligt sind. Was mein Gemahl sich davon verspricht, seinen rechtmäßigen König zu verraten, weiß Gott allein. Aber seit die Ungarn in Lothringen gewütet haben und der König uns keine Truppen zur Verteidigung schicken konnte, höre ich Giselbert wieder und wieder raunen, dass es Lothringen besser ging, als es noch zum westfränkischen Königreich gehörte. Otto möge also gewarnt sein: Wenn es zum Äußersten kommt, mag es geschehen, dass Lothringen abfällt. Giselbert ist eitel und geltungssüchtig. Gut möglich, dass er Henning allein aus dem Grund unterstützt, weil es ihm ein Gefühl von Macht vorgaukelt, dem König so schwer zuzusetzen.«

»Gott …« murmelte Otto. »Sie verachtet ihren Mann. Wie grässlich es für sie sein muss, mit ihm verheiratet zu sein. Was haben wir ihr nur angetan?«

Editha betrachtete ihn kopfschüttelnd. »Es sieht dir ähnlich, dass du zuerst an deine arme Schwester denkst, Otto, aber was bei allen Heiligen wirst du jetzt tun?«

Er hörte die Furcht in ihrer Stimme. »Lies den Rest«, bat er. »Das kann noch nicht alles gewesen sein, denn der Name Eberhard von Franken ist noch nicht gefallen.«

545

»Sie erwähnt ihn nicht«, antwortete die Königin. »*Ich kann meinem Bruder, dem König, nicht raten, was er tun soll, liebste Schwägerin, aber sag ihm, die Lage ist ernst und Giselberts Truppe stark. Ich schätze, sobald das Tauwetter einsetzt, werden sie ausrücken. Möge Gott Giselbert und Henning vergeben.*« Editha sah wieder auf. »Das war alles.«

Der König nickte, legte die Nüsse auf den Tisch, mit denen er nervös gespielt hatte, stand auf und trat an das Kohlebecken. Den Blick auf die Flammen gerichtet, sagte er: »Gott sei gepriesen für die Treue meiner Schwester.«

Gerberga war diejenige seiner Geschwister, die ihm im Alter am nächsten stand, und in ihrer Kindheit waren sie einander innig verbunden gewesen. Doch sie war seit über zehn Jahren fort und mit Giselbert verheiratet. Er hätte nicht geglaubt, dass die Geschwisterliebe ihrer Kindheit so lange Ehejahre überdauerte.

»Ich kann einfach nicht fassen, dass Henning es wieder getan hat«, stieß Editha in seinem Rücken hervor. »Er ist … eine widerwärtige Kreatur, Otto.«

»Ich fürchte, das gilt vor allem für meine Mutter. Henning kann nichts dafür, wie du weißt.«

»Oh, aber du kannst doch nicht alles, was er tut, jeden neuen Verrat mit dieser alten Geschichte entschuldigen«, wandte sie ungeduldig ein.

»Aber er ist schuldlos daran, wie er geraten ist«, gab er zurück, wandte sich ihr wieder zu und breitete hilflos die Hände aus. »Im Gegensatz zu *ihr*.«

»Ich frage mich, wie sie ihm dieses Gastmahl und vor allem die ›Geschenke‹ an die abtrünnigen Grafen finanziert hat, nachdem du ihr die Kontrolle über Quedlinburg entzogen hast.«

»Sie ist trotzdem immer noch eine reiche Frau. Doch wenn sie ihm Geld geschickt hätte, wüsste ich es. Nicht all meine Spione sind so treulos wie Agina. Nein, ich schätze, hier hat tatsächlich Eberhard von Franken seine Finger im Spiel.«

»Bist du sicher?«, fragte sie. »Er ist ein kluger Mann, Otto. Ich hätte gedacht, inzwischen habe er gelernt, dass es keine gute Idee ist, gegen dich zu rebellieren.«

»Ich fürchte, dieses Mal haben die Rebellen einen besseren Plan geschmiedet und glauben deshalb, sie könnten gewinnen.«

»Und was glaubst du?«

Er setzte sich wieder auf seinen Platz und dachte nach. »Ich muss herausfinden, wer die übrigen Männer sind, die Henning unterstützen. Wenn ich Giselbert und Henning entgegenziehen und Sachsen damit den Rücken kehren muss, will ich wissen, wer mir einen Dolch hineinstoßen könnte.«

Editha nickte, schwieg einen Moment und sagte dann behutsam: »Ich weiß, du hörst es nicht gern, mein König, aber vielleicht war der Weg deines Vaters, Schwurfreundschaften mit den Grafen zu schließen, doch der richtige.«

Er rieb sich mit den Fingern der Rechten über die Stirn und nickte unwillig. »Der sächsische Adel hat sich nie gegen ihn erhoben, das stimmt. Aber ich bin nicht wie mein Vater, Editha. Er hatte etwas, das mir fehlt. Diese … Verbindlichkeit. Diese Gabe, mit jedem Mann, egal ob von edler oder niederer Geburt, ein Band zu knüpfen.«

Thankmar hatte dieses Talent geerbt, wusste er. Otto dachte überhaupt oft, dass Thankmar der Sohn gewesen sei, der dem alten König am ähnlichsten war. Beide hatten sich unter die Männer in einem Feldlager mischen können, und am nächsten Morgen kannten sie ihre Geschichten, Geheimnisse und die Namen ihrer Kinder. Und sie vermochten den Adligen ihres Gefolges ein Gefühl von Kameradschaft und Verbundenheit zu vermitteln, das sein Vater oft mit Schwurfreundschaften besiegelt hatte, die so unverbrüchlich waren, dass sie alle Stürme überdauert hatten. Doch Otto wusste, er selbst besaß diese Gabe nicht. Er erweckte vielleicht Ehrfurcht. Respekt bei den Feinden, die er besiegte. Aber Freundschaft oder gar Liebe nur bei den wenigen, die ihm nahe genug kamen, um zu wissen, wer er war. Dass er bei allem, was er tat, nur das Ziel vor Augen hatte, das Leben auch für den Geringsten seiner Untertanen besser und sicherer zu machen. So wie der Große Karl es getan hatte. So wie Edithas Großvater es getan hatte. Und so wie Gott es von einem christlichen Herrscher forderte …

»Wenn ich in meinem Bruder und meinem Schwager keine Ergebenheit wecken kann, muss ich sie wohl lehren, mich zu fürchten.« Er stand auf, öffnete die Tür und hieß die Wache, den Kämmerer zu rufen.

»Was hast du vor?«, fragte Editha.

»Ich schicke Hadald als Gesandten nach Lothringen. Er kann
lesen und schreiben und uns berichten, was er über Giselberts
Truppenstärke und Hennings sächsische Verbündete herausfindet.
Und sobald der Schnee auf dem Hellweg geschmolzen ist, ziehe ich
ihnen mit einer Streitmacht entgegen und lehre sie das Fürchten.«

Er mochte unfähig sein, sich der Treue seiner Untertanen und
seiner Brüder zu versichern. Aber er hatte noch niemals eine
Schlacht verloren.

Birten, März 939

»Jesus, erbarme dich«, murmelte Vater Widukind, bekreuzigte sich und blickte über den gewaltigen Strom aufs andere Ufer. »Wenn es stimmt, was die Männer sagen, dass der König noch niemals eine Schlacht verloren hat, dann wird heute das
erste Mal sein.«

Tugomir nickte. »Er ist Henning geradewegs in die Falle gegangen.« Er wandte den Kopf und blickte zum König hinüber, der
keine zehn Schritte entfernt im Sattel saß und ebenso wie sie auf
die andere Rheinseite starrte. Nichts regte sich in Ottos Gesicht,
aber es war so bleich, als habe er eine Wunde erhalten, aus der sein
Lebensblut entströmte. Und in gewisser Weise war es so, wusste
Tugomir.

Dabei hatte alles so vielversprechend begonnen. Dank der
Warnung seiner Schwester hatte Otto viel schneller gehandelt, als
die Verschwörer in Lothringen sich hätten träumen lassen. Der
König hatte den sächsischen Adel zu den Waffen gerufen und bei
der Gelegenheit festgestellt, dass die überwältigende Mehrheit
nach wie vor auf seiner Seite stand. Gewiss, einige einflussreiche

Männer, die Gäste bei Hennings Verschwörermahl in Saalfeld gewesen waren, hatten den Aufruf ignoriert, aber zusammen mit den Panzerreitern hatte Otto ein Heer von beängstigender Größe aufgeboten und in Eilmärschen nach Westen geführt. Wieder einmal hatten seine Detailversessenheit und sein Organisationstalent sich als segensreich erwiesen: Trotz der Eile und der Größe der Truppe mangelte es weder an Proviant noch an Waffen, Zelten oder Pferden. Und je weiter sie nach Westen kamen, desto milder wurde die Witterung.

Sie waren den Hellweg entlanggezogen, der sie schließlich auch zu Hennings Burg in Dortmund führte. Kein anderer als der doppelzüngige Agila befehligte die Garnison, und als er die königlichen Truppen sah, hatte er sich plötzlich an Thankmars Schicksal erinnert, die Burgtore geöffnet und war dem König entgegengeeilt, um sich ihm zu Füßen zu werfen.

Otto hatte die strategisch so wichtige Festung in Dortmund einem vertrauenswürdigeren Kommandanten unterstellt und war dann weitermarschiert, bis sie an das Ufer dieses gewaltigen Stroms gekommen waren.

Tugomir war der Aufforderung, mit dem König zu ziehen, nur widerwillig gefolgt. Ottos Kriege im Westen kümmerten ihn nicht. Er hatte auch kein Interesse daran, nach der Schlacht die verwundeten Panzerreiter zusammenzuflicken, auf dass der König sie als Nächstes gegen die slawischen Völker aussenden konnte. Das Einzige, was Tugomir wollte, war, in seinem Haus in Magdeburg sitzen und ins Feuer starren, an das Havelland und die Brandenburg denken, an Thankmar und an Alveradis und alles andere, was er verloren hatte, und auf einen Besuch seiner Vila warten, damit sie ihm vielleicht zeigte, was zum Henker die Götter eigentlich noch von ihm wollten.

Doch Otto hatte seine Einwände ungeduldig beiseitegefegt. Er brauche Wundärzte, und Tugomir sei nun einmal der Beste. *Ich habe dir dein Schwert zurückgegeben, also nimm es gefälligst in die Hand und führe es für mich. Es sei denn, du glaubst, den Slawen erginge es mit König Henning besser als mit König Otto.*

Vermutlich führen die Slawen mit König Henning tatsächlich

besser, hatte Tugomir gedacht, denn Henning gäbe einen schwachen König ab, dessen Joch leichter abzuschütteln wäre. Aber dennoch hatte Tugomir Schwert und Dolch geschärft und in das dampfende Blut des Schafes getaucht, das er Jarovit geopfert hatte, um Ottos Kriegsglück zu stärken. In Wahrheit hatte es nie eine Wahl gegeben. Trotz all des Zorns und des Unverständnisses, die oft eine Kluft zwischen ihnen aufrissen, hatten die Götter sie auf sonderbare Weise aneinandergekettet. In der Nacht, da Tugomir Otto das Leben gerettet hatte, war das erste Glied dieser Kette geschmiedet worden. Ihre gemeinsame Trauer um Thankmar bildete ein weiteres. Dragomira band sie ebenso aneinander, und das stärkste Glied der Kette war die Tatsache, dass Ottos erstgeborener Sohn Tugomirs Neffe war. Es mochte ihm nicht gefallen. Er konnte rebellieren und versuchen, die Kette zu sprengen, aber es war sinnlos, denn ihre Glieder waren stark.

Also stand er nun hier, und als er den ersten Blick auf den Rhein erhascht hatte, war er beinah froh, dass er der kindischen Anwandlung widerstanden hatte, Otto zu trotzen und sich lieber wieder einkerkern zu lassen, als mit ihm zu ziehen. Tugomir war an den Ufern der Havel aufgewachsen, und darum hatte er geglaubt, die Elbe sei ein großer Fluss, als er sie zum ersten Mal erblickte. Aber sie war ein Bächlein im Vergleich zu diesem gewaltigen Strom, der erhaben durch sein breites Bett floss, seine mitternachtsblauen Wellen von kleinen weißen Kämmen gekrönt, die im Licht der Frühlingssonne wie Juwelen funkelten. Die Schönheit dieses Anblicks hatte Tugomir ebenso den Atem verschlagen wie die Macht des Zaubers, der über diesem Strom lag. Es mussten wahrhaftig die Fürsten der Flussgeister sein, die diesem Wasser innewohnten.

Der Rhein durchschnitt ein weites Flachland, das auf dieser Seite dicht bewaldet war. Am anderen Ufer lag indessen ein Dorf, und nachdem die Flößer und Fischer, die es bewohnten, einmal begriffen hatten, dass es ihr leibhaftiger König war, der über den Fluss wollte, hatten sie alles an Booten und Kähnen herübergebracht, was sie hatten. Die meisten dieser Gefährte waren aber zu klein, um mehr als drei Panzerreiter aufzunehmen, und so dauerte es über eine Stunde, auch nur die ersten zehn Dutzend von ihnen herüberzuschaffen. Und dann war selbst diese mühselige und langsame Flussüberquerung zum Erliegen gekommen, weil die Bootsführer plötzlich nicht mehr herübergerudert waren, sondern ihre Boote am anderen Ufer vertäut und sich in Luft aufgelöst hatten.

»Was hat das zu bedeuten?«, hatte Widukind verdutzt gefragt, der zum ersten Mal in seinem Leben auf einem Feldzug war.

»Nichts Gutes«, hatte Tugomir grimmig geantwortet, und er hatte sich nicht getäuscht.

Die gut hundert königlichen Panzerreiter am anderen Ufer hatten sich noch nicht formiert, als aus dem Wald jenseits des Dorfes eine langgezogene Reihe Reiter mit Feldzeichen zum Vorschein kam, gefolgt von Fußsoldaten in unordentlichen Knäueln.

Ein seltsam gedämpfter Aufschrei des Entsetzens, wie ein Stöhnen aus tausend Kehlen ging durch die Reihen der königlichen Truppen am diesseitigen Ufer.

»Giselbert und Henning …«, flüsterte Widukind erschüttert.

Der Strom von Feinden dort drüben versiegte nicht. Wer immer gesagt hatte, Giselbert habe eine große Truppe aufgeboten, hatte nicht übertrieben. Und nun saßen Otto und die Seinen hier auf der falschen Rheinseite fest und konnten nichts anderes tun als mit ansehen, wie die Panzerreiter niedergemetzelt wurden.

»Agila, du warst schon einmal hier mit Prinz Henning, richtig?«, fragte der König. Es klang ruhig, aber die heisere Stimme verriet sein Entsetzen.

Der abgesetzte Kommandant von Dortmund sprang aus dem Sattel und verneigte sich beflissen vor ihm. »Ja, mein König.«

»Wie tief ist der Fluss? Können die Pferde hindurchwaten oder -schwimmen?«

»Nie und nimmer«, antwortete Agila und erweckte zumindest glaubhaft den Anschein, als bedaure er, was er zu sagen hatte. »Der Rhein ist tief, die Strömung tückisch.«

»Gibt es irgendwo in der Nähe eine Furt oder eine andere Möglichkeit, hinüberzugelangen?«

»Ein Stück nördlich von hier gibt es ein Städtchen namens Xanten, dort könnten wir gewiss Boote oder sogar Schiffe finden, aber …« *wir kämen niemals rechtzeitig, um sie zu retten,* ließ er unausgesprochen.

Der König sah auf ihn hinab und nickte, scheinbar versonnen. »Wenn ich herausfinde, dass du die Unwahrheit gesagt hast, werde ich dir mit eigener Hand die Zunge herausschneiden, ehe ich dich aufhänge.«

Tugomir sah Widukinds verwundertes Blinzeln. So hörte man Otto sonst niemals reden.

»Ich schwöre bei Gott, mein König …«, begann Agila zu beteuern.

»Er sagt die Wahrheit«, fiel Gottfried, einer der Panzerreiter, ihm ins Wort. »Ich kenne diese Gegend, mein Vater war Kastellan in Xanten. Wir können nicht hinüber.« Es war unübersehbar, dass er um Haltung rang, und schließlich senkte er den Kopf und bekreuzigte sich.

Die königlichen Soldaten am anderen Ufer gerieten in Panik, als sie sahen, welch feindliche Übermacht aus dem Wald hervorbrach, und sie liefen durcheinander wie Ameisen. Tugomir sah Pferde steigen und durchgehen, aber er hörte kein Wiehern. Sie hörten überhaupt nichts – es war einfach zu weit weg. Und die Lautlosigkeit, mit der das Schicksal am anderen Rheinufer seinen Lauf nahm, machte es nur noch schrecklicher.

»Gottfried, reite nach Xanten und bring so viele Schiffe und Boote hierher, wie du kannst. Beeil dich.«

»Ja, mein König.« Gottfried wendete sein Pferd, winkte zwei Männer zu sich, und im nächsten Moment preschten sie in nördlicher Richtung davon.

»Vater Widukind, sei so gut, bring mir die Lanze«, bat Otto.

Was in aller Welt soll ihm eine Lanze nützen, fragte sich Tugomir verwirrt. Will er sie über den Fluss schleudern in der Hoffnung, dass sie seinen Bruder erwischt?

Ottos Cousin stieg aus dem Sattel, ging zu seinem Packpferd und nahm ein langes, schmales Bündel von seinem Rücken.

»Prinz Tugomir, würdest du mir helfen?«

Der Hevellerprinz saß ab, und Widukind legte ihm das Bündel in die Arme. Behutsam begann er, es auszuwickeln. Unter der

Hülle aus rissigem Leder kam eine zweite zum Vorschein, die aus edelstem, reich besticktem weinroten Tuch gefertigt war. Der Priester schlug sie auf, so vorsichtig, als enthalte sie einen Säugling. Auch er war bleich, aber zu dem Schrecken in seinem Ausdruck mischte sich etwas wie Ehrfurcht oder gar Verzückung. Was er schließlich zutage förderte, war eine eiserne, mäßig geschmiedete Lanzenspitze mit zwei seitlichen Klingen und einem eigentümlichen Kreuz auf dem Grat. Sie mündete in einen Holzschaft, der so morsch aussah, dass Tugomir sicher war, er werde zerbröckeln, sobald eine Faust ihn umschloss. Eine ziemlich jämmerliche Waffe, doch der König sprang vom Pferd, nahm sie in beide Hände, hielt sie in die Höhe und sank zum Erstaunen seiner Armee im Ufergras auf die Knie.

»Gott, Schöpfer und Lenker aller Dinge!«, rief Otto mit klarer Stimme, das Gesicht zum wolkenlosen Himmel emporgehoben. »Sieh hinab auf dein Volk, an dessen Spitze du mich gestellt hast. Entreiße es seinen Feinden, auf dass alle Völker erkennen, dass gegen deinen Willen kein Sterblicher etwas vermag. Denn du bist allmächtig und lebst und herrschst in Ewigkeit. Amen.« Er küsste die Lanze und ließ sie dann sinken, während er mit verengten Augen über den Fluss schaute. Er machte keinerlei Anstalten, wieder aufzustehen, und schließlich trat Widukind zu ihm und kniete an seiner Seite nieder. Zwei oder drei der berittenen Soldaten saßen ab und folgten seinem Beispiel, dann ein Dutzend, dann noch eines, bis es schließlich an die fünfzig gerüstete Krieger waren, die sich vor Ottos Gott niedergeworfen hatten und stumm seinen Beistand erflehten.

Das könnt ihr euch ebenso gut sparen, dachte Tugomir und schaute wie alle anderen zum westlichen Ufer. Es mussten an die zweitausend Mann sein, die Henning und Giselbert hierhergeführt hatten, um den königlichen Truppen beim Überqueren des Flusses aufzulauern. Das war eine Übermacht von zwanzig zu eins. Kein Gott konnte Ottos Männer retten.

Die hatten ihre anfängliche Verwirrung inzwischen überwunden, hatten sich darauf besonnen, dass sie königliche Panzerreiter waren, und sich formiert.

Ein länglicher Fischteich lag zwischen ihnen und Hennings Truppe und bot ihnen ein wenig Aufschub, denn offenbar war er zu tief oder zu sumpfig, um ihn zu durchwaten, und für ein paar Atemzüge geriet der Vormarsch der Lothringer ins Stocken.

Das klägliche Häuflein Panzerreiter setzte sich mit einem Mal in Bewegung.

»Aber … aber was tun sie denn?«, stieß Agila hervor, seine Stimme unangenehm schrill in der angespannten Stille.

Die königlichen Truppen hatten sich aufgeteilt und ritten in entgegengesetzte Richtungen um den Fischteich herum. Vielleicht noch hundert Schritte von dem ungeordneten, riesigen Heerhaufen entfernt, galoppierten sie an, ihre Linien zogen sich auseinander, und exakt im selben Moment stießen die Panzerreiter in die Flanken ihrer Feinde.

Wurflanzen und Pfeile flogen, Panzerreiter stürzten getroffen aus dem Sattel, die reiterlosen Pferde gerieten in Angst und machten kehrt, sodass sie den nachfolgenden in die Quere kamen. Doch die dezimierten Panzerreiter brachten sich unbeirrt in Keilformation und stießen wie Lanzenspitzen in die feindlichen Reihen.

Das Heer der Lothringer begann nach links und dann nach rechts zu wogen wie die Wellen auf einem See an einem windigen Tag. Sie prallten gegeneinander, als versuchten sie, widersprüchliche Befehle zu befolgen, und die Panzerreiter setzten ihren Flanken so schwer zu, dass die Lothringer immer weiter zur Mitte drängten, wo es so eng wurde, dass sie anfingen, übereinanderzufallen.

Wieder gingen Pfeilhagel auf beide Abteilungen von Ottos Männern nieder, wieder wurden sie ausgedünnt, aber Pferde und Reiter waren so hervorragend geschult, dass der todbringende Keil, den sie bildeten, niemals kleiner zu werden schien.

Immer größer wurde die Unordnung unter den Lothringern. Niemand schien sie mehr zu führen, und Tugomir kam die Frage in den Sinn, ob Giselbert und Henning vielleicht gefallen waren. Oder davongekrochen.

Und dann geschah das Wunder.

Erst vereinzelt, geradezu verstohlen machten die Lothringer kehrt. Dann waren es ganze Scharen, die geduckt bis zum Rand des Waldes liefen, aus dem sie so siegesgewiss hervorgebrochen waren, und verschwanden. Und schließlich wurde ihr Rückzug ein Dammbruch. Allesamt kehrten sie den heranpreschenden Reitern den Rücken, warfen die Waffen von sich und rannten um ihr Leben. Nicht wenige rannten vergebens, denn die königlichen Truppen machten jeden nieder, den sie einholten. Doch waren sie klug genug, den Flüchtenden nicht in den Wald zu folgen.

Als das ganze stolze Heer der Lothringer verschwunden war, als hätte Ottos Gott es mit einer beiläufigen Handbewegung vom Angesicht der Erde gefegt, kehrten die Panzerreiter dem Waldrand den Rücken, ritten wieder in zwei Gruppen um den Fischteich herum, formierten sich am Ufer des Rheins zu einer perfekten Linie und legten die rechte Faust auf die linke Brust, um ihren König zu grüßen.

Langsam wie ein Traumwandler ging Tugomir die drei oder vier Schritte, die ihn von Widukind trennten, und sank neben ihm auf die Knie. Auch das tat er langsam, fast, als seien seine Knie unwillig, seinem Befehl zu folgen und sich zu beugen. Denn das hatten sie noch niemals getan. Vor den Göttern, denen er früher gedient hatte, kniete man nicht nieder. Aber wer waren sie schon, diese alten Götter? Keiner von ihnen hätte je vollbringen können, was der Buchgott heute für Otto getan hatte.

Er ist mächtiger und gnädiger und wahrhaftiger als deine Götter, hatte Bruder Waldered gesagt. Und Tugomir hatte erwidert: *Das müsste er mir erst einmal beweisen, eh ich es glauben kann.*

Nun, das hatte er getan, dieser Gott der Christen. Und Tugomir war Priester genug, um ein göttliches Zeichen zu erkennen und zu deuten: Otto hatte seinen Gott um ein Wunder angefleht, und ein Wunder hatte er bekommen. Weil es stimmte, was alle immer behauptet hatten: Dieser König war der Auserwählte seines Gottes.

Das Funkeln auf den Wellenkämmen des Rheins war mit einem Mal seltsam grell, und Tugomir blinzelte wütend, aber es nützte nichts. Tränen rannen ihm über die Wangen, als er begriff, was all das für die Zukunft seines Volkes bedeutete. Er senkte den Kopf und kniff die Augen zu, und so sah er nicht, dass Widukind aufgestanden war, spürte nur plötzlich eine Hand auf der Schulter.

Ohne aufzusehen sagte er: »Bring mir bei, wie ich zu ihm sprechen muss, Widukind.«

»Ich bringe dir alles über ihn bei, was du wissen willst«, versprach der Priester leise.

»Du hattest recht. Ich wollte das nie glauben, aber jetzt bleibt mir nichts anderes mehr übrig. Schau, und du wirst sehen, sagt meine Vila. Und ich … habe die Hand eures Gottes gesehen.«

»Wieso bist du so erschüttert?«

Endlich blickte Tugomir auf. »Weil es bedeutet, mein Volk muss das Gleiche tun wie dein Volk damals. Wir müssen uns zu eurem Gott bekennen oder untergehen. Viele werden lieber untergehen.«

»So war es damals bei uns auch.«

Und sie werden mich hassen und einen Verräter nennen, wenn ich versuche, sie zu retten, und ich werde so enden wie mein Vetter Wenzel von Böhmen, dachte Tugomir, doch er sprach es nicht aus.

»Ich will dir nicht vorgaukeln, dass Gott es dir leicht machen wird, Tugomir, denn das ist nicht seine Art. Aber du hast allen Grund, zuversichtlich zu sein. Den wenigsten offenbart Gott sich mit einem Wunder wie dem heutigen. Wer weiß, womöglich hat er es ebenso für dich gewirkt wie für den König. Du bist gesegnet, mein Freund«, schloss er mit einem Lächeln und schlug das Kreuzzeichen über ihm.

Tugomir zuckte zurück. »Ich glaube, daran muss ich mich erst noch gewöhnen«, bekannte er unbehaglich.

Wenig später kamen die Schiffe aus Xanten, und Otto, Widukind und Tugomir setzten mit dem ersten über.

Der junge Hardwin, der die Panzerreiter in der Schlacht angeführt hatte, wollte vor dem König niederknien, aber der schloss ihn in die Arme, trat dann einen Schritt zurück und betrachtete ihn mit strahlenden Augen. »Wie in aller Welt habt ihr das angestellt?«

Hardwin hob ein wenig ratlos die Schultern. »Wer immer das Kommando bei ihnen führte, war ein Trottel, wenn Ihr meine Offenheit vergeben wollt.«

»Du willst sagen, der Trottel könnte mein Bruder gewesen sein?«, fragte Otto.

Hardwin schüttelte den Kopf. »Ich glaub nicht. Eher der Herzog, Euer Schwager, denken wir. Wie auch immer, sie waren so überrascht, als wir sie von zwei Seiten angriffen, dass sie einfach nicht wussten, wohin sie sich wenden sollten. Ihre Formation – falls sie denn eine hatten – löste sich auf, und sie hatten Angst vor den Hufen unserer Gäule, wichen zurück und verkeilten sich ineinander. Und als sie schließlich völlig kopflos waren, hab ich angefangen, auf Französisch zu brüllen: ›Die Schlacht ist verloren, die Schlacht ist verloren, rette sich, wer kann!‹«

»Du kannst Französisch?«, fragte Otto erstaunt. Es war die Muttersprache vieler Lothringer, aber rechts des Rheins verstand es kein Mensch.

Der junge Edelmann nickte. »Meine Mutter stammt aus Verdun«, erklärte er. »Es war eine verrückte Idee, zugegeben, aber wir waren hart bedrängt und verloren zu viele Männer. Jedenfalls, die Kameraden nahmen den Ruf auf, und es funktionierte tatsächlich: Die Lothringer glaubten, es seien ihre eigenen Leute, die das brüllten. Sie sind gerannt wie die Hasen. Sie haben ihre Waffen und die gesamte Ausrüstung zurückgelassen. Eine schöne, fette Beute. Und wir haben jede Menge Gefangene. Leider weder Euren Bruder noch den Herzog.«

»Weißt du, was aus ihnen geworden ist?«

»Prinz Henning hatte eine stark blutende Wunde, als sie sich zurückzogen. Am Arm, glaub ich, aber er konnte reiten. Herzog Giselbert schien unverletzt.«

»Und unsere Verluste?«

Hardwins Miene wurde ernst. »Schlimm, mein König. Drei Dutzend gefallen, mindestens ebenso viele verwundet, und bei vielen sieht es nicht gut aus.«

»Wo habt ihr sie hingebracht?«, fragte Tugomir.

»In das Zeltlager, das die Lothringer im Wald aufgeschlagen hatten.« Hardwin wies auf einen trägen Wasserlauf zur Rechten, der den Fischteich speiste. »Folgt dem Bach zweihundert Schritte, Prinz, Ihr könnt es nicht verfehlen.«

Tugomir nickte. »Komm hin, sobald du kannst«, riet er dem jungen Soldaten. »Solltest du es nicht wissen: Ein abgebrochener Pfeil steckt in deinem Arm.«

Hardwin grinste. »Ich komme zu Euch, sobald ich mir ein bisschen Mut angetrunken hab«, stellte er in Aussicht.

Während der König mit den Panzerreitern die Verfolgung der geflüchteten lothringischen Armee aufnahm, kümmerte Tugomir sich um die Verwundeten, und Widukind ging ihm zur Hand. Der Anblick von Wunden und fehlenden Gliedmaßen, der Gestank von Blut und Kot, das Schreien und Stöhnen brachten den Priester nicht aus der Ruhe, und weil er widerspruchslos tat, was man ihm auftrug, war er brauchbarer als so mancher der sächsischen Wundärzte.

Nach drei Stunden waren die hoffnungslosen Fälle tot oder bewusstlos, die Stümpfe ausgebrannt, die schlimmsten Wunden versorgt, und das Durcheinander und der Radau im Lazarettzelt legten sich allmählich.

»Sag mir, was es mit dieser heiligen Lanze auf sich hat«, bat Tugomir seinen Gehilfen, während er einem leise jammernden Graubart eine Wunde am Rücken nähte.

»Du weißt von der Kreuzigung Jesu Christi, richtig?«, fragte Widukind.

»Ja. Er war der Sohn Gottes und ist Mensch geworden, um am Kreuz für die Menschen zu sterben und damit die Sünden der Welt hinwegzunehmen, hat Vater Gerwald gesagt. Nicht, dass ich das verstehe …«

»Das wirst du«, gab Widukind zuversichtlich zurück. »Als Jesus sechs Stunden am Kreuz gehangen hatte und leblos schien, stieß ein römischer Hauptmann ihm eine Lanze in die Seite, um sich zu vergewissern, dass der Gekreuzigte auch wirklich tot war. Das war die heilige Lanze und …«

»Woher willst du das wissen?«, unterbrach Tugomir kritisch. »Es ist ziemlich lange her, oder?« Er sah seinem wimmernden Patienten über die Schulter und knurrte: »Jetzt reiß dich zusammen, Mann.«

»Der Hauptmann – sein Name war Longinus – hatte ein Augenleiden«, antwortete Widukind. »Als das Blut Jesu aus der geöffneten Seite in Longinus' Auge tropfte, wurde es auf der Stelle geheilt. Gott offenbarte sich ihm in diesem Wunder, genau wie dir heute, und Longinus bekannte sich zum wahren Glauben. Er begriff, dass die Lanze, an der das heilige Blut haftete, etwas Kostbares war. Darum bewahrte er sie auf, und die ersten Christen verehrten sie und hüteten sie sorgsam und bewahrten ihre Geschichte. Die Lanze bewirkte viele Wunder, und schließlich gelangte sie zu einem anderen römischen Hauptmann, der sich ebenfalls zum wahren Glauben bekannte und dafür den Märtyrertod starb, nämlich kein anderer als der heilige Mauritius, den wir im Kloster zu Magdeburg verehren. Mauritius ist aber auch der Schutzheilige von Burgund, und irgendwie haben die Burgunder die Lanze an sich gebracht. Doch König Ottos Vater kaufte sie dem König von Burgund ab. Für einen Zipfel des Reiches, ob du's glaubst oder nicht. Das war vor etwas über zehn Jahren. Und in der Schlacht bei Riade gegen die Ungarn hat sie zum ersten Mal ein Wunder für einen unserer Könige gewirkt und ihm den Sieg geschenkt. Heute zum zweiten Mal.«

»Warum?«, fragte Tugomir. »Die slawischen Völker opfern ihren Göttern. Sie schmieden ihnen Füllhörner und Schilde aus Silber oder sogar Gold, um ihnen ihre Verehrung zu beweisen, in der Hoffnung, dass die Götter ihnen eine reiche Ernte oder den Sieg in der Schlacht schenken. Aber diese schäbige Lanze, mit der obendrein Gottes Sohn Schmach zugefügt wurde? Wie kann sie ein Wunder bewirken?«

»Das hab ich auch nie verstanden«, bekannte der Soldat mit weinerlicher Stimme.

»Es liegt daran, dass das Blut Christi an ihr haftet, selbst wenn unsere Augen es nicht mehr sehen können«, erklärte Widukind. »Hast du die gekreuzten Nägel gesehen, die in die Lanze eingearbeitet sind?«

Tugomir nickte.

»Auch an ihnen haftet sein Blut, denn es sind jene Nägel, mit denen Jesus ans Kreuz geschlagen wurde. Sein Blut ist ein Teil seines Leibes, richtig? Sein Leib ist von den Toten auferstanden und in den Himmel aufgefahren, und dort sitzt er zur Rechten des Vaters. Aber ein winziger *Teil* seines Leibes ist immer noch hier auf Erden und haftet an der Lanze. Wer sie in Händen hält, steht deswegen in direkter Verbindung mit Christus und mit Gott. Das ist es, was ihr die Macht verleiht. Und diese Verbindung wird natürlich umso wirksamer, wenn es ein gesalbter und von Gott auserwählter König ist, der die Lanze in Händen hält. Versteht ihr?«

Der Graubart nickte, zuckte zusammen und jaulte auf, als die Nadel wieder in sein Fleisch stach.

Tugomir nähte unbeirrt weiter und machte schließlich einen winzigen kunstvollen Knoten. »Du bist erlöst«, sagte er seinem Patienten. Und zu Widukind: »Es ist eine fremdartige und sonderbare Vorstellung für mich. Ich muss darüber nachdenken.« Während der Graubart von dem Schemel aufstand und unter leisem Stöhnen davonschlurfte, blickte Tugomir auf seine Handrücken hinab. »Diese Tätowierungen sind unauslöschlich, Widukind«, sagte er, als sie allein waren. »Das heißt, alles, was die Priester der Götter meines Volkes mich gelehrt haben, ist ebenfalls unauslöschlich. Alle Erfahrungen, die ich als Priester und als Heiler mit dem Göttlichen und der Geisterwelt gemacht habe, sind unauslöschlich. Ich gebe dir recht, wenn du sagst, dass der Gott der Christen mir etwas sagen wollte mit dem Wunder, dessen Zeuge ich heute geworden bin. Dass er etwas von mir fordert. Und ich ahne, was es ist. Aber ... mir graut davor.«

»So ergeht es uns allen, die er auserwählt, sein Werk zu tun, schätze ich. Jedenfalls dann und wann«, bekannte Vater Widukind. »Aber du eilst mit deinen Gedanken zu weit voraus, Tugomir. Du musst lernen, Gottes Wort zu verstehen. So gut es uns Sterblichen eben möglich ist. Früher oder später wird dein Herz sich seinem Wort öffnen, ich bin sicher, und dann wird dir nicht mehr so ungeheuerlich erscheinen, was er von dir verlangt. Hab Geduld, mit dir selbst und mit Gott.«

Tugomir nickte, nicht im Mindesten getröstet, und ging an das nächste Lager, wo ein Verwundeter auf ihn wartete. Der Mann lag im dämmrigen Schein eines nahen Kohlebeckens auf einer schmuddeligen Decke, und obwohl Tugomir Anweisung gegeben hatte, ihm die schweren Fälle zuerst zu bringen, schien es ihn ziemlich erwischt zu haben. Irgendwer hatte ihm ein Stück Stoff um den Kopf gewickelt, das das halbe Gesicht bedeckte – vermutlich um eine blutende Kopfwunde zu stillen. Aber schlimmer sah sein linkes Bein aus: ein offener Bruch und ein Dutzend hufeisenförmiger Blutergüsse – kein Zweifel, der Mann war zwischen die galoppierenden Pferde der Panzerreiter geraten. Es war ein Wunder, dass er nicht schlimmer aussah. Der Schwerverletzte hatte einen Arm über die Augen gelegt, und sein fleckiges Gewand war von Schweiß durchnässt.

»Warum sehe ich diesen Mann erst jetzt?«, fragte Tugomir einen der jungen Soldaten ärgerlich, die man hier zum Dienst eingeteilt hatte.

»Er gehört zu Prinz Hennings Männern«, gab der Gescholtene mit einem Achselzucken zurück. »Die Verlierer kommen immer zuletzt dran, oder? Und außerdem wollte er nicht. ›Haltet mir den verfluchten Heiden vom Leib‹, hat er wieder und wieder gesagt. Was sollten wir denn da machen?«

Tugomir ergriff die Hand des Verwundeten und murmelte: »Hab keine Furcht. Vater Widukind hier wird dir bestätigen, dass du nicht in die Hölle kommst, wenn du dir von mir helfen lässt.«

»Er sagt die Wahrheit, mein Sohn«, versicherte der Geistliche.

Der Mann wollte sich dennoch von Tugomirs Griff befreien, aber der Hevellerprinz zwang den Arm von seinem Gesicht und schob den unfachmännischen Kopfverband zurück. Und als er ihn erkannte, begriff er, wieso der Verwundete nicht von ihm hatte behandelt werden wollen und warum er sich den unversehrten Kopf verhüllte.

Tugomir richtete sich auf, verschränkte die Arme und blickte auf ihn hinab. »Sieh an. Maincia.«

»Du kennst ihn?«, fragte Widukind erstaunt.

Tugomir antwortete nicht.

Er hob den rechten Fuß und stellte ihn auf den freiliegenden Knochenbruch.

Maincias Augen quollen hervor, und sein gellender Schrei war schlimmer als alle, die sie hier heute gehört hatten.

»Was tut Ihr, Prinz?«, fragte der junge Soldat und fuhr erschrocken zurück.

Tugomir verlagerte noch ein klein wenig mehr Gewicht auf seinen rechten Fuß. Maincia schrie wieder und fing an zu heulen. Rüde aus dem Schlaf gerissen, hoben die anderen Verletzten die Köpfe oder richteten sich auf die Ellbogen auf, und ein Raunen erhob sich.

Widukind packte Tugomir am Arm und riss ihn zurück. »Zeig Erbarmen, Tugomir«, verlangte er. »Es ist schwer, aber das ist es, was Jesus Christus von uns …«

»Weißt du, wer das ist?«, fiel Tugomir ihm schneidend ins Wort.

Widukind nickte beklommen. »Er ist der Mann, der durch das Fenster der Kapelle der Eresburg die Lanze auf Prinz Thankmar geworfen hat.«

Tugomir befreite seinen Arm mit einem Ruck, beugte sich über sein wehrloses Opfer und riss mit beiden Händen sein Obergewand auseinander. Maincia kniff die Augen zu und keuchte. Was Tugomir unter seinen Kleidern enthüllt hatte, war eine schwere Kette, deren kostbare Goldglieder selbst hier im Dämmerlicht satt schimmerten. »Und anschließend ist er zurückgekehrt und hat Thankmars Kette gestohlen«, erinnerte er den Geistlichen und wies auf das kostbare Schmuckstück. »Ein Mörder und ein Dieb, Widukind. Und gestohlen und gemordet hat er auf geweihtem Boden. Was sollen wir mit ihm machen, hm? Was schlägst du vor? Was schlägt *Gott* vor?«

»Wieso hat der Narr die Kette behalten?«, murmelte der Soldat kopfschüttelnd vor sich hin. »Jeder Mann in Sachsen hätte sie sofort als Prinz Thankmars erkannt.«

»Eben deswegen«, sagte Tugomir. »In Sachsen konnte er sie nicht verhökern, also ist er mit Prinz Henning nach Lothringen gezogen, um es dort zu tun. Stimmt's nicht, Maincia? Und somit hast du obendrein auch noch deinen König verraten.« Er packte die Kette mit der Rechten und drehte sie, bis sie den schwerverletzten Mann würgte und er zu röcheln begann.

»Auch deswegen müssen wir ihn dem König übergeben«,

mahnte Widukind. »Nur er hat das Recht, das Urteil über ihn zu sprechen, nicht du.«

»Nein?« Tugomir sah kurz über die Schulter zu ihm hoch und schenkte ihm ein Lächeln. Dann lockerte er die würgende Kette ein wenig, zückte mit der freien Hand sein Messer, setzte es Maincia an die Kehle und durchtrennte sie mit einem präzisen, fachmännischen Schnitt von Ohr zu Ohr. Er richtete sich auf und sah dem Sterbenden in die Augen, bis der Blick brach. Blutbesudelt wandte Tugomir sich Widukind schließlich wieder zu und sagte: »Leider ist Maincia seinen schweren Verletzungen erlegen, ehe er der königlichen Gerechtigkeit zugeführt werden konnte.« Und auf dem Weg zum Ausgang befahl er: »Bringt Thankmars Kette dem König. Aber wascht sie vorher ab.«

Merseburg, Mai 939

Obwohl der König nach der Schlacht sofort die Verfolgung aufgenommen und stundenlang die Wälder durchkämmt hatte, waren Giselbert und Henning ihm entwischt. Aber dank der Boten, die er ins ganze Reich aussandte, verbreitete sich die Kunde über das »Wunder von Birten« sich wie ein Schilffeuer. Hundert königstreue Panzerreiter hätten zweitausend lothringische Soldaten in die Flucht geschlagen und den abtrünnigen Prinzen verwundet, erzählten sich die Leute in Köln und in Aachen, doch als die Nachrichten nach Magdeburg und Regensburg gelangten, hieß es bereits, ein Dutzend Panzerreiter hätte zehntausend Lothringern den Garaus gemacht, und Prinz Henning zähle zu den Gefallenen. Die sächsischen Grafen, die sich der Revolte des Prinzen angeschlossen hatten, gerieten in Panik, und Otto konnte ihre Burgen kaum so schnell belagern, wie sie ihm die Tore öffneten.

Verwundet, aber äußerst lebendig war Henning auf Giselberts Drängen hin nach Sachsen zurückgekehrt, um die Bündnisse mit den Grafen zu retten, ohne deren Unterstützung ihre Revolte gegen Otto keine Zukunft haben konnte. Doch aus Hennings Heimkehr war eine Flucht geworden, und nun fand er sich seit beinah zwei Monaten mit einer Handvoll Getreuer in der letzten ihm verbliebenen Burg, der Pfalz von Merseburg, eingeschlossen.

Vor den Toren der Burg lagerte am Ufer der Saale Otto mit seinem Heer – reglos und geduldig wie eine Katze vor dem Mauseloch. Bis auf die Wachen war in ihrem Lager niemand zu sehen. Sie griffen weder das Tor noch die Palisaden an, sondern hockten in ihren Zelten und warteten. In aller Seelenruhe.

»War es das, was Thankmar gesehen hat, als er von der Eresburg ins Tal hinuntergeblickt hat?«, fragte Henning. Seine eigene Stimme klang ihm fremd in den Ohren. Er räusperte sich entschlossen.

Judith streckte ihm die Hand entgegen. »Komm weg vom Fenster, mein Prinz. Es ist zu gefährlich.« Sie sprach liebevoll, aber nüchtern. Der einzige Tonfall, den er jetzt ertragen konnte.

Henning kehrte dem schmalen Fenster den Rücken, trat zu ihr und setzte sich neben sie aufs Bett.

»Wenigstens sind *unsere* Männer Euch treu und öffnen dem König nicht die Tore«, bemerkte Volkmar. »Anders als Wichmann Billung. Nur deswegen hat Prinz Thankmar ins Gras gebissen, wenn Ihr mich fragt, weil er sich ausgerechnet diesen eingebildeten Wichser zum Verbündeten … vergebt mir, Prinzessin.« Er biss sich auf die Unterlippe und errötete. Er war es nicht gewöhnt, dass eine Frau bei einer Lagebesprechung zugegen war. Niemand war das gewöhnt.

»Schon gut«, erwiderte Judith und winkte ab. Es war eine graziöse, aber ungezierte Geste.

»Aber wie lange werden die Männer mir noch treu sein?«, wandte Henning ein. »Wenn sie erst einmal hungern …« Er brach ab.

»Sie hungern seit einem Monat, Prinz«, eröffnete Wiprecht ihm unverblümt. »Die Einzigen, die hier noch genug zu essen bekommen, seid Ihr und die Prinzessin.«

Das ist ja wohl auch angemessen, dachte Henning gereizt. Er war *verletzt*. Die Wunde am Unterarm, die einer von Ottos verfluchten Panzerreitern ihm bei Birten mit der Lanze beigebracht hatte, war auf den ersten Blick nicht so tragisch gewesen. Sie hatte stark geblutet und *höllisch* geschmerzt, war dann aber anstandslos verheilt. Nur konnte er immer noch nicht richtig zupacken, und allmählich beschlich ihn der düstere Verdacht, dass er mit der Hand nie wieder ein Schwert führen würde. Ganz gewiss nicht, wenn er nur noch halbe Rationen bekam. Und Judith war endlich, *endlich* schwanger. Der Zeitpunkt hätte kaum ungünstiger sein können, aber trotzdem musste auch sie essen, um ihm einen gesunden Erben zu schenken. Davon einmal abgesehen, waren sie der Prinz und die Prinzessin, und er fand Wiprechts Anmerkung ziemlich unverschämt.

Aber genau das war ja Wiprechts Aufgabe, führte der Prinz sich vor Augen: ihm auch dann die Wahrheit zu sagen, wenn sie unbequem war. Die meisten seiner Männer hatten solche Angst vor Henning, dass sie sich lieber die Zunge herausgerissen hätten, als ihm die ungeschminkten Tatsachen darzulegen. Wiprecht nicht. Er hatte *Respekt* vor seinem Prinzen, aber keine Furcht. Und er stand unerschütterlich auf seiner Seite. Henning wusste das zu schätzen, auch wenn er Wiprecht insgeheim nicht sonderlich mochte.

»Wir müssen die Pferde schlachten«, sagte Hildger grimmig. »Uns bleibt gar nichts anderes übrig.«

Hildger war der finsterste von Hennings drei Gefährten. Mit seiner gedrungenen Statur, dem dunklen Zottelschopf und den zusammengewachsenen schwarzen Brauen wirkte er gnomenhaft, wie ein Unhold, den man in den Schatten zwischen den Bäumen bei Dämmerung im Wald zu sehen glaubte. Sein Naturell entsprach seinem Äußeren: Er war argwöhnisch, rechnete immer mit dem Schlimmsten und traute niemandem. Das machte ihn zu einem hervorragenden Leibwächter.

»Wenn wir die Pferde schlachten, können wir uns auch gleich ergeben«, widersprach Volkmar, der mit seinen blauen Unschuldsaugen und seiner Frohnatur das perfekte Gegenstück bildete.

»Aber wir können die Männer nicht noch länger darben lassen«, wandte Wiprecht ein. »Es ist gefährlich, da hat der Prinz ganz recht.«

»Heute Nacht gehe ich über die Palisade«, stellte Volkmar in

Aussicht. »An der Seite, die dem königlichen Lager abgewandt ist, seile ich mich ab. Ich nehme zwei meiner Männer mit – ich weiß schon genau, welche –, und vor Morgengrauen sind wir mit Vorräten zurück.«

Henning nickte versonnen. »Ich muss darüber nachdenken. Ich gebe dir Bescheid, bevor es dunkel wird. Komm nicht auf die Idee, ohne meine Erlaubnis zu gehen, Volkmar«, fügte er hinzu.

Der junge Grafensohn schüttelte ernst den Kopf. »Ich bin ja nicht lebensmüde.«

Henning lächelte flüchtig.

Als seine drei Gefährten sich verabschiedet hatten, ließ Judith den kleinen Handstickrahmen sinken, dem sie während der Lagebesprechung scheinbar ihre ganze Aufmerksamkeit geschenkt hatte, und riet eindringlich: »Lass ihn nicht gehen, Henning. Es war Thankmars Provianttrupp, den Otto vor der Eresburg abgefangen und einen nach dem anderen abgeschlachtet hat.«

»Das habe ich nicht vergessen«, beschied er kurz angebunden.

Sie ließ sich von seinem Tonfall nicht abschrecken und spann ihren Gedanken zu Ende: »Wenn du tatenlos zuschaust, wie Otto Volkmar den Kopf abschlägt, wird Volkmars Vater uns den Rücken kehren. Aber du brauchst den Harzgau.«

Er nickte unwillig, stand auf und schenkte sich einen Becher aus dem Weinkrug auf dem Tisch voll. Es war ein heißer Tag, und es war stickig in der Kammer im Obergeschoss der Burg. Auch der Wein war zu warm, doch Henning trank durstig und fuhr sich mit dem Handrücken über die Lippen. »Lange können wir nicht mehr aushalten. Wir *brauchen* neue Vorräte.«

Judith nahm ihre Arbeit wieder auf. Sie stach die Nadel in das feine Leintuch und zog den grünen Wollfaden behutsam hindurch. Den Blick auf ihr Machwerk gerichtet, fragte sie: »Und was geschieht danach? Selbst wenn Volkmar Erfolg haben sollte, was ist in einer Woche? Wie lange willst du hier ausharren?«

Er zuckte ungeduldig die Achseln. »Bis Giselbert sich von unserem kleinen Rückschlag erholt hat und mit seinen Truppen die Grenze nach Sachsen überschreitet. Spätestens dann muss Otto von hier abziehen.«

Sie antwortete nicht. Das war ihre Art, ihm mitzuteilen, dass sie anderer Meinung war als er.

»Was?«, fragte er barsch. »Nur raus damit. Du denkst, es ist falsch, abzuwarten?«

»Ich denke, wenn Giselbert die Grenze überschreiten wollte, um uns zu Hilfe zu kommen, hätten wir es inzwischen gemerkt. Giselbert ist im Grunde ein Feigling, Henning. Er wartet ab, wie die Dinge sich hier entwickeln, und wenn Otto uns überrennt und gefangen nimmt, wird Giselbert reumütig auf seine Seite zurückkehren.«

Er fürchtete, sie könnte recht haben, aber er brauste auf: »Giselbert und ich haben einen Eid getauscht!« Dann winkte er ab. »Davon verstehen Weiber nichts. Also halt die Klappe und erspar mir deine Verdächtigungen. Es reicht, wenn Hildger mir damit in den Ohren liegt.«

»Vergib mir, mein Gemahl«, bat Judith höflich, aber nicht furchtsam, und stickte seelenruhig weiter.

Henning ballte die Linke zur Faust und bohrte die Nägel in die Handfläche. Das half ihm, die Beherrschung nicht zu verlieren. Die Ausweglosigkeit seiner Lage drohte ihn kopflos zu machen. Die Erkenntnis, dass er früher oder später die Tore öffnen und sich Otto ergeben musste, bereitete ihm Übelkeit und machte ihn so wütend, dass er irgendetwas in Stücke schlagen wollte – oder vorzugsweise irgendjemanden.

Aber nicht Judith.

Als sie verheiratet worden waren, wäre er im Traum nicht darauf gekommen, sie anders zu behandeln als die Huren und Sklavenmädchen, mit denen er sich normalerweise vergnügte. Aber in ihrer Hochzeitsnacht war er zu besoffen gewesen, um ihr zu zeigen, wer fortan ihr Herr und Meister war. Judith hatte ihn ob dieser Peinlichkeit weder belächelt noch bemitleidet. Stattdessen hatte sie ihm am nächsten Morgen ein kühles Tuch auf die hämmernde Stirn gelegt und geflüstert: »Schließ die Augen, mein wunderschöner Prinz. Du brauchst dich gar nicht zu rühren. Lass mich nur machen.« Und damit war sie auf ihn geglitten.

Zuerst hatte er sich verdattert gefragt, wieso es ihn nicht wütend machte, dass sie das Ruder übernahm. Für gewöhnlich verabscheute er kokette und vorlaute Frauen. Dann war ihm aufgegangen, dass Judith weder das eine noch das andere, sondern rettungslos in ihn verliebt war. Diese Erkenntnis hatte ihn zuerst erschreckt und dann betört.

Liebe war etwas, womit Henning nicht viel Erfahrung hatte. Sein Vater hatte kein Interesse an ihm gehabt. Seine Brüder waren nie anders als schroff und kurz angebunden zu ihm gewesen und hatten ihn ausgeschlossen. Graf Siegfried, sein Erzieher, war ein pflichterfüllter und strenger Zuchtmeister gewesen und hatte ihn insgeheim verachtet, argwöhnte Henning. Seine Mutter hingegen hatte ihn mit ihrer Liebe geradezu erstickt, aber ihre gluckenhafte Zuwendung war ihm immer suspekt gewesen. Irgendetwas stimmte nicht damit.

Mit Judith war alles anders. So unglaublich es auch erscheinen mochte, aber seine Frau liebte ihn genau so, wie er war. Ohne Fallstricke. Ohne Bedingungen. Obwohl sie eifersüchtig war, wenn er sich andere Frauen nahm, duldete sie seine Eskapaden und hatte sogar manches Mal diskret die Wogen geglättet, wenn ein erboster Ehemann oder Vater Vorwürfe erhob. Sie war seine Spionin am Hof seines Bruders und im Stift seiner Mutter, seine Verbündete und Komplizin. Und auch wenn er sich eher die Kehle durchgeschnitten hätte, als das zuzugeben: Sie war sein bester Ratgeber.

Darum ärgerte es ihn, dass er ihr den Mund verboten hatte. Mit einer knappen Geste forderte er sie auf: »Also meinetwegen. Raus damit.«

Sie schaute kurz auf, ehe sie den Blick wieder auf die Nadel richtete und den nächsten Stich setzte. »Was ist es, das du erreichen willst?«, erkundigte sie sich.

»Das weißt du doch«, gab er achselzuckend zurück. »Ich will die Krone. Sie steht mir zu, in dem Punkt hatte meine Mutter immer recht.«

»Hm«, machte sie. »Aber bei aller Unterstützung, die deine Mutter dir angedeihen lässt, *sie* kann dir die Krone nicht geben. Das kann niemand. Du musst sie dir nehmen, Henning. Du hast nicht nur das Recht, du hast auch das *Zeug* dazu, das weißt du selbst ganz genau. Also behalte das große Ziel im Auge und fass dich in Geduld.«

»Was heißt das?«

»Es heißt, du musst deinem Bruder die Tore öffnen und ihm sagen, du könntest es nicht mit deinem Gewissen vereinbaren, dass deine Männer aus Treue zu dir hungers sterben. Sorge dafür, dass alle es hören, und deine Männer werden dir zu Füßen liegen und sich in Windeseile wieder um dein Banner scharen, sobald Otto den Rücken kehrt.«

»Das wird mir wenig nützen, wenn ich in Festungshaft sitze. Oder meinen Kopf verliere.«

Judith lachte auf. »Kennst du deinen Bruder wirklich so schlecht? Er wird dir kein Haar krümmen. Er kann einfach nicht.«

»Wieso nicht?«, fragte er neugierig.

Sie hob den Kopf und sah ihn an. »Weil er schwach ist. Jedenfalls in der Hinsicht. Es gibt Dinge, die zu tun er selbst dann nicht imstande ist, wenn es um seine Krone geht. In diesem Punkt bist du ihm überlegen. Und das müssen wir uns zunutze machen.«

»Ja, aber wie?«

Sie sagte es ihm.

Otto saß im Schatten seines Zelts am Ufer der Saale und beobachtete eine Libelle, die über die Wasseroberfläche flirrte. Sie flog vielleicht zwanzig Schritte nach rechts, machte kehrt, kam an ihm vorbei und flog weiter zwanzig Schritte nach links, ehe sie wieder umdrehte. Das machte sie seit dem Mittag. Und genauso lang saß der König hier im Gras und schaute ihr zu. Sie hatten wohl beide nichts Besseres zu tun.

Noch vor einer Stunde hatten die transparenten Flügel der Libelle grünlich im Sonnenlicht geschillert, aber nun versank die Sonne hinter den Bäumen im Westen. Ottos Gedanken folgten ihr, und er fragte sich, wo Giselbert von Lothringen jetzt sein mochte. Was er ausheckte und worauf er wartete.

Als er Schritte hörte, wandte er den Blick zögernd von der Libelle ab. »Graf Manfried.« Er lächelte.

Der Graf verneigte sich. »Mein König.«

Otto erhob sich aus dem Gras und trat auf ihn zu. »So finster? Gibt es Neuigkeiten aus Lothringen?«

Manfried, der trotz der Sommerhitze seinen Kettenpanzer trug, wischte sich mit dem linken Handgelenk den Schweiß von der Stirn. »Nein. Aber aus der Burg. Prinz Henning hat einen Unterhändler geschickt.«

»Ah ja? Wen?«

Ehe der Graf antworten konnte, führten sein Sohn Konrad, den Otto vor den Toren der Eresburg geschont hatte, und Hardwin eine junge, schwangere Frau hinter das königliche Zelt. Vor dem König hielt sie an und sank unter einigen Mühen vor ihm auf die Knie. Als sie Anstalten machte, sich zum Fußkuss über seinen Schuh zu beugen, legte er ihr für einen Lidschlag die Hand auf die Schulter, um sie zu hindern.

»Steh auf, Judith. Udo, ein Stuhl für die Prinzessin.«

Udo, der vor dem Zelt Wache stand, verschwand im Innern, kehrte mit einem Schemel zurück, rammte ihn neben Judith ins Gras, zog geräuschvoll Schleim aus dem Rachen und spuckte ihn ihr vor die Füße.

Otto hatte Mühe, sich ein Grinsen zu verbeißen, bedachte den Übeltäter aber dennoch mit einem warnenden Blick. »Nimm Platz«, forderte er seine Schwägerin auf, kühl, aber höflich.

»Wie könnte ich sitzen, wenn Ihr steht, mein König?«, erwiderte sie kopfschüttelnd.

»Ich würde sagen, du hast dich in den letzten Monaten weitaus schlimmer gegen mich versündigt. Es kommt also nicht mehr darauf an. Darum setz dich. Eh du umfällst.«

Sein Hohn schien sie zu verunsichern. Für einen Herzschlag sah sie ihm in die Augen, die ihren ein wenig geweitet und voller Unruhe. Dann folgte sie seiner Einladung und ließ sich mit Konrads Hilfe schwerfällig auf dem Schemel nieder. »Würdet Ihr mir die Güte eines Gesprächs unter vier Augen erweisen?«, bat sie.

Otto verschränkte die Arme vor der Brust. »Nein.« An den Grafen und die beiden jungen Edelleute gewandt, fügte er hinzu: »Ich wünsche, dass ihr Zeugen dieser Unterredung seid. Udo, sei so gut und hole der Prinzessin einen Becher Wein.«

Udo verneigte sich knapp und stapfte davon.

Otto nahm sich einen Moment Zeit, seine Schwägerin in Augenschein zu nehmen. Sie wirkte erschöpft und angespannt. Er erinnerte sich, dass Editha auch immer gelitten hatte, wenn sie ein Kind trug und der Sommer kam. Er nickte fast unmerklich auf Judiths gewölbten Leib hinab. »Wann ist es so weit?«

Sie lächelte ein wenig kläglich. »Ich bin nicht sicher. Über den Winter haben die Ereignisse sich dermaßen überschlagen, und wir waren kaum je zwei Nächte am selben Ort, darum habe ich nicht darauf geachtet … Im September, meint die Hebamme.«

»Gratuliere. Gewiss hofft Henning auf einen gesunden Sohn, der den Anspruch auf die Krone, den er zu haben glaubt, untermauert.«

Judith legte die schmalen Hände auf ihren Bauch. »Aber mein Kind trägt keine Schuld an den Sünden seines Vaters.«

»Da hast du recht«, musste Otto einräumen. »Und ich wünsche ihm und auch dir Gottes Segen. Es ist sicher abscheulich, in deinem Zustand eingeschlossen und belagert zu sein. Ich muss gestehen, nicht einmal Henning hätte ich zugetraut, seine schwangere Frau als Unterhändlerin zu schicken.«

Sie blinzelte, als müsse sie Tränen zurückdrängen. »Ich bin nicht hier, um zu verhandeln, sondern um zu kapitulieren, mein König. Mein Gemahl wäre selbst gekommen, aber er ist zu schwach. Er ist verwundet und hat seit Wochen nicht vernünftig gegessen.«

Otto biss die Zähne zusammen und atmete langsam tief durch. Er durchschaute ohne große Mühe, was seine Schwägerin mit der Komödie beabsichtigte, die sie ihm hier vorspielte. Dennoch fand er es schwierig, nicht darauf hereinzufallen.

Judith öffnete den Lederbeutel, den sie in der Hand trug, steckte die Linke hinein und streckte sie ihm dann entgegen. »Hier. Er hat mir aufgetragen, Euch zum Zeichen seiner Unterwerfung dies hier zu überbringen.« Es war Hennings goldene Prinzenkette.

Mit eiserner Beherrschung hinderte Otto seine Hand daran, zurückzuzucken. Eine schnelle Abfolge von Bildern zog vor seinem geistigen Auge vorbei, prasselte regelrecht auf ihn ein: Thankmar bei der Falkenjagd in Magdeburg. Thankmar bei einem Fest in der Halle. Thankmar auf dem Wehrgang über dem Tor der Eresburg und mit dem Schwert in der Rechten an der Tür der Kapelle. In jeder Lebenslage hatte er die Kette getragen, die Vater Widukind dem König nach der Schlacht bei Birten schließlich zurückgebracht hatte. So als hätte Gott beschlossen, an jenem Tag noch ein zweites Wunder zu wirken, um Otto die verlorene Kette seines Bruders zurückzugeben, damit sie ihn an Thankmars ganz und gar sinnlosen und unnötigen Tod erinnerte …

Der König schüttelte den Kopf. »Ich will sie nicht. Gib sie Henning zurück und richte ihm aus, ich sehe mich außerstande, seiner Unterwerfungsgeste aus zweiter Hand zu trauen.«

Zögernd ließ sie die Linke mit der Kette sinken und starrte darauf hinab. »Aber was soll nun werden? Wir sind am Ende. Unsere Vorräte sind erschöpft, unsere Männer hungern beinah so jämmerlich wie mein armer Prinz. Nur wie soll er sich Euch unterwerfen, wenn Ihr die aufrichtige und reumütige Kapitulation nicht annehmt, die ich in seinem Namen überbringe?«

»Wie ein Mann«, gab Otto zurück. »Sag ihm, er soll selbst zu mir kommen und mir in die Augen sehen. Sollte er wirklich zu schwach sein, um zu laufen – und ich habe offen gestanden Mühe, das zu glauben –, soll er ein Pferd nehmen. Falls eure Pferde schon aufgegessen sind, borge ich ihm eins. Und weil ich keine zu hohen Ansprüche an seinen Mut stellen will, sag ihm auch dies: Er braucht nicht um sein Leben zu fürchten. Wie du sicher weißt, verliere ich nicht gern einen Bruder – so wertlos er auch sei. Nur um mich daran zu erinnern, hast du mir ja die Kette gebracht, nicht wahr, Judith?«

Sie senkte den Blick. »Er wird nicht kommen. Er kann nicht. So wenig wie Ihr es könntet, lägen die Dinge umgekehrt. So wenig wie Thankmar es konnte. Ihr alle seid zu stolz. Für euren Stolz seid ihr bereit, jeden Preis zu zahlen, und es kümmert euch nicht, wen ihr mit euch ins Verderben reißt …«

»Ich schlage vor, wir lassen Thankmar aus dem Spiel«, unterbrach er leise, aber scharf. »Und die Dinge zwischen Henning und mir könnten niemals umgekehrt liegen, denn einen Eid pflege ich nicht zu brechen. Diese Unterredung führt zu nichts. Geh zurück zu deinem Gemahl und richte ihm aus, er möge die Augen öffnen und begreifen, dass seine Rebellion tot ist. Giselbert wird nicht kommen, um die Belagerung aufzuheben, denn er ist ein ebenso feiger und treuloser Lump wie Henning.«

Er schwieg einen Moment und betrachtete die schwangere junge Frau vor sich. Udo ließ sich nicht blicken mit dem Wein – vermutlich hatte er beschlossen, Judith habe ihn nicht verdient –, und sie wirkte niedergedrückt und völlig erschöpft. Doch Ottos Mitgefühl hielt sich in Grenzen. Selbst in besseren Zeiten hatte er Judith nie große Zuneigung entgegenbringen können, weil er sie für kühl und berechnend hielt. Dennoch war sie seine Schwägerin, die seinen Neffen oder seine Nichte trug. Und auch wenn gewiss jedes zweite Wort gelogen war, das sie ihm aufgetischt hatte, wusste er doch, dass ihre Furcht und ihre Verzweiflung aufrichtig waren.

»Also schön«, sagte er leise. »Ich gebe ihm einen Monat, Judith. Bis zum Johannistag muss er zu mir kommen und sich meinem Urteil unterwerfen oder Sachsen verlassen haben. Für immer, meine ich. Wenn du ihm wirklich so zugetan bist, wie du vorgibst, solltest du ihm eindringlich raten, das eine zu tun oder das andere. Denn wenn er die Frist verstreichen lässt, sage ich mich von ihm los. Was dann geschieht, weiß Gott allein, aber ich bin sicher, du willst nicht, dass dein Kind als Waise zur Welt kommt, nicht wahr? Also sorge dafür, dass es nicht so weit kommt.«

Magdeburg, Mai 939

»Ein Monat Bedenkzeit! Obwohl sie sich doch schon ergeben hatten!« entrüstete sich Bruder Waldered, der ihnen die Neuigkeiten brachte, und hob die Arme, um ihnen das Ausmaß seines Unverständnisses deutlich zu machen. »Wieso schickt er sein Brüderchen nicht in strenge Festungshaft, um es von seinen gottlosen Absichten auf die Krone zu kurieren? Ich verstehe das einfach nicht! Bruderliebe ist eine Sache, aber das hier ist die pure …«

»Unvernunft«, half Tugomir ihm aus.

Der Mönch nickte mit einem Seufzer, der so tief war, dass seine Brust sichtlich erbebte.

»Irgendein Geheimnis verbirgt sich dahinter«, bemerkte Tugomir. »Irgendetwas, das Otto die Hände bindet. Ich weiß nicht, was es ist. Aber ich denke, Vater Widukind weiß es.«

Der schüttelte nachdrücklich den Kopf. »Deine Schwester. Ich nicht. Frag sie bei Gelegenheit einmal danach. Du wirst feststellen, dass du ebenso gut einen Stein fragen könntest. Setz dich zu uns, Bruder. Du kannst uns den vermutlich traurigen Rest der Geschichte bei einem Becher Met erzählen.«

Sie saßen hinter Tugomirs Haus auf der Wiese. Es war ein warmer Tag, aber allmählich zog der Himmel sich zu, und es sah nach Regen aus.

Waldered folgte der Einladung, erwiderte jedoch: »Noch ist offen, wie diese Geschichte ausgeht. Prinz Henning ist natürlich zurück nach Lothringen geflohen, wie nicht anders zu erwarten war. Welche Art von Unheil er dort zu stiften gedenkt, weiß Gott allein.«

»Womöglich weiß die Königinmutter mehr darüber als Gott«, spöttelte Tugomir.

»Gott weiß alle Dinge über alle Dinge, das habe ich dir schon Dutzende Male erklärt«, widersprach Widukind gereizt. Er hob einen belehrenden Zeigefinger und schien es nicht einmal zu bemerken.

»Natürlich«, gab Tugomir tröstend zurück. »Aber je mehr du dich über meine Fehltritte erregst, desto größer ist die Versuchung.«

»Ziemlich aufsässig für einen Täufling«, bemerkte Waldered grinsend.

Tugomir hob die tätowierte Linke zu einer abwehrenden Geste. »Ich habe euch gesagt, ich war noch nicht so weit.«

»Ja, aber wenn du auf den Tag hättest warten wollen, da du dich bereit fühlst, wärst du als Heide gestorben«, gab der Mönch zurück, der selbst ein ewiger Zweifler war.

Während der Ostervigil – in der Nacht vor dem Sonntag, da die Auferstehung des gekreuzigten Christus gefeiert wurde – hatte Tugomir die Taufe empfangen. Er hätte lieber noch gewartet. Es stimmte nicht, was Waldered sagte, er hatte sich nicht vor dem Übertritt zu seinem neuen Gott gefürchtet und es deswegen aufschieben wollen, denn er wusste, dass er diese Brücke überschreiten musste. Er war nur noch nicht ganz bereit gewesen. Damit kannte er sich nun wirklich aus, denn in den Jahren als Priesterschüler hatte er gelernt, selber zu erkennen, wann er den nächsten Schritt gehen musste, und sich auf sein eigenes Urteil zu verlassen. Nur einmal hatte er sich drängen lassen: in der Nacht, da die Brandenburg gefallen war und Schedrag zu ihm gesagt hatte, der Vollzug des Opfers sei seine letzte Prüfung. Tugomir hatte geahnt, dass das nicht stimmte, doch er hatte auf Schedrag gehört und war prompt gescheitert. Anno zu töten war die falsche Entscheidung gewesen.

Dieses Mal hatten ihn *alle* gedrängt. Otto und Editha, die ganz übermütig vor Freude gewesen waren, als sie erfuhren, dass Tugomir sich zum christlichen Glauben bekennen wollte. Von einem Moment zum nächsten hatte die Königin ihre Reserviertheit ihm gegenüber aufgegeben. Und der König hatte ihn wie einen lange entbehrten Bruder an die Brust gedrückt und verkündet, kein Geringerer als der Erzbischof von Mainz solle Tugomir taufen, wenn er zu den Osterfeierlichkeiten an den Hof kam.

Widukind und Bruder Waldered hatten Tugomir ebenso zugesetzt. Und sogar Egvina, die seit Thankmars Tod ein zurückgezogenes Dasein führte, sich nur ihrer Tochter widmete und sich kaum bei offiziellen Anlässen zeigte oder Anteil am Hofleben nahm. Alle hatten ihn gedrängt, nicht zu zögern. Zu guter Letzt waren Semela und Rada damit herausgerückt, dass sie sich schon vor einem Jahr heimlich hatten taufen lassen, aber nicht gewagt hatten, es ihm zu sagen, aus Furcht, er werde sie aus dem Haus jagen. Jetzt behandelten sie ihn, als sei er von einer langen Krankheit genesen. Nichts von alldem hätte Tugomir dazu verleiten können, den entscheidenden Schritt zu tun, ehe er so weit war, wäre die Vila nicht gewesen. *Tu es jetzt.* Sie hatte ihm keine Gründe genannt, aber selten hatte sie ihm eindringlicher geraten: *nicht nächstes Jahr, nicht nächsten Monat, sondern jetzt.*

Also hatte er es getan.

»Wie dem auch sei«, bemerkte Vater Widukind und trank einen Schluck. »Ein halber Heide ist er immer noch.«

»So wie die meisten Sachsen«, konterte Tugomir.

»Dem kann ich nicht widersprechen«, musste der Geistliche zugeben. »Sie glauben an Jesus Christus, aber ebenso an die alten Götter, an Feen, Geister, was weiß ich. Genau wie du.«

Tugomir verdrehte die Augen. »An Geister muss man nicht *glauben*, Widukind. Sie sind allgegenwärtig, in allen Dingen, und wir alle erfahren das ungezählte Male jeden Tag. Es sei denn, wir weigern uns, es wahrzunehmen, so wie du.«

»Aberglaube«, knurrte Widukind.

»Tatsächlich? Das ist wirklich seltsam, weißt du. Wie heißt es doch gleich wieder in der Bibel? *Am Abend aber brachten sie viele Besessene zu ihm, und er trieb die Geister aus mit Worten und machte allerlei Kranke gesund.* Jesus Christus verstand sich auf Geister, so wie jeder Heiler es muss. Und du nennst es Aberglaube?«

Widukind wandte sich hilfesuchend an Waldered. »Das macht er *andauernd*. Jedes Mal, wenn ich ihm einen seiner Irrtümer vor Augen führen will, widerspricht er mir mit einer Bibelstelle. Dabei kann er nicht einmal lesen. Aber ich schwöre, manchmal glaube ich, er kennt das Wort des Herrn besser als ich. Wenn ich das geahnt hätte, bevor der König mir die ehrenvolle Aufgabe übertrug, Prinz Tugomir auf seine Taufe vorzubereiten, hätte ich eine Ausrede erfunden.«

Tugomir und der Mönch lachten über seine komische Verzweiflung, als Rada um das Haus herum auf sie zu kam.

»Oh, das trifft sich gut«, sagte Vater Widukind. »Ob du mir noch einen Schluck von eurem köstlichen Met bringen könntest, Rada? Ich brauche Stärkung …«

Sie nickte abwesend. »Sofort, Vater.« Aber es war Tugomir, den sie anschaute.

»Entschuldigt mich einen Moment«, bat er die beiden Gottesmänner, stand von dem Baumstamm auf, der ihnen als Sitzbank diente, und folgte der jungen Frau zur Tür. »Was ist passiert?«

»Komm mit ins Haus, Prinz«, flüsterte sie, und ihr Blick glitt zurück zu seinen Gästen, die ihr plötzlich Angst zu machen schienen.

Ohne ein weiteres Wort folgte Tugomir ihr hinein.

Im dämmrigen Innern fand er einen Fremden, der gekrümmt auf dem Schemel am Herd kauerte, anscheinend nicht in der Lage, sich aufrecht zu halten. Semela stützte seine Schultern und hielt einen Becher in der Hand. »Er hat viel Blut verloren, glaub ich. Keine Ahnung, wie er es geschafft hat, sich in die Pfalz zu schleichen. Dein Name war das Einzige, was ich bis jetzt aus ihm herausbekommen habe.«

Tugomir trat näher, hockte sich vor den Unbekannten mit dem unordentlichen, verschwitzten Schopf und hob sein Kinn an. Er musste einen Moment überlegen, dann fiel der Name ihm ein. »Dervan.«

Der sah ihn blinzelnd an. »Die Götter seien gepriesen. Ich … ich hab's geschafft. Ich hab dich gefunden.«

Tugomir nickte Semela zu. »Legen wir ihn aufs Bett.«

»Nein, wartet«, murmelte Dervan und hob abwehrend die Hand. »Es ist nicht so schlimm, Prinz. Ich bin nur … völlig erledigt.«

»Wie schlimm es ist, werde ich entscheiden«, entgegnete Tugomir. Aber er erkannte, was den jungen Mann am schlimmsten quälte. »Rada, sei so gut, bring ihm eine Schale Eintopf und einen Becher Wasser. Kein Met fürs Erste.«

»Wo kommst du her, Dervan?«, fragte Semela. »Wo warst du all die Zeit? Sie haben uns weisgemacht, du seist abgehauen und ertrunken, als du die Elbe durchschwimmen wolltest.«

Der junge Daleminzer, den Tugomir zusammen mit seinen Leidensgenossen aus seinem jammervollen Sklavendasein in Geros Haus befreit hatte, warf dem Prinzen einen flackernden Blick zu und senkte den Kopf dann wieder.

»Lass ihm Zeit«, mahnte Tugomir seinen Gehilfen.

577

Rada brachte Eintopf und Wasser, und dann schauten sie schweigend zu, während Dervan seinen bohrenden Hunger stillte. Als er aufgegessen hatte, zog Tugomir ihm das Obergewand aus, dem man ansehen konnte, dass es eine abenteuerliche Reise hinter sich hatte. Es war zerrissen und mit Dreck und Blut besudelt. Tugomir enthüllte einen unfachmännischen, blutgetränkten Verband an der linken Schulter und darunter eine Pfeilwunde.

»Ich hab ihn selbst rausgezogen«, berichtete Dervan. Seine Stimme klang schon ein bisschen kräftiger. »Ist es brandig?«

Tugomir schüttelte den Kopf. »Wann ist es passiert?«

»Vor drei Tagen.«

»Ich schätze, dann bist du außer Gefahr.«

Dervan nickte, als sei diese gute Nachricht nur von mäßigem Interesse.

»Warum bist du zurückgekommen?«, fragte Tugomir schließlich.

»Weil irgendwer dir erzählen muss, was passiert ist, und außer mir ist keiner übrig.«

Rada sah von Dervan zu Tugomir, der seine bösen Vorahnungen in ihren Augen widergespiegelt fand. Es war still, während der Prinz einen sauberen Leinenstreifen aus seinem Vorrat holte und den Verband erneuerte. Als er fertig war, gab er sich einen Ruck und fragte: »Es ist Gero, nehme ich an?«

Der junge Daleminzer, der einmal Geros Stallknecht gewesen war und solche Furcht vor seinem Herrn gehabt hatte, dass er bei seiner Flucht kaum einen Fuß vor den anderen bekommen hatte, stierte einen Moment vor sich hin, aber sie sahen das Grauen in seinen Augen. Dann nickte er.

»Die Obodriten … haben ihm schwer zu schaffen gemacht«, begann er stockend. »Ich weiß, wie du über die Obodriten denkst, Prinz, aber sie und die Redarier sind die Einzigen, die genügend Krieger haben, um wirklich etwas gegen ihn ausrichten zu können. Na ja, du weißt ja, wie die Dinge sind, die anderen Völker sind zu klein und zu zerstritten. Die Marzanen … wir sind zu ihnen gegangen, wie du damals gesagt hast, und sie haben uns erst nur zähneknirschend aufgenommen. Der Hohepriester hat Milenas Sachsenbalg den Göttern geopfert, als es kam. Aber dann hat er sie zur Frau genommen, und jetzt genießt sie hohes Ansehen, und die meisten sind großzügig und freundlich zu uns. Aber die Marzanen sind kein Kriegervolk, Prinz. Sie sind Bauern. Als Gero mit seinen Truppen anrückte, haben sie sich unterworfen. Jetzt zahlen sie Tribut, und wenn wir Glück haben, lässt er uns zufrieden. Andere sind tapferer und wehren sich, auch wenn sie wissen, dass sie keine Chance haben. Die Krieger der Spreewaren verstecken sich in den Wäldern und überfallen Geros Jagdtrupps und Meldereiter, obwohl er jedes Mal furchtbare Rache nimmt. Die Milzener … Es heißt, er hat ihre Burg dem Erdboden gleichgemacht und keinen leben lassen, so wie er es damals mit uns getan hat.«

Tugomir hatte keine Mühe, das zu glauben, denn es waren die Milzener gewesen, die Geros jungen Vetter geschändet und getötet hatten.

»Und die Heveller?«, fragte er schließlich.

Dervan zuckte die Achseln. »Was kann dein Neffe schon tun? Mit dir und deiner Schwester hier?«

Tugomir hob skeptisch die Augenbrauen. Er hatte nicht vergessen, was seine Vila gesagt hatte: *Noch ein paar Jahre, und Dragomir wird den Göttern opfern, damit sie dich bloß nicht heimfinden lassen.* Und sie hatte natürlich recht. »Mein Neffe ist ein Fürst, Dervan. Er kann es sich nicht leisten, seine Entscheidungen davon abhängig zu machen, welche Folgen sie für mich oder meine Schwester haben.«

»Vielleicht nicht«, gab Dervan zurück. »Aber auf jeden Fall ist er vorsichtig. Wenn er kämpft, dann aus dem Hinterhalt so wie die Spreewaren. Nur jetzt …« Er brach ab und schüttelte den Kopf. »Ich weiß nicht, was sie jetzt tun werden, nachdem das passiert ist.«

»Nachdem *was* passiert ist?«, fragte Semela. »Nun red doch endlich, Mann.«

»Gero … sandte Boten aus«, erzählte Dervan. »Sie ließen durchblicken, dass die anhaltenden Kämpfe mit den Obodriten seine Truppen allmählich aufrieben, und er … er lud dreißig slawische Fürsten auf seine Burg nach Meißen zu Verhandlungen. Er lud sie zu einem Gastmahl, versteht ihr.«

Semela zog scharf die Luft ein. »Sag, dass sie nicht hingeritten sind.«

»Aber warum denn nicht?«, entgegnete Dervan, immer noch matt, aber trotzig. »Ich meine, es war ein *Gastmahl*! Jetzt tut doch nicht so, als wären sie leichtfertig oder dumm gewesen.«

Tugomir wechselte einen Blick mit Semela. Dann schaute er Dervan wieder an, und er las die Antwort auf seine Frage in dessen Augen, noch ehe er sie stellte. Er musste sich räuspern. »Er hat sie alle ermordet?«

Dervan nickte. Sein Kinn bebte, und dann fing er an zu heulen. Er erstickte sein Schluchzen mit dem unverletzten Arm und murmelte: »Entschuldige, Prinz …«

Tugomir war gefährlich nahe daran, sich ihm anzuschließen, so groß war seine Erschütterung. Er sank auf einen der Schemel, weil er seinen Beinen plötzlich nicht mehr trauen konnte.

Es gab beinah nichts, was Sachsen und Slawen gemeinsam hatten. Doch die Gesetze der Gastfreundschaft waren bei beiden Völkern gleichermaßen heilig. Unumstößlich. Wer zu einem Gastmahl geladen wurde, konnte hingehen und seine Waffen vor der Halle bedenkenlos ablegen, selbst wenn es die Halle seines Todfeindes war. Denn dem Gast, den man an seine Tafel lud, konnte man kein Haar krümmen. Im Gegenteil, man musste ihn notfalls mit bloßen Händen gegen alle Ungeheuer der Unterwelt verteidigen. So lauteten die Regeln bei Slawen und auch bei Sachsen, und sie waren nicht zuletzt deshalb unantastbar, weil die Welt ohne sie einfach nicht funktionieren konnte. Feinde sich etwa niemals zusammenfinden konnten, um einen Frieden auszuhandeln. Misstrauische Konkurrenten nie ihre Söhne und Töchter miteinander verheiraten konnten, um ihre Kräfte in Zukunft zu vereinen. Der reumütige Abtrünnige nie zu seinem Fürsten zurückkehren konnte, um seine Vergebung zu erflehen. Und so weiter.

Semela hatte die Ellbogen auf den Tisch gestützt, den Kopf wie vor Gram gebeugt, und zerzauste sich den Blondschopf. »Oh, mein Gott …«, murmelte er. »Das kann einfach nicht wahr sein.«

»Es *ist* wahr«, versicherte Dervan, der sich wieder gefasst hatte. »Alle. Sie sind alle tot.«

»Mein Neffe auch?«, fragte Tugomir.

»Nein. Er hatte seinen Vetter Vaclavic geschickt.«

Der Sohn seines Onkels Slawomir, erinnerte Tugomir sich. Mit einem Mal fröstelte ihn. »Vaclavic ›den Furchtlosen‹ nannten sie ihn«, murmelte er.

Dervan nickte. »Wenn du mich fragst, ein versoffener Draufgänger, aber ein verwegener Kämpfer. Er … endete mit aufgeschlitztem Bauch. Das letzte Mal, als ich ihn sah, versuchte er, seine Eingeweide zurückzustopfen, wohin sie gehörten …«

»Das heißt, du warst dabei?«, fragte Tugomir.

Der junge Mann nickte.

»Hattest du keine Angst, dass Gero dich sieht und zurückfordert?«

»Ich hab mir fast in die Hosen gepisst«, bekannte Dervan. »Aber Fürst Miliduch hat mir befohlen, ihn zu begleiten, weil er Geros Übersetzern nicht traute. Was blieb mir da übrig? Ich bin schließlich nur ein geduldeter Fremder bei den Marzanen. Also hab ich darauf gehofft, dass Gero seine Sklaven zu gering schätzt, um sich ihre Gesichter zu merken, und so war's auch. Er hat mich nicht erkannt und nicht beachtet.«

Es war ja auch fast drei Jahre her, dass Dervan von hier geflohen war, und aus dem zwölfjährigen Bübchen war ein junger Mann geworden, der sogar schon einen spärlichen Schnurrbart vorzuweisen hatte.

»Die Burg von Meißen ist eine starke Festung«, erzählte er weiter. »Die Palisade ist so hoch, dass man meint, sie ragt bis zu den Wolken auf, und sie haben von uns abgeguckt, wie man eine richtige Wallanlage baut. Alle hatten ein mulmiges Gefühl, als das Tor sich hinter den letzten Ankömmlingen schloss, aber, wie gesagt, es war ein Gastmahl. Gero und seine Frau begrüßten die Fürsten in der Halle. Ich bin fast verrückt geworden vor Angst, als ich ihn sah, aber wir saßen weit unten an der Tafel, weil die Marzanen kein mächtiges Volk sind. Visan, der Bruder des Fürsten der Obodriten, und der Fürst der Redarier wurden an der hohen Tafel geehrt. Geros Kommandanten mischten sich unter die slawischen Gäste an den Tischen. Dann wurden ganze Ochsen am Spieß und so weiter aufgetragen. Und Wein. Kein Met, Wein. Ihr könnt euch einfach nicht vorstellen, wie schnell alle besoffen waren. Es wurde laut und ziemlich wild. Geros Frau war längst verschwunden, und die Männer machten sich über seine Sklavinnen her. Ich fand es seltsam, dass nur Sklavinnen die Speisen und Krüge auftrugen, und alle waren irgendwie zu hübsch und hatten zu wenig an. Und ich fragte Fürst Miliduch, warum es wohl nur die slawischen Gäste waren, die so heillos besoffen waren. Doch er war selbst schon zu betrunken, um misstrauisch zu werden. Ich war auch voll, aber nicht so wie die anderen, denk ich. Als die Ersten mit den Köpfen auf der Tafel eingeschlafen waren, standen Geros Männer von der Tafel auf. Alle gleichzeitig, wie auf ein geheimes Zeichen. Plötzlich wurde es totenstill in der Halle. Und alle Sklavinnen waren mit einem Mal verschwunden. Dann zog Gero sein Schwert, zerrte Prinz Visan auf die Füße, verfluchte ihn und alle Obodriten und schlug ihm den Kopf ab. Diejenigen von uns, die noch bei Sinnen waren, versuchten aufzuspringen und zu kämpfen, aber es war … hoffnungslos. Geros Männer gingen durch die Reihen und machten einfach alle nieder, genau wie … genau wie damals.« Er weinte wieder, still jetzt, aber verstört wie der kleine Junge, der die Ermordung seiner Eltern mit angesehen hatte.

Semela hatte die Hand seiner Frau ergriffen und hielt sie zwischen seinen beiden. Es war eine Weile still, ehe er fragte: »Wie bist du entkommen?«

Dervan verzog den Mund. »Wie ein richtiger Held: Ich bin unter den Tischen entlanggekrochen, bis ich fast an der Tür der Halle war. Dann bin ich aufgesprungen und gerannt. Raus in den Hof, auf den Wehrgang. Zwei sind mir gefolgt. Ich hatte zum Glück einen guten Vorsprung, aber einer schoss auf mich, als ich gerade das Tor überkletterte, und erwischte mich. Ich bin auf der anderen Seite in den Graben gestürzt. Der führte zum Glück reichlich Wasser nach dem ganzen Regen im Frühling. Ich bin rausgekrabbelt und um mein Leben gerannt.«

»Bis hierher«, stellte Tugomir fest und legte ihm für einen Moment die Hand auf den Arm. »Ich würde sagen, du bist in der Tat ein Held, Dervan.«

»Ich kann mir nicht vorstellen, dass Helden sich jemals so erbärmlich fürchten wie ich in den letzten drei Tagen, Prinz.«

»Ich glaube, du täuschst dich«, widersprach Tugomir, aber er ließ es dabei bewenden. »Leg dich hin. Du musst ein paar Stunden schlafen, und dann musst du essen. Rada und Semela werden sich um dich kümmern.«

»Und was wirst du tun?«, fragte Semela misstrauisch.

Ehe Tugomir antworten konnte, steckte Widukind den Kopf durch die Tür. »Alles in Ordnung? Wir fingen an zu befürchten, du hättest uns und deinen Becher vergessen, weil ...« Als er den Ausdruck auf ihren Gesichtern sah, brach er ab, und seine Miene wurde besorgt. »Was ist passiert?«

Tugomir stand auf. »Komm mit mir, Widukind.«

»Giselbert von Lothringen hat sich von Euch abgewandt, mein König«, berichtete Wichmann.

»Ich würde sagen, das hat er spätestens mit der Schlacht von Birten getan«, bemerkte Hadald wegwerfend. Der Kämmerer konnte Wichmann Billung nicht ausstehen, wusste Otto.

»Ihr versteht nicht«, gab Wichmann zurück. Er hielt den Blick gesenkt, als bringe er es nicht fertig, dem verratenen König in die Augen zu sehen. »Er hat ... er hat sich dem *westfränkischen* König unterworfen und ihm ... einen Lehnseid geschworen.«

Otto sah auf seinen gesenkten Kopf – sprachlos. Zum ersten Mal, seit diese Krise begonnen hatte, fürchtete er sich. Die Angst stieg ganz allmählich in ihm an wie der Wasserstand eines Brunnens nach einem heftigen Regenfall und drohte sich seiner zu bemächtigen. Alles schien ihm zu entgleiten. Er hatte sich nicht mehr so machtlos gefühlt, seit Thankmar bedrängt von fünf königstreuen Soldaten rückwärts in die Kapelle der Eresburg geflüchtet war. Auch jetzt entfaltete sich eine Katastrophe gleich vor Ottos Augen, und er wusste nicht, ob er dieses Mal einen Weg finden würde, das Schlimmste zu verhindern.

Er tat das Einzige, was ihm in einem Moment wie diesem übrig blieb: Er verbarrikadierte sich hinter seiner königlichen Würde. »Wirklich? Und ich war sicher, Giselbert hätte *mir* bei meiner

583

Krönung Lehnstreue geschworen. Was sollte sein Eid König Ludwig also wert sein?«

»Oh, ich bin überzeugt, König Ludwig nimmt es nicht so genau«, höhnte Manfried von Minden. »Lothringen ist eine fette Beute: Metz, Cambrai, Köln und all die anderen reichen Handelsstädte. Obendrein die Krönungsstadt Aachen, von der die Karolinger immer schon glaubten, sie müsse doch eigentlich ihnen gehören. Seid versichert, Ludwig würde so ziemlich jeden Kompromiss mit seinem Gewissen schließen, um Lothringen zu bekommen.«

Der König schlug die langen Beine übereinander. »Vermutlich hat mein Bruder Henning Giselbert auf diese Idee gebracht. Sie sieht ihm ähnlich: klug, aber ehrlos.«

Die Männer an der Tafel wechselten erstaunte Blicke.

»Was ist?«, fragte Otto stirnrunzelnd. »Glaubt Ihr, ich hätte noch irgendwelche Illusionen, was meinen Bruder betrifft?«

»Ähm, nein, mein König«, räumte Hadald ein und strich sich über das strähnige Haar, als wolle er sich vergewissern, dass es noch ordentlich über die Glatze gekämmt war. »Es ist nur, dass man manchmal den Eindruck gewinnen könnte …« Er brach ab.

Den König der Halbsätze, hatte Thankmar ihn immer genannt.

»Es gibt solche, die sagen, dass Ihr Prinz Henning mit allzu großer Milde begegnet«, kam der Kanzler ihm zu Hilfe, der einfach zu alt war, um noch ein Blatt vor den Mund zu nehmen.

Otto nickte unverbindlich. »Ich weiß, Poppo.« Er dachte eine Weile nach. Schließlich sagte er: »Ich bin es allmählich satt, nach Lothringen zu eilen, weil mein Bruder und mein Schwager dort irgendwelche Ränke gegen mich schmieden, aber ich schätze, ich muss es trotzdem noch einmal tun, nicht wahr?«

Die an der Tafel Versammelten nickten trübsinnig.

»Aber vorher sende ich einen Boten zu meinem *anderen* Schwager.«

»Hugo von Franzien? Was wollen wir von ihm?«, fragte Wichmann verwundert. Eine Spur unbehaglich, hätte man meinen können. Der streitbare Herzog von Franzien mit dem narbigen Gesicht flößte vielen Leuten Unbehagen ein.

Und genau das gedachte Otto sich zunutze zu machen. »Wir

werden das Gleiche tun, was Henning und Giselbert versuchen: Wir spielen die Begehrlichkeiten unserer Feinde gegeneinander aus. Henning will meine Krone, darum verbündet er sich mit Giselbert. Giselbert will mehr Unabhängigkeit für Lothringen und verbündet sich deswegen mit König Ludwig. Aber Hugo von Franzien ist im Westfrankenreich mächtiger als der König, und sein Vater trug einst die Krone. Ludwig fürchtet ihn und kann ihm auf dem Feld nicht das Wasser reichen. Wenn König Ludwig von Westen in Lothringen einfällt, wird Hugo auf Laon marschieren. Den Gefallen tut er mir gewiss. Und dann werden wir ja sehen, wie versessen König Ludwig noch auf Lothringen ist.«

Die königlichen Ratgeber nickten anerkennend.

»Hadald, wäret Ihr so gut, zu Hugo von Franzien zu reisen?«

»Nichts lieber als das, mein König. Ich gebe zu, Eure Schwester wiederzusehen, wird mir eine große Freude …« Der Kämmerer strahlte.

»Und wenn wir nach Lothringen ziehen, wie viele Männer wollt Ihr hinführen?«, fragte Graf Manfried. Er war ein so leidenschaftlicher Soldat, dass man ihn kaum je anders als in voller Rüstung sah. Das erregte allgemeine Heiterkeit, aber Otto war es gleich, wenn seine Höflinge Manfried wunderlich fanden. Der Graf war ein hervorragender Stratege, und er war dem König so dankbar dafür, dass der vor den Toren der Eresburg das Leben seines Sohnes geschont hatte, dass seine Treue außer Zweifel stand.

»Das entscheiden wir, wenn Hadald uns Hugos Antwort bringt«, antwortete Otto.

Er wusste, er würde keine Mühe haben, unter Adel und Bauern Freiwillige für seinen Krieg zu finden. Die Schlacht von Birten hatte sich in mehr als einer Hinsicht als Wunder erwiesen, denn sie hatte bewirkt, was Otto selbst nicht vermochte: Sie hatte das Eis zwischen ihm und seinen Untertanen gebrochen. Die Menschen hatten begriffen, dass er Gottes Auserwählter war, und die rückhaltlose Zuneigung, die sie ihm neuerdings entgegenbrachten, bereitete ihm manchmal Unbehagen, denn sie hatte etwas von Heiligenverehrung. »Und wir müssen herausfinden, wie viele Männer Giselbert unter Waffen hat«, fügte er hinzu. »Was hat er vor? Was genau verspricht er sich von diesem Schritt? Und vielleicht noch wichtiger: Was ist mit Eberhard von Franken?«

»Wir wissen es nicht, mein König«, räumte Bischof Bernhard ein. »Er sitzt in Frankfurt und leckt seine Wunden, berichten die Spione des Erzbischofs, aber offen gestanden tut er das jetzt schon viel zu lange, als dass ich es noch glauben könnte.«

»Ihr braucht eigene Spione, die Eberhard und Giselbert überwachen, mein König«, sagte eine Stimme von der Tür. »Männer aus ihrem engsten Umfeld, denen zu misstrauen ihnen niemals in den Sinn käme. Und soweit es Giselbert betrifft, wüsste ich vielleicht schon jemanden, der infrage käme.«

Otto wandte den Kopf zur Tür. Sein Gehör hatte ihn nicht getrogen. »Brun!« Er stand auf, trat seinem jüngsten Bruder entgegen und schloss ihn in die Arme. »Was in aller Welt tust du hier?«

Ein wenig schüchtern erwiderte Brun die Umarmung, trat dann einen Schritt zurück und verneigte sich respektvoll. »Bischof Balderich schickt mich.«

»Mit Nachrichten?«, fragte der König verwirrt.

Sein Bruder nickte. »Auch. Vor allem wollte er, dass ich aus Lothringen verschwinde, ehe Schwager Giselbert auf die Idee verfällt, mich als Geisel zu nehmen. Oder Euren Erstgeborenen. Ich habe mir erlaubt, Wilhelm mitzubringen. Es schien uns das Sicherste.«

»Gott segne Bischof Balderich«, murmelte Otto. Die Gefahr, dass sein jüngster Bruder oder gar sein Sohn seinen Feinden in die Hände fallen und als Druckmittel dienen könnten, hatte er überhaupt nicht gesehen.

»Außerdem soll ich Euch warnen, dass auch einige der lothringischen Bischöfe zu König Ludwig übergehen könnten. Die Lage ist brenzliger, als sie scheint.« Brun schaute seinem Bruder ins Gesicht, seine Miene sehr ernst. »Und das ist der dritte Grund, warum er mich geschickt hat: um in dieser Stunde der Not an Eurer Seite zu stehen und Euch zu raten.«

Otto starrte ihn einen Moment an. Er war bestürzt, weniger über die schlechten Nachrichten, die Brun brachte – an schlechte Nachrichten war er weiß Gott gewöhnt –, sondern vielmehr darüber, dass sein Brüderchen hier plötzlich als Mann vor ihm stand. Ein würdevoller junger Priester. Otto sah in die blauen Augen, die den seinen so ähnlich waren, und las den Scharfsinn und die Güte darin. Mit einem Gefühl, als habe ihm jemand einen Felsbrocken von den Schultern genommen, umschloss er Bruns Unterarme und küsste ihm die Stirn.

»Gepriesen sei Gott«, murmelte der König. »Endlich hat er mir einen Bruder geschickt, auf den ich bauen kann.«

Brun lächelte, was seinem Gesicht einen schelmischen Charme verlieh. »Dann schlage ich vor, wir gehen gleich an die Arbeit.«

Otto nickte und führte ihn zur Tafel. »Lass mich dich mit meinen Ratgebern bekannt machen.«

Brun hob eine Hand, die bemerkenswert kräftig und schwielig für einen Priester war, und erwiderte: »Nicht nötig. Kanzler Poppo. Kämmerer Hadald. Der ehrwürdige Bischof Bernhard von Halberstadt.« Er verneigte sich vor jedem Einzelnen, knapp, aber höflich. »Graf Wichmann. Und …« Er zögerte einen Moment, betrachtete den großen Mann in der Rüstung eindringlich, und dann lächelte er triumphal. »Graf Manfried von Minden.«

Der erhob sich und erwiderte die Verbeugung. »Woher kennt Ihr mich, mein Junge?«

»Ich habe Euch bei der Krönung des Königs in Aachen gesehen. Jemand erzählte mir, Ihr hättet bei der Schlacht von Riade drei Ungarn mit einem einzigen Streich erschlagen. Derselbe redselige Mensch erzählte mir ebenso, dass Ihr beim Krönungsbankett in angetrunkenem Zustand gesagt habet, die Krone gehöre Thankmar, nicht Otto. Im Übrigen, Graf Manfried, bin ich Vater Brun oder meinetwegen auch Prinz Brun, aber ganz gewiss nicht Euer Junge.« All das sagte er mit diesem charmanten, scheinbar so unbekümmerten Lächeln und setzte sich auf den gepolsterten Stuhl, den der König ihm gleich an seiner Seite angewiesen hatte.

Die Männer an der Tafel starrten Brun entgeistert an. Graf Manfried war kirschrot angelaufen. »Ich … ich bitte um Vergebung, mein Vater … mein Prinz, meine ich natürlich.«

Brun winkte ab. »Nicht nötig. Ich dachte nur, besser, wir wissen alle, wo wir stehen. Und mir ist bekannt, dass Ihr Eure Meinung über den Thronanspruch des Königs geändert habt, schon bevor Thankmar sich selbst aus dem Rennen befördert hat.« Er sah sich hoffnungsvoll um. »Gibt's Wein?«

Der alte Kanzler verschränkte die Hände auf dem Knauf seines Gehstocks und lachte in sich hinein. Es klang, als mahlten Felsblöcke aneinander. »Gelobt sei Jesus Christus«, sagte er. »Ich kann endlich beruhigt sterben.«

Udo hatte sich geweigert, Tugomir und Widukind in die Halle zu lassen, bevor der König seinen Rat entließ. Vielleicht war das ganz gut so. Der Nachmittag war schon fortgeschritten, als die Tür sich endlich öffnete, und Tugomir hatte Zeit gehabt, sich zu fassen, seine Gedanken zu ordnen und Widukind zu berichten, was in Meißen geschehen war.

In der Halle war es dämmrig. Das Nachmittagslicht hatte eine bleigraue Tönung angenommen, und vor den offenen Fenstern prasselte der Regen, um die Königspfalz zu Magdeburg wieder einmal in eine Schlammsuhle zu verwandeln.

Otto saß allein mit einem sehr jungen Priester an der Tafel, jeder einen Becher in der Hand.

»Prinz Tugomir, ich weiß nicht, ob du dich an meinen Bruder erinnerst?« Mit untypischer Vertraulichkeit legte der König dem Jungen die Hand auf den Arm. »Brun ist heute aus Utrecht eingetroffen. Und du errätst nie, wen er mitgebracht hat.«

Vilema, wusste Tugomir sofort, und es war ein sonderbares Gefühl, inmitten so großer Düsternis unbändige Freude zu spüren – zumindest für einen Augenblick.

Er nickte. »Prinz Brun.«

»Prinz Tugomir.« Der Bruder des Königs lächelte ebenso höflich wie unverbindlich. »Und Ihr müsst unser Cousin Widukind von Herford sein?«

»So ist es, Prinz.« Widukind wandte sich an den König. »Vergebt uns, dass wir hier so ungebeten eindringen, aber Tugomir hat Nachrichten, die Ihr sofort hören müsst, mein König.«

Otto sah von einem zum anderen und fuhr sich dann kurz mit der Linken über das stoppelige Kinn. »Und ich Tor hatte gehofft, das Maß an schlechten Neuigkeiten sei für heute voll. Sprich, Tugomir. Und setzt euch zu uns.«

Tugomir nahm neben Brun auf der Bank Platz. »Erinnert Ihr Euch, dass vor ein paar Jahren fünf slawische Sklaven aus Graf Geros Haushalt über die Elbe geflohen sind?«

»Vage«, antwortete Otto und schob den Weinkrug in seine Richtung. »Es ging damals ein Gerücht, du hättest deine Finger im Spiel gehabt.«

»Ach, wirklich?« Tugomir lächelte bitter. »Nun, wie dem auch sei. Miliduch, der Fürst der Marzanen, nahm sie auf und machte einen von ihnen zu seinem Übersetzer für die Verhandlungen mit den sächsischen Besatzern. Dervan. Er ist ungefähr so alt wie Euer Bruder hier. Und trotz der Gefahr, die ihm hier droht, kam Dervan heute zurück.«

Er berichtete – so ruhig und nüchtern, wie er vermochte –, was Dervan ihm erzählt hatte. Und als er zu Geros grauenvollem Verstoß gegen die altehrwürdigen Gesetze der Gastfreundschaft kam, legten der König und sein Bruder im selben Moment die Rechte vor den Mund und tauschten einen entsetzten Blick. Tugomir erkannte, dass er Widukind nicht hätte mit herbringen müssen. König Otto glaubte ihm auch so.

Brun fand als Erster die Sprache wieder. »Jesus Christus, erbarme dich … Jetzt gibt es Krieg im Osten.«

Tugomir richtete den Blick auf seinen unberührten Becher und nickte. Die Seen und Wiesen des Havellandes würden sich rot färben, und er fürchtete, dass es wieder einmal vor allem slawisches Blut sein würde, das sie tränkte. Denn der Zorn würde die Krieger seines Volkes ebenso leichtsinnig wie erbarmungslos machen.

»Und du bist sicher, dass der Junge die Wahrheit sagt?«, fragte Otto. Es klang, als wolle er sich an einen rettenden Strohhalm klammern, und er hörte es vermutlich selbst.

»Ich bin sicher«, antwortete Tugomir.

»Warum?«, fragte Brun, mehr interessiert als herausfordernd.

»Er hat sich die Pfeilwunde nicht selbst beigebracht. Und er ist bestimmt nicht ohne Not drei Tage und Nächte gelaufen, verwundet und ohne etwas zu essen.«

»Davon abgesehen, welchen Grund könnte er haben, zurück über die Elbe zu kommen und zu riskieren, wieder in die Sklaverei zu geraten, wenn nicht den, Tugomir von diesem ... Blutbad zu berichten«, warf Widukind ein.

»Er sagt die Wahrheit«, wiederholte Tugomir, und etwas in seinem Tonfall beendete die Debatte.

Einen Moment war es still, ehe Otto fragte: »Und dein Neffe? War er auch dort?«

Tugomir schüttelte den Kopf. »Er hatte einen Cousin als Stellvertreter hingeschickt.«

Der König stand von der Bank auf, trat langsam ans Fenster und blickte in den Regen hinaus. »Verdammt, Gero«, murmelte er. »Wie konntest du das tun?«

»Mühelos«, antwortete Tugomir. »Gero wäre es am liebsten, wenn das slawische Volk nur eine einzige Kehle hätte, die er mit einem Streich durchschneiden könnte ...« Er nahm sich zusammen und hinderte sich im letzten Moment daran, hinzuzufügen: *Und trotzdem hast du ihn hingeschickt.* Das führte ja zu nichts. Kein einziger der ermordeten Fürsten würde davon wieder zum Leben erweckt.

»Womöglich habt Ihr recht, Prinz«, räumte Brun ein. »Aber abgesehen davon, dass es ein barbarischer Akt wider jedes Recht war, war es auch eine politische Dummheit. Ich hätte Gero nicht als einen Mann eingeschätzt, der politische Dummheiten begeht.«

»Nein?«, konterte Tugomir scharf. »Vielleicht hättet Ihr nur einmal genauer hinschauen müssen. Dann wüsstet Ihr, dass er zu allem fähig ist, wenn er die Beherrschung verliert.«

Der König hob abwehrend die Hand. »Wir wissen, wie es zwischen dir und Gero steht, Tugomir, und wir wissen auch, warum. Dein persönlicher Groll bringt uns hier keinen Schritt weiter.«

Tugomir stand langsam auf. »Mein persönlicher Groll?«

Widukind legte ihm warnend die Hand auf den Arm. »Tugomir ...«

Er schüttelte ihn ab. »Hier geht es nicht um Gero und mich. Es geht um die Zukunft meines Volkes ebenso wie Eures. Ihr müsst ihn zurückbeordern und die Mark einem besseren Mann geben.«

»Sag mir nicht, was ich tun soll, Tugomir«, riet Otto.

»Aber er ist ein Schlächter! Es wird keinen Tag Ruhe mehr im Osten geben, solange er dort ist. Jetzt werden sich auch die friedlichsten der slawischen Stämme erheben, denn sie werden wissen, dass man den Zusicherungen eines solchen Ungeheuers ohnehin nicht trauen kann. Wollt Ihr das? Wollt Ihr Monat für Monat neue Truppen über die Elbe schicken müssen, von denen kein einziger Mann nach Hause zurückkehrt?«

Otto fuhr zu ihm herum. »Ich *kann* keine Truppen nach Osten schicken! Im Westen haben sich Henning, der Herzog von Lothringen und der König des Westfrankenreichs gegen mich verschworen. *Das* ist der Krieg, den ich jetzt führen muss. Und wenn es mir nicht gelingt, sie in die Knie zu zwingen – und zwar dieses Mal endgültig –, verliere ich nicht nur meine Krone, Tugomir, sondern dann zerfällt das Reich, das mein Vater geschaffen hat. Die deutschen Völker werden sich wieder gegenseitig bekriegen und zerfleischen, so wie es früher war. Und ich hätte meinen Eid gebrochen und vollkommen … versagt.«

Warum zum Henker hast du deinen verfluchten Bruder dann laufen lassen?, dachte Tugomir wütend, und er war sicher, er war nicht der Einzige, der sich diese Frage stellte. Schließlich erwiderte er: »Aber wenn Ihr nichts unternehmt, wird es auch im Osten Krieg geben, wie Brun gesagt hat. Ob der Zeitpunkt Euch nun passt oder nicht.«

Otto sah wieder aus dem Fenster und nickte langsam. »Ich weiß.« Er lachte bitter in sich hinein. »Mein Reich bröckelt schon, im Westen wie im Osten. Man muss sich wirklich fragen, wen der Teufel zu ewiger Zwietracht verflucht hat, meinen Bruder oder mich …«

»*Was?*«, fragten die drei Männer im Chor – alle gleichermaßen entgeistert.

Otto presste einen Augenblick die Lippen zusammen und hob beide Hände. »Gar nichts. Vergesst, was ich gesagt habe. Ich rede dummes Zeug, weil ich ratlos bin, und …«

»Das heißt, es ist wahr?«, fiel Brun ihm ins Wort. »Die Geschichte von Hennings Zeugung und so weiter?«

»Was weißt du darüber?«, fragte der König stirnrunzelnd.

»Was Mutter und Vater sich an den Kopf geworfen haben, wenn sie in meinem Beisein stritten. Das haben sie oft getan.« Er hob kurz die Schultern. »Vielleicht dachten sie, ich sei noch zu klein, um zu verstehen, was ich höre. Vielleicht gefiel es ihnen, ein Publikum für ihre Wortgefechte zu haben, ich weiß es nicht. Jedenfalls hat er ihr vorgehalten, sie sei dir … Euch und mir keine gute Mutter und ziehe Henning immer vor. Darauf sagte sie, er wisse genau, warum Henning besonderer mütterlicher Fürsorge bedürfe. Worauf er konterte, sie möge sich erinnern, wessen Schuld es sei, dass Henning vom Teufel verflucht sei. Dann sie wieder …«

Und Brun entspann eine verrückte Geschichte von einer Zeugung in Sünde, einer frommen Hofdame und einem um seine Beute betrogenen Teufel, die Tugomir auf einen Schlag allerhand erklärte. Warum Henning ein so verschlagener Dreckskerl war, zum Beispiel. Und warum der König ihn wieder und wieder ungeschoren ließ, ganz gleich, was Henning verbrochen hatte.

Otto kehrte an den Tisch zurück und trank einen Schluck. Dann sah er zu Widukind und Tugomir und sagte: »Ich wäre dankbar, wenn ihr zu niemandem ein Wort von dem sagen würdet, was mein Bruder hier gerade so indiskret enthüllt hat.«

»Natürlich nicht«, versprach Widukind bereitwillig. »Ich nehme an, Prinz Henning selbst weiß nichts davon?«

Der König schüttelte den Kopf. »Ich dachte bis gerade eben, niemand wisse von der Geschichte außer meiner Mutter, der Königin und mir.«

»Und Dragomira?«, tippte Tugomir.

»Ja. Die Hofdame, Roswitha von Hildesheim war ihr Name, trat ins Kanonissenstift in Möllenbeck ein. Auf dem Sterbebett hat sie es Dragomira erzählt. Die es wiederum mir erzählt hat, weil …« Er brach ab und räusperte sich. »Nun, es spielt keine Rolle, warum. Deine Schwester war der Ansicht, ich müsse es erfahren, und sie hatte recht.«

»Aber warum ist Euch so daran gelegen, es geheim zu halten?«, fragte Tugomir. »Wieso nehmt Ihr in Kauf, dass die Leute

Euch jedes Mal, wenn Ihr Hennings Ränkespiele duldet und ihn wieder laufen lasst, für einen Narren halten?«

»So wie du?«, konterte der König und sah ihm in die Augen. Tugomir zog es vor, nicht zu antworten. Aber es stimmte. Ottos Entscheidungen waren ihm manches Mal fragwürdig erschienen, sentimental, vielleicht sogar schwach.

»Nun, vielleicht haben die Leute recht, wenn sie mich einen Narren nennen, Prinz Tugomir. Womöglich ist ein König ein Tor, der gewillt ist, beinah jedes Opfer zu bringen, um die Ehre seines Bruders zu schützen und seine Seele zu retten. Nur das ist es, was mich in diese ausweglose Lage gebracht hat.«

»Die Lage ist nicht aussichtslos«, widersprach Brun. »Aber Prinz Tugomir hat recht, mein König. Es gibt viele, die glauben, dass Ihr den Euren gegenüber zu nachsichtig seid. Was Henning angeht, sind Euch die Hände gebunden, das verstehe ich. Jedenfalls verstehe ich es innerhalb vernünftiger Grenzen. Aber mit Gero verhält es sich anders.«

»Ich kann ihn nicht zurückbeordern, Brun«, wandte Otto ein.

»Warum nicht?«

Da der König nicht sofort antwortete, sagte Tugomir: »Weil Gero gefährlich ist, wenn sein Stolz verletzt wird.« Er wusste, wovon er sprach, hatte Geros verletzter Stolz ihm doch unter anderem ein gebrochenes Bein beschert. »Wenn der König ihm die Markgrafschaft nimmt, könnte er rebellieren und die tausend Mann unter seinem Befehl nach Sachsen führen, während der König Krieg im Westen führt.«

Otto stand mit versteinerter Miene da und sagte immer noch nichts, aber sein Schweigen sprach Bände.

»Schande …«, murmelte Brun und fuhr sich mit der Linken über den Blondschopf.

»Aber selbst auf die Gefahr hin, mich zu wiederholen: Wenn Ihr nichts unternehmt, um Gero zur Rechenschaft zu ziehen, werden es slawische Krieger sein, die in Sachsen einfallen. Und zwar in Scharen«, warnte Tugomir.

Brun nahm die Hand vom Kopf, legte sie um seinen Becher und trommelte versonnen mit Mittel- und Zeigefinger gegen die fein ziselierte Bronze. Schließlich sagte er: »Ich frage mich, ob es nicht noch einen anderen Weg geben könnte, den Slawen und auch Graf Gero deutlich zu machen, dass Ihr das Blutbad von Meißen nicht billigt, mein König. Ohne ihn gleich abzusetzen und so zu brüskieren, dass Ihr den Ärmsten in die Rebellion treibt. Aber doch wiederum drastisch genug, dass er die Warnung versteht.«

»Und zwar?« Der König betrachtete seinen jüngsten Bruder mit leicht zur Seite geneigtem Kopf. »Wir sind gespannt, Brun. Was heckst du aus?«

»Womöglich ist es ein völlig abwegiger Gedanke ...« Der junge Priester sah zu Tugomir, und mit einem Mal war der schelmische Ausdruck aus seinen Augen verschwunden, ihr Blick ebenso ernst wie durchdringend. »Ich denke, es wird vielleicht Zeit, dass der rechtmäßige Fürst der Heveller nach Hause zurückkehrt.«

Tugomir kniete in der wundervollen Klosterkirche auf den harten Steinfliesen, den Kopf gesenkt, die Stirn auf die rechte Faust gestützt.

Was hat es zu bedeuten, Gott? Und was soll ich tun?

Er hatte seinen Geist zur Ruhe gebracht und geöffnet, so wie der Hohepriester auf der Brandenburg es ihn gelehrt hatte, damit er Gottes Antwort auch hörte, falls sie kam.

Sein neuer Gott offenbarte sich nicht in Visionen, hatte Tugomir gelernt, und er schickte ihm auch keine Vila, die ihn mit ihren Trugbildern und Wahrheiten auf einen verschlungenen Pfad der Erkenntnis führte. Der Gott der Christen hatte alles, was die Menschen wissen mussten, in sein Buch geschrieben. Alle Antworten standen darin. Wer seine Hilfe wollte, musste beten, aber wer seinen Rat suchte, musste sein Buch lesen. Tugomir hatte damit begonnen, das zu erlernen, aber er stand noch am Anfang. Er wusste, der richtige Weg wäre gewesen, Widukind oder einen anderen Gottesmann um Hilfe zu bitten. Doch Tugomir war selbst Priester und darum nicht daran gewöhnt, für die Zwiesprache mit dem Göttlichen die Vermittlung eines Dritten in Anspruch zu nehmen. Der Gedanke war ihm suspekt. Darum war er hier.

»Die Mönche tuscheln darüber, dass du manchmal stundenlang hier kniest, ohne dich ein einziges Mal zu rühren. So als spürtest du die Qualen gar nicht, die das dem Leib nach einer Weile bereitet.«

Tugomir kehrte in die körperliche Welt zurück, und schlagartig begannen seine Knie zu schmerzen. Wortlos schaute er auf.

König Otto lehnte neben ihm an einer der Säulen, die Arme vor der Brust verschränkt, und sah auf ihn hinab. »Die Brüder beneiden dich um diese Gabe. Ich auch.«

Der Hevellerprinz bekreuzigte sich und stand auf. »Mir war nicht bewusst, dass die Ausübung von Frömmigkeit ein Wettstreit ist.«

Otto lächelte matt. »Doch ist es die menschliche Natur, scheint mir, dass wir einander unsere Tugendhaftigkeit beweisen wollen.«

Tugomir zog die Brauen in die Höhe. »Das wäre eitel. Und Eitelkeit zählt nicht zu Euren Schwächen, König Otto.«

»Falls das stimmt, sei Gott dafür gepriesen. Denn ich habe genügend andere.«

»Ich widerspreche Euch nicht.«

Otto wurde wieder ernst. »Warum bist du davongelaufen?«

Tugomir wandte den Blick ab und antwortete nicht. Er war aus der Halle gestürmt, geflüchtet, als er feststellen musste, dass der König und Widukind ihn erwartungsvoll ansahen, statt Bruns unbedachten Vorschlag rundheraus zu verwerfen. Sich unerlaubt aus der Gegenwart des Königs zu entfernen, gehörte sich nicht, und Tugomir hatte damit gerechnet, dass Otto ihm Udo hinterherschicken würde, um ihn zurückzuschleifen. Stattdessen war der König selbst zu ihm gekommen, und Tugomir schauderte bei der Erkenntnis, was das zu bedeuten hatte.

»Wisst Ihr das wirklich nicht?«

»Aber ich dachte, es sei dein sehnlichster Wunsch, nach Hause zurückzukehren. Ich erinnere mich an Zeiten, da wir dich erpressen oder sogar in Ketten legen mussten, um dich zu hindern.«

Tugomir stieß hörbar die Luft aus.

»Wie viel Zeit ist vergangen seit der Schlacht um die Brandenburg?«, fragte Otto. »Sind es … wirklich schon zehn Jahre?«

»Zehn Jahre, vier Monate und zwölf Tage.«

»Wenn du die Tage zählst, Prinz Tugomir, warum um Himmels willen zögerst du dann, heimzukehren?«

»Und was für eine Heimkehr sollte das sein?«, konterte Tugomir.

Die Mönche, die sich allmählich zur Vesper versammelten, warfen ihnen missfällige Blicke zu, nahmen aber Abstand davon, den König ob der Ruhestörung an diesem heiligen Ort zurechtzuweisen. Immerhin hatte er den heiligen Ort ja gestiftet.

»Soll ich das Knie vor Euch beugen und Euch einen Lehnseid schwören und das Havelland zu Füßen legen? Ich wette, die Heveller wären hingerissen, wenn sie das erführen. Oder soll ich nach Hause gehen, um ihnen zu erklären, dass Gero zwar ein Schlächter und Gesetzesbrecher ist, sie ihn aber trotzdem weiter erdulden müssen, weil König Otto es so beschlossen hat? Wie genau habt Ihr Euch meine Heimkehr vorgestellt?«

Otto ließ ein paar Atemzüge verstreichen, ehe er antwortete: »Du hast einmal zu mir gesagt, ich müsse mich entscheiden, ob ich dich als Gefangenen oder als Freund wolle. Beides ginge nicht. Erinnerst du dich?«

Tugomir erinnerte sich nur zu gut. Mit einem Hohnlächeln fragte er: »Und auf einmal wäre ich Euch als Freund nützlicher denn als Gefangener und soll Euch dankbar sein? Ich fürchte, Ihr begreift nicht so recht, was Freundschaft bedeutet. Es ist zu schade, dass Ihr Thankmars Tod nicht verhindert habt, denn er hätte Euch allerhand darüber beibringen können.«

Die Miene des Königs verfinsterte sich erwartungsgemäß, aber dann nahm er sich zusammen und beschloss offenbar, den Köder nicht zu schlucken. »Tugomir, ist dir noch nie der Gedanke gekommen, dass Gott hier seine Hand im Spiel hat? Es ist gerade einmal zwei Monate her, dass er dich zu sich geführt hat. Vor einem Monat erst hast du die Taufe empfangen, und doch bist du fester im Glauben als viele, die am Tag ihrer Geburt getauft wurden …«

»Woher wollt Ihr das wissen?«, fiel Tugomir ihm rüde ins Wort.

Der König hob ungeduldig die Schultern. »Weil alle es sagen. Widukind. Bischof Bernhard. Abt Hanno. Und ich sehe es selbst.«

»Mein Glaube ist meine Sache«, knurrte er.

»Nein«, widersprach der König. »In diesem Punkt irrst du dich.
Dein Glaube hat alles geändert, begreifst du das denn nicht? Vor
deiner Taufe warst du mein Gefangener. Jetzt bist du mein Bruder
im Glauben. Ich verlange keinen Eid von dir. Keine Lehenspflich-
ten. Und ich werde auch nicht verlangen, dass du Geros Taten vor
den Slawen rechtfertigst.«

»Sondern was? Was wollt Ihr denn eigentlich von mir?«

»Das, was ich immer wollte: Ich bitte dich, deinem Volk den
wahren Glauben zu bringen.«

»Auf dass sie zu zahmen Untertanen des ostfränkischen Königs werden.«

Otto nickte mit einem Schulterzucken. »Und auf dass ihre Seelen errettet werden. Aber dazu bedarf es deiner Vermittlung. Tu
du das, was Gero nicht kann: Mach den Menschen klar, dass ich
über sie herrschen will, auf dass ihr Leben besser wird.«

Tugomir kreuzte die Arme und schüttelte den Kopf. »Ihr
seid ... sehr überzeugt von der heilspendenden Wirkung Eurer
Herrschaft.« Es klang eher unbehaglich als spöttisch.

Otto ging nicht darauf ein. Er sah ihn unverwandt an und sagte
leise: »Ich bitte dich inständig, Tugomir. Es gibt niemanden sonst.
Das ist etwas, das wirklich nur du tun kannst.«

Ehe Tugomir etwas erwidern konnte, setzte der Vespergesang
ein. Sie wandten sich zum Altar, hinter welchem die Brüder in
zwei Reihen Aufstellung bezogen hatten und ihre klaren, geschul-
ten Stimmen zum hohen Deckengewölbe aufsteigen ließen. Der
König und der Hevellerprinz lauschten, überließen sich der wundervollen Harmonie, und Tugomir ertappte sich bei dem Gedanken, dass eine Schar singender Mönche gewiss am besten geeignet
wäre, den musikliebenden Slawen den wahren Glauben näher zu
bringen.

Er wartete, bis die Brüder verstummten und ihre Kirche in
Zweierreihen, mit gesenkten Köpfen und beinah lautlos verließen.

Tugomir sah ihnen durch das geöffnete Portal nach. Draußen
schüttete es unverändert, und die Dämmerung war hereingebrochen.

»Also?«, fragte Otto schließlich.

Tugomir wandte den Kopf und sah ihm ins Gesicht. »Ich habe Bedingungen.«

»Und zwar?«

»Ich will, dass Gero jegliche Macht im Havelland verliert. Weder wird er Truppen gegen die Heveller führen noch einem von ihnen je wieder ein Leid zufügen. Mich selbst eingeschlossen«, fügte er mit einem grimmigen kleinen Lächeln hinzu.

Otto nickte, als habe er damit gerechnet. Und offenbar war ihm die Lösung schon eingefallen: »Wir gründen ein Bistum in Brandenburg. Gero wird nicht wagen, zu protestieren, wenn es Gott ist, dem er einen Teil seines Herrschaftsbereichs abtreten muss.«

»Aber das Havelland gehört den Hevellern«, wandte Tugomir entrüstet ein. »Möglicherweise werde *ich* protestieren, wenn Ihr mir einen Bischof vor die Nase setzt.«

»Auch wenn es mein Cousin Widukind wäre?«

Tugomir dachte darüber nach. Widukind, wusste er, würde sein Volk nicht mit Verächtlichkeit behandeln, weil sie Heiden waren.

Sein Schweigen machte Otto Mut. »Du und Widukind könnt ein Kloster ansiedeln, und die Bekehrung der Heiden wird umso schneller voranschreiten«, prophezeite er.

Tugomir nickte zögernd. Er wusste, die Heveller würden ihm bestenfalls mit Argwohn begegnen, wenn er die Priester des Buchgottes mit ins Havelland brachte. Aber er sah keinen anderen Weg.

»Und hast du noch weitere Bedingungen?«, fragte der König.

»Dragomira.«

»Natürlich.« Ein leises Bedauern schwang in Ottos Stimme. »Wenn es ihr Wunsch ist, kann sie dich selbstverständlich begleiten.«

Vor allem wird es ihr Wunsch sein, Widukind zu begleiten, dachte Tugomir. »Semela, seine Familie und alle daleminzischen Sklaven, die Euer persönliches Eigentum sind.« Er wusste, mehr konnte er nicht fordern, denn er durfte nicht verlangen, dass der König geltendes Recht brach, indem er über die Sklaven verfügte, die ihm nicht gehörten. Das hätte auch bei den slawischen Völkern als ein Akt der Willkür gegolten.

Otto seufzte verdrossen. »Sonst noch etwas?«

»Nur eine Kleinigkeit ...«

Der König sah ihn an und verstand. »Alveradis? Natürlich. Gero wird es einfach unmöglich sein, seine Friedenspflicht zu missachten, wenn der Fürst der Heveller sein Schwiegersohn ist ...«

Tugomir wusste, das Gegenteil würde der Fall sein. Wenn es möglich war, Geros Hass auf ihn noch weiter zu schüren, war seine Heirat mit Alveradis der sicherste Weg, das zu erreichen. Aber das war ihm gleich. »Das heißt, Ihr gebt sie mir?«

»Was könnte näher liegen?«

»Ohne ... ohne das Einverständnis ihres Vater?«

»Ich bin der König, Tugomir«, erinnerte Otto ihn. »Ich kann verheiraten, wen ich will.«

Tugomir überkam eine solche Seligkeit, dass seine Knie plötzlich ganz weich wurden, und er musste den verrückten Impuls niederkämpfen, dem König um den Hals zu fallen. Stattdessen bemerkte er trocken: »Das letzte Mal, als ich um sie angehalten habe, habt Ihr mich ein Jahr lang eingesperrt.«

Der König winkte ungeduldig ab. »Was vornehmlich an den schändlichen und ... tätlichen Begleitumständen deines Antrags lag. Und natürlich hätte ich sie niemals einem heidnischen Barbarenprinzen geben können. Aber einem christlichen Fürsten? Begreifst du denn nicht, dass sich dadurch *alles* geändert hat?«

»Gero wird diese Auffassung nicht teilen«, warnte Tugomir.

»Gero wird in den nächsten Tagen eine sehr deutliche Botschaft erhalten«, entgegnete der König. »Sie wird ihn von meinen Entscheidungen in Kenntnis setzen und ihm unmissverständlich darlegen, was ich von dem Blutbad in Meißen halte. Um Gero mach dir also keine Sorgen.«

Doch Tugomir wusste es besser, als die Zuversicht des Königs zu teilen. Und Gero würde nicht seine einzige Sorge sein, wenn er nach Hause zurückkehrte, wer weiß, vielleicht nicht einmal seine größte. Er machte sich nichts vor. *Nichts* würde leicht werden. Aber das änderte nichts an dem Weg, den er mit einem Mal klar und deutlich vor sich sah. Womöglich hatte Otto recht. Vielleicht hatte Gott hier wirklich seine Hand im Spiel.

»Wann kann ich nach Quedlinburg reiten? Ich schätze, ich sollte sie fragen, ob sie mich überhaupt noch will.«

Otto breitete kurz die Hände aus. »Wann immer es dich gut dünkt. Du bist ein freier Mann, Prinz Tugomir.«

Quedlinburg, Juni 939

»Du verbrauchst zu viel Pergament und bei Weitem zu viel Lampenöl, Schwester«, sagte die Äbtissin, den Blick auf die Wachstafel in ihrer Linken gerichtet. »Darf ich dich daran erinnern, dass dies hier eine Gemeinschaft frommer Schwestern sein soll, deren vornehmste Aufgabe es ist, den Herrn zu preisen, der Toten zu gedenken und für ihre Seelen zu beten, und *nicht* ihrer persönlichen Eitelkeit zu frönen.«

Und irgendwer sollte *dich* daran erinnern, dass die Verwaltung unserer Vorräte an Pergament und Öl dich gar nichts mehr angeht, seit der König dir die Kontrolle über das Stift entzogen hat, dachte Dragomira verdrossen, aber sie senkte scheinbar demütig den Kopf. »Vergebt mir, ehrwürdige Mutter.«

»Ist das alles, was du dazu zu sagen hast?«, gab Mathildis zurück. Es klang unangemessen schnippisch für eine Äbtissin und Königin. Beinah hysterisch.

Seit Prinz Henning zurück zu seinem Schwager nach Lothringen geflohen war, schien Mathildis von großer Unruhe erfüllt. Die tiefen Schatten unter ihren Augen verrieten, dass sie schlecht schlief, der Ausschnitt ihres Gesichts, den der Schleier freiließ, wirkte fahl, und mit einem Mal war ihr anzusehen, dass sie eine Greisin von vierundvierzig Jahren war.

Dragomira wusste, sie hätte mehr Mitgefühl für eine Mutter empfinden müssen, die um ihren Sohn bangte, denn das war ein Kummer, den sie selbst zur Genüge kannte. Aber sie hatte kein Mitgefühl für die Königinmutter. Sie wusste, es wäre pure Verschwendung gewesen. Mathildis wollte keine Anteilnahme und hatte sie auch nicht verdient. Sie selbst hatte ihrem Lieblingssohn die Flausen in den Kopf gesetzt, die ihn in die offene Rebellion gegen seinen Bruder und König getrieben hatten.

»Das neue *Necrologium* anzulegen war Euer Wunsch, ehrwürdige Mutter«, sagte Dragomira. »So wie es Eure Änderungswünsche nach begonnener Arbeit waren, die es erforderten, von vorne zu beginnen und neues Pergament zu verbrauchen, weil viele der bereits beschriebenen Bögen beim Abschmirgeln beschädigt wurden. Und weil Ihr zur Eile drängtet, haben die Schwestern und ich den ganzen Winter über bis zur Komplet daran gearbeitet, also zwangsläufig bei Lampenlicht.«

»Du willst mir die Schuld an deiner Verschwendung geben?«, fragte Mathildis ungläubig. »Das würde ich mir an deiner Stelle gut überlegen.«

Dragomira hörte den drohenden Tonfall, hob den Kopf und sah der Äbtissin ins Gesicht. Sie wusste, es war unklug. Sie wusste, Jesus Christus verlangte Demut von den Seinen. Aber diese Frau drangsalierte und erniedrigte sie seit drei Jahren bei jeder Gelegenheit, und das Maß war voll.

Ehe sie zum Gegenangriff übergehen konnte, ergriff indes die Priorin das Wort. »Ich denke, hier liegt kein Fall von Verschwendung vor. In unserem Scriptorium wird viel gearbeitet. Zahlreiche Werke sind dort entstanden, die den Namen des Herrn preisen und ihm gefällig sind und uns – nebenbei bemerkt – nicht wenig Ansehen und noch mehr Silber eingebracht haben. Die Materialkosten können wir verschmerzen, scheint mir.«

»Dennoch gestatte ich keine Respektlosigkeiten«, beharrte die Äbtissin.

Schwester Gertrudis nickte. »Keine der Schwestern würde wagen, Euch den geschuldeten Respekt zu verweigern, ehrwürdige Mutter. Schwester Dragomira hat Euch lediglich die Erklärung gegeben, die ihr verlangt habt, nicht wahr?«

Ihr Lächeln war so gewinnend, dass selbst eine verbitterte alte Schachtel wie Mathildis nicht gänzlich gefeit dagegen war. Für einen Moment geriet sie ins Wanken, ob sie die Konfrontation vor der Gemeinschaft der Schwestern fortsetzen wollte oder nicht. Dragomira sah genau, was sich in Mathildis' Kopf abspielte: Sie wollte die slawische Schlampe noch nicht vom Haken lassen, die sie zwar brauchte, um den Ruhm ihres Kanonissenstifts zu mehren, die sie aber leidenschaftlich verabscheute, weil sie ihren Sohn auf Abwege geführt und ihm einen Bastard geboren hatte. Gleichzeitig wollte sie einen öffentlichen Machtkampf mit der Priorin vermeiden, weil sie ihn dank der Verfügungen, die Otto getroffen hatte, verlieren würde.

Ehe Mathildis noch entschieden hatte, wie sie fortfahren wollte, stieß Schwester Alveradis einen halb unterdrückten Laut der Überraschung aus und sprang auf die Füße – womit sie den Unmut der Äbtissin auf sich lenkte.

»Was hat das zu bedeuten, Schwester? Ich hoffe, du bist nicht schon wieder unwohl?«

Alveradis würdigte sie keiner Antwort. Dragomira folgte ihrem Blick. An der Tür des Kapitelsaals standen zwei Männer und ein Knabe. Die blendende Morgensonne schien genau hinter ihnen, sodass Dragomira nur drei Schattenrisse sah, aber sie erkannte sie trotzdem. Langsam erhob auch sie sich von ihrem Platz auf der Bank.

Die Ankömmlinge traten ungebeten näher, und der linke verneigte sich vor der Äbtissin.

»Ehrwürdige Mutter, ich hoffe, Ihr vergebt unser Eindringen.«

Mathildis sah ihnen mit undurchschaubarer Miene entgegen. »Vater Widukind.«

»Ich bitte um Entschuldigung für die Störung Eurer Versammlung, aber unser Anliegen duldet leider keinen Aufschub. Schwester Dragomira, Schwester Alveradis, seid so gut und begleitet uns hinaus.«

»Muss ich Euch wirklich daran erinnern, dass Kanonissen der Umgang mit Männer untersagt ist, Vater?«, fragte die Äbtissin.

Widukind lächelte eine Spur zerknirscht, und von dem Anblick zog Dragomiras Brust sich zusammen. Er hatte es bestimmt nicht vergessen. Widukind hatte die Folgen in unvergesslicher Weise zu spüren bekommen, die eine Missachtung dieses Verbots nach sich zog. Und doch funkelte etwas in seinen Augen, das man für Übermut hätte halten können. Dragomiras Blick glitt weiter zu dem

Jungen an seiner Seite, der sie scheu, aber ohne Verlegenheit anlächelte. *Wie groß du geworden bist, mein Sohn,* dachte sie fassungslos. Beinah zehn Jahre alt. Und an Wilhelms Seite ihr Bruder, der ihr fast noch veränderter erschien als ihr Sohn, ohne dass sie hätte sagen können, welcher Art diese Verwandlung war.

»Wir sind im Auftrag des Königs hier«, erklärte Widukind.

»Wie sonderbar«, erwiderte Mathildis. »Seit wann schickt der König seiner Mutter einen gestrauchelten Priester und eine heidnische Geisel als Boten?«

»Ich fürchte, Ihr seid nicht ganz auf dem Laufenden, Tante«, teilte Widukind ihr mit. »Prinz Tugomir ist keine Geisel und auch kein Heide mehr, Gott sei gepriesen. König Otto schickt ihn nach Hause, in der Hoffnung, dass Tugomir den Osten befrieden kann, da Prinz Henning und Giselbert von Lothringen im Westen Krieg schüren.«

Mathildis lachte leise. »Ich werde um göttliches Wohlwollen für die Pläne des Königs beten. Er wird es brauchen, setzt er sein Vertrauen doch wieder einmal in die Falschen.«

Tugomir legte Wilhelm die Hand auf die knochige Schulter und führte ihn näher. Der Junge verneigte sich vor Mathildis. »Gott zum Gruße, Großmutter.«

Ihre feindselige Miene hellte sich auf. Die Königinmutter hatte immer eine Schwäche für Wilhelm gehabt, wusste Dragomira von ihrem Bruder, so seltsam es auch scheinen mochte, hatte sie doch weder für den Vater noch für die Mutter des Jungen besonders viel übrig.

»Wie schön, dich zu sehen, mein Junge. Was führt dich her?«

»Ich … ich musste die Domschule in Utrecht vorübergehend verlassen«, bekannte er.

»Aber warum denn nur?«

Es war nicht zu übersehen, dass sie den Jungen in Verlegenheit brachte. Hilfesuchend sah er zu seinem Onkel, und so war es Tugomir, der Mathildis antwortete: »Bischof Balderich befürchtete, Giselbert könnte Wilhelm und Brun als Geiseln nehmen.«

»Das würde Henning niemals zulassen«, protestierte sie entrüstet.

Tugomir zog die Brauen in die Höhe. »Falls es wirklich so sein sollte, dass der König sein Vertrauen in die Falschen setzt, hat er diese Neigung von Euch geerbt.«

Die Schwestern zogen erschrocken die Luft ein und tauschten nervöse Blicke.

Mathildis hingegen zeigte keinerlei Regung. Sie erwiderte Tugomirs Blick. Unangenehm lang. Aber schließlich war sie diejenige, die als Erste wegschaute und ihrem Enkel eine segnende Hand auf den dunklen Schopf legte. »Wo immer du deine Studien fortsetzt, ich bin sicher, du wirst gute Fortschritte machen, mein Junge.«

Dragomira sah ungläubig zu ihrem Bruder. Sie hatte noch nie erlebt, dass irgendwer die Königinmutter auf dem Schlachtfeld des Blickkontaktes besiegte. Sie selbst hatte es gelegentlich versucht und war jedes Mal gescheitert. Man brauchte irgendetwas dafür, das ihr fehlte, und als sie das dachte, erkannte sie plötzlich, was ihr Bruder mit einem Mal besaß und was ihn so verändert hatte: Es war fürstliche Würde.

Und er bewies sie gleich noch einmal, als er sagte: »Ihr erlaubt.« Es klang eher wie eine Feststellung denn eine Bitte, und er nahm Alveradis' Arm und führte sie hinaus.

Zum ersten Mal seit fast zehn Jahren versäumte Dragomira die Stundengebete an diesem wundervollen Frühsommertag, und sie merkte es nicht einmal. Sie saß mit Wilhelm auf der kleinen Wiese hinter der Kirche, wo Mirnia eine Decke im Gras für sie ausgebreitet hatte, und erfreute sich an ihrem Sohn.

»… und dann haben wir den Maischebottich in den Hühnerhof geschafft und dort ausgekippt. Die Hühner waren tagelang besoffen, Mutter. Es war einfach großartig!« Seine dunklen Augen leuchteten, und er erinnerte sie an Tugomir im gleichen Alter.

»Und was hat der Bruder Kellermeister dazu gesagt, dass ihr die Hühner besoffen gemacht habt?«, fragte sie und bemühte sich ohne großen Erfolg um eine ernste Miene.

Wilhelm grinste. »Er konnte uns zum Glück nichts nachweisen. Er hat zwar behauptet, hinter solchen Geschichten steckten immer Dietmar und ich, aber Brun hat ihn höflich daran erinnert, dass unbewiesene Verdächtigungen fast so schlimm sind, wie falsches Zeugnis wider seinen Nächsten abzulegen. Auf Onkel Brun ist eben immer Verlass.«

»Und dein Unterricht? Macht er dir Freude?«

Er gestand ihr, dass er die Schriften der Patriarchen oft mühsam fand, und eine Weile hatte er befürchtet, er sei gottlos, weil er so wenig Erbauung beim Studium der Schriften erfahre. »Aber Bischof Balderich hat gesagt, der Herr offenbare sich nicht jedem in den Schriften der Kirchenväter, und ich würde meinen Weg schon finden. Und es stimmt. Als ich Schreibunterricht bekam, wurde alles besser. Bruder Fulk sagt, ich habe eine Begabung dafür, und eines Tages ließ er mich einen Esel und einen Hund an den Rand meines Pergamentbogens zeichnen. Und es ging ganz leicht, Mutter. Der Esel … floss einfach aus der Feder, so kam es mir vor.«

Dragomira lauschte ihm ungläubig. »Du lernst Buchmalerei?«

Er nickte eifrig. »Am liebsten würde ich in ein Kloster eintreten und Kopist und Buchmaler werden. Bruder Fulk sagt, daraus kann nichts werden, weil ich der Sohn des Königs bin und ein Kirchenfürst werden muss. Aber das macht nichts, schätze ich. Es ist, wie Bischof Balderich gesagt hat. Ich habe meinen Weg gefunden.«

Dragomira dachte insgeheim, dass Wilhelm noch viel zu jung für solcherart Erkenntnisse war, doch es bereitete ihr unbändige Freude, dass sie ihre Gabe an ihren Sohn weitergegeben hatte. »Jetzt fehlen dir deine Freunde und die Domschule sicher«, mutmaßte sie.

Er hob die mageren Schultern. »Dafür ist es schön, meinen Bruder und meine Schwester und meinen Vater wiederzusehen. Und dich und meinen Onkel.« Er schwieg einen Moment und fragte dann: »Werden wir … wird es ein Abschied für immer sein, wenn ihr nach Osten geht?«

»Auf keinen Fall«, entgegnete sie, obwohl sie keineswegs sicher war. »Solange du am Hof deines Vaters bist, werden wir weniger weit voneinander entfernt sein als zuvor, denn bei gutem Wetter sind es nur drei oder vier Tagesreisen von Brandenburg nach Magdeburg.«

»Wirklich?«, fragte er verblüfft. »Ich hätte gedacht, es sind Hunderte von Meilen, weil es … so verschiedene Welten sind.«

Dragomira strich ihm eine dunkle Strähne aus der Stirn. Er zuckte nicht zurück, aber er drehte für einen Augenblick den Kopf zur Seite, so als sei er verlegen. Sie wünschte sich den kleinen Jungen zurück, der er bei ihrer letzten Begegnung gewesen war, der stundenlang auf ihrem Schoß gesessen hatte, die Arme um ihren Hals geschlungen. Sie hätte heulen können um die Jahre, um die sie und Wilhelm betrogen worden waren.

Stattdessen nahm sie sich zusammen und antwortete: »Dein Vater und dein Onkel Tugomir hoffen, dass wir die Kluft vielleicht überbrücken können.«

»Seltsam. Als ich klein war, hat Onkel Tugomir manchmal zu mir gesagt, Slawen und Sachsen seien so verschieden wie Stein und Gras, und deswegen müsste ich mich meiner slawischen Wurzeln erinnern. Damit ich mich nicht verliere, sagte er. Denkst du, er hat seine Ansicht geändert, weil er den wahren Glauben gefunden hat?«

Sie dachte einen Moment darüber nach. Dann schüttelte sie den Kopf. »Ich denke nicht, dass er seine Ansicht über die Verschiedenheit von Slawen und Sachsen geändert hat. Dafür kennt er sie beide zu gut. Aber da dein Vater sich nun einmal entschlossen hat, ihn freizulassen und nach Hause zu schicken, was bleibt deinem Onkel da anderes übrig, als es zu versuchen? Er kann die Jahre, die er hier verbracht hat, ja nicht aus seinem Gedächtnis löschen.«

Wilhelm nickte versonnen. »Und was ist mit dir?«, wollte er dann wissen. »Freust du dich darauf, nach Hause zu kommen?«

Dragomira graute davor.

Tugomir hatte Alveradis vor sich in den Sattel gesetzt, war aus der Pfalz und durch das Städtchen bis ans Ufer der Bode geritten, und es dauerte nicht lange, bis sie die Felder hinter sich ließen und in den Wald kamen. Es war ein heißer Junitag, fast völlig windstill. Die Sonne schien von einem makellos blauen Himmel durch das Blätterdach der Bäume, das noch in hellem Frühlingsgrün leuchtete.

Bislang hatten sie kaum ein Wort gesprochen. So als wäre es

überflüssig zu reden, wenngleich ihre letzte Begegnung doch in Bitternis geendet hatte.

»Kommst du mit mir?«, hatte er sie gefragt, als sie vor dem Stall auf sein Pferd warteten.

Alveradis hatte ihn angesehen, ein kleines, beinah mutwilliges Lächeln in den Mundwinkeln. »Wie kannst du fragen?«

Sie hatte nicht einmal wissen wollen, wohin.

Der herrliche große Schimmel mit der lockigen Mähne, den Otto ihm geschenkt hatte, war ein temperamentvoller Geselle, und weil er zu plötzlichen Anwandlungen von Übermut neigte, hatte Tugomir vorsorglich den linken Arm um Alveradis gelegt und hielt die Zügel in der Rechten. Kaum außer Sichtweite der Pfalz, hatte Alveradis sich den Nonnenschleier vom Kopf gerissen und ihn achtlos ins Gebüsch geworfen. Jetzt leuchteten ihre blonden Locken wieder wie Harz in der Sonne, flogen ihm ins Gesicht und nahmen ihm abwechselnd den Blick und den Atem. Tugomir dachte, es könnte wohl keinen schöneren Tod geben, als unter dieser Lockenflut zu ersticken, aber fürs Erste hatte er andere Pläne.

An einer Furt durchquerten sie den Fluss, und auf der anderen Seite wurde der Weg schmaler. Tugomir lenkte seinen Schimmel nach rechts zwischen die Bäume, ritt vielleicht noch hundert Schritte und hielt dann an. Der Fluss murmelte in der Nähe, aber sehen konnten sie ihn nicht. Ein Specht klopfte, dann und wann hörten sie das Summen von Bienen, ansonsten war der Wald still, und im Schatten der Buchen war es angenehm kühl und beinah dämmrig.

Tugomir saß ab, umfasste Alveradis' Hüften und hob sie vom Pferd. Er hatte vorgehabt, sie auf die Füße zu stellen und ihr zu erklären, was sich zugetragen hatte, aber stattdessen legte er sie in das weiche Farnbett, das sie umgab, kniete sich rittlings über sie, beugte sich vor und presste die Lippen auf ihre. Alveradis verschränkte die Arme in seinem Nacken und erwiderte seinen Kuss mit derselben fiebrigen Gier, die von ihm Besitz ergriffen hatte. Während ihre Zungen einander umtanzten, streifte er das weit fallende Überkleid von ihren Schultern herab, löste die Schleife, die das Unterkleid im Nacken verschloss, und schob es zusammen mit dem Leinenhemd abwärts. Sie musste ihre Umklammerung lösen, denn die Ärmel zwangen ihre Arme an ihre Seiten, fesselten sie geradezu, doch das schien sie nicht zu beunruhigen. Mit rückhaltlosem Vertrauen sah sie Tugomir in die Augen, als er sich über ihre Brüste beugte, eine der zarten rosa Spitzen zwischen die Lippen und die andere zwischen seine rauen Finger nahm. Beide richteten sich augenblicklich auf und wurden hart. Alveradis zog scharf die Luft ein, aber es klang eher erstaunt als erschrocken. Für einen Augenblick hob er den Kopf und schaute ihr ins Gesicht, dann nahm er die andere Brustwarze in den Mund, während seine Hände ihre Kleider langsam abwärtsschoben. Alveradis hob das Becken an, um ihm zu helfen, und er warf die guten Gewänder achtlos beiseite. Jetzt trug sie nur noch den Bernstein, der exakt die gleiche Farbe wie ihr Haar hatte und zwischen ihren straffen, apfelrunden Brüsten funkelte.

Von ihren Fesseln befreit, machten Alveradis' schmale Hände sich an seinem Gürtel zu schaffen und lösten die Schnalle. Aber Tugomir schob ihre Hände kopfschüttelnd weg. Er rutschte ein Stück tiefer, umkreiste ihren Bauchnabel mit einem Finger, während die andere Hand die Innenseite ihres Oberschenkels entlang auf- und abfuhr, jedes Mal ein Stückchen höher, bis er schließlich das seidige Dreieck ihrer Schamhaare erreichte. Sie keuchte, und als seine Hand wagemutiger wurde und sie erkundete und reizte, schloss Alveradis die Lider, drehte den Kopf zur Seite und rieb sich an seiner Hand.

Bleib so, dachte er, betrachtete hingerissen, wie sie sich wand, selbstvergessen und ohne alle Scham, und lauschte ihrem rauer werdenden Atem. Hastig schnürte er seine Hosen auf, um sein pralles Glied zu befreien. Alveradis' Anblick, ihre glatte, samtige Haut, die wie neues Pergament schimmerte, ihre perfekten Rundungen und ihre Nacktheit machten ihn atemlos, und er konnte nicht länger warten.

Mit der Linken führte er sein Glied zwischen ihre Schamlippen, rieb und suchte und drang behutsam mit der Spitze ein. Alveradis legte die Hände auf seine Schultern und sah ihm wieder in die Augen, während er sich mit langsamen, sachten Bewegungen weiter vorwagte. Als er die Sperre durchbrach, zuckte ihr Mund, und dann zog sie ihn tiefer zu sich herab und küsste ihn. Allmählich wurde er schneller, zog sich fast ganz zurück, glitt wieder in sie, sacht zuerst, aber sie wollte mehr und war wunderbar ungeduldig. Tugomir umschloss mit der Linken ihre Brust, fester dieses Mal, wühlte die Rechte in die aufgelösten Locken, dann schloss er die Augen und stieß in sie hinein, hart und immer schneller, lauschte den kleinen Lauten der Wonne, die er ihr entlockte, und als er sich in sie ergoss, verstummte sie, biss sich in die Hand und kam lautlos.

Er hielt sie, strich über ihren Rücken, die Schultern und Arme, bis ihr Schaudern verebbte. Dann lagen sie still, lauschten dem Atem des anderen, der sich allmählich beruhigte, und schließlich löste Tugomir sich von ihr, streckte sich neben ihr auf der Seite aus, den Kopf in die Hand gestützt, und fuhr mit der Linken langsam die Linie ihrer Hüfte entlang zur Taille und weiter zu ihrem Bauch, wo er verharrte.

Alveradis' Blick war in die Baumkronen hoch über ihnen gerichtet. Doch jetzt legte sie die Hand auf seine, wandte den Kopf und sah ihn an. Wieder war dieses kleine Lächeln in ihren Mundwinkeln, aber ein Hauch von Unsicherheit hatte sich in ihren Ausdruck geschlichen, von Selbstzweifel, und das konnte er schlecht aushalten. Er zog sie näher, legte beide Arme um sie und das Kinn auf ihren Scheitel.

»Ich dachte, das erste Mal ist grässlich«, gestand sie, das Gesicht an seine Brust gepresst. »Für die Frau, meine ich.«

»Nur wenn der Mann nicht weiß, was er zu tun hat.« Oder wenn er sich nicht darum schert, fügte er in Gedanken hinzu.

Sie schmiegte sich noch enger an ihn, bemängelte aber: »Du kratzt.«

Sein neues Gewand war aus gutem, festem Leinen. Es war elegant, schlicht und doch vornehm, aber tatsächlich ziemlich kratzig. »Entschuldige …« Er hielt sie ein Stückchen von sich ab. »Besser?«

Sie strich über seinen Ärmel und zupfte versuchsweise daran. »Warum wolltest du es nicht ausziehen?«

Er lächelte und deutete ein Schulterzucken an.

Doch wie schon gelegentlich in der Vergangenheit bewies sie ein geradezu unheimliches Talent, ihn zu durchschauen. »Sind es … Narben? Irgendetwas, das mein Vater dir angetan hat? Und du wolltest nicht, dass ich sie sehe?«

»Ich dachte, ich spar sie mir für unsere Hochzeitsnacht auf«, gab er flapsig zurück.

Wie er gehofft hatte, lenkte sie das vom Thema ab. »Hochzeit?«

»Falls du mich willst.«

»Ich würde sagen, jetzt bleibt mir nicht mehr viel anderes übrig«, konterte sie, sah ihn an und lachte. Dann drückte sie die Lippen auf sein Kinn. »Natürlich will ich dich, das weißt du doch ganz genau.«

Er atmete tief durch, drehte sich auf den Rücken und zog sie mit sich, sodass sie halb auf ihm zu liegen kam, den Kopf an seiner Schulter.

»Sag mir, was passiert ist, Tugomir. Wieso können wir auf einmal heiraten? Wieso hast du mit einem Mal ein Pferd, das eines Königs würdig wäre, und kannst reiten, wohin du willst? Was hat sich geändert?«

»Alles«, antwortete er und erzählte ihr, was sich zugetragen hatte. Er versuchte, ihr so schonend wie möglich beizubringen, welch furchtbares Verbrechen ihr Vater begangen hatte, aber sie kniff die Augen zu und vergrub das Gesicht an seiner Schulter, als litte sie plötzlich Schmerzen.

»Und wann … brechen wir auf?«, fragte sie schließlich.

»Sobald wir geheiratet haben. Widukind könnte uns auf der Stelle trauen, aber der König hält es für besser, wenn der Bischof es tut. Er hat ihm einen Boten geschickt, und Bischof Bernhard wird noch diese Woche in Quedlinburg erwartet.«

»Ich würde lieber heute als morgen von hier fortgehen«, bekannte sie. »Ich will … alles hinter mir lassen, was war.«

Das sind keine schlechten Voraussetzungen, um in die Fremde zu ziehen und ein völlig neues Leben zu beginnen, fuhr es Tugomir durch den Sinn, aber er warnte trotzdem: »Es wird nicht leicht werden. Wir können überhaupt nicht wissen, was uns erwartet.«

»Ja, ich erinnere mich, was du zu mir gesagt hast. Du glaubst, die Heveller werden mich hassen, weil ich die Tochter meines Vaters bin.«

»Und Sächsin. Und nicht wenige werden mich dafür hassen, dass ich dich zur Frau genommen habe, vor allem, dass ich Christ geworden bin …«

»Du bist *was*?«

Er nickte. »Damit werde ich mir zu Hause keine Freunde machen. Ich war lange fort und weiß nicht, was sich alles verändert hat. Wie fest mein Neffe auf dem Fürstenthron sitzt, zum Beispiel.«

»Aber er muss ihn für dich räumen, wenn du heimkehrst, oder nicht? Weil du sein Onkel bist, der Sohn und Erbe deines Vaters. Sind so nicht die Regeln bei euch?«

»Falls sie noch gelten, ja.«

Doch die Heveller waren seit jeher geneigt, ihre eigenen Regeln zu beugen und zu ändern, wenn sie glaubten, dass die Verhältnisse das erforderten. Tugomir war jedenfalls entschlossen, auf alles gefasst zu sein.

Seit Otto ihm vor einem Jahr sein Schwert zurückgegeben hatte, war kein Tag vergangen, ohne dass Tugomir sich in der Fechtkunst geübt hatte, und er hatte seine einstige Fertigkeit und Schnelligkeit wiedererlangt. Das sei wie mit dem Reiten, hatte Gerold, Ottos Waffenmeister, ihm erklärt, nachdem Tugomir ihn zweimal in Folge entwaffnet hatte: Was man als Knabe erlernt habe, bleibe einem ein Leben lang erhalten. Aber Tugomir hatte es nicht dabei bewenden lassen. Zu den einstigen Daleminzersklaven, die er Otto abgerungen hatte, gehörten dreiundzwanzig junge Männer, Semela nicht mitgerechnet. Und auch wenn Tugomir das Geld fehlte, sie alle zu bewaffnen, hatte er sie doch in den Waffenkünsten unterwiesen, seit er die Übereinkunft mit dem König getroffen hatte. Viel hatten sie noch nicht gelernt, aber sie waren gesund, voller Enthusiasmus und Tugomir ergeben. Eine brauchbare Leibgarde, schätzte er, falls es zum Äußersten kam.

»Wir dürfen nicht zaudern, aber wir sollten lieber nicht vor dem Mittsommerfest auf der Brandenburg ankommen. Bei meinem Volk ist es einer der höchsten Feiertage, und Christen sind dabei nicht erwünscht.« Außerdem fanden während der Tempelzeremonie Menschenopfer statt, und er wollte lieber nicht, dass das der erste Eindruck war, den seine Frau von den Hevellern gewann. Die Kluft würde auch so schon tief genug sein.

Die Hochzeit in der darauffolgenden Woche wurde nicht prunkvoll, aber feierlich, und als der König die Braut zum Portal der Stiftskirche führte und ihre Hand in die ihres Bräutigams legte, sah er den Blick, den Tugomir und Alveradis tauschten, und kam zu dem Schluss, dass er die richtige Entscheidung getroffen hatte. Er selbst zählte ja auch zu den wenigen Glücklichen, für die aus einer politischen Ehe eine Liebesheirat geworden war, darum wusste er, wie viel Kraft ein Herrscher in einer klugen und liebevollen Frau finden konnte, vor allem in schweren Zeiten. Als er den Hevellerprinzen anschaute, verspürte er eine unerwartete Verbundenheit, beinah so etwas wie Komplizenschaft, und er legte ihm für einen kurzen Moment die Hand auf den Arm.

»Gott segne euch beide, Tugomir.«

Tugomir nickte knapp. »Habt Dank.«

Der König küsste die hinreißende Braut auf die Stirn und trat dann ein paar Schritte zurück zu seiner Frau, während der Bischof die Hände zum Segen hob und auf Latein zu beten begann. Editha verfolgte die Zeremonie aufmerksam und mit sturmumwölkter Miene. Das verstand er nicht so recht, hatte sie ihre Vorbehalte gegen Prinz Tugomir mit dessen Übertritt zum wahren Glauben doch samt und sonders aufgegeben. Erst als Otto ihrem Blick folgte, verstand er: Auf der anderen Seite des Halbmonds aus Menschen, der sich um das Brautpaar gebildet hatte, stand Dragomira, flankiert von ihrem Sohn und Vater Widukind. Ihr Arm war um Wilhelms Schultern gelegt, aber sie hatte nur Augen für ihren Bruder und dessen Braut. Und das war ein Glück, befand Otto, denn so entgingen Edithas finstere Blicke gänzlich ihrer Aufmerksamkeit.

Er hatte ihre Eifersucht nie so recht verstehen können, war Editha doch sonst eine so vernünftige, oft gar nüchterne Frau. Und er gab ihr eigentlich auch keinen Anlass zur Eifersucht, denn er war ihr meistens treu, und wenn nicht, war er entweder weit fort oder aber diskret. Jetzt ergriff er ihre Hand und zwinkerte ihr zu, ohne wirklich den Blick von Bischof Bernhard zu wenden, und Editha senkte mit einem verschämten kleinen Lächeln den Kopf.

»… und so erkläre ich euch im Angesicht Gottes zu Mann und Weib«, erklärte Bernhard. »So sind sie nun nicht mehr zwei, sondern *ein* Fleisch, spricht unser Herr Jesus Christus. Was Gott zusammengefügt hat, das soll der Mensch nicht scheiden. Ihr dürft Eure Braut küssen, Prinz.«

Tugomir nahm Alveradis bei den Schultern, und sein Lächeln beschränkte sich auf seine Augen. Alveradis hingegen strahlte, wie es einer glücklichen sechzehnjährigen Braut zukam, machte einen winzigen Schritt auf ihn zu und hob das Gesicht. Sacht, beinah flüchtig streifte er ihre Lippen mit seinen.

Wie typisch, dachte Otto amüsiert. Tugomir war nicht gerade ein Mann, der zu öffentlichen Gefühlsbekundungen neigte.

Bischof Bernhard führte die Hochzeitsgemeinde in die Kirche zur Brautmesse. Er zelebrierte gemeinsam mit Widukind, und die Gesänge der Kanonissen verliehen dem Gottesdienst eine besondere Feierlichkeit. Der König sah zur Empore hinauf, von wo die getragenen Stimmen erschollen, um einen Blick auf seine Mutter zu werfen, aber die frommen Damen waren den Blicken der Welt entzogen – wie es sich gehörte.

Das anschließende Hochzeitsmahl war schon von Aufbruchsstimmung geprägt. Während an der hohen Tafel Wild und Lamm, Fasan und Hühnchen, Kräutersaucen und weißes Brot und – zu Ottos besonderer Freude – Erdbeerpfannkuchen aufgetragen wurden, herrschte weiter unten ein unablässiges Kommen und Gehen. Soldaten brachten Graf Manfried und den anderen Kommandanten Botschaften, Udo und die übrigen Männer der königlichen Wache hatten sich links der Tür versammelt und überprüften den Zustand ihrer Waffen und Rüstungen. Der Zahlmeister stritt gedämpft mit Gerold dem Waffenmeister, und Liudolf und der junge Wichmann nutzten das Durcheinander, um verstohlen einen Kettenpanzer anzuprobieren. Draußen vor der Halle waren marschierende Schritte und das Rumpeln vieler Karren zu hören. Nicht nur Tugomir und die Seinen würden morgen früh aufbrechen. Der König gedachte, am folgenden Tag nach Westen zu ziehen, um seinen abtrünnigen Bruder und seinen Schwager Giselbert von Lothringen zu stellen.

»Wenn du glaubst, eure Hochzeit gehe mit unwürdiger Hast vonstatten, hättest du meine Bischofsweihe erleben sollen«, hörte er Widukind zu Tugomir sagen. »Ich schwöre, kein Priester wurde je hastiger in die Nachfolge der Apostel gestellt als Widukind von Herford.«

Friedrich, der Erzbischof von Mainz, hatte die Weihe auf Ottos Wunsch hin vollzogen und dem Papst einen Boten geschickt, um dessen Segen für die Gründung eines Bistums östlich der Elbe zu erbitten.

»Du weißt, dass wir keine Zeit verlieren dürfen, Vetter«, erinnerte der König ihn. »Ihr bei eurer Aufgabe so wenig wie ich bei der meinen. Wenn die slawischen Gebiete bei eurer Ankunft schon von Krieg erschüttert sind, wird niemandem der Sinn danach stehen, sich dem Wort Gottes zu öffnen.«

»Es wird ohnehin nicht vielen der Sinn danach stehen«, entgegnete Widukind mit einem ergebenen Schulterzucken. »Aber ich verstehe, was Ihr meint. Ihr brecht von hier aus auf, mein König?«

Otto nickte. »Hardwin wartet mit den Panzerreitern in Dortmund, und dort vereinigen wir uns mit dem thüringischen Aufgebot.«

»Gott möge Euch behüten und den Sieg schenken«, sagte Widukind ernst.

»Amen«, murmelte Editha an Ottos Seite.

Er warf ihr einen kurzen Blick zu und ergriff ihre Linke. Die Hand war eiskalt. Otto wusste, sie fürchtete immer um ihn, wenn er in den Krieg zog, aber vielleicht nie so wie dieses Mal. Editha wusste praktisch alles, was in seinem Kronrat offenbart und erörtert wurde, und sie hatte genug politische Erfahrung, um zu wissen, wie gefährlich die Lage war. Otto konnte Lothringens Abfall vom Reich unter keinen Umständen dulden, und das nicht allein aus wirtschaftlichen Gründen. Giselberts Bruch des Lehensverhältnisses war ein Affront, der Ähnlichkeit mit einer schallenden Ohrfeige hatte. Und jetzt lauerten all jene Grafen, Edelleute, Bischöfe und Äbte, die Zweifel an der Entschlusskraft des Königs hegten, darauf, wie Otto antworten würde. Darum musste sein Gegenschlag hart sein. Unbarmherzig. Er scheute sich nicht davor, in die Schlacht zu ziehen – davor scheute er sich nie –, aber ihm graute davor, mit Feuer und Schwert in Lothringen einzufallen und das unschuldige Volk für den Verrat seines Herzogs büßen zu lassen. Genau das musste er jedoch tun, um Giselbert ebenso in die Schranken zu weisen wie Ludwig von Westfranken. Es war der einzige Weg, sich den Respekt seiner Feinde zu verschaffen, den er verloren hatte, weil nicht nur sein Schwager, sondern sein eigener Bruder gegen ihn rebellierte. Und Otto ahnte, dass es bloß eine Frage der Zeit war, bis Eberhard von Franken sich offen den Verrätern anschloss. Damit befände sich dann das halbe Reich in Rebellion, und nur mit eiserner Faust konnte der König sie niederschlagen. Otto war bereit, das zu tun – es gab im Grunde überhaupt keine Wahl –, aber es war völlig ungewiss, ob er Erfolg haben oder je nach Sachsen zurückkehren würde. Auch das wusste Editha, und darum fürchtete sie um ihn.

Es war indes etwas, worüber sie niemals sprachen. Ein König musste Krieg führen. Der Königin oblag es, zurückzubleiben und für seine siegreiche und sichere Heimkehr zu beten. So war die göttliche Ordnung der Dinge, an die sie beide unerschütterlich glaubten, und so gab es einfach nichts, was sie darüber hätten sagen wollen.

»Bist du wirklich sicher, dass du hier in Quedlinburg bleiben willst?«, fragte er sie leise. »Wird Magdeburg dir nicht fehlen?«

»Ganz sicher«, räumte Editha ein. »Aber die Stille hier im Stift wird mir wohltun. Ich habe mir schon oft gewünscht, hier einmal einige Wochen zu verbringen.« Wieder glitt ihr Blick zu Dragomira, vielleicht merkte sie es nicht einmal. Aber ein verräterischer Hauch von Triumph schwang in ihrer Stimme mit, als sie fortfuhr: »Ich denke, jetzt ist der richtige Zeitpunkt gekommen.«

Er nickte. »Nun, wo du schon hier bist, könntest du ein wachsames Auge auf meine Mutter halten«, schlug er vor. »Wenn Henning mir wieder durch die Finger schlüpfen sollte, erfährt sie vermutlich als Erste, wo er sich verkriecht.«

Er konnte ganz unverblümt sprechen, denn die Äbtissin war dem Hochzeitsmahl ferngeblieben. Vermutlich, um Tugomir zu beleidigen. Sie hatte ihn nie anders als schroff und feindselig behandelt, ganz besonders, nachdem er Otto damals vor all den Jahren das Leben gerettet hatte. Otto hatte allerdings den Verdacht, dass Tugomir die Abwesenheit der Königinmutter nicht einmal bemerkte. So wie er die erlesenen Speisen kaum eines Blickes würdigte, die man ihm vorsetzte. Prinz Tugomir, stellte der König amüsiert fest, hatte nur Augen für seine Braut.

Aber eins galt es noch zu tun, ehe es Zeit wurde, das Hochzeitspaar ins Brautgemach zu geleiten, und ehe ihre Wege sich am nächsten Tag für ungewisse Zeit trennen würden – womöglich für immer.

Der König erhob sich von der Bank. »Fürst Tugomir …«

Der stand ebenfalls auf, entgegnete aber kopfschüttelnd: »Das bin ich noch nicht.«

»Dem Recht nach schon«, widersprach Otto. »Ich habe hier etwas, das ich dir geben möchte.« Er öffnete den bestickten Beutel an seinem Gürtel und holte unter leisem Klimpern die schwere Goldkette heraus. Beinah so ehrfürchtig, als handele es sich um eine kostbare Reliquie, nahm er sie in beide Hände. »Du warst an der Seite meines Bruders, als er sie abgelegt hat. Dann war sie verloren, und du hast sie mir zurückgebracht. Niemand wird Thankmar je ersetzen können, weder den Bruder, den ich verloren habe, noch den Freund, den du verloren hast. Aber ich will, dass du sie bekommst. Trage sie zum Andenken an ihn, und sie soll … ein Band zwischen dir und mir sein.«

Tugomir stand vor ihm, als wäre er zur Salzsäule erstarrt. Er sagte keinen Ton, hielt den Blick auf das kostbare und prunkvolle Schmuckstück gerichtet. Dann atmete er langsam tief durch, sah dem König für einen langen Moment ins Gesicht, und schließlich beugte er den Kopf. Bedächtig legte Otto ihm die Kette um, ließ die

Hände über die Goldglieder gleiten, um sie auf Tugomirs Schultern zu drapieren, und trat schließlich einen halben Schritt zurück.

»Lass uns beten, dass auch zwischen Sachsen und Hevellern, zwischen Deutschen und Slawen ein Band geknüpft werden kann«, sagte der König.

»Gott und seine Heiligen vollbringen jeden Tag größere Wunder als das, habe ich gelernt.«

Einen Augenblick zögerten sie noch, dann traten sie gleichzeitig einen halben Schritt aufeinander zu und umfassten sich an den Unterarmen.

Brandenburg, Juni 939

Tugomir hielt sein Pferd an. »Das ist sie.«

Er sprach so leise, dass nur Semela und Alveradis ihn hören konnten, die gleich hinter ihm ritten.

»Das ist die Brandenburg?«, fragte Widukind ungläubig, der mit Dragomira aufgeschlossen hatte. »Tugomir, das ist keine Burg, sondern eine *Stadt*.«

Tugomir antwortete nicht. Plötzlich und ohne Vorwarnung war der Wald zurückgeblieben. Vor ihnen erstreckte sich eine Wiese, hier und da mit grasenden Schafen betupft, zum Ufer der Havel. Und dort auf der Insel inmitten des breiten Flusses erhob sich die stolze Festung, aus welcher er und seine Schwester vor mehr als zehn Jahren verschleppt worden waren – für Tugomir der schönste Ort auf der Welt. Und sie sah noch genauso aus wie damals, als er sich für einen letzten Blick umgewandt und zurückgeschaut hatte. Nur dass es ein grauer, bitterkalter Wintertag gewesen war, während jetzt Wildblumen die Wiese in ein übermütiges Farbenmeer verwandelten. Tugomir fühlte die Nachmittagssonne auf den Schultern, deren Brennen auf seinem dunklen Obergewand allmählich unangenehm wurde, doch er konnte sich nicht rühren.

Bis seine Frau die Hand auf seine legte und sagte: »Sie ist noch schöner, als ich sie mir vorgestellt habe.«

Er erwachte aus seiner Starre und nickte. »Ja, aus der Ferne betrachtet ist sie ganz ordentlich. Lass uns abwarten, was wir vorfinden, wenn wir näher kommen.« Er drehte sich im Sattel um und hob die Hand, um die Aufmerksamkeit seiner Reisegesellschaft zu erlangen. »Wir sind am Ziel. Heute Nacht werdet ihr alle ein Dach über dem Kopf haben. Am diesseitigen Ufer leben ein paar Fischer.« Er wies auf das halbe Dutzend Hütten am Ufer. »Sie werden uns übersetzen. Semela, Dervan, seid so gut und kommt mit mir. Ihr Übrigen wartet hier, bis wir euch Flöße herüberschicken.«

Dragomira und Alveradis tauschten einen Blick. Sie ahnten vermutlich, dass er sie vorerst zurückließ, weil er nicht wusste, welche Art von Willkommen sie erwartete, und sie waren besorgt. Aber sie erhoben keine Einwände. Niemand erhob Einwände. Anfangs hatte es ihn konsterniert, dass auf einmal alle widerspruchslos taten, was er sagte – es war so ein krasser Kontrast zu den vergangenen Jahren –, aber er hatte sich schnell daran gewöhnt.

Nach ihrer Hochzeit waren er und Alveradis mit Dragomira und Widukind nach Magdeburg zurückgekehrt, um die freigelassenen Daleminzer um sich zu sammeln und dann die Elbe zu überqueren und endlich die Heimreise anzutreten. Der Abschied von Magdeburg war wehmütiger ausgefallen, als Tugomir lieb war. Vor allem von den Magdeburger Frauen. Er war in das Hurenhaus an der Ufergasse gegangen, wo er und Thankmar manch wilde Nacht verlebt hatten, und die Huren hatten zumindest glaubhaft den Anschein erweckt, als bedauerten sie, dass er ihnen mit zugeschnürten Hosen Lebewohl sagte.

Das Gesinde und die Garnison auf der Pfalz ebenso wie die Handwerker und Kaufleute der Stadt waren untröstlich, dass sie den slawischen Heiler verloren, der im Laufe der Jahre so viele von ihnen von Krankheiten und Verwundungen kuriert oder den Sterbenden den Weg erleichtert hatte. Und er konnte sie nicht einmal damit trösten, dass sein Schüler und Gehilfe, dem er alles beigebracht hatte, was er wusste, zurückbleiben und ihnen in Zukunft beistehen würde.

Tugomir hatte gerätselt, wie Semela und Rada sich entscheiden würden. Sie waren in der sächsischen Welt erwachsen geworden, sie waren Christen, und anders als Tugomir hatten sie kein Zuhause mehr, das sie zurückrief. Er hätte es verstanden, wenn sie geblieben wären. Sie wären weiß Gott nicht die einzigen Slawen gewesen, die sich in der aufstrebenden Handelsstadt niederließen, denn Menschen aller Völker und aus aller Herren Länder strömten nach Magdeburg, sogar die reichen Kaufleute aus dem Osten, die sich Juden nannten. Aber er hatte Semelas und Radas Ergebenheit unterschätzt. Als er ihnen sagte, sie seien genauso frei wie er und könnten selbst entscheiden, hatten sie ihn nur verständnislos angeschaut, und Semela hatte gesagt: »Wir gehen, wohin du gehst, Prinz.«

Und die knapp vier Dutzend daleminzischen Frauen und Männer dachten genauso. Manche hatten den Wunsch geäußert, nach Jahna zurückzukehren und zu sehen, ob irgendwer die Burg wieder aufgebaut hatte. Doch es wäre eine Reise elbeaufwärts gewesen, ebenso weit wie ins Havelland und beinah entgegengesetzt. So war die Entscheidung rasch gefallen: Alle wollten mit Tugomir gehen und herausfinden, was das Leben bei den Hevellern ihnen zu bieten hatte. Die Ruinen der Jahnaburg würden wohl nicht weglaufen, hatte Dervan gemutmaßt.

Also hatte Tugomir seine Vorräte an Salben und Tinkturen zu Bertha gebracht. Die Wäscherin war über die Jahre so häufig in seinem Haus gewesen, dass sie zwangsläufig ein paar Grundbegriffe der Heilkunst erlernt hatte, und sie würde die Arzneien verteilen, ohne irgendwen zu vergiften, da war er einigermaßen zuversichtlich. Obwohl Bertha inzwischen einen der Stallknechte geheiratet und drei stramme Knaben zur Welt gebracht hatte – alle drei weizenblond, also vermutlich nicht Tugomirs –, weinte sie bitterlich bei ihrem Abschied, und Tugomir war verdammt nahe daran gewesen, sein Ehegelöbnis, das noch keine Woche alt war, kurzzeitig zu vergessen. Zum Glück waren zwei der strammen Blondschöpfe, die sie zum Spielen im Garten gelassen hatte, unter lautem Geschrei in den Fischteich gepurzelt, ehe Tugomir der Versuchung erlegen war. Er hatte die Knirpse aus dem Wasser geholt und ihrer Mutter einen Lapislazuli geschenkt, den er auf dem

619

Markt von einem slawischen Händler für mehr Geld erworben hatte, als er eigentlich erübrigen konnte. Aber er wusste, was er Bertha schuldig war. Sie war nicht nur seine Komplizin bei einem riskanten Verbrechen, sondern viele Jahre lang sein oft bitter nötiger Trost gewesen. Also hatte er das Geld gern hergegeben für den Stein, der das wirksamste Heilmittel gegen Traurigkeit war.

Dann hatten sie endlich die Elbe überquert, und Tugomir hatte sich nicht geschämt, im Ufergras auf der anderen Seite niederzuknien und den slawischen Boden zu küssen. Viele waren seinem Beispiel gefolgt.

Der Fischer, den er bat, ihn auf die Burginsel überzusetzen, nickte bereitwillig, dann stutzte er, starrte Tugomir einen Moment mit leicht geöffneten Lippen an und rief schließlich aus: »Bei Triglavs drei Köpfen … Du bist Prinz Tugomir!«

Der Heimkehrer nickte. »Du hast ein gutes Gedächtnis, Visan.«

»So wie du«, gab der Mann lächelnd zurück und wies dann einladend auf sein Boot.

Tugomir bedeutete seinen Begleitern, vor ihm einzusteigen, mahnte aber: »Semela, der Hut.«

Semela fasste sich an den Kopf. Er hatte über die Jahre eine Vorliebe für sächsische Strohhüte entwickelt und behauptete gern, sie schützten den Kopf so zuverlässig vor Regen wie ein gut gedecktes Strohdach ein Haus. Und weil Semela so ein gut aussehender Kerl war, konnte er diese Dinger sogar tragen, ohne wie ein Trottel mit einem Brotkorb auf dem Kopf auszuschauen.

»Du meinst, er könnte Anstoß erregen?«, fragte der junge Mann ungläubig.

Tugomir nickte. »Sie werden ohnehin argwöhnen, dass wir zu sächsisch geworden sind, um vertrauenswürdig zu sein. Nicht nötig, dass wir diesen Argwohn mit sächsischen Gepflogenheiten nähren.«

Bedauernd nahm Semela seine Kopfbedeckung ab und warf sie seiner Frau zu. »Pass gut auf ihn auf«, rief er ihr grinsend zu. »Ich schätze, sie sind hier schwer zu bekommen …«

Die versteinerte Miene, mit welcher der Fischer die Debatte

verfolgt hatte, war ein anschaulicher Beweis, dass Tugomirs Bedenken begründet waren. Visan kehrte seinen Fahrgästen den Rücken, legte ab und schob das Boot mit einer langen Stake Richtung Flussmitte.

Sie sprachen nicht während der kurzen Überfahrt. Tugomir stellte keine Fragen, denn nur die Priester, sein Neffe Dragomir und die restlichen Männer seiner Familie, die noch übrig waren, konnten ihm sagen, was er wissen musste. Also stand er mit verschränkten Armen im Bug und sah zu der mächtigen Wallanlage hinauf, die schnell näher kam.

Unter leisem Rascheln glitt das Boot ins Schilf. Tugomir sprang behände von Bord. »Hab Dank, Visan.«

Der Fischer nickte. »Möge deine Heimkehr unter einem guten Stern stehen, Prinz«, wünschte er.

Tugomir sah ihn an, um festzustellen, ob es höhnisch, aufrichtig oder einfach nur höflich gemeint gewesen war. Aber der reservierte Ausdruck war aus der Miene des Fischers verschwunden.

Tugomir antwortete: »Mögen die Flussgeister dir gewogen und deine Netze alle Tage prall gefüllt sein.«

Flankiert von Semela und Dervan ging er die wenigen Schritte bis zu dem mächtigen Tor, das in die Vorburg führte. Es war weit geöffnet und unbewacht. Im Schatten des hölzernen Torhauses blieben sie stehen und nahmen das bunte Treiben in Augenschein. Die Hütten der Krämer und Handwerker, die beim Fall der Burg damals niedergebrannt waren, hatten die Brandenburger natürlich längst ersetzt. Die neue Siedlung wies denselben Mangel an Ordnung auf wie die alte. Die Häuschen standen kreuz und quer, manche von kleinen Gärten umgeben, und Tugomir erfreute sich an dem malerischen Durcheinander. Über offenen Feuerstellen vor den Häusern kochten die Frauen das Essen; Töpfer, Gerber und der Schmied gingen ebenfalls unter freiem Himmel ihrer Arbeit nach. Hinter einem der Häuser waren ein paar Sklaven dabei, die Schafe zu scheren. Zwei sehr junge Schwestern standen zusammen am Dorfofen und warteten vermutlich darauf, dass ihre Brotfladen fertig wurden. Und auf dem freien Platz in der Mitte, der heute größer schien als früher, hatte sich eine Menschentraube um die

621

Karren dreier fahrender Händler gebildet, die anscheinend gute Geschäfte machten.

Tugomir sog die vertrauten Bilder und Gerüche, die er so lange und so schmerzlich entbehrt hatte, gierig in sich auf, aber er blieb nicht stehen. Die Menschen, denen er begegnete und die ihn teils neugierig, teils mit freudigem Wiedererkennen willkommen hießen, grüßte er höflich, ohne seine Schritte zu verlangsamen.

Ein Steg aus Holzbohlen – den man im Notfall schnell einreißen konnte – führte zum erhöhten Tor in der mächtigen Wallanlage der Hauptburg. Dieses war ebenfalls geöffnet, aber dort hielten zwei Männer mit Helmen und Lanzen Wache. Sie stellten sich Schulter an Schulter, als sie sie kommen sahen, aber dann erkannten sie ihn. »Prinz Tugomir!«, rief der rechte aus. »Oh, die Götter sind gut. Wie in aller Welt kommst du hierher?«

»Dragowit«, grüßte Tugomir. Er erinnerte sich nur zu gut an diesen wilden Krieger, der zu Boliluts Raufbolden gezählt hatte. »Das ist eine lange Geschichte, die ich gerne zuerst meinem Neffen erzählen würde.«

Dragowit gab sich keine Mühe, das vielsagende Grinsen zu verheimlichen, das er mit seinem Kameraden tauschte. »Dann nur zu«, sagte er. »Ich schätze, du findest ihn in der Halle.«

»Hab Dank.«

Ein zweiter Steg führte von den Dächern der Hütten hinab, die den Wehrgang bildeten.

»Was hatte das zu bedeuten?«, raunte Semela hinter Tugomirs linker Schulter.

»Ich schätze, wir sind im Begriff, das herauszufinden, oder?«, antwortete Dervan.

Die Hauptburg kam Tugomir völlig unverändert vor: Linkerhand lag der Eichenhain, und hier und da sah man durch das noch junge Blätterdach die reich verzierte Fassade des Jarovit-Tempels. Er war kein Raub der Flammen geworden, als die Burg damals fiel. Gero hatte die überlebenden Priester in den Tempel sperren und ihn anzünden wollen, hatte Tugomir irgendwann erfahren, aber Thankmar war wieder einmal zur Stelle gewesen, um seinen tollwütigen Vetter zu zügeln. Gegenüber dem Tempel auf der Ost-

622

seite der Anlage erhob sich die Halle, die von außen gar nicht so anders aussah als Ottos Hallen in Magdeburg oder Ingelheim oder wo auch immer im Reich verstreut die königlichen Pfalzen lagen: ein großzügiger rechteckiger Holzbau mit einem steilen strohgedeckten Dach, einer breiten Doppeltür und wenigen Fenstern, und an der hinteren Giebel- und südlichen Längswand die Wohngemächer der Fürstenfamilie, ein wenig nachlässig angebaut, so als sei dem Baumeister erst im letzten Moment eingefallen, dass dergleichen auch benötigt wurde.

Tugomir führte seine beiden Begleiter über den Platz in der Mitte, wo ein paar Wachen im Gras saßen, Becher in Händen. Er ignorierte ihre neugierigen Blicke und hielt geradewegs auf die Halle zu, sein Schritt entschlossen und zügig, damit nur ja niemand erriet, dass ihm das Herz bis in die Kehle schlug.

Als sie durch die weit geöffneten Türen ins Innere traten, verharrte er einen Augenblick, denn nach dem hellen Sonnenschein draußen kam die Halle ihm stockfinster vor. Das Feuer hinter den Plätzen der Fürstenfamilie an der gegenüberliegenden Wand brannte indes munter und spendete Licht, sodass der vertraute Saal schnell Formen annahm.

Der junge Fürst der Heveller saß auf seinem kunstvoll geschnitzten Sessel an der Tafel und rührte lustlos in der Eintopfschale, die vor ihm stand. Tugomir konnte nicht fassen, wie ähnlich der Junge seinem Vater sah. Als Knirps war Dragomir so blond gewesen wie seine Mutter, doch mit den Jahren war das Haar dunkler geworden, wenn auch nicht so rabenflügelschwarz wie Tugomirs und Dragomiras. Wie Bolilut hatte auch Dragomir eine breite Stirn – jetzt nachdenklich gefurcht –, haselnussbraune Augen, und die Arme und Schultern unter dem feinen dunkelblauen Gewand wirkten muskulös.

Er schaute auf, als er die leisen Schritte im Sand hörte. »Was gibt es?«, fragte er nicht unfreundlich. Und dann, eine Spur verwirrt: »Wer seid ihr?«

Tugomir legte vier Finger auf seine Brust zum Göttergruß. »Dragomir, ich bin Tugomir, dein Onkel. Ich bin sicher, es ist ein Schock für dich, aber ich bin heimgekehrt.«

Dragomir ließ den Löffel los und starrte ihn einen Moment an, als hätte er ihn nicht verstanden. Dann wiederholte er: »Onkel … Tugomir?«

Der nickte und sagte nichts. Lass ihm Zeit, dachte er. Trotz der Ähnlichkeit mit seinem Vater fand Tugomir in den Augen des jungen Fürsten keinerlei Anzeichen von dem Mutwillen und der manchmal unbedachten Grausamkeit, die Bolilut so gefährlich, vor allem so unberechenbar gemacht hatten. Dragomirs Ausdruck wirkte eher nachdenklich, vielleicht gar eine Spur melancholisch. Es schien immerhin möglich, dass mit ihm zu reden war.

»Ich komme mit rund zwei Dutzend Männern vom Volk der Daleminzer«, berichtete Tugomir. »Mit ihren Frauen ebenso wie der meinen und mit meiner Schwester, deiner Tante Dragomira. Ich nehme an, du erinnerst dich an sie?«

»Besser als an dich«, bekannte Dragomir freimütig.

»Das ist kein Wunder. Ich war schon Priesterschüler, als du zur Welt kamst, und fast immer im Tempel. Sie war hier.«

Der junge Mann nickte und schlug sich dann vor die Stirn. »Wo hab ich meine Gedanken? Nimm Platz, Onkel. Wer sind deine Freunde?«

»Semela und Dervan.«

Dragomir schenkte ihnen ein strahlendes Lächeln. »Seid auch ihr willkommen.« Er klatschte zweimal in die Hände, und aus den Schatten hinter dem Feuer trat ein Sklave herbei und verneigte sich vor ihm.

Beim Anblick des Sklaven verspürte Tugomir einen schmerzhaften Stich in den Eingeweiden und ein plötzliches Frösteln im Rücken, doch es gelang ihm, sich nichts anmerken zu lassen. Semela indes hatte bis heute noch nicht gelernt, dass es manchmal von Vorteil war, seine Gefühle für sich zu behalten. »Asik!«, rief er verblüfft, schlug sogleich die Hand vor den Mund, warf Tugomir einen schuldbewussten Blick zu und murmelte dem Sklaven dann auf Sächsisch zu: »Du hast schon besser ausgesehen, Mann.«

»Semela«, wies Tugomir ihn scharf zurecht. Ein freundliches Wort an einen sächsischen Sklaven zu richten war schon heikel, es auf Sächsisch zu tun, war unverzeihlich.

»Tut mir leid, tut mir leid«, murmelte der Gescholtene nicht sonderlich zerknirscht und winkte ab.

»Ihr kennt ihn?«, fragte Dragomir. Es klang amüsiert.

»Flüchtig«, antwortete Tugomir in einem Tonfall, der besagte, dass Asik nicht von Belang sei. Dabei war er das sehr wohl. Asik, der einst der Schultheiß von Magdeburg gewesen war, war Geros Vetter. Alle in Sachsen hielten ihn für tot – gefallen auf dem glücklosen Feldzug der Sachsen gegen Boleslaw von Böhmen –, aber wenn sie erfuhren, dass er noch lebte, mochte Asik ein sehr wertvoller Gefangener werden. Eine *Geisel*, dachte Tugomir. Wie rasant schnell in dem großen Spiel um die Macht doch manchmal die Rollen vertauscht wurden. Aber all das musste er jetzt erst einmal aus seinen Gedanken verbannen, ebenso wie sein Unbehagen beim Anblick der Narben auf Asiks Gesicht, seines geschorenen Kopfes und des gehetzten Ausdrucks in seinen Augen.

»Schick mir Bogdan und Radomir her«, befahl Dragomir. »Und dann hol uns Met. Nein, Wein! Bring den besten Tropfen, den wir haben. Diese Heimkehr muss gefeiert werden!«

Mit einem verstohlenen Blick in Tugomirs Richtung ging Asik zur Tür.

Bogdan und Radomir erschienen im Handumdrehen und hießen Tugomir deutlich kühler willkommen, als Dragomir es getan hatte. Das war nicht verwunderlich. Auch sie hatten zu Boliluts Kumpanen gezählt, und vor allem der hünenhafte Bogdan war sich nie zu schade gewesen, sich an den grausamen Streichen zu beteiligen, die Bolilut seinem jüngeren Bruder gelegentlich gespielt hatte. Bis Tugomir eines Tages genug hatte und Bogdan eine ganz besondere Kräutermischung in den Met geschmuggelt hatte, die dem tapferen Krieger so fürchterliche Bauchkrämpfe bescherte, dass man sein Heulen hinter den Bretterwänden des Aborts in der ganzen Burg hören konnte …

»Bogdan«, begann der junge Fürst. »Am anderen Ufer wartet das Gefolge meines Onkels. Sorg dafür, dass sie alle herübergeschafft und irgendwo untergebracht werden.«

»Wie du wünschst, mein Fürst«, antwortete Bogdan, und als er sich abwandte, streifte er Tugomir mit einem abschätzigen Blick.

»Radomir, du sorgst dafür, dass die Köche sich sofort an die Arbeit machen. Ich will ein Festmahl für meinen heimgekehrten Onkel und meine Tante und alle, die ihnen angehören.«

»Ein Festmahl?«, fragte eine scharfe Stimme in Tugomirs Rücken. »Denkst du nicht, wir sollten erst einmal hören, was dein Onkel uns zu sagen hat, ehe wir deinen besten Ochsen schlachten?«

Tugomir wandte den Kopf. Sein Gehör hatte ihn nicht getrogen. Selbst nach all den Jahren erkannte er diesen Mann mühelos an der Stimme. »Tuglo.« Wieder hob er die vier Finger der Rechten zum Göttergruß.

Der Hohepriester des Triglav erwiderte die Höflichkeit nicht. »Du bist also zurückgekehrt.«

»Wie du siehst.«

»Mit einem sächsischen Weib und einem sächsischen Christenpriester, wie ich höre.«

Tugomir schenkte ihm ein äußerst sparsames Lächeln. »Ich erinnere mich, du warst schon immer geschickt im Sammeln von Neuigkeiten. Und schnell.« Visan der Fischer musste Tuglo aufgesucht haben, unmittelbar nachdem er Tugomir auf der Burginsel abgesetzt hatte. Und wo immer Tuglo auch gesteckt haben mochte, er war gewiss nicht vom Triglav-Heiligtum so schnell hierhergekommen, denn der Harlungerberg lag mindestens eine Meile von der Burg entfernt im Wald.

»Willst du es leugnen?«, fragte der Priester herausfordernd.

»Warum sollte ich?«, gab Tugomir zurück. »Ich habe eine sächsische Grafentochter zur Frau genommen und zähle einen sächsischen Priester zu meinen Freunden und Ratgebern. Das kann dich kaum verwundern. Zehn Jahre gehen nicht spurlos an einem Mann vorüber.«

»Oh, dessen bin ich sicher«, konterte Tuglo. »Ich schätze, sie haben einen waschechten Sachsen aus dir gemacht.«

»Das haben sie nicht«, widersprach Semela aufgebracht. »Er hätte sich das Leben verdammt viel leichter machen können, wenn er wie sie geworden wäre, aber er ist geblieben, wer er war. Und du hast überhaupt kein Recht, an ihm zu zweifeln, denn nicht du hast jahrelang unter Feinden gelebt.«

Tuglo musterte den jungen Daleminzer von Kopf bis Fuß und sagte dann scheinbar nachsichtig: »Ich glaube, du weißt nicht, wen du vor dir hast.«

»Ich weiß ganz genau, wen ich vor mir habe: eine vertrocknete Fledermaus im Priestergewand, die den Leuten Angst mit der Macht der Götter macht und es obendrein nötig hat, einen Gast in der Halle des Fürsten darauf hinzuweisen, wen er vor sich hat.« Er schnaubte. »Wenn du da gewesen wärst, wo wir waren, hättest du vor so lächerlichen Gestalten auch keine Angst mehr.«

Tugomir wies ihn nicht zurecht. Als Tuglo sich an ihn wandte – sprachlos vor Entrüstung –, hob er lediglich die Schultern und sagte: »Mein Vater behauptete gern, die Aufrichtigkeit der Daleminzer übersteige gelegentlich ihr Taktgefühl.«

Dervan versuchte ohne großen Erfolg, ein Lachen in ein Hüsteln zu verwandeln.

Dragomir hob beide Hände zu einer beschwichtigenden Geste. »Wir wollen dieses freudige Wiedersehen nicht mit unbedachten Worten trüben«, bat er. »Hier kommt der Wein. Lass uns einen Becher auf die Heimkehr meines Onkels trinken, Tuglo, ich bitte dich inständig. Es ist so ein Freudentag.«

Auf seine einladende Geste nahmen alle an der Tafel Platz. Als Asik den Weinbecher vor Tuglo stellte, knurrte der Priester und warf dem Sklaven einen Blick zu, den man kaum anders als angewidert nennen konnte. Tugomir fragte sich, ob Tuglos fanatischer Hass auf die Sachsen ihm früher einfach nicht aufgefallen war, weil er selbst ihn teilte, oder ob er im Lauf der Jahre schlimmer geworden war.

Sie hoben die Becher, und Tugomir trank seinem Neffen zu, der die Geste mit einem unkomplizierten Lächeln erwiderte.

»Ich glaube nicht, dass du es noch einen Freudentag nennen wirst, wenn dein Onkel dir eröffnet, wozu er hergekommen ist, mein Fürst«, unkte der alte Priester.

»Wieso nicht?«, fragte Dragomir. »Wozu bist du denn hergekommen, Onkel?«

Es ärgerte Tugomir, dass Tuglo, dieser alte Ränkeschmied, ihn zwang, vorzeitig aus der Deckung zu kommen, aber natürlich blieb ihm nichts anderes übrig. »Um das Erbe meines Vaters als Fürst der Heveller anzutreten, Dragomir.«

»*Was?*« Die weit aufgerissenen Augen ließen seinen Neffen mit einem Mal noch viel jünger wirken, als er war. Tugomirs Forderung traf ihn anscheinend wie ein Blitzschlag aus heiterem Himmel, was Tugomir zu der Frage führte, ob der Junge vielleicht nicht nur das Gesicht, sondern auch den Verstand – oder besser den Mangel daran – von seinem Vater geerbt hatte. Langsam erhob Dragomir sich von seinem thronartigen Sessel. »Mit welchem Recht willst du mich verdrängen?«, fragte er. Es klang gekränkt.

Tugomir betrachtete ihn, eine Hand scheinbar lässig um den Tonbecher gelegt. Es war ein gefährlicher Moment. Aus den Augenwinkeln sah er, wie angespannt Semela und Dervan waren, Letzterer hatte gar verstohlen die Hand an das Heft seines Messers gelegt. Und natürlich war es kein Zufall, dass Tuglo diese Konfrontation so rasch herbeigeführt hatte. Der Priester wollte, dass sie dies hier austrugen, ehe Tugomirs zwanzig Daleminzer auf die Burg kamen. Obgleich die Zahl der Hevellerkrieger natürlich um ein Vielfaches größer war, würde Tugomir wahrscheinlich nie wieder so verwundbar sein wie in diesem Moment.

Doch wenn er eines gewöhnt war, dann allein und verwundbar zu sein. »Mit dem Recht des Vorrangs in der Erbfolge«, antwortete er seinem Neffen nüchtern. »Ich weiß, dass du diese Aufgabe sehr früh schultern musstest, und ich zweifle nicht daran, dass du sie mit Ehre und Tapferkeit gemeistert hast. Darum ist es auch nicht meine Absicht, dich zu verdrängen. Ich will dich ablösen. Denn der Fürstenthron steht mir zu und nicht dir. Das sind die Tatsachen. Und wenn du dir nicht darüber im Klaren warst, dass du lediglich mein Statthalter bist, solange ich lebe, dann hast du versäumt, dir diese Tatsachen vor Augen zu führen. Oder irgendwer hat dir Sand in die Augen gestreut«, fügte er mit einem Blick auf den Triglav-Priester hinzu. »Beides kann gefährlich sein für einen Fürsten.«

Daran hatte Dragomir eine Weile zu kauen. Mit einer nervösen Geste strich er sich die Haare aus der Stirn, dann lehnte er sich in seinem Sessel zurück. Verstohlen glitt sein Blick zu Tuglo, dann zurück zu seinem Onkel, schließlich richtete er ihn auf einen farben-

628

frohen Wandbehang und dachte nach. Aber er kam offenbar zu keinem befriedigenden Ergebnis. Das Schweigen zog sich in die Länge.

Tugomir beobachtete Tuglo aus dem Augenwinkel, und als der Priester im Begriff war, das Wort zu ergreifen, stand er auf und kam ihm zuvor. »Hab Dank für dein Willkommen, Dragomir. Ich sollte jetzt gehen und meiner Gemahlin ihr neues Zuhause zeigen. Einstweilen überlasse ich dich deinen Gedanken und deinen Ratgebern, und wir sprechen heute Abend darüber, wie es weitergehen soll.«

»Was soll es da zu besprechen geben?«, fragte ein weiterer Neuankömmling von der Tür, kam mit langen Schritten näher, betrachtete Tugomir einen Augenblick konzentriert und schloss ihn dann in die Arme. »Die Götter sind gut. Sie haben meine Gebete erhört. Willkommen, Tugomir.«

»Hab Dank, Slawomir.« Tugomir befreite sich unauffällig aus der innigen Umklammerung, die ihm nicht nur die Luft abschnürte, sondern obendrein peinlich war. Dann begutachteten sie einander mit unverhohlener Neugier. Slawomir war Fürst Vaclavics jüngerer Bruder, und genau wie Tugomir war er als Priesterschüler in den Jarovit-Tempel eingetreten, weil das in ihrer Familie eben Tradition war. Aber in seinem Herzen war Slawomir immer nur Krieger gewesen, niemals Priester. Keinem Kommandanten folgten die Krieger der Heveller lieber als ihm, und Tugomirs Vater hatte dem Rat seines Bruders immer großes Gewicht beigemessen.

Jetzt drosch Slawomir dem Heimkehrer auf die Schulter, dass Tugomir Mühe hatte, sich auf den Beinen zu halten, und eröffnete ihm: »Viele Männer hier haben nie die Hoffnung aufgegeben, dass du eines Tages zurückkommst. Und nie wurdest du dringender gebraucht, Tugomir. Hast du gehört, was Gero getan hat, diese verfluchte sächsische Schmeißfliege?«

Tugomir nickte. »Er hat deinen Sohn ermordet. Es tut mir leid, Onkel.«

»Und dreißig weitere«, fügte Slawomir hinzu. Tugomir sah Zorn in seinen Augen, Bitterkeit, aber nicht den Schmerz, den er erwartet hätte.

»Ich weiß.« Er wies auf Dervan. »Er war dabei.«

Nicht nur Slawomir, sondern auch Tuglo und der junge Fürst starrten Dervan an, als hätte Tugomir ihnen eröffnet, er könne fliegen.

»Du warst dort und hast *überlebt*?«, fragte Slawomir.

Der junge Daleminzer senkte den Blick und nickte. »Als …« Er musste sich räuspern. »Als Einziger, glaub ich.«

»Er hat sich zu mir durchgeschlagen und es mir erzählt«, erklärte Tugomir, um Dervan von den staunenden Blicken zu erlösen, die ihn verlegen machten. »Das ist es letztlich, was mich nach Hause gebracht hat.«

»Wie darf ich das verstehen?«, fragte Slawomir.

Aber Tugomir schüttelte den Kopf. »Später, Onkel. Wir haben Dringliches zu bereden, du hast recht, aber erst muss ich mich um meine Leute kümmern.« Und er wollte sich mit Widukind beraten, ehe er vor den führenden Männern der Heveller seinen Anspruch auf den Fürstenthron geltend machte. »Sagen wir, wir treffen uns bei Sonnenuntergang hier wieder.«

Slawomir nickte bereitwillig. »Einverstanden.«

Als sie sich ein gutes Stück von der Halle entfernt hatten, murmelte Dervan: »Seine Freude über deine Heimkehr wird genau so lange andauern, bis er erfährt, dass du im Einvernehmen mit dem König hier bist, Prinz.«

»Und wenn sie erfahren, wer der Vater deiner Frau ist, werden sie alles daran setzen, sie zu töten«, prophezeite Semela grimmig.

»Was habt ihr denn erwartet?«, entgegnete Tugomir. »Ein warmes Willkommen? Nachdem Gero sie zwei Jahre lang in den Staub getreten hat?«

»Aber was wirst du tun?«, fragte Semela – untypisch verzagt.

Tugomir antwortete nicht. Er nahm die nächste Treppe hinauf zum Wehrgang und blickte über den Wall auf das weite Havelland hinaus. Der blaue Himmel spiegelte sich auf dem Fluss und den ungezählten Seen, und ganz gleich, wohin man schaute, reichten die Wälder bis zum Horizont. Nur hier und da hatten die Menschen ihnen ein paar Felder abgerungen. Das Korn gedieh gut in der schweren, dunklen Erde, doch die Bauern mussten ihre Schollen jeden Tag aufs Neue gegen den übermächtigen Wald und seine Geister verteidigen. Dies war ein ungezähmtes Land. Es war wild und schön und gefährlich, und als Tugomir es betrachtete, war es ihm, als habe sein Herz mit einem Mal Schwingen und schraube sich wie ein Adler in den wolkenlosen Sommerhimmel empor. »Seht es euch an«, sagte er leise und wies nach Osten.

»Ja, es ist so schön, dass man es kaum aushält, länger hinzuschauen«, räumte Semela seufzend ein.

»Hm«, stimmte Tugomir zu. »Aber das meinte ich nicht. Das Land der Heveller reicht bis an die Oder. Wenn ich bei den Sachsen eins gelernt habe, dann dies: je größer das Land, desto größer die Macht dessen, der es beherrscht.« Er wandte den Kopf und sah Semela ins Gesicht. »Du fragst, was ich tun werde? Ich sage es dir: Ich werde über dieses Land und die Menschen darin herrschen, um sie zu beschützen, wenn ich kann. Vor Gero, vor den Ungarn, vor kriegswütigen Nachbarn und notfalls auch vor sich selbst. Ich werde es anders machen als mein Vater vor mir und dessen Vater vor ihm, denn wir leben in einer anderen Zeit. Nicht alle werden mir freiwillig folgen, und es wird vermutlich Blut fließen. Aber wenn Gott hier wirklich seine Hand im Spiel hat, wie Widukind sagt, wenn er mich hierhergeführt hat, dann schätze ich, kann es mit seiner Hilfe auch gelingen.«

Semela und Dervan starrten ihn an, als hätte er sich vor ihren Augen in einen vollkommen Fremden verwandelt. Erwartungsgemäß war Semela der Erste, der die Sprache wiederfand. »Du meine Güte, Prinz …« Er schüttelte mit einem kleinen, nervösen Lachen den Kopf. »Auf einmal hörst du dich an wie König Otto.«

Dragomira rang mit einem Gefühl von Unwirklichkeit, als sie bei Sonnenuntergang die Halle der Brandenburg betrat. Bis zu dem Tag, da Ottos Vater sie verschleppt hatte, war dieser großzügige und stets gut beheizte Saal der Schauplatz ihres Lebens gewesen, und jetzt stürzte eine regelrechte Flut von Erinnerungen auf sie ein – die meisten davon abscheulich. Dort hinten am Feuer stand der Webstuhl, an dem sie mit ihrer Mutter gesessen hatte, als die Männer ihres Vaters hereinkamen, düster und schweigsam, um ihre Mutter abzuholen. Es war das letzte Mal gewesen, dass Dragomira sie gesehen hatte. Nach der Hinrichtung hatte das kleine Mädchen den Anblick des Webstuhls kaum ertragen können, doch die Tanten und Basen, die fortan ihre Erziehung übernahmen, hatten sie wieder daran gesetzt. Sie hatten Dragomira in allen Fertigkeiten unterwiesen, die eine Fürstentochter beherrschen musste, sorgfältig, gründlich, mit kalten Augen und ohne Zuwendung. Dann war Anno gekommen, und mit einem Mal hatte sie einen Freund gehabt, mit dem sie reden konnte, während sie spann und webte und nähte und kochte und eine unendliche Reihe kleiner Vettern und Neffen wickelte und fütterte und hütete. All das hatte sich hier in dieser Halle abgespielt, und der Saal sah so unverändert aus, als wäre sie gestern noch hier gewesen. Fremd und unwirklich fühlte sie sich, weil sie es war, die sich verändert hatte.

»Deine Hände zittern«, flüsterte Widukind, ergriff ihre Linke und wärmte sie zwischen seinen großen Händen.

»Ich wünschte, ich wäre nicht zurückgekommen«, bekannte sie tonlos. »Es ist ein schrecklicher Ort. Wenn du wüsstest, wie viel Blut hier schon geflossen ist, Widukind …«

Er nickte. »Blut fließt überall. Am Grund des Meeres zerfleischt der Leviathan die Leiber der Seeleute, auf den Gipfeln der Berge reißt der Adler das Lamm, und überall dazwischen ist der Mensch und vergießt das Blut seines Nächsten, denn wir alle sind wie Kain.« Er sah sie an und hob die Schultern. »Das wird sich erst ändern, wenn der Tag des Weltenendes kommt. Also in etwa sechzig Jahren, glauben die Gelehrten.«

Dragomira musste lächeln. »Ein schwacher Trost.«

Er zog sie näher und legte einen Arm um ihre Schultern. Ungeniert. Und ohne zuvor einen verstohlenen Blick über die Schulter zu werfen, ob sie auch ja niemand sah. Das, musste Dragomira einräumen, war der eine große Segen dieser Heimkehr. Hier gab es weit und breit keinen Abt und keine Mutter Oberin, die sie auseinanderreißen und ob ihres unkeuschen Lebenswandels zur Rechenschaft ziehen konnten. Und der zuständige Bischof hier war praktischerweise Widukind selbst …

»Lass uns näher zum Feuer gehen«, schlug er vor. »Du bist

schließlich die Schwester des Fürsten, warum drücken wir uns hier an der Tür herum wie Bittsteller?«

Doch sie hielt ihn mit einer Geste zurück. »Wir sollten warten, bis Tugomir kommt.«

»Man könnte meinen, du fürchtest dich immer noch vor deinen Verwandten hier«, gab er stirnrunzelnd zurück. »Aber sie werden nicht mehr wagen, so hässlich zu dir zu sein wie früher.«

Es rührte sie, dass er so entrüstet über die Lieblosigkeit ihrer Sippe war, doch sie dachte: Sie werden so hässlich sein, wie sie wollen. Und wenn sie Tugomir stürzen, werden sie dich und mich töten. Doch das sprach sie nicht aus, sondern sagte stattdessen: »Lass uns hier auf meinen Bruder warten und wie besprochen gemeinsam mit ihm in die Halle ziehen. Das stärkt seine Position.«

Widukind gab nach. »Ich glaube nicht, dass er das nötig hat. Aber bitte, wie du willst.«

Tugomir ließ sich indessen Zeit, und auch Dragomir war noch nicht erschienen. Der Fürstenthron stand wie verwaist vor dem Feuer, während die Halle sich allmählich füllte: Ihr Onkel Slawomir kam mit seinem Sohn Rogwolod, gefolgt von Dobra, seiner Frau, die Mann und Sohn scheinbar demütig mit einem Schritt Abstand folgte, die sich aber im Handumdrehen in eine scharfzüngige Furie verwandeln konnte, wenn sie sich in rein weiblicher Gesellschaft befand. Der graubärtige Falibor, ein ebenso findiger wie furchtloser Krieger, auf dessen Rat ihr Vater immer große Stücke gehalten hatte, kam mit seinen zwei Brüdern und vier Söhnen. Dann Tuglo mit einem halben Dutzend weiterer Triglav-Priester, und sie hielten zielstrebig auf Godemir zu, der jetzt Hohepriester des Jarovit war und in der ihm eigenen Bescheidenheit nur in Begleitung zweier junger Priesterschüler erschienen war. Einer nach dem anderen kamen sie: Männer, die in der Blüte ihrer Jahre gestanden hatten, als Dragomira von hier fortging, waren grau und alt geworden, die Jünglinge von einst waren Männer geworden, doch sie erkannte sie alle. Und sie wurde erkannt. Vor allem die Frauen streiften sie mit neugierigen Blicken, ehe sie an dem langen Tisch am unteren Ende des Saals Platz nahmen, wie die Tradition es vorschrieb, weiter weg vom Feuer als die Männer.

Schließlich trat Dragomir ein, mit einem sehr jungen Mädchen an der Hand, das Dragomira an Mirnia erinnerte. Doch dies hier war eine Redarierin, sah sie an der Art, wie ihr Kopftuch gebunden war. Der Fürst war seiner blutjungen Frau unverkennbar zugetan. Er neigte sich ihr zu und flüsterte etwas, das ihr ein Lächeln entlockte. Dann ließ er sie los, auf dass sie ihren Ehrenplatz an der Frauentafel einnehmen konnte. Als sie sich ein wenig schwerfällig niederließ, erkannte Dragomira, was das weite Gewand verborgen hatte: Das Mädchen war schwanger.

Und dann kam Tugomir.

Die gemurmelten Unterhaltungen an den Tischen verebbten, und es wurde so still in der Halle, dass man das Knistern des Feuers hörte. Die Heveller starrten ihren heimgekehrten Fürsten an, manche freudig und erwartungsvoll, andere skeptisch, alle erstaunt.

Dragomira konnte es ihnen nicht verdenken. Ihr erging es nicht anders. »Du meine Güte«, murmelte sie. »Er sieht wahrhaftig fürstlich aus.«

So hatte sie ihren Bruder nie zuvor gesehen, und er kam ihr vor wie ein Fremder. Tugomir trug neue Gewänder nach slawischem Schnitt, Hosen und Obergewand in einem so dunklen Braun, dass sie beinah so schwarz wirkten wie sein Haar. Der geschlitzte Halsausschnitt, die Ärmel und der Saum der Tunika waren mit einer dezenten, aber eleganten Bordüre mit einem dunkelgrünen Rankenmuster abgesetzt, in dem hier und da etwas wie Gold funkelte. Weit weniger unauffällig funkelte die schwere Kette, die auf seinen Schultern lag und bis auf die Brust reichte. Aber was die Versammelten in der Halle wohl am meisten verblüffte, waren die goldenen Bänder, die seine nagelneuen dunklen Halbschuhe schnürten und dann bis zum Knie kreuzweise um die engen Hosen gebunden waren.

»Woher hat er goldene Schuhbänder?«, rätselte Dragomira leise.

»Ich nehme an, er hat sie in Magdeburg gekauft«, gab Widukind ungerührt zurück. »Der Leibarzt des Königs ist selten ein armer Mann.«

Tugomirs Miene war ernst, aber nicht finster, als er den Blick über die Menschen in der Halle schweifen ließ. Er strahlte eine unerschütterliche Gelassenheit aus, die er nie und nimmer empfinden konnte, und Dragomira war unbändig stolz auf ihren Bruder.

Der ergriff die Hand seiner Frau, deren Kleider ebenso elegant waren wie seine. Das hauchdünne Kopftuch, welches ihr bis auf die Hüften fiel, wurde gar von einem goldenen Stirnreif gehalten.

Widukind betrachtete das Paar mit so etwas wie Genugtuung. »Meine kluge Tante Mathildis sagt gern, dass selbst die unwilligsten Untertanen sich dem Anblick königlicher Pracht unterwerfen, denn sie sei ein Symbol der von Gott verliehenen Macht, das selbst der sturste Esel versteht.«

»Ich kann kaum glauben, dass sie das zu Tugomir oder Alveradis gesagt hat, aber offenbar wussten sie es trotzdem«, gab Dragomira gedämpft zurück. »Lass uns abwarten, ob es auch bei slawischen Eseln wirkt.«

Dragomir war unschlüssig vor dem Platz des Fürsten stehen geblieben, so als wage er nicht so recht, ihn einzunehmen. Das wäre bei Bolilut niemals geschehen, fuhr es Dragomira durch den Kopf, denn der Vater des Jungen war ganz und gar von seinem Machtanspruch und seiner Überlegenheit überzeugt gewesen. Sie empfand Sympathie und Mitgefühl für ihren von Zweifeln geplagten Neffen, den sie als gutartiges und fröhliches Kind in Erinnerung hatte.

Tugomir trat zu ihm, nickte eine Spur kühl und wandte sich dann den führenden Kriegern und Priestern der Heveller zu, die an der Tafel saßen. Es war immer noch still, immer noch starrten alle ihn an. Tugomir wartete – in aller Seelenruhe, so schien es –, und worauf er wartete, verstand Dragomira, als Godemir, der Hohepriester des Jarovit, sich von seinem Platz erhob. »Die Götter seien gepriesen. Der Fürst der Heveller ist heimgekehrt!«

Becher trommelten auf die Tafel, aber nicht viele.

»Sag uns, Tugomir, bist du gekommen, um das Erbe deines Vaters anzutreten?«, fragte der alte Falibor.

»Wenn es der Wille des Volkes ist, ja«, gab Tugomir zurück.

»Der Wille des Volkes?«, flüsterte Widukind verständnislos. »Ich dachte, bei euch gilt das Erstgeburtsrecht, komme was wolle.«

Dragomira nickte. »Aber wir Slawen sind nicht so obrigkeitsgläubig wie ihr Sachsen«, hielt sie ihm vor Augen. »Hier gibt es kein Gottesgnadentum. Ein Fürst braucht die Zustimmung der Krieger und Priester, um herrschen zu können, und einstweilen ist es Dragomir, der ihre Zustimmung hat.«

»Oh.« Widukind tastete unwillkürlich nach dem silbernen Kruzifix am Ende seines Gürtels.

Dragomira schaute sich kurz um. Viele Heveller hatten sich vor der Halle versammelt, Handwerker und Bauern aus der Vorburg, einfache Soldaten und ein paar Frauen. Die, die vorne standen, gaben nach hinten weiter, was in der Halle gesagt wurde. Semela, Dervan und viele andere Daleminzer hatten sich unter sie gemischt und erzählten ihnen vermutlich, was Tugomir in den bitteren Jahren der Gefangenschaft für sie getan hatte.

»Ich bin sicher, es ist der Wille des Volkes«, erklärte Falibor. »Denn wir alle kennen dich als besonnenen Prinzen, als furchtlosen Krieger und götterfürchtigen Priester.«

Das war das Stichwort, auf das Tuglo gewartet hatte. Er schnellte von der Bank hoch. »All das mag Prinz Tugomir vor zehn Jahren gewesen sein. Aber was ist der Mann, der jetzt zu uns zurückgekehrt ist? Ein Fremder. Und ich bin sicher, die Schuhe sind nicht das einzig Sächsische an ihm. Sag uns, Prinz, wieso du noch nicht im Tempel des Jarovit warst, dessen Priester du bist und dem du so lange fern sein musstest?«

»Weil ich kein Bedürfnis verspüre, ihn aufzusuchen, Tuglo«, antwortete Tugomir. Dragomira wusste, ihrem Bruder blieb gar nichts anderes übrig, als freimütig zu sein, aber trotzdem spürte sie das Herz in der Kehle pochen, als er fortfuhr: »Der Christengott hat mich zu sich gerufen, und ich bin seinem Ruf gefolgt.«

Ein Zischen erhob sich in der Halle, das an der Frauentafel lauter war als bei den Männern.

Tuglo zeigte ein seliges Lächeln. »Ich denke, damit hat sich dein Anspruch erledigt, Prinz. Du kannst nicht der Fürst deines Volkes sein und gleichzeitig seine Götter verleugnen.«

»Wie käme ich dazu?«, entgegnete Tugomir. Er hob kurz beide Hände, Handrücken nach außen, sodass alle seine Tätowierungen sahen. »Hier kannst du ablesen, welchen Weg ich beschritten habe, Tuglo. Ihm folge ich immer noch, und dieser Weg hat mich zu einem neuen Gott geführt. Ist das so ungewöhnlich? Scheiden nicht Priester aus dem Tempel des Jarovit, um zu dir in den Triglav-Hain zu kommen? Gehen nicht andere gar bis nach Rügen, um dort Svantovit zu dienen, und wieder andere in die Wildnis, um dem Schöpfungswerk der Großen Götter zu huldigen? Ich habe einen neuen Gott gefunden – oder er mich, um genau zu sein –, aber das bedeutet nicht, dass ich die alten Götter meines Volkes deswegen geringer schätze oder gar verleugne.«

»Auch die Fürsten der Obodriten sind Christen«, warf Godemir ein.

»Und das soll mich trösten?«, höhnte Tuglo. »Solltest du vergessen haben, dass die Obodriten unsere Feinde sind?«

Der Hohepriester des Jarovit schüttelte langsam den Kopf. »Wie könnte ich, Tuglo. Sie haben meinen Vater und meinen Sohn getötet und zwei meiner Schwestern verschleppt. Aber womöglich könnten die Heveller und die Obodriten diese alte Fehde begraben, die sie seit Menschengedenken in immer neue Kriege gegeneinander führt, wenn unsere Fürsten eines Glaubens sind. Auf dass wir uns gemeinsam gegen die wehren, die unsere wahren Feinde sind.«

»Die Sachsen, meinst du?« Tuglo wies mit dem Finger auf Alveradis. »Mit einem Fürsten, der eine Sächsin zum Weib genommen hat?«

Alveradis verstand vermutlich kein Wort der hitzigen Debatte, aber sie merkte natürlich trotzdem, dass sie plötzlich der Mittelpunkt des allgemeinen Argwohns war. Reglos stand sie an Tugomirs Seite. Ihre Miene war ernst, zeigte indessen weder Furcht noch Trotz. Dragomira kam nicht umhin, ihre junge Schwägerin zu bewundern.

»Ja, meine Frau ist Sächsin«, räumte Tugomir ein, und sein Ton war keineswegs entschuldigend, sondern unmissverständlich scharf. »Schlimmer als das, sie ist Alveradis von Merseburg, Geros Tochter.«

Dieses Mal war es kein verhaltenes Zischen, sondern ein Aufschrei, der durch die Halle ging.

Dragomira sah zu Falibor. Selbst er war jetzt verunsichert und zweifelte, ob er auf den richtigen Mann setzte, und er tauschte verstohlene Blicke mit den anderen Kriegern. Dann erhob er sich von seinem Platz, und allmählich kehrte wieder Ruhe ein. »Die Daleminzer, die mit dir hergekommen sind, erzählen, es sei Gero gewesen, der ihre Mütter und Väter, Brüder und Schwestern abgeschlachtet hat.«

Tugomir nickte.

»Und sie erzählen auch, dass er dir um ein Haar die Kehle durchgeschnitten hätte, als du protestiert hast. Und dich in den Jahren danach bei jeder Gelegenheit drangsaliert hat und dafür bluten ließ, wenn du für die daleminzischen Waisen eingetreten bist. Ich habe das geglaubt, Prinz Tugomir, denn es passte zu dem jungen Priester, den ich einst kannte. Aber nun sagst du uns, dass du ausgerechnet die Tochter dieses Mannes zur Frau genommen hast. Was soll ich also jetzt noch glauben?«

»Er hat sie verstoßen, als sie sich mir zugewandt hat«, versuchte Tugomir zu erklären. »Meine Frau hat ihr Leben lang unter ihrem Vater zu leiden gehabt, und du kannst sie nicht für seine Verbrechen verantwortlich machen, Falibor. Sie trägt so wenig Schuld an seinen Taten wie meine Schwester und ich an denen unserer Mutter.« Er sprach ruhig, aber Dragomira sah, welch eine Qual dieses öffentliche Verhör für ihren Bruder war.

Falibor nickte unschlüssig.

Aber Tuglo griff den Faden dankbar auf. »Und dennoch«, beharrte er. »Wie hättest du ausgerechnet sie zum Weib nehmen können, wenn ihr Vater wirklich dein Feind wäre?«

»Er ist mein Feind, glaub mir«, brachte Tugomir hinter zusammengebissenen Zähnen hervor.

»Beweise es!«, verlangte der Triglav-Priester.

Es war einen Moment still in der Halle. Dann trat Semela aus dem Schatten an der Tür, ging zu Tugomir und sagte: »Du musst es ihnen zeigen, Prinz. Lass sie sehen, was er getan hat.«

Tugomir sah ihn an, mit einem Mal so bleich, dass Dragomira fürchtete, ihr Bruder werde im nächsten Augenblick besinnungslos zu Boden gehen. Aber dann nickte er. Langsam nahm er Prinz

Thankmars wundervolle Kette ab und gab sie Alveradis. Bei der Gelegenheit schmuggelte er ihr ein kleines Lächeln zu, das ziemlich kläglich ausfiel. Dann schnürte er die Kordel seines Obergewandes auf, zog den Ausschnitt mit beiden Händen auseinander und entblößte seine Brust. Das Licht in der Halle war dämmrig, aber jeder konnte die Narben der furchtbaren Brandwunden sehen. Sie waren breit, die Haut runzlig und weiß, und es wuchsen keine Brusthaare darauf. Dragomira musste für einen Moment die Augen schließen. Sie hatte irgendwann von Bruder Waldered erfahren, was in jener Nacht geschehen war, als Udo sie aus Magdeburg fortgeschafft hatte, aber sie hatte es bis heute nie gesehen.

»Als euer Fürst Vaclavic mit den Redariern und den Obodriten gegen die Sachsen gezogen ist und die Festung in Walsleben genommen hat, hat Gero das hier getan«, berichtete Semela. »Ich war dabei und hab alles gesehen. Die Narben gehen noch weiter. Er hat …«

»Semela«, unterbrach Tugomir flehentlich.

Der Daleminzer nickte mit einem Seufzen. »Ich werde nie begreifen, was dich daran beschämt, aber wie du willst.« An die versammelten Heveller gewandt, fügte er hinzu: »Gero hatte sich in den Kopf gesetzt, ihn auf diese Weise zu töten und euch die verkohlten Überreste zu schicken.« Er besaß genug politischen Instinkt, um zu verschweigen, dass es ausgerechnet ein sächsischer Königssohn gewesen war, der das verhindert hatte. »Als er Prinz Tugomir und seine schöne Alveradis zusammen erwischt hat, wurde es erst richtig schlimm. Fehlte nicht viel, und er hätte sie getötet, alle beide, auch seine eigene Tochter. Ich muss euch ja nicht erzählen, was für ein Ungeheuer er ist. Aber ihr könnt mir glauben, dass keiner das so gut aus eigener Anschauung weiß wie er.« Er zeigte unfein mit dem Finger auf Tugomir. »Er hat mehr Grund, ihn zu hassen, als jeder von euch. Und er ist der Einzige, der euch vor ihm retten kann. Er mag euch verändert vorkommen. Fremd. Aber ihr solltet trotzdem euer Glück mit ihm versuchen. Ihr könnt so weitermachen wie seit alters her und mit eurem jungen Fürsten in den Krieg ziehen und untergehen. Oder ihr begreift, dass die Welt sich verändert hat, und folgt Tugomir und seinen neuen Ideen, egal, wie sächsisch sie euch vorkommen. Letztlich läuft es nur auf eines hinaus: Vertrauen. Wir Daleminzer haben uns ihm anvertraut – es blieb uns ja auch nichts anderes übrig –, und ich sag euch, das ist der Grund, warum so viele von uns noch leben und jetzt in die Heimat zurückkehren konnten. Aber ihr seid keine Sklaven, sondern freie Männer, und tragt deshalb die Bürde eurer eigenen Entscheidung.« Er sah in die Runde und zuckte die Schultern. »Mögen die Götter euch Weisheit schenken.«

Tugomir hatte sein Gewand längst wieder zugeschnürt – mit bebenden Fingern –, und während er aus Alveradis' Händen seine Kette empfing, hielt die gespannte Stille an. Dann hob Godemir seinen Becher und klopfte langsam damit auf die Tischplatte – mit so viel Nachdruck, dass Dragomira um das tönerne Gefäß zu fürchten begann. Zu dem einsamen Trommeln gesellte sich ein zweites und fast sofort ein drittes, erstaunlicherweise von Nekras und seinem Zwillingsbruder Dragan, die Dragomirs Onkel mütterlicherseits waren und dem jungen Fürsten deshalb näherstanden als dem Herausforderer. Doch der Beifall nahm zu, erst stimmten Falibor und seine Söhne mit ein, dann seine Brüder, und so folgte einer nach dem anderen, bis schließlich alle Männer außer den Triglav-Priestern mit den Bechern trommelten, dass es ein wahres Getöse war.

Tugomir wartete, bis die lautstarke Akklamation endete. Dann trat er vor den Fürstenthron und sah einen Augenblick darauf hinab. Er schien völlig versunken, aber als Dragomir einen entschlossenen Schritt näher trat – fast als wolle er sich an ihm vorbeidrängen, um den Platz zu besetzen, den er so lange unangefochten innegehabt hatte –, streckte Tugomir die Hand aus und legte sie auf den Arm seines Neffen.

Dragomir riss sich los und fuhr zu den Priestern herum, die rechts des Throns aufgereiht saßen. »Das kann nicht euer Ernst sein!«, rief er, ebenso entrüstet wie verletzt. »Er taucht hier nach zehn Jahren plötzlich wieder auf mit seinem sächsischen Gott und seinen sächsischen Schuhen, und ihr gebt ihm einfach, was mir gehört? *Warum?*«

»Weil er der Bruder deines Vaters ist, Dragomir«, erwiderte Godemir beschwichtigend. »Es ist kein Urteil über dich oder die Entscheidungen, die du getroffen hast, aber …«

»Das ist es sehr wohl«, fiel Tuglo ihm ins Wort. »Dir hat es nie gefallen, wie nahe der Fürst dem großen Triglav stand, Godemir.«

»Oh, da haben wir's«, brummte Dragomira ungehalten. »Tempelpolitik. Das kann *Stunden* dauern.«

»Aber es ist wichtig, nehme ich an?«, fragte Widukind gedämpft.

»Sei versichert. Je schwächer der Fürst, desto mächtiger die Priester. Selbst unter einem starken Fürsten darf man ihren Einfluss nie unterschätzen. Und ich fürchte, Dragomir war kein starker Fürst.«

Widukind schüttelte den Kopf.

»Ich habe keine Einwände gegen einen Fürsten, der auf den Rat der Götter und ihrer Priester hört«, gab Godemir zurück. »Und ich weiß, dass auch Fürst Tugomir sich unserem Rat nicht verschließen wird, weder dem deinen noch dem meinen, ganz gleich, welchen Gott er persönlich gewählt hat.«

»Ganz gleich, welchen Gott er gewählt hat?«, wiederholte Dragomir fassungslos. »Aber es ist der verfluchte Buchgott der Sachsen und der Obodritenfürsten. Der Gott, dem unsere *schlimmsten* Feinde angehören! Begreift ihr denn nicht, dass mein Onkel hergekommen ist, um uns zu verraten und ins Unglück zu stürzen?«

»Das reicht, Prinz Dragomir«, wies Falibor ihn scharf zurecht. »Wir haben unsere Wahl getroffen, und es ist müßig, die Debatte von vorn zu beginnen. Und ich denke, es wird Zeit, dass du anfängst, deinem Fürsten den gebotenen Respekt zu erweisen.«

Dragomir lachte auf. Es hatte verdächtige Ähnlichkeit mit einem Schluchzen. »Darauf kann er lange warten. Was seid ihr nur für ein treuloses Pack! Seit ich euer Fürst bin, ist keiner von euch verhungert. Niemand hat die Brandenburg belagert oder …«

»Niemand hat uns belagert, weil wir so arm und harmlos geworden sind, dass kein Feind Ehre darin hätte finden können, uns zu überfallen«, brummte sein Onkel Dragan.

»Aber …«

»Und niemand hier ist verhungert, weil die Götter uns in ihrer Güte den Reichtum der Wälder geschenkt haben«, fiel Dragans Zwillingsbruder Nekras ihm ins Wort. »Nicht etwa, weil du es verstanden hättest, die Schatullen für schlechte Zeiten mit Silber zu füllen. Du hast das Silber immer lieber Tuglo gegeben, der teure Sklavinnen davon gekauft hat, die er Triglav opfern konnte, wenn er mit ihnen fertig war. Ich hab immer gesagt, dass das die pure Verschwendung ist, aber du wolltest ja nie etwas davon hören.«

»Du nennst es also Verschwendung, wenn wir die Götter ehren«, entgegnete Dragomir empört und schaute in die Runde, auf der Suche nach zustimmenden Blicken. Aber er suchte vergeblich.

Dragomira konnte es kaum mit ansehen, wie ihr Neffe sich selbst demütigte, ohne es auch nur zu merken. »Ich wünschte, er würde aufhören«, sagte sie beklommen. »Er hat sie verloren.«

Ihr Onkel Slawomir, der sich bislang in untypischer Zurückhaltung geübt hatte, schien ähnlich zu empfinden. Er stand von seinem Platz auf und trat zu Dragomir. »Schluss jetzt, mein Junge. Du warst ein würdiger Statthalter, und in Anbetracht deiner Jugend hast du dich wacker geschlagen. Aber jetzt ist unser rechtmäßiger Fürst zurückgekehrt, und damit ist deine Herrschaft zu Ende. Zeig uns, dass du ein Mann bist, und akzeptiere das, was unabänderlich ist.« Er wies auf die Bank zur Linken des Throns. »Dort ist jetzt dein Platz. Setz dich hin, Dragomir.«

Der abgesetzte Fürst stand mit baumelnden Armen und gesenktem Kopf vor ihm und rührte sich nicht. Er sagte nichts mehr.

Tugomir betrachtete ihn mit einem Ausdruck, der schwer zu deuten war. Falls er Mitgefühl für seinen Neffen empfand, ließ er es sich nicht anmerken. Als Dragomir immer noch keine Anstalten machte, die unwürdige Szene zu beenden, nahm Tugomir den Thron seiner Väter ein und strich mit den Händen über die geschnitzten Armlehnen, als wolle er die Beschaffenheit des polierten Eichenholzes erkunden. »Wer ist deine Frau, Dragomir? Komm schon, stell sie mir vor.«

Sein Neffe wandte sich langsam zu ihm um, den Kopf immer noch zwischen die Schultern gezogen. Er stierte auf den besetzten

Thron, und im nächsten Moment hielt er einen Dolch in der Rechten und machte einen Satz nach vorn. Ein Aufschrei ging durch die Halle, als die Menschen die Klinge sahen, die matt im Feuerschein glänzte.

Ehe sein Neffe ihn erreicht hatte, war Tugomir auf die Füße gekommen. Aber nicht er war es, auf den Dragomir sich stürzte, sondern Semela.

Der junge Daleminzer war längst beiseitegetreten und hatte die Szene mit angespannter Miene verfolgt, aber der entthronte junge Fürst hatte offenbar nicht vergessen, dass es Semelas kleine Ansprache gewesen war, die den Ausschlag für die Entscheidung der Krieger und Priester gegeben hatte.

Dragomira sah genau, was passieren würde, aber sie war zu weit entfernt, um irgendetwas zu tun. Es war wie in einem Albtraum, wenn man einen gefräßigen Unhold näher schleichen hört und sich plötzlich nicht mehr rühren kann. »Semela, gib acht!«, rief sie.

Semela fing gerade erst an, den Kopf zu wenden, als Dragomir ihn von der Seite anfiel, aber Tugomir war zur Stelle. Er beförderte Alveradis mit einem Stoß aus der Gefahrenzone und warf sich zwischen Semela und die niederfahrende Klinge. Sie erwischte ihn irgendwo an der rechten Schulter.

Unter Ausrufen des Schreckens waren die Männer von der Tafel aufgesprungen, doch ehe irgendwer die Kontrahenten erreicht hatte, waren sie zu Boden gegangen. Tugomirs Linke umklammerte Dragomirs Hand mit der mörderischen Klinge und versuchte, den Arm von ihren Körpern abzuwinkeln, aber sein Neffe bäumte sich unter ihm auf und warf sich herum, sodass sie ineinander verkeilt durch den Sand rollten, zweimal, dreimal, bis sie etwa in der Mitte der Halle still liegen blieben, Dragomir obenauf.

Für ein paar Herzschläge schienen alle wie erstarrt, und die Stille in der Halle hatte etwas Unheilvolles. Dann setzten Dragomira, Widukind, Semela und Alveradis sich gleichzeitig in Bewegung und rannten zu den beiden reglosen Gestalten im Sand.

Semela packte Dragomir rüde beim Arm und schleuderte ihn herum. Die Hand des jungen Hevellerprinzen war immer noch um den geriffelten Beingriff seines Messers gekrallt, dessen Klinge in seiner Brust steckte. Die dunklen Augen starrten blicklos zur hohen Decke empor.

Tugomir stemmte sich in eine sitzende Position und kam dann auf die Füße. Er blutete an der Schulter und schlimmer noch an der linken Hand – anscheinend hatte er einen Messerstich damit abzuwehren versucht. In einem stetigen Rinnsal tropfte das Blut von seinen Fingern in den hellen Sand, aber er schien nichts davon zu bemerken. Er stand da wie versteinert und schaute auf seinen toten Neffen hinab.

Nach einer Weile hörte Dragomira ein Räuspern von der oberen Tafel, und als sie den Kopf wandte, sah sie, dass ihr Onkel Slawomir sich erhoben hatte. Trauer stand in seinen Augen, doch was er sagte, war: »Sehet das Zeichen der Götter. Dragomir wollte Verrat üben, und die Götter haben ihn gerichtet.«

Hier und da wurde zustimmend gemurmelt, aber die Mehrzahl der Versammelten blieb stumm. Nur Dragomirs blutjunge Witwe stieß einen langen, durchdringenden Schrei des Wehklagens aus, sprang auf die Füße und sackte dann ohnmächtig zu Boden.

Tugomir sank langsam neben seinem toten Neffen auf die Knie, zog den leblosen Oberkörper in seine Arme und legte die unverletzte Hand auf die glasigen Augen, um die Lider zu schließen. Dann senkte er den Kopf, sodass die Haare sein Gesicht verdeckten. Er gab keinen Laut von sich, aber Dragomira wusste, dass ihr Bruder den Tod ihres Neffen beweinte.

Chèvremont, Juli 939

»Herr*gott*, ich kann es einfach nicht fassen, dass ich schon wieder eingeschlossen in einer verfluchten Burg sitze wie ein Fuchs in der Grube!«, grollte Henning.

»Welch passender Vergleich«, raunte seine Schwester Gerberga der Stickerei in ihrem Schoß zu.

Das trug ihr ein Stirnrunzeln ihres Gemahls ein. »Ich schlage vor, wir alle mäßigen uns«, sagte Giselbert. Es klang gereizt. »Und es schadet auch nicht, in Anwesenheit von Damen auf unsere Sprache zu achten, Schwager.«

Henning wandte ihm abrupt den Rücken zu, gab vor, auf die Wandmalereien zu starren, kniff aber in Wahrheit die Augen zu. Wie er diesen aufgeblasenen Gecken *verabscheute*. Wäre Gerberga nicht so ein selbstgerechtes Miststück, hätte man sie ob ihres Gemahls fast bedauern können. Giselbert war eingebildet, eitel und besessen von seiner herzoglichen Würde. Er hatte Otto den Rücken gekehrt und sich dem westfränkischen König Ludwig zugewandt, weil er glaubte, dass er Ludwig leichter handhaben und ihm mehr Unabhängigkeit für Lothringen abtrotzen konnte. Was Giselbert *wirklich* wollte, war eine Krone, argwöhnte Henning. Aber daraus konnte er seinem Schwager schwerlich einen Vorwurf machen, wollte er doch selbst auch eine. *Ottos* Krone. Oder genauer gesagt, die ihres Vaters, die ihm – Henning – von rechts wegen zustand. *Weil er im Purpur geboren war, verdammt noch mal.*

»Steig von deinem hohen Ross, Schwester«, riet er Gerberga. »Du steckst mit in dieser Sache, und zwar bis zum Scheitel. Glaub lieber nicht, dass Otto deinen Beteuerungen Glauben schenkt, wenn du ihm in die Hände fällst. Du bist die Herzogin von Lothringen, und Lothringen hat sich gegen ihn erhoben.«

»Es ist das Los der Frauen, für die Torheiten ihrer Männer büßen zu müssen«, gab sie mit einem Achselzucken zurück.

Giselbert fuhr auf dem Absatz seines eleganten Schuhs zu ihr herum, umklammerte ihren Oberarm, riss sie halb von ihrem Schemel hoch und ohrfeigte sie. »Ich habe allmählich genug von deinen Respektlosigkeiten, werte Gemahlin!«

Judith war zusammengezuckt. Dabei war es weiß Gott nicht das erste Mal, dass Giselbert handgreiflich gegen Gerberga wurde, die sich indes meistens wenig eingeschüchtert zeigte. So auch jetzt: Sie befreite ihren Arm bestimmt, aber höflich aus Giselberts Klammergriff und setzte sich wieder. »Es ist nicht Respektlosigkeit, die aus mir spricht, mein Lieber.« Es klang trügerisch sanft. »Es ist Geringschätzung.«

645

Giselbert knurrte wie ein wütender Bär und hob wieder die Hand, doch als er Gerberga dieses Mal packen wollte, erwischte er ihre Hand mit der Sticknadel. Henning war unschlüssig, ob es Zufall oder Gerbergas Werk war. Jedenfalls drang die Nadelspitze tief in Giselberts Handfläche, und er zuckte mit einem halb unterdrückten Jaulen zurück.

Judith verbarg ihre Belustigung hinter einem Hüsteln. »Wer sprach hier eben von Mäßigung?«

Es wirkte. Giselbert nahm sich zusammen, trat ans Fenster und strafte seine Frau mit Missachtung. Henning nahm an, Gerberga war das nur recht.

»Gott steh uns bei«, murmelte der Herzog von Lothringen und wies durch die schmale Öffnung auf das weite Tal unterhalb der Burg, die unweit von Lüttich am Ufer der Maas gelegen war. »Es werden von Tag zu Tag mehr. Wie macht er das? Wie füttert er sie alle?«

»Wie schon?«, gab Henning zurück. »Mit der Ernte deiner Bauern. Die brauchen sie nicht mehr, denn sie sind ja alle abgeschlachtet.«

Er sagte es mit Desinteresse, was in gewisser Weise auch der Wahrheit entsprach. Das Schicksal der lothringischen Bauern war ihm noch gleichgültiger als das der sächsischen – falls das möglich war –, doch Henning musste gestehen, es hatte ihn erschüttert, wie Otto in Lothringen gewütet hatte. Das war natürlich üblich: Jeder Lehnsherr fiel in die Ländereien eines abtrünnigen Vasallen ein, um ihn zu bestrafen. Und es war auch *sinnvoll*. Denn wenn man die Ernte raubte, die Felder verbrannte und die Bauern niedermetzelte, dauerte es ziemlich lange, bis der Abtrünnige sich von dem wirtschaftlichen Schaden erholte und auf Rache sinnen konnte. Trotzdem. Henning hätte irgendwie nicht gedacht, dass Otto imstande war, so grausam zu wüten. Die Lothringer bekreuzigten sich und senkten die Stimmen, wenn sie von den Bluttaten der Panzerreiter berichteten. Das hatte er seinem Bruder einfach nicht zugetraut. Es machte ihn nervös, dass er Otto in dieser Hinsicht unterschätzt hatte. Und das Schlimmste an der Sache war, dass die Lothringer ihm und Giselbert die Schuld gaben. Das hatte

Wiprecht erzählt, der tagelang durchs Land geritten war und Nachrichten gesammelt hatte und erst knapp vor Beginn der Belagerung zurückgekehrt war: Ihr Herzog und der junge Prinz seien für ihr Elend verantwortlich, jammerten die Bauern, denn sie hatten den rechtmäßigen, von Gott erwählten König verraten. Wenn Henning die Krone bekam, würden sie ihn also hassen, statt ihn als denjenigen zu feiern, der sie von Ottos Tyrannei erlöst hatte. Das war so himmelschreiend *ungerecht*, dass er nicht daran denken konnte, ohne irgendwem die Knochen brechen zu wollen.

»Wir können auf keinen Fall unbemerkt durch diesen Belagerungsring schlüpfen«, bekundete Giselbert kategorisch, so als hätte jemand das Gegenteil behauptet. »Das wäre Selbstmord. Aber lange ausharren können wir auch nicht mehr. Es wird Zeit, dass Eberhard von Franken uns endlich zu Hilfe kommt!«

»Eberhard wird kommen«, versicherte Henning. Er sagte es nicht zum ersten Mal, und er glaubte fest daran. Er hatte gar keine andere Wahl, denn ohne Eberhard von Franken war ihr Wagnis zum Scheitern verurteilt. Eberhard und Henning hatten ein Abkommen getroffen und einen Eid getauscht, als der mächtige und stolze Frankenherzog sich seinem Gefangenen letzten Sommer zu Füßen warf. Henning hatte es nicht vergessen, und er war sicher, Eberhard auch nicht.

»Aber er wird nicht kommen, um diese Belagerung aufzuheben«, widersprach Judith. »Das kann er nicht, und das Risiko ist einfach zu hoch. Er wird dann kommen, wenn er sicher ist, dass unsere Sache nicht mehr schiefgehen kann. Eberhard will ja nicht den Kopf verlieren.«

»Sondern eine Krone gewinnen«, fügte Gerberga hinzu.

Dann sind wir schon drei, dachte Henning unwillkürlich. »Natürlich will er die Krone«, gab er achselzuckend zurück. »Sein Bruder trug sie vor meinem Vater. Eberhard ist *besessen* von dem Gedanken, dass es allen im Reich besser ginge, wenn er sie trüge. Vor allem ihm selbst.«

»Wir sollten jedenfalls nicht vergessen, dass Eberhard nur dein Verbündeter ist, solange Otto euer gemeinsamer Feind ist«, riet seine Frau eindringlich.

»Ich weiß, Herzblatt«, gab er knapp zurück. Er schätzte es nur nicht, daran erinnert zu werden. »Aber er *wird* kommen, um uns aus der Klemme zu helfen, ihr werdet sehen.«

»Wieso bist du so sicher?«, fragte Giselbert.

»Weil er sich nicht leisten kann, dass wir ihn für einen überflüssigen Verbündeten halten. Mit Eberhard verhält es sich ähnlich wie mit dir, Gerberga: Er wird mit uns siegen oder mit uns hängen. Dazwischen ist nichts. Und weil er ein Kerl ist und keine dumme Gans wie du, weiß er das ganz genau.«

Gerberga stickte weiter und beschränkte sich darauf, die Lippen zu kräuseln. Ihr unerschütterlicher Gleichmut gehörte auch zu den Dingen, die ihn wütend machten. Es war beinah, als hätte Gerberga einen geheimen Plan, von dem niemand etwas wusste und der niemanden außer ihr selbst retten würde. Er glaubte das nicht wirklich – sie war schließlich nur ein Weibsstück –, aber ein Hauch von Zweifel blieb.

»Und da kommen sie wieder«, murmelte Giselbert.

Henning gesellte sich nicht zu ihm ans Fenster, um zu sehen, wie Ottos Horden mit brennenden Pfeilen auf die Palisade zu hielten. Er hatte das jetzt oft genug gesehen, vielen Dank. Stattdessen betrachtete er Giselbert, der ihm plötzlich greisenhafter denn je erschien.

Ohne Vorwarnung flog die Tür auf, und Volkmar von Halberstadt stürmte herein. »Vergebt mir, Prinz.« Er war außer Atem. »Wir haben Neuigkeiten.«

Henning fragte nicht, woher. Der Bischof von Verdun, der ebenfalls zum westfränkischen König Ludwig übergelaufen war, schickte berittene Boten zu der belagerten Burg, die ihre schriftlichen Nachrichten mit Pfeil und Bogen ins Innere beförderten. Giselberts Kaplan und Beichtvater brachte sie her oder las sie dem Offizier der Wache vor.

»Gute Neuigkeiten, will ich hoffen«, brummte der Herzog.

Daran konnte es wohl keinen Zweifel geben – Volkmar grinste wie ein Schwachkopf. »Allerdings.« Und es war Henning, den er ansah, als er sagte: »König Ludwig von Westfranken ist ins Elsass einmarschiert.«

Henning atmete tief durch. Erst jetzt erkannte er, wie groß seine Zweifel an dem Milchbart gewesen waren, der sich König der Westfranken nannte.

»Er hat sich in Verdun huldigen lassen, und die ganze Stadt hat ihn bejubelt.«

Giselbert schlug sich triumphierend mit der flachen Hand aufs Bein. »Ich wusste es doch! Auf Verdun ist Verlass. Nicht nur auf Verdun. Meine Lothringer sind treue Seelen. Sie folgen mir!«

»Eure Zuversicht in allen Ehren, aber wir stecken trotzdem immer noch hier fest«, erinnerte Volkmar ihn.

»Und es wird Zeit, dass sich das ändert«, stimmte Henning zu. »Ich halte es hier ohnehin nicht mehr aus – im letzten Vierteljahr habe ich wirklich mehr Zeit als genug unter Belagerung verbracht.«

»Geduld, mein junger Freund«, entgegnete Giselbert, auf einmal glänzender Laune. »Solange Otto uns hier belagert, hat Ludwig im Elsass Bewegungsfreiheit. Es ist wichtig, dass er seine Stellung dort sichert, bevor Otto ihm auf die Pelle rückt. Vor allem muss Ludwig Breisach besetzen, wenn er das Elsass halten will.«

Henning tauschte einen ungläubigen Blick mit Volkmar, mobilisierte das letzte Quäntchen Geduld, über das er noch verfügte, und sagte: »Ludwig erwartet, dass wir uns ihm anschließen. Du vor allem. Damit die Welt sieht, dass Lothringens Zugehörigkeit zum westfränkischen Reich unumkehrbar ist. Wir müssen so schnell wie möglich aus dieser Burg verschwinden, Schwager.«

»Aber wie willst du das anstellen? Wir sind vollkommen eingeschlossen, und Ottos Wachen schlafen niemals.«

»Seid nicht so sicher«, widersprach Volkmar mit einem mutwilligen Zwinkern. »Wenn der Bischof von Verdun ihnen ein paar Fässer Wein schickt, in die Bilsenkraut gemischt ist, werden sie schon einschlummern. Und dann gehen wir über die Palisade.«

Henning dachte einen Augenblick nach und nickte dann. »Nachts. Auf der Flussseite. Unten muss ein Boot auf uns warten, das uns nach Verdun bringt.«

»Aber das sind über hundert Meilen«, protestierte Giselbert. »Flussaufwärts.«

Henning winkte ab. »Du sollst ja nicht selber rudern. Es ist un-

sere beste Chance. Unsere einzige, um genau zu sein. Wenn wir in
Verdun sind, wird der Bischof uns mit Pferden und Geld aushelfen.«

»Sobald der König … König Otto, meine ich, merkt, dass wir
entwischt sind, wird er die Belagerung aufheben und Ludwig entgegenziehen«, prophezeite Volkmar, und an Giselbert gewandt
fügte er hinzu: »Dann können diejenigen Eurer Männer, die noch
hier sind, uns folgen.«

Allmählich fand Giselbert offensichtlich Gefallen an dem Plan.
»Und unterwegs neue Truppen aufstellen«, sagte er versonnen.
»Wir brauchen mehr Männer.«

Henning war ganz seiner Meinung. »Volkmar, hol Hildger und
Wiprecht her. Lass uns überlegen, wie genau wir vorgehen wollen.
Das Wichtigste ist, dass wir dem Bischof von Verdun eine Nachricht zukommen lassen. Sie muss zuverlässig ankommen. Ein
Pfeil über die Palisade ist zu ungewiss.«

»Mein Kaplan kann sie überbringen«, schlug Giselbert vor.
»Wir schicken ihn unter irgendeinem Vorwand als Unterhändler
zu Otto. Und statt hierher zurückzukehren, macht er sich auf den
Weg nach Verdun.«

Henning atmete tief durch. »Großartig.«

Giselbert wandte sich an seine Gemahlin. »Du bleibst mit den
Kindern hier. Öffne deinem Bruder die Tore, wenn wir einen Tag
und eine Nacht fort sind. Nicht eher, hast du verstanden?«

»Gewiss, mein Gemahl.«

Er sah sie scharf an, dann schüttelte er den Kopf. »Nein, ich
glaube, ich möchte mein Leben lieber doch nicht deiner Loyalität
anvertrauen. Wahrscheinlich überlegst du gerade, wie du Otto von
unseren Fluchtplänen in Kenntnis setzen kannst, nicht wahr?«

Gerberga sah langsam auf. »Wie Henning eben so scharfsinnig
ausgeführt hat, bin ich die Herzogin von Lothringen, Giselbert,
und Lothringen hat sich gegen Otto erhoben. Wenn du mich hier
zurücklässt, werde ich tun, was immer nötig ist, um meine Kinder
vor seinem Zorn zu bewahren.«

Aber nach wie vor erschien sie Henning verdächtig gelassen.
Sie hatte nicht wirklich Angst vor Otto. Und wieder dachte er, dass

Gerberga einen Trumpf im Ärmel hatte, von dem niemand etwas ahnte.

»Wir sperren sie ein«, sagte er in die kurze Stille. »Die Wachen können sie rauslassen, wenn wir einen sicheren Vorsprung haben, und dann kann sie sich vor Otto in den Staub werfen und ihm die Füße küssen. Das hat er ja besonders gern.«

Giselbert ließ Gerberga nicht aus den Augen. »Ich glaube, das ist eine hervorragende Idee.«

Gerberga stickte unbeirrt weiter. Sie sah nicht einmal auf.

Henning trat zu ihr und blickte auf sie hinab. »Du solltest für unseren Erfolg beten, Schwester. Wenn es uns nicht gelingt, Otto in die Knie zu zwingen, sehe ich schwarz für die Zukunft deines Sohnes.«

Ihr vierjähriger Heinrich war Gerbergas Augenstern. Anders als seine ältere Schwester und seine Zwillingsschwester war er indes kränklich und nicht sehr lebhaft, und Henning wusste, dass Gerberga in ständiger Sorge um ihren Jungen war. Auf einmal erschien es ihm furchtbar wichtig, ihr Angst einzujagen, um sie zur Räson zu bringen.

»Was denkst du, wie es Heinrich bekommen würde, wenn Otto ihn aus den Armen seiner Mutter reißt und als Geisel ins kalte Magdeburg verschleppt, wo dein Bübchen Edithas ... wie wollen wir's nennen? ... etwas *herber* Fürsorge anheimfiele?«

Es wirkte. Gerberga ließ den Handstickrahmen sinken und sah ihren Bruder an. Das Blau ihrer Augen konnte ebenso stechend sein wie Ottos, und genau wie Otto vermochte sie jede Empfindung aus ihrem Blick fernzuhalten. »Ich denke, meinem Sohn könnten schlimmere Dinge geschehen«, erwiderte sie, und das leichte Beben in ihrer Stimme entlockte Henning ein triumphales Lächeln.

»Ganz sicher«, stimmte er zu.

Judith unterbrach das geschwisterliche Kräftemessen. »Und was soll aus mir werden, mein Prinz?« Sie wies auf ihren runden Bauch. »Ich kann mich von keiner Palisade mehr abseilen, fürchte ich.«

»Du musst hierbleiben, es geht nicht anders«, beschied Giselbert, der nicht nur seine Gemahlin, sondern alle Frauen behandelte wie Stechmücken: als unvermeidbares, aber harmloses Übel.

»Das kommt überhaupt nicht in Frage«, entgegnete Henning schneidend. Er stierte seinen Schwager an und malte sich aus, wie es wäre, ihn bei seinem gestriegelten weißen Schopf zu packen und ihm mit einer stumpfen, rostigen Klinge die Kehle durchzuschneiden. Wie immer in solchen Fällen war die Vorstellung lebhaft und detailreich, und wie immer dauerte sie nicht länger als ein Blitzschlag. Aber sogleich wurde ihm besser. »Anders als du schätze ich meine Gemahlin, Giselbert. Anders als du wäre ich erpressbar, wenn sie Otto in die Hände fiele.«

Er beugte sich zu ihr hinab und küsste sie ungeniert auf die Lippen.

Judith blühte immer auf, wenn er ihr in der Öffentlichkeit seine Zuneigung bekundete, so auch jetzt. Ihre Wangen röteten sich ein wenig, und ein Funkeln trat in ihre Augen. Das hörte nie auf, ihn zu faszinieren.

»Ihr *müsst* mit über die Palisade, Prinzessin, es gibt keine andere Möglichkeit«, sagte Volkmar eindringlich. »Vielleicht kann einer von uns Euch auf den Rücken nehmen, und wir binden Euch mit einem Seil fest. Oder …«

Wie so oft war Judith selbst diejenige, der die praktikable Lösung einfiel. »Ein Weidenkorb«, sagte sie, nahm einen Moment ihre üppige Unterlippe zwischen die Zähne, dachte nach und nickte dann. »Wir nehmen einen der großen Vorratskörbe, in denen die Köche Getreidesäcke unter die Decke hängen, damit die Ratten nicht herankommen. Und darin seilt ihr mich ab.«

»Du wirst abstürzen und dir den Hals brechen«, prophezeite Gerberga. »Wie kannst du dein Kind in solche Gefahr bringen?«

Henning sah seine Schwester an und erkannte, dass er sie genauso leidenschaftlich verabscheute wie Otto. Und aus genau demselben Grund: Gerberga gab vor, immer zu wissen, was recht und was unrecht war, hielt unbeirrbar an ihren ehernen Grundsätzen fest und urteilte harsch über die gewöhnlichen Sterblichen, deren Schwächen gelegentlich über ihre Grundsätze oder guten Absichten siegten. Sie blickte auf sie herab, als seien sie Regen-

652

würmer, die zu ihren Füßen kreuchten. Henning wurde übel von ihrer selbstgerechten Überheblichkeit.

»Wiprecht und ich werden dich abseilen«, versprach er Judith. »Und du wirst nicht abstürzen.« Er sah zu seiner Schwester: »Falls doch, statte ich dir noch einen Besuch ab, eh ich gehe, Schwester, weil du mein Unglück herbeigeredet hast.«

Brandenburg, Juli 939

»Ich kann dich nicht freilassen, Asik«, sagte Tugomir. »Aber du bist fortan meine Geisel, kein Sklave mehr, und ich werde dir das gleiche Maß an Höflichkeit entgegenbringen wie Otto mir.«

»Dann bin ich dankbar, dass der König während Eurer Geiseljahre über Euch zu bestimmen hatte und nicht mein Vetter Gero, Fürst«, antwortete Asik.

Tugomir lächelte flüchtig. »Ich auch, glaub mir. Du kannst dich wieder anziehen. Die Knochen sind tadellos verheilt, würde ich sagen.«

Bei Tugomirs Heimkehr hatte Asik zwei gebrochene Rippen gehabt, weil drei betrunkene Triglav-Priester bei einem Fest in der Halle ihr Mütchen an dem sächsischen Sklaven gekühlt hatten. Tugomir hatte gewusst, es wäre eine Torheit gewesen, vor den Hevellern Mitgefühl oder auch nur Interesse für Asik zu zeigen, argwöhnten sie doch ohnehin, dass er mehr Sachse als Slawe war. Aber er hatte Asik als persönlichen Sklaven beansprucht – wogegen niemand Einwände erheben konnte – und dafür gesorgt, dass er weitgehend aus dem Blick der Öffentlichkeit verschwand. Einen Monat war das jetzt her. Tugomir kam es eher vor wie ein Jahr …

»Du kannst von Glück sagen, dass niemand hier von deiner Verwandtschaft mit Gero weiß.«

Asik zog sich den schäbigen Kittel über den Kopf. »Bestimmt. Es war auch so schlimm genug, glaubt mir.« Die Bitterkeit in seiner Stimme war unüberhörbar.

Tugomir nickte. Asiks Oberkörper sah genauso schlimm aus wie seiner, war mit Narben von Peitschenhieben und anderen Scheußlichkeiten übersät. Niemand hier mochte wissen, dass er Geros Cousin war, aber alle wussten, dass er Ottos Merseburger Raufbolde in die Schlacht gegen Boleslaw von Böhmen geführt hatte. Im Zweikampf mit Boleslaw hatte er einen Dolch zwischen die Rippen bekommen, und der böhmische Fürst hatte ihn für die Krähen liegenlassen. Doch als die Nachhut an Asik vorbeizog, bewegte sich der Totgeglaubte plötzlich und jagte den Böhmen einen ordentlichen Schrecken ein. Sie warfen ihn auf ein Proviantpferd und nahmen ihn mit, und als Asik wider alle Wahrscheinlichkeit gesund wurde, schickte Boleslaw ihn als Geschenk an seinen jungen Vetter Dragomir, den Fürsten der Heveller. Und die Heveller hatten Asik ihren Zorn auf König Otto und vor allem auf Graf Gero spüren lassen. Sie hatten ihn schlechter behandelt als ihre Hunde, hatten ihn gequält und gedemütigt. Gero hatte mit seinen daleminzischen Sklaven das Gleiche getan, wusste Tugomir. Aber er schämte sich dennoch.

»Tja, Asik. Du und ich sind wandelnde Zeugnisse für den bitteren Groll zwischen Slawen und Sachsen«, spöttelte er.

»Und ich habe nicht einen Funken Hoffnung, dass dieser Groll sich je wird beilegen lassen«, bekannte seine Geisel.

»Weil beide Seiten ein Interesse daran haben, ihn wachzuhalten?«

Die Frage schien Asik zu überraschen. Er dachte einen Moment darüber nach. Dann sagte er: »Womöglich ist es so.«

»Hm«, machte Tugomir unbestimmt. »Geh zu meiner Frau und lass dir ordentliche Kleidung und ein Paar Schuhe geben. Hier kommt der Herbst früh. Du kannst dir das Haar wachsen lassen, wenn du willst.«

Asik atmete tief durch und wandte sich ab. Über die Schulter brummte er: »Danke.«

Tugomir verübelte ihm den unwilligen Dank nicht. Er wusste zu genau, wie es sich anfühlte, für etwas danken zu müssen, worauf man ein Anrecht besaß. Er selbst hatte das auch nie besonders überzeugend zustande gebracht.

»Was kommt als Nächstes?«, fragte er.

»Tuglo und Godemir«, antwortete Semela.

»Und draußen steht ein Holzfäller aus der Vorburg mit seinem Söhnchen«, berichtete Dervan. »Das heißt, der Junge liegt im Gras und blutet am Kopf.«

»Stark?«

Dervan nickte. »Wie ein Sturzbach, Fürst. Sein Weib hat alles versucht, sagt der Mann, aber sie konnte es nicht stillen.«

Tugomir schwankte einen Moment, aber im Grunde hatte er keine Wahl, wusste er. »Die Priester zuerst«, beschied er seinen beiden getreuen Schatten. »Semela, du siehst nach dem Jungen. Schick nach mir, wenn du mich brauchst.«

»Ich könnte so oder so nach dir schicken«, schlug Semela vor. »Das würde dich von Tuglo erlösen, und wenn du den Jungen rettest, werden die Leute dich wieder für ein paar Tage vergöttern. Das käme uns gerade gut zupass, denkst du nicht?«

Die meisten Heveller hatten Dragomirs Tod mit untypischem Gleichmut hingenommen. Es sei ein Zeichen der Götter gewesen, befanden sie, genau wie Slawomir gesagt hatte. Tugomir tat sich schwerer. Es war ein Unfall gewesen, das wusste niemand besser als er. Er hatte nur versucht, dem Jungen das Messer abzunehmen, damit es keinen von ihnen verletzte. Und doch klebte das Blut seines Neffen an ihm, und er fürchtete, es sei ein schlechtes Omen für seine Herrschaft, dass er sie damit begonnen hatte, das Blut seiner eigenen Sippe zu vergießen, unbeabsichtigt oder nicht. Er fürchtete sogar, Gott habe ihn verlassen und werde ihn mit Kinderlosigkeit bestrafen und sein Geschlecht verdorren lassen.

Er hatte sich im Jarovit-Tempel verkrochen – dem Ort auf der Brandenburg, wo er sich dem Göttlichen immer am nächsten gefühlt hatte. In der dunkelsten Ecke hinter dem Wandschirm, wo einst seine Schlafstatt gewesen war, hatte er sich auf den sandbestreuten Boden gekniet und versucht, Zwiesprache mit dem Allmächtigen zu halten. Aber der Trost, den er in den letzten Monaten so oft im Gebet gefunden hatte, wollte sich nicht einstellen. Entweder war es der falsche Ort, oder er wählte die falschen Worte, jedenfalls konnte er Gott nicht erreichen. Und seine Vila mied ihn, seit er hierher zurückgekehrt war. Vermutlich verfluchten die alten Götter ihn ebenso wie der neue, weil er seinen Neffen getötet hatte.

»Jetzt ist keine Zeit zum Trauern«, hatte seine Schwester ihm vorgehalten. »Die Heveller leiden Not und Unterdrückung – tu irgendetwas, Tugomir.«

Doch er konnte nicht. Er war wie gelähmt. »Es hätte auch Wilhelm sein können«, hatte er Dragomira schließlich entgegengeschleudert, »er ist mein Neffe genau wie Dragomir.«

Da hatte sie ihn endlich zufriedengelassen.

Ein Teil seiner Düsternis rührte daher, dass er Mühe hatte, Dragomirs Tod zu betrauern. Wenn er schonungslos ehrlich zu sich selbst war – und das waren die schlimmsten Tage –, musste er sich eingestehen, dass der Junge zu viel von Bolilut gehabt hatte, um ein guter Fürst zu sein. Die Heimtücke und der kindische Trotz, mit denen er sich so plötzlich auf Semela gestürzt hatte, waren Beweis genug. Dragomir hätte alles daran gesetzt, die Heveller zu spalten und gegen Tugomir aufzuhetzen und die so dringend nötige Geschlossenheit zu untergraben. Und als Tugomir zu einer Reise durch sein Land aufgebrochen war, hatte er gesehen, wie miserabel Dragomir für die Menschen gesorgt hatte, die ihm anvertraut gewesen waren.

Und trotzdem …

Alveradis war es gewesen, die es ihm schließlich ermöglicht hatte, nach vorn zu blicken und weiterzumachen. Er hatte sie mitgenommen auf seinen langen Ritt, weil er um ihr Leben fürchtete, wenn er sie auf der Brandenburg zurückließ. Vom ersten Augenblick an war sie der Schönheit des Havellandes erlegen. Mit leuchtenden Augen sog sie den Anblick der Wälder und der Seen in sich auf und brach wieder und wieder in wortreiches Entzücken aus, bis Tugomir schließlich lachen musste. Weder die häufigen Regenschauer noch das manchmal bedrohliche Zwielicht im Schatten der alten Eichenwälder konnten ihre Begeisterung dämpfen, und während der langen Stunden im Sattel fragte sie ihn tausend Dinge über dieses Land, seine Menschen und ihren Glauben.

Also erzählte Tugomir ihr von den vier Großen Göttern, denen die Heveller keine Tempel bauten, weil sie zu erhaben waren, um sich der Geschicke der Menschen anzunehmen: dem Gottvater Svarog, der die Welt erschaffen und sich dann zur Ruhe gelegt hatte. Von seinem Sohn, dem Sonnengott Svarozic. Von dem Feuergott Perun und von Veles, dessen Reich die Unterwelt war. Und er erzählte ihr von Triglav, dem mächtigen Stammesgott der Heveller, und natürlich vom Kriegsgott Jarovit, dessen Priester Tugomir selbst einmal gewesen war, von den zahllosen kleineren Göttern und Göttinnen, von Kobolden und Geistern und Vily. Alveradis lauschte ihm mit zunehmender Faszination, bis er sich schließlich bei dem Gedanken ertappte, welch ein Hohn es wäre, wenn sie zu seinen Göttern überträte, so wie er zu ihrem. Und sie bestand darauf, dass er sie jeden Tag ein Dutzend Worte in seiner Sprache lehrte. Sie vergaß nie ein einziges.

Abends, wenn es dunkel wurde, breitete er ihre Felldecke ein Stück entfernt vom Lagerfeuer ihrer Eskorte aus, und sie liebten sich so diskret wie möglich. Am Ufer der Oder hatte Alveradis ihm schließlich eröffnet, dass sie schwanger war. Da hatte er neuen Mut geschöpft. Wenn dieses Kind gesund zur Welt kam, war er nicht von Gott verflucht, wusste er, sein Geschlecht nicht dazu verurteilt, zu verlöschen. Und falls es ein Knabe wurde und er das Erwachsenenalter erreichte, würde eines Tages ein Fürst über die Heveller herrschen, der sächsisches und slawisches Blut in sich vereinte und die Kluft vielleicht überbrücken konnte. Ehrgeizige Träume, wusste Tugomir. Doch sie machten ihm Hoffnung.

»Die Strohköpfe legen es darauf an, dass wir verhungern«, wetterte Tuglo, nachdem Dervan dem Fürsten und seinen Besuchern einen Becher Met eingeschenkt hatte. Niemals nannte Tuglo die Sachsen anders als ›Strohköpfe‹. »Sie überfallen die Dörfer in Horden und stehlen das Vieh und das bisschen Korn, das die Menschen haben.«

Tugomir nickte. »Ich weiß, Tuglo.«

»Und wer sich wehrt, den schlachten sie ab!«

»All das wird ein Ende nehmen. Und zwar bald.« Tugomir konnte nur hoffen, dass er nicht zu viel versprach.

Tuglo schnaubte ungläubig.

»Wie?«, fragte Godemir. Anders als Tuglo begegnete er Tugomir nie mit Argwohn und Geringschätzung, aber auch er klang skeptisch. »Du sagst, der Sachsenkönig wird seinen Stiefel niemals freiwillig aus unserem Nacken nehmen. Und du sagst, dein Schwiegervater ...«

»*Nenn ihn nicht so.*«

Godemir hob begütigend die Hände. »Du sagst, *Graf Gero* wird die Befehle seines Königs missachten, wann immer er glaubt, damit durchzukommen. Also wie soll dann irgendetwas besser werden?«

»Sie werden weiter stehlen und morden, bis unser Volk verhungert und ausgerottet ist«, prophezeite Tuglo wütend. »Und alles, was dir einfällt, ist, uns weiszumachen, dass dein neuer Gott es schon richten wird. Das ist ... erbärmlich für einen Fürsten der Heveller. Wenn dein Vater das erleben müsste ...«

»Aber das muss er ja nicht, Tuglo«, warf Tugomir scheinbar liebenswürdig ein. »Mein Vater hat sich im Angesicht seiner Niederlage gegen die Sachsen selbst gerichtet, nicht wahr? Das ist offenbar die Lösung, die du bevorzugst, denn du hast ihm ja die Hand mit der Klinge geführt, war es nicht so?«

Tuglo schnappte nach Luft, so entrüstet, dass er nicht sogleich eine Antwort hervorbringen konnte.

Das gab Tugomir Gelegenheit fortzufahren, und es war Godemir, zu dem er sprach. »Gero verfügt über so viele Krieger, dass er es riskieren kann, die Befehle seines Königs zu ignorieren, das ist wahr. Zumal König Otto derzeit im Westen Krieg führt. Aber wen Gero mehr fürchtet als seinen König, ist der Christengott. Und König Otto hat das Havelland dem Christengott ... geschenkt.«

»Wie kann er verschenken, was ihm gar nicht gehört!«, ereiferte sich Tuglo.

Tugomir nickte. »Ich weiß. Ich sage auch nicht, dass ich darüber glücklich bin. Aber wir müssen den Tatsachen ins Auge sehen, und vor allem müssen wir das Wohl der Heveller über unseren verletzten Stolz stellen. Vater Widukind, der Mann meiner Schwester ...« Er stolperte ein wenig über diesen Zusatz, denn nach christlichem Gesetz waren Priester ja zur Ehelosigkeit verpflichtet. Aber er wusste genauso gut wie Widukind und Dragomira: Kein Bischof oder Erzbischof im Reich scherte sich darum, was auf dieser Seite der Elbe geschah. »Vater Widukind ist unterwegs nach Meißen, um mit Gero zu verhandeln. König Otto hat ihn zum obersten Christenpriester im Havelland bestimmt, und das bedeutet, dass Gero und seine Männer hier keinen Tribut mehr erheben und eintreiben dürfen.«

»Nein. Dafür wird nun dein Christenpriester-Freund das Volk ausrauben. Vielleicht tut er es ein wenig höflicher und lässt ihnen genug zum Überleben, damit sie anfangen, seinen Gott anzubeten«, höhnte Tuglo.

Tugomir wurde ein wenig unbehaglich, denn genau das war der Plan, den Otto und Widukind gefasst hatten.

Er überlegte, wie er ihnen begreiflich machen konnte, warum er sich darauf eingelassen hatte. Das würde nicht leicht werden, denn auf seiner Reise hatte er erlebt, wie ausgeklügelt und systematisch die Sachsen die Heveller ausplünderten.

»Gero herrscht in seiner Mark nach dem gleichen Prinzip wie Otto über sein Reich«, begann er. »Er beansprucht alles Land als sein Eigentum, teilt es in Besitztümer ein, die die Sachsen ›Lehen‹ nennen, und unterstellt sie seinen Grafen. Die bauen sich eine Burg, von wo sie mit ihren Kriegern ausschwärmen, um das Volk zu unterjochen und zu bestehlen. Das ist es, was derzeit geschieht, und weil die slawischen Völker nicht in der Lage sind, gemeinsam zu kämpfen, sind wir zu schwach, um etwas dagegen zu tun. Aber während in Ottos Reich einigermaßen geregelt ist, wie viel Pacht ein Bauer seinem Herrn schuldet, nehmen Geros Schergen einfach, was sie wollen, willkürlich. Und mit der Grausamkeit, mit der ein jeder seinen unterworfenen Feind behandelt, wir tun es auch. Aber Widukind sind Grausamkeit und Willkür fremd. Er hegt auch keinen Hass gegen uns, wie Gero es tut. Auch er wird Lehen vergeben und Tribut von den Hevellern fordern. Das muss er, denn darin unterscheidet ein Bischof sich nicht von einem Markgrafen; auch er muss seine Verpflichtungen dem König gegenüber erfüllen. Aber er wird das Volk nicht drangsalieren und ausplündern.«

»Also das ist dein Plan?«, fragte Tuglo. »Wir unterwerfen uns freiwillig dem sächsischen Joch, in der Hoffnung, dass dein Priesterfreund uns weniger schindet als Gero?«

Tugomir fröstelte ob der Verachtung im Blick des Priesters, aber er nickte. »Für den Moment ist das mein Plan, ja. Ich sehe nicht, was wir sonst tun könnten.«

»Nein?«

Tugomir mahnte sich zur Ruhe. »Reite nach Spandau, Tuglo. Sieh dir an, was dort passiert ist. Und dann sag du mir, was das Beste für die Heveller ist.«

Spandau war die zweitgrößte Siedlung ihres Volkes und lag zwei Tagesreisen nordöstlich von hier. Der alte Bogosav, Fürst Vaclavics Onkel, hatte dort jahrzehntelang mit leichter Hand über Burg und Menschen geherrscht. Tugomir erinnerte sich gut an ihn, denn Bogosav war früher regelmäßig auf die Brandenburg gekommen, um sich mit seinem Fürsten zu beraten, und gelegentlich kam er auch, um eine von Fürst Vaclavics zahlreichen Schwestern zu ehelichen, denn er hatte kein Glück mit seinen Frauen und sie starben allenthalben im Kindbett. Letztes Jahr hatte der alte Bogosav dann selbst die Augen für immer geschlossen, und seine beiden Söhne hatten nichts Besseres zu tun gehabt, als einem von Geros Grafen Arme, Beine und Zunge abzuhacken, der gekommen war, um den jährlichen Tribut einzufordern. Dann hatten sie den Rest von ihm über den Wall geworfen, die Tore geschlossen und die Schwerter gewetzt.

Gero ließ nicht lange auf sich warten. Nach zwei Monaten Belagerung nahm er die Burg, als ein brennender Pfeil dort eine furchtbare Feuersbrunst auslöste, und ließ jedem fünften Mann Arme, Beine und Zunge abhacken. Ihre Frauen und Kinder nahm er als Beute. Bogosavs Söhne hängte er auf. Die übrigen Spandauer schonte er, damit sie ihm auch in Zukunft noch Tribut zahlen konnten, aber er verbot ihnen, ihre Burg wieder aufzubauen, und stellte in Aussicht, sich jedes Jahr seinen Anteil an Armen, Beinen und Zungen zu holen, wenn ihr Silber und ihr Vieh, ihre Felle und Tonwaren und Hühner und Fische ihn nicht zufriedenstellten.

Kunde von diesen furchtbaren Ereignissen hatte die Brandenburg längst erreicht, und darum hatte Tugomir Alveradis mit einem
Teil der Eskorte vor den geschwärzten Ruinen des Burgwalls gelassen, als er nach Spandau ritt. Aber als er zurückkam, war sie in
Tränen ausgebrochen, als sie ihm ins Gesicht gesehen hatte …

»Ich kann dir zumindest sagen, was *nicht* zum Wohle der He-
veller ist«, antwortete Tuglo. »Nämlich sich einem sächsischen
Christenpriester zu unterwerfen, dem du die Herrschaft über das
Volk überlassen willst. *Kampflos.*«

»Es ist nicht meine Absicht, Widukind die Herrschaft abzutre-
ten«, widersprach Tugomir. »Aber wir müssen den Tatsachen ins
Auge sehen, Tuglo: Die Heveller sind ein besiegtes Volk. Mein Vater hat daran nichts ändern können. Dragomir hat daran nichts ändern können, trotz deiner weisen Führung. Ich glaube nicht, dass
ich es ändern kann, und wenn ich es versuche, wird nur immer
noch mehr Blut fließen. *Unser* Blut. Nur deswegen bin ich gewillt,
die Herrschaft mit Widukind zu teilen.«

»Und wieso glaubst du, dass er sie mit dir teilen wird?«, fragte
Godemir neugierig. »Er wäre der erste Eroberer, der das täte.«

»Weil er ein kluger Mann ist und begreift, dass Sachsen *und*
Slawen damit gedient wäre, wenn es uns gelänge, in Frieden miteinander zu leben«, antwortete Tugomir.

»Du hast … großes Vertrauen zu diesem Widukind«, stellte der
Jarovit-Priester fest und strich sich über den kurzen, silbrigen Bart.

Tugomir nickte. »Ich kenne ihn. Er mag kein Mann des
Schwertes sein, aber er ist entschlossen. Und mutiger als mancher
Krieger, den ich kenne. Er ist … ein wirklich guter Mann.«

»Und wenn du dich täuschst?«, entgegnete Godemir. »Was,
wenn die Macht ihm zu Kopf steigt, wie es so oft geschieht – selbst
bei guten Männern –, und er sie allein ausüben will und uns nie-
dertrampelt so wie Gero?«

Tugomir lehnte sich in seinem Sessel zurück. »Dann ist immer
noch Zeit, uns gegen ihn zu erheben, König Otto seinen Kopf zu
schicken und die Folgen zu ertragen.«

»Darin sind wir ja besonders gut«, spöttelte Godemir.

»Ich weiß.«

»Wir sollen dir glauben, du würdest dich gegen den Priester deines neuen Gottes stellen?«, warf Tuglo ein. »Gegen den Mann deiner Schwester?«

Tugomir sah ihm einen Moment ins Gesicht, ehe er antwortete: »Das war jetzt das zweite Mal, dass du mein Wort anzweifelst, Tuglo. Es wäre besser für uns beide, du brächtest mir ein wenig mehr Respekt entgegen. Natürlich würde ich mich gegen ihn stellen, wenn er sein Wort bricht und sich als Tyrann erweist. Ich würde ihn töten. Und er weiß das.«

»Woher?«, fragte Godemir verwundert.

Tugomir zuckte ungeduldig die Achseln. »Was glaubst du wohl? Ich habe es ihm gesagt.«

Die beiden Priester tauschten einen ungläubigen Blick.

»Und er lässt sich einfach so gefallen, dass du ihm drohst? Was für ein Schwächling«, befand Tuglo.

Der Fürst schüttelte langsam den Kopf. »Ich habe ihm nicht gedroht. Lediglich die Wahrheit gesagt.«

»Und nur ein weiser Mann erkennt den Unterschied«, bemerkte Godemir mit einem Lächeln.

Tugomir atmete verstohlen auf. Er hatte gehofft, dass er wenigstens Godemir für seinen Plan gewinnen konnte, und diese Hoffnung schien mit einem Mal gar nicht mehr so abwegig.

Tatsächlich fuhr Godemir versonnen fort: »Ich denke, wir riskieren nicht viel, wenn wir es mit diesem Widukind versuchen. Es ist, wie du sagst, Fürst, wir …«

»Vergib mir, Fürst Tugomir«, unterbrach Semela von der Tür und durchquerte die Halle mit eiligen Schritten.

Tugomir erhob sich bereitwillig von seinem Fürstenthron, insgeheim erleichtert. »Der Junge mit der Kopfwunde?«

Aber Semela schüttelte den Kopf. »Der Junge wird wieder. Ich hab die Wunde genäht.«

»Und warum schwillt dein Auge zu?«, erkundigte sich der Fürst.

Semela grinste. »Der Holzfäller war von meinen Heilmethoden nicht so ganz überzeugt. Eh seine beiden Brüder ihn packen und zurückhalten konnten, hatte er mir eins verpasst.«

Tugomir setzte sich wieder. »Also?«

»Ein Bote von Ratibor, dem … dem Fürsten der Obodriten«, meldete Semela – unverkennbar nervös.

»Was?« Tuglo sprang von der Bank auf. »Ist es eine Abordnung? Wie viele sind es? Lass sie nicht aus den Augen, du daleminzischer Narr, sie werden unsere Frauen und das Vieh stehlen, sie …«

»Es ist ein Priester mit einer Eskorte von zwei Kriegern«, antwortete Semela, so respektvoll, dass Tuglo die Unterbrechung gar nicht zu bemerken schien.

Tugomir spürte sein Herz mit einem Mal in der Kehle pochen. *Gott steh mir bei,* dachte er, *für solch eine heikle Lage bin ich noch nicht bereit.* Aber er wusste natürlich längst, dass man danach nie gefragt wurde. Er tauschte einen Blick mit Godemir und sagte dann zu Semela: »Führ ihn herein. Sei so höflich, wie du kannst, die Obodriten stürzen sich dankbar auf jeden Vorwand, sich beleidigt zu fühlen.«

Semela verdrehte die Augen. »Ich werd mir Mühe geben«, stellte er in Aussicht und entschwand.

Während sie warteten, winkte Tugomir Dervan herbei, der sich diskret in einen Winkel der Halle verzogen hatte, um ihre Beratung nicht zu belauschen. Aber im Auge hatte er sie offenbar doch behalten, denn er trat sofort hinzu.

»Schick nach Met und Fleisch«, trug Tugomir ihm auf.

Dervan nickte und verließ die Halle durch eine Seitenpforte, die zu den Nebenräumen führte. Irgendwo dort wartete immer ein halbes Dutzend Sklaven, um die Wünsche des Fürsten zu erfüllen.

Semela kehrte mit dem Gesandten des Obodritenfürsten zurück, verbeugte sich übertrieben ehrerbietig vor Tugomir, den Priestern und dem Boten und trat ein paar Schritte zurück.

Als Tugomir den Obodriten erkannte, traf ihn der Schock wie ein heimtückischer Schlag in den Magen, den man nicht kommen sehen konnte. »Draschko …«

»Wie schmeichelhaft, dass du dich erinnerst, Fürst Tugomir«, bemerkte der alte Priester mit einem Lächeln und hob die vier Finger der Rechten zum Göttergruß.

Die drei Heveller erwiderten die Geste, aber Tuglo fragte: »Ihr kennt euch?« Sein Blick war erwartungsgemäß voller Argwohn. »Woher?«

»Lange Geschichte«, erwiderte Tugomir in einem Tonfall, der besagte, es sei bedeutungslos.

Aber Draschko gab bereitwillig Auskunft: »Nach der Niederlage bei Lenzen hat euer Fürst hier dem König der Strohköpfe, dessen Geisel er war, ein eigentümliches Zugeständnis abgerungen: Je ein Dutzend redarischer und obodritischer Gefangener durften ihr Leben behalten und heimkehren. Bei der Gelegenheit haben wir uns kennengelernt. Ich hab immer gerätselt, was du dem Sachsenkönig als Gegenleistung geboten hast, Fürst Tugomir. Hübscher, junger Prinz, der du warst, he?«

Die Beleidigung war so ungeheuerlich, dass Tugomir gleich den nächsten Schlag im Magen spürte. Tuglo stieß zischend die Luft aus. Godemir verzog keine Miene. Ohne sich zu bewegen, ließ er den Blick zu Tugomir gleiten.

Der rang mit einiger Mühe den Drang nieder, dem Boten den Kopf abzuschlagen, um ihn Fürst Ratibor mit den besten Grüßen zurückzusenden. Stattdessen betrachtete er den Mann vor sich. Draschko war schon vor zehn Jahren ein alter Mann gewesen. Jetzt war er uralt, Kopf- und Barthaar waren weiß, spärlich und fein wie Spinnweben, und er stützte sich auf einen knorrigen, langen Stock. Aber die Augen waren noch ungetrübt und erwiderten seinen Blick mit verhaltenem Spott, so schien es.

»Sollte es möglich sein, dass du die Botschaft missbilligst, die dein Fürst mir sendet, und deswegen versuchst, meinen Zorn zu wecken, damit du sie nicht aussprechen musst?«

Draschko zog die weißen, immer noch buschigen Brauen in die Höhe. »Und wenn es so wäre?«

»Dann solltest du versuchen, weniger durchschaubar vorzugehen«, riet Tugomir unwirsch.

Draschko gab sich mit einer unbestimmten Handbewegung geschlagen. Oder zumindest sollten sie das annehmen. Er legte auch die Linke um seinen Stock und ließ unauffällig die Schultern kreisen.

Aber Tugomir dachte nicht daran, ihm einen Platz anzubieten. Er fragte lediglich: »Fand sich unter all den Helden der Obodriten kein Jüngerer, der den Mut hatte, sich herzuwagen?«

»Dutzende«, versicherte Draschko. »Aber mein Fürst stimmte zu, als ich ihm sagte, es sei der Wille der Götter, dass ich dir die Nachricht bringe.«

»Ich hoffe nur, wir bekommen sie noch zu hören, eh auch mein Bart weiß wird oder du zu Staub zerfällst.«

Draschko nickte. »Also höre, Fürst Tugomir. Als wir von Geros unaussprechlicher Schandtat bei seinem blutigen Gastmahl hörten, griffen die Obodriten zu den Waffen und erhoben sich gegen das sächsische Joch. Heute vor fünf Tagen schlugen wir Geros Armee am Ufer der Elde. Vernichtend! Haika, Geros Heerführer, ist gefallen, so wie Hunderte weitere. Wir haben über zweihundert Gefangene gemacht. Darum sagt mein Fürst: *Geros Macht ist gebrochen. Jetzt ist die Zeit gekommen, da die slawischen Völker sich vereinen müssen. Schließe dich uns an, Fürst Tugomir, und wir können die verfluchten Sachsen aus dem Land jagen und unsere Freiheit wiedererlangen.* So spricht Ratibor, Zelibors Sohn, Fürst der Obodriten.« Draschko schaute Tugomir direkt in die Augen, und in den seinen funkelte Triumph. »Ich sehe, die Götter haben meinen letzten Wunsch erfüllt und mir meine Rache gewährt. Jetzt erfährst du selbst, wie es ist, vor einer Wahl zu stehen, bei der es nur falsche Entscheidungen mit grauenhaften Folgen gibt. So wie die, vor die du mich damals gestellt hast. Also, Fürst Tugomir. Wie lautet deine Antwort?«

»Aber was haben die Obodriten überhaupt südlich der Elde verloren?«, fragte Vater Anselm, ein junger Mönch, der zu dem runden Dutzend handverlesener Priester zählte, die Widukind mit hergebracht hatte, um sein Missionswerk zu tun. »Ich dachte, das Land der Obodriten und ihre … wie heißt die größte Festung gleich wieder? Mecklenburg! Ich dachte, es liegt weiter im Norden. In der Mark, die der König seinem Freund Hermann Billung übertragen hat.«

Dragomira nickte. »Doch das Land der Obodriten reicht bis an die Ufer der Elde. Und weil Gero auch den Bruder ihres Fürsten abgeschlachtet hat bei seinem blutigen Gastmahl, haben sie den Fluss überschritten, um Rache zu nehmen.«

»Was wird Tugomir jetzt tun?«, fragte Alveradis.

»Vermutlich wirst du die Erste sein, die das erfährt«, gab Dragomira trocken zurück.

Aber ihre junge Schwägerin schüttelte langsam den Kopf. »Seit er weiß, dass ich guter Hoffnung bin, behandelt er mich vorsichtiger als ein Elfenbeintäfelchen. Er erzählt mir gar nichts mehr. Und ihr seid auch nicht viel besser«, hielt sie ihren Freunden vor.

Mirnia, Rada und der Mönch wechselten schuldbewusste Blicke.

Dragomira konnte sich vorstellen, welch ein Schock es für Alveradis war, plötzlich solche Rücksichtnahme zu erfahren. Die wenigsten Frauen waren an Rücksicht gewöhnt. Sie wurden dazu erzogen, zu gehorchen und ihre Rolle zu erfüllen, Kinder zu gebären und das Haus zu versehen. Und zwar klaglos. Als Geros Tochter hatte Alveradis die Lektion der Anspruchslosigkeit und des Gehorsams gewiss ganz besonders gründlich gelernt.

Dragomira ergriff ihre schmale Hand, die in der Tat so weiß und durchschimmernd wie Elfenbein wirkte. »Du musst ihn verstehen, Alveradis. Dieses Kind ist ungeheuer wichtig für Tugomirs Zukunft hier. Für unser aller Zukunft. Wenn es ein Junge wird und gesund zur Welt kommt, wird selbst Tuglo zugeben müssen, dass der Fürst göttliches Wohlwollen besitzt.«

Alveradis legte die Linke auf ihren kaum gewölbten Bauch, als wolle sie ihr Kind vor den politischen Ränkespielen zwischen Fürsten und Priestern beschützen.

»Was hat der Fürst dem Boten denn nun geantwortet?«, fragte Rada gespannt.

»Er hat ihn mit ein paar höflichen, aber kühlen Worten aus der Halle geschickt«, berichtete Mirnia. »Er werde ihn seine Entscheidung zu gegebener Zeit wissen lassen. Und dann hat er Slawomir aufgetragen, für Draschko ein Quartier im Jarovit-Tempel zu finden. Dervan meint, der obodritische Priester war wütend, dass ihm kein Schlafplatz in der Halle zugewiesen wurde.«

Auf der Reise von Magdeburg hierher hatten Mirnia und Dervan zueinander gefunden. Dragomira war froh für ihre daleminzische Magd und dankte der heiligen Jungfrau, dass Mirnia ihre Angst vor Männern schließlich überwunden hatte, auch wenn das wohl mehr Tugomirs Verdienst gewesen war als das der Gottesmutter. Jedenfalls schlüpften Mirnia und Dervan nachts unter dieselbe Decke, und dort entlockte sie ihm alles, was er im Laufe des Tages gehört hatte, während er dem Fürsten und seinen Ratgebern aufwartete. So hatten die Frauen der Fürstenfamilie es seit jeher gehalten, um zu erfahren, was in der Männerwelt vorging. Dragomira wusste, ihr Bruder hätte ihr erzählt, was vorging, wenn sie ihn gefragt hätte. Aber niemals die *ganze* Wahrheit.

»Was bleibt ihm anderes übrig, als dem Fürsten der Obodriten eine Abfuhr zu erteilen?«, sagte Rada. »Er hat eine Vereinbarung mit dem König getroffen, oder?«

»Die er nicht einhalten kann, wenn die Heveller ihn stürzen und ihren Göttern opfern, weil sie seine Entscheidungen missbilligen«, gab Bruder Anselm zurück.

»Tuglo war jedenfalls dafür, mit den Obodriten in den Krieg zu ziehen«, wusste Mirnia noch zu berichten. »In Zeiten, da der Feind von außen die slawischen Völker so schwer bedränge, müssten Heveller und Obodriten ihren Groll gegeneinander begraben, hat er verkündet.«

»Das ist wohl keine große Überraschung«, antwortete Alveradis beklommen.

»Und was hatte Godemir zu sagen?«, fragte Dragomira. Sie setzte große Hoffnungen auf den Jarovit-Priester mit dem Silberbart und den gütigen Augen. Anders als Tuglo schien Godemir gewillt zu glauben, dass Tugomir nur das Beste für die Heveller im Sinn hatte. Womöglich konnte der alte Priester ihr wichtigster Fürsprecher bei denjenigen werden, die neuen Ideen, vor allem neuen Göttern mit Argwohn begegneten.

»Er hat nicht gesagt, wie er über Draschkos Botschaft denkt. Aber er wollte alles darüber hören, wie Tugomir damals die zwölf Krieger der Redarier und der Obodriten gerettet hat.«

»Also wissen die Priester jetzt, dass Tugomir Otto das Leben gerettet hat und sein Leibarzt war«, schloss Alveradis. »Ich will mir gar nicht vorstellen, was Tuglo dazu gesagt hat.«

»Trotzdem ist es richtig, dass Tugomir den Priestern gegenüber aufrichtig ist«, erwiderte Dragomira. »Aufrichtigkeit ist eine Tugend, die die Heveller sehr schätzen.«

Alveradis nickte und wechselte dann das Thema. »Rada, wärst du so gut, zu Dragomirs Witwe zu gehen und sie zu bitten, mir heute Nachmittag eine Stunde Gesellschaft zu leisten? Sag ihr, ich wäre dankbar, wenn sie mich an ihren Erfahrungen teilhaben ließe, weil ihre Schwangerschaft doch schon viel weiter fortgeschritten ist als meine.«

Rada nickte bereitwillig. »Das hast du dir schlau ausgedacht, Fürstin«, lobte sie.

»Denkst du, sie wird kommen?«

»Bestimmt. Es gibt kein Thema, das sie mehr interessiert.«

Mirnia und Bruder Anselm begleiteten Rada hinaus.

Als sie allein mit ihrer Schwägerin war, sagte Alveradis: »Tugomir kann dem Gesandten der Obodriten keine Antwort geben, ehe wir wissen, wo mein Vater steht. Wenn er die Befehle des Königs missachtet, wenn er die Gründung des Bistums und Tugomirs Heimkehr als Affront empfindet, bedeutet das Krieg. Und dann können wir die Unterstützung der Obodriten gewiss gut gebrauchen.«

Dragomira hatte sich schon manches Mal gefragt, was Alveradis dabei empfand, dass ihr Gemahl und ihr Vater erbitterte Feinde waren. »Du sprichst mit erstaunlicher Gelassenheit vom Krieg«, bemerkte sie.

Doch Alveradis schüttelte den Kopf. »Ich bin alles andere. Aber wir haben immer gewusst, dass diese Gefahr besteht, oder? Ich wünschte, Widukind käme zurück. Damit wenigstens diese Ungewissheit ein Ende hat.«

Es war einen Moment still. Sie saßen in Dragomiras Gemach, wo sie sich vormittags häufig zu vertraulichen Gesprächen versammelten, die niemand mithören sollte. Es war ein komfortabler Raum: Wollene Behänge und Felle bedeckten die Wände, um die winterliche Kälte abzuhalten, aber jetzt waren Tür und Fensterladen weit geöffnet und ließen die helle Sommersonne herein. Vom nahen Eichenhain des Jarovit-Tempels drangen Blätterrauschen und Vogelstimmen herüber, aber von dem oft lebhaften Kommen und Gehen auf der Burg waren sie hier abgeschirmt. Dragomira saß mit ihrer Schwägerin auf ihrem Bett. Hier hatte sie vor all den Jahren nach dem Fall der Burg auf Otto gewartet – nackt und mit ihren schönsten Schläfenringen geschmückt, furchtsam und erregt zugleich. In diesem Bett hatte der fremde blonde Prinz sie entjungfert, ihr womöglich gleich in dieser ersten Nacht den Samen eingepflanzt, aus dem ihr Sohn erwachsen war. Otto war als behutsamer Liebhaber zu ihr gekommen, nicht als der grausame Eroberer, den die Heveller in ihm sahen, und deswegen barg die Erinnerung an jene Nacht keinen Schrecken. Doch sie schien unendlich weit fort. Jetzt teilte Dragomira dieses Bett mit Widukind.

Es war eine sonderbare Ironie des Schicksals, dass es ausgerechnet diese Schlafstatt war, wo ihr langes Warten ein Ende gefunden hatte, aber Dragomira hatte sich nicht damit aufgehalten, darüber nachzusinnen. Die unerfüllte Sehnsucht der vergangenen Jahre hatte sie beide geduldig gemacht, und so hatten sie einander in Ruhe entdeckt, sich gegenseitig entkleidet, jeden Zoll des unbekannten Körpers geküsst, den sie freilegten, von einem ungläubigen Staunen erfüllt, dass das hier endlich passierte. Widukind war ein überaus erfahrener Liebhaber, hatte Dragomira mit einiger Verwunderung – und nicht ohne Eifersucht – festgestellt, und er tat Dinge mit Händen und Zunge, die sie sich nie hätte träumen lassen. Und als sie glaubte, ihr ganzer Körper sei mit Glut überzogen, die sie verzehrte, ohne sie zu verbrennen, hatte Widukind sie in die Kissen hinabgedrückt und sie genommen, nicht roh, aber hart und fordernd. Dragomira hatte natürlich genau gewusst, was er tat. Dass er immer noch glaubte, er müsse ihr Otto austreiben. Sie hatte ihn gelassen, und er hatte ihr Wonnen bereitet, an die sie nicht denken konnte, ohne ihn auf der Stelle wieder in sich haben zu wollen.

Doch jetzt war Widukind fort, war zu einer Mission durch feindliches Gebiet aufgebrochen, begleitet von einer viel zu kleinen Eskorte, und die größte Gefahr lauerte am Ziel seiner Reise. So kam es, dass Dragomira das Schicksal der meisten Frauen teilte:

Sie hatte ihren Mann ziehen lassen müssen, ohne zu wissen, ob sie ihn je wiedersehen würde.

»Lass uns hoffen, dass er in einem Stück zurückkehrt und dein Vater uns nicht nur seine Zunge oder Gott weiß was schickt«, erwiderte sie.

Alveradis hatte offenbar keine Mühe, zu durchschauen, dass ihre Schwägerin hinter dem Spott ihre Furcht zu verbergen suchte. Sie schüttelte langsam den Kopf. »Noch vor einem Jahr hätte ich gesagt, mein Vater würde niemals Hand an einen Gottesmann legen. Aber ich hätte ebenso gesagt, dass er niemals die Gesetze der Gastfreundschaft brechen würde. Ich habe meinen Vater nie begreifen können, aber inzwischen kommt es mir so vor, als wäre er ein vollkommen Fremder hinter einer finsteren Maske.«

Trotz der Sommerhitze fröstelte Dragomira.

Brandenburg, August 939

»Schau in den Spiegel und du wirst sehen.«

»Du hast dir viel Zeit gelassen. Ich fing an zu hoffen, du hättest mich für immer verlassen.«

Sie lachte und strich sich das magische Haar aus der Stirn, das im grün betupften Schattenspiel der Sonne zwischen den alten Buchen wie ein Irrlicht leuchtete. »Und warum sollte ich dich verlassen?«

»Weil du meiner überdrüssig bist? Weil ich den alten Göttern nicht mehr huldige? Oder weil ich meine Hände mit dem Blut meiner eigenen Sippe besudelt habe – was weiß ich.«

»Ein Grund törichter als der andere. Du bist und bleibst ein Tor, Tugomir. Ich weiß, du sehnst dich danach, mich sagen zu hören, dass es ein Unfall war, aber du hast bei Dragomirs Tod genau das Gleiche gedacht wie bei Boliluts: kein großer Verlust.«

»Das stimmt nicht. Ich habe um Bolilut getrauert. Daran erinnere ich mich. Und ich habe um den Jungen getrauert, der Dragomir war, ehe Tuglo ihn vergiftet hat.«

»Weil es deiner lächerlichen, kleinen menschlichen Vorstellung von Ehre widersprochen hätte, aufrichtig zu sein und dir deine Erleichterung einzugestehen.«

Er stierte in das Wasser des kleinen Sees, den einer der ungezählten Zuflüsse der Havel hier bildete, aber die Oberfläche kräuselte sich im Wind und zeigte ihm keine Bilder. »Verfluchen mich die alten Götter, weil ich Dragomir erschlagen habe – unbeabsichtigt oder nicht?«

»Oh, aber gewiss doch«, versicherte sie. »Du weißt doch, wie sie sind. Das braucht dich indessen nicht mehr zu bekümmern, richtig? Bist du doch überzeugt davon, dass dein neuer Gott mächtiger ist als sie.«

»Auf jeden Fall ist er barmherziger, denn er vergibt denen, die ihre Taten bereuen.«

»Aber auch seine Vergebung hat ihren Preis, nehme ich an. Nun, wie der Zufall es will, wirst du bald Gelegenheit haben, herauszufinden, ob er dir noch gnädig ist oder nicht.«

»Dann erspar mir deinen Hohn und zeig mir, was du so unbedingt loswerden willst. Wo ist Widukind? Was hält ihn so lange auf? Lebt er noch?«

»Schau«, befahl die Vila.

Der Wind in den Blättern verstummte, und die Wasseroberfläche beruhigte sich. Während sie sich glättete, stiegen Bilder aus der grünen Tiefe auf, doch es waren weder Widukind noch Gero oder die Burg in Meißen, die Tugomir sah. Stattdessen wurde er Zeuge einer Szene, die er zuerst überhaupt nicht verstand: Es war dunkel, und im flackernden Licht eines Feuers standen vielleicht ein Dutzend Männer zusammen und stritten. Es waren obodritische Krieger, aber sie trugen keine Waffen. Und sie waren gefesselt. Als er das erkannte, begriff er endlich, was er sah: »Es ist die Nacht vor der Hinrichtung der Gefangenen von Lenzen«, murmelte er. »Du zeigst mir, was bei den Obodriten geschah, während die Redarier sich dem Gottesurteil unterzogen.«

»Mein kluger Tugomir. Siehst du deinen alten Freund?«

Draschko war schwer zu übersehen. An Händen und Füßen gefesselt wie alle anderen, strahlte der alte Priester doch so große

Autorität aus, dass seine Mitgefangenen verstummten und ihm ehrfürchtig lauschten, als er das Wort ergriff. Er hielt eine längere Ansprache, hob gelegentlich die gefesselten Hände, um seinen Worten Nachdruck zu verleihen, und zeigte schließlich auf einen der Streithähne.

Der schien einen Moment zu erstarren, ehe ein grimmiges, ganz und gar freudloses Lächeln über sein Gesicht huschte. Dann trat er zu Draschko, spuckte ihm vor die Füße, stellte sich aber dennoch an seine Seite.

Der Priester wählte den nächsten aus der Kriegerschar aus, der ebenfalls zu ihm trat, dann noch einen. Das machte er, bis das Dutzend voll war.

Tugomir hatte genug gesehen und wandte den Blick ab. »Er hat sie ausgesucht. Statt sich dem Willen der Götter zu unterwerfen, hat er bestimmt, wer weiterleben sollte. Vermutlich hat er ihnen erzählt, er werde die wählen, die für das Überleben ihres Volkes unentbehrlich seien, und dazu zählte er sich natürlich selbst.«

»Und bis heute hasst er sich dafür, der Ärmste«, gluckste die Vila. »Er kann einfach nicht damit leben, dass er seine Macht benutzt hat, um seine Haut zu retten. Trotz seines Alters hat er danach keine Schlacht ausgelassen, in der Hoffnung, er werde fallen und seine Ehre so zurückgewinnen, aber wie es scheint, haben die Götter auch ihn verflucht. Kaum einen Kratzer haben seine Schlachten dem bedauernswerten Tropf eingebracht.«

»Deine Häme gehört zu deinen abscheulichsten Wesenszügen, aber heute muss ich dir ausnahmsweise recht geben. Draschko hat kein Mitgefühl verdient. Er ist ein Feigling.«

»Das vernichtendste Urteil, das du über einen Mann abgeben kannst, ich weiß. Weil du dir diese besondere Art von Schwäche niemals zugestehen würdest, nicht wahr? Du würdest niemals tun, was er getan hat, richtig? Einen Kompromiss mit deinem Gewissen eingehen?«

Er wusste, dass sie ihm eine Falle stellte, aber er antwortete wahrheitsgemäß: »Ich kann es mir nicht vorstellen, nein.«

»Dann schau noch einmal hin.«

Tugomir sah in den Spiegel, und so groß war sein Entsetzen,

dass der Schrei heraus war, ehe er die Zähne zusammenbeißen konnte. Er fuhr zurück und bedeckte die Augen mit dem Unterarm, aber es nützte nichts, er sah das Bild immer noch, und sein Stöhnen entlockte seiner Vila ein silberhelles Lachen voller Frohsinn.

»Komm zurück. Um Himmels willen, Tugomir, komm zurück!«

Er schlug die Augen auf, und das Erste, was er sah, war Semelas Gesicht. Beinah schien es den Schrecken widerzuspiegeln, den Tugomir immer noch in allen Gliedern spürte, als fließe ein tückisches Gift durch seine Adern, kalt und prickelnd.

»Junge, Junge«, murmelte Semela kopfschüttelnd. »Was hat sie dieses Mal angerichtet? Ich hab dir vor Jahren schon gesagt: Reiß ihr ein Haar aus, dann bist du sie los.«

Tugomir setzte sich auf – langsam wie ein Greis. Er war zur Jagd geritten, erinnerte er sich, allein, wie er es am liebsten tat. Er war der Fährte eines großen Wildschweins bis an dieses Ufer hier gefolgt, war abgesessen, um die Spuren zu untersuchen, und dann war *sie* gekommen.

»Semela …« Er schüttelte den Kopf, um ihn wieder klar zu bekommen. »Wie kommst du hierher?«

»Wir haben dich gesucht, Dervan und Slawomir und ein paar andere.«

»Ein Glück, dass *du* mich gefunden hast«, murmelte Tugomir.

Vor Semela schämte er sich nicht, wenn er verwirrt, verstört oder gelegentlich auch mit tränennassen Wangen von einem Stelldichein mit seiner Vila zurückkehrte. Semela hatte das alles ungezählte Male gesehen, und er verstand es, Tugomir zurück ins Hier und Jetzt zu helfen, ohne ihn mit Fragen zu bedrängen oder ihm zu nahe zu treten. Sie lebten seit über zehn Jahren unter einem Dach. Sie hatten zusammen manch finsteres Tal durchschritten – Semela war für Tugomir das, was einem Bruder am nächsten kam. Aber Tugomir wusste, selbst ihm würde er nicht erzählen, was er im Spiegel der Vila gesehen hatte. Keiner Menschenseele konnte er das erzählen.

Er stützte die Ellbogen auf die angewinkelten Knie, die Stirn auf die Fäuste und starrte ins Gras zwischen seinen Füßen. Lange. Die Geister des kleinen Flusses waren freundliche Wesen, arglos wie Kinder, und er lauschte ihren Stimmen, ihrem gurgelnden und plätschernden Gesang, der ihn beruhigte und ihm ein wenig Zuversicht zurückgab. *Es muss nicht so kommen*, hielt er sich vor Augen. Es wäre nicht das erste Mal, dass sie ihm Trugbilder gezeigt hatte. Vielleicht war es etwas, das nur dann passieren würde, wenn er die falschen Entscheidungen traf. Er schloss für einen Augenblick die Lider. *Gott, lehr mich Weisheit. Ich weiß, Widukind sagt, es ist Demut, um die ich beten muss, weil es mir an ihr vor allem mangelt. Aber jetzt ist es Weisheit, die ich brauche, Gott.*

Er öffnete die Augen und ließ die Fäuste sinken. »Warum hast du mich gesucht?«

»Vater Widukind ist zurückgekommen. Oder Bischof Widukind, sollte ich natürlich sagen. Unversehrt und mit Neuigkeiten, die er aber natürlich dir zuerst vortragen will. Weil wir uns alle fast vor Angst bepinkeln, was seine Neuigkeiten angeht, haben wir uns gedacht, wir holen dich nach Hause, damit wir's so bald wie möglich hinter uns haben.«

»Gott sei mit dir, Tugomir.«

»Und gepriesen dafür, dass er dich zu uns zurückgeführt hat.«

Sie umfassten einander an den Unterarmen.

»Bist du krank?«, fragte Widukind stirnrunzelnd.

Tugomir ließ ihn los und winkte ab. Er setzte sich auf den Fürstenthron und lud Widukind mit einer Geste ein, zu seiner Linken auf der Priesterbank Platz zu nehmen.

Dervan brachte ihnen Met. Tugomir wartete, bis der junge Mann gegangen war. Er hatte alle aus der Halle verbannt. Als sie schließlich allein waren, wappnete er sich. »Also?«

Widukind sah ihm in die Augen und nickte. »Er wird sich den Wünschen des Königs fügen.«

Tugomir atmete tief durch. »Aber die Tatsache, dass du fast einen halben Monat gebraucht hast, um mir diese Nachricht zu bringen, lässt mich ahnen, dass du ihn überzeugen musstest und er sich nicht gerade frohen Herzens fügt?«

Widukind hob ergeben beide Hände. »Ja, Markgraf Gero ist wahrhaftig ein harter Brocken.«

Zuerst war er gar nicht dort gewesen, als Widukind in Meißen eintraf, denn Gero war mit seinen verbliebenen Truppen nach Norden geeilt, um die Obodriten zurückzuschlagen.

»Aber sein Beichtvater war dort, Vater Arnulf von Regensburg, mit dem ich zusammen auf der Domschule war. Ich habe Arnulf berichtet, was mich nach Meißen führte, und er hat es Gräfin Judith erzählt, die daraufhin merklich kühler wurde. Und sie hatte unverkennbar Angst, ihr Gemahl werde sie dafür büßen lassen, dass sie mich höflich aufgenommen hatte. So warteten wir fünf Tage in zunehmender Anspannung, bis der Markgraf schließlich heimkehrte. Staubig, sattelwund und nicht besonders siegreich.« Widukind hob seinen Becher, und fast war es, als verstecke er ein boshaftes Lächeln darin. »Wir müssen den Obodriten beinah dankbar sein, mein Freund. Sie haben ihm schwer zugesetzt. Die Verluste bei der Schlacht an der Elde waren hoch, und er hat einfach nicht mehr genügend Männer, um seine Schreckensherrschaft über die slawischen Völker aufrechtzuerhalten.«

»Gut«, sagte Tugomir mit Befriedigung.

»Hm.« Widukind wiegte den Kopf hin und her. »Auch die Milzener, die Marzanen und so weiter haben natürlich vom Sieg der Obodriten gehört und wollen die Gelegenheit beim Schopf ergreifen, sich von der sächsischen Herrschaft zu befreien. Es hat Überfälle auf Geros Vasallen gegeben, die jetzt ihrerseits von Gero mehr Schutz und Soldaten fordern. Soldaten, die er nicht hat. Und während Gero die Macht über seine Mark zwischen den Fingern zerrinnt, haben die Obodriten die Elbe überschritten und sind in Sachsen eingefallen.«

Alles, was Widukind berichtete, war Musik in Tugomirs Ohren. Und dennoch kam er nicht umhin zu sagen: »Wenn Otto das erfährt, wird er seinen Krieg gegen Henning und Giselbert aufgeben und nach Sachsen zurückkehren. Dann könnte Hennings Wunsch nach der Krone sich doch noch erfüllen.«

Widukind nickte. »Gero ist sich sehr wohl bewusst, dass er den König im Stich gelassen hat. Statt ihm im Osten den Rücken freizuhalten, hat er die Obodriten in die Revolte getrieben. Darum hat er mich vielleicht bereitwilliger angehört, als er es normalerweise getan hätte. Wie der König vorausgesehen hat, hat er der Gründung des Bistums nicht widersprochen. Es gefällt ihm nicht, dass er seinen Einfluss im Havelland aufgeben muss, aber Gero ist ein sehr frommer Mann. Ich habe ihm gesagt, dass manche seiner Vasallen ihre Lehen verlieren werden, weil ich die Ländereien anderweitig vergeben werde – vornehmlich an die Klöster, die wir gründen wollen. Auch die Kröte hat er geschluckt. Unsere Unterredung verlief unerwartet reibungslos und einvernehmlich. Bis dein Name fiel.«

Tugomir zog die Brauen in die Höhe, sagte aber nichts.

Widukind trank, ohne ihn aus den Augen zu lassen. Dann fuhr er fort: »Geros Hass auf dich hat etwas Beängstigendes. Er kommt mir wie eine Besessenheit vor. Als ich dem Grafen berichtet habe, dass der König dich heimgeschickt hat, um als Fürst über dein Volk zu herrschen, hat er seinen Becher an die Wand geschleudert, sodass er zerbarst. Ein *Bronze*becher. Ich ... ich habe versucht, ihn zur Vernunft zu bringen. Ich dachte, es würde ihn ein wenig milder stimmen, wenn er hört, dass der König dir Alveradis zur Frau gegeben hat und dass sie guter Hoffnung ist. ›Der nächste Fürst der Heveller wird Euer Enkel sein‹, habe ich zu ihm gesagt ...« Er brach ab und schüttelte den Kopf.

»Und?«, hakte Tugomir nach. »Er war nicht milder gestimmt, nehme ich an.«

Widukind hob hilflos die Hände. »Er wurde so kreidebleich, dass ich glaubte, der Schlag habe ihn getroffen. Dann sprang er auf, torkelte ein paar Schritte weg von der Tafel und erbrach sich ins Stroh.«

Tugomir lachte in sich hinein. Er hörte selbst, wie bitter es klang.

»Es ... es tut mir leid, dass ich dir von dieser abscheulichen Szene berichten muss. Kein Ehrenmann verdient, so über jedes vernünftige Maß hinaus gehasst zu werden. Aber ich dachte, du musst es erfahren.«

»Sei unbesorgt. Es bekümmert mich nicht so wie dich. Geros

Hass ist mir nicht neu. Und er beruht auf Gegenseitigkeit. Wenn ich mir vorstelle, meine Schwester bekäme ein Kind von ihm, wird mir auch schlecht.«

»Nein«, widersprach Widukind entschieden. »Was ich in seinen Augen gesehen habe, ist etwas, dessen du überhaupt nicht fähig bist. Es war abscheulich. Wie ein Geschwür. Du musst dich vor Gero hüten, Tugomir. Wenn es um dich geht, kennt er keinerlei Vernunft mehr.«

»Aber er hat sein Wort nicht zurückgenommen? Er unterwirft sich den Befehlen des Königs?«

»Ja. Zähneknirschend, aber er unterwirft sich. Und natürlich habe ich ihm berichtet, dass du seinen Vetter als Geisel hältst, er es sich also besser nicht anders überlegen sollte. Das hat dem armen Gero so ziemlich den Rest gegeben. Offenbar hängt er aufrichtig an seiner Familie.«

»Ja, nur nicht an seiner Tochter«, warf Tugomir bissig ein.

»Die Vorstellung, dass Asik dein Gefangener ist, macht ihm jedenfalls schwer zu schaffen. Auch deswegen bin ich zuversichtlich, dass er Wort hält.«

Danke, Gott.

Es bedeutete, dass er eine Chance bekam. Vor allem, dass das Volk der Heveller eine Chance bekam. Auf ein besseres Leben ohne Ausbeutung und Unterdrückung, eine Zukunft. Wenn er weise genug war, diese Chance zu nutzen …

»Gut gemacht, Widukind.« Tugomir legte die Hände um seinen Becher und sah einen Moment versonnen hinein. Dann merkte er mit einem Mal, wie durstig er war nach seiner Begegnung mit der Vila, und trank einen langen Schluck. »Das heißt, wir dürfen auf keinen Fall dem Drängen der Obodriten nachgeben und mit ihnen in den Krieg ziehen.«

»Mit ihnen in den Krieg ziehen?«, wiederholte Widukind erschrocken. »Wie in aller Welt kommst du auf so einen Gedanken?«

»Nicht ich.« Tugomir berichtete ihm von Draschkos Ankunft und seiner Botschaft. »Tuglo und seine Anhänger und viele der Krieger wollen lieber heute als morgen losziehen, den alten Groll gegen die Obodriten begraben und sich ihnen anschließen.«

»Aber … aber das dürfen sie nicht! Tugomir, es würde alles zunichtemachen, was wir uns vorgenommen haben. Noch bevor wir unser Werk auch nur begonnen haben.«

»Ich weiß.« Tugomir strich sich mit der Linken über den kurzen Bart. »Wir müssen auf einen Weg sinnen, das zu verhindern, ohne Tuglo und seiner Partei einen Vorwand zu liefern, mich zu stürzen. Und ich glaube, ich habe auch schon eine Idee. Es könnte gelingen, wenn Gott mit uns ist.«

»Ich bin sicher, das ist er«, sagte Widukind.

»Dann lass uns die Priester und die Krieger versammeln und beraten.«

»Zuerst sag mir, was du vorhast.«

Tugomir erzählte es ihm.

Widukind starrte ihn ungläubig an. »Du bist vollkommen verrückt.«

Aber Tugomir schüttelte den Kopf. »Wie gesagt. Wir brauchen Gottes Hilfe. Es schadet also nicht, wenn du schon einmal anfängst zu beten, Bischof Widukind.«

»Bekomme ich heute endlich eine Antwort?«, fragte Draschko, die Hände um seinen Stock gekrallt, das Kinn angriffslustig vorgereckt.

»Du bekommst deine Antwort«, versprach Tugomir.

Und weil er nicht sogleich fortfuhr, fragte Tuglo in die gespannte Stille: »Und wie mag sie lauten?«

»Das weiß ich noch nicht.«

Ein Raunen erhob sich unter den versammelten Männern, sowohl auf der Priester- als auch auf der Kriegerseite der Tafel.

Tugomir wartete ab, bis es sich gelegt hatte. Dann sagte er: »Meine Vila ist heute zu mir gekommen.«

»Du hast eine Vila?«, fragte Draschko erstaunt, unverkennbar neidisch.

Tugomir verzog einen Mundwinkel. »Sei versichert, ich würde sie meinem schlimmsten Feind nicht wünschen. Aber wie alle Vily verbirgt sie manchmal Weisheit in ihrer Boshaftigkeit, und sie hat mir etwas gezeigt, das mir den Weg gewiesen hat. Du hast mir vorgeworfen, ich hätte dich damals vor eine Wahl gestellt, die man keinem Menschen aufbürden dürfe, Draschko. Aber du trägst selbst die Schuld an der Last, die du seither mit dir herumträgst, denn du musstest diese Wahl gar nicht treffen. Du hättest es so machen können wie die Redarier und sie den Göttern überlassen. Die zwölf redarischen Krieger, die das Orakel bestimmt hat, konnten in Frieden weiterleben.«

»Ich sollte mich einem Orakel unterwerfen, bei dem du die Finger im Spiel hattest?«, gab Draschko mit einem verächtlichen Lächeln zurück. »Ich hätte mich ebenso gut in mein Schwert stürzen können.«

»Du hattest doch gar keines. Und deine Unterstellung beleidigt die Götter. Ich kannte keinen von euch, wieso hätte ich also einem unter den redarischen oder obodritischen Kriegern den Vorzug geben sollen, selbst wenn ich Einfluss auf das Orakel hätte nehmen können? Du bist immer noch nicht klüger geworden und suchst nach Ausflüchten, um deine Verantwortung auf andere Schultern zu legen.« Er wandte sich an die hevellischen Priester. »Diesen Fehler werde ich nicht machen. Ihr wollt, dass wir in den Krieg gegen die Sachsen ziehen. Ich will diesen Krieg nicht, denn ich glaube, dass es einen besseren Weg gibt, der sächsischen Tyrannei ein Ende zu setzen. Aber ich mag mich irren. Ebenso mögt ihr euch irren. Darum sollten wir die Götter entscheiden lassen.«

»Du unterwirfst dich einem Gottesurteil?«, fragte Tuglo ungläubig. »Wieso? Du bist der Fürst. Du kannst befehlen.«

»Ich war sicher, ich hätte gerade erklärt, wieso«, entgegnete Tugomir – schärfer, als er beabsichtigt hatte. Er mahnte sich zur Ruhe. »Es ist eine Entscheidung, die unser aller Schicksal bestimmen wird. Darum sage ich: Überlassen wir sie den Göttern, die weiser sind und weiter blicken als wir. Ich unterwerfe mich einem Gottesurteil, wenn du schwörst, es auch zu tun, Tuglo.«

»Welche Form von Gottesurteil?«

»Pferdeorakel oder Zweikampf, du hast die Wahl.«

Tuglo starrte ihn an, als könne er sein Glück kaum fassen. Dann malte sich ein seliges Lächeln auf seinem Gesicht ab. »Ich wähle den Zweikampf.«

»Welche Waffen?«

Tuglos Lächeln wurde noch eine Spur breiter. »Die Waffe meiner Wahl ist Bogdan.«

Wieder ging ein Raunen durch die Halle.

»Du erinnerst dich doch hoffentlich, Fürst, dass ich einen Stellvertreter wählen kann?«

»Natürlich«, gab Tugomir zurück – und es klang weitaus gelassener, als ihm zumute war. Nur ein greiser oder kranker Mann schickte für gewöhnlich einen Stellvertreter in einen Zweikampf, andernfalls galt es als feige, aber verboten war es nicht.

»Bogdan?« Tugomir blickte zu dem Hünen hinüber, mit dem ihn eine innige Feindschaft verband, seit er ihn vor all den Jahren für drei Tage und Nächte auf den Abort verbannt hatte.

Bogdan musterte den Fürsten von Kopf bis Fuß. Seine Miene wirkte ebenso amüsiert wie überheblich. »Eschenstöcke«, sagte er.

Tugomir nickte. »Morgen, eine Stunde nach Sonnenaufgang.«

»Einverstanden.«

»Augenblick«, meldete Godemir sich zu Wort und stand auf. »Eschenstöcke sind zweihändige Waffen, und Fürst Tugomirs linke Hand ist verletzt. Wähl eine andere Waffe, Bogdan.«

Doch Bogdan hob gleichgültig die massigen Schultern. »Es ist nicht gegen die Regel, oder? Das hätte er sich eben vorher überlegen müssen. Und sind wir doch mal ehrlich, er hätte auch mit zwei gesunden Händen keine Chance, also wo ist der Unterschied?«

Hier und da gab es Gelächter unter Tuglos Anhängerschaft.

Tugomir bedachte Bogdan mit einem Lächeln, das besagte: Du ahnst ja nicht, worauf du dich einlässt. Er wusste beim besten Willen nicht, wo er es hernahm, dieses Lächeln, denn Bogdan hatte recht: Tugomirs Chancen standen nicht gut.

Er sah zur Priesterseite der Tafel und fand Widukinds Blick. Der Bischof hob mit einem untypisch verwegenen Grinsen die Schultern und sagte auf Sächsisch: »Gott und seine Heiligen wirken jeden Tag größere Wunder.«

Er versuchte, seine Frau nicht so zu lieben, als wäre es das letzte Mal. Alveradis spürte seine Zweifel, die Furcht und seine Gier nach Leben natürlich trotzdem, schlang die Beine um seine Hüften, als wolle sie ihn nie wieder hergeben, und erwiderte seine drängenden Stöße wie meistens mit stummer Leidenschaft. Doch als er sich schließlich von ihr löste, unternahm sie keinen Versuch, ihn festzuhalten.

Tugomir setzte sich auf, lehnte sich an das fellbespannte Kopfteil seines komfortablen Bettes, und sie rückte neben ihn und legte den Kopf an seine Schulter. Das hüftlange Haar hing wie ein Vorhang vor ihrem Gesicht und ihren Brüsten und schimmerte im Licht der kleinen Öllampe wie gesponnener Bernstein.

»Es tut mir leid, dass ich dir das zumute«, sagte er. »Aber es ist der einzige Weg.«

»Warum?« Ihre Stimme klang heiser. Mit sinkendem Herzen erkannte er, dass sie weinte. Ungeduldig fuhr sie sich mit dem Handrücken über die Wangen und schob dabei den Haarvorhang ein wenig zurück, sodass er sie anschauen konnte. »Vergib mir«, bat sie zerknirscht. »Ich sollte mich schämen, es schwerer für dich zu machen, als es sowieso schon ist.« Es klang streng, so als rede sie sich selbst ins Gewissen, aber trotzdem kamen neue Tränen.

Er wischte sie lächelnd mit dem Daumen weg. »Ich bin vermutlich der erste Fürst der Heveller, der versucht, einen Krieg zu verhindern«, begann er zu erklären. »Das verstehen die Menschen hier nicht. Uns Slawen ist der Krieg so heilig, dass wir unseren Kriegsgott verehren wie kaum einen anderen und ihm einen mannshohen Schild aus purem Gold weihen. Natürlich muss ein Volk wehrhaft und kriegerisch sein, um gegen seine Feinde zu bestehen, daran glaube auch ich. Aber einen Krieg gegen Otto können wir einfach nicht gewinnen. Darum halte ich ihn für sinnlos. Männer wie Tuglo und Bogdan hingegen, selbst Godemir und mein Onkel Slawomir glauben etwas anderes. Ein Fürst, der einen Krieg scheut, ist in ihren Augen schwach. Und wenn es eine Sache gibt, die wir Slawen einfach nicht dulden können, ist es Schwäche. Darum muss ich ihnen beweisen, dass nicht Schwäche der Grund für mein Handeln ist, sonst töten sie mich.«

»Aber wenn du verlierst, töten sie dich auch«, konterte sie erstickt.

Tugomir rechnete es ihr hoch an, dass sie ihn nicht fragte: *Was soll dann aus mir werden?* Doch das war es natürlich, was sie dachte. Sie hatte Angst um ihn, aber auch um sich selbst und ihr ungeborenes Kind, und das zu Recht.

Er machte ihr nichts vor. »Wenn ich verliere, *bin* ich tot, denn einen Zweikampf, der den Willen der Götter offenbaren soll, darf nur einer der Kämpfer überleben. Aber wenigstens bestimme ich dann das Wann und das Wie. Hör mir gut zu, Alveradis: Morgen früh, wenn es hell wird, gehst du mit Dragomira zusammen in die Vorburg. Dort warten Dervan und ein halbes Dutzend weitere Daleminzer mit Pferden und Proviant auf euch. Wenn ich den Kampf verliere, bringen sie euch zurück nach Magdeburg. Aber ihr müsst auf der Stelle aufbrechen, wenn die Nachricht kommt, verstehst du?«

Sie nickte.

»Schwöre es mir.«

Alveradis nahm sich zusammen. »Ja.« Sie straffte sichtlich die Schultern, legte die rechte Hand aufs Herz und hob die Linke zum Schwur. »Ich schwöre.«

»Gut.« Er fühlte sich ein wenig besser. »Und nun muss ich gehen.«

Sie war überrascht, aber sie protestierte nicht.

Tugomir stand auf, streifte die Hosen über und schnürte sie zu. Auf einmal hatte er es eilig, Alveradis zu entkommen. Er wusste, er musste den Rest der Nacht nutzen, um sich vorzubereiten und sich hart zu machen. Er würde im Kampf keine Rüstung tragen, aber sein Geist musste gepanzert sein. Und dazu musste er alles aus seinen Gedanken und seinem Herzen verbannen, was nicht kalt und grausam und kriegerisch war.

»Gott sei mit dir und beschütze dich, Tugomir.« Ihre Stimme klang jetzt fest. »Ich werde für dich beten.«

Er lächelte auf sie hinab. »Wir sehen uns zum Frühstück oder in der nächsten Welt.«

Sein Pferd stand vor der Halle bereit, wie Tugomir befohlen hatte. Es war eine mondhelle Nacht, und er fand den Weg ohne Mühe. Er ritt zurück zu dem kleinen See im Wald, denn es war ein Ort voll guter Magie, die er sich zunutze machen wollte. Er badete im nachtschwarzen Wasser, legte sich dann nackt ins Ufergras und ließ sich von den Flussgeistern in den Schlaf singen. Drei oder vier Stunden schlief er tief und traumlos, und er fühlte sich erfrischt, als er erwachte. Er fröstelte. Es war ein heißer Spätsommertag gewesen, aber man merkte, dass der Herbst nicht mehr fern war. Tugomir konnte es in der Luft riechen und im Wasser schmecken, und die kühle Brise war ihm willkommen. Er streifte die Hosen über – das einzige Kleidungsstück, das er im Kampf tragen durfte –, band sich die Haare im Nacken mit einer Lederschnur zusammen, damit sie ihm nicht in die Quere kommen und die Sicht nehmen konnten, und dann wartete er.

Vielleicht eine Stunde verging, bis er den dumpfen Klang von Hufen im Waldgras hörte, und wenig später erschienen Widukind und Semela auf der kleinen Lichtung am Ufer des Weihers.

Sie saßen ab, banden ihre Pferde neben seinem an eine junge Eiche und traten dann zu ihm.

Im silbrigen Mondlicht sahen sie sich an. Dann wandte Semela sich ab und murmelte über die Schulter: »Ich gehe ein Stück.«

Als seine raschelnden Schritte verklungen waren, sank Tugomir auf die Knie, faltete die Hände und sagte: »In Reue und Demut bekenne ich meine Sünden.«

Widukind schlug das Kreuzzeichen über ihm, hockte sich dann vor ihn ins taufeuchte Gras und hörte ihm zu. Nicht lange nachdem Tugomirs Beichte beendet und er von seinen Sünden losgesprochen war, kehrte Semela zurück, kniete sich neben Tugomir, und eine Weile beteten sie. Aber Tugomir wusste, er durfte nicht riskieren, dass seine Glieder sich vom langen Verharren auf den Knien verkrampften, und so stand er schließlich auf und ergriff den Eschenstock, den Semela ihm mitgebracht hatte. Für einen Herzschlag musste er an den kleinen Stani denken, den Gero mit genau solch einem Eschenstock zu Tode geprügelt hatte, aber er schob den Gedanken entschlossen beiseite. Zorn, die Erinnerung an den bohrenden Schmerz seiner Hilflosigkeit – all das konnte er jetzt nicht gebrauchen. Er ließ den Stock langsam durch die Hände gleiten, um sich mit seiner Waffe vertraut zu machen, und konzentrierte sich auf das, was seine Sinne ihm sagten. So lang wie Tugomir groß war, hatte der Stock exakt das richtige Maß, und die Oberfläche fühlte sich gut an. Geschmeidig und warm. Geglättet und so dick wie der Arm eines Kindes. Tugomir schob ihn langsam durch die ausgestreckte Rechte und fand den Balancepunkt. Eine Handbreit oberhalb der Mitte. Gut so.

Er trug seine Waffe zum Ufer und tauchte sie ins Wasser. Widukind hätte gewiss die Stirn gerunzelt, aber Tugomir brauchte nicht nur Gottes Segen, um diesen Kampf bestehen zu können. Er wollte ebenso das Wohlwollen der guten Wassergeister, denn sie waren die Verbindung zu seinen Ahnen. Zu seinen Wurzeln. Was er eigentlich wollte, erkannte er, war der Segen seines Vaters. *Verrate ich dich mit dem Weg, den ich eingeschlagen habe? Oder heißt du ihn gut? Bist du mit mir?*

Er bekam keine Antwort, doch die Stimmen der Geister gaben ihm wiederum Ruhe und Zuversicht.

Bei Tagesanbruch lag Nebel über Wald und Wasser, und als die Sonne aufging, schien sie die wabernden weißen Schleier in blutrote Streifen zu zerschneiden. Widukind feierte die Messe, und der Wald mit seinen himmelhohen alten Bäumen und den erwachenden Vögeln erschien Tugomir ein weihevollerer Ort als jede Kirche.

Nachdem der Bischof den letzten Segen gesprochen hatte, legte er Tugomir die Hand auf die Schulter und sah ihn mit einem Lächeln an. »Wie fühlst du dich?«

Tugomir nickte. »Bereit.«

»Gut. Ich habe noch etwas für dich.« Widukind fasste sich in den Nacken und zog einen Lederriemen mit einem kleinen Silberröhrchen über den Kopf, das er unter der Kleidung getragen hatte. »Hier. Es ist meine kostbarste Reliquie, und ich will, dass du sie heute trägst.«

Tugomir nahm sie bereitwillig und streifte das Lederband über den Kopf, fragte aber: »Was ist es?«

»Ein Finger des heiligen Vitus.«

»Der Schutzheilige der Sachsen?«, fragte Semela halb amüsiert, halb skeptisch. »Bist du sicher, dass das angemessen ist?«

Widukind hob beschwichtigend die Hand. »Es stimmt, dass er der Schutzheilige der Sachsen ist, aber ebenso der der Heilkundigen. Und Fürst Wenzel von Böhmen … kanntest du ihn eigentlich?«, fragte er Tugomir.

Der nickte. »Er war mein Vetter und sah mir so ähnlich wie du Otto. Aber ich … ich habe ihn mit Leidenschaft verachtet, weil er keinen Krieg gegen König Heinrich führen wollte. Und jetzt schau mich an.« Er konnte nur den Kopf schütteln über die absurden Wendungen, die das Leben manchmal nahm.

»Die böhmischen Christen verehren ihn als Märtyrer und Heiligen«, sagte Widukind.

»Wirklich? Stell dir nur vor, welche Chancen sich mir mit einem Mal eröffnen …«

»Ja, spotte, so viel du willst, Tugomir, aber es gibt mehr als nur äußerliche Gemeinsamkeiten zwischen euch. Wenzel war jedenfalls auch ein glühender Verehrer des heiligen Vitus und hat ihm eine Kirche gebaut. Darum schien mir die Reliquie für den heutigen Anlass angemessen.«

Tugomir schloss die Faust um das schmale Silberreliquiar. »Hab Dank, Widukind.«

»Es wird Zeit«, sagte Semela. Falls er nervös war oder Zweifel am Ausgang des Kampfes hatte, verbarg er es gut. »Zeig mir deine Linke, Fürst.«

Untypisch folgsam streckte Tugomir ihm die knochige, tätowierte Hand entgegen und drehte die Innenfläche nach oben. Die Schnittwunde, die er bei seinem unglückseligen Kampf mit Dragomir davongetragen hatte, war tief und hässlich gewesen. Aber er hatte Glück gehabt. Die Naht hatte sich nicht entzündet, sondern war gut geheilt, und nur der kleine Finger war unbeweglich geworden, alle anderen gehorchten noch.

Semela schaute von der Handfläche auf. »Wird es halten?«

»Das wissen wir in einer Stunde. Aber ich denke, doch. Zum Glück habe ich sie selbst genäht, nicht du. Können wir jetzt gehen?«

Der grasbewachsene Platz zwischen der Halle und dem Jarovit-Tempel wimmelte von Menschen. Alle Männer der Burg und viele aus der Vorburg waren gekommen, um den Zweikampf zu sehen, aber keine Frauen. Sie durften bei Gottesurteilen ebenso wenig zugegen sein wie bei Tempelzeremonien.

Die Menge verstummte und bildete bereitwillig eine Gasse, als der Fürst mit seinen beiden ungleichen Sekundanten auf dem Kampfplatz erschien.

Bogdan erwartete ihn bereits. Er stand mit seinem Vetter Radomir an der Ostseite des etwa kreisförmigen Kampfplatzes und unterhielt die umstehenden Zuschauer mit seinem Muskelspiel. Genau wie Tugomir trug er nur ein Paar eng anliegender Beinlinge, über deren Bund eine beachtliche, fischweiße Wampe hing. Aber Tugomir wusste, er durfte sich davon nicht täuschen lassen. Unter dem Fett waren Muskeln so hart wie Granit. Tugomir war ein großer Mann, doch Bogdan war ein Koloss von über sechs Fuß, und er verfügte über Bärenkräfte. Jeden Tag ihrer Jugend hatte Bolilut mit ihm gefochten und gerungen; niemals hatte er ihn schlagen können. Schädel zu spalten und Knochen zu brechen war seit jeher Bogdans liebster Zeitvertreib gewesen, und das Stirnband, das sein schütteres Haar zurückhielt, war rötlich braun von dem Blut seines letzten unterlegenen Gegners, in welchem er es getränkt hatte. Er hielt seinen Eschenprügel in der emporgereckten Rechten, und der Umfang seines Oberarms war dicker als so mancher Oberschenkel.

Als er Tugomir auf der anderen Seite des Platzes entdeckte, stellte er seine Possen ein, stemmte den Stock vor sich ins Gras und blickte ihm mit verengten Augen entgegen.

Tugomir tat es ihm gleich, führte das kleine Reliquiar um seinen Hals kurz an die Lippen und schaute dann zu Godemir, Slawomir, Draschko und Tuglo, die in ihren feinen Priestergewändern auf einer Bank in vorderster Reihe saßen. Das leise Gemurmel der Zuschauer verebbte.

Godemir stand auf. »Dieser Kampf soll uns den Willen der Götter offenbaren, keine alten Rechnungen begleichen.« Sein strenger Blick glitt zu Bogdan. »Wer gegen die Regeln verstößt, hat den Kampf verloren.«

Welche Regeln?, dachte Tugomir grimmig und schloss die Hände fester um seinen Stock. Die Linke begann leise zu pochen.

Der alte Priester hob die Arme. »Möge Jarovit mit euch sein, und möge Veles den Unterlegenen sicher in die andere Welt geleiten. Kämpft.«

Bogdan und Tugomir traten in die Platzmitte.

»Heute Nacht werd ich mich zu deiner Witwe legen und ihr zeigen, was ein echter slawischer Schwanz ist, Tugomir.«

Tugomir zeigte ein sehr sparsames Lächeln. »Deine Witwe hat nichts dergleichen zu befürchten. Wenn ich wählen müsste, würde ich mich lieber zu deinen Hunden legen als zu deiner Frau.«

Mit einem Wutschrei, der durch Mark und Bein ging, hob Bogdan seinen Knüppel und machte einen Satz auf ihn zu. Pfeifend sauste der Stock durch die Luft und landete im Gras, wo Tugomir gerade noch gestanden hatte. Der Fürst war rechtzeitig nach links geglitten, und ehe Bogdan zum zweiten Schlag ausholen konnte, verpasste Tugomir ihm mit dem einen Stockende einen Hieb auf den Oberarm, der mit einem satten Klatschen auftraf, und erwischte mit dem anderen nur einen Lidschlag später die Finger der rechten Pranke.

Bogdan jaulte auf, nahm die Hand von seiner Waffe und führte sie unwillkürlich zum Mund. Damit gab er seine Deckung auf, was ihm einen mörderischen Schlag auf den Kopf eintrug. Einen geringeren Mann hätte das in die Knie gezwungen, aber Bogdan hatte schon wieder beide Hände am Stock und ging zum Gegenangriff über. Tugomirs Schnelligkeit hatte ihn überrascht, aber er brauchte nicht lange, um sich darauf einzustellen. Tugomir riss seinen Stock nach oben, um seinen Kopf zu schützen, und bekam zur Belohnung einen Schlag vors Knie, ehe die Eschenprügel sich mit dem dumpfen Laut von Holz auf Holz kreuzten, zweimal, dreimal, immer schneller.

Die Kontrahenten umkreisten einander, brachen niemals den Blickkontakt, weil jeder den nächsten Hieb des anderen vorsehen wollte, landeten Treffer auf Armen und Beinen, aber nicht auf Kopf oder Rumpf, weil sie ebenbürtig waren.

Wieder schlugen die Waffen aufeinander, Tugomirs Hände enger zusammen und zwischen Bogdans, der mit einem Mal die Linke von seinem Stock nahm und ihn wie ein Schwert führte. Ohne jede erkennbare Ausholbewegung ließ er den Eschenprügel seitlich gegen Tugomirs Kopf krachen. Tugomir stürzte zu Boden. Sein Kopf fühlte sich an, als sei er in tausend Scherben zerbrochen wie ein Tonkrug, Blut lief über sein Ohr, aber er war nicht zu benommen, um sich nach links zu werfen und zweimal zu rollen. So entging er dem niederfahrenden Hieb, der ihm den Schädel hatte zertrümmern sollen, aber er steckte in allergrößten Schwierigkeiten.

Er rollte in die andere Richtung, bekam einen Schlag ins Kreuz, schaffte es aber dennoch irgendwie, aus der Rollbewegung auf die Knie und wieder auf die Füße zu kommen.

Bogdan stand nur einen halben Schritt vor ihm und wollte ihm den Stock in die Weichteile rammen, aber Tugomir lenkte ihn mit seiner eigenen Waffe nach links ab, zog dann mit aller Macht nach rechts und traf Bogdan mit dem Stockende genau aufs Ohr. Der getroffene Koloss grunzte und verlor für einen Moment das Gleichgewicht, was Tugomir Gelegenheit zu einem zweiten Treffer auf den Kopf gab. Bogdan wich gerade noch rechtzeitig zur Seite, aber es reichte für eine Platzwunde in der Scheitelgegend, und Blut rann ihm in die Augen. Blind torkelte Bogdan über den Kampfplatz, und Tugomir nutzte seine Chance und prügelte erbarmungslos auf ihn ein. Doch sein Gegner hörte, was er nicht sehen konnte, und verteidigte sich meisterlich. Dann sprang Radomir beherzt zwischen die Kämpfenden und schüttete seinem Vetter einen Eimer Wasser über den Kopf, sodass Bogdan wieder Sicht hatte.

Und jetzt ist er wirklich wütend, erkannte Tugomir.

Es gab eine saubere und eine hässliche Weise, einen Stockkampf auf Leben und Tod zu entscheiden. Man konnte versuchen, seinem Gegner mit einem gut platzierten Streich Schädel oder Genick zu brechen. Oder man verlegte sich darauf, ihm Arme und Beine zu brechen, bis er hilflos am Boden lag, um ihn dann langsam und in aller Ruhe totzuprügeln. Das war es, was Bogdan nun im Sinn hatte, aber je länger der Kampf sich hinzog, umso leichter fiel es Tugomir, sich zu verteidigen. Bogdan wurde langsamer. Nur ein klein wenig, nicht so, dass die Zuschauer es merken konnten, aber Tugomir frohlockte. *Er wird müde!*

Und dann geschah die Katastrophe. Bogdan landete einen krachenden Hieb auf Tugomirs Stock und brach ihn mitten durch.

Die Zuschauer raunten, hier und da zog jemand scharf die Luft ein.

Tugomir wich zurück und hob die beiden Stockhälften mit den gefährlichen, gesplitterten Enden, aber er wusste, sein Kampf war verloren. Bogdan hatte jetzt doppelt so viel Reichweite wie er, und er würde diesen Vorteil nutzen.

Mit Mordgier in den Augen rannte er auf Tugomir zu, seine Waffe quer vor dem eigenen Körper und leicht über die linke Schulter gehoben, um mit dem ganzen Schwung seines Anlaufs einen Hieb zu landen, den Tugomir nicht abwehren konnte.

Tugomir stand still wie ein Baum. Er konnte nicht weiter zurück, denn er hatte die Wand aus Zuschauern fast erreicht. *Gott beschütze dich, Alveradis,* dachte er und warf das linke Stockende. Bogdan wich ihm aus, ohne seinen Schritt zu verlangsamen. Fast hatte er Tugomir erreicht, und ein angespanntes, hasserfülltes Lächeln verzerrte sein Gesicht, als ein weißes Flirren über sein Kinn, seinen Mund und seine Nase aufwärts huschte. Tugomir wusste augenblicklich, was es zu bedeuten hatte, und hob die Rechte. Als der Sonnenstrahl, der sich in dem Silberreliquiar auf seiner Brust spiegelte, Bogdan genau in die Augen fiel und ihn blendete, riss der Hüne verwirrt den Kopf zur Seite und geriet ins Straucheln, und ehe er sich gefangen hatte, rammte Tugomir ihm das gesplitterte Stockende in die Kehle.

Mit einem Mal herrschte vollkommene Stille auf dem Kampfplatz. Bogdan brach in die Knie und fiel zur Seite. Fast konnte man meinen, die Erde erzittere unter dem Aufprall. Blut strömte aus der Wunde und sickerte ins Gras, und der Besiegte tastete fahrig mit der Linken, fand das Stockende und versuchte, es aus der Wunde zu ziehen, aber seine Kräfte hatten ihn verlassen. Sein Kopf rollte zur Seite, und ein grausiges Gurgeln drang aus seiner aufgerissenen Kehle. Einen Moment noch glitt sein Blick rastlos über die vordere Reihe der Zuschauer, dann wurde er starr, und Bogdan lag still.

Tugomir sah auf ihn hinab und wandte sich dann zu den Priestern um, die von ihrer Bank aufgesprungen waren.

Tuglo und Draschko tauschten entsetzte Blicke. Aber Godemir war die Ruhe selbst. Er trat zwei Schritte auf Tugomir zu und verneigte sich vor ihm. »Die Götter haben ihren Willen offenbart, Fürst, und sie waren wieder mit dir. Zum zweiten Mal seit dem letzten Neumond. Sie müssen dich wahrhaftig lieben.«

Tugomir war zu atemlos, um zu antworten. Er blutete am Kopf, alles tat ihm weh, und er wusste, morgen würde sein Körper von Bogdans Stockhieben in allen Farben des Regenbogens leuchten. Doch all das war bedeutungslos. Er stützte die Hände auf die Oberschenkel und stellte bei der Gelegenheit fest, dass die Linke blutige Abdrücke hinterließ. Während Widukind, Semela, Slawomir und einige andere ihn umringten und beglückwünschten und ihrer Erleichterung über den Ausgang des Kampfes Ausdruck verliehen, blickte Tugomir auf das Reliquiar hinab, das genau vor seinen Augen sacht pendelte. *Hab Dank, heiliger Vitus. Ich schätze, ich schulde dir eine Kirche ...*

Magdeburg, August 939

Otto nahm den Spangenhelm ab und reichte ihn Konrad von Minden. »Jemand soll mir einen Eimer Wasser bringen. Je kühler, desto besser.« Er streifte die Handschuhe ab und fuhr sich mit der Rechten durch den verschwitzten Schopf. Es war ein mörderisch heißer Tag.

»Sofort, mein König. Soll ich Euch aus der Rüstung helfen?«

Der König blickte an sich hinab. Sein Kettenhemd war blutbesudelt und staubig. Kein schöner Anblick. »Du hast recht. So sollte ich der Königin lieber nicht unter die Augen treten.« Er löste den Schwertgürtel, reichte das Gehenk an Hatto und streckte die Arme über den Kopf.

Konrad zog ihm den Ringelpanzer aus. Ein himmlisches Gefühl, das Gewicht von den Schultern zu haben, fuhr es Otto durch den Sinn. Nur schade, dass er die Rückschläge und die Düsternis der letzten Wochen nicht auch einfach so abstreifen konnte …

Wachen, Diener und Stallknechte waren herbeigeströmt, um den König und sein Gefolge in der Pfalz willkommen zu heißen und ihre Pferde in Empfang zu nehmen.

»Konrad, geh zu meinem Bruder in die Kanzlei. Sag ihm, ich erwarte ihn und meine übrigen Ratgeber in einer Stunde in der Halle.«

Der junge Edelmann verneigte sich schweigend, drückte die Rüstung des Königs einem bereitstehenden Diener in die Hände und eilte davon.

»Hatto, dein Vetter liegt auf dem dritten Wagen. Kümmere dich um ihn.«

»Udo?«, fragte der Wachsoldat erschrocken.

Der König nickte. »Er hat vor den Toren von Breisach einen Bienenkorb auf den Kopf bekommen. Sie haben ihn ziemlich schlimm zugerichtet, fürchte ich. Er war fast zwei Tage bewusstlos.«

Hatto hatte die Augen weit aufgerissen und bekreuzigte sich. »Kommt er durch?«

Der König hob die Schultern. »Ich hoffe es.«

»Wir hätten den slawischen Prinzen nicht heimschicken sollen«, brummte Hatto. »Hier wird er schmerzlich vermisst, und drüben bei den verfluchten Heiden richtet er nichts aus. Vermutlich macht er gemeinsame Sache mit ihnen.«

Otto wandte sich ab. »Du kannst nach meinem neuen Leibarzt schicken, wenn es nötig ist, er heißt Vater Dietrich. Und wenn ich deine Meinung über Fürst Tugomir hören will, Hatto, werde ich danach fragen.«

Der Wachsoldat sah ihn einen Moment an wie ein verschreckter Welpe, verbeugte sich dann und stapfte davon.

»Eure Männer sind scharfe Worte von Euch nicht gewöhnt«, bemerkte Hardwin, der die Szene verfolgt hatte, mit einem Grinsen, während auch er sich aus der Rüstung schälte.

»Scharfe Worte bekommt, wer sie verdient«, gab der König

unwirsch zurück und dachte: *oder wer es wagt, meine schlimmsten Befürchtungen auszusprechen.* Er wollte einfach nicht glauben, dass Tugomir sein Wort gebrochen hatte.

Mit langen Schritten umrundete er die Halle. Editha öffnete ihm die Tür zu seinem Quartier, als er gerade die Hand danach ausstreckte, trat lächelnd einen Schritt zurück und knickste vor ihm. »Willkommen in Magdeburg, mein König.«

Sie wusste immer, wenn er kam. Sie stürmte nie mit den Höflingen und dem Gesinde zum Haupttor, aber sie hörte das Getöse, das seine Ankunft unvermeidlich auslöste, ließ stehen und liegen, was sie gerade tat, und kam hierher, um ihn in Empfang zu nehmen. Unbelauert.

Er trat über die Schwelle, schloss die Tür mit einem beiläufigen Tritt und zog seine Frau an sich. »Ich hatte kaum zu hoffen gewagt, dich hier anzutreffen.«

»Ich bin seit zwei Tagen zurück.« Sie verschränkte die Hände in seinem Nacken, schaute ihm in die Augen und sah all das, was er ihr mit Worten niemals berichten konnte: das Gemetzel, die Verwüstung und Verzweiflung, die sie in Lothringen angerichtet hatten. Die erfolglose Belagerung von Chèvremont, wo Giselbert und Henning ihm durch die Finger geschlüpft waren. Der erste von einer ganzen Reihe von Rückschlägen …

Er drückte die Lippen auf ihre Stirn. »Wie war meine Mutter?«

»Zerknirscht. Sie weiß genau, dass sie auf der falschen Seite steht. Aber sie kann einfach nicht anders, Otto.«

»Nein, das ist mir aufgefallen.«

»Die Menschen in Quedlinburg lieben sie für ihre Mildtätigkeit und Güte.«

»Sie müssen sie verwechseln …«

Editha schüttelte den Kopf. »Ihre guten Werke werden weit über die Stadtmauern von Quedlinburg hinaus gerühmt. Die Leute verehren sie wie eine Heilige.«

Er nickte, ohne einen Kommentar abzugeben. Editha und seine Mutter hatten sich früher immer nahegestanden. Offenbar hatten sie an diese alte Verbundenheit angeknüpft, und er musste feststellen, dass ihn das kränkte. »Die Kinder?«, fragte er.

»Gesund und … lebhaft.« Sie grinste. »Wilhelm und Liudolf sind so unzertrennlich wie früher.«

»Dafür sei Gott gepriesen.«

Es klopfte, und Editha löste sich von Otto, um seinem Kammerdiener die Tür zu öffnen, der wie befohlen einen Eimer Brunnenwasser brachte.

»Es ist gut, Arno.« Der König wies auf den Tisch am Fenster. »Stell ihn dort ab. Ich brauche dich vorläufig nicht.«

Der alte Diener schnaufte ein wenig unter seiner Last, ächzte, als er den Eimer auf den Tisch stellte, und schlurfte hinaus.

Otto zog Lederwams, Obergewand und Hemd aus, während Editha das Wasser in eine Tonschale schenkte und ihm ein sauberes Leinentuch holte. Er wandte ihr den Rücken zu, schöpfte mit beiden Händen Wasser und begann, sich zu waschen. Weil er ihr nicht mehr in die Augen sehen musste, konnte er sagen: »Henning ist mir entwischt. Genau wie Giselbert. Ludwig von Westfranken ist in Lothringen einmarschiert und hat sich in Verdun huldigen lassen. Die Bischöfe von Metz, Toul und Verdun sind zu ihm übergelaufen. Dann ist er weitergezogen ins Elsass. Und du wirst nie erraten, wer ihn dort mit offenen Armen erwartete.«

»Eberhard von Franken«, antwortete sie leise, scheinbar gelassen. »Wir haben es schon gehört.«

»Eberhard von Franken, ganz genau.« Mit seinen großen Händen schöpfte er das herrliche kühle Wasser, ließ es sich über Haar und Gesicht rinnen, dann über Nacken und Brust. »In gewisser Weise ist es eine Erleichterung, dass er aus der Deckung gekommen ist. Ein erklärter Feind ist nie so gefährlich wie ein Messer in der Dunkelheit. Und ich habe immer geahnt, dass er und Henning eine Übereinkunft getroffen haben, als Eberhard sich ihm letzten Sommer ergeben hat.«

»Straffreiheit und uneingeschränkte Macht in Franken für Eberhard, die Krone für Henning«, mutmaßte Editha.

Der König nickte. »Und nun sitzt Eberhard in seiner Festung Breisach auf der Rheininsel, sodass wir nicht ins Elsass hineinkommen. Und ich bin sicher, Henning ist bei ihm.«

»Wieso glaubst du das?«

»Kaum hatten wir mit der Belagerung von Breisach begonnen, brachten mir meine Späher einen Gefangenen. Es war Volkmar von Halberstadt. Er gehört zu Hennings engsten Freunden. Wir haben ihn befragt, wo Henning sich verkrochen hat, aber nichts aus ihm herausgebracht. Trotzdem. Wo Volkmar ist, ist Henning nie weit.«

»Volkmar hat geschwiegen?«, fragte sie erstaunt. »Das hätte ich ihm gar nicht zugetraut. Ich hab ihn für einen leichtfertigen Trunkenbold gehalten.«

»Vielleicht haben wir uns beide in ihm getäuscht.«

Udo war es gewesen, der Volkmar »befragt« hatte. Udo, der Mann fürs Grobe, der einem Gefangenen die Knochen brechen und Schlimmeres antun konnte, mit derselben Konzentration und Gleichgültigkeit, mit der man ein Huhn schlachten oder Holz hacken mochte. Volkmar war in der Tat härter gewesen, als irgendwer ihm zugetraut hatte. Selbst als Udo seine Schwerthand ins Feuer hielt, hatte er nicht geredet. Nur geschrien. Dann war sein Schrei abrupt verstummt, wie abgeschnitten, und Volkmar war in sich zusammengesackt. Doch er war nicht bewusstlos, wie sie geglaubt hatten. Er war tot. Einfach so.

»Er ist gestorben, eh wir ihn zum Reden bringen konnten. Vielleicht ein schwaches Herz, glaubte Hardwin.«

»Oder die Hand Gottes«, erwiderte sie. »Volkmar war ein Eidbrecher und Verräter. Also gräm dich nicht, mein König.«

Otto wusch sich den Staub aus dem Bart. »Volkmars Tod schmerzt mich nicht, sei versichert. Aber sein Vater ist der Graf vom Harzgau. Ich nehme an, ihn darf ich nun auch zu der großen Schar meiner Todfeinde zählen.«

Sie nickte – unbesorgt. »Und was geschah dann?«

»Hermann von Schwaben stieß mit seinem Bruder Udo und seinem Vetter Konrad Kurzbold zu uns. Gute Männer, alle drei. Mit ihren Truppen waren wir zahlreich genug, um Breisach zu belagern. Und wir hätten es auch genommen. Aber nach zwei Wochen kam Bruns Nachricht vom Aufstand der Obodriten. Ich habe die Belagerung Hermann von Schwaben überlassen und bin sofort aufgebrochen.« Er ließ sich nochmals Wasser übers Haar rinnen und betrachtete missvergnügt die bräunliche Brühe, die in die Waschschüssel zurückfloss. »Ich hoffe, es war die richtige Entscheidung. Hermann kann Breisach alleine unmöglich nehmen. Ich weiß, ich werde dort gebraucht. Aber ...« Er brach ab.

Editha öffnete die Truhe und suchte ihm frische Kleider heraus. Dann legte sie das Messer bereit, um ihm den Bart zu stutzen.

Otto wandte sich zu ihr um. »Ich wünschte, wir hätten Nachricht von Tugomir. Es ist seltsam. Den Verrat meines Bruders und meines Schwagers kann ich ohne besondere Bitterkeit ertragen. Aber wenn Tugomir mir jetzt in den Rücken fällt ...«

Editha schüttelte entschieden den Kopf. »Gib ihm mehr Zeit. Wir können nicht erwarten, dass er innerhalb eines Monats etwas ausrichten kann und die Elbslawen befriedet. Nicht nach dem, was Gero getan hat. Hab Vertrauen zu Fürst Tugomir.«

»Ja. Du hast recht.« Einigermaßen gesäubert, aber ziemlich feucht schloss er seine Frau in die Arme und küsste sie. »Du machst mir Mut, Editha. Das ist keine geringe Leistung in finsteren Zeiten wie diesen.«

»Also, wo stehen wir?«, fragte Otto.

»Das wissen wir nicht, und genau das ist das Problem«, antwortete Wichmann Billung, der wieder einmal lieber zu Hause geblieben war, als mit dem König in den Krieg zu ziehen. »Mein Bruder Hermann hat seine Slawen einigermaßen gezähmt, aber Gero von Merseburg richtet eine Katastrophe nach der anderen an.« Was vermutlich heißen sollte: Nimm ihm die Mark und gib sie stattdessen mir, auf dass ich meine Kräfte mit denen meines Bruders vereinen kann, mutmaßte Otto.

»Die Obodriten haben sich erhoben, die Elde überschritten und Gero eine schwere Niederlage beigebracht«, berichtete Brun. »Vermutlich suchen sie jetzt bei den slawischen Stämmen weiter südlich nach Verbündeten.«

»Wenn Tugomir uns den Rücken kehrt oder gestürzt wird und die Heveller sich den Obodriten anschließen, gibt es einen Flächenbrand«, fügte Hadald hinzu. Otto hatte nicht vergessen, dass der Kämmerer dagegen gewesen war, Tugomir nach Hause zu schicken. »Schon dreimal sind Kriegerscharen der Obodriten über die Elbe gekommen und haben sächsische Dörfer überfallen. Die Grafen der Elbgaue fangen an zu murren, dass ihr König im Westen Krieg führt, statt ihre Grenzen zu schützen.«

»Aber es gibt auch gute Neuigkeiten«, sagte Brun und hielt einen Brief mit einem großen Siegel hoch. »Nachricht von Bischof Balderich. Der Bote kam vor zwei Stunden. Unser Schwager Hugo von Franzien marschiert auf Laon. Ludwig von Westfranken hat das Elsass in größter Eile verlassen und führt seine Truppen heim, um seine geliebte Bischofsstadt Reims vor dem fürchterlichen Hugo zu beschützen.«

»Was ihm vermutlich nicht gelingen wird«, warf Otto ein.

»Was ihm nie und nimmer gelingen wird«, stimmte Brun grinsend zu. »Solche wie Ludwig verspeist Hugo von Franzien gewöhnlich zum Frühstück und spült den schlechten Nachgeschmack mit einem Schluck Wein herunter.«

»Wieso erfahre ich erst jetzt von diesem Brief?«, fragte Poppo grantig. »Du hast ihn mir vorenthalten, du junger Flegel!«

Brun zuckte ungerührt die Schultern. »Der Bischof von Utrecht war mein Lehrer und Mentor, wie Ihr wisst. Seine Botschaft war an mich persönlich gerichtet, nicht an die Hofkapelle. Natürlich hätte ich Euch dennoch sofort in Kenntnis gesetzt, wäre die Rückkehr des Königs mir nicht zuvorgekommen.«

Poppo brummte irgendetwas Unverständliches vor sich hin, aber er war versöhnt. Der alte Kanzler fand großen Gefallen an Ottos jüngstem Bruder. Und das war ein Segen, fand Otto, denn er wollte, dass Brun von Poppos großer Erfahrung profitierte und von ihm lernte, solange noch Zeit blieb. Brun, hatte Otto beschlossen, würde sein nächster Kanzler werden.

Der König lehnte sich in seinem Sessel zurück und strich sich nachdenklich über den kurzen blonden Bart. »Das sind in der Tat gute Neuigkeiten, Brun. Wenn Ludwig nach Hause eilen muss, um Laon und Reims gegen Hugo zu verteidigen, geht es um nicht weniger als die Vorherrschaft im Westfrankenreich. Womöglich um seine Krone. Er wird kein Interesse an Lothringen mehr haben. Giselbert wird sehr bald feststellen, dass er seine Lehnstreue an einen König verschwendet, der ihm weder Truppen noch Führung zu bieten hat.«

»Das wird Giselbert kaum veranlassen, in Demut zu Euch zurückzukriechen«, warnte Wichmann.

»Das würde ich ihm auch nicht raten«, grollte Otto. »Die Zeiten der königlichen Großmut und Nachsicht sind vorbei.«

Es war einen Moment still in der Halle, ehe Brun fragte: »Auch für Henning?«

»Darüber entscheiden wir, wenn wir ihn haben«, beschied Otto knapp. »Ludwigs Rückzug bedeutet jedenfalls, dass unsere Verbündeten in Breisach nicht befürchten müssen, die Westfranken könnten ihnen in den Rücken fallen.«

»Also was tun wir?«, fragte der Bischof von Halberstadt.

»Das, was wir tun müssen«, erwiderte der König. »Wir heben neue Truppen aus, führen sie über die Elbe und lehren die Obodriten das Fürchten. Wichmann, es wäre mir eine Ehre, wenn Ihr mich begleiten wolltet.« Er wartete keine Antwort ab. »Jeder Freie mit Grundbesitz von acht Hufen und mehr muss einen zusätzlichen Reitersoldaten samt Ausrüstung und Pferden stellen. Es bleibt keine Zeit, sie vernünftig auszubilden, aber zusammen mit den bestehenden Verbänden an Panzerreitern wird es schon gehen.«

»Fußtruppen?«, fragte Brun, den Blick auf die Wachstafel gerichtet, auf der er sich Notizen machte.

»Ja«, antwortete Otto. »Obwohl es bislang immer nur die Panzerreiter waren, mit denen wir den Slawen beikommen konnten. Wir müssen …« Er unterbrach sich, weil sich in der Kammer hinter der hohen Tafel mit einem Mal Stimmen erhoben. Frauenstimmen. »Und ich war sicher, ich hätte gesagt, ich wolle nicht gestört werden …«, murmelte Otto mit einem Seufzen und wandte sich stirnrunzelnd um.

Die Kammer war nur ein mit zwei Bretterwänden abgetrennter Verschlag, wo die Speisen für die hohe Tafel bereitgestellt und warm gehalten wurden. Sie hatte eine Tür nach draußen, sodass die Wege zum gegenüberliegenden Küchenhaus nicht weit waren. Jetzt war sie dunkel, denn es waren noch etliche Stunden bis zur

697

Hauptmahlzeit am frühen Abend. Aber verlassen war die Kammer offenbar nicht gewesen, denn zwei Frauen traten durch die Verbindungstür in die Halle, die eine groß und blond und vornehm, die andere klein, in schlichten Gewändern und dick.

»Egvina …«, sagte der König verwirrt. »Was hat das zu bedeuten? Wieso störst du unsere Beratungen, und warum in aller Welt zerrst du die Zofe meiner Frau wie eine Gefangene hierher?«

Egvina blieb vor ihm stehen und versetzte Gundula einen Stoß in die Nierengegend. Die fette Magd landete unsanft auf den Knien, kauerte sich zusammen und fing leise an zu heulen.

Erst jetzt erkannte Otto, dass Egvina ihren juwelenbesetzten Dolch in der Hand hielt. Ohne sich zu entschuldigen, wies sie auf Gundula hinab. »Sie ist weit mehr als die Zofe meiner Schwester, mein König. Sie ist eine Spionin. Wenn Ihr Euch je gefragt habt, warum die Äbtissin von Quedlinburg über jeden Eurer Schritte im Bilde ist, noch ehe ihr ihn getan habt, ist dies hier die Antwort. Dieses durchtriebene Miststück bespitzelt Euch und meine Schwester im Auftrag Eurer Mutter.«

Die in der Halle versammelten Ratgeber des Königs sahen fassungslos auf die dicke, heulende Magd in ihrem unscheinbaren Kleid aus ungewalkter Wolle hinab.

»Das ist doch lächerlich«, knurrte Wichmann verächtlich vor sich hin, ruckte dann das Kinn in Egvinas Richtung und fuhr fort: »Es wird Zeit, dass der König Euch endlich verheiratet, damit Euch die Flausen aus dem Kopf getrieben werden. Wie könnt Ihr …«

»Habt Dank, Wichmann«, unterbrach Otto ihn scharf. Er zweifelte nicht daran, dass Egvina die Wahrheit sagte. Sie war eine kluge Frau, wusste er, und selbst eine listenreiche Spionin, wie Thankmar ihm einmal offenbart hatte. Und außerdem erklärte es so viele Dinge, die ihm bislang rätselhaft gewesen waren. Gundula wich so selten wie möglich von Edithas Seite. Und wenn er sie in der Vergangenheit hinausgeschickt hatte – nicht selten schroff, weil er sie nicht mochte –, hatte sie vermutlich an der Tür gelauscht oder durch ein Astloch in der Bretterwand gespäht. Falls sie wirklich auf der Lohnliste seiner Mutter stand, dann war es kein Wunder, dass Henning ihm so oft einen Schritt voraus gewe-

sen war, denn es gab nicht viel, was Otto vor seiner Frau geheim
hielt. Er beriet sich mit ihr. Ließ sie teilhaben an seinen Plänen. So
war es vom ersten Tag ihrer Ehe an gewesen, denn Editha hatte die
Schriften vieler Gelehrter und ihres Großvaters, des großen Königs Alfred, gelesen, und Otto wäre töricht gewesen, ihr Wissen
nicht zu nutzen. Darum hatte er seiner Frau größeren Anteil an
seinem Leben gewährt als die meisten anderen Männer es guthei-
ßen würden, und Abgründe taten sich auf bei dem Gedanken, was
seine Mutter von Gundula alles erfahren haben mochte.

Er sah zu seinen Ratgebern. »Seid so gut und lasst mich einen
Moment allein mit meiner Schwägerin, Freunde.«

Niemand zögerte. Doch als sein Bruder sich erhob, schüttelte
der König den Kopf. »Du bleibst, Brun.«

Er wartete, bis die anderen gegangen waren. Dann sah er auf
Gundula hinab. Was für ein Schlag für Editha dies sein würde.
Vom ersten Tag an hatte sie eine schützende Hand über Gundula
gehalten, hatte ihr Brot und Arbeit gegeben, ihr Vertrauen geschenkt, hatte sie gegen Ottos Antipathie verteidigt. Jetzt würde
sie furchtbar enttäuscht sein und sich schuldig fühlen, weil sie verhindert hatte, dass der König auf sein warnendes Gefühl hörte und
ihre Zofe fortschickte. Allein dafür hätte er Gundula das Genick
brechen können. Doch er nahm sich zusammen. »Sei still«, sagte
er lediglich.

Gundula zuckte ob seines Tonfalls zusammen wie unter einem
Peitschenhieb, machte sich noch ein wenig kleiner, fuhr sich
schniefend mit dem Ärmel über die Nase und verstummte.

»Wie hast du es herausgefunden?«, fragte Otto seine Schwägerin.

Er hatte Egvina seit Monaten kaum gesehen, ging ihm auf.
Nach Thankmars Tod hatte sie zur allgemeinen Empörung ihre
kostbaren Gewänder und ihren Schmuck abgelegt und sich in
schlichtes Tuch wie eine Nonnentracht gekleidet, um ihre Trauer
zu bekunden. Witwen taten es oft so, selbst wenn sie nicht in ein
Kloster oder Stift eintraten. Aber Egvina war nun einmal keine
Witwe, und der Hof empfand ihre öffentliche Trauer als Skandal,
als Provokation und Mangel an Anstand. Abt Hanno hatte sich bei

Otto und Editha darüber beklagt und angedeutet, Egvina täte besser daran, sich in ein Büßerhemd zu kleiden.

Streng genommen hatte er natürlich recht, aber Otto wusste, Egvinas Schmerz war tief und bitter, und er hatte Hanno um Nachsicht gebeten. Egvina hatte sich auch außerhalb der Gottesdienste kaum in der Öffentlichkeit gezeigt, sodass das Getuschel allmählich verstummte.

Jetzt war indes mehr als ein Jahr seit Thankmars Tod vergangen, und offenbar hatte sie beschlossen, ins Leben zurückzukehren. Das dunkelblaue Kleid war immer noch dezent für ihre Verhältnisse, aber sie trug den Saphir, den Thankmar ihr geschenkt hatte.

Mit einer verächtlichen Geste wies sie auf Gundula hinab. »Ich habe sie vor einem halben Jahr schon einmal mit dem Ohr an Edithas Tür erwischt, als Ihr und die Königin Euch zurückgezogen hattet. Aber sie hat mir irgendein Märchen erzählt, und ich war zu … matt, um die Sache weiter zu verfolgen. Vorhin war sie unauffindbar, als Editha nach ihr schickte, und da habe ich mich an die Sache erinnert. Also habe ich mich gefragt, wo ich mich verstecken würde, wenn ich Euch und Euren Rat belauschen wollte.« Der Schatten ihres Koboldlächelns huschte über ihr Gesicht. »Wie Ihr vielleicht wisst, war ich in den Tagen meiner leichtsinnigen Jugend auch nicht immer darüber erhaben, Gespräche zu belauschen, die nicht für meine Ohren bestimmt waren. Ich habe nicht wirklich damit gerechnet, sie hier in der Kammer zu finden. Ich dachte nur, es schadet ja nicht, wenn ich nachschaue. Und da war sie.«

Otto sah zu Gundula. »Was hast du zu sagen?«

Sie rang die Hände. »Ich hab nichts Unrechtes getan, mein König!«, beteuerte sie. Mit weit aufgerissenen Augen starrte sie auf einen Punkt links von ihm, unfähig, ihn anzusehen. »Ich hab nicht gelauscht, ich wollte einen Schluck Bier für die Prinzen holen, die so durstig waren nach ihrem Spiel, das war alles, ich schwör's bei …«

»Untersteh dich!«, fiel Brun ihr ins Wort. Ohne Eile erhob er sich von seinem Platz, doch als er vor sie trat, hatte er etwas Bedrohliches. »Wage nicht, den Namen des Herrn in den Mund zu nehmen, um eine Lüge zu beschwören«, sagte er leise.

Gundula wimmerte und senkte den Kopf.

»Ich kann dir nur raten, dem König die Wahrheit zu sagen«, fuhr der junge Priester fort. »Wir erfahren sie so oder so, glaub mir.«

Sie schluchzte.

»Also besser, du sagst uns, für wen du spionierst, seit wann, und wer deine Mittelsmänner sind. Ob du dein Leben danach behalten darfst, liegt im Ermessen des Königs. Aber wenn du ihn anlügst, ist nicht nur dein Leben, sondern dann ist deine Seele verloren.« Er beugte sich zu ihr hinab, legte die Linke unsanft unter ihr Kinn und zwang ihren Kopf hoch. »Er ist Gottes Auserwählter. Ist dir klar, was das bedeutet? Ihn anzulügen bedeutet, Gott selbst anzulügen. Du würdest in die Hölle kommen und dort für immer und immer von Teufeln und Dämonen mit Feuer und glühenden Zangen gequält. Du würdest ...«

Weiter kam er nicht. Mit einem Schrei warf Gundula sich zu Boden, presste das Gesicht ins verdreckte Stroh und schrie: »Ja, es ist wahr! Es ist wahr ...« Sie heulte wieder, verschränkte die Hände hinter dem Kopf, als fürchte sie Schläge, lag dann still und schluchzte.

»Wir warten«, sagte Otto mit unüberhörbarer Ungeduld.

Egvina blickte verächtlich auf die ertappte Spionin hinab. »Reiß dich zusammen, deine Tränen rühren hier niemanden.«

Gundula nahm die Hände vom Kopf und stemmte sich in die Höhe. Gehetzt sah sie von einem zum anderen, starrte dann wieder zu Boden und murmelte: »Die Königinmutter hat mir geholfen, als ich schwanger war.«

»Schwanger?«, fragte Egvina. »Wann soll das gewesen sein?«

»Vor drei Jahren. Kurz nach der Krönung.«

»Und wieso wusste ich davon nichts?« Egvina klang skeptisch.

Gundula hob die Schultern. »Niemand hat es gewusst. Niemand hat es gesehen, weil ich so dick bin, edle Herrin.«

»Wer war der Vater?«

Gundulas Miene wurde verschlossen, und sie antwortete nicht.

Otto stützte den Ellbogen auf die Armlehne und die Stirn in die Hand. Auf einen Schlag war er zu Tode erschöpft. Er hob den

Kopf wieder und atmete tief durch. »Ich nehme an, es war Henning?«, fragte er.

Gundula biss die Zähne zusammen und hielt den Kopf ganz starr, um nur ja nicht zu nicken.

»Jedes Mal, wenn er eine Frau in Schwierigkeiten gebracht hat, ist er zu Mutter gelaufen und hat sich von ihr aus der Klemme helfen lassen«, erklärte der König Brun und Egvina. »Ein bisschen Geld, ein verschwiegenes Kloster, ein Ehemann und ein Stück Land – je nach Stand seiner … Eroberung hat Mutter Mittel und Wege gefunden, die Wogen zu glätten.«

»Sie … sie schickte mir einen Boten.«

»Wen?«, wollte Brun wissen.

»Einen Mönch. Ich kannte ihn nicht, und ich hab ihn danach nie wiedergesehen. Er gab mir Geld und sagte mir, wohin ich gehen sollte, wenn mein Kind käme. Es war ein Gut, das zum Kloster gehört, nicht weit vor den Stadttoren. Ich hab … ich hab der Königin gesagt, ich müsse für ein paar Tage zu meiner Schwester, weil sie eine schwere Geburt gehabt habe und niemand sich um ihre Kinder kümmern könnte. Und meine wunderbare, gütige Herrin hat gesagt, ich könne gehen und bleiben, solange meine Schwester mich brauche.« Sie wischte sich mit einer ihrer fetten Hände über die Wangen. »Ich ging auf das Gut, brachte im Haus des Meiers meinen Jungen zur Welt und war nach einer Woche wieder zurück.«

»Und das Kind?«, fragte Otto.

»Blieb dort. Er sollte dort aufgezogen werden und als Knecht unterkommen und es gut haben, hatte der Bote mir gesagt.« Sie zuckte resigniert die Achseln. »Es war das Beste, was ich erhoffen konnte.«

»Und dann?«

»Dann kam … dann kam der Vater meines Kindes zu mir und sagte, er werde hinreiten und unserem Sohn die Kehle durchschneiden, wenn ich Euch und die Königin nicht belausche und ihm oder seiner Mutter … Eurer Mutter alles berichte, was ich höre. Alle ein, zwei Wochen kam ein junger Edelmann …«

»Volkmar von Halberstadt?«, fragte der König.

Doch sie schüttelte den Kopf. »Sein Bruder, glaub ich. Er hat einen Klumpfuß, und darum versteckt sein Vater ihn und lässt ihn nicht in den Krieg reiten. Ihm musste ich jedenfalls erzählen, was ich rausgefunden hatte. Und er ... ritt dann zur Königin. Königinmutter, mein ich.«

Otto wechselte einen Blick mit seinem Bruder.

Brun schüttelte angewidert den Kopf. »Was für eine abscheuliche Geschichte.« Aber in seiner Stimme war Mitgefühl.

Egvina hingegen war immer noch argwöhnisch. »Man fragt sich nur, was ein bildschöner junger Prinz wie Henning an einer Kuh wie dir gefunden haben sollte ...«

Doch Otto winkte ab. Henning war nie wählerisch gewesen. Wenn er getrunken hatte, schnappte er sich einfach irgendein Mädchen und schob ihre Röcke hoch. Otto hatte ihn deswegen oft zur Rede gestellt, aber seine Mutter war natürlich jedes Mal dazwischengegangen.

»Ich verstehe, dass du in einer schwierigen Lage warst, Gundula. Aber dein Verrat ist und bleibt unverzeihlich. Wieso bist du nicht zur Königin gegangen und hast dich ihr anvertraut? Wir hätten dir doch geholfen.«

»Ach, wirklich?« Plötzlich fand sie den Mut, ihm in die Augen zu schauen. »So wie damals bei meinem Vater?«

Otto hob abwehrend die Linke. »Dein Vater war ein Schurke.«

»Ich weiß. Und er hat für seine Taten mit dem Leben bezahlen müssen, obwohl ich Euch um Gnade angefleht habe. Andere Schurken kommen immer mit allem durch und können immer, immer weitermachen, weil sie Prinzen sind.« Ihr Gesicht hatte sich gerötet, und ein bitterer Zug lag um ihren Mund.

Otto hatte genug gehört. »Brun, sei so gut und schick nach der Wache. Sie sollen sie einsperren, aber anständig behandeln.«

»Wozu die Umstände?«, entgegnete sein Bruder. »Ein Strick um den Hals und ab über die Palisade mit ihr. Sie ist ein durchtriebenes Luder, mein König.«

»Und sie spekuliert auf Euer Mitgefühl«, fügte Egvina hinzu.

Otto wusste, sie hatten recht, aber er wollte in Ruhe darüber nachdenken. Und er wollte Editha möglichst schonend beibringen,

703

was ihre Schwester ans Licht befördert hatte. Er lächelte. »Sei trotzdem so gut, Bruder.«

»Natürlich, wenn es Euer Wunsch ist.« Brun durchschritt die Halle, sprach ein paar Worte mit Druthmar und Egbert, und die Wachen folgten ihm zurück in die Halle.

Druthmar nahm Gundula beim Arm und zog sie auf die Füße. »Komm, Mädchen. Keine Bange, wir reißen dir nicht den Kopf ab.«

Sie ließ sich widerstandslos abführen.

Als sie wieder allein waren, stand Otto auf, trat zu Egvina, legte ihr die Hände auf die Schultern und küsste sie auf die Stirn. »Danke.«

Sie nickte bedrückt. »Das wird ein harter Schlag für meine Schwester.«

»Ich weiß.«

»Soll ich es ihr sagen?«

Er schüttelte den Kopf. »Ich werde es tun.«

»Rechnet lieber nicht damit, dass sie es gnädig aufnimmt. Es hat sie immer gewurmt, dass Ihr ihre treue Gundula nicht ausstehen konntet.«

Er lächelte auf sie hinab. »Ich werde versuchen, mich mit Äußerungen wie ›Ich habe es dir doch immer gesagt‹ zurückzuhalten.«

Egvina kicherte wie das unbezähmbare, wilde Geschöpf, als das sie vor zehn Jahren an den Hof seines Vaters gekommen war und sich in seinen unbezähmbaren, wilden Bruder verliebt hatte.

»Ich hoffe, es gibt irgendeinen Wunsch, den ich dir erfüllen kann. Dein Schmerz war und ist ein Schatten auf meinem Herzen, Egvina. Wenn es etwas gibt, das ich für dich tun kann, ganz gleich, wie … ausgefallen es sein mag, dann ist jetzt ein günstiger Zeitpunkt, es mir zu sagen.«

Sie zögerte nicht einmal einen Lidschlag lang. »Lasst mich nach Osten ins Slawenland gehen.«

Otto sah sie betroffen an.

»Mein Bruder Athelstan erhebt Ansprüche auf meinen Kopf. Er hat die Dänen vor zwei Jahren besiegt, wie Ihr sicher wisst, aber jetzt will er mich mit einem ihrer Fürsten verheiraten, um den

Frieden zu untermauern. Ich ... kann das nicht. Darum bitte ich Euch: Erlaubt mir, in den Osten zu Fürst Tugomir zu gehen. Sagt Athelstan, ich sei gestorben oder ins Kloster eingetreten oder was immer Ihr wollt. Nur erlaubt mir, mich dorthin zu flüchten, wo mein Bruder mich nicht erreichen und ich in Freiheit leben kann.« Sie straffte die Schultern und sah ihm in die Augen. »Und wo ich nicht befürchten muss, dass man mir meine Tochter wegnimmt.«

Otto nickte. »Ich verstehe.« Er war nicht sonderlich überrascht, ahnte er doch schon lange, dass das kleine Mädchen, das sie ständig auf dem Arm trug, nicht das Kind ihrer Magd war, wie sie ihnen nach ihrer Rückkehr aus dem Thurgau hatte weismachen wollen. »Wenn das dein Wunsch ist, werde ich dich und Hatheburg sicher ins Havelland geleiten lassen. Nur der Zeitpunkt ist ungünstig. Wir wissen nicht, wo Tugomir steht, ob er sein Wort wirklich hält oder sich den Obodriten angeschlossen hat ...«

»Es ist bedauerlich, wie wenig Vertrauen Ihr zu Fürst Tugomir habt, mein König«, sagte eine kühle Stimme von der Tür. »Das hat er nicht verdient, denn er hat sein Leben aufs Spiel gesetzt, um sein Wort zu halten.«

Otto, Brun und Egvina wandten sich um.

»Bischof Widukind!«, rief Brun aus und trat ihm strahlend entgegen. »Was führt Euch nach Magdeburg, Vetter?«

»Gute Neuigkeiten«, antwortete der Bischof.

»Oh, die kommen gerade recht.« Er führte Widukind zur hohen Tafel und fragte den König: »Soll ich den Rat wieder hereinholen?«

»Gleich«, antwortete Otto. »Nehmt Platz, Cousin, und berichtet uns.«

Widukind von Herford sank müde auf die Bank. Seine Schuhe und der Saum seines dunklen Gewandes waren staubig. Er nickte dankbar, als Brun einen Becher Wein vor ihn stellte, und bat: »Könnte irgendwer sich um meine Eskorte kümmern? Eure Männer weigern sich, sie in ihrem Wachhaus zu beköstigen, weil es Slawen sind.«

Der König runzelte die Stirn. Brun ging seufzend zur Tür und gab den Wachen ein paar Anweisungen. Als er zurückkam, bat er:

»Seid uns nicht gram, ehrwürdiger Bischof, dass wir an Fürst Tugomir gezweifelt haben. Aber sein Schweigen fing an, uns zu beunruhigen.«

Widukind nickte. »Es war nicht leicht für ihn, sich zu behaupten. Viele Heveller begegnen ihm mit Argwohn, weil er mit einer sächsischen Frau und einem sächsischen Gott heimgekehrt ist. Auch einige der einflussreichsten Männer, Priester ihrer heidnischen Götter.« Und er berichtete alles, was sich seit Tugomirs Heimkehr auf der Brandenburg zugetragen hatte. »Jetzt reitet er selbst zu den Obodriten, um Fürst Ratibor seine Haltung zu erklären und ihn zu überzeugen, seine Truppen über die Elde zurückzuziehen«, schloss er.

»Ist das klug?«, fragte Brun skeptisch. »Sind die Heveller und die Obodriten nicht seit jeher bittere Feinde? Was, wenn sie ihn gefangen nehmen oder töten?«

Widukind hob kurz beide Hände. »Es war nicht Vorsicht oder Rücksichtnahme auf seine eigene Sicherheit, mit denen er sich den Respekt und die Gefolgschaft der Heveller erworben hat. Ich sage Euch, als er zu diesem Gottesurteil antrat, hatte ich die schlimmsten Befürchtungen. Sein Gegner war ein wahrer Goliath. Doch Tugomirs Glaube war fester als meiner, so beschämend es auch sein mag, das einzugestehen, und Gott warf auch diesen Goliath nieder wie einst den Krieger der Philister. Jetzt verehren die Heveller ihren Fürsten vorbehaltlos. Nicht nur, weil er in ihren Augen das Wohlwollen ihrer Götter besitzt, sondern weil er Mut und Überlegenheit im Kampf bewiesen hat. Seine Widersacher, die sich um einen der heidnischen Priester scharen, sind machtlos gegen solche Fürstentreue, aber niemand weiß, wie lange sie anhält. Die Verbitterung über Markgraf Gero und das Misstrauen sind groß.«

Otto nickte. »Ich weiß. Aber ich habe Gero klargemacht, dass er seine Markgrafschaft verliert, wenn sich ein Vorfall wie das Blutbad von Meißen wiederholt.«

»Worüber er nicht beglückt war …«, warf Widukind trocken ein.

»Ich glaube nicht, dass mich das um den Schlaf bringen wird. Ein entmachteter, rachsüchtiger Gero wäre gefährlich, aber ein

Bündnis der großen Slawenstämme, deren Kriegerscharen in Sachsen einfallen, wäre gefährlicher.«

»Tugomir tut, was er vermag, um das zu verhindern. Mit Erfolg. Ich kann nicht sagen, wie seine Reise zur Mecklenburg ausgehen wird. Aber die Heveller werden sich nicht mit den Obodriten verbünden, so viel ist gewiss. Und die Redarier auch nicht. Tugomir hat seinen Onkel Slawomir zu ihnen geschickt, um ihnen auf den Zahn zu fühlen. Ein guter Mann, dieser Slawomir, obwohl er ein Götzenpriester und ein Trunkenbold ist. Tugomir besitzt ein Talent, den Richtigen für eine bestimmte Aufgabe auszuwählen. Slawomir erwies sich als geschickter Gesandter und brachte die Nachricht zurück, dass die Redarier sich mit Hermann Billung arrangiert haben und ihre Kriegslust lieber mit Überfällen auf ihre Nachbarn stillen, als gegen die Sachsen zu ziehen. Jedenfalls fürs Erste. Die kleineren Stämme werden dem Beispiel der Heveller und Redarier folgen. Somit stehen die Obodriten allein.«

»Widukind, das ist großartig!« Ottos Erleichterung machte ihn für einen Moment fast schwindelig. Es bedeutete, dass er viel schneller als erhofft ins Elsass zurückkehren konnte. Er musste keine neuen Truppen ausheben, sondern nur die vorhandenen Aufgebote neu ordnen und in die Elbgaue senden, um Sachsen gegen neuerliche Obodriteneinfälle zu schützen. Es blieb ihm erspart, selbst ein Heer über die Elbe zu führen. »Ich kann nach Breisach zurückkehren und mit Gottes Hilfe meine Krone retten. Sagt Tugomir, das werde ich ihm nie vergessen.«

Widukind nickte ernst. »Wenn Ihr ihm Euren Dank bekunden wollt, mein König, dann zweifelt nicht an ihm. Was Tugomir tut, geschieht zum Wohle der Heveller, nicht als Gefälligkeit an Sachsen oder an Euch. Aber er wird Frieden halten und bei seinen Nachbarn darum werben, wenn Ihr ihn lasst. Oder ich sollte wohl sagen, wenn Markgraf Gero ihn lässt. Er ist die größte Gefahr jenseits der Elbe, nicht die Obodriten. Und er ist besessen von seinem Groll gegen Tugomir.«

Otto lauschte ihm mit Sorge.

»Womöglich war die Ehe zwischen Tugomir und Geros Tochter doch keine so gute Idee«, murmelte Brun vor sich hin.

»Es war Tugomirs Preis«, widersprach der König. »Und davon abgesehen ist es Zeitverschwendung, über verschüttete Milch zu weinen. Die Frage ist, was können wir tun, um Gero im Zaum zu halten?«

»Tugomir hält Geros Vetter Asik als Geisel«, eröffnete Widukind ihnen. »Ich denke, das hilft.«

»Asik ist noch am Leben?«, fragte Otto verblüfft.

Der Bischof nickte und erzählte, wie der tot geglaubte Anführer der Merseburger und einstige Schultheiß von Magdeburg die verlorene Schlacht gegen Boleslaw von Böhmen überlebt hatte. »Er hat ein paar bittere Jahre als Sklave auf der Brandenburg hinter sich. Tugomir hat dem ein Ende gemacht und behandelt ihn so, wie es einer Geisel aus vornehmer Familie zukommt. Aber Gero fürchtet um seinen Vetter, das habe ich in seinem Gesicht gesehen.«

»Gut!«, befand Brun. »Dann wird er sich zu benehmen wissen.«

Der König nickte, aber ihm war nicht wohl bei dem Gedanken, dass das Schicksal der Menschen östlich der Elbe ausgerechnet von Geros Selbstbeherrschung abhängen sollte.

»Bist du sicher, dass du unter diesen Umständen ins Havelland gehen willst?«, fragte er seine Schwägerin. »Es wäre … ein ziemliches Abenteuer.«

Egvinas Augen funkelten, wie er es seit vielen Monaten nicht gesehen hatte. »Ich bin sicher«, antwortete sie.

Mecklenburg, September 939

»Jesus!« Semela zog scharf die Luft durch die Zähne. »Das fängt ja gut an …«

Tugomir hielt sein Pferd an, und seine Eskorte folgte seinem Beispiel. Schon in Sichtweite der Wallanlage der Mecklenburg waren sie am Rand eines lichten Eichenwalds auf einen Tempel gestoßen, der vermutlich Radegost geweiht war, dem Stammesgott der Obodriten. Es war ein Bauwerk von beeindruckender Größe. Genau wie am Jarovit-Tempel auf der Brandenburg waren auch hier die Außenwände mit kunstfertig geschnitzten Götterbildnissen verziert, aber anders als dort war oberhalb und unterhalb dieser Bildnisse eine umlaufende Bordüre aus weißen Schädeln: Tugomir erkannte Pferde- und Hundeköpfe, Hirsche und andere Tiere des Waldes und jede Menge menschlicher Schädel in allen Größen.

Der Tempelhain, der das Götterhaus umgab, war kreisrund und großzügig, sodass vor dem Portal ein grasbewachsener Platz freiblieb. Dort waren drei Pfähle aufgerichtet worden. An einem hing ein bewusstloser oder toter Mann mit bloßem Oberkörper, der so erbarmungslos gegeißelt worden war, dass das Fleisch auf seinem Rücken in Fetzen hing. Aber den Männern an den anderen beiden Pfählen war es noch schlimmer ergangen: Man hatte sie kastriert und ihnen Hände und Füße abgehackt. Zum Schluss waren ihnen die Köpfe abgeschlagen worden, die jetzt auf langen Stangen links und rechts des Tempeleingangs thronten. Die Köpfe waren noch frisch genug, um zu erkennen, dass sie Tonsuren getragen hatten.

»Missionare«, murmelte Semela vor sich hin. »Ich hab doch immer gesagt, das ist ein undankbares Geschäft. Und du bist *sicher*, dass Fürst Ratibor Christ ist?«, fragte er Tugomir.

»Oh, darauf kannst du wetten, Söhnchen«, spie Draschko hervor, ehe der Fürst antworten konnte. »Er ist Christ, aber klug genug, sich nicht in die Belange des Tempels einzumischen. Wenn diese beiden Mönche hier den Tempelbezirk entweiht haben, indem sie ihn unerlaubt betreten haben – und ich nehme an, das haben sie –, dann wurden sie in vorgeschriebener Weise bestraft. *Mit Fürst Ratibors Billigung.«*

»Und was ist mit ihm?« Tugomir wies auf den armen Teufel mit dem blutigen Rücken.

Draschko hob die Schultern. »Es gibt solche unter uns, die auf das Andenken ihrer Väter spucken und unsere Traditionen vergessen. Sie wollen den Göttern nicht den Rücken kehren, aber sie missachten ihre Gesetze. Kein Wunder, bei dem schlechten Beispiel, das ihr Fürst gibt. Ich vermute, der Dummkopf hat um Gnade für die Mönche gebeten.«

»Und die Priester des Radegost haben dafür gesorgt, dass er es nicht wieder tut«, bemerkte Tugomir.

»Ganz genau«, gab Draschko herausfordernd zurück. Semela sah sich gründlich um. Der Tempelbezirk war verlassen, weit und breit kein Priester zu sehen. »Sollen wir nachsehen, ob wir noch irgendwas für ihn tun können?«

»Nur zu«, lud Draschko ihn ein.

»Kommt nicht infrage.« Tugomir ritt wieder an. »Wir würden vermutlich so enden wie er. Wir kennen die Sitten hier nicht und sollten nicht riskieren, die hiesige Priesterschaft zu beleidigen. Vielleicht sind sie nicht alle so milde und gütig wie Draschko.«

Der lachte in sich hinein.

»Du hast recht«, antwortete Semela unbehaglich, warf noch einen letzten Blick auf die grausige Szene und folgte ihm dann weiter Richtung Burg.

Sie hatten nur drei Tage für die gut hundert Meilen gebraucht, weil sie den Großteil der Strecke zu Wasser zurückgelegt hatten. Auf Flößen und Kähnen waren sie mitsamt Pferden und Proviant über Seen und Flüsse gereist, die Tugomir längst nicht alle mit Namen kannte. Er hatte sich Draschkos Führung anvertraut, aber dafür gesorgt, dass seine Eskorte stärker war als die des obodritischen Priesters und nachts Wache hielt.

Er war zum ersten Mal nördlich der Elde, und er war ein wenig enttäuscht, dass diese Gegend sich kaum von seiner Heimat unterschied: ein großteils bewaldetes Flachland, Flüsse, Seen und Sümpfe, ein verschwenderischer Wildreichtum und kaum Menschen. Einen ganzen Tag waren sie gereist, ohne auch nur auf eine einzige Siedlung zu stoßen. Man müsse sich fragen, wie die slawischen Völker sich überhaupt gegenseitig ausfindig machten, um sich zu überfallen, so verstreut, wie sie über das weite Land seien, hatte Semela angemerkt, und Tugomir hatte ihm recht gegeben.

Doch als sie sich der Mecklenburg näherten, änderte sich die Qualität des Lichts, und die Luft roch anders. Tugomir fühlte die Nähe von Wassergeistern, die ihm vollkommen fremd waren, und er wusste, die See war nicht mehr fern. Ganz gleich, was ihn hier erwartete und wie diese Sache ausging, er schwor sich, dass er nicht umkehren und auch die Welt nicht verlassen würde, ehe er das Meer gesehen hatte.

Fürst Ratibor empfing sie in seiner Halle, wo trotz des milden Wetters die Läden geschlossen waren, sodass das Innere in Dämmerung lag. Aber Tugomir erkannte sorgfältig gegerbte Felle und kunstvoll gemusterte Behänge an den Wänden und einen ausladenden, prunkvollen Fürstenthron. Der Sandbelag am Boden war üppig und frisch geharkt, und das Feuer hinter der Tafel verströmte betörende Düfte, als hätte gerade eben jemand eine Handvoll Kräuter hineingestreut.

»Sehr vornehm«, raunte Semela.

Tugomir nickte.

Fürst Ratibor hatte die Ankömmlinge noch nicht bemerkt. Oder zumindest gab er das vor. Er war dabei, seine neue Kriegsbeute zu begutachten – ein knappes Dutzend sächsischer Bauernmädchen, alle jung und die meisten hübsch. Zusammengedrängt standen sie vor ihm, so verängstigt, dass Tugomir an die Frauen der Daleminzer denken musste, obwohl er nicht wollte. Er wusste, bei den Obodriten war es üblich, die Jungfrauen unter den neu eingefangenen Sklaven dem Fürsten zu bringen, damit er die erste Wahl hatte und sich die schönsten aussuchen konnte, ehe seine Krieger den Rest unter sich aufteilten.

»Diese hier.« Ratibor zeigte mit dem Finger auf ein vielleicht vierzehnjähriges Mädchen mit langen, weizenblonden Zöpfen. Sie senkte den Kopf und fing an zu schluchzen.

»Steckt sie in einen Zuber und lasst sie einweichen; ich schätze, wenn der Dreck abgeschrubbt ist, kommt etwas Brauchbares darunter zum Vorschein. Macht sie hübsch und schickt sie mir heute Abend zurück. Und bringt ihr bei, nicht zu heulen, wenn ich ihr die Ehre erweise, sie in mein Bett zu nehmen. Die Dunkle mit den großen Titten da vorn will ich auch noch. Sonst keine.«

Wie eine Schar Gänse trieben seine Diener die Mädchen vor sich her aus der Halle, und Draschko ergriff die Gelegenheit, um vorzutreten. »Mein Fürst.«

»Ah«, machte Ratibor, und es klang nicht besonders entzückt. Er ließ sich auf seinen Fürstensitz sinken: ein Mann in Tugomirs Alter mit kantigen Zügen, blondem Kopf- und Barthaar, breiten Schultern und kräftigen Händen. »Willkommen daheim, Onkel.«

»Hab Dank.« Der Priester hob die Hand zum Göttergruß. »Ich bringe dir Tugomir, Vaclavics Sohn, Fürst der Heveller.«

Tugomir trat neben ihn und nickte dem Fürsten der Obodriten knapp zu. »Ratibor.«

Der ließ den linken Arm lässig über die Rückenlehne seines Throns baumeln, während er seinen Besucher mit einem rätselhaften Lächeln betrachtete. »Sieh an, sieh an. Fürst Tugomir vom Volk der Heveller. Sohn des ruhmreichen Vaclavic, der meinen Bruder bei lebendigem Leib verbrennen ließ.« Das Lächeln wurde breiter. »Es ist mir eine Ehre, dich kennenzulernen.«

Tugomir hatte natürlich gewusst, dass er hier dem schlimmsten Albtraum seiner Kindheit wiederbegegnen würde: der Hinrichtung seiner Mutter und ihres jungen obodritischen Liebhabers. Er hatte nur nicht damit gerechnet, dass es so schnell passieren würde. Er verschränkte die Arme vor der Brust und erwiderte die unverhohlene Musterung, nicht aber die leere Floskel.

Sein Schweigen brachte Ratibor nicht aus der Ruhe. »Met für meinen Gast«, befahl er einem Sklaven, der diskret im Schatten hinter dem Feuer stand. »Und für mich auch, wenn du einmal dabei bist. Lass dem Fürsten ein angemessenes Lager in der Halle herrichten und sorg dafür, dass seine Eskorte untergebracht wird.« Er hielt kurz inne und wandte sich wieder an Tugomir. »Willst du vielleicht eine von diesen sächsischen Jungfrauen?«

»Nein, vielen Dank.«

Ratibor schickte den Sklaven mit einem Wink seines Weges. »Dann wäre das alles für den Moment. Nimm Platz, Fürst Tugomir. Können wir noch irgendetwas für dich tun, Draschko? Nein? Dann hab Dank für deine treuen Botendienste. Ich bin überzeugt, es zieht dich in den Tempel deines Gottes, dem du wochenlang fernbleiben musstest. Fürst Tugomir wird mir gewiss berichten, was dich so lange aufgehalten hat.«

Draschko stieg ob dieses rüden Rauswurfs die Zornesröte ins

Gesicht, aber er gehorchte. Mit einer knappen Verbeugung vor seinem Fürsten wandte er sich ab – ohne Tugomir auch nur eines Blickes zu würdigen.

Ratibor wies auf die Bänke links und rechts von sich. »Priester oder Krieger? Was bist du?«

Tugomir setzte sich auf die Kriegerbank und beantwortete damit die Frage. »Die Götter meiner Väter sind mir fremd geworden«, bekannte er. »Ich versehe keine Tempeldienste mehr.«

Ratibor nahm sich einen Apfel aus der Tonschale auf dem Tisch, fing an zu essen und schob die Schale einladend in Tugomirs Richtung. »Du bist Christ?«, fragte er kauend.

Tugomir griff zu und nickte.

»Wie bemerkenswert. Mein alter Herr hat immer gesagt, die Fürsten der Heveller seien die Lieblinge der alten Götter und spuckten auf uns, weil wir Christen sind. Was haben die verfluchten Sachsen mit dir gemacht, he? Deine Füße ins Feuer gehalten, bis du dich taufen ließest?«

Tugomir rieb den Apfel – ein perfektes rotes Exemplar – an seinem linken Ärmel, bis er ganz blank wurde. Während er sein Werk bewunderte, erwiderte er: »Womöglich hat dein Vater über uns genauso viel Unsinn gesagt wie der meine über die Obodriten. Meine Familie war den Göttern nie besonders nahe. Ein jüngerer Sohn aus jeder Generation wurde Priester, aber eher aus Tradition denn aus Frömmigkeit. So wie es bei euch offenbar auch üblich ist, wenn du Draschko deinen Onkel nennst.«

»Er ist der Bruder meiner Mutter«, klärte Ratibor ihn bereitwillig auf. »Mein Vater und seine Brüder und ihr Vater vor ihnen und so weiter waren alle schon getauft.«

Tugomir biss in seinen Apfel. Er wusste, die Obodritenfürsten waren seit über hundert Jahren Christen. Und Ratibor hatte nicht unrecht: Das war einer der Gründe, warum Tugomirs Vater und dessen Vorväter die Obodriten mehr gehasst hatten als jeden anderen feindlichen Stamm. »Hier bei euch leben der alte und der christliche Glaube Seite an Seite. Ich wüsste gerne, wie du das machst, ohne dass die Priester und die Gläubigen sich gegenseitig an die Kehle gehen.«

713

»Und so brennend ist deine Neugier in dieser Frage, dass du dafür dein Leben wegwirfst?«, fragte Ratibor. »Dir ist doch hoffentlich klar, dass ich dich nicht einfach so wieder gehen lassen kann, oder? Du bist schließlich unser Todfeind.«

Tugomir folgte seinem Beispiel und warf den abgenagten Apfel ins Feuer. Dann wandte er sich dem Fürst der Obodriten zu und studierte sein Gesicht. »Wie kommt es, dass diese alte Fehde dich amüsiert, die für unsere Väter bitterer Ernst war?«

»Nun, für dich ja offenbar auch nicht, sonst wärst du nicht hier.«

»Ich habe Gründe, warum ich dieses Risiko eingegangen bin.«

»Welche?«

»Dazu kommen wir später. Beantwortest du meine Frage?«

Ratibor hob seinen Metbecher und nahm einen ordentlichen Zug. »Du täuschst dich. Die Fehde amüsiert mich nicht. Und es wird mir nicht den Schweiß auf die Stirn treiben, deiner Hinrichtung beizuwohnen, die sicher abscheulich sein wird. Denn ihr verfluchten Heveller habt meinen Bruder auf dem Gewissen.«

»So wie er meine Mutter auf dem Gewissen hat.«

Ratibor schnaubte. »Sie muss doppelt so alt gewesen sein wie er. Also erzähl mir nicht, es war seine Idee.«

Tugomir hob kurz die Hände. »Ich weiß es nicht. Aber sie waren auf jeden Fall beide alt genug, um zu wissen, was sie taten.«

Ratibor stierte einen Moment in seinen Becher, die Stirn gerunzelt. »Hat dein Vater dich zusehen lassen?«, fragte er schließlich.

Tugomir musste die Zähne zusammenbeißen. »Warum willst du das wissen?«

»Weil ich mich immer gefragt habe, wie er wohl gestorben ist, mein tapferer, untadeliger Bruder Nakon.«

Kreischend, lautete die Antwort natürlich.

Gesehen hatte Tugomir es indes nicht. Er hatte mit seiner kleinen Schwester auf dem Schoß in der dunklen Vorratskammer gehockt, wo Schedrag sie eingesperrt hatte, und ihr die Ohren zugehalten, denn die Laute, die durch die Bretterwände zu ihnen drangen, waren grauenvoll genug.

Er schüttelte den Kopf. »Mich nicht. Aber meinen älteren Bruder Bolilut.«

»Wirklich? Ich wette, das hat ihn gestählt, he. Wie alt war er?«

»Sechzehn. Genauso alt wie ...«

»Nakon.« Ratibor nickte. »Ich habe jeden Tag auf dem Wehrgang gestanden und nach ihm Ausschau gehalten, weißt du. Wir hatten natürlich erfahren, dass er in Gefangenschaft geraten war, aber Vater hatte Boten mit Silber ausgesandt, um ihn zurückzukaufen. Sie brachten ihn auch tatsächlich heim.« Er leerte seinen Becher. »In einem Tonkrug.«

»Ja. Ich bin sicher, das war grässlich.« Tugomir nahm einen zweiten Apfel aus der Schale und polierte ihn, biss aber nicht hinein. »Bolilut ... na ja. Auf eine gewisse Art hat er den Verstand verloren. Nicht so, dass ein Außenstehender es hätte merken können. Aber er war vollkommen verändert. Grausam. Erbarmungslos. Ein Raufbold war er vorher schon, aber ... anders.«

Ratibor überraschte ihn, als er sagte: »Es war sicher kein Vergnügen, sein kleiner Bruder zu sein, was?«

»Nein, meistens nicht. Aber ich schätze, für ihn selbst war es viel schlimmer als für mich. Und die Schuld trug *dein* Bruder.«

Der Obodritenfürst schenkte sich nach, lehnte sich mit dem Becher in der Hand zurück und legte die Füße auf den Tisch. »Tja, und nun schau uns an. Du und ich sind Fürsten geworden, nicht sie. Nicht Nakon, der nur mit dem Schwanz denken konnte, und auch nicht Bolilut, der nur mit dem Schwert denken konnte, sondern Ratibor und Tugomir. Du willst mir jetzt nicht im Ernst weismachen, Gott hätte es so gefügt, weil du und ich bessere Männer sind als unsere Brüder?«

»Ein bestechender Gedanke«, gab Tugomir mit einem kleinen Lächeln zurück. »Aber ich glaube, Gott war weit fort, als meine Mutter und dein Bruder auf ihrem Bett aus Feuer lagen.«

»Was ist es dann, worauf du hinauswillst?«

»Wer sagt, dass ich auf etwas hinauswill?«

»Mein Gefühl. Du magst getauft sein, aber du bist so gerissen wie alle Priester. Und eure Gedanken sind so verschlungen und undurchschaubar wie eure Tätowierungen. Das kann ich nicht ausstehen. Also sag mir, warum du hier bist, und dann entscheide ich, ob ich dich an meiner Tafel bewirte oder fürs Erste an einen Pfahl im Tempelhain ketten lasse.«

»Die Pfähle im Tempelhain sind derzeit alle besetzt, fürchte ich«, erwiderte Tugomir und stand auf.

»Wo willst du hin?«, fragte Ratibor irritiert.

»In die hübsche Kirche, die sich hinter deiner Halle versteckt. Wenn du gestattest.«

Ratibor erteilte seine Erlaubnis mit einem ungeduldigen Wink. »Ich hoffe, du findest noch jemanden, der dir die Messe liest. Einer der beiden Missionare, die hier vorgestern die Köpfe verloren haben – unter anderem –, war mein Kaplan.«

»Ich wollte mir deine Kirche vor allem anschauen. Falls du mich heimkehren lässt, gedenke ich, selbst eine zu bauen.«

»Spar dir die Mühe. Ich lasse dich nicht heimkehren.«

»Na schön. In dem Fall erfülle mir einen letzten Wunsch.«

»Was willst du?« Es klang mürrisch. Und angetrunken.

»Einmal das Meer sehen, bevor ich sterbe.«

Es war noch fast dunkel, als sie aufbrachen, und sie ritten allein. Ratibor übernahm die Führung, und sie folgten einem breiten, offenbar viel benutzten Pfad in nördlicher Richtung.

Tugomir hatte eine grässliche Nacht hinter sich. Er hatte auf einem Felllager an der Südwand der Halle gelegen, ein gutes Stück von Ratibors Kriegern entfernt, aber nicht weit genug, um ihrem Getuschel und den feindseligen Blicken zu entrinnen, und es war so mancher darunter, dem er zutraute, dass er ihm im Schlaf den Schädel einschlagen würde – ganz gleich, was der Fürst der Obodriten befohlen haben mochte.

Ein paarmal war er trotzdem eingeschlummert und hatte von seiner Frau geträumt. Er sah, wie sie sich vom Fieber gepeinigt auf ihrem Bett hin und her warf. Im nächsten Traum saß sie auf dem sandigen Fußboden in einer Lache von Blut und beweinte ihr verlorenes Kind. Immer waren es Schreckensbilder, die er sah, immer war sie allein in ihrer Not, und wenn er dann aus dem Schlaf schreckte, plagte ihn sein Gewissen, dass er sie schutzlos auf der

Brandenburg zurückgelassen und sich hier in Gefahr begeben hatte. Seine Gründe waren ihm bei seinem Aufbruch gut und wichtig erschienen, aber im Dunkel der Nacht kamen ihm Zweifel, wie weise es gewesen war, sich in die Hände seines Todfeindes zu begeben. Und wenn es schiefging, würde nicht nur er den Preis bezahlen müssen, sondern seine Frau und sein Kind ebenso.

Er war erleichtert gewesen, als Ratibor ihm einen Diener schickte, der sagte, es sei Zeit zum Aufbruch.

Nach vielleicht einer halben Meile blieben die Bäume zurück. Der Pfad wurde sandig, und links und rechts erstreckte sich Gras, wie Tugomir es nie zuvor gesehen hatte, lang und struppig zugleich. Er hörte ein rhythmisches Rauschen, das er nur aus den Beschreibungen der Lieder kannte: die Brandung. Die kühle Morgenluft war von einem würzigen Geruch erfüllt, salzig und feucht.

Dann dünnte auch das Gras aus und verschwand. Zu beiden Seiten erstreckte sich ein breiter Streifen Sand und verschmolz mit dem Zwielicht, und genau vor ihnen endete die Welt, wie Tugomir sie kannte.

Er zügelte seinen herrlichen langmähnigen Schimmel, der nervös schnaubte und kehrtmachen wollte, denn ihm war das Meer genauso fremd wie Tugomir. Der jedoch verspürte keine Furcht. Vollkommen gebannt blickte er auf diese graue Fläche, die sich wie eine riesige Wolldecke vor ihm erstreckte und doch immerzu in Bewegung war.

»Kaum Wind«, bemerkte Ratibor. »Keine nennenswerten Wellen.« Es klang fast, als entschuldige er sich.

Tugomir hatte keine Ahnung, wie »nennenswerte« Wellen aussehen mochten. Fasziniert betrachtete er das heranrollende Wasser, das sich in breiten Zungen auf den Strand ergoss und sogleich wieder zurückglitt.

Er stieg vom Pferd, streifte die Schuhe ab und trat näher ans Wasser. Heller Schaum krönte diese Wasserzungen in dem Moment, bevor sie sich auf den Strand warfen, und löste sich dort zischelnd in Luft auf. Tugomir spürte das Herz bis in die Kehle, als er einen weiteren Schritt nach vorn wagte. Der nasse Sand klebte

717

unter seinen Fußsohlen, und dann kam eine der zischelnden Zungen aus dem Meer und leckte ihm über die Füße. Das Wasser war kühl und schien auf der Haut zu prickeln. Es war ein himmlisches Gefühl.

Es wurde heller. Tugomir blickte aufs Meer. Sie befanden sich an einer Bucht, die nicht breiter als eine Meile sein konnte, und genau vor ihnen erhob sich eine Insel.

»Kannst du schwimmen?«

Tugomir wandte den Kopf und sah Ratibor einen Schritt zu seiner Rechten stehen. »Natürlich. Die Brandenburg liegt auf einer Insel.«

Der Obodritenfürst nickte und wies nach links. »Hast du genug Mut, in ein Boot mit mir zu steigen? Dann fahren wir ein Stück hinaus, und du kannst das Meer in seiner ganzen entsetzlichen Unendlichkeit sehen.«

Tugomir entdeckte ein kleines Fischerboot auf dem Strand. »Entsetzlich?«

»Es ist nicht immer so zahm wie heute. Jahr für Jahr fordert es seinen Tribut an Fischern und Seeleuten. Viele Menschen hier hassen das Meer, vor allem die Frauen. Und alle, die es kennen, fürchten es. Ich auch.«

»Dann lass uns hinausfahren, um unserer Furcht die Stirn zu bieten, du der deinen und ich der meinen.«

Gemeinsam schoben sie das Bötchen ins Wasser und sprangen hinein. Die Sterne waren verblasst, und das Perlgrau der Morgendämmerung nahm eine zarte Rosafärbung an. Das Licht reichte Ratibor aus, um das kleine Segel zu setzen. Für Tugomirs ungeschultes Auge schien er ein geübter Seemann zu sein, und bald glitt die Nussschale in nordwestlicher Richtung übers Meer. Sie umrundeten die vorgelagerte Insel, und wie Ratibor versprochen hatte, eröffnete sich ihnen ein Ausblick von solcher Weite, wie Tugomir ihn sich nie hätte vorstellen können. Er kniete im Bug, die Hände links und rechts um die Bordwand gelegt, und sah zu, wie die endlose See sich allmählich veränderte. Die Schwärze ging über in Bleigrau, während der bedeckte Himmel sich blutrot färbte.

Er wandte den Blick nach Osten. Wie eine Sichel aus geschmolzenem Kupfer stieg die Sonne aus dem Meer auf.

»Und werde ich das Ufer wiedersehen, Fürst Ratibor?«, fragte er, ohne sich zu ihm umzuwenden. »Oder hast du mich hierhergebracht, damit das Schönste, was die Welt zu bieten hat, das letzte ist, was ich sehe?«

»Das ist kein so schlechtes Ende, oder?«

»Nein.«

Ratibors linke Hand legte sich auf seine Stirn – beinah sanft –, und dann spürte Tugomir eine kalte Klinge an der Kehle. Er sah weiter zur aufgehenden Sonne und dachte: *Ich sterbe wie Anno.*

»Ich tu dir einen Gefallen, Tugomir, glaub mir. Wenn ich dich lebend heimbrächte, würden die Priester über dein Ende bestimmen, und du kannst wetten, dass sie dich brennen lassen wollen, so wie ihr Nakon habt brennen lassen.«

»Und wie kommt es, dass du mir einen Gefallen tust?«

»Keine Ahnung«, bekannte der Obodritenfürst, und es klang ratlos. »Du bist überhaupt nicht so, wie ich dachte. Einen Hevellerfürsten hatte ich mir anders vorgestellt. Es ist … nicht so leicht, dich zu hassen, wie ich angenommen hätte. Vielleicht, weil du und ich im selben Boot sitzen …« Er geriet einen Moment aus dem Konzept, weil sie ja tatsächlich zusammen in einem Boot saßen, und begann von Neuem: »Obodriten haben Heveller abgeschlachtet und umgekehrt, solange irgendwer zurückdenken kann, und dir die Kehle durchzuschneiden wird mir nicht schwerer fallen, als ein Blatt vom Baum zu pflücken. Aber es kommt mir so … unsinnig vor. Weil du und ich mehr gemeinsam haben als je einer dieser machthungrigen und verbohrten Priester mit mir gemeinsam haben wird, die dein Leben fordern.«

Tugomir hatte ihm zugehört, ohne sich zu rühren. »Und was glaubst du, Fürst Ratibor, wie lange deine Priester *dich* leben lassen, wenn du erblindest?«, fragte er.

Bei dem Wort zuckte Ratibor so heftig zusammen, dass er Tugomir die Haut einritzte. »Woher … Wie kommst du auf den Gedanken …«

Tugomir spürte Blut seinen Hals hinabrinnen, aber nur ein wenig. »Du sitzt bei Sonnenschein in der dämmrigen Halle. Und es ist sicher auch kein Zufall, dass wir bei Tagesanbruch hergekommen sind. Du meidest das Licht, weil es dir Ungemach verursacht, und deswegen habe ich deine Augen noch nicht richtig sehen können, aber ich nehme an, wenigstens eines von beiden ist von einem grauen Schleier bedeckt.«

Ratibor ließ einen langen Atem entweichen. »Das rechte«, antwortete er. »Mit dem rechten Auge sehe ich nur noch undeutlich, so wie wenn man hinter einem Wasserfall steht und hindurchschaut. Aber ich glaube, beim linken fängt es auch an.« Er sprach leise, doch Tugomir hörte seine Verzweiflung. »Woher wusstest du's? Hat Draschko einen Verdacht geäußert? Ich glaubte, noch hätte es niemand bemerkt.« Endlich nahm er das Messer von Tugomirs Kehle.

Der Hevellerfürst wandte sich zu ihm um. »Draschko hat nichts gesagt. Ich habe es erraten, weil du lichtscheu bist und häufig blinzelst.«

Ratibor wandte beschämt den Kopf ab. »Dann wird es nicht mehr lange dauern, bis andere es auch merken.« Mit einem ergebenen Achselzucken schaute er ihn wieder an. »Tja, Fürst Tugomir. Meine Tage sind gezählt.«

»So wie die meinen und die eines jeden Menschen«, gab Tugomir zurück. »Aber du musst nicht erblinden. Nicht zwangsläufig, meine ich. Ich kann dein Auge von diesem Schleier befreien, vorausgesetzt, ich falle nicht der Blutgier deiner Priesterschaft anheim.«

Ratibor starrte ihn an – sprachlos. Seine Hände steuerten das Boot mit Geschick, aber er achtete gar nicht darauf, was sie taten. »Bist du … ein Heiler?«, fragte er schließlich.

Tugomir nickte.

»Oh, barmherziger Jesus, soll es möglich sein, dass du mein Flehen erhört hast?«, murmelte Ratibor.

»Ich schlage vor, du sparst dir dein Dankgebet, bis wir den Eingriff hinter uns haben.«

»Ist er schmerzhaft?«

Tugomir grinste. »Sehr.«

»Und schiefgehen kann es auch, nehme ich an?«

Der Heiler nickte mit Nachdruck. »Du kannst blind werden, wenn ich einen Fehler mache, und du kannst sterben, egal ob ich einen Fehler oder alles richtig mache.«

»Wie geht das vonstatten?«

»Ich muss mit einer Nadel in dein Auge stechen.«

Ratibor zuckte nicht mit der Wimper. »Hast du das schon oft getan?«

»Oft genug.« Er war nicht sicher, ob Ratibor die vier Mal, da Tugomir diesen Stich vorgenommen hatte, als »oft genug« ansehen würde, aber es führte ja zu nichts, die Frage zu vertiefen.

Ratibor dachte nach. Die Sonne war inzwischen ganz aus dem Meer aufgetaucht, und das unglaubliche Farbenspiel am wolkigen Himmel begann allmählich zu verblassen. Der Obodritenfürst wendete das Boot, und während der ganzen Rückfahrt schwiegen sie.

Der Wind hatte aufgefrischt; das Bötchen machte gute Fahrt. Tugomir steckte die Hand ins Wasser und bewunderte die Gischt, die um seinen Unterarm schäumte. Dann strich er sich mit der nassen Hand über die Kehle. Das Salzwasser brannte wie Essig in der Wunde, aber Dobromir hatte immer geschworen, nichts fördere die Wundheilung so wie Meerwasser.

Als sie an den Strand zurückkamen und das Boot aus dem Wasser gezogen hatten, führte Ratibor ihn zu den wartenden Pferden zurück. Er holte einen Krug und einen Leinenbeutel aus seiner Satteltasche und sagte: »Komm, Fürst Tugomir, lass uns hier das Brot brechen. Du kannst das Meer betrachten, das es dir so angetan hat, und wir können unbelauscht reden.«

Sie setzten sich in den Sand – Ratibor mit dem Rücken zur Sonne –, teilten den Metkrug und stillten ihren Hunger mit frischem Fladenbrot, Schafskäse und Wildschweinschinken.

»Ein reich gefüllter Proviantbeutel, bedenkt man, dass du die Absicht hattest, hier allein zu frühstücken«, spöttelte Tugomir, während er einen der kleinen Fladen in der Mitte durchbrach.

»Als wir losgeritten sind, war ich mir noch nicht schlüssig, ob ich dich töten sollte«, bekannte Ratibor. »Obwohl es vermutlich das Klügste gewesen wäre, verspürte ich doch wenig Lust, für die verfluchte Priesterschaft die Drecksarbeit zu erledigen.« Er nahm einen ordentlichen Schluck aus dem Krug.

Tugomir ertappte sich bei dem Gedanken, dass der gewaltige Zug nicht das Einzige an diesem Mann war, das ihn an Thankmar erinnerte. Den Hang zum Spott hatten sie ebenso gemeinsam wie die Neigung zum Leichtsinn. Genau wie Thankmar schien auch Ratibor einen unsichtbaren Kobold auf der Schulter mit sich herumzutragen, der ihm immerzu einflüsterte, welche Dummheit er als Nächstes begehen könnte. Ob Ratibor allerdings auch die Großzügigkeit und Ehre besaß, mit der Thankmar die Welt gelegentlich überrascht hatte, konnte Tugomir noch nicht entscheiden.

»Du glaubst mir nicht?«, fragte Ratibor herausfordernd.

Tugomir musste grinsen. »Erspar mir deine Entrüstung.« Er wies auf seinen blutigen Hals. »Viel hat nicht gefehlt.«

Ratibor brummte verdrossen. »Und doch scheinst du noch ganz munter. Sind alle Heveller solche Memmen? Falls ja, sollte ich meine Krieger vielleicht wieder einmal gegen euch führen statt gegen die Sachsen, und euch ein für alle Mal unterwerfen. Dann hätte ich Ruhe.«

»Sei nicht so sicher.«

Ratibor schaute ihn eindringlich an, und zum ersten Mal sah Tugomir den verräterischen grauen Schleier auf dem rechten Auge.

»Wie lang bist du zurück aus der Gefangenschaft?«, fragte der Obodritenfürst schließlich.

»Seit einem Vierteljahr.«

»Und die Sachsen? Wie … sind sie?«

»Alle unterschiedlich. Genau wie Slawen«, antwortete Tugomir knapp, in der Hoffnung, das Thema damit zu beschließen.

Aber Ratibor ließ sich von seinem abweisenden Tonfall nicht schrecken. »Draschko hat etwas von ziemlich grässlichen Brandnarben erzählt.«

Tugomir seufzte leise und nickte. »Gero.«

»Oh Gott. Dieser verfluchte Hurensohn.« Er fuhr sich mit beiden Händen durch den schulterlangen Blondschopf. »Ich meine, wir wussten schon länger, dass er ein Ungeheuer ist und vermutlich den Teufel im Leib hat und am liebsten Slawenblut zum Frühstück säuft, aber dieses blutige Gastmahl ...« Er schüttelte den Kopf. »*Niemals* hätte ich für möglich gehalten, dass er so etwas tut.«

»Du hast einen Bruder verloren?«

»Visan«, stimmte Ratibor zu. »Er war der letzte, den ich noch hatte – jetzt sind alle Brüder aufgebraucht. Sag, ist es wirklich wahr, dass dein Weib *Geros* Tochter ist?«

»Draschko hatte eine Menge zu erzählen, will mir scheinen.«

Tugomir hatte gestern Abend nicht am Mahl in Ratibors Halle teilgenommen, sondern mit Semela, Dervan und seinen übrigen Daleminzern in der Kirche gegessen. Sie alle wussten, was es bedeutete, dass Ratibor ihn nicht an seine Tafel gebeten hatte, und Semela hatte Tugomir bittere Vorwürfe gemacht, dass er sich hier ohne Not in die Hand seiner Feinde begeben hatte. Tugomir war das karge Nachtmahl verdammt lang geworden.

»Oh, Draschko hat immer und zu allen Dingen eine Menge zu sagen«, höhnte Ratibor.

»Gero ist mein Todfeind«, stellte Tugomir klar. »Keinen von euch Obodriten habe ich je so verabscheut wie ihn.«

»Warum hast du dann seine Tochter geheiratet?«

»Das geht dich nichts an.«

Ratibor richtete sich verdattert auf, aber dann nickte er. »Nein, das ist wahr. Also sag mir, Fürst Tugomir: Wie bringst du die Heveller dazu, dir zu folgen, obwohl du den christlichen Gott angenommen und eine sächsische Frau geheiratet hast?«

Tugomir hob die Schultern. »Wie ich dir gestern bereits sagte, hatte ich gehofft, ich könnte diesbezüglich etwas von euch Obodriten lernen. Heute mögen die Heveller mir folgen, weil sie glauben, dass ich das Wohlwollen der alten Götter besitze. Das werden sie so lange glauben, wie meine Herrschaft erfolgreich ist. Aber bei der nächsten Hungersnot oder wenn ich eine Schlacht verliere ...« Er ließ den Satz unvollendet.

»Dann ergeht es dir genau wie mir«, bekannte Ratibor und

schnitt sich ein Stück von dem saftigen Schinken ab. »Fürstentreue gilt bei uns Obodriten als große Tugend, und die Menschen waren meinem Vater sehr ergeben. Nakon war eigentlich der Prinz, den sie als Nachfolger wollten, und als er … als ihr ihn verbrannt habt, war die Trauer groß. Doch mit der Zeit kamen die Obodriten zu dem Schluss, dass ich vielleicht doch nicht ganz unbrauchbar bin, und sie folgen mir. Sie folgen mir, weil ich die Schlachten gewinne, in die ich sie führe. Jetzt sogar gegen Gero.« Sein Lächeln war spöttisch, aber das Leuchten in seinem gesunden Auge verriet den Stolz auf diesen Sieg. »Doch sollte mein Kriegsglück mich verlassen, wird mein Fürstenthron wackeln. Viele Obodriten sind Christen geworden, aber die Mehrheit folgt dem alten Glauben. Und ich finde einfach keinen Weg, die Macht der Priester zu brechen. Sie verwahren das Silber im Tempel. *Mein* Silber. Sie besitzen die Orakelgewalt und in vielen Fällen auch die Gerichtsgewalt. Du hast ja gesehen, was sie mit Vater Warin und seinem Mitbruder gemacht haben.«

»Was war ihr Vergehen?«

»Sie haben Wasser aus der Tempelquelle geholt, um es zu weihen. Das war unklug, gewiss. Aber streng genommen war es ihnen nur untersagt, den Tempel selbst zu betreten, und das haben sie nicht. Doch Mirogod, der Hohepriester, klagte sie wegen Frevels und Tempelschändung an, und die Mehrheit der Priester befand sie für schuldig. Da konnte ich nichts machen. Natürlich haben sie das nur gewagt, weil Draschko nicht hier war. Draschko mag ein alter Griesgram und ein Waschweib sein, aber er hält mir immer den Rücken frei, weil er eben mein Onkel ist, und er ist mächtig.« Er zuckte die Achseln. Es wirkte gleichgültig, aber seine Miene war angespannt. »Wenn ich die Priester herausfordere und ihre Macht in Frage stelle, riskiere ich einen Krieg, in welchem Obodriten Obodriten erschlagen. Und das will ich nicht. Aber wenn ich mein Augenlicht verliere, wird Mirogod die Menschen glauben machen, dass es ein Urteil der Götter über meine Herrschaft, meine Kriegsführung und meinen Glauben ist. Dann bin ich am Ende.«

Tugomir nickte versonnen und aß langsam, während er sich

das Gehörte durch den Kopf gehen ließ. »Wie gesagt«, antwortete er schließlich. »Ich kann verhindern, dass du dein Augenlicht verlierst.«

Ratibor streckte sich im Sand aus, verschränkte die Arme hinter dem Kopf und schloss die Lider. »Sag die Wahrheit, Tugomir: Wie oft hast du's schon gemacht, und wie viele konnten anschließend wirklich wieder sehen?«

»Viermal. Alle konnten wieder sehen, doch zwei sind gestorben.« Er hatte keinem seiner Patienten das Auge ausgestochen oder so schlimm verletzt, dass sie nachher blinder waren als vorher – was leicht passieren konnte. Aber bei zweien hatte das gestochene Auge sich entzündet, und sie hatten Fieber bekommen.

»Das heißt, die Chancen, dass ich wieder sehen kann oder dass ich sterbe, sind etwa gleich groß«, stellte Ratibor fest. Es schien ihn keineswegs abzuschrecken.

Tugomir wiegte den Kopf. »Ich würde sagen, die Erfolgsaussichten sind etwas besser. Alle vier – drei Männer und eine Frau – waren alt. Dieser Augenschleier tritt normalerweise nur bei Tattergreisen auf, Fürst Ratibor.«

»Heißen Dank«, knurrte der Obodrit.

»Da du jung und gesund und stark wie ein Ochse bist, ist die Gefahr geringer. Wobei ich dir nichts versprechen kann.«

»Nein, ich weiß. Trotzdem. Es ist meine einzige Hoffnung. Kannst du es heute noch machen?«

»Nein.«

»Also wann?«, fragte Ratibor ungeduldig.

»Im Frühjahr.«

»*Was?*« Ratibor setzte sich ruckartig wieder auf. »Aber ... aber warum soll ich so lange warten?«

»Weil ich es sage.«

»Pass auf, wie du mit mir redest, Tugomir, Vaclavics Sohn«, brauste der Obodritenfürst auf. »Ich bräuchte nur mit den Fingern zu schnipsen, und meine Priesterschaft würde ...«

Tugomir winkte ab. »Ich weiß, ich weiß. Und danach stündest du immer noch mit deiner zunehmenden Blindheit da und wüsstest nicht mehr ein noch aus.« Er hielt inne und sah Ratibor in die

725

Augen – eines strahlend blau, eines grau verschleiert. »Ich helfe dir, wenn du mir hilfst, Fürst Ratibor.«

Der verschränkte die Arme vor der breiten Brust. »Und? Was willst du?«

»Es sind genau genommen zwei Dinge, die ich will: Zieh deine Truppen zurück über die Elde. Dein Sieg über Gero war ruhmreich. Er hat allen slawischen Völkern einen süßen Moment der Rache beschert, und dafür bin ich dir dankbar. Aber strategisch gewonnen hat er nichts, dieser Sieg. Ich will einen anderen Weg versuchen, und dabei sind obodritische Truppen an der Grenze zum Havelland ein Hindernis. Und meine zweite Bedingung ist: keine weiteren Raubzüge gegen Sachsen bis zum Frühjahr.«

Ratibor sah ihn an, als hätte Tugomir ihm ein unsittliches Angebot gemacht. »Ist das alles?«, höhnte er schließlich. »Gerade jetzt, wo der König der Strohköpfe im Westen Krieg führt und Geros Macht bröckelt, soll ich die Gunst des Augenblicks ungenutzt lassen? Hast du eigentlich eine Ahnung, was meine Priesterschaft mit mir machen würde, wenn ich …«

»Verflucht, kann es wirklich sein, dass sie jede deiner Entscheidungen beherrschen? Dass deine Furcht vor ihnen solche Macht über dich hat?«

Ratibor erwiderte seinen Blick unbehaglich. Dann konterte er: »Ich werde keinen weiteren Gedanken an dein verrücktes Ansinnen verschwenden, solange ich nicht verstehe, was du eigentlich vorhast.«

Tugomir erklärte es ihm. Das dauerte eine Weile, und Ratibors Augen wurden größer und größer, während er lauschte.

»Du siehst«, sagte Tugomir schließlich, »wenn wir Erfolg haben, wird Gero keine Macht mehr im Havelland besitzen, sondern ich werde mir die Macht mit der Kirche teilen. Ich würde natürlich niemals dulden, dass die Anhänger des alten Glaubens verfolgt oder mit dem Schwert bekehrt werden, aber die Priesterschaft kann mich auch nicht mehr erpressen, weil es der Bischof sein wird, dem die sächsischen Vasallen und ihre Truppen unterstehen.«

»Ich kann nicht entscheiden, ob du ein Verräter an deinem eigenen Volk bist oder sein Retter, Fürst Tugomir«, bekannte Ratibor.

»Das wird davon abhängen, ob dieser Plan gelingt oder nicht.«

»Wenn er gelingt, werde ich mir überlegen müssen, warum hier nicht möglich sein sollte, was im Havelland möglich ist …«

»Nun, dann überlege. Aber mein Plan kann nur aufgehen, wenn Otto König bleibt. Um König zu bleiben, muss er seinen Krieg im Westen gewinnen. Und das kann er nur, wenn er nicht ständig nach Hause hetzen muss, um Sachsen gegen die Obodriten zu verteidigen. Ein halbes Jahr, Ratibor, das ist alles, worum ich dich bitte. Wenn Otto seine Feinde im Westen nicht bis zum Frühjahr in die Knie gezwungen hat, wird er es niemals schaffen. Gewährst du ihm bis zum Frühjahr Aufschub, bist du herzlich auf der Brandenburg willkommen, wo ich dich von deinem Augenleiden befreien werde, wenn ich kann.«

»Warum auf der Brandenburg? Wieso nicht hier?«

»Weil deine Priester mich töten würden, wenn es schiefgeht.«

»Hm«, brummte der Obodritenfürst. »Das ist wahr.« Er schaute eine Weile aufs Meer hinaus. Dann fragte er unvermittelt: »Was ist eigentlich mit deiner Schwester? Mein Vater wollte einmal, dass ich sie heirate. Damals wurde mir ganz schlecht bei dem Gedanken, aber heute …« Er hob grinsend die Schultern.

Tugomir war geneigt, seinen Ohren zu misstrauen. »Das ist ein unerwartetes Angebot von dem Mann, der mir vor zwei Stunden noch die Kehle durchschneiden wollte.«

»Oh, komm schon«, widersprach Ratibor wegwerfend. »Wenn ich es wirklich gewollt hätte, hätte ich es getan.«

Das hättest du, wäre ich dir nicht mit einem unwiderstehlichen Angebot zuvorgekommen, dachte Tugomir. Aber er sagte lediglich: »Meine Schwester ist vergeben, fürchte ich. Sie ist die Frau des Bischofs.«

Ratibor schüttelte ungläubig den Kopf. »Du hast aber auch wirklich an alles gedacht, he? Ich hätte noch eine unverheiratete Schwester, aber du hast ein Weib. Was wollen wir tun, um unser Abkommen zu besiegeln?«

Abkommen. Da war es, das Wort, welches hier zu hören Tugomir kaum noch zu hoffen gewagt hatte.

»Ah, ich weiß schon!« Ratibor sprang auf. »Wenn die Zeit

kommt, sollte dein Sohn meine Tochter zur Frau nehmen. Oder umgekehrt.«

Tugomir erhob sich ebenfalls. »Dann heirate und zeuge einen Sohn oder eine Tochter, bevor du dich – oder besser gesagt, dein Auge – in meine Hände begibst. Sicher ist sicher.«

Breisach, September 939

»Diese Festung ist einfach uneinnehmbar, mein König«, erklärte Graf Odefried ungeduldig.

»Das hat man von der Brandenburg und der Eresburg auch gesagt, und doch hat der König sie beide genommen«, widersprach der Herzog von Schwaben.

»Keine Festung ist uneinnehmbar«, pflichtete Graf Manfried ihm bei. »Wenn die Belagerer die nötige Entschlossenheit haben. Von Mut und dem nötigen Willen sprechen wir vielleicht lieber nicht …«

Otto mahnte ihn mit einem Stirnrunzeln zur Mäßigung, äußerte sich aber nicht.

Durch den Eingang seines Zeltes sah er hinaus in den unablässigen Regen, der einen so undurchdringlichen Schleier bildete, dass man die Burg auf ihrer Felseninsel im Rhein kaum noch ausmachen konnte. Es regnete seit einer Woche, und es war viel zu kalt für September. Und das Wetter war nicht der einzige Grund, warum seine Männer allmählich die Lust an dieser Belagerung verloren.

Tag für Tag setzten sie mit Booten über und rannten sich an der Palisade und am Tor der Festung die Schädel ein, während Eberhards Truppen sie von oben mit allem bewarfen und überschütteten, was einen Mann verletzen oder töten konnte – notfalls auch mit Bienenkörben, wie der bedauernswerte Udo leidvoll erfahren hatte …

»Es ist eine elende Schinderei«, musste selbst der kampflustige Manfried zugeben. »Und aufgrund der Lage der Burg können wir

728

nicht mit völliger Sicherheit ausschließen, dass das eine oder andere Versorgungsboot bei Nacht dort festmacht. Aber wir können sie trotzdem aushungern. Es dauert eben nur ein wenig länger.«

Manfried hatte recht, und das wusste natürlich auch Eberhard von Franken. Blieb zu hoffen, dass er Vernunft annehmen und sich ergeben würde.

»Es kann Monate dauern!«, ereiferte sich Odefried. »Wir sitzen hier fest und belagern diesen verfluchten Felsbrocken, während unsere Feinde Gott weiß was anstellen …« Er brach ab und ballte die Fäuste, um sich am Weiterreden zu hindern.

»Feinde ist gut«, höhnte Wichmann Billung. »Euer eigener Sohn reitet an Prinz Hennings Seite!«

Odefrieds Sohn, Hildger von Iburg, zählte in der Tat zu Hennings engsten Vertrauten, doch hatte Otto bislang keinen Anlass gehabt, an der Loyalität des Grafen vom Nethegau zu zweifeln. »Hildger hat seine Wahl getroffen genau wie mein Bruder«, sagte der König. »Es führt zu nichts, wenn wir uns gegenseitig die Taten unserer Brüder oder Söhne vorwerfen.«

Giselbert und Henning waren mit unbekanntem Ziel aus Breisach abgezogen. Und genau wie seine Kommandanten lag Otto nachts wach und fragte sich, wohin sie sich wenden und was sie dort anrichten würden.

Gottvertrauen und Zuversicht waren in der Vergangenheit immer Ottos zuverlässigste Verbündete gewesen, aber dieses Mal drohten beide ihn im Stich zu lassen. Editha hatte ihn äußerst kühl verabschiedet, denn sie hatte ihm nicht verziehen, dass er ihre Zofe hatte aufhängen lassen – im Hof der Pfalz zu Quedlinburg, damit seine Mutter auch sah, was sie zu verantworten hatte. Natürlich verstand Editha, wie schwer Gundulas Vergehen wog. Sie verstand auch, dass der König ein Exempel statuieren musste, damit der nächste Spion, den die Königinmutter oder Henning anheuern wollten, es sich zweimal überlegte. Und trotzdem. Editha hatte ihn um Gnade für Gundula gebeten, doch er war unerbittlich geblieben. Genau wie Gundula einst um Gnade für ihren Vater gebeten hatte und er unerbittlich geblieben war. Hatte er damit Gottes Zorn auf sich gezogen? Ein König *musste* hart sein, um herrschen zu können. Aber ein König musste auch gnädig sein. *Denn mit welcherlei Gericht ihr richtet, werdet ihr gerichtet werden; und mit welcherlei Maß ihr messet, wird euch gemessen werden …*

Gestern hatte Bischof Ruodhard von Straßburg seine Zelte abgebrochen und war mit seinen Truppen abgezogen. Otto war sich nicht schlüssig, ob der Bischof einfach den Glauben an ihren Sieg verloren oder sich von Giselbert oder Eberhard hatte kaufen lassen, jedenfalls hatte dieser Akt der Königsverlassung jeden Mann im Lager erschüttert: Vom einfachen Soldaten über die adligen Kommandanten bis hin zum König selbst fragten sich alle, ob der Abfall des Bischofs ein böses Omen war. Ob Gott sich von seinem auserwählten König abgewandt hatte.

Udo kam hereingestapft, und seine Stiefel verursachten schmatzende Geräusche im Schlamm. »Der Erzbischof ist zurück, mein König«, meldete er.

Otto richtete sich auf seinem Scherenstuhl auf. Sein Herzschlag hatte sich beschleunigt. »Dann bring ihn her.«

Udo verneigte sich schniefend und verschwand. Er hatte sich weitgehend erholt und entrüstet protestiert, als der König ihm vorgeschlagen hatte, in Magdeburg zu bleiben. Aber jetzt litt er an einer hartnäckigen Erkältung, und in seinen kleinen Augen lag ein fiebriger Glanz. Udo kam in die Jahre, war Otto aufgegangen.

Mit einem ehrerbietigen Diener führte der alte Haudegen den Erzbischof von Mainz in das königliche Zelt. Der Geistliche verneigte sich vor Otto und verkündete mit einem strahlenden Lächeln: »Der Herzog von Franken hat Einsicht gezeigt, mein König!«

»Ihr wart erfolgreich?«, fragte Hermann von Schwaben erstaunt. »Vergebt mir, ehrwürdiger Bischof, aber darauf hatte ich kaum zu hoffen gewagt.«

Der junge Erzbischof Friedrich schaffte es nicht ganz, seinen Stolz zu verbergen. Der König hatte ihn als Unterhändler zu Eberhard von Franken geschickt, um dem die Aussichtslosigkeit seiner Lage zu veranschaulichen, aber Otto musste zugeben, er war selbst überrascht, dass es gefruchtet hatte.

»Was hat Eberhard gesagt?«, fragte er gespannt.

»Er empfing mich mit großer Gastfreundschaft und allen Eh-ren«, berichtete Friedrich, nahm auf einem Schemel Otto gegen-über Platz, und als Herzog Hermanns Vetter Konrad ihm einen gut gefüllten Becher heißen Wein reichte, legte er dankbar die Hände darum. »Es sah mir offen gestanden nicht so aus, als wür-den seine Vorräte bereits knapp.«

»Und trotzdem will er sich ergeben?«, fragte Manfried skep-tisch.

»Nun, ergeben ist vielleicht nicht das treffende Wort«, schränkte Friedrich ein, blies über seinen Wein und trank genüss-lich einen Schluck, offenbar ohne die plötzliche Stille im Zelt zu bemerken.

»Wie darf ich das verstehen?«, fragte Hermann von Schwaben.

Friedrich schlug die Beine übereinander, stellte den Becher auf sein Knie und sah zu ihm hoch. »Herzog Eberhard von Franken ist bereit, sein Bündnis mit Giselbert von Lothringen und Prinz Hen-ning aufzukündigen, aus Breisach abzuziehen und sich dem König zu unterwerfen.«

»Das kommt mir doch irgendwie bekannt vor …«, höhnte Her-mann. »Und was will er dafür?«

»Das, was er immer wollte«, antwortete Friedrich und hob die schmalen Schultern. »Die uneingeschränkte Herzogsmacht über Franken ohne Gebietsverluste. Und natürlich Straffreiheit.«

Otto lächelte bitter. »Ich fürchte, daraus wird nichts …«

Der Erzbischof machte große Augen. »Oh, aber mein Kö-nig …«

»Wovon träumt er nachts?«, fiel Hermann ihm aufgebracht ins Wort. »Wie kann er es wagen, solche Forderungen zu stellen nach dem widerwärtigen Verrat, den er begangen hat? Begreift er denn nicht, dass er froh und dankbar sein kann, mit dem Leben davon-zukommen?«

Friedrich von Mainz bedachte ihn mit einem vorwurfsvollen Kopfschütteln. »Ihr solltet nicht vergessen, dass Herzog Eberhard Euer Cousin ist.«

»Oh, keine Bange«, gab Hermann zurück und verschränkte die

Arme vor der Brust. »Wie könnte ich das vergessen? Nacht um Nacht halten der Gedanke daran und meine Scham darüber mich wach.«

»Was habt Ihr geantwortet?«, fragte Otto den Erzbischof.

»Nun, ich habe zugestimmt«, gab dieser zurück, als sei es die selbstverständlichste Sache der Welt. »Eberhard war zu keinen Zugeständnissen bereit, und mir lag vor allem daran, diese verfahrene Lage zu entschärfen. Ich war der Auffassung …«

»Dann könnt Ihr auf der Stelle kehrtmachen, zu Eberhard zurückgehen und ihm sagen, er soll sich sein Angebot dahin schieben, wo die Sonne niemals scheint«, fiel Hermann von Schwaben ihm rüde ins Wort. Er war kreidebleich vor Wut. »Wie konntet Ihr Euch nur auf so etwas einlassen, Ihr Narr …«

»Ich muss Euch wohl daran erinnern, wer ich bin, Herzog Hermann«, fuhr Friedrich auf.

»Ein goldgelockter Jämmerling ohne Eier in der Hose, das seid Ihr …«

»Hermann, das reicht«, mahnte der König. Nur mit Mühe rang er seinen eigenen Ärger nieder. Es war ein Fehler gewesen, Friedrich zu Eberhard zu schicken, erkannte er jetzt. Erzbischof oder nicht – Hermanns Einschätzung des Metropoliten war nicht weit von der Wahrheit entfernt. Friedrich hatte einfach nicht das Zeug zu schwierigen Verhandlungen. »Ich kann auf dieses Angebot nicht eingehen«, erklärte der König geduldig. »Eberhard muss für seinen wiederholten Verrat büßen. Ihr habt Euch weit von dem Verhandlungsspielraum entfernt, den wir besprochen hatten, ehrwürdiger Bischof.«

»Aber … aber Ihr müsst sein Angebot akzeptieren«, entgegnete Friedrich. »Ihr *müsst*!« Es klang unangenehm schrill. Er hat Angst, erkannte Otto. Wovor, in aller Welt?

»Es ist unmöglich«, wiederholte der König.

»Aber ich habe Eberhard einen Schwur geleistet, dass Ihr seine Bedingungen akzeptiert!«

Dieses Mal verstummten nicht nur alle, sie erstarrten regelrecht. Otto selbst genau wie seine Vertrauten und Kommandanten. Mit einem Mal fürchtete auch er sich. Es fühlte sich an, als lege sich eine eisige Hand auf sein Herz. Er wusste plötzlich genau, wohin das hier führen würde. Und ihm graute davor.

»Das war ... der Gipfel aller Torheit, ehrwürdiger Bischof«, bekundete Wichmann, und er klang benommen.

Friedrich warf den Becher ins Gras und stand auf. »Ich habe es langsam satt, mir solche Unverschämtheiten anzuhören!«, stieß er hervor. Er wandte sich an Otto. »Darf ich Euch daran erinnern, dass der Papst mich zu seinem Stellvertreter im ostfränkischen Königreich ernannt hat? Damit bin ich Euch im Range ebenbürtig und durchaus befugt, in Eurem Namen einen Frieden mit einem Eurer Herzöge auszuhandeln.«

»Ihr seid ein Verräter, Goldlöckchen«, widersprach Hermann leise. »Und ich hätte nicht übel Lust, Euch die Eingeweide herauszuschneiden und daran bis vor Eberhards Tor zu schleifen. Der König ist *Gottes* Walter auf Erden. Kein Mann ist ihm ebenbürtig.«

Otto erhob sich ohne Eile und sah dem jungen Erzbischof in die Augen. »Ihr hattet kein Recht, in meinem Namen zu sprechen oder Eberhard diesen Eid zu leisten. Ich bin nicht daran gebunden und werde Eure Zusagen nicht einhalten.«

Mit Mühe hielt Friedrich den Kopf hoch. Er sah aus, als werde er jeden Moment in Tränen ausbrechen. »In dem Fall verpflichtet mich mein Eid, mich auf Eberhards Seite zu stellen, wie Ihr sicher wisst, mein König.«

Otto vollführte eine einladende Geste Richtung Zelteingang. »Dann geht mit Gott. Möge er Euch vergeben. Ich werde es bestimmt nicht tun.«

Gehetzt sah Friedrich sich im Zelt um, als fürchte er, einer der Versammelten werde das Schwert ziehen und ihn damit niedermachen. Aber niemand rührte sich. Kalt, voller Verachtung erwiderten sie seinen Blick, bis er sich abwandte und mit wehenden Gewändern die Flucht ergriff.

»Bei allen Heiligen, was für ein Schlappschwanz.« Manfried von Minden spuckte ins Gras. »Kein großer Verlust, möchte ich meinen.«

Aber niemand stimmte ihm zu. Die anderen im Zelt Versammelten tauschten stumme Botschaften, blickten auf ihre Fingernägel oder auf ihre Stiefelspitzen, nur nicht zu ihrem König, damit der das Mitleid in ihren Augen nicht sah. Der Abfall der lothringischen Bischöfe war eine Sache. Aber der Erzbischof von Mainz?

»Freunde, seid so gut und lasst mich allein«, bat Otto seine Getreuen.

Bereitwillig wandten sie sich zum Ausgang. Ein jeder schien zu verstehen: Der König rang mit der Erkenntnis, dass er am Ende war. Und das wollte er unbelauert tun.

Andernach, Oktober 939

»Mein Prinz?«, rief Wiprecht von draußen. »Die Herzöge warten.«

Henning verzog das Gesicht, antwortete aber: »Sag ihnen, ich komme gleich!« Er steckte die Nase in Miltrauds zerwühlten braunen Lockenschopf und flüsterte: »Ich kann sowieso nicht mehr. Du hast mich wieder einmal völlig ausgelaugt, du kleines Luder.«

Sie lächelte zufrieden, rekelte sich auf der Felldecke und schlang gleichzeitig die Beine um seine Hüften. »Nur noch einen Moment«, bettelte sie, ihre Stimme rau und einschmeichelnd. »Du bist noch nicht müde, ich weiß es. Lass mich nur machen ...« Sie ließ die schmale Linke über seinen Bauch abwärtswandern und ertastete sein Glied, das sich unter ihren geschickten Fingern tatsächlich wieder zu regen begann.

Henning legte die Hände auf ihre üppigen, festen Brüste. Er hatte schon aus so mancher Jungfrau eine Hure gemacht, aber keine hatte sich je mit solcher Hingabe in ihre neue Rolle gefügt wie diese hier. Er hatte sie auf einem der sächsischen Güter gefunden, die sie überfallen hatten. Ihr Vater hatte sie im Heu versteckt – diese dämlichen Bauern wurden einfach nicht klüger; *alle* versteckten ihre Töchter im Heu –, und so hinreißend hatte sie ausgesehen mit ihren nackten Füßen und den Halmen im Lockenschopf, den großen, dunklen Augen, die ihn furchtsam und herausfordernd zugleich anstarrten, dass er es ihr da und dort im Heu besorgt hatte. Bereitwillig, beinah gierig hatte sie ihm die festen und doch daunenweichen Schenkel geöffnet. Sie hatte nur Augen für ihn gehabt, schien die Schreie von Mensch und Tier nicht zu hören, die brennenden Katen um sie herum nicht zu sehen. Und als er fertig war, hatte sie gesagt: »Tu es noch einmal. Du kannst alles mit mir machen, was du willst, nur nimm mich mit, wo immer du hingehst. Lass mich nicht hier, wo nur ein Hungerwinter wartet. Ich will die Welt sehen und ein bisschen leben, eh ich sterbe. Bitte, nimm mich mit.«

Das hatte er getan und bald festgestellt, dass sie gemeint hatte, was sie sagte: Er durfte mit ihr machen, was er wollte, und je ausgefallener seine Wünsche, um so schärfer wurde sie. Sie war für die Sünde geboren, hatte er voller Seligkeit erkannt, ein wahres Gottesgeschenk für einen einsamen Prinzen auf einem Plünderungszug, und eine wirklich nette Abwechslung von den kuhäugigen, ewig heulenden Schlampen, mit denen er sonst vorliebnehmen musste.

Dennoch schob er ihre Hände nun weg und setzte sich auf. »Später. Wir brechen das Lager hier heute ab und müssen den Fluss überqueren, ehe es dunkel wird.«

Giselbert und Eberhard wollten nur noch einen Happen essen, ehe sie übersetzten, und besprechen, wie sie weiter vorgehen wollten. Und Henning wusste, das durfte er auf keinen Fall versäumen. Sie behandelten ihn ohnehin schon, als wäre er das dritte Rad an ihrem Karren, nicht ihr zukünftiger König. Manchmal redeten sie über seinen Kopf hinweg, sodass er sich vorkam wie ein Gepäckstück. Das machte ihn wütend. Und es beunruhigte ihn. Er hatte sein Schicksal mit Giselbert und Eberhard verknüpft, aber das bedeutete nicht, dass er auch nur einem von beiden traute. Immerhin war Eberhards Bruder König gewesen, bevor Hennings Vater die Krone bekam, und Eberhard hatte nie aufgehört, danach zu gieren. Was genau es war, das Giselbert wollte, war schwieriger zu durchschauen. Doch Henning argwöhnte, dass sie etwas im Schilde führten, und zwar gemeinsam. Gegen ihn. Nur kam er nicht dahinter, was es war, und das machte ihn ganz verrückt.

So verrucht und kurzweilig die kleine Schlampe auch war, Henning vermisste seine Frau. Judith hätte gewusst, was zu tun war. Aber Judith war nicht hier. Sie hatte sich zu ihrem Bruder Berthold, dem Herzog von Bayern, begeben, um abzuwarten, wie dieser Krieg ausging. Notfalls für sich und ihr Kind Schutz zu finden. Es war nur ein verdammtes Mädchen geworden, aber trotzdem wusste Henning, dass er ihre Sicherheit nicht aufs Spiel setzen durfte. Also hatte er seiner Frau befohlen, nach Bayern zu gehen, und jetzt war er ihr so böse, weil sie auf ihn gehört hatte, dass er erwog, die kleine Schlampe zu behalten und Judith vorzuführen. Judith konnte rasend eifersüchtig sein. Der Gedanke an ihren Wutausbruch entlockte ihm ein Lächeln. Das würde sie lehren, ihren Gemahl und Herrn in Zukunft nicht wieder im Stich zu lassen …

Miltraud kniete sich hinter ihn und schlang die Arme um seine Brust. »Kommst du wieder, bevor du über den Fluss gehst?«

Unwillig befreite er sich aus ihrer Umklammerung und stand auf. »Nein. Eigentlich sollte meine Beute längst verladen sein – also auch du. Zieh dich an und mach dich bereit. Ich schicke dir eine Wache.«

Sie schlug die Augen nieder. »Wie du wünschst, Herr.« Sie hatte ein unfehlbares Gespür dafür, wann sie fügsam sein musste, um keinen Schaden zu nehmen.

Henning stieg in die Kleider, legte das Schwertgehenk um und warf sich den Mantel über die Schultern. Das elende Regenwetter war vorüber, und die Sonne glitzerte auf dem Wasser des Rheins, doch ein kalter Wind fegte von der Eifel herüber.

Henning durchquerte das Lager mit langen Schritten. Alles befand sich in Auflösung: Zelte wurden abgebaut und verstaut, Kisten und Fässer und Waffen auf Esel und Karren geladen, die alles zum Ufer schaffen sollten.

Vor Eberhards Zelt hielt Henning zwei Soldaten an: »Lasst hier alles stehen und liegen und kümmert euch um meine Beute und meine Sklavin. Bringt sie schon mal ans andere Ufer.«

»Immer eins nach dem anderen«, brummte einer der beiden, ein vierschrötiger Kerl mit rötlichem Bart. »Erst mal sind Herzog Giselberts Sachen an der Reihe, und dann …«

Mit einem verbindlichen Lächeln legte Henning ihm die Hand auf die Schulter, zog den Dolch aus der Scheide und rammte ihn dem Mann ins rechte Auge. Bis zum Heft. Der Geblendete ging mit einem Keuchen zu Boden, seine Arme und Beine zuckten wie bei einem aufgespießten Käfer, und dann lag er still.

Henning bückte sich, zog seinen Dolch heraus und wischte ihn am Ärmel des Toten ab. Dann richtete er sich wieder auf und fragte den zweiten Soldaten: »Wärst du so gut?«

»Sofort, mein Prinz!«

»Wärmsten Dank.« Er wandte sich ab, schlug die Felldecke zurück, die den Eingang versperrte, und trat in Eberhards geräumiges Zelt.

»Was war da draußen los?«, fragte der Herzog von Franken.

»Gar nichts«, erwiderte Henning achselzuckend und schenkte sich einen Becher Wein ein. »Eine kleine Meinungsverschiedenheit mit einem deiner unverschämten Hessen, das war alles.«

Eberhard runzelte die Stirn.

»Nimm Platz, Henning«, lud Giselbert seinen jungen Schwager ein. »Nur Pökelfleisch und durchweichtes Brot, fürchte ich, aber wenn wir klug sind, ist der Krieg ja bald vorüber.«

Henning griff zu und begann zu essen. »Und was heißt, ›wenn wir klug sind‹?«, fragte er, den Mund so voll, dass beide ihn verständnislos anschauten. Er kaute, schluckte und wiederholte seine Frage.

»Darüber sind wir noch geteilter Auffassung«, räumte Giselbert ein und fuhr sich mit der Rechten über den gestriegelten Schopf. Es war eine nervöse Geste. »Eberhard meint, wir sollten mit den Männern, die wir jetzt haben, zurück nach Süden ziehen und Otto in den Rücken fallen.«

»Die Moral seiner Truppen ist miserabel, berichten unsere Späher«, fügte Eberhard hinzu. »Jede Nacht desertieren Dutzende seiner Soldaten, und die sächsischen Grafen wollen nur noch nach Hause, seit sie gehört haben, dass wir in Sachsen plündern.«

»Trotzdem bin ich der Meinung, wir sollten uns nach Lothringen zurückziehen«, sagte Giselbert. »Die Kriegssaison ist fast vorbei, der Winter kommt. Das gibt uns ein halbes Jahr, um neue

Truppen auszuheben, und nächstes Frühjahr versetzen wir Otto den Todesstoß.«

»Otto wird den Winter auch nicht ungenutzt verstreichen lassen«, widersprach Henning. »Wir müssen ihn *jetzt* erledigen, da er am Boden liegt. Solch eine Gelegenheit kommt so schnell nicht wieder, glaubt mir.«

»Guter Junge«, brummte Eberhard in seinen Becher.

Henning schlug ihn ihm aus der Hand. »Ich glaube, es wird allmählich Zeit, dass du mir ein bisschen mehr Respekt erweist«, sagte er. Er versuchte, seine Drohung in maßvollem Ton auszusprechen, mit einem Lächeln gar, so wie Otto es getan hätte. Aber er schaffte es nicht ganz. Jedes Mal, wenn einer der Herzöge ihn wie einen Bengel behandelte, flammte der Zorn auf, der immer in ihm glomm. »Wir wollen doch nicht vergessen, dass du vor mir auf den Knien gelegen und meine Hilfe erfleht hast! Und hätte ich mich nicht bei Otto für dich verwendet, würden jetzt die Würmer an dir nagen!«

Vollkommen unbeeindruckt hob Eberhard seinen Becher aus dem Gras auf und schenkte ihn wieder voll. »Erwarte keinen Fußkuss dafür. Die Tage dieses Königs sind gezählt, also wieso fängst du ständig mit diesen alten Geschichten an?«

Ehe Henning eine hinreichend scharfe Erwiderung eingefallen war, betraten Wiprecht und Hildger das Zelt und machten der hässlichen Szene damit ein Ende. Henning blickte zum Eingang, weil Volkmar noch fehlte. Dann fiel es ihm ein. Volkmar war tot. Otto hatte ihn gefoltert, bis er starb, und ihm – Henning – damit den besten Freund genommen, den er je gehabt hatte. Weil der Prinz das einfach nicht aushielt, vergaß er es ständig, und jedes Mal, wenn er daran erinnert wurde, wollte er Otto töten. Langsam und qualvoll, so wie Volkmar gestorben war. Mit den Augen wollte er anfangen. *Denn ein blinder König kann nicht herrschen ...*

»Die Fracht und der Großteil der Männer sind drüben«, berichtete Hildger.

Mit einem Mal verspürte Henning ein unangenehmes Kribbeln auf Nacken und Schultern. *Der Großteil seiner Männer ist noch drüben*, hatte Giselbert gesagt, als sie bei Birten Ottos Panzerreitern aufgelauert hatten. *Jetzt ist der Moment …*

Draußen erschollen Hörner.

»Was zum Henker hat das zu bedeuten?«, fragte Giselbert mit einem unwilligen Stirnrunzeln.

Eberhard von Franken war aufgesprungen. »Mein Kettenpanzer! Beeil dich!«, schnauzte er einen seiner Diener an.

»Aber Eberhard, was …«, begann Giselbert, als einer der fränkischen Grafen ins Zelt stürmte.

»Es ist Hermann von Schwaben!«, keuchte er, völlig außer Atem. »Mit einer Armee …«

Eberhard sah zu Giselbert. »Ich schlage vor, du bewaffnest dich. Falls du noch weißt, wie das geht.«

Sprachlos, die Augen weit aufgerissen, hastete Giselbert aus dem Zelt. Henning folgte ihm mit seinen beiden getreuen Schatten.

»Oh, barmherziger Gott steh uns bei …« Giselbert von Lothringen drohte die Stimme zu versagen.

Von Süden galoppierte ein Heer von Panzerreitern heran, querfeldein über die abgeernteten Äcker, die das Rheinufer säumten. Da es bis zum Vortag geregnet hatte, wirbelten sie keine Staubwolke auf, und die Sonne funkelte auf ihren Helmen und Panzern. Drei Männer ritten an ihrer Spitze, gefolgt von ihren Bannerträgern.

Und sie waren keine halbe Meile mehr entfernt.

Henning schlug Hildger auf den Arm, um ihn aus seiner Schreckensstarre zu wecken. »Die Rüstungen! Los, beeilt euch!«

»Es ist zu spät, Prinz«, widersprach Wiprecht grimmig und lockerte das Schwert in der Scheide. »Wir müssen sie nehmen, wie wir sind.«

Henning sah noch einmal zu den heranpreschenden Schwaben hinüber und erkannte, dass sein Freund recht hatte.

Eberhard von Franken kam aus seinem Zelt – voll gerüstet. Im Gehen schloss er die Schnalle seines Schwertgürtels. Er streifte die galoppierende Phalanx nur mit einem verächtlichen Blick. »Hermann von Schwaben«, brummte er kopfschüttelnd. »Mit Konrad

Kurzbold und Udo von Wetterau. Meine Vettern, allesamt. Der Teufel möge ihre Seelen holen, dass sie sich gegen ihr eigenes Haus stellen ...«

Er klang eher angewidert als verzweifelt, stellte Henning erleichtert fest. »Was tun wir?«, fragte er.

»Was können wir tun?«, gab Eberhard unwirsch zurück. »Wir formieren uns und drängen sie in den Fluss. Adalbert!« Er winkte einen seiner Kommandanten heran und erteilte einige präzise Befehle.

»Du bist ja nicht bei Trost«, knurrte Giselbert. »Es sind zu viele, Eberhard.« Er ruckte das Kinn zum Fluss hinüber. »Da auf der anderen Seite liegt Lothringen. Dort sind wir in Sicherheit. Lass uns übersetzen, ehe sie über uns herfallen.«

Der Herzog von Franken zog das Schwert und würdigte ihn keiner Antwort. Aber der Blick, den er Giselbert zuwarf, war so voller Verachtung, dass Henning stellvertretend Scham empfand.

Adalbert, Wiprecht und einige weitere Edelleute trieben in größter Eile die noch am hiesigen Ufer verbliebenen Soldaten zusammen. Hildger brachte Henning sein Pferd.

Dankbar nickte der Prinz ihm zu und schwang sich in den Sattel.

Zur Formation blieb keine Zeit. Die Erde bebte unter dem Hufschlag der heranpreschenden Panzerreiter, die ein Kampfgebrüll anstimmten, von dem einem das Blut in den Adern stocken konnte, alle im selben Moment, so als brüllten sie aus einer einzigen gewaltigen Kehle.

Hennings Pferd scheute, und um ein Haar wäre er ins Gras gesegelt. Dann hatten die Schwaben sie erreicht. Henning hob die Waffe. Er führte sie mit der Linken, denn sein rechter Arm taugte seit der Verletzung von Birten nicht mehr viel. Doch hatte Henning keine Gelegenheit ausgelassen, mit seinen drei Freunden zu trainieren, und erst letzte Woche hatte selbst der grimmige Wiprecht bemerkt, der Prinz sei ein gefährlicher Linkshänder geworden. Heute bekam er Gelegenheit, seine neue Schwertkunst im Ernstfall zu erproben, und er trieb die Klinge dem ersten Gaul, der in seine Reichweite kam, in die Flanke. Von einem Herzschlag zum nächsten war er zwischen feindlichen Reitern eingekeilt, der Gestank von Schweiß und Stahl und Pferd nahm ihm fast die Sinne. Es war seine erste richtige Schlacht, denn bislang hatte Henning es immer vorgezogen, im Hintergrund zu bleiben und anderen das blutige Geschäft zu überlassen. Doch hier waren die Schwaben so plötzlich über sie hereingebrochen, dass ihm keine Wahl blieb, und so hieb er auf alles ein, was sich bewegte. Bei jedem Streich stieß er einen gellenden Schrei aus, weil er jeden Moment damit rechnete, eine Klinge im Rücken zu spüren.

Pferde schnaubten und wieherten, die Luft war erfüllt vom hellen Klang der Schwerter und dem Schmettern der Hörner. Der Lärm war unfassbar, die Schreie der Verwundeten gingen beinah darin unter.

Henning riss sein Pferd nach links, ließ es einmal um die eigene Achse gehen, um sich ein wenig Platz zu verschaffen, und kreuzte dann die Klingen mit einem langen Kerl, dessen Segelohren grotesk unter seinem Helm abstanden. Sein Gegner war voll gerüstet, aber er hatte seine Lanze verloren und war kein guter Schwertkämpfer. Ohne große Mühe fand der Prinz eine Lücke in seiner Deckung, schlängelte sein Schwert am Bein entlang unter den Kettenpanzer und rammte es ihm in die Weichteile. Segelohr kreischte wie ein Mädchen, rutschte nach rechts aus dem Sattel und geriet seinen Kameraden unter die Hufe.

Sofort drängten zwei neue Gegner auf Henning ein. Der vordere verbarg sich hinter einem Rundschild, aber der Prinz schaffte es, seinen Gaul mit einem Stoß in die Kehle zu fällen. Der nächste hatte die Lanze gehoben und hätte ihn erwischt, wäre Wiprecht nicht plötzlich zur Stelle gewesen, der dem Schwaben mit einem eleganten Hieb den Arm samt Lanze vom Rumpf trennte.

»Wie steht es?«, brüllte Henning seinem Freund zu.

Wiprecht deutete ein Kopfschütteln an. »Folgt mir, mein Prinz!«

»Wohin?«

Wiprecht antwortete nicht, sondern machte einen der schwäbischen Bannerträger nieder. Er bewegte sich auf ungeradem Kurs nach links und nach hinten. Das sah ihm nicht ähnlich. Während

Henning einer Lanze auswich und den Träger mit einem Tritt aus dem Sattel beförderte, verfolgte er den verstohlenen Rückzug seines Freundes aus dem Augenwinkel. Dann war Hildger plötzlich an seiner anderen Seite, griff ihm ohne ein Wort in die Zügel und zerrte sein Pferd herum.

»Was tust du?«, fragte Henning entgeistert.

»Wir haben es Eurer Mutter geschworen, Prinz« war alles, was Hildger sagte.

Nur halbherzig kämpfte Henning um die Rückeroberung seiner Zügel, und seine Stimme hatte keine Überzeugungskraft, als er sagte: »Dafür werd ich dich aufknüpfen, du Schuft!«

Hildger sah ihm kurz in die Augen. »Falls wir lange genug leben.«

Als sie aus dem dichten Kampfgetümmel heraus waren, sah Henning, was seine Freunde nicht auszusprechen gewagt hatten: Die Schlacht war verloren.

Mehr als die Hälfte ihrer vielleicht drei- oder vierhundert Männer, die noch am hiesigen Ufer gewesen waren, lag tot oder sterbend im aufgewühlten Schlamm. Sie waren bestenfalls halb gerüstet und auf einen Angriff nicht vorbereitet gewesen – sie hatten im Grunde gar keine Chance gehabt. Jetzt befand ihre kleine Armee sich in Auflösung. Wohin Henning schaute, warfen die Männer ihre Waffen von sich und flohen vom Schlachtfeld. So mancher bekam zur Belohnung für seine Feigheit eine Lanze in den Rücken.

Nur auf ihrer linken Flanke schien noch so etwas wie eine Schlachtordnung zu herrschen. Inmitten einer kleinen, dicht gedrängten Reiterschar entdeckte Henning Eberhard von Franken, der seine Männer wie einen Keil in die Reihen der Panzerreiter führte.

»Er versucht, zu Hermann von Schwaben zu gelangen«, mutmaßte Wiprecht. »Welch ein Kampfesmut!«

Henning verspürte einen Stich. Er wollte derjenige sein, dessen Kampfesmut und Tapferkeit gelobt, vielleicht sogar besungen wurden. Mit einem Ruck riss er Hildger seine Zügel aus der Hand, um wenigstens vorzugeben, er wolle in die Schlacht zurückkehren, als eine Wurflanze den Herzog von Franken in die Kehle traf.

Henning schrie auf, ehe er sich auf die Zunge beißen konnte.

Eberhard rutschte das Schwert aus der Hand. Wie ein Wasserfall ergoss sein Blut sich über seinen Ringelpanzer, und er stürzte vom Pferd. Die feindlichen Panzerreiter hatten einen Ring um ihn gebildet und jubelten. Vielleicht ein halbes Dutzend stieg aus dem Sattel. Sie nahmen um Eberhard herum Aufstellung und hoben die Schwerter.

Henning kniff die Augen zu.

»Das war's«, murmelte Hildger. »Jetzt ist alles verloren.«

Henning wusste, sein Freund hatte recht. So sehr er sich wünschte, der Heldenprinz zu sein, der seine verbliebenen Männer gegen eine erdrückende Übermacht von Feinden zum Sieg führte, wusste er doch, dass ihm fehlte, was immer man dazu brauchte.

Ein paar Herzschläge lang sah er noch zu, wie die letzten ihrer Soldaten eingekreist und niedergemacht wurden.

Dann wendete er sein Pferd. »Kommt. Nichts wie weg über den Fluss. Ich wette, mein Schwager Giselbert ist schon fast zu Hause …«

Sie waren kaum angeritten, als hinter ihnen der Ruf erscholl: »Da ist er! Dort drüben reitet Prinz Henning, der Verräter! Schnappt ihn euch!«

Zum ersten Mal, seit dieses Gemetzel begonnen hatte, spürte Henning echte Furcht. Während des Kampfes war er zu beschäftigt gewesen, doch jetzt verkrampften sich seine Eingeweide, und seine Hände wurden feucht. Hildger und Wiprecht nahmen ihn in die Mitte und galoppierten an.

Henning hörte den Hufschlag der Verfolger, aber er hatte das Ufer fast erreicht. Ein großes, überladenes Floß war im Begriff, abzulegen. Die Flößer hielten unsicher inne, als sie den Prinzen heranpreschen sahen.

Henning sprang aus dem Sattel und rannte. »Legt ab!«, befahl er mit wedelnden Handbewegungen. »Beeilung, sie sind uns auf den Fersen!«

Er hörte Wiprechts und Hildgers Schritte knapp hinter sich. Das Floß hatte abgestoßen und sich vielleicht zwei Klafter vom flachen Ufer entfernt. Henning watete ins Wasser, so schnell er konnte, hilfreiche Hände streckten sich ihm entgegen und zogen ihn an Bord. Während Wiprecht neben ihm auf das flache Gefährt kletterte – nass und keuchend –, kam eine Wurflanze herangeflogen. Henning duckte sich weg und drückte Wiprechts Kopf auf die Holzstämme hinab. Die Lanze traf ein Weinfass, das über Bord ging und schaukelnd mit der Strömung gen Norden schwamm.

»Wo ist Hildger?«, fragte der Prinz, richtete sich auf Hände und Knie auf und schaute zum Ufer zurück, das sich rasch entfernte. Konrad Kurzbold stand breitbeinig im Uferschlick, das Schwert in der Rechten. Zwei seiner Männer hielten Hildger an den Armen gepackt und zwangen ihn auf die Knie.

Konrad winkte mit dem Schwert. »Komm zurück, Henning Hasenfuß, du kleiner Scheißhaufen von einem Prinzen!«

Henning würdigte ihn keiner Antwort.

Konrad nehm mit der linken Hand Hildgers Rechte, hob das Schwert und hackte die Hand ab.

Hildger schrie.

»Komm zurück!«, rief Konrad wieder. Er musste jetzt schon aus vollem Leibe brüllen, denn das Floß war nicht mehr weit von der Flussmitte entfernt. »Sonst schneide ich ihn in mehr kleine Stücke, als du zählen kannst!«

Nur mit Mühe behielt Henning die Kontrolle über seine Blase. Er wechselte einen Blick mit Wiprecht. Der schüttelte den Kopf und wischte sich mit dem Handrücken die Tränen aus den Augenwinkeln. Erst jetzt sah Henning, dass der rechte Ärmel seines Freundes blutdurchtränkt war.

Sie richteten den Blick aufs lothringische Ufer. Als sie Hildger das nächste Mal schreien hörten, schauten sie nicht zurück.

»Wie ich meinen Bruder *hasse*«, flüsterte Henning. Manchmal war ihm rätselhaft, wie man so bitteren, brodelnden, alles verschlingenden Hass empfinden und trotzdem weiterleben konnte. Weiter essen, weiter trinken, weiter schlafen, weiter huren – so als ob nichts wäre. Während man von innen aufgezehrt wurde.

»Da scheint ein Boot gekentert zu sein, mein Prinz«, sagte

744

einer der Flößer und wies mit dem Finger stromabwärts, wo sich in vielleicht hundert Schritt Entfernung von ihnen ein paar Männer an Fässer und Planken klammerten und verzweifelt winkten, um das Floß herbeizulocken.

»Wir sind schon überladen«, warnte Wiprecht.

Henning beschirmte die Augen mit der linken Hand und sah blinzelnd nach Norden.

»Was sollen wir tun, Herr?«, fragte der zweite Flößer, der sein Gefährt geschickt mit dem Ruder auf der Stelle hielt.

»Grundgütiger!«, stieß der Prinz hervor. »Es ist Giselbert!«

»Was?«, Wiprechts Kopf fuhr herum, und er starrte angestrengt zu den Schiffbrüchigen. »Seid Ihr sicher?«

»Schau doch hin, siehst du denn nicht seine Schneemähne?«, entgegnete Henning. Und den Flößern befahl er: »Nichts wie hin. Beeilt euch!«

Behutsam drehten sie das voll beladene Gefährt in die Strömung. Henning und Wiprecht begannen, Ballast abzuwerfen.

»Wieso kommen wir nicht näher?«, fragte Henning verständnislos.

»Die Strömung ist stark hier, mein Prinz«, erklärte der Ältere der Flößer. »Und tückisch. Sie reißt sie schneller fort, als wir folgen können.«

Giselbert hatte das Winken eingestellt. Er schien vollauf damit beschäftigt, sich an sein Fass zu klammern, und Henning sah, dass sein Schwager sich tatsächlich immer weiter entfernte, statt näher zu kommen. Dann gerieten er und die beiden Leidensgenossen, die in unmittelbarer Nähe trieben, in eine Art Strudel. Giselbert von Lothringen wurde herumgeschleudert, als hätte die Hand Gottes ihm einen Stoß in die Seite versetzt. Er verlor sein Fass und ging unter.

Wiprecht keuchte erschrocken und schlug die Hand vor den Mund.

»Jetzt ist es zu spät, Herr«, erklärte der jüngere Flößer kopfschüttelnd. »Natürlich werden wir nach ihm suchen, wenn Ihr es wünscht …«

»Das wäre unklug«, widersprach der ältere, unverkennbar sein

745

Vater. Er verneigte sich tief vor Henning, sagte aber ohne Scheu: »Mit einem Boot hätten wir vielleicht eine Chance. Aber nicht mit diesem Floß. Was der Rhein einmal verschluckt hat, gibt er nicht wieder her, mein Prinz, und wenn wir dorthin fahren, werden wir die nächsten sein, die er sich holt.«

Henning senkte den Kopf und fuhr sich mit beiden Händen durch die Haare. Er war erschüttert. Eberhard von Franken *und* Giselbert von Lothringen. Es schien zu abwegig, um wahr sein zu können, und doch hatte er es mit eigenen Augen gesehen. Er atmete tief durch und nahm sich zusammen, ließ die Hände sinken und sah zu der Stelle hinüber, wo sein Schwager ertrunken war.

»Na ja, wenn wir ehrlich sind, ist es um Giselbert von Lothringen nicht besonders schade«, sagte der Prinz.

Breisach, Oktober 939

Otto setzte den Helm auf und nahm den Zügel, den der Stallknecht ihm reichte. Er stellte den linken Fuß in den Steigbügel, als eine Stimme in seinem Rücken sagte: »Auf ein Wort, mein König, wenn Ihr so gütig sein wollt.«

»Graf Odefried«, erwiderte der König und saß auf. Aus dem Sattel sah er auf den Grafen vom Nethegau hinab. »Also?«

»Ihr brecht früh auf heute«, bemerkte der Graf. Anscheinend konnte er sich noch nicht durchringen, zu sagen, was er auf dem Herzen hatte. Aber das war auch gar nicht nötig. Otto konnte es sich ohnehin denken.

»Ich reite zur Kirche«, klärte er Odefried auf.

»In voller Rüstung?«

»Der Weg ist weit, und dies ist Feindesland.«

Hardwin, Konrad und ein halbes Dutzend weiterer Panzerreiter gesellten sich zu ihm und formierten sich. Es war ein klarer, kalter Herbstmorgen. Der Atem von Pferden und Reitern bildete weiße Dampfwolken in der würzigen Luft, und durch das gelbe und braune Blätterdach der Bäume sahen sie die Sonne auf dem Wasser des Rheins glitzern.

»Nun, Graf Odefried? Was habt Ihr mir zu sagen?«

Der Graf straffte die Schultern. »Ich kann nicht bleiben, mein König. Prinz Henning und die Herzöge plündern in Sachsen, und wir vertun hier unsere Zeit mit der Belagerung dieser uneinnehmbaren Burg. Ich fürchte eine Meuterei meiner Männer.«

»Dann muss man Euch zu Eurer Disziplin beglückwünschen«, warf Hardwin liebenswürdig ein.

Der Graf bedachte den jungen Panzerreiter mit einem finsteren Blick. »Ihr tätet gut daran, Euer vorlautes Mundwerk im Zaum zu halten. Wenn Ihr auch nur eine Krume Land Euer Eigen nennen könntet, läge Euch ebenfalls daran, sie zu beschützen.«

Hardwin setzte zu einer Erwiderung an, aber als er Ottos Blick auffing, überlegte er es sich anders.

»Ihr seid mein Vasall, Odefried«, erinnerte der König ihn. »Ihr schuldet mir Treue, Waffendienst und Männer.«

Dem Grafen war sichtlich unwohl, aber er schüttelte störrisch den Kopf. »Ich will mich nicht bei Nacht davonschleichen, wie andere es getan haben. Aber ich kann nicht hier bleiben, während daheim die Häuser und Scheunen *meiner* Vasallen in Flammen aufgehen.«

»Der Herzog von Schwaben und seine Männer sind nach Sachsen aufgebrochen, um das zu verhindern.«

»Ja, aber Hermann kann Eberhard von Franken auf dem Feld nicht das Wasser reichen, das wissen wir doch alle.«

»Ich weiß nichts dergleichen.« Otto biss die Zähne zusammen und achtete darauf, dass nichts in seinem Gesicht seine Gefühle preisgab. Wenn Odefried ging, war er verloren, wusste er. Falls er das nicht ohnehin schon war …

Seit beinah zwei Monaten belagerten sie jetzt die Festung Breisach. Und ganz gleich, wie lange es dauerte und was es sie kostete, Breisach *musste* genommen werden, weil es ihnen den Weg ins Elsass versperrte. Aber Eberhard von Franken war entwischt, hatte sich bei Nacht mit einem Boot davongemacht und sich mit Giselbert und Henning zusammengetan. Jetzt wüteten und plünderten

747

sie in Sachsen, doch natürlich war nicht die Beute ihr eigentliches Ziel, sondern die Demoralisierung der königlichen Truppen. Todsicher Eberhards Idee. Und sie ging auf. Nacht um Nacht schlichen sich Soldaten aus seinem Lager, Bauern ebenso wie Edelleute, weil sie um ihr Hab und Gut und ihre Familien daheim fürchteten. Und weil sie ihren Krieg für verloren hielten. Erzbischof Friedrich, hatten sie vor zwei Tagen erfahren, hatte sich nach Metz begeben und warb für Eberhard von Franken neue Truppen an.

Die Reihen seiner Feinde schwollen an, wusste der König, während seine eigenen sich lichteten.

Sein langes Schweigen steigerte Odefrieds Nervosität. »Ich … ich sehe nur einen Weg, der es mir ermöglichen könnte, an Eurer Seite zu bleiben, mein König.«

Ottos Pferd tänzelte rastlos. Er nahm die Zügel kürzer. »Und zwar?«

»Wenn Ihr Euch entschließen könntet …« Odefried senkte den Blick, hob ihn aber sofort wieder. »Wenn Ihr mir Lorsch gebt, wäre ich in der Lage, meine Männer besser zu bezahlen und zu versorgen.«

»Lorsch?«, wiederholte der König. »Wie in aller Welt kommt Ihr ausgerechnet darauf?«

Odefried zuckte die Achseln. »Es ist reich.«

»Das ist es allerdings«, stimmte Otto mit einem unverbindlichen Lächeln zu. Als er sah, wie weiß die Knöchel seiner Hände geworden waren, lockerte er den Griff um die Zügel ein wenig. »Doch Lorsch ist ein Reichskloster und gehört somit dem Allmächtigen, Odefried. Wie könnte ich es Euch also geben?«

»Reichskloster oder nicht, Ihr seid der oberste Lehnsherr«, widersprach der Graf.

»Das mag wohl sein. Aber wie kommt Ihr nur darauf, dass mir einfallen könnte, es der Kirche zu stehlen und stattdessen ausgerechnet Euch zu geben, einem Mann, der seinem König in der Stunde der Not den Rücken kehrt und ihn zu erpressen versucht? Das darf ich nicht tun, denn so spricht unser Herr Jesus Christus: ›Ihr sollt das Heilige nicht den Hunden geben und eure Perlen sollt ihr nicht vor die Säue werfen.‹«

748

Leises Gelächter plätscherte hier und da unter den Reitern der Eskorte, aber Odefried war kreidebleich geworden.

»Also reitet nur nach Hause«, schloss Otto. »Ich habe Euch nichts zu bieten, um Euch hier zu halten. Lebt wohl, Odefried.«

Er ritt an und würdigte ihn keines weiteren Blickes.

Hardwin, Konrad und die anderen folgten ihm schweigend.

Otto schlug ein scharfes Tempo an und folgte dem schmalen Pfad, der etwa parallel zum Fluss durch den Wald führte. Die Schönheit des Morgens und die balsamweiche Stille des Waldes hoben seine Stimmung ein wenig, aber trotzdem hörte er Thankmar in seinem Kopf spötteln: *Großartig. Gut gemacht, Otto, wirklich. Nur Gottes Walter auf Erden könnte es fertigbringen, einen seiner mächtigsten Grafen mit einem Bibelzitat tödlich zu beleidigen …*

Und natürlich hätte er recht.

Aber was sollte ich tun? Nachgeben, damit er bleibt und unsere Sache hier nicht gänzlich hoffnungslos wird? Und dann? Was, wenn er bei nächster Gelegenheit wiederkommt und ein anderes Kloster fordert?

Wie Otto schon beim Tod seines Vaters gewusst hatte, war das Schlimmste am Amt eines Königs die Einsamkeit seiner Entscheidungen. Denn auch wenn er ein Dutzend Ratgeber anhörte, war er am Ende mit seiner Entscheidung doch immer allein. Das konnte er ertragen, solange er etwas hatte, worauf er diese Entscheidungen gründen konnte. Etwas, das ihm die Richtung wies. Und was hätte das sein können, wenn nicht das Wort Gottes?

Also wieso wurde er das Gefühl nicht los, dass er einen Fehler gemacht hatte?

Wo bist du, wenn ich dich brauche, Bruder …

Hardwin riss ihn aus seinen Gedanken: »Mein König, da kommt jemand.«

Otto blickte auf.

Ein einzelner Reiter galoppierte ihnen entgegen – viel zu schnell für den schmalen Waldweg und den müden Gaul, dem er unbarmherzig mit den Zügeln auf den Hals schlug, um ihn anzutreiben.

Hardwin und Konrad ritten eine Länge vor und stellten ihre Pferde Nase an Nase.

Der Reiter sah sie beinah zu spät, um noch anzuhalten. Schlitternd brachte er sein Pferd zum Stehen, keine Länge von ihnen entfernt. Schaum tropfte vom Maul des erschöpften Tieres.

»Wo finde ich den König?«, fragte der Reiter. Auch er keuchte ausgepumpt.

»Wer will das wissen?«, fragte Konrad von Minden und legte die Hand ans Heft seines Schwertes.

»Mein Name ist Frido von Reichenau, und ich bringe Nachricht von Herzog Hermann von Schwaben.«

»Das kann jeder behaupten«, konterte Hardwin. Die vergangenen Wochen hatten ihn und seine Kameraden misstrauisch gemacht. Und das zu Recht: Dieser hier wäre nicht der erste angebliche Bote, der unter falschem Namen versuchte, in die Nähe des Königs zu gelangen.

Aber Otto befahl: »Lasst ihn passieren. Sprich, Frido von Reichenau. Ich bin der König.«

Die Augen des Boten wurden groß und rund. Er rutschte aus dem Sattel, strich sich mit einer Hand übers Haar und zupfte mit der anderen an seinem schlammbesudelten Mantel in dem vergeblichen Versuch, seine Erscheinung auf die Schnelle präsentabel zu machen. Hardwin und Konrad öffneten ihm einen Durchlass. Frido trat vor Otto, sank auf die Knie und räusperte sich: »Gott schütze und bewahre Euch, edler König. Schwaben, der Herzog von Hermann … Vergebt mir, ich wollte natürlich sagen … Hermann, der Herzog von Schwaben, sendet Euch Segenswünsche und ehrerbietige Grüße …«

»Wir alle hier warten sehnsüchtig auf seine Nachricht, Frido«, unterbrach Otto. »Darum sei so gut und lass sie uns sofort hören. Wenn du Wert darauf legst, kannst du der Etikette mit allen üblichen Begrüßungsformeln Genüge tun, aber erst anschließend. Und steh auf, deine Kleider sind nass genug.«

Ein Grinsen huschte über das von Straßenstaub und Müdigkeit graue Gesicht des Boten und machte es unerwartet jung. Er kam auf die Füße. »Ein Sieg, mein König. Ein Sieg, wie er vollkommener kaum sein könnte. Eberhard von Franken ist gefallen, Giselbert von Lothringen ertrank auf der Flucht über den Rhein.«

Einige Reiter der Eskorte stießen Laute der Überraschung und des Jubels aus, aber alle folgten dem Beispiel des Königs und bekreuzigten sich.

»Und mein Bruder?«, fragte Otto – ruhiger, als ihm zumute war.

Der Bote schüttelte den Kopf. »Er ist entkommen. Nach Lothringen.«

»Erzähl uns, was geschehen ist.«

Während Frido ausführlich von der Schlacht bei Andernach berichtete, nahm Hardwin einen Weinschlauch, der wie meistens an seinem Sattelknauf baumelte, und saß ab. Er kramte einen Holzbecher aus seinem Proviantbeutel, schenkte ihn voll, und weil er gute Manieren hatte, reichte er den Becher zuerst dem König. Otto schüttelte den Kopf, denn er wollte mehr denn je in die Kirche, die Messe hören und das Sakrament nehmen, und das durfte man nur nüchtern. Hardwin brachte den Becher Frido, für den er eigentlich ohnehin gedacht gewesen war.

Der Bote trank durstig, setzte keuchend ab und fuhr dann fort: »Die Nachricht verbreitete sich schneller als Läuse in einem Feldlager, mein König. Erzbischof Friedrich erfuhr in Metz davon und kehrte fluchtartig nach Mainz zurück. Aber die Mainzer wollten ihn nicht haben. Sie ließen ihn nicht in die Stadt.«

»Ah, die Mainzer haben ihre Königstreue entdeckt«, spöttelte Konrad.

»Wahrscheinlicher, dass sie schlottern«, widersprach Hardwin. »Vermutlich wollen sie keinen Verräter innerhalb ihrer Mauern beherbergen, wenn wir Franken besetzen. Ähm ... *werden* wir Franken besetzen?«, fragte er den König.

Otto nickte. »Oh ja.« *Und wenn ich es habe, gebe ich es nicht wieder her ...*

Er schwang das rechte Bein über den Widerrist seines Pferdes, glitt aus dem Sattel und schloss den verdatterten Boten in die Arme. »Gott segne dich, Frido von Reichenau. Das sind wahrhaftig gute Neuigkeiten. Herzog Hermann, sein Bruder und sein Vetter?«

»Unverletzt, mein König. Wir hatten keine hohen Verluste zu beklagen. Aber der Feind ist aufgerieben.«

Der Krieg ist vorbei, dachte der König fassungslos. »Hardwin, sei so gut, bring Frido ins Lager und sorge dafür, dass er alles hat, was er braucht.«

»Ja, mein König.«

»Dann mach dich reisefertig. Du brichst noch heute nach Sachsen auf, um dem Kanzler und der Königin zu berichten. Nimm ein halbes Dutzend deiner Männer mit, die Straßen sind gewiss noch unsicher.«

»Er kann sich ja Odefrieds Truppe auf dem Heimweg anschließen«, schlug Konrad vor.

Die anderen lachten, aber Frido fragte: »Odefried? Der Graf im Nethegau? Er ist hier?«

»Er ist im Begriff, abzuziehen«, erwiderte Otto.

»Im Lichte der jüngsten Ereignisse wird er es sich gewiss wieder anders überlegen«, mutmaßte Konrad.

»Dafür ist es zu spät«, gab Otto kühl zurück. »Und im Lichte der jüngsten Ereignisse brauchen wir ihn auch nicht mehr. Breisach wird sich ergeben, sobald die Burgbesatzung von Eberhards und Giselberts Tod erfährt.«

»Tja, dann kann Graf Odefried sich auf der Iburg verkriechen und darüber nachdenken, was es einbringt, seinen König im Stich zu lassen.«

»Er wird bald genug erfahren, was es einbringt«, meldete der Bote sich schüchtern zu Wort. Und als er merkte, dass alle ihn fragend anschauten, fügte er hinzu: »Graf Odefrieds Sohn, Hildger von Iburg, ist tot.«

Hennings Vertrauter, wusste Otto. Der zweite binnen weniger Wochen, den er verloren hatte. Vielleicht würde auch Henning jetzt einmal ins Grübeln kommen …

»Ist er gefallen?«, fragte er.

Frido senkte den Blick und schüttelte den Kopf. »Das Glück war ihm nicht beschieden, fürchte ich. Graf Konrad hat ihn … zerlegt, um Prinz Henning zur Umkehr zu zwingen, als der über den Rhein floh.«

»Aber Henning hat nicht umgedreht.«

»Nein, mein König. Und da hat Graf Konrad eben weitergemacht.« Er zuckte die Achseln. »Ein Mann, ein Wort.«

Gott steh dir bei, Henning, dachte Otto. *Was soll ich nur tun, um dich vor der Hölle zu bewahren?*

Hohes Venn, Oktober 939

»Wiprecht, wir müssen weiter«, drängte Henning ungeduldig. »Jetzt komm schon, reiß dich zusammen. Es ist nicht mehr weit.«

»Ich kann nicht weiter«, flüsterte Wiprecht. »Es tut mir leid, mein Prinz. Ich bin am Ende.«

Sein Atem stank. Überhaupt alles an Wiprecht stank. Henning bog den Oberkörper ein wenig zurück, um den schlimmsten Ausdünstungen zu entgehen.

Es hatte vor vier Tagen angefangen, am zweiten Tag ihrer Flucht. Bei strömendem Regen und eisiger Kälte hatten sie sich durch die Eifel gequält – immer möglichst schnurgerade nach Westen –, als Wiprecht über Schwindel und Übelkeit zu klagen begann. Anfangs hatte Henning nicht hingehört. Er hatte genug damit zu tun, einen Weg durch dieses schroffe, windgepeitschte und anscheinend vollkommen unbewohnte Hügelland zu finden. Ihre Pferde waren lahme Ackergäule – die einzigen, die sie am linken Rheinufer auf die Schnelle hatten finden können, als die Schwaben schon über den Fluss kamen, um sie zu schnappen. Zuerst hatte Henning die wenig prinzlichen Rösser verflucht, aber er hatte sie zu schätzen gelernt. Sicher und unermüdlich trugen sie die Flüchtlinge über Sümpfe und glitschige Schieferfelsen, durch undurchdringliche Wälder und die unzähligen Bachläufe – schmal, aber reißend –, die ihnen allenthalben den Weg versperrten. Es waren ungefähr hundert Meilen vom Ort der verlorenen Schlacht bis ans Ziel ihrer Reise, hatte Wiprecht geschätzt. Fünf Tage in diesem Gelände. Aber das war, bevor der Wundbrand gekommen war.

Dabei war es nur ein Kratzer gewesen. Einer dieser gottverfluchten Schwaben hatte Wiprecht mit der Lanze den Unterarm aufgeschlitzt, ehe Wiprecht ihn erledigt hatte. Es hatte nicht einmal besonders stark geblutet. Wiprecht hatte einen Lappen darumgebunden und es vergessen. Bis er Fieber bekam. Erfüllt von bösen Vorahnungen hatte er abends, als sie ihr jämmerliches Lager unter freiem Himmel aufschlugen, den Verband abgenommen, und da hatte Henning es zum ersten Mal gerochen: Faulend und süßlich. Einfach unbeschreiblich *widerwärtig*. Obendrein der Anblick der aufgequollenen und schwärenden Wundränder, die grünlich im Schein ihres kleinen Feuers schillerten. Um ein Haar hätte Henning kotzen müssen. Vermutlich hatte nur sein leerer, knurrender Magen ihn davor bewahrt.

Am ersten Abend hatte Wiprecht trotz seiner Krankheit noch alle Arbeiten übernommen, die bei einem Lager unter freiem Himmel anfielen: Mit einer Falle hatte er einen Hasen gefangen, Feuer gemacht und das Tier gehäutet, ausgenommen und gebraten. Genau wie Henning war auch Wiprecht eigentlich zu vornehm für dergleichen, aber anders als der Prinz hatte er es immer vorgezogen, notfalls ohne Dienerschaft auskommen zu können. Henning hatte noch nie im Leben ein Feuer gemacht und war hoffnungslos mit Flint und Stahl. Darum hatten sie kein Feuer mehr, seit Wiprecht fantasierte und zu schwach war, um auch nur einen Kiesel aufzuheben. Henning hatte sich einen fürchterlichen Schnupfen geholt. Wer weiß, dachte er mit einem vorwurfsvollen Blick auf Wiprecht, wenn ich das Lungenfieber kriege, krepier ich vielleicht eher als du Jammerlappen …

Aber Wiprecht nahm seinen finsteren Blick nicht wahr. Er nahm so gut wie nichts mehr wahr. Zitternd lag er auf seiner durchnässten Wolldecke auf der Seite, den Mantel unordentlich um sich geschlungen, und stöhnte.

Zaghaft rüttelte Henning ihn am unverletzten Arm.

Wiprecht wimmerte.

»Wir können hier nicht bleiben«, beschwor Henning ihn. »Es kann noch nicht lange nach Mittag sein, uns bleiben noch vier oder fünf Stunden Licht.«

»Geht allein«, keuchte der Kranke. »Lasst mich hier liegen, es wird jetzt nicht mehr lange dauern. Also geht und lasst mich endlich in Ruhe …«

Gekränkt zog Henning seine Hand zurück. Hatte Wiprecht das wirklich gesagt? Vielleicht nicht. Er nuschelte, da konnte man sich leicht verhören.

Ratlos und beklommen schaute Henning sich um. Sie befanden sich schon *wieder* am Ufer eines Baches, dessen klares, eiskaltes Wasser geräuschvoll durch sein steiniges Bett rauschte. Der Wald bestand hauptsächlich aus Eichen, die noch viel Laub hatten, und das Prachtexemplar, unter dem sie Halt gemacht hatten, bot ein wenig Schutz vor dem Regen. Trotzdem war die von Moos und Farn bedeckte Erde nass. *Alles* war nass: Der Baumstamm, die Äste und Zweige, der Boden, der verfluchte Bach, die Gäule, ihre ganze Ausrüstung, Wiprecht und nicht zuletzt er selbst. Keine trockene Faser hatte er mehr am Leib, und bei der Vorstellung, den Rest des Tages und die ganze Nacht an diesem trostlosen Ort verbringen zu müssen, wurde dem Prinzen ganz elend zumute.

»Ich versuche noch mal, Feuer zu machen«, sagte er entschlossener, als er sich fühlte.

Wiprecht gab einen matten Brummlaut von sich. Der verletzte Arm hatte sich aus dem Mantel geschlängelt und lag im Farn. Nasse braune Eichenblätter klebten an dem Verband, unter dessen Rand zwei sonderbare rote Streifen hervorkamen und Richtung Ellbogen zu wandern schienen.

Hastig wandte Henning den Blick ab und kramte den Feuerstein aus Wiprechts Beutel. Es konnte doch nicht so schwierig sein. Ungezählte Male hatte er zugeschaut. Man brauchte Zunder oder trockenes Stroh dazu, aber notfalls ging es doch gewiss auch mit Eichenblättern.

Henning sammelte ein bisschen totes Holz und fand eine gute Handvoll Blätter im Farn, die nicht so nass schienen wie der Rest. Eins der Blätter legte er auf den flachen Feuerstein, zog sein Schwert und strich zügig, aber nicht zu schnell mit der Klinge über die schmale Kante des Flints, wo er das Eichenblatt möglichst bündig angelegt hatte. Beim dritten Versuch schlug er einen Fun-

755

ken, und ein winziger Rauchkringel stieg von seinem Eichenblatt auf, doch als er behutsam darüberblies, war der Funke schon wieder erloschen. Er versuchte es nochmals, fünf- oder sogar zehnmal, und dann schleuderte er den Feuerstein mit einem Wutschrei ins Farn. »Du verfluchter Hurensohn, Wiprecht! Ich will hier nicht mit dir in der Ödnis sterben!« Seine Stimme überschlug sich.

Als er auf den jungen Grafen hinabblickte, war er beinah erschrocken zu sehen, dass der seinen Blick erwiderte, klarer als seit Tagen. »Dann tu's nicht«, flüsterte Wiprecht. »Verschwinde endlich.«

Aber Henning schüttelte trotzig den Kopf. »Das kann ich nicht. Die Füchse und Wildschweine und Krähen würden sich an dir gütlich tun, ehe du tot bist.« Er hatte keine Ahnung, ob das wirklich stimmte. Und selbst wenn, die Tatsache als solche hätte ihm nicht den Schlaf geraubt. Aber die Gewissheit, dass die Bilder, obwohl doch nur seiner Vorstellung entsprungen, ihn für den Rest seiner Tage verfolgen würden, schreckte ihn ab. Es gab schon genug, was ihn verfolgte …

»Dann sorg dafür, dass sie mich nicht kriegen«, murmelte Wiprecht. Sein Blick wanderte kurz zu dem kostbaren Schwert in Hennings Hand. »Komm schon. Belohne mich für meine treuen Dienste …«

Wieder schüttelte der Prinz wild den Kopf. Auch das konnte er nicht. Nicht Wiprecht, den letzten seiner Freunde.

Der stieß ein kurzes Lachen aus; ein schauriger, zischender Laut. »Was für ein Feigling du bist. Das warst du … immer schon. Ein verschlagener, mieser kleiner Feigling, an den ich mein Leben … verschwendet habe. Fahr zur Hölle, Henning Hasenfuß …«

Henning schrie auf vor Schmerz und Zorn, sprang auf die Füße und stieß ihm das Schwert in die Kehle.

Den Rest des Tages und die ganze, endlose Nacht lang wandelte Henning in Finsternis. In seinem ganzen Leben hatte er sich noch nie so elend gefühlt, so allein. Ein Teil von ihm wusste, dass Wiprecht diese Dinge nur zu ihm gesagt hatte, um ihn zu zwingen, zu tun, was er getan hatte. Aber ein Teil von ihm zweifelte auch. Hatte Wiprecht – der Mann, der ihm *immer* die Wahrheit gesagt hatte, so unbequem sie auch war – mit seinem letzten Atemzug vielleicht doch seine wahren Gefühle offenbart? Und was war mit Hildger und Volkmar? Hatten sie das Gleiche gedacht?

Und Judith?

Sobald es hell wurde, fing es auch wieder an zu regnen. Henning war so niedergedrückt und erschöpft, dass er kaum wusste, wie er auch nur einen einzigen der eisigen Tropfen noch erdulden sollte. Er beugte sich vor und schmiegte Brust und Gesicht an den muskulösen Hals seines Pferdes. Die Wärme des Tieres, vor allem seine stoische Gelassenheit gaben ihm Trost. Nur ein derber Gaul, gewiss, stark und dumm wie ein Ochse und nicht einen Funken Temperament. Aber sein letzter Freund.

Henning begann zu schluchzen. Er beweinte seine Einsamkeit und Verlorenheit, und so von Tränen verschleiert war sein Blick, dass er um ein Haar an der Burg vorbeigeritten wäre.

Als er die Palisade aus dem Augenwinkel sah, richtete er sich auf und fuhr sich hastig mit dem Ärmel über die Nase. *Chèvremont!* Das wurde aber auch wirklich höchste Zeit!

Unendlich erleichtert ritt er durch das unbewachte Tor in den Innenhof der großen Anlage. Alles wirkte seltsam still und verlassen. Nicht so, als seien alle vor dem Regen in die Halle geflüchtet, sondern eher so, als sei dieser Ort hier vor Monaten aufgegeben worden. Hennings Mut sank. War das möglich? Hatte Giselberts Hof sich zerstreut? Waren alle, die nicht mit dem Herzog in den Krieg gezogen waren, einfach verschwunden, um Ottos Rache zu entgehen?

Obwohl er das Gefühl hatte, dass es sinnlos war, ritt er zum Hauptgebäude am Westrand der Anlage, und als er an der hölzernen Fassade hochschaute, glaubte er, einen Schatten an einem der oberen Fenster vorbeihuschen zu sehen.

Henning glitt mit steifen Knochen aus dem Sattel, erklomm das runde Dutzend Stufen zum Tor und drückte gegen den rechten Flügel. Das Tor rührte sich nicht. Henning versuchte die linke

Hälfte. Ebenfalls versperrt. Er klopfte mit der Faust und hörte gedämpft das leere, hallende Geräusch, das sein Klopfen im Innern der Halle verursachte.

»Gerberga!« Er schaute nach oben zum Fenster. »Gerberga, lass mich rein!«

Er wartete ein paar Herzschläge lang. Nichts.

Mit beiden Fäusten trommelte er ans Tor, und Schmerz schoss wie klitzekleine Pfeile durch das Innere seines rechten Arms. »Gerberga! Ich weiß, dass du hier bist! Ich bin es, dein Bruder! Du *musst* mich einlassen!«

Das Schweigen hielt an.

Henning zog das Schwert und hämmerte mit dem Knauf ans Tor, als sei es ein Rammbock. »Gerberga!« Er heulte schon wieder, und er schämte sich nicht einmal dafür. Seine Verzweiflung war größer als jedes Schamgefühl. »Gerberga … bitte … Du bist doch meine Schwester … Bitte …« Er schluchzte, das Schwert glitt ihm aus der Hand, und er fiel auf die Knie. »Gerberga …«

»Hier bin ich, Bruder«, kam es plötzlich von oben.

Sein Kopf ruckte hoch.

Sie stand am Fenster, eine Hand um den Rahmen gelegt, und lehnte sich gerade so weit hinaus, wie nötig war, um den Bettler vor ihrer Tür zu sehen. Ihre Haltung war gelassen und würdevoll, ihr Blick unmöglich zu deuten. Eher geruhsam und gleichgültig als verzweifelt und halbtot vor Angst, wie sie eigentlich hätte sein müssen.

»Was willst du hier, Henning?«, fragte sie.

»Ein Bett und ein Feuer und etwas zu essen! Schutz vor den Elementen und den Verfolgern, die mir vermutlich immer noch auf den Fersen sind! Eine … eine Verschnaufpause von diesem Albtraum. Es ist alles verloren, Schwester. Giselbert ist tot.«

»Ich weiß«, gab sie ungerührt zurück. »Auf der Flucht im Rhein ertrunken, wie ich höre. Es erscheint mir passend: Ein unrühmliches Ende für einen erbärmlichen Verräter. Das bist im Übrigen auch du. Aber du lebst noch, wie ich sehe, und hast nichts Besseres zu tun, als ausgerechnet an mein Tor zu klopfen und mich womöglich dem Zorn unseres königlichen Bruders auszusetzen. Aber das ist dir völlig gleich, nicht wahr, Henning? Du hast in deinem ganzen Leben noch niemals an jemand anderen gedacht als an dich selbst.«

Er konnte nicht länger zu ihr hochsehen, sein Nacken schmerzte davon. Er senkte den Kopf. »Aber ich weiß nicht, wo ich hinsoll«, bekannte er und schniefte. »Ich kann nirgendwo hin. All meine Verbündeten sind tot. Und all meine Freunde.« Er schaute doch wieder nach oben, damit Gerberga seine Tränen sah und sich davon erweichen ließ. »Bitte, Schwester …«

Doch Gerberga hatte den Kopf abgewandt und schien etwas über die Schulter zu sagen. Dann war mit einem Mal ein Mann an ihrer Seite und spähte nach unten.

»Ah, Prinz Henning! Welch eine Überraschung!«

Henning stockte beinah der Atem. Es war der König des westfränkischen Reiches, Ludwig von jenseits des Meeres, der besitzergreifend den Arm um Gerbergas Schultern legte.

Henning kam schleunigst auf die Füße. »Seid gegrüßt, König Ludwig! Welch ein Glück, dass wir uns hier begegnen«, rief er hinauf. »Ich fürchte, unsere Sache steht schlecht, mein Freund. Lasst mich ein, damit wir überlegen können, wie es weitergehen soll.«

»*Unsere* Sache?«, wiederholte Ludwig verwundert. »Ich fürchte, Ihr täuscht Euch, edler Prinz. Ich weiß nichts von einer gemeinsamen Sache zwischen mir und Euch.«

»Wirklich nicht?«, gab Henning zurück. »Dann lasst Euch sagen: Otto wird nicht vergessen, dass Ihr einen Lehnseid von Giselbert akzeptiert habt. Otto und Hugo von Franzien werden Euch in die Zange nehmen und zerquetschen. Aber wenn ihr mir zu meiner Krone verhelft, könnt Ihr immer noch hoffen, die Eure zu behalten!«

»Ich habe von König Otto nichts zu befürchten, Prinz Henning«, widersprach Ludwig. Dann tauschte er ein wissendes Lächeln mit Gerberga, drückte einen Kuss auf ihre Wange und erklärte Henning: »Gott hat es so gefügt, dass ich Ottos Schwager geworden bin, stellt Euch das nur vor.«

»*Was?*«, fragte Henning verdattert, und dann, an seine Schwester gewandt: »Du hast ihn *geheiratet*? Kaum dass dein Gemahl ein

759

feuchtes Grab in den Fluten des Rheins gefunden hat? Kennst du keinen Anstand?«

Sie schnaubte. »Gerade du solltest nicht von Anstand sprechen.«

»Otto wird euch beiden den Kopf abreißen«, prophezeite Henning – nicht ohne Schadenfreude.

»Ich glaube nicht«, gab sie zurück. »Er wird ein wenig verstimmt sein, schätze ich, aber im Gegensatz zu dir weiß Otto, was Anstand ist. Und er weiß auch, dass ich an Giselberts Seite genug für Krone und Reich gelitten habe. Er wird mir vergeben, dass ich mein Schicksal in die eigenen Hände genommen habe. Und er wird Ludwig vergeben, was in der Vergangenheit war, und sogar Hugo von Franzien beschwichtigen, weil auch Ludwig jetzt sein Schwager ist.«

»Ihr seht, hier ist nichts für Euch zu holen, Henning Hasenfuß«, fügte Ludwig hinzu. »Darum seid klug und verschwindet, ehe Ottos Truppen hier auftauchen. Und nun entschuldigt uns. Wir sind erst seit gestern verheiratet, Ihr versteht sicher …«

Gerberga kicherte wie ein Backfisch, während der Fensterladen sich schloss.

Brandenburg, Dezember 939

»Aber was hat es auf sich mit diesem … diesem Brauch?«, fragte Alveradis. Ihr Slawisch war noch ungelenk, oft fehlten ihr einzelne Wörter, aber Dragomira fand es bemerkenswert, wie schnell ihre Schwägerin die fremde Sprache lernte. »Warum gebt ihr euren Söhnen erst einen Namen, wenn sie schon sieben oder acht sind?«

»Sie haben ja Namen«, widersprach Jarmila. »Wir nennen sie ›Junge‹ oder ›Kleiner‹ oder sogar ›Gehört-mir-nicht‹, damit die bösen Geister ihnen keine Beachtung schenken, solange sie so klein und wehrlos sind. Erst wenn ihre Väter ihnen zum ersten Mal das Haar schneiden, bekommen sie ihren richtigen Namen. Wenn sie in die Männerwelt eintreten.«

Jarmila – Dragomirs redarische Witwe – hatte den Tod ihres Gemahls verdächtig schnell überwunden. Dragomira ließ den Pinsel sinken und betrachtete das junge Mädchen mit dem schlafenden Säugling im Arm einen Moment. Jarmila saß mit Alveradis und Egvina um ein Kohlebecken. Alveradis' Schwangerschaft war jetzt deutlich sichtbar, und Egvinas kleine Tochter, die dreijährige Hatheburg, kniete zu Füßen ihrer Mutter auf einer Felldecke und riss ihrer Puppe die Strohhaare aus.

Was für ein schönes, friedvolles Bild, fuhr es Dragomira durch den Kopf. Es sprach von Fruchtbarkeit und Fortbestand, nicht von Krieg und Tod, die sonst immer so allgegenwärtig schienen. Lag es daran, dass sie sich in einem Gotteshaus befanden? Oder vielleicht doch eher daran, dass gerade kein Mann in der Nähe war?

Sie schüttelte den Kopf über ihre müßigen Gedanken, sah kurz auf ihren eigenen Bauch hinab, der sich gerade erst zu wölben begann, und nahm ihre Arbeit wieder auf.

Sie hatten die Kirche auf der Nordseite der Halle gebaut – wo niemand sie sehen musste, der den Anblick beleidigend, abstoßend oder bedrohlich fand. Ungeachtet des diskreten Standorts war es ein hübsches, nicht einmal so kleines Gotteshaus geworden, natürlich nur aus Holz, aber sorgfältig gezimmert. Zu Allerheiligen hatte Widukind es geweiht, und sobald der Kalk auf den Innenwänden getrocknet war, hatte Dragomira mit der Arbeit begonnen. Es war ein gewaltiges Projekt. Bislang hatte sie nur Buchillustrationen gefertigt, die natürlich klein sein mussten und nur eine einzelne Szene aus der Bibel oder dem Leben der Apostel oder Heiligen darstellten. Hier hingegen sollte sich die gesamte Heilsgeschichte über die vier Wände erstrecken: von Adam und Eva am Kirchenportal in der Westwand, über das Alte und Neue Testament an der Süd- und Nordwand, bis hin zum Weltengericht an der Giebelwand hinter dem Altar.

Dragomira hatte sich mit Widukind und Alveradis beraten, denn ihr Liebster kannte das Kloster zu Corvey, dessen Abt gern behauptete, die Wandmalereien in seiner Kirche seien die schönsten im ganzen Reich. Und Alveradis war in Merseburg aufgewachsen, das gleichermaßen für die Wandbilder in der Halle der Pfalz berühmt war. Mit ihren beiden Beratern hatte Dragomira die Kirchenwände in Abschnitte unterteilt und erste Skizzen angefertigt, und als sie keinen guten Grund mehr fand, es länger aufzuschieben, hatte sie zu malen begonnen. Wegen des bevorstehenden Christfestes hatte sie das Alte Testament indes bei König Salomon unterbrochen und auf der gegenüberliegenden Wand mit der Krippe in Bethlehem angefangen, und das war der eigentliche Grund, weshalb sie wieder und wieder zu Jarmila hinübersah, genauer gesagt zu deren zwei Wochen altem Sohn. Dragomira hatte den Ehrgeiz, die Winzigkeit eines neuen Menschenkindes auf die Kirchenwand zu bannen.

»Und was ist mit Mädchen?«, fragte Alveradis.

Jarmila schüttelte den Kopf. »Sie bekommen ihre Namen früher. Die bösen Geister haben kein Interesse an Mädchen, sie sind zu unwichtig.«

Alveradis nickte. »Verstehe.«

»Na bitte. Es gibt doch etwas, das Slawen und Sachsen gemeinsam haben ...«, spöttelte Egvina. Sie sagte es auf Deutsch, aber sie verstand offenbar schon mehr Slawisch, als Dragomira geahnt hatte.

Diese mischte frische Ochsengalle mit zermahlener Kreide, um die gelbe Farbe zu bekommen, die sie für das Stroh in Krippe und Stall benötigte. »Wenn du einen Ort gesucht hast, wo du Wertschätzung erfährst, obwohl du eine Frau bist, wärst du besser in ein Stift eingetreten, als hierherzukommen«, sagte sie.

»Da hast du recht«, räumte Egvina ein. »Aber ich kenne mich. Diese dauerhafte Leere zwischen den Schenkeln ist nichts für mich.«

Dragomira und Alveradis lachten, und Jarmila stimmte mit ein, obwohl sie natürlich nicht wusste, worüber sie lachte. Es machte nichts. Jarmila lachte gern und oft, seit die Geburt überstanden war, vor der sie sich so gefürchtet hatte.

Kurz nach Dragomirs Tod hatte Tugomir sie aufgesucht und ihr angeboten, sie zurück nach Hause zu bringen. Doch Jarmilas Furcht vor ihrem Vater war offenbar größer gewesen als die vor einem Witwendasein unter Fremden, und so war sie auf der Bran-

denburg geblieben. Die ersten Tage hatte sie in ihrer Kammer gehockt und geweint. Ausgerechnet Alveradis war es gewesen, die
sich ihrer angenommen und ihr Vertrauen gewonnen hatte, und
inzwischen sah man die eine kaum je ohne die andere. Sie waren
gleich alt. Sie waren beide fremd hier – Dragomira nahm an, sie
hatten viel gemeinsam. Mit großer Aufmerksamkeit hatte Alveradis den Verlauf von Jarmilas Schwangerschaft verfolgt, hatte sich
von deren Furcht jedoch nicht anstecken lassen. Sie schien zu den
glücklichen Frauen zu zählen, denen eine Schwangerschaft kaum
Ungemach bereitete. Im Gegenteil, sie blühte. Ihr Haar schien
kräftiger, die Haut rosiger, und ein zufriedenes, geheimnisvolles
Lächeln trat in ihre Züge, wenn sie die Hände auf ihrem runden
Bauch verschränkte. Im Herbst hatte sie einen dieser fürchterlichen Fieberanfälle gehabt, und Tugomir war außer sich vor Sorge
um sie und ihr Kind gewesen, aber beide hatten es offenbar unbe-
schadet überstanden.

»Und welchen der slawischen Krieger hast du ins Auge gefasst,
um die Leere zwischen den Schenkeln zu füllen?«, fragte Alveradis Egvina neugierig.

Die Prinzessin zog die Brauen in die Höhe. »Wie indiskret,
Fürstin.« Sie blickte auf ihre Tochter hinab und zerzauste ihr abwesend das seidenfeine Haar. »Offen gestanden, habe ich mich
noch nicht entschieden, wem ich mich gefahrlos nähern könnte,
ohne dass er sich gleich Hoffnungen macht, ich werde ihn heiraten.«

Dragomira schüttelte den Kopf und lachte in sich hinein, weil
normalerweise natürlich nur Männer so etwas sagten. Sie beneidete Egvina um ihren Schneid und ihre Freimütigkeit, aber sie
ahnte auch, dass die angelsächsische Prinzessin nicht so unverwundbar war, wie sie vorgab.

Schritte näherten sich, und dann hörte sie Widukinds Stimme
hinter ihrer linken Schulter: »Ich muss schon sagen, Dragomira ...«

Sie sah nicht auf. Sie wusste, sie durfte die Arbeit jetzt nicht
unterbrechen, ehe das Krippenstroh fertig war. Die Ochsengalle
dickte zu schnell ein. »Was?«, fragte sie.

»Das wird … wundervoll.« Er drückte einen Kuss auf das wollene Tuch, das sie sich zum Schutz gegen die klamme Kälte um Kopf und Schultern gelegt hatte. »Noch viel schöner, als ich es mir vorgestellt habe.«

Dragomira lächelte ihrem Werk zu. »Danke.«

»Ich bin derjenige, der dir danken sollte.«

»Wieso?«, gab sie zurück. »Es ist meine Kirche ebenso wie deine, ehrwürdiger Bischof.«

»So streitlustig?«, murmelte er in ihr Ohr. »Habe ich etwas verbrochen?«

»Nein, nicht dass ich wüsste«, musste sie einräumen. Die Krippe war fertig. Dragomira trat einen Schritt zurück, betrachtete ihr Werk mit zur Seite geneigtem Kopf und nickte dann. Es war ordentlich, fand sie.

»Ist es hier nicht viel zu kalt?«, fragte Widukind besorgt.

»Im Winter ist es überall im Havelland kalt«, belehrte sie ihn. »Egal ob drinnen oder draußen. Aber für diese Arbeit ist es gut. Die Farben lassen sich besser verarbeiten.«

Widukind trat neben sie, legte beide Arme um sie – fast ein wenig abwesend – und betrachtete das schlafende Kind in der Krippe. »Einfach wundervoll«, sagte er noch einmal. »Du tust hier wirklich Gottes Werk, Dragomira.«

Sein Lob machte sie unbändig stolz. »Rogwolod war schon wieder hier heute«, berichtete sie. Der fünfzehnjährige Sohn ihres Onkels Slawomir kam fast jeden Tag mit seinen Freunden, um einen Blick auf ihre Malereien zu werfen. Und er war nicht der Einzige.

»Das ist großartig«, befand Widukind. »Ich habe geahnt, dass deine Bilder die Heiden eher zum wahren Glauben führen als hundert Predigten.«

»Erwarte nicht zu viel«, warnte sie. »Sie kommen nicht, weil sie sich dem Wort des Herrn öffnen. Sie wollen nur die Geschichten zu den Bildern. Je blutrünstiger, desto besser.«

»Nun, davon hat die Bibel ja reichlich zu bieten«, erwiderte Widukind. »Und das Wichtigste scheint mir, dass die Heveller sich überhaupt hierher wagen. Trotz der düsteren Prophezeiungen, die

Tuglo bei jeder Gelegenheit ausstößt. Wir haben ja überhaupt keine Eile mit der Bekehrung deines Volkes, weißt du.«

Sie nickte, dankbar für seine Geduld. »Das haben wir vor allem Tugomir zu verdanken. Er nimmt den Hevellern die Furcht vor diesem neuen Gott, weil er sie nicht zwingt, eine Wahl zu treffen.« So besuchte ihr Bruder aus Höflichkeit sogar die Zeremonien im Jarovit-Tempel – zumindest die unblutigen –, wo er einst selbst Priester gewesen war. Das rechneten die Heveller ihm hoch an. Nur das Triglav-Heiligutm draußen auf dem Harlungerberg hatte er noch nicht betreten, aber er hatte es schon früher gemieden.

»Ja, er ist ein kluger Diplomat«, stimmte Widukind zu.

»Wer hätte das gedacht«, antwortete sie. »Früher war er so … stur. Nur sein Weg war der richtige, und wer etwas anderes behauptete, musste mit harschen Worten und Hohn rechnen. Oder mit Schlimmerem.«

Widukind hob leicht die Schultern. »Denkst du nicht, wir alle haben uns verändert über die Jahre?«

»Das will ich doch hoffen.« Sie selbst, wusste Dragomira, war stärker geworden und hatte mehr Vertrauen zu sich selbst. Die Rückkehr ins Havelland hatte nicht dazu geführt, dass sie sich wieder unbedeutend und machtlos fühlte, wie sie befürchtet hatte. Dennoch war sie eine Fremde unter den Hevellern geworden.

»Wo steckt denn mein Bruder eigentlich?«, erkundigte sie sich, löste sich aus Widukinds Armen und wusch die gelbe Farbe aus dem Pinsel.

»Das weiß Gott allein. Er ist vor über drei Stunden mit Godemir und Slawomir in den Wald geritten, obwohl man vor Schneetreiben kaum die Hand vor Augen sehen kann.«

Sie nickte. »Heute ist die Tagundnachtgleiche«, erinnerte sie ihn. »Vermutlich hilft er den Priestern bei den Vorbereitungen.«

»Solange er nur nicht vergisst, dass er *mir* versprochen hat, mir einen Baumstamm fürs Weihnachtsfeuer zu besorgen«, brummte Widukind.

»Ich werde vor lauter religiösen Pflichten überhaupt nicht mehr dazu kommen, mein armes Volk zu regieren«, bemerkte Tugomir.

Alle wandten die Köpfe. Er trat über die Schwelle, zog den schweren Türflügel hinter sich zu, um Schneetreiben und Wind auszusperren, und klopfte mit den flachen Händen seinen Mantel ab. Schnee rieselte aus dem dicken Silberfuchspelz.

Er trat ans Kohlebecken, beugte sich zu seiner Frau hinunter und küsste sie schamlos auf die Lippen.

»Du bist kälter als ein Schneemann«, schalt sie.

Tugomir zog einen gefalteten und versiegelten Pergamentbogen unter dem Mantel hervor und reichte ihn ihr. »Hier, das ist eben gekommen. Wärst du so gut?«

»Ein Brief?«, verwunderte Dragomira sich. »Von wem?«

»Hattest du nicht begonnen, das Lesen zu erlernen?«, fragte Widukind Tugomir streng. »Oder täusche ich mich?«

Der Fürst nickte ohne erkennbare Reue. »Vielleicht werde ich als alter Mann einmal die Zeit dazu finden.«

»Dann werden deine Augen zu schwach sein und …«

»Von wem ist der Brief?«, unterbrach Egvina neugierig.

»Der Bote kam aus Magdeburg«, antwortete Tugomir. »Ich kannte ihn nicht. Er ist gleich wieder aufgebrochen, denn er hatte noch weitere Nachrichten für … die Burg in Meißen.«

Er sprach Geros Namen nie aus, wenn er es umgehen konnte, wusste Dragomira.

»Es ist Edithas Siegel«, sagte Alveradis verblüfft und reichte Egvina den Brief. »Hier. Vermutlich ist er an dich gerichtet.«

Egvina erbrach das Siegel mit genügend Schwung, dass es in unzählige kleine Wachsbröckchen zerfiel, und faltete den Bogen auseinander. »*Editha, Königin des ostfränkischen Reiches, an ihre geliebte Schwester Egvina, Grüße*«, las sie murmelnd vor und überflog den Rest schweigend, zweifellos um zu entscheiden, ob er für aller Ohren oder nur für sie bestimmt war.

»Oh nein, das kann doch nicht wahr sein!«, rief sie aus, erschrocken, aber gleichermaßen belustigt. Auf diese koboldhafte Weise, die so typisch für sie war.

»Du spannst uns auf die Folter, Prinzessin«, schalt Tugomir, bedeutete seiner Frau, von ihrem Schemel aufzustehen, nahm selbst darauf Platz und zog Alveradis auf seine Knie. Sie lehnte sich an ihn, und er wickelte sie mit in seinen Silberfuchsmantel. Dragomira beneidete ihre Schwägerin.

»Also schön, hört zu«, forderte Egvina sie auf. »Sie schreibt: *Viel Gutes, aber auch Betrübliches und Sonderbares habe ich zu berichten. Nach der Schlacht bei Andernach, von der ich euch im Herbst geschrieben habe, brach die Verschwörung der verbliebenen Verräter zusammen. Friedrich, der abtrünnige Erzbischof von Mainz, wurde von seiner eigenen Stadt an den König ausgeliefert, der ihn dem Abt von Fulda schickte, auf dass der ihn in Festungshaft nehme.«*

»Wie heimtückisch vom König«, warf Widukind grinsend ein. »Abt Hadamar und Erzbischof Friedrich sind seit jeher erbitterte Feinde. Das muss besonders schmachvoll für den armen Friedrich sein.«

»Das wollen wir doch hoffen«, gab Egvina spitz zurück und las weiter: »*Wir wissen jetzt, dass sein Verrat schon weiter in die Vergangenheit zurückreicht als bis zur Belagerung von Breisach, und deshalb fürchten wir, dass er dem Heiligen Vater in Rom nie geschrieben hat wegen der Bistumsgründung in Brandenburg.«*

»Fabelhaft …«, grollte Widukind.

»*Eberhard von Franken wollte, dass der Osten ein Unruheherd bleibt und den König nach und nach ausblutet, darum war dieses Bistum nicht in seinem Sinne. Wir müssen mit diesem Plan also noch einmal ganz von vorne beginnen.*

Prinz Henning, glauben wir, ist ins Westfrankenreich geflohen. Der König hat natürlich nach ihm forschen lassen, aber bislang bleibt der Prinz spurlos verschwunden. Auch im Westen ist dieser Winter bitterkalt, das ganze Land liegt unter einer Decke aus Eis und Schnee, feindselig gegen Mensch und Tier. Die Königinmutter steht Todesängste um ihren Sohn aus.«

»Gut so«, sagten Dragomira und Alveradis wie aus einem Munde.

»*Trotz der Himmelszeichen und Kometen, die die Menschen nach der Schlacht von Andernach in Angst versetzt haben, ist der Krieg vorüber, und es herrscht Frieden in Ottos Reich. Der König hat Franken besetzt und nicht die Absicht, einen neuen Herzog zu* benennen. Herzog Hermann und ganz Schwaben stehen fest an seiner Seite, genau wie Berthold, der Herzog von Bayern. Der König wollte Berthold eigentlich mit seiner Schwester Gerberga vermählen, Giselberts Witwe, um das Band zu festigen. Aber nun kommen wir zu den sonderbaren Neuigkeiten, geliebte Schwester, die, dessen bin ich sicher, dir ebenso viel Vergnügen bereiten werden, wie sie uns verdrießen: Unser Neffe Ludwig, der König der Westfranken, hat Gerberga geheiratet. Ohne die Billigung des Königs, versteht sich, dafür offenbar mit der vorbehaltlosen Einwilligung seiner Braut.«*

Es gab Ausrufe der Verwunderung, aber Egvina war nicht die Einzige, die schmunzelte.

Ihre Belustigung verflüchtigte sich indessen rasch, als sie fortfuhr: »*Das durchkreuzt nicht nur unsere Pläne in Bayern, es stärkt auch in gefährlicher Weise Ludwigs Anspruch auf Lothringen. Mit Gerberga hat er auch ihren Sohn in seine Gewalt gebracht, den jungen Heinrich, Giselberts Erben. Und diese unerhörte Heirat bringt den König noch aus einem anderen Grund in eine prekäre Lage: König Ludwig und Herzog Hugo von Franzien, die beiden Rivalen um die Macht im westfränkischen Reich, sind nun beide seine Schwäger und erheben Anspruch auf seine Loyalität. Doch gewiss kannst du dir vorstellen, wie zornig der König auf unseren Neffen Ludwig ist, Schwester. Wir können nur beten, dass das Frühjahr uns keinen neuen Krieg im Westen bringt.*« Egvina blickte auf. »Das war alles, was die Politik betrifft. Der Rest geht euch nichts an.«

»Die Prinzen und Prinzessin sind wohlauf?«, fragte Tugomir.

»Das sind sie, Fürst«, antwortete sie zerstreut, den Blick auf den Brief gerichtet. »Aber du bist nicht mehr ihr Leibarzt.«

»Ach richtig …« Er lächelte. Es war nur ein flüchtiges Lächeln, aber immerhin, dachte Dragomira. Ihr Bruder zeigte es heute öfter als früher. So bitter Dragomirs Tod diese Heimkehr für Tugomir auch gemacht hatte, so schwierig es auch oft war mit Tuglo und den übrigen Männern, die dem Fürsten misstrauten und keine Gelegenheit ausließen, um ihn herauszufordern oder seinen Herrschaftsanspruch in Zweifel zu ziehen, wusste sie doch, dass sich mit dieser Heimkehr Tugomirs größte Sehnsucht erfüllt hatte. Die Gefangenschaft hatte er wie ein eisernes Joch auf den Schultern getragen, und nun, da er es abgelegt hatte, kam er ihr ... lebendiger vor. Und größer.

Dragomira hatte Zweifel, ob dieses Wagnis, das Tugomir und Widukind hier begonnen hatten, gelingen konnte. Denn auch wenn es niemand erwähnte – jedenfalls nicht in ihrer Gegenwart –, waren Geros Nähe, seine Blutgier und sein Rachedurst doch wie ein Schatten, der über allem dräute, was sie hier zu schaffen hofften. Doch womöglich stand Gero ja eine Überraschung bevor. Der Tugomir, mit dem er es hier zu tun bekäme, war auf jeden Fall ein anderer.

Der Gedanke machte ihr Mut.

Magdeburg, Januar 940

Die Stille in der Klosterkirche war wohltuend wie ein prasselndes Feuer nach einem Fußmarsch durch einen Schneesturm. Otto war allein zur Sext gekommen und hier geblieben, nachdem die Mönche ihr Stundengebet gesungen hatten und wieder hinausgezogen waren. Heute war es nicht einmal so sehr Gottes Führung, die er suchte, sondern einfach nur Ruhe.

Der Hoftag anlässlich des Weihnachtsfestes war der reinste Jahrmarkt. Fürsten der Welt und der Kirche waren aus dem ganzen Reich nach Magdeburg gekommen. Manche erhofften sich Belohnung oder auch nur Anerkennung für ihre Treue während des vergangenen Kriegsjahres. Andere erbaten Wiedergutmachung für erlittenes Unrecht, und wieder andere hatten Vergebung für ihre Treulosigkeit erfleht, allen voran Odefried von Iburg, der Graf im Nethegau. Otto hatte ihn wie die meisten anderen in Gnaden wieder aufgenommen. Er konnte es sich leisten, Großmut zu zeigen, denn er hatte den Krieg gewonnen.

Doch er wünschte, sie alle wären schon wieder fort. So viele Menschen, so viele Worte, so viele Festmähler und Trinksprüche, so viele Beteuerungen und Schwüre – er hatte gründlich genug davon. Und er wünschte außerdem, das Frühjahr käme endlich. Er hatte Pläne, in Lothringen ebenso wie in Burgund. Immer vorausgesetzt, dass der Osten ruhig blieb und die Ungarn nicht kamen, beabsichtigte er, im Frühjahr nach Westfranken zu ziehen und König Ludwig in die Schranken zu weisen – Schwager oder nicht. Aber noch hielt der Winter – der kälteste und bitterste seit Menschengedenken – das ganze Land in seinen Klauen, und bis das Tauwetter vorüber war und die Flüsse wieder passierbar wurden, war Pläne schmieden das Einzige, was er tun konnte.

»Gott, lehr mich Geduld«, murmelte er seufzend und fügte grinsend hinzu: »Jetzt gleich.«

Er vernahm ein leises, beinah verstohlenes Rascheln in seinem Rücken und wandte den Kopf, die Hand am Dolch. Dann ließ er sie wieder sinken. Es war nur ein Bettler in einer zerlumpten Kapuze, der das Kirchenschiff durchschritt. Langsam, als bereite das Gehen ihm Mühe. Otto stand im nördlichen Seitenschiff und glaubte, der Mann habe ihn im Schatten der Säulen nicht gesehen, doch dann verließ der Bettler seinen Kurs Richtung Altar und kam auf ihn zu.

Otto griff nach der Börse an seinem Gürtel, um eine Münze herauszuholen, und wollte ihm raten, an der Klosterküche um Almosen zu bitten, doch mit einem Mal blieben die Worte ihm im Halse stecken.

Keinen Schritt von ihm entfernt hielt der Bettler an, den Kopf gesenkt. Dann fiel er auf die Knie. Hart. Ohne jeden bewussten Entschluss trat Otto einen Schritt zurück, um der Geste der Unterwerfung zu entrinnen, aber es war zu spät: Der Bettler streckte sich auf den eisigen Steinfliesen aus, umfasste den rechten Schuh des Königs mit beiden Händen und drückte die Lippen darauf, so lange und innig, als sei es der Mund einer schönen Frau. Dann lag er still, die Hände immer noch auf Ottos Schuh.

Der König befreite seinen Fuß mit einem kleinen Ruck. »Was willst du?«

»Vergebung.«

»Die hast du nicht verdient.«

»Ich weiß. Ich habe mich gegen Euch und gegen Gott versündigt. In so schändlicher Weise, dass ich weder Milde noch Gnade verdient habe. Und trotzdem ... trotzdem erflehe ich Eure Vergebung, mein König ... In aufrichtiger Reue ... und ... und in Demut ...«

»Oh, um Himmels willen, hör auf zu flennen, Henning«, knurrte der König. »Steh auf!«

Sein Bruder richtete sich zumindest auf die Knie auf, verharrte dann aber, die Hände auf den Oberschenkeln. Beide waren rissig, rot und geschwollen, und am kleinen und Ringfinger der Rechten waren die oberen Glieder schwärzlich verfärbt.

»Sieht so aus, als würdest du zwei Finger verlieren«, bemerkte Otto nicht ohne Genugtuung.

»Die Hand taugt sowieso nichts mehr seit Birten. Und heißt es nicht: *So deine Hand dich zur Sünde verführt, schlag sie ab, denn es ist besser, verstümmelt ins Ewige Leben zu gelangen, als mit zwei Händen in die Hölle zu kommen.*«

Der König war für einen Augenblick sprachlos, denn genau das hatte er auch gedacht. Dann erwiderte er: »Ich glaube, es ist das erste Mal, dass ich dich das Wort des Herrn zitieren höre. Ich wusste gar nicht, dass du es kennst.«

Henning schien ihn nicht gehört zu haben. »Hildger hat bei Andernach beide Hände verloren.«

»Er hat mehr verloren als nur die Hände«, gab Otto unbarmherzig zurück. »Geh in die Halle, dann kannst du sehen, was es aus seinem Vater gemacht hat: einen gebrochenen Mann.«

»Ich frag mich, ob er im Himmel oder in der Hölle ist. Hildger, meine ich. Und Wiprecht ... Wiprecht musste ich selbst töten. Wundbrand.«

»Ich will das nicht hören, Henning. Und wenn du jetzt nicht aufstehst, schwöre ich dir, werde ich dich bei den Haaren aus der Kirche schleifen und über dem Haupttor an der Palisade aufknüpfen. Dann hätten auch die Krähen einen Festtagsschmaus.«

Das hatte den gewünschten Effekt. Henning erwachte aus seinem sonderbaren Dämmerzustand und kam nicht ohne Mühe auf die Füße.

Und dann stand er da, leicht schwankend, mit gesenktem Kopf und hängenden Armen. Er hatte dem König noch kein einziges Mal in die Augen geschaut.

»Ich nehme an, Mutter schickt dich?«, fragte Otto.

Henning schüttelte den Kopf. »Ich habe sie nicht gesehen. Ich war … ich bin herumgeirrt. Lange. Erst wollte ich nach Laon. Dann hatte ich Angst, dass Ludwig mich ausliefert. Also bin ich zurück nach Sachsen. Es war so kalt. So kalt … Und ich fand nichts zu essen.«

All das war die lieblichste Musik in Ottos Ohren. Er konnte sich vorstellen, wie grässlich es gewesen war: Henning hatte nicht gewagt, an das Tor irgendeiner Burg zu klopfen, weil er befürchten musste, in Gefangenschaft zu geraten. Also hatte er vermutlich versucht, bei den Bauern zu betteln, die jedoch selbst Hunger litten in diesem gnadenlosen Winter und vermutlich nicht sehr freigiebig gewesen waren.

Doch wenn Henning tatsächlich von Westen gekommen war, hatte er Quedlinburg passiert. Otto hatte Mühe zu glauben, dass sein Bruder der Versuchung widerstanden haben sollte, sich bei ihrer Mutter Rat, Zuspruch und vor allem eine warme Mahlzeit zu holen.

»Ich will, dass du mir ins Gesicht siehst und ausnahmsweise einmal die Wahrheit sagst«, befahl der König leise.

Langsam hob Henning den Kopf, und erst jetzt sah Otto, wie krank sein Bruder war, die Wangen unnatürlich gerötet, ein fiebriger Glanz in den Augen.

»Warst du in Quedlinburg?«

Henning fuhr sich mit der Zunge über die aufgesprungenen Lippen und nickte. »Am Heiligen Abend. Aber Bischof Bernhard war dort für die Christmette, und er hatte eine halbe Armee mitgebracht. Ich hab … mich nicht in die Pfalz getraut.«

Das mochte stimmen. Der Bischof von Halberstadt hatte sich dem Hof erst an St. Stephanus angeschlossen und dem König und der Königin weihnachtliche Segenswünsche der Äbtissin von Quedlinburg überbracht.

»Und so bist du also zu mir gekommen. Warum?«

»Weil … weil ich das Gefühl hab, ich muss bald sterben. Und ich komme in die Hölle, wenn ich sterbe, ohne dass Ihr mir vorher vergeben habt.«

»Es ist Gott, dessen Vergebung du suchen musst. Nur er kann dich vor der Verdammnis retten, ich nicht. Ich habe es lange genug versucht, aber du bist ein zu schwerer Fall. Dir kann wirklich nur noch Gott helfen.«

»Bitte …« Henning kniff die Augen zu. »Ich flehe dich an, Bruder …«

Otto zuckte zusammen und ohrfeigte ihn. »Untersteh dich!«

Henning ging zu Boden wie ein umgemähter Weizenhalm. Er schlang schützend die Arme um den Kopf und lag dann still.

Der König sah auf ihn hinab, angewidert und doch erschüttert. Trotz allem, was Henning angerichtet hatte, trotz seines Verrats und seiner Tücke verspürte Otto den Drang, ihn aufzuheben und in seinen eigenen Hermelinmantel zu hüllen. Henning hätte ihn nicht daran erinnern müssen, dass er sein Bruder war. Otto wusste das nur zu gut, und nie hatte diese Bürde so schwer auf ihm gelastet wie in diesem Moment.

»Du riskierst nicht viel, wenn du mir deine Vergebung schenkst, weißt du«, murmelte Henning in seinen zerlumpten Ärmel. »Ich werde sowieso draufgehen. Dann kannst du dich nobel fühlen, mir vergeben zu haben, das hast du doch so gern. Und falls nicht … Denkst du wirklich, ich hätte noch einen Funken Rebellion in mir, nachdem ich mich so entsetzlich vor dir gedemütigt habe? Glaubst du … irgendein Mann könnte danach noch derselbe sein?«

Ein gewöhnlicher Mann, nein, fuhr es dem König durch den Sinn. *Doch ein Mann, den der Teufel zu ewiger Zwietracht verflucht hat? Wer weiß …*

Zwei Wochen lang stand es auf Messers Schneide.

Otto hatte Brun geholt, und sie hatten Henning unbemerkt in Tugomirs verwaistes Haus geschafft. Dann hatte der König nach Bruder Dietrich geschickt, seinem neuen Leibarzt, ihn aber Stillschweigen geloben lassen. Otto und Brun waren sich einig, dass vorläufig niemand außerhalb der Familie von Hennings Rückkehr erfahren sollte.

Der Mönch hatte Henning heißen Kamillensud gegen das Fieber eingeflößt und heiße Milch mit Honig, weil der Kranke halb verhungert war, doch für die erfrorenen Fingerglieder wusste er kein Heilmittel. Also hatte Brun heimlich einen fahrenden Barbier aus der Stadt geholt, der den Prinzen nicht erkannte und ihm die zwei Finger ohne großes Gewese abgenommen hatte. Brun hatte gut gewählt, der Barbier erwies sich als erfahrener und gewissenhafter Handwerker. Völlig unbeeindruckt von Hennings Gejammer hatte er die kleine Säge mit sicherer Hand geführt und die Wunden mit Pech geschlossen. Erst als das getan war und Henning drei Tage später immer noch lebte, hatte Otto Editha einen Brief an seine Mutter diktiert und Udo damit nach Quedlinburg geschickt.

Wie nicht anders zu erwarten, war die Königinmutter umgehend herbeigeeilt, und zusammen mit Judith, die Otto ebenfalls benachrichtigt hatte, wachte sie am Krankenlager ihres geliebten Sohnes, und zwar Tag und Nacht.

»Und somit besteht kaum noch Hoffnung, dass Henning stirbt und uns aus dieser vertrackten Lage erlöst, vor die uns seine reumütige Rückkehr stellt«, brummte Ottos jüngster Bruder in seinen Becher.

»Brun!«, schalt die Königin kopfschüttelnd. »Wie kannst du so etwas nur sagen? Ein Gottesmann wie du?«

»Ein Gottesmann sollte vor allem immer die Wahrheit sagen«, konterte er verdrossen. »Oder zumindest so oft wie möglich. Stimmt's nicht, Wilhelm?«

Der Zehnjährige nickte mit einem Grinsen. Doch er war nicht mit dem Herzen dabei, verzog nur für einen Lidschlag die Mundwinkel nach oben, und mit einem Mal fand Otto sich lebhaft an Tugomir erinnert.

»Was bekümmert dich, mein Junge?«, fragte der König seinen Ältesten.

Wie so häufig dachte Wilhelm einen Moment nach, ehe er antwortete. Dann sagte er: »Der Hader innerhalb der Familie. Ich verstehe, dass Ihr Prinz Henning gram seid, Vater. Das hat er verdient. Aber Großmutter ist so verzweifelt, weil das Fieber einfach nicht besser wird. Trotzdem kommt sie nicht zu Euch, und Ihr geht nicht zu ihr. Ihr betet nicht einmal zusammen. Das …« Er brach ab, als hätte ihn der Mut verlassen.

Es war ein Abend Ende Januar. Der Hoftag war längst vorüber, alle Gäste waren kurz nach dem Dreikönigsfest wieder abgereist. Die königliche Familie und ihr Haushalt hatten die Pfalz von Magdeburg wieder für sich, und heute Abend war es ungewöhnlich still in der Halle. Nur Liudolf und seine Verlobte, die kleine Ida von Schwaben, tobten am anderen Ende des Saals mit zwei Jagdhundwelpen – lautstark wie üblich. Der Wind zerrte mit eisigen Fingern an den Fensterläden, und Brun hatte die Bänke mit Wilhelms Hilfe nah ans Feuer gerückt.

»Er meint, dass du gegen Gottes Gebot verstößt, mein König«, sagte Editha ohne großen Nachdruck, den Blick ins Feuer gerichtet.

»Habt Dank, edle Königin, aber ich kann selber sagen, was ich meine«, entgegnete der Junge, und auch der scharfe Tonfall erinnerte an seinen Onkel.

»Nimm dich in Acht, Wilhelm«, warnte Otto, aber gleichzeitig dachte er: Der Junge hat völlig recht. Jeder in dieser Familie hegt irgendeinen Groll: meine Mutter gegen mich, ich gegen Henning, Brun gegen Editha, Editha gegen Wilhelm und Henning gegen jeden. Otto war nicht einmal sicher, ob seine Frau ihm die Geschichte mit ihrer Zofe verziehen hatte. Editha war überglücklich gewesen, als er unversehrt aus dem Krieg zurückgekommen war, und trotzdem. Manchmal konnte er das Gefühl nicht abschütteln, dass immer noch irgendetwas zwischen ihnen stand, vielleicht weil in Wahrheit er derjenige war, der ihr nachtrug, dass sie um Milde für dieses verräterische, durchtriebene Weib gebeten hatte.

Was ist nur los mit uns?

Brun fuhr sich kurz mit der Hand über die Stirn. »Eins steht jedenfalls fest: Wenn Henning gesund wird, dürfen wir ihn nicht mehr aus den Augen lassen. Je kürzer die Leine, an der Ihr ihn haltet, desto besser.«

Otto fiel auf, dass niemand mehr davon sprach, Henning für seine Rebellion zu bestrafen. Eberhard und Giselbert, die Anteil an seinem Verbrechen gehabt hatten, waren beide tot, und genau betrachtet hätte Henning ihr Schicksal teilen müssen, denn er hatte es ebenso auf die Krone abgesehen wie der Herzog von Franken. Aber Gott war es, der Eberhard und Giselbert gerichtet und Henning geschont hatte. Also wie hätte er – Otto – Gottes Urteil missachten und ein anderes fällen können? Natürlich gab es andere Möglichkeiten als ein Henkersschwert. Er konnte Henning in Festungshaft schicken. Je nachdem, wohin er ihn sandte und wen er zum Kerkermeister seines Bruders bestimmte, konnte das schlimmer sein als ein rasches Ende. Aber auch das war keine Lösung, musste er erkennen. Nicht weil seine Mutter wie eine Furie über ihn gekommen wäre – das schreckte ihn nicht. Doch als er seinen todkranken Bruder aufhob und aus der Kirche trug, hatte er ihm eine Antwort auf sein Gnadengesuch gegeben, ging ihm auf. Er hatte kein Wort gesagt, hatte auch nicht Hennings Hände zwischen seine genommen. Was er stattdessen getan hatte, wog schwerer als alle Worte und Gesten. Er hatte ihn aus der Kirche getragen, damit er weiterlebte. Und da er ihm das Leben geschenkt hatte, konnte er ihm die Vergebung nicht vorenthalten, die sein Bruder erfleht hatte.

»Ich bin anderer Ansicht«, antwortete er Brun. Er stützte die Hände auf die Knie, als wappne er sich für den Sturm der Entrüstung, der unweigerlich über ihn hereinbrechen würde, und sagte: »Ich ernenne Henning zum Herzog von Lothringen.«

»Wie beliebt?«, fragte Brun fassungslos.

Auch Wilhelm und Editha starrten den König ungläubig an.

»Es löst auf einen Schlag eine ganze Reihe von Problemen«, erklärte Otto. »Ludwig von Westfranken will die Kontrolle über Lothringen und glaubt, er hat einen Anspruch darauf, weil Giselberts Sohn neuerdings sein Stiefsohn ist. Dieses Argument wird hinfällig, wenn ich die Herzogswürde stattdessen an meinen Bruder verleihe. Dich kann ich hier nicht entbehren«, sagte er zu Brun und fuhr an Wilhelm gewandt fort: »Du bist zu jung, Liudolf erst recht. Bleibt nur Henning. Und auf diese Weise bekommt Henning das, worauf er ein Anrecht zu haben glaubt. Seit Jahren liegt er mir damit in den Ohren, dass er Herzog von Bayern werden will. Jetzt bekommt er stattdessen Lothringen, und womöglich wird ihn das mit dem Umstand versöhnen, dass er die Krone nicht haben kann. Wir werden sehen.«

»Aber ... aber Ihr *belohnt* ihn für seinen Verrat und seine Rebellion«, protestierte Brun. »Und mit Lothringen im Rücken wird er genug Macht, Geld und Soldaten haben, um es wieder zu versuchen.«

Doch der König schüttelte den Kopf. »Das wird er nicht. Denn er bekommt nur ein, zwei Burgen in Lothringen, aber keine Grafschaften.«

»Wie soll er herrschen ohne Grafenrechte?«, fragte Editha verwirrt.

Otto hob mit einem kleinen Lächeln die Schultern. »Mit Weisheit, Geduld und prinzlicher Autorität.«

»Drei schöne Tugenden«, räumte Brun ein. »Nur besitzt Henning nicht eine einzige davon.«

»Dann muss er sie erlernen«, gab der König ungerührt zurück. »Das wird ihn eine Weile beschäftigen, denke ich.«

Sein jüngster Bruder schüttelte den Kopf. »Das wird er nicht, mein König. Er wird scheitern.«

Der König hob seinen Becher und trank Brun zu. »Auch das wird ihn eine Weile beschäftigen.«

Brandenburg, April 940

»Schau ihn dir an, Tugomir.« Alveradis' Augen strahlten vor Stolz. »Er sieht aus wie du, nur ganz winzig. Ein *Zwerg*.« Sie lachte. Es war ein übermütiger, ansteckender Laut.

Tugomir, der neben ihr und seinem Sohn auf dem Bett saß, ergriff ihre Linke und küsste die Fingerspitzen. »Ein Zwerg. *Palcik* auf slawisch. Wollen wir ihn so nennen, bis er alt genug ist, seinen richtigen Namen zu bekommen?«

Sie nickte. »Palcik. Das gefällt mir.«

Er reichte ihr den Becher frischer Milch, den er mitgebracht hatte. »Hier. Trink sie, solange sie warm ist. Das gibt dir neue Kräfte und reichlich Milch.«

Sie setzte sich ein wenig auf und nahm den Becher in die Rechte, während die Linke auf dem Kopf des Kindes lag. Sie trank folgsam, sagte aber zwischendurch: »Ich dachte, du verstehst nichts von Schwangerschaft, Geburt und so weiter.«

Tugomir nickte. All das war Sache der Hebammen, und kein männlicher Heiler wäre auf die Idee gekommen, sich in deren Angelegenheiten einzumischen. Eine Schwangerschaft war schließlich kein Gebrechen. Trotzdem hatte Tugomir seine Unwissenheit während der vergangenen Monate bedauert: Vor seinen Augen ereignete sich das größte Wunder der Schöpfung, und er hatte keine Ahnung, wie es vonstattenging. Doch als die Wehen einsetzten, hatte er die Burg verlassen und war zur Jagd geritten, wie es die Sitte vorschrieb. Im Morgengrauen war er zurückgekehrt und hatte der Mutter seines Sohnes zwei Pelze gebracht: einen Luchs für sie, ein Wolfsfell für die Wiege. Denn so wie es die Pflicht der Frau war, die Kinder zu gebären, oblag es dem Mann, die Raubtiere zu jagen, die Vieh und Feldfrüchte und somit das Überleben der Kinder bedrohten. Und bei den Hevellern war es Brauch, dass Vater und Mutter diesen Pflichten zur selben Zeit nachgingen.

Tugomir hob den Säugling auf – behutsam, aber ohne Scheu –, bestaunte ihn eine Weile, und weil nur seine Frau es sah, küsste er den dunklen Flaum, ehe er ihr den kleinen Palcik zurückgab. Es gehörte sich nicht, dass ein Vater seinem Sohn Zärtlichkeit zeigte, weil es den Jungen zu verweichlichen drohte, aber Tugomir nahm an, bei einem so winzigen Sohn konnte es noch keinen wirklichen Schaden anrichten.

»Dragomira sagt, es ist alles gut gegangen?«

Alveradis nickte. »Alles so, wie es sein sollte, hat die Hebamme mir versichert, und eher leicht für das erste Mal.« Eine Spur herausfordernd sah sie ihn an. »Nur weil ich das Wechselfieber habe, heißt das noch lange nicht …«

»Schsch.« Er legte einen Finger an ihre Lippen. »So war es

nicht gemeint. Ich habe nie daran gezweifelt, dass du gesunde Kinder zur Welt bringen kannst.« Er musste über ihre sturmumwölkte Miene lächeln, beugte sich über sie und strich mit den Lippen über die ihren.

Ihre Züge entspannten sich, und sie schloss die Augen. »Ich bin ja so froh, dass es ein Sohn geworden ist …«

Ich auch, dachte Tugomir. Es war wichtig für einen Fürsten, möglichst schnell einen Erben zu zeugen. Die Ankunft des kleinen Palcik festigte nicht nur seine Position, sondern auch die seiner Fürstin, die immer noch viele der Heveller mit Argwohn betrachteten. »Aber als Nächstes können wir es von mir aus mit einem Mädchen versuchen«, antwortete er. »Vorausgesetzt, sie schlägt dir nach.«

»Aber nicht vor morgen«, murmelte Alveradis und schlief ein.

Sie erholte sich gut von der Geburt und bekam kein Fieber, wie er insgeheim befürchtet hatte. Der Junge trank munter und gedieh, und selbst Tuglo lobte seine kräftigen Lungen, als Tugomir seinen lauthals brüllenden Sohn nach einer Woche bei einem Festmahl in der Halle Priestern und Kriegern präsentierte.

»Bei seiner Taufe hat er lauter geschrien«, raunte Widukind an Tugomirs Seite.

»Man kann es ihm kaum verdenken«, gab der Vater des Jungen ebenso gedämpft zurück, der sich nur zu gut an die eisigen Güsse bei seiner eigenen Taufe vor einem Jahr erinnerte.

Die Stimmung in der Halle war ausgelassen. Die Heveller feierten die Ankunft ihres neuen Prinzen ebenso wie das Ende des bitterkalten Winters, und Tugomirs Onkel Slawomir war nicht der Einzige, der die beiden freudigen Ereignisse bei seinem Trinkspruch in Zusammenhang brachte: »Überall um uns herum erwachen Leben und Hoffnung von Neuem, so wie hier auf der Brandenburg. Lasst uns unseren Fürsten feiern, der uns mit seiner Umsicht und Klugheit durch den schwersten Winter gebracht hat, an den ich mich erinnern kann, und trinken wir auch auf unsere Fürstin Alveradis: Ihr Name mag fremd in unseren Ohren klingen, und sie wurde auch nicht an den Ufern der Havel geboren, aber sie hat uns einen Prinzen gegeben, die Zukunft der Heveller. Mögen die Götter, alte wie neue, dir immer gewogen sein, Fürstin.«

Die Heveller trommelten mit den Bechern auf die Tische.

Alveradis legte kurz die Hände vor der Brust zusammen und neigte den Kopf vor Slawomir, um ihren Dank auszudrücken.

Während Tugomir dem etwas umständlichen und langatmigen Trinkspruch des alten Falibor lauschte, beobachtete er seine Frau: Sie war nicht nur ein hinreißender Anblick in ihrem blauen Kleid und mit dem blütenweißen, duftigen Tuch auf dem Kopf, das ein goldener Stirnreif hielt. Sie wirkte auch selbstbewusster als noch vor wenigen Wochen. Sie hatte es von Anfang an verstanden, würdevoll aufzutreten und ihre Stellung zu wahren, vor allem dann, wenn die Heveller ihr geringschätzig begegneten. Doch er wusste, es hatte sie Mühe gekostet. Heute saß sie hoch aufgerichtet, aber entspannt an ihrem Ehrenplatz, weil sie genau wusste, dass sie ihn sich jetzt verdient hatte, und scherzte mit Jarmila an ihrer linken Seite genauso ungezwungen wie mit Dragomira an ihrer rechten.

»Es wird besser, Tugomir«, bemerkte Widukind und legte einen der steinharten Brotfladen in seine Eintopfschale, wie es hier üblich war. Während er darauf wartete, dass der Fladen einweichte, schnitt er sich ein Stück vom Wildschweinbraten.

Tugomir wiegte den Kopf. »Wir haben Glück gehabt. Bisher sind uns die wirklich schweren Krisen erspart geblieben, trotz des Winters.«

»Das hatte nichts mit Glück zu tun«, widersprach der Bischof. »Du hast einfach alles richtig gemacht.«

Tugomir hatte zusammen mit den Priestern ausgerechnet, wie viel Vieh sie brauchten, um die Heveller auf der Brandenburg und diejenigen, die hier Obdach und Nahrung suchen würden, durch den Winter zu bringen und den Viehbestand für das nächste Jahr zu sichern. Die überzähligen Rinder, Schweine, Schafe und Ziegen hatten sie nach Süden getrieben, ehe der Schnee ernsthaft zu fallen begann, und bei den Marzanen, Spreewanen und anderen Nachbarvölkern, die mehr Ackerbau betrieben als die Heveller, ge-

780

gen Korn eingetauscht. Tugomir hatte Semela und alle anderen Daleminzer mit auf die Reise genommen, die den Wunsch äußerten, ihre Heimat wiederzusehen, und sie waren bis an die Jahna gezogen. Die Burg war nicht wieder aufgebaut worden, denn Gero hatte es verboten, aber in der Umgebung stießen sie auf einige daleminzische Dörfer. Die Menschen dort fristeten ein mühseliges und kärgliches Dasein wie alle slawischen Völker unter Geros Herrschaft, die sie noch mehr zu spüren bekamen als ihre Nachbarn, weil Geros Burg Meißen nur etwa zwanzig Meilen entfernt lag. Weder Semela noch irgendein anderer von Tugomirs Daleminzern wollte in der alten Heimat bleiben, aber es war ihnen ein Trost, sich mit eigenen Augen davon zu überzeugen, dass ihr Volk nicht gänzlich ausgelöscht worden war, und vor allem ihren heiligen See Zlomizi wiederzusehen.

Tugomir war selber nicht besonders erpicht darauf gewesen, länger als nötig in Geros unmittelbarer Reichweite zu verweilen. Von Jahna aus waren sie nach Westen geritten, hatten die Elbe überquert und in Merseburg die Pelze verkauft, die sie im Laufe eines arbeitsreichen Spätsommers erjagt und gegerbt hatten. Wie sich zeigte, hatte der Aufwand sich gelohnt: Sie bekamen gutes Silber für ihre Pelze, denn die Sachsen froren bereits, und Tugomir kaufte dafür weitere Lebensmittelvorräte, hauptsächlich Getreide, Erbsen und Linsen.

Tuglo hatte bemängelt, dass ein *wahrer* slawischer Fürst sich das Korn seiner Nachbarn mit dem Schwert holen würde, statt wie ein Krämer durchs Land zu ziehen, aber die übrigen Heveller waren Tugomir dankbar für sein unfürstliches kaufmännisches Geschick, denn sie wussten, es hatte sie vor einem Hungerwinter bewahrt.

Die Tür in der Stirnwand der Halle wurde geöffnet, und Dragowit, der draußen Wache stand, kam im Laufschritt herein. »Mein Fürst, du wirst es nicht glauben ... Ratibor, der Fürst der Obodriten, steht mit einem Dutzend Männern am Tor der Vorburg und erbittet höflich Einlass.«

Die Krieger und Priester zu beiden Seiten des Fürstenthrons tauschten verwunderte Blicke.

»Nanu? Sind Ratibor über den Winter alle Krieger verhungert, oder warum kommt er mit so wenigen?«, fragte Nekras.

»Und bittet um Einlass«, spöttelte sein Zwillingsbruder Dragan. »So kennen wir die Obodriten ja gar nicht …«

Es gab Gelächter.

»Bring ihn her, Dragowit«, bat Tugomir. »Wenn Priester in seinem Gefolge sind oder Krieger, die dir ehrwürdig erscheinen, führ auch sie in die Halle. Den Rest bringt ihr in der Vorburg unter und sorgt dafür, dass sie beköstigt werden.«

Dragowit nickte nur und wandte sich ab, um Tugomirs Anweisungen zu befolgen – ohne sie anzuzweifeln. Das kam Tugomir immer noch bemerkenswert vor. Genau wie alle anderen Krieger, die einst zu Boliluts Kumpanen gehört hatten, war Dragowit ihm anfangs mit Geringschätzung begegnet. Aber seit dem Gottesurteil, das Bogdan – ihren Kameraden – das Leben gekostet hatte, waren sie ihrem Fürsten unerschütterlich ergeben.

Tuglo war erwartungsgemäß derjenige, der über dessen Befehle missfällig die Stirn runzelte. Ehe er einen Protest vorbringen konnte, sagte Tugomir: »Fürst Ratibor hat mir Höflichkeit erwiesen, als ich ihn letzten Sommer aufgesucht habe. Hättest du den Mut gehabt, mich zu begleiten, wüsstest du das. Also sei wenigstens so gut und zeig ihm, dass auch Heveller wissen, was Höflichkeit ist.«

Tuglo zog den Kopf zwischen die Schultern, die Lippen zu einem dünnen Strich zusammengepresst, die Ohren feuerrot. Offenbar gefiel ihm nicht, wie seine Weigerung, den Fürsten auf die Mecklenburg zu begleiten, ausgelegt wurde.

Tugomir beachtete ihn nicht weiter und bat die Krieger auf der rechten Bank, ein wenig zusammenzurücken. Sie taten es bereitwillig. Er war verblüfft, dass keiner aufstand und demonstrativ die Halle verließ.

Dennoch war das Schweigen frostig, das den Fürsten der Obodriten empfing, als Dragowit ihn hereinführte.

Ratibor blieb einen Augenblick an der Tür stehen und schaute sich um, erwiderte den einen oder anderen feindseligen Blick mit einem verwegenen Grinsen und kam dann mit entschlossenen

Schritten an die lange Tafel vor dem Feuer. »Fürst Tugomir. Sei gegrüßt. Der Frühling ist gekommen, und auf einmal überkam mich eine sonderbare Sehnsucht, dir einen Besuch abzustatten.«

Tugomir fand es unmöglich, das unbekümmerte Grinsen nicht zu erwidern. Er wies auf die Bank neben sich. »Sei willkommen auf der Brandenburg, Fürst Ratibor. Du hättest keinen besseren Tag für deinen Besuch wählen können. Wir feiern die Geburt meines Sohnes. Nimm Platz und iss und trink mit uns.«

Das ließ Ratibor sich nicht zweimal sagen. Er glitt auf die Bank, riss ein Stück vom Wildschwein, noch ehe die Diener ihm Schale und Becher vorgesetzt hatten, und nickte dem alten Falibor an seiner Seite zu. »Ich glaube, ich erinnere mich an dich. Du hast mir meine erste ernsthafte Fechtlektion erteilt, Väterchen.«

»Das kann nicht sein«, gab Falibor grantig zurück. »Es wäre deine letzte gewesen. *Söhnchen.*«

Ratibor neigte den Kopf, um Falibor zu bedeuten, dass seine Bemerkung nicht als Respektlosigkeit gemeint gewesen war, und der alte Krieger entspannte sich.

»Glückwunsch zu deinem Sohn, Tugomir.« Blinzelnd sah Ratibor zur Frauentafel hinüber. »Der blonde Engel in Blau ist dein sächsisches Weib?«

»Ganz recht.« Tugomir wappnete sich für eine zotige Bemerkung und schärfte sich ein, seine Fäuste unter Kontrolle zu halten, aber Ratibor übte sich in untypischer Zurückhaltung.

Irritiert schaute Tugomir ihn an und stellte fest, dass sein Gast völlig erstarrt zu sein schien. Immer noch schaute Ratibor zum Frauentisch hinüber, die Lippen leicht geöffnet, aber es war nicht Alveradis, die er mit seinen Blicken entkleidete.

»Bei allen Heiligen … Wer ist das, Tugomir?«

»Wen magst du meinen?«

»Du weißt ganz genau, wen ich meine. Los, raus damit.«

»Schlag sie dir aus dem Kopf.«

»Warum? Ist sie verheiratet?«

»Nein.«

»Sagst du mir jetzt, wer sie ist, oder muss ich alle guten Vorsätze und Friedensabsichten begraben und die Klinge gegen dich ziehen?«

»Eine angelsächsische Prinzessin.«

»Zu fein für mich, meinst du?«, es klang entrüstet.

Tugomir schüttelte langsam den Kopf. »Zu traurig. Lass sie in Ruhe, Ratibor. Das ist das Einzige, was sie will.«

Der Fürst der Obodriten stützte den Ellbogen auf die Tafel, das Kinn auf die Faust und sah Tugomir an. »Bist du sicher?«

»Hier.« Tugomir reichte Ratibor einen randvollen Tonbecher. »Trink das.«

Der Fürst der Obodriten schnupperte neugierig. »Wein?«, fragte er erstaunt.

Tugomir nickte. »Unter anderem.«

»Du meinst es wirklich gut mit mir …« erwiderte Ratibor genießerisch, setzte den Becher an und leerte ihn in wenigen großen Schlucken.

Sie standen im Innenhof der Burg, wo Tugomir zwei Schemel auf die Wiese vor der Halle gestellt hatte. Der Morgen war windig, aber sonnig und klar. Es hätte kaum besser sein können.

Drei Krieger, ein junger Jarovit-Priester, zwei Frauen und einer von Widukinds Mönchen waren in der Nähe stehengeblieben und sahen neugierig zu ihnen herüber. Auch die Wachen auf dem Wehrgang blickten in den Hof hinab, statt nach anrückenden Feinden Ausschau zu halten.

»Warum hier draußen?«, fragte Ratibor unwirsch. »Hoffen sie auf ein Spektakel?«

»Natürlich«, gab Tugomir mit einem flüchtigen Lächeln zurück. »Aber ich brauche Licht. Drinnen ist es zu dämmrig. Jetzt sag, was wir besprochen haben.«

Ratibor wandte sich an die beiden Obodritenkrieger, die einen Schritt hinter ihm standen, so reglos wie die Götterstandbilder im Tempel. »Was Fürst Tugomir tun wird, geschieht mit meinem Einverständnis. Er hat mir gesagt, dass ich erblinden oder sterben könnte. Wenn eines von beidem passiert, dann nicht mit seiner Absicht, und ihr dürft es nicht als kriegerischen Akt betrachten. Klar?«

Die Standbilder nickten.

»Dann macht das Maul auf und sagt es«, schnauzte Ratibor.

»Wir haben dich verstanden, Fürst. Und wir werden gehorchen, auch wenn du tot bist«, brummte der Linke unwillig.

»Gut.« Ratibor sah fragend zu Tugomir.

»Setz dich«, wies der ihn an. »Es wird Zeit, dass wir anfangen.«

Der Fürst der Obodriten ließ sich auf dem Schemel nieder, schlug die Beine übereinander und wippte mit dem Fuß. Die Schar der Zuschauer war auf mehr als zwei Dutzend angewachsen, und die Neuankömmlinge ließen sich erzählen, was bisher passiert war.

»Semela«, sagte Tugomir.

Der trat vor und verneigte sich höflich vor dem Fürsten der Obodriten. »Wenn du gestattest, werde ich deinen Kopf festhalten.«

»Kommt nicht infrage«, knurrte Ratibor.

Tugomir seufzte. »Glaub mir, es geht nicht anders.«

»Ich sagte, es kommt nicht infrage!«

Tugomir setzte sich ihm gegenüber auf den zweiten Schemel und sah ihn an. »Kein Auge – ganz gleich, wie furchtlos der Mann, dem es gehört – hat es gern, wenn hineingestochen wird. Der Kopf will zurückzucken, es geschieht ganz von selbst. Aber das darf er nicht.«

Ratibor hatte ihm aufmerksam gelauscht und nickte einsichtig. »Verstehe. Ich darf nicht zucken. Also werde ich nicht zucken.«

»Ratibor …«

»Niemand wird meinen Kopf festhalten, Fürst Tugomir. Das ist *meine* Bedingung. Also jetzt tu es endlich, oder ich reite nach Hause.«

»Also schön.« Tugomir sah noch einmal zu Semela. »Ist der Verband bereit?«

»Ja, Fürst.«

»Stell beide Füße fest auf den Boden«, wies Tugomir seinen Patienten an. »Leg die Hände auf die Knie. Und *halt still*.«

Ratibor gehorchte wortlos.

Tugomir hatte die Nadel in seinen linken Ärmel gesteckt. Sie gehörte zu seinen kostbarsten Werkzeugen: eine feine, aber nicht zu dünne Stahlnadel mit einem Griff aus Elfenbein, die der

Schmied der königlichen Pfalz in Magdeburg mit der allergrößten Sorgfalt gearbeitet hatte, weil sein eigener Vater der Erste war, an dem sie erprobt worden war. Jetzt zog Tugomir das Instrument mit der Rechten aus dem Stoff seines Ärmels, während er Ratibor die Linke auf die Stirn legte.

»Du hast gezuckt.« Er ließ die Hand wieder sinken.

»Entschuldige«, gab Ratibor zurück. »Ich schwöre, es war das letzte Mal. Du musst mir sagen, was du tust. Mein Körper ist dazu erzogen, sich von keinem Mann ungestraft anfassen zu lassen.«

»Dann sollten wir vielleicht eine meiner Sklavinnen den Stich vornehmen lassen …«

»Halt die Klappe und fang endlich an.« Er schwitzte nicht einmal. Falls er Angst hatte, verstand er es, sie nicht zu zeigen.

»Also schön. Ich kann dir nicht während des Eingriffs erklären, was ich tue, denn ich muss mich auf meine Hände konzentrieren. Aber ich werde zählen. Von eins bis sieben. Während der ganzen Zeit werden meine Hände dich berühren, und du darfst dich nicht bewegen. Wenn wir bei sieben ankommen, ist es vorbei.«

»In Ordnung.«

»Eins.«

Wieder legte Tugomir ihm die Linke auf die Stirn. Es war ein fester Griff, mit dem er sich abstützte und seinen eigenen Körper stillhielt. Mit Daumen und Zeigefinger zog er Ober- und Unterlid auseinander und fixierte den Augapfel.

»Zwei.«

Er nahm den Elfenbeingriff zwischen Daumen, Zeige- und Mittelfinger der Rechten, so wie seine Schwester ihre Pinsel hielt, und zog die Stahlnadel durch den Mund, damit sie besser glitt. Ohne das geringste Zögern führte er die Spitze zum Auge und stach sie gleich neben der Iris seitlich in das Weiße des Augapfels. Ratibor hielt Wort. Er blieb vollkommen reglos, nicht einmal seine Augenlider versuchten zu zucken.

»Drei.«

Langsam schob Tugomir die Nadelspitze weiter. Ratibors Wangenmuskeln spannten sich an, aber das war alles. Als die Spitze hinter der Pupille sichtbar wurde, hielt Tugomir an.

»Vier.«

Jetzt kam der schwierigste Teil: Mit der Nadelspitze musste Tugomir den Schleier erfassen, etwa so wie man mit der Dolchspitze ein Stück Braten von einer Fleischplatte aufspießt, nur dass er hier mit den winzigsten der winzigen Bewegungen seiner Finger vorgehen musste. Aber es glückte, und als er den Schleier eingefangen hatte, drückte er ihn abwärts. Die Iris wurde wieder blau, und dieses Mal versuchten die Lider in der Tat, sich gegen den ungewohnten Lichteinfall zu schließen, aber Tugomirs Finger ließen es nicht zu.

»Fünf.«

Er hielt den Schleier mit der Nadel am Boden der Augenhöhle fest, damit er nicht wieder aufstieg. Niemand hatte ihm zuverlässig sagen können, wie lange er ihn dort fixieren musste. Tugomir ging kein Risiko ein und verharrte so lange, wie es dauerte, drei Paternoster zu beten, ehe er die Nadel genauso langsam aus dem Auge zog, wie er sie eingeführt hatte.

»Sechs.«

Er streckte die Hand mit der Nadel seitlich aus, und augenblicklich nahm Semela ihm das feine Instrument aus den Fingern und ersetzte es mit einem weingetränkten Stoffstreifen. Tugomir ließ Ratibors Lider los und legte ihm die Kompresse behutsam über beide Augen, hielt sie mit einem Daumen fest und fixierte sie mit einer zweiten, breiteren Stoffbinde, die er hinter dem Kopf des Patienten zusammenknotete. Dann ließ er ihn los.

»Sieben.«

Langsam glitten Ratibors Hände von den Knien, und er räusperte sich. Ansonsten hielt er weiter still, als wage er noch nicht, sich zu bewegen. »Ich konnte sehen«, murmelte er. »Bis du die Binde aufgelegt hast, konnte ich sehen. Mit *beiden* Augen, meine ich.«

»Ich weiß. Aber ob der Schleier wieder aufsteigt oder nicht, wissen wir erst morgen.«

Ratibor deutete ein Nicken an. »Noch nicht jubeln, ich weiß.«

So war es vorerst nur die Zuschauerschar, die in Jubel ausbrach und ausgelassen applaudierte. Ob es die Geschicklichkeit des Heilers oder die Tapferkeit des Patienten war, der sie Beifall zollten, war nicht auszumachen.

Tugomir stand auf und sagte zu der Menge: »Mehr gibt es hier heute nicht zu sehen. Wenn ihr Fürst Ratibor Respekt erweisen wollt, zerstreut euch.«

Ungewohnt willig gingen sie auseinander, bis nur noch Semela und Ratibors Krieger auf der Wiese vor der Halle standen.

»Wenn du mir gestattest, dich zu führen, bringe ich dich in eine abgedunkelte Kammer, wo du ruhen kannst«, bot Tugomir seinem Patienten an.

»Meinetwegen«, antwortete der, stand auf und wankte einen Moment.

Tugomir packte ihn beim Arm und wartete, bis Ratibor wieder sicher stand. Dann geleitete er ihn die wenigen Schritte zu seinem eigenen Gemach, das er zähneknirschend geräumt hatte. Er selbst würde in der Halle schlafen, Alveradis und der Junge sollten bei Dragomira unterschlüpfen. Blieb zu hoffen, dass Ratibors Auge schnell heilte …

»Halt. Einen halben Schritt vor dir steht ein Bett.«

Ratibor befreite seinen Arm mit einem ungeduldigen kleinen Ruck, drehte sich um und ließ sich nieder, während seine Hände hinter ihm nach der Bettkante tasteten. »Ich stehe in deiner Schuld, Fürst Tugomir«, sagte er ächzend und streckte sich auf dem Rücken aus.

»Nein«, widersprach der. »Du hast mir bereits gegeben, was ich wollte.«

»Trotzdem …«

»Lass uns morgen darüber streiten. Du musst dich ausruhen. Versuch, die Augen so wenig wie möglich zu bewegen.«

»In Ordnung.«

Die Tür knarrte, und Tugomir wandte den Kopf.

Egvina stand auf der Schwelle, einen Tonkrug in der Linken. »Dachte ich, Fürst Ratibor vielleicht könnte noch vertragen Schluck Wein.«

Ratibor zeigte ein breites Grinsen. »Bei einem so hinreißend vorgetragenen Angebot kann ich nicht widerstehen.«

Tugomir betrachtete die Prinzessin mit leicht zur Seite geneigtem Kopf. Auch Egvina hatte in der Schar der Zuschauer gestanden, wusste er, und als sie den Blick jetzt auf den Mann richtete, der mit verbundenen Augen auf dem Bett lag, malte sich das Koboldlächeln auf ihrem Gesicht ab, das Tugomir lange vermisst hatte.

Im Vorbeigehen legte er ihr kurz die Hand auf den Arm und bemühte sich, nicht zu grinsen, als er sie ermahnte: »Vergiss nicht, dass er möglichst *ruhig* liegen sollte.«

Egvina von Wessex hielt den Blick auf den Wein gerichtet, den sie aus ihrem Krug in einen Becher schenkte, und antwortete: »Ich lasse mir etwas einfallen, sei unbesorgt.«

Meißen, Juni 940

»Prinz Henning!« Markgraf Gero stand von seinem Platz an der hohen Tafel auf. »Sei willkommen auf der Burg am Ende der Welt.« Ein Lächeln erschien in seinem graumelierten Bart, aber die Augen blieben kalt, ihr Blick undurchschaubar.

»Hab Dank, Gero.« Henning sah sich verstohlen um, während er näher trat. Hier war es geschehen, wusste er. Dreißig slawische Fürsten waren in dieser Halle ermordet worden. Oder *dahingemetzelt*, das traf es wohl besser. Ihr Blut hatte das Bodenstroh rot gefärbt, ihr Geschrei die Schwalben im Dachstuhl aufgeschreckt. Natürlich sah man nichts mehr davon. Aber die Halle des Markgrafen war so eigentümlich leer und still, dass Henning sich fragte, ob Geros Gefolge sie mied, weil sie ein verfluchter Ort war und man sich hier drinnen gruselte. Und außerdem fragte er sich, ob die Waffen, die die Wände zierten, den ermordeten Slawenfürsten gehört hatten.

»Nimm Platz.« Einladend wies Gero neben sich auf die Bank. »Und lass uns einen Becher trinken. Es kommt nicht gerade oft vor, dass alte Freunde aus der Heimat uns hier besuchen. Freiwillig, meine ich.«

Von freiwillig kann nun *wirklich* keine Rede sein, dachte Henning verdrossen. Er umrundete die Tafel und setzte sich zu Gero.

Der schnipste mit den Fingern. »Komm her, Bürschchen, wie immer du heißt!«

Ein magerer Sklave kam eilig aus der kleinen Kammer, die hinten rechts von der Halle abgeteilt war, und verneigte sich.

»Met für meinen Gast und für mich. Beeil dich. Und wenn du uns den Met gebracht hast, holst du den Rest vom Biberbraten.«

Der Sklave verbeugte sich nochmals und wandte sich ab.

Es musste Freitag sein, schloss Henning. Er hatte irgendwie den Überblick über die verrinnenden Tage verloren. Freitags durften anständige Christenmenschen kein Fleisch essen, sondern nur Fisch. Da der Biber indes schwimmen konnte, zählte er dazu und war ein beliebter Freitagsbraten.

Henning wartete schweigend auf den Met und beobachtete seinen Gastgeber derweil aus dem Augenwinkel. Gero war mager geworden, fand er, wirkte geradezu ausgemergelt. Das war seltsam. Der Markgraf musste Mitte dreißig sein. Andere Männer von Stand setzten in diesem Alter ein wenig Fett an. Das war nur normal – man bewies der Welt damit, dass man genug Land und Silber besaß, um sich jeden Tag satt zu essen. Ob er krank war?

Die Stille in der Halle fing an, Henning auf die Nerven zu gehen. Als der Met endlich kam, hob er dankbar seinen Becher. »Auf die Treue alter Freunde.«

Gero brummte, es klang beinah amüsiert, aber er stieß mit ihm an, ohne den Trinkspruch zu kommentieren.

»Deine Frau ist wohl, hoffe ich?«, fragte der Prinz in dem Bemühen, eine Unterhaltung in Gang zu bringen.

»Tot«, klärte Gero ihn auf. »Sie hat gekränkelt, seit wir hergekommen sind, und der letzte Winter hat ihr den Rest gegeben.« Sonderlich betrübt klang er nicht.

Trotzdem sagte Henning: »Das tut mir leid, Gero. Möge sie in Frieden ruhen.«

»Amen.« Der Markgraf nahm einen ordentlichen Zug und musterte seinen Besucher dann. »Ich wähnte dich in Lothringen, mein Prinz.«

Henning nickte, drehte den Becher zwischen den Händen und blickte versonnen hinein. Natürlich hatte er gewusst, dass dieser peinliche Moment der Wahrheit kommen würde, und er hatte sich lange überlegt, was er sagen sollte. Lange und *gründlich*. Manchmal hatte Henning das Gefühl, als hätten die Monate der Entbehrungen und Erniedrigungen ihn verändert. Und nicht in der Weise, wie die Welt vielleicht glauben mochte. Sie hatten ihn nicht geschwächt, im Gegenteil. Er fühlte sich gestählt. Mutiger, weil es nach dem schier endlosen Jammertal der letzten Monate nicht mehr viel gab, das ihm Angst machen konnte. Und geduldiger, weil er nichts mehr zu verlieren hatte.

Mit einem langmütigen Lächeln sah er auf. »Die Lothringer haben mich davongejagt.« Er hob die Schultern. »Das konnte ja nicht gut gehen: Erst verwüstet Otto mit seinen Panzerreitern ihr Land, verbreitet Angst und Schrecken, und dann setzt er ausgerechnet seinen Bruder als Herzog ein, ohne ihn mit der nötigen Macht auszustatten, um für Ruhe und Ordnung zu sorgen. Ich bin gescheitert, Gero, so wie der König es vorhergesagt hat. So wie er es *wollte*.«

»Du kannst ihm nicht ernsthaft einen Vorwurf daraus machen, dass er schlecht auf dich zu sprechen ist, nach allem, was du dir geleistet hast«, gab Gero unwirsch zurück.

»Nein, ich weiß.«

Gero hatte die unschöne Eigenschaft, auf einem Punkt herumzureiten, selbst wenn man ihm bereits zugestimmt hatte: »Du solltest froh sein, dass du mit heiler Haut aus der verdammten Sache herausgekommen bist, Henning. Mir ist einfach unbegreiflich, wie du so *dumm* sein konntest!«

Henning bohrte die verbliebenen Fingernägel in die Handfläche der Rechten, um sein mildes Lächeln intakt zu halten. »Aber ich zahle für meine Sünden, Gero, glaub mir.«

»So wie wir alle«, gab der Markgraf zurück. Glitt sein Blick dabei über die leeren Bänke seiner grusligen Halle? Henning war nicht sicher. War es möglich, dass es Gero selbst graute bei der Erinnerung an sein blutiges Gastmahl?

»Und wie geht es hier voran in deiner schönen Mark?«, fragte der Prinz und biss sich auf die Zunge, weil es zu fröhlich geklungen hatte, zu dick aufgetragen.

Gero schnaubte. »So wie es von Anfang an gegangen ist: Immer einen Schritt vor und zwei zurück.«

»Es kann nicht einfacher geworden sein, seit du das Havelland an die Kirche verloren hast«, bemerkte Henning – so beiläufig wie möglich.

Aber Gero winkte ab, während er den Becher wieder an die Lippen führte. Er nahm einen Schluck, wischte sich dann mit dem Handrücken über die Lippen und entgegnete: »Der König hatte schon ganz recht damit. Dieses Land ist so gottlos und barbarisch, du machst dir ja keine Vorstellung, mein Prinz. Ich habe keinerlei Hoffnung, dass diese Wilden hier sich je bekehren lassen. Aber sie müssen unterworfen werden, und vielleicht wird uns das gelingen, wenn Gott mit uns ist. Welchen besseren Weg könnte es geben, uns seiner Hilfe zu versichern, als das Land seiner Kirche zu geben?«

Das war ganz und gar nicht das, was Henning zu hören gehofft hatte, aber er ließ sich seine Enttäuschung nicht anmerken.

Der Sklave brachte eine Platte mit kaltem Biberbraten und Brot.

»Was hat so lange gedauert, du gottverfluchter Lump«, knurrte Gero und verpasste ihm einen Tritt, als der junge Mann sich schon wieder halb abgewandt hatte. Der Sklave verlor das Gleichgewicht und landete mit dem Gesicht in den Binsen am Boden. Dort blieb er reglos liegen, bis Gero befahl: »Verpiss dich!«

Der Junge sprang auf die Füße und floh.

Henning zückte seinen Dolch, spießte ein Stück Biber auf und biss ab. »Ein Daleminzer?«, tippte er kauend.

Gero schüttelte den Kopf. »Heveller. Ich habe mir ein paar von ihnen aus Spandau mitgebracht. Ursprünglich hatte ich vor, ihre Köpfe dem heimgekehrten Fürsten als Hochzeitsgeschenk auf die Brandenburg zu schicken. Aber das war, bevor ich erfahren habe, dass er meinen Vetter Asik als Geisel hält.«

Er sagte es leichthin, aber Henning sah, wie die altbekannte Zornesfalte sich über Geros Nasenwurzel bildete. Der Prinz frohlockte innerlich, weil Gero selbst das heikle Thema angeschnitten hatte, auf das Henning all seine Hoffnungen setzte.

Kopfschüttelnd murmelte er vor sich hin: »Ich kann mir einfach nicht erklären, was der König sich dabei gedacht hat, Tugomir deine Tochter zur Frau zu geben.«

Der Markgraf wandte langsam den Kopf, musterte ihn einen Augenblick und erwiderte dann: »Ich habe keine Tochter, Prinz Henning.« Er hatte die Stimme nicht erhoben, aber sein Gesicht hatte sich zu einer hasserfüllten Fratze verzerrt.

»Und dennoch, Gero. Der König hätte es nicht ohne dein Einverständnis tun dürfen. So wie die Dinge jetzt liegen, muss die Welt doch denken, die Heimkehr und Machtübernahme des Hevellerfürsten sei mit deiner Billigung geschehen. Und weil Tugomir deinen Vetter gefangen hält, kannst du nicht einmal zur Brandenburg ziehen und ihn zurechtstutzen. Du stehst vor deinen Männern da wie ein …« Er winkte seufzend ab. »Entschuldige.«

Gero wandte den Blick wieder ab und starrte vor sich hin. Sein Gesicht nahm einen bedenklichen Purpurton an, und in seiner Schläfe pochte ein Äderchen. »Glaubst du, ich merke nicht, was du im Schilde führst?«, knurrte er. »Wirst du denn nie klüger? Lauf zurück zu deiner Mutter, dieser *Natter*, und richte ihr aus, dass Markgraf Gero für ein Komplott gegen den König nicht zu haben ist.«

Früher hatte es Henning in Rage versetzt, wenn alle Welt glaubte, er tue keinen Schritt ohne den Rat oder die Billigung seiner Mutter. Den neuen, geläuterten Prinz Henning focht diese Unterstellung indessen nicht an. Achselzuckend aß er noch ein Stück Braten, kaute genüsslich und schluckte, ehe er antwortete: »Du ziehst die falschen Schlüsse. Mir würde nie in den Sinn kommen, dich zu einem Komplott gegen den König anzustiften. Ich weiß sehr wohl, dass du ihm bis in den Tod folgen würdest, treu wie ein Hund, ganz gleich, wie er dich mit Füßen tritt …«

»Sei vorsichtig, Henning.«

»… aber das muss nicht zwangsläufig heißen, dass du es tatenlos hinnimmst, wie er in deiner Mark schaltet und waltet, ohne auch nur die Höflichkeit zu zeigen, nach deiner Meinung zu fragen, oder?«

»Und was soll das schon wieder heißen?«

»Ich kann dir vielleicht helfen, Fürst Tugomir loszuwerden.«

Geros Körper wurde eigentümlich still. »Wie?«

»Ohne dass Otto auch nur Verdacht schöpft, du könntest irgendetwas damit zu tun haben.«

»Wie?«

Henning hörte Kinderstimmen von der Tür und wandte lächelnd den Kopf. »Sieh an, Siegfried und Gero! Was für Prachtkerle deine Söhne geworden sind.«

Die beiden Bengel, vielleicht zehn und sieben Jahre alt, betraten die Halle erst, als der große Mann im Kettenpanzer, der sie begleitete, ihnen die Hände auf die Schultern legte und ihnen einen aufmunternden Stups versetzte. »Nur zu, begrüßt den Gast eures Vaters.«

Mit gesenkten Köpfen kamen sie an die hohe Tafel und verneigten sich. Der Kleinere hatte eine blutige Nase.

»Willkommen in Meißen, edler Prinz«, sagte der Ältere ernst.

»Hab Dank, Siegfried«, gab Henning zurück und dachte flüchtig, wie ähnlich es Gero sah, seine Söhne nach seinem toten Bruder und nach sich selbst zu benennen. Wenn man dem Markgrafen eines nicht nachsagen konnte, dann war es ein Übermaß an Fantasie …

Der Begleiter der Jungen verneigte sich ebenfalls, wenn auch merklich knapper. »Prinz Henning.«

»Graf Erich«, gab der Prinz ebenso verhalten zurück. Erich von Calbe war rund zehn Jahre älter als er und schon mit Hennings Vater im Heer der Panzerreiter gegen die Slawen und Ungarn gezogen. Oder genauer betrachtet, war Erich vermutlich mit Geros Vater gezogen, dem alten Thietmar, und nach dessen Tod war die Verbindung zu dessen Söhnen eng geblieben. Durch besondere Nähe zu Otto hatte Graf Erich sich hingegen nie hervorgetan, und darum, erkannte Henning, gab es eigentlich keinen Grund, ihm mit Misstrauen zu begegnen.

»Wie machen sie sich?«, fragte Gero und wies mit dem Daumen auf seine Söhne, die ob seiner Frage wieder eilig die Köpfe senkten und nervös von einem Fuß auf den anderen traten. Man konnte die Bengel beinah bedauern. Henning erinnerte sich nur zu gut daran, wie er sich vor seinem Vater gefürchtet hatte, aber nicht *so*.

»Prächtig«, versicherte Erich grinsend und legte jedem der Jungen wieder eine Hand auf die Schulter. »Siegfried wird schon richtig gefährlich mit dem Schwert, und Gero ist so ein treffsicherer Bogenschütze, dass man argwöhnen könnte, er müsse einen Ungarn unter seinen Ahnen haben.«

»He!«, protestierte der kleine Kerl und fuhr sich mit dem Ärmel über die blutige Nase.

Die Miene des älteren Gero hellte sich auf. Er hieß seine Söhne, sich zu ihm zu setzen und von ihren Waffenübungen zu berichten. Während Henning ihnen zuhörte, fragte er sich, ob der Markgraf sein verlockendes Angebot schlichtweg vergessen hatte oder ob er eine Absicht damit verfolgte, ihn hinzuhalten.

Geros Hof war größer, als er angenommen hatte, stellte Henning am nächsten Morgen fest. Edelleute beiderlei Geschlechts versammelten sich nach der Frühmesse ebenso an der Tafel wie Geistliche und dienstfreie Wachen. Es wurde laut und lebhaft, und Henning war dankbar, dass die vielen Menschen mit ihrem Geplapper und Gelächter die Geister der ermordeten slawischen Fürsten aus der Halle jagten.

Nach dem üppigen Frühstück sprach der Markgraf Recht in seiner Halle, und Henning langweilte sich bald. Die meisten Fälle behandelten Streitigkeiten unter Geros Adligen um einen Acker, Fischteich oder ein Stück Wald. Der Ton der Kontrahenten war oft scharf, aber ihre Schwerter blieben in den Scheiden, und Gero legte beim Schlichten ihrer Differenzen eine Geduld an den Tag, die Henning überhaupt nicht an ihm kannte.

Nach einer Stunde des ewig gleichen Gezänks schlich der Prinz sich aus der Halle und ließ sich sein Pferd bringen. Es war ein herrlicher Junitag, noch nicht zu heiß, aber man spürte die Kraft der Sonne, und die laue Luft war von Sommerdüften erfüllt. Seit er im vergangenen Winter beinah an Kälte und Hunger zugrunde gegangen wäre, wusste Henning den Sommer höher zu schätzen als vorher.

Er ritt aus der Burg und an der Elbe entlang, bis er zu einer herrlichen Erle kam, die nahe am Ufer wuchs. Dort saß er ab, setzte sich ins Gras und wartete.

Seine Geduld wurde auf keine sehr harte Probe gestellt. Keine Viertelstunde war vergangen, und Henning hatte gerade erst begonnen, mit dem Dolch in einem Ameisenbau unter der Erle Panik und Verwüstung anzurichten, als ein Schatten auf ihn fiel.

»Graf Erich von Calbe«, sagte der Prinz, ohne von seinem Zerstörungswerk aufzublicken. »Welch sonderbarer Zufall, dass wir uns hier begegnen.«

Erich saß ab, band sein Pferd neben Hennings an einen Haselstrauch und trat zu ihm. »Es ist kein Zufall«, stellte er klar.

Henning schaute lächelnd zu ihm hoch.

Erich hatte die Arme vor der breiten Brust verschränkt: ein Krieger mit großen Händen und Keulenarmen, braunem, krausem Kopf- und Barthaar und blauen Augen voller Misstrauen. »Seid mir nicht gram, Prinz Henning, aber Euer unverhoffter Besuch in Meißen stimmt mich ein wenig … unbehaglich.«

»Wirklich?«

»Wirklich. Wenn es nicht zu vermessen ist zu fragen: Was führt Euch her? Was ist es, das Ihr von Markgraf Gero wollt?«

»Und wieso sollte Euch das etwas angehen?«

»Ihr tätet Euch selbst einen Gefallen, wenn Ihr mir antwortet. Ganz gleich, wie Euer Bruder, der König, ihn gedemütigt haben mag, Graf Gero wird sich niemals von Euch zu einer Intrige gegen den König verleiten lassen. Das … liegt einfach nicht innerhalb seines Vorstellungsvermögens, versteht Ihr. Er kann einfach nicht.«

»Ihr hingegen schon?«

Erichs Augen verengten sich. »Wie in aller Welt kommt Ihr darauf?«

Henning wandte den Blick ab, als hätte er jedes Interesse an ihm verloren, wählte eine aus der wimmelnden Schar der großen roten Waldameisen und trennte ihr mit der Dolchspitze den Kopf ab. »Weil ich Eure Geschichte kenne. Euer Vater hatte nur ein jämmerliches Landgut im Nordthüringgau, aber Eure Mutter brachte viel Land in die Ehe. Sie stammte aus Bayern, war, nebenbei bemerkt, der Herzogin, also der Mutter meiner Frau, in enger Freundschaft verbunden. Doch als mein königlicher Bruder in Bayern einfiel und das halbe Herzogtum den Reichsgütern zuschlug, verlort ihr euer Land in Bayern. Mit einem Mal wart ihr wieder bettelarm, und Euer Vater grämte sich zu Tode.« Er sah wieder auf. »Langweile ich Euch?«

Erich betrachtete ihn, als rechne er mit einem heimtückischen Schlag. »Mein Vater war steinalt.«

Henning hob die verstümmelte Rechte zu einer zustimmenden Geste. »Ihr fasstet den Entschluss, mit Gero nach Osten zu gehen und hier Euer Glück zu machen. Gero belehnte Euch mit einem Burgward im Havelland, und kaum hattet Ihr Euch dort eingerichtet, kam der König und schenkte Euer Lehen der Kirche. Und nun steht ihr wieder mit leeren Händen da.« Er schüttelte langsam den Kopf. »Gero mag Anlass haben, sich von Otto gedemütigt zu fühlen. *Ich* habe weiß Gott Anlass, mich von Otto gedemütigt zu fühlen. Aber *Euch* muss es vorkommen, als habe er es sich zum Zeitvertreib gemacht, Euch in den Staub zu treten. Wie fühlt sich das an, he?«

Erich zog die buschigen Brauen zusammen. »Und Ihr wollt das natürlich alles wiedergutmachen, nicht wahr?«, höhnte er. »Für wie närrisch haltet Ihr mich, Prinz? Ich soll Euch glauben, Euch sei an Recht gelegen? An Gerechtigkeit? Wo Ihr nie etwas anderes zustande bringt als Hader und Blutvergießen?« Er zeigte mit dem Finger auf die aufgescheuchten und zerstückelten Ameisen im Gras.

Henning steckte den Dolch weg. »Und was genau ist es, das König Otto zustande bringt?«, konterte er.

Erich begann, rastlos im Ufergras auf und ab zu laufen. »Es ist wahr, der König hat mir und den Meinen wenig Glück gebracht. Aber nicht aus Boshaftigkeit. Er hat uns einfach … übersehen. Der Bruder Eurer Frau war selbst schuld daran, was in Bayern passiert ist, der König hat nur getan, was er für sein Reich tun musste. Er ist Gottes Auserwählter …«

»Er ist ein Thronräuber«, fiel Henning ihm scharf ins Wort. »*Ich* bin Gottes Auserwählter, im Purpur geboren.«

»Seid Ihr das wirklich?«, fragte Erich verblüfft.

Henning nickte, den Blick gesenkt, als sei es ihm peinlich, mit seinem Geburtsrecht aufzuschneiden. Das Schweigen hielt einen Moment an, untermalt vom leisen Rauschen des Flusses und dem gelegentlichen Ruf eines Kuckucks in der Nähe.

»Ihr habt vollkommen recht, Erich«, sagte der Prinz schließlich. »Graf Gero würde sich niemals gegen Otto erheben. Aber er wird sich hier nicht mehr lange halten können. Ich habe doch vorhin mit eigenen Augen gesehen, wie seine Vasallen um das wenige zanken und feilschen, was der König ihm von seiner Mark gelassen hat.«

Wiederum nahm Erich den König in Schutz: »Es hat im Grunde gar nichts mit der Bistumsgründung zu tun. Dieses Land ist verflucht, sage ich Euch. Es ist zu wild und unbezähmbar, um es zu bewirtschaften, und die Slawen sind genauso: wild und unbezähmbar. Man kann sie nicht zu Hörigen machen und auf die Felder schicken. Sie lassen sich lieber abschlachten, als sich zu unterwerfen und Tribut zu zahlen. Wir bräuchten ein großes, stehendes Heer dafür.«

»Das Otto Euch aber nicht gibt, obwohl er genau weiß, wie die Dinge hier stehen. Er hat Geros Lage völlig aussichtslos gemacht und Eure genauso. Aber ich kann Euch nur helfen, wenn Ihr mir helft.«

»Schöne Worte«, entgegnete Erich abschätzig. »Aber worauf es hinausläuft, ist doch dies: Ihr wollt einen Verräter aus mir machen. Einen Verräter an meinem König.«

Mit einem Lächeln hob Henning die Schultern. »Nur Verlierer sind Verräter.«

Brandenburg, August 940

»Die Sachsen haben schon irgendwie recht, mit Treibern und Meute zu jagen«, murmelte Semela verdrossen vor sich hin. »Es geht viel schneller und bringt mehr Beute.«

»Darüber hinaus ist es feige und respektlos«, gab Tugomir zurück. »Und wenn du jetzt noch einmal den Mund aufmachst, kannst du die nächsten zwei Monate Hafergrütze essen. Damit du siehst, wie es ist, wenn einen das Jagdglück verlässt.«

Semela verdrehte die Augen, nickte aber reumütig.

Slawomir beachtete ihren Wortwechsel nicht. Er hockte auf der Erde, die Zügel seines Pferdes lose in der Rechten, und untersuchte den Waldboden auf Spuren. Dann saß er wieder auf und wies nach Südosten, wohin das Land sacht abfiel.

Sein Onkel war ein Jagdgefährte nach Tugomirs Geschmack – ganz im Gegensatz zu Semela. Slawomir war geduldig und listig, ein hervorragender Fährtenleser und ein guter Schütze.

Es dauerte nicht lange, bis sie den Hirsch fanden, der vermutlich in der Morgendämmerung auf dem Weg zu einer Wasserstelle war. Dieser Wald wimmelte förmlich von Hirschen. Tugomir stellte zufrieden fest, dass es richtig gewesen war, eine Schonzeit vom späten Winter bis zur Jahresmitte zu verhängen – eine sächsische Sitte, die bei den Hevellern auf wenig Gegenliebe gestoßen war. Wenn er Glück hatte, würden sie einsehen, dass der Erfolg ihm recht gab. Auch wenn sie das natürlich niemals offen eingestehen würden …

Slawomir und Tugomir saßen ab und ließen Semela bei den Pferden. Sie folgten dem Hirsch zu Fuß, den Wind im Gesicht und so lautlos wie Waldelfen. Ihre ahnungslose Beute fand im lichteren Gehölz zwischen jungen Buchen eine Quelle, wie sie hier allenthalben aus der Erde sprudelten, und begann zu saufen.

Die beiden Jäger hielten an. Für einen Moment führten sie die tätowierten Hände zusammen und neigten die Köpfe, um dem Hirsch ihren Respekt zu erweisen und ihm zu danken, dass er sein Leben gab, um ihr Volk mit seinem Fleisch stark zu machen. Dann nickte Tugomir Slawomir einladend zu. Als Fürst gebührte ihm das erste Jagdrecht, aber er hatte heute früh schon einen Schmalspießer erlegt, und er wusste, dass sein Onkel darauf brannte, sein Jagdgeschick zu beweisen.

Slawomir hob die kurze Wurflanze über die rechte Schulter und richtete den Blick auf den Waldboden, um nur ja auf keinen Zweig oder auf trockenes Laub zu treten, ehe er zwei langsame

Schritte vortrat und dann reglos verharrte. Genau in dem Moment, da der Hirsch sich sattgesoffen hatte und den Kopf hob, schleuderte der Jäger seine Waffe und traf ihn in die Brust. Die Vorderläufe brachen ein, und langsam ging der Hirsch zu Boden, selbst sterbend noch majestätisch.

»Großartig, Onkel«, befand Tugomir mit echter Bewunderung. »Ich fange an zu befürchten, dass du ein besseres Auge hast als ich.«

»Gräm dich nicht, Fürst«, gab Slawomir grinsend zurück. »Ich bin ein Greis von fünfundvierzig Sommern, und meine Augen werden von Jahr zu Jahr schwächer. Falls es so ist, wie du befürchtest, wird es also nicht mehr lange so bleiben.«

»Ah«, machte Tugomir. »Die Zeit arbeitet also ausnahmsweise einmal für mich, um meine Stellung zu wahren.«

Slawomir beugte sich über den Kadaver, stellte einen Fuß auf die Schulter und zog seine Lanze mit einem kräftigen Ruck heraus. »Ich glaube, um deine Stellung brauchst du dich nicht zu sorgen.« Er richtete sich wieder auf und sah seinen Neffen an. »Du machst deine Sache gut, Tugomir. Ich weiß nicht, ob ich dir das schon mal gesagt habe.«

Tugomir schüttelte den Kopf.

»Aber es ist so«, versicherte der Jarovit-Priester mit Nachdruck. »Die Heveller haben Respekt vor dir, obwohl du so lange fort warst und einen Glauben angenommen hast, dem sie misstrauen. Das hätte ich offen gestanden nie für möglich gehalten. Aber du hast sie … mit deinen Taten überzeugt, könnte man wohl sagen. Du hast uns die sächsischen Unterdrücker vom Hals geschafft. Die ständige Furcht vor ihren Heimsuchungen hat die Menschen hier niedergedrückt, und du hast ihnen neuen Mut gegeben. Obendrein hast du sie alle durch den Winter gebracht. Und du bist ein kluger Richter …«

»Hör auf!« Tugomir hob abwehrend die Linke. »Du machst mich verlegen.«

»Hm«, brummte sein Onkel. »Ich bin nicht der Einzige, der so denkt, weißt du. Godemir sagt das Gleiche, und auf ihn hören die Krieger. Du bist nicht nur ein besserer Fürst als Dragomir – was ja

800

nun kein großes Kunststück ist –, sondern du machst es auch besser als dein Vater. Am Tag deiner Ankunft hätte ich nicht geglaubt, dass ich das je sagen würde, denn ich habe meinen Bruder ... verehrt. Aber es ist die Wahrheit.«

Tugomir zückte sein Messer und machte sich an die Arbeit. »Erzähl das Tuglo«, schlug er vor, während er dem Hirsch den Hals von der Kehle bis zur Brust öffnete und Luft- und Speiseröhre herausschnitt.

Slawomir seufzte vernehmlich, steckte die Finger zwischen die Zähne und pfiff, damit Semela wusste, dass die Jagd beendet war und er die Pferde herführen sollte.

Als der Daleminzer bei ihnen eintraf, war es hell geworden, und der Hirsch lag ausgeblutet und ausgenommen im Farn. Häuten und zerlegen wollten sie ihn auf der Burg, denn dort hatten sie besseres Werkzeug, und außerdem war es einfacher, die Beute in einem Stück zu transportieren.

»Fass mit an, Semela«, forderte Tugomir ihn auf, und mit vereinten Kräften hoben sie den Hirsch auf und hievten ihn neben dem Schmalspießer auf den Rücken des Lasttieres. Tugomirs edles Pferd schnaubte und schüttelte die gewellte Mähne, weil der Geruch von Blut und Eingeweiden es nervös machte, aber das stämmige Maultier blieb die Ruhe selbst.

Semela klopfte ihm den Hals. »Du bist ein Bursche nach meinem Geschmack«, verriet er ihm. »Kein verzärteltes Prinzlein.«

Slawomir stemmte die Hände in die Seiten und betrachtete ihn kopfschüttelnd. »Du bist ein seltsamer Krieger, den es nicht nach einem edlen Ross wie diesem hier verlangt, mein Sohn.«

»Ich bin überhaupt kein Krieger«, klärte Semela ihn auf. »Erst war ich der Sohn eines Fischhändlers, dann war ich ein Sklave, und heute versuche ich, ein Heiler zu sein. Aber kein Krieger.«

»Warum nicht?«, fragte Slawomir amüsiert und saß auf. »Das eine schließt das andere doch nicht aus.«

Semela folgte seinem Beispiel, den Zügel des Maultiers in der Linken. »Es hat sich nie ergeben. Und es hat mich auch nie dazu gedrängt.«

801

Tugomir schwang sich in den Sattel seines geliebten Schimmels. »Widukind erzählt mir, du lernst lesen? Wenn du nicht aufpasst, macht er noch einen Priester aus dir.«

Semela hob grinsend die Schultern. »Wer weiß. ›Alle Priester fühlen sich berufen, hinter dem Thron ihres Fürsten zu stehen und ihm einzuflüstern, was er tun soll‹, hast du einmal gesagt. Ich glaube, das könnte mir gefallen.«

»Das will ich mir lieber gar nicht vorstellen …«, raunte Tugomir seinem Pferd zu.

Sie machten sich auf den Rückweg. Der Wald hallte vom vielstimmigen Gesang der Vögel, die den neuen Tag begrüßten, und die Morgensonne überzog die Braun- und Grüntöne mit einem mattgoldenen Glanz.

Als die Jäger ans Ufer der Havel zurückkamen, überquerten sie den Fluss mit zwei Flößen und führten die Pferde durch das weit geöffnete Tor in die Vorburg.

Auch die Brandenburg war inzwischen längst erwacht. Ein paar Langschläfer saßen noch beim Frühstück, doch die meisten Männer waren längst in ihren Werkstätten oder draußen vor den Burgtoren bei der Arbeit, während die Frauen sich vor ihren Hütten zu schaffen machten, Körbe flochten, nähten oder spannen und die Kinder hüteten.

Bei einer von ihnen hielt Tugomir an. »Schick mir gegen Mittag einen deiner Söhne, Mila. Ich habe einen jungen Hirsch für euch.«

Sie nickte. »Ist gut.«

Mila war vor einer Woche verwitwet. Ihr Mann war sternhagelvoll zum Fischen auf die Havel hinausgefahren, über Bord gefallen und ertrunken. Nun stand Mila allein da mit einem halben Dutzend Kindern, von denen keines alt genug für schwere Arbeit war. Also oblag es dem Fürsten, sie zu versorgen. Mila bedankte sich nicht, und ihr Dank hätte ihn auch befremdet, denn er gab ihr nur, was ihr zustand. Ganz anders als bei den Sachsen, gab es bei den Hevellern keine Bettler.

Die Jäger brachten ihre Beute in die Hauptburg, wo wie so oft eine Zuschauerschar zusammenströmte, um die Verarbeitung der erlegten Tiere zu begutachten und wortreich zu kommentieren.

Mit einem Beil trennte Semela die Läufe vom Rumpf und erntete für seine sauberen Schläge beifälliges Gemurmel. Dann breitete sich gespannte Stille aus, während Tugomir die beiden Tiere häutete. Kein einziger Fehlschnitt unterlief ihm, und die Hirschfelle blieben intakt.

»Gut gemacht, Fürst«, lobte Bogumil, der Gerber, während er die blutigen Häute in zwei große Weidenkörbe legte. »Was soll es werden, Leder oder Fell?«

»Frag meine Frau«, bat Tugomir, denn die Verwaltung solcher Bestände oblag der Fürstin, und sie wusste besser als er, was sie brauchten. »Wo ist sie überhaupt?« Er schaute sich suchend um, als müsse Alveradis wie aufs Stichwort vor der Halle erscheinen. Doch das tat sie nicht.

»Ich habe sie heute noch nicht gesehen, Fürst«, sagte Rada gedämpft, die in seiner Nähe stand.

Tugomir wechselte einen Blick mit ihr und nickte.

So schnell es möglich war, ohne unwillkommene Neugier zu erregen, ging er zu ihrer Kammer, doch seine Befürchtungen erwiesen sich als unbegründet. Alveradis lag nicht fiebernd und halb besinnungslos im Bett, sondern saß draußen neben der offenen Tür auf einer kleinen Bank und studierte einen Brief.

Als sie ihren Mann kommen sah, ließ sie den Pergamentbogen lächelnd in den Schoß sinken. »Wie war die Jagd?«

Er beugte sich zu ihr hinunter, küsste sie und ergab sich einen Augenblick dem herrlichen Gefühl der Erleichterung, dass sie nicht krank war. Ihre Lippen schmeckten nach Brombeeren. »Einträglich«, antwortete er. »Und erregend.«

»Tatsächlich?«, fragte sie, ein mutwilliges Funkeln in den Augen.

»Sei versichert.« Es stimmte. Er verstand nicht so genau, woran es lag, aber wenn er Blut vergossen hatte, egal ob von Mensch oder Tier, wollte er danach immer eine Frau – vorzugsweise seine.

Sie gab vor, nicht zu bemerken, wie dringend sein Anliegen war, und wies mit einem Finger auf ihren Brief. »Egvina hat geschrieben.«

»Ah ja?«

Sie nickte, den Blick wieder auf ihre Lektüre gerichtet. »Ratibors Augenschleier ist nicht zurückgekehrt, aber sie sagt, er beklage sich, dass er mit dem Auge nur undeutlich sehen kann, was ganz nah vor ihm ist.«

Tugomir war nicht überrascht – so erging es allen, die sich diesem Eingriff unterzogen. Doch er schätzte es nicht sonderlich, wenn seine Heilerfolge in Zweifel gezogen wurde, und knurrte: »Schreib ihr, Ratibor kann gern wieder herkommen, und ich schlag ihm das Auge aus. Dann ist das Problem ein für alle Mal erledigt.«

Alveradis gluckste, schalt aber gleichzeitig: »Und schon bräche der Krieg zwischen Hevellern und Obodriten aufs Neue aus.«

Er nickte. »Viele hier würden sagen: Dann wären die Dinge wieder so, wie sie sein sollen.«

Alveradis hörte nur mit halbem Ohr zu. »Ach du meine Güte … Egvina ist guter Hoffnung!«

Tugomir setzte sich rittlings auf die Bank, schlang die Arme um seine Frau und zog sie zwischen seine Beine. »Und war Ratibor so höflich, sie zu heiraten, bevor er sie geschwängert hat?«, fragte er und nahm ihr Ohrläppchen zwischen die Lippen.

»Allerdings. Wenn es ein Mädchen wird, Tugomir …«

»Gott steh uns bei. Was für eine Schwiegertochter: halb Ratibor, halb Egvina.«

»Gott steh unserem armen Sohn bei, meinst du wohl«, widersprach sie und lachte. »Herrje, Tugomir, was machst du da?« Sie griff in die Schale neben sich und schob ihm eine Brombeere zwischen die Lippen. »Hier. Lass mir mein Ohr, sei so gut, ich möchte nicht so aussehen wie Hugo von Franzien.«

Sie las weiter, presste sich aber gleichzeitig mit einem kleinen Laut des Wohlbehagens an ihn, als seine Linke ihre Rippen aufwärtswanderte und schließlich über ihre Brust strich. Wie Alveradis sich verändert hatte seit ihrer Ankunft hier. Vor allem seit der Geburt des Jungen. Tugomir wusste, zum ersten Mal im Leben hatte sie das Gefühl, ihre Sache gut und richtig zu machen. Dorthin zu gehören, wo sie war. Aus dem unglücklichen, gebrechlichen und von Zweifeln gepeinigten Mädchen war eine Fürstin geworden, und es war geschehen, was er nie und nimmer für möglich gehalten hätte: Die Heveller hatten sie ins Herz geschlossen. Alveradis machte keinen Hehl daraus, dass sie hier glücklicher war als in ihrer alten Heimat, und ihr Enthusiasmus für das Havelland und seine Bewohner entwaffnete selbst diejenigen, die ihren Makel, Geros Tochter zu sein, ganz und gar unverzeihlich fanden. Und Tugomir fand dieses neue Selbstvertrauen, das seine Frau ausstrahlte, unwiderstehlich.

»Komm ins Bett«, flüsterte er in ihr völlig unversehrtes Ohr, doch plötzlich versteifte Alveradis sich in seinen Armen und schob seine Hände weg.

Irritiert hob Tugomir den Kopf. »Asik!« Im ersten Moment war er wütend, dass ausgerechnet seine verdammte sächsische Geisel diesen kostbaren Moment störte, doch er schluckte seinen Ärger herunter. »Was gibt es?«

Asik deutete eine Verbeugung an. »Verzeih die Störung, Fürstin.« Es klang steif. Vermutlich hatte er genau gesehen, was er hier unterbrochen hatte.

Doch Alveradis zeigte keine Verlegenheit. »Guten Morgen, Vetter«, grüßte sie.

Er hatte nicht mehr viel Ähnlichkeit mit dem geschundenen, halb verhungerten Sklaven, den sie hier vor einem Jahr vorgefunden hatten. Das Haar reichte ihm wieder fast bis ans Kinn, er trug ordentliche Kleidung und Schuhe. Dieses Land machte niemanden fett, denn es gab seine Früchte nur im Austausch gegen harte Arbeit her, doch war Asik nicht magerer als irgendein Heveller.

»Ich ... habe eine Bitte«, brachte er stockend hervor.

Alveradis erhob sich. »Entschuldigt mich. Ich habe Dragomira versprochen, heute Morgen bei ihr vorbeizuschauen.«

Dragomira hatte vor einer Woche eine Tochter zur Welt gebracht und erholte sich nur langsam.

Tugomir nickte seiner Frau zu und stand ebenfalls von der Bank auf. »Gehen wir ein Stück«, lud er Asik ein.

Seite an Seite schlenderten sie durch den sonnenbeschienenen Burghof, vorbei am Jarovit-Tempel, wo drei junge Priesterschüler dabei waren, die Farben der Götterbilder aufzufrischen, und weiter zu den Hütten entlang des Walls. Ein alter sächsischer Sklave, der hier schon während Tugomirs Kindheit als Zimmermann gearbeitet hatte, erneuerte einige morsche Türbretter. »Gott zum Gruße!« Er winkte fröhlich mit dem Hammer.

Als Tugomir die Stufen zum Wehrgang erklomm, sagte Asik in seinem Rücken: »Könnte ich doch so sein wie er …«

Oben angekommen, sah der Fürst auf die Havel und die weiten Wälder hinaus, wie immer. »Vermutlich gibt es niemanden im Umkreis von hundert Meilen, der dich so gut verstehen kann wie ich, Asik. Aber ich kann deine Bitte trotzdem nicht gewähren.«

»Das weißt du, ehe du sie gehört hast?« Es klang bitter.

»Du willst ins Kloster gehen.«

Seit im vergangenen Herbst ihre Kirche fertig geworden war, traf man Asik kaum noch irgendwo anders. Und Widukind war dabei, zehn Meilen havelaufwärts sein erstes Kloster zu gründen. Asik hatte von Anfang an großes Interesse an diesem Projekt gezeigt und mit Bruder Anselm, welcher der Prior werden sollte, stundenlang in der Halle gehockt und mit einem Stecken immer kühnere Baupläne in den Sand am Boden gezeichnet.

»Ist es nicht so?«, fragte Tugomir.

Asik überraschte ihn mit einem Grinsen. »Ich bin nicht aus dem Holz, aus dem man Mönche schnitzt, Fürst Tugomir. Ich wollte dich um deine Erlaubnis bitten zu heiraten.«

»Heiraten?« Tugomir fiel aus allen Wolken. »Wen?«

»Jarmila.«

»Oh.«

Tugomir war keineswegs entgangen, dass Dragomirs junge Witwe einer neuen Ehe nicht abgeneigt war. Aber er hätte eher auf seinen Vetter Nekras oder möglicherweise dessen Zwillingsbruder Dragan getippt, die nach einem Leben in vollkommener Eintracht mit einem Mal jeden Abend in der Halle eine Schlägerei anfingen.

Der Fürst rieb sich unentschlossen die Stirn. »Was sagt sie denn dazu?«

»Lieber heute als morgen«, zitierte Asik.

Tugomir nickte.

»Sie … na ja, im Grunde genommen ist sie in der gleichen Lage wie ich: Sie ist hier unter Fremden gestrandet.«

»Das ist nicht wahr. Ich habe ihr angeboten, sie zurück nach Hause …«

»Sie kann nicht nach Hause.« Asik schüttelte kategorisch den Kopf.

Tugomir unterdrückte ein Seufzen. »Ich will dich nicht beleidigen, Asik«, sagte er leise. »Aber sie ist eine redarische Prinzessin. Du bist eine sächsische Geisel. Wie soll ich das ihrem Vater erklären?«

»Ich kann nicht fassen, dass ausgerechnet du das zu mir sagst! Was genau warst du denn, als du der Tochter des mächtigsten sächsischen Grafen unter den Rock gekrochen bist?«

Tugomir verschränkte die Arme und musterte ihn. »Du hast eine sonderbare Art, dein Anliegen vorzutragen«, bemerkte er trocken. »Erst fällst du mir ins Wort, dann provozierst du mich. Bist du wirklich sicher, dass du meine Einwilligung willst?«

Asik schlug den Blick nieder und nickte. »Ich würde auch vor dir auf die Knie fallen und deinen Fuß küssen, könnte ich glauben, dass es etwas nützt.«

»Wirklich? Das habe ich an Ottos Hof gelegentlich gesehen. Ich habe mich immer gefragt, wie man sich dabei fühlt.«

»Als Darbringer oder Empfänger des Fußkusses?«

»Beides.«

»Soll ich?«

»Untersteh dich.«

Tugomir ließ den Blick noch einmal über sein geliebtes Havelland schweifen und dachte nach. Asik hatte natürlich recht: Seine Heirat mit Jarmila wäre nicht unerhörter als Tugomirs mit Alveradis. Ganz zu schweigen von Fürst Ratibors mit Prinzessin Egvina. Fast musste es einen verwundern, dass die Erde nicht erbebte …

»Graut dir nicht bei der Vorstellung, was dein Vetter Gero dazu sagen würde?«, fragte er schließlich.

»Und wie steht es mit dir?«, konterte Asik. »Frohlockst du nicht bei der Vorstellung, was mein Vetter Gero dazu sagen würde?«

Tugomir lachte in sich hinein. Dann erwiderte er kopfschüttelnd: »Er hat keine Macht mehr über unser Leben, weder deines noch meins. Darum bekommst du meine Einwilligung nicht seinetwegen. Aber du bekommst sie.«

Corvey, August 940

»Seid willkommen in unserem bescheidenen Gotteshaus, mein König.« Der Abt zeigte ein beinah zahnloses Lächeln.

Otto nahm ihn hastig bei den Schultern, um den alten Mann von einem Kniefall abzuhalten. »Habt Dank, Vater.« Er sah sich kurz in der kleinen, aber prächtigen Halle um, die am Westende der Klosterkirche lag, und dachte: *Bescheiden würde ich es nicht gerade nennen.* Die dicken Säulen, die das Westwerk trugen, hatten reich verzierte Kapitelle, und die Wände waren leuchtend rot bemalt. »Es ist immer eine Freude herzukommen«, bekannte er. Und es stimmte. Das Kloster zu Corvey war nicht nur wohlhabend und einflussreich wie kein zweites in Sachsen, sondern hatte dem König und seiner Familie immer besonders nahe gestanden. Otto schätzte Abt Volkmars politischen Rat, doch vor allem kam er her, wenn er einen Ort des Friedens und der Frömmigkeit suchte, eine Zuflucht, um dem Irrsinn der Welt und der Last, in ihr zu herrschen, für eine kleine Weile zu entrinnen.

»Die Königin ist bereits eingetroffen?«, fragte er.

Abt Volkmar wies nach rechts, wo eine Wendeltreppe im Turm aufwärtsführte. »Sie wartet oben.«

Otto nickte. »Ich bin froh, dass ich es noch rechtzeitig zur Messe geschafft habe. Die Straßen sind fürchterlich ...«

»Ja, es war ein nasser Sommer«, stimmte Volkmar zu. »Aber es hat der Ernte nicht geschadet, sagt unser Vogt, Gott sei gepriesen. Wir müssen keinen weiteren Hungerwinter fürchten.«

Das war allerdings ein guter Grund, um Gott zu preisen. Der letzte Winter war so furchtbar gewesen, dass der Hunger selbst in Magdeburg Einzug gehalten hatte.

»Ihr habt den Erzbischof von Mainz aus der Festungshaft entlassen, hörten wir?«, fragte der Abt.

Otto nickte. »Ich bin zuversichtlich, dass er uns keine Scherereien mehr machen wird. Franken ist gesichert, genau wie Lothringen. Das Reich kann dauerhaft nicht auf seinen wichtigsten Metropoliten verzichten, also habe ich Friedrich laufen lassen, damit er seine Arbeit tut.«

»Das wird er.« Ein amüsiertes Funkeln verlieh dem uralten, runzligen Gesicht des Abtes etwas Jungenhaftes. »Friedrich ist kein solcher Narr, wie er uns in der Vergangenheit oft glauben machte. Aber er ist … ein kleiner Feigling, fürchte ich. Ich erinnere mich genau, wie es war, als er hier die Schule besuchte: Er hatte solche Furcht vor manchen seiner Lehrer, dass sie ihn ganz kopflos machte. Vermutlich ist es ihm mit Eberhard von Franken ganz ähnlich ergangen. Aber er wird wissen, dass dies hier seine letzte Chance ist, sich zu bewähren, und er ist ehrgeizig genug, um sie nicht zu verspielen.«

»Das würde ich ihm auch raten«, brummte Otto.

Abt Volkmar schlug das Kreuzzeichen über ihm. »Lasst uns die Messe feiern, mein König, und später reden wir weiter. Ich habe Erstaunliches aus Lothringen gehört. Und aus Burgund.«

»Ich bin nicht überrascht, Vater«, gab Otto lächelnd zurück. »Niemand erfährt Neuigkeiten schneller als Ihr, scheint mir.« Er drückte Konrad von Minden seinen Helm in die Hand. »Vergewissere dich, dass die Pferde ordentlich versorgt werden.«

»Ja, mein König.« Konrad verneigte sich, wandte sich ab und verließ die dämmrige Halle.

Otto stieg die Treppe hinauf zur Königsloge. Sie war womöglich ein noch prächtigerer Saal als die Empfangshalle unten, die Wände mit kunstvollen Malereien verziert, die Szenen aus dem Leben des tapferen, listenreichen und standhaften Odysseus zeigten. Die Ostseite war mit einer Balustrade versehen und zur Kirche hin offen, sodass der König und sein Gefolge von hier die Gottesdienste verfolgen konnten.

Editha saß auf ihrem Platz neben dem leeren Thronsessel. Als sie Ottos Schritte hörte, wandte sie den Kopf und lächelte. »Mein

König.« Sie erhob sich und kam mit ausgestreckten Händen auf ihn zu. »Gott hat meine Gebete erhört und dich wieder einmal unversehrt zu mir zurückgeführt.«

Otto nahm ihre Hände, und weil sie sich in einer Kirche befanden, beschränkte er sich darauf, sie sittsam auf die Stirn zu küssen. »Unversehrt und mit guten Neuigkeiten«, raunte er ihr zu, aber ehe er ihr Näheres berichten konnte, fand er sich von seinen Kindern umringt.

Liudolf und Liudgard begrüßten ihn stürmisch wie üblich; Wilhelm war wieder einmal der Einzige, der sich dem geweihten Ort angemessen benahm. Aber der König verzichtete darauf, die beiden Jüngeren zu ermahnen, lauschte ihrem aufgeregten Geplapper mit halbem Ohr und schaute sich derweil um. Brun stand mit verschränkten Armen an eine der dicken Säulen gelehnt und zwinkerte ihm zu, als ihre Blicke sich trafen. Sonst war niemand zugegen. Er war allein mit seiner Familie, erkannte Otto und fragte sich, wie lange dieser selige Zustand wohl anhalten würde.

Es war das Fest der Himmelfahrt Mariens – einer der höchsten Feiertage des Kirchenjahres. Das Hochamt fiel dementsprechend festlich aus. Und lang. Der König hatte normalerweise nichts gegen lange Gottesdienste, schon gar nicht in einer so wundervollen Kirche wie dieser hier, und je mehr Weihrauch verbrannt wurde, desto besser, denn er liebte den schweren Duft. Doch er hatte seit Tagesanbruch im Sattel gesessen und noch nichts gegessen. Während der Wandlung begann sein Magen gänzlich unköniglich zu knurren, was ihm ein amüsiertes Stirnrunzeln seiner Gemahlin eintrug, wie er aus dem Augenwinkel sah. Grinsend biss er sich auf die Unterlippe, ohne den Blick vom Altar zu wenden.

Glücklicherweise war der alte Abt ein erfahrener und umsichtiger Gastgeber, der schon so manchen hungrigen König unter seinem Dach beherbergt hatte, und kaum waren die Mönche in feierlicher Prozession aus der Kirche gezogen, kam ein junger Novize die Treppe zur Königsloge herauf, gefolgt von einem halben Dutzend Dienern mit Platten und Krügen.

Der Knabe verneigte sich vor dem König. »Abt Volkmar würde sich glücklich schätzen, wenn Ihr und die königliche Familie und

Euer Gefolge ihm später beim Festmahl Gesellschaft leisten wolltet, mein König, aber er glaubte, Ihr wolltet vielleicht schon jetzt eine kleine Erfrischung nehmen.«

»Gott segne Abt Volkmar«, erwiderte der König, stibitzte ein Stück Schinken von einer der Platten und verschlang es, noch ehe er die Hände in die Waschschüssel steckte, die einer der Diener ihm hinhielt. Während er sich die Hände abtrocknete, fragte er den Novizen: »Wie heißt du, mein Junge?« Er wusste, der Abt hätte ihm keinen Knaben geschickt, wenn es mit diesem nicht irgendeine Bewandtnis hätte.

Der Junge senkte den Blick mit einem scheuen Lächeln, antwortete aber nicht ohne Stolz: »Mein Name ist Widukind, mein König.«

»Dann nehme ich an, wir sind Vettern? Der Name ist nicht gerade selten in der Familie meiner Mutter.«

Widukind nickte. »Die ehrwürdige Äbtissin von Quedlinburg ist eine Base meines Vaters«, erklärte er bereitwillig.

»Verstehe. Und wie lange bist du schon hier?«

»Zwei Jahre, mein König. Seit ich acht bin.«

Otto legte ihm einen Moment die Hand auf die Schulter. »Ich bin sicher, du wirst deinem Haus ebenso viel Ehre machen wie Gott. Was gefällt dir denn am besten am Kloster?«

»Das Scriptorium«, antwortete Widukind ohne jedes Zögern.

Wilhelm schaute interessiert auf.

Der König wies in seine Richtung. »Das ist mein Sohn Wilhelm, er ist ebenfalls der Kirche versprochen. Das Kopieren und vor allem das Illustrieren frommer Bücher ist auch seine Leidenschaft.«

Widukind schenkte Wilhelm ein strahlendes Lächeln, gestand dem König aber: »Kopieren ist nicht wirklich meine Sache, fürchte ich. Wenn es Gottes Wille ist, werde ich eines Tages ein ganz eigenes Buch schreiben.«

»Tatsächlich?«, fragte Otto. »Worüber denn?«

Der Novize hob die mageren Schultern. »Ich habe mich noch nicht entschieden. Vielleicht über Euch, mein König.«

Otto lachte. »Dann sollte ich mich wohl bemühen, einen guten

Eindruck bei dir zu hinterlassen. Komm und teile unser Frühstück, Vetter Widukind.«

»Ihr erweist mir große Ehre, aber ich muss Euch bitten, mich zu entschuldigen, sonst kommt der Bruder Cellerarius im Zorn über mich.«

»Das will ich unter keinen Umständen auf mein Haupt laden«, erwiderte Otto. »Also geh mit Gott. Ich werde mich gelegentlich beim ehrwürdigen Abt nach deinen Fortschritten erkundigen.«

Der pfiffige Novize dankte ihm und verabschiedete sich.

»Wortgewandt genug für seine ehrgeizigen Pläne ist er jedenfalls«, bemerkte Editha, wies die Diener an, ihnen Fleisch, Brot und verdünnten Wein zu servieren, und schickte sie dann fort.

Die Familie versammelte sich um den Tisch im hinteren Teil der Königsloge.

»Und?«, fragte Brun zwischen zwei Bissen. »Wie steht es in Lothringen?«

»Lass ihn erst einmal in Ruhe essen, Brun«, schalt die Königin, und an ihren Gemahl gewandt fügte sie hinzu: »Du bist dürr wie ein Schilfhalm.«

»Wirklich?« Otto sah prüfend an sich hinab. Er konnte keine Veränderung feststellen. »Nun, falls es so ist, tut es mir gut. Ich fühle mich großartig.« Was vielleicht weniger an seiner körperlichen Verfassung lag, sondern mehr am Verlauf der vergangenen Monate.

Um Editha einen Gefallen zu tun, stillte er jedoch erst einmal seinen ärgsten Hunger. Der Schinken, den Abt Volkmar ihnen hatte auftragen lassen, war himmlisch, das Brot frisch und deftig. Dann berichtete er: »Lothringen ist gesichert.«

Der westfränkische König Ludwig hatte in dem allgemeinen Durcheinander nach Hennings Sturz noch einmal versucht, das Herzogtum unter seine Kontrolle zu bringen. Er wollte sich wohl einfach nicht damit abfinden, dass seine Heirat mit Gerberga ihm keinen territorialen Gewinn eingebracht hatte. »Ludwig ist ein schwacher Feldherr und zu Hause im Westfrankenreich von zu vielen Rivalen und Feinden bedrängt. Er gab Fersengeld, als er uns kommen sah. Und es blieb ihm auch nichts anderes übrig, als mir den Jungen zurückzugeben.« Das war vielleicht der süßeste Honigtropfen an diesem Sieg: Gerbergas und Giselberts Sohn Heinrich, der rechtmäßige Erbe Lothringens, war nicht länger Ludwigs Geisel.

»Und wer herrscht nun über Lothringen?«, fragte Wilhelm.

»Ich habe den Sohn des Grafen von Verdun als Statthalter und Erzieher für Heinrich eingesetzt. Ein zuverlässiger Mann. Sein Name ist übrigens Otto«, schloss er lächelnd.

»Ah. Dann muss er ja gut sein«, frotzelte Brun.

»Genau«, pflichtete der König ihm bei. »Ich denke, wir können ganz zufrieden mit dem Verlauf dieses Sommers sein: Die Franken haben sich anstandslos untergeordnet. Wie es aussieht, sind sie überhaupt nicht besonders versessen auf einen neuen eigenen Herzog. Otto von Verdun sorgt in Lothringen für Ordnung. Berthold von Bayern kann ich nun nicht mehr mit Gerberga verheiraten, wie ich eigentlich wollte, aber er bekommt ihre Tochter. Und Hermann von Schwaben wird dein Schwiegervater, Liudolf. Tja, wie soll ich sagen …« Er breitete kurz die Hände aus.

»Das Reich ist befriedet«, murmelte Wilhelm. Es klang ungläubig und staunend.

Sein Vater trank einen Schluck und nickte langsam, während er den Becher wieder abstellte. »Das Reich, das mein Vater mir anvertraut hat, ist gesichert, du hast recht. Jetzt können wir uns um die Grenzen dieses Reiches kümmern. Um Burgund, zum Beispiel.«

»Ach, du Schreck«, sagte Brun in die verwunderte Stille hinein. »Was habt Ihr jetzt wieder vor, mein König?«

Otto lächelte geheimnisvoll und wechselte das Thema: »Was macht Henning?«

»Er treibt sich herum«, gab Brun mit einem Schulterzucken zurück. »Im Frühsommer war er eine Weile in Westfalen, wo er noch ein paar Freunde hat. Dann war er vollends verschwunden, ehe er in Quedlinburg wieder auftauchte. Poppo glaubt, Henning sei so niedergedrückt von der Schande seines Versagens in Lothringen, dass er seinem gottlosen Ehrgeiz und Machtstreben endlich abgeschworen hat.«

813

Otto verzog spöttisch den Mund. »Kanzler Poppo wird alt, fürchte ich.«

»Vielleicht.«

»Von mir aus kann Henning seine Wunden lecken, wo immer er will, solange er es in Sachsen tut.«

»Und was ist nun mit Burgund?«, fragte Brun.

Der König trank einen Schluck Wein. »Konrad, der junge König von Burgund, hat mich um Schutz und Hilfe gegen Hugo von Italien gebeten, der seine gierigen Finger nach Burgund ausstreckt. Ich habe Konrad unter meine Lehnsvormundschaft genommen, und er hat mir einen Treueid geleistet.«

»Es ist bestimmt weise, Hugo von Italien in die Schranken zu weisen, denn die Machtgier dieses Mannes kennt keine Grenzen«, räumte Brun ein. »Aber bevor wir an Italien denken, müssen wir unseren Blick nach Osten richten, mein König.«

Otto seufzte. »Und ich Tor habe doch tatsächlich gehofft, mit euch frühstücken zu können, ohne schlechte Neuigkeiten zu hören. Ist es Gero?«

Brun nickte. »Seine Markgrafschaft kommt einfach nicht zur Ruhe. Das Havelland ist friedlich. Aber Geros Vasallen beklagen die Aufsässigkeit ihrer Slawen und das Ausbleiben von Tributzahlungen. Sie sind unzufrieden. Es gärt in der Ostmark, fürchte ich. Gero sagt, er braucht mehr Soldaten.«

Otto hatte ihm stirnrunzelnd gelauscht. »Das sagt er immer.«

»Ich weiß.«

»Du denkst, ich sollte die Panzerreiter über die Elbe führen?«

»Womöglich wäre es klüger, Gero abzusetzen und einen anderen Grafen zu ernennen, der die Mark befrieden kann«, warf Wilhelm ein.

Es kam so selten vor, dass er unaufgefordert das Wort ergriff, dass alle ihm zuhörten, wenn er es tat.

Editha schüttelte indessen den Kopf. »Du bist nicht der Erste, der diesen Vorschlag macht, Wilhelm. Doch dein Vater will nichts davon hören.«

»Das sollte uns nicht davon abhalten, es dennoch zu sagen, oder?«, gab er mit einem unerwarteten Lächeln zurück.

Otto betrachtete seinen Ältesten und dessen Stiefmutter. Wann war es geschehen, dass sie ihren Groll begraben hatten? »Es ist nicht so einfach, wie du denkst, Wilhelm«, sagte er.

»Dessen bin ich sicher«, räumte der Junge ein. »Aber jeder Tropfen slawisches Blut, den Graf Gero zu Unrecht vergießt, wirft einen Schatten auf die Zukunft von Slawen und Sachsen, die mein Onkel und Euer Cousin Widukind zu schaffen versuchen.«

Brun legte ihm mit einem stolzen Lächeln die Hand auf die Schulter. »Ich glaube, wir werden dich ziemlich vermissen, wenn du nach Utrecht zurückkehrst.«

Wilhelm sollte von Corvey aus die Reise zurück an die Domschule antreten. Brun hatte recht, ging Otto auf: Auch er hatte sich an die Anwesenheit des Jungen gewöhnt und würde ihn vermissen.

»Je schneller du erwachsen wirst, desto besser, mein Junge«, sagte er zu seinem Ältesten. »Wir haben erreicht, dass die weltliche Macht auf Männern unserer Familie ruht oder solchen, die uns familiär verbunden sind. Doch meine Meinung hat sich nicht geändert: Ein geeintes Reich braucht eine starke Zentralgewalt. Und dafür brauche ich die Kirche. Das heißt, ich brauche *dich*.«

»Auf mich könnt Ihr rechnen, mein König«, gab Wilhelm ernst zurück.

»Gut.« Otto angelte noch eine Schinkenscheibe von der Platte. »Und was wir mit der Ostmark machen, entscheiden wir im Frühling. Dieses Jahr fange ich keinen Krieg mehr an.«

Brandenburg, April 941

»Es fühlt sich seltsam an«, bekannte Dragomira, während sie die Füße in die Steigbügel führte. »Wieder nach Sachsen zu reiten, meine ich. Obendrein an den Hof.«

»Bleib hier, wenn es dir nicht geheuer ist«, sagte Widukind – nicht zum ersten Mal.

Tugomir vermutete, Widukind wäre es sogar lieber gewesen,

Dragomira hätte ihn allein reiten lassen. Der Bischof von Brandenburg musste am Hoftag anlässlich des Osterfestes natürlich teilnehmen. Die *Frau* des Bischofs hingegen sollte an einem Hof wie Ottos, wo die Gesetze der Kirche oberstes Gebot waren, lieber kein allzu herzliches Willkommen erwarten …

Aber Dragomira schüttelte ihren Dickschädel. »Ich kann reiten, wohin es mir beliebt, Bischof Widukind. Und wenn auch nur der kleinste Funken Hoffnung besteht, dass mein Sohn zu Ostern am Hof sein wird, wirst du mich nicht davon abhalten, ihn zu sehen. Ich bedaure, wenn ich dir peinlich bin, aber das hättest du dir früher überlegen sollen.«

Widukind wandte den Blick zum verhangenen Himmel, als bete er um Geduld.

Tugomir lachte in sich hinein. »Alsdann. Gute Reise.« Er versetzte Dragomiras stämmiger Fuchsstute einen aufmunternden Klaps. »Gott behüte euch dort drüben bei den barbarischen Sachsen.«

Alveradis hakte sich bei ihm ein. »Und führe euch gesund wieder zu uns zurück.«

Dragomira wandte sich im Sattel um, um sich zu vergewissern, dass die Amme mit der kleinen Gertrudis im Arm direkt hinter ihr ritt, dann winkte sie ihrem Bruder und ihrer Schwägerin zum Abschied zu und folgte Widukind und den Männern der Eskorte aus dem Tor der Hauptburg.

»Ich hoffe, die Königinmutter wird nicht gar zu abscheulich zu ihr sein«, sagte Alveradis besorgt. »Auch wenn der König ihr die Kontrolle über das Stift entzogen hat, ist in Quedlinburg doch niemand so mächtig wie sie. Und die Menschen dort vergöttern sie und folgen ihrem Beispiel.«

»Hm«, machte Tugomir unbestimmt. »Ich nehme an, meine Schwester wird mit ihr fertig. Darin hat sie schließlich jahrelange Übung.«

»Wohl wahr …«

Ohne Eile schlenderten sie zurück Richtung Halle. Der Tag war grau und windig, aber nicht kalt, und im Burghof war viel Betrieb. Auch hier waren die letzten Vorbereitungen für das große Frühlingsfest im Gange – nur dass es im Slawenland die Tagundnacht-gleiche war, nicht die Auferstehung Christi, die begangen wurde.

Tuglo, Godemir und die übrigen Priester hatten die Sterne be-fragt und den heutigen Tag als denjenigen ermittelt, da Licht und Dunkelheit genau gleich lang währen würden. Ostern hingegen war erst in drei Tagen. Nach dem Kalender der Christen war heute Gründonnerstag, und das stellte Tugomir, Alveradis und die übri-gen Christen auf der Brandenburg vor ein Problem: Für sie war es ein Tag des Fastens und der Buße, während die Heveller ein Fest feiern würden. Und Tugomir wusste, es würde ausschweifend sein.

»Nein, nein, ihr Taugenichtse, so geht das nicht!«, schimpfte Slawomir und eilte vom Eingang des Jarovit-Tempels hinüber zu der Stelle, wo die Priesterschüler Holz und Stroh aufschichteten. »So fällt uns das Feuer ja auseinander, ehe der Winter auch nur warme Füße bekommen hat. Ihr müsst die Scheite enger legen, die Strohlagen dazwischen müssen dicker sein. Und das Ganze muss viel höher werden! Na los, Vaclavic, du machst das doch nicht zum ersten Mal ...«

Tugomir wandte den Blick ab und nahm den Arm seiner Frau. »Lass uns ein Stück in den Wald reiten«, schlug er vor. »Vielleicht finden wir schon Weißdornblüten, das Frühjahr war so warm ...«

Alveradis blieb stehen und sah ihn kopfschüttelnd an. »Was genau ist es, das dich an diesem Fest so rastlos macht?«, fragte sie.

»Glaub mir, das willst du nicht wissen«, gab er trocken zurück. »Und wer behauptet, ich sei rastlos? Mein Vorrat an Weißdorn ist erschöpft, und ich habe hier drei Greise und ein altes Mütterchen mit schwachen Herzen, die ihn dringend brauchen, um es wenigs-tens noch bis zum Herbst zu schaffen. Wer will schon im Frühling sterben?«

»*Ich* behaupte, du bist rastlos«, beharrte sie. »Dabei zünden sie doch nur ein harmloses Feuer an, um den Winter zu verjagen, oder?«

»Richtig.« Im Tempel des Kriegsgottes kreiste die gesamte Ze-remonie des Frühlingsfestes um den Sieg über den Winter. Sie war ausgelassen und harmlos, und niemand wurde in diesem Feuer verbrannt. Dies war *nicht* die Hinrichtung seiner Mutter, schärfte er sich ein. Und trotzdem drängte es ihn zur Flucht …

Alveradis strich ihm über den Arm und drückte einen Kuss auf seine Schläfe. »Geh. Reite in den Wald und such deinen Weißdorn, ich bin sicher, davon wird dir besser. Aber ich bleibe lieber hier. Unser Palcik bekommt einen Zahn.«

»Ich schätze, er wird's überleben«, brummte Tugomir, wie immer eifersüchtig, wenn sie ihrem Sohn den Vorzug vor ihm gab.

»Bestimmt.« Ihr Lächeln war ebenso wissend wie unerbittlich. »Aber ich will ihn nicht länger als nötig bei Rada lassen.«

Tugomir machte Semela ausfindig, der sich bereitfand, ihn auf seinen Ausritt in den Wald zu begleiten – vorausgesetzt, dass ihm nicht wieder stundenlanges Stillschweigen auferlegt würde.

»Sei unbesorgt«, erwiderte Tugomir. »Ich denke nicht, dass Weißdorn so leicht die Flucht vor menschlichen Stimmen ergreift wie ein Hirsch.«

Kaum hatten sie die Havel überquert, fing es an zu nieseln. Die Bäume schlugen gerade erst aus, und das zarte, frühlingshelle Laub bot noch keinen Schutz vor dem Regen, der jedoch lustlos blieb und nachließ, als die Reiter nach gut zwei Stunden aus dem Wald ans Ostufer des langgezogenen Beetzsees kamen.

»Reite nicht zu nah ans Wasser«, warnte Semela. »Es ist ein zu schöner Tag, um einen Besuch deiner Vila zu riskieren.«

»Wenn sie mich aufsuchen will, findet sie mich auch.«

»Ja, ich weiß.« Semela sah auf den See hinaus. Der böige Aprilwind malte bizarre Muster auf die Oberfläche, hier und da dümpelten Enten in der Nähe des schilfbewachsenen Ufers, und das Wasser spiegelte die stahlgraue Farbe des Himmels wider. »Es erinnert mich an unseren heiligen See. Der Zlomizi ist kleiner, aber trotzdem.«

»Zieht es dich manchmal zurück in deine Heimat?«, wollte Tugomir wissen.

»Nein.« Semela wandte den Kopf und sah ihm ins Gesicht. »Sie ist verloren, Fürst. Ein für alle Mal. Ich träume hin und wieder von meinem Vater und meiner Schwester, von der Jahnaburg und dem heiligen See, und wenn ich dann aufwache und mir einfällt, wo ich bin … Dann klafft manchmal ein Loch in meiner Seele. Aber ich habe keinen Grund, mich zu beklagen. Dieses Leben hier ist besser als alles, was ich auf der Jahnaburg je hätte erhoffen können.«

»Wieso glaubt du das?«, fragte Tugomir neugierig. »Du wärst ein fahrender Händler geworden wie dein Vater, hättest den Sachsen Fisch und Pelze verkauft, und pfiffig, wie du bist, wärst du vermutlich wohlhabend und ein angesehener Mann geworden.«

»Hm«, machte Semela zustimmend. »Aber das Licht des wahren Glaubens hätte ich sicher nicht gefunden. Und Rada hätte vielleicht einen anderen geheiratet. Und alles, was du mir beigebracht hast …« Er klopfte auf den Sack voller Weißdornblüten, der vom Knauf seines hölzernen Sattels baumelte. »Nichts davon wäre mir je begegnet. Es war schrecklich, als Gero und Udo die Daleminzer abgeschlachtet haben. Es war … der schrecklichste Tag in meinem Leben. Aber wenn ich ehrlich bin, muss ich einräumen, dass es ebenso mein Glückstag war. Das ist es wohl, was Bischof Widukind meint, wenn er sagt, die Wege des Herrn seien unergründlich.«

»Das sind sie ganz gewiss.«

»Und was ist mit dir? Stellst du dir manchmal vor, wie dein Leben geworden wäre, wenn Otto und sein Vater sich damals vergeblich die Schädel an den Wällen der Brandenburg eingerannt hätten und unverrichteter Dinge abgezogen wären?«

Tugomir nickte.

»Und?«

»Im Gegensatz zu dir verschwende ich meine Zeit nicht mit der müßigen Frage, ob mein Leben besser oder schlechter verlaufen wäre«, gab Tugomir zurück – abweisend genug, hoffte er, um das Thema zu beschließen.

»Ah«, machte Semela lächelnd und ritt wieder an. »Ich hoffe für dich, dass du diese Lüge bei deiner nächsten Beichte nicht vergisst.«

Tugomir stieß dem Schimmel sacht die Fersen in die Seiten und folgte ihm. »Also schön«, gab er unwillig nach. »Dann lass es mich so sagen: Ganz anders als du bin ich nie in der Lage, mit dem zufrieden zu sein, was Gott mir beschert hat, und darum ist es mir unmöglich, auf besagte müßige Frage eine Antwort zu finden.«

»Und schon wieder eine Lüge«, erwiderte Semela kopfschüttelnd. »Du *bist* zufrieden, Tugomir. Und das ist kein Wunder, du hast allen Grund dazu. Nur ist dir der Zustand so unheimlich, dass du es dir niemals eingestehen könntest.«

»Was für ein Narr ich wäre, wenn das stimmte«, protestierte Tugomir.

Ganz entgegen seiner Gewohnheit hüllte Semela sich in beredtes Schweigen.

Die Wolken am Himmel wurden bedrohlicher, als sie auf die Brandenburg zurückkamen. Sie ließen die Pferde im Stall unweit des Tors und überquerten die Wiese auf dem Weg zur Halle, als Slawomir aus der Tür seines Hauses trat. »Ah, das trifft sich gut, Fürst«, rief er, als er sie kommen sah. »Kann ich dich einen Moment sprechen?«

»Natürlich.« Tugomir übergab Semela den Sack mit dem Weißdorn. »Wärst du so gut?«

Semela trug ihre Ausbeute zu einer der Hütten am Wall, die ihr Kräuterlager war, um die Blüten dort in einer der großen, flachen Holzkisten auszubreiten, welche sie zum Trocknen benutzten.

Tugomir folgte seinem Onkel in dessen großzügiges Haus zwischen Wall und Halle, das Tugomirs Wohnstatt in Magdeburg nicht unähnlich war: In einem Steinring auf der rechten Seite brannte das Herdfeuer, Tisch und Bänke standen in der Nähe. Der Rauch entwich durch ein kleines, rundes Loch im offenen Strohdach. Anders als in Tugomirs einstigem Haus war hier eine Schlafkammer mit einer Bretterwand vom Rest des Hauses abgetrennt, sodass der Priester und sein Weib für sich sein konnten, während ihr verbliebener Sohn und die Sklaven hier im Hauptraum auf Fellen am Boden schliefen.

»Setz dich«, lud Slawomir den Fürsten ein. »Dobra?«

Seine Frau stand am Herd, füllte zwei Becher aus einem dampfenden Topf über dem Feuer, rührte noch frische Kräuter hinein und trug sie zum Tisch. »Hier, mein Fürst. Trink ihn, solange er heiß ist.«

Tugomir rutschte auf die Bank und legte beide Hände um den heißen Tonbecher. »Hab Dank, Dobra.«

»Ich lasse euch allein.« Mit einem Lächeln schlüpfte sie hinaus und schloss die Tür. Tugomir sah ihr einen Augenblick nach. Er kannte sie kaum. In seiner Gegenwart war sie immer still und zurückhaltend, geradezu scheu. Aber Dragomira erzählte eine ganz andere Geschichte …

Slawomir setzte sich ihm gegenüber und hob ihm seinen Becher entgegen. »Auf das Ende des Winters.« Er nahm einen ordentlichen Zug.

Tugomir trank ebenfalls und offerierte die übliche Erwiderung: »Und eine reiche Jagd.«

»Wirst du zur Tempelzeremonie kommen?«, fragte Slawomir neugierig.

Der Fürst nickte ohne großen Enthusiasmus.

»Godemir hält es für wichtig«, bemerkte sein Onkel. »Damit die Heveller sehen, dass du auch den alten Göttern noch Respekt erweist.«

»Ja, das hat er mir auch gesagt. Und er hat recht. Was wolltest du mit mir besprechen?«

Slawomir trank nochmals aus seinem Becher. Es wirkte fast, als wolle er Zeit gewinnen. Dann gab er sich einen Ruck. »Es geht um unsere obodritischen Sklaven. Oder genauer gesagt, um die Heveller, die bei den Obodriten in Sklaverei leben. Hast du je daran gedacht, Fürst Ratibor einen Austausch vorzuschlagen?«

»Nein«, musste Tugomir bekennen. In den ungezählten Raubzügen, die Heveller und Obodriten in der Vergangenheit gegeneinander geführt hatten, waren viele Gefangene gemacht worden. Obodritische Sklaven waren auf der Brandenburg ebenso zahlreich wie sächsische. »Ich bin nicht sicher, ob das ein Thema ist, an das wir rühren wollen. Du weißt, wie heikel dergleichen werden kann. Im Handumdrehen gibt es Streit, wenn man versucht, den Wert von Menschen gegeneinander aufzurechnen.«

Das Feuer in seinem Rücken war unangenehm warm. Tugomir fuhr sich mit dem Ärmel über die Stirn und trank noch einen Schluck.

»Oh ja, ich weiß«, räumte sein Onkel ein. »Und ich denke genau wie du, dass wir den Frieden mit Ratibor nicht leichtfertig aufs Spiel setzen sollten. Aber Dobras Bruder wurde als Junge von Ratibors Vater verschleppt, und jetzt liegt sie mir mit der Sache in den Ohren, verstehst du.«

Tugomir nickte. »Ich werde darüber nachdenken«, versprach er.

Slawomir stützte die Ellbogen auf den Tisch und lehnte sich ein wenig vor. »Ich hatte gehofft … Na ja, ich dachte, heute Abend im Tempel wäre eine gute Gelegenheit, um anzukündigen, dass du Verhandlungen mit Ratibor aufnehmen wirst.«

Tugomir runzelte die Stirn. »Warum die Eile? Was sind ein paar Wochen, wenn dein Schwager schon sein halbes Leben bei ihnen ausharren musste?«

»Ich weiß«, Slawomir hob begütigend beide Hände. »Aber es gibt so viele, denen du eine große Freude damit machen würdest, und …«

»Ich werde auf keinen Fall falsche Hoffnungen wecken«, unterbrach Tugomir ihn, dem es überhaupt nicht gefiel, dass sein Onkel ihm mit einem Mal die Hand führen wollte, so wie die Priester es seit jeher so gern mit ihren Fürsten taten.

»Aber, Tugomir, du musst verstehen, welch eine schmerzhafte, offene Wunde das für viele ist. Wie soll der Frieden von Bestand sein, wenn sie nicht heilt?«

»Ich habe ja nicht gesagt, dass ich mich der Angelegenheit nicht annehmen will. Aber ich werde es dann tun, wenn *ich* den richtigen Zeitpunkt für gekommen halte, nicht eher. Und nun musst du mich entschuldigen.« Er stand auf. »Wir sehen uns im Tempel. Hab Dank für den Met.«

Er kam zwei Schritte weit, ehe seine Knie ohne jede Vorwarnung einknickten. Von einem Lidschlag zum nächsten war jegliches Gefühl aus seinen Beinen gewichen. Tugomir schlug hart auf den sandbestreuten Boden auf. »Was bei allen Göttern …«, murmelte er. Es klang verwischt, so als wäre er betrunken.

»Rate.« Die Stimme seines Onkels, der plötzlich mit verschränkten Armen über ihm stand, schien aus weiter Ferne zu kommen. »Ich bin sicher, es fällt dir ein, wenn du dir ein wenig Mühe gibst. Schließlich bist du doch ein unübertroffener Heiler, oder?«

Und er täuschte sich nicht. Tugomir brauchte nur einen Moment, dann wusste er es. »Schierling ...«

Slawomir nickte mit einem Lächeln, das ebenso anerkennend wie höhnisch war. »Na bitte.«

Tugomir kannte die Symptome: Taubheit in Armen und Beinen. Übelkeit, Muskelkrämpfe und Schluckbeschwerden würden als Nächstes kommen. Dann Atemnot. Und wenn das Gift sein Herz erreichte, war es vorbei. Nicht ohne ein gewisses Maß an wissenschaftlicher Neugier hatte er damals beobachtet, wie der Schierling bei Lothar und Walo wirkte. Und nun erlebte er, wie es sich angefühlt hatte ...

Er hatte noch ein wenig Gefühl in den Armen. Mühsam stemmte er sich in eine sitzende Haltung und lehnte den Rücken an die Bank, auf der er eben noch gesessen hatte. Dann sah er zu Slawomir hoch. »Warum?«

»Warum ...«, wiederholte sein Onkel und schnaubte. »Schon die Frage enthält die Antwort, Tugomir. Du willst wissen, *warum*?« Von einem Herzschlag zum nächsten war Slawomir wütend und trat ihn in die Rippen. »Ist dir nie der Gedanke gekommen, dass ich vielleicht ein besserer Fürst wäre als du?«, zischte er.

Tugomir war zur Seite gefallen. Er wollte sich wieder aufrichten, aber jetzt versagten auch seine Arme den Dienst. »Nein«, gestand er. »Ich hatte keine Ahnung, dass du den Thron wolltest. Ich habe dich immer für ... klüger gehalten.« Sand klebte an seinen Lippen. Aber er konnte nichts tun, um ihn abzuwischen.

»Du warst nicht der Einzige«, sagte Slawomir. »Als dein Vater, dieser jämmerliche Schlappschwanz, sich das Leben nahm, hätte es meine Stunde sein sollen. Aber niemand ist auch nur auf die Idee gekommen, mich zu fragen. Ehe Vaclavics Asche kalt war, war Dragomir Fürst.«

»Weil die Erbfolge es so vorschreibt«, brachte Tugomir nicht ohne Mühe hervor. In seinem Mund war zu viel Speichel, aber er konnte nicht schlucken. Obendrein war ihm speiübel, aber er konnte nicht würgen. Eine Körperfunktion nach der anderen ver-

823

sagte den Dienst. Nie zuvor hatte er etwas so Unheimliches erlebt. Es war grauenhaft. Wieder musste er an Lothar und Walo denken. Auch das war zur Tagundnachtgleiche passiert, erinnerte er sich. Und sie hatten verdient, was sie bekommen hatten. In seinem Fall war Tugomir nicht ganz sicher …

»Ah ja. Die Erbfolge«, Slawomirs Stimme klang grimmig. »Sie kam mir immer in die Quere. Ich wurde übergangen, und ein dummer, feiger Bengel wurde Fürst, weil das Gesetz es vorschreibt. Weil die Götter es angeblich so wollen. Tuglo hat nicht versäumt, das zu betonen, denn natürlich wollte er durch Dragomir über die Heveller herrschen. Was ja auch geschah – zum Schaden des Volkes. Dann kamst du und hast den Bengel erledigt, und was passiert? Hält auch nur irgendwer inne, ehe sie dich zum Fürsten machen? Weist auch nur einer meiner Tempelbrüder darauf hin, dass du die Götter verraten hast oder dass deine Mutter eine verfluchte *Hure* war und ihr schlechtes Blut in deinen Söhnen weiterwirken könnte? Dass ich die bessere Wahl sein könnte? Nein. Das Gesetz der Erbfolge wog mehr als alle Bedenken.«

»Und ich dachte, es war ein Gottesurteil …« Tugomirs Beine begannen zu zucken. Er spürte nichts von den Muskelkrämpfen. Er konnte sie nur sehen.

»Wie dem auch sei. Deine Herrschaft ist vorüber. Und ich werde es sein, der dir auf den Fürstenthron folgt.«

»Mein Sohn …«

»Wird heute sterben, genau wie du.«

Tugomir schloss die Augen. Wann würden die Lider den Dienst versagen?, fragte er sich. Er mobilisierte seine letzten Reserven, wollte seine Zunge mit der Macht seines Willens zwingen, zu gehorchen. Aber es war schwierig. Er bekam kaum noch genug Luft zum Sprechen. »Slawomir … tu das nicht. Ich bitte dich …«

»Das kannst du dir sparen.«

»Das Blut deiner eigenen Sippe …«

Slawomir lachte leise. »Oh, es wird nicht meine Hand sein, von der der Junge stirbt. Oder du. Weder ich noch irgendein anderer Heveller würde wagen, Hand an dich zu legen, denn alle wissen, dass die Götter dich lieben – warum, wird wohl immer ihr Geheimnis bleiben. Es war nicht genug Schierling in deinem Met, um dich zu töten. Ich hatte nie so großes Interesse an den Heilkünsten wie du, weißt du, aber auch ich habe dies oder jenes vom alten Dobromir gelernt. Ich war sehr vorsichtig mit der Dosis. Ich wollte dich nur unschädlich machen. Gleich wirst du einschlafen.«

Tugomir fürchtete, sein Onkel hatte recht. Seine Sinne begannen zu schwinden. Doch er kämpfte dagegen an. Die Furcht um das Leben seines Sohnes gab ihm Kraft, und er suchte nach einem Argument, das Slawomir von diesem Irrsinn abbringen konnte.

»König Otto wird nicht … tatenlos zuschauen.«

»Sein Nachfolger hingegen schon. Dein geliebter König Otto wird das Osterfest so wenig überleben wie du die Tagundnachtgleiche. Und sein Bruder hat keine Einwände gegen einen neuen Fürsten auf der Brandenburg.«

»Slawomir …« *Henning wird dich verraten,* wollte Tugomir sagen, aber er brachte es nicht mehr heraus. Ohne sein Zutun krümmte sich sein Körper zusammen, und jetzt zuckten nicht nur seine Beine, sondern die Arme ebenso.

Die Krämpfe hielten lange an. Oder zumindest kam es ihm so vor. Als sie endlich verebbten, hob er langsam den Kopf.

»Es wird jetzt nicht mehr lange dauern, Tugomir«, versprach sein Onkel lächelnd. »Aber ehe du davonschwebst, sollst du noch erfahren, wer es sein wird, der dich heute Nacht über den Großen Fluss schickt.«

Er ging zur hinteren Kammer, öffnete die Tür und winkte.

Eine hagere Gestalt folgte ihm in den Hauptraum und trat auf Tugomir zu.

Der Fürst konnte nur noch verschwommen sehen und erkannte den Neuankömmling erst, als der sich über ihn beugte. Er fragte sich, ob er Trugbilder sah – auch das konnte Schierling bewirken –, aber für den Fall, dass seine Augen ihn nicht täuschten, sagte er das Einzige, was ihn und die Seinen vielleicht noch retten konnte: »Sie wollen den König ermorden.«

Gero verzog das Gesicht zu einer hasserfüllten Fratze, die vielleicht ein Lächeln sein sollte. »Du erwartest nicht im Ernst, dass ich auch nur ein Wort glaube, das du faselst, oder?«

Dann trat er Tugomir ungehemmt gegen die Schläfe und erlöste ihn von seinem Entsetzen.

Allmählich kam er zu sich, viel langsamer als beim Erwachen aus dem Schlaf. Er war desorientiert, und sein Kopf hämmerte.

Er erinnerte sich an nichts, aber er wusste, dass irgendetwas ganz und gar nicht in Ordnung war. Es war dunkel. Halb saß, halb lag er mit den Händen auf dem Rücken im Gras, spürte Tau an den nackten Füßen. Irgendwie musste er die Schuhe verloren haben. Sein Oberkörper war zur Seite gesunken. Er richtete sich auf, und augenblicklich begannen seine Schultern zu schmerzen, doch erst als er aufzustehen versuchte, begriff er, dass er an einen Pfahl gefesselt war.

»Er ist wach.« Es war Tuglos Stimme, und als Tugomir sie erkannte, rückten ein paar Dinge zurück an ihren Platz. Er befand sich im Triglav-Heiligtum auf dem Harlungerberg. Slawomir hatte ihn verraten. Gero war gekommen, um ihn zu töten. Ihn und seinen Sohn. Und hier war der Ort, wo es geschehen sollte. Heute Nacht.

Tugomir stemmte den Rücken gegen den Pfahl, zog die Beine an, stellte die Füße ins Gras und zwang seine Knie, sich zu strecken. Es ging langsam, aber es ging. Als er stand, wurde ihm schwindelig.

Tuglo, Slawomir und Gero waren einen Schritt vor ihm aufgereiht und betrachteten ihn im Schein einer Fackel, die in der Erde steckte. Ihre Mienen waren konzentriert, aber auf unterschiedliche Weise: Tuglos Ausdruck war feindselig, Slawomirs triumphal und Geros – wie hätte es anders sein können – voller Hass.

»Welch seltsames Bündnis. Wer hätte gedacht, dass du je dazu herabsinken würdest, mit slawischen Barbaren gemeinsame Sache zu machen«, sagte Tugomir auf sächsisch.

Geros Faust war noch genauso schnell wie früher. Sie traf ihn knapp unterhalb des Jochbeins. »Je weniger du sagst, desto leichter wird dein Ende sein.«

Aber Tugomir wusste, dass Gero ihn anlog. *Nichts* würde leicht werden. Er spuckte ihm Blut und einen Zahn vor die Füße. »Mir ist egal, was du mit mir tust«, log er. »Doch ganz gleich, was geschehen ist, sie ist deine Tochter, Gero. Der Junge dein Enkel.«

Gero schlug ihn noch einmal. »Das sind sie nicht! Sie ist eine Hure, und er ist ein Bastard. Also können sie mir nicht angehören. Und das haben wir allein dir zu verdanken, denn du hast aus meiner Tochter ein läufiges Luder gemacht und ihr deinen Bastard eingepflanzt. Darum ist es nur angemessen, dass deine Götzen sie bekommen.«

Tugomir sah zu Tuglo und seinem Onkel und sagte auch zu ihnen: »Welch seltsames Bündnis.« Dieses Mal in seiner Muttersprache. »Dieser Mann hat bei seinem blutigen Gastmahl deinen Sohn getötet, Slawomir. Er hat die Heiligtümer der Götter geschändet. Und ich habe mit eigenen Augen gesehen, wie er die Daleminzer abgeschlachtet hat, unbewaffnete Männer und Frauen. Graut euch denn nicht vor dem, was ihr tut?«

»Du warst immer schon ein kluger Redner«, entgegnete Slawomir ein wenig gelangweilt. »Aber die Nacht verrinnt, und wir haben viel zu tun. Also lass es uns kurz machen, ja? Was du hier siehst, ist ein Zweckbündnis, keine Busenfreundschaft.«

Tugomir nickte langsam und sah über Slawomirs Schulter. Sein Blick wurde schärfer, stellte er fest. Jetzt konnte er erkennen, dass die Fackeln ein Oval im Innern des heiligen Hains bildeten. In der Mitte ragte das Standbild des dreigesichtigen Triglav auf, und die Priesterschaft des mächtigen Gottes hatte sich um ihn versammelt. Berauscht vom Göttertrank, hatten sie einander die Hände auf die Schultern gelegt und tanzten langsam und wiegend zu ihrem getragenen Gesang um das Bildnis ihres Gottes. Tugomir schätzte ihre Zahl auf ein Dutzend.

Und sonst war niemand hier. Weder Geros Eskorte, ohne die er todsicher nicht auf die Brandenburg gekommen wäre, noch Tugomirs Untertanen befanden sich im Triglav-Heiligtum.

»Wo sind die Heveller?«, fragte er.

»Im Jarovit-Tempel beim Frühlingsfeuer«, antwortete Slawomir. »Oder in deiner verdammten Kirche, so wie Rogwolod. Er ist der letzte Sohn, der mir geblieben ist, und nun verliere ich ihn an den Buchgott!«

Als Tugomir klar wurde, dass dieser Umsturz nicht mit der Billigung der Heveller vonstattenging, schöpfte er einen Funken Hoffnung. »Und was werdet ihr ihnen morgen früh erzählen?«

Slawomir konnte sich ein Grinsen nicht verkneifen. »Dass du dem Drängen deines … Schwiegervaters nachgegeben hast – seine Ankunft ist den Leuten nicht verborgen geblieben – und mit Frau und Kind zu deinem bequemen Leben und deinem Gott nach Sachsen zurückgekehrt bist. Gekränkt und aufgebracht von deinem Verrat, werden sie sich dankbar meiner Führung anvertrauen.«

Tugomir war sprachlos. Er biss hart die Zähne zusammen, um sich zu beherrschen. Aber er schaffte es nicht ganz und spuckte Slawomir ins Gesicht.

Das bescherte ihm eine Faust in den Magen. Tugomir krümmte sich hustend, blieb aber auf den Beinen.

»Und falls du gerade darüber nachdenkst, dass deine Daleminzer diese Geschichte niemals glauben werden und vielleicht jetzt schon auf der Suche nach dir sind, mach dir keine Hoffnungen, Tugomir«, knurrte Slawomir und wischte sich wütend mit dem Ärmel übers Gesicht. »Sie alle haben heute Abend einen Becher heißen Met von meiner Frau bekommen. Du kennst ja mein Spezialrezept. Und wer von ihnen morgen noch lebt und lästige Fragen stellt, bekommt eine Klinge zwischen die Rippen, verstehst du? Unter meiner Herrschaft werden Daleminzer hier nicht so willkommen sein wie unter deiner.«

Tuglo sah zum Himmel empor, und obwohl der immer noch wolkenverhangen war und selbst der mächtige Triglav-Priester keine Sterne sehen konnte, sagte er: »Bald Mitternacht. Der Gott will sein Opfer.«

Er trat zu seinen tanzenden und singenden Gefährten und murmelte ein paar Anweisungen. Der Ring löste sich auf und gab den Blick frei auf das, was er zuvor verborgen hatte: Keine zehn Schritte von Tugomir entfernt erhob sich vor dem Triglav-Standbild ein länglicher Quader, der etwa die Größe eines Tisches hatte. Er sah aus wie ein Altar, und in gewisser Weise war er das auch: ein Opferaltar. Ein Bett aus Feuer. Denn während der Tagundnachtgleiche wurde auch im Triglav-Tempel ein Feuer entzündet, aber hier ging es nicht darum, den Winter zu verjagen. Die Triglav-Priester beteten zu ihrem Gott um Fruchtbarkeit. Für ihr Volk, ihre Äcker, ihr Vieh und die Tiere des Waldes. Fruchtbarkeit bedeutete Leben, doch Leben spendete Triglav nur dann, wenn ihm Leben geopfert wurde.

Tugomir kniff einen Moment die Augen zu. Er hatte geahnt, dass dieser Tag kommen würde, seit seine Vila ihm an dem kleinen Waldsee erschienen war. Aber jetzt, da es so weit war, wusste er nicht, wie er es ertragen sollte.

Drei Gestalten traten aus dem Schatten der Eichen des heiligen Hains in den hellen Fackelkreis. Alveradis ging in der Mitte. Sie hielt Palcik, der sich in ihren Armen wand und erbarmungswürdig vor sich hin jammerte, so wie er es immer tat, wenn er zahnte. Zwei Männer flankierten Mutter und Kind. Der eine war ein junger sächsischer Soldat aus Geros Gefolge, und der andere war Asik.

Tugomir sah ihn kurz an, doch Asik brachte es nicht fertig, seinen Blick zu erwidern. Er hielt den Kopf gesenkt, die rechte Hand um Alveradis' Oberarm geklammert.

Tugomir schaute zu seiner Frau und seinem Sohn.

Alveradis' Augen waren riesig. Im Fackelschein wirkte ihr Gesicht wächsern und starr. Sie schüttelte den Kopf und öffnete die Lippen, um ihm irgendetwas zu sagen, aber kein Ton kam heraus.

Asik und der sächsische Soldat führten sie zu dem Scheiterhaufen und zwangen sie, sich auf die Strohschicht zu setzen, die die obere Fläche bedeckte. Dann traten vier der Priester hinzu, packten Alveradis an Armen und Beinen, streckten sie auf dem Rücken aus und fesselten sie an die vier Eckpfosten ihres schaurigen Lagers.

»Tugomir!« Es war ein Schrei der Angst und Verzweiflung, und Tugomir hatte das Gefühl, als bohre sich ein Eiszapfen in sein Herz.

Einer der Priester hatte ein Stück Seil übrig, mit dem er Palcik auf den Oberkörper seiner Mutter band.

Tuglo streckte die Hände über den gefesselten Opfern aus und legte den Kopf in den Nacken. »Siehe das Opfer, welches wir dir darbringen, Triglav, größter aller Götter! Erweise uns Gnade, nimm unser Opfer an und schenke uns Fruchtbarkeit!«

Der Hohepriester trat ein paar Schritte zurück und nickte seinen Untergebenen zu. Zwei von ihnen zogen Fackeln aus der Erde.

»Lasst sie brennen«, befahl Tuglo.

Die Priester traten mit erhobenen Fackeln vor.

Tugomir zerrte an seinen Fesseln und kämpfte mit aller Macht darum, sich zu befreien. Die Lederriemen schnitten in seine Handgelenke, aber sie gaben nicht nach.

Der erste Priester stieß die Fackel in den Scheiterhaufen.

Tugomir rammte den Hinterkopf gegen den Pfahl, dreimal, viermal, um sich den Schädel einzuschlagen oder den Pfahl umzustoßen – ihm war egal, was von beidem –, aber auch das wollte nicht gelingen. *Tu irgendetwas, Gott*, betete er. *Lass nicht sie dafür bezahlen, dass ich meinen Neffen getötet habe, ich flehe dich an.* Und als ihm einfiel, dass Gott von den Seinen Demut forderte, wandte er den Kopf und flehte statt Gott Gero an: »Lass das nicht zu. Irgendwo in dir muss ein Funke Barmherzigkeit für deine Tochter stecken, komm schon. Schneid ihnen wenigstens die Kehle durch …«

»Er hat recht, Vetter«, murmelte Asik mit belegter Stimme. »Sonst sind wir die Barbaren.«

Geros Blick war unverwandt auf den Scheiterhaufen gerichtet, Tugomir konnte nur sein Profil sehen. Die Wangenmuskeln hatten sich angespannt, und ein Äderchen pochte in seiner Schläfe. Nur einmal und ganz knapp schüttelte er den Kopf.

»Dann sei verflucht und fahr zur Hölle!« brach es aus Tugomir hervor. »Das wird Gott dir nicht vergeben!«

Der zweite Priester steckte den Scheiterhaufen auf der anderen Seite in Brand.

Alveradis lag so still, als hätte sie diese Welt schon verlassen, und gab keinen Laut von sich. Aber das würde sie, wusste Tugomir.

Gero an seiner Seite regte sich, verschränkte die Hände auf dem Rücken, als wolle er Tugomir imitieren, und befahl seinem Cousin: »Ich hab's mir anders überlegt. Binde ihn los, bring ihn rüber und lass ihn mit ihr und dem Balg brennen. Er trägt die Schuld an ihrem Schicksal, also soll er es auch teilen. Schnell, tu es, eh das Feuer zu hoch wird.«

Asik stellte sich hinter Tugomir und machte sich an den Knoten zu schaffen. »Alles voller Blut«, brummte er. »Das kriege ich nicht auf.«

Der junge Sachse reichte ihm ein Stück Seil. »Hier, leg ihm neue Fesseln an und dann zerschneide die alten.«

Das Feuer erklomm den ölgetränkten Scheiterhaufen rasch und hüllte ihn in Rauch. Palcik brüllte jetzt aus voller Kehle, ehe sein Geschrei in keuchendes Husten überging, aber die Flammen hatten ihn und seine Mutter noch nicht erreicht.

Die Priester hatten in sicherem Abstand Aufstellung um ihren Opferaltar genommen, wiegten sich rhythmisch und sangen wieder.

»Beeil dich, Asik!«, schnauzte Gero.

»Ja, Asik, beeil dich«, flüsterte Tugomir. »Bring mich zu ihnen und töte sie, eh sie brennen.«

Asik antwortete nicht. Endlich hatte er den Lederriemen von Tugomirs blutigen Handgelenken geschält, doch Tugomir spürte keine neuen Fesseln. Stattdessen fühlte er einen Messergriff in der Rechten, und dann hörte er Asiks Wispern gleich neben seinem Ohr: »Tu es selbst, Fürst.«

Tugomir war so überrascht und seine Knie so butterweich, dass er um ein Haar hingeschlagen wäre, als Asik ihm von hinten einen Stoß gegen die Schultern versetzte. Er taumelte vorwärts, dann rannte er, erreichte den Ring aus tanzenden Priestern, packte den ersten, dessen er habhaft wurde, von hinten am Gewand und schleuderte ihn mit Macht gegen den brennenden Opferaltar.

Der Priester landete mit dem Gesicht im Feuer und schrie. Seine berauschten Gefährten wichen zurück, blickten verwirrt um sich und blinzelten dümmlich wie Eulen im Sonnenschein.

In seinem Rücken hörte Tugomir Geros und Slawomirs wütende Protestschreie, aber er wandte sich nicht um. Er sprang auf den brennenden Scheiterhaufen, sah für einen Herzschlag in das von Angst und Schmerz gezeichnete Gesicht seiner Frau, beugte sich dann über ihre ausgestreckten Arme und durchschnitt die Stricke. »Halt den Jungen«, sagte er und hustete.

Alveradis schlang die Arme um ihr Kind und schrie auf.

Dicker, öliger Qualm hüllte sie ein. Durch eine Lücke sah Tugomir, dass Gero die Klinge gezogen hatte und ihm nachsetzte, aber Asik holte ihn ein und packte seinen Arm.

Die Flammen leckten an Alveradis' Fuß. Tugomir hörte ein heiseres Schluchzen, das offenbar aus seiner eigenen Kehle kam, landete mit einem Satz am Fußende des Scheiterhaufens im Gras und griff in die Flammen, um auch die Fesseln an ihren Knöcheln zu durchtrennen. Dann hob er sie mitsamt dem Kind von ihrem feurigen Bett, lief ein paar Schritte bis in den Schatten der ersten Bäume und stellte sie auf die Füße. »Kannst du laufen?«

Sie nickte. »Wohin?«

Gute Frage. Sie waren eine Meile von der Burg entfernt mitten im Nirgendwo, und er hatte die Brandwunden an ihrem Fuß gesehen. Sie würde weder weit noch schnell laufen können. »Runter zum Fluss. Versteck dich in Ufernähe im Wald.«

Kaum war sie unter den Bäumen verschwunden, als eine Hand auf seine Schulter fiel und ihn herumschleuderte. Gero stand mit erhobenem Schwert vor ihm und sah ihm einen Moment ins Gesicht, seine Miene jetzt entspannt, beinah heiter. »Das wird dich nicht retten. Und sie auch nicht.«

Er hob die Klinge, um sie ihm ins Herz zu stoßen, doch als sie niederfuhr, traf sie auf eine zweite, die unerwartet von links in Tugomirs Blickfeld aufgetaucht war.

Mit einem Knurren fuhr Gero zu dem jungen Soldaten herum, der so plötzlich und unerklärlich zwischen ihn und seinen Feind gekommen war. Kaum weniger verwundert betrachtete Tugomir seinen Retter, der nicht älter als sechzehn oder siebzehn sein konnte, aber schon einen Stiernacken vorzuweisen hatte. Und mit einem Mal erkannte er ihn.

»Du bist … Udos Sohn.«

Der Junge nickte, ohne den Blick von Geros Klinge zu wenden. »Und Ihr habt mir das Leben gerettet, Fürst. Ich war Euch was schuldig.«

»Dafür wirst du hängen, du Lump, und dein Vater wird krepieren vor Schande«, versprach Gero, trat einen Schritt zurück und hob die Klinge zum Angriff.

Tugomir wusste, er hätte dem Jungen das Schwert abnehmen und es jetzt und hier mit Gero austragen müssen – ein für alle Mal. Das Problem war nur, dass er sich kaum auf den Beinen halten konnte. Noch während er überlegte, was er tun sollte, stürzten sich drei der Triglav-Priester auf ihn und packten ihn bei den Armen.

»Bindet ihn und werft ihn ins Feuer«, befahl Tuglo ruhig. »Das Opferritual ist entweiht, und Triglav ist zornig. Irgendwer *muss* hier heute brennen.«

»Wie wär's mit dir?«, kam Semelas Stimme aus der Dunkelheit unter den altehrwürdigen Eichen, und im nächsten Moment strömten zwei Dutzend Heveller und Daleminzer mit gezückten Klingen ins Innere des Heiligtums, Semela vorneweg. Sie teilten sich auf. Eine Hälfte umringte die Priester, die immer noch in einer Traube nahe dem Scheiterhaufen zusammenstanden, zu entrückt, um den Ereignissen noch folgen zu können. Die übrigen stürzten sich auf Gero und Udos Sohn, packten und entwaffneten sie, und Semela hatte die Spitze seines Schwerts dem Hohepriester an die Kehle gesetzt. »Was meinst du, hm? Sagst du nicht gern, dass für das Wohl des Volkes kein Opfer zu groß ist?«

Tuglo stand so still wie eine der heiligen Eichen, seine Miene unbewegt. Überhaupt war die Szene im Triglav-Heiligtum mit einem Mal wie erstarrt. Die züngelnden Flammen, die den leeren Scheiterhaufen verzehrten, schienen das Einzige zu sein, das sich noch bewegte, ihr Knistern und Zischen die einzigen Laute.

Semela schaute zu Tugomir. »Soll ich?«

Der Fürst schüttelte langsam den hämmernden Kopf. »Fesselt ihn und seine Priesterschaft. Ich muss darüber nachdenken, was mit ihnen geschehen soll.«

»Und was ist mit ihm hier?«, fragte Dragan, der mit seinem Zwillingsbruder zusammen Gero gepackt hielt.

»Lasst ihn los«, antwortete Tugomir. »Bewacht ihn, aber rührt ihn nicht an.«

»Du willst ihn *leben* lassen?«, fragte Nekras ungläubig.

Tugomir ging nicht darauf ein. »Den Jungen gebt auch frei. Er hat mir das Leben gerettet.«

Anstandslos ließen die Männer Udos Sohn los, der sein Schwert aus dem Gras auflas und in die Scheide steckte, ehe er Tugomir zunickte.

»Wie heißt du?«, fragte der Fürst.

»Wido.«

»Also dann, Wido: Wo ist der Rest von euch?«

»Sie warten an der Schmiede in der Vorburg auf weitere Befehle.«

»Geh zu ihnen. Bei Tagesanbruch müssen sie die Brandenburg verlassen und den Fluss überqueren. Auf der anderen Seite sollen sie auf Markgraf Gero warten. Du kannst hierbleiben, wenn du willst, und mit mir nach Quedlinburg reiten. Der König wird dich und mich ebenso anhören wie ihn.« Er zeigte mit dem Daumen auf Gero, ohne ihn anzuschauen.

»Ja, Fürst.« Wido deutete eine Verbeugung an und wandte sich ab.

Falibors vier Söhne brachten Asik und Slawomir. »Wir wussten nicht genau, was wir mit ihnen tun sollen, Fürst«, erklärte Milegost, der älteste. »Dein Onkel wollte sich verdrücken, aber der Sachse hat ihn nicht gehen lassen. Was bei allen Göttern ist hier passiert?«

Tugomir sah sich außerstande, es zu erklären, und er hätte einen Sack voll Silber für einen Schluck Wasser gegeben. Seine Kehle war völlig ausgedörrt. »Hast du meine Frau gesehen?«, fragte er Semela.

»Sie kam uns entgegen. Dervan hat sie und den Jungen zurück zur Burg gebracht.«

»Und wieso bist du hier und nicht tot oder bewusstlos?«

Semela zeigte mit einer verächtlichen Grimasse in Slawomirs Richtung. »Sein Weib brachte uns Met in die Kirche. Aber ihrem Sohn gab sie keinen, und du warst verschwunden, seit du das Haus deines Onkels betreten hattest. Ich hatte ein mieses Gefühl und hab ihren Met nicht getrunken. Dervan und die meisten anderen auch nicht. Aber sie hatten die Kirche von außen versperrt. Es hat ein Weilchen gedauert, bis wir uns befreien konnten. Als wir schließlich draußen waren, bin ich zum Jarovit-Tempel und habe den Männern das Wenige gesagt, was ich wusste. Der alte Godemir hat genau die richtigen Schlüsse gezogen und uns hierhergeschickt.«

Tugomir schloss kurz die Augen. *Gott segne Godemir, sein Gott oder meiner, das ist egal.*

Er legte Semela für einen Augenblick die Hand auf den Arm. »Ich stehe wieder einmal in deiner Schuld.«

»Oh, ich weiß«, entgegnete der junge Mann mit einem geisterhaften Grinsen. »So viel kannst du gar nicht gutmachen …«

»Kommt«, sagte der Fürst zu den Umstehenden. »Lasst uns auf die Burg zurückkehren und überlegen, wie es weitergehen soll. Die Nacht verrinnt, und ich muss bald aufbrechen.«

»Du kannst nirgendwohin reiten«, widersprach Semela kategorisch. »Du hast Brandwunden an beiden Händen, du blutest am Kopf und siehst überhaupt ziemlich mitgenommen aus. Niemandem ist damit gedient, wenn du in Sichtweite der Elbe tot aus dem Sattel kippst. Und wenn du Slawomir und Tuglo jetzt auf die Burg zurückbringst, werden die Heveller sie in Stücke reißen. Dein Volk scheint doch ziemlich an seinem Fürsten zu hängen. Und an seiner Fürstin, ob du's glaubst oder nicht.«

Tugomir lächelte flüchtig. »Ich fürchte, wir haben uns missverstanden. Wenn ich sage, ›ich stehe in deiner Schuld‹, bedeutet das nicht, dass ich geneigt bin, deine Ratschläge anzuhören.«

Semela holte tief Luft, um zu widersprechen, aber ehe er Gelegenheit dazu bekam, sagte Dragan: »Du kannst jetzt nicht hier weg, Fürst. Die Heveller werden verwirrt sein, wenn wir zwei der mächtigsten Priester in Fesseln auf die Burg bringen. *Ich* bin verwirrt. Du musst uns sagen, was passiert ist und was mit ihnen geschehen soll.«

»Und mit diesem Drecksack hier«, fügte sein Zwillingsbruder hinzu, ruckte das Kinn in Geros Richtung und spuckte ihm vor die Füße.

Tugomir wechselte einen langen Blick mit Gero. *Fessel ihn an einen Karren und legt ein Eisen ins Feuer*, wollte er sagen. *Lasst*

835

uns sehen, wie ihm gefällt, was er anderen zugedacht hat. Prügelt mit einer brennenden Fackel auf ihn ein. Hackt ihm Zunge, Arme und Beine ab ...

Gero las all das in seinen Augen, aber er senkte den Blick nicht. Vielleicht war das das Schlimmste an Markgraf Gero von Merseburg: Er empfand nicht einen Hauch von Scham für seine Gräueltaten.

»Er wird mir im Tempel des Buchgottes einen Eid leisten und dann abziehen«, antwortete Tugomir seinem Vetter. »Oder er wird eine Hand verlieren und dann abziehen, das liegt ganz bei ihm. Aber wir müssen ihn laufen lassen.«

»Warum?«, fragte Nekras verständnislos.

»Weil er der Vater der Fürstin ist und ich das Blut ihrer Sippe nicht vergießen kann, sosehr er auch dazu einlädt. Und weil ich König Otto damit zu einem Krieg zwingen würde, den wir beide nicht führen wollen.« Noch einmal sah er Gero ins Gesicht. »Das bist du nicht wert.«

Quedlinburg, April 941

Nach der feierlichen Ostermesse versammelte der Hof sich in der Halle der Pfalz. Die Vorfreude auf das festliche Mahl war den Gesichtern anzusehen: Nach vierzig langen Tagen ohne Fleisch, Butter und Eier, ohne Wein und Naschwerk war die Fastenzeit nun endlich vorüber, und heute durfte geschlemmt werden. Als ersten Gang trugen die Diener regelrechte Berge von Pfannkuchen mit Speck und jungen Frühlingskräutern auf. Den dampfenden Platten entstieg ein himmlisches Aroma, und ein vernehmliches »Ahh!« war an den Tafeln zu vernehmen.

Der König schnitt sich ein unbescheidenes Dreieck aus dem Pfannkuchen auf seinem vergoldeten Teller, steckte es in den Mund, kaute, schluckte und seufzte glücklich.

Editha betrachtete ihn schmunzelnd. »Ich werde es nie müde, dir beim Essen zuzuschauen, mein König«, gestand sie ihm. »Du tust es wie alle anderen Dinge: mit Hingabe und mit ganzem Herzen.«

»Hm«, machte er zustimmend. »So soll es auch sein. Eine Krone zu tragen hat gelegentlich seine Schattenseiten. Also wieso nicht die schönen Dinge genießen, die sie einem beschert?«

»Das ist wahr.« Sie reichte ihm einladend den Pokal, den sie teilten.

Otto schüttelte den Kopf. »Später.«

Beide ließen den Blick über die versammelte Festgemeinde schweifen. Alle, wirklich *alle* waren dieses Mal zum Hoffest gekommen, um dem König ihre Ergebenheit und Verbundenheit zu bezeugen: Berthold von Bayern mit einem beachtlichen Gefolge aus Bischöfen und Grafen. Hermann von Schwaben hatte seine Sippe und sein halbes Herzogtum mitgebracht. Otto von Verdun, der amtierende Herzog von Lothringen war gekommen, der junge König von Burgund, Wichmann und Hermann Billung, Bischöfe, Äbte und beinah der vollzählige sächsische Adel.

Sogar Henning.

Er saß mit seiner Frau zwischen der Königinmutter und Brun an der hohen Tafel, schnippelte als Einziger in der ganzen Halle lustlos mit dem Dolch an seinem Pfannkuchen herum und sah allenthalben zu Erich von Calbe und den anderen Adligen aus der Ostmark, die an der unteren linken Tafel saßen.

»Nehmt noch einen Pfannkuchen«, lud Otto seine Mutter ein. »Ostern ist nur einmal im Jahr.«

Sie nickte. »Warum nicht. Das ist ein schönes Hoffest, mein Sohn. Du und ich waren in den letzten Jahren nicht immer einer Meinung, aber ich bin eine Magd Christi und der Wahrheit verpflichtet, darum muss ich gestehen: Du hast deine Sache gut gemacht.«

Otto zog die Brauen in die Höhe – verwundert und argwöhnisch ob dieser ungewohnten Anerkennung – und bedeutete den Dienern, Mathildis' Teller und Pokal aufzufüllen.

»Ja, es ist ein schönes Fest«, stimmte er ihr zu. »Nach so stürmischen Zeiten tut es gut, so viele vertraute Freunde hier versammelt zu sehen.«

Das Festmahl wurde ausgelassen. Am Spieß gebratene Ochsen wurden aufgetragen, frisches Weizenbrot, süße Mandel- und Honigkuchen, an der hohen Tafel gab es zusätzlich jede Menge Kleinwild in würzigen Saucen, und der Wein floss in Strömen.

Als die ersten der Gäste den Eindruck erweckten, als könnten sie womöglich in nächster Zeit ermattet von der Bank sinken, ließ der König sich den goldenen Becher füllen und erhob sich.

Geduldig wartete er, während Gespräche und Gelächter nach und nach versiegten. Als ihm schließlich alle Gesichter gespannt zugewandt waren, sagte er: »Freunde, Kampfgefährten und Ratgeber, habt Dank, dass Ihr alle nach Quedlinburg gekommen seid, um an diesem besonderen Ort, der Grablege meines Vaters, das Osterfest mit der Königin und mir zu feiern. Finstere Monate liegen hinter uns, Unrast, Verrat und Krieg. Ich will all denen meinen Dank aussprechen, die in dieser schweren Zeit an meiner Seite gestanden haben, und welcher Zeitpunkt könnte besser sein als dieser, um euch allen die Verlobung meines Sohnes, Prinz Liudolf, mit Ida, der Tochter Herzogs Hermann von Schwaben, zu verkünden.«

Tosender Beifall brandete auf, Becher wurden polternd auf Tischplatten geklopft und geleert.

Doch der König trank immer noch nicht. Er hielt den Becher weiterhin erhoben und fuhr fort: »Diejenigen unter euch, die auf der Seite der Verräter gestanden haben und heute dennoch den Weg hierher gefunden haben, sollen wissen: Euch ist vergeben.« Otto wandte sich langsam nach links. »Allen außer dir, Henning.« Den Blick auf seinen Bruder gerichtet, drehte er den Pokal in seiner Rechten um und goss den tiefroten Inhalt ins Bodenstroh.

Seine Mutter stieß einen kleinen Schreckenslaut aus und schlug die schmalen Hände vor Mund und Nase.

Henning kam langsam auf die Füße. »Was soll das heißen?«

Konrad, Hardwin und ein halbes Dutzend weiterer Panzerreiter, die hinter der hohen Tafel Wache gehalten hatten, traten einen Schritt vor. Sechs von ihnen bildeten einen Schutzschild um ihren König, zwei nahmen links und rechts von Henning Aufstellung.

»Was fällt euch ein?«, protestierte der Prinz wütend.

Otto sah zur rechten Seitentafel. »Fürst, Markgraf, wenn ihr so gut sein wollt?«

Die beiden Männer hatten reglos an ihren Plätzen gesessen und den einen oder anderen neugierigen Blick auf sich gezogen, weil sie die Gesichter im Schatten ihrer Kapuzen verbargen und weder am Essen noch am Wein Interesse zeigten. Als sie sich jetzt erhoben und die Kapuzen zurückwarfen, ging ein verwundertes Raunen durch die Halle, denn nie zuvor hatte man Fürst Tugomir vom Volk der Heveller und seinen Schwiegervater, Markgraf Gero, zusammen gesehen, ohne das nicht wenigstens einer von ihnen eine Waffe gegen den anderen gezückt hatte.

»Otto, was hat das zu bedeuten?«, fragte die Königinmutter, ihre Stimme diese Mischung aus Empörung und Furcht.

Der König sah kurz auf sie hinab, antwortete aber nicht.

Gero und Tugomir waren vor der hohen Tafel angelangt und neigten die Köpfe vor ihm. Ihre Bewegungen waren seltsam hölzern; man konnte sehen, wie sehr sie es hassten, hier Seite an Seite vor ihm zu stehen, und Otto wusste die Größe ihres Opfers zu schätzen. Ihre Feindschaft war tief und bitter und alt – nichts würde sie jemals überbrücken können. Dass sie dennoch gewillt waren, diese Feindschaft auch nur für einen Tag ruhen zu lassen, um sein – Ottos – Leben zu retten, hatte Editha zu Tränen gerührt.

Der König sprach zu seinem Bruder, als wären sie allein: »Letztlich verraten die Verräter sich immer selbst. Seit Monaten warst du so zahm und still, dass man manchmal kaum wusste, ob du bei Hofe warst oder nicht. Ich gestehe, das hat mich argwöhnisch gestimmt. Deswegen habe ich die besten und verlässlichsten meiner Panzerreiter gebeten, während dieses Hoffestes nicht von meiner Seite zu weichen, und wäre es nicht so traurig, hätte man fast amüsiert sein können über deinen unverkennbaren Zorn, dass es deinen Mordbuben einfach nicht gelingen wollte, mich allein anzutreffen. Ich fürchte, du warst reichlich plump.«

»Welche Mordbuben?«, fragte Henning aufgebracht, aber seine Stimme war belegt, und er war rot angelaufen. »Wovon zum Henker redet Ihr da?«

»Letzte Nacht weckte mich die Wache und berichtete mir, was

839

ich anfangs kaum glauben konnte: Markgraf Gero und Fürst Tugomir seien eingetroffen, um mir etwas von großer Wichtigkeit zu berichten. Und es stimmte. Seite an Seite standen sie vor mir, so wie jetzt. Tugomir hatte von einem hevellischen Priester erfahren, dass du meine Ermordung während dieses Osterfestes planst, Henning. Du hattest ihm den Fürstenthron versprochen, aber Tugomir wusste nicht, welche Gegenleistung du wolltest. Das wiederum wusste Gero. Als er Tugomirs Geschichte hörte, verstand er, was du letzten Sommer in Meißen gesucht hast: Verbündete für dein Komplott. Unzufriedene unter dem Adel der Ostmark, die mehr Land und Silber wollten, als ihre Besitzungen ihnen eingebracht haben. Der neue Fürst der Heveller sollte den Bischof von Brandenburg aus dem Weg räumen – deinen *Cousin* Widukind, Henning – und sollte das Havelland zwischen sich und deinen … Freunden aufteilen, sobald auch ich, dein *Bruder*, aus dem Weg geräumt bin und du die Krone trägst.« Er unterbrach sich, legte die rechte Hand um die linke Faust und drückte zu, bis er sicher sein konnte, seine Stimme wieder unter Kontrolle zu haben. »Nenn mir einen einzigen Grund, warum ich dir dieses Mal das Henkersschwert ersparen sollte.«

Hennings Gesicht, eben noch so leuchtend rot wie das eines ertappten Lausebengels, war mit einem Mal fahl. Der Prinz öffnete die Lippen, aber es dauerte einen Moment, ehe er herausbrachte: »Und das *glaubt* Ihr? Ohne jeden Beweis glaubt Ihr eine so hanebüchene Lügengeschichte?«

Otto sah zu Hennings Frau. Judith saß ganz still und mit gesenktem Kopf an ihrem Platz, und Tränen tropften in den Rock ihres kostbaren blauen Kleides. *Sie wusste es*, erkannte er. Er sah weiter zu seiner Mutter, die ganz im Gegensatz zu ihrer Schwiegertochter mit hoch erhobenem Haupt an der Tafel saß, wie das Standbild einer stolzen, würdevollen Königin. Als sie seinen Blick spürte, presste sie die Lippen zusammen, schaute ihn aber nicht an. Wie so oft wurde er nicht klug aus ihr. Er konnte nicht entscheiden, ob sie auch in dieser Intrige Hennings Komplizin gewesen war oder nicht.

»Ich habe Beweise, Henning«, antwortete der König. »Weil es

deinen Mitverschwörern nicht gelang, mir nahe genug zu kommen, um mich mit dem Schwert zu töten, hast du einem von ihnen gestern Abend befohlen, Pimpernell in den burgundischen Wein für die hohe Tafel zu mischen, damit der Wein mich vergiftet. Einer von deinen daleminzischen Sklaven hat es gehört und Fürst Tugomir berichtet. Der Krug ist noch voll, ich bin zuversichtlich, unser Kellermeister kann das Aroma von Pimpernell feststellen. Und natürlich können wir deinen Komplizen bitten, uns die Wahrheit zu sagen. Ist es nicht so, Erich von Calbe?«

Der junge Graf stand von seinem Platz an der Seitentafel auf. Er sah zu den beiden Panzerreitern, die mit blanken Schwertern auf ihn zu kamen, und erwiderte Ottos Blick dann voller Trotz. »Dafür müsstet Ihr mich lebend bekommen.« Er zog die Klinge.

Seine Sitznachbarn sprangen von den Bänken und machten eilig Platz.

Weil Erich von Calbe seine Ehre verloren hatte, stand ein ehrenvoller Kampf ihm nicht zu, und die beiden jungen Edelleute griffen ihn gleichzeitig an. Schweigend, mit ernsten Mienen verfolgte der Hof den Kampf, und das Klirren von Klinge auf Klinge war laut in der stillen Halle.

Editha, Liudolf und Liudgard hatten sich ebenfalls erhoben. Die Königin legte ihrer Tochter eine Hand auf die Schulter, machte aber keine Anstalten, ihr die Augen zuzuhalten. Und sie hatte recht, wusste Otto. Seine Tochter musste dies hier ebenso sehen wie sein Sohn.

Erich von Calbe war ein erfahrener und gefährlicher Fechter und schlug sich tapfer, aber gegen zwei hatte er keine Chance. Sein Gegner auf der linken Seite stieß ihm die Klinge in den Oberschenkel, der so wasserfallartig blutete, dass jeder wusste: Die Schlagader war durchtrennt. Der Verräter taumelte rückwärts, stieß gegen die hölzerne Wand der Halle, und dann gaben seine Beine nach. Halb saß, halb lag er im Stroh, den Rücken an die Wand gelehnt, warf einen Blick auf seine Wunde und schloss dann die Augen.

In der Halle war es so still geworden, dass man das Knistern der Scheite im Feuer hören konnte.

Erich von Calbe bekreuzigte sich und betete – so leise, dass man nur die Bewegung seiner Lippen sah.

»Das kann er sich sparen«, knurrte Konrad von Minden, hob die Lanze und sah fragend zum König.

Otto nickte.

Konrad kniff die Augen zusammen und nahm Maß. Keiner der Umstehenden ging in Deckung, denn ein jeder wusste, welch ein Meister im Lanzenwurf der junge Panzerreiter war. Konrad schleuderte seine Waffe, die Erich von Calbe genau ins Herz traf. Doch er sackte nicht zur Seite. Die Lanzenspitze musste in seinem Rücken wieder ausgetreten sein und heftete ihn an die Wand wie einen aufgespießten Angelköder.

Sieben weitere Männer, die in Erichs Nähe gesessen hatten, sprangen von ihren Plätzen auf und versuchten, die Tür der Halle zu erreichen. Aber Udo und die übrigen Wachen erwarteten sie dort, und die Verschwörer ergaben sich. Keiner von ihnen schien genug Mut zu besitzen, um wie Erich ein rasches, ehrenvolles Ende zu suchen. Lächerlich kleinlaut ließen sie sich entwaffnen. Udo nahm einem nach dem anderen die Schwerter ab, ohrfeigte sie links und rechts und spuckte sie an. Obwohl sie alle von adligem Geblüt waren und Udo nur ein Bauernsohn, ließ der König ihn gewähren, denn Hennings Komplizen hatten ihren Adel verwirkt.

So wie sein Bruder selbst.

Henning saß an seinem Platz, schaute unverwandt zu Erichs Leichnam hinüber und schüttelte langsam den Kopf.

Otto trat zu Tugomir und Gero und schloss erst den einen, dann den anderen in die Arme. Beide waren so angespannt und starr, dass es sich anfühlte, als umarme er Eichenstämme. »Ich stehe in eurer Schuld«, sagte er leise. »Ich weiß, dass ich euch nicht überzeugen kann, Frieden zu schließen, aber heute begehen wir die Auferstehung des Herrn, das höchste Fest der Christenheit. Darum bitte ich euch: Lasst euren Hader wenigstens für heute ruhen und schmaust und feiert mit uns an der hohen Tafel.«

Beide nickten knapp, wiesen mit einer abfälligen Geste auf den jeweils anderen und sagten wie aus einem Munde: »Aber nicht an seiner Seite.«

Otto wandte sich wieder zu seinem Bruder um.

Henning hatte sich gefasst. Er erwiderte seinen Blick mit schwer durchschaubarer Miene und erhob sich von seinem Platz. »Tut, was immer Ihr glaubt, tun zu müssen. Ich …« Seine Stimme versagte, er räusperte sich entschlossen und versuchte es noch einmal. »Ich sehe, dass ich geschlagen bin. Aber ich bereue nicht, was ich getan habe. Mein Kampf war gerecht. Ich wollte nur, was mit zusteht.«

Otto nickte langsam. »Und damit sprichst du dein eigenes Urteil, Henning. Schafft ihn fort«, befahl er den Wachen.

Unerwartet rüde packten sie den Prinzen bei den Armen und zerrten ihn auf die Füße.

Judith gab einen kleinen Schrei des Jammers von sich.

»Wartet noch einen Augenblick«, bat Mathildis, und auch sie erhob sich von ihrem Platz: eine Frau an der Schwelle des Greisenalters in einer schlichten Nonnentracht mit dunklem Schleier. Keine Krone auf dem Haupt, kein Ring an ihrer Hand, doch niemandem blieb ihre königliche Würde verborgen, und so zog der versammelte Hof erschrocken die Luft ein, als die stolze Königinmutter vor ihrem ältesten Sohn auf die Knie sank. »Ich bitte Euch um Gnade für meinen Sohn, mein König.«

Otto verschränkte die Arme und sah auf sie hinab. »Warum nur überrascht mich das nicht?«

»Was immer er getan hat, war nicht seine Schuld, sondern meine.«

Otto wusste nicht, ob sie damit auf die Umstände von Hennings Zeugung und Geburt anspielte oder auf ihre eigene Komplizenschaft mit ihrem Lieblingssohn, aber es spielte auch keine Rolle. »Vielleicht. Aber Ihr seid meine Mutter und die Äbtissin von Quedlinburg, darum kann ich schwerlich Euch den Kopf abschlagen. Es wird also seiner sein, der rollt.«

»Ihr habt jedes Recht dazu«, räumte sie ein, ihre Stimme geradezu unheimlich ruhig. Dann legte sie die Hände zusammen. »Und dennoch flehe ich Euch an, sein Leben zu schonen.«

Henning stand mit gesenktem Kopf einen Schritt zu ihrer Linken, einen dünnen Schweißfilm auf der Stirn, und der König wartete vergebens darauf, ihn sagen zu hören, sie solle aufhören, für ihn zu betteln und sich so unerträglich zu erniedrigen. Henning hatte offenbar keine Schwierigkeiten damit, ihren Anblick auszuhalten.

Otto tat sich schwerer.

»Zeigt Gnade«, bat seine Mutter.

»Das habe ich jetzt schon so oft getan«, antwortete er leise. »Aber es hat nichts genützt. Er hat nicht das Geringste daraus gelernt. Also, wie oft soll ich noch gnädig sein? Bis es ihm endlich gelungen ist, mich zu stürzen und zu ermorden und er die Krone trägt? Das ist es doch, was Ihr immer wolltet, nicht wahr? Und jetzt seid so gut und erhebt Euch.«

Mathildis blieb, wo sie war, senkte nicht einmal die flehend erhobenen Hände. »Das war es, was ich wollte«, räumte sie ein. »Aber es war der eitle und dumme Wunsch einer Mutter, die sich von der Liebe zu ihrem Sohn blenden ließ. Und ich schwöre bei der Gnade unseres wiederauferstandenen Erlösers, dass ich meinen Irrtum erkannt habe. Und bereue. *Ihr* seid der König von Gottes Gnaden. Somit kann Henning nicht König von Mathildis' Gnaden werden. *Ihr* seid es, dessen Herrschaft meine Gebete und die aller Kanonissen von Quedlinburg von nun an begleiten werden. Und darum bitte ich Euch in aller gebotenen Demut und Reue: Schont das Leben Eures Bruders.«

Otto schwieg und ließ sich Zeit mit seiner Entscheidung. Er kam nicht umhin, die Strategie seiner Mutter zu bewundern: Je tiefer sie sich demütigte, desto schwerer machte sie es ihm, an seinem Urteil festzuhalten. Und dennoch schuldete er es Gott und den Menschen, die seiner Herrschaft anvertraut waren, seine eigene Unversehrtheit nicht unnötig aufs Spiel zu setzen, indem er Henning am Leben ließ. Er dachte an Thankmar, der seine Revolte gegen Ottos Thron mit dem Leben bezahlt hatte. Er wusste genau, dass er selbst ihn in diese Revolte getrieben hatte, und er fragte sich, ob Gott wollte, dass er aus den Fehlern von damals lernte und den Bruder, der ihm geblieben war, noch einmal schonte, um ihnen beiden eine allerletzte Chance zu geben.

Er kehrte zu seinem Thronsessel zurück und nahm Platz, legte die Hände auf die Armlehnen und ließ den Blick einen Moment über die Gesichter schweifen, die ihm alle in gespannter Erwartung zugewandt waren. Einen Moment verharrte er bei Tugomir und Gero, und dann traf er seine Entscheidung.

»Ich weiß nicht, ob du in der Lage bist, eine allerletzte und unverdiente Chance zu schätzen, Henning, aber du bekommst sie. Allerdings erscheint es mir weise, dich bis auf Weiteres von mir fernzuhalten und sicher zu verwahren. Du wirst bis zur Hinrichtung deiner Mitverschwörer hier in Quedlinburg bleiben, denn ich möchte auf keinen Fall, dass du sie versäumst. Anschließend schicke ich dich in strenge Festungshaft. Nach Ingelheim.«

Mathildis bekreuzigte sich und stand auf. »Habt Dank, mein König«, flüsterte sie, und für einen Moment musste sie sich auf Liudolfs Schulter stützen. Vermutlich war es die Erleichterung, die ihre Knie weich machte.

Wie Otto erwartet hatte, wusste Henning sein Glück nicht zu schätzen. »*Ingelheim?*« Vielleicht hatte es entrüstet klingen sollen, aber es geriet dünn und ängstlich. Und das zu Recht. Ingelheim war eine wundervolle Pfalz am Rhein, die der große Karl hatte erbauen lassen, doch ihre Verliese waren berüchtigt. »Wie lange?«

»Solange es mir gefällt, Bruder«, antwortete Otto mit einem Lächeln. »Solange es mir gefällt, denn ich bin der König.«

Brandenburg, April 941

Auch Tugomir hatte Gericht zu halten, als er einige Tage später mit Widukind und Dragomira nach Hause zurückkehrte. So überstürzt war sein und Geros Aufbruch nach Quedlinburg gewesen, dass er vorher keine Zeit gefunden hatte, über das Schicksal derer zu entscheiden, die sich gegen ihn verschworen hatten und seine Frau und sein Kind bei lebendigem Leibe hatten verbrennen wollen.

Die Verschwörer waren derweil im Keller unter der Halle eingesperrt und streng bewacht worden – nicht nur, um ihre Flucht zu verhindern, sondern vor allem, um sie vor dem Zorn der Heveller zu bewahren, die Tag für Tag in Scharen aus der Vorburg und sogar aus den umliegenden Dörfern auf die Burg gezogen waren, um die Herausgabe der Verräter zu fordern. Manches Mal hätten sie ihre liebe Mühe gehabt, die Leute zu beruhigen und nach Hause zu schicken, hatte der alte Godemir Tugomir berichtet.

Tuglo hatte es tief erschüttert, dass ihr Plan gescheitert war, der neue Gott über die alten Götter triumphiert und er selbst die Ergebenheit der Heveller verloren hatte. Und so hatte er von dem Privileg Gebrauch gemacht, das jedem Priester oder Fürsten zustand, hatte nach seinem Dolch verlangt und sich von eigener Hand gerichtet.

Slawomir hingegen hatte sich erwartungsgemäß gegen einen stillen und unrühmlichen Abgang entschieden.

»Hast du der Welt noch irgendetwas Lohnendes zu sagen?«, fragte der Fürst seinen Onkel, der mit gebundenen Händen vor ihm im Gras vor der Halle kniete.

Der Verurteilte war bleich, seine Kiefermuskeln angespannt, aber er zeigte keine Furcht. »Nicht der Welt. Aber dir vielleicht. Du bist im Begriff, das Blut deiner Sippe zu vergießen, Tugomir. Wieder einmal.«

»Es wäre dir lieber, ich würde dich den Priestern meines Gottes übergeben, damit sie dich opfern, so wie du es mit mir machen wolltest, meinst du das? Bedauerlicherweise gibt es bei den Christen keine Menschenopfer.«

»Ich warne dich vor dem Zorn der Götter.«

»Den ich nicht zu fürchten brauche, denn du warst es, der mit seinen Taten alle Blutsbande zwischen uns durchschnitten hat.« Tugomir hob das Schwert mit beiden Händen. »War's das?«

Slawomir schloss die Augen und nickte.

»Vielleicht kann Gott dir vergeben. Ich werde es nicht tun«, sagte der Fürst und schlug zu.

Es war ein kraftvoll und präzise geführter Hieb, und Slawomirs Kopf verließ die Schultern, flog mit wehenden Haaren ein kleines Stück nach links und landete dann im Gras – Gesicht nach unten.

Ein Aufseufzen ging durch die Reihen der Heveller, die sich in großer Zahl auf der Burg eingefunden hatten, gefolgt von einem kurzen Jubel, der eher grimmig als ausgelassen klang. Nur Dobra, Slawomirs Weib, stieß einen langen, schrillen Schrei aus, ließ sich in Gras sinken und verbarg das Gesicht in den Händen.

»Sei still, Mutter«, befahl Rogwolod angewidert. »Er kann froh sein, dass er nicht brennen musste. Und du kannst froh sein, dass du ihm nicht folgen musst. Glaub ja nicht, irgendwer hier hätte vergessen, dass du es warst, die dem Fürsten und den Daleminzern den vergifteten Met eingeschenkt hat!«

Der Siebzehnjährige klang wütend, aber in seiner Miene las Tugomir die gleiche Art von Verstörtheit und Schmerz, wie er sie empfunden hatte, als er erfuhr, was seine Mutter getan hatte.

Bischof Widukind trat zu dem jungen Mann und legte ihm die Hand auf den Arm. »Niemand ist am Schierling gestorben, Rogwolod«, erinnerte er ihn. »Darum ist es recht, dass deine Mutter ihr Leben behält.«

»Vielleicht.« Rogwolod senkte den Kopf. »Aber ich weiß nicht … wie ich diese Schande aushalten soll.«

Auch das konnte Tugomir nachempfinden. »Das wirst du«, sagte er seinem jungen Cousin. »Glaub mir. Denn es ist nicht deine Schande. Aber gewiss wäre es leichter für dich, wenn du von hier fortgehst. Irgendwohin, wo nicht jeder, der dich sieht, sofort an die Taten deiner Eltern denkt und dich möglicherweise dafür büßen lässt. Das kommt vor«, fügte er hinzu und tauschte einen Blick mit seiner Schwester.

»Aber wo soll ich hin?«, fragte der junge Mann mutlos.

»Nach Spandau«, antwortete der Fürst. »Dort ist niemand von unserer Familie mehr übrig, und die Heveller auf der Burg sind ohne Führung. Die wirst du übernehmen, in meinem Namen.«

Rogwolod starrte ihn fassungslos an. »Du willst mir Spandau anvertrauen? Trotz allem, was mein Vater …«

»Wie gesagt, es waren nicht deine Taten«, unterbrach Tugomir ihn. »Mach deine Sache gut, damit ich keinen Anlass habe, meine Entscheidung zu bereuen.«

Rogwolod atmete tief durch, und auf einmal war wieder Leben in seinen Augen. »Das werde ich, Fürst. Ich schwöre, du kannst dich auf mich verlassen.«

Ich weiß, dachte Tugomir.

Zwei Jarovit-Priester packten Slawomirs Leichnam an den Armen und schleiften ihn ohne viel Feingefühl fort, ein Priesterschüler packte den Kopf bei den Haaren und folgte ihnen, das bartlose, picklige Gesicht angewidert abgewandt.

Tugomir kehrte zu der kleinen Bank zurück, die man für ihn vor der Halle aufgestellt hatte, rammte das blutige Schwert vor sich ins Gras und verschränkte die Hände auf dem Knauf. »Jetzt bringt mir den Sachsen.«

Wie abgesprochen, waren es Semela und Dervan, die gingen, um Asik aus dem Keller zu holen, denn jeder andere, ganz gewiss jeder der hevellischen Krieger, hätte die Gelegenheit genutzt, um ihm eine Klinge ins Herz zu stoßen.

Ein gefährliches Gemurmel erhob sich, als die sächsische Geisel vor den Fürsten gebracht wurde.

»Schlag ihm den verdammten Strohkopf ab, Fürst!«, rief Nekras.

»Nein, lasst ihn uns in der Havel ersäufen!«, widersprach sein Zwillingsbruder.

»Unsinn, das ist viel zu leicht«, protestierte Mila, die junge Witwe aus der Vorburg, mit schriller Stimme. »Bindet ihn im Wald an einen Baum, damit die Bären ihn fressen!«

Tugomir hob die Linke, und allmählich kehrte wieder Ruhe ein.

»Was denkst du, Asik?«, fragte er den sächsischen Gefangenen. »Welches Urteil wäre gerecht? Du warst schließlich Schultheiß von Magdeburg und kennst dich aus mit Recht und Unrecht.«

»Ich bin ehrlich nicht sicher, Fürst«, antwortete Asik freimütig. »Du hast mich aus dem Elend der Sklaverei erlöst, aber die Freiheit geschenkt hast du mir nicht. Du hast mir die Frau gegeben, um die ich gebeten habe, aber du hast sie gleichzeitig aus der fürstlichen Familie ausgeschlossen. Denk nicht, ich wüsste nicht, wie anständig du zu mir warst. Aber was genau ist es, wofür du glaubst, Anrecht auf meine Loyalität zu haben? Markgraf Gero hingegen ist mein Vetter. Ihm schulde ich in der Tat Loyalität, denn wir haben das gleiche Blut. Er schickte mir einen Boten und befahl mir, Tuglos Plan, dich zu beseitigen, zu unterstützen. Ich wusste weder, dass Slawomir mit Prinz Henning unter einer Decke steckte, noch wusste ich, dass Gero zugestimmt hatte, seine eigene Tochter und seinen Enkelsohn zu verbrennen. Als ich das begriff und erkannte, dass er einfach nicht bei Trost ist, sobald es um dich geht, habe ich dich losgeschnitten und dir mein Messer gegeben, sodass du deine Frau und dein Kind vor den Flammen retten konntest.« Er zuckte ratlos die Schultern. »Offen gestanden, ich weiß nicht, wie ich entscheiden würde. Aber ich weiß dies: Die Zerrissenheit und die widerstreitenden Loyalitäten, die mich in den letzten Wochen gequält haben, sind dir alles andere als fremd. Darum möchte ich nicht mit dir tauschen, Fürst.«

Tugomir lächelte verhalten. »Du bist ein kluger Redner, Asik. Es wäre wirklich schade um deinen Kopf.«

Asik stand reglos, hielt möglicherweise sogar die Luft an.

Tugomir ließ ihn noch ein paar Atemzüge im Ungewissen. So viel Rache musste schon sein, fand er. Jedes Wort, das Asik gesagt hatte, war die Wahrheit, aber dennoch blieb die Tatsache, dass er an dem Komplott gegen Tugomir und seine Familie beteiligt gewesen war, und das durfte nicht ungestraft bleiben. »Du behältst dein Leben«, sagte er schließlich.

Hier und da gab es Protestrufe, auch vereinzelte Schreie der Empörung.

Tugomir reichte das blutige Schwert an eine der Wachen. »Wascht es ab«, bat er. »Hier wird es heute nicht mehr gebraucht.« Und als wieder Ruhe auf der Wiese vor der Halle eingekehrt war, verkündete er Asik sein Urteil: »Du behältst dein Leben, aber ich schicke dich und deine Frau in die Verbannung.«

»Du lässt ihn laufen?«, fragte Nekras ungläubig. »Aber er ist unsere Geisel!«

»Wir brauchen keine Geisel mehr«, erinnerte Semela ihn. »Ich weiß nicht, welche Art von Schwur der Fürst Gero, diesem Teufel, abgenommen hat, aber sei versichert, dass wir kein Druckmittel gegen den Markgrafen mehr brauchen.«

Tugomir nickte. Er hatte Geros Friedensschwur – ganz gleich, wie zähneknirschend der ihn geleistet hatte –, und er hatte Ottos Dankbarkeit. Das war genug.

849

»Ich schicke euch in die Verbannung«, wiederholte er. »Dich und Jarmila, der Junge bleibt hier. Er ist Dragomirs Sohn und wird als Ziehbruder meines Sohnes aufwachsen.«

Asik verzog den Mund bei dem Gedanken, was seine Frau dazu sagen würde, aber er erhob keine Einwände.

»Ihr bekommt Proviant für drei Tage, aber keine Pferde«, fuhr Tugomir fort. »Die Jarovit-Priester bringen euch mit verbundenen Augen in den Wald zu einer Buche, wo für jeden Verbannten die Reise ins Ungewisse beginnt. Und von da an seid ihr in Gottes Hand. Überlege dir gut, wohin du deine schwangere slawische Frau führst, Asik. Die Elbe und deine Heimat liegen im Westen. Die Festung deines Vetters Gero im Süden. Eine lebenswerte Zukunft für dich und die Deinen vielleicht im Norden bei Fürst Ratibor und seiner angelsächsischen Fürstin. Wenn die Wölfe und Bären euch nicht bekommen, liegt die Entscheidung allein bei dir, und somit gebe ich die Qual der Wahl deines Schicksals zurück in deine Hände.«

Asik schluckte und brauchte einen Moment, ehe er ihm wieder in die Augen schauen konnte. Dann nickte er. »Hab Dank, Fürst.«

»Spar dir deinen Dank, bis du siehst, ob ihr lebend irgendwo ankommt.«

»Ich weiß, wie gefährlich eure Wälder sind. Aber dein Urteil ist gerecht.«

»Gerecht wär das Schwert«, brummte Dervan vor sich hin, so leise, dass Tugomir ihn kaum zurechtweisen konnte, aber doch laut genug, dass der Fürst ihn hörte.

»Dann lass Gott denjenigen sein, der es führt«, antwortete Widukind dem jungen Daleminzer. »Denn er sagt: *Mein* ist die Rache.« Er nickte Tugomir anerkennend zu. »Ich bin stolz auf dich.«

»Wirklich?« spöttelte der Fürst und stand auf. »Ich hoffe, du bist nicht enttäuscht, wenn ich dir sage, dass die Verbannung bei uns eine alte Tradition ist? Dass wir Slawen auch ohne den wahren Glauben von allein auf den Gedanken gekommen sind, einen Übeltäter im Zweifelsfall dem Urteil der Götter zu überlassen?«

»Es würde mir nie in den Sinn kommen, die Weisheit slawischer Gesetze in Frage zu stellen, Schwager«, beteuerte der Bischof. »Aber ich hoffe, du vergibst mir, wenn ich in deiner Entscheidung trotzdem das Wirken unseres allmächtigen Gottes zu erkennen glaube?«

Der Fürst nickte und wandte sich ab. »Hier darf jeder glauben, was er will, Widukind.«

Ohne Eile umrundete er die Halle. Es war ein lauer, sonniger Frühlingsnachmittag, doch im Osten zogen Wolken auf, die für den Abend Regen versprachen. Eine Duftmischung aus jungem Grün und trägem Fluss lag in der schwachen Brise.

Tugomir ließ die Kirche linker Hand liegen und erklomm die Treppe zum Wehrgang, wo seine Frau auf ihn wartete.

Alveradis hatte die Unterarme auf die Palisade gestützt und sah wie so oft auf das Havelland hinaus, doch als sie seine Schritte hörte, wandte sie sich um. Ihr Gesicht blieb ernst, aber ein warmer Glanz trat in ihre Augen. Tugomirs Herz stolperte kurz, wie es manchmal geschah, wenn er sie so sah wie jetzt, in einem weit fallenden Kleid nach slawischer Sitte, dem weißen Tuch auf dem Kopf, dem Stirnband mit den Schläfenringen, unter welchem die harzfarbene Lockenpracht, die sich nie ganz bändigen ließ, hervorzusprudeln schien.

»Sind sie tot?«, fragte sie, und er hörte die Anspannung in ihrer Stimme.

»Slawomir.« Er legte beide Arme um sie. »Niemand sonst.« Er berichtete ihr von Asiks Urteil.

»Das ist gerecht«, befand auch Alveradis, aber sie sagte es ein wenig zu eilig, so als fürchte sie, er könnte argwöhnen, sie hätte für ihren Vetter Partei ergriffen.

Sie schwiegen eine Weile, und schließlich drehte Alveradis sich in seinen Armen um und blickte wieder über den Burgwall, dieses Mal nach Westen, wo der Harlungerberg lag.

Tugomir zog sie näher, bis ihr Rücken sich an seine Brust schmiegte.

»Du hast alle Triglav-Priester geschont?«, fragte sie.

»Zwei sind Tuglo in den Freitod gefolgt; sie waren seine treuen Bluthunde. Die übrigen haben bei den drei Gesichtern ihres Gottes geschworen, dass sie nichts von dem Plan ahnten und der Göttertrank sie so berauscht hat, dass sie nicht wussten, was sie taten. Möglicherweise sagen sie die Wahrheit. Sie hinzurichten hätte mehr Schaden als Nutzen gebracht. Sie sind harmlos.« Er strich mit den Lippen über ihren Hals. »Es wird nicht wieder passieren, ich schwöre es dir.«

»Ich fürchte mich nicht davor, dass es wieder passieren könnte«, stellte sie klar. »Ich fürchte mich überhaupt nicht, um genau zu sein. Wohl zum ersten Mal in meinem Leben. Du hast meinen Vater gebändigt …«

»Fürs Erste«, schränkte er ein, denn er wollte das Schicksal nicht mit zu großer Zuversicht herausfordern. Nichts hatte sich geändert zwischen Gero und ihm. Aber was immer Otto in ihrem langen Gespräch unter vier Augen aus Gero herausgeholt hatte, welche Variation der Wahrheit es auch gewesen sein mochte, es hatte damit geendet, dass der mächtige Markgraf vor dem Bischof von Halberstadt die Beichte abgelegt und – so wurde gemunkelt – als Buße eine Pilgerfahrt nach Rom und die Gründung eines Klosters auferlegt bekommen hatte.

»Du hast es fertiggebracht, dass der König für dich und gegen ihn Partei ergriffen hat«, beharrte Alveradis. »Und du hast Frieden mit den Obodriten geschlossen *und* die Heveller hinter dir vereint. Keine geringe Leistung in nicht einmal zwei Jahren.«

»Würdest du das noch mal wiederholen?«, bat Tugomir. »Damit ich es mir einprägen und aufzählen kann, wenn die Priester mir das nächste Mal meine ungezählten Versäumnisse vorwerfen?«

Alveradis lachte, bohrte ihm aber gleichzeitig einen Ellbogen in die Seite. »Mach dich nicht über mich lustig. Ich weiß selbst, dass noch viel zu tun bleibt.«

»Oh ja«, stimmte Tugomir zu und atmete tief durch. »Viel bleibt noch zu tun.«

Alveradis legte ihre kühle, schmale Hand auf seine beiden. »Aber nicht heute.«

ENDE

Historische Anmerkungen und Dank

»Jede Geschichtsschreibung ist Fiktion«, sagt der amerikanische Historiker Hayden White. In der Welt der Geschichtswissenschaften hat er mit dieser Behauptung große Empörung ausgelöst, aber ich finde, der Mann hat in vielerlei Hinsicht recht, und selten war mir diese Erkenntnis so gegenwärtig wie bei der Entstehung dieses Romans.

Über kaum einen anderen Herrscher in der deutschen Geschichte ist so viel Blödsinn geschrieben worden wie über Otto I. (der schon von seinen Zeitgenossen den Beinamen »der Große« bekam). Die nationalistisch geprägte Geschichtsschreibung des späten 19. Jahrhunderts pries ihn (manchmal auch seinen Vater) als den Begründer des deutschen Reiches und Stifter einer nationalen Identität.

Das ist Unsinn.

Wie Sie im Laufe der Lektüre dieses Romans sicher gemerkt haben, war das einzig Deutsche an dem Reich, das Otto beherrschte, die Sprache (und auch sie war alles andere als einheitlich. Rheinländer und Bayern etwa dürften größte Schwierigkeiten gehabt haben, einander zu verstehen – was sich bis heute ja nicht wesentlich geändert hat). Das Frankenreich Karls des Großen war schlichtweg in mehrere große Brocken zerfallen, und der Teil, den Otto bekam, war eben der »ostfränkische«, wo die Leute deutsch sprachen. Doch Otto verstand sich immer noch als fränkischer Herrscher, der in der Nachfolge seines Vorbilds Karls des Großen stand. Ein deutsches Nationalbewusstsein war einfach noch nicht erfunden.

Noch wilder trieben es die Nationalsozialisten, die in Ottos angeblicher nationaler Einigung, vor allem aber in seiner Expansionspolitik nach Osten einen Vorläufer und Wegweiser zu erkennen behaupteten.

Grotesk.

Wir könnten hier noch eine Weile damit fortfahren, aufzuzählen, was Otto alles *nicht* war. Und trotzdem: Wenn man einen Roman über den Beginn des deutschen Mittelalters schreiben will, wie ich es mir vor ungefähr zwei Jahren vorgenommen habe, spricht allerhand dafür, bei Otto I. und seinem Vater anzusetzen, und ich wollte herausfinden, wer dieser Otto denn nun war, und seine Geschichte erzählen – zumindest bis zur Konsolidierung seiner Macht im Jahr 941.

Für eine so frühe Zeit wie das 10. Jahrhundert gibt es eine erstaunliche Vielzahl an Quellen, die uns von Ottos Taten berichten, von denen die *Sachsenchronik* des Widukind von Corvey (der im Roman als Novize einen Gastauftritt hat) vielleicht die wichtigste ist. Aber schauen Sie noch mal an den Anfang dieses Nachworts: »Jede Geschichtsschreibung ist Fiktion.« Das gilt auch und womöglich ganz besonders für mittelalterliche Chronisten, und darum würde ich mir nie anmaßen zu sagen: »Es war so, wie ich es hier erzählt habe.« Ich sage lediglich: »So könnte es ungefähr gewesen sein.«

Otto selbst und seine Taten sind also relativ gut dokumentiert, und darum ist nur wenig von dem, was ich hier über ihn erzählt habe, erfunden. Wir kennen sogar sein Geburtsdatum, den 23. November 912, während wir bei der Mehrzahl seiner Geschwister und fast allen anderen Figuren dieses Romans nicht einmal das Jahr ihrer Geburt wissen.

Es spricht einiges dafür, dass Otto am Slawenfeldzug seines Vaters von 928/29 teilgenommen hat. Das ostfränkische Heer hatte zur Belagerung der Heveller tatsächlich seine Zelte auf der zugefrorenen Havel aufgeschlagen, und nach dem Fall der Brandenburg nahm Ottos Vater, König Heinrich, die Tochter des Fürsten, die ich nach ihrer berühmt-berüchtigten Tante Dragomira genannt habe, deren Name aber in Wahrheit unbekannt ist, als Geisel. Sie bekam ein Kind von Otto, Wilhelm (der 951 Erzbischof von Mainz wurde), und wurde schleunigst ins Kanonissenstift in Möllenbeck an der Weser abgeschoben, wo ihre Spur sich verliert.

Der Rest ihrer Geschichte, wie sie hier erzählt wurde, ist frei erfunden.

In Geiselhaft geriet auch ihr Bruder, dessen Namen wir in den Schreibweisen Tugomir und Tugumir finden, und als ich zum ersten Mal das Wenige las, was die Quellen über diesen Tugomir zu berichten haben, wusste ich, dass er die Hauptfigur meines Romans werden würde. Er eignete sich hervorragend dafür, weil er als Außenseiter in die deutsche (oder ostfränkische, Sie dürfen sich etwas aussuchen) Welt kam, und es ist immer gut, aus einer Außenseiterperspektive zu erzählen, um historische Lebenswelten zu beschreiben. Außerdem wollte ich nicht nur die ostfränkische Geschichte erzählen, sondern auch die der slawischen Nachbarn dieses Reiches. Auch sie sind ja ein Teil dieses schwer zu greifenden Konstrukts »deutsche Geschichte« – ein Teil, der vielen von uns kaum oder nur in Bruchstücken bekannt ist. Jedenfalls ging es mir so, bevor ich mit diesem Projekt begann.

Da die Elbslawen des 10. Jahrhunderts aber keine eigenen schriftlichen Quellen hinterlassen haben, musste ich mit zwei Informationsformen vorliebnehmen, die beide problematisch sind: den Erkenntnissen der archäologischen Forschung und dem, was die deutschen Chronisten über die slawischen Völker zu sagen hatten. Nicht viel Gutes, kann ich Ihnen verraten, denn die Chronisten waren Mönche, die Slawen »Heiden«, die obendrein wenig Neigung zeigten, sich unterwerfen und missionieren zu lassen.

Widukind spricht nie anders als abfällig von ihnen. Selbst in einem Fall, da ein Slawe den Sachsen bei einem Ungarneinfall zur Seite steht, stellt er ihn als arglistig und hinterhältig dar, so ähnlich wie in alten amerikanischen Western selbst die »guten« Indianer irgendwie immer etwas Verschlagenes an sich haben.

Was Widukind uns über Tugomir berichtet, ist dies: »Es war aber noch von König Heinrich her ein Slawe namens Tugumir in Haft, der nach dem Gesetz seines Stammes die väterliche Nachfolge als Herrscher über die sogenannten Heveller antreten sollte. Dieser wurde mit einer großen Geldsumme gewonnen und durch noch größere Versprechungen überredet, dass er versprach, sein Gebiet zu verraten. Daher kam er, als wäre er heimlich entflohen, in die Burg, die Brandenburg heißt, wurde vom Volk anerkannt und als Herr aufgenommen; in Kürze erfüllte er sein Versprechen. Er lud nämlich seinen Neffen, der von allen Fürsten des Stammes noch übrig war, zu sich ein, tötete ihn, nachdem er ihn hinterlistig gefangengenommen hatte, und unterstellte die Burg mit dem ganzen Gebiet der Botmäßigkeit des Königs.« (Widukind von Corvey: *Res gestae Saxonicae – Die Sachsenchronik*, übersetzt und herausgegeben von Ekkehart Rotter und Bernd Schneidmüller, Stuttgart 1981, S. 135)

Wie Sie sehen, habe ich mir erlaubt, in einigen Punkten von dieser Darstellung abzuweichen. Widukind war keineswegs Zeuge dieser angeblichen Ereignisse. Sie erinnern sich, er war etwa acht Jahre alt, als Tugomir nach Hause zurückkehrte. Und seine unübersehbaren Vorurteile gegen alle Slawen machen ihn zumindest in dieser Hinsicht zu einem fragwürdigen Chronisten. Ich behaupte nicht, dass meine Version richtiger ist als seine. Aber es gibt berechtigte Gründe, seine Darstellung anzuzweifeln.

Was wir darüber hinaus von Tugomir wissen, ist noch dürftiger und aus verschiedenen Quellen zusammenkonstruiert: Aller Wahrscheinlichkeit nach hat er eine sächsische Grafentochter geheiratet. Wir wissen nicht, wer sie war, aber die beiden hatten eine beachtliche Kinderschar. Ebenso gilt als wahrscheinlich, dass Tugomir zum christlichen Glauben übergetreten ist (was nun auch wieder nicht so ungewöhnlich war, denn es stimmt, dass die obodritischen Fürsten schon seit dem Jahr 827 Christen waren).

Weil wir so wenig über Tugomir wissen, konnte ich fast alles erfinden, was ihn praktisch zu einem ebenso fiktiven Protagonisten machte wie die erdachten Helden meiner früheren Romane, die Waringham etwa, die Durham oder Helmsby – und das war mir nur recht.

Viele der slawischen Bräuche, die Glaubenswelt und Tempelriten, die ich beschrieben habe, hat es so oder ähnlich gegeben. Auf der Brandenburg gab es mit großer Wahrscheinlichkeit einen Jarovit-Tempel, auf dem Brandenburger Harlungerberg (heute Marienberg) ein Triglav-Heiligtum. Menschenopfer, Pferde- und Losorakel sind belegt.

Ob die Slawen ihren Nachbarn westlich der Elbe in der Heilkunst wirklich überlegen waren, können wir nur vermuten, aber es gibt archäologische Belege dafür, dass bei den Slawen sogar Trepanationen, also Operationen am geöffneten Schädel, durchgeführt wurden. Nicht belegt hingegen ist das Wissen slawischer Heiler, dass Stutenmilch natürliches Kortison enthält und deswegen gegen Allergien eingesetzt werden kann. Es wird auch nicht davon berichtet, dass Otto an einer Lebensmittelunverträglichkeit litt.

Der »Starstich«, die an Fürst Ratibor vorgenommene Augenoperation, ist seit babylonischer Zeit bekannt, wurde während der Antike ebenso durchgeführt wie im Mittelalter und hat sich bis zum 19. Jahrhundert kaum verändert.

Die im Mittelalter oft als Wechselfieber bezeichnete Malaria war in ganz Europa verbreitet. Albrecht Dürer starb 1528 daran. Sie ging erst mit der Trockenlegung großer Sumpfgebiete ab dem 16. Jahrhundert allmählich zurück, ehe sie durch den Großeinsatz von Insektiziden um die Mitte des 20. Jahrhunderts in unseren Breiten ausgemerzt wurde.

Wann genau das Bistum Brandenburg gegründet wurde, ist nicht sicher, die Jahre 938, 948 und 968 sind in der engeren Wahl. Wegen der Ungewissheit habe ich im Roman das Gründungsgesuch an den Heiligen Stuhl im Sande verlaufen lassen. Erstmals nachgewiesen ist ein Bischof in Brandenburg im Jahr 949, und es war kein anderer als Dietmar, Geros Neffe.

Apropos Gero: Jeder anständige Roman braucht mindestens einen Schurken, und Gero bot sich förmlich an (genau wie Henning), aber manche der Untaten, die ich ihm angehängt habe, sind erfunden. Das grauenhafte Massaker an den Daleminzern hat es tatsächlich gegeben, aber es gibt keinen Hinweis darauf, dass Gero mit Hand angelegt hat. Auch seine Feindschaft mit Tugomir und seine Übergriffe gegen ihn entspringen natürlich nur meiner Fantasie. Aber es stimmt, dass er bei der Unterwerfung »seiner« Mark mit großer Grausamkeit und Härte vorgegangen ist, und sein »blutiges Gastmahl«, bei dem er dreißig geladene slawische Fürsten abschlachten ließ, ist belegt. Im Jahr 950 oder kurz davor stiftete er ein Kloster in Frose und pilgerte bald darauf nach Rom. Dass es sich dabei um Bußen für begangene Sünden handelte, steht hingegen nirgendwo geschrieben außer bei mir. Das Kanonissenstift in Gernrode, wo er begraben liegt, stiftete er ebenfalls, und er reiste 961 nochmals in die Heilige Stadt. Er überlebte seine beiden Söhne, Siegfried und Gero, und starb im Mai 965. Weitere Kinder sind nicht nachweisbar, und was aus seiner Frau wurde, die möglicherweise Judith hieß, wissen wir auch nicht. Frauen kommen in den Chroniken immer nur am Rande vor, bzw. nur dann, wenn sie die Männerwelt berühren.

Apropos Frauen: Es stimmt wirklich, dass Athelstan, der König von Wessex, 929 nicht eine, sondern zwei seiner Schwestern an König Heinrichs Hof schickte, damit der eine Braut für seinen Sohn aussuchen konnte. Otto entschied sich für Editha, und die »übriggebliebene« Braut, die möglicherweise Egvina hieß, heiratete möglicherweise den Bruder des Königs von Burgund, der möglicherweise kurz darauf verstarb. Was dann aus ihr wurde, wissen wir nicht. Genau wie Thankmar hat es auch diese Prinzessin also wirklich gegeben, aber ihre Beziehung und ihre Tochter habe ich erfunden. Das führt wohl in den Grenzbereich dessen, was ein historischer Roman darf und was nicht. Aber ich konnte nicht widerstehen.

Ähnlich verhält es sich mit Asik: Es gab einen Heerführer dieses Namens, der vielleicht mit Gero verwandt war und der auf dem Feldzug 936 gegen Boleslaw von Böhmen fiel. Alles andere über seine Biografie habe ich erfunden, und weil der fiktive Anteil den überlieferten weit übersteigt, muss der arme Asik im Personenverzeichnis auf ein * verzichten.

Es stimmt, dass Thankmar bei der Nachfolgeregelung König Heinrichs übergangen wurde. Die Gründe sind nicht ganz eindeutig. Man darf nicht vergessen, dass das Erstgeburtsrecht 929 im ostfränkischen Reich noch keinesfalls in Stein gemeißelt war. Möglicherweise hatte es etwas mit der strittigen Frage zu tun, ob

Thankmars Eltern denn nun rechtmäßig verheiratet gewesen waren oder nicht. Vielleicht hielt König Heinrich Otto auch einfach für den besseren Nachfolger. Was Thankmar wirklich davon hielt, ist unbekannt. In Opposition zu seinem Bruder trat er jedenfalls erst, als ihm nach Siegfrieds Tod das ihm zustehende Erbe seiner Mutter vorenthalten wurde – einer von Ottos schwerwiegenderen Fehlern. Was danach geschah, ist ziemlich genau so abgelaufen, wie im Roman geschildert, auch der Hergang der tragischen Ereignisse in der Kirche der Eresburg ist erstaunlich genau belegt. Maincia, Thankmars Mörder, der die goldene Kette vom Altar stahl, fand in der Schlacht von Birten ein »jämmerliches Ende«, berichtet Widukind.

Ottos zweitjüngster Bruder Heinrich, den ich hier Henning genannt habe, war eine widerwärtige Kreatur, und ihm musste ich nicht viel andichten, um einen Schurken aus ihm zu machen. Er hat mal mit, mal ohne Unterstützung seiner Mutter versucht, Otto zu stürzen, und er war nie wählerisch bei der Wahl seiner Mittel oder Komplizen. Warum Otto ihm wieder und wieder verziehen hat, bleibt schleierhaft. Mir persönlich ist diese ständig wiederkehrende Milde irgendwann ein bisschen auf den Wecker gegangen, muss ich gestehen, aber so ist es nun einmal gewesen. Die sonderbaren Umstände von Hennings Geburt, die im Roman »enthüllt« werden, also die verbotene Zeugung am Gründonnerstag und der Teufelsfluch nach seiner Taufe, finden sich in der Chronik des Thietmar von Merseburg. Ich will damit nicht behaupten, es sei so gewesen. Aber ich finde es bemerkenswert, dass ein Chronist, der doch der Aufzählung von Fakten verpflichtet ist, diese Geschichte für glaubwürdig genug hielt, um sie niederzuschreiben und als Erklärung für Hennings Charakter heranzuziehen. (Und da haben wir's schon wieder: »Jede Geschichtsschreibung ist Fiktion.«) Ob auch Otto diese Geschichte vom Teufelsfluch kannte und seinem Bruder deswegen immer verzieh? Wir wissen es nicht.

Nach dem missglückten Mordanschlag Ostern 941 blieb Henning jedenfalls bis kurz vor Weihnachten in Ingelheim in Haft, flüchtete dann und warf sich Otto wieder einmal zu Füßen. Und danach war er tatsächlich zahm. Er wurde kein netter Kerl, aber er war Otto fortan treu ergeben. Zur Belohnung wurde er 948 dann doch noch Herzog von Bayern, und sein Enkel, Heinrich II., wurde der letzte Kaiser aus dem Geschlecht der Ottonen.

Der jüngste Bruder, Brun, hat Otto wohl für so manchen Kummer mit seinen anderen Brüdern entschädigt. Er war ein enorm gebildeter und hochintelligenter Mann, wurde 940 mit nicht einmal sechzehn Jahren Kanzler und erlangte großen politischen Einfluss. Ottos Vertrauen in ihn war berechtigt und offenbar grenzenlos: 953 wurde Brun Erzbischof von Köln und fast zeitgleich Herzog des ewig rastlosen Lothringen.

Ottos Schwestern, Gerberga und Hadwig, waren mit den beiden Männern verheiratet, die um die Vorherrschaft im Westfrankenreich rangen. Gerberga bekam 941 einen Sohn, Lothar, und weil Ludwig »der Überseeische« schon 954 das Zeitliche segnete, bekam Gerberga Gelegenheit, als Regentin für ihren Sohn selbst die Königsmacht auszuüben.

Auch Hadwig griff aktiv ins politische Geschehen ein. Ihr Mann, Hugo von Franzien (übrigens genau wie Otto »der Große« genannt), hatte im Machtkampf mit König Ludwig meist die Nase vorn, aber 956 starb auch er. Ihr 940 oder 941 geborener Sohn Hugo (genannt Hugo Capet) übernahm nach einigen Startschwierigkeiten 960 das Herzogtum Franzien, wurde 987 König und begründete die Dynastie der Kapetinger, die bis 1328, sage und schreibe 341 Jahre lang, über das westliche Frankenreich bzw. über Frankreich herrschte.

Noch ein Wort zu den Namen: Brandenburg an der Havel hieß im 10. Jahrhundert Brennaburg, Magdeburg hieß Magadoburg (was vielleicht »mächtige Burg« bedeutet), die Heveller nannten sich selbst Stodorani, die Daleminzer Glomaci. Diese Liste ließe sich noch lange fortsetzen. Wie fast immer in der Vergangenheit habe ich auch in diesem Roman darauf verzichtet, alte Schreibweisen oder zwei verschiedene Namen für dieselbe Person oder Volksgruppe zu verwenden, denn einen Roman mit so einer Vielzahl an Personen und Namen sollte man nicht komplizierter als nötig machen. Schlimm genug, dass es hier Westfranken und Ostfranken und obendrein ein Herzogtum Franken und ein Herzogtum Franzien gibt. Das reicht ja völlig, um den Durchblick zu trüben. Wie schon in der Vergangenheit müssen wir auch hier wieder festhalten: Bei der Vergabe von Eigennamen für Personen und Orte haben die verantwortlichen Parteien des Mittelalters leider wenig Rücksicht auf die Nachwelt genommen …

Wie immer hat es auch dieses Mal Menschen gegeben, ohne deren Hilfe dieser Roman in seiner jetzigen Form nicht möglich gewesen wäre. Mein herzlicher Dank gilt deswegen meinem Kollegen Titus Müller für zwei hilfreiche Literaturtipps, meiner Kollegin Ilka Stitz – einer Frau mit ottonischer Vergangenheit – für spannende Gespräche und einige kluge Hinweise bei der Recherche, meiner Kollegin Susanne Goga für die Beschreibung des faszinierenden Verfahrens zur Feststellung einer Lebensmittelallergie, Frank Brekow, der sich viel Zeit genommen hat, meinen Mann und mich durch das historische Slawendorf in Brandenburg zu führen und uns interessantes Material zur Verfügung gestellt hat, Johannes Ruf für fachmännischen Rat zum Starstich und Nicole Ochs für umfangreiches Material zur Trepanation, das ich dann leider doch nicht verwenden konnte, Philip Wilson für das Zitat, mit dem ich diese Nachbemerkung eröffnet habe, meinen aufmerksamen, kritischen, einfühlsamen und unermüdlichen TestleserInnen Wolfgang Krane, Dennis Rose, Patrizia Kals und Philipp Hütter, der außerdem auch noch meine Wikipedia-Seiten betreut, sowie Sabine Rose, die wie immer auch meine vielen absonderlichen medizinischen Fragen beantwortet hat.

Gewidmet ist dieser Roman, verbunden mit meinem innigsten Dank, meinem Mann Michael, der das eigentlich nicht wollte. (»Nicht schon wieder ich!«) Aber es ging leider nicht anders. Und er weiß auch genau, warum …

R. G. im November 2012

»Rüttle uns auf, oh Herr, wenn wir zu selbstgefällig sind, wenn unsere Träume wahr geworden sind, weil wir zu bescheiden geträumt haben.«

Rebecca Gablé
DER PALAST DER MEERE
Ein Waringham-Roman
960 Seiten
ISBN 978-3-404-17422-5

London 1560: Als Spionin der Krone fällt Eleanor of Waringham im Konflikt zwischen der protestantischen Königin Elizabeth I. und der katholischen Schottin Mary Stewart eine gefährliche Aufgabe zu. Ihre Nähe zur Königin schafft Neider, und als Eleanor sich in den geheimnisvollen König der Diebe verliebt, macht sie sich angreifbar. Unterdessen schleicht sich ihr fünfzehnjähriger Bruder Isaac in Plymouth als blinder Passagier auf ein Schiff. Nach seiner Entdeckung wird er als Sklave an spanische Pflanzer auf Teneriffa verkauft. Erst nach zwei Jahren kommt Isaac wieder frei – unter der Bedingung, dass er in den Dienst des Freibeuters John Hawkins tritt. Zu spät merkt Isaac, dass Hawkins sich als Sklavenhändler betätigt ...

Bastei Lübbe

»Könige sind wie Gaukler. Sie blenden mit ihrem Mummenschanz, damit die Untertanen nicht merken, wenn das Reich auseinanderfällt«

Rebecca Gablé
DIE FREMDE KÖNIGIN
Historischer Roman
768 Seiten
mit Abbildungen
ISBN 978-3-431-03977-1

Anno Domini 951: Der junge Gaidemar, ein Bastard unbekannter Herkunft und Panzerreiter in König Ottos Reiterlegion, erhält einen gefährlichen Auftrag: Er soll die italienische Königin Adelheid aus der Gefangenschaft in Garda befreien. Auf ihrer Flucht verliebt er sich in Adelheid, aber sie heiratet König Otto. Dennoch steigt Gaidemar zum Vertrauten der Königin auf und erringt mit Otto auf dem Lechfeld den Sieg über die Ungarn. Schließlich verlobt er sich mit der Tochter eines mächtigen Slawenfürsten, und der Makel seiner Geburt scheint endgültig getilgt. Doch Adelheid und Gaidemar ahnen nicht, dass ihr gefährlichster Feind noch lange nicht besiegt ist ...

Bastei Lübbe

Die Community für alle, die Bücher lieben

Das Gefühl, wenn man ein Buch in einer einzigen Nacht verschlingt – teile es mit der Community

In der Lesejury kannst du

- ★ Bücher lesen und rezensieren, die noch nicht erschienen sind
- ★ Gemeinsam mit anderen buchbegeisterten Menschen in Leserunden diskutieren
- ★ Autoren persönlich kennenlernen
- ★ An exklusiven Gewinnspielen und Aktionen teilnehmen
- ★ Bonuspunkte sammeln und diese gegen tolle Prämien eintauschen

Jetzt kostenlos registrieren: www.lesejury.de
Folge uns auf Facebook:
www.facebook.com/lesejury